浦阳镇

【上卷】

李怀荪 著

广东人民出版社
·广州·

图书在版编目（CIP）数据

浦阳镇. 全三卷 / 李怀苏著. —广州：广东人民出版社，2023.1
ISBN 978-7-218-15899-0

Ⅰ. ①浦…　Ⅱ. ①李…　Ⅲ. ①长篇小说—中国—当代　Ⅳ. ①I247.5

中国版本图书馆CIP数据核字（2022）第137122号

PUYANG ZHEN（QUAN SAN JUAN）

浦 阳 镇（全 三 卷）

李怀苏　著

出 版 人：肖风华

策划编辑：向继东
责任编辑：钱飞遥
插　　画：田　涌
责任技编：吴彦斌　周星奎

出版发行　广东人民出版社
地　　址：广州市越秀区大沙头四马路10号（邮政编码：510199）
电　　话：（020）85716809（总编室）
传　　真：（020）83289585
网　　址：http://www.gdpph.com
印　　刷：广州市豪威彩色印务有限公司
开　　本：787毫米×1092毫米　1/16
总 印 张：86.5　　总 字 数：1250千
版　　次：2023年1月第1版
印　　次：2023年1月第1次印刷
总 定 价：138.00元（全三卷）

如发现印装质量问题影响阅读，请与出版社（020-87712513）联系调换。
售书热线：（020）87717307

目录

CONTENTS

上　卷

上卷

• 万寿宫的鞭炮声

　　张家窨子阁楼上的书房里，顺庆油号老板张恒泰正在关着门训斥自己的独生子张复礼。张恒泰胖乎乎的脸颊被气得通红。他的嗓门压得很低，语气却十分的严厉："她是一个苗人，一个下人，一个丫头啊！你一个有头有脸的大户人家少爷，怎么能干出这样的事来！张家几代人的英名，就这样被你毁于一旦，连我和你娘的老脸，也都被你丢尽了……"

　　身材魁梧的张复礼栽着脑壳，耷着眼皮，一声不吭地站在父亲跟前任凭发落。书房是张复礼从小读书的地方。书架上摆放着四书五经，还有许多从汉口、常德买回来的杂书。两年前，张复礼结束了辰州城里虎溪书院的学业，回到了浦阳镇，跟父亲学着料理桐油生意。浦阳人喜爱辰河高腔，张氏父子也常以唱高腔为消遣。张恒泰还让儿子拜被称为"通天教主"的戏子杜凤麟为师。闲空时，父子二人便来到书房。儿子抄誊戏文，父亲轻吟低唱，真个是其乐融融。今天，张复礼却是在这里接受父亲最为严厉的训斥。书房是窨子屋的僻静所在。张恒泰选择在书房训子，是不愿意将丑事张扬开去。

　　"你都是快要做新郎的人了。刘家你的老丈人已经和我商量好，只等那套雕花嫁妆完工，就选个日子把喜事办了，把金莲接过门来。你倒好，偏在这时候出了事，满浦阳镇传得个百丑，叫你老子怎么去跟刘家人交代？！"

　　张恒泰和夫人张王氏生有三女一男，三个女儿都已经出嫁，屋里只有满崽张复礼，这年十八岁。他十岁时，便和镇上元隆木行老板刘昌杰的女儿刘金莲订下了娃娃亲。

半年前，张家窨子从盘瓠崖请了个苗族姑娘来服侍太太张王氏。姑娘姓廖名阿春，生得聪明伶俐，且会说汉话。她虽说出自苗乡，又家境贫寒，却并不显得俗气。一双水汪汪的大眼睛，望起人来无拘无束；白里透红的脸庞上，每当露出笑脸时，便现出一对浅浅的酒窝。她没有腼腆和娇羞，只有灵捷和利索。张复礼见到阿春，便产生了莫名的冲动，仿佛这个苗家女子比刘家的千金小姐对他更富有吸引力。张复礼是个高腔迷，爱唱围鼓戏，一唱便唱到戏里去了。《西厢记》中的张君瑞，《玉簪记》中的潘必正，都是他心驰神往的人物。他常想效仿戏中的人物，也偷偷儿风流一盘，可总是找不到机会。苗女的出现，使张复礼两眼为之一亮。阿春表面上随随便便，内心中却极有主见。少老板那充满着挑逗的眼神，常常使她手足无措。她给自己立下了一个规矩，绝不能和这位少爷单独在一起，不能给他有动手动脚的机会。对于这位少爷，除了防范她没有其他办法。

阿春来自苗乡，夏天有到溪河里洗冷水澡的习惯。这年的天气热得早，才过端午节，阿春就感到暑热难捱。镇上的女人是不能下到溪河里洗澡的。她到溪河去洗澡必须悄悄儿进行。这天夜里，做完了该做的事情，已是二更过后。阿春和老佣工岩佬，坐在窨子屋的后院歇凉。阿春说："这热的天，要是得到河里洗个冷水澡，那就好了。"岩佬也是苗家人。他对阿春说："想洗你就去洗一个好了，我会给你留着后门。"岩佬特别提醒阿春，沅水太深，那里又湾着许多船，船把佬野得很，不能到那里去洗。要洗只能到浦溪小河里去洗，那里夜晚没得人。

阿春走出张家弄，踏着朦胧的月色，来到了浦溪边。浦溪发源于盘瓠崖的大山里，在浦阳镇的南边注入沅水。浦溪上有个扯扯渡，渡船靠扯着缆索过河。白天，有渡子在这里渡人过河；夜晚，渡子回家了，渡船便由过河人自行操作。夜已经很深，渡船湾在对岸，不会有人过渡了。天气闷热，连溪河边也没有一丝风。阿春走到扯扯渡下游不远处，三下两下把衣服脱了个精光，"扑通"一声便跳下了水里。阿春浸泡在清凉的浦溪水里，格外的惬意。她想到在家乡盘瓠崖，每到夏天，寨子里的男女老少都在浦溪里洗澡，谁也不避忌谁，一洗就洗到夜深。浦阳却是个女人不能下河洗澡的地方。好不容易来了，这里又不会被人发现，阿春便伸展着臂膀在浦溪中轻松地畅游起来。

过了浦溪的扯扯渡，翻过一道小山坳，登上浦阳山，山上有座古刹名叫浦光寺。这天是方丈正俨法师的五十大寿，唱围鼓戏庆贺。张复礼征得父亲同意，跟着师父杜凤麟一同到浦光寺里唱围鼓戏。一般的佛家寺院是不允许唱戏的。浦光寺却不同，那里有一个爱唱且会唱戏的方丈正俨法师。镇上的僧俗这才打围鼓为他贺寿。浦光寺打围鼓演唱的剧目有着严格的规定，或是《梁传》，或是《香山》，或是《目连》，必须是劝人信佛向善的戏文。一堂围鼓唱过，吃了夜宵，时间已经很晚，围鼓堂子的其他人，都在浦光寺安歇，唯独张复礼不行。父亲给他立下过规矩，没有得到允许是绝对不能在外面过夜的。师父杜凤麟，还有正俨法师，都知道张恒泰严格的家规，不好留宿这位大少爷。正俨法师担心张复礼路上害怕，要派两个小沙弥送他下山。年轻气盛的张复礼回绝了。一路走来，他哼唱着高腔戏，唱的是《目连传》"松林试道"一折中傅罗卜的唱段。今夜打围鼓他唱的就是这一折。剧中的傅罗卜西天救母路过黑松林，观音菩萨化作村姑，来试探他是否断了尘缘，绝了女色。唱着唱着，他想到了在浦光寺唱这折戏的情景，不由得暗暗好笑。当唱村姑的旦角在向傅罗卜调情时，寺庙里的大和尚、小和尚，竟是那样的看得津津有味。原来和尚也是有凡心的。翻过小山坳，没走多远便到了浦溪的扯扯渡边。

正当他提脚上渡船时，忽然听见浦溪里一阵水响。他定睛一看，下游的溪河里有一个人正在洗澡。都这时候了，怎么还会有人在这里洗澡？当他睁大两眼看了个真着时，不禁大吃了一惊，洗澡的竟然是个女人！他以前听说过，只有苗家的女人才到溪河里洗澡。洗澡的女人会是谁呢？张复礼透过朦胧的月色，看见那女人的半截身子一跃而浮出了水面。湿淋淋的一头长发在水面荡漾；白生生的两个奶子在胸前高耸。水面上，那半隐半现的脸盘子，是那样似曾相识……天哪！她不就是阿春吗？这时的阿春只顾自个儿忘情地戏水，丝毫没有察觉到还有一双惊讶的眼睛在看着她。她轻轻向后一仰，半个胴体便又漂浮了起来，给那灰蒙蒙的水面增添了一道天造地设的亮色。张复礼的心几乎跳出了喉咙眼。他再也按捺不住那莫名的饥渴了，顺着溪流的方向疾速地奔跑着，大声地喊叫着："阿春！阿春！"陶醉在溪流中的阿春，忽然听见有人叫她的名字，慌神了！仔细一听，打喊的人竟然是少爷张复礼。这人怎么跟着到这里来了？她感到事态严重，赶紧游向河岸，三两下便穿好衣裤，飞快地奔向张家弄。等到张复礼过了扯扯渡，回到窨子屋里时，阿春早已紧关房门吹灯睡觉了。

张复礼睡在床上，想起刚才在浦溪渡口所见，翻来覆去，怎么也睡不着。那漂浮在浦溪上白生生的一对奶子，在他的眼前反复闪现着。张复礼再也按捺不住急切的心情了。他趁着月色，轻手轻脚来到佣工们住的后院。他轻推阿春的房门，门闩得铁紧。他再轻推小窗，小窗却没关。张复礼翻窗子进到了阿春的小屋。阿春睡得死，天气闷热，她把被窝掀了个精光。从小窗射进的溶溶月色，正照在阿春熟睡中的胴体上。比在浦溪边见到的更加清晰了许多。张复礼目瞪口呆了，这是他自出生以来的第一次遭遇。回过神，他细细地欣赏起来。那刚刚经过浦溪流水濯洗的每一个部位，或高耸，或低陷，或白生，或乌黑，随着晚风的吹拂，正散发出令人心醉的清香。他舍不得将她惊醒，心里盘算着接下来的行动。首先，他得将窗子关好。关窗子的声响，惊醒了阿春。阿春从床上一跃而起。当她看清进屋的人是张复礼时，便一切都明白了。接下来是黑暗中一男一女无声的撕扯。她不愿，也不能和张复礼做那种事情。她明白，做了那种事是早晚会张扬出去的。若是张扬出去，她就会立刻被从这座窨子屋里赶走，又回到那抬头低头都是大山的盘瓠崖。她更不能喊叫。如果喊叫，事情便永远也说不清了。面对着不敢吱声的阿春，张复礼更加有恃无恐。尽管他是个身强力壮的男子汉，却并不能使这个终年劳作的苗家姑娘就范。小屋子里的响动，惊醒了对过上年纪的岩佬。他开窗隔着天井大喊，问阿春屋里出了哪样事情？喊声使得竭力反抗的阿春慌了神。她大声对岩佬回话，说是在打老鼠。张复礼抓住阿春这回话的空当，完成了他最关键，也是最得意的动作。阿春不能、也不再挣扎了。谎称打老鼠的苗女，成了猫儿利爪下可怜的老鼠。血气方刚男人的威猛是那样势不可挡。到了这个地步，她也只能听之任之了，便忸怩地开始了本能的配合……

两个月后，阿春时有呕吐。张王氏凭着女人特有的敏感，断定这丫头出事了。逼问再三，阿春痛哭流涕地道出了事情的原委。张王氏万没想到，事情居然出在儿子身上。凭心而论，张恒泰的家教是严格的。浦阳镇作为繁华的水码头，乌七八糟的事情是少不了的。镇上有条百家弄，进到那里，只要你有钱，你要哪样就有哪样给你。张恒泰做出规定，绝对不许儿子在外面过夜。纵然如此，还是一样出了事。当张王氏向丈夫通报此事时，张恒泰火冒三丈，说是要找儿子算账。他被妻子制止了。这样的事情声张出去，张家的面子往哪儿放？面对着即将迎娶的刘家，又作何交代？妻子的考虑是有道理的，莫名的懊恼却在张恒泰的心中翻腾。于是，他将儿子叫到避静的书房，关起门来对儿子进行了最严厉的训斥。张恒泰动之以情，晓之以理，希图让张复礼感到事态的严重。张复礼栽着脑壳，不作声，不顶嘴，心里却依然惦念着那个充满着山野味的，脸颊上有两个浅浅酒窝的苗女。

为了丑事不张扬出去，张家暗地着人去到盘瓠崖，将阿春的父亲廖老六不声不响地接到张家窨子，向他通报阿春发生的事情，把一笔数目不算太小的银两，交给那位苗家汉子，作为对阿春的补偿。同时，还交给他一包打胎药，要他带着女儿回家，一定把她肚子里的胎儿打掉。一切都在无声无息中进行。张恒泰夫妇以为，这是了结此事的最好方式。从此后，张家窨子里就好像什么事情都不曾发生过。张家依然会像往常一样，体面地出现在浦阳镇的社会生活之中。

事情出乎他们所料。世上没有不透风的墙。张家少爷和苗女阿春发生的一切，不知怎的，竟飞越张家窨子的高墙，一传十，十传百，成了浦阳镇街弄子闲言的话题。浦阳镇曾一度是湘西最大的商埠，明末清初时，就形成了现在的规模。三条铺着石板的街道：河街、正街与后街，沿着沅水的南北走向并列而建，每条街都有两三里路长。沅水与街道之间，街道与街道之间，由四十八条弄子贯通。合起来称为"三街四十八弄"。四十八条弄子口，无一例外都建有一座土地庙。贯穿于河街与沅水间的十八条弄子，直通河下，都有一座水码头。在笃信巫鬼的浦阳人心中，这块土地是由四十八位土地神分而治之的。或许是这些喜欢管闲事的土地神，造就了镇上众多的好事者。这些人最大的嗜好就是喜欢管闲事，道长短。谁家发生了哪样事，不消一时三刻就会在街道上、弄子里、码头边迅速地流传开来。张家这样的大户人家出了事，而且是少爷与丫头的风流事，便更为人们所津津乐道了。

张家是镇上最大的桐油老板，巴不得张家出事的大有人在。街弄子闲言常常伴随着捕风捉影，添油加醋。有人说，张复礼搞大了苗女的肚子，苗女一定要张复礼娶她，如若不然，她就要撞死在张复礼的面前。张复礼没得办法，只好答应纳她为妾。张家少爷就未曾娶妻先做爹；未曾娶妻先纳妾。又有人说，盘瓠崖的苗人发出话来，张家少爷娶了阿春便罢，如若不然，通寨子的人要闹到浦阳镇，把张家窨子砸个稀巴烂。还有人说，刘家小姐得知未婚的夫婿做了这等丑事，当场就昏死了过去，醒来后，好说歹说要退婚……这些传言虽说都属于子虚乌有，张家却无法站出来申辩。清名在外的张家窨子，这回可真是威风扫地了。

一连几天，张恒泰都处在从未有过的懊恼之中。他的顺庆油号，是浦阳镇桐油业的头块牌，在汉口的鹦鹉洲上设得有庄铺。平常若是遇到这种情形，他会离开浦阳镇，去到汉口的庄铺里住上三五个月，等人们将这码子事情淡忘，他再回来，也就不那么尴尬了。眼下偏偏就有那么一档子事情，使得他无法脱身，还得让他在公众场合抛头露面。浦阳镇的江西客商号称"西帮"，是镇上最强势的商帮。早在明朝嘉靖年间，"西帮"人就在镇上沅水的大堤边上修建了同乡会馆万寿宫。每年的八月初一，万寿宫都要例行祭祀，叫作"上会"。上会的主持者，叫作"值年"。这种值年，一直是由镇上的顺庆油号和元隆木行两家轮流当庄。同治六年，恰恰轮到张恒泰。正在这时，儿子的风流事传得个沸沸扬扬。甚至有人传出话来，说是张家窨子给"西帮"人丢了脸，万寿宫的这届值年，张恒泰当不当得成，还要由众人言说。他却还得拉下老脸，硬着头皮，做着上会的筹备工作。

七月二十九，上会的前一天，是张恒泰最繁忙、最紧张的一天。下午，镇上"西帮"的头面人物，要到万寿宫来聚会，听取值年上会筹备工作的报告。清早，张恒泰吃了点心，便往万寿宫所在的河街走去。一路上，不断有人跟他打招呼，他频频颔首以示回应，心里却总觉得不自在。仿佛这所有的人都在嘲笑他、看他的笑话。他来到万寿宫大门前。万寿宫是浦阳镇最气派的建筑。由于它临街高耸，宽阔的街道仿佛变得狭窄。街道的对过，是一道用青条石铺砌的下河阶磴，延伸到沅水河边，人们把这里叫作万寿宫码头。万寿宫初建时，江西客商来到浦阳镇不过几十年。他们在这座会馆里，也像今天这样，通过祭祀加强同乡之间的沟通、协调和凝聚，使"西帮"成为浦阳镇上的强势群体。

张恒泰走进万寿宫，通过照壁旁的侧门，经由背靠照壁的戏台边沿，穿越宽敞的天井，来到庄严肃穆的正殿。江西人信奉的许真人的木雕神像，便供奉在神龛上。许真人本名许逊，南昌人，是晋代的一位道士。某年江西洪水为虐，许逊铸铁为柱，下施八索，勾锁地穴，斩除孽龙，平息水患，得以举家拔宅飞升。为了纪念许逊铁柱降妖造福人民，南昌人修建了铁柱观。后因宋徽宗御赐匾额"玉隆万寿"，铁柱观改名为万寿宫。自明以降，江西客商足迹遍及大江南北。他们在各地修建万寿宫，作为同乡会馆。湘西各地，万寿宫比比皆是，且都是当地最令人瞩目的建筑物。浦阳的万寿宫，不论从建筑的规模，还是祭祀的隆重，又都是首屈一指的。张恒泰进得正殿，察看重新粉刷装饰的神龛，瞻仰重新油漆彩绘的许真人雕像。神龛上身着道袍的许真人，慈祥端庄，神采奕奕。张恒泰缓缓地低下了头，双目微闭，仿佛在忏悔自己教子无方，丢了江西人的脸面，祈求神灵的赦宥。

一个身材魁梧的汉子，悄悄儿走到张恒泰的身后。他没有惊动在神前垂首瞑目的张恒泰。直等到张恒泰抬起头时，才轻轻叫了一声："张老板！"

张恒泰回过头，发现叫他的人是高腔戏子杜凤麟。前殿对过的戏台上，高腔班的戏子正在清扫戏台，铺摆行头。戏班是镇上的大红班，本家是当红花脸安齐家。管班就是教张复礼唱高腔围鼓的师父杜凤麟。有关张复礼的传言，肯定也传到了杜凤麟耳朵里。张恒泰显得极不自在："杜师父，伢儿的事情，你晓得了？"

"晓得了。"

"唉！伢儿给师父丢丑了。"张恒泰叹息着。他言语轻声，心情沉重。

杜凤麟不以为然地笑了笑。他说："张老板，你莫把事看得太重了。男伢女伢，一个愿打，一个愿挨，每人出一样东西，大家都得快活，跟打平伙一样，不就那么一点事吗？舌头在人家嘴巴里。哪个喜欢讲就让他讲。他喜欢怎么讲就让他怎么讲。你又何必把这点事放在心上。复礼是个好伢儿，你千万不要太为难他了。唱完这堂会馆戏，我会到府上来再教伢儿唱几出。"

杜师父的这番话，让张恒泰哭笑不得。唱戏的人把世上的事情都当成是戏了。杜师父如此的轻描淡写，张恒泰不敢苟同。他苦笑着，无奈地对杜凤麟摇着头。

张恒泰来到后殿察看。一个油漆匠，正在给财神殿的板壁涂抹着光油。通过后殿，张恒泰进入花厅，那里还有一个小戏台，是会馆唱堂会的地方。走出花厅，是一块铺着石板的露天坪场。坪场上，两株高大的桂树用条石围砌着。这两棵桂树，相传是一百多年前辛女溪的田姓苗人所送。人称"月桂"，月月开花，使万寿宫常年沉浸在芳香之中。坪场对过，背靠着高高的封火墙，是一幢精致的两层木楼。底层是厢房、库房和伙房，楼上是议事堂。库房里，两位负责采办的执事，正在清点祭祀用的冥品和供品。单鞭炮就堆满了半间屋子。厢房里，两位戴着花镜的老先生，正在书写着大红请柬。张恒泰进得厢房，连连拱手："杨老！萧老！二位辛苦。"

"值年老爷辛苦！"老先生见张恒泰拱手行礼，受宠若惊，连忙起身回礼。

"快请坐！快请坐！"张恒泰说道："明天就是上会的日子，请柬今天一定要发出去。"

"喏！我们正在写，误不了事，值年老爷请放心。"杨老指着一份分发请柬的名单折子，对张恒泰说。

张恒泰看着桌上的那份名单折子，上面写着"大清道光四年七月吉日谨订"的字样。张恒泰打小时起，就看见老先生们对照着这个折子写请柬。从折子上的字迹可以看出，四十多年来，这份名单在不断地增添、删减。小小的名折，记载着浦阳镇的兴衰。如今，这名折上的名单是：

三府衙门	千总衙门
福建会馆天后宫	徽州会馆九华宫
贵州会馆上黔王宫	贵州会馆下黔王宫
浙江会馆三元宫	山陕会馆关圣宫
四川会馆川主宫	两广会馆玉虚宫
湖广会馆禹王宫	黄州会馆帝主宫
苏州会馆五行宫	长沙会馆广济宫
衡州会馆福寿宫	宝庆会馆太平宫
常德会馆正一宫	溆浦会馆义陵宫
靖州会馆飞山宫	镇竿会馆天王神宫

木作业至巧宫	铁作业太阳宫
石作业鲁班宫	棕作业南岳宫
油号业神农宫	缝纫业轩辕宫
绸布业洞庭宫	医药业药王宫
排缆业玄女宫	屠宰业三义宫
粮米业炎皇宫	造纸业蔡侯宫
梨园业老郎宫	鞭炮业吉庆宫
神香业宝鼎宫	楮钱业玉蚨宫

折子上的名目，包含了浦阳镇的方方面面。早年，由于浦阳镇地处辰州府治所在的沅陵县和泸溪县的交界之地，两地的县太爷都争着抢这块肥肉。先是泸溪县在此设立了溪洞巡检司，沅陵县也随之在此设立池篷巡检司。康熙五十二年，两县的巡检司一并被裁撤，浦阳镇改由辰州府署直辖，由府署的六品文官通判直接管理这里的政务。作为知府助理的通判，通常是有职无权的闲职。掌管浦阳镇的通判，权力却远远超过普通的知府。这里的府署，既代表了辰州府，也代表了沅陵县和泸溪县，人们称之为"三府衙门"。浦阳镇还是地扼苗疆的咽喉要地。朝廷派驻此地的七百名绿营兵的头领，便是六品武官千总。名折上，三府衙门和千总衙门的名目排在最前列。镇上的各个会馆上会时，都要恭请这两位老爷大驾光临。一般的会馆，两位老爷常以公务繁忙推脱。只有万寿宫上会，两位老爷是有请必到的。

张恒泰将名折浏览了一遍，对两位老夫子说："今年上半年，麻阳人在后街的档头修了座会馆，叫作锦和宫。麻阳老乡多做水上营生，为我们'西帮'人做了不少的事情。他们凑钱修这样一座会馆不容易，请二老把锦和宫添加进名折里，给他们送请帖，请他们来做客，来看戏。"

从厢房出来，张恒泰来到伙房。伙房里，几个厨子正在为下午议事后的聚餐忙碌着。接着，张恒泰上楼来到议事堂。议事堂被收拾得窗明几净。张恒泰虽然家里出了扫兴的事，那毕竟是私事。作为值年，他必须恪尽职守。见这里的一切都在有条不紊地进行着，他放心了。中午，伙房把饭送到议事堂，他匆忙扒了几口了事。吃过中饭后，镇上有头有脸的同乡们，包括他的亲家刘昌杰，便将陆续出现在他的面前。儿子出事以后，他还没有见过亲家的面，也不晓得他的态度如何？张恒泰感到忐忑不安，他不知怎样面对亲家。他步履沉重地走下楼梯，栽着脑壳站在了楼梯口，等候同乡的到来……

"亲家！"

突如其来的叫声，使张恒泰抬起了头。刘昌杰站在了面前。他的身后，还跟着几位一道前来的同乡。

"值年老爷费心！"

"哈！张老板辛苦啦！"

"请！请！各位快到议事堂里请坐。"张恒泰连连拱手。短短的瞬间，张恒泰察觉到同乡们对他的态度并没有什么改变。刘昌杰一声令他如释重负的"亲家"，依然叫得是那样亲切。张恒泰心里顿时踏实了许多。

早年，浦阳镇的鼎盛时期，每年这样的聚会有三十六人参加，三十六家"西帮"商号操控着浦阳镇的经济命脉。这些人号称"西帮三十六金刚"。如今，浦阳镇江河日下，数得上的"西帮"商号只剩下十八家了。"西帮"的"三十六金刚"也就变成了"十八罗汉"。当张恒泰向"罗汉"们通报上会的筹备情况时，几个"罗汉"却在一旁交头接耳起来。往常可不是这样的，张恒泰觉得很扫兴。也难怪，"罗汉"们都是商人，除了利益和金钱之外，对名誉和地位也是很看重的。值年这个位置，是一种身份的体现，早就有人虎视眈眈了。顺庆油号出了这档子事，或许就是千载难逢的机遇。刘昌杰看出了亲家面临的尴尬，张恒泰的通报刚落音，他便立刻接了腔："各位，通报完毕，我们就该饱口福了，看值年老爷今年准备了怎样的美味佳肴！"

"各位请便！"张恒泰说着，吩咐伙房开席。

酒宴摆好，"十八罗汉"纷纷入席。席间觥筹交错，烈性苞谷烧的气息，弥漫在厅堂里。酒过三巡，刘昌杰已是满脸通红。他觉得这时应该过招为亲家解围了，便示意身旁的张恒泰，二人一同站起。他清了清喉咙，开腔了："各位乡亲，刘昌杰喝酒爱上脸。脸红了，并没有醉，有几句心里话要讲：我们的祖上从江西的四面八方，来到了浦阳这地方，大家能够有今天，除了自家的努力，还少不了乡亲们的关照和提携。万寿宫上会，今年又轮到我的亲家张老板值年。他家里最近出了点把点事，搞得他心神不安。究竟是哪样事，想必各位都已经听到了。"

"怎么不晓得，不就是馋嘴的猫崽偷了点食吗？"瓮声瓮气说话的，是长兴瓷器行的老板孙荣宽。

孙荣宽的话，引起了席间的一阵哄笑。

惠仁蜡庄老板申秀平，素来爱说爱笑。他接过话头说："猫崽偷食打烂的碗盏越多，你孙老板就越高兴。碗盏打烂，都到你那店子里买新的，你不就发大财了！"

又是一阵哄笑。逗笑的这两个人，在"罗汉"中并不是至关重要的人物。万寿宫的值年，说什么也轮不到这两个人来当。几个肠子弯弯多的人，却并没有作声。众人的哄笑显得不经意，张恒泰听来，却是充满着奚落和讥讽，他更加感到无地自容了。哄笑过后，刘昌杰又接着往下说话："说笑归说笑，正经事还要谈。后生家，谁没有个鬼蒙脑壳的糊涂时候，让他改正不就行了！依我看，事情并不是外面讲的那样不可开交嘛！"

申秀平爱讲话，又是他接腔："刘老板，只要你这当丈人佬的高抬贵手，旁人哪个还有屁放！"

申秀平的讲话，立刻得到了几位"罗汉"的附和。人们都觉得，这确实不算回事。刘昌杰的面子摆着，更犯不着得罪张恒泰。这对儿女亲家，毕竟是浦阳镇生意场上的两大巨头。

张恒泰说话了，态度极为诚恳："各位，养不教，父之过。恒泰教子无方，惹出了这样的事情，有辱门庭，也丢了'西帮'的脸面。各位乡亲，特别是我的亲家昌杰兄的宽容，令恒泰羞愧和不安。恒泰明白，各位的高抬贵手，并不能消除事实的存在，也封不住可畏的人言。'顺庆'已经难以代表'西帮'在浦阳的形象了。恒泰诚心诚意辞去这万寿宫的轮当值年，另请德高望重的乡亲来担当这个职务，享受这份荣耀。"

张恒泰的话音刚落，万隆油号的老板唐志兴便端着一杯酒，来到了张恒泰的面前。"罗汉"们都在揣测，唐老板会说些哪样。在镇上，唐志兴是排在刘、张两家之后的第三号财东。如若张恒泰辞去值年，这个位置就非他莫属。他的表态是举足轻重的。

"恒泰兄，你把话说到哪里去了！"唐志兴的神情，显得从容而大度。他说："你我在虎溪书院读书时，不就读过'窈窕淑女，君子好逑'的诗句嘛！这男女之事，谁都晓得，是又有味又平常。说有味，是谁都要食人间烟火，谁都想贪个花花世界。可这又实在太平常了。说句粗痞话，不是卵大的事吗？复礼的这件小事，昌杰兄都已经通融，你也就没有必要耿耿于怀了。来！值年老爷，这些日子辛苦了，老弟敬你一杯！喝了这杯酒，你就安安心心当值年。这万寿宫里的千头万绪，都在等着你去调摆。喏！老弟我先干为敬。"

唐志兴脑壳一仰，便把一杯酒喝下了肚。张恒泰说了声"多谢"，也跟着把一杯酒喝了。

"罗汉"们全都站了起来，对着张恒泰举起了酒杯，同声喊叫着："值年辛苦！干了这杯！"

"喝吧！我给你斟上。"刘昌杰轻声地对身边的亲家说。

"多谢！多谢各位乡亲抬爱。"张恒泰举起酒杯时，眼眶被泪水模糊了。

张恒泰虽然顺利过了"十八罗汉"这一关，到了会馆祭祀时，却并不那么顺利。

八月初一那天，天刚拂晓，浦阳镇的上空便传来了鞭炮声。"噼里啪啦"的小炮声夹着"嘣！嘣！"的大炮声，响彻云霄。万寿宫又架场上会了。一串串长长的鞭炮挂子，从高大门楼的墙顶，一直垂落到铺着石板的街道。鞭炮放过不断纤。红色的、白色的纸屑漫天飞舞，飘飘洒洒，在街道上铺满了厚厚的一层。门前两尊高大的石狮子，也被堆埋了半截。财大气粗的江西客商们，年复一年，就是通过这种最直截了当的方式，进行着最畅快淋漓的炫耀。往年，万寿宫的鞭炮，是从拂晓放到早上祭祀仪式结束。这天却不同，早饭过后，鞭炮声依然在没完没了地响着，似乎没有停歇的意思。镇上阅历丰富的长者们，从不停歇的鞭炮声中，敏锐地体察到今年的上会出现了意外。

事情果真如此，令张恒泰难堪的事情发生了。清早，当万寿宫响起第一串鞭炮声时，张恒泰便派出两个精壮后生到附近的田野里去抓绿皮蛤蟆，必须在祭祖仪式开始之前送到。祭祖时，要将这只绿皮蛤蟆放在神案上一只盛有少许汾酒的瓷盘边，再罩上一只玻璃罩。绿皮蛤蟆就一直蹲在瓷盘的边缘，直到仪式结束，才能将蛤蟆放归自然。"西帮"客商称绿皮蛤蟆为"蛤蟆太公"。相传许真人是绿皮神蛙转世，祭祀时必须将他的"真身"请到。许真人生前爱喝汾酒，也必须让他尽兴。蛤蟆是"太公"，抓蛤蟆必须说成"请"蛤蟆。多少年来，请蛤蟆从来都是顺利的。这天却不然，祭祖仪式就要开始了，派去请蛤蟆的后生，直到吃早饭时，仍不见回转。张恒泰急了，赶紧再派两个后生去请。他吩咐门楼前放鞭炮的人，在祭祖未开始之前，鞭炮要不断纤地放，绝不能停止。他一面着人将库房里存放着的鞭炮搬运到门楼前，一面又着人迅速到炮铺里买来了大量的鞭炮。就这样，万寿宫的门楼前响起了经久不息，却又令人不解的鞭炮声。

浦阳万寿宫的祭祀有定规，叫作"闭门祭祖，开门唱戏"。八月初一这天早上，赣籍同乡在会馆里闭门祭拜祖先。早饭过后，由高腔班唱戏，敞开大门请宾客前来观看。打头的剧目一定要是《许真人降孽龙》。通过戏文的演唱，赞颂许真人降孽龙、保万民的功德。

每年万寿宫上会，被邀请的宾客，不但无须送礼，还会获得一个数目不小的利市。宾客总是非常踊跃。早饭过后，人们涌向万寿宫。千总衙门的段千总，三府衙门的汪通判，都轻车简从，带着眷属，前来参加盛典。各个同乡会馆和同业会馆，也都派了代表前来。往常，祭祖结束，鞭炮停放。今天的鞭炮怎么还在放呢？众人疑惑不解，面面相觑。刘昌杰忙将宾客们迎进花厅。段千总、汪通判等重要客人，由张恒泰亲自请到了后院的议事堂饮茶。当宾客们得知，是由于蛤蟆太公没请到，致使祭祖延误时，花厅里一片哗然，说哪样话的都有。张恒泰心急火燎，如同热锅上的蚂蚁。他跑上跑下，累得热汗淋漓，衣衫湿透。他派人前去打听，为什么蛤蟆老是请不来？得到的回话是，因为天旱，田垄里的蛤蟆极少。见到的蛤蟆又都偏偏不是绿皮的。

"西帮"的乡亲们，包括"十八罗汉"，以各式各样的目光投向张恒泰。多数的人都和他一样焦急，在一旁看笑话的也不能说没有。连他自己也在犯疑，莫非真是那畜生干的勾当得罪了蛤蟆太公，蛤蟆太公才迟迟不肯露面？！

这时，一个后生抓着一只偌大的绿皮蛤蟆，飞似地跑进万寿宫。张恒泰喜出望外地迎上去问道："田垄里不是没有绿皮蛤蟆吗？这是从哪里请来的？"

那人回答："是刘昌杰老爷着我们去到楠木峒的壕沟里请来的。"

张恒泰才猛醒，也真是，怎么没想到派人去楠木峒请呢？那里的峒壕间蛤蟆最多。危难时刻，是亲家刘昌杰又一次救驾。他抬起头来，看见站立在神龛边的刘昌杰，正朝着他点头微笑。已是身心交瘁的张恒泰，将那只千呼万唤始出来的蛤蟆太公小心翼翼地覆罩在神案上的玻璃罩里。他忽然觉得，那玻璃罩中的蛤蟆太公，两只眼睛鼓起，仿佛充满着对他的责备。

门楼外的鞭炮声，仍然不停地响着，一直响到张恒泰主持的祭祖仪式结束。浦阳镇上的老百姓，这时已经吃过午饭了。从来都是上午演唱的高腔戏《许真人降孽龙》，顺延到了下午才开锣。前来看戏的宾客们对于这出年年依旧的戏文，早就了如指掌，看戏与否无关紧要，那个利市倒是心里惦记着的。当祭祖仪式还在进行时，张恒泰就安排账房，到花厅把利市分发给了宾客。等到大戏开台时，看戏的宾客已经寥寥无几了。

万寿宫的戏台上，由大红班本家、当红花脸安齐家扮演灵官开台。只见灵官身着黄靠，头戴紫金冠，额头上画着一只慧眼，鼻下戴着火红的髯口，两鬓飘下吊串串黄钱，腰间悬挂着一只活公鸡，纹丝不动地坐在戏台正中。掌台师杜凤麟摘下灵官腰间的公鸡，念动神词，将鸡宰杀，并将鲜红的鸡血涂抹在灵官的慧眼之上。接着他带领一孩童上场，对着戏台顶篷的太极图连射三箭。继而灵官传来水、火二将。水将腰间系一只鸭子；火将腰间系一只公鸡。灵官发令："将邪魔魑魅赶出门去！"二将听令，各持一个火把下台。这时，张恒泰已带领两班锣鼓在台下迎候。众人在张恒泰的带领之下，敲着锣鼓，放着鞭炮，将水、火二将送出了会馆的大门，而后回身"砰"的一声将大门关闭。门外的水、火二将，分别将鸭子和公鸡杀死，拌和鸭血和鸡血在万寿宫的大门上画一个"井"字，并在画字的时候高声诵念："一画朝天，二画朝地，三画人藏身，四画鬼神安！"继而水、火二将推开大门，进会馆，上戏台，向端坐在戏台正中的灵官复命。场面上的打鼓佬，也将一只公鸡杀死，将鸡血淋在鼓面上。接下来是灵官手执钢鞭舞蹈，"跳灵官"，祛瘟邪，保平安。开台仪式结束时，张恒泰已是精疲力竭了。他强支着身子，与台上的戏子们、台下的宾客们，相互拱手道贺，共庆开台顺喜。

伴随着唢呐声声，《许真人降孽龙》的戏文搬演开始。张恒泰步履踉跄地从前殿走到后殿，走过花厅，推开客房的门，一捆柴似的倒在了床上。他瘫睡在那里，浑身骨头如同散了架子一般。不一会儿，刘昌杰也不声不响地进到客房。他坐在床沿上，一把握住张恒泰冰凉的手，关切地说："恒泰兄，你太累了。"

"亲家，多谢你！"张恒泰躺在床上，品味着刘昌杰热乎乎的双手传递过来的体温，一串滚烫的泪水，情不自禁地从眼角滚落了下来。

● 雕花木匠

浦阳镇上的刘、张两家，祖上都是江西省临江府龙泉县人。明代中叶，大批的龙泉商人开始从事木材经营。龙泉木商的足迹，遍及整个南部中国。聪明的龙泉木商在实践中创造了独有的木材计量方法 —— "龙泉码"。"龙泉码"以"两码"为单位，操作简便，计量精确，规范了当时的木材市场。万历初年，龙泉县泥池村的刘运隆和张克成，见许多同乡做木材生意发财了，也去赣南林区采办木材，将木材从赣江水运到九江发售，淘得了第一桶金。为了寻求更大的发展，二人相约同行，走长江，过洞庭，溯沅水，来到当时木材商趋之若鹜的湘西。湘西，特别是邻近的贵州盛产杉木，因水路外运时必经辰州，木市上称其为"辰杉"。辰杉品质上乘，畅销长江中下游。刘、张两家，同在浦阳落脚，从事木材经营。为了寻求价廉物美的货源，他们溯沅水而上，去到上游的黔阳托口，购得木材，水运到浦阳编扎成大排，再运到常德的河洑、汉口的鹦鹉洲出售，利润丰厚。两家人同时成为浦阳数得着的大户。

几年下来，木商刘运隆在沅水的木业中名噪一时。他的闻名并不是生意做得最大，而是他有极高的心算技能，成为第一个有人提钉鞋的"围量手"。以龙泉码量算木材，需要在原木五尺处量出围径，根据围径的大小算出相应的两码数。每次河下围量的原木常以千计。围量手一边围量，一边唱喊围径尺寸，买卖双方各出一人笔录，通过计算得出木材的两码。围量手围木材时，要在成堆的木材上行走，为了保证行走时不打滑，必须穿一种鞋底带尖钉的钉鞋。刘运隆脚穿钉鞋围量木材，任你原木上千根，只要他将最后一根木材的尺寸量过，喊过，就可以立刻算出这批木材总的两码，与笔录者记下尺寸所换算出的两码，绝不会有厘毫差错。刘运隆因此而派头十足。他去到哪里围量木材时，身后总是跟着一个提钉鞋的伙计。

万历三十六年，刘运隆已是天命之年，一个机会从天而降，使他发迹。紫禁城的三座宫殿扩建，朝廷派员到湖广采办木材，辰杉是首选。工部的一位采办大员，闻听得刘运隆的大名，倾慕之余，盛情邀请他协理采办事宜。朝廷采办木材的费用，动辄白银上百万两。刘运隆身在其中，如鱼得水，获利丰厚。他究竟采用何种办法赚钱？外人无法得知。传言说，他通过这场协理，获得的银子当以万两计。没几年时间，刘家的资产，就远远超过了张家。

明末清初，湘西的最大商埠浦阳镇，进入了如日中天的发展时期。冶铁业在浦阳蓬勃兴起。这里出产的生铁，通过船装水运，畅销长江沿岸。木材业作为另一支柱产业，也支撑着浦阳经济的半壁江山。或许是由于浦阳木材业的发达，激发了一位地理先生的奇思妙想。他说，这浦阳的三街四十八弄，就是一块硕大的木排：三条顺水势并列的长街，如同并排的三根原木；横向的四十八条弄子，是编排的撬棍；四十八座土地庙，是原木与撬棍之间的楔子。浦阳镇，绝妙的风水宝地，就如同一块乘风破浪的大木排，前程不可限量。

康熙初年，安徽霍邱人张扶翼，来到湘西的黔阳任县令。他在家乡就知道，长江里、运河上，乃至东海、黄海数不清的木船，为了防腐，需要大量的桐油涂抹。这些桐油多来自四川。上任之后，他发现湘西一带的地理环境和气候条件，非常适合油桐树生长。于是，他在民间大力倡导种植油桐树，得到了广泛的响应。不几年，油桐树不仅在黔阳县，而且在整个湘西和邻近的贵州都普遍种植起来。大量的桐油需要相应的市场。洪江凭借地理优势，成为沅水上游桐油的集散地，新兴的商埠应运而生。在木材方面，洪江大量阻截了浦阳的货源，使浦阳的木材业处于被动。乾隆末年，湘西、黔东苗民起事，起义军的一把火，把繁华的浦阳镇烧成了一片废墟。古老的商埠开始走起了下坡路。而上游的洪江却是后来居上，日渐兴盛。浦阳镇的日渐衰落，引起了当时湘西的最高军政长官，辰沅永靖兵备道道台傅鼐大人的特别关注。笃信阴阳的道台大人，为了浦阳这块"大木排"免于在风浪中倾覆，遵照阴阳先生提议，在浦阳对岸一个叫球岔的地方，修了一座七层宝塔。让宝塔成为冥冥之中的一根"拴排桩"，牢牢地拴住这块"大木排"。他认为只有这样，浦阳才能安全无虞。若干年后，浦阳人说，当年的那位道台大人虽属好心，却办了一件天大的坏事。试想，一块被拴住的大木排，永远无法前进，还能有什么作为呢？好端端的一个浦阳，就葬送在了他的手中。此后又一个百年中，洪江桐油业、木材业更加兴盛。浦阳虽也发展了桐油产业，却无法与洪江匹敌。浦阳镇素以冶铁业兴盛著称，却面临着铁矿资源日渐枯竭，加之鸦片战争以后，欧铁又大量输入，冶铁业遭到重创，不得已而停炉熄火。浦阳镇这块球岔宝塔拴住的"大木排"，因此而日薄西山，被上游新兴的洪江远远地甩在了后面。

浦阳虽是走向衰落的市镇，可瘦死的骆驼比马大，它仍然保留着古镇的构架，精明的商人，仍然可以在这里赚到白花花的银子。到了张克成的孙子辈，也就是张恒泰的曾祖父张海山，他看到了桐油市场的商机，审时度势，更弦易辙，做起桐油生意来。张海山的桐油生意越做越大。不到二十年，张家的资产，就可以与刘家匹敌了。浦阳镇上，刘、张两家世交重又并驾齐驱。

湘西的木商，都有一把铸有自家牌号的钢戳，称为"斧记"。进行木材交易时，由卖方在钢戳上蘸以桐油朱红，打印在每件木材上。直到如今，刘昌杰一直沿用着祖上传下来的"刘元隆"斧记。他的木行也叫作元隆木行。

三百多年了，刘、张两家的子孙遍及湘西各地。两姓人之间究竟有多少次联姻？从陈旧的《族谱》中，或许可以查找清楚。如今，留守在浦阳

镇的刘、张两家的后代，又结下了姻亲。三年前，刘金莲十四岁，刘昌杰
为了到时候能体面地将女儿嫁到张家，便请来雕花木匠，为她制作全套的
雕花家具。在湘西，木制家具是女子出嫁时最主要的嫁妆。家具即嫁妆，
若是有雕花，便称为雕花嫁妆。

浦阳一带最著名的雕花木匠，人称麻老矮，家住离浦阳镇二十五里的
麻家寨。麻家寨地处官道之上。那里的苗人多学有手艺，与市镇上的汉人
常有往来。他们都会说汉话。看表面，已经很难分辨出是苗人还是汉人。
雕花木匠麻老矮技艺绝佳。他雕作的神像栩栩如生；他雕制的家具精美绝
伦。除了手艺盖世以外，麻老矮的著名还有一个原因，那就是他长得又矮
又丑。人矮脑壳大，眼小鼻梁塌。他本有大名，人们却以麻老矮相称。久
而久之，大名便无人知晓了。麻老矮模子里铸出的两个儿子大喜和二喜，
也和他一样矮，一样丑。兄弟二人从小跟着父亲学习雕匠手艺。大喜生性
灵空，学得最好。有人说，儿子的手艺已经盖过了老子。

按照乡俗，雕花嫁妆必须请雕匠到家中制作。一套全堂雕花嫁妆，
两个雕匠通常要做三年。将麻家雕匠请到家中来做嫁妆，刘昌杰曾一度产
生过犹豫。他之所以如此，是因为人们对于这位麻老矮，有一个令人将信
将疑的传闻。说是这麻老矮有一种祖传的秘方，称为"躺躺迷药"①。这
种迷药只要在女人的左边衣襟角上沾那么一点点，女人便会不顾一切地往
这男人身边倒贴，不管他是老是少，是富是穷，是乖是丑，即使是瘸子瞎
子，也会与他厮守终身。说麻家人有祖传躺躺迷药的人是有根据的。根
据就是，麻老矮是个丑八怪，他的婆娘灵芝却是个如花似玉的俏女子。他
若不是使用了躺躺迷药，一朵鲜花怎会插在他那坨牛屎上？有人问麻老
矮，是不是下了躺躺迷药才把灵芝搞到手的？麻老矮总是说："什么卵的
躺躺迷药，没有的事！"他被逼问得太紧时，就把他和灵芝的那本经如实
说出，让兄弟们相信躺躺迷药是并不存在的。二十多年前，他跟师父在乾

---

① "躺"为湘西俗字，当地人发音为"nia"，意为人与人，身子与身子的相附相粘。

州所里的一户人家打雕花嫁妆，一做就是三年。他年轻时很会唱歌，见子打子，出口成章。所里是个大场口，场口的中心进行商品的交易。场口的边上则是年轻人对歌交友的地方。年轻人来赶场，叫作"赶边边场"。一次所里的赶场日，麻老矮耐不住每日劳作的寂寞，也去赶了一回边边场。边边场上，麻老矮遇到今天的婆娘灵芝。苗乡的对歌，固然要比喉嗓，更重要的是通过对歌来比试肚才。灵芝唱歌闻名于所里一带，从没遇到过对手。她曾经扬言，若是哪个男伢唱赢了她，她便以身相许，不用花轿抬，她自己上门。面对着麻老矮这三叠糍粑高的丑八怪，灵芝忍俊不禁。原只想唱两支歌打发他了事，没想到麻老矮的歌声竟像蚂蟥一样缠住了灵芝，叫她甩不脱，丢不掉。粘心粘肺的歌直唱得灵芝云里雾里。一乖一丑的对唱，引来了里三层外三层的听歌人。没唱多久灵芝就紧张得出了麻麻汗，她摘下细篾斗篷来扇风。麻老矮照此办理，也把细篾斗篷摘下，拿在手里扇风。那又稀又黄的头发结成辫子，盘在脑壳顶上，就像一丛剥了棕片的棕树蔸。众目睽睽之下，灵芝和麻老矮面对面地站着。姑娘竟比后生高出了半个头。灵芝姣好的面容、匀称的身段，使得麻老矮相形见绌。麻老矮能够占得上风的，是他那淋漓酣畅、婉转动听的歌声。所里一带的男伢，几乎都知道灵芝曾经许下的诺言，背地里骂她是嫁不出去的"歌精"。歌精总算是遇到克星了，克星又偏生是个丑得教人作呕的脚色。人们都在拭目以待，看你灵芝吐出来的口水，自己又怎么咽了回去？灵芝倚仗着自己的聪慧目中无人，如今也只能咎由自取了。麻老矮与灵芝你来我往的对歌一直持续到太阳落坡。集市早已散去，边边场却因为这场难得一见的对歌却还在继续着。人们预计这场对歌到最后，一定会有精彩场面出现。渐渐地，灵芝开始招架不住。那双水汪汪的大眼睛，望着麻老矮，充满着恐惧、惶惑和不安。越唱越来精神的麻老矮，却仍然是那样从容不迫。忽然，灵芝不再接着对唱，而是对麻老矮说："大哥，要是你人长得也和你的歌一样，那该多好。对不住了！实在对不住！"话音刚落，她扭头就走。几个与麻老矮素不相识，却为他打抱不平的后生，上前一步拦住了灵芝的去路，大声地质问："你这婆娘，吐出的口水，讲出的话，怎么能不算数？！"灵芝两颊绯红，无言以对，尴尬万分。只见那笑呵呵的麻老矮一步上前，把拦路的后生拉开，说了声："让她走吧！不要为难她。"便头也不回地朝着与灵芝相反的方向走了。

事情也真凑巧，麻老矮做雕花嫁妆那家的女伢，是灵芝的远房表妹。女伢对麻老矮有极好的印象。认为他人虽长得丑点，他的肚才和手艺，完全可以弥补这点不足。当她听到表姐与麻老矮对歌的事，就编着法子为表姐撮合这段姻缘。灵芝的针线做得极好，女伢就以请表姐帮忙做嫁衾为由，把灵芝请到了家中。她带着灵芝看麻老矮制作的雕花嫁妆，说了许多赞扬雕匠的话。灵芝看了雕花嫁妆，自然也是赞不绝口。这时，与她在边边场上对歌的麻老矮突然出现在她的面前。聪明的灵芝明白了表妹的用心，便红着脸对麻老矮说了一句："看你不出，歌唱得好，雕花嫁妆也雕得这么好。"灵芝动了心，一桩姻缘就这样成了。于是，一些喜欢联想的人，就把这一乖一丑成就的姻缘，自然而然扯到了躬躬迷药上面去，也就不是没得道理了。

在浦阳一带，人们对于麻家人究竟有没有躬躬迷药的秘方，一直是众说纷纭。刘昌杰则是宁可信其有，不可信其无。家里有个待嫁的女儿，对传闻不能没有戒备。刘昌杰曾想过，让雕匠在他屋里把雕花嫁妆做好，到时候再搬过来，多付点钱都是可以的。而当地的习俗却是，雕花嫁妆必须在嫁姑的屋里做成。做嫁妆的时间越长，便预示着夫妻过得幸福久长。刘家怎么能失去这样的彩头呢？刘昌杰还想避开麻家，另请别的雕花木匠。麻家人的手艺实在是太高超了。刘金莲声言一定要请麻家雕匠，旁人做的她不要。刘金莲不知从哪里听说，父母之所以拿不定主意，是担心她会被麻家的躬躬迷药迷住心窍。刘金莲"咯咯"地笑得直不起腰。她对父母说："你们的女儿难道也会被那丑八怪雕匠迷住心窍吗？你们也太把女儿看扁了。"刘昌杰听了女儿的话很是高兴。女儿虽然只有十四岁，却已经懂事了。就这样，刘昌杰做出了决定，请进麻家雕匠为女儿打雕花嫁妆。

刘昌杰和夫人刘邬氏，生了一男一女，儿子刘金山，成婚还不到一年，儿媳名叫伍秀玲，是辰州厘金局伍总办的女儿。麻家雕匠进屋之前，刘昌杰给家里的年轻女眷，包括秀玲和金莲，订下"约法三章"："一、平时不能找雕匠闲谈、玩耍；二、有事找雕匠必须通过大人；三、和雕匠谈话必须有大人在场。"秀玲究竟较金莲年长几岁，她明白长辈的良苦用心。不谙世事的金莲，却认为这是一个好笑的规定。雕匠进屋，是请先生择了日子的。这天正逢浦阳镇赶场。雕匠师父麻老矮带着大喜、二喜，挑着行头，进了刘家窨子。一同进屋的还有师娘灵芝。灵芝来浦阳赶场，打个转身就回麻家寨。有父亲立下的规矩，金莲不敢到厅堂里去看。她上了绣楼，从那里往下看厅堂，一目了然。请来的雕匠师父和他的两个儿子，一般的矮小，一般的丑陋，和外面的传言没得差别。令金莲不解的是，那师父的婆娘，怎么长得那么光鲜？金莲惊讶地发现，母亲虽是徐娘半老，却风韵犹存。可拿母亲和那个妇人相比，母亲便黯然失色了。金莲不解，这样光鲜的婆娘，怎么会嫁给如此丑陋的汉子呢？金莲禁不住心里"咯噔"一下，天哪！这伙雕匠莫非真的有躬躬迷药！她更想不通的是，老娘如此有模有样，两个儿子竟然没得丝毫老娘的影子，而是把老子的尊容全盘继承了下来。

雕匠进屋的第二天，麻老矮便带着二喜回了麻家寨。刘家窨子里，只剩下大喜一个人。雕匠做雕花嫁妆有规矩：雕匠进了屋，在整堂嫁妆完成之前，屋里的雕匠是不能断档的。若是断了，主东便认为是彩头不好。父亲临走前，嘱咐大喜把要雕作的家具先画出个图样来请主人认可。这天下午，麻大喜拿着一张图，来找刘昌杰："老爷，我这里画了一张图，请你过目。"

"我看看。哦！是张梳妆台的图嘛！这是金莲用的，要让她来看，还有太太、秀玲，让她们都来看。"刘昌杰拿着图纸吩咐丫头桂香。

不一会儿，仨娘女来了，轮番捧着图细看。只见那梳妆台的设计图，除了上下的镂空雕刻之外，最突出的是一个由莲花和鲤鱼构成的镜座。

刘昌杰问女儿："金莲，你说说看，这张梳妆台的图是个什么意思？"

刘金莲摇了摇头，吐了吐舌头，说："我不晓得。"

刘昌杰哈哈地笑了。他对麻大喜说："小师父，我来说说，你看对不对？这梳妆台的底座，两朵莲花和两条鲤鱼。这莲花，就是我的女儿金莲；这鲤鱼，就是我的女婿复礼（鲤）。小师父的意思是这样吗？"

麻大喜点着头说："是的！老爷好悟性。"

秀玲在金莲的耳边说着悄悄话："把你们俩的名字都雕了上去。我的那套嫁妆，可没有这么个说法啊！"

金莲看着画有莲花、鲤鱼的梳妆台画图，不由得两颊绯红。

刘邬氏夸奖道："都说麻家雕匠手艺好，果然名不虚传。"

小雕匠麻大喜不卑不亢，侃侃而谈："这新娘房里的家具，除了床之外，最重要的就是这梳妆台了。夫妻好合，常常表现在梳妆台前。古时候，有个典故叫'张敞画眉'，就是张敞为爱妻画眉。在什么地方画？就是在梳妆台前。除了刚才老爷所说，把小姐和姑爷的名讳，嵌入了画面之外，我在画这图时，还想到了一层意思。"

刘昌杰问道："什么意思，你说说看。"

麻大喜说："这画面上的鱼，自水中跃出。这莲花又叫荷花。这张摆在新娘房中的梳妆台，就是小姐和姑爷'鱼水和（荷）谐'呀！"

刘昌杰禁不住连声称赞："对！鱼水和谐！鱼水和谐！"

麻大喜接着说："再有，梳妆台上为哪样要雕两朵莲花、两条鲤鱼呢？这就是说，小姐和姑爷，永远都成双成对。莲花和鲤鱼，也不单只是嵌进小姐和姑爷的名字。古人有诗句：'在天愿作比翼鸟，在地愿为连理枝。'这其中的'连理'，也正好应在小姐、姑爷名字中的'莲'和'礼'二字上。"

"好！好！"刘昌杰对麻大喜的构思赞不绝口。他万万没有想到，一个来自苗乡僻壤的小雕匠，竟有如此奇妙的构思！为了再试他一试，刘昌杰问道："你说说看，这'在天愿作比翼鸟，在地愿为连理枝'的诗句，出自何人的哪首诗里？"

麻大喜回答："它出自白居易的《长恨歌》，说的是唐明皇和杨贵妃娘娘生死不渝的情缘。"

"你常常读书吗？"刘昌杰问。

麻大喜说："我们做雕匠手艺的人家，都是有钱的大户人家。这些人家，都有好多好多的书，我便常常借来看。"

刘昌杰说："我的屋里，也有好多好多的书，书房就在阁楼上。想看哪样书，跟我说一声，你可以到书房里去取。"

"多谢老爷！"麻大喜很有礼貌。他接着说："如果老爷、太太点了头，我就按照这个图下料了。"

刘昌杰看着精彩的画图，实在有点不相信，就是眼前这个不起眼的小雕匠画的。又问道："出这样的画图，你们雕匠有定规吗？"

麻大喜回答："定规是有，爹爹也把定规教给了我。可不能完全照着定规做。定规是死的，人才是活的。比如这个梳妆台，就是依据小姐和姑爷的名讳画的。老辈有句话：'十套嫁妆九个样'。每套嫁妆，都要根据东家的不同情况，雕出不同的图样。这些图样都出在雕匠的心中。东家满意了，雕匠心里就高兴。做这样一套嫁妆，花费银钱，还要服侍匠人，一般人家是做不起的。我们这些做雕花木匠的，一世人生也雕不了几套嫁妆。每雕一套，我们都会尽心尽力做好的。不图富贵也图名。留下个好名声，手艺人也就心满意足了。"

其貌不扬的小雕匠，给刘昌杰留下了极好的印象。他不敢相信，这样的手艺人，怎么会使躬躬迷药那样的邪法呢？他甚至还想，这个小雕匠，如果换上一副相貌，如果投胎在书香门第，或许还能成大器哩！

刘金莲从小受到宠爱，母亲对她百依百顺，促成了她的任性。女人缠足，本是天经地义的事。刘邬氏为金莲缠足，可是费尽了周折。只要给金

莲一缠上裹脚布，她便会呼天喊地地叫骂，甚至在地上打起滚来。疼爱女
儿的刘邬氏，便立刻将裹脚布松开。反反复复，裹裹停停，刘金莲终究也
没能被裹成"三寸金莲"，而是裹成了如今这一双不大不小的脚。在雕匠
进屋之前，父亲便订下约法三章。开初，由于父亲的规定，特别是躺躺迷
药的传闻，使刘金莲的任性有所收敛。在品评过小雕匠所画的图样之后，
她的顾忌便消除了。在刘家窨子劳作的雕匠，父子三人同在的时候少，大
喜一人留下做活的时候多。刘金莲对这个比自己年长四岁，却只到自己耳
朵高的小雕匠，除了他长得矮生得丑之外，其他的印象都是很不错的。这
样的小后生，怎么可能与那邪恶的魔药联系在一起呢？画出一张梳妆台的
图样，不但说得头头是道，还包含着高深的典故。一个苗家小雕匠，肚子
里居然还真有点墨水。经过小雕匠对图样的描绘，情窦初开的刘金莲对未
来的婚姻，就更加充满着美好的向往。刘金莲甚至觉得，不应该害怕他，
躲避他，而是应该感谢他。他将用三年的辛勤劳作，为嫁到张家窨子的刘
金莲，营造出一个温馨的生活环境。刘金莲甚至想入非非，当她与丈夫依
偎在这雕花的梳妆台前，将是一种何等幸福的情景！约法三章就这样失去
了约束力。刘金莲常常守候在雕花木匠身旁，津津有味地欣赏他劳作时的
一招一式，像小妹妹守候着大哥哥一样。三年了，她从一个细妹子，渐渐
长成了一个大姑娘。

　　三年之中，未婚女婿张复礼，每年正月要来拜年，端午和中秋要来
拜节。张复礼每次来到岳家，都要在刘昌杰的陪伴下，来到雕制嫁妆的工
场，看麻大喜制作的每一件家具。面对着精巧的雕作，老丈人总是兴致勃
勃地做着介绍，这有哪样寓意，那有哪样典故。张复礼表面上附和着老丈
人，心里却在想着另外一码事情。那就是他听到的是麻家人太多太多的传
言。本能的警觉，使他对矮子雕匠越看越不顺眼。似乎这个丑八怪已经给
刘金莲下了躺躺迷药。他甚至故意昂首挺胸高傲地站在麻大喜的跟前，想
让这个没得他肩膀高的矮子雕匠在他的面前自惭形秽。麻大喜却全然不理
会这些，依然故我地进行着他的劳作，丝毫也没有畏葸之感。一次，张复

礼独自一人来到麻大喜的工作间。麻大喜正在雕刻一张团凳边沿的镂空花板，图案是一连串玲珑剔透的莲花。

"啊！是莲花。"张复礼站在麻大喜身后品评着："嗯！正好和梳妆台相配套。"

"姑爷以为如何？"麻大喜回过头问张复礼。

张复礼回答："雕莲花很好嘛！应对了金莲的名字。莲花出淤泥而不染，是一种高洁的花。"

"金莲小姐可不是出自污泥之中啊！"麻大喜笑嘻嘻地同张复礼搭着腔。他说："我把金莲小姐看成是观音菩萨莲台上的莲花。这一套卧房里的家具，都要围绕着莲花来铺排。'荷叶罗裙一色裁，芙蓉向脸两边开。'这是王昌龄《采莲曲》中的句子。王昌龄当年就是从浦阳镇经过，去到龙标的。龙标就是如今的黔阳。姑爷，你可是有福气的采莲人哟！"

"小师傅，你真会说话。"张复礼听了麻大喜的话，心里乐滋滋的。

有一次，张复礼和刘金莲在天井里相遇，见没人，刘金莲问他："看过那些雕花嫁妆了吗？"

"看过了，还不错。"张复礼回答道。继而他说："矮子雕匠鬼得很，要当心点哟！"

三年之中，麻大喜大都是一个人在劳作，深感寂寞与孤独。他是个健谈的人，盼望着有人来和他谈天说地，能和他谈得来的只有刘老爷。可刘老爷忙，哪有时间和一个小雕匠闲聊！小姐倒是常来看他雕花，他一直视她为不懂事的小姑娘。待到她渐渐长大成人，又觉得男女有别，不便和她过多的交谈了。到了晚上，他就自个儿在桐油灯下读书，什么书都读。刘老爷书房里的书很多，他经常找刘老爷借书。遇着好书，他便常常读到更深夜静。麻大喜也像父亲一样，很会唱歌，特别是情歌。可浦阳一带有规矩，情歌只能在山上唱，在别人的家里是不能唱情歌的。麻大喜对于唱高腔戏有特殊的天赋，看过的剧本他过目不忘；听过的曲牌即刻就会唱。烦闷时，他常常一边雕刻，一边哼唱着高腔戏。他记得许多整出戏，可以把一出戏里生、旦、净、丑各个脚色的道白、唱段，外带锣鼓点，从头哼唱到尾。一天，他正在哼唱《白兔记》中的"磨房会"一折。刘昌杰来到他的工场，他竟然没有发现，还在津津有味地哼唱着刘知远的唱段。

"好哇！"

麻大喜听到身后有人叫好，回过头，发现是刘昌杰。他随即停止了哼唱，和主东搭腔："嘻嘻！随便哼几句。"

"不错嘛！你唱的是一支〔桂枝香〕，唱得很好。〔桂枝香〕非常难唱。戏班里有句行话：'学会〔桂枝香〕，满口都是腔'。"刘昌杰称赞着小雕匠，继而又问道："你唱得这么好，是跟哪个学的？"

麻大喜回答："跟我爹爹。"

"学的哪样行当？"

"也打鼓，也唱脚色。主要是旦角。"

"我们这条刘家弄子里，有一个围鼓堂，叫作合义堂，大家选我当堂长。哪天唱围鼓时，你也来一个。"刘昌杰就这样向小雕匠发出了邀请。

这天，刘金莲正在闺房之中飞针走线，刺绣枕头花。枕头花的布面平整地绷在绣花绷子上，图案是"鸳鸯戏水"。当初她描此画图时，还请麻大喜给做了改动。她绣着绣着，突然想起，她和嫂子伍秀玲约好，去向她学唱哭嫁歌。她向嫂子学过两次了。嫂子夸她灵泛，一点就通。她出得闺房，下得楼梯，往嫂子的卧房走去。她来到嫂子的房门前，听见嫂子在里面大声说话，语气里充满责难。

"死丫头，你怎么不早说？"

"我以为你们都晓得了，就没对你们说。"回话的是丫头桂香。

伍秀玲的声音："这姑爷也真是，怎么和下人做这种见不得人的事呢？要是金莲晓得了，还指不定会怎么样呢！"

刘金莲听得真着，是张复礼出事了，还是和一个下人出了那种事。她脑壳"轰"的一声，顿时就发了蒙。她不由得停下脚步听起了壁脚。

"这些日子，镇上没得一条街，没得一条弄子，不在讲这件事情。怎么你会不晓得？"听桂香的口气，她感到很奇怪。

"你是怎么晓得的？"

"听我三哥说的。"

"就是那个走街串弄卖魔芋豆腐的'山麻雀'？！"

"就是他。我这个三哥，真是跟山麻雀一样。卖一路的魔芋豆腐，叽叽喳喳嘴巴讲过不放空，生怕别人讲他是哑巴！"

"难怪人家都说，什么事情让'山麻雀'晓得了，四门不用贴告示。"

刘金莲实在忍不住了，她真想立刻冲进房里，抱着嫂子大哭一场。这时候，桂香又开声了："少奶奶，和姑爷相好的那个丫头你见过。"

"没有吧！我在哪里见过？"

"太太过生日那天，亲家太太来拜寿，就是带的那个丫头。"

"啊！我想起来了，那丫头模样儿还算光鲜，笑起来怪妖气的，还有一对酒窝。真是个狐狸精！"

"姑爷也不晓得怎么了，偏偏吃了她的迷魂药。街上的那些话，讲得难听死了！"

刘金莲实在控制不住了。她猛地一脚便踏进了嫂子的房间。刘金莲的突然出现，使得伍秀玲和桂香不知如何是好。此刻，伍秀玲最大的希望，是她刚才同桂香的对话，小姑没有听到。于是，她试探着对小姑说："啊！金莲来了。来！我们来学哭嫁歌。"

刘金莲两眼直盯着伍秀玲，气呼呼地吼叫着："怎么？你还要我学唱哭嫁歌？！我要当尼姑，唱佛歌！我要剁他的脑壳，唱葬歌！！！"

伍秀玲知道坏事了，她和桂香的讲话，小姑全都听见了。面对着刘金莲的吼叫，她不知如何是好。正在这时，睡梦中的达儿被刘金莲的吼声惊醒，大声哭叫起来。伍秀玲赶紧过去抱起达儿，拍着哄着，在房里蹀着步。这似乎为她暂时解了围。一旁站着的丫头桂香，晓得是因为自己的嘴巴多，闯下了大祸，趁着达儿哭叫时，栽着脑壳悄悄儿溜走了。

经过不停地拍哄，达儿停止了哭叫。伍秀玲和刘金莲，姑嫂二人泪眼对泪眼，面对面地站着。猛地，刘金莲走上前去，趴在伍秀玲的肩头上，放声地大哭起来。

"金莲啊！事情都已经出了，你就想开点！"

"想开点？！我怎么想得开啊……"刘金莲泣不成声。

"有些个男人，就是这样。做女人的得忍着点。"伍秀玲在寻找着最婉转的语言，劝慰着伤心的小姑。

"我忍不了！男人不是好东西！"刘金莲叫骂着。

刘金莲第一次受到这么沉重的打击。她曾对爱情充满着天真的遐想，对未来充满着美好的憧憬。她希图以自己的纯洁与真诚，去满腔热情地迎接新的生活。她会像母亲对待父亲一样，对待未来的丈夫，相夫教子，完成一个女人应该完成的一切。三年了，她随着雕花木匠在一块块香楠木上的精雕细刻，从一个细妹子变成了一个大姑娘，完成了对未来生活的精心设计，在热切的企盼中度过每一个白天和夜晚。这一切都伴随着浦阳镇上的街弄子中的闲言碎语倏然消逝。可以想象，人们的议论，必定会把她也牵扯到其中。如果换一个人，或许可以忍受，或许可以随着时间的推移，将这一段懊恼从记忆中抹去。她却不行，倔强的性格，这一团挥之不去的阴影，注定要陪伴她的终生。茫然的刘金莲，任泪水冲刷着她的哀怨与伤情，她急需寻找一种最强烈的方式，来宣泄她内心的愤懑。

猛地，刘金莲停止了哭泣。她飞快地走出房门。这时，伍秀玲懵懂了。她回过神来正想追上去，偏偏达儿又大哭。她抱起达儿就往外走。刘金莲已经穿过天井，大步流星，奔向大喜的木雕工场。

"金莲，你这是要做哪样？"伍秀玲意识到事态严重。她抱着达儿，三步两脚，连忙去禀报公婆。

刘金莲气冲冲朝着工场走来，麻大喜知道出事了。张家窨子发生的事情，他早在十天以前就已经知道了。他不敢想象，刘家小姐若得知此事会出现怎样的情形。这一幕终于展示在他的眼前。

"小姐！你这是怎么了？！"小雕匠惊呼。

"没得你的事，不要你管！"刘金莲通红的眼睛在四处搜寻。猛地，她抓住一把靠在墙根上的砍刀，朝着那已经完工的梳妆台奔去。当她扬起砍刀要往下砍时，眼疾手快的麻大喜，立刻一个箭步上前，紧紧地抓住了刘金莲那只抓砍刀的手。

"你松开！"刘金莲发疯一般地吼叫着。

"小姐！使不得！"麻大喜不放手，像是在哀求。

刘金莲生气地质问麻大喜："你凭哪样要阻拦我？"

麻大喜理直气壮地回答："因为这是我做的。"

"你做的？！是我花钱请你做的！"刘金莲怒目圆睁，那只被抓住的手在挣扎着。麻大喜虽然矮小，手力却大得惊人，任凭刘金莲怎样挣扎也是无济于事。

"你有钱有什么了不起，我不要你的钱！"麻大喜像是受到了侮辱，也大声吼叫起来，他的手抓得更紧了。

麻大喜突然的动怒，使刘金莲感到惊讶。她发呆地望着麻大喜，握刀的手停止了挣扎。麻大喜用另一只手，来掰开刘金莲的手，夺她手中的刀。刘金莲的手，被麻大喜抓得太紧，疼痛难忍，不得已松开，那砍刀便落了下来，正砍在了麻大喜的左手手背上，顿时便血流如注。刘金莲吓坏了，"汪汪"地大哭了起来。

那落下的砍刀，正砍中了麻大喜手背上的一根筋。鲜红的血从伤口喷涌而出，滴到了铺着砖头的地上。正在这时，伍秀玲带着刘昌杰和刘邬氏匆匆赶到，众人都被眼前这血淋淋的情景惊呆了，不知道究竟发生了什么事情，也不知道该如何处理。

"怎么啦？这是怎么回事？"刘昌杰急切地问。

刘金莲不再大哭，啜泣着，惊恐地站在一旁不作声。

"老爷先莫问，快给我倒杯水来，还要一根香。"麻大喜强忍着疼痛，对刘昌杰说。

麻大喜将一杯清水，放在工作台上。他的右手正用点燃的神香，在水面上比画了几下。左手的手背，鲜血仍然在喷涌。众人都屏住呼吸，静观着这位小雕匠的神秘举动。只见他口中念念有词。刘昌杰知道，他念的是"收刀止血咒"：

反眼看青天，师父在眼前，传度师父麻法太，显灵在眼前。筋断筋相合，皮断皮相牵，骨断骨相接，肉断肉相连。止了江河水不流，止了穴口血不翻。有肿肿消散，有痛痛必断。吾奉太上老君急急如律令敕。

念过神咒，麻大喜抿了一口杯子里的清水，朝着左手手背上冒血的伤口猛地喷去。霎时间，那喷涌而出的鲜血，就这样被止住了。伍秀玲随即用一块白布为麻大喜包扎好伤口。在场的人们，特别是刘金莲，这才松了一口气。

"快说，这是怎么啦？"刘昌杰问。

● 盘瓠崖之恋

四更过后，廖老六带着女儿阿春不声不响地离开了张家窨子。浦阳山上，浦光寺在夜色中悄然屹立；沅水河里，船把佬还在船舱里做着好梦。阿春背着包袱，裁着脑壳，没精打采地走在浦溪边隐约的花阶路上。天亮时分，父女俩便走过了浦溪边一个叫接龙的寨子。阿春感到一阵恶心，便在路边弯下腰翻肠倒肚地呕吐起来。廖老六知道，怀胎的女人都是这样的。没办法，他只得在路边站着，等阿春呕吐过，歇息了片刻，才又赶路。

"回到屋里，就把那副药吃了。"廖老六说。

阿春却说："打胎？！我才不哩！"

"还是打掉好！"廖老六希望说服女儿。

"不！我不打！"阿春说着，便从包袱里取出那包着打胎药的纸包，狠狠地甩下了浦溪的流水之中。

廖老六叹息着："娘的，老子拿你没办法。"

阿春又从包袱里取出一个银锭，拿在手里掂了掂，也甩下浦溪的深潭之中。

廖老六惊呆了："你发癫，怎么把银子也丢了？！"

"这臭钱，要它做哪样！"说着，阿春拿起一个银锭又要丢。

廖老六连忙从阿春的手中夺过银锭，揣进怀中，嘟哝着："这银子你不要，就不该拿人家的。"

"为哪样不拿？给得再多我也拿。拿了我照样丢。他拿好多我就丢好多。"阿春说得极爽快。

廖老六再次叹息："娘的！老子拿你没办法。"

又是一个大晴天，太阳刚一出山，便显得灼热。远处，阳光下的盘瓠崖，如同一只顶天立地的巨犬，蹲踞在莽莽群山之中。盘瓠崖下的一个寨子，依此崖而取名，那里有廖老六的家。古时候，在湘西地方有个叫高辛氏的部落，受到了犬戎部落的入侵。为了消灭入侵之敌，高辛氏宣布：谁能取下犬戎大将吴将军的首级，他就把女儿嫁给她。高辛氏许下诺言没几天，就有他畜养的一条叫盘瓠的狗，将吴将军的首级衔到了他的面前。高辛氏犯难了，它是一条狗，怎么能把女儿嫁给它呢？辛女却对父亲说，首领说出来的话，是不能反悔的。辛女愿意和盘瓠成婚。盘瓠背着辛女，住进了眼前这盘瓠崖半山腰的山洞里，生下六男六女，自相婚配，繁衍了湘西这一带的人类。苗民便因此敬奉盘瓠和辛女为先祖。

这个夏天，盘瓠崖一带久旱无雨。苗民们在山上种的包谷，叶子都枯得搓了索子。苗民依古法求雨，抬着狗的光身游过好几次田垄。老天爷却依然丝毫没有下雨的迹象。干旱之年，大山里的老虎耐不住饥渴，便连连光顾这盘瓠崖下的村子。

廖老六分外沮丧，自言自语地说："他娘的，悖时悖一路了。"

"还有哪样悖时事？"阿春问。

"早几日，老虫又进了寨子，把我们屋里的肥猪叼走了。"廖老六告诉女儿。

"真悖时！"听到这一消息，阿春也分外懊丧。三年前，老虫就曾叼走过她家一头肥猪。她问父亲："几个老虫？"

"就一个。"

"敲了马金没有？"马金是一种特大的铜锣，敲起来声音特别响。往天，每当老虫进寨时，苗人都是敲起马金，吓走老虫的。

廖老六说："怎么没敲！你敲你的马金，那老虫它进它的猪栏、牛栏，一点儿也不怕。几天下来，你四叔的牛，还有满公的猪，也都被叼走了。"

"那就赶紧去岩溪冲请虎匠呀！"阿春说。岩溪冲的虎匠，远近闻名。他们用梅山教之法射杀老虫。三年前盘瓠崖发生虎患时，就是去岩溪冲请的虎匠。虎匠就曾用药弩射死过一个老虫。

廖老六说："你老根叔已经去岩溪冲请了，如果他们在屋里，今天就会赶到。"

听说岩溪冲虎匠来打老虫，阿春就边走边想，那石老黑一定会来。梅山虎匠的师父名叫梁法东，石老黑是他的大徒弟，还有个徒弟叫吴二狗。三年前，虎匠来到盘瓠崖打老虫时，就是在阿春家中安的梅山神坛。石老黑是个莽汉，长得又粗又黑；平时鼓眼豹睛，脸上总是没得笑容。可当他见到阿春时，眼光变得温和了，声音变得轻柔了，成了另外一个人。石老黑有事没事，总喜欢找阿春说话。阿春心里有数，这黑脸虎匠在打自己的主意了。山里人谁都晓得，虎匠同老虫打交道，是极其危险的职业。家境稍好点的人，是决不愿意干这行的。一贫如洗的石老黑家住在铁门槛，那里的人多以拦路打劫为生。只有他一家人再穷也不肯当强盗。石老黑幼年丧父，瞎子老娘带着一双儿女艰难度日。他十三岁就跟舅爷梁法东学虎匠，妹妹荞花则被送到炭山里当了童养媳。如今，石老黑已长成五大三粗的汉子，虎匠道艺学得也还不错。一头登刚的牯牛，每块肌肉，每根茸毛，都蓄积着骚劲。情窦初开的阿春在黑脸虎匠的面前，不由得有点儿慌神。

盘瓠崖同龄的苗家姑娘中，阿春模样长得最乖，也最有心计。五年前，她的娘死于"九子疡"，那时弟弟树保才七岁。冬天，阿春跟着父亲到浦阳镇送木炭。那是个大口岸，和盘瓠崖打比，真是一个天上，一个地下。阿春常常到浦溪边上，映照自己光鲜的面容。自己哪一点也不比镇上那些享福的女人差。为哪样人家可以过上好日子，自己却要在盘瓠崖受苦受累呢？她相信自己是会有机会的。她提醒自己，千万不能沾那黑脸

卷

虎匠的边。铁门槛那个鬼地方，莫讲同浦阳镇比，就连盘瓠崖也比不上。她对石老黑一直在严加防范。她不愿意发生的事情，却仍然还是发生了。那天，她去苦竹冲掰包谷，和从弩堂归来的石老黑碰了个正着。石老黑拎着一串蕨萁穿的丝毛菌向她走来，当那饿狼般的眼睛从她胸前扫过时，阿春立刻意识到，这黑家伙要做坏事了。她像是鸡崽遇到岩鹰，鱼崽遇到鸬鹚，顿时便手足无措了。突然，石老黑丢掉手中的丝毛菌，喘着粗气，朝着阿春一步步逼近。阿春本能地后退着。石老黑猛地一把抓住阿春的手，却又不敢使劲抓。阿春用力甩脱石老黑，扭头就往山上跑去。奇怪的是，石老黑并不追赶，而是栽着脑壳，拖着沉重的脚步下了山。阿春在山上看着石老黑远去的背影，反倒后悔了。心想，"黑家伙，你怎么不追我？怎么不把我扛进包谷地里，下我的蛮？！在包谷地里是没人看见的。"从此后，石老黑再也不找阿春搭话。见着阿春，他总是栽着脑壳，像一个做错事的伢儿。直到和虎匠师徒打得老虫，离开盘瓠崖。

阿春跟着父亲回到了盘瓠崖。寨子口，是一座盘瓠庙。廖老六听见庙里有人说话，料定是廖老根从岩溪冲请来的虎匠。

"老根哥！"老六朝庙里喊了一声。

"老根叔！"阿春也跟着大喊。

廖老根应声从庙里走出，忙对阿春说："阿春，虎匠正在'封锁五庙'，你不能进去。"

阿春晓得，虎匠"封锁五庙"时，女人是不能进场的。爹爹和老根叔一同进了盘瓠庙，她却只能驻足庙前。这盘瓠庙的规模不大，却极为精致。小庙的旁边配有一座龙船寮，并排搁放着两条龙船。庙门的木枋上，镶嵌着一幅扇形的浮雕《五福临门图》：一条长着龙鳞的狗雕琢得活灵活现，周围四只蝙蝠环飞。寨子里的老人说，那长着龙鳞的狗，是苗家的祖神盘瓠大王。一只盘瓠（福）和四只蝙蝠（福）刻在门枋上，便叫作"五福临门"。阿春至今不明白，"福"是哪样？"五福"又是哪样？这庙门上的一条狗和四只蝙蝠，能给盘瓠崖的乡亲带来好运吗？

盘瓠庙里正在行虎匠法事，石老黑的师父梁法东在叽叽哝哝地念着神词，门外的阿春一句也听不清。突然，梁法东的嗓门抬高了：

……天边王元帅，丑上观请，梅山弟子梁法东拜奉神灵，近日盘瓠崖一带，猛虎出现，涂炭乡民。请来弟子装放神弓药箭，射杀猛虎，为民除害。犹恐五方神灵，心存恻隐，通风报信，私行释放。未曾进得团坊，先行封锁五庙。弟子置起金须锁，银须锁，二十四把牛尾锁，锁了高坡大庙，矮坡小庙，五方五路神堂社庙，弟子射杀猛虎之日，万神不得放出……

梁法东念过神词，阿春又听到了神卦掷地的声响。显然是求卦顺利，有求必应，廖老根、廖老六和虎匠随即走出盘瓠庙。果然，那黑脸虎匠又跟着师父来打老虫了。

廖老根和廖老六带着虎匠走进寨子。师父梁法东空手撂脚，徒弟石老黑和吴二狗，每人挑一副担子。石老黑的担头，系着一个燃着神香的竹筒。阿春明白，虎匠最怕女人打破彩头。她只能老远地跟在后面。快要进到寨子了，梁法东便吹起了紫竹做的梅筒，发出"嘘、嘘"的响声。听到梅筒声一路响来，乡亲们便知道是虎匠进寨子了。虎匠师徒和寨子里的苗人早就熟识，相互打着招呼，十分亲切。

虎匠的梅山神坛，依然安在廖老六家的吊脚楼里。老六家的神龛正中，供奉着苗家的先祖盘瓠大王：一座木雕的狗的光身，这便是苗人的家先坛。虎匠的梅山神坛，就安在家先坛的左侧。一尊两脚朝天、双手着地的木雕倒立张五郎神像，供奉在坛前。三枚长长的竹钉，钉在神像上方的板壁上，上面搌放着一块红布，正好将神坛盖罩。神坛布置停妥，师徒三人扎上红色的头巾，梁法东念动神词，作法"安坛"。

安坛过后，师徒三人便开始了猎虎的作业。他们所做的一切和三年前没有两样。这天下午，他们就吹着梅筒上了山，寻找和判断老虫进寨的路线，选择适当地形，安装带有毒箭的弓弩。为了防止毒箭误伤人畜，每天凌晨，又把弓弩收回。一连几天，老虫都没走进虎匠设下的"弩堂"。苗人们说，老虫是害怕虎匠，闻风而逃了。掌坛师梁法东经过踏勘后断定，老虫还隐藏在附近的山里，并没有远去，他告知寨子里的老少，晚上绝对不要外出。他知道眼下正是暑天，苗人男女有晚上到浦溪河里洗澡的习惯。他知会众人，夜里千万不要到河里去洗澡。

几天来，阿春的心情很不好。石老黑一直躲着她，甚至不敢正视她一眼。显然，石老黑还把三年前包谷地里发生的事记在心上，觉得对不住阿春。阿春几次找石老黑搭话，石老黑都回避了。石老黑自知配不上阿春，没有必要自寻烦恼。殊不知这时的阿春，是怀着满腔怨愤从浦阳镇回到盘瓠崖的。她怀着希望而去，带着屈辱而归。在家里，她我行我素，父亲拿她没办法。进到镇上的张家窨子，她就成了砧板上的肉，案板上的鱼，一切都由不得她了。残酷的现实让她明白，浦阳镇虽是个好地方，却并不属于她。她只能在盘瓠崖受苦受累。想到这些，她就困惑，茫然，甚至恐惧。当老实巴秋的石老黑再次出现在面前时，她仿佛在黑夜里见到了一丝光亮。三年前在包谷地里发生的事，以及后来发生的一切，说明他是个心地善良的男人，靠得住的男人，心疼她的男人。不像那剁脑壳的张家少爷，只是图一时的快活，过背就不闻不问。她命中注定，只能同石老黑这样心疼自己的人，过粗茶淡饭的日子。她也曾听人说过，虎匠打虎虽然凶险，却还是蛮不错的营生，猎获一只老虫，三年不愁吃穿。越思越想，她就越觉得当年的事对不住黑脸虎匠。

立秋过后，是"秋老虎"。白天的太阳仍然火辣辣的，一到夜里就变得凉快了。秋凉正是好睡时。厢房里，传来了石老黑如雷的鼾声。阿春洗过澡，准备去睡。她提着一盏桐油灯，从堂屋走过，看见梅山神坛上，摆放着三块红头巾。这些红头巾，从来都没有洗过，变成了黑头巾。三年前，阿春看见这三个大男人的头上，都戴着红头巾，觉得不可思议。她问吴二狗，为哪样虎匠头上要戴红头巾？吴二狗只是笑，没有回答她。

她问石老黑，石老黑也是支支吾吾，只是说这和梅山神坛上倒立的张五郎有关，其余的要她莫问。越是这样，阿春就越想问个究竟。一天，阿春藏了石老黑的红头巾，说是如果不讲清楚，就不把红头巾还给他。石老黑无奈，只好向阿春讲述红头巾的来历。说是很久以前，张五郎到太上老君那里去学法。张五郎聪明好学，得到太上老君女儿姬姬的青睐，过后不久，他们相爱了。太上老君却认为是大逆不道，极力反对这门亲事。张五郎和姬姬出于无奈，只得私奔。太上老君勃然大怒，追至路途，放出飞剑，要除掉张五郎。为了拯救心上人，姬姬也顾不得那么多了，对着空中的飞剑，把自己的月经布抛上了云头。飞剑被恢污，失去了效力。张五郎得救了，与姬姬成就了姻缘。张五郎将学到的法力，在梅山弟子中广为传扬，他成了梅山教的一代祖师。不幸的是，他在后来一次与猛虎的搏斗中，不慎跌下悬崖，倒挂在山崖的树上而死。从此后，倒立张五郎神像，便供奉在梅山神坛之上。虎匠们不但在神像的上方掸放一块红布，头上也都要戴一块红布。这就是当年姬姬抛上云头的月经布，梅山弟子称其为"云头布"。听了石老黑的讲述，阿春脸上泛起了红晕。她后悔不该缠着石老黑问这件事。石老黑哈哈大笑，阿春却一溜烟跑了。

趁着月光，阿春从神案上拿起三块云头布，走到后门边的水枧旁。她拿起砍刀，从一块茶油枯饼上砍削下细末，用水泡在木盆里。阿春用茶枯水为虎匠濯洗云头布。从来都没有洗涤过的云头布，泡在茶枯水里，稍做搓揉，那水便变成了黑色。月光下，阿春看见那云头布上，渐渐显露出了淡淡的红色。当阿春将云头布拧干，晾在门前的竹篙上时，寨子里已响起巡夜的竹梆声。自从老虫肆虐盘瓠崖，寨子里的苗民每夜轮流巡守。

第二天，东方刚开白口，石老黑就起了床。他和吴二狗轮流转，今天归他上山收弓弩。虎匠去到弩堂时必须要头戴云头布。他到神案上一看，放在那里的云头布不见了。明明是放在那里的，会到哪里去了呢？正当他一筹莫展时，背后传来了"咯咯"的笑声。回头一看，是阿春。

"找你的云头布，是吗？"阿春问。

石老黑显得有点不自在，说："阿春，又是你藏了我的云头布！快还给我。我要上山收弓弩，去迟了师父是要骂人的。"

"哪个藏了你的云头布？！"阿春说着，把那洗得干干净净，叠得整整齐齐的云头布，双手捧到石老黑的面前。

"嘿嘿！是你把这云头布洗了。"石老黑显得不好意思。他说："其实，我们的云头布是从来都不洗的。"

"再不洗，红布都变成黑布了。云头布为哪样要是红的，你不是跟我讲过吗！"阿春瞟了石老黑一眼，显得格外娇嗔。

石老黑顿时就云里雾里了。他不晓得该怎样回答阿春，只是不住地说着："嘿嘿！讲过，讲过，讲过……"

接下来阿春的举动就更令石老黑吃惊了，她从洗干净的那叠云头布里取出一块，走到石老黑跟前，为他扎在头上。她说："云头布是女人的布。梅山虎匠从来就是沾女人的光。今天，女人为你扎上云头布，你就一定会走运。不信你试试看。"

三年前，包谷地里的事情发生以后，石老黑把阿春当成了天上的星星，看得见，摘不着。如今，这星星竟意外地坠落到了他的身边。石老黑喜出望外，笨拙的嘴巴也变得灵泛了。他接过阿春的话说："是的，我会行运！我已经行大运了！"

阿春舒了一口气，这苦东西终于明白了这话的意思。她看见石老黑一阵风似的出了寨子，转眼间便上了对门的山坡。那红色的云头布，消失在盘瓠崖的晨曦里。

石老黑去后没多久，就急急忙忙赶了回来。他一路飞跑，一路高声叫喊："师父！师父！弓弩发了！弓弩发了！"

梁法东应声而出，急切地问道："弓弩发了，弩堂可见四爪一齐开？"

石老黑喘着粗气回答："没见四爪一齐开。"

梁法东再问："可见倒了财？"

石老黑接着回答："没见倒财。"

梁法东继续问："没见竹叶子开花？！"

石老黑摇着头："没见开花。"

老虫被弓弩所射的毒箭打中要害，当场死亡时，它的四只脚爪一定会由内向外，掀开脚爪下的泥土，叫作"四爪一齐开"。如果老虫没有当场死掉，它肯定要舔舐带有毒药的伤口，毒药进肚攻心，将死的老虫，必定挣扎，到时便四爪一齐开。老虫的死，虎匠不可言"死"字。老虫受死于弩堂，虎匠便有了财喜，因之称为"倒财"；竹子只有临死才开花，老虫的死也就称为"竹叶子开花"。梁法东听说弓弩虽发，却没见老虫死去，便立刻到梅山神坛前占卜问卦："请问祖师，本师，三元宗师，请问梅山神坛上众曹师尊，弟子神弓已发，不知是否已经倒财？"

梁法东连掷三卦，竟全然都是阳卦。神明昭示：弓弩虽发，老虫仍在阳间。围观的苗人们连声叹息。梁法东瞑目凝神，虔诚祷告："观请祖师、本师、三元宗师，观请梅山神坛上众曹师真，弟子神弓已发，竹叶子想必就要开花！"梁法东再打三卦，果然得了一阴、一阳、一胜的"三福周全"之卦。神明昭示：弓弩已发，老虫中箭，现时虽未毙命，却离死期不远。梁法东喜出望外，大声吩示："老黑！二狗！取虎叉！"虎匠师徒三人各提一把虎叉，前往弩堂寻找老虫。寨子里的苗民们各执砍刀、棍棒等物，紧随其后。

石老黑带着一伙人来到苦竹冲，阿春也在其中。人们在三年前石老黑与阿春相遇的包谷地里，发现了中箭的老虫。老虫躺卧着，嘴巴顿地，喘着粗气。情况紧急，石老黑大吼一声："大家上树！"

人们纷纷爬上包谷地边的一棵棵大树。石老黑和阿春上了同一棵大杉木树。石老黑吹响梅筒，大声喊话："大家千万不要下树，老虫还没有倒财，大家要在树上耐烦等，等到老虫抬头晒须，倒财了，才可以下树。"

老虎作为兽中之王，有一种特别的死法。它死的时候，一定要抬头晒须，如同在生时一般威武。这就是"虎死不倒威"。

石老黑和阿春砍下杉木树的枝丫，朝着包谷地里的老虫投去。其他树上的人们也跟着砍下树枝，投向老虫。那老虫的身边，丢满了一根根木棒，它却是无动于衷，依然一动也不动地躺着，嘴巴顿在地上，丝毫没有抬头晒须的意思。

梁法东和吴二狗带着的两伙人，闻听梅筒声，也来到了苦竹冲，纷纷爬到树上，静候老虫抬头晒须。

石老黑和阿春，分别坐在杉木树两根并排的枝丫上。

阿春轻声说："真碰巧，我们又在这里相会了。"

"今天是在树上，那天是在地里。"石老黑仿佛在回忆着那天的情景。

"今天人多，那天只有我们两个人。"阿春补充着。

"那天你真狠心！"

"哪个要你胆子那么小！"

"我胆子大，辛女娘娘就会发善心？！"

"盘瓠大王沾辛女娘娘的光。男人总是沾女人的光。"

"嘻嘻！沾女人的光……"石老黑下意识地摸了摸头上扎着的云头布，阿春给他扎云头布的情景，仿佛又出现在眼前："是要多谢女人给我带来的好运啊……"

就这样，石老黑和阿春，就这样用极轻的声音，极浓的情意，在杉木树上进行着交谈。猛地，有人大喊："老虫抬头晒须了！"

石老黑定睛一看，果然如此。他顺手取下钉在树上的虎叉，对阿春说了声"下！"一梭便下了树，和四面八方的人一道，朝着包谷地里那已经抬头晒须的老虫奔去……

盘瓠崖的苗人们，七手八脚，用一根大木杠穿抬着四脚被捆绑的老虫，同时也将虎匠师徒三人高高抬起，梁法东吹起了得胜的梅筒。人们一路欢呼回到了寨子里。经久不息的鞭炮声，响彻在盘瓠崖的上空。

廖老六家的堂屋里，梅山神坛上，供着热气腾腾的五杯香茶，恭请东、南、西、北、中五方梅山神祇降临神坛。神坛前，并排摆着两条长凳。被猎获的老虫，头朝法坛，搁放在长凳上面。掌坛虎匠梁法东，威风凛凛地骑在虎背上，徒弟石老黑和吴二狗，侍立在两厢。围观的苗人，里三层，外三层，把堂屋挤了个水泄不通。骑在虎背上的梁法东，高唱《散花歌》。满屋的苗人在石老黑和吴二狗的带领之下，依着《散花歌》的节奏帮和着。虎匠通过这声声《散花歌》，向冥冥之中众多的梅山神祇和历代祖师一一禀报，弟子的神弓药箭，已经制服了兽中之王。骑在虎背上的梁法东，每唱到一位神祇或祖师的名讳时，都从顺的方向，拔下些许虎毛，抛向空中，这便是"散花"。

阿春挤在人群当中，唱着，笑着，格外开心。她心中所想，与满屋子欢乐的人们并不完全相同。她相信，是自己给石老黑扎上云头布，虎匠们才有今天的好运。她庆幸自己也和姬姬一样，是一个可以辅佐丈夫的好女人。猛地，她感到一阵恶心，便急忙挤出人群，去到屋后一个避静的地方，大口大口地呕吐起来。她从早上到现在没吃过一点东西，呕吐出来的全是黄胆水。忽然，她的心里顿时出现了一个疑问：这个黑脸虎匠，能够让她把这肚子里的伢儿生下来吗？

虎匠师徒开始给猎获的老虫开膛破肚。老虫的浑身都是宝，没有一点东西他们舍得丢掉。甚至连肠子里的粪便，也要拿来焙干烧成灰，拌以茶油，说是治癫痫头的特效药。师徒三人小心翼翼地清理着老虫身上的一切。猎获了这只老虫，师徒三家人，三、五年间便生活无忧了。梁法东从老虫的后腿上，割下一大块肉交给阿春，由她去切成碎块，放上油盐和水煮熟，叫作"老虫庖汤"。寨子里的任何人都可以来吃。听说老虫庖汤煮好，寨子里的老人们都带着伢儿赶来了。阿春给他们每人舀上一小碗。人们都晓得，伢儿吃了老虫庖汤，成人以后胆子大。阿春没忘记弟弟树保，树保已经十二岁了，胆子特别小。三年前虎匠在盘瓠崖打得老虫，他曾吃过一次老虫庖汤，胆子就不那么小了。今天再给他吃一碗，胆子会更大。

盘瓠崖的男女老少，每年从五月到十月，都是到浦溪河里洗澡的。每到傍晚，他们便脱光衣服下到河里，洗掉身上的污垢，洗掉一天的辛劳。男男女女，下水之前，都用巴掌遮住各自的阳具和阴部。下水之后，大家就什么也看不见了。人与人之间，男与女之间，不存在任何避忌，也不会有任何冲动。老虫进寨，出于安全的考虑，到了傍晚时分，各家都关门闭户，不敢再到浦溪河里洗澡。如今，老虫已经死在虎匠的药箭之下，人们又可以下到浦溪河中，沐浴净身，嬉戏玩耍了。

廖老六和阿春，协同虎匠师徒三人，完成了对猎获的老虫的处理。老虫是中毒箭之后，舔舐伤口，致使毒药攻心而死的，老虫中箭处的"箭口肉"和内脏，都沾染了毒性。为消除毒性，他们对着水枧进行反复冲洗。老虫肉祛风、活络，还是治打摆子的良药，价格是猪肉的五倍。他们将老虫肉从骨头上剔下来，第二天绝早去浦阳镇上出售。老虫的骨架，投放到灶锅里熬制虎膏。天气炎热，老虫内脏最容易腐臭，他们架起竹焙笼，用木炭火烘烤。等到把这一切都做熨帖，就已经是三更过后了。带着一身的汗水和疲乏，他们也下到浦溪河中洗浴。

月亮还没有出山，而星光却是分外灿烂。静谧的浦溪在星光的照耀下流淌着，泛起了隐约可见的粼粼波光。伴随着人们的入水声，朦朦胧胧的身影，老迈的，健壮的，婀娜的，都融入到茫茫的夜色中，融入到潺潺的溪河里。岁月伴随着流水，生命伴随着流水，没有终止，没有尽头。将辛劳抖落在溪河中，将爱情漂洒在溪河上，将岁月沉淀在溪河里，汇成了一曲曲动人的歌。如果说，这悄然流去的浦溪水蕴含着阴柔之情，那么，浦溪身后巍然屹立的盘瓠崖，体现的便是阳刚之美。阴阳交泰，山水和谐。而在这盘瓠崖下，苗民们和梅山虎匠一道，刚刚经历过一场人与猛兽之间惊心动魄的较量。山水之间，仿佛还在回荡着晒须老虫的哀鸣。沾沾自喜的胜利者，正用明净的溪水洗去身上留下的血腥。

"我有点儿累了，先回去。你们慢慢洗吧！"师父梁法东说着起身上了岸。

廖老六也毕竟年岁大了些，感觉到溪水的凉意。他说："我也觉得有点冷，不洗了，和你一道回去。"

梁法东和廖老六起身回家。石老黑和阿春游到了一起。几天来，吴二狗把石老黑和阿春之间的种种迹象都看在了眼里。今天清早，吴二狗到后门头撒尿，回转厢房，正看见阿春给石老黑扎云头布；在苦竹冲等候老虫晒须时，他俩上的一棵杉木树，还说着悄悄话。吴二狗自知再在河里泡下去，便是自讨没趣了。游兴正浓的石老黑和阿春竟没发现，什么时候吴二狗已经上岸回去了。

"二十上下，月出半夜。"这天是夏历七月二十。三更时分，月亮才从盘瓠崖的山后爬上了夜空。浦溪两岸，蛙鼓声歇，蝉鸣也休，世界显得格外宁静。浦溪的淙淙流水声，在夜空中荡漾，像是历经过快感后的呻吟。石老黑和阿春并排儿仰着身子，随波漂荡，漂到了远离寨子的下游。在溪流中的一块礁石边，二人停止了前进。石老黑起身，黝黑的身影站立在溪流之中，凭借星月撒下的光辉，欣赏起水中白鳝般的躯体，那样光洁，那样灵透，那样鲜活，如同夜空中的一道闪电，使得他睁不开眼睛。他眨了眨眼，稳了稳神，俯下身子，伸出双手，试图将阿春的胴体从溪水中托起。突然间，他停住了，将左手缓缓地缩了回去。

"老黑，你怎么了？"

"阿春，虎匠的左手，是不能摸女人的。"

"那你用右手把我托起来。"

石老黑运了运神，便就势将右手插入水中，伸到了阿春的腰肢下。他凭着一只手的力量，托起了阿春湿淋淋的胴体。那被托起的胴体，一头轻，一头重，失去了平衡，"啪"的一声，重又掉进了溪水之中。落水的阿春并不感到惊慌，任凭身子几度沉落下去，又漂浮起来。沉沉浮浮，一对高耸的白奶子，两条浑圆的白腿膀，还有黑乎乎的方寸之地，也随之在溪水中忽隐忽现，直撩得饥渴难捱的石老黑神魂颠倒。年轻的虎匠，如同出山的猛虎，全然没有了顾忌。他重又将缩回去的左手伸了出来，连同他的右手一道，从溪水中再一次轻轻托起沉醉在幸福中的阿春。

"老黑，虎匠的左手，是不能摸女人的啊！"

"这时候，顾不得这多了。"

石老黑双手托着阿春，走在溪流中。他小心翼翼，生怕再发生闪失。他深深地吸了一口气，品味着夜空中随着溪水漂荡的女人味。阿春湿淋淋的胴体，被摆放在平整的河滩上。横陈在年轻虎匠面前的，是朦胧中的一览无余，是一片神圣的高山与洼地，溪流与草木。闯荡在山水之间的年轻虎匠，面对着如此美好的去处，怎能够驻足不前！一双粗糙的大手，便开始了对每一个部位最细致的探寻。

"老黑，不是说虎匠的左手不能摸女人吗？你怎么敢用左手摸？"

"这么多好的地方，一只右手怎么够用？"

"你坏了虎匠的规矩，难道就不怕梅山神降你的罪？！"

"管他娘，死了也情愿！"

阿春坦然而从容地接受着虎匠的一双大手忘情的抚摸与搓揉。她幸福地仰望着灿烂的星空，期待着心中的星空从此诞生。石老黑那奔涌的热血，随着那一双大手在胴体上推移，转瞬间如同翻江倒海一般。威猛的老虫，将涉足于温柔的溪涧；心底的火山，将迸发出炽热的岩浆。天上的滚滚浓云，将笼罩苍茫大地；地上的汨汨清泉，将注入阡陌田园……忍受着饥渴折磨的汉子，难以按捺住他心中的急切与焦躁，当他正欲俯下身子时，河滩上仰卧着的阿春，却突然摆了摆手："老黑，你慢点。"

"你怎么了？"

"有件事情要告诉你。"

"哪样事？"

"这里面已经有了。"阿春指着自己的肚子说。

阿春的通报，使石老黑感到突然。鲁莽的汉子，反倒冷静了起来。面对着真诚与坦荡，沉重的事情倏然变得轻松。

"这我不管。"

"不想问问是哪个的吗？"

"问那个做哪样！在这以前的事，我是不管不问的。难道你不晓得，我们苗家人都是这样。"

"我想把伢儿生下来。"

"由着你，生了下来，就是我的伢儿。"

夜色中，石老黑清楚地看到了阿春的笑容，带着企盼的幸福笑容。能够制服猛虎的汉子，此刻面对的，是一头驯服的羔羊。

三天后，梅山虎匠师徒收拾停妥，离开盘瓠崖。按照规矩，他们一同到盘瓠庙"拜庙开锁"，让众多神灵可以自由出入庙门，行动不再受到限制。寨子里的人们惊讶地发现，虎匠回程的队伍里，多了一个盘瓠崖的女伢儿。

围鼓声声

一场从天而降的风波，令刘金莲懊恼万分。从那天起，绣花绷架上的"鸳鸯戏水"枕头花，就没有再绣过。往天，她总喜欢到麻大喜的工作间，去欣赏她的雕花嫁妆，听小雕匠讲述其中美好的寓意和祝愿。她便沉醉在幸福之中。如今，那一切美妙的暇想，都变成了对她无情的嘲讽。因为刀劈嫁妆，她挨了父亲的责骂，却一点也不后悔，只觉得对不住小雕匠。小雕匠为她辛苦劳作了三年，流了汗，受了累不上算，到头来还要流血。三天了，不知道小雕匠的手伤好点没有？她来到麻大喜的工作间时，小雕匠正在埋头雕凿一块镂空的莲蓬花板。

"大喜，怎不多休息几天？手伤还没有好呀！"刘金莲充满自责和不安。

麻大喜抬起头，扬起手，活泛地转动着，说道："小姐你看，这不是好了吗？"

麻大喜的伤好得这样快，刘金莲感到惊讶和意外。她说："真看不出，你的手艺好，'辰州符'也格外的灵。你伤好了我就放心了。要不，我心里会更难受的。"

刘金莲的话让麻大喜感到亲切，也感到局促。他看得出，刘金莲已经将他当成了朋友。然而，这位姑娘毕竟是千金小姐，自己只是一个手艺人。为了那张家少爷的风流事，她正处于极度的痛苦之中。既然刘金莲把自己当成朋友，就应该帮助她从痛苦中解脱出来。

"小姐，大喜有句话，不知当讲不当讲？"麻大喜试探着问。

刘金莲说："有哪样话，你就讲吧！"

"姑爷也是一时糊涂，难道你就不能原谅他吗？"麻大喜直言不讳。

"唉！"刘金莲叹了口气说："这些公子哥，我是心里有数的。"

麻大喜坦诚地陈述："依我看，姑爷并不是浪荡之人。我和他交谈过，夸他是有福之人，能结到刘家的亲。听了我的话，他很高兴。看得出他对你还是有情分的。"

刘金莲凄婉地说："他对我的情分如何，我心里最清楚。"

"小姐，恕我直言，你们的亲事是结定了的。你想得开要结亲，想不开也同样要结亲。公子哥做点这种事，你看得重，旁人是不当一回事的。把这事忘了吧！等我把嫁妆做好，就欢欢喜喜嫁到张家去。有你在身边管着，他就再也不会那样荒唐了。"麻大喜一边雕刻一边说话，漫不经心，说的却都是肺腑之言。

刘金莲听着，觉得麻大喜说得有道理。一切确实无法改变。她别无选择，只有逆来顺受。她不想再提烦心事："你老讲这些烦心事做哪样，不能讲点别的吗？"

麻大喜想了想，说："好！讲点别的。那天你要劈嫁妆，真把我吓蒙了。"

刘金莲摇着头说："讲来讲去，你又讲那件悖时事。谁愿意那样做，我是被逼得没法子了。"

"你要是真砍了，我一世人生都会伤心的。"麻大喜说。

刘金莲说："我是看到你伤心的样子，才打消那个念头的。如果我下了狠心要把嫁妆劈了，谁也拦不住我。今天不劈，可以明天劈；明天不劈，可以后天劈。可我想到，难为了你啊！这套嫁妆你花费了三年心血。为了打好这套嫁妆，你费尽了心思。我就是有天大的冤情，也不能对不住你。人生在世，是要讲良心的。"

"小姐言重了，大喜担当不起。我所做的都是手艺人应尽的本分。"

麻大喜这样说。

夜里，刘邬氏又来到女儿的房中。为了张家少爷的那档事，她和女儿谈过三次心了。女儿刀劈嫁妆，丈夫大动肝火。刘邬氏明知是女儿受了委屈，却既不能找谁去评理，又不能与谁去争辩。她只能对女儿没完没了地重复着一句话："金莲，听娘的话，想开点。万般都是命，半点不由人。这样的事情，都是你命上早就安排好了的。"

刘邬氏发现绣花绷架上的"鸳鸯戏水"枕头花，这几天根本就没绣。

"金莲，这枕头花你得抓紧绣啊！"

"我不绣！"

"那好，我去请人绣。"

"我不要请人绣，这样的枕头反正我不得要。哼！什么'鸳鸯戏水'！"

刘金莲对张复礼的所作所为，仍然耿耿于怀。刘邬氏知道女儿的脾性，这枕头花她是不会再绣的了。她不再多说。其实，刘邬氏是奉了丈夫之命，为着另一件重要事情来到这里。

"金莲，我问你，后天是什么日子？"刘邬氏问道。

刘金莲没好气地回答："什么日子？！我不晓得。"

刘邬氏说："那我告诉你，后天是八月十二，什么日子？该晓得了吧！"

刘金莲低下头，说："八月十二，是爹爹的生日。"

刘邬氏说："今年是你爹爹的本命年，四十八岁。张家的俩爷崽，都会来恭贺。"

刘金莲仍然在赌气："他们来不来，关我什么事？"

刘邬氏说："怎么不关你的事？！不是为了你，人家会来吗？你爹爹让我跟你说，这个生日正逢他的本命年，又有了达儿，他决定要把场伙搞得大点，好多客人都要来。到时候，你一定要懂规矩，不可依着你的脾气乱来。听清楚了没有？"

"听清楚了。"刘金莲嘟哝着嘴巴说。

八月初十这天，为了给父亲操办寿诞，刘金山特意从辰州城里的虎溪书院回到浦阳镇。他忙着书写请柬。重要的请柬，他还亲自上门呈递，一直忙到八月十一的下午。傍晚时分，刘昌杰忽然想起，还有一个地方的请柬没送。

"金山，还有个重要地方，差点给忘记了。"刘昌杰说。

"什么地方？"刘金山问。

刘昌杰说："火神庙你干爹那里。"

刘金山捶了一下自己的脑壳，说："我真糊涂，怎么把干爹都忘了。"

刘金山的干爹不是旁人，是浦阳镇上草把行的头牌王瘸子。湘西民间有这样的习俗，人家头或是儿女甘贵，或是伢儿多病灾，就让伢儿认个叫花子做干爹。叫花子生命最顽强。伢儿认了叫花子做干爹，就可以无病无灾，长命富贵，易养成人。刘邬氏嫁到刘家窨子，第一胎生了个女伢儿，月子里便夭折了；第二胎生了个男伢儿，两岁时出油麻，没能过坎坎，成了童子鬼。第三胎才生了刘金山。算命先生说，这伢儿命大，必须认个叫花子做干爹，才能盘养大。当时，镇上有个从宝庆府新化县来的叫花子。此人姓王，左手带残，五个手指做一撮，张不开。浦阳人管他叫王瘸子，谁也不晓得他的大名。新化是梅山故地。那里的蛇师远近闻名。王瘸子就有一套梅山"盘蛇"的绝招。他只要念动咒语，山里各种各样的蛇，都会听他的召唤，从四面八方来到他的身边。再念动咒语，那些蛇又会自动离去。会"盘蛇"的人，都有一口特效的"蛇水"。一次，刘家窨子的一个佣工，被一条五步蛇在小腿上咬了一口。五步蛇是一种剧毒蛇。说是被这种蛇咬了，不出五步，就会毙命。那天，被蛇咬伤的佣工开始抽筋，救治无望。刘昌杰急得团团转，便赶紧去请了王瘸子来，那佣工这才有了救星。只见他舀来一杯清水，画符念咒。将符水衔在嘴里，朝着那蛇咬的伤口喷去。接着又用手指蘸着符水，在那佣工的小腿上划了一个圆圈。不一会，浓黑的恶血就从那画着圆圈的伤口里排了出来。连药都没用一点，佣工的蛇伤就这样完全治好了。这件事情给了刘昌杰极深的印象。伢儿既然要过继给叫花子，那就过继给他吧！这种过继的仪式很隆重，不仅让金山给干爹磕了头，刘昌杰还在过继文书上画了押。刘昌杰看了文书才知道，王瘌子的大名叫王明堂。真是个响亮的名字啊！

早先，浦阳镇草把行的头牌叫作四癞子。八年前，七十三岁的四癞子寿终正寝，将镇上草把行的头牌交椅传给了王瘌子。象征草把行权力的，是一根龙头拐棍。据说世上只有两种人有资格拄龙头拐棍：一是金銮殿上的真命天子，再就是草把行的头牌了。叫花子拄龙头拐棍，源于唐代武则天的儿子——唐睿宗李旦。武则天为了自己当皇帝，把儿子李旦的皇位废了。李旦无奈，流落江湖，乞讨数年。"唐王天子为叫花，皇帝也有草把亲"，说的就是这个故事。沾了这位前朝皇帝老儿的这个光，草把行头牌的拐棍上，也就雕上了龙头。龙头拐棍还有特别的讲究。小地方的头牌，拐棍上只雕着一个或两个龙头。浦阳是个大码头，拐棍上雕着四个龙头，伸向东南西北四个方位，象征吃遍四方。王瘌子当叫花子当到这个地步，也算是他的造化了。

刘金山带着请柬提着礼进了百家弄。这弄子里有一座火神庙。这是一座没有庙祝的神庙。王瘌子和镇上的叫花子，常年就住在这神庙的几间厢房里。这庙堂的正神龛上，供奉有火神祝融，神龛的侧边，就供奉着那根浦阳镇上草把行雕有四个龙头的拐棍。刘金山从小到大，每次到干爹这里来，都要到龙头拐棍跟前作三个揖。今天来到这里，他依然如此。走到干爹的厢房门口，他看见干爹和干娘正和一个瞎眼的老叫花席地而坐。干爹原先是单身，当了头牌之后，才和这位跛了脚的干娘成了亲。那瞎眼的老叫花，多年来在镇上敲打着竹板，唱着莲花闹，沿街乞讨，刘金山从小就认得。厢房的地上，烧着一堆熊熊大火，被火烤得满脸通红的干爹，正往火堆里添着木柴。

"干爹！干娘！金山请安来了。"

"哟！是金山来了，快进屋。"王瘸子说着，给刘金山递过一个草蒲团。刘金山虽是富家少爷，可他被过继给了叫花子，也就成了叫花崽。叫花子有规矩，不能坐高凳，只能席地而坐。

刘金山说："干爹，明天爹爹过生日，屋里忙，我就不坐了。喏！这是给您的请帖；这是我从辰州府给您带的酥糖。"

"你爹爹的生日，我是要去拜寿的。"王瘸子哈哈一笑说："金山呵！算你来得巧，有吃头份。干爹今夜有点好东西，敢说你从来没吃过，坐下来吃了再走。"

恭敬不如从命，刘金山耐着性子留了下来。干娘起身，给他筛来一杯茶。刘金山见干娘挺起个大肚子。干爹四十多岁，终于要当爹了，也算是老来福。干爹说有好东西吃。刘金山环顾四周，屋里没得一点动静。干爹告诉刘金山，今天是这位瞎眼老叫花的六十岁生日，按照草把行的规矩，凡属入行的叫花子年满花甲之日，头牌都一定要办丐帮最好的菜肴为他祝寿。刘金山正巧遇上，干爹便让他留下来作陪，尝尝丐帮的味道。这最好的菜肴，究竟在哪里，怎么没看见呢？

王瘸子诡秘地对刘金山笑了笑。他一只手不方便，老叫花眼睛又看不见，他示意让婆娘把火堆扒开。那滚烫的柴火灰里，埋着一个大泥团。扒开烧焦的泥巴，一个南瓜便显现了出来。南瓜上封着一坨切口。王瘸子兴致勃勃，将那坨切口缓缓揭开，顿时满屋飘散起奇香。原来，那剜空的南瓜里，炖着一只乌骨鸡。王瘸子告诉刘金山，这堆火已经烧了三天三夜。这种方法炖出来的乌骨鸡，只有草把行的人才能吃到。刘金山出身富豪之家，什么样的好东西都吃过，这种奇妙的美味佳肴，真还是第一次品尝。吃过南瓜里炖出的乌骨鸡，刘金山赞不绝口，王瘸子异常得意。刘金山回家路上，嘴巴里还留存着这"叫花鸡"的余香。这样的鸡肉固然好吃，刘金山印象最深刻的，还是人间的情义。瞎眼老叫花尝尽人间苦楚，所幸在他六十岁的生日时，还有同行人记得他，而且还为他做了这样一餐盖世的美味。

　　刘家窨子的寿堂设在前厅。大红的寿幛上，金线盘成一个大"寿"字。刘昌杰和刘邬氏并肩端坐在寿幛前，儿孙们依次拜寿。夫妇二人领拜刚结束，张恒泰便领着张复礼进到了厅堂。张恒泰连声"恭喜寿星公！"，身后的张复礼呼应着，上前对寿星深深一鞠躬，然后将一块沅州明山石雕插屏恭敬地献上。刘金山代父亲接过，置放在八仙桌上，众人便立刻围拢来观看。插屏上，浮雕着一位鹤发童颜的老寿星。锃亮的石刻插屏，通体为紫色，唯有寿星的头发、眉毛、胡须呈现出白色。张恒泰哈哈一笑说："为了恭贺亲家公的本命大寿，我托朋友在沅州府芷江县定做了这块插屏。这是正宗的沅州明山石，通体为紫色的石料，中间夹着一道整齐的白色，叫作'紫袍玉带石'。你们看，这老寿星白色的头发、眉毛和胡须，就是紫石上的这层'玉带'雕成的。"刘昌杰爱不释手地一遍遍抚摸着石屏，众人无不啧啧称奇。张恒泰接着说："为了赶上亲家公的寿诞之期，我特意着复礼日夜兼程，走了几百里的山路，老远从沅州取了回来，也算是他这郎崽的一片心意吧！"

　　"复礼辛苦！复礼辛苦！"刘昌杰连连说。他明白，亲家为复礼表功，显然是为了弥合因那苗女事件而产生的裂痕。他立刻就地滚龙，转身对夫人说："女婿半子，果不其然吧！"他说这话时，刘金莲正在母亲的身边。他似乎也是说给女儿听的。这时，站在一旁的刘金莲木木的脸上没有任何表情，低下头，便抽身离开了厅堂。

　　浦阳一带，不论城乡，士农工商，人人都能哼唱几句高腔戏。坐唱高腔的围鼓堂到处皆有。街巷间若有红白喜事，则是必然要唱围鼓高腔戏。刘昌杰是个高腔迷，他组织的围鼓堂名叫合义堂。在浦阳镇，有一条不成文的规定，围鼓堂都是以街道为范围组织。唯有合义堂不同，角色是在全浦阳镇挑的。拿它的文、武场面来说，武场的打鼓佬，是千总衙门的段千总。千总老爷酷爱高腔戏，擅长打鼓，花脸也唱得好。闲暇时，还常以教绿营兵丁唱高腔戏为乐事。文场的唢呐师，则是浦阳道坛的韩道长。韩道长擅长斋醮中的唢呐吹奏，吹奏高腔唢呐，也是浦阳镇上的头块牌。

寿宴过后，宾客们去的去，留的留。留下来的宾客，不是唱围鼓的，就是听围鼓的。张恒泰则是因为洪江来了客人，留下张复礼唱围鼓，自个先回屋去了。围鼓设在窨子屋的后厅。一张八仙桌，就摆在后厅的中央。左边的"青龙"位上，已经坐着唢呐师韩道长；右边的"白虎"位，却不见打鼓佬段千总。原来段千总带绿营兵上铁门槛打土匪去了。一台围鼓，打鼓佬是缺不得的。刘昌杰一筹莫展之时，想到了麻大喜。刘昌杰环视四周，在厅堂的角落里找到了他："大喜，段千总去铁门槛打土匪了，只怕是来不了啦！今晚的鼓签子，就由你来掌。"

"刘老爷，只怕我奈不何。"麻大喜连连拱手，他虽在别处的围鼓堂掌过签子，可从来没有见过这么大的场合。

刘昌杰拍着麻大喜的肩头说："大喜，不要怕，你奈得何的，一定奈得何。说着，刘昌杰连推带搡把麻大喜推上围鼓桌的"白虎"位。麻大喜的屁股刚落座，又马上起身。他拿着鼓签子，对着众人连连拱手，说道："各位三老四少，大喜年轻，手艺人没见过世面，这把椅子本不该大喜坐。只是千总老爷公务繁忙，一时回来不了。刘老爷吩咐，让大喜滥竽充数一回。恭敬不如从命，大喜得罪了。"

刘昌杰笑道："哈哈！大喜你还会讲客套话。"

麻大喜又转过身，对文场的韩道长拱手见礼，说道："韩道长，您老人家是前辈，大喜初出茅庐，要请您多多指点。"

"好说！好说！"手拿唢呐的韩道长，见大喜这样懂礼，心里很是高兴。

这一切，刘金莲通过闺房的窗户，都看得清清楚楚。

麻大喜正要落座，发现张复礼来到围鼓桌前，便也连忙拱手致意，说："姑爷，听说你是杜师父的高足，唱高腔非常在行。我们初次搭档，哪个点子打得不是地方，还要请你多多担待。"

张复礼说："老爷要你打，就是说你能行。你就放心打吧！"

今天是男寿生日围鼓，打头的戏是《目连传》中的"元旦上寿"一

折。唱的是元旦日孝子傅罗卜为父亲傅相拜寿的情节。这场围鼓，可谓假
戏真做：剧中的寿星傅相，由寿星佬刘昌杰演唱；剧中的儿子傅罗卜，由
寿星佬的女婿张复礼演唱。这样的开场，立刻引起了围观者的兴趣。翁婿
的搭档，自然而然淡化了前些日子镇上的种种流言。围鼓本是坐唱，并不
要求做动作。可张复礼偏偏要站起来，做起傅罗卜搀扶傅相的动作，围观
者满堂喝彩，刘昌杰心里自然是喜滋滋的。

张复礼自从风流事发以后，一直处境尴尬。这些日子镇上的议论没有
以前那么热乎了。张复礼就是要利用这个机会向多嘴多舌的人宣示，他仍
然还是刘家窨子的乘龙快婿。紧接着，女婿又配合老丈人唱了一折《玉簪
记》中的"秋江别"。张复礼唱小生潘必正，刘昌杰唱小旦陈妙嫦。翁婿
二人转眼间又变成了一对恋人。

刘昌杰和张复礼的演唱，伴随着麻大喜清脆的锣鼓点，韩道长悠扬的
唢呐声，博得阵阵喝彩。此刻，在绣楼上俯看着这一切的刘金莲心情最为
复杂。就是这个在父亲面前装腔作势、讨好卖乖的人，使得她陷入了一片
迷茫。真不晓得到了那一天，她将如何面对这位花花公子。

风尘仆仆的段千总，突然来到厅堂。他拱着手连声说："道喜呀！道
喜！寿星佬，对不住，段某人来迟了。"

一曲终了的刘昌杰见千总老爷驾到，连忙拱手相迎。他受宠若惊
地说："千总老爷，你不辞公干辛苦，又还大驾光临，小弟实在是不敢
当呀！"

张复礼也向段千总拱手见礼："总爷叔叔！"

"啊！乘龙快婿！"段千总拍着张复礼的肩头说："你父亲来了
没有？"

张复礼回答说："吃过寿宴，回去了。"

一天的劳累，使得段千总很是丧气。他懊恼地说："娘的！铁门槛
的那么几个毛贼，跟老子玩捉迷藏。老子不去捉，他就出来'坐坜''吊
羊'。老子带兵去捉，他就鬼影子都不见一个。"

　　铁门槛是浦阳镇到凤凰的官马大道上的一个苗家山寨，地势极为险要。康熙年间，朝廷在凤凰设立辰沅永靖兵备道，控掌湘西，扼制黔东。每三个月，省里拨给饷银十四万两，水运到浦阳，再由千总衙门派兵走旱路，经过铁门槛，押运到凤凰。就在这样的重要通道上，经常被土匪袭扰。对千总衙门来说，实在是一件不光彩的事情。段千总一想起心里就烦。只见他把大手一挥，说道："管他娘！来！我们打围鼓，唱高腔！"

　　刘昌杰将段千总请到围鼓桌的"白虎"位时，麻大喜早已起身让位。

　　刘昌杰介绍："这位是麻大喜，雕花木匠，正在为小女打嫁妆。等不来你的大驾，就让他顶替了一回。"

　　"大喜得罪了！请总爷多多赐教。"说着，麻大喜将鼓签子恭恭敬敬地双手递到段千总面前。

　　段千总一听说要他赐教，立刻便来了神。教别人唱戏、打鼓，正是他的特殊嗜好。他便立刻端出一副师父的架势，顺手把鼓签子推还给麻大喜，说道："那好！让我看看，你打得怎么样？我就先来一段《放告认母》，包老爷的戏，由你来掌签子。"

　　段千总唱了一段《放告认母》中包拯的唱腔。他是用"虎音"唱的，还真的有那么点儿味。高大的千总老爷，来到矮小的雕匠跟前，细看着他鼓签子的灵活起落，似乎也挑不出什么毛病来，也就把他的"赐教"放在一边了。

　　当段千总的花脸"虎音"在刘家窨子回荡时，张复礼悄然离开了喧闹的厅堂，往刘金莲的绣楼走去。绣楼上，一直在俯视着厅堂动静的刘金莲，见张复礼朝她这里走来，一时竟不知道如何是好。刘金莲还没回过神来，张复礼已经出现在绣房门口。

　　"怎么不去听围鼓？一个人在房里，有什么意思？"

　　刘金莲没有回答张复礼，而是反问："你来这里做哪样？"

　　张复礼反问："来看看你，不行吗？"

　　刘金莲没好气地说："我有哪样好看的？"

张复礼嬉皮笑脸："就是你好看，我才来嘛！"

刘金莲正颜厉色地说；"请你放庄重点！快走开，我要关门了！"

听说刘金莲要关门，张复礼抢先一步进到房里。他极度无奈，甚至有点可怜："金莲，我做了对不起你的事，我是来赔罪的。"

刘金莲冷笑着说："不敢当，你何罪之有？你做的任何事和我都没关系。"

"金莲，你莫说气话嘛！"张复礼耐住性子说。

"我就是这样说话。你要好听的，去找丫头。"刘金莲捡张复礼痛处戳。"你怎么这样说话？"张复礼有点儿耐不住了。

刘金莲依然固我地说："让我怎么说话？学丫头？！我学不来！"

张复礼被激怒。他正准备发作时，猛地看见那绣花绷子上绣着的"鸳鸯戏水"枕头花。他脑子一转，便想了个法子下台阶。他耐住性子，平心静气地对刘金莲说："金莲，我晓得，你说的这些都是气头上的话。你对我还是有情有意的。你这不是正在准备嫁妆吗？看你这'鸳鸯戏水'的枕头花，绣得几多的好。"

张复礼原以为这样可以缓解紧张气氛，没想到反而激起了刘金莲的怨愤。她厉声呵斥道："张复礼，你住嘴！"

"你这是怎么了？"张复礼一时摸不着头脑。

"什么'鸳鸯戏水'？！是'野鸭子戏水'！"刘金莲对张复礼斥责、挖苦。她指着张复礼的鼻子，含着泪水问道："'鸳鸯戏水'！你配吗？"

从未经受过这般场合的公子哥儿，并不真正懂得刘金莲的心，只觉得自己的尊严受到了伤害。他忍无可忍了，决心在刘金莲的面前，显示出他大丈夫的强硬。他一手扒开刘金莲指着他的手，恶狠狠地说："给脸不要脸，你太不通道理了！"

刘金莲得理不让人，立刻回敬："我不通道理！你去找那个丫头、那个苗婆就是，只有她通道理！"

张复礼脱口而出："是的。那个丫头，那个苗婆，比起你来，是要通道理得多！"

刘金莲不敢相信自己的耳朵，此话竟是出自张复礼的口中。她气愤极了，气不打从一处出，只是重复地说着："好！好！"

张复礼话一出口，就发觉自己失言了。即便如此，也不能在未婚妻面前求饶。他摆出一副大丈夫的架势说："给你面子你不要，我也没得别的法子了。你听着，到了那一天，派顶轿子来把你抬走，我就是你的丈夫。丈夫大过天，婆娘草一根。男人想做哪样就做哪样，普天世界的规矩。这点都不懂，难道还要我教你？！"

张复礼的一番话，使得刘金莲从头凉到了脚。她满腔的怨愤无处发泄。猛地，她拿起一把剪刀，把绣花绷架上的"鸳鸯戏水"枕头花剪了个粉碎。刘金莲异常的举动，使张复礼惊愕了。当他回过神来时，刘金莲转身伏在床上啜泣起来。张复礼不再搭理刘金莲，立刻抽身离开。不就是女人要小性子吗？到时候一样服服帖帖。这时，从厅堂里传来段千总的叫喊声："复礼！复礼！你这豺狼（才郎），哪里去了？"

张复礼没有应声，却是立马下了楼。

厅堂里重又响起张复礼的小生唱腔。唱的是《琵琶记》中的"伯喈思亲"。这折独角戏本是张复礼的拿手，今天唱来，一开口却不是黄腔，就是顶板。场面上的段千总和韩道长顿时傻了眼，张复礼更是狼狈万分。一曲下来，段千总把签子往鼓上一放，朝张复礼瞪了一眼，说："你这豺狼（才郎），今天是怎么搞的？"韩道长也说；"复礼，你可是从来都不黄腔的，今天怎么也黄起腔来了？！"

张复礼没法子，连连拱手说："得罪！得罪！"

刘昌杰关切地问道："复礼，你这是怎么了？"

张复礼装着摸了摸额门，说："爹！我有点儿不舒服，让你扫兴了。"

刘昌杰说："要是不舒服，今晚就莫回去了。"

"不要紧的，还是回去吧！改天再来看望您老人家。"在老丈人面前，张复礼处处显得彬彬有礼。

在刘金莲绣房里发生的一幕，把张复礼的内心搅得稀乱，唱戏时，那剪碎了的"鸳鸯戏水"枕头花，仿佛还在他的眼前飞舞。他黄腔了，顶板了，当众出丑了。

趴在床上的刘金莲，仍然在无声地哭泣着。依着性子她会号啕大哭一场。她选择了理智。母亲有交代，不能让满堂的宾客看笑话。她满腔苦水没有倾诉的地方。满楼板是剪碎的"鸳鸯戏水"枕头花。她的心也一样破碎了。

围鼓一直打到夜深。锣鼓声、唢呐声在窨子屋里回荡。刘金莲难以成眠。一场痛哭过后，她静下心来，回忆起这些天发生的一切。她最初听到张家发生的事情时，伤怀、愤懑、冲动。刀劈嫁妆的莽撞之举，误伤了小雕匠。经过冷静思考，特别是小雕匠推心置腹的劝说之后，她的情绪有所转变。寻求着事件最合理的解释，张复礼的所作所为，只不过是富家公子的逢场作戏而已。这样的情形，在富豪之家实在是太普遍了。她开始对张家发生的事，进行重新评估和定位。为了保持富家小姐的尊严，她通过各种途径表示她的愤怒。爱情与自私结伴。仿佛只有自私，才能保持爱情的纯洁。残酷的现实，给刘金莲留下终生的遗憾。没有瑕疵的情感，已经不属于她了。她必须接受命运的安排，只当那令她恶心的事情从来就没有发生过。她将像任何普通的女人一样，坐花轿，做新娘，与男人同床共枕，生儿育女，在窨子屋的高墙之下，度过漫长而短暂的一生。这时候，却又偏偏出现了她意想不到的一幕。原想通过假戏真做的宣泄，在不失尊严的前提下，让他下台阶，求得和好。她失望了。尽管那人也说了忏悔的话，却看不出他的丝毫诚意。出自骨子里的骄横，处处体现出那人对女人的轻慢。她好不容易树立起的信心，又被无情的现实所击碎。她陷入了新的困惑、沮丧与恼怒中。刘金莲领悟到，她与张复礼的任何较量，都将以她的失败而告终。她未来生活的图景，不再朦胧，而变得清晰。此后几十年，她将在一个趾高气扬的男人的阴影下，无休止地蒙受屈辱。世上男人千千万，为什么与自己厮守终生的男人偏是他，而不是别人？这时，不知为什么，小雕匠笑吟吟的形象，竟在她的眼前魔幻般地闪现着，驱之不散，挥之不去。麻大喜雕刻的所有莲花，仿佛变得鲜活无比，都一齐涌向了她。莲花丛中，小雕匠光彩夺目。他的矮小，突然变得高大；他的丑陋，突然变得英俊。那拱托小雕匠的莲花，便是她自己。辗转难眠的刘金莲，一面责骂自己的胡思乱想，却又一面在回味小雕匠给她留下的每个印象。刘家小姐，虽然处于混混沌沌之中，却也有她的矜持。她暗暗地嘲笑自己，真糊涂，怎么会想着他呢？那是因为她受到了张复礼的启发，那句最让她伤心的话的启发。张复礼说，那个丫头，那个苗婆，比她要通道理得多。在她的思绪中挥之不去的小雕匠，比起张家的花花公子，不是也要通道理得多吗？

玉镯和桃符

　　刘金莲一夜没睡好，清早起来，神情恍恍惚惚。她捡拾着散落在地上的枕头花残片。回想起昨晚所发生的一切，她懊恼之余，更觉得自己的那些胡思乱想实在是荒唐，糊涂！告诉任何人，都会笑脱牙齿的。刘金莲照着镜子，发现自己的一双眼睛又红又肿，脸上还带着泪痕。她赶紧用手绢将泪痕揩掉。这时，丫头桂香送洗脸水来了。

　　桂香放好洗脸水，回头一看刘金莲的模样，问道："小姐，你怎么眼睛红红的？你哭了？！"

　　"没有。昨晚唱围鼓的闹了一夜，没睡好。"刘金莲编造着眼睛红的原因。

　　说起唱围鼓，桂香来神了："是哇！昨晚唱围鼓热闹得很，怎么没见你去？"

　　刘金莲做着漫不经心的样子说："嫌吵，我想安静，没去。"

　　"小姐，你骗我。往天，你哪里人多就去哪里，你是最爱凑热闹的。"桂香说着，道出原因："昨晚姑爷唱了一出又一出。你是在生姑爷的气，才没去听的。"

　　桂香爱管闲事。张家窖子出的那码子事，就是因为她在伍秀玲的面前饶舌，刘金莲才晓得的。为这事，刘邬氏将她狠狠骂了一顿。如今她的老毛病又犯了，刘金莲无奈地说："你呀！真是没得记心，又在管闲事。"

　　桂香吐了吐舌头。她的毛病看来是改不了啦！她又对刘金莲说："小姐，真看不出，那个小雕匠还会打鼓。先是段千总没来，老爷就让他顶替打鼓。等段千总来了，他便让了出来，由千总老爷打。我听旁边的人悄悄儿说，其实，他的鼓比段千总打得还要好。"

"是吗？真是闲事婆娘！少说点话，旁人不会把你当哑巴。"刘金莲接了腔。其实，她是喜欢听桂香说那个小雕匠的事情。这样责备她，是为了表现大家闺秀的矜持。

刘金莲坐在了梳妆台前，让桂香为她梳头。桂香受到主人的责备，暂时闭上了嘴。刘金莲趁着桂香给她梳头，对着镜子欣赏起自己姣好的面容来，特别是把自己的一双眼睛看了个够。刚才桂香又提起了小雕匠。小雕匠为她雕牙床上的凤凰时，说她生的是一双凤眼。他就是照着她的这双眼睛，来雕凤凰的眼睛的。他还说，观音菩萨的眼睛，也是丹凤眼。几时他为观音菩萨雕像时，一定会想到刘金莲。想到这里，她的脸上顿时发起烧来。这时，桂香再次说起麻大喜："小姐，莫看小雕匠长得又矮又丑，本事倒真是还有一点。他不但雕花雕得好，围鼓堂里也门门到把。他先是掌签子打鼓，后来，老爷又点他的将，让他唱了一出。他唱的是旦角，《破窑记》里的刘翠屏，喉咙像禾筒杆叫，大家还给他喝了彩哩！"

"还有吗？"刘金莲像是在嫌烦，其实她特别喜欢听。

桂香是个懵懂人，听不出小姐话里的意思，一个劲地往下说："还有。每天晚上，他看书一直看到半夜三更。书都是从老爷那里借的。老爷对我说，让我常去看看他的桐油灯里，是不是还有油。要是灯油点完了，让我记得给他送去。"

刘金莲问："你常去给他送灯油？！"

桂香说："是的。我看见他屋里的桐油灯不怎么亮了，就给他送桐油去。一个手艺人，这样喜欢看书的真是少见。连老爷都夸奖他哩！"

麻大喜迷书，刘昌杰确实多次夸奖过他。好几次他看的书就是刘金莲从书房里给他取去的。就因为这点，刘金莲增加了对他的好感。这时，桂香的话匣子又打开了："呃！头回我看见他娘了。他的娘长得好乖哟！可惜他一点也不像娘，偏像他那丑八怪的爹爹。真叫人晦气！"

　　桂香确实多嘴。可她说的，又偏生是昨晚刘金莲的所想。这丫头老是夸赞小雕匠？刘金莲觉得不舒服，不耐烦。她再问桂香："还有吗？"

　　"没有了。"桂香为刘金莲扎着辫子，有点儿不好意思："嘻嘻！我只是随便说说。"

　　刘金莲心里嘀咕着，这鬼妹崽八成是喜欢上了那小雕匠了。那个又矮又丑的鬼脑壳，怎么会这样讨女人喜欢？！麻家莫非真的有祖传的躬躬迷药？刘金莲相信自己的清醒和理智，不会被邪门歪道迷惑。

　　桂香已经为刘金莲梳好了头。她离开房间时，突然回转身来，神秘兮兮地对刘金莲说："小姐，听说这小雕匠有躬躬迷药。女人若是沾上这种药，就会被他迷住心窍。你长得这样光鲜，可要当心呀！"

　　"你给他去送灯油的时候，更要当心！"刘金莲笑着说。

　　"小姐，你——"桂香忸怩地做出一副不好意思的样子。

　　"你还有哪样要说的吗？"刘金莲最后一次问桂香。

　　"没有了。"桂香一只脚迈出了门槛，突然又打转身，大大咧咧地说："嘻嘻！还有。昨夜，那个段千总叫姑爷'豺狼'。我吓了一跳，姑爷怎么变成'豺狼'了？后来我才听人说，那段总爷说的是'有才学的郎婿'，不是山上的豺狼。"

　　饶舌的桂香，吐了吐舌头，走了。刘金莲苦笑着。豺狼也好，才郎也罢，她已经心灰意冷。昨晚的那一幕，给她的打击实在是太沉重了，致使她对那个小雕匠，产生了极为复杂的心理。小雕匠在她的脑海中，竟变得旁人无法替代了。莫名的冲动油然而生。抑或是对知心的倾慕，对弱者的怜悯，更是对恶少胡作非为的报复。当她试图摆脱桎梏，迈出新的脚步时，却又显得举步维艰。平时，她一动脚就去了小雕匠那里，看他精雕细刻，听他谈天说地。今天，她想去见他，却又害怕见他。她在暗自揣测，倘若对小雕匠表明心迹，他会有勇气接受这份感情吗？

　　早饭过后，犹豫不决的刘金莲，终于鼓足了勇气，来到了麻大喜的工作间。

"我知道你会来的。"听到刘金莲的脚步声,麻大喜连头也没有抬。

"为哪样?"刘金莲问。

麻大喜这才抬起头说:"昨晚上,你和姑爷吵了架。"

"你怎么晓得?"刘金莲问。

麻大喜说:"我亲眼看见,他从你绣楼上下来。你们吵得很凶,他已是心烦意乱。他的一出《伯喈辞朝》,不是黄腔,就是顶板。大家都不明白,他为什么会这样?只有我清楚,他是和你发生了严重的争吵,根本就没有心思唱戏,硬着头皮上,就免不了搭不上调。"

刘金莲又问:"你怎么晓得我会来?"

麻大喜说:"如果只是姑爷他碰了个钉子,落荒而逃,你出了心里的闷气,就不会来。如果你来了,一定是你和他两败俱伤。"

"你说我们两败俱伤?!"

"是的。"

刘金莲说:"好!就算是两败俱伤。那你说,我来找你做哪样?"

"来找我说话,吐苦水呀!"麻大喜说:"你在这刘家窨子里,唯一能和你说知心话的,只有你嫂子。她头回无意中让你晓得了姑爷的事,惹了祸。如今,她心里也害怕了,不敢和你说话,特别是不敢对你说有关姑爷的话。我这个又矮又丑的雕匠,算是你半个朋友,还可以说那么一点点心里话。这不,你就来了。"

麻大喜的话还没落音,刘金莲竟然"呜呜"地哭了起来,而且还越哭越伤心。

麻大喜慌神了。赶忙放下手中的凿刀,奈何不得地说:"哎呀!小姐,你哭哪样嘛!旁人要是不晓得,还说我丑雕匠欺负你千金小姐,那我就跳到黄河也洗不清了。"

刘金莲缓缓地抬起了头,一双泪眼可怜巴巴地望着麻大喜说:"大喜,我跟你说心里话,张家窨子那个鬼地方,我是说什么也不去了。"

麻大喜心想，这娇小姐又在赌气了。他看了看满屋子的雕花嫁妆，笑着说："你不去张家窨子，那这满屋子的雕花嫁妆往哪里放？"

刘金莲终于鼓足了勇气。她说："往哪里放？！就往麻家寨你的屋里放呀！"

"哪样？你说哪样？！"麻大喜不敢相信自己的耳朵。

"你雕了那么多的嫁妆，都是为了别人，从来没有为过自己。这套嫁妆，你就自己受用，我们一起受用！大喜，这是真的，我刘金莲说话是算数的！"刘金莲憋足劲，说完这些话，冲出门，便一阵风似的走了。

麻大喜懵了。他呆呆地坐在凳子上，好久都回不过神来。他怀疑自己是在做梦。任性的富家小姐，居然说出这样荒唐的话来！种田人没米粮，纺织娘穿破衫，烧炭佬生冻疮，雕花木匠从来不为自己雕花，古往今来，天经地义。本分的小雕匠心中有数，这不过是富家小姐的一时冲动，他是不能有任何奢望的。即使是这样，他仍然非常感激刘家小姐的这份情意。美好的记忆，他将永远珍藏心底。眼下，他还不清楚这位小姐和姑爷之间，究竟发生了什么事情。只是再大的事，还不就是那档子风流事，阔少爷的逢场作戏而已。日子长了谁还会记得。张家和刘家，都是浦阳镇上有头有脸的人家，这两户人家的联姻是不可能说散就散的。

夜里是麻大喜的读书时间。今夜他却无心读书，坐在灯下久久地发呆。如豆的桐油灯光，随着窗口吹来的晚风摇曳，忽明忽暗。小桌上，放着一本从老爷那里借来的《今古奇观》，书页翻开到第三十九回，"卖油郎独占花魁女"八个大字，映入他的眼帘。麻大喜暗自好笑，怎么偏偏是这一回？！书中的卖油郎，可以独占花魁女，打嫁妆的又丑又矮的小雕匠，是决不能对千金小姐有非分之想的。

夜渐渐深了。月亮的银辉，照着天井里冷清的岩板。晚风里夹杂着丝丝凉意。麻大喜强迫自己静下心来看书，可就是静不下心来。书页上的每一个字，都像他悬着的心，摇摇摆摆，直把他搅得昏头转向。麻大喜掩上书页，闭上双眼，试图以这种方法，摆脱情感的纠缠。可那刘家小姐的一颦一笑、一举一动，竟老是在他的眼前挥之不去。他缓缓睁开眼睛，环视着小屋的一切。这里是工匠的行营，与自己身份相适应的所在。住在这小屋里的人，不敢奢望龙楼凤阁。理智和感情，在他的灵魂深处进行厮打。理智占了上风。他起身关好敞开的窗子，准备闩门睡觉。躺在床上，心情或许能宁静些。这时，门被轻轻推开了，刘金莲出现在眼前。

"小姐，是你？！"麻大喜感到惊讶。

刘金莲转身将门掩上，说："没想到我会来？！"

刘金莲掩门的那一刹那，麻大喜的心"砰！砰"地跳了起来。深更半夜和一个大姑娘同在一间屋子里，麻大喜还是头一回。他抬起头来，看了刘金莲一眼，不禁为之一颤。她竟是这般的美丽。她的那一双凤眼，似乎要勾摄去他的七魄三魂。往天，他曾以雕匠的眼光，审视过、欣赏过这双凤眼。今晚，这双凤眼竟是那样光芒四射，就像是要照开他的心扉。

"小姐，你……"麻大喜慌神了。

"大喜，我白天说的话，是认真的。"

麻大喜说："小姐，你那是气头上的话。你要放冷静些。我不晓得昨晚姑爷和你发生了怎样的争吵。事情已经过去，你就不要再计较了。"

刘金莲显得焦躁。她问麻大喜："过去的事，我可以不计较。将来的事，我也可以不计较吗？"

麻大喜说："我不明白你的话。"

刘金莲显得气愤。她说："他亲口对我说，那个丫头，那个苗婆，比起我要通道理得多！"

麻大喜说："这话一定是你逼出来的，是气头上的话。"

"不是！"刘金莲说："他还说，丈夫大过天，婆娘草一根。丈夫想做哪样，就做哪样。他根本就不把我当人……"

"他是男子汉，拉不下面子，只能这样说。这样的话，你是不能当真的。"麻大喜说。

"你怎么还不明白呀？大喜！"刘金莲亲切地叫着小雕匠，两眼禁不住涌出了晶莹的泪水。她说："凭他的这几句话，我一世人生，就永远只能在他的面前低着头过日子。你说，这样活着还有哪样意思？我为哪样睁着眼睛要去过那样的日子？"

麻大喜被问住了。刘金莲的顾忌也不是完全没有道理。可令他尴尬的是，如今这事情竟和他牵扯在了一起。聪明的小雕匠，顷刻间变得胧肿了。他想不出更恰当的话来回答和安慰刘金莲，只是说："那都是气头上的话，你怎么把它当真了！"

麻大喜的回答，让刘金莲失望。那一双凤眼之中，充满着怨艾。她说："大喜，你好不明白。男子汉说的话，就是吐到地上的口水，还能捡起来再吃下去吗？"

麻大喜又一次被刘金莲问住了。他无言以对。

"大喜，世上就只有你能救我了……"刘金莲在期盼，在哀求。

"小姐，一个穷手艺人，怎么能救得了你呀！"麻大喜的话语充满着无奈。

刘金莲说："你先听我说。三年了，你看着我长大。凭着我们三年的交往，我认定了你是一个靠得住的人。跟着你，比跟着张复礼要强。你是生得矮，长得丑，可那生得高，长得乖的又怎么样？你不会让我受气，这比什么都强。我刘金莲不图荣华富贵。你有一份手艺，我们是可以过得好的。粗茶淡饭里，才会有我真正的安乐。这都是我的心里话，大喜，你应该相信吧！"

麻大喜虽然被刘金莲的真情感动了，但他仍然无法接受这份情意。他摇着头说道："不！不能这样。这样太委屈你了。"

刘金莲接着说："我晓得，这件事情张扬出去，会使我的家庭难堪，会使我的父母伤心，会使我的名誉扫地，还会给你增添麻烦。不过你放心，我会一肩担的。"

麻大喜急了。他连连摇着头说："不！不行！这是万万不行的。"

刘金莲内心焦灼，表面却异常地沉稳。她心平气静地说："大喜，你不要忙着回答我。你和我都来看着这盏桐油灯，都来好好想一想。想好了，你再回答我。"

刘金莲用拨灯棍，为桐油灯添上一根灯草。骤地，灯光便增亮了许多。小屋子门窗都已关好，没有一丝风，灯光一动不动地发出它的光亮。两双眼睛都在凝望着神圣的火苗。

刘金莲含着酸楚，带着希望，望着黑夜里的光亮，等候麻大喜的回答。麻大喜心里明白，绝望中的富家小姐，将眼前这燃烧的火苗，当作了她人生的光亮。而事实上，她只能成为一只扑火的飞蛾。这火苗不能照亮她的人生之路，只能变成她葬身的火海。此刻，小雕匠更感到自己的卑微。在这个美丽、善良，等他救助的姑娘面前，他如此无能为力。他愿与她同蹈火海化为灰烬，又不忍心如此绚丽的花朵，受到那无情烈火的吞噬。麻大喜是个嗜书如命的手艺人。他熟知三纲五常，圣贤之礼。他只能有唯一的选择，那就是竭力开导刘金莲，让她学会委曲求全。

渐渐地，麻大喜的视线离开了灯光。他一转眼，正好和刘金莲的目光对视。

"大喜，想好了吗？"

麻大喜深深地叹了一口气。他欲言又止。

"你怎么想就怎么说，我不会怪你的。"刘金莲的语气，是那样平和。

麻大喜沉吟过后，无奈地说："小姐，我是一个穷人；你是一个女人。穷人，注定有许多得不到；女人，也注定有许多得不到。穷人有许多得不到，是因为他的贫穷；女人有许多得不到，是因为她是女人。我想得到你吗？当然想。可因为贫穷，我不敢想。你在天上，我在地下。地下的人，是摘不到天上的星星的。今晚你到这里来，确实也是一片真心，想与我结缘。可因为你是女人，就不能这样想。因为女人有女人的'三从四德'：在家从父，出嫁从夫，夫亡从子。这想必你也是晓得的。你在家，就必须'从父'，是不能自作主张的。你就是想一肩挑，也未必挑得起。

小姐，多谢你的这份情意，麻大喜一世人生忘不了，也感激不尽。如果有来生，我生在富贵人家，长得相貌堂堂。那时候，我们再来了却这段情缘吧！"

说完这些话，麻大喜已经泪流满面了。刘金莲木木地坐在灯下，像一名听完判决的死囚。很久很久，二人静静地坐着，谁也没有说话，仿佛是不愿轻易放弃这最后的聚会。直到一盏灯油就要熬干。

望着行将熬干的油灯，刘金莲显得格外凄楚。她缓缓地站起身来，泪水已经将那双凤眼熬得通红。她用颤抖着的声音对麻大喜说："大喜，你就好好地看我最后一眼吧！但愿像你所说的那样，我们是只有来生再了却情缘了。你要多多保重！"

刘金莲说完，转身朝门边走去。不祥的预兆，在麻大喜的脑海中闪现。天哪！她说的都是断头话。若是有个三长两短，将会留下终身的悔恨。作为男人，绝不能在这时将她推出门外。刹那间，他头脑中所有的顾虑全都打消得一干二净，一步上前，拦腰将刘金莲抱住。刘金莲扭转身子，也紧紧地抱住了他。二人不自主地移步床边，双双在床沿坐下。勇气伴随激情，如同山洪一般倾泻，顾忌被抛到九霄云外。唇与唇的对接，肉与肉的厮磨，心与心的碰撞。小雕匠一双握凿刀的手，将进行他人生最辉煌的雕琢。

"金莲！"

"大喜，你终于这样叫我了。"

"金莲，我好像是在做梦。"

"我也一样。"

小屋里没有其他的声音，只有频频的接触与厮磨，只有细细雨般的喘息。此刻，仅仅相拥而坐，已不能回应心灵的呼唤。雕匠有力的双手，一只自细腰托起，一只由酥胸按下。闭目而平卧着的金莲，正敞开胸怀，等候阴与阳的对接，天与地的交融。可偏偏在这时，门"吱扭"一声开了。躺卧在床上的刘金莲一跃而起。

来人是桂香。她一只手提着马灯，一只手拎着油罐。

"大喜，看你屋里灯不亮，兴许是没得油了。我给你送油来了！"桂香说着，抬头一看，床沿上竟并排坐着小姐和雕匠。从来没见过这般场合的丫头，一下子懵了。手一松，油罐"叭"的一声打碎在地上。她连忙说："小姐，我什么也没有看见！我什么都没有看见！"

这一夜，桂香惊魂未定，彻夜难眠。天哪！这个矮子鬼雕匠，莫非真的有哪样躬躬迷药。怎么偏偏是小姐上了他的当。若是让自己去替代小姐那一角，她倒是蛮乐意的。桂香真想对小雕匠说，小姐名花有主，你不该将她迷住。桂香对你有意，你却是那样无动于衷！没奈何，小丫头只得自叹命苦。她更意识到，在小雕匠房中的所见，千万要守口如瓶。事情若传了出去，关系到小姐的名声，小姐和张家少爷的亲事就会黄掉，刘家窨子就会名誉扫地，她这个小丫头也不会有好果子吃。她真想去同小雕匠说，饶了小姐吧！请你放我的躬躬迷药，我心甘情愿跟你走。

桂香的突然出现，让麻大喜不知所措。他要刘金莲赶快离开。刘金莲却不把这当成一回事。她到这里来，原本就不想偷偷摸摸。这样的事情，终究是要大白于天下的。她要麻大喜全然不要顾忌，想做哪样，就做哪样。麻大喜这才稳住了心神。于是，浓云密雨重新酝酿，生命火花尽情迸发。就在小丫头桂香辗转难眠之时，麻大喜和刘金莲从容地完成了想做的一切。

刘金莲依偎在麻大喜的胸前说："让张家窨子的人都晓得，让通浦阳镇的人都晓得，刘金莲和又矮又丑的小雕匠相好了。生米煮成熟饭了。戴绿帽子的张家大少爷咽不下这口气，肯定不要我了。这就是我想要的最好结局，我跟着你去麻家寨。"

麻大喜的想法，却比刘金莲要复杂得多。他说："张复礼咽不下这口气，不要你了，也不会轮到我麻大喜。到头来吃亏的还是你啊！"

"大喜，你总是处处为我着想。有了你的这片心，我就知足了。"刘金莲说着起身，问麻大喜："大喜，我问你一件事，你要老老实实回答我。"

"什么事,你问吧!"

"老实说,你是不是放了我的躺躺迷药?"

麻大喜反问:"你说呢?"

"我是在问你。"刘金莲显得作古正经。

麻大喜说:"外头的人,都说麻家有祖传的躺躺迷药,可麻家的老雕匠告诉我——"

"告诉你哪样?"

"他告诉我,世上只有人迷人,世上没得药迷人。"

"难道说外头说翻了天,其实没得这种药?!"

"你相信这种药吗?"麻大喜反问。

"那你说,论家财,说人才,你麻大喜哪点配得上我?可我为哪样要死心塌地跟着你?"刘金莲问。

麻大喜说:"问得有道理。这要问你自己,只有你自己最明白。"

刘金莲的一双凤眼,不住地眨巴着。一阵沉思之后,她说:"世上只有人迷人。如此说来,我是被你这个丑八怪迷住了?!"

麻大喜说:"如果到了那一天,浦阳镇通街的人都说得活灵活现,说刘家窨子的小姐,中了麻家雕匠的躺躺迷药,你会怎么说?"

"我就说,我是中了你们麻家的躺躺迷药。"刘金莲说着,从手腕上取下一只玉镯,交给麻大喜。她说:"没办法,刘家小姐被你的迷药迷住了。被迷住的女人,会永远在你的面前服服帖帖。喏!这是把凭,这女人的一切,就这样交给你了。"

这是一只常戴在刘金莲手腕上的玉镯。闲谈时,刘金莲曾对他讲过这只玉镯的来历。刘金莲的母亲刘邬氏,来自船溪驿大户人家。嘉庆年间某日,一个缅甸的使团赶着大象,沿着途经湘西的古驿道,前往北京城进贡,歇息在船溪驿的驿馆里。缅甸是个出玉石的国家,那里出产的"缅玉"名扬天下。一些来中国的缅甸使臣,常捎带着做点玉器生意。这只玉镯的用料上乘：晶莹剔透的玉石里，布满了红色的丝状物，行家称之为"鸡血"。缅甸和中国习俗相同，都认为鸡血是驱邪之物。因此，这种石料制作的玉镯，除了作为饰物以外，还兼有避邪的功能，被称为玉器中的上品。那天，正好是刘邬氏母亲的生日。父亲从缅甸使臣的那里，花大价钱买来了这只玉镯，作为生日礼物送给妻子。到了刘金莲母亲出嫁时，外婆按照当地的习俗，将玉镯传给女儿。刘金莲理所当然地成了玉镯的继承人。

"这只缅玉手镯，是我娘从外家带来的，驱邪恶，保平安。娘把它传给了我。我身边的物件，就数它最贵重了。我用它作家把凭，放在你手里，到来日再传给我们的女儿。"刘金莲说。

麻大喜手捧着带有鸡血丝的玉镯，心中充满着幸福。他想了想，便从枕头下面取出一块长方形的小木板。小木板的一面，雕着一具浮雕的吞口，另一面则是一道阴刻的"紫微讳"。他对刘金莲说："麻家是穷手艺人，没得哪样贵重的传家之物，只有这道护身符，是爹爹为我和二喜雕的，每人一道。这道符用桃木雕成，和这只玉镯一样，也是避邪之物。我弟兄二人外出时，都要把它带在身边。我把它送给你，它会保佑你一生平安。"

刘金莲是鸡叫了二遍，才回到自己房里去的。第二天早晨，桂香照样去给刘金莲房里送洗脸水，为刘金莲梳头。见到桂香，刘金莲就想起昨晚的事，总是显得不自然，脸上红一块，白一块。桂香为了安慰刘金莲，让她放心，便信誓旦旦地说："小姐，你放心，昨晚的事，我绝对不会说出去。我可以对你发誓。"

刘金莲："有哪样发誓的！我晓得，你的嘴巴是贴不住封皮的。我可是从来没有亏待过你，你晓得轻重就是了。"

刘金莲的话没错，桂香是个多嘴的婆娘，嘴巴贴不住封皮。尽管她对自己千叮咛，万嘱咐，要晓得事情的轻重，她仍然管不住自己的嘴巴。

早饭过后，刘家窨子里，来了个卖魔芋豆腐的汉子。此人名叫向老三，诨名叫作"山麻雀"，溆浦县人。溆浦的乡民都有一套制作魔芋豆腐的手艺。他们将一种叫作魔芋的植物的块茎，磨成浆状，用石灰水煮过，形成一种形同豆腐的紫色块状物，叫作魔芋豆腐。此物吃来清爽可口，是浦阳人餐桌上常见的菜肴。魔芋豆腐炖牛肚，更是浦阳街市上脍炙人口的小吃。以磨制魔芋豆腐为业的溆浦人，常常肩挑着魔芋豆腐走街串弄叫卖。他们常常通过谈天说地来推销产品。浦阳镇上的街弄子闲言，都是伴随着魔芋豆腐的叫卖声，得到最迅速的传播。

向老三是桂花的远房堂兄，正如他的诨名"山麻雀"，嘴巴一天到晚不歇气。但凡街长里短，经过他的嘴巴，不消一时三刻，立马传遍浦阳镇。桂香正巧也是个闲事婆娘。每次见面，"山麻雀"都要向她讲述浦阳镇上的最新消息，而且还免不了添油加醋。前回张家大少爷同苗家丫头的那本经，桂香就是从他那里听来的。

"三哥，你又送魔芋豆腐来了。"说着，桂香把向老三带到了伙房。兄妹俩从伙房出来，桂香把向老三往大门边送。

"三哥，怎么今天没得门子摆了呀！"

"嘻嘻！门子倒是有，只是你是个女伢儿，还是不跟你摆的好。"向老三说："老妹呀！你在这大户人家当差，可要处处当心呀！"

"我晓得！"桂香回应着。她心里觉得好笑，这三哥也真是，那不能跟女伢儿摆的门子，还不就是那么回事。她环顾左右无人，便神秘兮兮地对向老三说；"三哥，这屋里出事了，就我一个人晓得，我不敢对任何人说。"

"出了哪样事？"向老三立刻来了神。遇到这样的消息，他是不会放过的。

桂香再一次环顾左右，而后压低嗓门对向老三说："这刘家的小姐，中了矮子雕匠的躬躬迷药。"

向老三有点不相信，说："老妹，你莫乱讲，这事是乱讲不得的！"

"哎呀！我怎么敢乱说？！这是我亲眼看见的。三哥，我只告诉你一个人，你要晓得事情的轻重，千万不要对外人说哟！"一番叮嘱过后，桂香便将那天晚上在小屋里的所见，对向老三绘声绘色地描述了一通。

就这样，向老三获得了足以轰动浦阳镇的最新消息，在沉吟片刻过后，他断言："嗯！这刘家小姐，肯定是真的中了那个矮子雕匠的躬躬迷药！麻家人的这个迷药，也实在是太厉害了！"

聚会黔王宫

　　随着"山麻雀"魔芋豆腐的叫卖声，刘家小姐中了矮子雕匠躬躬迷药的传闻，在浦阳镇迅速传开。加上市井闲人的添油加醋，故事变得越来越生动，越来越离奇。传闻甚至还隐约地传进了张恒泰的耳朵。而与此事关系密切的张复礼，却还蒙在鼓里。这天，他根据父亲吩咐，到后街的油篓作坊，去验看一批新做好的油篓。这些从事油篓制作的，大多是镇竿人。他朝着一间裱糊的工棚走去，还没进门，就听见一片嬉笑。可这些镇竿佬一见到张复礼，立刻就不作声了。往天，工匠们在说笑时，总是欢迎他也参加的。今天的情形，令张复礼分外诧异。他问工匠们在说哪样？笑哪样？工匠们一个个都拨浪鼓似地摇着头，连声说道："没有！没有！"这就更加引起了他的怀疑。他料定，镇竿工匠们刚才的议论，肯定与自己有关。

　　张复礼出得油篓作坊，穿过正街，朝着河街走去。一路上，张复礼发现有好些人，似乎也在对他指指点点，这就更使得他心生疑窦了。他信步来到河街，觉得肚子有点儿饿，便进到一家名叫望江楼的餐馆，想吃碗米粉。店家见他到来，很是客气，立即将他往楼上引。当张复礼上楼梯时，只听得楼上一片喧闹、嬉笑。

　　"……嘻嘻，那放躬躬迷药的小雕匠是个武大郎，又矮又丑，趴上刘小姐白生生的肚皮，正好吃着那翘起的奶子……"

　　张复礼一怔，停下了脚步。他所有的狐疑，顿时得到解析。嬉笑的声音，他耳熟能详。楼上一伙吃酒的癞子，见他到来，笑声戛然而止。癞子头儿长疤子，立刻迎了上去，尴尬地同张复礼搭讪："嘻嘻！张大哥，来！喝杯残酒，不好意思。"

"你们喝吧！我肚子有点饿，要了一碗米粉。"张复礼说着，去到临沅水的一扇窗户边，双手撑在窗台上，皱起眉头，眺望着远处的滚滚江流……

在浦阳镇的年轻人中间，张复礼是举足轻重的人物。他讲义气，够朋友，从不因家庭富有而趾高气扬。即使对混迹街头的癞子们，他也从不报以冷眼。癞子们惹出祸患，下不得地时，便请他出面，常常是大事化小，小事也就化无了。眼下，张复礼遇上了悖时事。癞子们说笑归说笑，若是张复礼用得着时，他们还是会两肋插刀的。长疤子与癞子们交换了个眼神，也来到窗户边张复礼的身旁。长疤子本名瞿祖焕。瞿家是早年镇上靠冶铁发财的四大家族之一。三十年前，冶铁业萧条，炼铁炉火灭烟消。瞿家后人有的改弦易辙，另图发展。有的则嫖赌逍遥，坐吃山空，变成了穷光蛋。常言说，瘦死的骆驼比马大。瞿祖焕虽然家业破败，昔日的威名，仍然是他的无形资产。他自然而然成了镇上的癞子头儿。他在一次寻衅滋事中，额门上挨了一刀，差点儿丢了小命。伤好以后，留下了一道长长的疤子。从此后，人们渐渐忘却了他的大名，而是只称他为"长疤子"了。

"张大哥！弟兄们请你入席，请你赏脸。"长疤子轻声说。

张复礼没应声。他依然目光凝滞地望着远处的江流。长疤子嘴巴一咬，几个癞子来到窗户边，七手八脚，把张复礼拉到了桌席上。

张复礼上了桌席，不言不语，怒目圆睁，令人生畏，也令人生怜。癞子们一个个也都哭丧着脸，却又找不到更适当的语言，来劝慰这位戴着绿帽子的张大哥。死一般的寂静，和适才间放肆的荡笑，形成了鲜明的对照。只见那长疤子把胸脯一拍，说："张大哥，你的事就是小弟们的事，若用得着小弟们，你只管吩咐！"

张复礼两眼充满血丝，嘴唇不住颤抖，右手攥着拳头，放在餐桌上。

过了许久，他猛地一捶桌子，从嘴里蹦出一句话："拿酒来！"

麻大喜和刘金莲的风流事，传进了张家窨子。张家未过门的儿媳妇，被传得个如此千烂百丑。这门亲事要不要维持下去，张家的俩公婆发生了分歧。

"我当初就说过那女伢脚板大，不会安分。这不，果然应验了我的话吧！"张王氏对刘金莲那双没有裹成三寸金莲的脚，一直耿耿于怀。

张恒泰问："那你说怎么办？"

"怎么办？！把婚退了！"张王氏回答得很坚决。

"妇人之见！"张恒泰斥责着婆娘。他说："退亲，你说得轻巧！也不想想，我们是在和谁家结亲？是刘家，是和我们世代交好的刘家！把亲退了，世代的交情不就也一刀两断了？！若要真是这样，刘家往后在浦阳镇上怎么做人？什么乌七八糟的鼹鼹迷药！没有的事！镇上的那些人，见风就是雨，唯恐天下不乱。退一万步讲，就是有点把点事，也是我们张家人做的初一，人家刘家人做的初二。"

张王氏立即反驳："哎哎！你放明白点。我们复礼出点事，复礼是男人。他们金莲出了事，金莲是女人。只见男人有三妻四妾，没见过女人有几个老公的吧！你怎么把男人出事和女人出事，说成一档子事了哟！"

"你就敢断定金莲出了事？"张恒泰问。

张王氏说："反正外面都是那么传的。裤裆里的黄泥巴，不是屎也是屎。"

"管他外面怎么传，我们得有自己的主意。"张恒泰作为一家之主，这屋里的大事，主意自然是由他拿的。他说："人活在世上，'仁义'二字是要放在第一位的。不讲别的，就讲八月间万寿宫上会，那时正遇着复礼出事，招来'十八罗汉'的议论，就有人打起了值年这个位子的主意。是昌杰他站出来说话，不计较复礼的事情。有了他的话，大家也就不把这当成一回事了。后来，鬼使神差，祭堂上请不来蛤蟆太公，把我急得不知如何是好。又是昌杰事前就为我着想，派人去到楠木洞，把蛤蟆太公请了来，为我帮了忙，解了围。不是有情有义的人，哪能这样对待我们张家？到如今，人家屋里出了这么点把点事情，我们就把婚约毁了，不就是落井下石，不仁不义吗？"

张王氏被丈夫问住了。丈夫的这番道理，她无法，也不敢再提出异议。看来，大脚板的刘家小姐，进她的家门，当她的儿媳妇，是铁板钉钉的事情了。最令她担心的，是儿子张复礼的态度。他是肯定咽不下这口气的。虽说他对父亲的决定，从来不敢违拗。若是逼着他接受这个刘家女子，往后的张家窨子里，只怕就会生出许多烦心的事来哟！

这时，几个癞子护送着烂醉如泥的张复礼，回到了张家窨子。

"老爷！太太！少爷他心里烦，心里气，就忘命地朝肚子里灌酒，我们怎么拦也拦不住。"为头的长疤子说。

张复礼被送进卧房。这个平日里桀骜不驯、傲视群氓的汉子，从来没有受到这样的伤害。他极度的痛苦，乘着酒兴一股脑儿从内心深处狂泻而出。他倒在床上，蒙着被子，伤心地号啕大哭起来。

张恒泰和张王氏面面相觑。很显然，镇上的种种传言，他已经全然知晓。张王氏慌神了："老爷，为这事，礼儿哭得这样伤心，你说怎么办哪？"

张恒泰说："怎么办？！等酒醒了，我会慢慢儿跟他说，礼儿是个通道理的人。"

这天是十月十六，贵州会馆下黔王宫的上会之期。万寿宫的轮当值年张恒泰和刘昌杰，早些天都接到了请束。镇上那沸沸扬扬的传闻，使这两家的亲事又面临着新的考验。偏生在这时候，两亲家却要在众目睽睽之下聚首。他们如何对面？旁人怎样看待？令张恒泰惴惴不安。他希望能有个万全之策，既可解除刘家的窘境，又能顾及张家的脸面。

说奇怪，也不奇怪。当镇上的闲言秽语把躬躬迷药说得神乎其神，把刘家小姐说得千怪百丑时，刘昌杰竟是全然不知。到了下黔王宫上会之期，刘昌杰决定如约赴会。他听说河下来了"苗排"，便和管事易桂和一道，先到清江牙行走一趟，和那里的山客见个面，再去下黔王宫不迟。

清江牙行坐落在驿码头。早年，浦阳设有水驿，驿码头便是驿船停泊的地方。这里是一个深潭，有宽阔的水面。前些年浦阳水驿被裁撤以后，上游来的木排便开始在这里集中。由于这里方便照料河下排筏，驿码头便出现了一家家木业牙行。二人沿着河街，来到了清江牙行。只听得牙行里的人们正在高谈阔论。当刘昌杰和易桂和出现时，伙计们都不作声了。只有两个来自贵州的山客，一胖一瘦，却仍然谈兴未尽。

刘昌杰向众人拱手致意："各位老板，发财！"

"发财！"胖子问道："老板是——"

刘昌杰说："小号刘元隆记。"

瘦子说："我们也在等一位刘老板，刘昌杰。"

胖子抢过话头说："这刘老板只怕一时来不了，听说他屋里出了大事。"

刘昌杰惊讶，不解："哦！他屋里出了大事？！"

易桂和生怕两个山客再胡说八道下去，连忙将话题引开："二位！这次运来的货一共有多少两码呀？"

牙行里的伙计们也背转身子，朝着那两个山客挤眉弄眼。而那两个山客，却全然不知道牙行伙计们的意思。

胖子不理会地对着伙计们摊了摊手，转身与易桂和搭腔。他说道："嗨呀！你这位朋友忙哪样？买主都还没有来。做生意有的是日子，好事不在忙中嘛！"

刘昌杰对眼前发生的一切，感到分外讶异。追问道："请问二位老板，刘昌杰屋里，到底出了哪样大事？"

"嘻嘻！我们也是刚才听说的。"胖子说道："你们湘西地方，真是厉害，听说有哪样的翦翦迷药，那位刘老板，屋里请了个雕花木匠……"

刘昌杰再也听不下去了，他恍恍惚惚地走到易桂和的跟前，说了声"走！"二人便离开了清江牙行。

这时，一个牙行的伙计，把胖子拉到一边，对他说："你们的嘴巴不关风，他就是刘昌杰呀！"

"不是说，他是刘元隆吗？"

"刘元隆是他家的斧记。刘元隆的老板就是刘昌杰！"

胖子摸着后脑壳，后悔地说："天哪！真对不住刘老板。你们也真是，怎么不早告诉我？！"

刘昌杰和易桂和，来到沅水上的一块大木排上，钻进了排上的野鸡棚。

刘昌杰对易桂和非常生气："出了这么大的事，你怎么不告诉我？"

"老板，你请听我解释。"易桂和说："开初我听说了，不当一回事。麻家雕匠有躬躬迷药的事，也不只是说了一天两天了。外面的好事之徒，把这与小姐联系起来，我以为只是说说笑而已，并不在意，也就没对你说。这两天，事情越说越宽，也越说越玄了，想和你说，又找不到机会。"

刘昌杰沉默许久，最后挤出句话："都怪我自己，没把这当回事。"

易桂和说："我想，小姐是无论如何也不会看上那个丑雕匠的，除非他真有什么躬躬迷药。我真猜不透，这事是怎么传开的？怎么传得这么快？"

"那你说，我该怎么办？"平日足智多谋的刘昌杰，这时也拿不定主意了。

易桂和说："先问问小姐，究竟是怎么回事？"

"走！回家！"说着，刘昌杰便躬着腰走出了野鸡棚。

"慢！"易桂和立刻阻止刘昌杰。他说："这时候，你不能回家。"

"这又是为哪样？"刘昌杰问道。

易桂和说："你应该去下黔王宫。"

刘昌杰这才想起，他手头还有下黔王宫的请柬。这样的场合，他如果缺席了，还不知好事之徒们又会编出些怎样的话来。这时，刘昌杰突然想到，去下黔王宫赴会，他将要和亲家张恒泰见面。这件事情张家肯定已经知道了，也不晓得张家的态度如何。这样的会面，必然会给他带来尴尬，但却又无法回避。更有甚者，浦阳镇上的头面人物，今天都会在下黔王宫聚会。这些人当中，会有人同情他，也会有人看他的笑话。事到如今，他别无选择，必须坦然面对，硬着头皮也要前去赴会。

浦阳镇原日有座贵州会馆黔王宫，坐落在河街的西头。崇祯年间由贵州客居浦阳的木商修建。道光、咸丰年间，镇上又陆续接纳了新的贵州客商，他们经营的商品是鸦片。鸦片战争的洋枪洋炮，掀开了列强大举进入中国的序幕。列强入侵，义军四起，大清王朝狼狈不堪。为了填补国库的空虚，清廷置民族危亡于不顾，大开烟禁，以获得巨额税收。他们将鸦片称为"土药"，列入药品类的课税之中。弛禁之后，云南、贵州大量种植罂粟，制售鸦片。云贵的鸦片，多自沅水运出外销。浦阳镇便成了鸦片的重要集散地。贵州客商从家乡贱价购得鸦片，运到浦阳集中，而后通过船装水运，以高价销售于长江沿岸，获得丰厚的利润。因经营鸦片而暴富的贵州商人，嫌原日的黔王宫不够气派，决定斥巨资再在河街的东头修一座黔王宫。新修的黔王宫，盖着浦阳镇绝无仅有的琉璃瓦，显示出贵州鸦片商的阔绰与富有。此后，人们称上游的老黔王宫为上黔王宫，下游的新黔王宫为下黔王宫。

黔王宫的祀神，是唐代的南霁云。安史之乱时，张巡率部将南霁云抗击叛军，被叛军围困于睢阳。张巡遣南霁云至贺兰进明处求救，进明不肯发兵，却以酒乐相留，南霁云断指不食而去。睢阳因此而陷落，南霁云与张巡同时殉国。明末，苗民安邦彦率兵围攻贵阳，城将破，忽见一员黑脸武将神威无比地站立在城头，安邦彦畏惧而退兵。贵阳因此而解围。民间传说，城头出现黑脸武将，是唐时的忠烈之士南霁云显圣。于是，贵州布政使奏请朝廷，追封南霁云为黔王，立庙祀奉。贵州人不但在当地修建黔王宫，客居外地的贵州人也广建黔王宫，作为贵州会馆。

下黔王宫上会的值年，是一位三十岁出头的年轻人，鸿发膏栈的老板龙永久。"膏"即鸦片。三年前，龙永久的父亲龙运光，因吸食鸦片过度，五十岁不到便撒手西去。他的鸦片生意，连同下黔王宫值年的位子，交给了儿子龙永久。龙永久执掌生意，操持上会，倒也有条有理。他年纪轻轻，便成了浦阳镇令人瞩目的人物。这人最会巴结官家，千总老爷，通判大人，都被他捧得团团转。他广结三教九流，开山堂，拜把子，玩起了圈子。最特殊的是，他一个鸦片商人却从不吸食鸦片。从他记事起，父亲就是个骨瘦如柴的鸦片烟鬼。他认为钱再多，得有命来消受。世界上使人快活的事情多的是，何必硬要吃鸦片烟！他有个不同于父亲的嗜好，那就是女人。在浦阳一带，讨小婆的男人，多是无子乏嗣，年龄通常在四十岁以后。龙永久却不是这样，他的原配夫人，进到龙家一口气就给他生了三个儿子，可他还是在二十八岁那年，父亲死后不到三个月，又讨了个长相光鲜的小婆。他太爱那本经了，不可一夜无女人。两个女人轮轴转，解决不了他饿狼般的需求。百家弄的堂班里，若是从汉口、常德来了光鲜的姑娘，他还要去捧个头彩。龙永久精力的消耗，是可想而知的。老娘龙婆曾对他告诫："那东西是当不得饭吃的"，要他多加收敛。龙永久却把老娘的话当成耳边风。他自恃懂得养生之道，以为得到滋补，损伤的元阳即刻可以得到恢复，便可以所向披靡。他有一手见所未见，闻所未闻的怪招。每隔三五月，他就要命得身强体壮的佣工，对着上等的糯米"打铳"——每做一次这样的事，可以歇工三天。他将佣工们射出的浆汁，与糯米拌和，拿去喂纯种的乌骨鸡。世上所有的人，都是那东西变成的。再也不会有别的哪样东西，比这更有值价了。何况是将那东西粘在上等的糯米上。用这种饲料喂养的乌骨鸡，绝对是世上最好的滋补品。

龙永久蒸吃乌骨鸡时，还有特别的讲究。他先在乌骨鸡的肚子里放一只斑鸠，再在斑鸠的肚子里放一只麻雀。在湘西，人们称女子的那东西为"斑鸠"；称男人的那东西为"麻雀"。"麻雀"钻进"斑鸠"里，再裹以特殊糯米喂养的乌骨鸡，滋补的效用便是盖世的了。龙永久的作为，都是悄悄儿进行的，他不想让任何人知道。奇怪的是，所有这些，甚至包括其中的若干细节，全都传了出去，成了镇上人们私下谈天的笑料。许多人一笑了之，许多人则是不屑一顾。人们对他的印象本来就不好，这种离谱的骄奢淫逸，更增加了人们的反感和厌恶。龙永久却不以为然，他依然我行我素，卖他的鸦片烟，喂他的白糯米，吃他的乌骨鸡。

十月十六日，是传说中南霁云慷慨赴死的日子。黔王宫就定在这天上会。浦阳镇的上下两座黔王宫，轮流当庄。这年，轮到了下黔王宫。下黔王宫发请柬的范围，与万寿宫有所不同。万寿宫的请柬，除了军政长官以外，还发到各个同乡会馆和同业会馆。下黔王宫的请柬，只发给镇上的头面人物。两个会馆一样，要给与会者每人一个利市。不同的是，万寿宫所有利市的钱数都相同，下黔王宫的利市却是有多有少。惹得许多人的心里很不是滋味。镇上的人们，对龙永久的为人处世，以及他做的鸦片生意，都不敢恭维。许多人，包括张恒泰、刘昌杰这样的老板，实在是不愿意来参加这里的活动。他们之所以还是来了，都是碍着面子，碍着龙家与官府的密切关系，碍着龙家与三教九流的特殊瓜葛。

上午的戏，铁定是敷演南霁云睢阳赴难的高腔戏《黑神归位》。这出戏年年依旧，看客们却是热情不减。这天南霁云的扮演者安齐家，是红透辰河半边天的花脸。就连千总衙门喜好高腔戏的段千总，也是他门下的弟子。龙永久是最会来事的，一定要等段千总到场才开锣。段千总未到，客人们都聚集在客堂里休息。

刘昌杰忐忑不安地来到黔王宫。他见戏还没开锣，便朝着后殿的客堂走去。喧笑声声，从客堂飞出。当刘昌杰来到客堂时，众人的目光一齐投向了他。人群中的张恒泰立刻迎了上去，笑嘻嘻地说："亲家，你来了就好。刚才大家还在问我，我们什么时候请大家喝喜酒？我要大家莫急，快了。"

"是的，是的。"刘昌杰笑着，点着头，转而向众人连连拱手："各位，昌杰见礼了！"

"刘公，这杯喜酒，我们硬是要喝的哟！"龙永久话语阴阳怪气，似乎是弦外有音。

"一定！一定！"刘昌杰嘴里回应着龙永久，却紧紧地握着张恒泰的手。他向张恒泰投去了感激的目光。亲家刚才的一番话，消除了他的紧张与尴尬。这时，段千总和汪通判也来到了客堂，大家都一拥而上，连连拱手，显得很亲热。龙永久更是热情。他笑着调起了文："哈哈！二位老爷大驾光临，黔王宫蓬荜生辉。"

"哟！久伢儿长进不小嘛。也假充屙痢王，调起文来了。"段千总一拍龙永久的肩膀，便哈哈一笑，说："今天来到你这下黔王宫，除了看戏、喝酒之外，还有件重要事情找你。"

龙永久连忙点头哈腰地说："有哪样事情，总爷您只管吩咐，久伢儿照办就是！"

"好！那我就说了。"段千总说："最近我听说，你久伢儿费心喂了不少的乌骨鸡，是吗？"段千总这一问，满客堂的宾客立刻哄堂大笑。继而，大家起着哄："还有斑鸠！"

"还有麻雀！麻雀！"

龙永久倒是洞庭湖的麻雀——见过风浪。在众人的哄笑声中，他没有怯场，没有不好意思，反而有几分得意。他连连招手，示意要客人们听他说话。哄笑声终于停止了。龙永久说："嘻嘻！二位总爷，各位三老四少，久伢儿是喂了那么几只乌骨鸡，这不假——"

话未落音，便有人问："你那乌骨鸡，是用哪样好东西喂的？"

人群中，又是一阵哄笑。

"嘻嘻！用哪样好东西喂的嘛，一点也不稀奇，各位都是晓得的，久伢儿也就不说了。"龙永久嘻皮笑脸地说开了："这种乌骨鸡，屋里还有的是。至于那斑鸠，那麻雀，等到要吃的时候，再去捉不迟。若是千总老爷，通判老爷，还有各位三老四少光临寒舍，久伢儿一定盛情款待。"

段千总问："呃！你是哪里弄来的那么个屙偏方？"

"嘻嘻！这个……"龙永久欲言又止。

不知是谁起着哄："是常德府堂班里的老妈子教他的！"

"不不不！"龙永久摇着头，否认有此事。

"是在汉口听江湖郎中说的！"又出现另外一种说法。

龙永久故作神秘地笑着说："各位！一个小小的秘方，又何必追根究底，问它的来路呢？"

"怎么？还当真还是个秘方？！"段千总笑了，问道："你说，这到底管用不管用嘛？"

龙永久说："总爷，管不管用，您老人家试试就晓得了。"

段千总想了想，便大声大气地笑着说："哈哈！久伢儿，这乌骨鸡还只怕真的管用哩！你身边有两个年轻婆娘，筒车打水轮流转，抽你的精血，你都还有这般的精神，那就是不错得很嘛！"

有人插言："总爷，你不晓得，龙老板常常夸口，都是龙老太爷给他的名字取得好。龙永久，他的那条龙，永久的雄势！"

"哈！哈！"段千总拍着龙永久的肩膀，大笑着说："好你个龙伢儿，永久雄势的龙，除非是铁打的！"段千总的大话喧天，令众人忍俊不禁。龙永久立刻凑到段千总的耳边，说了声悄悄话，段千总顿时眉开眼笑。龙永久说的哪样，众人都心知肚明。他是趁着总爷高兴，要给他送去乌骨鸡。戏班的闹台已经响了好一阵。龙永久指了指前殿，嘻皮笑脸地说："各位，今天的《黑神归位》，是由安师父亲自登场，马上就开锣。请各位先看戏，这乌骨鸡的事嘛，以后慢慢再说，慢慢再试。"

调笑声中，汪通判一声不吭。他毕竟是个文官，不像段千总一介武夫。其实，他也是最爱那本经的人，情急时，就连百家弄里光鲜点的"豆腐"，他也要尝上一尝。不参与对龙永久的戏谑，是他要保持朝廷命官的尊严，面子上过得去。当众人纷纷走出客堂，往前厅而去时，汪通判想到另外一码事。他一步上前，跟行走中的段千总耳语了几句，而后对刘昌杰说了声："刘老板，你请留步！"

见刘昌杰被汪通判留下，张恒泰也跟着停止了脚步。

"你也留下，正好。"汪通判显得对刘、张二人很关切，问道："二位，这几天，满街上的流言蜚语，究竟是怎么回事呀？"

段千总也跟着说："是呀！我也听到了些乌七八糟的话，究竟是从何而起呀？"

张恒泰见刘昌杰颇有窘态，连忙接腔。他说："回总爷的话，全都是无中生有，根本没得那回事。"

段千总说："娘的！这是怎么搞的？！整个浦阳镇，都闹得呵嗬喧天。把个什么鬼的躬躬迷药，说得个活灵活现。昌杰兄，我看不至于吧！"

刘昌杰说："多谢总爷、大人关心。躬躬迷药纯属无稽之谈。外头那些传闻，都是捕风捉影，胡编乱造的。"

段千总说："若是这样，我就放心了。那个小雕匠，头回在府上唱围鼓的时候，他打鼓，我唱戏，也不像是搞邪门歪道的人嘛！"

汪通判也说："此事我想也是不会有的。若是果真如此，王法难容。"

"多谢！多谢总爷！多谢大人！"刘昌杰再次表示感谢。

段千总对张、刘二人说："你们两亲家都在这里，依我看，早点把喜事办了吧！只要把喜事一办，外头的那些屁话，也就没得说的了。你们就商量一下吧！我和汪大人还得看戏去，要不，他们又要来人催。"

前殿的戏台上，《黑神归位》的戏文，已经开锣。段千总和汪通判走后，偌大的客堂里，就只剩下张恒泰和刘昌杰。两亲家对视而坐，许久都找不出适当的话说。刘昌杰自从得知令人沮丧的消息之后，便陷入了极度的痛苦。想当初万寿宫上会时，亲家张恒泰也曾经历过一场尴尬。复礼出了事，复礼是男人。今天下黔王宫上会，刘昌杰也面临着尴尬，传言金莲出了事，金莲却是个大姑娘。今天的情形，比起当初在万寿宫，不知要严重多少倍。刘昌杰作好了准备，在大庭广众面前丢人现眼。当初，刘昌杰的一声"亲家"，解除了张恒泰的窘境。今天，是张恒泰一声同样的"亲家"，使得刘昌杰绝处逢生。

过了好久，刘昌杰才说出一句话："亲家，多谢你！"

张恒泰问："你是什么时候晓得的？"

"是早饭过后，在清江牙行晓得的。"说到此事，刘昌杰不堪回首。

"就没得一个人跟你说？！"张恒泰又问。

"没得。就连易桂和也没跟我说。"刘昌杰情绪很是低落："恒泰兄，此事的真相，要等我回家问过才清楚。老兄的心意昌杰愧领了。外头所传，若真的是无中生有，能够说得清楚，复礼也可以谅解，我们就还是亲家。若是外头所传的那些事，说不清楚，道不明白，那就不能委屈了府上，更不能委屈了复礼。"

张恒泰说："亲家，你这是说哪里的话！张、刘两家的交情，从江西，到湘西，已经有三百多年了。两家人在浦阳这地方相互关照，情同手足。如今，刘家遇到难处，张家决不会撇下不管。什么躬躬迷药，全都是鬼扯腿，是根本信不得的。我相信金莲不会出事。那些传言纯粹是凭空捏造。我们两家的亲照样结！"

刘昌杰摇着头，连连说："不！不！"

张恒泰说："怎么不？！这事就这样定了。"

刘昌杰问道："这么定了，你问过复礼没有？"

"我跟复礼讲过了。张家的事情，由我做主。"张恒泰说着从怀里掏出一张大红帖子，对刘昌杰说："喏！亲家，这是接亲的帖子，日子就定在这个月的二十四。我不再另外派人送，就亲手交给你了。

刘昌杰接过大红帖子，半天说不出话来。

• 浦光寺进香

　　清早起来，刘邬氏的左眼皮就跳个不停。早饭后，刘昌杰去了下黔王宫。不知怎的，眼皮越发跳得她坐立不安了。不祥的预感，涌上了她的心头，就像是有什么祸息，要在顷刻间发生。六神无主的刘邬氏，让丫头桂香唤来了儿媳伍秀玲。

　　"达儿呢？"刘邬氏见儿媳没带达儿，问道。

　　伍秀玲回答："还在睡。"

　　刘邬氏说："秀玲，从早起来，不知怎的这眼皮就一直跳个不停。"

　　"是哪只眼皮跳？"

　　"左眼皮。"

　　"听人讲，男左女右，是主财。若是女跳左，那就是主祸了。"伍秀玲说着，安慰婆母："虽有这种预兆，可也是不要紧的，只是要求得个化解。不知婆婆往天遇着这样的事，是如何化解的？"

　　刘邬氏说："往天若遇着这事，都是去浦光寺，请正俨法师点化。"

　　伍秀玲问："灵不灵？"

　　刘邬氏说："怎么不灵？！有时候是很灵的。"

　　"那秀玲就陪婆婆上浦光寺，求个化解。"

　　"你陪我上浦光寺，达儿怎么办？你在家带达儿，让金莲陪我去就是。"

　　刘邬氏要女儿刘金莲同她一道去浦光寺，是因为自从张复礼出了那档子事情以后，女儿的情绪就一直不好，常常无缘无故地发火气。佛门是个清净所在，到那里去上香，或许能使她的心境平静下来。

浦溪上的扯扯渡老渡子叫作普佬，是个老鳏夫，住在浦溪河边一间简陋的茅草屋里。浦溪渡口是个义渡，它所有的开支，包括做船、修船的费用，渡子的工钱，都由镇上的各个会馆分摊。万寿宫负担其中的一半。普佬晓得，元隆木行的刘老板，是万寿宫的轮当值年，是渡口的财神菩萨。每当刘邬氏过渡时，他总是非常客气。按照规矩，行人过浦溪义渡，是不需给渡钱的。刘邬氏每次过渡，总要塞给他几枚小钱，说普佬成天扯渡船，很是辛苦，要他用这点钱去买两斤叶子烟吃。刘邬氏为了前去浦光寺进香，带着女儿金莲和丫头桂香，又一次来到了浦溪义渡。

渡口人来人往，渡船上最好摆龙门阵，也就成了消息最灵通的地方。镇上矮子雕匠和刘家小姐的传闻，三天前就成了渡船上众人的话题。为这事，普佬还纳闷了好一阵。他原本是不相信什么舅舅迷药的。可刘家偏偏出了这样的怪事。光鲜得如仙女般的刘家小姐，硬是被那又矮又丑的麻家小雕匠搞到了手。不是舅舅迷药在作怪，那又是哪样呢？按照常理，女儿出了这么大的事情，做娘的是不应该有闲心带着女儿去进香的。除非是外面沸沸扬扬的传闻，还没传进这位老板娘的耳朵里。

"刘家太太，去浦光寺进香呀！您小心。"普佬伺候着刘邬氏上船。他继而告诉刘邬氏："早晌正俨法师去了一趟梵净山，前几天才回来。"

"啊！是这样吗？"刘邬氏显得很高兴，对身边的刘金莲说："莲儿！这是我们娘儿俩的缘法啊。"

刘金莲没作声，只是笑了笑。普佬看得真着，小姐笑得勉强。

"太太有缘法，小姐有缘法，刘家行善积德，肯定是有缘法的。"普佬得体地奉承着刘邬氏。

桂香的心里嘀咕着，还有缘法呢！镇上都把刘家说得一钱不值了。要是往天，她早就插上嘴了。这当口，她没得那么大的胆子。

"不是初一，不是十五，又不是菩萨的生日，太太今天怎么想起去进香?"普佬想探个究竟,试着发问。

刘邬氏说:"嗨!这两天,左眼皮总是跳,也不晓得有哪样祸事临门?这才想起去浦光寺,求正俨法师化解。"

普佬的估计没错,太太果真还不晓得镇上的传言。说着,扯扯渡船已经岸边。刘邬氏照例给普佬送渡钱,普佬照例推让,最后还是照例收下了。普佬目送刘家上香的妇人们上了岸。他琢磨不透,这如花似玉的刘家小姐,怎么会落到那丑八怪小雕匠手里呢?难道这世上果真有那种翦翦迷药吗?

浦阳山上的浦光寺,因后山有一片石林,又名石林精舍。贞观二年由唐太宗敕建。唐人诗句"石林精舍五溪东",便是指的这座寺院。历经一千多年的风雨沧桑,浦光寺依然在浦阳山上屹立。浦光寺的山门为金刚殿,前殿为大雄宝殿,后殿为佛寿殿。大雄宝殿的大楠木柱上,挂着一副对联:

木鱼敲落山边月,觉!觉!觉!觉先觉,觉后觉,无非觉觉;
金钟撞破岭头云,空!空!空!空色空,空相空,总是空空。

大雄宝殿的左边,建有地藏殿,供有地藏菩萨木雕佛像。大殿的正中,建有一幢木雕的"转轮藏",上有佛龛八百座。每座佛龛中,都供有一尊木雕佛像。"转轮藏"是活动的,只需一个人便可缓缓推动,发出"隆、隆、隆"的响声,整个浦阳镇都可以听到。大雄宝殿的右边,建有观音殿,观音菩萨的金身坐落在银色的莲台之上。每次刘邬氏来到浦光寺进香,都是到大雄宝殿的如来佛前上香之后,便必定要来到观音殿。湘西的妇人们,不论老少,对观音菩萨的敬奉,是至为虔诚的。刘邬氏母女又来到了观音殿,在正俨法师的引领下,拈香跪拜。当刘金莲跪拜起身,仰望观音菩萨的金身时,特别注意到菩萨的那双眼睛,还真和自己的眼睛有点儿相似。小雕匠曾对她说,观音菩萨有一双丹凤眼,她也有一双丹凤眼。有机会为观音菩萨雕像时，那双眼睛就照着她的眼睛来雕作。

浦光寺的方丈正俨法师，三十五年前从南岳衡山来到浦光寺。法师精深禅法，一部《坛经》讲得头头是道。刘昌杰的父亲，是一位持斋把素的佛门居士。早年，刘昌杰常跟着父亲，前来聆听正俨法师开示。如今，刘昌杰渐渐年岁大了。他虽然未像父亲一样，成为一名佛门居士，只是想从禅悟中求得个清静，便一部《坛经》不离手，试图从中明心见性。他常到浦光寺进见正俨法师，二人清茶一杯，谈禅论佛。他将这种深谈视为一种精神享受。富甲一方的刘昌杰，理所当然地成了浦光寺最大的施主。鉴于丈夫与正俨的深厚交谊，刘邬氏每次来到浦光寺，都会得到特殊的礼遇。刘邬氏母女在观香殿上香过后，便被正俨法师请引到了寿佛殿后的客堂。刚刚落座，小沙弥便端来了热气腾腾的香茶。

"女施主今日光临小刹，不知有何见教？"正俨问道。

"小女子是无事不登三宝殿。"刘邬氏说："这几日左眼皮总是跳个不停，莫非会有哪样祸事降临？小女子为此心神不安，特来请大师点化。"

正俨颔首说道："啊！原来如此。看来，女菩萨是有心结难解。然解开心结，要靠女菩萨自身的悟性，贫僧是只能点而不能化。"

刘邬氏说："请大师明示。"

"既然如此，贫僧就让二位女菩萨见笑了。"正俨开头的一句话，似乎就在特别强调其中的"二位"两字，还有意无意地看了刘金莲一眼。刘金莲顿时便感到不自在。只见正俨开讲："贫僧今日只说这'忏悔''宽容'四字。先说这'忏悔'：'忏'，就是改过以前的罪业。以前所做的恶业、邪迷、骄诳、嫉妒等等罪过，全都忏悔，永不复起，这就叫'忏'；'悔'，就是悔却将来的过错。从今天开始，所有的恶业、邪迷、骄诳、嫉妒等等罪过，都明白了，且永远将其割断，再不去做错事了，这就叫'悔'。凡夫俗子，因为太愚笨，太痴呆，做错了事以后才知道改过，不知道要改过自新，以后永远不要再犯，就是因为他不悔过，以前所造成的罪业也就没有灭，过后，过错又会萌生。如果说，前罪既没有灭，后过又继续增加，过错就会愈生愈多，愈积愈深，这怎么能说是'忏悔'呢？"

听了正俨的话，刘金莲禁不住"砰、砰"地心跳起来。这和尚一口一个"邪迷"，莫非讲的就是自己？！尽管如此，她表面上仍然做起一副平静的样子。在一旁侍立着的桂香，心里却在暗暗地叫绝。天哪！这和尚讲的莫非就是那天晚上小雕匠和小姐的事情？！只有静心听讲的刘邬氏，被正俨和尚的一番话说得云里雾里。她不明白正俨和尚这番话的意思。是谁人要忏悔？又是为哪样事情要忏悔？莫非这和尚是在故弄玄虚？！她正要开声询问，正俨一抬手，制止了她。

正俨接着说："贫僧说罢'忏悔'，再说'容过'。人非圣贤，孰能无过。一个人的过错，就像是在草莽之中行走，一不小心，就会被荆棘刺破衣裳。刺破了衣裳怎么办？若是置若罔闻，继续往前走，口子就会越扯越大。只有那被刺破衣裳的人，停下步子，把刺拉开，才能避免扯破更大的口子。荆棘扯破衣裳的事，和人世间所有的事一样，旁人不能为之急躁，也不能代替他去做哪样，要给他时间，给他信心，让他相信自己可以把衣裳上的刺拉开。这就是内调心性，外敬他人；远离邪迷，智慧常明。常怀宽容之心，百事皆可顺遂。也就是贫僧所要说的'容过'。"

刘邬氏忍不住了，急切地问道："请问大师，大师开示，说了那么多的'过'。小女子家道忠厚，慈善为本，但不知犯下了哪样过错？还要请法师明示。"

正俨哈哈大笑，说道："贫僧说过，人非圣贤，孰能无过。人生在世，不论有没有过错，不论旁人如何说三道四，也不论眼皮跳与不跳，都要保持心平如水。若能够做到受非议如饮甘露，遭横逆如获至宝，那贫僧就要恭喜女菩萨了。"

刘昌杰和刘邬氏一行，几乎是同时回到刘家窨子的。夫妻会面，刘昌杰便将婆娘一把拉到内室，诉说外面的流言蜚语，和他遇到的尴尬与羞辱。他后悔不该把那个小雕匠请到屋里打嫁妆，招惹出那么多的是非。所幸他那有情有义的亲家张恒泰，在最危难的时候拉了他一把。一张大红的接亲帖子，仿佛使他在茫茫黑夜之中，重又见到了光亮。当他把接亲帖子给婆娘过目时，手竟是不住地在颤抖。

"老爷，看你的手在发抖。不要急，你要心平如水。这样，你才能内调心性，外敬他人。"这时，刘邬氏却是出人意料的平静。

婆娘的寥寥数语，竟蕴含着禅佛之理。她顷刻之间的长进，让刘昌杰刮目相看。眼前发生的令人懊恼的一切，容不得这般细嚼慢咽，必须要当机立断。他急切地对婆娘说："家里出了这么大的事情，火烧眉毛，我还能心平如水吗？！"

听了丈夫无奈的诉说，看见丈夫着急的模样，刘邬氏立刻想到了浦光寺的进香。正俨和尚的一番话，仿佛又重新在她的耳边响起。原本那些她听不明白的道理，顷刻间竟变得一清二楚了。她既感到茫然，又觉得蹊跷。她便将因为眼皮跳，带着女儿去浦光寺进香，请求正俨法师化解的事情，向丈夫说了个详细。

听了刘邬氏的诉说，刘昌杰诧异，惊讶，一时竟说不出话来。过了好久，才又从牙缝里挤出一句话："你说的这些都是真的？！"

"千真万确，是金莲和我一道去的，还有桂香也去了。"刘邬氏回答。

"正俨和尚向你和金莲开示了'忏悔''容过'四个字？！"刘昌杰问。

"是的，他说的就是这四个字。"

"他是怎样说的，你再给我说一遍。"

刘邬氏有极好的记性。她再次把正俨和尚的开示，对丈夫复述了一遍。

刘昌杰不再说话。他呆呆地坐了许久，细细地咀嚼着正俨法师开示的每一句话。

"怎么啦？！你说话呀！出了那么大的事，你总得拿个主意嘛！"刘邬氏轻轻地说。

刘昌杰说："我会拿主意的。你先出去，我想一个人安静一会儿。"

刘邬氏悄然离开了内房。刘昌杰先是在房中踱步，接着便倒卧在床上。他双目微闭，思绪万端。刘昌杰向来对正俨和尚极为敬重。而今，除敬重之外又增加了几分叹服。是正俨和尚开示的佛理浇灭了心头的火气。心如止水的心态竟奇迹般地出现了。他特别想到亲家张恒泰的大度与宽容，或许就是他的"内调心性，外敬他人"。刘昌杰原打算要查明事件的真假，要追究流言的根源，再决定对事件的处置。这一切，都在须臾之间产生了变化，得到了遏制。他意识到，对于家中的事态，外界的流言，必须以平和的心态，进行重新的审视。平心而论，那个小雕匠麻大喜，虽然出身寒微，其貌不扬，却有着聪慧的头脑，精湛的手艺，求上进的心性，曾给他留下过极好的印象。女儿金莲由于张复礼的放荡不羁，心中必然产生痛苦和怨尤。一来二往，金莲与小雕匠的相爱也不是完全没有可能的。外面的流言，不可能说没得一点依据。说到那躺躺迷药，通过他对小雕匠的观察与了解，是不可能存在的。如今，大红帖子已经送到，八天之后，女儿金莲便要过门到张家，成为公婆的儿媳，丈夫的妻子，张家的少奶奶了。随着时间的推移，一切都将在人们的记忆中淡忘，直至烟消云散。刘昌杰决定不再责怪、为难和惊动女儿了。正俨法师的说法，金莲也是亲耳聆听了的。她应该领悟正俨法师所示"忏悔"的真谛，更应该理解父母"容过"的苦衷。解铃还需系铃人，让她自己把扯破衣裳的荆棘拉开，来求得心灵的解脱吧！

连日来，刘金莲一直处于高度的紧张状态。她明白，浦阳镇上关于她和小雕匠的种种议论，迟早会传进刘家窨子，传到父母和兄嫂的耳中。她不敢想象，那时需要面对的将是怎样的情境。是唾骂？是责打？张家的态度怎样？大喜将如何应对这个局面？这一切，她都必须默默地承受。她的神经已被压得喘不过气来。浦光寺进香，她隐约地体察到，正俨法师的开示仿佛每一句言语都是针对着自己来的。母亲是因为眼皮跳和她一起去的浦光寺，不可能事先与正俨法师串通。为什么她所做的一切，似乎都在那位老和尚的掌握之中？是街弄子中的闲言传进了浦光寺？还是老和尚未卜先知？正俨法师那一声声沉厚的"忏悔"和"容过"，几乎使得她乱了方寸。她不禁感叹，若能按照自己的意愿生活，永无忏悔，那该多好！她更觉得自己的所为，没有过错，无需忏悔，也不需要任何人的宽容。当她听到父母的传唤时，不祥的预感，便立刻涌上了心头。她仿佛是一个临刑的死囚，那即将去到的厅堂就是刑场。令她感到悲哀的是，那宣判"死罪"的人，竟然是生她、养她、疼她、爱她的父亲和母亲！

厅堂的正中，是刘氏的祖先牌位。一盏长明的神灯，发出闪烁的光亮。神案前，刘昌杰和刘邬氏端坐在那里，显得既威严，又慈祥。金莲低着头来到厅堂，她的身后跟着桂香。

"你下去吧！"刘邬氏吩示桂香退场，继而和颜悦色地对女儿说："莲儿，你坐下。"

金莲在厅堂侧边的椅子上落座。她缓缓抬起头，观察父亲和母亲的神情。令她感到诧异的是，父母的脸上，居然没有一丝愠怒。难道镇上铺天盖地的传言，还没有传进二位老人的耳朵？！这显然是不可能的。父母的心理无法揣摩。她非但没有因此而松了一口气，反而显得更紧张了。

"莲儿，今天你跟母亲一同去浦光寺上香了？！"父亲终于说话了。

"是的。"金莲回答。

"那正俨法师的开示，讲了些哪样？"刘昌杰问女儿。

金莲轻声回答："法师讲了四个字：'忏悔'和'容过'"

"讲得如何呀？"父亲又问。

"讲得好。"金莲的声音更小了。

"是啊！你母亲都告诉我了。正俨法师的开示，真是教人茅塞顿开啊！很可惜，我有事去了下黔王宫，没机会亲耳聆听。"说着，刘昌杰称赞起正俨法师来："这位正俨法师是一位禅学精深的高僧。你爷爷在世的时候，也喜欢钻研禅学。我就常跟着他去到浦光寺，听法师开示，向法师求教。每一次都受益匪浅啊！"

刘金莲是个极其聪颖的女子，她听话听音，立刻就明白了父亲的良苦用心。出了这大的事情，父亲却并没有责备她，而是大谈她和母亲去浦光寺进香的事。这分明是在以"容过"的方式，来促使她"忏悔"。她只得硬着头皮，耐住性子，聆听着父亲的教诲。

刘昌杰接着说道："莲儿呀！正俨法师对你母女开示的'忏悔'和'容过'，是佛祖在给众生指点迷津。他所开示的'忏悔'，原本是六祖慧能大师在《坛经》中的教诲；他所开示的'容过'，则是法师自己对佛法的领悟。你应该知道，人生在世，总会有许多的磨难。有生活的磨难，也有感情的磨难。磨难就像是无边的苦海。芸芸众生，在数不清的磨难中挣扎，就如同在茫茫的苦海中挣扎。这一切，都是他们难逃的劫难。佛经上说：'苦海无边，回头是岸'。一个人有了错，只要真心'忏悔'，只要迷途知返，便能从不尽的磨难中得到解脱。就如同一个挣扎在苦海中的人，只要领悟佛法，便终能回到岸边，回到阳关大道之上。他过去的痴迷与混沌，就没有人再会去追究。莲儿，你听明白了吗？"

"听明白了。"刘金莲装模作样地点着头，心里乱得像一锅粥。

"明白了就好，我和你娘也就放心了。"刘昌杰说着，便郑重其事地向女儿通报了他的决定："莲儿，你已经不是小孩子了。复礼也已经长大成人。张家已经送来了喜帖。你和复礼的婚期定在这个月的二十四，也就是八天之后。婚姻大事，不可儿戏。你母亲会带领家里的人，为你做好一切准备的。"

父亲的决定为刘金莲所始料不及。她无法招架，立刻阵脚大乱。刘金莲曾预料会有一场轩然大波出现。她将竭力进行申辩和反抗。父亲这个先发制人的决定，使她连申辩和反抗的机会都没有了。她不知哪里来的勇气，竟顶撞起父亲的决定来。她说："爹爹！接亲的日子怎么就这样决定了？是不是太仓促了一点？！"

"莲儿，婚姻大事，依从父母之言，古来如此。做女儿的，只能依从，不可异议！"刘昌杰告诉女儿，这个决定是不可更改的。

刘金莲急了，显得毫无顾忌："不！我还有话说！"

刘昌杰"嚯"地站立了起来，两眼直瞪着女儿。刘邬氏赶紧打圆场："莲儿，听爹爹的话，不要再说了。"

"不！我要说！"刘金莲也站了起来，大声地说。

"说哪样？有哪样好说的？！"刘昌杰板着的脸上，透出一家之主的威严。接着，他大声向后堂吩咐："桂香，来伺候小姐回房歇息！"

望着父母离去的背影，刘金莲独自站立在厅堂之中。她目光凝滞，神情木然，几近僵硬的双脚，竟迈不开回房的脚步。

"小姐，回房歇息吧！"这是桂香的声音。这些天来，每当这丫头出现在面前时，金莲的心情，总是极度复杂的。那天晚上她的隐秘被这丫头发觉之后，一方面，担心她的那张快嘴四处传扬。另一方面，又希望通过她的快嘴，向全浦阳人宣布，刘家的小姐不愿意嫁到张家去，而是爱上了麻家的小雕匠。如今，这一切都无关紧要了。不论是浦阳镇上的传闻，还是她与小雕匠的私情，都挡不住八天后张家迎亲的花轿。桂香见到刘金莲时，总是畏畏葸葸。是正俨法师的开示，使得父亲以极大的宽容，不对流言的传播加以追究。如若不然，这丫头就难逃厄运了。

"小姐，洗脚吧！水倒在这里了。"桂香轻声地说。

刘金莲回过神，见面前摆着一盆热水，便解开裹脚布，把那双不大不小的脚，泡在了热水之中。桂香蹲下，为刘金莲洗起脚来。

"小姐，张家要来接亲了，日子就定在二十四，是吗？"桂香问道。

"你问这个做哪样？"刘金莲没好气地说："这与你有哪样相干？"

"小姐，你在生我的气？！"

"生你的气，我犯得着吗？"

"小姐，我发誓，那晚的事，我从来没对外人说过。"

"鬼才相信你的话！"

"我只对一个人说过，他不是外人，是我房族的哥哥。"

"谁？"

"向老三。"

"你说是那卖魔芋豆腐的'山麻雀'？！"

"是的，他向我发过誓，不会在外面乱说的。"

刘金莲面对着这个哈宝样的多嘴婆娘，哭笑不得。浦阳镇街弄子中的闲言、流言蜚语，哪样不是那些卖魔芋豆腐的小贩传开来的？！何况这丫头传话的人，是鼎鼎有名的"话贩子""山麻雀"。她禁不住骂道："你真蠢得像猪！'山麻雀'晓得的事，四门不用贴告示，不要一时三刻，就会传遍浦阳镇。"

桂香吓坏了。她颤颤巍巍地为刘金莲揩着洗过的脚，喃喃地说："小姐，都怪我，你打我吧！骂我吧！"

刘金莲说："怪你做哪样？我既然做了，就敢做敢当，就不怕别人说长道短。"

桂香为金莲着急了。她说："小姐，你和小雕匠相好，可张家眼看就要来接亲了，这该如何是好呀！"

"这我自有主意。"刘金莲接着问道："桂香，到时候小姐若是用得着你，你会怎样？"

桂香一边搓洗着裹脚布，一边回答："是桂香给小姐惹了祸。桂香当着这灯火发誓，到时候小姐若是用得着桂香，桂香愿意做牛做马。"

桂香去了。刘金莲躺在床上，一直没合眼。她明白，张、刘两家闪电般的接亲，为的是平息镇上的流言蜚语，挽回镇上两家大户的脸面。唯独没有人为她的终身幸福着想。每当想起张家少爷，她便不自主地感到厌恶。不敢想象她将怎样和那花花公子共度一生。小时候，家里办私塾，请了一位老秀才教哥哥读书。一天，老先生给哥哥开讲"宁为玉碎，不为瓦全"的典故，她也在一旁听讲。当时，她对这两句话还不能完全理解。如今，她才悟出了其中的道理。正俨法师开示的"忏悔"，是要她成为完整无缺的瓦，她却甘愿成为支离破碎的玉。大胆的决定在心中萌生。她翻身下床，摸着黑朝着后院走去。

挑灯夜读，是多年来麻大喜养成的习惯。外界的传言，使他不得安神。他试图以读书来平抑心神。一部《坛经》放在他的案头。刘老爷知道他喜欢读书，便将这部书推荐给他。如豆的灯光，照着发黄的书页。说来也巧，他也正好读到经书中的"忏悔品第六"。惠能和尚的禅示，仿佛回响在他的耳边：

云何名忏？云何名悔？忏者忏其前愆，从前所有恶业、愚迷、骄诳、嫉妒等罪，悉皆尽忏，永不复起，是名为忏。悔者，悔其后过，从今以后，所有恶业、愚迷、骄诳、嫉妒等罪，今已觉悟，悉皆永断，更不复作，是名为悔。故称忏悔。凡夫愚迷，只知忏其前愆，不知悔其后过。以不悔故，前愆不灭，后过又生。前愆既不灭，后过复又生。何名忏悔？

麻大喜细细地品味着哲人千年前的教诲。自进刘府以来，特别是近日发生的事情，使他处于极度的迷茫之中。他试图静下心来，从经书的字里行间，去化解迷茫，求得解脱。

突然，刘金莲出现在麻大喜的面前。她脸色苍白，神情黯然。

"金莲，怎么啦？"麻大喜问道："是你爹娘听到了外头的传言，晓得了我们的事情？"

刘金莲点着头。

"他们骂你了？打你了？"

刘金莲摇着头。

"那你是怎么啦？"

"张家就要来接人了，时间就定在这个月的二十四，只有八天了。"刘金莲道出原委，然后问道："大喜，你说，我们该怎么办？"

麻大喜原想，浦阳镇上的流言，导致的必然结果，是张家的悔婚。若是这样，他就有可能面临着机会。事态的发展，完全出乎他的预料。他手足无措了，好半天都说不出话来。

"怎么啦？你说话呀！"刘金莲说："大喜，你为难了。好好想想，或许是会有主意的。"

麻大喜能有什么主意呢？他不知怎的，脑子里竟浮现出了《坛经》的字字句句。"忏其前愆，悔其后过"，像重槌敲击着他的心。手艺人莫衷一是了。他只觉得愧对眼前的女子。两行滚烫的泪水，情不自禁地流淌下了腮边。

"大喜，你哭了！"刘金莲为麻大喜擦拭着泪水。

麻大喜呜咽着："金莲，我对不住你。"

"大喜，你不要这样说。我都是心甘情愿的。"刘金莲也落泪了。

麻大喜竭力使自己的心境平静。他对刘金莲说："金莲，我早就对你说过：你在天上，我在地下。地下的人，是摘不到天上的星星的。"

刘金莲摇着头，流着泪，充满着凄怆与怨艾。她说："大喜，我既然做出了决定，就不会轻易地变更。我倒是有一个主意，不知你有没有胆量？"

"什么主意？"麻大喜问道。

刘金莲说："走！我和你一同逃出这幢窨子屋，哪怕是天涯海角，我也会跟着你！一生一世跟着你！"

"你说是逃婚？！"

"是的。汉族人总说它是大逆不道。在你们苗家，可是司空见惯的事。苗家的汉子，你有这个胆量吗？"刘金莲在等待着麻大喜的回答。

"四门紧锁，怎么逃得出去？"麻大喜问。

"后门的钥匙在桂香那里，我已经同她说好了。"刘金莲说着，再一次问麻大喜："我只等你一句话，你有没有这个胆量？"

"你让我想想。"事情来得这样突然，小雕匠没有任何思想准备。

"好吧！还是这盏桐油灯，我们再来看着它，一生一世怎么过？就在这时候定了！"刘金莲说着，给昏暗的桐油灯盏里添上了一根灯草。

点着两根灯草的桐油灯，比点一根灯草时明亮了许多。刘金莲望着灯光，灯盏中的两根灯草，仿佛就是大喜和她。生死相依的灿烂。麻大喜也望着灯光。他的眼睛被泪水模糊了，纹丝不动的火苗变得晃动，如同光怪陆离的梦幻……

"大喜，那天晚上我就对你说过，我认定你是个靠得住的人。跟着你比跟着那人要强。你是生得矮，长得丑。可那生得高，长得乖的又怎么样？你不会让我受气，这比哪样都强。我刘金莲今生今世不图荣华富贵，唯愿和你在一起，永不分离。凭着你的一份手艺，我们就可以维持生计。粗茶淡饭里面，才有我真正的欢乐。我把这些话再给你说一遍，不知你以为如何？也不知你有没有勇气，带着我远走高飞？"

麻大喜泪水横流。他凝视着的桐油灯光亮，变得越来越模糊不清了。刘金莲出的这道难题，真叫他不知怎样回答才好。

"大喜，男儿有泪不轻弹，你为哪样总是哭？"刘金莲说。

麻大喜回答说："男儿有泪不轻弹，是只因未到伤心处。如今是大喜有生以来最伤心的时刻。泪水便不知不觉地落了下来。"

刘金莲说："大喜，你怎么也变得这样多愁善感，变得这样优柔寡断了。只要你点头，我就马上到桂香那里取钥匙。"

麻大喜沉吟了一会，说："金莲，事关重大，我们是不是再仔细想想。"

"怎么？你不敢带我一起走？！"刘金莲瞪大两眼，陌生人般地看着麻大喜。然后指着他的鼻子，伤心地呵斥道："原来你是个胆小鬼！"

"金莲，你听我说。"刘大喜希望以自己的想法说服刘金莲。他说："不是我胆小。我们远走高飞了，你的家庭，你的父母怎么办？你的家庭，不是平常的家庭；你的父母，不是平常的父母。他们有名望，受人尊重，也尊重别人。即便是对我这个做工的人，他们也从不轻慢。这样的好人，我不忍心伤害他们。特别是他们是那样的爱你……"

"他们既然爱我，为哪样要这样急着把我嫁到张家去？"刘金莲哭着，抢过话头忿忿地说。

麻大喜说道："那天晚上，你和张复礼争吵的事，你的父母并不知道。你也从来没有向父母表白过，你不愿意嫁给张复礼。"

"那还用说吗？"刘金莲依然流着泪。

"你不说，父母怎么晓得？"麻大喜说。

"如今是再说也迟了。如今是铁板钉钉，不能变更了。"刘金莲虽是哭得昏昏沉沉，头脑却仍然清晰。她对麻大喜说："大喜，带着我一起走吧！走了走了，一了百了。走了一个不听话的女儿，元隆木行照样做生意，刘家窨子照样是镇上的头牌大户。外面的人会说，他们养得了我的身，养不了我的心。一切罪过，都在我这个不守妇道的女儿身上。大喜，你如果是一个男子汉，你就快下决心，带着我走吧！你再前怕狼，后怕虎；丢不开，舍不掉，我这一生就被活活葬送了。"

刘金莲动情的诉说使得麻大喜无言以对。小雕匠又何曾愿意将心爱的女人拱手相让，让她终生蒙受屈辱，听任宰割？当刘金莲提出与他比翼双飞时，他却又犹豫不决。他有一种莫名的自卑感。一个地位卑微的手艺人，即使竭尽全力，也难以撑起这片爱情的天空。他以超乎寻常的理智，抑制着感情闸门的倾泻。

"大喜，你说话呀！"心急火燎的刘金莲，等待着麻大喜的表态。

泪眼迷离的麻大喜，仍是一言不发。

刘金莲与麻大喜泪眼对泪眼。她耐不住性子了，"扑通"一声，双膝跪在了麻大喜的跟前，双手抱着麻大喜的大腿，呜咽着，叫人生怜地哀求道："大喜，求求你了，带着我走吧！我会一辈子跟着你，心甘情愿服侍你，为你生儿育女，替你赡养老人。你听见了我的话吗？你说话呀！说话呀！"

"起来吧！金莲。"麻大喜终于说话了。他将刘金莲扶起，用粗糙的手，为她拭去脸上的泪水。他搜索枯肠，也寻找不到能使刘金莲得到解脱的招数。他再一次陷入久久的沉默，无望诞生、濒临死亡的沉默。

　　刘金莲自小到大，从没哀求过别人。当她第一次向人哀求，向一个自己心爱的人哀求时，却遭到了如此冷漠的对待。她感到失望、委屈、悲哀与凄怆。她那一双凤眼，猛地圆圆睁开，直逼麻大喜。眼中没有了妩媚和温驯，只有愤怒与鄙弃。麻大喜不由自主地步步后退。刘金莲一咬牙，狠狠地扇了他一个耳光。她指着麻大喜的鼻子，恶狠狠地骂道："你这没良心的东西，我刘金莲哪点配不上你？！配不上你这个丑八怪！"

　　打过、骂过之后，刘金莲似乎消了心头的恶气。闪念之中，她在问自己：真好笑！怎么就这样离不开他？莫非真的中了这鬼东西的躬躬迷药？！哼！哪有什么躬躬迷药！刘金莲是永远也迷不住的。走吧！一场噩梦也该醒了。她一扭头，便要离开小屋。她被麻大喜拦住了。麻大喜捂着被扇过耳光的脸，对刘金莲说："金莲，你骂得好！打得好！只要你能消气，可以再狠狠地骂我，打我！"

　　"让开，放我走！"刘金莲感到恶心，她一刻也不想再在这里停留。

　　"不！你莫走，先听我说。"刘金莲的真情，着实让麻大喜震撼。闪念之间，他做出了一个决定："金莲，我和你的事情，只有得你父母的认可，我们以后的日子，才可以过得顺心遂意。就这样跑出去，是不会有什么好结果的。我要亲自跟你的父母去说。他们是通情达理的人，我要用真情去打动他们！"

　　麻大喜的想法，着实令刘金莲吃惊。她莫名的恼怒，顷刻之间消失殆尽。她不敢相信，这个矮小而畏葸的男人，怎会有这大的胆量，敢去面见自己的父母！她明白，这样的会见，必然是凶多吉少，希望渺茫。然而，哪怕是一丝希望，她也不愿放过。她问道："你什么时候去见？"

　　麻大喜回答："明天，明天一早我就去见。"

　　这时，小屋的门"嚯"地一声被推开，门外站着刘邬氏和伍秀玲婆媳二人。麻大喜和刘金莲一时竟不知道如何是好。

　　"不要明天见，我亲自来了！"刘邬氏显得十分恼怒，她斩钉截铁地说："听着，我现在就跟你说明白，你不要白日做梦，不要癞蛤蟆想吃天鹅肉！明天一早收拾你的家什，回你的麻家寨！"

"娘！你不能这样对他！"母亲的举动，引起了刘金莲的忿忿不平。

刘金莲还要往下说时，母亲抢过话头："秀玲，快同你妹妹一同回房歇息！"

"金莲，听妈的，我们走吧！"伍秀玲进到屋里，轻声地对小姑说。

刘邬氏瞪了女儿一眼，恶狠狠地说："还不赶快回去！"

第二天，天刚蒙蒙亮，一个佣工敲开了麻大喜的房门，向他宣布："老爷吩示下来，要你清理好家什，马上回家，一刻也不能停留。"

麻大喜说："请转告刘老爷，我要见他。"

"老爷说，他是不会见你的。"佣工说："老爷吩示，要你的父亲明天来到府中结账。"

麻大喜拿起桌上摆着的《坛经》，说："我要亲自把这本书还给刘老爷。"

佣工说："刘老爷吩示，刘家的东西，你一丝一毫都要归还，唯独这本经书，刘老爷说送给你，你可以带走。"

● 风雪麻家寨

　　麻家寨是浦阳镇通往凤凰官道上的一个苗家山寨，距离浦阳二十五里。寨子里住着苗人三十多户，都是同宗共祖的麻姓人。苗人务农种田，挖山种桐树。农闲时，外出做手艺，木匠、锯匠、石匠、篾匠皆有。这里离浦阳不远，又在官道上，他们和汉人常有交往，苗人多能说汉话。麻家寨的苗女水色极好，白里透红。光鲜的苗女，多有嫁给汉人的。苗家后生讨得汉族女伢做婆娘的，则是少之又少。有那么个把个，就成了凤毛麟角。为了这事，苗家的后生们常忿忿不平。

　　麻大喜和刘家小姐的绯闻，也从浦阳镇传到了麻家寨。后生们奔走相告，苗家后生终于和汉族女伢相好了，而且还是一位千金小姐。

　　麻家寨的后生们个个兴高采烈，麻老矮和灵芝俩公婆却是坐立不安。灵芝催着麻老矮赶紧去浦阳镇把伢儿接回家来，免得他在那里招惹祸端。麻老矮却总是按兵不动。他认为外面的传言都是在捕风捉影。如果真有那回子事，大喜早就被刘家人赶回麻家寨了。你去把他接回来，本来没得的事情，不就成真的了？！反而叫刘家老爷下不来台。灵芝觉得老矮说得有道理，也就暂时没让他去接大喜。

　　寨子里的议论更是五花八门。有人说，肯定是大喜放了刘小姐的鳋鳋迷药，富家的乖小姐才落到了又矮又丑又穷的苗家雕匠手中。也有人说，这是老矮家的祖坟开了坼，屋里的男人总走桃花运，该讨得光鲜婆娘进屋。当初，麻老矮就讨得了个乖婆娘灵芝；如今麻大喜又和刘家小姐相好了。乡亲们又都为大喜捏了一把汗，因为和他相好的女伢不是旁人，是浦阳镇上两家头牌大户的女儿和儿媳，这刘、张两家，和浦阳镇上的千总老爷、通判大人穿的是一条裤子，只要他们嘴巴一咦，大喜的小命就没有了。只有寨子里的毛头后生们，将大喜的这档子事引以为荣耀，称赞这位好兄弟为苗人争了一口气。大户人家的千金小姐，又有哪样了不起，到时候一样乖乖地解裤带！只要小姐心甘情愿，再大的势力，再多的银子，都没有什么可怕的。大不了按照苗家"抢亲"的习俗，寨子里去个百把几十人，趁着黑夜，打起灯笼火把，把那刘家小姐"抢"进麻家寨，拜堂成亲，只要生米煮成了熟饭，你再狠的脚色，纵然去搬岩头打天，也都是空的。一个叫蛮牛的后生，是大喜的远房兄弟，还特意为此事邀请一党的暴伙子聚了一次会。他们信誓旦旦，硬像是不达目的决不罢休。毛头后生们的举动，真让老矮和灵芝哭笑不得。两公婆再三向蛮牛交代，千万不要轻举妄动，若是惹出祸息来，是谁也担当不起的。

麻老矮家一幢四扇三间的吊脚楼，后面带着一个拖栅，竖立在麻家寨的寨口。这天，麻大喜挑着家什回到寨子时，幸好没有遇到任何人。老矮和灵芝见大喜神情沮丧地挑着家什回来，心里就猜到了十之八九。两公婆会心地使了个眼色，便迅速将大喜安排进了拖栅的一间小屋里，并转身向二喜叮嘱，大喜回来的事，不能向外面透露半点，二喜便立刻明白了爹娘的意思。麻大喜落座后，立刻把他在刘家发生的一切，向父母作了如实的禀报。他自知闯下了大祸，等待父母的责骂，听凭父母的处置。麻老矮和灵芝对儿子的所作所为，却给予了充分的理解。两公婆庆幸儿子做出的理智选择。若是依从刘家小姐逃婚出走，那后果就不堪设想了。

灵芝说："大喜，爹娘不责怪你，希望你也不要责怪爹娘。若是你的爹娘也是家财万贯，我们同样可以把刘家小姐娶进门来。可你的爹娘只是苗家的穷手艺人，除了手艺之外什么也没有。娘的心里好难受，真不该把你生到这世上，让你受到这样的委屈。"

"娘！你莫讲了，大喜认命。"麻大喜的两眼噙着泪水。

灵芝对丈夫说："事情成了这样，该怎么办？你是一家之主，你就拿
个主意吧！"

麻老矮想了想，对大喜说："事到如今，别的也就不多说了。爹娘的
心事，你也应该晓得，就是不希望把事情再闹大。十月二十四，刘家小姐
就要嫁到张家去。在这以前，你千万不要在寨子里露面。寨子里的那党毛
头后生，吵着嚷着，要为你到刘家去抢亲。如果真是那样把事情闹大了，
你的爹娘是无法担待的。"

"爹！我明白。"麻大喜点着头。

麻老矮接着说："既然是刘家老爷让我明天去结账，其余的事情，等
我从刘家回来再讲。"

刘家窨子里，刘金莲由嫂嫂伍秀玲和丫头桂香轮流看守。为了她的出
嫁，全家上下忙做了一团。午饭过后，桂香来接替伍秀玲。

"小姐，清早大喜哥就被打发回了麻家寨。"桂香悄悄儿对刘金
莲说。

刘金莲听着，没有作声。

桂香继续说："他就要见老爷，老爷不愿见。只说要他爹爹明天来结
算工钱。"

刘金莲叹了口气，仍然没作声。昨晚从麻大喜的小屋回房以后，她一
直是这样，一句话也不说。任凭母亲训斥，嫂嫂劝说，她都一声不吭。平
素喜欢说话的人，如此一反常态，马上引起了家人的警觉。刘昌杰吩咐，
十月二十四，张家来接亲之前，刘金莲的身边必须时刻有人看守。还有几
样嫁衣没有绣好，屋里便请来了绣匠，伍秀玲要和婆婆一道安排绣匠的活
计。下午和夜晚，都由桂香来陪守刘金莲。

刘金莲老是一句话也不说。桂香急了。她说："小姐！你说话呀！两
个人坐在这房间里，都不说话，就像是两尊菩萨一样，你看着我，我看着
你，这又何必呢！"

刘金莲嘴巴仍然闭着，脸上呈现的是凄楚的苦笑。她两眼木然地望着

板壁，久久地发着呆，默默地流着泪。那神态，似乎是对麻大喜的哀其不幸，怒其不争；又似乎是在伤感自己的时乖运塞，红颜薄命。

傍晚时分，伙房里送来夜饭。三个碟子里，分别是油炸火焙鱼，酸辣椒炒魔芋豆腐，还有一碟小白菜。

"小姐，吃饭吧！这都是你喜欢吃的菜。"桂香说。

刘金莲没有拿筷子。

"小姐，你都一整天水米不沾牙了，这样下去是不行的，饿坏了身子怎么办？"桂香拿起筷子，塞到刘金莲手中。

刘金莲无奈地接过筷子，从碟子里夹起一点酸辣椒，送进嘴里，她立刻一阵反胃，想吐。她放下了筷子。

刘金莲和桂香，就这样不言不语地坐着，直到天黑，直到夜深。如豆的桐油灯光，在黑夜之中一闪一闪，发出惨淡的光亮，照着刘金莲那失神的脸庞。她的那一双丹凤眼，失去了昔日的光彩，变得凝滞而怆惶。昨夜，她一夜没合眼，到这时仍然还没得睡意。丫头桂香却是熬不住了，靠着板壁打起盹来。她似睡非睡，心里却是分外紧张。她明白，若是由于她的疏忽，小姐出个三长两短，她是无法担待的。她虽在打盹，透过眯着的眼睛的缝隙，却仍然在注视着刘金莲的一举一动。

刘金莲看了看困盹的桂香，又环视起了自己的闺房。这间房子曾给她留下许多美好的记忆，她在这里刺绣嫁妆；在这里学唱哭嫁歌；在这里憧憬未来，描绘明天。所有的美好记忆，都被围鼓之夜张复礼的一场羞辱全然抵消，变得苦涩，变得心酸。天真活泼的少女，变得心灰意冷。

突然，桂香在恍恍惚惚中发现，小姐缓步走到了一个箱笼的边上。桂香立刻提高了警觉。只见刘金莲打开箱笼，把手伸进箱底，掏出了一块小木牌。这是什么呀？桂香觉得在哪里见到过。刘金莲将木牌拿到桐油灯下，久久地凝视着，抚摸着，叹息着。桂香忽然想起来了，她曾在小雕匠的工具箱里，看过这块木牌，显然，这木牌是小雕匠送给小姐的信物。遭孽的，小姐又在思念小雕匠了。

夜深人静，从街弄子传来的"哒！哒！哒！"的梆声，飞越高墙，传进窨子屋，此刻已经是三更时分了。桂香虽然困顿已极，却仍不敢有丝毫的懈怠与麻痹。她佯装睡着，却在注视着刘金莲的一举一动。

刘金莲面对着护身桃符，注视良久，啜泣着，郑重其事地揣入怀中。她拖着无力的脚步，走到桂香的身边，站立了一会儿，确信这丫头睡着无疑。她凭借桐油灯微弱的光亮，两眼在房子里四处搜寻。这一切，桂香都看得真着。小姐在找哪样呢？佯装睡着的丫头疑惑不解。只见刘金莲打开一个箱笼。桂香知道，这箱子里装着她的陪嫁。有浦阳本地出产的各色家机土布，也有做好的各式各样的衣服、围兜、鞋子，包括日后小宝宝的衣物，应有尽有。刘金莲从箱子里拿出了一条背娃娃用的绣花背带。背带的中间，是一块绣着太阳花的布裆，四只角上，拖着长长的布带。刘金莲拽了拽布带，似乎在测试它结实的程度。布带是结实的。刘金莲移步到梳妆台前坐下，面对着镜子，凭借着昏暗的桐油灯光亮，梳理起她散乱的头发来。短短几天，她那充满青春光泽的脸庞，竟变得这般的憔悴。神态异样的小姐，她究竟要做哪样，桂香更提高了警觉。她看见刘金莲缓缓地起身，拿着那条背带，走到床边，将背带上长长的布带，搽上了牙床的床架之上，再给布带打上一个结。刘金莲接下来究竟要做哪样，已经一目了然。桂香猛地起身，上前一把将刘金莲抱住，哭着，哀求着："小姐，你不能这样！"

"你放手！"刘金莲厉声道，她把声音压得很低。

桂香无奈地把手松开，刘金莲顺势一梭，便瘫坐在楼板上，许久都没有说话，以叫人害怕的眼神望着桂香，过了好一阵才喃喃地说："你为哪样要装睡？为哪样不让我死？"

"小姐，你为哪样要死？你不能死！"

"不死，活在世上，又有哪样意思？"

桂香说："去死！难道你不晓得，宁肯世上挨，不愿土内埋，好死还不如赖活着哩！"

　　刘金莲摇着头说："桂香，你不懂。"

　　"我懂。"桂香说："你这一切，都是为了大喜哥。小姐，桂香有句话，不知当讲不当讲？"

　　"你讲吧！不要紧的。"

　　桂香说："外面的人都说，那个鬼大喜，说是会放躬躬迷药。中了这种药的人，都愿意与他终生相伴，甚至可以为他去死。小姐，你是不是被这种迷药迷住了哟！"

　　刘金莲问："你相信有这种药吗？"

　　"我有点相信。"桂香眨巴着眼睛说："如果没有，你爱他怎么会这样死心塌地呢？"

　　刘金莲含着眼泪苦笑着。她说："桂香，我有句话问你，你肯不肯跟我讲实话？"

　　桂香说："桂香的事，从来就没有瞒过小姐。"

　　"老实告诉我，你喜不喜欢大喜？如果他要娶你，你愿不愿意嫁给他？"

　　桂香低着头说："小姐，你问这个做哪样？"

　　"这你莫管。说实话，你愿意，还是不愿意？"

　　"愿意。"桂香轻声回答。

　　刘金莲接着问道："我再问你，那麻大喜放了你的躬躬迷药吗？"

　　桂香摇着头说："没有，肯定没有！"

　　"这就对了。"刘金莲说："这些日子，我常问自己，我是着了哪样迷？莫非是中了他的躬躬迷药！他来到我家已经有了三年多，看得出，他是一个正人君子，绝不是一个使邪法的人。可我又觉得，他的身上，不知怎的，确实有一种比起那躬躬迷药更教人着迷的东西，让我抛不开，丢不掉，甩不脱，时刻都想着他。"

　　"你愿意为他生，愿意为他死。"桂香补充道。

　　"是的。"刘金莲说："自从和这个鬼东西交往以后，对别的男人，都变得寡淡。今生今世不能和他在一起，活着又有哪样意思！"

桂香想了想，问刘金莲："小姐，你除了一死之外，难道就再没有别的路走了？！"

"唉——"刘金莲流着泪，凄怆地说："你说，我还有别的路可走吗？"

"当然有哇！比如说，你和他一起逃婚，远走天边，你想过没有？"桂香说。

"想过，我还跟他讲过。可他的心太好了，为这个想，为那个想，不肯同我一起出走。"刘金莲说着，显得那样无奈。

桂香想了想，又出了一个主意。她说："我们的寨子里，就有一个姑娘，和杨梅坳的一个后生相好，她屋里的人，死活不同意。那姑娘一不做，二不休，一个人偷偷儿跑到了后生的家里，生米煮成熟饭。屋里人没办法，也就只好同意了。"

刘金莲的一双丹凤眼，霎时间变得亮堂了。她说："桂香，你是说我可以跑到麻家寨去！"

"那就看你有没有胆子了。"桂香说："要走今晚就走，后门钥匙在我这里。"

走投无路的刘金莲，似乎是绝处逢生。她紧紧地搂抱着丫头桂香，没想到这个平时不起眼的多嘴丫头，在她最为难的时刻，还为她指点迷津，让她看到了希望，重新有了生活的勇气。她充满感激地说："桂香，好妹妹，谢谢你！"

第二天，麻老矮来到刘家窨子。他畏葸地进得厅堂，等待佣工前去通禀老爷。他做好准备，承受刘老爷的训斥，甚至是责罚。儿子闯下了大祸，做父亲的有不可推卸的责任。事已至此，他只能向刘老爷认错，赔罪，请求宽恕。过了一会儿，佣工回来了，问麻老矮："老爷让我问你吃过早饭没有？要是没吃，先到后堂吃饭。"

麻老矮在佣工的带领下，到后堂用餐。那佣工特意到伙房，向厨子作了交代："这是为小姐雕嫁妆的老师傅，今天来结账。老爷吩咐，伙房要好生招待，不可怠慢。"

麻老矮紧张的心理，顿时就打消了大半。心中的疑问却又随着产生。麻老矮一边吃着可口的饭菜，一边寻思着："大喜那畜生犯了那么大的事，弄得浦阳镇上满城风雨，难道刘家对此事不加追究，不做处置，就这样算了？"这时，刘昌杰来了。他的身后，跟着一个账房先生。

"麻师傅，辛苦你来走一趟。"刘昌杰说话，和平时没有两样。

"老爷说哪里话，这是应该的。"麻老矮连忙起身。

"你快请坐。这是该付给你的工钱，是不是对数，你数一下。"刘昌杰说。

随即，账房先生把银两放到麻老矮跟前的饭桌上。

"不用数，不用数，先生数的我放心。"麻老矮说着，从怀里掏出一小张红纸，取了些散碎银子，用红纸包裹好，双手递给刘昌杰。他说："刘老爷，按照我们雕匠的规矩，小姐出阁时，都要表示一点意思。听说十月二十四日是小姐大喜的日子。这点散碎银两，拿给小姐买几朵花戴，请千万莫嫌弃，一定笑纳。"

刘昌杰虽有些迟疑，但还是接过了红包，并且道谢了一声："多谢师傅！"

麻老矮原本以为会有许多麻烦的刘府结账，竟如此出乎意料的顺利。他怀揣着结账所得的银两，高高兴兴地离开刘家窨子。当他走到后堂过前厅的回廊时，却被迎面走来的一个姑娘轻声地叫住了："麻家大叔！你慢走，我有话跟你说。"

麻老矮停止了脚步，看着那姑娘，问道："姑娘，你有哪样事？"

"我是桂香。"姑娘看了看四周无人，便压低嗓门说道："你不认得我，我认得你是大喜的爹。我家小姐请你转告大喜，要他做好一切准备，不要前怕狼，后怕虎，剁了脑壳也只碗大个疤。小姐会不顾一切，去到麻家寨做你的儿媳。"

　　桂香突如其来的一番话，顿时使得麻老矮懵懂了。当他回过神来时，桂香已经不知了去向。瞬息之间的变化，使得麻老矮不知所措。他以缓慢的步子，走在长长的回廊上，心中的乱麻难以理出头绪。刚才他还在想，刘昌杰不愧是浦阳镇上的头牌大户，看他那从容不迫的神态，仿佛大喜和刘家小姐的事情，从来就没有发生过。仔细想来，这确实是刘家老爷最聪明，也最恰当的做法。只要张家热热闹闹把小姐接过门去，什么事情就全都不存在了。如果大吵大闹，把本来似是而非的事情，摊开在光天化日之下，假的也就变成了真的，到头来，下不了台的还是刘家自己。麻老矮原以为一切都会按照刘昌杰的如意算盘，大事化小，小事化了。儿子与刘家小姐的孽缘，也就会从此了结。刚才这丫头冒出的话，又重新让麻老矮坠入了云里雾里。若是刘家小姐果真亲自跑到麻家寨，要做麻家的儿媳，那将是怎样的局面？他将何以应对？胆小的雕匠简直不敢想象。麻老矮走到了前厅。他觉得这样的事情有必要将情况向刘老爷禀报，让刘家人对小姐严加防范。但他又立刻觉得这样做并不妥当。丫头的话，说起来没四两。但对小姐，对刘家的名声，却是重过千斤。倘若这丫头的话并不确实，他却去生出这样的事情来，岂不是引火烧身吗？赶快离开这是非之地，一刻也不能停留！

　　麻老矮回到麻家寨时，看见自家的屋里屋外，正聚集着十来个苗家后生。近前一看，为首的是名叫蛮牛的暴伙子。

　　"矮叔，你回来得正好，我们要见大喜哥，阿婶不让见。你快让他出来见我们吧！"蛮牛冲着麻老矮说。

　　灵芝说："我讲大喜没回来，他们硬是不信，还说是我把大喜藏起来了！"

　　麻老矮晓得，这群毛头后生来找大喜，肯定又是为着抢亲的事。真拿他们没办法！不下恶符，是送不走他们的。麻老矮拍着那头儿蛮牛的肩膀，问道："老实说，你们来找大喜做哪样？"

　　"我们要去刘家窨子抢亲！"

"去抢哪个？"

"刘家的小姐。"

"她是大喜的什么人？"

"她是大喜的相好，全浦阳镇的人都晓得。"

"混账话！"

"矮叔，你莫骂人！"

"骂人？！我还要打人哩！浦阳镇上的风言风语，全都是无中生有，胡说八道！告诉你们，大喜和刘家小姐清清白白，根本就没有那回事！你们吃了咸鱼操空心！没事找事！刘家小姐早就同镇上的张家少爷定了亲。她是刘家的女儿，张家的儿媳，接亲的日子都已经定下了。你们要是吃了豹子胆敢去抢亲。镇上的三府衙门，关得你们眉毛生虱子；千总衙门绿营兵的马叶子，剁你们的脑壳做蒲团！"

麻老矮的一顿臭骂，倒真的把这群毛头后生镇住了。他们不敢再嚷着要见麻大喜，而是哈里哈气地你看着我，我看着你，东一个，西一个，全都溜走了。

骂完毛头后生，麻老矮浑身就像散了架子。他一屁股瘫坐在凳板上，向婆娘招手，让她靠近自己的身边，问道："大喜呢？"

"你走了以后，我怕那伙毛头后生来唆他，打发他和二喜一道，去天雷山上锯楠木去了。"灵芝说着问老矮："你去刘家结账，情况如何？"

麻老矮将他到刘家的情形，详详细细向灵芝诉说了一遍。当他说到那个桂香丫头的传话时，灵芝懵了。两公婆一同陷入了久久的沉思。为哪样刘家小姐死心塌地要跟大喜？最能理解这种感情的，便是过来人灵芝。当一个女人为一个男人着迷时，常常是会不顾一切的。不顾忌他的贫穷与富有，不顾忌他的丑陋与光鲜。当初她着迷于麻老矮，就是这种情形。外面传言，她是中了麻家祖传的躬躬迷药，才失去了理智，任听老矮的摆布，稀里糊涂做了老矮的婆娘。当初，她也曾将信将疑。如今，她与老矮已经是二十多年的夫妻了，还为他生了两个儿子，如果真有这种祖传的药，老矮是绝不会瞒着她的。灵芝感到难以理解的是，麻家一个个其貌不扬的男人们，怎么就这样讨女人的喜欢？面对着与当年情景颇多相似的现实，作为母亲，她必须做出最理智的权衡与抉择。她必须为麻家人着想，为自己的儿子着想，同时也为痴情的刘家小姐着想。她清醒地意识到：当初她与老矮，只是一种光鲜与丑陋的差距。如今儿子和刘家小姐，还增加了贫穷和富有的悬殊。当初她是待字闺中、唱歌招郎的贫家苗女。如今刘家小姐却是名花有主、即将完婚的大户千金。此一时，彼一时，麻家两代男人遇着的两个女人，就这样存在着千差万别。和浦阳镇两家有钱有势的头牌大户相比，苗家手艺人显得何等渺小与卑微。麻家后生即使再讨刘家小姐的喜欢，他们的姻缘也是断然不能成就的。如果丫头桂香的传话属实，刘家小姐真的走上门来，麻家人是绝对不能接纳，也不敢接纳的。这时，麻老矮和灵芝最为恐惧的，便是刘家小姐的贸然前来。如果她真的上门来了，万全之策又在哪里呢？

"老矮，你说，该怎么办？"灵芝问。

"我心里乱得像一蓬麻，想不出主意。"麻老矮说："没法子，就到哪山唱哪歌吧！"

"什么到哪山唱哪歌！事情都急得火烧眉毛了，你这个做男人的也不拿个主意！"心急火燎的灵芝，埋怨起丈夫来。

沉吟了好一会，麻老矮说："等夜里大喜回来，同他商量过后再说吧！"

麻大喜得知桂香的传话，顿时就懵了。他在刘家生活了三年，对桂香是非常熟悉的。这丫头虽然嘴巴特别大，尤其喜欢传话，但她决不会无事生非。不是小姐授意，她决不敢贸然传话。那刘家小姐，更是一个敢作敢为、说到做到的女子。说不定什么时候，她会神不知鬼不觉地出现在麻家人的面前。回到家里以后，麻大喜就萌生了一个念头：远走天边，永远在刘金莲的眼前消逝，不再打扰她平静的生活。用这种方式斩断情缘，使双方得到解脱。丫头桂香的传话，他更确信这种抉择的正确。麻大喜本想在父母跟前，多生活一些时日，多尽一些孝道，让父母多得到一点宽慰，再提出远行的事。突然的变化，使他不得不将这个计划提前。当他要将决定禀告父母时，又犹豫了。如果这样，无异于父母失去一个儿子，让父母长期承受骨肉分离的痛苦，自己则不能尽孝道。他几次欲言又止。

"大喜你说，如果她真的走上门来，我们该怎么办？"父亲问。

大喜没回答，倒是二喜抢过了话头："怎么办？依我讲好办得很，让哥哥同她拜堂成亲，把生米煮成熟饭……"

二喜还要说下去，被大喜生气地制止："二喜，你怎么能这样说！"

二喜不服气，他硬是把话说完："怎么不能这样说？！等到生米煮成了熟饭，就是天王老子也奈何不得！"

"住口！"大喜呵斥着二喜。接着，他又平心静气地对弟弟说："二喜，你晓得吗？我已经对不住她了。她要走上门来，不过是一时的冲动。可我们不能冲动，要设身处地为她着想。我没有能力让她过上她过惯了的那种好日子，不能委屈了她。我也更不能做一世人生都抬不起头的女婿！"

"是的，大喜说的没错。"灵芝说话了。显然，她同意大喜的看法。但说到具体如何处置时，她茫然了。作为母亲，她相信儿子的智慧，相信儿子会有个好的处置方法。她说："大喜，到底该怎么办，你就拿个主意吧！"

麻大喜觉得可以向父母说出自己的想法了。他说："爹！娘！还有二喜，大喜倒是有一个想法，也不知道可行不可行？你们同意不同意？"

"你说吧！"三人不约而同地说。

"想来想去，只有一个办法，那就是我远远地走开，一世人生不再见她的面，让她把我忘掉。如若她真的走上门来了，就如实地告诉她，让她断了这份情，死了这份心……"麻大喜说着，他的喉咙哽咽了。

一家人都认为大喜的想法不失为一个良策，在感情上又都难以接受。最先落泪的，是作为母亲的灵芝。继而，老矮和二喜父子也哭了。

　　大喜突然站起身，"扑通"一声，便跪在了父母的跟前，泣不成声地说："爹！娘！是不孝的孩儿闯下了祸，让二老为难了！"

　　老矮和灵芝挽扶起了大喜，二人同声说道："大喜，你就走吧！看来也只有这样了。"

　　二喜问："你什么时候动身？"

　　大喜说："最好是马上动身。说不定今晚她就会走上门来。若是和她对了面，事情就更麻烦了。"

　　二喜又问："你打算去什么地方？"

　　"不晓得，我没想那么多。"大喜说。

　　老矮说："你就去贵州吧！贵州的铜仁、江口一带，我年轻时到过，离家也不算远。那里有一座梵净山，山上有好多的庵堂庙宇，经常要请匠人雕菩萨像。凭你的手艺，在那里安身立命，混口饭吃，是不会有困难的。"

　　大喜说："就依爹爹，到贵州去。"

　　老矮说："门前的官马大道直通镇竿。到了镇竿，离贵州就不远了。"

　　父子三人在说话，灵芝在一旁伤心地抹着眼泪。

　　"娘！你莫哭，话虽那样说，我不会永远不回来。你放心，到时候，等这件事情放淡了，我还是会回来的。"大喜安慰着母亲。

　　灵芝说："大喜，听娘的话，心里莫总是惦记那个刘家小姐了。你们没有缘分，这是无法的事情。去了贵州，遇着合适的女人成个家，娘也就不为你操心了。等你成了家有了儿女再回来。要是贵州地方好过日子，我和你爹也可以到那里去。"

　　"娘！放心吧！您的话伢儿记下了。"大喜点着头，泪流满面地说："爹娘生我养我，教我做工，教我做人。如今大喜万不得已，撇下爹娘远走他乡。不孝的大喜这一去，爹娘的跟前就只有二喜了。二喜，哥哥拜托了。"

大喜和二喜，兄弟哭成一团。

老矮准备好一套雕匠工具，灵芝清理好日常的衣物，到刘家结账得的银两，正好作为大喜上路的盘缠。他要走的这条路，虽说是一条官马大道，可途中有个铁门槛，赤贫的山民们，倚仗着险要地势在那里"坐坳""吊羊"。爹娘不放心，要二喜送哥哥一程。大喜说不必，他和那里的梅山虎匠叫石老黑的是伙计，石老黑神坛上供的倒立张五郎还是他雕的。麻家寨和铁门槛隔得那么近，抬头不见低头见，兔子还不吃窝边草哩！"二十上下，月出半夜"，这天是十月十八，当月亮爬上东方的山脊时，大喜上路走了。

一连几天，麻家人都处在高度的紧张状态。老矮和灵芝两公婆，几乎没睡过一晚安稳觉。他们害怕刘金莲的到来，却又意识到她的到来不可避免。他们估计，刘金莲白天无法离开刘家窨子，她的到来一定是在晚上。夜晚，老矮和灵芝都要坐在火塘边，除了张开耳朵，细听屋外的动静之外，还在合计用什么样的话语劝说痴情的小姐。日子一天天过去，天气渐渐变冷。十月小阳春的暖意，在高山上不再维计。转眼到了十月二十二。吃过晚饭，俩公婆又坐到了火塘边。再过一晚，刘家将摆酒宴客，刘家小姐要吃离娘饭，要唱哭嫁歌，会一直有人陪着她，她是不得脱身的。今晚她若是再不来，等到二十四那天清早花轿进屋，把她抬到了张家，她就是插上翅膀，也飞不来麻家寨了。

时令已是小雪，麻家寨属于高寒山区，比沅水边的浦阳，要冷得早些。入夜，寒风在山谷中呼啸，席卷着落叶，飘洒在山间、村舍。阵阵寒意，向着人们袭来。老矮、灵芝和二喜一家人，围着火塘而坐，一个个脸腔被烤得通红。灵芝在火塘里加上一把柴火，铛架下的火苗更旺了。鼎锅里的水一直在滚滚地翻开，冒着腾腾的热气。半夜，二喜先去睡了。老矮靠着板壁打着盹。只有灵芝毫无睡意。她揭开锅盖，满满一鼎锅水烧得只剩大半锅了。她赶紧加上一勺水。鼎锅里的水立刻"吱、吱"地叫了起来。随着这叫声，屋外传来了"淅沥沥"的雨声，雪子打在瓦上的"滴答"声。灵芝走到大门边一看，原来是下起了雨夹雪。山坡和田野，顷刻之间银装素裹。门前麻石嵌成的官马大道，也变成了银色的飘带。

"老矮，下雪了！"灵芝把老矮摇醒。

老矮揉着惺忪的眼睛说："下雪了，谢天谢地，刘家小姐想来也来不成了。"

"你莫把话讲死。不知怎的，我总觉得那刘家小姐一定会来。"灵芝说。

屋外的雨夹雪，下得越来越大了。铛架上的鼎锅里，翻开的水仍然在冒着腾腾热气。老矮呵欠连天，靠着板壁又打起盹来。一阵寒风，吹进了大门，灵芝不由得打了一个寒噤。不知怎的，她硬是有预感，那刘家小姐一定会来，而且就是今晚。她从碗盏柜里取出了一块生姜，一块片糖，在火塘里煨了一罐姜糖水。若是刘家小姐来了，这天寒地冻的，得用这姜糖水为她驱寒。

灵芝的预感是对的。这一夜，刘金莲确实是只身一人，正朝着麻家寨走来。前两个晚上，都是嫂嫂陪着她，无法脱身。今晚轮到桂香陪她，她得到桂香的帮助，才在夜深人静之时，离开了刘家窨子。刘金莲没有到过麻家寨，但她知道，只要顺着官马大道往前走，就可以到达她的目的地。她听大喜说过，大喜的家，就在进寨子的第一幢吊脚楼里。她相信一定能够到达麻家寨，重见麻大喜。刘金莲就这样莽撞地上路了，就连她自己也难以置信，她哪来这么大的勇气！她更不敢想象，当父母发现她失踪以后，刘家窨子里将会是怎样的情形？为了心上人，这一切她都顾不得了。刘金莲走出浦阳镇，上了官马大道。幸好当初因为缠足时怕痛，母亲迁就她，没缠成三寸金莲，而成了一双不大不小的脚，走起路来，才不那么十分吃力。虽说是官马大道，也不过是五尺来宽的一条路。有的地方铺着石板，有的地方则是卵石镶嵌成的麻石路。刘金莲顺着官马大道前行。出镇子不远便开始上坡。拾级而上的刘金莲，开初并不觉得累。走着走着，只上不下，她便开始气喘吁吁了。若不是为了那个迷住了她的麻大喜，她是断然不敢一个人摸黑走上这条路的。她将不顾一切，亲自走上麻家的门，以这样的行动感动大喜，使大喜不再瞻前顾后，前怕狼，后怕虎，拿出男子汉的气魄来，堂堂正正地娶了她。到那时，生米煮成熟饭，老爹老娘不认账也得认账。

夜色朦胧，官马大道或隐或现，随着地势的增高，天气也发生着明显的变化。初出门时，她并不感到寒冷。当她登上眼前的高山时，阵阵寒意便向她袭来。迎面的寒风猛烈吹拂，使得她浑身透凉。刘金莲强支着身子，继续前行。这时，昏暗的天空突然变得更加阴沉，寒风里卷裹着雨点和雪粒，飘飘洒洒而降，打在她的脸颊，沾满她的头发、眉毛和衣衫。刘金莲禁不住暗暗叫苦："老天爷呀！你真是没长眼睛，竟如此作弄一个千良百善的女子。"她稳了稳神，冒着漫天风雪，爬上那石板铺砌的上山道路。一双不大不小的脚，踩在白茫茫的雪地上，发出"吱、吱"的声响。那脚上的绣花鞋已经湿透，钻心的冰冷难以忍受。她挣扎着前行，一个趔趄，她绊倒了。千金小姐瘫坐在满是雨雪的石板路上。抬头望去，雨雪过后的官马大道，在夜色中竟然变得明晰起来。这条充满着艰难险阻的路，盘山而上，正是她人生的写照，事到如今，她只能义无反顾地前行，不能有丝毫的犹豫和退缩。她从雪地上爬起，拍打着身上的雨雪，咬紧牙根，奋不顾身地继续前行。她终于在风雪之夜，看到了麻家寨口那唯一亮着灯光的窗口。

火塘边，灵芝煨好了姜汤。她将热气腾腾的姜汤，倒在杯子里，摇醒倚壁而睡的丈夫："老矮，快起来，喝口姜汤，暖暖身子。"

麻老矮似醒非醒，把手一扬，说道："喝哪样姜汤！这么大的雪，她就是有翅膀也飞不来了，去睡吧！"

突然，灵芝敏锐地感觉到屋外有隐约的脚步声。她急忙下得火塘，往大门走去。透过那白雪映出的光亮，她看见一个浑身是雪的人影，正朝着她走来。

"哪个？你是哪个？"

“娘！”随着一声撕心裂肺的呼喊，那个浑身是雪的人，便飞奔进了屋里，扑到了灵芝的怀中。

灵芝紧紧地搂抱着刘金莲，一时不知所措，泪水情不自禁地奔涌而出。这时，麻老矮已经完全清醒。他连忙说："快！快把小姐扶到火塘上。"

刘金莲被扶到火塘上，倚壁而坐。老矮迅速往火塘里添了几根柴火，对灵芝说："快去找衣服、鞋袜给小姐换！"

男人在场不方便。老矮说着便离开了火塘屋。灵芝忙着给刘金莲倒水洗脸、暖脚，又为她换了衣服和鞋袜。等到老矮回到火塘屋时，灵芝正在给刘金莲喂姜汤。渐渐回过神来的刘金莲，立刻四处张望着，呼叫着："大喜！大喜呢？大喜在哪里？"

"小姐，你先莫忙叫他。看你冻成这个样子，先喝口姜汤暖暖身子吧！"灵芝说。

喝了热姜汤，刘金莲渐渐回过了神来。她鼓足了勇气对灵芝说："娘！您怎么叫我作小姐呢？我是自己走上门来，给您做儿媳的。您就叫我金莲吧！你的儿子麻大喜，就是我的丈夫。"

听到火塘屋里的声音，二喜也自个儿起身了。遭孽的，这位刘家小姐，果然走上门来了，得去看个究竟，向她说个明白。他披着衣服，揉着惺忪的眼睛，来到了火塘屋。

刘金莲见到二喜，急不可耐地问："二喜，大喜呢！你的哥哥呢？快叫他出来见我！"

老矮和灵芝都背转身子对二喜示意，要他不要乱说话。

二喜懵里懵懂，不明白父母的意思。他直来直去，来了个竹筒倒豆子："刘小姐，你都是就要做新娘子的人了，怎么一个人还跑到这里找大喜呢？我实话对你说了吧！为了不再打扰你，我哥哥已经远走他乡。你这世人生，再也见不到他了。"

刘金莲瞪大两眼，望着二喜。她不相信这是真的，连忙问道："你说的当真？"

"千真万确。你这世人生，再也见不到大喜了！"二喜郑重地重复着他说的话。

"天哪！"刘金莲一声尖叫，便昏厥了过去。

麻家人顿时都发了懵。慌乱之中，灵芝一把将刘金莲揽在了怀里，用拇指掐着她鼻子下的人中穴，大声地吼叫："你怎么胡说八道！老矮，快撒茶叶米！二喜，快打碗！"

二喜这才晓得自己闯了祸。他颤颤巍巍走到碗盏柜里，抱出一叠碗，一个接着一个摔到地上，砸得粉碎，发出"乒乒乓乓"的声响。老矮则围绕着火塘上被揽在灵芝怀里的刘家小姐，不停地朝空中抛撒着茶叶米，嘴里不住地呼唤："刘小姐，快醒来！快醒来，刘小姐！"

拂晓时分，纷飞的大雪仍然下个不停。随着二喜的砸碗声，老矮的呼唤声，刘金莲微微睁开了眼睛。灵芝那掐着人中穴的拇指，这才缓缓地松开。万分紧张的麻家人，这才松了一口气。

麻老矮深知此事非同小可，他决定亲自前往刘家，说明情由。临行之前，他把灵芝叫到一边，再三嘱咐，刘家小姐上门的事情，千万不能对外声张，特别是不能让寨子里那伙毛头后生晓得。

黎明时分，云层压得很低，大雪纷纷扬扬，天地一片昏暗。寒风呼啸着吹过山坳。显得分外凄凉。顶风冒雪而行的麻老矮，沿着山中的官马大道，朝着山下走去。大路上，昨夜刘金莲上山时的脚印，已经被厚厚的积雪掩埋，不见了踪迹。刘金莲此行惹下的筋筋绊绊，麻老矮却不知怎样才能了结！麻老矮感到困惑，当初，人们对他与灵芝的结合感到诧异，如今怎么又有一个光鲜女伢，富家小姐，也爱上了又穷、又矮、又丑的麻家人。外面风传，麻家人有什么鬼扯腿的躺躺迷药，哪来的事嘛？可你说没有，这女伢却又千真万确被他的伢儿躺住了，躺得那么紧，那么牢。还顶风冒雪，走上门来。麻老矮的心中，竟产生了莫名的得意。得意归得意，眼前的一切，却让他麻了脑壳。麻老矮感到庆幸的是，他的伢儿麻大喜，在刘家小姐上门之前，就已经果断地远走他乡。倘若是大喜和这位刘家小姐见了面，那就跳到黄河也洗不清了。

在一片白茫茫的世界之中，青衣小帽的麻老矮，显得更加渺小。他加快了脚步，行进在漫天的风雪之中。飘飘洒洒的雪花，沾附在他的衣帽之上。那瘦小佝偻的身影，如同一团黑白相间的绒球，朝着山下迅速地滚去，把雪地上的一串脚印留在了身后。

刘家窨子哭嫁歌

　　送走刘金莲，桂香又回到了房中。她睡在床上，翻来覆去无法入睡。哈乎乎的丫头似乎还不明了事态的严重性。她在盘算着，该编造一个怎样的故事，向主东解释眼下发生的事情，推脱自己的责任。桂香想来想去，总觉得编造的故事难以自圆其说，却又编造不出更圆范的故事。她听见窗外凛冽的寒风在呼啸，窨子屋的瓦皮上还响起了"滴滴答答"的声音。天哪！这是在下沙雪夹雨。她不由得多了一份对小姐的牵挂。去麻家寨虽是官马大路，遇上大风雪，又是在夜里，小姐不知会被折磨成什么样子。这都是那勾魂摄魄的小雕匠作的孽！小姐也真是，明明是中了人家的躬躬迷药，顶风冒雪，找上门去，却还不相信迷药的存在。她开始感到后悔，不该为小姐的出走提供帮助。后悔有什么用呢？最紧要的，是如何应付天亮后将发生的一切。除了硬着头皮承受，她没得其他选择。

　　天色微明，夹雨的沙雪变成了大坨大坨的棉花雪。桂香料想小姐早已到达了麻家寨，和小雕匠见了面。她装作惊慌失措的样子，一顿脚尖下了楼，去到太太的房门前，压低嗓门喊叫："太太！不好了！小姐不见了！"

　　刘昌杰和刘邬氏，闻声立刻起身开门。刘邬氏问道："小姐怎么会不见了，昨晚你不是陪她睡吗？"

　　"我睡着了。她什么时候走的我都不晓得。我清早醒来，小姐就不在床上了。"桂香说着，假装揉着惺忪的双眼，做着还没睡够的样子。

"小姐不见了，那你说小姐会去哪里？"来到厅堂，刘昌杰问道。

"我不晓得。"桂香低着头，嘟着嘴巴说。

女儿临嫁之前的突然失踪，顿时使刘邬氏心急如焚。她冲着丫头大发雷霆："小姐走了，你和她一张床上睡，都不晓得。你是死人！你是死猪！"

桂香栽着脑壳，一言不发。

刘昌杰看了妻子一眼，示意她先不要发火，而后问丫头："桂香，你仔细想想，这些天，小姐对你说了些哪样？"

"小姐她说——"桂香欲言又止

"她说哪样呀？"刘邬氏急不可耐地问道。

"不要急，你慢慢说。"刘昌杰说。

桂香心想，事到如今反正生米已经煮成了熟饭，不如干脆把实情说了，他们也不能把小姐怎么样。她做着怯生生的样子说："早两天，小姐对我说她想上麻家寨。我劝她，那里是千万去不得的。没想到她真的走了，也不晓得是不是去了那里？"

听了桂香的话，刘昌杰夫妇气得好半天说不出话来。桂香低着头，两只裤脚如同筛糠般颤抖。刘昌杰抬起头来，一眼就看到了桂香挂在身上挂着的钥匙串，顿时就明白了许多。

"桂香，你老实对我说，小姐是怎么从窨子屋里出去的？"刘昌杰正颜厉色地向丫头提问。

"小姐是、是趁我睡着了走、走的。"桂香说话，显得吞吞吐吐。

"我问你，夜里门锁着，小姐是怎么出去的？"刘昌杰继续追问。

"她、她是开了后门走、走的。"

"哪来的钥匙？"

"她趁、趁我睡着，把、把我身上的钥匙拿、拿去开的门。"桂香慌神了。

"混账东西！"刘昌杰把桌子一拍，"霍"地站了起来，责令桂香：

"把头抬起来，看着我的眼睛。"

桂香惊恐地抬起头，怯生生地看着刘昌杰。

刘昌杰两眼直逼桂香，厉声问道："我问你，既是她偷拿钥匙去开的门，为何这钥匙又还在你的身上带着？"

桂香被刘昌杰问住了。小丫头从没经历过这般场合，她看了看挂在身上的钥匙串，知道事情败露，顿时大惊失色，身子瘫软，一屁股便坐到了地上。

刘邬氏恍然大悟："天哪！原来是你这个小妖精在从中作梗！"

刘昌杰将板凳端到桂香的面前，说道："起来，坐到这里，你要一五一十，从实招来，不得有丝毫隐瞒。听清楚了没有？"

"听清楚了。"桂香惊魂未定，战战兢兢从地上爬起，坐在了板凳上。她被主东威严的目光所震慑，只得老老实实，从那夜为小雕匠送灯油所见，到她向"山麻雀"饶舌传话；从小姐的悬梁未遂，她为小姐出谋划策，直到她为小姐打开后门，让小姐私奔麻家寨，一股笼统，像吐枇杷子一般说了个清楚。她栽着脑壳，畏葸地坐在板凳上，死牛认剥，任凭主人的发落。

听了小丫头的一连串交代，刘邬氏气得上气不接下气。她想上前狠狠抽她一耳光，但她已经没有了力气。刘昌杰感到震惊，没想到女儿会有这大的胆子，更没料到眼前的这个模样哈哈的丫头，竟然把这件事搅和得这般天翻地覆。他感到羞愧，感到惶恐。明天清早，张家接亲的花轿就要上门，女儿却逃跑去到了另一个男子的家中，事情若是传了出去，日后他在镇上怎么做人？生意场上，他历经过无数次的风险，每次他都能够化险为夷。面对着眼前的家庭危机，他却感到手足无措了。然而，刘昌杰毕竟有他的杰出所在。事情虽说到了九分九厘，他也不会放过任何一线挽回的机会。他决定封锁女儿出走的消息。对这个惹事生非的丫头，必须作出审慎而果断的处置。他怒气生嗔地对桂香说："桂香丫头，你好大的胆子！"

桂香立刻从板凳棱下，跪在地板上磕头不止："老爷饶命！老爷饶命！"

"小姐出走，全是听了你的挑唆，将你送到官府，你吃罪不起！还要连累你的家人！"大老板刘昌杰，先将小丫头吓唬了一通。

"老爷！桂香不愿意吃官司，您大人不见小人怪，就饶了桂香吧！。"小丫头又是一阵磕头。

"要饶你不难，你先要答应一件事。"

"莫说一件，十件、百件事我都答应，老爷请讲！"

"从今以后，在任何地方，不许跟任何人讲起小姐的这件事！"

"桂香再也不敢胡说八道了。听到我再说小姐的事，老爷就撕了我的嘴巴。"小丫头在主人面前信誓旦旦。

刘昌杰说道："好，我相信你这一次，饶过你这一回。你做了那么多对不住刘家的事情，我们不好再留下你。马上收拾包袱，回你的溆浦老家！"

就这样，桂香在刘家一个心腹佣工的护送之下，乘坐当天沅水河的上水船，返回了溆浦的乡下。小丫头并不情愿意地结束了她在刘家的佣工生涯。

处置完丫头桂香，刘昌杰将婆娘、儿子和儿媳唤到内房，商量对策。大冷的落雪天，屋里竟没顾得上烧一盆火。叫佣人不方便，伍秀玲只得亲自动手，生了一个圆盆火。儿媳一边扇火，一边劝慰着乱了方寸的婆婆。

刘昌杰说："都只怪我们做大人的，对金莲太惯肆，太放纵，才落到今天这般田地。这件事本来就在浦阳镇上闹得沸沸扬扬。好在张家宽宏大量，我们刘家才免去了一场难堪。可到了花轿临门的时候，又发生了这样的事情。已经是火烧眉毛了，一屋人来想想主意，看还有没有挽回的余地？"

刘金山沉吟了一会，说道："爹爹！您也不要过分自责。金莲妹妹也不知中了哪样邪。有道是，你管得住她的人，管不住她的心。可我们又不能不管。依我看，得马上到麻家寨去一趟，向麻家人说明利害，希望他们不要乱来。爹爹去不方便，就让我走一趟吧！"

刘邬氏："去吧！你赶紧去，把她找回来。"

伍秀玲也说："那你就去一趟吧！"

"爹！您说呢？"刘金山在征求父亲的意见。

刘昌杰紧锁着眉头，在屋子里踱着步，没有立即回答儿子。众人的眼睛都在望着他，等待着他的决策。

"爹！您说，我可以去麻家寨吗？"刘金山再一次征求父亲的意见。

"再不去就迟了，就让他去吧！"刘邬氏说。

刘昌杰叹息着，摇着头。

刘邬氏急不可耐。她说："怎么？你还不让他去，难道你真要把女儿嫁给那个矮子鬼雕匠？"

"你不必去。"刘昌杰说："金莲既然已经到了麻家，就会有两种情形发生。一种是麻家人不计后果，四处张扬，接纳上门的金莲，成为麻家的儿媳。这时候，麻家的人早已经在为金莲和小雕匠操办喜事了。麻家寨是苗人的寨子，那里的人从来就有抢亲的习俗。我们的人如今是自个儿送上门。如果再去阻挠这门亲事，只怕更加难以收拾。若是这样，我们就只能打落牙齿肚内吞，认下小雕匠做女婿了。"

"还有一种情形呢？"刘金山问道。

"另一种情形，是麻老矮通情达理，尽管金莲亲自上门，也不敢应承这门亲事。若是这样，金莲上门的事，麻家人就不会声张，会立刻到刘家来通报，让我们暗地把金莲接回来。"

"那您是说——"刘金山问。

刘昌杰说："如果麻家来人，这时候也该要到了。要是早饭过后还不见麻家来人，刘家人就只有等着丢丑，等着向张家赔礼道歉了。"

"那我去大门口等着。"说着，刘金山离开了内堂。

窗外的大雪仍然在下着。圆盆里的木炭火，燃烧得很旺。屋里的气氛，却是那样显得冷清和凝重。哭成了泪人儿般的刘邬氏，似乎变得麻木了。她喃喃地对丈夫说道："你尽想的好事，一个送上门的富家小姐，只有哈宝才不会要。麻家人聪明得很，才不会来通报哩！"

正在这时，内堂的门"吱扭"一声开了。一切都在刘昌杰的预料之中，刘金山果真将身上还带着雪花的麻老矮，带到了刘家人的面前。刘昌杰赶紧让出了火盆边的一把椅子，说道："麻师傅，大冷的天，你来了，快请坐！快烤火！"

麻老矮没有落座烤火，而是走到刘昌杰面前，深深地鞠了一躬，充满愧疚地说道："对不起，麻家人给老爷添麻烦了！"

刘邬氏沉不住气，哭叫着对麻老矮吼道："你们麻家害得我们好苦啊！"

"你这是做哪样？先听麻师傅说嘛！"刘昌杰一边制止妻子哭闹，一边将麻老矮扶到圆盆边落座，并为他拍打身上的积雪，说："麻师傅，莫听她的，你慢慢说。"

麻老矮说："小姐昨夜到了我的家里。"

"我们已经晓得了。"刘昌杰说。

麻老矮接着说："老爷太太请放心，小姐虽然到了麻家，麻家人没动她的一片指甲。除了我们一家三口，再没旁人晓得这件事情。大喜和小姐的事情，我们也听说了。年轻人不懂事，可做父母的人心里明白，米箩和糠箩是做不得一担挑的。小姐是张家的人，出嫁的日子都定好了。老爷一家，千良百善，我们不能做对不起人的事情。五天以前，我们就把大喜打发上了贵州。他今生今世，再也不会见小姐的面了。"

麻老矮的一番话，使压在刘家人心上的石头落了地。

"麻师傅，多谢！多谢了！"刘昌杰不住地对麻老矮称谢，而后转身对刘邬氏说："我讲的没错吧！麻家人是重礼义、通情理的。"

刘邬氏问丈夫："明天清早张家就要来接亲，你什么时候去把金莲接回来？"

刘昌杰问麻老矮："麻师傅，依你看，什么时候，怎样把金莲接回来为好？"

麻老矮说："白天去接小姐，是万万不可的。寨子里的一群暴伙子，听说大喜和小姐有那么回事，早就嚷着要抢亲，让他们知道小姐到了我屋里，他们是决不会让她回来的。再有，小姐是个烈性子，她一门心思还在想着大喜，我的婆娘正在开导她，三言两语是说服不了她的。最好是到了天黑以后，不声不响地着人去接她回来。那时，小姐的情绪缓了过来，既可以避免张扬，也不会耽误明天张家的接亲。不知老爷意下如何？"

"好！就依麻师傅说的，晚上着人接小姐回家。"

矮小的雕花木匠，在刘昌杰的心目中，顿时变得高大起来。这位通情达理，足智多谋的手艺人，使刘家绝处逢生。刘昌杰对麻家人的种种成见消失殆尽。取而代之的，是对这位手艺人的钦佩、感激与敬重。他这才想起，大清早的，麻老矮一路走来，想必也是饿着肚子。他吩咐儿媳："秀玲，你去要伙房做几个菜，留麻师傅吃餐便饭。就在这内堂吃。麻师傅到这里的事情，不能走漏半点风声。"

与此同时，在麻老矮的家中，灵芝正把一碗热气腾腾的荷包蛋，端到刘金莲的面前。任凭灵芝好说歹说，哭得泪人儿一般的刘金莲，就是不肯吃。突然，刘金莲环顾四周而后问："我爹呢？他到哪里去了？"

灵芝说："小姐，你爹在浦阳镇，在刘家窖子里呀！"

"我是说大喜的爹，就是我的爹！"刘金莲说。

"小姐，看你说的，大喜的爹，你只能叫大伯！"面对倔强的刘家小姐，灵芝无可奈何。

"怎么？你们硬是不接纳我，我难道就这样让你们讨厌？"刘金莲可怜兮兮的，哭得更伤心了……

雪仍然在下着，寒气逼人。灵芝将刘金莲带到内房，坐到火箱上，再盖上絮被。四眼对视的这两个女人，是风传被麻家两代人施放过觔觔迷药的两个女人。这两个女人都认为自己是清醒的，并没有中过什么迷药。灵芝倒是确实喜欢上了刘金莲。她不嫌贫爱富，还有情有义。灵芝多么希望能有这样的女伢来陪伴儿子一生。而在此刻，她却是在说出各种理由来伤这个女伢的心，让她舍弃这段情缘。当刘金莲以最大的勇气，顶风冒雪走进这吊脚楼时，她心爱的人却已经远走他乡。当她拉下脸面叫娘叫爹时，人家却并不领情。刘金莲迷茫了，甚至绝望了。那夜，如果丫头桂香真的睡熟，而不是装睡，她的生命早就已经结束，眼前这令人伤心的情景，也就不会发生了。严酷的现实，将她推向了两难的境地。她既不可能留在这里，当一个没有丈夫的儿媳，更不情愿回到浦阳镇，去做那花花公子的新娘。这位对命运发起抗争的女子，就只能等待命运的作践了。

整整一天，灵芝和刘金莲都坐在火箱上，促膝长谈。刘金莲不吃不喝，灵芝也陪着她不吃不喝。刘金莲对眼前的灵芝产生了非常好的印象。做儿媳的，如果能和这样的婆婆相处，哪怕是喝口凉水过日子也心甘情愿！善良的老人，显然是出于无奈，才这样将她拒之于门外的。她突然天真地说："进到这屋里，我是娘也叫了，爹也喊了，说什么我也不走了。你们不肯接纳我做儿媳，我给你们做女儿总可以吧！"

"小姐，你快莫这样说。"灵芝连连摆手道："你是千金之体，怎么能给我们这样的贫贱之家做女儿。"

"怎么不成？我哥哥从小就被过继给一个叫花头，他的小名就叫作叫花子。"

"那是取叫花子的命贱，伢儿好盘养。"灵芝说："你说给我们做女儿，事情也不是那么简单的。你得先回到家里征得爹娘的同意。爹娘把你养到那么大，一下子就成为别人的女儿了。你的爹娘若是告到官府，我这小门小户可是吃不消啊！"

"不管你们留也好，不留也罢，反正我是不回浦阳镇的了。"刘金莲可怜巴巴地说。

"小姐，有句山歌是这样唱的：'沙滩不是栽花地，禾坪不是跑马场'。麻家寨的这幢吊脚楼，绝不是你的久留之地。"灵芝说着，轻轻抓住刘金莲细腻的小手，慢慢细细地拿捏、搓揉着。她接着说："不瞒你说，大喜的爹已经去浦阳镇上见刘老爷了。会告诉他，你到我家来的事情，没有任何外人晓得。今天夜里，他们会来悄悄儿接你回家。明天是你大喜的日子。你就要坐上花轿，去到你的婆家张家窨子了。"

"不！今晚我不回家！就是死，我也决不进张家窨子的门，也决不嫁给张家的那个人！"刘金莲说着，充满恐惧地将双手从灵芝粗糙的手掌中抽回。

灵芝复又将刘金莲的双手抓住，她说："小姐，今晚你必须回家，明天你必须做张家的新娘！"

"为什么？"刘金莲瞪大两眼问灵芝。

"不为别的，就为了你的爹娘。"

"为了我的爹娘？！"

灵芝说："是的，就是为了你的爹娘。你想想，你娘十月怀胎生下你，容易吗？你爹终朝辛苦兴家创业，容易吗？你作为爹娘疼爱的女儿，难道就不该设身处地为爹娘着想？要知道你的家不是普通的人家。浦阳镇上，有多少眼睛在看着刘家窨子。有善意的关心，也有恶意的嫉妒。镇上的人要是晓得你在花轿上门之前，突然间不见了，会有多少人指着你们刘家的背脊说长道短！你作为一个女人，会一世人生抬不起头。特别你爹娘的老脸没得地方放？日后在浦阳镇上没法做人？"

"呜！呜！"听了灵芝的这番话，刘金莲哭得更伤心了。她的眼泪，不再只是为自己而流，而是想到了爹娘。她再一次将双手从灵芝的掌中抽回，反过来将灵芝的双手抓住了。

灵芝继续说道："小姐，人在世上，生死由命，富贵在天。你去张家，是老天爷早就排定了的。人活着不能只是图自己的荣华富贵，快乐逍遥，更要想到报爹娘的深恩。高腔戏的《香山》想必你也看过，那得道的观音菩萨，当初就是为了报爹娘的深恩才削发当了尼姑的。为了爹娘，哪怕是下地狱，你也必须嫁到张家去。乖乖地坐上花轿去张家，就是你对爹娘最好的报答！"

刘金莲没有再说什么，只是长长地叹着气，默默地落着泪……

刘家窨子里，刘金莲出走麻家寨的事情，被瞒得铁紧。伍秀玲时不时从刘金莲的闺房里走出走进，就好像是她一直在陪伴着小姑。

浦阳镇的居民多是汉族商贾，周边却多是苗人居住的村寨。浦阳镇上的婚俗，既有汉人沿袭的周公之礼，也融入了当地苗人的习俗。清早，张家送来了彩礼和酒水。金银首饰，绫罗绸缎，更是琳琅满目。按照当地的规矩，接亲这天，女家宴请宾客的酒水，都是由男方提供。这天张家送来的酒水很是丰富，鸡鱼鸭肉，尽有尽有，还有特意着人到汉口采办回来的海参和鱿鱼。十多根担子，一齐挑进了刘家窨子。

刘昌杰嫁女，不但惊动了三亲六眷，更有镇上的军政士绅、商贾邻里。从中午开始直到入夜，一顶顶篷轿，一抬抬贺礼，冒着缤纷大雪，从四面八方来到了刘家窨子。主人刘昌杰表面上喜笑颜开，内心里却是心急火燎。这堂喜事的主角，此刻还并不在这幢窨子屋里。客人的篷轿一顶一顶往屋里抬，摆满了廊檐，摆满了天井。突然间，他发现了一座空着的篷轿，轿夫放下轿子，只是说：客人已经下轿了。刘昌杰心里明白，一切都在按照他的安排进行着。他的女儿已经在窨子屋的后门下了轿子，而且已经上了阁楼，绕过回廊去到了她的闺房之中。果不其然，夫人刘邬氏来到他的跟前，轻轻在他耳边说了声："已经回来了！"

"晓得了。"刘昌杰轻声回答。

刘家的一场危机，就这样得到化解。刘家窨子的嫁女酒按时开席。面对着满堂宾客，刘金莲纵有再大的委屈也是身不由己了。她在哥哥、嫂嫂的陪同之下，挨着桌子去向宾客们敬酒，收受着宾客们打发的利市。酒宴散了，厅堂里又摆起了离娘饭的宴席。离娘饭是女儿出阁之前在娘家吃的最后一顿饭，是新娘以女儿身份与家人的最后团聚。离娘饭宴席的桌子下，摆着一口量谷米的大斗，斗上放着一个竹筛。开席时，哥哥刘金山将刘金莲从闺房中背到酒宴的上席落座。刘金莲的双脚不可沾地，只能搁在桌子下的竹筛上面。这本是来自苗乡的习俗。苗人视竹筛为吉祥之物，筛子筛去的是糠秕，留下的是谷米。也就是筛去的是邪秽，留下的是吉祥。姑娘纵有这样不妥，那样不是，也要让她过这轮筛子的过筛，便可以干干净净地去到婆家了。不知从何起，这种本是苗乡的习俗也为镇上的汉族客民所采纳。开宴时，上座的刘金莲两边，左边有父亲，右边有母亲相陪。下首则有哥哥、嫂嫂和小侄儿对坐。离娘的酒宴办得极其丰盛。而通常的情形是，女儿与家人依依惜别，纵有珍馐美味，也是谁都吃不下去的，最多是每样菜稍尝一点。刘金莲的离娘饭却有特定的情境。她出于万不得已，刚刚从出走的麻家寨悄悄儿回来。她的心态还没有从根本上得到调整。她还没有真正进入到做新娘的感觉和氛围。或许是她意识到，自己给爹娘、哥嫂增添了太多的烦恼，感到愧疚与不安；或许是她仍在为前途渺茫的婚姻，感到忧虑与恐惧。从落座那一刻起，她便泪流不止。她流着泪向爹娘敬酒；流着泪向哥嫂敬酒；流着泪自个儿喝下一杯杯米酒。爹娘流泪了，哥嫂流泪了，连围观的所有人也都流泪了。然而，并不是在座所有的人都懂得这泪水的全部内涵。

吃过离娘饭已经是半夜时分。风住了，雪停了，从天井抬头望去，天上还出现了星星。这时，一个额门上塌印着火罐疤的女人，出现在桌席之前，连连说道："恭喜呀！恭喜！刚才我到天井看了看，才正下着大雪，可遇上小姐的良辰吉日，老天爷就吉星高照了。明天呐，是个大晴天哩！"

"俏婆！承你的贵言。"刘邬氏说："又要让你劳神费心了。"

俏婆是浦阳镇上有名的媒人，四十多岁，从年轻的时候起就在浦阳一带做媒。她的额门上，永远塌印着一个紫色的火罐疤。事实上，张、刘二家当初结下娃娃亲，是两家大人的决定，并非俏婆的撮合。然而"天上无云不下雨，地下无媒不成亲"，男婚女嫁，媒人是必不可少的。人们便将类似俏婆这样做现成媒人的情形，称为"现媒"。张、刘联姻，俏婆虽只是个现媒，她却是照样能得到张家的一份厚礼。这天夜里，她就是前来完成她作为媒人的一项最主要的差事：陪新娘哭嫁，唱哭嫁歌。这种习俗，也像刚刚吃过的离娘饭一样，本是湘西一带苗人的婚嫁习俗，不知从何时起，也为市镇之上经商、做工的汉族客民所效仿。这位俏婆，把镇上几位待嫁的大姑娘，都约到了刘家窨子，一则是陪着刘家小姐唱哭嫁歌，二则是增长她们的见识，待到她们出嫁时，也能够派上用场。

"少奶奶！小姐的哭嫁歌，是跟哪个学的？"俏婆悄声问伍秀玲。

伍秀玲回答："是跟我学的，我唱得不好。"

"是跟少奶奶学的，那我就放心了。"俏婆知道，少奶奶是大户人家的子女，哭嫁歌一定唱得很好。

唱哭嫁歌时，刘金莲的闺房里，红烛高照，灯火通明，屋里屋外，挤满了来看热闹的姑娘和堂客。按照习俗，哭嫁歌要坐在床上唱。刘邬氏忙着给女儿脱掉绣花鞋，刘金莲上到牙床，盘腿而坐。俏婆手脚麻利地放下浏阳夏布做的帐子。

离娘饭桌席上的泪水，并没使刘金莲心中的怨艾得到最充分的宣泄。唱哭嫁歌，正是她抒发郁闷的绝好的机会。哭嫁歌是有固定套路的。只要将这个套路记熟，再套进自己的情形，新娘便可以唱得有声有色。刘金莲的记性极好，嫂子伍秀玲所教的套路，早已烂熟于心。而她却要以自己的方式和语言，表达自己的心声。她的第一个惊人之举，是撩开帐子，一跃而下了牙床，抱着母亲大哭起来。她就这样破了坐在床上帐子里唱哭嫁歌的陈规。刘邬氏不知所措，俏婆更是目瞪口呆。当人们还没有回过神来时，刘金莲充满凄楚和哀怨的哭嫁便开了腔：

世间只有妈妈亲，娘呀！娘呀！妈妈为儿受苦辛。十月怀胎生下我，娘呀！娘呀！娘奔死来我奔生……

才只唱了几句，就唱得刘邬氏泪如泉涌。刘金莲一边唱歌，一边为母亲擦拭眼泪。

"怎么？这都是你教的？"听刘金莲没按哭嫁歌的套路唱，俏婆轻声问伍秀玲。

"我没有这样教她,是她自己编着唱的。"伍秀玲回答。

见多了哭嫁场面的俏婆心想,到底是大户人家的女子,唱起哭嫁歌来,也非同一般。她不能不对刘金莲刮目相看。她对来陪唱的姑娘们悄声说:"学着点,今夜的哭嫁歌不同一般。"

刘金莲的歌声,调动了在场所有人的情绪。喜悦与悲痛的情感,离别与聚首的情境,通过歌声与哭声的交融,体现得淋漓尽致。刘金莲哭唱过父母的恩泽,又哭唱了与哥嫂的深情。在与陪伴她哭嫁的姑娘们对唱之后,刘金莲再次来到母亲身边,声泪俱下,诉说起心中的怨艾:

往日鸡婆护鸡崽,娘呀!娘呀!宝贝鸡崽得安宁。今日鸡婆撵鸡崽,娘呀娘呀!遭孽鸡崽喂岩鹰。万般无奈出此门,娘呀!娘呀!我双脚踩上苦瓜藤。别人走的阳关道,娘呀!娘呀!我双脚踏进烂泥坑。别人走的登天路,娘呀!娘呀!我双脚倒挂半天云。背阴山哪有日头照?娘呀!娘呀!无底船怎在浪里行?爹娘养女到如今,娘呀!娘呀!养的一个不孝人。糖蜂采蜜你空着力,娘呀!娘呀!灯盏无油你枉费芯(心)。

刘金莲动情的哭唱,倾诉着她对未来婚姻生活的恐惧与无奈。通常的哭嫁歌中,也有类似内容,多是稍带而过,是装模作样的套路句子。从没有过像刘金莲这样,表达得如此强烈。机灵的俏婆,立刻联想到不久之前浦阳镇上沸沸扬扬的传言。原来,她对那些传言将信将疑。听到刘金莲的哭嫁歌,她对传言的真实性便不再那么怀疑了。她至少可以肯定,刘家小姐真正喜欢的,并不是今天的新郎倌。

听女儿哭唱的刘邬氏,如坐针毡。现时的女儿,是水豆腐掉到灰里面,打也打不得,拍也拍不得。那就由着她唱吧!由着她埋怨吧!把心里的话统统哭出来、唱出来,她或许会好受些。为了这门亲事,耍的把戏已经够多了,菩萨保佑,哭嫁就哭嫁,唱歌就唱歌,只要她不再做出太出格的事情来，就谢天谢地了。

"太太，小姐这字字句句，都唱的是舍不得离开您，您就唱一段劝劝她吧！"俏婆假装糊涂，悄声对邬氏说道。

"唉！我又怎么劝她呢？"刘邬氏无奈地摇着头。她对俏婆说道："你是大媒，歌又唱得好，还是你唱一段劝劝她吧！"

但凡媒人，都有强烈的表现欲望，俏婆自然也不例外。面对着刘家小姐这位唱哭嫁歌的高手，俏婆无疑也想在众人面前显摆一番。领了刘邬氏的命，她便立刻从那塌着火罐疤的脸上，轻松地挤出了一副哭哭相。唱哭嫁歌是要哭着唱的：

古来乾坤地与天，妹呀！妹呀！男婚女嫁是当然。世上万般都是命，妹妹呀！怨天怨地也枉然。婆家门前有座山，妹呀！妹呀！栽的甘草和黄连。只要哥妹情意好，妹呀！妹呀！甘草黄连一样甜。

俏婆对着刘金莲，舞手撒脚，一把鼻涕，一把眼泪，唱得正起劲，刘金莲却实在耐不住性子了。满肚子的怨气，正愁着没处撒，这婆娘正提供了绝好的机会。于是，她唱起了哭嫁歌中的"骂媒人"。将这媒人臭骂一顿，正好能缓解心头的烦躁。尽管眼前这位现媒是无辜的。还没等俏婆唱完，刘金莲便顺势接过了腔，嬉笑怒骂，唱了个畅快淋漓：

媒婆臭嘴真会翻，黄连唱成甘草甜。唱得泥鳅变黄鳝，只为银子只为钱。好比饿狗嘴巴馋，吃了这边吃那边。两嘴流油来打哄，乱点鸳鸯结姻缘。作恶太多天来算，冤孽疾病把身缠。浑身上下扯火罐——

唱到这里时，刘金莲长长地放了一腔。众人的眼光，立刻集中到了俏婆额头上的火罐疤。把个俏婆唱得狼狈不堪。往天，待嫁姑娘唱的骂媒歌，不过是装腔作势，并不是真骂。今天，这刘家小姐怎么骂起真的来了？俏婆的脸胀得通红，那额头上的火罐疤，越发变紫了。在场的人们，特别是那些俏婆带来陪歌的姑娘们，想笑又不敢笑，把嘴巴皮都咬烂了。俏婆把求助的眼光投向了刘邬氏。刘邬氏明知女儿的歌唱，是无法制止的，出于礼貌，她对女儿轻声说道："金莲！不能这样唱！"

刘金莲没与母亲搭腔，继续着她的唱骂：

头顶生疮脚板烂。赶你山中喂豺狗，剁你脑壳当蒲团。看你媒婆骗不骗？欺得人来难欺天！

刘金莲唱完这段"骂媒人"，心里顿时觉得舒坦了许多。她也知道，这一顿臭骂，实在是冤枉了俏婆。殊不知她已经被憋得简直要炸箍了，没办法，只得拿这个媒人出气。

"小姐，谁个不知，哪个不晓，我只是个'现媒'，你这样骂我可真是担水寻错了码头呀！"俏婆挨了一顿冤枉骂，没好气地说。

"自古哭嫁都要骂媒。哪个要你做媒婆？今天晚上，我就是要骂你！"金莲不假思索地回应俏婆。

伍秀玲轻声对小姑说："金莲，我跟你讲过，这哭嫁骂媒都是假骂，你怎么骂起真的来了？！"

"金莲，你不该这么骂她。"母亲也这样说。

倒是俏婆显得大度，她说："算了！算了！自古以来，媒人都是做了好事，还要讨骂的。我晓得，小姐今天骂我是心里不舒服，拿我来撒气。"

俏婆说的大实话，戳到了刘金莲的痛处。她内心极度痛苦，她怒气生嗔，大声地质问俏婆："你说，是哪个心里不舒服，拿你来撒气？"

"好了，好了。我们不说了。"

"不，我偏要你说清楚！"

"嘻嘻！不要说了。你要是想骂，再骂我一顿就是。"

"我最恨的就是世上的媒人！我就是要骂你！"这时，刘金莲显得气
急败坏，她操起床边的一根压床木棍，大声喝道："给我滚！"

"小姐，你这是做哪样？"俏婆吓坏了。

"金莲！"母亲制止。

"莲妹！"嫂子惊呼。

刘金莲走到床边，操起了压床棍，朝着俏婆打去。俏婆身子一闪，木
棍打在桌上的一个瓷坛上。"咣当"一声，瓷坛被打得粉碎。所有的人顿
时吓懵了。俏婆趁机便溜出了门。刘金莲哭着，闹着，操起棍子朝桌上另
一个瓷坛狠狠地打去……

刘邬氏回过神，见到的是满屋子的碎瓷片。女儿打烂的这对瓷坛，
是她陪嫁的嫁奁，乾隆年间景德镇出的官窑瓷。她痛惜不已，却又无可奈
何。有什么办法呢？女儿要撒气，就让她撒吧！

大喜的日子

女儿出嫁，刘昌杰一夜都没睡。连日来的折腾，使得他精疲力竭。只剩下最后几个时辰了，他必须顺利地将女儿送上花轿。他虽没去女儿的闺房，参与那里的哭唱，但对女儿的动向，却一直在密切地关注着。他担心任性的女儿，再有什么出格的举动。已经是四更过后，他从女儿闺房的楼下走过，只听得"哐当"一声，像是打碎了什么东西。当他抬头一望，只看见俏婆带领着那伙伴唱的姑娘，匆匆忙忙地下了楼。

"俏婆，楼上哭嫁出了什么事？"刘昌杰问。

"没事！没事！"俏婆说。

"没事你们怎么要走？"刘昌杰接着问。

俏婆将刚才发生的事情，如实地告诉刘昌杰："嘻嘻！老爷，刚才小姐唱'骂媒人'，没想到她是真骂，还把房里的瓷坛打碎了。"

听了俏婆的诉说，刘昌杰便完全明白了，这是女儿又在借题发挥，发泄心中的积怨。他命人把俏婆安顿好，便朝着女儿的闺房走去。

闺房里，刘金莲的哭闹仍在继续。刘昌杰进到房中，刘邬氏和伍秀玲向他投去无奈的眼光，而女儿却并未察觉。

"莲儿！不要再哭了。"刘昌杰的语气既严厉，又充满着慈爱。

刘金莲停止了哭声。她抬起头，泪眼汪汪地望着父亲。她站立起来，动身朝着父亲缓缓走去，做起一副要大哭一场的架势。这时，刘昌杰把脸扭过一边，对妻子和儿媳吩咐："张家的花轿就要上门了。赶快给她梳妆打扮，做好上轿的准备。"

拂晓时分，浦阳镇街头铳炮喧天。从张家窨子所在的张家弄，到刘家窨子所在的刘家弄，约摸有一里路之遥。铳炮声中，张家的接亲队伍招摇过市。张复礼骑着的高头大马，踩过铺着积雪的石板街道，发出"咯、咯"的响声。那接亲的花轿和篷轿，一路"吱吱呀呀"地走过。镇上的人们，大多还睡在暖烘烘的被窝里。只有赶早市的人们：杀猪的屠户，收钓归来的渔人，还有那打豆腐的，榨米粉的，煮甜酒的，炸油粑粑的，尽管是大雪天，一个个也都早早起了床。他们打开了当街的店门，伸出脑壳来看热闹。几天前，刘家小姐中了麻家矮子雕匠躬躬迷药的传闻，还说得有鼻子有眼，转眼之间，她又成了张家窨子的新娘。究竟刘家小姐受了冤枉，还是张家少爷捡破烂、戴绿帽子呢？似乎谁也说不清。

迎亲的队伍进了刘家窨子，伍秀玲还在为新娘刘金莲梳头。嫂嫂解开小姑脑后的那束长发梳理着。额前蓄有"刘海"，脑后结扎成一束或双束长发，是湘西少女的发型。刘金莲出阁，她的发型必须改变。伍秀玲将梳理好的长发，在刘金莲的脑后盘了个盘龙髻，别一条银簪，套上丝织的发网，再插上两朵红色的绢花。发型的改变，意味着刘金莲结束了少女生涯。刘金莲不再啼哭，脸上的泪痕已经洗去，施上薄薄的脂粉。只有那双丹凤眼，仍然显得有点儿肿，有点儿红。

辞别祖先的时刻到了，伍秀玲为刘金莲穿戴好凤冠霞帔。刘金山来到房中，背起了刘金莲。伍秀玲左手撑着一把油纸伞，罩盖着刘金莲，右手打着一个烟把火。通常，当哥哥背上妹妹时，妹妹要放声大哭，表示依依不舍之情。此刻的刘金莲，却是痴呆般的伏在哥哥的背上，似乎丝毫没有痛哭的意思。面对着里三层外三层的围观者，伍秀玲急了，连忙轻声儿说："金莲，快哭呀！快哭！"

"我的哥哥呀！我的嫂嫂呀！"刘金莲这才起了哭腔。

刘金莲被哥哥背到了堂屋。家先神龛前，刘昌杰和刘邬氏已经端坐在那里。他们的跟前，摆着一只盛着稻谷的方斗。方斗上，搁放着一只筛米的竹筛。刘金莲拜别祖先、拜别双亲时，头上雨伞盖罩，刘家的天，不再属于她；双膝只能跪在竹筛上，刘家的地，也不再属于她。烟把火昭示：她将开始新的人生，去为世上的另一户人家延续烟火。

刘金莲再一次被哥哥刘金山背起，朝着摆在大堂前的花轿走去。伍秀玲再一次轻声提醒她："快哭！哭爹哭娘！"

"我的爹爹呀！我的妈妈呀！"刘金莲听从指挥，再一次起了哭腔。

刘金莲被哥哥背到了花轿前，脚不挨地，便上了花轿。刘金莲坐在花轿里，头上罩着红盖头。脚下摆着竹火烘。火烘的柴灰里，是通红的木炭。又一次昭示着一个女人去延续烟火的神圣使命。

这时候，人群中走出来一个浓眉大眼的中年汉子，穿着一身家机布短衫，戴着一块红色的头巾。汉子是浦阳一带最有名的苗家老司，本名龙运开，家住在距离浦阳镇五里路的龙家垴。他十二岁时便投师习巫，法名叫龙法胜。人们对他通常以法名相称，他的本名倒鲜为人知了。刘、张两家虽是江西客民，却也入乡随俗，和浦阳一带所有嫁女收亲的人家一样，必请来老司作打理。龙法胜先是作法为花轿"封禁"，以保证花轿在行进的途中免受鬼蜮侵害。龙法胜缓步来到花轿之前，轻轻将轿门关上，而后双手十指挽结起"单须锁""双须锁"和"倒挂金钩锁"三道法诀，即借助神力，将轿门"锁"好，然后诵念起《封禁神词》：

观请祖师，观请本师，保佑弟子在此封禁新轿。封禁新轿，千变万化，新轿化为宝塔一座，轿门化为阔口吞宫，新人化为观音菩萨坐莲台。轿棍化为南蛇二根，轿夫化为八大金刚镇妖邪。铜锣唢呐化作雷声响亮，放炮之人化作闪电娘娘。人夫轿马化作五路五猖兵马将，旗罗雨盖罩住新人永无踪。轿内新人不要心惊胆战，千叫千应，万叫万灵！

窨子屋的天井里，一连响起了三声铁铳。随着铳响，张家浩浩荡荡的迎亲队伍出发了。这支队伍由旗罗雨伞开道，继而是八支长长的马号，吹起"呜、呜"的声响。披红挂彩的张复礼，骑着高头大马走在最前面。本该神气活现的张复礼，竟是木木地栽着脑壳，硬是提不起精神。新郎骑的马后面，是八名轿夫抬着新娘的花轿。吹唢呐的乐音师们，吹奏着喜庆的曲牌。继而是八顶篷轿，乘坐着刘家送亲的宾客。脚力们抬着琳琅满目的嫁奁，从刘家窨子里鱼贯而出。汉口的金银首饰，苏州的绫罗绸缎，河洑的棉絮被褥，景德镇的瓷器碗盏，刘家早在三年前就采办齐全。最引人注目的，也最招人议论的，便是全堂的雕花木器了。木器的工艺精美令人赞叹，更使人们不禁联想起前不久镇上的那些蜚语流言。

张家迎亲的队伍踏着石板路上的残雪，在街头缓缓地行进着。走在迎亲队伍最后面的人，是老司龙法胜。信奉巫鬼的湘西人认为：陪送刘金莲去到张家的，不只是她活在阳世间的亲人，也有她死在阴冥之中的先祖。龙法胜正是陪同着这支凡人看不见的队伍，来到了张家窨子的大门之外，在那里，已经摆好了香案。香案上，摆着美酒、香茶、果品；香案下，放着一只活公鸡和一叠楮钱。龙法胜作法，请冥冥之中陪送刘金莲出嫁的家神到此止步。他们在领受楮财、酒醴之后自行返回。龙法胜宰杀雄鸡，淋鸡血于楮钱，而后焚化。他双手挽结"扎咐诀"，诵念起《回神辞》：

一诀阻断众神，恭请停车歇马。香烟渺渺透天台，红鸾添喜众神来。东君备办一壶酒，神到门前酒便筛。荤腥牙盘席上摆，细花银钱有安排。上献刘氏门中先祖老少灵魂领受。来时低头相请，去时拱手相送。

龙法胜在窨子屋门前"回神"时，新娘的哥哥刘金山，舅舅、舅娘和姨爹、姨娘，已经进到张家，受到最隆重的接待。这时，只有新娘刘金莲仍然被"封禁"在花轿里，必须由老司为她作法"开禁"，才能下轿。龙法胜来到花轿之前，杀鸡、焚香、化纸，双手挽结"阴九牛诀"和"阳九牛诀"。神力"封禁"的花轿，必须用阴阳神牛之力，才能撬开。他念起了《开禁神词》：

取退五百乱龙；取退三千白虎。阴九牛撬开神禁；阳九牛撬开神禁。红鸾添喜，大吉大昌。

龙法胜掷卦占卜。当神明昭示，阴、阳"九牛"已经将"神禁""撬开"时，他才将轿门打开。老司也就此完成了他在这桩婚庆中的三宗法事。

湘西人在婚庆时，男家都要请一位父母健在、夫妻齐眉、儿女双全的妇人为之张罗，称之为"高亲娘"。张家所请的高亲娘，是福建籍烟草商人林昌镜的儿媳吉秀英。吉秀英的娘屋，开有镇上最大的鞭炮作坊。她的妹妹吉秀华，嫁给镇上的秀才印茂佳，也是有头有脸的人家。吉秀英嫁到林家以后，生有三男二女，其中一对是龙凤胎。妇人的八字好，加上又姓吉，吉星高照的"吉"，这才被张家选中为高亲娘。花轿开禁，吉秀英便带着张复礼，将花轿内的刘金莲，搀扶到大堂的红毡上。时辰已到，拜堂开始。这时，张恒泰和张王氏早已端坐在家先坛前，准备领受儿子和媳妇的礼拜。司仪的礼生，是新科秀才印茂佳。印秀才是镇上已故老学究印墨痴的儿子，也是新郎张复礼的同年挚友。新郎、新娘就位，只听得礼生印秀才高声宣示：

天地开张，日吉时良。红鸾添喜，大吉大昌！

新郎和新娘，拜过了天地拜祖先，拜过了祖先拜父母，接着是夫妻对拜。拜堂过后，新人便进入洞房。高亲娘吉秀英对张复礼说："少爷，揭开盖头看看吧！今天的少奶奶，可与你往常所见的不一样。"

张复礼任听摆布。他没了以往的潇洒，显得笨手笨脚。他揭开刘金莲的红盖头，却并没认真地去看她。那身着凤冠霞帔，坐在雕花团凳上的刘金莲，神情显得呆滞，脸上毫无表情。她对张复礼揭开她的盖头，似乎没有反应。吉秀英对这对新人的种种街弄子闲言，自是早有所闻。揭盖头瞬间，二人的表情神态，她全都看在了眼里。这位灵泛的妇人，无暇细究这其中的缘故，只希望顺利完成这镇上大户人家的托付。按照习俗，高亲娘要给新人送礼，表示祝贺。她拿出两个利市，分别送给新娘和新郎："少爷！少奶奶，今天是二位大喜的日子，微仪薄礼，请二位笑纳！"

刘金莲接过红包，轻轻说了声："多谢！"

张复礼接过红包，没有向高亲娘道谢，而是喃喃地重复着："大喜的日子，大喜的日子……"

吉秀英说："是呀！少爷，这大喜的日子，一世人生只有一回呀！"

张复礼没有再说话，而是掠眼环视满屋子的雕花家具。他的心里在嘀咕着：娘的！哪样话不好说，偏说是"大喜的日子"！什么"大喜"！那个丑八怪雕匠，不就是叫作麻大喜吗？他一听到"大喜"两个字，心里就发怵，就恼火，就像是受到莫大的侮辱！从今天起，这张家窨子里，到处都摆放着那麻大喜雕作的家具。这卧房里有，客厅里也有。只要一睁开眼睛，就会看见他的雕作，就如同看到他那矮小而丑陋的身影。张复礼的心中，不由得发出了哀叹：这以后的日子，只怕真的要变成"大喜的日子"了！

吉秀英便开始为新人铺床理被。刘金莲默默地坐在雕花团凳上。她一抬头，眼前的丫头竟是翠珠。翠珠是她娘家刚买来不久的一个小丫头。莫非是母亲让这个丫头顶替了桂香，作为她的陪嫁？！

"翠珠，怎么你也来了？"刘金莲轻声问。

"老夫人让我来伺候小姐。"翠珠回答。

"哦！"刘金莲又问，声音更轻："那桂香呢？"

"她的爹爹生了病，昨天大清早回溆浦去了。"乖巧的翠珠，回话的声音也极轻。

刘金莲不再往下问了。她明白，是自己给桂香带来了麻烦和不幸。那丫头是因为自己再也回不到浦阳，回不到刘家窨子了。

　　婚宴开始，张家窨子的大小厅堂里，都摆满了桌席。设在大堂家先龛下的一桌，是这次婚宴的正席。这正席的上首，坐着新郎的父亲张恒泰和大舅父王志超。俗话说：天上只有雷公大，地下只有舅爷大。舅父坐在上首，是理所当然的。正席的下首，是这桌酒席仅次于上首的重要位置，坐着浦阳镇上的军政要员段千总和汪巡检。这两位要员的到来，无疑使这场婚庆增辉添彩。正席的左边，被称为"硬边"，右边则被称为"软边"。刘金山虽说在这桌酒席上属于晚辈，但他代表的是婚庆女家的一方，因而他与新郎的小舅父王志文，一同坐在"硬边"。那"软边"上，坐着新郎的叔父张恒兴。作为本家，他出于礼貌，将那"硬边"让给客人。张恒兴在洪江，也开了一家颇具规模的油号，侄儿红鸾添喜，他带着儿子张复光，特意乘船赶来道贺。张复光作为晚辈，为这桌酒席筛壶。

　　酒过三巡，便到了新郎、新娘敬酒的时候。张复礼和刘金莲并排来到大堂。张复礼着一身蓝色长袍，外套一件银灰色的团花马褂；刘金莲已经脱下了凤冠霞帔，而穿了一身大红锦缎的琵琶襟夹袄。张复礼的手中，端着一个酒杯。刘金莲则除了一手端酒杯之外，另一只手还拿着一个点烟的纸煤子。这些年来，吸烟在湘西城乡成为一种时髦。张家婚宴的正席上，每人的面前，都摆有一把被擦拭得锃亮的白铜水烟袋，那一个个翘起的烟袋嘴里，都已经装好了烟丝。在吉秀英的带领下，张复礼和刘金莲来到正席之前，按照座位尊卑的次序，挨着个儿敬酒。由刘金莲一次次吹燃纸煤子，挨着个儿点烟。他们的身后，跟着丫头翠珠。客人送的红包，放在翠珠端着的木盘中。当这对新人到段千总面前敬酒时，段千总"嚯"地站立起来，大声大气地说："复礼！金莲！段叔叔是看着你们长大的。今天是你们大喜的日子，喝一杯表达不了心意，段叔叔要和你们喝三杯！"

　　一听到"大喜的日子"这句话，张复礼的脑壳便"嗡嗡"作响，头脑之中立即出现一片空白。而他强制自己回过神来时，麻大喜雕作的桌椅，又出现在他的眼前。"大喜的日子"这句话，便没完没了地在他的耳边重复着。那段千总下面说了些什么，他就一句也听不清了。他对段千总发的话，也就没有作出回应。那段千总见张复礼没立刻回话，似乎是讨了个没趣，便粗声粗气地问道："怎么？不给段叔叔面子？！"

"不、不是……"张复礼被段千总的话语惊醒了，一时不知怎么回答。

"复礼，总爷叔叔是要和你喝三杯。"刘金莲见势不妙，便急忙为丈夫打圆场。

"总爷叔叔，我们敬您三杯，敬您三杯！喏！我先干为敬"张复礼连忙就地滚龙，一口气喝干了三杯酒。

张复礼和刘金莲又到下一桌敬酒、敬烟。这一桌全是张家的至亲，有张复礼的大姑父，康家洲的康玉成和他的儿子荣发；二姑父，白蜡湾的杜昌平和他的儿子英忠和英孝；有张复礼的大姐夫，球岔的熊庆坤和他的儿子盛经、盛缙、盛缨和盛纲；二姐夫，孝坪的粟用仁；三姐夫，辰溪柳树湾的聂元光。桌席上，大姑父康玉成为长，敬酒自然从他开始。张复礼"先干为敬"，对着大姑父喝了一杯酒，康玉成是个乐乐呵呵的人，把酒杯一端，便大笑三声："哈哈哈！复礼！金莲！今天是你们大喜的日子……"

张复礼的脑壳里，立刻"嗡"的一声。这些人怎么没得别的话说，又是"大喜的日子"？！无聊的巧合令人沮丧，惹人心烦，如同永远也念不完的魔咒。魔咒每念动一次，他的心灵就受到一次折磨，一次煎熬。真是哑巴吃黄连有苦说不出啊！他的内心在哀叹，表面上却必须装出一副笑脸。

一场敬酒、敬烟下来，"大喜的日子"，魔咒般在张复礼的耳边，不知被人念过多少遍。张复礼受伤的心灵在一次次地抽搐。他的精神正一步步走向崩溃的边缘。

敬酒过后，身心交瘁的张复礼，被母亲张王氏叫到了上房单独谈话。

"娘！我好累。"

"礼儿！拜堂成亲，一世人生的大事，哪怕再累，你也要挺住。"

　　张复礼感到松了一口气，母亲没再说"大喜的日子"。难道母亲也和自己一样，忌讳"大喜"这两个令人心烦的字？

　　"娘！您叫我来，有什么事？"张复礼问。

　　这时，张王氏打开一口箱子，从里面取出一方白绫交给张复礼，说道："拿着吧！这是我们江西人的规矩。但愿你讨进屋来的是一个'见红'的婆娘。"

　　张复礼将白绫塞进怀中。他明白这块白绫意味着什么。从母亲所说的"但愿"二字看，她对新媳妇并没有十足的信心。"大喜"的泥坑，已经使张复礼难以自拔。如今又添加了一个"见红"，就简直使张复礼云里雾里了。

　　"记住，遇事要多个心眼。"张王氏郑重地向儿子交代，接着她说："该忙什么，就忙什么去吧！"

　　敬酒时，张复礼依从着"先干为敬"的习俗，面对着长辈和宾客，喝了一杯又一杯烈性的"包谷烧"。"包谷烧"催后梢，张复礼肚子里的酒性开始发作。他虽然有了醉意，可酒醉心里明。母亲交代的"见红"，对于他来说，意义就更非同一般了。自从有了舅舅迷药的传闻之后，张复礼便对这门亲事失去了兴趣。是父亲坚持要继续这门亲事，并且决定立刻完婚。父亲认定那个舅舅迷药纯属莫须有的鬼话。心高气傲的刘金莲，决不可能与又矮、又丑、又穷的小雕匠，有什么越轨之事发生。到头来，会有事实说话的。父亲的"事实说话"，无疑便指的是今夜的"见红"。作为孝子的张复礼，尽管并不情愿，终于还是依从了父亲，当了新郎。

　　张复礼喝醉了，昏昏沉沉。到了晚上闹洞房时，他觉得身上惊寒惊冷，硬是有点儿支撑不住，便坐到了火箱上烤火。新房里的客人，由刘金莲带着翠珠张罗接待。高亲娘吉秀英更是脚手不停，嘴巴不闲。新房里的桌子上，茶几上，到处摆着各式各样的食品，其中最多的便是枣子，主东是取其"早子"之意。其次是花生，取"花"着生之意，即生了男又生女。大户人家，新房里摆出的食品，自然也不一般，除了有自家制作的各式蜜饯之外，还有汉口产的麻糖，常德产的桂花糖，辰州产的酥糖，浦阳本地产的寸金糖。闹新房的人，可以随意取食。俗话说："新人三朝无大细"，这三天内，在新房里，不分男女老少，尊卑贵贱，都可以信口开河，讲"痞"话，说"丑"话，说得越是到位，越是具体，主家就越是欢喜。谁都晓得，没有那回事，人是生不出来的。

"哈！大哥，我们给您贺喜来了！"

张复礼抬起昏昏沉沉的头，发现是那天在望江楼陪他喝酒的那党癞子们来了，为首的便是那长疤子。这时候，怎么他们偏生来了？！张复礼的心里，真是有说不出的苦。

"今天是大哥大喜的日子，兄弟们都来凑个热闹。"长疤子大声大气地说。

又是那晦气的"大喜的日子"，张复礼心烦无比，闭上眼睛，不理会这一党狐朋狗友。

刘金莲心里好笑，这堂堂的张家阔少，怎么和这党街上的小癞子结交上了朋友。既是丈夫的朋友，自然不能怠慢。她一面吩咐翠珠上茶，一面对癞子们说："你们的大哥，今天在敬酒时多喝了一杯，就让他休息一会儿吧！你们快请坐，这里有吃的，喜欢吃哪样，就吃哪样，不用讲客气。"

"少奶奶说得对，我们的大哥，这会儿一定要把精神养好，还有苦差事在等着他哩！"

一阵放浪的笑声，回荡在新房里。

吉秀英说话了："据我所知，你们一个个可都是黄花儿啊！懂得什么苦差、美差？！"

长疤子说："嘻嘻！回林家少奶奶的话，这个嘛，我们都是无师自通。"

又是一阵笑声。

这时，一个癞子拿起一根寸金糖，琢磨着该说什么。在浦阳一带，人们常将男人的那东西比喻为寸金糖。这癫子走到刘金莲的跟前，将寸金糖在她的面前亮了亮，问道："少奶奶，这是什么糖？"

"寸金糖。"刘金莲回答。

"喜欢吗？"

刘金莲低着头，没有回答。

癫子们起着哄："快回答！"

"快说，你喜不喜欢？"

刘金莲开不得口。吉秀英凑到刘金莲的耳边轻声说："你说句喜欢，不就完了。"

刘金莲没法子，哭笑不得地说了声："喜欢。"

癫子们开心极了，一个个笑得前仰后合。

那癫子很是得意，便得寸进尺，继续向刘金莲提问："请问少奶奶，这寸金糖，你喜欢粗点的，还是喜欢硬点的？"

哄笑声中，刘金莲没有回答。

癫子们又嚷了起来："究竟是喜欢粗的，还喜欢硬的呀！"

"快说呀！"

一阵浪荡的哄笑，把火箱里昏睡的张复礼吵醒了。他睁开眼睛，一副不耐烦的样子。癫子们见状，立刻有所收敛。他们也就不再逼着刘金莲回答了。

一个小癫子胆子大。他嘻皮笑脸地说："嘻嘻！'新人三天没大细'，千百年的规矩，都是这样的，要请大哥多多担待。弟兄们不难为嫂子了，只对大哥有个请求。"

"什么请求？"张复礼问。

"嘻嘻！其实也没什么。刚才少奶奶说了，想吃寸金糖，大哥是不是喂她吃一根。"那癫子说着，便将一盘寸金糖递到了张复礼的面前。

新房里，立刻就像炸了锅。张复礼哭笑不得。他望着眼前的那盘寸金糖，拿也不是，不拿也不是。

"大哥，选一根粗点的呀！"

"选一根硬点的呀！"

"选一根又粗又硬的呀！"

癞子们吼着，还不住地朝着盘子的寸金糖指指点点。若是平常，张复礼早就不耐烦了，可今天的情形不同，特别是在这些个癞子们面前，是一定要给面子的。这些人，弄得好，可以为你两肋插刀；弄得不好，使个孽，可以让你鸡犬不宁。这时，吉秀英笑嘻嘻地来到了火箱边上，说道："少爷，那你就喂少奶奶一根吧！"

说着，吉秀英在糖盘子里挑了一根又粗又硬的寸金糖，递给新郎倌张复礼。癞子们立刻高声欢呼起来："好呀！高亲娘是高手！"

"不许乱嚼舌头！"吉秀英啐了癞子们一口，而后将刘金莲连拉带拽，拉到张复礼的身边。张复礼觉得再闹下去就没意思了。他急于结束眼前的这个无聊局面，赶紧将这些癞子们打发走，便随手将那根寸金糖喂进了刘金莲的嘴里。刘金莲无可奈何地将寸金糖包在嘴巴里，咀嚼着，吞咽着，实在是显得有点儿狼狈。

癞子们见状，一个个笑得前仰后合："好味道呀！"

刘金莲觉得自己在受捉弄，嘴巴里的糖，一时难以吞咽。这时，翠珠给她递过来一杯茶。她在用茶水将嘴里的糖漱下喉咙，一不小心，茶水溅了出来。她连忙用手绢擦拭。

又是原先那个癞子，故作惊呼："少奶奶，注意喽！打撒了水水多可惜，这里只怕是对双胞胎哟！"

癞子们开心地狂笑着，刘金莲却感到恶心。尽管如此，她也只能无可奈何地应付着、承受着。火箱里的张复礼，下起了逐客令："长疤子，你们该耍的把戏都耍够了，前客让后客，这可是闹新房的规矩啊！"

长疤子很知趣，立刻发话："伙计们，懂味点，我们多谢了，大哥是春宵一刻值千金，不要被我们给耽误了啊！"

"大哥！悠着点啊！"

"大哥！保重龙体呀！"

"大哥！运好神：向左边，得男伢；向右边，生女伢！"

"天哪！如今的黄花儿，哪里学的这些邪门歪道！"吉秀英禁不住惊呼。

癫子们吵着、嚷着，离开了新房。闹新房的人们，一伙又一伙，来个不断纤。他们当中的有些人，比浦阳镇上的癫子们，显得文雅些。而有的人说的话，比那些癫子还要粗痞得多。然而，不管怎样，都属于正常，无可指责。来闹新房的，间或也有不言不语的姑娘、嫂子。她们表面上是来看新房的摆设，特别是来欣赏那满堂的雕花家具。她们留连往返在雕花牙床、立柜、梳妆台、洗脸架前，细细地抚摸着，不住地发出"啧、啧"的赞叹声。而她们的耳朵，却在偷偷地听着那些非常中听的"粗"话和"痞"话。新郎张复礼，却仍然处在混沌的酒醉之中。整个闹新房的过程，他几乎都是坐在火箱里。随着时间的推移，当包谷烧显示出它的后劲时，他感到头晕目眩，手脚冰凉。"大喜"二字挖掘的陷阱，使他难以自拔，受伤的心灵在滴血，却要装成若无其事。他希望尽快结束这样的调笑、戏谑和格调低下的无端取闹，而早点得到片刻的憩息。至于那面临着的春宵一刻，他并不是那么向往和在意。在他的想象之中，那不过只是一场索然无味的游戏而已。混混沌沌之中，他甚至将母亲交付的"见红"的使命，都抛到了脑壳背后。

新娘刘金莲，正在经受着第三个不眠之夜。前天夜里，麻家寨的风雪之行，整整一夜，她几乎都没有合眼。在希望成为泡影之后，她彻底丧失了信心。站在人生的十字路口，她茫然不知所向。多亏了那位被她称作"娘"的山里妇人，对她推心置腹的开导。为了不让疼她爱她的老爹、老娘痛苦、失望和难堪，她别无选择地回到刘家窨子，任听摆布。昨天晚上，又是一个通宵，她用畅快淋漓的哭嫁歌声，渲泄心中的积郁和愤懑。连续两天两晚的折腾，她已是极度的疲惫，以致于她坐进花轿之后，便立即睡着了。新娘子在花轿里睡大觉，恐怕要算是一件稀奇事。若不是巫师作法"开禁"，又吵又闹，说不定在打开花轿门时，她还不曾醒过来哩！闹新房，没完没了的胡闹。那些带"荤"的胡言乱语，常常使她厌烦，甚至厌恶。而这些又"粗"又"痞"的叙述，偏生又正是她今晚将要面临的现实。事已至此，刘金莲明白，自己好比是"砧板上的肉，案板上的鱼"，将服服帖帖地任人宰割。随着夜色渐深，闹新房的人们陆续散去，她意识到这一时刻即将到来。她对于眼前这个伤害和侮辱过自己的男人，已经以牙还牙，实施了最畅快淋漓的报复。她从不畏惧流言，而当这个男人一旦成为她的丈夫，并践行作为丈夫最基本，也是最神圣的权力时，她别无选择，只有坦然面对。

坐在火箱上的新郎张复礼，由于劳累、酒醉和说不清的烦心事，一直处于昏昏沉沉之中。任你闹新房的人吵翻天，他一直爱理不理。一些闹新房的人，乘兴而来，败兴而去。他有醉酒这个幌子，人们也不好责怪于他。闹新房的人们陆续散去，他再一次在火箱上睡着了。吉秀英走到火箱旁边，摇着张复礼的肩膀喊道："醒醒！新郎倌醒醒！"

张复礼伸了一个懒腰，微微睁开惺忪的眼睛，看了吉秀英一眼。

"新郎倌，你听着，新娘子这就交给你了。良辰美景，你做新郎倌的可要怜惜人啊！"吉秀英在履行着高亲娘的职责，向新郎作最后的交代。接着，她在新娘的耳边又"嘀嘀咕咕"说了好一阵话，显然，这是一个过来人在传授她的亲身体验。把即将面临这一切的刘金莲，说得个两颊绯红。一切都安排熨帖过后，吉秀英对身边的丫头翠珠说道："翠珠，我们走！"

送走吉秀英和翠珠，刘金莲关上房门。当她回过头来看张复礼时，他的整个身子，梭进了火箱之中，再一次打着鼾睡着了，扯着丝的梦口水，从他的嘴角里流了出来。继而是他含糊不清的梦呓声："娘的！什么大喜的日子……大喜……大喜……大喜是我的个屁！"

张复礼的梦话到底说的哪样？刘金莲听不清。"大喜"两个字她是听清了的。即使在梦中，这男人也忘不了对麻大喜进行诅咒。刘金莲情不自禁地将满屋子的雕花家具，认真地细看了一番。她曾经深爱过的小雕匠，虽然已经见不到了，而这满房的雕花嫁妆，却要陪伴她度过一生。有这些雕作的陪伴，她将永远生活在幸福的回忆之中。同样有一个人，也必须终日面对这些雕作，那就是此刻正在火箱里入睡的张复礼。刘金莲无法想象，他面对这些雕作时将是怎样的心情？是痛苦？是嫉妒？是仇恨？是屈辱？张家的大少爷，能够永无休止地忍受这一切吗？

火箱里，张复礼仍然在呼呼大睡，时不时又冒出两声梦呓，无非是对大喜的诅咒。面对这般情形，刘金莲不知如何是好。叫醒他，刘金莲不服气这样做。就让他在火箱里过夜，虽然未尝不可，可她听人说过，新婚之夜夫妻若不同床共枕是不吉利的。她终于鼓起了勇气，摇了摇张复礼，轻声说道："醒醒！在这里睡，你会着凉的。"

张复礼似醒非醒，把手一扬，又再一次"叽里咕噜"地说起了梦话："大喜……大喜是我的个屌……"

这人又在骂"大喜"。即使在梦中，也在发泄对那个叫"大喜"的人的刻骨仇恨。刘金莲意识到，她没有必要再叫醒他了。不吉利，就让它不吉利去吧！今夜真要是同床共枕，如此这般了，说不定还有一场轩然大波呢！

当曲蜷在火箱里的张复礼醒来时，已是十月二十五日的大清早了。他睁开眼睛一看，刘金莲正在起身着装。张复礼这才想起，他昨晚整整一个晚上，竟是在这火箱上度过的。他赶紧抽身下了火箱，拍打着皱巴巴的长袍、马褂。他摸了摸长袍的衣袋里面，还装着母亲给他用作"见红"的白绫。顿时，张复礼脑壳"轰"地懵了，不知道该怎样向母亲交代？若是向母亲如实禀报，昨晚没有上床，是在火箱上度过的，也就无从"见红"，这绝对是丢大丑的事情。他作为张家的独生子，新婚之夜不与妻子同衾共枕，将被视为大大的不吉利。他一定会受到父母亲的责备，父母亲也一定会因此而伤心。正当他一筹莫展时，翠珠已经为他用铜盆准备好了洗漱用水。她说："少爷，洗脸水倒好了，您洗脸、漱口吧！"

"好的！"张复礼朝翠珠点了点头，便在洗脸架上的铜盆里，开始了洗漱。

给张复礼倒好了洗漱用水，翠珠便来到梳妆台前，为刘金莲梳头。刘金莲坐在那里，任丫头翠珠梳理着她的长发。趁此时，刘金莲欣赏起梳妆台上的雕花来。那镂空木雕的莲花和鲤鱼，镶嵌一面父亲从汉口采办来的玻璃镜子。当初麻大喜在雕刻这些花板时，颇费心思，他将莲花比喻为刘金莲，鲤鱼比喻为张复礼，取古诗上"在地愿为连理枝"的意思。刘金莲不由得暗自叹息起来，这男女哪是什么"连理枝"？连新婚之夜都是各在一方。

"少奶奶，挽起这个发髻，你真光鲜！"翠珠看着镜子里的刘金莲，忍不住夸赞起来。她又对张复礼说："大少爷，您真有福气！"

张复礼只是看了翠珠一眼，没有回话。翠珠把张复礼请到梳妆台前，让新婚妻子刘金莲给他梳理又粗又黑的长辫子。张复礼木木地坐在梳妆台前，任凭刘金莲摆弄，心里乱成了一锅粥。他无心从镜子里欣赏刘金莲的美貌，而是在细看着梳妆台的每一个细部。更想起了那个制作这梳妆台、放躬躬迷药的人。这哪里是梳妆台，简直是断头台！这梳妆台的雕制者，如同幽灵一般，将永远飘荡在这梳妆台的左右。什么"鱼水和谐"！什么"在地愿为连（莲）理（礼）枝"！那梳妆台上，鲤鱼的每一片鳞片，莲花的每一瓣花瓣，都像是无数龇咧着的嘴巴，在对他进行着无情的嘲笑，使他蒙受永远的悲哀和屈辱。他如坐针毡，再也无法忍受这种折磨了。

"快点！"

"这就好！这就好！"刘金莲说。

翠珠笑着说："少爷真性急。少奶奶第一次给你梳头，是马虎不得的哟！"

收拾停当，新婚夫妇前往大堂向父母请安。这时，张恒泰和张王氏早已端坐在大堂祖先坛前。见儿子、儿媳成双成对前来请安，张恒泰喜形于色。张王氏却是有一件事放心不下，那就是她交给儿子的那块白绫，是不是染上了红色？新郎、新娘给堂上的父母作揖请安之后，便由新媳妇给公公、婆婆敬茶，点烟。礼节完毕，张王氏便编着法子，把刘金莲支开。她对丫头翠珠说："翠珠，带少奶奶到后堂，看看早饭准备好了没有？"

见母亲支开了妻子，张复礼便意识到，母亲将向他询问那有关"见红"的事。他的心里在揣摩着，怎样才是对母亲最恰当的回答？告诉母亲，昨晚自己是在火箱上过的夜，那是万万使不得的。告诉母亲，昨晚自己根本就没有挨上边，哪来的什么"见红"？！那更是说不得的苦！要过这一关，唯一的选择便是说谎了。

刘金莲去了内堂，张王氏便迫不及待地压低嗓门问儿子："见'红'了吗？"

张复礼点着头："见了。"

张王氏如释重负，说道："见了就好。见了'红'，我和你爹就放心了。"

"我说过，不会有事的嘛！"张恒泰说着，对妻子进行交代："既然没事，往后你这个做婆婆的，就要大度点。不要动不动又说人家的坏话。"

张复礼下意识地摸了摸前襟，那块白绫依然还在他的衣袋里。

送鸡米

　　同治七年六月二十二日，天刚亮，刘金莲生下一个男婴。张家窨子喜得贵子，一家人兴高采烈。张王氏扳着指头算着日子，儿媳是头年十月二十四过的门，这年有个闰四月，到孙儿的降生，九个月还差两天。谁都晓得，妇人生崽要十月怀胎。这小孙儿的降生，说明儿媳怀的是"撞门喜"。她在拜堂那个"见红"的晚上，头一回遭遇就打中了。还没足月，儿媳便临盆生产，小孙儿提前出世了。

　　刘金莲生崽，又惹得风波骤起。镇上的好事之徒，为张家的儿媳刘金莲扳着指头算起了日子，断定这个婚后不到九个月就出世了的男孩，不是顺庆油号张家少爷的骨血，而是麻家寨那个苗人矮子雕匠的后代。这有鼻子有眼的流言蜚语，伴随着"山麻雀"等人魔芋豆腐的叫卖声，伴随着镇上人们好奇的心理，通过添油加醋，霎时间便传遍浦阳镇，后脚跟前脚，也传进了张家窨子。为这事张恒泰感到非常的恼火。他说："这些人哪！真是吃了饭没得事做，生出些没名堂的话来说。我们张家在这浦阳镇上，祖祖辈辈，千良百善，实在是没得罪过谁呀！"

　　"是呀！那些烂牙巴骨的，专门胡说八道。我们张家的儿媳，可是正儿八经见了'红'的呀！见了'红'，难道还不算数吗？"张王氏为了洗雪张家的冤枉，证明儿媳的清白，搬出她认为最有力的证据，来驳斥无稽之谈。

　　"是啊！那天礼儿说见了'红'，我也是在场的嘛！这门亲事是我做的主。礼儿是个血性的汉子，若是不见'红'，他肯定当场就会怨我的。见了'红'他也就没话说了。按照我们'西帮'人的规矩，把'见红'的事情讲开去，告诉那些吃了饭没事做的人，张家的儿媳进屋时是黄花闺女！张家的孙儿是不足月提前出世的！"张恒泰这样说。

张王氏秉承丈夫的意旨，在窨子屋里大肆宣扬儿媳妇刘金莲的新婚"见红"。还煞有介事地说，那块染着红的白绫，她亲眼得见。刘金莲在窨子屋里有极好的人缘，上上下下都喜欢她。一马当先为她鸣不平的是岩佬。本属于少爷少奶奶隐私的"见红"，一时间挂在了张家帮佣男女们的嘴边。成为他们同仇敌忾，抵御流言蜚语，维护少奶奶声誉最有力的武器，飞出窨子屋的高墙，和街弄子的无稽之谈一决高低！

翠珠作为陪嫁，跟着刘金莲来到张家。她与女主人情同姐妹，关系极好。早在刘家窨子时，她就听说过小姐与小雕匠的种种传言。原以为小姐嫁到张家，这事情也就自然了结了。没想到小少爷出世，风波再起，外面的那些话讲得难听死了。她几番起意想给小姐把个信，又一直不敢开口。她是个黄花闺女，最初她听到帮佣们三三两两讲那个"见红"时，脸巴子羞得绯红。仔细一想，这可是为小姐洗雪不白之冤的铁证呀！这天，她给月婆子送甜酒红糖煮鸡蛋，趁着没人，将这些时日发生的事情向女主人做了详细禀报。她特别还红着脸，说到了那个"见红"。听了翠珠的诉说，刘金莲顿时懵了。她没想到，小生命的诞生，竟然惹出了这么复杂的事端。

"少奶奶，没事的。你趁热吃了吧！这甜酒红糖煮鸡蛋是补血的。"翠珠说。

"等一会儿再吃。"刘金莲还没回过神来。

翠珠安慰着刘金莲："你是清白的。有夫人给你做主，天塌下来你也不要怕。谁要是想胡说八道，就让谁去说好了！"

刘金莲是第一次听说"见红"的事。很显然，这说法是那晚在火箱上过夜的张复礼，为了搪塞母亲编造出来的。如今的张复礼，着实是有苦难言了。心肠极软的刘金莲，反倒有点儿同情起张复礼来。这新生婴儿的父亲，究竟是麻大喜，还是张复礼？连她自己也说不清。所有的事情，都发生在前后几天之内。她仔细地审视着襁褓中幼婴的模样，试图寻找出其中一个男人的影子来。她失望了，这孩子居然谁也不像，就只像他的母亲。刘金莲曾听人说，男孩像娘，长大命好，但愿如此。只要孩子好，她自己的一切都无所谓。

一连几天，张复礼都一言不发。母亲重提"见红"的事，他如同坠入万丈深渊。新婚之夜的阴错阳差，诞生了一个自欺欺人的谎言，母亲竟也信以为真。当他第一次睡上那雕花牙床时，便立刻产生一种晦气的预感。那与他同衾共枕的妇人，就如同一筒剥了皮的杉树，任凭他的翻滚、拨弄。没有冲动，也没有反抗；没有激情，也没有配合，更没有什么"红色"！他只能打落牙齿和血吞。原想就让事情无声无息地过去，将就着过日子，让时间来冲淡那苦涩的记忆。却又冒出了这档子事，让人抓住了把柄。争强好胜的张家大少爷，感到在人前无法抬头。最令他伤心的是，蒙受了屈辱却还不能声张。可怜的母亲，还在坚信不疑地认为：那不足月便降生的男孩，就是"见红"那个晚上的成果。晦气的张复礼百无聊赖，自个儿去到望江楼的包房里，喝起了闷酒。

"吱扭"一声，门开了，进来的是癞子头儿长疤子。

"你来做哪样？"

"来陪大哥喝杯酒。"

张复礼拿这些人没一点办法。他的一举一动，似乎都在这党癞子们的掌控之中。长疤子一屁股坐在了张复礼的身边。张复礼没有理睬他，自个儿喝着烈性的包谷烧。只见那长疤子拿起酒壶，将两人的杯子筛满。他举起酒杯对张复礼说："大哥，小弟晓得你心里不好受。有什么用得着的，你只管吩咐！"

张复礼没有说话，只是喝了一口酒。

长疤子咽下一口酒，挨近张复礼，压低嗓门轻声说道："大哥，是不是去几个弟兄到麻家寨，放一把火，把那狗日的窝棚烧了！"

张复礼把酒杯往桌子上一顿，骂了一声："混账东西！"

"大哥！这口气难道你也咽得下？！"长疤子诧异地问道。

张复礼怒气生嗔。他呵斥道："真糊涂！去把人家的房子烧了，假的不就变成真的了？！"

"闹了半天，镇上传的那些话，都是他娘的卵弹琴！"长疤子摸不着头脑了。

张复礼又喝了一口酒，他想起了母亲每天都在念叨的"见红"。于是，他从牙缝里挤出了一句话："那个伢儿是我张复礼的。"

长疤子虽是将信将疑，嘴里却骂起了朝天娘："捅他的娘，那些狗日的乌龟王八蛋，捏起白来活灵活现，好像就睡在你的床脚。既然伢儿是你的，你就该站出来说话呀！"

"怎么说？难道要我站在十字街前大喊大叫，那个伢儿是我的？！"

长疤子听说过江西人"见红"的规矩。听张复礼的口气，那天晚上他是见了"红"的。刘金莲是张复礼开的张，那伢儿当然也是他弄出来的。

"那天晚上见了'红'？！"长疤子问道。

"当然见了。若是见不到'红'，我会放过她吗？"张复礼回答。

只见长疤子将一杯满满的包谷烧，双手端到张复礼的面前，说："大哥！委屈你了。弟兄们早要是晓得这些情形，早就把那些胡说八道的人给收拾了！我先干为敬，把这杯酒喝了，也就是把包票打了，你只管放心，不出三五天，这件事情就会烟消云散。"

张复礼将信将疑，这党癞子们，未必有这大的能耐？！张家少爷为了摆脱目前的困境，也只能出此下策了。他也满满地斟上一杯酒，向长疤子举了举，一仰脑壳，喝了个底朝天。

镇上有关刘金莲生子的种种传言，让刘昌杰和刘邬氏伤透了脑筋。原以为把女儿嫁到了张家，过去的一切就会烟消云散。没料到会冒出了这么一档子事来。按照习俗，孕妇临产前十天半月，娘家人要备办礼物，前往"催喜"。刘金莲没等到娘家人来催喜，便产下了一个不足月的婴儿。在婴儿出世的当天下午，张家就着人抱着一只大母鸡，到刘家报喜。刘家夫妇见来人抱的是母鸡，说明生的是男伢，喜出望外。刘家人回赠张家公鸡一只，祝愿他们的女儿，来日在张家有儿有女。刘邬氏立刻着手张罗起"送鸡米"的事情来。没想到这时镇上出现了流言蜚语。

刘家夫妇对女儿和小雕匠的事情是一清二楚的。女儿的任性，铸成了她的终生大错。多亏亲家张恒泰的宽容大度，才使亲事得以成就，刘家脸面得以保全。原想随着时间推移，女儿那见不得人的事，便会被人们淡忘。没料到伢儿的出世，将一切丑事暴露无遗。不管怎样，女儿总是自己生养。她遇到了这样的事情，做父母的要设法为她遮掩。如今就要看张家的态度了。

这些天来，刘家人一直为着"送鸡米"的事情犯愁。按照浦阳的习俗，"送鸡米"时，三朝客要招摇过市，把红蛋分送给沿途的任何人，送出去的红蛋越多越好。当下的态势，刘家人是绝不能这样做的。外面已经把刘金莲讲得稀烂。若再大张旗鼓送鸡米，无异于搂出肚子，在世人面前出自家的丑。老俩口不知所措，小俩口更是为难。按照习俗，"鸡米"是由小俩口去送的。如果出丑，先是出他们的丑。

刘金山虽然家庭富有，可从不倚仗财势，在镇上的同辈人中有极好的人缘。他结交的朋友，既有富家哥儿，也有贫寒子弟。其中一个名叫细毛的，父亲是一个跛脚的剃头匠。此人小时候，常被癞子们欺负，骂他"剃头修脚下九流""下九流的儿"。只有刘金山站出来护着他："你们不能这样，剃头修脚的也是人。"有刘金山的帮护，癞子们就再也不敢欺负他了。父亲故去，细毛长大，也继承祖业，开了一家剃头铺。剃头铺是人们聚会聊天的地方，许多的蜚短流长，都是从剃头铺传开的。在剃头铺里，细毛结识了三教九流，听得了许多传闻。这天，刘金山去剃头铺剃头，细毛一把将刘金山拉进内堂，开门见山地问道："刘大哥，这些天是不是遇到难事了？"

"为了金莲的事，是有点为难。"对于细毛，刘金山觉得没有必要隐瞒。

"刘大哥，你放心，没事了。"细毛轻声说。

刘金山诧异地问道："怎么会没事？"

细毛说："怎么？你还不知道！张家窖子发了话，金莲小姐是见了'红'的，张家老太太还亲自见了'红'。金莲姐生的伢儿，肯定是张家少爷的。以前说矮子雕匠有舅舅迷药的事，全都是他娘的胡说八道！"

"你说的可是当真？"刘金山极兴奋，可又有点不相信。

细毛说："千真万确。金莲小姐见'红'，嫁到张家是黄花闺女。长疤子、魏老三，还有张家的伙夫岩佬，到这里剃头时都是这么说的。镇上那些算日子、说闲话的人，如今都没得话说了。"

刘金山从剃头铺回来，向父亲禀报了他得来的好消息。刘昌杰喜出望外。他明白，这是张家在给自己下台阶。原日担心的"送鸡米"的尴尬，就此得到了彻底的化解。他打定主意，要把这次"送鸡米"的场伙，操办得热热闹闹。

七月初七，刘金莲产后的第十五天。早饭过后，刘家"送鸡米"的队伍便浩浩荡荡上了路。通常"送鸡米"，都只请一堂乐音师，敲打着桶鼓、马金，吹奏着马号、唢呐，作为队伍的先头。这天刘家"送鸡米"竟请了三堂乐音师。单是乐音师的队伍就占了半条街。欢快的乐曲把场面烘托得极为热烈。乐音队伍的后面，是骑着高头大马的刘金山。他向街道两旁围观的人们频频颔首。伍秀玲带着达儿，坐在一顶绛红色的篷轿里。轿子两边的窗户是敞开着的。伍秀玲不时将头伸出窗外，向路边熟识的人频频招手。轿子后面，是十二个提着马头篮子的妇人，篮子里装的全是红蛋。妇人们拿着红蛋，向围观的人们逐一分送。好事成双，每人两个。再后面是请来的脚力。他们担着一笼笼乌骨鸡，挑着一担担大糯米，抬着一只只礼彩盒。敞开的礼盒里，除了放着伢儿的衣物、鞋袜、被褥以外，还放着摇篮、背笼、坐架，甚至包括伢儿日后读书用的书篮。队伍的最后，是放鞭炮的人。十二个精壮汉子，每人用大箩筐挑着一担鞭炮。四个放炮人：两人将大炮丢到空中炸响；两人将千子鞭拖在街道的石板路上不断牵地鸣放。

从刘家窨子到张家窨子，只需从河街或正街走一里来路便可到达。今天的"送鸡米"却来了一个大绕道，把浦阳镇的三条长街，全都走了个遍。人们心里都明白，这是元隆木号的大老板刘昌杰在为自己的女儿洗雪名声。自从张家人把"见红"的信息发布以后，浦阳镇上的许多人，特别是那些婆婆姥姥，便开始同情起刘金莲来。刘金莲遭了不白之冤，娘屋人以这种方式，为她洗雪，正名。

刘家"送鸡米"的队伍，在街道上足足转悠了一个上午，直到中午时分，才到达了张家窨子。张复礼带领着家人，在大门前燃放鞭炮接客。刘金山下了马，伍秀玲抱着达儿下了轿。鞭炮一路放来，还剩下两大箩筐，在张家窨子的大门口足足放了半个时辰。

在鞭炮声中，刘金山、伍秀玲夫妇俩带着达儿，来给张恒泰和张王氏道喜。张家夫妇很是高兴。从儿子指染苗女，到儿媳中躺躺迷药的传言，张刘两家的联姻，可谓风波迭起。幸得张家有"见红"的铁证，儿媳才得以免受不白之冤，儿子的尊严才得以保全。这场轰动浦阳镇的"送鸡米"，着实叫张刘两家扬眉吐气。

"亲家爹！亲家娘！弄璋之喜，大吉大昌，爹娘让我们来给二老道贺来了！"刘金山、伍秀玲夫妇手牵着达儿，向张家夫妇深深作揖。

"同喜！同喜！"张恒泰和张王氏笑得合不拢嘴。

"一份薄礼，乞望笑纳。"刘金山说着，呈上一份礼单。

张复礼接过礼单，用手掸了掸，说道："哈哈！薄礼，浦阳镇上有谁家送过这样的'薄礼'？！"

张王氏带着伍秀玲，进得刘金莲的产房，大声说道："金莲！你看是谁来了？"

"嫂子！"刘金莲半躺在床上刚喂完奶，见嫂子来到，她把婴儿交给翠珠，自己便要下床。

"你就躺着，不要下床。"伍秀玲坐到床沿上，对刘金莲说："月子里好吗？爹娘都惦着你呢！"

刘金莲说："请嫂子转告爹娘，金莲好着哩！你看，我都胖了。"

伍秀玲走到翠珠跟前，细看着婴儿："这伢儿长得光鲜，有奶吃吗？"

"有的，这不刚刚喂过。"刘金莲说道。说着，她把达儿招到床边："达儿，你当哥哥了，快去看看你的小表弟。"

丫头翠珠带着达儿，到一边看婴儿去了。刘家"送鸡米"的排场，着实给张刘两家争了面子，张王氏为了和儿媳共同分享欢乐，又不厌其烦地把这天"送鸡米"的排场，绘声绘色地描述了一通。其实，她所说的这一切，翠珠早就已经告诉了刘金莲。婆婆对这次"送鸡米"大加赞扬的时候，刘金莲心里中产生了莫名的悲戚。她听着听着，眼眶里充满了泪水。

"金莲，你哭了！"伍秀玲说。

"嫂子，又让爹娘为我操心了。"刘金莲说着，眼泪夺眶而出。

"嗨！金莲，你有哪样哭的？！"张王氏不解地望着刘金莲。她说："这大排场的'送鸡米'，是娘家在给你争面子呀！快莫哭了，坐月子哭是会伤身子的。"

刘金莲揩干了脸上的眼泪，心里的泪，却仍然在流着。试想，如果没有"见红"那自欺欺人的谎言，她将面临怎样的一个局面？眼前的轰轰烈烈，对她来说，并不是引以为自豪的荣耀，而是一种沉重的精神负担。她明白，眼前的这一切，全都是建立在虚假谎言的基础之上。就如同一建在沙滩上的高楼，说不定哪天就会倾覆。她为自己的可悲而流泪，更为给父母增添的烦恼内疚。她甚至想到，若不是没良心的小雕匠远走他乡，这令人尴尬的场面，便不会出现了。

天上只有雷公大，地下只有舅爷大。浦阳一带人的名字，大多是舅爷所取。刘金山正在大堂里，和张恒泰、张复礼一起品着茶，商量给新生儿取名的事情。

张恒泰品了一口茶，说："金山，给伢儿取名字，是你舅爷的事情。我们都听你的，你就说吧！"

刘金山问："按照张家的字辈，伢儿可是'玉'字辈？"

"对！正是'玉'字辈。"

刘金山说："小侄有个想法，说出来请亲家爹和复礼赐教。今年岁次戊辰，六月是己未月，二十二这天的干支又是戊辰，他落地时辰则是丙辰。由此看来，这伢儿的命大，龙年龙日龙时生，都只差一个龙月了。他的命中有三条龙：两条土龙，一条火龙。是很难得的。他在张家是长子。龙为乾坤之长。依晚辈看，就取名为'龙'，不知亲家爹尊意如何？"

刘金山的一番话，把张恒泰说得心里美滋滋的，禁不住连声叫好："要得！要得！就取名'玉龙'。"

刘金山接着说："若是按照字辈，取名'玉龙'，还有一点儿不足。这伢儿虽然有三条祥龙护身，可还有点不那么完美，那就是他的五行缺'金'，必须设法为他补上。虽然他的母亲名讳'金莲'中有了一个'金'字，但还是不足以为补。依晚辈之见，不如在那'玉'字的边上，加一个'金'旁，即是一个'钰'字，与张家字辈的'玉'字同音。将伢儿取名为'钰龙'。不知可否？请亲家爹赐教。"

刘金山说得头头是道，张恒泰满心欢喜，当即对张复礼说："我看金山取的这个名字不错。复礼，你这个当爹的以为如何？"

张复礼说："依舅爷的，伢儿就叫钰龙。"

刘金莲的娘家人送过"鸡米"，并给伢儿取名钰龙之后，张复礼还是很少到产房里来看他的儿子。伢儿出世以后，公公、婆婆，特别是婆婆对她的印象，确实是逐渐好起来了。她与丈夫之间的裂痕，却因此而进一步加深了。一对名为夫妻的人，表面上相敬如宾，内心却是格格不入，还不如戏台上一对扮演夫妻、假戏真做的戏子。究其根源，在于自己的任性和报复心理，也在于张复礼的傲慢和轻狂。始作俑者虽是张复礼，张复礼做的初一，自己就做了初二。张复礼毕竟是男子汉，自己却是一个女人。男人可以三妻四妾，女人必须从一而终。古来如此，天经地义。经过这番折腾，张复礼已经不再是在闺房里和她吵架的张复礼了。他一方面要恪尽孝道，取得父母的欢心，另一方面，又在竭力维护男子汉的尊严。他逆来顺受，却又不甘心如此这般。刘金莲扪心自问，以这样的方式对待张复礼，是不是太残忍了？这男人毕竟是将与自己终生厮守的丈夫。同情、怜悯与愧疚、自责，便在心中油然而生。那份对小雕匠的情感，看来只能永远珍藏在内心的最深处了。刘金莲苦苦地思索着弥合她与丈夫之间的裂痕的途径。

刘金莲坐月子，张复礼与她分居。阁楼上的书房里原本是没有床铺的，趁刘金莲坐月子，张复礼便在书房里开了一个铺。他很少到刘金莲坐月子的卧房里去。每有闲空，他便来到这书房里，誊抄高腔戏的剧本。"老庚"印茂佳，时不时也来到书房里同他摆龙门阵。看着他抄录的一大摞剧本，印秀才大笑不止，说张家大少爷的书房变成"戏房"了。张家的书房里，有一套叫《夷门广牍》的明刻残本。乾隆年间，张复礼的曾祖父张广厚押运桐油去汉口，在书摊上发现了这部残缺的丛书。虽是残本，却完整地保存着宋人朱辅的著述《溪蛮丛笑》。这是一部少有的有关湘西的古籍，记述了湘西一带少数民族的乡风民俗。张广厚虽是商人，却有着广泛的爱好，见到此书便爱不释手。他以不菲的价钱，买下了这部残本丛书。随着时间的推移，这部书越来越显得珍贵，似乎成了张家窨子的传家宝。在浦阳镇，即使是藏书最多的印秀才屋里，也没有这样的珍本。老学究印墨痴在世时，就曾多次向张恒泰提出，愿以印家藏书中的任何一部，来换取这部残本，都遭到了张恒泰的婉拒。如今，印茂佳似乎是继承了老父亲对这部书的痴迷。他每次到这书房里，除了同张复礼摆龙阵之外，便是一头扎进这部书里。他还用工整的蝇头小楷，把其中的《溪蛮丛笑》誊录了一遍带回家里。

鬼扯腿的"见红"虽然平息了镇上的传言，却无法平息张复礼心里的波澜。他不愿意见到那个襁褓中的伢儿，就像他不愿意见到那房里的雕花家具一样。他甚至想，要是永远能住在这书房里，清清静静地度日，不用再回到令人窒息的屋子，那该多好！然而，到了八月初二，刘金莲坐月子满四十天。按照习俗，产妇便可以与丈夫同房了。在书房里睡了四十夜的张复礼，将回到自己的房中就寝。这天，刘金莲吩咐翠珠把房间收拾得干干净净。满屋子的雕花家具，被擦拭得锃红透亮，任何人置身于此，都会感到赏心悦目。猛地，刘金莲又意识到这种收拾的不妥。这任何人都会赏心悦目的地方，唯独他张复礼会感到伤情，甚至是屈辱。刘金莲甚至想过，将这些家具撤了，重新请人再雕作一套家具。省得让他见着这些家具烦心。她立刻又觉得这种处置的不妥。不是张复礼在母亲的面前声称他见了"红"吗？"见红"就意味着自己与那小雕匠并无瓜葛。如果把这套家具撤换掉，不就成了"此地无银三百两"吗？

　　四十天来张复礼的表现，刘金莲全都看在眼里。他很少到产房里来看她和伢儿。他的眼神里，没有初为人父的喜悦，而是吞咽苦果的无奈。刘金莲在冥思苦想着，究竟怎样才能使丈夫的愁眉舒展？通常说，妻子与丈夫的心，是用伢儿这条纽带相联系着的。钰龙的诞生，却不能承担这样的使命。连刘金莲自己也难以断定，小生命究竟是谁人的骨血？张复礼对这个伢儿的接受，充其量只是表面上的接受。他见到这个伢儿，与见到雕花家具，懊丧的心情，几乎完全相同，想用伢儿来弥合她和张复礼之间的裂痕，显然是不现实的。

　　刘金莲作为一个女人，她还能有什么招数，来取得丈夫的欢心，求得丈夫的谅解呢？当她在间隔了四十天之后，再一次与丈夫同床共枕时，表现了自她作为妻子以来，从来没有过的投入。当她那带着淡淡奶香的胴体，紧贴着张复礼的胸膛时，她仿佛是在有意让丈夫听到她的心跳。张复礼从她这细微的动作之中，体察到了这个女人的变化。这种被湘西人形象地称为"鲶鱼钻洞"的把戏，往常在这张床上，鲶鱼鲜活，而洞穴却是那样死板。曾几何时，鲶鱼进不到它向往的洞穴深处，而是令人沮丧地频频碰向那洞穴的外壁。今夜，张复礼才有幸享受到礼遇。那洞穴突然间也变得鲜活，鲶鱼则通过最完美的引导，深入到了洞穴的最深处，使他有生以来，第一次品味到名副其实的体贴与温存。他竭力使自己全神贯注，将一切烦心的事情，都抛到九霄云外，都暂时从记忆中抹去。只要稍稍启动那记忆的闸门，这一切又都会立刻变得索然无味。

"复礼，你为什么对我这么好？"耳鬓厮磨间，刘金莲问丈夫。

"我对你好吗？"丈夫反问。

"你难道对我不好吗？"妻子再反问。

丈夫没有回答妻子的问话。接下来，便是忘情的天摇地动，耕云播雨。

"注意，莫压着了钰龙。"刘金莲在忘情中，没有忘记身边的伢儿。

张复礼的激情，在顷刻间倏然消逝。刘金莲感觉到丈夫身上透着汗，赶紧为他擦拭着身子。

目连大戏

　　"你复万哥来信，说是汉口庄上有些事情，要我去一趟。正好，我也想去那里看看。"这天，吃夜饭的时候，张恒泰对儿子说："浦阳的事情，就全都交给你了。"

　　"爹爹去汉口，油号的事情，可以交给我。可您是镇上这届罗天大醮的大头工呀！打醮过后还要唱目连大戏。您怎么脱得开身？"听了父亲的交代，张复礼不解地说。

　　张恒泰笑着说："怎么？你没听明白？我说了，浦阳的事情全都交给你。罗天大醮的大头工，也由你去当。我不就脱了身吗？"

　　张复礼没想到，父亲会把那么重要的差事也交给他。浦阳镇的罗天大醮，是当地道教最大规模的斋醮活动，时间长，地域广，其范围包括附近沅陵、泸溪、辰溪三县的四乡八里。涉及的事情千头万绪，极为复杂。有人说，当得了这个大头工的人，当个把县太爷不在话下。醮事三年一届，头届由天后宫当庄，这届轮到万寿宫，最后落到了张恒泰的头上。操持这样的大事，既是荣耀，也是责任。张恒泰决定把重担压在儿子的肩上，就是想让他得到历练。张复礼自从并不情愿地成了亲，又生了伢儿以后，成天窝在那窨子屋里，看什么都不顺眼，实在是憋屈得慌，当上这个大头工，正好得个由头，到外面透点儿新鲜空气。他立刻答应了下来："孩儿年轻，还不曾得到历练，爹爹如果放心，孩儿可以试试。"

　　张恒泰认真地说："怎么说试试呢？万寿宫操办罗天大醮，关系到浦阳镇四乡八里的平安顺遂，更关系到整个'西帮'的脸面。把你放到这个位置上，你就一定要操办得好上加好。"

张复礼沉吟片刻之后，胸有成竹地对父亲说："如果让我当大头工，我有把握将这届罗天大醮操办得好上加好！"

"好！我就是在等你的这句话。"张恒泰很兴奋。他说："这事我还要同万寿宫的执事们打个招呼，想必他们会同意。把事情定下来，我就动身去汉口。你都是当老子的人了，头回主事，要做出个样范来。"

父亲动身去了汉口，张复礼当上大头工，开始了醮事的筹备。他延聘老庚印茂佳为建醮的录事。印秀才制作了上百本募化的簿子。这些簿子，要分发给附近三县各个乡镇和村寨的小头工，由他们挨家挨户去募化此届斋醮所需的钱财。这天，是浦阳镇逢场的日子，各地的小头工，都纷纷趁着赶场到万寿宫来领簿子。

罗天大醮办得气派与否，在于募集到资金的多少。为了募集到更多的资金，张复礼在征得镇上各油号的同意后，实施了一个新办法：眼下手头拮据的乡民，募化的功果，可由各个油号先行垫付，待到桐籽收摘，把桐籽交到油号抵账。浦阳附近的乡民，家家都有油桐树，而且都有固定的买家。有了这个办法，乡民便不愁无钱募化，油号的原料也因此得到保证。为此，张复礼特意守候在万寿宫分发簿子的现场，对每个来领簿子的小头工，逐一宣示这种新办法，得到了普遍的认可

麻家寨的苗人非常热心浦阳镇上的罗天大醮。寨子里没人进学堂读过书，只有做雕匠活计的麻家父子粗识文字。每逢浦阳镇打醮，头工的差事非麻老矮莫属。这天，他和灵芝来浦阳赶场，顺便到万寿宫领簿子。俩公婆进到厢房。张复礼正和一位领簿子的小头工交代以桐籽冲抵募化的事，没注意麻家夫妇的到来。

"嘻嘻！我们来领簿子，"麻老矮对发簿子的执事说。

执事问："哪个寨子的？"

麻老矮回答："麻家寨。"

听说是麻家寨，张复礼立马扭转身子。他和麻家夫妇正好打了个照面。

机灵的灵芝，立刻对张复礼点着头说："大头工，我们来领簿子。"

张复礼一眼看到这一高一矮，一乖一丑的麻家夫妇，心里立刻便打翻了五味瓶。过了好一阵，他才回过神来，说："呵！你们来领簿子，好！好！"

麻老矮拿着领到的簿子，说道："大头工，簿子领好，我们走了。"

"你们好走！"张复礼显得很礼貌。

麻家夫妇走出厢房，过了天井。那位执事突然发现，张复礼还没向他们交代用桐籽相抵募化的事，连忙说："大头工，这麻家寨的人，你还没向他们作交代呀。我去叫他们回来。"

"不必了，让他们去吧！"张复礼不想再见到他们。他同时察觉到自己的失态，便对那执事说："我有点不舒服，想去隔壁房间里躺一会儿。"

张复礼躺上床，刚才那一高一矮，一乖一丑夫妇的形象，又一次在他的眼前闪现。他想起了躺躺迷药的传言。又矮又丑的雕匠，若不是靠迷药，怎能将如此光鲜的妇人搞到手呢？他突然发现，自己屋里那嫩伢伢容貌里，竟若隐若现着适才这光鲜妇人的影子。他恍然大悟了。矮子雕匠子承父业，故伎重演，乖与丑的再次融合，便留下了孽种。张复礼无地自容地意识到：自己被愚弄得太惨了。

"大头工，天快黑了，起来回家吧！"发簿子的执事进到房间，把他摇醒。

"你先回去吧！我还想在这里躺一会儿。"张复礼说。

天黑了。万寿宫里格外冷清。老住持提着一盏桐油灯，进到了厢房里。

"张家少爷，天都黑了这么久，你怎么还不回家？"

"今晚我不回家了，住在这里陪你。"张复礼说。

过了一会，张家窖子的一个小伙计，提着马灯进得万寿宫，来到厢房里。

"少爷，少奶奶着我来接您回家。"

"我今晚不回家了，就在这里住一晚。"

"少奶奶吩咐，一定让您回家。"

"你去跟她说，我有事，今晚不回家了。你先回去吧！"张复礼显得不耐烦了。

"少爷，您不回家，我可交不了差呀！"小伙计仍然不肯罢休。

"我都讲过好多遍了，我有事，今晚不回家！你耳朵聋了！"张复礼发火了。

"少爷……"那小伙计接不走张复礼，仍然不肯离去。

"滚！"张复礼大吼起来。

没办法，那小伙计没趣地提着马灯，离开了万寿宫。

这一夜，张复礼睡在万寿宫的厢房里，辗转难以成眠。他的思绪，混乱得如同一蓬乱麻。一年多来，他的烦心事着实是太多太多。与那苗女阿春发生的一切，本是逢场作戏，没想到会引起一场轩然大波。他无意中播种了生命，那可怜的小生命却又遭到了扼杀。那新婚之夜自欺欺人的"见红"谎言，更将他永远推向了有苦无处诉的窘境。一年多来，他所做的每一件事情，几乎都伴随着感情的折磨。为了得到心灵的片刻宁静，他断然决定，至少在这罗天大醮和搬演目连大戏期间，他不再回到那满是雕花家具的卧房，也不再见到那与麻家寨妇人神情相似的伢儿。

第二天上午，韩道长如约来见张复礼，商议道士班在万寿宫布置醮坛的事宜。下午，请来的浇作匠进了万寿宫。正一派道教是没有宫观的。因此，每次是在不同的场地建醮，或在神庙，或在会馆，或在祠堂设立醮坛，都要由浇作匠根据不同醮事的需要，纸扎各种不同的神像。万寿宫内，为此次罗天大醮开设了伙房，伙食一直要办到罗天大醮圆满、目连大戏歇台，长达数月之久。这为张复礼常住万寿宫提供了方便。

　　张复礼筹划醮事，联络戏班，忙个不停。浇作匠制作的纸扎神像，是罗天大醮的出彩之处。等到这些纸扎神像被摆放在万寿宫里，铺设成醮坛，将是一道别样的风景。

　　张复礼一连几日没回家。张王氏找到了万寿宫。

　　"娘！您怎么来了？"

　　"你可是八天没回家了啊！"

　　"您没看见我正忙着吗？"张复礼说。

　　"你是有堂客、有儿子的人，再忙也要回家。"张王氏有些生气。

　　俏皮的浇作匠插嘴了："老板娘，讲句话您莫多意。您是不是得了个孙子，还想添个孙女。可罗天大醮有规矩，当大头工的，一定要干干净净，说什么也得忍着。要是'大头工'回了家，做了那事，我纸扎的这些菩萨，是绝对不能让他摸的。"

　　张王氏啐了浇作匠一口，说："谁跟你说这些了，真是老不正经。"

　　浇作匠一副作古正经的样子，对张王氏说："老板娘，不是我不正经，等我把这些菩萨扎好，道士把醮坛铺排好，每天早上都要鸣锣喊街的，到时候您听着就是。"

　　"莫净嚼牙巴骨，哪个有闲心同你讲这些！"张王氏说着，转身交代儿子："你爹也当过大头工，罗天大醮的规矩我也晓得。不管怎么样，你也不能这样总不和屋里人打照面。到屋里就几条街的事，又不是天远地远。你起码也应该回家看看钰龙嘛！他是你的亲骨肉，难道你不想他？"

　　母亲的话，正刺痛了张复礼的神经。自从见到麻家寨的那夫妇二人之后，他心里的疙瘩就一直没解开过。母亲却又偏生哪壶不开提哪壶。他想，母亲此行必定是那婆娘的铺排。于是他说："娘！你回去吧！等事情安排熨帖，我会回家来看看的。"

　　经过浇作匠近一个月的劳作，十尊栩栩如生的纸扎神像，陆续制作完成。最大的一尊鬼王，高达丈余，三头六臂，青面獠牙，赤膊着紫色的身子。神像的头顶，伫立着一尊五寸许的观音菩萨。有观音菩萨的威慑，鬼王不敢轻举妄动。鬼王的两侧，站立着黑脸的瘟神和红脸的火神。其余的七尊神像，都如同真人般大小。有城隍、土地立像；有四值功曹，即驾凤的天府功曹、跨狮的地府功曹、乘龙的水府功曹、骑虎的阳府功曹；另有驰马的快马，是鬼王驾前的听差。这天，韩道长带领道士班子，来到万寿宫，用这些纸扎的神像铺设成醮坛。张复礼则指挥着佣工，在镇上的三条长街和四十八条弄子的上空，扯上了一根根棕绳，掸上成匹成匹的黄绫，使得浦阳镇的所有街道和弄子都不见天日，称这为"黄绫遮天"。接着，士民们又挑来一担担清水，将各自门前的岩板路，冲洗得干干净净，称这为"清水洒地"。沿街家家户户的门前，都摆上了香案。袅袅的香烟，带着特有的清香，在街弄子里飘散。古老的浦阳镇，显得格外的庄严和肃穆。

夏历八月十二日这天，罗天大醮开坛。拂晓时分，浦阳镇的街弄子里，响起了锣声。一个青衣小帽的小道士，沿袭着古老的规制，反复鸣锣喊街：

罗天大醮，万民同心。酬天答地，心诚则灵。阖镇斋戒，不可茹荤。禁屠禁宰，不许杀生。门庭洁净，肃整衣裙。禁戒喧哗，言语轻声。夫妻分居，玉洁冰清。士民人等，一体遵行。

罗天大醮的道场，一直延续了七天。这七天，万寿宫内供奉着纸扎神像的醮坛前，韩道长带领着他的道士班子，进表宣诏，诵经拜忏。浦阳镇上，出现了一派与往常截然不同的景象：街市上，不见了昔日的喧闹。遮天的黄绫，洁净的街道，沿门的香案，人们走路的脚步也显得轻声。那屠户的案桌上，已是空空荡荡。鸡鸭市场里，不见了鸡鸭的啼鸣。就连沅水上的渔船，也停止了捕捞。那河边望江楼的饭庄里，酒坛子封了，猪油缸盖了，卖的是清一色的斋饭素食。划拳的没有了，醉酒的也没有了。清净肃穆的氛围，给喧嚣的市镇带来了难得的安详。

　　浦阳镇这种罗天大醮，旨在祈天祷地，保得这一方土地的清吉平安。
而对于普通的民众来说，道士们的打醮，不过是搬演目连大戏的由头。辛
勤劳作了一年的乡民，需要放松，需要欢娱，需要通过这样的机会交朋结
友。市镇上的商贩，则希望通过这盛大的聚会，寻求难得的商机。目连大
戏的演唱，可以满足所有人的愿望。七日醮事圆满，便进入了搬演目连大
戏的过程。遮天蔽日的黄绫被拆除，门前的香案已不复见，清晨也没有了
鸣锣喊街。街市又恢复了往日的喧嚣。屠户的案桌上，又摆满了猪肉、牛
肉；鸡、鸭市场上，又传出了鸡、鸭的啼鸣；一担担鱼盆里，又装满了活
蹦乱跳的鲜鱼。前来观看目连大戏的，有苗人，也有汉人，有富户，也有
贫民。他们从四面八方，如同潮水一般，向着浦阳镇涌来，汇集到目连大
戏的戏场清水坪。清水坪为此次酬神演唱，已经搭建好了草台。草台的四
周，摊贩云集。最多的是出售浦阳土产，即各种家机布、印花布的摊子。
坪场边的一株株苦楝树下，一溜儿摆着小吃摊：米粉、饺儿、豆子糍粑、
灯盏粑、米豆腐、碗儿糕、马蹄糕、夹心糕、现饭糕、刷把头儿、糖油香
儿、出筒粉……五花八门，应有尽有。这其中少不了浦阳最有名的小吃
——魔芋豆腐煮牛百叶。

　　由于张复礼实施了新办法，此次罗天大醮募集到的资金十分充裕。他
以最高的价码，和镇上安齐家的高腔大红班签了合约。安花脸除了执掌大
戏的阴阳两教，并担纲花脸行当以外，还不惜重金，从浦阳镇及附近请来
了高腔戏子中各个行当的头牌，除了"通天教主"杜凤麟之外，还有生角
萧志道、小生向景枝、旦角康喜春、丑角姚本焕、打鼓佬石楠亭、唢呐师
姚世桐。大红班将以两个月的时间，唱完目连大戏的全部戏码《目连传》
《前目连》《花目连》《香山》《梁传》《封神》和《金牌》。

　　这堂目连戏的脚色，张复礼最不放心的是当场旦角，唱刘氏青提的
康喜春，他还只有十七岁。他家住当江洲，出身梨园世家。七八岁时，跟
着父亲唱矮台棒棒戏，十二岁便进了大红班，拜杜凤麟为师。此人扮相光
鲜，喉嗓清丽，戏台上的把把椅子，他都要坐上一坐，特别是旦角唱得

好。可他毕竟还只有十七岁啊！让他唱刘氏这样的重头戏，吃得落吗？

"安师傅，康伢儿去刘氏，只怕压不住台哩！"张复礼找到安齐家说。

"不放心，是吗？！"

"是呀！他毕竟只有十七岁。"

"请问大头工，你今年多少岁？"

"十九岁。"

安齐家笑着说："哈哈！你十九岁能当大头工，人家十七岁为哪样就唱不得刘氏？"

张复礼没得话说了。

清水坪宽阔的戏场里，已是人山人海。此次搭建的草台，用的全都是上好的杉料，杉料是从河下的木排上借来的。演唱结束，如数奉还。一座座草台都钉着橡皮，盖着青瓦。橡皮和青瓦则是从建新房的人家借来的。建新房的人家都以将材料借出唱大戏为荣耀事。草台包括了七座大小不一、高低不同的台子。正台即戏台，是唱戏的场所。两边的立柱上，挂着纸扎的牛头、马面。正中彩绘着福、禄、寿三星的照壁下，一溜儿打场面的戏子，正在打着闹台。两边马门上，写着"出将"和"入相"。出将口则摆放着一面两人难以合抱的大桶鼓。打鼓佬抡起大木槌，擂起了声如雷震的大桶鼓。纵在一、二十里之外，也能够清晰地听到这目连大戏的鼓声。

正台前宽阔的坪场，是普通民众看戏的站坪。大戏还没开锣，站坪上便已是人头攒动，男男女女，老老少少，有的步行，有的乘船，从四乡八里，抱着极大的热忱，来这里观看目连大戏。

正台的对面，隔着宽阔的站坪，搭有一座讲究的官台，是供地方官员和头面人物看戏的地方。官台上铺着红色的毡子。两排椅子摆在台上。椅子前面摆有茶几。茶几上，摆着各色茶点。段千总是个戏迷，早早地端坐在官台，品着茶水，吃着点心。汪通判稍后来到，与段千总并排而坐，印

秀才连忙给他筛茶。秀才是有功名的人，由他站在官台上迎候、接待，不
失身份。

就在这官台的后面，搭有一座高高耸立的经台。罗天大醮结束之后，
掌坛师韩道长便带领着道士们，登上了这个经台，每日里鸣响钟磬，诵念
经文，直至大戏全部唱完。

张复礼匆匆登上官台，连连拱手："二位老爷叔叔，欢迎大驾
光临。"

"哈哈！我能不来吗？"段千总品着茶水，笑着说："复礼呀！听说
这次唱大戏的大头工是你。"

张复礼说："是的，家父因为生意上的事，去了汉口，就把这个差事
交了给晚辈。"

"不错嘛！场伙搞得大，有气派！后生可畏呀！"汪通判也说。

张复礼得到了夸赞，心里美滋滋的。他谦恭地说："晚生年纪轻，未
经世事，许多地方考虑不周，请二位大人多多赐教。"

段千总笑着说："哈哈！复礼呀！你能得到汪大人的一个'好'字，
是不容易的哟！你就不要客气了。"

站坪的两侧是地台。地台是地方上的绅士、富商看戏的地方。这其
中包括各个会馆的头人，各大商家的老板等等。能上地台的男人，都非等
闲之辈。刘昌杰、刘金山父子，就坐在地台显眼的位置。这两侧地台的后
面，分别高高地搭建起两座梓台。梓台是有身份人家的女眷看戏的地方。
梓台的侧边，挂有一道竹帘。女眷们透过竹帘，观看戏台上的演唱。外面
唱戏、看戏的人们，却看不到这里面女眷们的活动。张王氏带着刘金莲、
钰龙上了梓台，刘邬氏也带着伍秀玲、达儿上了梓台。刘邬氏见到小外
孙，又亲又抱，笑得合不拢嘴。镇上高门大户的太太、小姐们，都向张、
刘两家表示祝贺。

戏台上，由安花脸主持的开台仪式已经结束。接着进行的，便是大戏
演出前的"穿台"。戏班的全体戏子，开脸着装，手执旗纛，在台上走着

"龙摆尾"的队形，缓慢地穿花行进。

张王氏来到官台下，大声叫唤儿子："复礼！复礼！"

官台上，正在和两位官老爷高谈阔论的张复礼一抬头，看见了母亲的到来。他立刻意识到母亲的来意，却明知故问："娘！您叫我？！"

"你这个大头工，现在该做哪样？难道你都忘了！"张王氏对儿子说完，又不好意思地对两位官员颔首道："二位大人，看大戏哇！"。

"去吧！穿台已经开始，你该和嫂夫人登台亮相了。"印茂佳轻声说。

张复礼虽然不情愿，可他面对着母亲的催促，也只得无可奈何地下了官台。

"大头工，你真忙！把这大的事都忘过了脑壳背。"张王氏显然在责怪儿子。

"娘！我这不是在跟着您去吗？！"张复礼无可奈何地说。

"穿台"是大戏开台的第一个节目。穿台时，地方上有婴儿的人家，都要夫妻双双抱着婴儿登上戏台，将婴儿交给其中的一个戏子，由戏子抱着婴儿在台上穿行。说是这样穿过台的婴儿，长命富贵，易养成人。目连大戏开台，必演《天官赐福》。剧中的魁星一角，由戏班的当场花脸扮演。"魁星点斗，连中三元"。谁若是将婴儿交给魁星穿台，则被视为最好的彩头。婴儿长大成人后，是必会"连中三元"的。这天的魁星一角，将由安花脸扮演。他刚刚主持完开台法事，此刻正在戏房开脸着装。

张复礼跟着母亲来到梓台的楼梯口，刘金莲已经抱着小钰龙在那里等候。见丈夫来到，刘金莲娇嗔地将儿子放在他的怀中，说："大头工，这会儿该由你抱了。"

张复礼拙笨地抱着伢儿，适才在官台上的那种感觉，顷刻间荡然无存，表面上，却仍然要做出喜笑颜开的样子。内心里，恨不得地下裂开一条缝，他好立刻钻进缝里去。

"走！我们看安花脸开脸去。"刘金莲邀约着张复礼。

安花脸开脸，在高腔戏班中堪称一绝。在浦阳一带，每逢唱大戏时，许多人都争相看他开脸。刘金莲在众目睽睽之下，邀丈夫去看开脸，张复礼自然是不能拒绝的。刘金莲与抱着儿子的丈夫，自梓台的楼梯口迳往戏台走去。夫妻二人走过站满看客的站坪。也真是冤家路窄，人群中的麻老矮和灵芝俩公婆，正好从他二人的眼前掠过。刘金莲和张复礼心中的五味瓶，都顿时被打翻。刘金莲面对着她曾经叫爹叫娘的苗家夫妇，眼下却只能形同陌路。张复礼则充满着屈辱和伤情，立刻想起那天这俩公婆到万寿宫领簿子时的情景。此刻他手中抱着的伢儿，分明是眼前这对男女的孙崽，他却要认作是自己的儿子，还要这样抱着去穿台。没奈何，夫妻二人只能以最大的自制力，掩饰着眼前的尴尬局面，旁若无人地朝着戏台走去。

张复礼和刘金莲来到了戏台的楼梯脚。那楼梯上早已挤满了看安花脸开脸的人们。人们见大头工夫妇来到，很是客气，立刻为他二人让出一条道来。夫妻二人才登上了楼梯。这时，只见那扮演魁星的安花脸，在震天的锣鼓声中，急步冲出了"出将"口。他已经穿好了魁星的戏装，脸却还没有开。他的十个手指，一个个都蘸着五色戏彩。他在浓烈的虎音"呀嗨"声中，一个箭步冲到台口，口里便连连喷出浓浓的烟雾。他宽大的脸膛，顿时为烟雾所笼罩，人们看不清他的面目。就在这烟雾之中，他用那十个蘸着戏彩的手指，在脸膛上那么一抡。待到他脸上的烟雾缓缓消散时，那活脱脱的魁星脸谱，便呈现在了观众的面前。台下成千上万的看客，立刻欢呼雀跃，鞭炮声也随之响起。只见那安花脸扮演的魁星，在戏台上走起了摆罡，高腔班的戏子们便从"出将"口鱼贯而出，跟在魁星的身后，开始了穿台。那楼梯头刘金莲忙对身边的丈夫说："复礼，快把龙儿交给魁星。"

张复礼一步上前，将小钰龙塞到了安花脸的怀中。抱着小钰龙的安花脸，行进在"穿台"的队伍中，踩着锣鼓点子，走起了摆罡。能将龙儿交给魁星"穿台"，刘金莲感到分外荣耀，张复礼却在承受煎熬。夫妻二人站在戏台的楼梯上，以不同的心境看着魁星抱着龙儿"穿台"。那抱在魁星怀中的龙儿，不知是受到惊吓，还是禁不住吵闹，大声地啼哭了起来。安花脸抱着伢儿，又拍又哄，都无济于事。龙儿哭声不止，"穿台"却还没结束。出于无奈，安花脸"穿"到楼梯边时将伢儿交给了张复礼。张复礼转身便将伢儿交给刘金莲。龙儿到了刘金莲的怀中，竟立即停止了啼哭。刘金莲忙将准备好的红包交给张复礼。张复礼将红包送给了安花脸："不成敬意，请师傅笑纳！"

"神明保佑公子长命富贵，易养成人，魁星点斗，高中三元。"安花脸说着祝福的话。

"承你的贵言，多谢了！"刘金莲说。

刘金莲的话本应夫妻同说。张复礼没说，只说了声"多谢！"

这时，又有一对夫妇上了戏台。那伢儿在安花脸的怀中活蹦乱跳，一点也不哭。刘金莲羡慕不已，说："看！人家的伢儿就是乖，一点也不哭。"

张复礼没有搭她的腔，只是说："你上梓台看戏吧！我要上官台打招呼。"

目连大戏的演唱继续进行。张复礼白天为唱戏的事情奔走张罗，夜晚就和戏子们一同住在万寿宫里。他回到厢房睡觉时，发现枕边放着一叠洗干净的衣服。这是婆娘着人送来的。这些日子他以当大头工为托词，在这里得到了心灵的短暂宁静。然而，躲得过初一，躲不过十五。家中卧房里矮子雕匠制作的雕花牙床，无异于血盆大口，随时都在那里恭候着他，他别无选择，必须要硬着头皮往那里面钻。这一切似乎是命中注定，他将永远被囚禁在那无法砸开的精神牢笼之中。

清水坪的目连大戏，唱过了《梁传》唱《香山》，唱过了《香山》唱《目连》。这天，唱的是《目连传》中的"罗卜出世"。这出戏的剧情是南耶王舍城有一位名叫傅相的富户，乐善好施。他皈依佛门，持斋把素，远离女色，与妻子刘氏青提已分居多年。傅相年过半百。无有子嗣。

佛祖见怜，命桂枝罗汉投胎傅家。一日，傅相自杭州受戒回家。路途中，至一井边饮水解渴。桂枝罗汉化作一只白螺，爬行在井边的岩坎上。傅相到来，白螺流泪不止。慈悲为怀的傅相，见白螺可怜，便将白螺带回家，并供奉在三官堂上。刘氏青提至三官堂，见那白螺流泪，以为是妖怪，用银簪将白螺刺死。傅相得知白螺被妻子刺死，伤心万分，命人将白螺埋于后花园之中。不几日，那埋白螺的地方长出了一棵萝卜。戏台上，康喜春扮演的刘氏青提，由丫鬟金奴陪伴游园。花园里意外地长出一棵萝卜。当刘氏青提口中干渴，吃下萝卜，桂枝罗汉也就投胎到了傅家。这时，戏场立刻响起庆贺的鞭炮。戏文演唱到这里，所有的戏子都下了场。戏台空空荡荡。戏台下，三个汉子由张复礼带领，用箩筐挑着三担萝卜登上了戏台。箩筐里的萝卜，都是浦阳所产的长形红萝卜，活脱脱那物件的形象。浦阳人都相信，男人将这样的萝卜给他的婆娘吃了，就会生出一个像《目连传》里傅罗卜一样的孝顺儿子。这时，男人们一个个登上戏台，七手八脚，每人从箩筐里拿去一个萝卜。他们嘻笑着将那长长的、红红的萝卜高高举起，有的还故意做着使人们产生联想的那个动作。看戏的人们一个个笑得前仰后合。三担萝卜顷刻间便所剩无几了。

刘金莲的伢儿太小，只能隔三岔五来看戏。今天唱的是"傅罗卜出世"，有年轻妇人吃丈夫取来的萝卜这一节目。她把伢儿放在家里，交给翠珠带着，经过一番梳妆打扮，也匆匆赶到清水坪来看戏。等到吃过丈夫送来的萝卜，她还要回家给伢儿喂奶。戏台上，男人们取萝卜非常踊跃。有了这一节目，戏场变得十分活跃。刘金莲透过竹帘，注视着丈夫在戏台上的一举一动。他在向取萝卜的男人们打着招呼，说着祝福的话，大度而风趣。上台取萝卜的男人已见稀少。刘金莲着急了。这鬼东西怎么还没有想到，自己也是该取萝卜送给婆娘的人呀！

猛然间，刘金莲听见戏场里有人起了哄子："大头工，莫尽给别人拿，也要给自己留一个呀！"

"大头工，快去梓台上送萝卜呀！"

"梓台上那个堂客，等着尝你萝卜的好味道！"

"大头工，选个长点的！"

"选个粗点的！"

伴着戏场传来的起哄声，梓台上的娘女们，也开始了向刘金莲的打趣。今天，婆婆姥姥和闺阁小姐都回避了，没来看戏，是专门留给年轻娘女说野话的日子。坐在这梓台上的，是一色的小媳妇，其中包括刘金莲的嫂子伍秀玲，林家窨子的吉秀英等等。就在刚才，她们都先后吃过了丈夫送来的萝卜。这些娘女们，虽然都是出生在大户人家，平时显得斯斯文文，规规矩矩，言不高声，笑不露齿，行不动裙，一旦有撒野的机会，女人的秉性便立即淋漓尽致地显现出来。她们非常珍惜这难得的机会。在这里，她们摘除了嘴上的遮拦，想怎么说就怎么说：

"金莲，那就等着尝味道吧！"

"嗨！大头工的味道，金莲又不是没尝过！"

"多长多粗，清清楚楚。金莲，你说是也不是？"

"……"

梓台上，哈哈连天，娘女们对着大头工的婆娘刘金莲，无拘无束地推搡着，调笑着，宣泄着。只有伍秀玲没有参与这种放肆的调笑，她毕竟是刘金莲的嫂子。刘金莲第一次经历这般场合，在娘女们的取闹面前，显得极不自在，脸上不由得红一阵，白一阵。

这时，女眷们透过竹帘，看见戏台上的张复礼，从箩筐里取出一个红萝卜，拿在手中朝着台下亮了亮，戏场里的人们立刻报以喝彩。这时，梓台上的欢笑声，随之也更加热烈了。张复礼手拿萝卜，朝着梓台一路走来。他登上楼梯，在楼梯头的门口，吉秀英高高撩起门上的竹帘，迎接他的到来："大头工，总算把你盼来了！"

在一片嘻笑声中，娘女们对刘金莲又推又搡，企图让这两公婆在人前撞个满怀。张复礼手拿萝卜，并不情愿地来到梓台，表面上却不显山不露水。他巧妙地闪过一边，躲开了被娘女们推搡过来的刘金莲。

"呃！大头工，这里是女人看戏的地方，你来做哪样？"有人明知故问。

"做哪样？！嘻嘻！"张复礼不自在地把萝卜递到刘金莲的手中。

"亏你还是个统管大事的大头工，连萝卜该往哪里栽都不清楚？！"吉秀英将刘金莲手中的萝卜一手夺过，交还给张复礼。

娘女们立刻跟着起哄：

"他们拜堂那天，你是高亲娘，应该由你教教他！"

"对，教教他！"

"不要教！这无师自通的事情，还要人教吗？"有人唱起了反调。

吉秀英接了腔："是嘛！这样的事情是用不着教的。大头工，你就自己看着办吧！"

按照常理，面对着如此众多娘女们的调笑，任何男人都会当成一种享受。可张复礼却并没有这种感觉。他此刻所做的一切都是极不情愿的。而这种情绪却又不能在人前显现。眼下，他每天和戏子们厮混在一起，看来也只能学戏子的样演戏一回了。他走到刘金莲跟前，将那长长的红萝卜朝着刘金莲的嘴里喂去，刘金莲一口便将萝卜咬住。张复礼却问吉秀英："林家嫂子，萝卜栽得是地方吗？"

吉秀英"啐"了张复礼一口，说："蠢家伙，这要问你自己！"

"问问你不行吗？"张复礼在占吉秀英的便宜。

"要死的，该问的你不问，问起老娘来了！"吉秀英上前一把抓住张复礼，拖到躲在一边吃萝卜的刘金莲跟前，说："这才是你该问的人，问！快问！"

"快问哪！"娘女们跟着起哄。

没奈何，张复礼问刘金莲："栽得是地方吗？"

刘金莲没说话，只是点着头。

"不行，要出声！"娘女们接着起哄。

"点了头也就行了。看我的面子，你们饶了她吧！"伍秀玲为小姑求情。

"讲情也不行，一定要出声。"娘女们再一次起哄。

"栽得是地方。"刘金莲无可奈何，嘴里含着萝卜这样说。说完，她继续啃食着萝卜。按照习俗，这萝卜是必须一口气吃完的。

梓台上，娘女们笑声翻天。戏台上又恢复了演唱。康喜春扮演的刘氏青提，他那禾秆筒叫般的嗓音，把刚才还吆五喝六的草台戏场唱了个鸦雀无声。刘氏青提背转身子，场面上的唢呐，吹奏起婴儿的啼哭声。刘氏青提回转身子时，怀中便多了一个婴儿的襁褓。她的儿子傅罗卜降生了。只见那刘氏青提抱着孩儿，踩着锣鼓点在戏台上缓行几步。康喜春把少妇产子后的精疲力竭和喜悦之情，活脱脱地呈现在人们面前，鞭炮声随之响起，这时，地台上几个出手阔绰的富户，着人把给康喜春的赏银送上戏台。管班端着装满银两的林盘，走到台口，高声宣示着赏银者的名讳和数额。梓台上的娘女们，便围绕着康喜春开始了七嘴八舌的议论：

"这康伢儿的戏越唱越来事了。女人生了崽就是这个样子。"

"可不是吗？要不，这年纪轻轻，安花脸怎么会让他唱刘氏？！"

"哎，听说他的婆娘丑得卖脉，可他对那丑婆娘还格外的好。"

"鬼话，天下的男人哪个不爱光鲜婆娘，那是他没遇到好东好西。"

"要是遇到你，那就好了。怎么样，今天给个赏号，先垫个底。"

"给就给，你怕我舍不得？！还有人给啵？同我做一路给呀！"

"给呀！"

"给赏号呀！"

梓台上的娘女们，就这样抓住这难得的机会，爆发出内心本能的野性与疯狂。

目连大戏唱到"抬灵官"，浦阳镇出现了前所未有的热闹场面。这天，安花脸扮演的灵官，坐在由四名脚力抬着的敞轿上。他那两只鉴察人间善恶的火眼金睛，由彩绘的蛋壳做成。他左手的五指挽结着祛邪的灵官诀，右手则高举起降魔的竹节鞭。敞轿的上面，罩盖着一把巨大的万民伞。万民伞的层层彩布上，密密麻麻地写有此次酬神活动所有募化者的姓名。敞轿的前面，旌幡招展，鼓乐齐鸣，童男童女引路。四值功曹骑着高头大马，尾随着敞轿为灵官护驾。抬灵官的队伍庄严而肃穆，在浦阳镇的三条长街上缓缓行进。长街两侧，家家门前都摆设着香案，鸣放起鞭炮，恭迎灵官大驾的光临。每到一个弄子口，队伍里都会增加一抬"故事"。孩童扮演起高腔戏里的人物，站立在翻转的八仙桌子上，由四个大人抬着。一路走来，"故事"越来越多。有《金精戏仪》《打猎回书》《金盆捞月》《三闯挡夏》……令人目不暇接。抬灵官的队伍在浦阳街市转悠了一个上午，才又回到了清水坪。

灵官被抬到戏场，坐在了八仙桌上的一把椅子，面对着戏台上被捉拿到阴司的刘氏青提进行了审理。作恶多端的刘氏青提，以"私开五荤""打僧骂道""烧毁桥梁"等罪名，被判定打下十八层地狱。

灵官审过刘氏青提，上午的大戏腰台。当安花脸到戏房卸装时，他的身后跟着一大串人。按照习俗，灵官卸装时，要以白布在脸上盖印脸谱三张。这种盖脸布挂在家中，可作避邪之物。跟在安花脸身后的人，都想向安花脸讨要盖脸布。人们将安花脸围了个里三层外三层。一只只手伸向安花脸，同时都捏着一个红包。安花脸印下第一张盖脸布。当人们一跃而上抢夺时，安花脸说话了："这张盖脸布，谁也莫想要。大头工跟我说了，要给他留着。"

这时，张复礼来到戏房。得到盖脸布，给安花脸递上一个利市。他对在场的人们连连拱手："各位，得罪了，得罪了！"

这一年多来，石老黑除了在盘瓠崖打老虫时，顺带还带了个光鲜婆娘廖阿春回家以外，其余的事情样样都不顺心。按理说，他和师父梁法东打得老虫，师徒们有了一笔可观的收入，又讨得了婆娘进屋，从此后便可以过上安生日子了。没想到祸从天降，又把他弄得个一贫如洗。去年腊月，一队解往凤凰的饷银担子经过铁门槛，被这里的"棒棒客"劫了个尾梢，掠去了其中三担。凤凰城里的道台大人极其震怒，饬令浦阳千总衙门出动绿营兵进山火速搜剿。这铁门槛的"棒棒客"平日都是良民百姓，只有来了"菜"时，才做回把"生意"。等到官军前来进剿时，他们早就凭借着熟悉的地形，钻到山里，不知去向了。道台大人一怒之下，下令对铁门槛所有的人户，一概抢光烧光。和"棒棒客"毫无牵连的石老黑，便也因此遭了殃，家中的财物尽被掠去，一幢吊脚楼也和寨子里所有的房屋一道，被一把火化为了灰烬。那时，阿春已是八个月身孕，瞎眼的老娘又正在病中。没奈何，石老黑只得从山中砍来树木，搭建起一个临时栖身的窝棚。不久以后，老娘离开了人世。操办完丧事，阿春分娩，生下一个男婴。伢儿出生在铁门槛的一场大火之后，取名火儿。

浦阳镇打罗天大醮，唱目连大戏，消息传到了铁门槛。如此盛大的酬神活动，方圆数十里的村寨，都是必须要参与的。刚刚经历过劫难的铁门槛，也推举了一位石姓本家做头工，去镇上的万寿宫领来了一本簿子。当头工拿着簿子，来向石老黑募化时，囊中羞涩的石老黑无以为计。那头工说："你就出十文吧！我先给你垫着，等有了钱你还给我就是。"

石老黑好生晦气，穷到如此地步，连十文钱也拿不出。真是悖时透了顶啊！东西被抢，房子被烧，老娘过世，特别是连打老虫的机会，不知怎的，忽然间也没有了。早先，师父隔三岔五总有信捎来，哪里又来请虎匠了，让他一同前往。这一年来，莫讲是打老虫，连老虫屎都见不着。思来想去，他不禁疑惑起来，悖时的根源，莫非在于他的那只左手，在浦溪河边摸了那不该摸的地方。一天，石老黑坐在窝棚前，两眼看着左手，久久地发着呆，落着泪，被阿春无意中发现。

"老黑！你哭了？！"

石老黑忙用衣袖擦拭着眼泪，问妻子："阿春，你讲我们这一年来悖时不？"

"悖时！悖时透了顶。"

"你晓得为哪样这么悖时吗？"

"不晓得。你讲为哪样这么悖时？"

"那夜在浦溪河滩上，我不该用左手摸你。"

阿春懵了。那夜，她劝阻过老黑莫用左手摸她。忘情的老黑着了魔，不听她的话。

"为了那点事，难道我们就要悖时一世？就没得办法解脱了？"阿春眨巴着眼睛问道。

石老黑思索良久，对婆娘说："你等着，我会想办法的。"

目连大戏开锣以来，石老黑和阿春两公婆心里烦，一天也没去看过。开台那天，寨子里的娘女们，要他们抱着火儿去穿台，伢儿好盘养。阿春却说什么也不肯去。她听说了这次打醮唱戏，大头工就是那个没良心的强盗，她怎么能带着伢儿去那里露面呢？时间一晃个多月。看戏的人从镇上回来说，明天的戏唱到"大打叉"了。

"大打叉"这天，石老黑决定去看戏。

天麻麻亮，石老黑就和寨子里的人，一同动了身。他们来到清水坪时，大戏还没有开锣。只见那戏台下，已经摆放着一副棺材。凡看过目连戏的人都晓得，这副棺材是为饰演刘氏青提的戏子康喜春备办的。若是"打叉"出了差错，伤了戏子的性命，便用这副棺材收殓。若是安然无恙，棺材就归戏子所有，变卖成钱，是一笔不小的收入。

这天的目连大戏开锣，唱的是地狱救母的赐九环锡杖，叩开了地狱之门，五方野鬼尽行逃散，其中便有刘氏青提和侍女金奴等恶人。钟馗发令，命鬼卒执钢叉追寻。戏台上，两名鬼卒手持钢叉，在急促的锣鼓声中，四处搜寻从地狱中逃出的刘氏青提。戏台、戏房，都不见她的踪影。刘氏青提和金奴哪里去了？原来这主仆二人不知何时下了戏台，正在小吃摊子上，津津有味地吃着米豆腐。

这时，站坪里有人高声喊叫："她们两个在这里吃米豆腐，快来抓呀！"

戏台上的两个手执钢叉的鬼卒，立刻飞身下台，直奔小吃摊，捉拿刘氏青提和金奴。主仆二人见势不妙，立刻一同逃跑，鬼卒紧追不舍。主仆二人则在人群聚集的站坪中绕来绕去。看客们并不动手捉拿，而是对着鬼卒高喊："抓住她！抓住她！"在震天的喊声中，刘氏与金奴披头散发，仓皇逃窜到戏台上。扮演刘氏的康喜春，功夫还着实不错。他在台上不住地甩动着彩发，彩发在头顶，竟在空中形成了一个太极图。他的这手功夫，立刻博得了观众的喝彩。两个鬼卒紧跟着一跃也上了戏台。手执钢叉的二鬼卒步步紧逼，刘氏青提被逼到了台口的大木柱下面。鬼卒一叉掷去，打在刘氏的头顶，将刘氏顺势甩上的一缕彩发，牢牢地钉在了木柱之上。鬼卒又连发两叉，打在刘氏的胯下，钉在她左、右两脚踩踏的台板上。鬼卒接着又发出了第四、第五叉，直打刘氏前胸。刘氏不紧不慢，分别用两手将钢叉接住。这时，戏台上的大桶鼓擂得震天动地；看客们的叫好声，如同排山倒海一般。那第六叉更是惊险无比。鬼卒一叉打去，钢叉不偏不倚，正好挨着刘氏的颈边，钉在木柱上。锣鼓声、喝彩声，使得整个清水坪如同翻了边一般。正是这个时候，台下一个五大三粗的汉子手扶台沿，以迅雷不及掩耳之势，一跃而上了戏台。他一个箭步去到刘氏的跟前，飞快地将那柄钉在刘氏颈边的钢叉从木柱上拔下，紧握在手中，翻身下台，以风驰电掣般的速度飞奔出戏场。等到台上的戏子、台下的观众回过神来时，他早已离开清水坪，沿着官马大道走到了远处。

"好身手！好身手！"官台上的段千总，看着刚才发生的一切，禁不住连声赞叹。他回转身子询问后排的张复礼："复礼呀！刚才这抢叉的汉子，是何许人也？"

汪通判也跟着问："复礼，你可认得此人？"

"我也不认得。"张复礼摇着头说。他走到官台口，大声问站坪上的人："有人认得这抢钢叉的汉子吗？"

人群中有人回答："他是铁门槛的梅山虎匠，名叫石老黑。"

段千总对身边的汪通判说："难怪哟！强盗窝里出来的，才有这般身手。"

唱目连戏时，抢"神叉"的习俗在苗乡由来已久。早年，唱目连大

戏是市镇上汉人的事，苗人结伴下山前来观看。他们视目连大戏的钢叉为
"神叉"，可祛邪压煞。唱到"大打叉"这场戏时，常有苗人上台抢叉，
携回家中，设坛供奉。道光、咸丰以后，浦阳附近的苗人不再只是看戏的
观众，而是与汉人一道，共同来酬办大戏的演唱。"抢叉"的事情就渐渐
见少了。石老黑的"抢叉"，勾起了许多长者的回忆。身处窘境的石老
黑，是出于无奈才有这样的举动。他希望通过对"神叉"的供奉，使眼前
艰难的处境得到改观。

浦阳镇上的罗天大醮和目连大戏，从八月十二日醮仪开始，到十月
二十四日大戏歇台。从秋到冬，两个多月。初看戏时，人们穿着单衣，有
人还摇着扇子。到最后，看戏的人们穿着棉袄，甚至带着火烘。张复礼真
希望大戏永远唱下去，他就可以长住万寿宫，不必再回到那摆满雕花家
具，令他窒息的房间里。然而，天下没得不散的大戏。这天，安花脸再
一次装扮成灵官，为目连大戏"扫台"。戏台上，灵官手执点着黄烟的钢
鞭，从"出将"门一直冲到戏台口，在黄烟飘散的戏台上，灵官甩动钢
鞭，大声呼喊："一扫风调雨顺！二扫国泰民安，三扫人长生，四扫鬼
灭亡！"

张复礼主事的这届目连大戏就此停锣歇鼓。

第二天，张恒泰乘船从汉口回到了浦阳。他被邀请到万寿宫吃散
场酒。

张复礼已经两个多月没有回了。刘金莲点上一炷檀香，坐在卧房
里纳着鞋垫，焦急地等着丈夫回家。丫头翠珠陪着她。鞋垫是给丈夫做
的，丈夫的脚很长。那长长的鞋垫上，密密麻麻地纳着"万字格""如意
纹"。那匀称的针脚，令翠珠赞叹不已。

"少奶奶，这鞋垫纳得真好。"

"唉！"刘金莲叹着气说："纳得好有哪样用？已经两个多月了，人
家不理不探。"

翠珠说："是呀！真不懂少爷怎么会这样。这么久不回家来，难道他

就不想你，不想小少爷？！"

翠珠的一句话，把刘金莲的眼泪说出来了。一走神，纳鞋垫的针，扎在刘金莲的手指上。她喊了声"哎哟！"将流血的手指放进嘴里吮吸着。

天井里传来了脚步声。万寿宫吃散场酒的人回来了。喝得酩酊大醉的张复礼，在印秀才的搀扶下回家。他将张复礼送到房门口，刘金莲和翠珠，赶紧上前接手。

张恒泰吩咐儿媳："金莲，他喝醉了，好生招扶他。"

张复礼一把甩开刘金莲和翠珠，趔趄着脚步，在房里东摇西晃地说："我没醉！谁说我醉、醉了……"

"不许胡闹！"张恒泰厉声呵斥。

印茂佳说："张公，这里要是没别的事，我就回家了。"

"印秀才，多谢你了。"张恒泰说着，再次吩咐儿媳："给他擦把脸，让他睡觉。睡一觉，明天就没事了。"

张复礼满面通红，连眼睛都是红的。他坐在凳子上，出着粗气。

翠珠倒来了一盆热水。刘金莲搓拧起面巾，给张复礼擦脸。张复礼不停地打着酒嗝。刘金莲强忍着刺鼻的酒臭，在张复礼的脸上擦拭着。张复礼不领情，把脸一扭，猛地站立起来，把手一扬，说了声："不用！"

刘金莲手中的面巾应声被打落。她慌神了，轻轻在翠珠耳边说了句什么。翠珠便急匆匆地离开了房间。

张复礼步履踉跄地在房间里转悠着。他那双带着醉态的眼睛，闪灼着阴冷的光，如同两道利剑向着房间的四处搜索。突然，他从怀中掏出一块白布，恭恭敬敬地展开，那上面印着灵官的脸谱。他对刘金莲大声喝道："这房里有邪气，有邪气！快把灵官菩萨挂到墙上，快点！"

刘金莲接过那印有灵官脸谱的白布，手忙脚乱，不知如何是好。

张复礼一把抓住刘金莲的前胸，喊着，吼着："快点！快请灵官菩萨为这房间祛邪！"

"礼儿！你这是做哪样？"张王氏听了翠珠的通报，急匆匆来到房中。她掰开了张复礼的手，对刘金莲说："快挂！快挂！灵官菩萨祛邪，这是他特意找安花脸讨来的。"

刘金莲在翠珠的帮助下，并不情愿地将那灵官的脸谱挂在了雕花牙床对面的墙上。坐在床沿上的张复礼，痴痴地望着那墙上的灵官脸谱，咧着嘴笑了。他深深地吸了一口气，而后感到恶心。"哇"的一声，他呕吐了，吐得满地都是。醉酒呕吐物发出的恶臭，使得那檀香散发出的清香荡然无存。刘金莲赶紧为他喂漱口水。他不领情，嘴一歪，手一甩，水洒得满地都是。接着，他伸了个懒腰，打了个酒嗝，便一捆柴似地倒在了床上。

床上的伢儿被惊醒了，顿时大哭了起来。

• 铁门槛人家

盘瓠崖猎获老虫以后，整整七年，梁法东的虎匠坛门就再也没见过老虫的踪影。有次，麻阳县西晃山来人，说有老虫进寨子咬了水牛。梁法东随即带石老黑和吴二狗前往。当他们赶到西晃山时，老虫移途了，到芷江五郎溪咬了一头猪。师徒赶到五郎溪。老虫却无缘无故地消失了。又一次，听说芷江县椑子岭有老虫活动，咬了耕牛、肥猪，还伤了人。师徒立刻发脚，就在他们赶到椑子岭的当天"竹叶子开花"。来自会同的梅山虎匠，两把弓弩一齐发，已经捷足先登，将两只老虫射死在弩堂。迟到一步，梁法东气得捶胸顿足。

更不幸的是，三年前师父梁法东得了黄痧病。他的浑身黄得如同黄裱纸，肚子胀得如同水桶一般，人们称此症为"担水胀"，无药可医。梁法东膝下无子，与老伴相依为命，晚景凄凉。出嫁的女儿得知父亲病重，急忙赶回娘家。石老黑已在病榻之前，伺奉了多日。一日为师，终生为父。石老黑为师父熬药煎汤，倒屎倒尿。有这样的徒弟在跟前，梁法东感到无比欣慰。石老黑虽然投坛梅山，学习虎匠多年，可一直没有"戒卦"。虎匠若是不经"戒卦"，纵然你会念神词、咒语、会画符，会挽诀，到弩堂施法也是不灵验的。重病的梁法东自知来日无多，有意在临终前将梅山猎虎之法，传授给这个有情有义的弟子。便将石老黑叫到病榻之前，把梅山虎匠之法，对他进行了"肉口传度"。并将他坛上的倒立张五郎神像，召唤"梅山兵马"的令旗，连同弓弩、药角，以及科仪秘籍抄本等等，一并交付给了石老黑。这种临终前的简要传承方式，虽不经正式仪式，按照梅山教规，也是允许的。石老黑得到师父的传度，成了正式虎匠。师父却并不知晓，他曾经一时忘情，做了有悖于梅山教规的忤孽事，一失"手"成千古恨。他纵然成了虎匠，只怕也是打不到老虫的了。

石老黑原想从目连大戏场抢得"神叉"回家，虔诚供奉，或许能够冲消他当初一时失手的罪孽，重振梅山神功，猎得山中虎豹。然而事非所愿，虎豹总是离他而远去，不肯受死于他的弩堂。更有人提出另一种说法，这些年他猎场的悖时，就是那柄"神叉"在作祟。目连戏宣扬的是佛法，是绝对不能杀生害命的，何况他猎杀的还是兽中之王，神明是绝不会让他得手的。石老黑一想，此言还是有道理的。他真后悔，当初怎么就没往这上面想呢？这些年，除了狩猎无获之外，其他事情倒也算顺利。婆娘阿春嫁到铁门槛，七年一气生了五胎，眼下肚子又胀了。真是一个会生崽的堂客！寨子里有人说她，即或是男人的裤子盖一下，她就会生下一个伢儿。这些年阿春生下的三男二女，有一男一女不幸夭折。留下的二男一女，除了老大火儿体弱以外，其余的白狗和甜妹，都肥得像枞树里的蛀木虫。石老黑在山里烧荒，种植包谷和红薯，勉强可填饱一家人的肚皮。老屋被官军放火焚烧后，他在原址搭了一个窝棚，作为栖身之所。窝棚里，安有三个神坛：盘瓠坛，供着一个狗的光身；梅山坛，供着倒立张五郎；神叉坛，供着目连戏神叉。两年前，石老黑做了这幢新屋，随即住了进来。阿春不让拆除窝棚，说要用来堆放杂物。新屋落成，盘瓠坛和梅山坛都移到了新屋里。那神叉坛，虽有人提出异议，石老黑却也不敢轻易拆除，就依然留在那窝棚里了。

阿春嫁到铁门槛，肚子胀了又消，消了又胀。那让她快乐片刻的把戏，给她造成的是太多的痛苦。曾几何时，她向往市镇的生活，走出盘瓠崖，到浦阳镇当了一名丫头。惨重的代价让她醒悟：那地方千好万好，却不是她能落脚的地方。在那里，她留下了苦涩的记忆，也留下了永恒的纪念，这便是她的火儿。火儿出生在一场大火之后，不久后婆母过世，那是石家最艰难的日子。莫说是产后补养，就连肚子都填不饱。没得奶吃的火儿，打小身体就虚弱。老黑却说，这是伢儿"走胎"，等龙家垴的老表龙法胜有闲空，请他来为火儿"烧胎"，伢儿便会好起来的。

老黑嘴上说去接龙家垴的老表来给火儿"烧胎"，就是不见行动。阿春有想法了，这黑鬼莫不是因为这伢儿不是他的亲生，才不放在心上。这天，阿春天不亮就起了床，挺着个大肚子，从锅子里舀了一碗红薯汤。她一边吃，一边走到房门边，对还睡在被窝里的石老黑说："今天你招呼屋里和伢儿，我出去有点事情。"

"哪样事情，非得要你去不可？"石老黑一边起身穿衣，一边问。

"你莫管，也不该你管。"阿春大口大口地喝着红薯汤，没好气地说。

石老黑听出婆娘是话里有话，便追着问道："呃！你讲，到底是哪样事情，你讲呀！"

"我就是不讲，讲出来你也不会管。"阿春说。

石老黑一急，便起了高腔："你这婆娘也真是！这屋里的事情老子哪样没管？"

"哪样没管？！你心里最清楚！"阿春钉子钉板子，同样起着高腔。

俩公婆这样起高腔，还是第一次。阿春觉得丈夫不近人情；老黑觉得婆娘脾性变了。谁也不相让。

石老黑一步上前，扭住阿春的胸口，恶狠狠地说："到底是哪样事，你跟老子讲明白！快讲！"

阿春气极了，将手里的红薯汤朝着石老黑泼去，起着吼："剁脑壳的，你敢打人！"

石老黑原只想把婆娘吓唬住，没想到婆娘动了真的，把他泼得一身的红薯汤。他火从心上起，想给婆娘来一顿，见她瘦骨伶仃，又挺起个大肚子，下不得手，便生起了软壳蛋："我的个观音菩萨，你有话就讲，有屁就放，憋在肚子里做哪样？"

　　阿春憋不住，伤心地哭了，骂道："剁脑壳的，我问你，你讲过要把火儿当亲生的话没有？"

　　石老黑说："讲过呀！火儿六岁了，我从来就把伢儿当作亲生。"

　　阿春仍然泪流不止："哼！讲的比唱的好听。伢儿都瘦成这个样子，一点也不关你的事。天天讲要去请龙家垇老表来'烧胎'，就是不见去。龙家垇又不是北京城。你不愿去，我自己去好了！"

　　听了阿春的埋怨，石老黑立刻感到是自己的不是。他立刻陪着笑脸说："没去接龙家垇老表来给火儿'烧胎'，是我的不是。你讲明白就是嘛！我去，我这就去！"

　　"哼！你这黑鬼，补起都是个疤！"阿春脸上挂着泪痕，气还没有消。

　　去龙家垇请老表，石老黑有难言的苦衷。请巫师给伢儿'烧胎'是要封利市的。不封利市便不灵验。眼下的石老黑身无分文。去把龙家老表请了来，没得钱给怎么办？就这样，事情搁置了下来。打理火儿当紧，就只有先去把龙家老表接来再说了。

　　石老黑动身去龙家垇。表哥龙法胜比他大十五岁，只生有一个女儿，名叫兰花，才八岁。石老黑寻思着，这样两手空空怎么好进屋？兰花叫表满，没得东西送她怎么好意思？他看见路边的山上，到处是红透了的山枣子。铁门槛一带的糯米山枣子，比别处的要大些、甜些、粉些。摘些山枣子带给兰花不是很好吗？他动手摘起山枣子来，没有家什装，就脱下衣服兜着。不一会，他就摘得一大兜。

　　石老黑来到龙家垇。表哥龙法胜行香火去了，只有表嫂阿珍带着兰花在屋。兰花吃了石老黑带来的山枣子，"表满，表满"叫个不停。

　　阿珍说："老黑，你是不轻易出屋的。今天来找表哥，想必是有哪样事情？"

　　石老黑说："也没得哪样大事。我屋里火儿黄皮刮瘦，只怕是走了'胎'。想请表哥有空时去一趟铁门槛，给火儿'烧胎'。"

阿珍说："不管有空没空，为了你们家火儿的事，再忙也是要去的。"

"那他什么时候能去？"石老黑问。

阿珍说："他这几天在辛女溪还傩愿。等他回来，我跟他说，让他到铁门槛去一趟就是。"

中餐很丰盛，有鸡，还有猪头肉。阿珍晓得老黑爱喝一杯，还给他筛了满满一碗包谷烧。石老黑好久没有得吃这样的美餐了。

阿珍说："吃吧！这鸡，这猪头肉，都是你表哥托人带回来的。他出门行香火，这些东西倒是有得吃。现在秋凉了倒还好些。天热时吃不赢，有时候都放臭了。"

石老黑呷了一口酒，对阿珍说："表嫂，你跟了表哥，是你的福气啊！"

"唉！"阿珍叹着气说："唉！搭帮你表哥的道艺，我是吃不愁，穿不愁。可我总觉得对不住他。他都那么大年纪了，我没能为他龙家留下个人。"

阿珍说的留下个人，是说只生了个女儿，没能给丈夫生个儿子。石老黑安慰着阿珍："表嫂，你放心，为他生个男伢儿，是迟早的事。这些年来，表哥不知替多少人家求来了男伢儿，如今轮到他自己了，向菩萨讨个伢儿，也是必定会给的。"

阿珍说："那可不一定。有人说，学巫行傩的人命都太大，连同子孙的位置，都由他一个人占了，所以也就没有后人了。"

石老黑不相信。他说："不对！这是胡诌乱说。我姑爷也学巫行傩的，怎么又生了表哥呢？表嫂，这些鬼话你莫信。你铁定可以为表哥生个男伢，只是时候还没到。"

"但愿如此吧！"阿珍说："我真眼红阿春，生个不断纤，我要是也能像她那样该多好。"

石老黑曾听表哥说过，表嫂娘家的哥哥米仁和，是有名的排头工，生有三个男伢儿。表嫂早就想要一个来,又做儿子,又做女婿。米仁和却不愿让儿子当上门郎。他说,排古佬的伢儿,长大跟老子放排就是,哪里也不去。石老黑倒是想得通。当上门郎无所谓,只要伢儿日子过得好。不论是火儿,还是白狗,只要龙家看得中,他都愿送过来。他对阿珍说:"表嫂,我同表哥的血亲,我的伢儿,就是你们的伢儿。火儿、白狗由你选。跟你们当儿子也好,做女婿也行。"

石老黑的话称了阿珍的心。她说:"真的这样,你和阿春会舍得?!"

石老黑说:"怎么舍不得?又不是给别人,伢儿从糠箩跳到米箩里,还巴不得哩!"

"烧胎"的事情定了下来,石老黑回到了铁门槛。他当务之急,是设法搞点钱,大小是个礼。不论多少,在表哥为火儿行傩"烧胎"之后,作为利市送上。可到哪里去寻这钱呢?铁门槛虽说是穷山恶水,可也并不是所有山民都一贫如洗。那些"坐坳"的、"吊羊"的,虽然担惊受怕,一旦得手,手头还是能够宽裕一阵子的。

石老黑决定,向火儿的干爹,族中堂兄石老雄去借。寨子没被烧之前,石老雄和他是对门对户。石老雄年长老黑十九岁,五短身材,绿豆眼睛,伶牙俐齿。他骑坡过岭,健步如飞。同猎狗赛跑,可以扯住狗的尾巴。他臂力过人,榨油的碾岩举得过头顶。偌大的枞树筒子,经他手掌三劈两劈,就成了一堆劈柴。铁门槛的"棒棒客"数他最有本事。石老雄"坐坳""吊羊"屡屡得手,手头要比老黑宽裕得多。石老雄生性豪爽,他的钱就是众人的钱,任何人都可以向他借。借了钱还不还都不要紧。石老黑很是佩服这位堂兄的为人,让火儿认他做干爹。石老雄多次邀约老黑和他一起干,都被石老黑婉言拒绝了。生活拮据的石老黑,极少向人开口借钱。为了火儿"烧胎"的利市,他只好硬着头皮来找石老雄。

这天,石老雄正坐在门前的竹椅子上吸着旱烟。旱烟杆用竹子做成,酒杯粗,齐眉高,两头是硕大的白铜烟锅和烟嘴。这样的旱烟杆,既可用来吸烟，又是他的随身武器。

"雄大哥！"

"哟！老黑，你稀行。来，先吃锅烟。"石老雄说着，随手把长烟杆交给石老黑。

石老黑没有接烟杆，而是拿过了石老雄手中的纸煤子。他说："这几日我有点咳嗽，烟吃得少。你吃，我来给你点烟吧！"

长长的竹烟杆优点很多，缺点就是点烟时总是够不着。石老黑吹燃纸煤子，为石老雄点着烟。

有人点烟，石老雄吸起烟来就方便得多了。只见他深深地吸了一口叶子烟，发出"唏唏"的声音，显得很过瘾，很自在。他问石老黑："老黑，无事你是不上门的。有哪样事？你就说吧！"

石老黑说："想来跟你借点钱。"

"借钱做哪样？"

"火儿'烧胎'，要给我龙家垴的老表包一个利市。"

"借多少？"

"不多，二十文就够了。"

一锅烟吸完，石老雄磕着烟灰，语重心长地说："黑老弟，这叫作'文钱憋死英雄汉'哪！"

"嘻嘻！眼下手头是有点紧。"石老黑显得不好意思。

"一个梅山虎匠，都好几年打不得老虫了，手头能不紧吗？"石老雄表示同情过后，接着说："二十文，这几个小钱算个卵，可我不能借给你！"

吹燃纸煤子，正要为老兄点第二锅烟的石老黑，有点不相信自己的耳朵。在烟火点燃之后，他无地自容地抽身离开。

"回来！"石老雄喝道。

石老黑应声停止脚步。

"不想问问，这是为哪样吗？"石老雄问。

"不想。"石老黑头也没回，再次动身离开。

"回来！"石老雄站起身，厉声喝道。

石老黑无奈回转身，和石老雄面对面地站着。五大三粗的石老黑，从未受到这般奇耻大辱，他两眼充满着泪水，对着石老雄高声说："雄大哥，你太看不起人了！"

石老雄板着脸，声音比石老黑更高："是我看不起你吗？是你自己看不起自己！火儿是我的干崽，他的事我能不管吗？你一个大活人，怎么能让尿憋死！你一个男子汉，怎么能让二十文钱憋死！你就不能放下臭身段跟我上一趟铁门槛？！莫讲是二十文小钱，就是二十两白花花的银子，也是小菜一碟，算个卵事！"

直挺挺站着的石老黑，这才明白了石老雄的良苦用心。石老雄又在拉他入伙，去"坐坳"，去"吊羊"。多少年了，石老雄早就看中了他，相劝过他一次又一次。石老黑虽然是穷得叮当响，可他就是下不了那个决心。在石老黑的心里，当强盗总不是好人所为。石老雄的那双绿豆眼，直射着逼人的凶光，喝道："你讲话呀！"

石老黑栽着脑壳，一时不晓得如何应答。

石老雄将一张板凳丢在石老黑的面前，以命令的口吻说："坐下！"

石老黑乖乖地坐在板凳上。石老雄在那旱烟杆上装上一锅烟，递给石老黑。他吹燃纸煤子，为石老黑点烟。石老黑皱着眉头，吸着烟，仍然没有说话。石老雄端起另一张板凳，去到石老黑的对面坐了下来。这石老雄年轻时，长年漂泊江湖。在浦阳镇给油号装过船，给木行扎过排。他还当过船把佬，排古佬。到过辰州，到过常德，还到过汉口。他逛过堂班，坐过茶馆，听过说书，进过戏院，还跟着麻阳佬一起碰生碰死打过码头。凡是想做的事情，他都去尝试过。然而，他到任何地方，人家都说他是"苗子"，都不拿正眼看他。这使得他难以忍受。石老雄厌倦了漂泊生活，回到铁门槛继承祖上传下来的门径，当了一名"棒棒客"，过着充满风险而富于刺激的生活，他感到十分自在和惬意。眼前的这位本家老弟，天生做

"棒棒客"的好材料，却偏偏认死理，放不下身架。他只能苦口婆心再一次对他开导："黑老弟，我晓得你很为难。你心里会骂我，老哥怎么邀你去当土匪，做强盗？可你也不想想，谁让我们投胎投在这铁门槛？！铁门槛的人，你不是强盗也是强盗。那年唱目连大戏，你手脚麻利抢了戏台上的钢叉。千总衙门的段千总，先是夸你好身手。他得知你是铁门槛的，便说你是强盗窝子出来的，难怪有这么好的身手！其实，你石老黑并不是强盗，只不过住在铁门槛而已。话又说回来，是强盗又有什么了不起！讲远点，乾隆六十年，松桃、镇筸的苗人拉队伍，声言要打过黄河去，为头的就是我们石家人，叫石柳屯，还有一个叫吴八月；讲近点，咸丰十一年，打富济贫的长毛从浦阳经过，为头的又是我们石家人，叫石达开。在官家的眼里，这些人都是强盗，都是贼寇。若是他们的起事闹成了，坐上了金銮殿，哪个还会说他们是强盗，是贼寇？仔细想想，那石柳屯也好，石达开也好，他们为的哪样要起事？还不都是因为穷，手上没粮，没钱，日子过不下去了。就说六年前吧，三担饷银落到我们铁门槛，官军一把火，把寨子烧了个片瓦不留。接着上峰又来了指令，强盗窝子铁门槛，永禁修建房舍。禁得了吗？铁门槛上的吊脚楼，还不是一栋一栋又建了起来。"

"雄大哥，我一直不明白，官家不让我们修屋。可我们还是修了。官家怎么又不闻不问了呢？"石老黑眨巴着眼睛不解地问道。

石老雄一副不屑的神情，说道："哼！什么卵的官家！银子是白的，眼珠是黑的。"

石老黑恍然大悟了："你是说那段千总他——"

"话讲到这里打止，你就莫再问了。"石老雄说："其实，浦阳的千总衙门也好，镇筸的道台衙门也罢，都是巴不得这铁门槛上出点事的，要不然，他们的财路就断了。"

从小起，石老黑对这位雄大哥就非常崇拜，而又觉得无法效仿。听了他的一番话，石老黑想，如果雄大哥拉起队伍来，或许他也会是石柳屯、石达开一样的英雄，石氏门中又会多出一个人物。他简直不敢想象，雄大哥与官家竟还有如此这般不可告人的瓜葛。雄大哥没把他当外人，连这样的事情也不瞒他。石老黑虽有点心动，却仍然坚守着他固有的底线。他所追求的只是与世无争的生活。对于大山的老虫，他可以下毒手置之于死地。对于与自己同样的人，他是无论如何丧不起良心，下不了毒手的。他对石老雄说："雄大哥，人不能同人比，老弟不能同大哥比。莫看我长得那么大一坨，连老虫都敢打。事实上，我的胆子比老鼠子还要小。你让我做的事情，是英雄好汉做的事情，我没得那个胆子，我丧不起那个良心。"

石老雄哈哈大笑。他说："老黑，你总算讲了真心话。良心，良心多少钱一斤？你穷得连二十文钱都拿不出，有哪个良心好的同情你了？这世上的人，天天都在丧良心。那大山里的老虫是不是也是一条命？它招你了？惹你了？你装起药弩伤它的性命，难道就不丧良心了？你这样丧良心为的哪样？为的是要活命，养家糊口过日子。你为了活命，就顾不得老虫的性命了。这同在铁门槛'坐坳''吊羊'，又有什么两样！"

石老黑摇着头说："不一样，不一样。打老虫，是对山中的野物。'坐坳''吊羊'，是对世上和自己一样的人。"

石老雄说："人！人有哪样了不起？！这世上的人，同世上的蚂蚁原本都是一样的，都只是一条性命。何况谁都晓得，铁门槛的'棒棒客'，从来就是只要银钱不取性命的。有钱大家用，有饭大家吃，道理通天下。你怎么这个弯都转不过来呢？"

石老黑不再说话了。他寻思着，这位老哥讲的话，也不能说没得一点道理。雄大哥劝他是出于好心，是想让他生活得好些。尽管如此，他还是不想上这条船。他不便当面拒绝，只是说："雄大哥，多谢你的好心。让我想想再答复你。我先回去了。"

"老黑，你等一下。"石老雄叫住了石老黑。他飞快地从屋里拿出一串铜钱，塞到石老黑的手中，说："拿去给火儿'烧胎'吧！"

石老黑一看，那串铜钱不是二十文，而是一百文。

石老雄说："你不愿意跟着我做不要紧，我是不会勉强你的。什么时候，我上铁门槛上做生意，你不做，躲在旁边看一看，究竟是怎么回事？这总是可以的吧！"

"到时候再说吧！"石老黑说着，将铜钱退回八十文给石老雄。他十分感激这位老兄："雄大哥，多谢你为我解危难。火儿'烧胎'给龙家垴老表送利市二十文钱就够了。这八十文钱一时也用不着，还是退给你吧！"

石老雄很不高兴。他板着脸说："老黑，你这是做哪样？冲着我们是兄弟，我又是火儿的干爹，这点钱我根本就不打算要你还。你把大哥当外人还是怎的？"

石老黑不再退钱，他说："好！那我先拿着。等手头宽裕些时我会还给你的。有借有还，再借不难嘛！"

石老雄的新房子建在山坳上。门前可以远眺官马大道。道上的行人是单个，还是结帮；是乘轿、骑马，还是步行；是空手，还是带着家什，全都一目了然。他每次出手，都万无一失。

这天傍晚，石老雄拿着长长的旱烟杆，在屋门口吃烟。他突然发现，那远处的官马大道上，正行迹匆匆地走着一个汉子。那汉子的肩头背着一个褡裢。按照石老雄的经验，估计他身上的油水不会多，但也不会一点没有。他走路的速度不算慢。等他走到铁门槛时，天估摸也刹黑了。若在平时石老雄不会惊动他。劳神费事，炒这样一碟小菜，犯不着，也划不来。今天却不同，他想到了石老黑。他想通过一次毫无风险可言的行动，让他长点见识。当个'棒棒客'，搞点儿钱财，远比他上山打老虫要快捷得多，也松活得多，并不是想象中那样有风险。

夜色渐渐降临，石老雄的两个儿子——大虎和二虎飞快地上路了。俩兄弟的脸上，都涂着锅墨黑，手里都拿着安有长柄的砍刀。这夜，石老雄没有与儿子同行，而是径自来到了石老黑的屋前，轻声喊叫："老黑，出来一下，找你有点事情。"

石老黑一出屋，他的手便被石老雄像铁钳一样抓住。石老雄说了声："跟我走！"拉着石老黑便往铁门槛的方向飞跑。这时，石老黑立马明白了老雄大哥的用意。石老黑想挣脱，奈何石老雄手劲惊人。他只得乖乖地听任拉拽。

"老雄哥，我害怕，不去'坐坳'。"

"谁要你去'坐坳'了？胆小鬼！我是让你去长见识！"

果真如此，石老雄并没有拉着石老黑去"坐坳"，而是将他拉到一个可以俯视"坐坳"全过程的茂密树丛之中。到了那里，石老雄压低嗓门对他说："就站在这里，莫动，莫作声，就只要你看着下面的路上，看一回你从来没有见到过的把戏！"

夜色阴沉，云层压得很低，天上见不到月亮，也见不到星星。对于"坐坳"的人来说，这是绝好的天气。石老黑却轻声说："雄大哥，天太黑，我看不清。"

"闭嘴！习惯了，你就会看得清的。"

官马大道上出现了脚步声。一个朦胧的黑影，在夜色中移动着。石老黑屏住呼吸，瞪大两眼，注视着将发生的惊心动魄的一幕。那移动的黑影仍然模糊。只有他身上挂着的褡裢，似乎还可以辨别出来。猛地，从那黑影的身后，窜出两个黑影，用手里长长的家什，顶住了前面黑影的背心，吼道："莫动，举起手来！"

石老黑听得真切，这是大虎和二虎的声音。

黑影顺从地举起了双手。他肩上的褡裢被迅速地取下。出人意料的是，那个黑影开口了："'弯子生'来到贵地盘，只怕要高抬贵手啊！"

大虎、二虎充耳不闻，想从那褡裢里得到想要的东西。

"大虎！二虎！鬼崽崽，'弯子生'都不懂，还坐哪样坳！表满告诉你，'弯子生'就是唱戏的。表满是老司，也是戏子。戏子是'棒棒客'的朋友！不能大水冲了龙王庙，自家人不认自家人。我这是来给老黑家的火儿'烧胎'的，褡裢里什么也没有。喏！就只有这一副卦。"

石老黑听得真切，这分明是龙家垴老表龙法胜的声音呀！他不由得两腿发软，凑近石老雄的耳边轻声说："拐场了，是我龙家垴的老表。"

"表满，侄儿有眼无珠，对不住！实在对不住！"官马大道上，大虎、二虎连连赔礼。

"回去给你老子把个信，明天给火儿烧过胎，我要到你屋里喝酒。"龙法胜找了点轻松的话题，缓和眼前"棒棒客"小兄弟的尴尬。

石老雄和石老黑，飞也似地跃出了树丛。石老雄不再手拉石老黑，而是各自飞快地回到了家中。

龙法胜摸黑进到吊脚楼，迳往火塘屋。屋里没有点灯，只有铛架下燃烧着的柴火在发出光亮。火塘角落里，挨个儿坐着火儿、白狗和甜妹。阿春见龙法胜来到，高兴地说："表哥，总算把你盼来了。"

"表哥的香火旺得很，不是来给火儿'烧胎'，只怕是轿子都抬不来。"石老黑不知什么时候也进到了火塘屋，他赶紧取来枞膏，从火塘里点燃，丢进一个吊网里，枞膏光立刻照亮了火塘屋。接着，他又拿衣袖揩了揩火塘上的长板凳，说："表哥，你快上火塘请坐。"

龙法胜上得火塘，还没落座便说："哈！这铁门槛的'棒棒客'，果然是名不虚传！"

"怎么？在铁门槛遇着哪样了吗？"石老黑明知故问。

龙法胜说："老雄的两个鬼崽崽，想来搞我的路子。冒冒失失，江湖上的规矩，一点也不晓得。我讲我是'弯子生'，他们竟然不晓得我讲的哪样。"

"两个冒失鬼，没弄着你哪里吧？"石老黑一副很关切的样子。

"鬼崽崽财迷心窍，还以为我这褡裢里装着金银财宝哩！一摸，里头什么也没有，就只有一副卦。"说着，龙法胜大笑起来。

石老黑也笑着。阿春是个精细人，她发现丈夫虽然是在跟着笑，但笑得极不自然。刹黑的时候，丈夫曾被石老雄叫了出去，或许就和发生在表哥身上的事情有关联。当着表哥的面，阿春不便把事情讲穿。她接过龙法胜的话头，不无风趣地说："表哥，你该对那两个鬼崽说，我带着这副卦，是去给老黑屋里的火儿'烧胎'。你们是不是也走了胎？要我来给你们'烧胎'呀！"

阿春的一番话，使龙法胜再一次笑了。这时，阿春对火塘角落里的三个小家伙说："你们还不快叫表伯伯！"

白狗和甜妹似乎有点害怕，不敢说话，只是滴溜着眼珠，望着龙法胜。

"表伯伯！"火儿羞涩地叫了一声。

"嗯！到底是哥哥，比起弟弟妹妹来要懂事些。，嗯！让我来算算看，呵！已经六岁了吧。"坐在火塘长板凳上的龙法胜，一把将火儿抱在了身边，他看了看火儿的眼睛，又捏了捏火儿的小手，怜惜地说："嗨！瘦成了这个样子，看样子是走了胎，乖伢儿，不要紧，表伯伯给你'烧胎'。烧了胎你就会肥得像小猪崽一样。"

阿春抓来一只母鸡，交给丈夫，说："老黑，杀鸡！"

石老黑接过那只鸡，操起菜刀就要杀。龙法胜眼疾手快，一把将菜刀夺过。他说："杀鸡做那样？我这个当老司的，吃鸡都吃厌了。阿春就要坐月子，鸡还是留着给阿春月子里吃吧！"

"为了火儿你摸黑上门来，没得一点吃的，那怎么对得人住！"阿春说。

龙法胜说："弟妹呀！一家人不说两家话。这些日子，我是有点忙，若不是为了火儿的事，就是吃龙肉我也不得来。这鸡，你们就千万莫杀。夜饭，撒撒脱脱吃一点，莫把时间耽搁在吃饭上了。吃过夜饭，我就给火儿'烧胎'。'烧胎'过后，还想同你们商量个事情。明天一早，我就要动身，赶到焦溪，那里有一堂傩愿等着我，选好的日子是误不得事的。"

老黑夫妇依了龙法胜。阿春捧来一大捧朝天辣椒，丢在火塘坑里，任柴火把辣椒烧得爆裂。满屋辣椒味，顿时呛得众人咳嗽不止。手脚麻利的阿春，从坛子里舀出一碗酸藠头，和着烧爆的辣椒放在擂钵里，用木杵不住地擂捣成泥状。石家人就用这种擂辣椒子招待客人。开饭了。擂钵辣椒飘散着令人垂涎的酸辣味。龙法胜三扒两咽，就把一碗饭吃完。他笑着把碗递给阿春说："擂钵辣子真好吃。来，给我添碗饭。"

吃过夜饭，白狗和甜妹就在火塘角落里的板凳上趴起睡着了。火儿听说表伯要给他"烧胎"，便没有了睡意。龙法胜问阿春："弟妹，'烧胎'的东西都准备好了吗？"

"都准备好了。火儿的一件衣服，五根麻线，一个鸡蛋，一团艾叶，还有一升香米。"说着，阿春把东西做一个筛子端了出来，香米上，放着个红纸包的利市。

"这五根麻线是哪里得来的？"龙法胜指着筛子里的麻线问。

阿春说："讨了五户人家，每家讨了一根。"

龙法胜说："这就对了。伢儿的胎走了，我帮你寻回来。寻回来了还要走，只有用五根麻线才能套得住，只有用众人的绳索才能套得住。"

枞膏光照亮了整个堂屋，龙法胜开始为火儿"烧灰胎"。他用火塘里冷却的柴灰，均匀地平撒在堂屋的地面上。他念动神词，取来火儿的一件衣服，平铺在木柴灰上，按照衣服的样子，在柴灰上画出轮廓。再在这衣服的图形上加画上头、手、脚和阴膛。柴灰上出现了一个人形。继而他将揉成粉团状的艾叶，分别放在图形的人头、胸口、阴膛，以及两手的掌心，两脚的脚背，用神香将成团的艾叶一处处点燃。艾叶燃过，将灰烬归聚到图形的胸口处。这撮艾叶灰便是治好火儿走胎的灵丹妙药。

接着便是"烧火胎"了。石老黑按照龙法胜的吩咐，端来了一盆燃烧着的木炭火。将那五根从五户人家讨来的麻线，其中有两根黑线，三根白线，交织在一起。黑白交织，昭示着阴阳的协调。阴少而阳多，以求得着患儿身上阳气的上升。患儿的病体自然也就会痊愈。龙法胜得先行诵念神词"化线"，麻线才能具有神力：

太上老君赐吾金线、银线，金线捆，银线缠，刀来砍不断，火来烧不燃！

龙法胜边念神词，边用这五根"化"过的麻线，缠绕在一枚鸡蛋上：

太极生两仪，两仪生四象，四象生三才，三才生八卦，八卦定乾坤。

神词念过，麻线也缠好在鸡蛋上。龙法胜将缠着麻线的鸡蛋，投入木炭火之中，并扇动扇子，使火燃烧得旺盛。他再次念动神词：

太极生来两个圈，无极太岁两相连，中间有点真消息，便是老君亲口传。

火盆里的木炭火，经过扇子的扇风，吐出了熊熊的火舌。炭火中的鸡蛋被炭火烧得爆裂，那缠着鸡蛋的黑白麻线，却不知怎的，没有被烧燃。龙法胜用手从炭火中将鸡蛋取出，通过对鸡蛋爆裂不同部位的观察，得到太上老君传递来的消息。

"请问师父，我家火儿走的是哪样胎？"此刻，阿春没有叫表哥，而是在问师父。

龙法胜没有立即回答阿春，而是仔细地观察着那爆裂的鸡蛋。他看见那鸡蛋被烧过之后，有两个部位爆裂出两坨蛋白。他当即口念神词，掷卦占卜。当掷下的神卦一翻一覆，成为"胜卦"时，龙法胜问阿春："火儿夜里睡觉，喜欢怎么个睡法？"

阿春说："他喜欢趴着睡。"

龙法胜说："这就对了，蛤蟆总是趴着的。你看，这鸡蛋烧爆出的两坨，正好是蛤蟆的眼睛。太上老君把信了，火儿走的是'蛤蟆胎'。蛤蟆胎神用火烧过了，便会走得远远的，火儿也就会慢慢好起来的。"

烧胎时，火儿一直躲在堂屋的黑角落里观看。听表伯伯说他的病会好起来，心里很快活。他从黑角落里钻了出来，对着龙法胜作了一个揖，说道："火儿多谢表伯伯！"

"哈！火儿还懂礼性。"龙法胜很高兴，问火儿："怎么？你还没睡呀！"

火儿说："表伯伯费神为火儿'烧胎'，火儿怎么能去睡呢？"

"火儿真懂事！"龙法胜从心里喜欢上了火儿。说着，他将缠绕在鸡蛋上的麻线解下，结成了三个黑白相间的麻线圈，分别戴在火儿的脖颈、左手腕和左脚腕上。他说："火儿，带上这阴阳线圈，胎神就近不了你的身，你会壮得像头小水牯。"

阿春安顿火儿睡觉去了。石老黑俩公婆和龙法胜又进了火塘屋，坐到了火塘边上。这时，石老黑将那升香米倒进他的褡裢，接着将那个利市塞进表哥的怀中。

"老黑，你这是做哪样？"龙法胜不肯收利市。

石老黑说："按照规矩办，'没得利市法不灵'啊！"

龙法胜说："怎么？你有钱了？！未必你也到铁门槛'坐坳'了！"

"哪里！哪里！我怎么会去做那样的事？"石老黑说。

龙法胜给石老黑敲起警钟："老黑，这铁门槛在外头的名声可不好啊！你什么事情都可以做，就是那'棒棒客'千万做不得。"

石老黑说："表哥，这事你尽管放心就是。"

龙法胜接着说："老黑！阿春！你们俩公婆都在这里，表哥有件事情，想同你们打商量。"

"不知表哥说的哪样事？"阿春问。

石老黑说："表哥，你有哪样事情，尽管说。"

龙法胜说："我们两家是姑表亲。两家的事情，也没有什么可瞒的。这些年来，我有点道艺在身，日子过得还将就。老黑虽然也有道艺，可运程不对，又遇上一把冤枉大火，日子就过得艰难点。我的日子虽然过得还可以，可也有不顺心的事：四十多岁的人了，只有一点妹崽，连个接香火受道艺的人都没有。你们真好，膝下儿女双全，眼下阿春又有喜了。"

石老黑联想起那天他对表嫂的承诺，立刻明白了表哥的言下之意。他说："是啊！家家有本难念的经。你我是血老表，是至亲，你有话只管说。"

龙法胜说："你表嫂和我讲起那天你说的话，我可是当真了。今天一来给火儿'烧胎'，二来是特意来和你两公婆商量你说的那件事情。"

"我和表嫂说的事情，还没来得及同阿春商量。"石老黑说着征求阿春的意见："那日表嫂对我说，他们龙家希望有个男丁；表哥的道艺也希望有个传人。我就说，我们的火儿和白狗随他挑选。伢儿当儿子可以，做女婿也行。不知你意见如何？"

阿春是个爽快的人，她立刻觉得是可行的。伢儿过继到龙家，把表哥的道艺接过来，一世人生的吃穿也就不用愁了。比起窝在这臭名远扬的铁门槛，只怕要强万倍。她说："我和老黑的伢儿，就是表哥和表嫂的伢儿。只要你们不嫌弃，火儿和白狗两个伢儿由你随便挑。"

龙法胜说："弟妹呀！伢儿是你身上的肉。你舍得把伢儿放给表哥，表哥感谢不尽。你们让我挑我就挑火儿。"

阿春说："既然是表哥看上了火儿，就让火儿跟着表伯去龙家。伢儿身后能有表伯这莞大树，也是他的福气。"

第二天，火儿就跟着表伯龙法胜下了铁门槛，去到了一个神秘的巫傩世界。

● 元宵花灯大会

火儿来到了龙家垴。表伯伯家里一日三餐都有荤腥，比起铁门槛他的家里不知要强过多少倍。才只有两个月，火儿就完全脱了病体，身子骨也壮实起来了。龙法胜把这种变化归结于"烧胎"的效应。阿珍心想，不是伙食这么好，火儿能长得这样壮吗？

兰花和火儿，表姐和表弟在一起，总是有说不完的话。

"火儿，你的家住在哪里？"

"我有两个家，一个家就在这里……"

"我是问你自己的家在哪里？"

"在很远的地方，叫作铁门槛。"

"你还要回铁门槛去吗？"

"要回去的。回去看我爹、我娘。"

兰花说："我是姐姐，你要听我的话。你不要回铁门槛，就留在我们家。"

"我要是想见我爹，我娘，那怎么办？"

"嗨！你真哈，让你爹，你娘到龙家垴来，你不就见到了吗？"兰花说："火儿，就留在我们家吧！我没得玩伴，一点意思也没有。"

没过几天，火儿离开了龙家垴，跟着龙法胜去了黑羊溪。兰花眼巴巴地看着玩伴走了，真是舍不得。

黑羊溪的寨子里有十来户人家，每年或为祈福，或为添寿，或为求财，或为求子，都要还傩愿。这里没得个把月，龙法胜是出不了黑羊溪的。巫师班一共八个人。"七紧八松九快活"，八个人的巫师班，人手松活，龙法胜有时间调教火儿，要让这伢儿成为全堂挂子的老司：既能行傩作法，又会唱傩戏、阳戏和跳花灯。

不久前，龙家垴的花灯会接到浦阳镇灯神庙的请柬，邀请他们的花灯班参加镇上来年元宵节的花灯大会。龙家垴的花灯班名叫同乐班，灯头便是龙法胜。接到邀灯帖子后，他便着手开始了准备。请来浇儿匠扎制精美的花灯，并不是什么难事，最难的事情还是调教跳花灯的伢儿。早几年，他曾经调教过一批，如今这些伢儿们都已经长大成人，就不能再继续跳了。入秋后，他香火旺得忙不赢，在屋里的时间少，不能对寨子里的伢儿进行调教。没奈何，他便把主意打到了火儿身上。让火儿以他接嗣的身份，作为同乐班的成员，去参加浦阳镇来年元宵节的花灯大会。

浦阳的花灯，由男童扮演小丑癞花子和小旦灯姑娘，载歌载舞，舞扇跳灯。龙法胜认定，火儿是块跳癞花子的好材料。天不亮，龙法胜就带着火儿来到黑羊溪边，教火儿跳癞花子的功夫：挽扇花和矮子步。花灯的扇花主要有二十八种。火儿每天学两种。早上他跟着师父学。上午，师父到傩坛作法去了，火儿便自个儿练习。不到半个月，火儿就把二十八种扇花全都学会了，还挽得是那么回事。走矮子步难度大，火儿总是学不好。而癞花子最讨俏的地方，又正是矮子步。

"火儿，走矮子步，首先要下好骑马桩。你这个骑马桩怎么总是蹲不下去呀？"龙法胜说。

火儿嘟着小嘴，无可奈何地说："师父，火儿也不晓得是怎么搞的，这骑马桩老是下不好。"

"我问你，见过你老子挑扦担篾篓吗？"龙法胜问。

扦担篾篓是一种将扦担插在篾篓中间，不用篓索的篾篓。这种扦担篾篓，便于在陡峭的山路上挑担行走，在湘西的许多地方都盛行。

火儿回答："见过。"

龙法胜问："用扦担篾箩挑担，是怎样挑的？"

火儿说："要蹲下去，才挑得起来。"

"对了！就是要蹲下去，蹲成个骑马桩，只有这样，担子才挑得起来。"龙法胜比画着说："你走矮子步的时候，要默想着你老子起肩挑扦担篾箩，下骑马桩的样子。"

师父的这招还真灵，照他的话去做，火儿的矮子步，果然走得好多了，而且还越走越好。火儿咧着嘴笑了："嘻嘻！师父，你这办法真灵。"

龙法胜告诉火儿："听老辈人说，原日跳花灯是没有矮子步的。后来，有人觉得挑扦担篾箩起肩时的骑马桩很特别，就根据骑马桩的样范想开去，走起了矮子步。"

入秋以后，浦阳镇的三街四十八弄，都为着来年的元宵花灯大会忙活了起来。每条街弄子的花灯班，都在一面筹钱定做精美的花灯，一面调教这一茬跳花灯的伢儿。张家弄的灯头，是顺庆油号的管事张秀山。这天，为了筹建灯班的事，他去请示老板。碰巧，张复礼刚从贵州松桃回来，正向张恒泰禀报在那里开办油榨坊的情形。张秀山不便插嘴，只得悄悄儿站在一边，直等到张复礼把话说完。

"呵！秀山来了。"张恒泰说着问道："呃！张家弄的花灯办得怎么样了？"

张秀山说："我正为这事来向老板和少老板禀报。"

张恒泰说："嗨！你是灯头，事情都交给你了，不必事事禀报。"

"嘻嘻！秀山还真有件事，非得要老板和少老板点头，才能办得成。"张秀山说。

张恒泰说："既是这样，正巧复礼也回来了，有什么事你就说吧！"

张秀山说："前天，我从麻阳接来一个花灯师父，他在弄子里挑选跳花灯的伢儿。选来选去，还差一个跳灯姑娘的伢儿。昨天他从窨子屋门前经过，正巧看见小少爷在门口骑竹马，一眼就看中了。他说，小少爷长得秀秀气气，像个妹崽，是跳灯姑娘的好材料。我特为此事前来禀报。嘻嘻！伢儿学跳花灯很累人，不知道二位舍得舍不得？"

"哈哈！花灯师父看中了我们家龙儿，说他长得秀气，他本来就像娘嘛！跳灯姑娘，那可是男扮女装呀！"张恒泰笑着说，听口气似乎是答应让龙儿去跳花灯了。

"不去！龙儿不去跳花灯。"张复礼一听说那"长得秀气"的话，心里就懊丧、晦气。他一口回绝了张秀山。

"嘻！既然少老板不同意，不去就是了。"张秀山说着，抽身就要走。

"慢着！"张恒泰叫住秀山，转身对儿子说："复礼呀！这跳花灯是伢儿的事，既然是花灯师父看中了，就让龙儿去跳吧！"

"嘻嘻！他生得那么秀气，跳起那灯姑娘来，一定神了！"张秀山想，老爷既然同意了，少老板应该是不会有异议的。

张秀山又在渲染龙儿的秀气。张复礼却是烦透了这句话。在浦阳镇上，谁个不知，哪个不晓，张复礼是高大魁梧、相貌堂堂的男子汉。他名下的儿子，却是个长得"秀秀气气"的伢儿，看那面容，那身材，那神态，找不到自己的一点儿影子。着真打量这伢儿，便立刻会想到当年的那些风言风语，想到传闻中的躬躬迷药。人们逝去的记忆，势必会死灰复燃。张复礼不想因为伢儿跳花灯的事，再平添出无端的烦恼。脑子一转，他想出了理由："父亲，我看还是不去跳吧！昨天我从松桃回来，正好遇上印秀才。他说要在屋里开一个蒙童馆，过几天就开馆。龙儿已经六岁，该让他到蒙童馆发蒙了。跳花灯的事，我看就算了吧！"

读书当然比跳花灯重要。儿子这一说，张恒泰立刻改变主意。他说："既是这样，读书要紧，耽误不得。跳花灯，秀山你就另外找人吧！"

印秀才的家，是浦阳镇上的书香门第，祖上却并没有给他留下多少业产。他本想在仕途上有所进取，怎奈是几度乡试不第，令他心灰意冷。他虽然不愿因此而罢休，可总得找出一条路子，维持屋里的开销。在家中开个蒙童馆，成了他的选择。

八月二十七是孔老夫子的圣诞，印秀才的蒙童馆便选择这天开学。清早起来，张复礼和刘金莲带着即将入学的钰龙，来到大堂，拜过祖先牌位，并向爷爷、奶奶请安。张恒泰喜滋滋地说："哈哈！龙儿，从今天起，你就是孔老夫子的学生了。"

钰龙问："爷爷，爹爹让我给印老师做学生，怎么又成孔老夫子的学生了？"

"哈哈！"龙儿天真的问话，让张恒泰大笑不止。他说："等吃过早饭，爹娘带你进到印老师的学馆里，你就明白了。"

钰龙的早餐，吃的是奶奶煎的荷包蛋。龙儿发蒙，张王氏破例亲自下厨。

刘金莲说："龙儿，今天的荷包蛋是奶奶亲自为你煎的，你应该怎么样？"

钰龙说："龙儿多谢奶奶。"

"嗯！龙儿真懂事。"张王氏很是高兴，问："龙儿，奶奶煎的荷包蛋好吃吗？"

钰龙咬了一口荷包蛋，品了品味道，说："好吃！好吃得很哩！"

张恒泰和张王氏都笑了，笑得很开心。

张复礼和刘金莲夫妻二人，带着钰龙上印秀才开办的蒙童馆就学。刘金莲一手牵着钰龙，一手拎着她娘屋陪嫁来的书篮。打从钰龙出世以来，夫妻二人还是第一次这样带着伢儿招摇过市。一路之上，遇上了许多熟人。张复礼只是随意点点头，打着招呼。刘金莲却流露出格外的幸福、热情和得意。

印秀才家的小院，在瞿家弄的深处。瞿家是这条弄子的大户。印秀才的祖上与浦阳红极一时的瞿家有点儿沾亲带故，所以在这条弄子里做了个院子，安了家。

进到弄子里，钰龙突然神秘兮兮地说："爹！娘！我告诉你们一件事。”

“什么事？”夫妻二人问。

“奶奶给我煎的荷包蛋，咸得发苦，实在没法吃。”钰龙悄声将他的秘密告诉爹娘。

刘金莲忍不住笑了，问道：“那你怎么吃了，还说好吃？”

钰龙说：“荷包蛋是奶奶亲手煎的，我能说不好吃吗？”

刘金莲夸赞着钰龙，说：“嗯！龙儿懂事。”

张复礼没有搭腔，心里在嘀咕着：“这乖巧的女人，养了个乖巧的儿子。”

印秀才的小院，封着一截矮墙。走进大门，是铺满石板的院子。一幢正屋居当中，左右两边是厢房。蒙童馆就设在左边的厢房里。院子里栽种着花木，几丛龙爪菊，正迎着秋色争芳吐艳。一棵山茶花树枝繁叶茂，栽在庭院正中的花坛里。

“复礼贤弟，难得你和嫂夫人光临，寒舍蓬荜生辉呀！”印秀才迎上前去，欢迎张复礼夫妇。

“茂佳兄，我们是特来拜你这位秀才的门呀！”张复礼朝印秀才拱了拱手，而后对手里牵着的钰龙说：“龙儿，我们去给孔老夫子磕头。”

复礼和刘金莲牵着钰龙，在印秀才的陪同下，进到厢房之中，那里供奉着“大成至圣先师孔子之牌位”。张复礼指着牌位对钰龙说：“龙儿，早上爷爷跟你说，从今天起你是孔老夫子的学生了。你看，这里就供着孔老夫子的牌位。今天是他老人家的生日，快跪下给他老人家磕头。”

小钰龙似懂非懂。他迟疑了一会儿，便听话地跪了下去，给孔圣人磕了三个头。

印秀才说：“龙儿真听话，是孔老夫子的好学生。”

小钰龙刚刚起身，张复礼又说：“龙儿，你是孔老夫子的学生，也是印老师的学生，快给印老师磕头。”

小钰龙乖乖地跪了下去，叫了声“印老师”，便磕起头来。印秀才说了声"快起来"，便将钰龙扶起。他将小钰龙端详了一番，对张复礼夫妇说："复礼兄，嫂夫人，钰龙生得秀秀气气，定然是块读书的好材料，你们就等着他金榜题名吧！"

听见"秀秀气气"这句话，张复礼就感到晦气。他懒得和印秀才搭腔。

刘金莲说："承秀才的贵言。伢儿就交给老师了，请老师严加管教。若是伢儿托老师的福有了造化，决不会忘记老师的大恩大德。"

刘金莲的一番话，把印秀才说得喜笑颜开。这时，他偏偏又说起了张复礼不愿意听到的话。他说："哈哈！你看，这伢儿的相貌，一点儿也不像复礼兄，而是像嫂夫人。俗话说'伢儿像娘，地久天长'。像娘的伢儿必是好八字，定能成大器。"

张复礼原打算来到印秀才的家中与他神聊一番。没想到他左一个"秀气"，右一个"像娘"，使得张复礼全然没有兴致了。

"今天是上学起始，你就在这里陪龙儿！我还有点别的事，先走一步了。"张复礼将钰龙交给妻子，与印秀才道了声别，便匆匆离开了印家的小院。

光阴荏苒，转眼就到了光绪二年的元宵节。这天，阿春早早地起了床，洗了头发，修了眉毛，着实打扮了一番。三个多月前，她又生下了一个儿子，生下来不哭不叫。伢儿眼都还没睁开，就离开了这个世界。早两天，她又吐又呕。天哪！莫非又上了身？！自从火儿去了龙家垴，阿春无时无刻不在牵挂着他。大年初二那天，龙家表哥带着火儿回家拜年。表哥真是个好人，要火儿不要忘了自己的生身父母。火儿在家里歇了两夜。他告诉娘，在浦阳镇的元宵花灯大会上，他要跳花灯，要娘到时候一定去看。早几天，阿春就和老黑商量好了，让老黑留在屋里打招呼，她要和寨子里的灯班，一同去镇上参加花灯大会，看火儿跳灯。龙家表哥是有名的花灯师父，他调教出的火儿，一定会很出色。阿春离开浦阳镇有八个年头了。她再也没去过那曾经令她向往，更是令她伤心的地方。如果不是去看火儿跳花灯，她是不会到那里去的。当年她正值花一样的青春年华。如今，她已没有了当年的光彩，只在那清瘦的面颊上，依然还有那对浅浅的酒窝显现。

元宵之夜，阿春跟随着铁门槛的灯班，融入浦阳镇的花灯聚会中。浦阳镇上，从三府衙门、千总衙门，到各家会馆、祠堂、庙宇，再到店铺、作坊、百姓人家的大门前，都悬挂着扎制精美的花灯。三街四十八弄的灯班，已经在街巷间开始了游走。市镇周边汉族村坊、苗人寨子的灯班，以姓氏堂号的提灯引路，高举着各自祀神的神灯，手提着各式各样的花灯，从四面八方向着浦阳镇涌来。汉族人神灯的祀神，有玉皇大帝、真武大帝、南岳大帝、如来佛祖、观音大士等等；苗族人神灯的祀神，有盘瓠大王、辛女娘娘、白帝天王、飞山大王等等。市镇和乡村的汉人和苗人，正通过花灯大会这样的酬赛，祈求新一年风调雨顺，国泰民安。

阿春跟随着铁门槛的灯班，来到灯神庙参拜过灯神之后，便自个儿悄悄离开了同伴，去寻找龙家垴的灯班，寻找跳花灯的火儿。这时的浦阳镇，已是花灯的海洋。街弄子游走的花灯令阿春眼花缭乱。最多的是一盏盏鱼灯，鱼的尾巴都是可以摆动的。光绪二年是鼠年，那令人生厌的老鼠，扎制成花灯，也变得分外可爱了。还有张牙舞爪的螃蟹灯；身子可以屈伸的虾子灯；脑壳一伸一缩的乌龟灯……阿春随着街市的喧闹，花灯的游动，寻觅着她的火儿。

浦阳镇的花灯大会内容有二：先是街头演唱；后是挨家游走。这天，张家窨子的晚饭开得早，全家人都要到街头观看花灯。为了观灯，刘金莲着意打扮了一番：那白皙的脸庞上，施了一层薄薄的脂粉；修过的柳叶眉下，丹凤眼更加光彩照人；发髻的银簪上，别了一支殷红色的绒花。她身着一件浅蓝色的锦缎棉袄，绿色的锦缎裤子镶着紫边。黑色绒缎的绣花鞋，不露底，不出边，对她那双不大不小的脚，似乎是在进行有意的遮掩。丈夫观灯时的装束，刘金莲也经过精心设计。她让张复礼头戴一顶镶着金边的顶子帽，身着一身绛红色的团花长袍，外面套一件狐皮背心。

这件狐皮背心，是她花大价钱到镇上的皮货庄为丈夫定做的。她同时还照着那个样子给儿子也做了一件。给伢儿做那么贵重的衣服，婆婆觉得没有必要。伢儿见天长大，过两年就穿不得了。公公却说，做就做了吧！以后龙儿有了弟弟，也是可以穿的。公公和婆婆并不知道儿媳的真正想法。刘金莲得知这场元宵灯会的消息时，就为丈夫和儿子观灯的着装煞费苦心。她给儿子穿一身和丈夫一模一样的衣着：一样的团花长袍，一样的狐皮背心，连儿子戴的金边顶子帽，也和丈夫的完全一样。不同的只是儿子胸前挂着她娘家送的长命锁。出门看灯以前，张王氏突然发现孙子的装束竟然与儿子完全一样。她笑着问儿媳："金莲哪！你怎么让龙儿穿一身和复礼一样的衣服？"

"别人一看，就晓得这伢儿是张复礼的儿子呀！"刘金莲回答得极爽快。

张恒泰笑了："哈哈！有意思！穿成一模一样，这伢儿就是小张复礼！"

这时，最不是滋味的是张复礼。他明白，这妇人的安排，是在千方百计让自己与这伢儿亲近。她越是这样，张复礼心里就越腻味，越反感。当着父母的面，张复礼不能将这种心情表露出来。

浦阳街头，玩灯的，观灯的，人流如潮，拥挤不堪。锣鼓声，鞭炮声，闹个不停。走在熙熙攘攘的人流中，张恒泰就觉得太喧闹，太嘈杂，心中有些儿不适的感觉。他让儿子、儿媳和孙子继续观灯，他和老伴就由翠珠陪伴着回了家。

"龙儿，注意拉着你爹，莫丢了。"刘金莲对儿子说。

钰龙抓住张复礼的手，说："爹，我们去十字街看跳灯。"

"好的。"张复礼说。

张复礼和刘金莲牵着小钰龙，朝着十字街走去。一路上，他们遇到了许多相识或不相识的人。张复礼发现，他与伢儿一模一样的装束，果真引起了人们的注意。他懊恼、晦气，甚至有一种被戏弄的感觉。张复礼决定摆脱这个局面。他朝着那最为拥挤的地方走去,摩肩接踵的人们你推我搡。张复礼的手一松,伢儿便跟着刘金莲走一边去了。他转身向着相反的方向,退到了一个灯光照不到的街檐下。他从人群的嘈杂声音里,听到龙儿叫"爹"的声音。张复礼踮起脚,向龙儿叫喊的地方望去。只见刘金莲手拉着龙儿走向了远处。没听到回应,龙儿便不再叫喊了。张复礼如释重负地松了一口气。他心情不好,再热闹的场面也提不起兴趣。出屋时他携妻带子。这时若一个人回去,定然会受到爹娘的责难。他只得耐住性子,在满目花灯的街弄子里,随着滚滚的人流,漫无目的地游逛。

阿春在人头攒动,花灯如星的浦阳街头,四处寻找着龙家垴的灯班,寻找着她的火儿。正街上的三府衙门前,是一块宽敞的坪场。密密匝匝的人们,在那里围成了一个里三层外三层的大圆圈,观看花灯表演。心急如焚的阿春,急匆匆朝着那里走去。她问一个围观者:"大哥,这是哪里的灯班?"

那人回答:"龙家垴的,跳得真不错,才有那么多人围着看。"

阿春立刻伸长颈根细听,阵阵锣鼓夹钞声传来,一个男声唱着花灯调子。这是龙家垴表哥的嗓音啊!他是在为跳灯的火儿伴唱。阿春再也容不得细想,便拚命地扒开层层人群,往圆圈里挤去。那些被她扒开的围观者,不约而同地向她投来诧异的眼光。像是在说,这女人肯定是个癫子。要不怎么会这么野蛮,这么不懂礼性?阿春全然不顾,反复地说着"对不住!对不住!"她终于将脑壳伸出了前排,一眼就见到了正在跳灯的火儿。待火儿正跳完一个段子,趁着锣停鼓歇,阿春大叫了一声:"火儿!"

"娘!"火儿大声呼叫着,来到阿春的跟前:"娘!你来了!"

阿春说:"娘来看你跳灯。"

锣鼓又响了起来。远处的龙法胜在向火儿挥手,示意他赶快上场。

"娘!我跳灯去了,有话跳完灯再讲。"说着,扮演癫花子的火儿走到圆圈的当中,和一个扮演灯姑娘的伢儿,跳起了叫作《乌龟讨亲》的段子。癫花子双手舞着扇子，踏着锣鼓的节拍，走着活套的矮子步，进行生动的表演。那灯姑娘一手舞扇子，一手舞手帕，绕着癫花子摆出各种姿势。一旁的龙法胜唱起了风趣、诙谐的花灯调：

石榴开花叶又青，江边乌龟来讨亲。金丝鲤鱼来做媒，她是穿针引线人。八只螃蟹来抬轿，七手八脚忙不赢。打屁虫子来放炮，噼里啪啦响不停。

火儿伴随着花灯调子，走着娴熟的矮子步。他一会儿装成脑壳一伸一缩的乌龟；一会儿装成尾巴一摆一摆的鲤鱼；一会儿装成两个大钳子一夹一夹的螃蟹；一会儿装成翘起屁股放屁的打屁虫。这一连串的表演，把个《乌龟讨亲》的花灯段子，趣味横生地展示在人们的面前。精彩的表演，引发了坪场上的一片喝彩声。

花灯班火儿的表演，引起了一个人特别的注意，此人便是张复礼。张复礼路过这里，不过只是随便看看，却意外地发现了阿春与火儿讲话的场面。他在圆圈的对面，看见跳癫花子的伢儿喊着"娘"跑了过去，和一个妇人说话。刹那间他惊呆了。那与跳灯伢儿说话的妇人，竟然是曾与他有过一段情缘的阿春。岁月流逝，阿春失去了昔日的风采，那留在张复礼记忆中的面容，却并没有完全改变。凭借花灯的闪灼烛光，他清楚地看到了妇人脸颊上的那对酒窝。阿春与伢儿究竟说了些什么，他没能听清楚。那一声"娘"，张复礼却是听得明明白白的。两个伢儿在表演着《乌龟讨亲》，张复礼将那个装癫花子的伢儿看了个真着。从那伢儿的神态之中，他竟然看到了自己儿时的影子。张复礼顿时便憧懂了。莫非这伢儿就是当初那一时之欢留下的孽债？！她的父亲不是拿去了一笔银钱，答应将她肚子里的胎儿打掉的吗？她怎么又把这伢儿留了下来呢？张复礼感到意外，感到惶恐，更感到内疚，感到自责。他着真看了看灯班的堂号灯，上面写着"武陵郡"三个大字。张复礼明白这是龙家垴龙姓人的灯班。他依此推断，苗女阿春回到盘瓠崖之后，没有把胎儿打掉，而是嫁到了龙家垴，并生下了这个伢儿。张复礼望着那跳癞花子的伢儿，两眼禁不住湿润了。这才是自己的亲骨肉啊！如今近在咫尺，却不能相认。他真想今夜就一直跟着这个灯班，将这个跳癞花子的伢儿看个够。他又立刻意识到此地不可久留。若是让阿春将他认了出来，难料会发生什么样的事情。若是让好事之徒同时认出了他和那女子，浦阳镇上还不晓得会出现什么样的流言。他无可奈何地将脑壳栽了下去，怕的是对面的阿春发现了他。埋着头的张复礼，再一次瞟着眼睛将扮演癞花子的伢儿，细细地端详了一番，而后才依依不舍地离去，继续在街弄子漫无目的地游走。

刘金莲自与张复礼走散之后，便带着钰龙四处看跳灯。刘金莲心里明白，刚才的走散，是张复礼有意将她和龙儿撇开。龙儿却并不知道这些，吵着嚷着，要寻找爹爹。为了让龙儿尽兴，刘金莲带他观看了一个又一个灯班的演唱。那些跳灯的伢儿都是钰龙的同龄人。他们的表演令钰龙羡慕不已。钰龙不明白，当初爹娘为什么不让他学跳花灯。

"娘！要是让我学跳花灯，我也会跳得很好的。"钰龙对母亲说。

刘金莲告诉钰龙说："龙儿，读书才是最要紧的，跳花灯只是过年时候玩耍的事情。"

母子二人随着熙熙攘攘的人流行进。刘金莲一抬头，发现前面的十字街口高挑着一盏"上谷郡"的堂号灯。"上谷郡"是麻姓人的堂号。这里是麻家寨的灯班在表演。她立刻意识到，多一事不如少一事，此处不可久留。她手牵着龙儿赶紧离开。突然，她听到了一个熟悉的声音。

"张家少奶奶！"

刘金莲扭过头，发现叫她的人是大喜的母亲灵芝。人多嘈杂，街头不是说话的地方。刘金莲拉着龙儿，示意灵芝，去到了街檐之下灯光照不着的地方。

"龙儿，这是娘的干娘，你快叫干外婆！给干外婆拜年！"

钰龙抬起头来，望着眼前这从未见过的妇人，怯生生地叫了声"干外婆"，并躬下身子作了个揖。

"哟！真是折煞人了！"伢儿突如其来的称呼和举动，让灵芝不知所措。定了定神之后，她才弯下腰问龙儿："你叫龙儿？"

"叫龙儿，大名张钰龙。"

"今年多大了？"

"过了年，我就七岁了。"

听说是七岁，灵芝不自主地蹲下身子，仔细打量起伢儿来。从那眉清目秀的长相和神态之中，灵芝似乎看到了什么。她的心里，出现了说不出的滋味。她明白，这时候自己不能有任何表露。她只是反复抚摸着伢儿的小手，歉疚地说："龙儿，干外婆让你白喊了。来得匆忙，也不晓得会见到你，身上什么东西都没有带。若是日后有机会，干外婆是一定要补礼的。"

"干娘，您这就见外了。"刘金莲说着，问起了她最想知道的情况："他有信来吗？"

"有的。"

"他还好吗？"

"还好。"

"成了家吗？"

"还没有。"

"给他搭个信去，让他早早成了家，免得让您挂念。"刘金莲说着，又补了一句："也让我心里好受些。"

灵芝说："少奶奶！那些事情你不要老是放在心上。龙儿都这么大了，该忘掉的你就忘掉它吧！"

"有些事情，是永远不会忘记的。"刘金莲神情凄苦，声音有点儿颤抖。

这时，钰龙突然发现了在街头游走的张复礼。大叫了一声"爹！"便撇下刘金莲和这素不相识的干外婆，朝着他的父亲那里奔去。

"他来了，我要走了。"刘金莲说着，便急步朝着张复礼走去。

张复礼一副着急的样子，说："嗨呀！娘儿俩哪里去了？我到处在找你们。"

"被人挤散了，那有什么办法？"刘金莲明知说的是假话，也并不戳穿他。

"刚才在和什么人说话？"张复礼问。

龙儿抢着说："娘让我叫她做干外婆。"

"你有个干娘，我怎么不晓得？"张复礼问刘金莲。

刘金莲情急应变。她说："小时候，我常常生病，娘就把我过继给了一个卖炭的苗人，说是好盘养些。没想到，今夜他的婆娘也来看灯，正巧在街上遇到了她。"

张复礼说："都半夜了，回家吧！张家弄里的花灯只怕都进屋了。"

四乡来的灯班，在街头跳灯，一般都只跳到半夜，而后便到镇上的三街四十八弄，挨家挨户跳灯。给家家户户拜新年，送福、送寿、送财、送喜。当张复礼、刘金莲带着小钰龙回到张家窨子时，花灯班的锣鼓声，果真已经在窨子屋里响起。门前高挑着的两个提灯上，分别写着"武陵郡"和"同乐班"。张复礼一看就知道，是龙家垴的花灯班进了屋。灯头龙法胜是这座窨子屋的常客。张家每次还傩愿，都是请他的巫师班。张复礼接亲的时候，花轿的"封禁"和"开禁"，也请的是他。这时，张复礼立刻想到在十字街口见到的那个女子，她是绝不会到这里来的。他们来到大堂，家里上上下下的人，都已经在那里看跳灯了。

"嗨！你们怎么才回来？花灯都已经进屋了。"张王氏显得有些抱怨。

张恒泰笑着说："这不是赶上了吗？快带龙儿给灯神菩萨作揖！"

张复礼和刘金莲带着龙儿，到摆在大堂神龛正位的神灯前作揖。神灯里竖着一块牌位，那上面写着："飞山公主英惠侯王之神位"。

大堂里，张复礼见到了那扮演癫花子的伢儿，正和灯姑娘跳着一出名叫《观花灯》的段子：

> 正月（一个）正，正月是新春。三街四十八弄鼓打鼓，邀妹去观灯。孙猴子，孙悟空，手拿一根棍，脚踩五色云，五色云中现出吕洞宾……

人们看着癫花子诙谐的表演，一个个笑得前仰后合，张复礼却怎么也笑不起来。他的内心充满着忧伤和愧疚。伢儿跳灯的这个地方，本来就应该是他的家，他却蒙在鼓里，一点儿也不知情。而他作为伢儿的生身父亲，却不能把这一切向他表明。

连跳几个段子过后，伙房办好了夜宵。厨子将一大提桶甜酒煮糍粑提到了大堂。甜酒煮糍粑，是浦阳一带元宵节的饮食。大冷的天，玩灯的人们，吃一碗热乎乎的甜酒煮糍粑，身上暖和。

张复礼舀了一大碗甜酒煮糍粑，送到火儿的手中，说："伢儿，吃吧！"

张王氏也来到了火儿跟前，对张复礼说："这伢儿的癫花子，跳得真好。"

张复礼问："叫什么名字？"

伢儿回答："火儿。"

张复礼问："多大了？"

伢儿回答："过了年，就七岁了。"

"同我们家龙儿一般大。"张王氏说着，向刘金莲招手："金莲，把我们龙儿叫过来。"

刘金莲牵着钰龙走过来。她说："哟！这不是跳癫花子的伢儿吗？你跳得真是好！"

"他和龙儿是同年，来！两人比比高。"张王氏让两个伢儿背靠背比着高，火儿高出龙儿一截。

张王氏问火儿："火儿，你是几时的生日？"

火儿回答："二月初六。"

刘金莲说："大我们龙儿四个多月。"

这时，龙法胜也端着一碗甜酒煮糍粑走了过来。

张王氏说："龙师傅，这伢儿让你调教得真出色。"

龙法胜说："是这伢儿生得灵空，才学了不到半年，能有这个样子，确实也算不错的了。"

看着站在一起的两个伢儿，张复礼百感交集。尽管他也希望在这里多待一会儿，多看火儿几眼。但他意识到，他的感情堤防，在这种揪心的场合里，随时都面临着崩溃的危险。他必须赶紧离开这里，才能避免意想不到的事情发生。他有什么地方可去呢？这时候，书房是不能去的。他只能回到那令人窒息的卧室里，坐到那还有余火的火箱之中。他闭上了双眼，回味着今夜发生的一切，首先他想到的是那对酒窝，是他在那对酒窝里注满了苦酒。今夜，他自己也尝到了苦酒的滋味。那跳着矮子步的伢儿，叫作火儿。就像是一团烈火，焚烧着他充满着罪孽的灵魂。茫茫世界上，还有什么真和假，善和恶，美和丑呢？这一切，原来都是永远睡不醒的梦啊！

元宵节的花灯大会，浦阳镇的不眠之夜。灯班将各个街弄子的所有人家游走一遍之后，便到了拂晓时分。一年的新春佳节就这样全部结束，人们又将开始新一年的营生。躺在火箱里的张复礼，两眼虽闭，却是一刻也没有睡着。刘金莲带着龙儿进到房间，上床睡觉的情形，他都一清二楚。当他睁开两眼时，发现天色已经微明，那床上的母子正睡得香甜。他不愿在房间里多多停留，便起身走出了窨子屋，来到了沅水河边。他看见各路灯班，正迎着朝阳，在沅水的河滩上聚集。他们将一座座神灯堆在一起放火焚烧，让请来的灯神回到各自的本位。熊熊的烈火燃烧着，把晨曦中的沅水河映得个通红通红。

"鲤鱼"有眼无珠

浦阳镇的嘴巴，恐怕要算世界上最饶舌的嘴巴。刘金莲与灵芝在花灯会上的会见，不知怎么又成了街弄子闲言的新话题。同往常一样，当街头弄尾传得呵嘀喧天时，张家窨子里的人们，尤其是张复礼，还一直蒙在鼓里。

这些日子，张王氏在为丫头翠珠的婚事操心。无娘无爷的翠珠，随金莲陪嫁来张家时，还不到十五岁，转眼间已是二十二岁的大姑娘了。这姑娘聪明伶俐，手脚勤快，嘴巴又甜，张家上下，没人不喜欢她。都这大的人了，总不能让她当一世的使唤丫头。张王氏寻思着，要为她找个合适的人家，让她有个好的归宿。先年夏天，从汉口庄上回来的人说，那里的管事张复万死了堂客。张复万是张恒泰的远房侄儿，办事干练老成，汉口庄上的生意，全都是由他打点。妻子死后，两个未成年的女儿需要人照料，张复万不得不考虑续弦的事情。张王氏得到消息，立刻就想到了翠珠。说起来是去填房当后娘，复万还比她大十九岁。但复万的人品好，脾气好，一定会善待翠珠。翠珠嫁给复万，日后便可衣食无忧。翠珠聪明能干，温顺善良，她会把复万的生活照顾好，会和两个女儿把关系处理好。这门亲事倒是蛮合适的。翠珠自己也想到，张家窨子虽好，却毕竟不是她过日子的地方。平时，她也常听人说起那张复万。在她的印象中，似乎还没听人说过他的坏话。这样的男人应该是靠得住的。看菜吃饭，量体裁衣，一个孤女，一个丫头，不能有过高的奢望。张王氏做主的这桩婚事，翠珠点头了。再过几天，张复万就要来到浦阳，来相亲，也是来成亲。张王氏一直将翠珠当女儿看待。这次，她既是嫁女，又是娶侄媳。她想起要为翠珠备办些嫁奁货品。

张王氏带着翠珠，来到河街的怡和绸庄，给翠珠选几样衣料。怡和绸庄是旧时浦阳"四大家族"之一瞿家的后人在冶铁业衰败以后开起来的。老板娘瞿唐氏是张王氏的结拜姊妹。张家每次采办衣料，必定是要来怡和的。

张王氏一进店铺，伙计立刻去请来老板娘。结拜姊妹来照顾生意了，瞿唐氏是必定要到场的。不一会，瞿唐氏便手拿着水烟袋出来了。这些天，镇上的那些风言风语，也传到了瞿唐氏的耳朵里。她心想，说不定这位老姐姐又会被气成什么样子了，没成想她竟是如此喜笑颜开。

"老姐姐，你又来照顾生意了！"

张王氏迎了上去，笑吟吟地说："不来你的宝号，我还能去哪里？！"

瞿唐氏立刻察觉到，街上的传言，这老姐姐还全然不知。作为好姐妹，瞿唐氏觉得应该把实情告诉她。她凑到张王氏的跟前，压低嗓门问道："老姐姐，近来的日子还过得开心吧！"

"开心！开心！"张王氏也在瞿唐氏的耳边说起了悄悄话："汉口庄上的管事，也是恒泰的侄儿，去年堂客过世，我把这丫头送过去填房。原日我把她当成女儿看，这如今又成了侄儿媳妇。我这是嫁女，又是娶媳妇啊。喏！这不就来给她选几身衣料。"

翠珠红着脸，不好意思地低下了头。

这时，瞿唐氏将张王氏一把拉进了店铺的内堂。二人嘀咕了一阵。出来时，张王氏脸上便乌云笼罩。翠珠立刻意识到一定是出了什么事情。张王氏匆匆忙忙选了几身衣料，也不征求翠珠的意见，叫账房先生记上账，便拉着翠珠离开了绸庄。

回家的路上，翠珠忍不住了，便细声儿问张王氏："夫人，是出了哪样事情吗？"

翠珠即将成为侄儿媳妇，张王氏便不把她当作下人、外人，便以实情相告："刚才你绸庄的姨娘告诉我，镇上的人都传疯了，说是元宵晚上看灯，金莲和那雕匠的老娘见了面，叙了半天的旧情，还让龙儿认了奶奶。我们都还蒙在鼓里，你看，这怎么得了！"

翠珠想了想，说："不对呀！那天晚上，少爷和少奶奶带着小少爷去看灯，是一路去一起回的，怎么会和那雕匠的老娘见面说话，还让小少爷认奶奶的呀！"

"也是呀！"张王氏回过神来，觉得翠珠说得有道理，便恶狠狠地骂道："肯定是镇上的那些臭嘴巴，闲得无聊了，又编排出些没根没底的鬼话，来栽害金莲。"

早先，由于街弄子千怪百丑的传言，张王氏对刘金莲的印象很不好，认为她是个不守妇道的女子。儿子新婚之夜的"见红"，彻底改变了她对儿媳的看法。每当儿子怠慢儿媳时，她总是同情儿媳，责怪儿子。令张王氏不解的是，儿媳怎么总是逗人说三道四？在娘家做女时，说她中了躬躬迷药；生了儿子，又有人莫名其妙地算开了日子；如今又说她带着儿子认雕匠的老娘做奶奶。想来想去，这妇人硬是犯了"指背煞"，才逗来这么多小人的口舌，应该去请老司来打点一盘。

张王氏带着翠珠回到家里，便径直去找张恒泰。翠珠见老爷、太太说话，便要抽脚离开，张王氏却说："翠珠，你莫走。"

张王氏将刚才在怡和绸庄所闻，对张恒泰说了一遍。张恒泰听罢，好久才说了一句话："这个金莲，怎么总是逗人说闲话？！"

张王氏问："你说这事怎么办？"

张恒泰生气地说："怎么办？！摆明的事情，三人同去同回，硬要说金莲去会了雕匠的老娘，还让龙儿认了奶奶！人家要鬼话喧天，你难道能在人家的嘴上贴张封皮不成！"

张王氏说："是不是问问金莲，究竟是怎么回事？"

"问金莲做哪样？你的儿子不是守在人家身边吗？"张恒泰说。

张王氏问："那要不要跟礼儿通个气？"

张恒泰说："我是看出来了，这两口子表面上和和美美，事实上却总是磕磕绊绊。金莲没什么说的，根子在礼儿为了那些捕风捉影的事情，一直是耿耿于怀，有意地在冷落人家。这事情我们没有必要添柴送火。复礼那里也没得必要告诉他。"

张王氏说："老爷，我心里总是不踏实。你看这样行不行？翠珠跟金莲那么多年了，她们俩情同姐妹，让她撩边子问问金莲，看是不是还有什么其他的过节。"

"我看可以。"张恒泰点了点头，转而嘱咐翠珠："翠珠，你如今不是外人了。当年那些无中生有的传言，早就已经不攻自破。如今不知怎的又生出这些话来。你和金莲说话要尽量婉转些，不能再伤了她的心。"

翠珠点着头说："老爷，我记下了。"

张王氏说："老爷，金莲这样逗小人的口舌，一定是犯了'指背煞'。依我看，不如请老司来为她打理一盘。不知老爷意下如何？"

张恒泰说："我看可以。只是千万不要张扬出去，也不要让礼儿晓得。"

张王氏说："这个自然，我会安排好的。"

浦阳镇上的议论，虽然还没传到张复礼的耳朵里，张复礼却从龙儿的嘴里得知，刘金莲在元宵之夜会见了一个什么干娘。在浦阳，将伢儿过继给叫花子、烧炭佬，让伢儿渡过关煞，易养成人，是常有的事情。可他从来没听说过，刘金莲曾经被过继给一个烧炭的苗人。这其中抑或隐藏着什么隐秘，张复礼决定要弄个明白。

吃早饭时，张复礼对刘金莲说："我要到印秀才那里去有点事情，今天就由我去送龙儿上学吧！"

刘金莲听说张复礼要去送儿子上学，自然是喜出望外。几年来，张复礼那不冷不热的态度，特别是对龙儿那不理不探的样子，她已经受够了。

往常，即或是有事要到印秀才家里去，他也绝不会把龙儿搭上。今天，他提出要送龙儿上学，真是太阳从西边出来了。

张复礼为龙儿提着书篮，走到了瞿家弄子口，在炸灯盏粑的摊子上，给龙儿买了一个用竹棍扦着的灯盏粑。龙儿走在弄子里，吃着香脆的灯盏粑，心里很是高兴。走着走着，张复礼说话了："龙儿，爹问你一件事情。"

"哪样事情？"龙儿问。

"元宵节观灯那天晚上，你见着干外婆了？"张复礼说。

龙儿说："见着了。你不也看见了吗？不知怎的，娘和那干外婆说话，有亮的地方不去，偏偏找了个黑地方。"

"难怪，我看不见你，你倒看见我了。"张复礼说。他问龙儿："呃！你娘和那干外婆说了些哪样？"

龙儿说："也不知道娘问的是谁，问那人有信来没有？"

张复礼问："你干外婆是怎么说的？"

"干外婆说，有信来。"龙儿回答。

张复礼又问："她们还说了什么？"

龙儿说："娘问干外婆，那人成了家没有？干外婆说，没有。娘要干外婆搭个信去，让那人早早成家，也让她心里好受些。龙儿不晓得娘说的那人是谁？"

"呵——"张复礼不再追问。他已经完全明白，刘金莲所说的那个干娘究竟是谁了。没想到这婆娘的心里，还在惦记着那个矮子鬼。

龙儿手里的灯盏粑已经吃完。在灯盏粑留下的余香中，龙儿又想起了娘和干外婆说的话。他告诉父亲："真的，那干外婆还说，该忘掉的，要娘忘掉。娘说，有些事情，是永远也不会忘记的。我娘说的是哪样事情？爹爹，你晓得吗？"

张复礼摇着头，说："不晓得。"

龙儿又说："啊！我记起来了。干外婆还问我今年多大？我告诉她过了年就七岁了。她摸着我的手，看了我好久好久。说没想到会见到我，身上一点东西都没带，等到以后见到我，一定会给我补礼的。"

听了龙儿的话，张复礼只觉得脑壳里"嗡嗡"作响。伢儿嘴里无假话。茫然不知所措的张复礼，不自主地停止了脚步。他把书篮交给龙儿，说："龙儿，爹还有点其他的事，不去印老师那里了，你自己上学去吧！"

张复礼越来越觉得浦阳镇没法待了。他几次准备向父母提出，要求到汉口的庄上去主事，话到嘴边，又咽了回去。他想起圣人的教诲，"父母在，不远游"。离开这个家，自己虽能得到解脱，可父母亲日渐见老，若有个三长两短，家中没个主事的男人，后果不堪设想。他又想，若是这样留在家中，委曲求全，受气受憋，当精神难以承受这种压抑时，他有朝一日终将崩溃。张复礼去留两难，进退维谷。龙儿诉说的这些情形令他震惊，也令他气愤。这些年他闷头闷脑地吃着哑巴亏。原想只要婆娘能把全部心思放在自己身上，往后的日子也就将就着过了。刘金莲这种身在曹营心在汉的举动，着实是再一次伤了他的心。他拖着沉重的脚步走出弄子，来到了河街上的望江楼前，这里是他应该去的地方。

一整天张复礼都没有回家。刘金莲以为张复礼还在印秀才那里神聊，也就没有过问。吃过晚饭，洗过澡，刘金莲招呼龙儿进卧房睡觉。

刘金莲问："你爹是怎么啦？同印秀才神聊，连家都不回了！"

龙儿说："爹爹没去老师那里。"

"怎么，他没同印秀才聊天？！那是到哪里去了？"刘金莲诧异地问。

龙儿说："他把我送到学馆门口，没去找印老师，就打转身了。"

"那他怎么说，要到印秀才那里去有点事情，今天他才去送你的。这人是怎么了？"刘金莲觉得丈夫的举动有点反常。

刘金莲给龙儿脱衣睡觉。龙儿见母亲不解，便对母亲说："娘，今天在路上，爹问了我好多好多事情。"

刘金莲问："他问了你些什么事情？"

"他问的都是那天晚上我们见干外婆的事情。"龙儿说。

刘金莲一听，她便立刻明白张复礼今天为什么要送龙儿上学了。她后悔自己太粗心大意，没有事先同龙儿打招呼。在儿子的面前是绝不能失态的。刘金莲做出一副若无其事的样子，问龙儿："那你跟爹爹说了些什么？"

钰龙一边脱衣，一边向母亲诉说。他从爹爹在弄子口给他买灯盏粑开始，把父子二人说的话，全都向母亲复述了一遍。

听了龙儿的诉说，刘金莲一时间懵懂了。她这才真正领教了丈夫的心计。被窝里的钰龙突然问道："娘！你问来没来信的那个人，他是谁呀？"

刘金莲说："是你干外婆的儿子，你该叫他做舅舅。"

钰龙又问："你对干外婆说，有些事情，是永远不会忘记的。是什么事情，这样让你忘记不了？"

"龙儿，你还有完没完！大人的事情小伢儿有什么问的！明天还要早起读书，快睡觉！"龙儿的提问刘金莲无法回答。她只能这样把伢儿唬住。

床上的龙儿很快就睡着了。刘金莲坐在火箱上，对着闪亮的桐油灯光，戴起顶针，为张复礼纳起了鞋底。想起不尽的烦心事，她流泪了。

"少奶奶！"门外，翠珠悄声儿叫。

"翠珠，快进屋。"刘金莲说。

"见房里的灯还亮着，过来看看你还有哪样事情吩咐。"翠珠说着问道："少爷还没回来？"

"还没有，出去一天了。"刘金莲的话语里充满着无奈和哀怨。她说："翠珠，你在这屋里的时间也不多了，上火箱来陪我坐坐吧！"

翠珠坐上了火箱。看见刘金莲的两眼绯红。显然是又遇着不顺心的事了。她说："少奶奶，你千万要想开些。这些年你的日子过得苦，只有我翠珠最清楚。见他那不凉不热的样子，我就为你抱不平。不管怎么说，你都是明媒正娶的少奶奶。"

刘金莲越发伤心了，泪水簌簌地滴了下来，她说："翠珠，你跟我那么多年，我从就没把你当下人看。我和你就像是姐妹一样。你是我唯一可以说心里话的人。你这一走，我连个说话的人都没有了。"

刘金莲的话把翠珠也讲得掉了泪。她连忙说："少奶奶，你想开些，一切都是命中注定的。就像我，无娘无爷，孤苦伶仃。那时候，我能服侍你，有碗饭吃，也就心满意足了。我做梦都没有想到，还要嫁到汉口去。我就想得开：填房就填房，当后娘就当后娘，年纪大点也没有什么了不起的！"

刘金莲说："翠珠，虽说你出生在贫穷人家，可你的命比我好。"

翠珠摇着头说："少奶奶，你就莫来宽我的心了。我这是去填房，是去当后娘。等着我翠珠的还不晓得是怎样的日子呢！"

刘金莲说："翠珠，你不用担心。复万大哥是个好人，他一定会善待你的。"

"但愿如此吧！"翠珠说着，压低了嗓门："少奶奶，我今夜到这里来，是想告诉你一件事情。"

刘金莲问："什么事情，这样神秘兮兮的！"

"有人说，元宵节看花灯，你见着麻大喜的老娘了，你们还说了好半天的话，是吗？"翠珠单刀直入地问刘金莲。

"是的，见着了，还说了话。"刘金莲点着头，一口承认。

翠珠说："不会吧！那天晚上，你不是一直和少爷在一起的吗？"

"我们娘儿俩没和他走一路，一上街，人挤人，我们就走散了。后来又碰上了，便一起回了家。"刘金莲毫不隐讳。她问翠珠："你是怎么晓得的？问这个做哪样？"

"唉——"翠珠叹着气说："少奶奶，你也真是糊涂，去和她说话做哪样？"

刘金莲说："翠珠，先莫讲我糊涂。快告诉我，你是怎么晓得的？"

翠珠向刘金莲诉说起原委："今天下午，太太和我到怡和绸庄去选衣料。老板娘告诉太太，这几天，镇上到处都在传说，你在那天晚上见着了麻大喜的老娘，你让龙儿认了奶奶。"

翠珠带来的消息，让刘金莲感到震惊，更感到事态的严重。她喃喃地说："又是那些不得好死的在嚼舌头，这真是太无聊了！"

"嗨！街上的那些烂嘴巴，你又不是不晓得。"翠珠气愤地说。

"好翠珠，多谢你！"刘金莲对翠珠充满着感激。她说："你说得对，我是太糊涂了，真不该见那个老太婆，让那些嚼牙骨的抓住了把柄。今天，龙儿又把我和老太婆见面的事，全都同复礼说了。他肯定是一肚子的气，这时候还没见他回，今夜只怕是不会回来了。想不到事情会弄成这样，我真不知道怎么向他交代。要是公公、婆婆再为这事生了气，那就更惨了。翠珠，你说我该怎么办？"

翠珠说："眼下，老爷、太太对你的印象都是很好的。他们那天晚上见你和少爷同去同回，不相信你会和麻家老太婆说过话，更不相信你会让龙儿去认什么奶奶。太太说，你是犯了'指背煞'，逗小人的口舌。还说要请老司来为你打点。"

"可我真的是见到那个老太婆了呀！"刘金莲说。

"差错就出在这里。依我看你不如干脆去公婆那里认个错，说是看花灯的时候遇上了那个老太婆，原来你们就认得，也不过是打了个招呼，万没想到会招惹出了那么多的非议，给张家人丢了面子。你自己去认账，听凭发落，想必不会把你怎么样。"翠珠为刘金莲想出了这样的主意。

刘金莲没想到，这个不起眼的丫头，一时间变得这么主意清楚起来。

这夜，张复礼果真没回家。他从望江楼出来，乘着酒兴，便在街上转悠。奇怪的是，街上的人们，一个个都用异样的眼光看着他。和他打招呼的熟人，也全都显得别别扭扭。他走来走去，到了自家的油榨坊。三九天油榨坊停工。只有一个叫九佬的油匠在守厂。榨坊的偏屋里，九佬正坐在火塘上烤火。见张复礼来到，九佬便把火烧得旺旺的，开口要禀报春季开榨的准备情况。张复礼却说："九师傅，我们今天不讲榨油，只讲喝酒。"

这九佬，人们常称他为"酒"佬，是有名的酒桶。见东家来找他喝酒，不由得喜上眉梢。他指着壁上挂着的一排酒葫芦说："少老板，你看，这里面都是包谷烧，就是没有下酒菜。"

张复礼说："下酒菜容易得很。你说，什么样的菜下酒好，你就去买什么样的菜来，今晚我们喝酒！"

九佬说："要说下酒菜，要数辰州城出的'晒栏'。"

"那你就去买'晒栏'，我做东。"张复礼说。

张复礼和九佬在油榨坊里，吃着"晒栏"，喝着酒。壁上的葫芦，摘下了一个又一个。九佬是越喝越来事，张复礼却喝醉了。张复礼觉得好痛快。他什么也不想了，一点儿烦恼也没有了。九佬要送他回家，他不肯，醉醺醺地倒在九佬的床上，不一会就睡着了。

吃过早饭，龙儿读书是由翠珠去送的。刘金莲按照翠珠的主意，去到了公婆所住的上房。公婆二人在那里烤着炭盆火。手拿水烟袋的张恒泰，见刘金莲站在门口，问道："金莲，你有事？"

"想找爹娘说点事。"刘金莲低着头说。

张王氏说："进来！外面站着冷，进来烤火。"

刘金莲说："爹！娘！金莲给二老添麻烦了。"

张恒泰想到，一定是翠珠找儿媳说过了。他说："你是说外头那些传言吧！让他们去说好了。那天晚上，你和礼儿一起出去，一起回来，我们都亲眼看见了的。你怎么会单独见那麻家老太婆？！纯属是胡说八道嘛！"

"不！我见着她了，还和她说了话。"刘金莲说。

刘金莲的话，使她的公公、婆婆吃惊不小。张恒泰不相信，摇着头，眨巴着眼睛说："不可能吧！"

刘金莲说："上街没多久，复礼就和我们娘儿俩走散了。我和龙儿在看跳灯时，正巧遇到了她。我们原来相识，也就和她打了个招呼。没说几句话，龙儿就看见复礼朝我娘俩走了过来。我们跟着就一起回来了。前后没得一锅烟的功夫，没想到会惹出那么多的麻烦。给家里丢了面子，也让爹娘为了难，想起来我真是后悔。"

张恒泰夫妇认真地听着儿媳的陈述。张恒泰不住地吸着水烟，烟袋里传出"哗哗"的水响声。他将吸进去的烟从鼻孔里喷出，不无气愤地连声说："好事之徒！好事之徒啊！这么一会儿，你就让他们给抓住把柄了！"

张王氏说："金莲，这些年你怎么总是逗小人的口舌？好生生的人是不会这样的。想必你是犯了'指背煞'。有人要编造些话来说你，你也不能去堵住他的嘴巴。没法子，那就只有让他去说好了。我和你公公已经商量好，选个日子，去把龙家垴的老司龙法胜请来给你'退煞'。老司打理过后，就不会再有这样的事情发生了。"

第二天中午，张复礼才回到了家里。他不愿意给父母添烦恼，闷着肚子，什么话也没有说。昨晚在油榨坊里，同那九佬在一起，包谷烧喝多了，脑壳一直昏昏沉沉。中饭没吃，他便去到卧房，想蒙头睡一觉。可不知怎的，一进到房里，就觉得每一件家什都充满着邪气，令他毛骨悚然，瞌睡便又全都没有了。板壁上挂着的那张灵官盖脸布，是他当年担任大头工时，扮演灵官的安花脸送给他的。人们说，这张盖脸布上，印着灵官菩萨的脸谱，可以祛邪扶正，如今看来却也并不灵验。他必须当机立断，赶快离开这个家，离开这间充满邪气的卧室。

张复万回到了浦阳。他对翠珠很满意。亲事就这样定了下来，他要带翠珠到洪江去见父母。临行前，他禀报了汉口庄上的经营状况。他说洪江油商在汉口的势力太大，把庄上的生意都抢走了。要想摆脱困境，只有打通同洋人做生意的路子。他介绍说："从去年春上起，洋行里的帮办，就开始在油号转悠，打听行情。"

复礼问:"来过我们'顺庆'吗?"

"来过呀!"复万说:"我们的招待也是很好的。可不知怎的,做起生意来,就没得我们的份了。"

张恒泰问:"同洋人做生意,划算吗?"

复万说:"划算呀!听说他们要的货非常注重成色,要的都是特级货。给的价比市价要高得多。付的是一色的洋花边,从来不赊账。"

"想办法,一定要和洋人挂上钩。"张恒泰下决心要和洋人做生意。

张复礼觉得是提出要求的时候。他说:"父亲!让我去帮复万大哥吧,我们一定能和洋人把钩挂上!"

张复万立刻接腔:"对!让复礼去,那是再好不过了。同洋人打交道,复礼肯定会比我强。"

张恒泰问:"复礼去了汉口,家里这一摊子怎么办?"

张复礼说:"家里有秀山,还有您掌着本,货源和加工是不会成问题的。万一搞不过来,我回来就是嘛!"

"你让我想想。"张恒泰说。

让不让张复礼去汉口,张恒泰心里是矛盾的。那年他有意让儿子当大头工,就是让他得到历练,树立他良好的公众形象。儿子没有辜负他的希望。如今儿子要求去汉口庄上主事,对他来说同样也是历练。他担心的不是浦阳货源的组织和成品桐油的加工,而是儿子和儿媳一直别别扭扭的婚姻状况。这桩由他做主的婚姻,历经了太多的坎坷。浦阳镇上的一次次流言蜚语,都针对这桩婚姻而来。最近风波再起,又是如此。其实,当初的"见红"本应该结束一切怀疑与猜忌。事情并不那么简单。在儿子的心中,永远有个解不开的疙瘩。张恒泰甚至想象得出,儿子看着那满屋子的雕花家具,会是个怎么样的心情!他也曾想过,把这套家具换掉,莫让那些不愉快的记忆,永无休止地折磨着礼儿。可他又立刻觉得不妥,如果把这套家具换掉,不就成了"此地无银三百两"了吗?这些年来,儿子不顺心,儿媳受冷落。小夫妻的磕磕绊绊,都是在暗中进行,从来也没有公开过。他和妻子王氏都有所体察，却又找不到周全的解决办法，也就只得听之任之了。如今，儿子向他提出要去汉口，这固然是为了把生意做好，也必定包含着他对这桩婚姻的逃避。让不让儿子去汉口，张恒泰左右为难了。

张家窨子请来老司龙法胜，为刘金莲"退指背煞"。这种"退指背煞"的所有仪式，都必须在暗中进行。若是让外人知道了，就会适得其反，逗的口舌就会更多。这天张复礼到麻阳高村察看一座新开的油榨坊去了。半夜过后，老司龙法胜趁夜色悄然出现在张家窨子里。屋里的人全都入睡了，格外宁静。大堂里，除了老司和"犯煞"的刘金莲以外，还有婆婆张王氏和翠珠在陪同。明早，翠珠就要跟着复万乘船去洪江看公婆。她与金莲的关系非同一般，张王氏也将她叫来作陪。

龙法胜问张王氏："夫人，东西都准备好了吗？"

张王氏回答："都按照师傅讲的准备好了。"

龙法胜问："茶叶、糯谷和绣花针在哪里？"

翠珠将一个小布包递上，说："喏！在这里。"

龙法胜拿过小布包，摊开在桌子上，一样一样，全都郑重其事地验证和清点过，茶叶是七片，糯谷是七粒，绣花针是七枚。他对翠珠说："请你去拿一块磨石来。"

龙法胜将七片茶叶的叶尖摘掉，将七粒糯谷的芒尖掐掉。翠珠取来磨石，他又将七枚绣花针的针尖磨掉。家先坛前，悬挂起傩神总坛图像，摆起了香案。他指着坛前的草蒲团对刘金莲说："少奶奶，你就跪在这儿吧！"

"犯煞"的刘金莲，虔诚地跪在傩神的面前。龙法胜将茶叶、糯谷和绣花针，放置于刘金莲背后的一块红布上面，便操刀宰杀一只雄鸡，将雄鸡血滴洒在茶叶、糯谷和绣花针上，口中念念有词：

观请玉皇大帝、真武祖师，降临弟子退煞法坛。退了天煞、地煞、指

背煞；退了年煞、月煞、日煞、时煞、指背煞。退煞仙师封百口，人间口
舌一齐封。退了东君指背煞，从此是非永无踪！

龙法胜掷卦占卜，对着傩神图像深深作揖。而后焚化纸钱。

刘金莲依然在蒲团上跪着，翠珠用小三角形布袋，将红布上那沾着鸡血的茶叶、糯谷和绣花针，装入袋中，用针线将袋口缝拢。王氏夫人亲手将小布袋缝在了刘金莲里汗衣背后领子的下面。

龙法胜说："夫人，恭贺你。少奶奶退了指背煞，就再也不会逗是非口舌了！"

此后，刘金莲里汗衣后衣领的下面，多了个三角小布包。小布包在她身上必须戴七七四十九天。里面的茶叶、糯谷和绣花针，都是去了尖的。意味着从此再也不会有任何尖嘴尖舌，对她进行无端的诽谤和诬陷了。其实，刘金莲并不相信退了"指背煞"会让她过上清静的日子。她的配合只是一种顺从。张王氏却对"退煞"的作用坚信不疑：通过这样的打理，儿媳就可以过上安宁的日子了。

张复礼从麻阳回来后，几次找父亲问起去汉口的事。张恒泰一直没个明确态度。这天，张复礼在街头闲逛，见长疤子在摊子上吃米豆腐。他吃完了，还在伸长舌头舔碗。张复礼去到长疤子身后，轻轻拍了拍他的肩头。长疤子见是张复礼，立刻亲昵地叫道："哟！是礼哥！"

"没出息的东西，也不看看地方，做出这副饿牢相。"张复礼一副恨铁不成钢的样子，问道："给了钱没有？"

"嘻嘻！还没有。"

张复礼为长疤子付了米豆腐账，说："跟我来！"

望江楼上的小包间里，张复礼炒了几个菜，招待长疤子。长疤子狼吞虎咽地喝着酒，吃着菜。

"长疤子，看你这副叫花子相，怎么得了！你就不能找点正经事情做？！"

"礼哥！做个卵的事哟！我是今朝有酒今朝醉！到哪山，唱哪歌！"长疤子一杯接一杯喝着包谷烧，很满足，很惬意，舌子有点打卷。

张复礼后悔了。原只想请他到这里来吃一顿，劝劝他，让他找个正经事做，浪子回头。没想到，这是个稀泥巴糊不上墙的角色。

"礼哥！你我弟兄，有什么吩咐，只管说话，不要拐弯抹角嘛！"长疤子醉醺醺地说。

张复礼摸不着头脑，说："你讲哪样？我没有什么事情要你去做呀！"

"礼哥！你不要不好意思开口，小事一桩嘛！老弟我带几个弟兄去帮你摆平就是。"长疤子说着，拍着张复礼的肩膀。

长疤子的话，使张复礼感到又有什么关系到他的事情发生了。他急切地问："长疤子，你说，我有什么事情要你去摆平？"

"什么事情？！难道你真的不晓得？！"长疤子充血的眼睛望着张复礼。

张复礼说："你快告诉我，我真的一点都不晓得！"

长疤子把街弄间的传言，语无伦次地诉说了一通。张复礼一听便懵了。他一直以为，此事仅他一人得见，外人并不知晓。没想到竟已成为镇上的传言。这回，他可算是把脸丢尽了……

回家的路上，张复礼一直昏昏沉沉。浦阳镇他是一天也待不下去了。他精疲力竭，心灰意冷。曾几何时，他还指望通过岁月的磨合，让感情之船得到修补，走完他人生的漫漫程途。如今他终于明白，一条千疮百孔的破船，是无法修补的。三十六计，走为上计，只有离开这里，才能得到解脱。

张复礼回到卧房时，龙儿已经入睡，刘金莲坐在火箱上纳鞋垫。张复礼也坐上了火箱。这是他第一次和刘金莲同坐火箱烤火。刘金莲好不自在，说："咦嘿！太阳从西边出来了，张大少爷和婆娘同坐一个火箱里，这可是从来没有过的事啊！"

张复礼说："金莲，我有件事想同你商量。"

"有事同我商量，这也是头一回。"刘金莲说："那你就说吧！"

张复礼说："我想到汉口庄上去一段，这事要先同你商量。"

刘金莲说："复礼，你到哪里去，我是从来不过问的。你想去汉口去就是，和我商量做哪样？"

"这样说，你是同意我去汉口咯！"

"我无所谓同意不同意。你要去，我不拦；你不去，我不催。"

张复礼说："汉口那边要同洋人做生意，我想去见识见识。娘以为你不同意，不让我去。既然你同意了，就拜托你去跟娘说一声吧！"

"用不着拜托，你去与不去汉口不关我的事，我不会跟娘去说。"刘金莲对张复礼的要求，一口回绝了。

"我的话讲在这里，任何人也拦不住我，汉口我是反正要去的！"张复礼讨了个没趣，说着便下了火箱，衣服一脱，就上床睡觉了。

两天后，刘金莲洗过澡去房里睡觉，走到门外，意外地听到了张复礼和儿子的对话：

"爹爹，你这是在做哪样？"

"我把这鲤鱼的眼睛剜了。"

"你看，雕得多好的一对鲤鱼，把眼珠剜了，就不好看了。"

"龙儿，你晓得这鲤鱼是谁吗？"

"不晓得。那你说这鲤鱼是谁？"

"这鲤鱼呀！就是你爹爹。"

"爹爹，我不懂，这鲤鱼怎么是你呢？"

"现在你还不明白，长大了，你就会明白的。"

"这鲤鱼既然是你，那你怎么把自己的眼珠剜了呢？"

"你爹爹有眼无珠啊！"

"爹爹，我不明白，什么叫作有眼无珠？"

"有眼无珠呀！就是该看清楚的东西，没有看清楚。"

"爹爹，你有什么该看清楚的东西，没有看清楚呀？"

"等你长大了去问你的娘，你娘知道，她会告诉你的。"

刘金莲听到这里，再也无法按捺心头的火气了。她一冲便进到了房里，恶狠狠地对钰龙说："龙儿，有什么问的，还不快去睡觉！"

小钰龙乖乖地上床睡觉去了。房间里，张复礼和刘金莲谁也没有说话。二人的目光，都看着那梳妆台的镜座上，一对跃出莲花花丛的鲤鱼，眼珠都已经被剜掉了。那剜下的木屑，掉满了梳妆台的台面。俩公婆坐在一片狼藉的梳妆台前，谁也没有说话。直到刘金莲确信儿子已经睡着，才开始说话。

"你何必要这样？"

"那你说我该怎么样？"张复礼说："这些年，我已经够忍气吞声了！"

"你不觉得这样做，有点过分吗？"刘金莲问。

张复礼反问："我有你做得过分吗？"

刘金莲说："我不想做任何解释，我们的事情，只怕是永远也说不清楚了。"

"说不清楚，我才什么也没对你说。"张复礼说着，做出无奈的样子。

"你什么也没有说吗？！你连伢儿都不肯放过，这是何必哟！"刘金莲显得冲动、伤情，她的眼眶眨出了泪水。

"我跟伢儿说什么啦？"张复礼说着，指了指那被剜去眼睛的木雕鲤鱼："我说这鲤鱼就是张复礼。张复礼有眼无珠，难道不是这样吗？我剜去的是自己的眼睛，你大可不必伤心。当初那个雕鲤鱼的人，他希望的正是这样的结局！"

张复礼突然翻起老账，刘金莲不知怎样回答才好。她明白，这是张复礼在逼她就范。她说："随你怎么说，怎么逼，我不会上你的路！"

"怎么？我逼你上我的路？！"

"不是吗？那天你就求过我，让我去同爹娘讲，放你去汉口，去那里闯世界，闯花花世界。"刘金莲的说话，不无挖苦的味道。

"我是要你去讲。不管你讲与不讲，汉口我是肯定要去的。"张复礼说。

刘金莲心想，这鬼东西的嘴巴还在硬。哼！去汉口！要是爹娘不同意，你张复礼哪里也莫想去。她说："你去不去汉口，与我不相干。我把话讲在这里，随你用什么法子逼，你的爹娘那里，我是不会去说什么的。"

张复礼不再说什么，上床蒙着头睡觉去了，不一会便发出了鼾声。不知是假装打鼾，还是真的睡着。坐在梳妆台前的刘金莲毫无睡意。她看着台面上散落的木屑，联想到自己的婚姻。剜下来的木屑，再也回复不到鲤鱼的眼睛。她明白，这桩婚姻已经走到了尽头。从今以后，她拥有的，便仅仅只有一个名分了。

第二天下午，张复礼被父母传唤到后堂。张复礼心里"砰砰"发跳，莫不是那婆娘，把那剜木雕鲤鱼眼睛的事情，告到了爹娘这里。

"坐吧！礼儿。"说话的是母亲，不像生气的样子。她接着问张复礼："猜猜看，我们找你来做哪样？"

张复礼坐下，摇着头，说："孩儿不知，只是来聆听爹娘的教诲。"

张恒泰的脸上，显露着笑容。他说："把你管的事情向秀山交代清楚。选个日子，动身去汉口吧！"

听说让他去汉口，张复礼喜出望外："爹！娘！你们同意我去汉口了？！"

张王氏说："单我们同意还不行，还得一个人同意。"

"谁？"

"金莲。"

"是她？！"

张恒泰说："金莲真是个通情达理的妇人。今天上午，她来找我们，让我们同意你去汉口。她说，好男儿志在四方，不能沤烂在这浦阳镇上。金莲希望你去汉口，把和洋人的生意做好，闯一番事业，光耀门庭。她会替你在爹娘跟前尽孝，也会帮着爹娘把浦阳的生意打点好。有这么好的婆娘，你要知足啊！"

"是的！要知足！要知足！"张复礼信口回着老爹的话，心里却在想，这婆娘来这一手，她葫芦里究竟卖的什么药啊？！

张王氏说："金莲她处处为张家着想，为你着想。礼儿啊！你的脾性，也应该改一改了，不要老是对人家不冷不热的。"

"是！孩儿记下了。"张复礼说。

麻阳船把佬

　　腾腾的雾气，弥漫在碧绿的江面；茫茫的晨霜，撒下了银色的薄纱。万寿宫码头一级级延伸到河下的石阶磴，都被涂抹上隐约的一层白色。大大小小的麻阳船湾靠在码头上。其中一艘八百个油的"鳅鱼头"①，先天装好了一船桐油，今天就要启航。这条船上的船把佬全都是麻阳人，"元子号"②名叫滕运隆，昨夜去百家弄玩花花世界了。舵把子滕运祥是他的堂老弟，歇在了镇上的一个伙计屋里。揽头工满延长和帮篙满益成叔侄二人，还有一伙摇橹的伙计，睡在了船上。这条船的一个帮舵，因为屋里有事辞了工。滕运隆放信出去，要招个伙计填缺，正等着船把佬来应征。

　　昨夜，满家叔侄睡进了元子号睡的官舱。和往常一样，他们早早就起了身。白霜天，冻得手指尖生痛。叔侄二人在火舱生起了火，烧了一鼎锅的热水。大船起锚，要备办"三牲"做"开江"。公鸡和猪头昨天已经买好。早晨渔船收网。满延长打了个招呼，立马会有渔船把鲜活的鲤鱼送来。这时，滕运隆也回到了船上。

　　"怎么样，百家弄里唱了出《别窑》，心肝宝贝掉泪了吧！"满延长打趣滕运隆。

---

　　①旧时沅水流域的麻阳船多为运送桐油。船的吨位以"个油"计。一个油即一篓桐油，一百市斤。八百个油即四十吨。"鳅鱼头"是一种大型的麻阳船，因船头形似鳅鱼而得名。

　　②元子号，沅水上的船工对船老大的称呼。

"卵子心肝宝贝，婊子无情，掉泪也是假家伙。"滕运隆说。

"真是没良心，人家的'哀子'①白打了！"一旁插嘴的是满益成。

"小狗日的成伢，你晓得哪样？少了你的那份！"滕运隆笑着骂满益成，接着便吩咐满延长："架场吧！你先把鸡宰了。"

满益成硬是不放过滕运隆："元子号，莫讲你在船上是老大。昨晚，你的眼睛看了不干净的地方，你的手摸了不干净的地方，延长宰鸡的时候，你要离远点！"

"嘿嘿！离远点就离远点！"滕运隆拿成伢这样的调皮角色没得办法。要杀鸡了，他还真的一头缩进了船舱。

这时，只见那满延长一手抓公鸡，一手拿菜刀，站立在大船的鳌头上，面对正前方，口中念念有词：

此鸡不是非凡鸡，王母娘娘报晓鸡。开江宰杀之日，借你红花来掩煞。将军柱上开红花，河下百煞都退尽。千叫千应，万叫万灵！

神词诵毕，满延长把雄鸡的鸡头，搁放在鳌头的将军柱上，一刀砍断。那将军柱上顿时喷满鸡血，这便是"将军柱上开红花"。满延长郑重地拔下一把鸡毛，蘸上鸡血，粘贴在麻阳船的桅杆、舵把和尖舱上。接着，他高高举起杀死的雄鸡，沿着船舷绕船一周，让鸡血滴淋在大船四周的江水中。这时，鼎锅里的水已经滚开，满益成麻利地用开水烫鸡拔毛。满家叔侄在火舱动手办起厨来，摇橹的伙计们陆续上了船。舵把子滕运祥这时也回到船上，他带来了个身背包袱的汉子。

"隆哥，船上不是有个缺吗？这位兄弟想来试试。"

汉子对滕运隆拱手喝道："见过滕大哥！"

"叫哪样名？"

_____

① 哀子，辰河高腔戏中的哭腔。

"张青发。"

"哪里人？"

"麻阳黄桑。"

船上的船把佬都是麻阳人，又来了一个老乡。

"船上缺一个帮舵，你做过吗？"

"做过五年的舵把子，老板修船，闲着没事做，想来滕大哥的门下讨口饭吃。"

"既然做过五年舵把子，那我就得罪了。"滕运隆说着，便开始了对填缺船工的例行考核，他问道："这船上，有个东西一寸三，做起了便不见天日，你说是哪样？"

张青发回答："是橹把和橹叶之间的橹楔。橹楔做起以后，插进了木头里，不见天日。"

"船上有三棵半树，蔸朝上，尖朝下，又是哪样？"滕运隆接着问。

张青发回答："船上的将军柱、鸡公头和夹板，都是蔸朝上尖朝下的树。舵根虽也是这样，只能算半根。"

滕运隆再问："船上有三荤三素，你可晓得？"

张青发回答："船上的三荤是升降锚的'鸡公头'、拴舵的'猪腰子'、架棚子的"鱼尾巴"；船上的三素是升降篷的'饼子'、倒桅的'耳子'（木耳）、拉篷的'豆子'（船把佬称绳索为'豆'）。"

"讲得不错！"滕运隆最后问道："你可晓得，一条麻阳船上有'九板十八索'？"

张青发回答得很是利索："沅水上的行江人，这船上的'九板十八索'，谁个不知？哪个不晓？船上有三块妇人不能碰、不能粘的'神板'，是揽头工的烧香板、上桅杆的仙人板、封艄的镜子板。其余的六块板是牛颈板、锁伏板、垫舱板、雨板、夹板和碗板。另外有一块跳板，归老板所有，不在九板之内，若是卖船，这块跳板是不卖的。一条麻阳船上，绳索一共有十八条：护锚索、锚脑索、绊篷索、扎篷索、力索、扁担索、鸡脚索、手索、子索、筋索、边筋索、镶索、缓索、回索、提桶索、马铃索、洗把索，还有一条老板独有的太平索！"

张青发的对答如流，说明他是个麻阳船上的里手码子。滕运隆当即表态："这位黄桑的老弟，船上只有一份帮舵的缺，委屈你了，你先将就着做吧！"

"多谢滕大哥，赏给青发一口饭吃。"张青发考试轻易过关，喜形于色。他对着滕运隆连连拱手，表示感谢。

滕运隆说："这麻阳船上都只能凭本事吃饭。你能对答如流，就说明你上船不会吃冤枉，就把你留在船上了。看你把包袱都背在了身上，想必岸上也没什么事情了。今天正好吃开江，你去把包袱放了，到火舱里去帮着揽头工办开江吧！"

这时，张复礼来到码头。今天他要坐这条麻阳船去汉口。刘金莲说是要送龙儿上学，没来送他。一个佣工帮他把行李送上了船。当张复礼走在跳板上时，滕运隆迎了上去，说道："少老板，你走好！"

张复礼一脚踩上麻阳船的鳌头，说："滕老板，我又来坐你的船了。"

"哈！我同少老板就是有缘分。那年你随老爷去汉口，坐的也是这条船。那时候你还没成人，如今已经是大男子汉了。"滕运隆边说边比画。

"那年我才七岁！"张复礼说。

"来吧！吃一口。"滕运隆给张复礼递上手中的水烟袋。

张复礼说："多谢了，我不吃这东西。"

滕运隆笑着，硬是把那水烟袋连同纸煤子，塞在了张复礼的手中，说道："少老板，这你就不懂了。到了汉口大码头，生意场上没得这东西是不行的。"

"既然这样说，那我就试试。"张复礼说着，吹燃纸煤子，"咕噜咕噜"地吸起水烟来。

"少老板，吃吧！这东西吃到肚子里，连屎都不用屙！"说着，滕运隆大笑起来。

起锚之前，船把佬们吃开江。揽头工满延长，用大蒸钵端着个煮熟的猪头走出火舱，去到鳌头前，搁放在舱板上，斟酒三杯，洒淋在猪头的四周。满益成随即将焚化的纸钱抛入江水之中，敬奉船头神。神事完毕，满延长将猪头端回火舱时，舱板上已经摆放着一蒸钵鸡和一蒸钵鱼。满延长熟练地抡起斧头，将猪头砍碎，盛在一个蒸钵里，搁放在吐着火苗的炉子上，炖起了蒸钵炉子。不一会，蒸钵炉子里的猪头肉汤水煮得滚开。人们不住地往里头下白菜、下大蒜，开江的场伙便开始了。

"来呀！"元子号滕运隆举起酒碗，邀约在场所有的船把佬，向此次行江的货主张复礼敬酒："少老板，如今你已经是顺庆油号的少老板了。又来坐这条船，我们算是有缘。来！把这碗酒干了。恭贺你'一船乌金下汉口，百斗元宝回浦阳'。"

张复礼也端着酒碗说："多谢滕老板！多谢各位师傅！我们一起干了这碗酒，这条大船定然'上水扯篷湾湾顺，下水顺风稳稳流'。"

"来呀！"吆喝声中，一只只酒碗底朝天。紧接着，一双双筷子伸向蒸钵炉子。

"揽头工，这是你的！"滕运隆的筷子从蒸钵里夹起公鸡头和猪眼睛，放进了满延长的碗里。

满延长吃着属于他的公鸡头和猪眼睛，他站立船头，全凭一副火眼金睛，大船行江，不会触礁，也不会搁浅，任何事故都不会发生。

"喏！少老板，这一双抓钱手，归你受用。"滕运隆将两只鸡脚，夹到张复礼的碗里。

"多谢！"平时张复礼不吃鸡脚。可这对鸡脚代表的是抓钱的手，他必须受用。

"还有这个聚宝盆，也是少老板的。"滕运隆接着又将猪头的下巴骨，夹到了张复礼的碗里。

"承滕老板的贵言！"张复礼是第一次亲历这般情景，很是兴奋。他用手拿着那下巴骨，啃着上面的肉，样子虽有点粗鲁，却是分外开心。

当船把佬们大碗喝酒，大块吃肉的时候，江上的浓雾已经渐渐散去。太阳的光芒，洒向了波光粼粼的江面，洒向了码头上的一条条大船。船篷上、船舷上、桅杆上，晨霜在缓缓消融，留下冒着水蒸气的水印子。笑谈之中，开江场伙的一个个钵头，都吃得差不多了。只有那蒸钵炉子的残汤里，还剩下一点点白菜屑。

船工们酒醉饭饱。满延长从船舱里拿出一面大锣，连敲三响，满益成点燃一串鞭炮。铜锣声、鞭炮声宣示这条麻阳船启航。滕运隆将沉在水底的铁锚拉上大船。满延长在摇橹伙计们的帮和之下，唱起了摇橹号子：

噢呜嗨！哦嗬嗨！你一声来（伙计）我一声，大船行江要动身。噢呜嗨！哦嗬嗨！哈！号子本是（伙计）唱玩耍，不比高台唱戏文。噢呜嗨！哦嗬嗨！哈！生得丑的（伙计）唱花脸，长得乖的唱小生。噢呜嗨！哦嗬嗨！哈……

在船工们高唱摇橹号子时，滕运隆缓步走到大船的鳌头上，凝望着滔滔的沅江流水，手指挽结起"灵官诀"，口中念有词：

大金刀撩开九江八汊，小金刀撩开水路沙滩。日月二宫明光闪闪，照开五湖四海任我游。鸣锣三响报主东，今朝开船喜顺风。五龙涌来坎位水，邪魔百怪永无踪。

麻阳船驶离万寿宫码头，斜对岸是一个叫球岔的村子。张复礼的大姐就嫁在那里。球岔的河岸边，屹立着一座七层宝塔，那是浦阳人的一块心病。乾隆年间，浦阳镇在苗民起事的一场大火过后，便日见衰败。凤凰城里的道台傅鼐大人看在眼里，试图挽回浦阳镇的颓势。他听信了一位阴阳先生的编排。那先生说得神乎其神：看这浦阳镇并列的三条长街，由其间的四十八条巷子贯穿，像极了沉水上的一块大木排。如今，滔天洪水要把这块大木排冲走，浦阳镇在劫难逃。若能设法将木排拴住，或许还能有转机之日。于是，傅大人便在浦阳镇斜对岸的球岔，倡修了这座宝塔，即让宝塔化作冥冥中的拴排桩，拴牢大木排，以此阻止浦阳镇的衰败。然而，事与愿违，傅大人办了一件蠢事。试想，一块被拴住的木排，还能有什么作为吗？悖了时的浦阳镇，自此就更加裹足不前了。张复礼凝望着岸边的宝塔，紧锁着双眉，他仿佛在说，浦阳镇阴错阳差，被这座宝塔牢牢地拴住了，而镇上一个血气方刚的后生，绝不是这座宝塔能够拴得住的。

麻阳船下行五里，便到了白龙崖。江边青色的山崖上，有一条白色岩石生成的"龙"，头朝上，尾在下，腾空而起。白龙崖因此而得名。苗民有传说，白龙为盘瓠英灵所化，白龙崖上修有盘瓠庙。每年五月十五大端午，盘瓠崖的苗人，都要划着龙船，唱着"接龙歌"，到这里将盘瓠的英灵接回家乡。张复礼从小听过白龙崖的故事，看过盘瓠崖的龙船。意想不到的是，八年前，他竟与盘瓠崖一个叫阿春的苗女有了瓜葛，且播下了瓜种。他更没料到，在元宵节的花灯大会上，他意外地见到那个苗女和她的伢儿。那摆明是他的亲生骨肉，见面却不能相认。而与自己朝夕相处的，却是一个和他并无血缘的伢儿。眼不见，心不烦。他选择了离开浦阳镇。船过球岔。站立船头的张复礼，两手叉腰，任江风吹拂着他的长衫。他呼吸着江上的清新空气，有一种挣脱枷锁的畅快和自在。

午后不久，大船便湾在了辰州城的中南门码头。船上吃过夜饭，天还没刹黑，船把佬一个个都上岸逛街去了，船上只留着张复礼和滕运隆，等待厘金局来验关。

"来一锅。"滕运隆把水烟袋递给张复礼，问道："怎么？不上岸去认亲家爹爹？"

辰州城厘金局里的伍总办的女儿伍秀玲，是刘金莲娘家的嫂子。依着婆娘，张复礼应该称那位总办大人作亲家爹爹。前天，他携妻子到岳家辞行。伍秀玲还特意请他在辰州城上岸，代她看望娘家父母。有嫂子的托付，更有满船的桐油要厘金局的验放才能出关。亲家爹爹的一句言语、一个眼色，都是白花花的银子啊！可不知怎的，张复礼竟全然没有去见那位总办大人的兴致。他对婆娘的冷心，导致了对刘家所有亲戚的冷漠。即或是白花花的银子，也难以使他动心。

"少老板，去是不去，你说话呀！"滕运隆说。

张复礼深深吸了一口水烟，摇着头说："不去。"

滕运隆大为不解，问道："为哪样？"

张复礼说："不去就是不去，不为哪样！"

"少老板，运隆的这条船，同宝号是老宾主。令尊从不把我当外人。有句话不知当讲不当讲？"滕运隆说。

张复礼说："有什么话，你请讲。"

滕运隆恳切地说："少老板，厘金局总办不是一般的人物呀！码头上的生意人，哪个不是削尖脑壳找门子，去设法亲近他，巴结他。你有这现成的关系，却偏偏连见都不去见他。辰州关'验讫'的关防大印，就是他手下的人拿着，往这油篓上一盖就是银子呀！难道你连这也不明白？！"

"滕老板，多谢你。"张复礼显得很平静，他说："我那位亲家爹爹手中掌着大权，我当然晓得。我若是想沾他的一点光，想必也是沾得到的。可是，缴纳皇粮国税是黎民百姓的本分。我想做个清清白白的老百姓，不愿给亲戚增添麻烦，也不想让亲戚为难。我不欠亲戚的人情，腰板都挺得直些。"

滕运隆不再说什么了。码头上，三个厘金局的帮办，正手拿着验讫家什，朝着麻阳船走来。

这时，辰州城的石板街道上，正走着这条麻阳船上的舵把子和帮舵，揽头和帮篙。他们晃晃悠悠，从中南门走到了上南门。时近黄昏，街上的铺子大都关门打烊。只有卖吃的摊店、说书的茶馆，依然敞开着大门，接纳着四方来客。市面上有家有室的人，这时都回到了各自的家里，而在弄上游逛的人，不是河下的船把佬，就是排古佬。他们在经过一天辛劳之后，来这里寻求排解与发泄。他们走到西关的一条弄子口时，张青发突然发问："呃！伙计们，今天是什么日子？"

满益成说："是二月初二呀！"

满延长立刻说："二月初二，土地菩萨的生日，这条弄子的火神庙里，今夜要唱木脑壳戏。"

"对啦！我要讲的正是这码事。走！我们到火神庙看木脑壳戏去！"张青发提议。

"这时候就去？只怕戏子连夜饭都还没吃哩！"滕运祥不同意立刻就去。他说："依我说，还是先去一品香喝杯茶，等火神庙里唱戏的闹台响了再去不迟。"

滕运祥的提议得到大家的一致同意。他们继续西行，前头的茶馆一品香，是他们常坐的地方。在那里泡上一杯茶，可以坐到深更半夜。一品香里养着一个叫喜佬的渔鼓老人。他每夜在茶馆唱渔鼓，唱的都是前朝古人。到那里一边喝茶，一边听渔鼓，对于辛劳了一天的船把佬来说，无疑是一件惬意的事情。突然，这伙麻阳水手发现，一品香的门前正呵嗬喧天围着一大堆人，走过去一看，原来是一党街上的癞子和一个汉子在对打。尽管对方人多势众，那汉子却一点也不示弱，大声喊叫道："狗日咯！是角色，同老子个对个！"

船把佬一伙人老远就听见，那喊叫的汉子是麻阳口音。他们相互看了一眼，几乎是同时说出了三个字："麻阳人！"

在湘西，家乡观念最强的，莫过于麻阳人。麻阳人不论在任何地方，只要见到有乡亲同人打斗，不管相识与否，也不问是何种原因，都一定会舍死碰命上前相助。在千里沅水的一座座口岸，直至常德、汉口大码头，抱成团、不怕死的麻阳人常叫人望而生畏。麻阳人则以此为骄傲。这种莽撞的行动曾经惹了不少的祸，让麻阳人吃过不少的亏，但麻阳人从不后悔。眼下，这伙麻阳佬少不得又要表现一番了。

大街上，麻阳汉子虽有好拳脚，他毕竟势单力薄、寡不敌众，只有招

拴住的"大木排"

架之功，没有还手之力。他边打边退，嘴里吼着那句现话："狗日咯！是角色，同老子个对个！"

这时，只见那癞子头儿在一边大声吼叫："打！做死的打！打死这个狗日的麻阳佬！"

一听说要打死麻阳佬，这伙麻阳船把佬便怒从胆边生。满延长心想，擒贼先擒王，先给那头儿来一个下马威。他一步上前使个扫堂腿，便将那头儿打了个"猪娘坐泥"嗷嗷叫。接着，又朝着他的胸口狠狠地踢了一脚，把他踢了个四脚朝天，全无还手之力。与此同时，那其余三人高喊一声"弟兄莫怕，麻阳人来了！"便上前协同麻阳老乡跟癞子们对打起来。癞子们的花架子，挡不住船把佬的真拳脚。那头儿见势不妙，便领着喽啰们落荒而逃了。麻阳佬身手不凡，令围观的人们目瞪口呆。人们对这党癞子早就恨之入骨，却又奈何不得。想不到今天由麻阳佬来替他们出了气。

满延长走到那麻阳汉子跟前，说："弟兄，赶紧走！赶紧离开这辰州城！"

那汉子说："请问各位乡亲尊姓大名，日后也好报答。"

满延长厉声道："这有什么值得问的！你只要记住，我们都是麻阳人就行了！"

滕运祥也对那汉子说："不要多问了，赶快走！他们是不会善罢甘休的。"

天色已经刹黑。汉子一拱手，说了声："多谢各位乡亲！我叫谭子英，麻阳谭家寨的人，后会有期！"说着，便飞也似地消失在夜色之中。

麻阳船把佬目送乡亲远去。滕运祥和伙计们商量对策。他说："那党癞子是不会就此了结的。他们肯定是去搬救兵了。我们得想个对付的办法。"

满延长满不在乎地说："怕卵！先去火神庙看戏，到时候要打就打，哪个怕哪个！"

满益成附和着："对！管他娘，老子们看了戏再说！"

张青发连忙说："都火烧眉毛了，怎么还跑去看戏。进了火神庙里，人家关起门来打你。你就是有三头六臂，也搞不赢人家。依我看，不如赶紧回到船上，把船湾到黄草尾去。三十六计走为上计嘛！"

滕运祥说："青发兄弟说得对，'强龙压不过地头蛇'，在人家的地盘上，你再厉害也搞不赢别人。赶紧离开这是非之地。走！我们回船！"

麻阳船把佬刚要动身，远处响起了一片喊杀声。在那癞子头儿的带领下，百十个癞子，舞着大刀，拖着家什，朝着麻阳船把佬奔来。

"抓住麻阳佬！"

"打死麻阳佬！"

大街的两侧，立刻拥来了看热闹的人们。

"走！分开走！不要回船，哪里黑往哪里走！"滕运祥当机立断，吩示伙伴。霎时间，四个麻阳船把佬，便分散开来各奔西东。

癞子们赶到一品香门前时，麻阳船把佬正好离开。那癞子头儿高声喊叫着："追！给我分开追！抓到一个，赏一两银子！"

四个麻阳船把佬，跑掉了三个，唯独只有那帮篙满益成，没来得及逃脱，和癞子们遭遇上了。经过一场恶斗，寡不敌众，只得束手就擒。

癞子头儿为泄心头之愤，不问青红皂白先抽了满益成两耳光。鲜血顿时从嘴角流出。癞子头儿一阵狂笑，厉声问道："说！是哪条船上的狗杂种？"

满益成把头扭过一边，拒不回答。

癞子头儿没好气地吩示手下："打！给我朝死里打！"

癞子们一拥而上，对着满益成拳打脚踢。满益成躺在大街上，成了个血人儿。他咬紧牙关，连哼都没哼一声。慑于癞子们的淫威，看热闹的人们，谁都不敢站出来说话。只见街边闪出了个身着马褂的老者，看样子也不是个平常的人物，他走到那癞子头儿的面前，轻声儿说："二少爷！再打，只怕就要出人命了！"

癞子头儿似乎也意识到事态的严重。他嘴巴一撇，手一扬说："好

吧！晚辈听润公的话，就莫打了！把他押走，叫麻阳佬到老子这里来
领人！"

癞子们收手了。那被称为二少爷的癞子头儿走上前去，将血肉模糊的
满益成从地上拖起。这时，满益成仍然在咬着牙，没有半句呻吟。麻阳汉
子的气概，令大街上的围观者无不感到惊讶。这时，癞子头儿得意地调侃
起麻阳汉子来："麻阳佬，现在该晓得锅耳朵是铁了吧！"

癞子们手舞足蹈，笑着，唱着，欢庆他们的胜利。趁癞子们不注意，
满益成向那被称为润公的老者，使了一个眼色。

这位被称为润公的老者，名叫林再润，是辰州城一家绸缎庄的老板。
二十多年前的冬天，林再润下常德采办过年货，大船在青浪滩上的老池触
礁横头，船体折断成两截，沉没在滩上。林再润和船把佬都随沉船落水。
人们各自逃生。林再润在冰冷刺骨的江水中绝望地挣扎。这时，一条麻阳
船也走老池飙滩而下。船上的揽头工便是滕运隆。眼疾手快的滕运隆将抵
篙递给了水中挣扎的林再润。林再润抓住抵篙被拉上了麻阳船，捡得一条
性命。因为揽头工救人去了，使得大船偏离了溶道，眼看就要触礁。情况
火急，滕运隆纵身一跃，跳下险滩，硬是用肩膀把船头抵归了正溶，大船
才有惊无险地下了老池。为感谢滕运隆的救命之恩，林再润要把绸缎庄的
一半赠送给他，滕运隆说什么也不肯接受。林再润又提出给他一笔钱，让
他在辰州城里开一家店子，不再从事船上辛苦的劳作，也遭到滕运隆的拒
绝。滕运隆说，要是我不划船了，谁来救你？你还有命吗？从此二人成了
莫逆之交。滕运隆从揽头工做到了元子号，船过辰州，常到林再润的家中
喝酒，林再润也常到滕运隆的船上摆龙门阵。船把佬们也就和林再润熟识
了。适才间满益成投向他的那一眼，分明是要他赶紧去船上报信，想法子
营救自己。

当林再润摸黑上到滕运隆的麻阳船时，滕运隆和张复礼正在送厘金局
验关的帮办们下船。

"哈！润公，黑灯瞎火，你怎么来了？"滕运隆赶紧上前搀扶林

再润。

"有重要事情,上船再说。"林再润说着,见张复礼,问道:"这位是——"

滕运隆说:"顺庆油号的少老板——"

"晚生张复礼见过润公!"张复礼连连拱手,说道:"辰州城大名鼎鼎的润公,晚生在虎溪书院读书的时候,就常常路过宝号,得见尊容。"

林再润说:"好!好!张家大少爷在船上,今晚的事情就好办了。"

张复礼问:"但不知润公所言何事?"

"你们船上的几个伙计出事了,我是来给你们报信的。"林再润边进船舱边说。

滕运隆和张复礼同声问道:"怎么?这伙游神出了什么事?"

林再润把一品香门前发生的事情诉说了一遍。张复礼听完诉说,颇多感慨。他对滕运隆说:"滕老板,这样的事情,只有贵家乡的弟兄们才做得出呀!"

林再润却连声说:"麻阳人,个个都讲义气,真是难得呀!"

"这都是蹲在盐罐里,说的是闲(咸)话。润公,你说该怎么办吧!"滕运隆说。

林再润说:"抓去揽头工的二少爷,是厘金局伍总办故去胞弟的儿子,托孤于他。二少爷仗着伯伯的宠爱,在辰州城里胡作非为,成为街上癫子的头儿,劣迹斑斑,谁都奈何他不得。想救揽头工,只有少老板亲自出马了。亲亲戚戚,这点面子伍总办是会给的。"

滕运隆也说:"少老板,只有劳你的大驾了。"

张复礼叹了口气,没有表示。

林再润急切地说:"要去就得赶紧动身,去迟了,人家睡了觉,就不好办了。"

"少老板,你看——"滕运隆明白,张复礼并不愿去见那位亲家爹爹,可遇着这特殊情况,又有什么办法呢?

张复礼终于开口了："好吧！我走一趟。滕老板，你也同我一路去。"

张复礼带着滕运隆，敲开了尤家弄里伍家宅院的大门。

"烦你通禀，浦阳镇顺庆油号张复礼求见亲家爹。"张复礼对门房说。

不一会，张、滕二人便被引进了客厅。那伍总办和他的夫人，在那里烤着圆盆火。张复礼双手将礼物呈上，躬身拜揖："小婿张复礼见过亲家爹、亲家娘！"

伍总办说："复礼呀！都是自家人，你怎么这样客气！"

夫人也说："真是让你破费了。两家人都好吧？"

张复礼说："托二老的福，两家人都好。小婿遵父命去汉口经管庄上的生意。临行时，同金莲去岳家辞行。秀玲嫂子让我路过辰州时，到府上代她向二老请安！"

"难得秀玲一片孝心。"夫人最挂惦女儿，她问："她那个小伢儿叫宝儿，是吧？"

张复礼说："是的，好像都快一岁了。"

夫人对外孙的生庚记得清楚，她说："宝儿是三月初六生的，一岁还差一个多月哩！那宝儿长得还好吧？"

"长得又白又胖，和他的哥哥一模一样。"张复礼挑夫人喜欢听的好话说。

张复礼的话说得亲家娘心花怒放。伍总办见张复礼夤夜拜访，料定他是为验关的事情而来，便主动提问："装了货下汉口，是吗？"

"是的，一条八百个油的麻阳船。"张复礼说着，向伍总办介绍身边的滕运隆："喏！这就是船上的元子号滕老板。"

滕运隆立刻向总办大人拱手："给大人请安！"

伍总办朝滕运隆点了点头，而后对张复礼说："我去给那几个帮办打个招呼，明天让他们到船上去盖印就是。"

张复礼说："多谢亲家爹，复礼不好意思给你老人家添麻烦，那船货已经有弟兄上船验过关了，开过单了。"

"哦——"伍总办说着，称赞起张复礼来："好！是做大事业的气派。我的亲戚朋友，要是都像你这样，我这个总办就好当了。"

一直没有说到正题，滕运隆有点着急了。他朝张复礼使了一个眼色。张复礼这才终于开了口："亲家爹，亲家娘，复礼有点小事，还要麻烦二老。"

伍总办说："自家人，有什么事情，你就说吧！"

夫人也说："有事尽管说，不必客气。"

张复礼对身边的滕运隆说："滕老板，还是由你向二老禀报吧！"

滕运隆说："老爷！夫人！说来实在抱歉，我手下的几个弟兄，有眼不识泰山，冒犯了二少爷。现如今，还有一个船上的弟兄，落在了二少爷的手里。这都是在下管教不严，特意来到府上给二老赔罪，听凭二老发落。"

"唉！"伍总办摇着头说："这个老二，又在到处惹是生非，真拿他没得办法。"

"什么没办法，都是你惯的！"夫人说："一天到晚，游魂一样，这时候还不晓得回来了没有？"

"那你就到后院去看看吧！"夫人去了后院。伍总办说："这伢儿从小没了父母，就一直跟在我的身边。我局里公务繁忙，没得时间去经管他。他就越来越放肆了，经常做出些出格的事情来。没想到'大水冲了龙王庙'，弄到了自家人的头上。二位稍坐片刻，我叫他放人就是了。"

本不愿去见亲家爹的张复礼，没奈何到总办府走了一趟。他总算还有点面子。那二少爷尽管不情愿，却也叫了他一声姐夫。就这样，滕运隆从那二少爷的手中领回了血肉模糊的满益成。回到船上，润公还在那里守着，见事情顺利解决，喜不自禁。滕运隆着伙计把润公送回家里，并为成伢儿取来了伤药。

直到半夜过后，其余的三个船把佬才陆续回到了船上。

● 护航神鸦之死

　　沅水天险青浪滩，分为上滩、中滩、下滩和尾滩，以中滩为最险。傍晚，张复礼运油的麻阳船下锚在青浪上滩的小市镇烧纸铺。烧纸铺以下便是青浪滩的中滩了。不知何年何月，中滩岸边后来被人称为庙角的地方，出现了一座伏波庙，供奉着河神伏波将军马援。行江人祭祀河神所烧的纸钱，都在这小市镇上购买，人们便把这里叫作烧纸铺。从烧纸铺到庙角，河道上暗礁林立、乱石丛生，河里的两条航道：老池和偏口，都奇险无比，一般的船把佬无法驾驭，多少年来，行江人都是在青浪滩的起始处，一个叫垭角洄的村子里雇请熟悉航道的滩师，为大船飙滩。

　　麻阳船在垭角洄雇请的滩师名叫尹长久，此人祖祖辈辈以飙滩为生。他熟悉这青浪滩上的每一道岩梁、每一处激流、每一弯漩涡。他用勇敢和智慧，确保一艘艘下滩大船的平安无虞。这天，尹长久也随大船歇在了烧纸铺。夜晚，他和船上的弟兄们一同打牙祭，这种场伙叫"吃神护"。大船飙滩，离不开神明的护佑。

　　第二天清早，麻阳船便在烧纸铺起了锚。开船时，来了四名纤夫。他们要搭乘这条麻阳船下常德，再在常德择船拉纤回程。这天，滩师尹长久察看溶道的水色，决定不走河道当中的老池，而选择了河道靠边的偏口。偏口溶道上，有一段被称为铜钉的水域，溶道当中，潜藏着五座暗礁，如同五颗坚硬无比的铜钉。航船若是碰触，轻者横头搁浅，重者拦腰折断。有关这五颗铜钉的形成，青浪滩两岸，流传着一个排头工和老司斗法的故事。相传在这偏口的岸边，有个自恃道高，喜欢使孽的老司麻石公公。一次，他放出一根神缆，将一联从老池经过的木排，吊死在了险滩上，如同钉子钉住一般。那木排上的排头工也非等闲之辈，立刻察觉到这是有人在使孽。他用斧头砍断木排上的一节竹缆，用火点燃，衔在嘴里，从排头纵身入水，余水经过排底，逆水而上，从排尾冒出，果然那里有一根吊住木排的茅草，那便是麻石公公所放的吊排神缆，他一斧砍断茅草，一跃而上木排。那衔在他嘴里的竹缆，虽然在水里走过一趟，火却是越烧越旺。只见他威风凛凛，站立在排头，木排重又乘风破浪而行。那岸上的麻石公公，见排头工所显的功夫，吓出了一身冷汗。他的法术从未被人识破，更不要说被人所制服，今天可算是遇到对头了。那排头工不甘心为邪法如此算计，一路飙滩下了老池，把木排湾在庙角，便沿着河边小路去寻找那使孽的老司。排头工沿河上行三五里，不见人影，只见岩板路上摆着一堆冒着热气的牛粪。他举目四下一看，周围不见牛的踪影。这堆牛粪分明是那放神缆的老司所变化，是用来试探他的道法。排头工心想，今天少不了一场恶斗，倒不如先下手为强。他围绕着牛粪走了一圈，运足了气，狠狠在牛粪上拍了一掌，然后扬长而去。这堆牛粪，确实是麻石公公所变。排头工的一掌，正好拍在了麻石公公的背脊上。五指拍处，五枚铜钉深深陷进了肉里。若是铜钉钻心，他就没命了。麻石公公无奈，他只得嘱咐老伴将自己放在一口木甑里，用大火蒸七日七夜，只有这样，铜钉才能从他的身上拔出。当他蒸到第六天时，老伴心想，若是再蒸下去，恐怕就要蒸成肉浆了，少蒸一天，也是不打紧的。当她打开甑子时，发现五条雾气生成的龙，正在用舌头为麻石公公舔着背上的铜钉。随着甑子打开，那五条龙顷刻间便无影无踪了。那被龙舔出大半截的五颗铜钉，重又陷进了肉里。遭孽的麻石公公一番挣扎，打个恋滚，便一命呜呼，滚下了偏口的河中。他背上的那五枚铜钉，顷刻间化作了航道中的五座暗礁，不甘心的老司，期盼着有朝一日报仇雪恨，将那排头工的木排撞它个有来无回。从此，人们便将这一河段称为"铜钉"。凡选择从偏口溶道下青浪中滩的船排，每过铜钉时，飙滩的滩师总是格外的小心翼翼。

青浪滩虽为沅水第一天险，而对于滩师尹长久来说，却是轻车熟路。当他挥动着抵篙，驾船驶入偏口时，和往常一样：两岸树林里的乌鸦，成百上千只，黑压压一片，一齐飞临行进中的大船上空盘旋。所有的行江人从来就认为，这满天的乌鸦，是河神伏波将军派来的护航使者。有了神鸦的护航，船排便保得平安无虞。此刻，大船上，舵把子滕运祥和帮舵张青发，二人同心协力，稳稳地把着舵；滩师尹长久带领着元子号滕运隆、揽头工满延长各执一根抵篙，站立在船头揽头，保大船归溶闯滩。一个个摇橹的伙计们，则将昨晚"吃神护"时留下的饭团和肉块，不断地向空中抛掷。张复礼见状，也情不自禁地参与了抛食。盘旋在大船上空数不清的乌鸦，准确无误地在空中啄食着饭团和肉块。这青浪滩上日复一日，年复一年，反复地出现着这样的奇观，造就了这个特殊的乌鸦种群的灵性。饭团和碎肉，堵住了啄食乌鸦的嘴巴，乌鸦便停止了噪叫。飙滩时，最忌的便是乌鸦的噪叫。乌鸦若叫，不祥之兆，飙滩的大船便肯定会出事。

麻阳船一路进入铜钉水域，水中的五座暗礁，激起了五朵翻飞的浪花。滩师尹长久全神贯注，一会儿左边抵篙，一会儿右边揽头，他的抵篙伸向哪里，元子号和揽头工的抵篙也跟着伸向哪里。大船在滩师的指挥下，与激流进行着惊心动魄的较量。浪涛中的大船，巧妙地避开了前头四座铜钉的碰撞。前面就是最后一座铜钉，也是最凶险的铜钉，那旁边可供行船的溶道，狭窄得仅能容纳一船通行，稍有偏离，后果便不堪设想。飙滩的大船，正处于万分危急的时刻，而在大船上空盘旋着啄食的乌鸦，却忽然间变得悠闲起来，它们俯冲而下低空飞行，环飞在抛食人的身边，有的甚至停落在了船篷和舱板上，像是表示感激，又像是表示亲昵。张复礼和纤夫们面对着这等景象好生欢喜。他们将饭团和碎肉就近填喂到乌鸦的嘴里。正在船头挥舞着抵篙，领引大船飙滩的滩师尹长久，却顾不上欣赏这眼前的奇观。他全神贯注地进行操作，因为哪怕是一丁点细小的失误，就可能导致不堪设想的后果。尹长久领引着大船，面对着最后一座铜钉，巧妙地应对着。他使尽平生的力气，使劲将抵篙重重一挥，他突然感到那挥动的抵篙，与什么物体产生了撞击。情况紧急，他哪顾得这许多，而是使尽平生的力气，猛抵一侧的礁石，使大船有惊无险地闯过了最后一座铜钉。当大船进入正常溶道时，一片惊呼声在麻阳船上响起。滩师尹长久分外诧异。他回身一看，众人正围着鳌头上一只被打死的乌鸦，随之耳边传来了乌鸦的噪叫。这时，一个个惊恐万状的船把头围拢在头上和嘴里都留有血迹的乌鸦周边。脑壳发懵的尹长久这才想起，刚才他挥动抵篙时的异样感觉，原来是抵篙误击了乌鸦的头部。尹长久自知闯下滔天大祸，顿时如同五雷轰顶，战战兢兢，面如土色，接着，便号啕大哭起来。满船的行江人，感到事态严重，立刻处于万分紧张的状态之中。除了正常作业的揽头工和舵把子之外，所有的人都立刻虔诚地跌跪在那被打死的乌鸦跟前。大祸临头的尹长久，更是捣头如蒜。这时候，环飞在喂食人身边的乌鸦，也因为同伴的突然死去，而惊飞到了高空，随着在激流中行进的麻阳船，仓皇地盘旋着，凄厉地噪叫着，像是对死去同伴的凭吊。

　　惊恐笼罩着的麻阳船，一路航行，到达伏波庙下的庙角码头，在那里湾了船。那庙角的岸边，一级级青石岩铺就的石阶，沿坡拾级而上，长长石阶的尽头，便是气势恢宏的伏波庙。为什么船把佬们对一只乌鸦的意外死去会如此惊恐万状，还得从青浪滩岸边的这座伏波庙说起。

　　青浪滩岸边的伏波庙，祭祀的是东汉时平定五溪的伏波将军马援。是时，五溪少数民族首领相单程起义，汉武帝为此一筹莫展，年过古稀的伏波将军马援请缨征战，并立了"只解沙场为国死，何须马革裹尸还"的誓愿。相传马援的大军进入五溪之后，人马困乏，粮草不济，加之正值暑天，水土不服的军中将士们大都病倒。马援无奈，用一种后来被人们称为"马援苦"的野菜，为军士们充饥、治病。后来，连"马援苦"也被挖尽了，众多的军士只能饮恨军中。马援也在这青浪滩边的壶头山上结束了他戎马倥偬的一生，实现了他当初的誓言。不知从何时起，这里的人们将伏波将军马援奉为这里的河神，并在岸边建了这座伏波庙。那些年复一年盘旋在船排上空，啄食饭团、碎肉的乌鸦，则被认为是马援部下军士的英灵所化，称为伏波将军的"乌鸦兵"，河神驾前的护航神鸦。有了河神的庇佑，有了神鸦的护航，过往青浪天险的船排，才得以平安无虞。

麻阳船上，元子号滕运隆无奈地对张复礼说："少老板，出了这样的事，别的法子是没有了，我们快去伏波王爷跟前，向他老人家赔罪吧！"

张复礼说："对！我们快去向伏波王爷赔罪，听凭他老人家的发落。"

"尹师傅，我们走吧！"滕运隆说。

麻阳船上的一行人下船上岸，走在最前面的是滩师尹长久。他双手捧着那只被他打死的乌鸦，一级一级地上着伏波庙前的石阶，就如同一个死囚，去听候对他的宣判。他身后所有的人，都如丧考妣般的低垂着头，哭丧着脸。当这一行人走到伏波庙的大门口时，滕运隆发话了："打住！事关重大，待我前去通禀。"

人们停止了脚步，在伏波庙的大门外静候着。张复礼站立在门前，一抬头，便看到了大门两侧石坊上镌刻着的对联：

卅六里雪浪飞来，淘尽万古英雄，尚遗鸦阵神兵，犹传部曲；
廿八将云台在否？幸有五溪祠庙，得与羊裘钓叟，共占江山。

张复礼的两眼，特别注视着对联上的"鸦阵神兵"四个字。如今，那"犹传部曲"的"鸦阵神兵"，竟惨死在为他运货的这条麻阳船上。张复礼不由得打了一个寒噤。他感到茫然，不知道该如何面对因此而引发的一切。这时，他突然听到庙堂里传出了"咚、咚……"的鼓声。鼓声凄楚而苍凉，像是官衙升堂断案，像是刑场开刀问斩。紧接着，滕运隆行色匆匆来到了大门口。他压低嗓门传达老庙祝的吩示："打死神鸦，罪该万死！一步一叩首进殿，伏波王爷驾前请罪！"

庙堂里的鼓声，依然在"咚、咚"地响着，犯事麻阳船上的一行人，

护航神鸦之死

一个个神情戚然。他们每行一步，都要跌跪在冰冷的岩板上，至为虔诚地磕着响头。走在队伍最前面，双手捧着死去乌鸦的滩师尹长久，头磕得最响。进得庙堂，大殿屹立着四尊木雕的神像。当中的两位，是红脸的伏波王爷和白脸的耿氏夫人。左右两旁，分别是千里眼和顺风耳。尹长久向着殿堂一步一叩首，胆战心惊地走去，伏波王爷那威严无比的面目，直吓得他魂不附体。当他来到伏波王爷的神台前时，殷红的鲜血，从他的额头渗出，流淌在他的脸膛。他身后的人们，包括张复礼在内，额头也无不因磕头而红肿。神台前，老庙祝早已怒容满面地端坐在那里。在他的示意下，庙中的一个童儿接过尹长久手中那死去的乌鸦，放进一只木制的条盘里，摆放在伏波王爷驾前的神案上。随着鼓声的戛然而止。老庙祝端坐在神案之前，开始审理。他指着条盘中死去的乌鸦问道："这是谁造的孽呀？"

"是小的，小的罪该万死！"

"叫什么名字？"

"小的尹长久。"

"家住哪里？"

"垭角洄。"

"以何为生？"

"送船飙滩。"

"可知饭碗何人所赐？"

"王爷所赐。"

"嘟！"老庙祝怒目圆瞪，拍案而起，厉声问道："既知饭碗是王爷所赐，你缘何伤害王爷的乌鸦神兵？"

"小的有罪！小的罪该万死！小的是失手伤害，不是故意呀……"尹长久惊恐万状，不顾额头上的伤痛，又磕了一连串的响头。青石板上，留下了斑斑血迹。

"大胆狂徒，还敢狡辩！先打四十棍，再听发落！"老庙祝宣示。

眼前发生的事件，在伏波庙从来不曾有过。伏波王爷驾前，也从来没有这样动过刑。老庙祝指令发出，庙里的人和船上的人都不知道老庙祝的指令该由谁去执行。当人们面面相觑时，老庙祝发话了："犯事船上的元子号，由你派两个人来打，重重地打！"

滕运隆责令满延长和张青发棍打滩师尹长久。这满、张二人，与尹长久打交道已有多年。这位滩师曾引领他们的大船，历经无数次与惊涛骇浪的搏斗，一次次飙滩，闯过青浪天险。他们曾是情同手足的兄弟、生死与共的伙伴。如今，这位伙伴犯了罪过，正趴在地下，等候着棍棒的击打。满延长和张青发实在是难以下手。他们不约而同，高高地扬起，轻轻地落下。庙堂里所有的人，都把这一切看得清清楚楚。二人的举动引得老庙祝怒气生嗔，厉声发话："重重地打！徇私者同罪！"

"打！重重地打！徇私者同罪！"滕运隆也跟着起吼。

没奈何，满延长与张青发手持棍棒，重重地击打着尹长久的屁股。每击打一棍，尹长久便惨叫一声。伴随着声声惨叫，尹长久的裤子上，渗出了鲜血；伴随着声声惨叫，沾满鲜血的裤子被打成碎片；伴随着声声惨叫，屁股被打得皮开肉绽……

四十重棍打完之后，伏波庙里鸦雀无声。如此严重的事态，往下将如何发展，人们在静候着老庙祝的吩示。老庙祝捋了捋颔下的长须，双目微闭，郑重宣布决定："大胆狂徒，伤害王爷驾前护航神鸦，惹下滔天大祸。自今日起，青浪滩封航。木排湾靠垭角洄；下水船湾靠烧纸铺；上水船湾靠洞庭溪。待等神灵赦宥，再行择日复航。"

听了老庙祝的宣示，张复礼立刻感到，事态比他原来想象的还要严重得多。滩师失手打死护航神鸦，不单是一条船的祸端，而是涉及整个青浪滩的船排行江，也就是涉及千里沅水的航行。青浪滩封航，亘古以来都不曾有过。因为这一只护航神鸦之死，老庙祝借助伏波王爷的权威，宣布了没有人敢违抗的封航决定。张复礼在琢磨着，这位老庙祝究竟会作出怎样的发落呢？突然，他听到老庙祝在发问："哪位是浦阳镇顺庆油号的少老板？"

张复礼连忙上前拱手："禀道长，在下便是顺庆油号的张复礼。"

老庙祝眯着长眉之下的一双眼睛，将张复礼打量了一番，说道："请偕同船上的元子号，一同后殿待茶。"

在老庙祝的领引下，张复礼、滕运隆来到后殿，二人刚落座，童儿便来上香茶。

老庙祝抿了一口香茶，说："少老板，其实我们是见过面的。那年令尊大人带着你下汉口，曾带着你到小庙上香。转眼间，就长成一条汉子了。"

"是的，家父曾携晚生拜谒过尊颜。十多年过去，道长是返老还童了。"张复礼对于当年的见面，已经没有一点印象了。尽管如此，他还是就地滚龙说着奉承的话。

"哪里！哪里！贫道都已成为老朽了。"老庙祝说了两句自谦的话之后，便言归了正传。他说："在宝号运货的船上，出此不幸之事，贫道深感痛心。这青浪滩上的封航，也只能是一日、两日。当下燃眉之急，是要赶紧从长计议，看如何才能求得神灵赦宥？"

张复礼说："伤害神鸦之事出在敝号运货的船上，在下深感罪过。此事虽只是出在这一条船上，却累及沅水上下所有的船排。在下初出茅庐，才疏学浅，未涉世事，束手无策。怎样才能求得神灵赦宥，听凭道长发落。"

老庙祝和少老板一来二往，谈论起事件善后处理的意见。一旁的元子号滕运隆却是心中有数。这位老庙祝也是垭角洞的尹姓人。惹祸的尹长久还是他的房族。莫看他来势汹汹，一进门就责打了尹长久四十大板，内心里他却在关顾着他的房族。谈来谈去，果然不出滕运隆所料。老庙祝说起尹长久家境的清寒，请求张复礼为之承担整个神鸦的葬丧开销。张复礼当即慷慨地应允了下来。葬丧花费的开销，不是一个小数目，是整个事件最实际的内容。张复礼的承诺，使尹长久得到了解脱。

在老庙祝与麻阳船上的货主张复礼、元子号滕运隆商议善后的同时，滩师尹长久打死护航神鸦，连同青浪滩封航的消息，迅速传遍了青浪滩上下。所有上下的船排，都按照指定的地点，湾靠在码头。滔滔沅水的激流中，再也见不到船排穿梭航行；岸边的纤道上，再也听不到纤夫的号子声。天色变得阴晦，云层压得很低，青浪滩两岸的树林里，传出声声神鸦的噪叫，显得格外凄厉而苍凉。这个特殊的乌鸦种群，在这个特殊的地方，年复一年，迎送着来往的船只，啄食着船工们抛掷的美味佳肴。今天，随着一只同伴的意外死去，情况便突然发生了变化。在那浪涛汹涌的青浪滩上，不论是老池，还是偏口，居然见不到大船的踪迹了！它们见到的，只是洞庭溪、烧纸铺码头上湾靠的越来越多的船只；只是垭角洞码头停泊的越来越多的木排；只是青浪滩边的麻石路上那数也数不清的行迹匆匆的身影。那凄厉而苍凉的噪叫，渐渐地变成了充满失落的哀鸣……

青浪滩边的麻石路上，正涌动着川流不息的人流。他们之中，有船把佬，有排古佬，也有青浪滩边的乡亲。他们为神鸦惨死的噩耗而感到震惊；他们同声谴责伤害神鸦的大胆狂徒；他们不约而同地向着伏波庙涌来。没有多久，伏波庙的里里外外，便挤得水泄不通了。

在伏波庙的正殿旁，已经为护航神鸦布置了灵堂。灵牌上写着：

生于龙汉元年吉月吉日吉时
大汉新息侯伏波将军马援驾前护航神鸦之灵位
殁于大清光绪二年二月初四日辰时

灵牌的背后，摆放着死去乌鸦的遗体。遗体上，覆盖着一块红布。犯事的滩师尹长久，披麻戴孝长跪在灵前。一堂乐音师，坐在灵堂的一侧。凄惶的锣鼓声、哀泣的唢呐声，在庙堂里回荡着。几个剽悍的排古佬，来到了灵堂前。其中一个汉子，轻轻揭开那盖着神鸦的红布，见神鸦这般惨死，立刻火冒三丈。他一步上前抓住了尹长久的山胸。尹长久顿时吓得魂不附体。幸好有几个道士上前解劝，那排古佬才住了手。

神鸦的丧事，将按照此地乡间最隆重的礼仪操办。几个庙里的道士，正在将一块块白布孝帕，送给庙里庙外所有的人。接过孝帕的人，都立即将孝帕缠戴在头上。伏波庙内外，只看见戴着白色孝帕的人头在攒动。到处都是白茫茫的一片。

老庙祝偕同张复礼、滕运隆，从后殿进入到前殿。张、滕二人的头上，也都缠戴着白布孝帕。在老庙祝的示意下，乐音师停止了演奏，整个大殿变得鸦雀无声。人们悲戚而愤怒的目光，一齐投向了老庙祝。青浪滩边的人，都晓得老庙祝的底细。三十多年前，他也曾是垭角洄的一名滩师。只因家中发生了变故，他才寄身于青浪滩边的伏波庙，到后来又成了庙里的住持。打死神鸦的尹长久，便是这老庙祝的尹氏房族中人。这时候，明白底细的人们，都在静听着他对这一非常事件的裁决。看他是不是徇私枉法？能不能秉公而断？只见老庙祝缓步来到那神坛之前，在伏波将军夫妇的神像下，停止了脚步，对着神像深深地跪拜。张复礼和滕运隆也立刻跟着在神前下跪。老庙祝长眉下的一双眼睛，虔诚地仰望着神像。他以颤抖的声音，向神灵禀报："启禀大汉新息侯伏波王爷殿下，千百年来，我等仰仗王爷威仪，仰仗王爷驾前护航神鸦庇佑，在青浪天险之上，屡屡逢凶化吉，遇难呈祥。而今，竟有以德报怨之大胆狂徒，无端伤害王爷驾前护航神鸦。是可忍，孰不可忍！适才贫道邀约船东货主，商议善后，严惩滋事者，以儆效尤：一、重责滋事者四十大板，勒令悔过自新；二、勒令滋事者厚葬护航神鸟，修建道场，超度亡灵；三、勒令滋事者永世不得在青浪滩飙滩领航……"

老庙祝话音未落，伏波庙里便爆发出愤怒的斥责声：

"扯卵谈！讲卵话！"

"这老家伙在关顾垭角洄的房族！"

"把老家伙赶出伏波庙！"

"把老家伙赶走！"

这时，两个彪形大汉，抬来了一只装猪崽的大篾篓，往伏波庙的大殿前一放。立刻有两个大莽汉去到神鸦的灵堂前，像岩鹰抓鸡崽一样，把尹长久拎了起来，放进了那个猪篓之中。猪篓顿时成了置尹长久于死地的囚笼。人群中，立刻爆发出叫喊声：

"要他偿命！"

"拿他沉潭！"

老庙祝慌神了，大声叫喊着："不！你们不能这样！"

这时候，人群中出来一个人，说的是麻阳话。显然，他是一个麻阳船把佬。他说："自古道，杀人偿命，一命抵一命。他今天杀死的是伏波王爷驾前的乌鸦兵，是保佑水上人平安的护航神鸦！要他偿命，理所应当！"

老庙祝连忙说道："他伤的是王爷驾前的护航神鸦，要不要偿命？须由王爷定夺！"

"好吧！那就由王爷定夺！"那船把佬说着，将神案上的一副神卦交给老庙祝，说："你是庙祝，还是由你来请示王爷，看他该不该偿命？"

老庙祝用颤抖的手，口中念念有词，在伏波王爷跟前连掷三卦。说也奇怪，三卦落地，竟然全是阴卦。这尹长久是没得命的了。

就在三卦落地的同时，伏波庙里引发了震天动地的吼叫。在吼叫声中，人们立刻七手八脚，将装着尹长久的猪篓高高地举了起来，直向庙门外走去。那蜷曲在猪篓里的尹长久，早已被吓得失魂落魄，周身在不住地颤抖，脸色如同白纸一般。顷刻之间，他就将连同这只猪篓，沉入这他曾无数次闯荡过的沉水激流之中，为那只死去的神鸦抵命。他万万没有想到，自己会以这种方式结束一生。

愤怒的人们吼叫着，高高地举起那只装着尹长久的猪篓，沿着伏波庙前的一级级石阶，直向沉水河边走去。伏波庙四周的坡地上，到处站满了头戴白色孝巾的人。他们将目睹这一惊心动魄的时刻。当猪篓被摆放在河边的码头上时，立刻便有人拿来了绳索。他们将尹长久牢牢地捆绑在猪篓上，又在猪篓上绑上了几个硕大的石块。当人们七手八脚地将装着尹长

久、绑着大石块的猪篓往一条大船上抬去时，成百上千的神鸦，一拥而至
大船上空，发出了震天的鸣叫声，像是在为抬猪篓的人们助威，更像是在
为同伴的复仇叫好。这时候，只见船舷上闪出一个身材魁梧的汉子，躬身
跌跪在大船的跳板上，拦住了扛抬猪篓的去路。

"各位三老四少，叔伯兄弟，请饶他一命！"汉子声嘶力竭地吼
叫着。

抬猪篓的人们被挡住去路，开声叫骂起来：

"哪里来的狗杂种，敢挡老子们的路！"

"把狗日的也装进笼子，一起丢到河里喂大鱼！"

"狗日的，滚开！"

"各位三老四少，叔伯兄弟，请饶他一命！"汉子并没有被唬住，依
然在替死囚求饶。

"你是什么人？"人群中闪出一个人问道。

"浦阳镇顺庆油号张复礼。这位尹师傅，就是为小号送货飙滩，误伤
了神鸦。"

"你可晓得，要他偿命，是何人的旨意？"

"敝人得见神前所打三卦，要他偿命，是王爷的旨意。"

"王爷旨意，难道可以更改？！"

"复礼斗胆恳请王爷慈悲为怀，收回成命！"

人群中起哄了，说什么话的都有：

"这狗日的是在仗他屋有钱！仗他是浦阳镇的头块牌！"

"有钱人，是想趁此机会修阴功、做善事。"

"有钱又怎么样？就是有钱，也只怕难救这条命。"

这时候，人群中冒出一个五大三粗的汉子。他拨开人群，站到了张复
礼的跟前，两只愤怒的眼睛，直逼仍然跪在跳板上的张复礼。

"你是浦阳镇顺庆油号的少老板？"

"正是。"

"你想救这滩师一命？"

"正是。"

"可叹你的家财太小了！"

"这位大哥，在下没听懂你的意思。"

"那我就直言了吧！这滩师打死王爷一只神鸦。你若要救这滩师，必须替他赔王爷一只金神鸦！"

张复礼听到这个苛刻的条件，一时便懵懂了。人们却在此时跟着起哄、附和："对！赔王爷一只金神鸦！"

"赔一只金神鸦，供在伏波庙！"

"财老板，放血呀！要想救人，你就要放血……"

那汉子咄咄逼人的眼神，直盯着张复礼：

"如何？张老板！"

张复礼为难了，他欲言又止。

汉子步步紧逼："张老板，想当脚色就要舍得放血。你的每一文钱都是从这条沅水河里赚来的，给河神庙里献一只金神鸦，又有何不可！何况还可以救一条人命。"

张复礼在暗暗盘算着，造一只金神鸦，究竟要花多少钱，他的心里没有底。

"哈哈！"那汉子见张复礼犹豫的样子，仰天大笑。他说："原以为浦阳镇上又出了个仗义行侠的财老板，谁料想竟是个惜金如命的守财奴！把他拖开去！把笼子抬上船！"

正当人们动手将张复礼从跳板上拖开时，张复礼说话了："各位请慢！"

"怎么？想明白了！"

"我替他赔王爷一只金神鸦！"

"讲话算数？"

"一言既出，驷马难追！"

"张老板，既然如此，请快快起来。"汉子一把将张复礼扶起。

河滩上，立刻响起了震耳欲聋的欢呼声。那猪篓中的尹长久，到了阎王殿的门槛边，又被这位张老板拖了回来，一种绝处逢生的喜悦涌上心头。他喘着粗气，以感激的眼光，望着从跳板上起身的张复礼，直到他的视线被涌向张复礼的人流遮挡。

"慢！"那汉子把手一挥，说："这位张老板赔王爷一只金神鸦了结此事，还只是我的想法。不知道王爷认不认可。此事还得去到王爷驾前，问过他老人家。"

说着，张复礼同那汉子一同到了伏波庙。老庙祝早已在神案前伺候。只见那老庙祝在伏波王爷驾前，禀明情由，而后连掷三卦。奇迹出现了。他掷下的三卦竟然全都是阳卦，说明王爷认可。让张复礼代赔金神鸦，免尹长久一死的消息，很快就在伏波庙内外传开。张复礼走出庙门，站立在门前，众人的目光，一齐投向了他。接着，他在众人的关注下，一溜小跑，去到河边，从那猪篓做的囚笼中，将尹长久解救了出来。这时，盘旋在空中的神鸦，突然升腾上到高高的云天，发出震惊天宇的啼叫，像是在庆贺它们同伴的金身将登上伏波庙高高的神台。

俗话说，"人死饭甑开"。在湘西，若遇丧事，任何人都可以到丧家来吃抬丧饭。所办的酒席，称为随到随吃的"流水席"。这种流水席分斋、荤两种。斋者为"斋葬"，荤者为"荤葬"，视死者的具体情形而定。神鸦本是肉食鸟类，所安排的自然是荤葬。人们在伏波庙里杀猪宰羊，备办酒饭。除了过往的船把佬、排古佬之外，四乡八里的百姓，男女老少，也都赶到伏波庙来为神鸦戴孝，来吃抬丧饭。这时，灵堂里已经摆着一具上好的楠木棺材。披麻戴孝的尹长久，死里逃生之后，虔诚地在神鸦的棺椁前跪拜着，不敢有丝毫怠慢。神鸦灵堂的锣鼓、唢呐，演奏着催人泪下的哀乐。就在这悲哀的气氛之中，络绎不绝的人们，坐上了伏波庙的流水席，大块吃肉，大碗喝酒。

伏波庙里，流水席一直开到深夜。青浪滩边的任何一堂丧事，都不曾有过这大的排场。民间葬丧的所有礼仪，一项也没有漏掉。停丧的夜晚是要唱丧堂歌的。唱死者生前的业绩，唱生者对死者的思念。然而今天楠木棺材里躺着的死者，不是孝家的老父老母，而是被称为护航神鸦的一只乌鸦，丧歌的歌唱者必须见子打子，即兴编唱。半夜过后，来自洞庭溪的歌手，一人一句唱起了丧堂歌：

锣鼓打得闷沉沉，唱支丧歌祭亡灵。你是王爷驾前护航鸟，你是青浪滩上乌鸦兵。行船有你来庇佑，风也平来浪也静。你今撒手西归去，好比黑夜灭了灯。要问乌鸦神兵出身处，水有源来树有根……

两个歌手唱着丧堂歌的衬口句，你来我往，没完没了。他们从伏波将军平定五溪，马革裹尸壶头山，一直唱到青浪滩神鸦护航。对于神鸦之死，更是表现了由衷的悲切。听丧堂歌的人们涌进了伏波庙，里三层，外三层，把神鸦的灵堂围了个水泄不通。这夜的丧堂歌，一直唱到第二天拂晓。

在伏波庙背后的栖凤山上，人们已经为死去的神鸦开挖好了墓穴。老庙祝为神鸦选择这块阴宅地，是非常隆重的。他请了青浪滩一带最有名望的地理先生，与他一同上山勘察。这栖凤山的山势，形同一只栖息在青浪滩边的凤凰。这凤凰的栖息地，作为护航神鸦的归宿，是最恰当不过的了。而这只凤凰所面对的青浪滩，则犹如一条神游的巨龙，龙凤呈祥，无疑将会给这一方土地带来兴旺。

神鸦的出殡，是极其隆重的。送葬的人，一律头戴白色的孝帕。他们在通往栖凤山的小路上缓缓而行，滔滔的沅水河畔，仿佛又流淌着一条白色的河。这时，从青浪滩两岸的树林里，飞来了成百上千只乌鸦。它们在昏暗的晨空中，跟随着送葬的队伍盘旋着飞行，发出如泣如诉的哀鸣。形成了天空中的另一支送葬队伍。千百年来，神鸦伴随着风波浪里的沅水行江人，无数次闯过暗礁横流，在生命的长河中不息奋争。今天，它们同为一个在旅途中的同伴送行，那抛掷到天空的饭团、肉块，并不能表达它们的全部情感。只有这种最质朴的礼仪，才能最完美地体现它们的心声。

神鸦的墓穴，被一抔抔黄土掩埋，成为栖凤山上的一个坟冢。丧事并没有因此而结束。送葬的船把佬和排古佬，用一张椅子扎成一个敞轿。上面放着一个包袱、一把雨伞。他们将敞轿抬回了伏波庙。抬回的是神鸦的灵魂。那埋葬在栖凤山上的，只是神鸦的躯体。神鸦的灵魂，就这样永远陪伴在伏波王爷左右。

神鸦的丧事全部结束，老庙祝宣示：青浪滩上恢复通航。为顺庆油号装运桐油的麻阳船，在经历了一场变故之后，又开始了它前往汉口的行程。

● 阴沉木！阴沉木

　　元隆木行的生意做得顺畅。大木排连年下河洑，在沉水里趟趟都是一路顺风。老字号的"刘元隆"斧记，在河洑的木市上很是走俏。这一路下来，刘家窖子的银子可真是赚饱赚足了。刘家虽然是财源滚滚，可主人刘昌杰的日子却并不好过。

　　三年前，刘昌杰跟着木排去了趟河洑。回来以后，就觉得浑身乏力，吃东西没得口味。很少生病的刘昌杰对此并不在意。可过了不久，刘昌杰变得黄皮刮瘦，连眼珠子都变黄了。他去到镇上的德济堂，老郎中杨锡泰说他是肝火过旺，便给他捡了药。老郎中告诉他，这种病要慢慢调理，不要指望吃了几副药就立马见效。刘昌杰耐住性子治疗，可病情总不见好转。他渐渐对这位老郎中丧失了信心。刘邬氏则是病急乱投医，请来了一位草药匠。那药匠一看刘昌杰，便说他得的是黄痧病，只要几副草药便包脱病体。怎奈是草药也并不灵验。刘家人走投无路，便从龙家垴请来老司龙法胜冲傩许愿，却依然也是无济于事。经过这几番的折腾，刘昌杰对治好自己的病没了信心。没奈何，他把生意上的事全盘交付给了儿子金山。金山虽是初出茅庐，却也经营得法，把生意做得风生水起，刘昌杰却也是高兴不起来。笃信佛教的刘昌杰，已是万念俱灰，他拖着病体，手捧一本《坛经》，每日里诵念。

　　刘昌杰除了担心自己的病体之外，最让他放心不下的是女儿刘金莲。他从女儿出嫁之日开始，便看出了婚事潜伏着的危机。女儿倾心的人是那个麻家小雕匠，心思并不在张复礼的身上，嫁到张家是出于无奈。张复礼对亲事的应诺，也只是对父母的遵从。更让他奈何不得的，是浦阳人令人生厌的嘴巴。女儿婚前风言风语不断；钰龙出世风言风语又起；元宵节闹花灯风言风语再掀波澜。虽然这些风言风语都以不同方式得到了化解。可任何人的心里都明白，无风是不起浪的。女儿在张家的处境，也就可想而知了。这些年，随着年龄的增长，女儿渐渐变得成熟了，尽管她有吐不尽的苦水，每次回到娘家总是说自己过得很好。开春时，张家决定让女婿到汉口主持庄上的生意。临行前，女婿到岳家辞行。刘昌杰看得出来，那不过是面子上的敷衍。在他病倒的这些日子，每次都是女儿一个人来探望，每次都说是女婿生意上太忙抽不开身。有什么抽不开身？一袋烟的工夫就可来打一转身，他一次也没来过。这次要去汉口前来辞行，据说是亲家逼着来的。看来这门亲事是名存实亡了。女儿还年轻，要走的路还长。她往后的日子如何过，着实让刘昌杰牵肠挂肚。

这些年，刘家生意顺畅，确实也赚了一些钱，但并不像外头人说的那样，在用畚箕撮银子。去年秋天，他还遇上一件为难事。一天，鸿发膏栈的老板龙永久，带着礼物来到刘家窨子。平时，他是很少来刘家窨子，更从来没把刘昌杰当作长辈对待的，拍拍肩膀叫声"刘公"就算不错了。此人做的是害人的鸦片生意，平日仗着有几个钱，眼睛长在头顶上，谁也不看在眼里。这天他却一反常态，"刘叔！刘叔"叫得清甜。说什么刘叔病了这么久，事情太多顾不上来看望，今天特意送上一点薄礼，表示晚辈的心意。其实，他送的人参和鹿茸，都是贵重的礼物。刘昌杰断定，此人一定是有事相求，才会如此一反常态。不出刘昌杰的所料，才落座，他便开门见山提出要借钱。说是贵州那边过来了一批上好的"云土"，他想全买下来，手头的资金无法周转，还缺少银子五百两，思来想去，只好来找财帛星刘叔。他可以具结文书，以他镇上的店面和窨子屋作抵押，请刘叔给他个面子。刘昌杰犯难了。元隆木行几代的清名，从不做伤天害理的事。纵有银子，也是决不能借给别人去做鸦片生意的。刘昌杰虽是这样想，却不能当着龙永久的面说出来，人家毕竟是带着人参、鹿茸来看望你的啊！思来想去，只能用推托之词权作搪塞。他告诉龙永久，这两年因为生病，生意上的事情都交给了金山，银钱的进出都是由他调摆。金山到贵州采办苗排去了，这两天就会回来，能不能腾得出这笔银钱，到时候由金山再把信给他。龙永久一听，就晓得刘昌杰是在推脱。他不好当面发作，连办好了的酒饭都不肯吃，就悻悻而去了。

两天以后，刘金山如期回到了浦阳镇。刘昌杰当即和儿子商量，怎么应付龙永久借钱的事情。五百两银子虽然是个不小的数目，刘家若是要借，还是借得出的。刘金山以为，这龙永久在这浦阳镇上，是个红、黑二道都有路子，并且还有官府当靠山的人。如果不给他面子，让他吃个闭门羹，恼怒了他，说不定会给你找什么意想不到的麻烦，多一事不如少一事，就把钱借给他算了。刘昌杰的想法却不同，刘家是正派人，是说什么也不能把银钱借给别人去做鸦片生意的。这些年来，因为吃鸦片而家破人亡的事情，他见得实在太多了。鸦片商人的丰厚利润，都是从无数人性的泯灭、家庭的破碎而得来的。五百两白银的鸦片，将又会有多少人受到毒害啊！他已是缠绵病榻的老人，不知道还能在这世上再活多久。他不想在生命行将结束的日子，再去平添出无端的罪孽。父亲把话说到了这个份上，儿子当然也就不好再坚持己见了。刘金山找到龙永久，再三表示歉意，说是几次木排到河洑，都没有得到现银，手头本来就不宽裕，这次到贵州采办苗排，又付了那里的山价，实在是抽不出银钱来借给龙永久。膏栈老板虽然不高兴，明里也不好发作，客套了几句，刘金山便打转身了。不久后，龙永久的老娘做寿，刘金山前去祝贺，除了一个大利市之外，还送去了人参和燕窝。就这样还了龙永久前回来探病的礼。刘家和龙家，就这样谁也不欠谁的了。

刘昌杰的黄痧病一天天严重。他的脚开始浮肿，手指头一摁，便是一个坑，好久都起不来。俗话说，"女怕肿头，男怕肿脚"。刘家上下立刻紧张起来，却又都束手无策。两天前，刘昌杰的身上也开始有点儿浮肿，紧接着肚子也鼓胀了起来。头回那草药匠说过，黄瘆病一旦变成"担水胀"，那就更加难得医了。这时候，伍秀玲的娘屋搭信来，说是辰州城里洋教堂里的洋郎中医术高超，许多人的病都在那里治好了，问刘家老爷是不是也去试试？病入膏肓的刘昌杰，在夫人和儿子、儿媳的护送下，乘船到了辰州。洋郎中经过一番检查，确诊刘昌杰得的是黄疸型肝炎，已经到了晚期，形成了肝腹水，非常严重，已是爱莫能助了。洋郎中的话，是背着刘昌杰说的，当着病人刘昌杰的面，还是把几包白色的小药丸，交给刘金山。洋郎中好言好语宽刘昌杰的心，说这病是不碍事的，吃了这些药，就会慢慢好起来。

刘昌杰一行从辰州回到浦阳镇那天，刘金山这次在贵州采办的苗排，也在驿码头拢了岸。管事易桂和随着木排归来。易桂和匆匆进到刘家窨子，刘金山第一句话便问："阴沉木搞到没有？"

"搞到了。"易桂和回答。

刘金山喜出望外，接着问："是'金贵'，还是'水贵'？"

易桂和说："是'金贵'。"

"是'金贵'，太好了！"刘金山感激地说："易叔！多谢您费心了。"

易桂和此次采办回来的阴沉木，是沅水流域所产"辰杉"中的稀世珍品。这一带，自古以来就生长着大片的油杉林。千百年来，或由于地壳的变动，或由于泥石流的淹没，一些油杉木被掩埋在泥土中，一些油杉木被浸泡在泥水里。久而久之，那些经久而不腐朽的油杉木，便成了极为珍贵的阴沉木。掩埋在泥土里的最佳，称为"金贵"；浸泡在泥水里的次之，称为"水贵"。山中掩埋"金贵"的泥土，由于杉木油的外渗，天长日久也变成了红色，而杉木的通身，便也形成了晶莹剔透的红缕，如丝网，似雀翅，更有形同野鸡羽毛的绚丽斑纹，称之为"野鸡斑"，这样的是阴沉木中的上上品。阴沉木除了纹理美观之外，还极为坚致，且有扑鼻的芳香，是制作棺木的最佳材料。阴沉木制作的棺木，埋葬在地下，不但棺木可保千年不朽，棺中的尸体，也可像棺木的木质一样保存得完好如初。这种极为罕见的阴沉木，千百年以来就被世人视为至宝。到了清代，这种阴沉木在辰州、沅州一带已经绝迹，只有在沅水的源头清水江流域苗区的原始杉林之中，偶尔还有发现。因此，刘昌杰每次深入苗区采办木材时都着意寻访此木，然而都是无果而终。父亲病重，刘金山又想到了阴沉木，他多么希望让父亲在有生之年实现这个凤愿。因此，在这次前往清水江采办木材时，便着意着易桂和四处寻访此木。真是苍天有眼，终于寻得了阴沉木，而且是上等的"金贵"。刘金山想，父亲终朝看经念佛，积德行善，最终能如愿以偿得到心仪的阴沉木，也是他老人家的因缘所在。

刘金山来到父亲的病榻之前，准备向父亲禀报采办得阴沉木之事。刘邬氏正在给刘昌杰洗脸。还没等他开口，妹妹金莲听说父亲从辰州治病回来，也前来探视。

"爹！娘！哥也在这里。辰州教堂的洋郎中给爹爹看了病吗？他对爹爹的病是怎么说的？"

刘邬氏说："洋郎中说不碍事。还给你爹爹拿了药，说是吃了药就会见好的。"

刘昌杰摇着头，他说："就那么点儿小白药丸，能有哪么大的功效？！我不相信。我的病到了什么程度，只有我自己才最明白。那洋郎中背着我，向你们说了些什么，你们不告诉我，我也是明白的。他给我拿点药回来，是为了宽我的心。"

刘金山说："爹！看您把话说到哪里去了。那洋郎中对我们说，只要好好调养，您的病就会见好的。"

刘金莲心里明白，父亲的病已经是很严重了。早些天，她就知道父亲的肚子开始鼓胀，这是病情严重的信号，心里很是着急，便开始到处求医问药。油号的管事张秀山要去贵州松桃，料理那里油榨坊的事情。临行时，刘金莲便特意托付他打听，那里的民间是否有此类的偏方。也真凑巧，那里有一位九十多岁的苗郎中，就曾经为许多人治好过这样的病。张秀山喜出望外，当即从苗郎中那里捡来了草药。刘金莲就立刻把药带了过来。她对父亲说："爹！医病就是看缘法。这回秀山遇到这位苗郎中，就是您的缘法，吃了这些药，您的病慢慢儿就会脱体的。"

"莲儿，爹的肚子胀得难受啊！"刘昌杰说。

刘金莲说："那苗家老郎中说，只要吃三副药，肚子就会见消。"

"好吧！我就吃这莲儿捡来的药。洋郎中的小白药丸我不吃了。"刘昌杰对女儿带来的药还抱有一线希望。

刘金山趁着父亲的心情好，说出阴沉木的事情。他说："爹！也好，您就吃莲妹捡来的药吧！我们还准备给您冲个喜哩！"

刘昌杰问："冲喜！怎么个冲法？"

刘金山说："想为您把寿枋做起。"

人活百岁，终归一死，湘西人把做棺木视为吉庆事。择日为老人做棺木，即是为老人延寿，棺木亦被称为寿枋。刘金山曾多次要为父母把寿枋做好，刘昌杰就是不同意，只因为他一心惦记着苗山里的阴沉木。他一生最大的愿望，就是死后能享受一具阴沉木的寿枋。做了一世人生的木材生意，死后享受一点好木料理所当然。刘昌杰自知将不久于人世，便同意了儿子的安排。他说："好吧！那就由你去安排吧！这东西早晚都是要的。现在做好，到时候就不必手忙脚乱了。"

刘金山这才对父亲说："爹！我是要用阴沉木给您做寿枋冲喜。这次易叔到黎平，运回来了阴沉木，苗排已经到了驿码头。"

刘昌杰听说得了阴沉木，喜出望外，连声说："好！好！是'金贵'，还是'水贵'呀？"

刘金山告诉父亲："是上等的'金贵'，现在正着人往屋里搬哩！"

"阴沉木搬回家，我要亲自去看。"刘昌杰一高兴，就出气不赢。

刘家窨子从贵州采办到阴沉木的消息，一传十，十传百，霎时间便传遍了浦阳镇。镇上的老人们羡慕不已，都说还是刘老板有福气，百年归世时，能够睡这样的寿枋。驿码头上，刘家的阴沉木起坡，引来了许多看热闹的人，多数都是上了年纪的老人。那副阴沉木的寿木料，三栋底木，两栋墙，一栋盖，加上前、后两个肥兜，一共是八件。脚力们抬着阴沉木招摇过市。上等的"金贵"阴沉木，色泽通红，晶莹透亮，像是一块块硕大的玛瑙，散发出悠香。特别是从木质中透出的野鸡斑纹，宛如呼之欲出的五彩野鸡，着实是令人目不暇接。一路走来，只听见路两旁围观者们的"啧！啧"声：

"刘家老板真是前世修啊！得睡这样的寿枋！"

"这副寿木料要是给我，我马上就愿意死！"

"阴沉木做寿枋，寿枋不得朽，人也不得烂，一千年都不得烂哩！"

在看热闹的人当中，有位身穿着锦缎的老妇人，六十多岁，个子不高，五短三粗，一脸的横肉，一双大脚，走起路来顿得岩板断。她一直跟着抬阴沉木的脚力们走着，听着人们的议论，一句话也不说，两只发直的眼睛盯着那一件件阴沉木的寿枋料。直到所有木料都被抬进了刘家窨子，她还痴痴地在门口站立了好半天。

这位老妇不是别人，正是鸿发膏栈老板龙永久的老娘，镇上的人都叫她龙婆。年轻时，龙婆跟着丈夫龙运光一同做鸦片生意。她一身的蛮劲，跟随在丈夫的鞍前马后。一次运送鸦片，他们在一家小店吃米粉。地方上的癞子生起门径搞路子，一碗米粉竟开价十两银子。龙运光心想，强龙敌不过地头蛇，多给点钱无所谓，息事宁人为好。龙婆却不然，她一跃从案板上操起两把菜刀，大吼一声，便朝那漫天要价的人砍去。龙运光赶紧上前制止，才没有出事。那党癞子见妇人家都有这么泼辣，便再也不敢滋事了。吃了米粉，竟没收他们一文钱。龙婆跟着丈夫走南闯北，最后在浦阳落了户。有人说，龙家偌大的家业，龙婆挣来的有多半。因此，她在家里说话叮当响。她要的东西，丈夫总是千方百计满足她。有一回，怡和绸庄的老板，从汉口给堂客买回一支银簪。龙婆也想要一支。龙运光当然要满足，便打算请浦阳镇上的银匠，照着样子打一支。龙婆却不依，非要汉口银匠打的。没奈何，龙运光硬是着人专门到汉口，照着样子给婆娘买来了一支。龙运光吸食鸦片过度，早早离开人世。龙婆后悔当初没能劝阻丈夫，莫吃那要命的鸦片烟。此后，寡居的龙婆竟变得更加暴戾而古怪了。龙婆有一种特殊的嗜好，就是喜欢别人的好东西。别人的东西好，她就想要，不管是谁的。龙婆以为，凡是她想要的东西，儿子都一定能让她得到。龙永久在人前分外古傲，在母亲的面前却是个孝子。即使母亲的要求莫名其妙，他也总是百依百顺。一次，龙婆向儿子提出，她想要望江楼老板娘的白铜水烟袋。龙永久无奈，只得厚着脸皮去见望江楼的路老板，求他把那水烟袋让出来。路老板觉得龙永久是浦阳镇面子上的人，又是望江楼的常客，为母亲上门有求，也是一片孝心，不好扫他的面子，便同婆娘讲好话，硬是让她把白铜水烟袋送给了龙婆。此事在浦阳镇传为笑谈。如果谁有什么好东西，便往往会说："小心，莫让龙婆看见了啊！"

这一回，龙婆看上的竟然是刘家窨子的阴沉木。通红而剔透，且散发出芳香的阴沉木，实在是太惹龙婆喜爱了。特别是她听说阴沉木做的寿枋，埋在地下连人带木可以千年不烂，更令她向往不已。她一定要把这阴沉木搞到手，让全浦阳镇的人都来眼红她。龙婆急急忙忙回到家，见到儿子龙永久，劈头便说："久儿！娘跟你要一样东西。"

龙永久说："娘！您说要哪样？儿子一定给您去弄。"

"刘家窨子从贵州搞来一副寿枋的料，叫作哪样阴沉木，说是用来做寿枋盖世的好。你去给我搞来，就是花再多的钱，你也要去给我搞来，我要用它来做寿枋。"龙婆说得好轻松。

听了老娘的话，龙永久愣住了。刘家窨子从贵州搞来阴沉木的事情，他刚才在街上也听说了。这些天，刘昌杰的病情严重，那阴沉木是他给自己做寿枋的。就是给他一万两银子，也不会卖给你呀。可龙永久晓得老娘的脾性，她要的东西，是非要不可的。眼前这阴沉木，只怕是由不得她了。龙永久便编着门子对老娘说："娘！你要阴沉木做寿枋，伢儿给你去贵州弄就是。这副寿枋料也不见得好。"

听了儿子的话，龙婆很生气。她说："久儿，你真是翅膀硬了！也敢打娘的哄了！"

"娘！伢儿怎么敢哄您哟！"龙永久觉得事情不妙。

"告诉你。今天老娘从那阴沉木在码头上起坡，一直跟到刘家窨子。那一路上的人哪，个个眼睛都看直了，没得一个人说那木料不好的。只有我的伢儿哄我，说什么那木料不见得好！"龙婆说着，显得很伤心。

"娘！这阴沉木好是好，可那总归是别人的呀！"龙永久麻起胆子，说出了这句话。

"别人的，我要你变成自己的！"龙婆是个蛮绊筋。她给儿子下指令："我不管是哪个的！这阴沉木我要就是要，你去给我搞来给我做寿枋！"

龙永久对老娘的意旨，从来都没有违背过。今天老娘提出这样的要求，倒真是让他作难了。面对着蛮绊筋的老娘，他不知怎样回答她才好！

"怎么？哑巴了？！你讲呀！到底去不去跟我弄？"龙婆板着脸，下起了最后通牒。

龙永久一脸的无奈："娘！您听我讲啰……"

龙永久话还没落音，龙婆就一屁股坐到了地上，眼泪长流，号哭不止："天哪！我龙婆好命苦呀！养了个不孝的伢儿，他不拍着心头想一想，这大的家业是哪个给他挣来的呀……"

龙永久面对老娘的无理取闹，没得一点办法。向刘家去要阴沉木，这是无论如何也开不得口的。他只能三十六计走为上计。让这老太婆胡闹，等到她清醒时也就不会再闹了。

龙婆第一次面对儿子的反抗，失了面子。她不搞赢，是决不会罢休的。儿子走了以后，婢女将龙婆扶到内房。从此，龙婆不吃不喝，一连三天如同死人一般，倒睡在床上。

"娘！起来吃点东西吧！"龙永久来到床前，哀求着。

龙婆不理不睬。

"娘！伢儿给您跪下了。"龙永久"扑通"一声，跌跪在床前。

龙婆终于说话了："没得阴沉木的棺材睡，还不如现在就死，找把稻草包起，把我埋了，省得你久伢儿费心……"

老太婆一只牛角吹到底，龙永久没得一点办法，只得跟老娘说："娘！您先吃点东西吧！伢儿到刘家去弄阴沉木就是。"

"不见阴沉木，我是什么也不会吃的……"龙婆有气无力地说着。

龙婆不吃不喝、死要活要刘家阴沉木的事情，一时间在浦阳镇的街弄子传了个遍。人们对龙婆这种耍无赖的行径，都嗤之以鼻。可人们并不知道，把这个风声传出去，是龙永久的刻意安排。他希望通过传闻的扩散，能听到刘家人对此事的态度。

刘家人果然听到了龙家发生的稀罕事。最先得知的是刘金莲。刘昌杰吃了松桃苗家郎中的草药，鼓胀的肚子略微见消，全家人喜出望外。这天，刘金莲送走再次前往松桃捡药的张秀山，回娘屋探视父亲的病情。她路过怡和绸缎庄时，被瞿姨叫进了店铺。瞿姨把龙婆绝食放死，找儿子要刘家阴沉木的事情告诉了刘金莲。刘金莲又好气，又好笑。原来只听说龙婆是个蛮人，总是缠着儿子要这样，要那样，看中的好东好西，非要得到不可。如今胃口越来越大，要的竟是刘家的阴沉木！父亲想了一世人生的阴沉木，好不容易才得到，怎能轻易让给这样一个蛮绊筋呢？

刘金莲来到娘家，把消息向母亲和哥哥、嫂嫂通报。家人一听顿时都愣住了。世间哪有这么混账的人？就是饿死了也是活该！只有刘金山考虑的事情要多些。前次没借钱给龙永久，就已经把他得罪了，这次如果他找上门来，诉说老娘要死要活的情形，要刘家把好不容易得来的阴沉木让给他，倒也是件难办的事啊！刘金山觉得好晦气，这样的事怎么都让刘家给摊上了！他当即决定，这件事对外要装作不知晓；对内不能告诉父亲。父亲若是得知此事，对他的治疗是非常不利的。

龙婆不吃不喝，已经是第四天了。她蜷曲着身子躺在床上，等着儿子为她搞来阴沉木。龙永久四路打听刘家的态度，什么也没有听到，仿佛刘家根本就不晓得有那么回事。镇上的好事者，都在等着看把戏，看那龙婆究竟能够饿多久？更想知道龙永久怎么好向刘家人开口？一连几天，龙永久都在房中守着老娘。他几番亲自把熬好的参汤喂进老娘的嘴巴里，都全被吐了出来。龙永久眼巴巴地看着老娘日见消瘦，说起话来，也只有一丝丝儿气了。如果再不满足她的心愿，后果不堪设想。在这浦阳地面上，龙永久从来没给人低过头。为了老娘，他也只得低头一回了。

这天，龙永久备办了最贵重的礼物，除了人参、鹿茸、燕窝和鱼翅以外，还有他父亲留下来的一个金元宝。礼物用一个细篾竹篮装着。龙永久进到刘家窨子，轻手轻脚，见人微笑，逢人点头。听说龙永久上门，刘金山立刻知道他的来意，赶忙躬身接待。龙永久迎上前去说："金山，刘叔贵恙，我特意前来看望。喏！这是我的一点小小心意。"

"永久兄，让你破费了。"刘金山接过竹篮，觉得沉甸甸的，却又不便看是些什么，就交给了身边的丫头，说："去，把这交给老夫人。"

"金山，听说这些日子刘叔的病好些了，真是吉人自有天相。我想见他老人家一面。"龙永久关切地说。

"哎呀！真不巧，家父吃了药，刚刚睡着。"刘金山找借口，不让龙永久见到父亲。

龙永久说："刘叔是我最敬重的人。我特意来看望他老人家，怎能看都不看一眼呢？我不会惊动他老人家，就在门口看一眼，也算是尽我当晚辈的一片心意呀！"

龙永久的要求，刘金山不好拒绝。他带着龙永久，迳往父亲下榻的上房。上房里，刘邬氏和金莲正在看龙永久的礼物。刘昌杰也正想问，龙永久送来什么礼物，没想到金山就带着龙永久出现在了房门口。只见那龙永久，一个箭步冲进了房里，一声"刘叔！"便"扑通"跌跪在刘昌杰的病榻之前，声泪俱下地哭喊着："刘叔！您要救晚辈一命呀！"

龙永久突如其来的举动，使在场所有的人都为之错愕。浦阳镇上不可一世的龙永久，竟成了这般模样。刘邬氏和金山、金莲，立刻明白了龙永久的用意。只有刘昌杰摸不着头脑，连忙说："永久，你这是怎么了？快起来！快起来！遇着什么难事了，你跟刘叔说。"

"刘叔！小侄不敢说。"龙永久一副可怜巴巴的样子。

"在刘叔面前，有什么话你尽管说。"刘昌杰说话，显得有些吃力。

龙永久哭丧着脸说："刘叔，这件事情，实在是不该跟你老人家提出来，可我是实在没有办法呀！"

刘金莲知道龙永久要说什么了，忙上前制止。她说："龙哥！我爹爹在病中，有哪样要讲的，你就跟我们讲吧！"

刘昌杰却说："不！金莲，他有什么为难处要对我讲，就让他讲吧！"

龙永久知道机会难得，赶紧壮起胆子向刘昌杰诉说他的请求："刘叔，我那蛮绊筋的老娘，已经睡在床上五天五夜，水米不沾了……"

"怎么？你娘的身体不是蛮好的吗？她得了哪样病？"刘昌杰问。

龙永久一副难以启齿的样子，但还是说了："她哪里是在害病哟！她是逼着我跟你老人家要阴沉木。她说，不见阴沉木就永世不吃饭，饿死在我的眼前。刘叔，求求您，帮小侄解了这个交吧！"

龙永久说罢，跪在地上磕头如捣蒜。刘金山好不容易才将他拉了起来。

听了龙永久的话，刘昌杰一时懵了。这蛮婆的要求，也实在是太不通情理了。把这副阴沉木的寿枋料让出去，真比割去他的肉还要痛苦。可眼前的龙永久，显然也是出于万般无奈，才这样来向他苦苦哀求。这时，龙永久又说话了："刘叔！您老人家就说句话吧！就是要一万两银子，我也会卖掉所有的家产付给您的！"

刘昌杰由于过分激动，突然间感到天旋地转。他赶紧用双手抱着头。一旁的刘邬氏和金山、金莲这下可就慌了手脚。刘邬氏和金莲赶紧上前，扶着刘昌杰慢慢儿躺下。刘金山则将龙永久拉到一边，说："龙哥！今天就先讲到这里吧！阴沉木的事情，我们商量好了以后，再把你的信。"

"金山，实在对不住，我也是万不得已啊！你们好生照顾刘叔。我先回去了，等你们的回话。"说着，龙永久便悄然动身离去。

　　这时，刘金莲一步上前，拦住了龙永久的路，把他装礼物来的竹篮塞到他的手中："龙哥！你的这份礼实在是太重了，我们当不起，你还是拿回去吧！"

　　龙永久停住了脚步，懵懵地站在那里。他知道，连这份礼都不肯收，那阴沉木，是肯定没有希望的了。他想到那床上睡着的老娘，不愿让希望完全破灭。他把刘金山拉到一边，恳切地说："金山，说句老实话，不是为了这件事，我龙永久也不会给刘家送这样重的礼。这礼物既然送出了手，我就不能收回。其实我也明白，世间只有成人之美，而我却是在夺人之爱。你们就是一口回绝，也是你们的本分，我绝对没有什么话说。这份礼物，我是无论如何也不会收回去的。"

　　刘金山说："那好，就暂时放在这里吧！"

　　"金山！"龙永久说："我那老娘睡在床上，已经饿得不行了。成与不成，请你们早把个话。"

　　龙永久走后，刘昌杰渐渐清醒了。龙永久所说的情形，依然在他的脑际回荡。平时，刘昌杰对龙永久的印象非常不好，今天展示在刘昌杰眼前的，却是一个孝子的形象。他并不情愿将阴沉木让出去，却高兴地看到了龙永久的另一面。他问道："龙老板呢？"

　　"他已经走了。"刘金山对父亲说："爹！阴沉木决不能让给龙家！"

　　刘金莲也说："爹！世间哪有这样的怪事，别人家的东西怎么能这样想要就要。那蛮婆想要，我们偏不给。这样的人决不能惯肆！"

　　"昌杰呀！"刘邬氏说："你一世人生都在想阴沉木。如今好不容易得到了，决不能就这样让出去！"

　　刘昌杰的心情极为矛盾。病入膏肓、行将就木的刘昌杰对阴沉木的钟爱，是可想而知的。龙婆横蛮的要求，着实让刘昌杰啼笑皆非。龙永久今天的种种表现，却又让刘昌杰感动至深。亲情和孝道能够改变人的秉性。母亲的荒诞不经，儿子的至诚至善，交替着在眼前出现。刘昌杰是个终朝捧念着佛经的人。龙永久为人处世虽有许多不是，单凭他的这点孝心，就应该宽容他的那些过错。若是不把阴沉木让出去，绊蛮的龙婆继续不吃不喝，万一有个三长两短，不就是自己的罪过吗？佛经上说："救人一命，胜造七级浮屠。"刘昌杰思来想去，觉得他不能见死不救。

刘昌杰沉吟着，一言不发。刘邬氏和一双儿女也都没有说话。丫头端来了熬好的草药。刘金莲说："爹！吃药吧！吃了这药，您就会慢慢好起来的。那些烦心事，您就莫想了。"

"不想，那是不行的。"刘昌杰端起药汤，迟迟不喝。他说："这件事呀！不单是要想，还要好好地想，细细地想啊！"

刘邬氏说："要想，你也得先喝了药再想呀！喝吧！"

刘昌杰不但没有喝药，还将那碗药汤，放在了床前一个凳柜上。刘邬氏要去端起给他喝，被他制止了。

刘金山问："爹！你这是怎么了？"

突然间，刘昌杰冒出一句话："救人要紧，把那阴沉木让给龙家吧！"

说完了这句话，刘昌杰显得很平静。他的家人却感到愕然：老者是不是老糊涂了？好不容易得来的阴沉木，怎么能这样轻易让给他人呢？

刘金莲说："爹！你这是怎么了？什么救人要紧？！蛮婆她就是饿死了，也与我们不相干呀！"

刘昌杰立刻制止女儿："莲儿！话不能这么说！"

"怎么不能这样说？！让娘、让哥说说看！"刘金莲显然不服气。

刘邬氏接腔："依我看，莲儿讲得有道理。对门火烧山，与我不相干！"

刘金山说："爹！我晓得，您是一副菩萨心，处处都为着别人想。可你也不想想，龙家的这一手，分明是在编着法子强抢恶要，是在欺侮我们刘家的善良！"

"混账！"刘昌杰生气了："强抢恶要？！那龙永久，七尺的汉子，怎么能在我的面前下跪？"

刘金莲说："龙永久的为人，您又不是不晓得。他想要别人的东西，什么事情做不出来？！"

"别的我不管，只说今天的情形，龙永久是个孝子！"刘昌杰对儿子说："金山，你去告诉龙家，让他们派人来把阴沉木搬走。龙婆得了阴沉木，她就不会再饿饭了，一条性命也就保住了。"

"爹！你就这么让龙家把阴沉木搬走？！"刘金莲极不情愿地说。

刘昌杰说："这是一条人命呀！人家把金元宝都送来了，怎么还不能搬走？"

刘邬氏表明态度说："不行！这事不能由你做主。就这样把阴沉木让出去，人家会把刘家看扁了。"

刘金山也说："爹！您还是依了我们仨娘儿吧！"

"咦！你们仨娘儿真奇怪。阴沉木的棺材我睡不睡，难道我自己还做不得主？！我、我心、心甘情愿让给龙家，难、难道也不行吗？"刘昌杰气喘吁吁地说。

刘金莲见父亲说话吃力，赶紧另找话题，说："爹！我们不说这些，您还是先把这药喝了吧！"

"你们不肯把阴沉木让给龙家，我就不喝药！"刘昌杰赌气地说。

刘昌杰的这一招，教仨娘儿哭笑不得。刘金莲心直口快，也不顾老爹受不受得了，她说："这回可就好了。龙家才出了一个不吃饭的，刘家又出了一个不喝药的。这是怎么回事呀？！"

"混账！怎么拿我跟那个蛮婆打比？！"刘昌杰立刻感到不好意思。刚才的这一招，龙婆用用还可以，像他这样有头有脸的人，是无论如何不能使用的。刘昌杰端起药汤一口气便喝了下去。

刘昌杰虽然发话把阴沉木让给龙家，可并没有人为他向龙家通报。刘邬氏和金山、金莲，根本就没有把阴沉木让出去的打算。他们认为：龙婆再蛮也不至于一条路走到黑。赶紧把龙家送来的重礼退回去。龙永久知道没得希望了，对龙婆把实情一说，龙婆自然就会打退堂鼓，就会吃饭的。

　　龙家窨子里，由于龙婆的绝食，上上下下，时刻都处于紧张状态。死要面子的龙婆，下决心要坚持到底。她五天不沾水米，一动不动地蜷曲在床上，蚊虫叫一般的声音，反复地念叨着"阴沉木"三个字。龙永久从刘家窨子回来以后，就一直坐立不安。看得出来，他的那一跪，已经把老者的心跪软了。他很有可能大发慈悲，把阴沉木让出来。他担心的是老者做不了妻儿的主。龙永久一筹莫展之时，第三房小妾筱碧玉找到了他。

　　筱碧玉本是洪江怡春院里的坐堂名妓，还只有十七岁，生得盖世的光鲜。先年十一月，龙永久去洪江接货，为她的姿色所迷，千方百计，硬是把她搞到了手。先是花大价钱成为这女子"开苞"的人，接着又不惜斥巨资为她赎身。硬是把这个只比他的长子世荣大两岁的嫩婆娘带回浦阳镇，收为第三房。眼下，筱碧玉有孕在身，每日里呕吐不止。听说婆婆为了阴沉木的事情想不开，绝食已经五天，便找到丈夫，希望能让她去相劝婆婆。龙永久想，凭着筱碧玉的伶牙俐齿，老太太或许能为之所动，便应允了。

　　筱碧玉要去相劝婆婆，大婆吴菊花、二婆杨雪梅醋意大发。她们担心，小妖精本来就得宠，若这回又让她占了先，往后就更了不得了。她二人不但自己跟着走，还带上了她们的四个儿子世荣、世华、世富和世贵，杨雪梅甚至把还不会走路的女儿金花也带上了。筱碧玉来到老太太的房里，一膝盖便跪在她的床前。见筱碧玉下跪，大婆、二婆和她们带来的人，也齐刷刷地跟着跪了下来。见这般情景，龙永久也加入到下跪的人群中。

　　"娘！您看，我们全家人都来求您老人家了。"筱碧玉见大婆、二婆把她们的人马都带了来，便这样说。俨然她是这一屋人的代表。她心想，老太太到了这个份上，已经骑虎难下，若是有人给个台阶让她下，她应该是求之不得的。她说："娘！浦阳镇上谁不晓得，您是最通道理的人。您为我们龙家操劳一世，创立家业，到头来只有一个小小的要求，想得一副阴沉木的寿枋，理所当然。想这浦阳镇上，也只有您老人家够格，百年归世以后，由阴沉木来陪伴。"

筱碧玉的一番话说过，龙婆的眼神，似乎亮了许多。龙永久心中暗喜，这婆娘的花言巧语，或许能产生一点儿效果，让老太太吃点儿东西。大婆、二婆心里却在嘀咕，这小妖精真不愧是在那种地方待过的，说起话来，一套一套的。眼下，她肚子里又有了货，如果生下个儿子，龙家窖子以后的天下就是她的了。筱碧玉看着老太太脸色略略好看了些，便眨巴眨巴了眼睛，含着泪继续说："娘！人是铁，饭是钢，您这么不吃饭怎么行？先多少吃点儿饭，永久一定会把阴沉木给您弄来的。娘！您是龙家的主心骨，看永久的面子，看碧玉的面子，看我们大家的面子，您就吃点儿吧！来，碧玉喂您。"

筱碧玉从小丫头手里拿过参汤碗，舀了半调羹伸到龙婆的嘴边，那龙婆把嘴张了一下，却又闭上了，嘴里还在喃喃地念叨着："阴沉木……阴沉木……"

筱碧玉把参汤碗退还给小丫头，哭丧着脸，凑到龙婆的耳边轻轻地说："娘！阴沉木，您一定会有的，一定会有！可眼下阴沉木是别人的呀！您总还得让永久再去跟人家交涉呀……"

陡然间，龙婆的脸色变难看了。她最听不得"阴沉木是别人的"那句话，生了气。她从牙缝里使劲挤出一句话："洪江来的婊子……滚……"

龙永久生怕老娘出事，脸色顿时变得惨白。他后悔了，不该让这婆娘来胡说八道。为了讨好老娘，他站起身，朝着筱碧玉就是一脚，大声吼道："滚！快滚！"

筱碧玉顿时跌倒在地。她支撑着身子爬起来，噙着眼泪灰溜溜地离开了。

龙永久绝望了。他看大儿子世荣在大婆的示意下，从下跪的后排，挪到了床前。"爷娘爱满崽，公婆重头孙。"平日里，老太太对世荣最为钟爱，由他来哀求或许会有效。世荣喊了一声"婆！"便一个劲地磕头，把那床前的木楼板磕得"咚咚"直响。他的额门磕红了，磕肿了，鲜血染红了楼板。龙婆闭上眼睛，连看也不看。龙永久觉得这样磕下去也不是个事，示意世荣起来。他轻言细语地对娘说："娘！你就吃一点吧！哪怕是吃一点点。我到刘家去过了，他们就会来把信，答应把阴沉木让给我们。"

龙婆有气无力地翻了一个白眼，似乎在说，阴沉木不到手，我是不会吃东西的。

龙永久招了招手，人们同他一块出了老娘的卧房。急得如同热锅上的蚂蚁的龙永久，在门外来回踱步，跺脚，不知如何是好。过了一会，龙永久找来一个丫头，在她的耳边，悄声说了几句话，便匆匆离去了。

卧房里微弱的桐油灯光，照着床上绝食的龙婆。她那灰蒙蒙的眼神里，显得极度的不满，她已经没有力气表达恼怒了。久儿不是说到刘家去过了吗？怎还不见刘家人来回信？她在恍恍惚惚之中，听到了脚步声。她多么希望是刘家回信人的脚步。进到卧房的，是一个伺候她的丫头。龙婆朦朦胧胧地看见，小丫头来到她的床边，手里端着一个小碗，分明是在对她说："老夫人，趁人不在，我偷偷给你端来这一小碗参汤。这里只有我和你，没有旁人看见，你就吃一点吧！"

走到生命尽头的龙婆，还有最后的思维。没有旁人看见，那就吃一点吧！为了得到阴沉木，性命还是要留着。她用最后的力气，将嘴巴慢慢地张开。看着那微微张开的嘴巴，小丫头心想，龙爷的办法真灵，没有旁人看见，老夫人果然愿意吃参汤了。她用铜调羹舀了浅浅一匙参汤，喂进老夫人微微张开的嘴巴。那张开的嘴唇，已经变得僵硬了。喂进去的参汤从僵硬的嘴唇流了出来。小丫头顿时被吓得目瞪口呆，尖叫一声："老夫人！"

龙婆头一歪，结束了她的生命。

小丫头的一声尖叫，引来了人们的蜂拥而至。龙永久大叫一声"娘！"用手背试了试老娘的鼻息，确信老娘已经撒手西去，便号啕大哭起来。

与此同时，龙永久接到丫头报告，怀孕的筱碧玉被丈夫踢了一脚，流产了。

不幸的消息接踵而至，龙永久懵了，好半天才回过神来。这时，一个佣工提着一个竹篮，匆匆来到房中，对声泪俱下的龙永久说："龙爷，刚才刘家窖子来人了，要我把这个交给你。"

龙永久看着竹篮，咬牙切齿地大骂："刘昌杰，我日你的祖宗！刘金山，我日你的祖宗！"

● 遥远的鹦鹉洲

　　鹦鹉洲是汉阳的水码头，从湘西来的船只和木排大都停泊在这里。顺庆油号的庄号铺面临街，背后是库房和住房。三间住房，两间住着张复万一家，一间住着帮工，显得有点儿拥挤。

　　张复礼到达庄上的第三天，张复万带着新婚妻子翠珠也回到了鹦鹉洲。翠珠乖巧而贤惠，复万前妻留下的女儿荷花和菱花，一见面就喜欢上了这个后妈。复万要把他住的两间房子，让出一间给复礼住。复礼不依。说是复万的两个女儿，一个八岁，一个六岁了，住在一间房里不方便。张复礼自个儿在附近租了一间房子暂住，说有合适的房子时买一幢。开初，张复礼在复万家里搭餐吃饭。张复礼觉得不自在，要自己开伙。张复万不便勉强，就给他请了个做饭、洗衣的女佣。

　　张复礼来汉口的途中，船停烧纸铺时，听说了油船上滩师打死神鸦的事，和张复礼一见面，少不了就谈起那本经。张复万长年在生意场上厮混，算盘打得精，当时若有他在身边，就不会让张复礼做出赔偿金乌鸦承诺的。少老板既然已经应承，他就不便多言了。张复礼是个说话算数的人，把打造金乌鸦作为到达汉口后要办的第一件事。这天，张复礼在复万的陪同下，渡江到了汉口，找到一家金号咨询。他这才知道，打造金乌鸦并不是那么简单。金乌鸦若是太小了，供在神案上压不住台子；如果做大，那就不是个把个钱的事情了。若是打造一只纯金的乌鸦，张家的家产起码也得去了小半。幸亏复万为他出主意：先去铜匠铺打一只铜乌鸦，再去金号鎏一层金。既是金乌鸦，花钱又不是太多。他们在打铜街的裕和铜号，订制了一只蹲式的铜乌鸦。乌鸦头朝正面，两翅微展，傲视苍生，气宇非凡。接着，二人又找到升基巷口的宝成金号，去为这只铜乌鸦鎏金。

这天，张复礼和张复万按照约定前往金号，取回鎏金乌鸦。二人进得店堂，伙计立刻迎了上来，说道："二位客官请，老板已在客堂恭候多时。"

二人一进客堂，便愣住了。客堂的茶几上，已经摆放着那只鎏金的乌鸦。那茶几两边的椅子上，正坐着一男一女两个金发碧眼高鼻梁的洋人。这些天，张复礼在大街上也曾见到过洋人，但那都是在远处。这么近距离看见洋人，还是第一次。

"哈哈！总算把你们等来了。"坐在一旁的金号老板腆着个大肚子，讲一口下江话。

两位洋人立刻起身。男子上前伸过手来，用中国话和张复礼打招呼："你好！"

"你好！"张复礼不怯场，也把手伸了过去和那洋人握手。自认为身材魁梧的张复礼，比洋人矮了半个头。

金号老板说："我就不多说了，你们自己介绍吧！"

洋人从衣兜掏出一张名片，躬了躬身子，很有礼貌地递给张复礼，说道："怡和洋行总经理詹姆斯，这是我的夫人露娜，我们来自大英帝国。"

"很抱歉，我刚到汉口，还没来得及印名片。顺庆油号老板张复礼，这是我的管事张复万。我们来自湘西。"张复礼虽是初遇这般场合，却并不拘束。

"啊！湘西，湖南的西部，我听说过，那是一个神秘的地方！"詹姆斯对湘西极感兴趣。

金号老板向张复礼介绍："詹姆斯先生，是一位中国通。他的夫人露娜女士，很喜欢中国的金银首饰，敝店特意为她制作了几件。今天，他们来敝店取货，发现了你们做的这只鎏金乌鸦，非常好奇，不明白你们为什么要制作这只金乌鸦。他们问我，我也说不清楚。我告诉他们，你们今天会来取货。詹姆斯先生和夫人，在这里等了两个小时，才把你们等来。"

张复礼心想，这詹姆斯真有意思，不但中国话说得好，居然还对这只金乌鸦感兴趣。张复礼知道，洋行就是外国人在中国开的店，说不定通过这个洋行，能把"顺庆"的桐油卖到外国去。这机会不能放过。这时，小厮来上了茶。张复礼喝了一口茶，对詹姆斯说："很抱歉，我们来迟，让詹姆斯先生和夫人久等了。"

"张老板太客气了。"詹姆斯说："我们是好奇。好奇之心人皆有之。我在大学念的是人类学。我的父亲却要我来中国做生意。我仍然放不下人类学。这只金乌鸦一定有它的人类学内涵。"

"人类学？！"张复礼听不懂。

"哎呀！我该怎么对张老板说呢？"詹姆斯耸了耸肩膀，他说："这是一门西方人的科学，研究人类文化的科学。就是说……就是说……"

张复礼仍然没听懂，可他见詹姆斯为难的样子，便不再问下去了。为了避免尴尬，他笑着说："哈！詹姆斯先生，你就不必解释了。有什么问题，你就问吧！"

"对！解释那个没有意思。"詹姆斯说："张老板，据我所知，乌鸦在中国人的心目中是不祥的鸟类。请问张老板，你为什么要制作一只鎏金的乌鸦呢？"

张复礼说："是的。按照中国人通常的习惯，乌鸦是一种不祥的鸟。而在我们湘西，乌鸦却是一种神圣的鸟。它在人们心目中的地位是至高无上的。"

"这是为什么？请张老板告诉我。"詹姆斯说。

张复礼说："这要从我们湘西的一条河说起。"

"我知道，这条河叫作沅水。"

"对！叫作沅水。"张复礼说："沅水两岸的湘西人，把东汉时的伏波将军马援奉为河神。"

"《后汉书》上，有马援平定五溪的记载。五溪就是你们湘西，是吗？"这位詹姆斯，真不愧是一位中国通。

"是的。"张复礼接着说："这位伏波将军征战五溪时，就病死在沅水天险青浪滩岸边的壶头山上。他死后，行江人将他奉为沅水上护佑生灵的河神，他那些死难的部属，则化为了青浪滩两岸数不清的乌鸦。湘西人将这些乌鸦，称为伏波将军的'乌鸦兵'。乌鸦因此而被湘西人奉为'护航神鸦'。每当船只、木排在青浪滩上航行时，岸边成群的乌鸦，便会飞到船排的上空盘旋，保护着船排在险滩之上的航行安全。船上的水手和排工为了答谢神鸦的护送，就要向天空抛掷饭团和肉块。天空盘旋的乌鸦，便在飞行之中啄食这些犒劳它们的食物。"

詹姆斯和露娜听了张复礼的诉说，感到无比的新奇，不禁尖叫起来。

"噢！这太神奇了！"露娜说。

"简直比古罗马的神话还要神奇，这却又偏偏是事实。"詹姆斯惊叹之余，问张复礼："张老板，你能带着我们去亲眼见识吗？"

"当然可以。"张复礼说："非常欢迎你们去湘西，去青浪滩，到祭祀河神的伏波庙进香，去给伏波将军的乌鸦兵抛食。"

詹姆斯想了想，又看了看那放在茶几上的鎏金乌鸦，说："张老板，我终于明白了，你为什么特意要制作这只鎏金的乌鸦。"

张复礼笑着说："詹姆斯先生，你还是没有明白。"

詹姆斯耸了耸肩膀，说："是吗？"

"是的。"张复礼说："这其中还另有原因。这次，一条大船为我从湘西运货来汉口，路过青浪滩，请了一个滩师为我们飙滩送船——"

"什么？滩师？！飙滩送船？！我不明白你的话。"詹姆斯抢过话头说。

张复礼解释道："青浪滩是沅水上最险的滩，长有三十六里，礁石很多，水流很急，过往船只最容易发生危险。在青浪滩头的一个村子里，有一些专门以飙滩送船为职业的人，称为滩师。"

"噢！我明白了！"詹姆斯立刻翘起大拇指，说："滩师，沅水上了不起的人物！"

张复礼说："这一次，为我飙滩送船的那位滩师，闯下了滔天大祸。那天，一群护航的神鸦，不只是在天空盘旋着接食，还飞到了船上。这位滩师，正全神贯注，挥动着抵篙揽头飙滩，一不小心，他手中的抵篙把一只飞在他身边的神鸦打死了。"

"天哪！这怎么得了！"露娜惊呼。

"滩师闯了这样的大祸，会被怎样处置？"詹姆斯问。

张复礼说："神鸦被滩师打死，是从未发生过的严重的事件。青浪滩上，封停了航行。水手、排工，还有附近的百姓，都来到了伏波庙。愤怒的人们，要将这位滩师丢下青浪滩，用他的生命祭奠那死去的神鸦。"

露娜尖叫起来："天哪！太残忍了，简直不可理解！"

"按照人类学的眼光，这样处置是完全可以理解的。"詹姆斯说着，问张复礼："这位滩师，就这样被丢下青浪滩里死了？！"

"没有。"

"怎么？又发生了什么变化？！"

张复礼说："这时，我对这滩师产生了同情之心。他的家中有老有小，他就这样死了，一家人的生活怎么办？他是为我运货飙滩送船。打死神鸦，决非有意，而是误伤。就在他被装在笼子里，即将抛到青浪滩的时候，我去为他求情。我向愤怒的人们提出，滩师是误伤神鸦，虽有大罪，唯求免他一死，任何条件，我都可以接受。当时有人提出，要免这滩师一死，除非我代他向神庙里的伏波王爷赔偿一只金神鸦。为了救这位滩师的性命，我答应了这个苛刻的条件。所以，这次我一到汉口，便操持起制作金神鸦的事情。这不，金神鸦已经铸造好。我接着便要和青浪滩的伏波庙取得联系，选择良辰吉日把金神鸦给庙里送去。"

"这简直太有意思了。张！"詹姆斯这样亲切地称呼张复礼。他说：

"你是一位好人！我们可以成为朋友。我送给你的名片上，有我的住址，欢迎你到舍下来做客！"

露娜也说："张老板，欢迎你来做客。"

张复礼起身，握着詹姆斯的手，高兴地说："我一定到府上拜访。"

在金号的门前，张复礼与洋人告别之后，悄声对张复万说："这真是'踏破铁鞋无觅处，得来全不费功夫'。看来，王爷的乌鸦兵真的要显灵了。"

张复万说："这么好的机会，你怎么不抓住他，同他讲生意？！"

"忙哪样！"张复礼说："《孟子》上有句话：'引而不发，跃如也。'箭在弦上，总是要发的。只要和他交上朋友了，还怕做不成生意？"

"你也真是，怎么连你做的哪样生意，都还没有和他讲！"张复万说。

"忙哪样！"张复礼还是那句话。他说："好事不在忙中嘛！做生意的事情要让他先开口。"

张复万原来以为，张复礼不过是个公子哥儿。说起做生意，只怕是还没入门。特别是他一到汉口，成天就是忙着金乌鸦的事情。他甚至暗中叫苦，张家是怎么派来了一个胡乱花钱的败家子，将来他将如何向老爷交代。今天在宝成金号与洋人的这一番谈话，彻底改变了他对这位少老板的看法。还着实应该刮目相看哩！

取回金神鸦之后，张复礼就筹划着要在鹦鹉洲买一幢房子。他想，同洋人做生意不能太寒酸。他若去拜访詹姆斯，詹姆斯一定要回访。接待洋人的房子应该像样点。正巧，在顺庆油号的不远处，有一处小院，门额上嵌着"芳草第"三个大字。其中的"芳草"，显然是取自唐人崔颢的诗句"晴川历历汉阳树，芳草萋萋鹦鹉洲"。附庸风雅的房主人，把这院宅留给了儿子，儿子却沾染上了鸦片。殷实的家业，被那豆苗大的鸦片烟灯烧得个一干二净，到芳草第讨债的人川流不息。为还债他只得咬牙卖房。张复礼得到消息，便特意到芳草第打望。这是一幢单门独院的两层楼房。一进院子，是一个小巧玲珑的花园，主人没顾得上培植管理，长满了蒿草。楼房的下层，是一个宽敞的客厅。楼上有四间房子，最大的一间，是他理想中的卧房。夜晚打开窗子，近处有长江的重重帆影，远处是武昌的万家灯火。张复礼很是满意。在这里接待詹姆斯，还是说得过去的。回到油号，他向张复万宣布，要立即买下这个小院。张复万说，事关重大，要先向老爷禀报，同意之后才可以购置。张复礼却认为，父亲既然让他来庄上主事，买这个小院，就像他在青浪滩做出决定，要给伏波庙打造金神鸦一样，没有必要向父亲禀报。时间急迫，等向父亲禀报得来，小院早就成为别人的住所。少老板执意要办的事情，张复万也不便阻拦。第二天，张复礼便立马办理了购房契约。张复礼就这样成了芳草第的主人。接着，他又雇请工匠，对房屋进行了修缮，对花园进行了整理。这样一个幽雅而精致的小院，在鹦鹉洲上还是不多见的。

拜访詹姆斯，张复礼做了精心准备。那日在宝成金号詹姆斯递来名片，他无以回敬，曾感到十分尴尬。为了避免尴尬再次发生，他按照中国人的习惯印制了名帖。英国人詹姆斯对神奇的湘西特别感兴趣。张复礼在名帖上，除了标明自己是顺庆油号的总办以外，还刻意在名字下方加上"湘西浦阳"四个小字。到洋人家中去做客必须注意衣着。他特意去到衣装铺为自己和张复万每人挑了一身衣装。从帽子、衣服到鞋袜，全都买了新的。翠珠笑着说，浦阳人做新郎倌也没得你们这样作古正经。早上起来，张复礼对着镜子试装：他头戴黑色锦缎的碗儿帽，身穿藏青色的杭纺长衫，外套绛红色的团花马褂，脚踩千层底的圆口布鞋，套着白色的布袜。他觉得头发有点儿零乱，便对着镜子梳起头发来。女佣陈妈来到了他的房里，见这般情形，便说："哟！少老板，是要到哪里去做客吧！"

"不错，是到一个英国洋行老板家里去做客。"张复礼边梳头发边说。

陈妈说："少老板，我给你来梳吧！"

张复礼说："也好！那就麻烦你了。"

陈妈给张复礼梳理着长长的发辫。陈妈五十来岁，早年丧夫，守着一个儿子。儿子长大了，也是沾染上了吸食鸦片的恶习，把家业吸得精光不上算，后来因为吸食过度，把性命也丢了。陈妈便经人介绍，做了张复礼的女佣。张复礼对陈妈的身世，很是同情，对她的能力与表现，也非常满意。经过陈妈的梳理和编结，一条乌黑的长辫，垂在张复礼的脑后。陈妈说："少老板，你家的少奶奶真有福气，摊上了你这样帅气的男人。什么时候，把太太和公子一起接来。那时候，就不用我给你梳头了。"

张复礼说："陈妈，不行哪！爹娘就生下我一个儿子，我为了做生意，成事业，不得已离开了家里。妻子要在家替我尽孝。有爹娘在，她是不能来汉口的。"

"少老板，原只说少奶奶有福气，老爷和太太更有福气，有你这样一个孝顺的儿子。"就这样，陈妈对张复礼赞不绝口。

张复礼在张复万的陪同下，带着礼物渡江前往汉口拜访詹姆斯。上了渡船码头，张复礼便雇了一辆马车，直奔詹姆斯的住处。二人几次过江到汉口都是步行。坐这样的马车，张复礼生平还是第一回。听着清脆的马蹄声，张复礼坐在马车上，仿佛他的身份顷刻间便提高了许多。当他在洋行门前下了马车，把名帖递给门人，让门人去通报的时候，他的这种感觉，便更加强烈了。

不一会，詹姆斯亲自来到了门前，迎接张复礼。詹姆斯握着张复礼的手，热情地说："张！我的湘西朋友，非常欢迎你的光临！"

在詹姆斯的带领下，二人来到装饰豪华的客厅，露娜已在那里等候。露娜说："张老板，你的夫人怎么没有来？如果夫人来了，我也会到门口迎接她的。"

张复礼说："很抱歉，我的夫人还要在湘西老家侍奉我年迈的父母，她没有到汉口来。"

"中国人的孝顺，令西方人望尘莫及。为了'孝顺'二字，张老板就只好长夜难眠了。"詹姆斯笑着说。

"詹姆斯先生说笑了。"张复礼说。

女佣端来了四杯黑糊糊的东西。张复礼打量着，不知道是什么。

詹姆斯解释道："这叫作咖啡，我们西方的饮料，相当于中国的茶。"

张复礼呷了一口，张复万也跟着呷了一口。吃下去肯定不会死人，只是有点苦。张复万一咬牙，将一杯咖啡喝了个底朝天。张复礼则学着詹姆斯的样，细细地品味着。

"味道怎么样？"詹姆斯问。

张复礼说："不错！虽然有点苦，可苦中有甜，还有那么一股特殊的香味。"

"张老板，看来你比你的管事更容易接受洋玩意。"詹姆斯笑着说。

张复礼也笑了。他站起身来，把放在身边的两个礼包交给詹氏夫妇，他说："这是一点从湘西带来的土产，希望先生和夫人喜欢。"

"从神奇的湘西带来的礼品，一定让人耳目一新。夫人，我们就先睹为快了。"詹姆斯真不愧为中国通，说起话来，一套一套的。

露娜剪开了礼包的绳子，把纸包打开，不解地看着湘西人送来的礼物。

詹姆斯指着礼包里的物品问："请问张老板，这是什么？"

张复礼说："这叫'玉兰片'，是湘西出产的山珍。用冬天的竹笋，蒸熟去壳，木炭火烘干而成。"

"啊！很漂亮，也一定很好吃。我不明白，明明是竹笋，为什么要叫它'玉兰片'？"詹姆斯习惯性地耸了耸肩膀，不解地问道。

"要说这'玉兰片'，它真的还有个故事哩！"张复礼说："古时候，湘西有一个名叫玉兰的妇人，丈夫在京城做官。她为了替丈夫侍奉公婆，留在了家中。为了表达对丈夫的思念之情，她每年都烘制这样的干笋子，寄送给京城的丈夫。她的丈夫，用这样的干笋子款待同僚。同僚们吃后赞不绝口。中国的北方，是没有竹子，也没有笋子的。同僚们感到稀罕，问他这叫什么东西。他心想，如果说叫作干笋子未免太俗气。他想到这干笋子是他夫人玉兰亲手烘制的。他就告诉同僚说，叫作'玉兰片'。从此后，我们湘西人便将这种干笋子称为'玉兰片'了。"

露娜说："一个美丽的故事！产生了一个美丽的名字。"

"亲爱的，你也应该向那位叫玉兰的夫人学着点。"詹姆斯说。

露娜笑着说："等你到伦敦做官了，我也会给你寄来'露娜片'的。"

詹姆斯又耸了耸肩膀，说道："如此说来，我只怕是没有希望吃到'露娜片'了。"

洋夫妇之间的调侃，把客人逗笑了。这时，主人又关注另一件礼品。没等詹姆斯问，张复礼便介绍起来："这是湘西辰州的特产，名叫'晒栏'。

詹姆斯着真看了看，问道："明明是一些干肉片，为什么叫作'晒栏'呢？这里面一定有一个故事，也和'玉兰片'一样美丽。"

张复礼说："湘西人住的都是吊脚楼，也就是古书上说的'干栏'。吊脚楼的楼上都有栏杆。冬天，辰州人都要把上等的猪肉，切成薄片，放上香料腌制，放在吊脚楼的栏杆之外进行晾晒，制成这种美味佳肴，所以称为'晒栏'。"

"哈哈！"詹姆斯笑着说："好一个'晒栏'，除了是味美的食品而外，还蕴含着它的人文价值。张老板，谢谢你给我带来了这么有意思的珍贵礼物。不久以后，我将回英国一趟。以前我每次回国带的东西，不是丝绸，就是瓷器。这次，我要把这些礼物转送给我的亲友，他们也一定会喜欢的。"

"詹姆斯先生如此看重湘西的土产，我非常荣幸。如果先生要把这些土产带回英国的话，我会再给先生送些来。"张复礼说。

"谢谢！谢谢！"突然间，詹姆斯话锋一转，说到了张复礼希望听到的话。他说："我听到金行老板说，张老板经营的是桐油，是吗？"

"是的。是湘西的特产桐油。"张复礼说。

"那天，金神鸦使我好奇，令我着迷，把一件重要的事情忘记了。"说着，詹姆斯问道："你们经销的桐油，销售给什么行业？"

张复礼说："长江上的木船，每年都要用我们的桐油涂抹一次；若是船只出现漏洞，也要用桐油拌上石灰去修补。长江沿岸桐油的销量是很大的。"

"这就对了。"詹姆斯说："六百年前，那是中国的元朝，有个意大利人名叫马可·波罗，他来到中国，写了一本书，叫作《马可·波罗游记》。在这本书上，他就把中国人用油灰抹船的奇妙方法，介绍到了西方。原来，我们西方人是用亚麻仁油制作油漆，这两年，桐油取代亚麻仁油，成为我们西方人制作油漆的原料。桐油在欧洲的市场前景广阔，我也产生了做桐油生意的念头。有幸结识张老板，我的这个念头便更加强烈了。"

张复礼立刻说："能与詹姆斯先生做这方面的生意，我们非常荣幸。"

詹姆斯接着说："张老板明白，做生意先要找到销路。这次我回欧洲，先带一些样品去，把那里的客户联系好，回来以后，我们根据需要再签订合约。"

"好的。我们会根据你的需要，提供充足的样品。"张复礼说。

张复礼原日想像，同洋人做生意是天大的难事，现在看来，只不过是一瞬间的事情而已。

这天，张复礼和詹姆斯进行了长谈。他得知这位英国人的父亲，在咸丰年间，根据《天津条约》，汉口刚刚成为通商口岸时，便来到了这里，开办了这家怡和洋行。那时，詹姆斯还在读大学。他按照自己的意愿，攻读了人类学。学成之后，本想从事人类学的研究，父亲却一定要他到中国来，从事他并不热衷的商业经营。他来到中国后，学习中文，读了许多中国书，成了一个中国通。由于有学习过人类学的背景，当他见到那只金神鸦时，便立即产生了浓厚的兴趣。湘西再普通不过的"玉兰片"和"晒栏"，到了他的眼里，也变得新奇与美好。最近，他为生意上的事情，将要回英国去一趟。同时也去看望他在英国读书的两个儿子。

这天，湘西油商可是大开"洋荤"。那杯黑乎乎的咖啡且不说，中午，他们又坐在长方形的餐桌边，笨拙地拿着刀叉，吃了一顿西餐。对于奶酪、面包、炸鸡和牛排，张复万吃起来不习惯，张复礼似乎还可以适应。

中饭过后，张复礼和张复万向詹姆斯告别。张复礼向詹姆斯发出邀请，请他们到鹦鹉洲上的芳草第做客，詹氏夫妇欣然接受了邀请。临走时，詹氏夫妇向他们回赠礼品，那是一套精致的彩色玻璃茶具。詹姆斯不无风趣地对张复礼说："张！很抱歉，我的礼物可没有你说的故事那么美妙。比起你送的礼物要逊色许多。"

张复礼说："这份礼物，虽然没有美妙的故事，却有美丽的颜色。比我的那点土产一点也不逊色。"

张复礼着手准备接待詹氏夫妇的来访。他觉得这次接待应该采取汉口的方式，同时一定要兼有湘西的内容。汉口的方式，就是请戏班来唱一次堂会；湘西的内容，则是让翠珠来做几道湘西菜。为了请戏班唱堂会，张复礼向陈妈打听："陈妈，你知道这鹦鹉洲上，汉口城里也可以，有什么好一点的戏班吗？"

"你说的是江湖班，还是坤班？"陈妈反问。

张复礼想了想，说："就坤班吧！"

陈妈说："怎么没有！我的姨侄女潘小芸，就在玉春坤班里唱戏，艺名叫作筱玉仙。玉春坤班在汉口一带，还是唱得挺红的。"

"是吗？"张复礼说："陈妈，我怎么没有听你说过，你还有个姨侄女，还是坤班里的红角。"

陈妈说："玉春坤班里，唱得最红的不是她，是她的师姐，叫筱玉蓉。"

"玉仙小姐唱的哪样行当？"

"她唱的是青衣。"

张复礼说："其实，我也是很喜欢唱戏的。我在家乡时，就常常参加唱围鼓，唱小生，有时也唱生角。我们那里唱的是高腔，是不用弦子用唢呐的。这里听说唱的是弹戏，西皮、二簧，要拉弦子，是吗？"

"是的。看不出，少老板对唱戏还很在行。"陈妈说。

"陈妈！"张复礼说："那就请你找玉仙小姐帮着打听一下，我想在二月二十四那天，请玉春坤班到家里来唱一个堂会，不晓得那天戏班有没有空档？"

陈妈听说要在芳草第里唱堂会，很是高兴。往常她的家境好时，也是常去看戏的。后来，家里的事情不顺心，就很少去看戏了。为了唱堂会的事情，她很快和姨侄女取得了联系。这天下午，小芸抽空来到芳草第。陈妈当女佣后，小芸还是第一次来看大姨。小芸的母亲是陈妈的亲妹妹。小芸三岁时，母亲就去世了。八岁那年，父亲把她送进了坤班学戏。不久后父亲续弦，后妈连着生了一男一女，对小芸就不问不探了。陈妈常到戏班去看望小芸。后来，父亲带着后妈离开了汉口，不知去向，就与小芸断了联系。陈妈就这样成了小芸唯一的亲人。小芸已经十七岁，长得楚楚动人。在坤班里，虽说不是名角，混口饭吃还是可以的。随着年龄的增长，烦心事不断出现。她早就想来找大姨倾诉，却总是抽不开身。大姨搭信到戏班，她才有理由告假前来看望大姨。陈妈说，是主家要请坤班唱堂会，才搭信让她来。陈妈告诉小芸，主家待她很好。侄女得知大姨有这样一个好去处很是高兴。小芸也把烦心事告诉大姨。坤班的小姐妹好几个都嫁人了，大都是当了姨太太。有两个嫁给了江湖班的戏子。班主慌神了，要是再有几个人嫁出去，坤班也就只有挂锣停牌了。早几天，戏班到汉阳一家铁厂老板家里唱堂会，主东是个六十多岁的瘦小老头儿，已经有了四房姨太太，说是看上了小芸，要班主从中撮合。班主把事情告诉小芸，小芸又气又恼，说什么也不答应。好在那班主怕垮了戏班，也不愿意让小芸离开，便编着话儿向那铁厂老板婉言谢绝了。想到这件事情，小芸的心里便"砰砰"跳个不停。大姨明白，戏班的女孩子到了这般年龄，少不得会有许多麻烦事。自顾不暇的大姨，也拿不出什么好的办法来帮助姨侄女，只是嘱咐她处处要多长个心眼。

陈妈和小芸谈兴正浓时，张复礼回到了芳草第。小芸对他淡淡一笑，他立刻有一种似曾相识的感觉。闪念之间，他便想到了，适才这女子红扑扑的脸上，现出了一对浅浅的酒窝。这酒窝和盘瓠崖苗女的那对酒窝，简直是太相像了。他回过神来，彬彬有礼地对女佣说："陈妈，这位想必就是玉春坤班的筱玉仙姑娘吧！"

陈妈说："是的。她就是我的姨侄女，在家里我们都叫她小芸。小芸，这就是我跟你说的张老板！"

"张老板！"筱玉仙礼貌地叫了一声，心里在嘀咕着，这老板真年轻。

张复礼说："小芸小姐！我就依着陈妈叫你小芸。我这里想唱一次堂会，请一对洋人夫妇来家里看中国戏，不晓得你们的班子有空档没得？"

筱玉仙说："大姨已经跟我说了。有没有空档，我还得回去问班主才晓得。"

"好的，那我就等你的回信。"张复礼说："小芸小姐，这院子里就只住着我和你大姨。我出去了就只有她一个人在家。你要是得闲空，常来陪大姨说说话。"

"只要戏班里有闲空，我会来陪大姨的。"筱玉仙说。

陈妈倒来两杯茶。在张复礼和筱玉仙二人面前，一处放了一杯。

张复礼品了一口茶，说："小芸小姐，听陈妈说，你是唱青衣的。唱堂会时，我一定要点你的一出戏。"

陈妈说："小芸哪！张老板是很懂戏的哩！"

"多谢张老板的关照，只是我唱得不好，会让张老板笑话的。"筱玉仙淡淡一笑，红扑扑的脸颊上，又现出了两个浅浅的酒窝。

两个酒窝的再一次出现，使张复礼再次想起那不堪回首的往事。不同的时间，不同的地点，不同的女人，他怎么偏偏将二者联系在一起呢？就连他自己也说不清，道不明。就感觉而言，见到这小芸，就如同在阴霾密布的天空中，见到了一丝光亮；就如同在浊浪翻滚的江流边，涌出了一汪清泉；就如同在黄叶漫山的丛林里，绽出了一点新绿。他并不愿意让这个女子看出他心中的隐秘，决定立刻离开这里。他对年轻的女伶说："小芸小姐，我庄上还有点事。你陪着大姨说说话吧！就在这里吃晚饭，随茶便饭，请你赏脸。"

筱玉仙说："谢谢张老板，下次再来吃吧！我再陪大姨说几句话，跟着就要赶回戏班去。今天夜里的堂会戏，还有我的角色哩。"

"是出什么戏？"

"《武家坡》。"

"哦！是出青衣戏。想必是小芸小姐的拿手。等到我这里唱堂会时，也点这出戏。"张复礼说。

"张老板，我唱得不好，会让你见笑的。"筱玉仙朝着张复礼淡淡一笑，已经是第三次了。那对浅浅的酒窝，于是也第三次在张复礼的眼前显现。

浅浅的酒窝，酝酿着的内容实在是太多太多。这些年来，张复礼一切不顺心的事情，都是由那对浅浅的酒窝起根发蒂。那对浅浅的酒窝，给他留下了刻骨铭心，却又心灰意冷的记忆。他的感情生活，已经长久地处于冬眠的状态。这对浅浅酒窝的出现，仿佛是戏台上的一声嘹亮的"导板"，惊醒了张复礼冬眠中的情感，预示着一出新戏的开场。

"小芸小姐，时间定在二月二十四，我等着你的回话。"说着，张复礼便匆匆离开了芳草第。

第二天下午，小芸到芳草第回话，唱堂会的事情，她已经和班主说好了。那小芸匆匆来，又匆匆去，没和张复礼打照面。陈妈将事情转告张复礼。张复礼说："陈妈，你怎么没留小芸吃顿饭？"

陈妈说："她说，夜里有她的戏，得快点赶回去。"

"啊！她总是那样忙。"张复礼像是对陈妈说，又像是自言自语。

芳草第的堂会，如期在二月二十四这天举行。这次堂会请的客人，是经过张复礼精心考虑的。除了詹姆斯夫妇以外，他还请了码头上十来家桐油业的牙行。"顺庆"的桐油经营要靠这些牙行的中介。鹦鹉洲上，油号林立。同行之中只请了茂祥油号一家。这个来自洪江的油号，老板名叫彭福友，在码头上经济势力最为雄厚。去年同美国人做生意的就是他。把彭福友请来，一来让他晓得"顺庆"也在和洋人做买卖；二来是让外面的人晓得，在这里做桐油生意的，只有"顺庆"能与"茂祥"平起平坐。"顺庆"的地位无形中也就提高了许多。

吃过早饭，张复礼着张复万过江迎接詹姆斯夫妇。上午詹姆斯有应酬脱不开身，直到下午两点詹姆斯夫妇才到达。幽静的环境，精巧的园林，给了夫妇二人极好的印象。

"张老板，一切都好极了，可就是缺少一样。这一样非常重要！"詹姆斯笑着对张复礼说。

张复礼说："詹姆斯先生，你说缺少的是什么？我一定设法补上。"

詹姆斯看了露娜一眼，摇着头说："缺少的这一样，你一时是没法补上的。"

张复礼似乎有点明白了："你说的是——"

"缺少女人！缺少芳草！你说对吗？"说着，詹姆斯笑了。

露娜说："张老板，什么时候把太太接来，她一定很漂亮，是个湘西美人。"

张复礼说："哎呀！这恐怕就难了。按照中国人的规矩，她要在家里替我孝敬父母。"

"她要像赵五娘一样吗？"詹姆斯习惯性地耸了耸肩膀，问道。

张复礼说："詹姆斯先生，真不愧是中国通，连赵五娘也知道。"

　　詹姆斯说："我不但知道赵五娘，还知道有个牛小姐。这鹦鹉洲上的芳草第是个金屋藏娇的好地方。张老板就没有再找一个牛小姐的打算吗？！"

　　"詹，你真会说笑话！"张复礼说。

　　陈妈端茶盘来到客厅。詹姆斯和张复礼的谈话，她都听到了。她将两杯香茶和一碟子蜜饯，放在詹氏夫妇跟前的茶几上，轻轻说了声："请慢用！"

　　詹姆斯端起茶水闻了又闻。露娜却对着碟子里的雕花蜜饯，仔细欣赏起来。

　　詹姆斯对妻子说："亲爱的，这是湘西最好的茶叶！"

　　露娜对丈夫说："亲爱的，你看这雕刻多么有趣。喏！丹凤朝阳、狮子滚球、喜鹊噪梅，还有双龙抢宝，都是艺术品呀！吃进肚子里真是可惜。"

　　"哈哈！张老板，这都是湘西的奇珍。"詹姆斯兴致极好。他说："快给介绍介绍吧！"

　　张复礼说："先说这种茶叶，它出在沅陵县的官庄。此茶采得很嫩，全都是顶叶，片片茶叶，就像麻雀的舌子。这种茶叶取名叫'雀舌'。"

　　詹姆斯一边品茶一边说："不错！茶好，名字也好。'雀舌'！"

　　张复礼接着介绍："湘西人喝茶，必须同时吃点心。这种点心名叫'蜜饯'，出在靖州。把嫩柚子的瓢切成薄片，雕凿成各式各样的图案，浸泡糖水后，经过太阳晒干，不但味道甜美，还可以散气润肺。"

　　"这蜜饯不但是可口的食品，还是精美的艺术。"露娜为张复礼作补充。

　　张复礼说："夫人若是喜欢，家里还有一些，你带点回去就是。"

　　"谢谢！谢谢！"露娜连声道谢。她转身对詹姆斯说："詹姆斯，我们把蜜饯连同'玉兰片'，还有'晒栏'这些湘西特产，一起带回英国。"

詹姆斯笑着说："张老板！我夫人的意思是，湘西还有什么好东西，让我们全部带走，在伦敦开一个湘西博览会。"

"詹姆斯先生真会说笑，都是不值钱的山货，算不上什么好东西？！"张复礼说。

客人都陆续来到了芳草第。张复礼把詹姆斯夫妇介绍给客人。客人们自对张复礼刮目相看。洪江茂祥油号的庄客彭福友姗姗来迟。他是堂会上唯一的湘西油商。张复万上前介绍："少老板，这就是老爷常念起的彭老板。"

张复礼上前鞠了一躬，叫了声："彭叔！本来早就该去拜望您，小侄疏于礼仪，还要请您见谅！"

彭福友笑着说："早听说恒泰兄的儿精明能干，今日一见，果然不同凡响。"

"来汉口之前，父亲对我说，到了汉口别的师父不必拜，只要学得你福友叔的零头，在生意场上也就够用了。"张复礼说。

"哈哈！"彭福友大笑不止，指着张复礼说："张恒泰的儿不但精明能干，还特别滑头。一见面就灌我的糊米汤。你的老子真是那么说的吗？我不相信。"

"彭叔，父亲确实是对我这样说的。"张复礼作古正经的样子，力图让彭福友相信他的讲话。

彭福友说："说了也好，没说也罢。张恒泰的伢儿本事大得很，没得必要向我这老家伙学。刚到汉口，板凳还没坐热，就同外国大老板挂上钩了。怎么？也不跟彭叔介绍介绍？！怕彭叔抢了你的生意？！"

"彭叔真会说笑话。"说着，张复礼把彭福友带到詹姆斯跟前做介绍："这位是怡和洋行总办詹姆斯先生，露娜夫人；这位是茂祥油号的彭福友老板，我的彭叔。同美国洋行做桐油生意的就是他。"

"能见到詹先生，非常荣幸！"彭福友连连拱手。

詹姆斯立刻也拱着手说："彭老板，见到你很高兴。和你做桐油生意的罗伯逊先生，是我的好朋友。"

彭福友笑着说："如此说来，我们越说越近了。"

客厅里，一共摆了两桌。今天上桌的菜肴很特别：一半汉口菜，由陈妈掌勺；一半湘西菜，由翠珠操厨。汉口菜有黄焖子鸡、清蒸武昌鱼、油烩里脊肉和红烧海参；湘西菜有腊肉炒"玉兰片"、爆炒"晒栏"、干辣椒炒火焙鱼和酸辣椒炒魔芋豆腐。八个菜的当中，摆着一海碗杂烩汤。

酒宴开场，张复礼说："在各位伯伯、叔叔和兄长面前，复礼是晚辈，感谢各位的光临，特别感谢我的英国朋友詹姆斯先生和露娜夫人的赏光！"

张复礼拿起一把酒壶，在每人面前的杯子里，筛了一杯黄澄澄、黏糊糊的酒，他说："各位，这是复礼从浦阳家中带来的刺藜酒，用上等的米酒浸泡山里的刺藜，封窖已经十年。酒性醇和清香，且能生筋活血，益气养颜。前些天我拜访了詹姆斯先生，得知先生不习惯喝烈性酒。这种酒想必是可以喝的。来！复礼先敬各位长辈一杯。若是嫌不过瘾，再上湘西带来的包谷烧。干！"

"干！"满堂宾客，包括那詹氏夫妇，齐声吆喝着，替张复礼捧场。

詹姆斯和露娜在中国多年，吃中餐已经习惯。夫妻二人尝遍了汉口码头的美味，一般的菜肴都不放在眼里。这天，他们对翠珠炒的湘西菜，却是格外地感兴趣。那"玉兰片"和"晒栏"，他们已是先入为主，有了好的印象。品尝过后果然味道绝佳。露娜把那酸辣椒炒的魔芋豆腐，一片又一片，夹到抹着唇膏的嘴里，细细地品味着，白皙的脸庞上绽开了笑容，她问道："张！这是什么？"

"这叫魔芋豆腐。"张复礼说。

詹姆斯也跟着尝了一片，觉得味道很不错，便问道："请告诉我，是哪几个字？"

"魔法的'魔'，芋头的'芋'。一种芋头，叫作魔芋。用魔芋做成的豆腐叫作魔芋豆腐。"张复礼说："这是湘西最不值钱的东西，在我的家乡浦阳每天都有人沿街叫卖。早些天，敝号的管事回湘西，带了几个魔芋来。复礼请各位来吃顿便饭。各位都是山珍海味当小菜的人，哪样的菜没吃过！我寻思着，这种出在湘西的小菜，只怕是没有得吃过。昨夜，敝号管事的太太，将魔芋制成了魔芋豆腐。今天的这些湘西菜，也都是她炒的。"

张复礼这么一说，客人们的筷子都伸向了那盘魔芋豆腐炒酸辣椒。三下五除二，便吃了个精光。不一会，每桌又上了一盘。张复礼还着人拿来一个魔芋。

詹姆斯拿起那个魔芋，端详着。他说："这就是魔芋吗？湘西人使用魔法，将它变成了这种魔芋豆腐？！"

露娜打趣地说："亲爱的，看你爱不释手，是不是也想把它带到英国？"

詹姆斯说："那就要看张老板舍不舍得了！"

"只要詹姆斯先生不嫌弃，拿去就是。"张复礼说："奉送魔芋是其一，传授制作魔芋豆腐的技法是其二。要是詹姆斯先生在英国开一家魔芋豆腐公司，应该有我的股份哟！"

张复礼的话，把詹氏夫妇和满堂宾客都说笑了。

酒席结束，彭福友把张复礼拉到一边，拍着他的肩膀，悄声说道："鬼崽崽，你真厉害，烂贱的魔芋豆腐到了你的嘴里也成了珍馐美味，把个洋人哄得团团转。"

酒宴之后，便是唱堂会。詹姆斯对中国戏曲很熟悉。戏码一共两折，先唱《拾玉镯》，再唱《武家坡》。《武家坡》，是张复礼点的小芸的戏。没想到那詹姆斯也对这折戏感兴趣。他一边看戏，一边对张复礼说："《彩楼配》里面就数这折戏最有看头。把分离十八年后夫妻见面的心情，表现得淋漓尽致。"

张复礼称赞道："詹姆斯先生对中国戏很在行。"

"张老板你也很在行嘛！不然怎么会点这折戏！"詹姆斯说。

张复礼固然是对戏在行，其中的另一个原因，詹姆斯是并不知道的。

詹姆斯开始对戏子品评起来。他问："那个唱王宝钏的坤角叫什么名字？"

"好像是叫筱玉仙。"张复礼说。

詹姆斯说："按照她的扮相，脸上有一对酒窝，唱花旦是最好不过的了。可她偏唱的是青衣，唱得还是蛮不错。这女子在生活中肯定有一肚子的忧郁。她把这种心境带到了演唱之中，恰恰又与戏中的角色产生了吻合。"

"詹姆斯先生，你怎么看得出她有一肚子的忧郁呢？"张复礼问。

詹姆斯说："这是一个说不清、道不明的问题。反正我有这种直觉。"

詹姆斯的一番话，又一次激起张复礼心中的波澜。筱玉仙的那对酒窝，竟也引起了这洋人的注意。洋人还看出了她心中的忧郁。自那天与她短暂相见之后，张复礼一直就惦记着这个女伶。特别是他通过陈妈得知她的身世之后，一种怜香惜玉的情感更是油然而生。他甚至想到，若让这女伶常伴身边，倒也是件幸事。

堂会歇台吃夜宵，詹姆斯显得很活跃，把筱玉仙邀请到了一桌，而且安排在张复礼的身边。张复礼欠了欠身子说："小芸，你请坐！"

"谢谢张老板。"筱玉仙说。

"张！刚才你叫她什么？"詹姆斯问。

张复礼说："叫她小芸，这是她在家里的名字。"

"你们先就认识？！"詹姆斯又问。

张复礼指着来上点心的陈妈说："她是这位陈妈的姨侄女。"

詹姆斯笑着说："张，你真滑头，刚才还装成不认识的样子，原来你对这位小姐知根知底。"

张复礼说："詹姆斯先生说笑了，复礼和玉仙小姐还只见过一次面。"

"张老板与小女子，确实只见过一次面。"小芸低着头说，有点儿羞涩。

"一见钟情的事情，也是常常有的。"詹姆斯和张复礼说着悄悄话："我预言，这位漂亮的姑娘，就是芳草第里的芳草。"

张复礼笑了，不自然地摇着头。

来上点心的陈妈，把这一切都看在了眼里。

大木排消失在垭角洄

　　龙婆之死成为浦阳镇街谈巷议新一轮的话题。人们从不同的出发点，发表着对此事的看法。大多数的人都站在刘家一边，说龙婆是自作自受。蛮绊筋了一世，最后死在"蛮"字上。可也有人认为，龙永久遇上这样的老娘，也没得法。他既然找到门上，下了矮桩，刘家就应该给个面子，救下这条人命。人死了，刘家还是有罪过的。浦阳人都明白，龙刘两家的仇怨由此而结，后头还有好戏看。

　　那晚，刘金山从龙家送篮子出来，没走多远就听见那窨子屋里的鞭炮声，紧接着又是啼哭声。他立刻意识到，龙婆已经一命归西了。他庆幸在最后一刻退回了龙家的重礼。重礼退还，刘家便不欠龙家的什么了。龙婆的死完全是咎由自取，刘家没有任何责任。他回到家里，把龙婆的死讯告诉了母亲和婆娘。刘邬氏立刻感到紧张，要是老者得知此事，责怪下来可不得了。必须对老者封锁这个消息。

　　刘昌杰一直惦记着给龙家转让阴沉木的事。他几次过问，龙家把阴沉木抬走了没有？得到的回答都是模棱两可，似乎那阴沉木已经送了过去。按他的想象，送去阴沉木，龙婆进食，事情也就了结。刘昌杰感到心安理得。他虽不能睡着阴沉木的寿枋而去，却救活了一个妇人的性命。尽管她是一个不通道理的蛮婆，却毕竟也是一条生命。这天，刘昌杰突然听见做木匠活的声音：有斧头的砍木声，也有刨子的刨木声。这是在做哪样呢？若是在为他做寿枋冲喜，又怎不先同他打个招呼呢？刘昌杰问招扶他的小丫头："屋里请了木匠，是在做哪样呀？"

丫头说："禀老爷，那是在给您做千年屋。怎么？夫人没跟您说？！"

丫头说的千年屋，就是寿枋。既然是做寿枋，怎不说一声呢？刘昌杰立即感到蹊跷。他不顾小丫头的劝阻，下得床来，步履踉跄地朝着传来斧头、刨子声的后堂走去。小丫头吓得魂不守舍，赶紧去叫主人。刘邬氏和刘金山赶来时，刘昌杰已经到了做寿枋的地方。做寿枋的木料，正是从贵州采办来的阴沉木。刘昌杰当即全盘皆知，家里人违背了他的意旨，瞒着他拒绝了龙家的请求。龙家人并没把阴沉木搬走。刘昌杰顿时气得满脸通红。婆娘吓坏了。儿子赶紧将他背回卧房，安放在床上。

"你们没按我说的去做……"刘昌杰脸色蜡黄，上气不接下气。

刘邬氏和金山母子二人急了，不知道该怎样和老者解说这件事情。为了缓和紧张气氛，金山给父亲沏了一杯热茶，说："爹！您先喝一口茶，听孩儿慢慢说。"

"那龙婆吃了……东西没有……她现在怎么样了……"刘昌杰不喝儿子倒的茶，问着他最关切的事情。

刘金山心想，龙婆的死瞒是瞒不了的。他又考虑到，事情的真相绝不能告诉父亲。刘金山顺着父亲的意思，编了一个故事说："爹！本来早同您说，只是您在病中，不敢惊动您。那天，我按照您的意思，去通知龙家来搬阴沉木。不料没等到我们去通知，那龙婆就已经死了。我们真是后悔极了。可人都已经死了，后悔也没有用了。镇上的人都说，难得您一片好心，愿意成全龙婆。睡阴沉木是要有命消受的。那龙婆是没得福气消受阴沉木，还把性命都搭上了。"

刘昌杰蜡黄的脸上，出现了愧色。他后悔莫及地说："这都是……怪我呀……没有当面……对龙伢说明白……才把事情……耽误了……"

刘邬氏说："事情已经过去，你就莫放在心上了。养病最要紧。莲儿从贵州捡来的药很见效，你继续吃。吃完，再让她派人去捡。"

"唉——"刘昌杰叹着气说:"世上……有许多好东西……常常是祸害……阴沉木……是好东西……害死龙婆的……就是阴沉木……"

光绪二年,沅水流域遇到春旱。一个春天极少下雨。滩干水浅的沅水,给木排的水运,平添了许多障碍。元隆木行从清水江采办来的木排,就一直停泊在浦阳的驿码头。放送木排到浦阳的苗乡排古佬,早已经打道回府。刘昌杰的病情时好时坏,刘金山每日在床前侍奉。木行里的事情全都交给了易桂和。易桂和从米家湾请来排头工米仁和,主持苗排的拼联和编扎。

米家滩上的米姓人多以放排为生。排头工米仁和,通晓放排的阴阳两教,是排古佬中当之无愧的老大。他一年几次在驿码头将苗排编扎成大排,然后率众流放到常德河洑,都能得到丰厚的收入。然而,他却仍然是家徒四壁的赤贫。他的婆娘阿玉,一个人带着三个伢儿,总是吃了上顿没下顿。米仁和有个脾性,每次放排到河洑,木排一拢岸就要现钱,一文也不能少。木老板晓得他的脾性,从不敢拖欠。米仁和得了银钱,不回浦阳,而是去了桃源的水溪。水溪在桃花源附近,山清水秀,那里女人的水色,就如同三月的桃花白里透红。米仁和在水溪有个老相好,是个三十来岁的年轻寡妇,嫩皮细肉,身段高挑,说起话来,就像桃树林里的画眉鸟叫。只要放排得了工钱,米仁和便毫不迟疑地去到水溪,钻进一幢低矮的木屋里,把所有的银钱全都交给那小寡妇,尽情享受温存,住上一两个月之后,含情脉脉的小寡妇,送他上路回家,嘱咐米仁和莫把她忘了。回到米家滩时,他已是身无分文了。善良而胆小的婆娘,也曾听说丈夫在桃源地界拈花惹草的情形。但她从来没有和丈夫吵闹过。丈夫能在外面风流,说明他有本事。丈夫有本事,婆娘光彩。随你怎么说,正宫娘娘总还是自己。吵吵闹闹,若是一脚把你掀了,你去搬岩头打天?每次丈夫放排回来,她从不找丈夫要钱,而是赶紧煎好两个鸡婆生的鸡蛋,再爆炒点黄豆给丈夫下酒。几天过后,浦阳镇镇上肯定又会有人来请他去编排。他接着又要领衔划着大排下常德。水溪的婆娘又在那里等着他。

梅山虎匠石老黑，自从用左手摸了女人的那个地方，这些年便一直打不到老虎，生活很是艰难。幸好婆娘阿春贤惠，生儿育女，辛劳度日，从无怨言。在铁门槛，石老黑穷得叮当响，"棒棒客"的日子却过得有滋有味。去年，雄大哥强拉硬拽，老黑见识了一回"坐坳"。没想到被打劫的人，竟是来给他家火儿"烧胎"的老表龙法胜，真叫人哭笑不得。幸好龙家老表没发现他，要不然还不晓得脸往哪里放。此后，老雄隔三岔五来找老黑，劝他入伙。老黑总是找各种理由婉言拒绝。他下决心要做清白人，饿死也不当"棒棒客"。他的做法得到阿春赞同。石老黑四处找活做。他浑身有使不完的劲，许多雇主也看中了他，但只要听说他家住铁门槛时，雇主们噤若寒蝉，就不敢雇佣他了。为这事石老黑硬是伤透了脑筋。

石老黑走投无路，托老表龙法胜为他找事做。龙法胜婆娘阿珍的姐姐叫作阿玉，嫁在米家滩，丈夫就是排头工米仁和。龙法胜去了一趟米家湾，把石老黑介绍给连襟米仁和。说他有的是力气，到木排上扳招、打杂，绝对是奈得何的。米仁和的木排上，通常是不用外姓人的。碍着连襟的面子，米仁和破例收下了石老黑。

元隆木行待发的大木排，是从贵州清水江采办来的苗木，一色的上等油杉。木排还在河下编扎时，湖北黄州来的木客，便到浦阳下了定金。大木排到达河洑，刘家又要大赚一笔。春旱无雨，沅水处于枯水状态，大排迟迟无法启航。刘金山对此心急火燎。入夏以后，降雨开始。到了五月中旬，雨季来临。五月十三是关老爷的生日。沅水一带通常要涨关老爷的"磨刀水"。这年的磨刀水来得特别猛，涨得特别大，正是放排的好时机。往常，刘金山会跟排同行。眼下父亲病重，他作为刘家的独生子，不可离家远行。管事易桂和主动提出，由他跟着木排下河洑。

连日来的流子雨落下，使得沅水的江面变得浑黄。浦阳驿码头的石阶，顿时被陡涨的江水淹没了十多蹬。五月十四，大木排解缆启航。清早，排古佬们便戴着斗笠，披着蓑衣，来到木排上各行其事。刘金山冒雨来给大排送行。他一上排，就看见个黑不溜秋的汉子，正在野鸡棚上捆吊一面绣有"元隆"二字的蜈蚣旗，刘金山经常跟排，对米仁和的手下都熟识，这个陌生的面孔，却从来都没见过。

"咦！这位弟兄我好像没见过。"刘金山对米仁和说。

"才来的新脚色，龙家坳我连襟龙法胜的老表。"米仁和说着，对老黑喊道："老黑，来见过少老板。"

石老黑急忙下得野鸡棚。雨点打在头上的油纸斗笠上，溅起了滴滴水珠。他的裤脚卷得老高。或许是因为下着雨，怕少老板听不见，石老黑说话的声音像敲钟："见过少老板，石老黑来到您的发财排上，混口饭吃。"

"你姓石？！"刘金山问。

"是的。"石老黑回答。

"是铁门槛的人，是吗？"刘金山又问。

"是的。"石老黑心里在嘀咕，莫非又要节外生枝了？

刘金山"哦"了一声，没有继续往下说。石老黑的心里，这才一块石头落了地。

大雨"哗哗"地下着。狂风在江面呼啸而过。或许是由于排头工的打喊，石老黑急着下野鸡棚，蜈蚣旗没有捆吊好。一阵狂风席卷而来，蜈蚣旗被吹落下来，在木排上打了几个恋滚，便坠落到了江中。满木排的排古佬见到这般情景，一个个都惊呆了。石老黑知道闯祸了，事情非同小可，便不顾一切地跃入水中，打捞起了那面蜈蚣旗。又急急忙忙上到野鸡棚，将蜈蚣旗重新捆吊好。

对于行江的大木排来说，蜈蚣旗是它的标志和灵魂。行排之前，狂风吹倒蜈蚣旗，就如同行军之前，狂风吹倒帅字旗一样，是不祥的征兆。在场的少老板刘金山，管事易桂和，排头工米仁和，所有的排古佬，都被这突如其来的意外事端吓懵了。众人都呆呆地站立在风雨中，一时都不知如何是好。只见那将蜈蚣旗重新捆吊好的石老黑，翻身下得野鸡棚，他头上没戴斗篷，只是栽着脑壳，颤颤巍巍地站立在那野鸡棚的跟前，一声不吭，任凭大雨的浇淋，等待着最严厉的责罚。气极了的米仁和，对着他封门就是两耳光，厉声呵斥："蠢猪！连个旗子都捆不好！"

刚才，是排头工米仁和让石老黑下来见少老板，当时，蜈蚣旗还没捆吊好，一阵狂风，旗子便被吹落了。他对于刚才的情形，心里是明白的。骂了几句，打了两耳光，也就不再追究了。

"排头工，另外选个日子，今天莫开排了。"说话的是易桂和。

米仁和没有立即回话。他看了看天色，盘算着，沉吟着，拿不定主意。他问刘金山："少老板，你看呢？"

刘金山说："我是做生意的人，希望自己的货早日运到，早日脱手。可这排上的事都由你排头工作主，能不能开排由你来定。眼下，正涨着大水，利好行排，也容易闯祸。狂风吹倒蜈蚣旗，谁个都晓得是不祥之兆。此次行江，不但关系到我的这趟生意，更关系到排上弟兄的身家性命。你排头工有功夫化解，就解缆行排；无功夫化解，就再择吉日。望你三思，由你做主。"

排古佬的眼睛，都集中到了米仁和的身上。米仁和深知自己责任的重大。他既要为老板着想，也要为自己，为排上所有的弟兄着想。沉吟片刻之后他说："这木排能行不能行，由菩萨做主吧！"

只见米仁和来到大排的前方，对着滔滔江水，一连三次作揖。这时，一个排古佬递给他一把斧头，另一个排古佬递给他一只雄鸡。在这大排的前头，有一根齐膝高的木桩，叫作"擂"，供木排拴捆缆子之用。米仁和右手执斧头，左手提雄鸡，来到"擂"的跟前，便将那雄鸡的鸡头，搁放在"擂"柱之上，他口中诵念着神词，作法杀鸡掩煞。当他将手中的斧头高高扬起时，不知怎的竟然不住地发起抖来。他几番试图稳住心神，却依然如故地颤抖。他有点儿慌神了，一斧砍下，那只抓雄鸡的手，竟然歪到了一边，斧头砍下，没砍中鸡头，而深深地卡在"擂"柱上。木排上的人们，一个个都惊呆了。这对米仁和来说，是从未有过的事情。木排上的煞气，是必须用鲜红的鸡血来冲消的。而在应该见到鸡血时，却见不到鸡血。不祥之兆一再出现！米仁和的额头上，顿时沁出了豆粒大的汗珠。没奈何，他再次稳住心神，一斧砍去，雄鸡的鸡头才应声被砍下，掉落在木排上。大排的"擂"柱顿时被鸡血染得通红。一个排古佬赶紧跑上前去，接过米仁和手中的鸡身，捡起掉在木排上的鸡头，然后一头钻进了木排上的野鸡棚里。

不祥之兆再一次发生，而且是出在排头工的身上。每次木排启航，米仁和这样在"擂"柱上砍鸡头掩煞，从来没有失过手。今天出现这样的事，排上所有的人都紧紧捏了一把汗。来送行的刘金山悄声儿对易桂和说："这木排动身，还是另行选个日子吧！"

"兆头不好，行排怎放心。宁可信其有，不可信其无。还是另外再选个开排的日子吧！"易桂和也这样说。

"米师傅，依我看，你另外选个木排动身的日子。今天，就让伙计们各自回家吧！"刘金山对排头工说。

"少老板，请稍等片刻。"米仁和说。

米仁和是通晓阴阳两教的排头工。他在沅水上闯荡多年，木排行江从来没有出过事。他还是个带财的排头工，他放的木排，老板每次都有钱赚。今天的情形却着实令他晦气。先是狂风吹倒蜈蚣旗，接着是斧砍雄鸡不见红。米仁和从来就认为自己的火焰山高，从来就不把邪魔鬼蜮放在眼里。今天怎么会这样？米仁和就是不信这个邪，决定一显身手。他默了默神，便又在排头摆设起香案，按照木排上最高的规格，供奉着米酒、香茶和三牲祭醴，开始作法。这时，众人的目光再一次投向排头工。只见米仁和闭目贯顶，双手挽结起灵官诀。灵官诀是扶正祛邪之诀。通常用的是一只手。双手同挽灵官诀，便是以最威严的法力，驱除邪恶，匡扶正气。他来到香案之前，双膝跌跪，一个排古佬立刻从江中舀起一碗江水，递给米仁和。只见他手拿神香，对着那碗江水念咒、画符，并将这酿成的神水用手指掸向木排的四个方向，再对着空中一掸。接着，便在摆香案的木盘中连掷三卦。得的是一阴、一阳、一胜，三福周全。米仁和长长地舒了一口气，笑了。木排上所有的人，也都如释重负地笑了。

"有菩萨的扶助，不怕邪魔鬼蜮，吃过开江，木排动身。"米仁和郑重宣布过后，信心十足地对刘金山说："少老板请放心，有了这三卦，保你大排顺顺畅畅到达河㳇。"

排古佬们都以钦佩的眼光望着米仁和。到底是这浦阳一带最有名望的排头工。就凭着一碗水、三掷卦，冰释了排古佬们因不祥之兆而引起的担心。连石老黑也在心里嘀咕着，看不出这排头工还真有一手。

刘金山和排古佬们一同吃过了开江，大排就要解缆行江。他对今天木排上不祥的征兆，一直耿耿于怀。排头工的三卦，并没能完全解除他的疑虑。他最担心的人，便是代他押运木排的易桂和。他对易桂和说："易叔，你就不要跟排去了。"

"我不去，辰州木关怎么接得上头？木排到河㳇，哪个去围码结账？"易桂和说："有了排头工的这三卦，我的心也就踏实了。你就安心在家里尽孝，好好侍奉老太爷吧！少则十天，多则半月，我就会回来的。"

按照刘金山的本意，他是不愿意让易桂和这样跟排去的。可当着排古佬的面，他又不好坚持。老板若再坚持不让管家跟排随行，就说明老板对排头工不信任。这对木排行江是不利的。

元隆木行的大木排，在鞭炮声中缓缓动身了。排古佬们划动着巨大的木招，浑黄的江水，激起了层层波浪。雨过天晴，阳光跃出云层，照射在江面，显得分外灼热。野鸡棚上的蜈蚣旗，已经晒干，红旗上金黄色的"元隆"二字，在阳光的照耀下迎风飘扬了起来。米仁和在大排的最前面，划着引水招。他长长地舒了一口气，三卦打得顺畅，木排才能如期动身。或许是受了点风寒，米仁和连打了两个喷嚏。他心里在想，一定水溪的那个乖乖娘们，又在念叨他了。遇上春旱，大排一直没能动身。他与那小寡妇，快半年没有见面了。该不会有什么变故吧！米仁和掐指一算，最多也不过七、八日，他又可以享受嫩皮细肉的温存了。

　　傍晚，木排在辰州下南门码头下了缆。辰州木关的划子，跟着就拢了大排。为头的执事，见野鸡棚顶上蜈蚣旗上的"元隆"二字，又是熟人易桂和押运，便晓得这是厘金局伍总办女婿的木排。他们匆匆来到河下，在木排上打完验关钢戳之后，二话不说便又匆匆离去。五年前，刘金山就开始不断得到老丈人的关照，元隆木行的大排，只打验关钢戳，不收通关木税。刘金山将此事通报给父亲，希望得到褒奖。出乎意料的是，父亲非但没赞扬他，却将他严厉地斥责了一通。父亲认为，皇粮国税，该交的还是要交，不要这样让亲戚为难。刘金山表面上接受父亲的训斥，而背地里却依然倚仗着岳家的权力，一直偷逃着通关木税。

　　吃过晚饭，排古佬都上岸看戏去了。每逢涨关老爷的磨刀水放排到辰州，关帝庙里都会有夜戏看。看戏的大多是排古佬和船把佬。演唱的戏必定是关公戏，或是《大江东》，或是《过五关》。《走麦城》是绝对不唱的。弟兄们上岸看戏，守排自然成了排头工的事。困盹已极的米仁和，不一会便睡着了。睡梦里，他梦见了水溪婆娘。易桂和上岸看过亲戚，回到野鸡棚时，见排头工睡着，也不惊动他，坐着吸起水烟来。睡梦中的米仁和和小寡妇如胶似漆地来事了。他双手抱着被窝，蠕动着身子，说着梦话："嘻嘻……小骚货……这回该……过……瘾了吧……"

　　易桂和看出了这鬼崽是在采梦花，禁不住笑着摇了摇头。米仁和在水溪的风流事他早有所闻。他不由得暗自骂道：真是头骚牯，难怪出了那么多不好的兆头，还是犟着要动身，肯定是想那小妖精想疯了。易桂和见那抱着被窝的排头工，猛地抽搐了几下，便朝他的屁股来了一巴掌，说道："骚牯！醒醒！快起来！把裤子洗了！"

　　米仁和醒了，见易桂和坐在他身边，大大咧咧地笑着。他果真跑到大排的边上，在河水中洗起弄脏的裤子来。

　　当空的月亮，把银辉洒在咆哮着的江面上。宁静与喧嚣，交织成一曲悲壮而苍凉的歌。梦中的宣泄，增添了排头工的不尽相思。洗完裤子回到野鸡棚，排头工只是叹着气，一句话也没说。

"又在想水溪那婆娘？"易桂和问。

"嗯！"米仁和点着头。

"我问你，那么多不好的彩头，你还是急着要动身，是为了早点见到那婆娘？！"易桂和又问。

"多少有点吧！"排头工说："要是没有那三卦，我还是不敢动身的。"

元隆木行的大排多由米仁和编扎放运。这家伙放起排来没得说的，可就是太爱那个吊吊儿了，一点儿也不顾家。一年到头的辛苦钱，全都往那个洞眼里填了。易桂和觉得有必要劝劝他，让他把心收了，好好跟屋里的婆娘过日子。易桂和开门见山地对他说："鬼崽，你也该收心了。"

米仁和咧着嘴笑了。他说："桂叔，那个事情，男的爱到八十，女的爱到扯直，我才三十几岁，怎说就收心？！"

易桂和说："嗨！那事情同屋里婆娘做，不也是一样的味道吗？"

"桂叔，你在装哈。谁都晓得'家菜没得野菜香'呀！"米仁和说。

"鬼崽，桂叔是在和你讲正经的。"易桂和语重心长地对排头工说："你的年纪也不小了，花花世界也该玩够了。你不能得了两个钱都往洞眼里送。米家滩的屋里，你有婆娘，有伢儿，也得放心上啊！"

听了易桂和的一番话，米仁和好久都没有作声。桂叔说的话，句句在理，米仁和无法辩驳。这位元隆木行的大管事，并不知道他内心的真正想法。见米仁和不作声，易桂和又接着说："你怎不想想，今天你能赚钱的时候，不顾婆娘，不顾伢儿，到了老来，你又该怎么办？"

"桂叔，你难道不晓得，沅水上的放排人，从来就是只管眼前，不想老来的。"米仁和的话语，显得玩世不恭。

"混账话！"易桂和把语气说得重重的。他说："你只管眼前不想老来，那你来这世上走一趟，又是为的哪样？"

"桂叔！你莫发火，听我说嘛！"米仁和说："你是木行里的大管事，我是沅水上的排古佬。今早，狂风吹倒蜈蚣旗的时候，你就说要另外

择日子再走。为什么？因为你怕木排出事闯祸。遇着一回，你就要打退堂
鼓。可我们排古佬，成年累月，都在木排之上劳累，都在风波浪里拼命。
沅水上的'三垴九洞十八滩'，处处都张着血盆大口，处处都是排古佬的
坟场。我们这些排古佬，为元隆木行放了这趟木排，不晓得下一趟能不能
再放；今天吃过了夜饭，不晓得有没有性命吃明天的早饭。提心吊胆，担
惊受怕，没完没了。哪怕是你通晓阴阳两教，法力齐天，也难免要出事惹
祸。说句实在话，每次木排到了河洑，我都是又松了一口气，庆幸我的运
气好，还活着。每次领到工钱，首先想到的便是痛痛快快地玩，痛痛快快
地花。他娘的，玩得一回是一回，花得一回是一回！钱花在哪里最值得？
当然只有往那洞眼里送，最最值得。最苦处得来的钱，不用在最快活的地
方，又到哪里去用呀！桂叔啊！排古佬讲的这些，你是体会不到的。"

夜渐渐深了，看戏的弟兄们还没有回来。米仁和推心置腹的一席话，
把元隆木行的大管事说得心里酸酸的。江湖上的人，都说排古佬最爱那
本经，排古佬得的辛苦钱，为哪样都爱往那洞眼里填，或许就是排头工说
的这个原因吧！他只能这样对排头工说："你讲得太凶险了。你放排那么
久，脚趾头都没磕着一点呀！"

米仁和摇着头说："老天爷把一切都安排好了。老天爷注定你惹祸，
你就横竖躲不脱。你躲过了初一，躲不过十五！"

易桂和说："看你，尽说些不吉利的话。"

米仁和笑了。他说："大管事，我虽然说得如此凶险，可这一回呀！
就凭着那三卦，我保你喷嚏不打一个，平平安安到河洑。"

易桂和与排古佬的交道，也算打得多。往天，他总以为这是一伙爱风
流的烂污汉子、不顾家的混世魔王，其实他并不完全晓得这些人内心的苦
楚。这些年元隆木行运气好，大排从来没出过事。可这条沅水之上，哪年
哪月，不打烂几块大木排，不淹死几个排古佬？生活对他们如此严酷，这
种心态是完全可以理解的。他们对情感的放纵，也都在情理之中。对他们
过多的指责与苛求，也就没有必要了。

米仁和的大木排到达垭角洞，已近黄昏。他们将在这里歇宿一晚，雇请这里的滩师，明天为他们驾排飙青浪滩。木排拢岸时，码头上已经湾了许多船和排。米仁和心情迫切，希望早早到达河洑，早早见到那水溪的小妖精，他将木排湾到了所有船、排的最前面。

"涨水了，一湾洄水也变急了。"易桂和的话语，包含着他的担心。

米仁和满有把握地说："不碍事，把缆子捆紧点就是。"

大木排由米仁和亲自下缆，易桂和又过细地检查了一遍。当他们确信排缆捆扎得极为牢靠之后，才到河边村子里去请明天引领大木排飙滩的滩师。一会儿，排头工和大管事回到排上，说是村子里所有的滩师，都已经被人雇请了，实在不行，大排就只有在垭角洞再等一天。

一个排古佬说："老和，往天请不到滩师，你不也是自己飙滩吗？"

"不行！不行！绝对不行！"米仁和摇着头说："一定要等请到滩师，再行飙滩。"

易桂和也说："对！等一天，木排迟到一天不碍事。"

野鸡棚里燃起了炊烟。江水浑浊不能饮用。石老黑拎着提桶，从岸上提来清亮的井水。夜饭的下酒菜，是到岸上买来的噌扳大水鱼，一条鲜活的"抢鳜子"。抢鳜子靠吃河里的小鱼长大，鱼肉特别紧扎，也特别鲜美。米仁和来了兴致，大声说："弟兄们，请不到滩师，耐耐烦烦等一天。今夜老和亲手给你们做最好吃的抢鳜子。"

"奇怪！你也会做最好吃的抢鳜子！是不是在水溪学的？"有人发问。

"嘻嘻！这就不要问了。反正这种吃法你们都没得吃过！"米仁和笑着说。

排古佬瞪大两眼，看排头工搞的哪样名堂。这时，只见米仁和一刀一刀，将抢鳜子切成了薄得像纸一样的鱼片。

"咦！看不出，排头工还有这样的刀功！"有人惊呼。

"嘻嘻！是那小妖精教的。"

米仁和十分得意。当一大蒸钵清汤烧得翻开时,他将那切好的鱼片,一片一片下到大蒸钵里。那翻开的清汤中的鱼片,微微卷曲,如同一叶叶蝴蝶的翅膀,在汤水中翻飞。米仁和说:"喏!这叫作'蝴蝶过河',大家看像是不像?来!动筷子,爱辣的蘸点儿辣椒,试试这新名堂味道如何?"

排古佬的筷子,一齐伸向了炉子上的大蒸钵,从滚烫的汤水里捞出了形同蝴蝶翅膀的鱼片。鲜美的味道,令人赞不绝口;生动的菜名,让人浮想联翩。排古佬们的胃口都被"蝴蝶过河"吊了起来。

这天是五月十六。十五的月亮十六圆。五月十六的月亮分外皎洁,像一面凌空高挂的镜子,照着沅水上的大木排,照着江湖上的放排人。排古佬把场伙从狭窄昏暗的野鸡棚,转移到宽敞明亮的大排上。蒸钵里的汤水,依然在翻开,飞薄的鳡鱼片,不停地朝蒸钵里下。月光下,人们喝着从酒葫芦里倒出来的包谷烧。三杯下肚,话便多了起来。一个年轻的排古佬,向米仁和打趣:"排头工,你好有福气!想必你在那水溪的相好那里,是日日'蝴蝶过河',夜夜'蝴蝶采花',难怪你把阿玉嫂子都忘记到了脑壳背!"

"鬼崽崽!你老鸹莫笑鸬鹚黑。"米仁和说着,立刻揭那伢儿的老底:"那我问你,别人过白马渡,渡钱一个都不能少,你过白马渡,怎么不收你的渡钱呀?"

"哈哈!渡船老板的女儿,生得那样光鲜,怎么会看上你这丑八怪的排古佬哟!"

"怎么?我的样子就这么差?!"

"样子是不蛮差,可就是穿得太破烂,一条裤子,一只裤脚长,一只裤脚短。"

"嗨!莫讲我郎裤子烂,烂裤子里头有好东西。"

排古佬们你一言,我一语,乘着酒兴一个个笑得前仰后合。只有易桂和一言不发,静听着排古佬们的逗趣。通过昨夜与排头工的一席话,他才得以明白，这些看似放荡粗俗的调笑之中，无不包含着酸楚与哀愁。平时能喝几大碗的石老黑，今夜却没喝多少。他第一次上木排，尽力克制着自己。这排上，是一色的米姓族人，他能到排上混口饭吃，是排头工看老表的面子。他的一举一动，都显得格外的拘谨。特别是他开排那天没把蜈蚣旗捆吊好，闯了大祸，幸好排头工网开一面，没将他赶下木排。从那以后，他就更加小心翼翼了。他的一举一动，米仁和都看在了眼里。为了让老黑有个好心情，米仁和特意端着酒碗来到他的面前："老黑，你怎么不喝酒？来，干了这一碗。"

"多谢！多谢米哥！"石老黑与米仁和对饮了一碗。

米仁和说："听阿珍说，你是虎匠。"

"悖时虎匠。打不到老虫，日子难过，才来到米哥手下混口饭吃。"石老黑说。

"老黑呀！"米仁和说："你是从山上来到河下。既然来了你就要放开点，想开点。你要晓得，这河水比老虫还要凶险。老虫来了你可以上树；洪水来了你无树可上。今夜你在这里喝酒，天晓得明早会怎么样？该吃你就吃，该喝你就喝，该要你就要。等排到河洑发了工钱，回来的路上，进了桃源，到了水溪，俏婆娘有的是，我帮你寻一个，尝尝野菜的味道。今夜吃了'蝴蝶过河'，二天也来个'蝴蝶采花'。就是哪天做了溺死鬼，也值！"

"不！不！我不要！我不要！"石老黑顿时紧张万分，脑壳摇得像只拨浪鼓。

见石老黑的模样，在场的排古佬们都哈哈大笑了。其中一个汉子笑着说："我就不信，你们虎匠出门打虎，就不兴打点活食？！"

"不行的！虎匠的手是不能摸女人的。"石老黑立即辩解着。

那汉子说："嗨！我晓得！虎匠只有左手不能摸女人，右手还是可以摸的。"

石老黑点着头说："那倒也是。"

"哎呀！当虎匠的也真是遭孽。左手不可以摸女人，那事情做起来也不方便呀！"

阵阵笑声里，蒸钵炉子里"过河"的"蝴蝶"渐见稀少，只剩下一点残汤剩水。天上圆圆的月亮，不知什么时候钻进了云层。木排上，变成了黑蒙蒙的一片。易桂和抬头看了看天，说："要变天了，伙计们就吃到这里吧！"

果然，排古佬们入睡过后，天又下起了雨，而且还越下越大。一天劳累过后，喝下一点酒，最好睡不过。野鸡棚里鼾声此起彼伏。排古佬们并不知道，从大木排进入垭角洞的那一刻开始，就被黑暗中的一双眼睛盯上了。大雨"哗哗"地下着，打着野鸡棚木板叠盖成的棚顶。江风在"呜呜"地吹着，似乎是一场灾难的前奏。野鸡棚里所有的人都已经熟睡，唯独只有石老黑还瞪着眼睛望着棚子外面漆黑的夜空。两天来发生的一切在他的脑海中闪现。排古佬们，特别是排头工米仁和对他的友善，给了他极深刻的印象。从排古佬们看似放荡，实则凄怆的言谈中，他懂得了放排的凶险。米仁和说的，"老虎来了你可以上树；洪水来了你没得树上"，更使他不寒而栗。他不得已上了木排。木排能作为久留之地吗？想着想着，他渐渐地闭上了眼睛。大雨仍然在江风的呼啸中不停地下着。雨声、风声，伴着拍打江岸的涛声，交织着惆怅、凄凉与哀愁，在夜空中久久地回荡。突然间，意外的声响，似乎连着捆在"播"柱上的排缆，隐约地混杂在风雨声中。石老黑从迷糊中惊醒，他睁大眼睛，侧耳辨听着。那接连的声响，伴着排缆的抖动而不断。响声中石老黑倏然起身，戴上斗笠，摸黑到"播"柱边一看，一根绷紧的排缆已经松落。随着岸上传来不断的砍刀声，捆在"播"柱上的几根排缆，全都被砍断了。石老黑马上意识到是有人在砍吊排的缆子。他被吓懵了，又狂又跳，大声地喊叫着："不好了！不好了！有人砍断了缆子，快起来呀！"

就在石老黑的喊叫声中，大排被浪涛推开了河岸。野鸡棚里的人们，一个个一跃而起，高声嚎叫着，从野鸡棚涌出。石老黑当机立断，在大排被洪水推开河岸的一刹那跃入了水中，接着便爬游到了岸上。大排上的人们也都想跳入水中，却已经来不及了。有一个人跳入江中，却爬不到岸上，被汹涌的洪水卷走了。大木排上的排古佬绝望的呼救声，伴着风声雨声浪涛声，撕肝裂肺，响彻夜空，惊动了邻近木排上的排古佬们。当他们涌出野鸡棚时，元隆木行的大排，已经被洪水的惊涛卷向了远方。凄楚的呼救声，顷刻间便淹没在涛声之中……

死里逃生的石老黑，如同痴呆一般，站在沅水的岸边，任凭雨水的浇淋。大木排已经在汹涌的江流中消失，一场惊心动魄的劫难就发生在转瞬之间。"洪水来了你无树可上"，活生生的人，就这样被无情的浪涛吞噬……石老黑禁不住号啕大哭起来。悲切的哭声，惊动了邻近木排上的排古佬。

"咦！有人在哭，还逃脱了一个。"

人们七手八脚，将石老黑扶到了木排上，还给他换了一身干梢的衣服。

"弟兄，究竟是怎么回事？"有人问。

石老黑喘着粗气回答："有人砍断了吊排的缆子。"

"砍缆子？！娘的，太狠毒了！简直是黑良心！"那人诅咒着，继而说道："啊！想必是元隆的老板，同谁家结下了生死冤家，才有人会下这般毒手。"

"到头来，还是我们这些排古佬遭孽哟！"有人这样添了一句。

石老黑惊魂未定，坐在野鸡棚里发着呆。他在想："元隆木行的刘老板，究竟同谁家结下了这么深的冤仇呢？"

跪拜"星辰"

　　死里逃生的石老黑得到了同行的帮助，进到一块大木排的野鸡棚。河水的浸泡，冷雨的浇淋，更加上突如其来的惊吓，石老黑病倒了。他头痛发烧，唇干舌燥，浑身骨头如同散了架子一般。排头工化了一碗符水让他吞下，又给他做了浑身的推揎。直到天亮，他的烧还没有全退。清早，这块大排要从垭角洄趁大水飙过青浪滩。开排前，排头工去到河边吊缆子的石桩上，解下昨晚被砍断的那节缆子头交给石老黑，嘱咐他说："弟兄，回去后把这节缆子头交给'元隆'的老板，告诉他昨晚发生的事情。"

　　好心的排头工又找到一条"顺庆"返程的运油船，元子号就是滕运隆。大船湾在上游，夜里又下着雨，昨晚发生的事情他们一点都不晓得。听了诉说滕运隆惊讶不已。"元隆"与"顺庆"世代交好，又是儿女亲家，"元隆"出了这大的事，滕运隆自要做一番了解。滕运隆便在石老黑的陪同下，专门去到砍缆子的现场看了个究竟。

　　石老黑躺卧在麻阳船的后舱，只要一合上眼，那些被大水冲走的同伴，便立刻出现在眼前。他处在极度的惊恐之中，萌发出深深的负罪感。他后悔那天一时疏忽，没把蜈蚣旗捆吊好。或许就是那个不祥的先兆，带来了这可怕的灾难。他又想起了虎匠师父梁法东常说的一句话："是祸躲不脱，躲脱不是祸"。若是"元隆"的仇家起心要在垭角洄砍大排的缆子，今天不砍，明天还是要砍。砍缆子的人在暗处，大排在明处，是防不胜防的。一场富人之间的争斗，到头来死的是穷人。

洪水渐渐消退，河下刮起顺风。麻阳船鼓起篷帆，过了球岔，浦阳镇就在眼前。滕运隆进到后舱，对石老黑说："弟兄，浦阳镇就要到了，你准备下船吧！"

石老黑说："多谢一路关照。要是遇着麻烦，还要请滕大哥为我讲句公道话。"

"这个自然，你就放心好了。"

石老黑躬着身子走出船舱。他站立在船头，手里拿着那截被砍断的缆子，眯起眼睛，望着不远处的万寿宫码头。他在盘算着该如何向少老板禀报垭角洞发生的一切？他不晓得少老板是不是会发给他一点工钱？因为他毕竟为刘家付出了辛劳，还险些儿搭上了性命。他实在是太需要钱了。

石老黑下了船，迫不及待地上了码头。他一溜小跑直奔刘家窨子。这浦阳镇上最气派的豪宅大院，他还从来没进过。破衣烂衫的石老黑高喊着"少老板！"，直奔窨子屋的大堂。

刘金山应声而出，看见石老黑，一眼就认出他是那天没捆好蜈蚣旗的汉子。他怎么拿着一截缆子？不祥的预感涌上心头，忙问："你怎么回来了？"

"少老板，不好了……"石老黑一急，竟然说不出话来。

"出了什么事？你快说！"

石老黑禀报："少老板，大排湾在垭角洞，夜里被人砍断了缆子……"

刘金山闻听此言，两眼顿时昏黑，两脚顿时瘫软。他急切地问："那大排上的人呢？易总管呢？"

石老黑哭丧着脸说："所有的人都被大水冲走了，只有我逃脱了……"

刘金山愣住了。他立刻就起了疑心。排上的人都被冲走，这人为哪样又能活了下来？他问道："你是怎么逃脱的？"

石老黑说："半夜过后，我听见有人在砍缆子，第一个起了身。这时候大排已经被冲走，我跳到水里，游到了岸上。其余的人也想跳，可都来不及了。"

刘金山懵了，没有再作声。刘家窨子里，大排失事的消息迅速被传开，人们乱作了一团。碰巧"山麻雀"来送魔芋豆腐。刘家的大排在垭角洞出事的消息，随着魔芋豆腐的叫卖声，立刻传遍了浦阳镇的街头弄尾。

刘金山呆呆地站着，一直没有说话。石老黑心想，想要刘家给工钱是不可能的了，还是赶快回家吧！他问刘金山："少老板，还有哪样事吗？我可以走了吗？"

突然间，刘金山两眼直逼石老黑。他手一挥，吩咐身边的佣工："把他捆起来！"

几个佣工立刻一拥而上，七手八脚，把石老黑捆了个严严实实。石老黑挣扎着，大声地喊叫："冤枉！少老板，那缆子不是我砍的呀！"

"哼！不是你砍的？！那你说又是谁砍的？从在大排上见到你第一眼，就看出了你不是个好人！"刘金山充满自信地说。

"少老板，反正不是我砍的，我是好人！"石老黑顿时乱了方寸，他竟忘了说出运油船上的滕大哥可以为他作证。

"铁门槛出来的，有什么好人！"刘金山说着，吩咐佣工："你们先把这人送到三府衙门，禀报汪通判，说我随后就到。"

家丁解押着石老黑去了三府衙门。刘金山这才能稍微静下心来，考虑如何处置眼前的这场灾难。他首先想到，这等卑鄙无耻的事情，除了那龙家窨子的鸦片商，旁人是干不出来的。可"捉贼拿赃，捉奸拿双"，空口无凭是不行的。那个来自铁门槛的黑汉，肯定是受到龙家的雇请，混到了大排上，寻找时机砍断缆子的。要不然，排上的人都死了，为什么只有他一个人还活着呢？只要得到这黑汉的口供，事情就能够水落石出。能不能得到这黑汉的口供，就要看汪通判肯不肯下真功夫了。这时，他立刻想到，汪通判烟枪里的每一口"宫保烟"[①]，都是龙永久奉送的。他能轻易

---

① 宫保烟，一种质量上乘的鸦片。

将此人置于死地吗？刘金山将母亲、妻子找来，一同商量对策。出了这样的大事，刘邬氏被吓得魂不附体。刘金山安慰母亲说："娘！不要紧的。这事明摆着是龙家指使那铁门槛的强人干的。强人已经被扭送到衙门。只要得了他的口供，往龙家一推，我们是什么事情也不会有的。"

石老黑被扭送到三府衙门。汪通判听了来人的诉说，他犯难了。那刘家的来人虽不明说，言下之意，是把矛头指向了龙家。刘、龙两家由阴沉木而起的过节，在浦阳镇上路人皆知。按照常理，这事十有八九是那人干的。可说是他干的，得要有证据呀！刘家送来了这个石老黑，无非是想通过他找到真凭实据。刘家是浦阳的大户，平时待自己不薄。刘金山的岳丈，是辰州厘金局的总办，是当今湖南省藩台的得意门生，那更是得罪不起的。可这些年来，龙家的东东西西他没少要。单只是那"枪"里烧掉的，就不是个小数目。若是把那龙永久惹急了，他是会把老底子都掀出来的。汪通判越思越想越觉得麻脑壳。然而，汪通判毕竟是官场老手。他决定在刘金山到来之前，先在后堂审问一盘这个刘家送来的汉子。

石老黑被押到后堂，连声大叫冤枉。汪通判却一口断定，说石老黑是受人指使，砍断排缆，造成了"元隆"的排毁人亡。即不管是不是他，先打一个冒诈，来打探此案的虚实。

石老黑自被解送到三府衙门以后，才猛然想起，"顺庆"运油船上的滕大哥可以为他作证。在后堂，他向汪通判说了个明白："大老爷，冤枉呀！小的是刘老板大排上的放排伙计。那夜，也不晓得何人与刘家结了冤仇，把大排的缆子砍断。大排被大水打了，排上的人都死了，只有我一个人死里逃生。我是坐顺庆油号的运油船回来的。船上的元子号滕大哥，那天夜里就在垭角洞，他可以为我作证。"

汪通判听了石老黑的回话，立刻断定是刘家冤枉了这黑汉。"顺庆"与"元隆"结有儿女亲，船把佬回到浦阳以后，一定会将实情禀报张家。只要张家把信息传过来，石老黑的罪名会立马得到洗雪。这一目了然的案子，他却并不想就此了结，而是一声令下，又把石老黑押了下去。

不多久，刘金山便来到三府衙门的后堂。汪通判早把衙役支开，一个人坐在书桌前，做成一副读书的样子。

"汪大人，想我刘家平日里忠义传家、慈善为本，不料今天竟遭此毒手，还要请大人为我做主啊！"说着，刘金山朝着汪通判递过一个布包。

"金山，你这是做哪样？你这样就见外了。"汪通判半推半就，把那个布包放进了抽屉。他闭口不提刚才对石老黑的审理，而是煞有介事地说："听到这个消息，我也很生气。真是明枪易躲，暗箭难防啊！好在还有一个活口，只要得了他的口供，一切便都水落石出了。"

"大人高见，望大人明断。"汪通判所说，正中刘金山下怀。

"我是在想啊！铁门槛的人，都是'坐坳''吊羊'、做强盗的，怎么突然间放起排来了？"汪通判做出一副很奇怪的样子。

刘金山立刻跟着说："大人英明，事情的蹊跷就出在这里。"

"金山！你的事就是我的事。我呀！每次到辰州府，都要去拜会你的泰山大人。"汪通判借此机会，跟刘金山套起近乎来："伍总办可是藩台大人的得意门生呀！"

刘金山心想，不怕你龙永久成天送"宫保烟"，到头来汪通判还是一样把你卖了。他接过汪通判的话茬说："我那岳老子，常跟我讲起大人您在浦阳的政绩。他对大人赞赏有加。前不久，听说他去了趟长沙，还在藩台大人面前说起过你哩！"

汪通判被说得心花怒放了。他凑近刘金山的耳朵，故作神秘地说："这汉子受人指使在垭角洞砍排缆，已经是明摆着的事情。只要一动大刑，就不怕他不招！"

汪通判的话说得刘金山心花怒放。他心想，龙家窨子的那个无赖这回死定了。

汪通判在三府衙门升堂了。几个衙役推推搡搡，把石老黑押到大堂。石老黑一声"冤枉"还没出口，汪通判便从签筒中抽出一支排签，丢到地下，命令衙役打石老黑的杀威棍："大胆刁民，干出这等伤天害理之事，先与我重打四十棍！"

石老黑就这样被摁倒在地上，屁股上被重重地责打了四十棍。石老黑一边挨打，一边叫喊着冤枉。他的声音越喊越高，把三府衙门闹得个天翻地覆。

"大胆狂徒，是谁指使你砍断刘家的排缆，还不从实招来！"汪通判厉声喝道。

"说！说！是谁指使你干的？！"刘金山急不可耐地在一旁吼叫着。

石老黑被打得皮开肉绽，躺在地上，只是一个劲地叫喊着冤枉。

那汪通判朝着刘金山使了个眼色，又丢下一支排签，喝令："还不招来！再与我重打四十棍！"

衙役再次把石老黑摁倒在地。这时，刘金莲急匆匆来到三府衙门，在刘金山的耳边轻言了句话。刘金山懵了，叫了声"慢打"！走到案台前，悄声向汪通判通报刘金莲带来的消息。汪通判故作姿态地表示惊讶。随即命令住手，大喝一声："押了下去！等候再提再审！"

汪通判目的全都达到了。他既讨好了刘家，又没有得罪龙家，只是苦了无辜的石老黑。再关押石老黑，是没有道理的。刘家兄妹前脚离开三府衙门，汪通判后脚就将石老黑放了。石老黑冤里冤枉挨了四十棍，心中好不晦气。他真不明白，这狗官怎么会这样？已经跟他讲得清清楚楚，怎么还会让他挨了一顿饱打。

刘金山似乎有点后悔了。后悔不听父亲的话把阴沉木让给龙家。龙永久的老娘若是得了阴沉木就不会死，眼前的事情也就不会发生。这如今，明明晓得事情是他干的，却又拿不出证据，硬是奈他不何。当初，浦阳人在看龙家的笑话。如今，风水轮流转，轮到看刘家的笑话了。对于管事易桂和的家人，他不知怎样交代。米家滩的人很快就会来到，还不知道该如何应付呢！

刘金山和妹妹金莲，一同往易桂和家中走去。来到门外，屋里哭声阵阵。易桂和两泪汪汪的老母亲，正拄着拐棍，由家人搀扶着往外走。老人见到刘家兄妹，停住了脚步。

"伢儿啊！易婆正要去问你们，事情是真的吗？"

刘家兄妹"扑通"一声，跪在易婆面前。刘金山泣不成声地说："易婆！是真的。我们兄妹向您老人家请罪来了。爹爹有病不能来，请您原谅。事情因刘家所起。刘家人对不起易叔，对不起您老人家，对不起易婶，对不起易家的所有人。"

"丧尽天良的人哟！为哪样要砍缆子呀……"易婆捶胸顿足，号啕大哭。

屋里更是哭声一片。

"伢儿呀！起来吧！"易婆一边哭，一边说："易婆的命，怎么这样苦啊！"

刘家兄妹没有起身，只是不住地磕头，喃喃地呼唤着："易婆！易婆……"

"伢儿呀！起来吧！"易婆再一次让刘家兄妹起身。刘金山起身了。刘金莲也跟着起身了，与易婶哭成一团。这一切来得如此突然，叫所有的人都难以接受。

刘金山泪流满面地说："易婆！易婶！易叔为我们木行劳碌奔波几十年。爹爹常说，木行所赚的每一文钱都有易叔的心血。这次押运木排，本来是我要去的。因为爹爹卧病在床，易叔便代替我前去。本来死的应该是我，是易叔代替了我。往后，金山便是易家的儿孙。金山会替易叔披麻戴孝；会替易叔抚养弟妹。"

"伢儿，你莫说了，这是你易叔命该如此啊！"易婆与刘金山，泪眼对泪眼。

易婶对刘金莲说："金莲，和你哥哥回去吧！米家滩的人说不定已经来了，你爹爹还病在床上，都需要招呼！"

"哥哥和我这就到米家滩去。"刘金莲说。

临走时，刘金山将一包银子，放在易家堂屋桌子上，说："这点银两，用作易叔的超度。以后的各种用途，我会再拿来的。"

刘家兄妹从易家回到窨子屋里，正准备前往米家滩时，米家滩的男女老少一行数百人，却已经来到了浦阳街头。走在最前面的，是米姓人的族长米祖龙。大街的两侧，立刻聚集了围观的人。人们都为刘家人捏着一把汗。这么多的人涌到窨子屋里，什么事情都有可能发生。吃点拿点事情小，怕的是刘家人要吃皮肉之苦。街弄子所有人心里都明白，这事情肯定是那龙永久造的孽。他的这一手也实在太狠毒了。当米家滩的老少路过龙家窨子屋门口时，屋里的人都涌到门口看热闹，唯有龙永久没有露面。他正透过窨子屋楼上的小窗，得意地窥视着大街上悲切而愤怒的米家滩人。他不由得开心地笑了，这一切都在按照他的掌控进行。

"不好了！米家滩来人了，来了好几百人哩！"从街上回来的人禀报。

刘金莲问哥哥："哥！怎么办？"

刘金山想了想，说："让娘去陪着爹爹，其余的人，都到大门口，一律下跪，迎接米家滩来的乡亲！祸是我们刘家惹的，人家找上门来了，我们必须要善待。"

米祖龙带着族人，气冲冲地来到刘家窨子屋的大门前。他没有想到的是，刘家的少老板竟会带领着家人，在大门之外跪着相迎，毕竟是懂礼性的大户人家，做得非常得体。他心里纵然有气也不好撒了。

"金山带领家人，在此恭候米家滩各位乡亲。"跪在地上的刘金山，哭丧着脸，向着米家滩的来人，连连拱手。

"少老板起来吧！大家都起来吧！"米祖龙说着，招呼身后的族人："大家听好了！米家人是讲理的，事情如何处置，我自会向刘家交涉。进屋之后，不可胡言乱语！不可胡作非为！"

米祖龙身后的米姓族人一声吆喝，便涌进了窨子屋里。厅堂中，天井里，廊檐下，坐的坐，站的站，到处都是人。族长有交代，大家不敢轻举妄动。男人们强压心头的愠怒，堂客们却难抑心中的悲切。老妇们哭起了

"伢儿!"少妇们哭起了"姊妹!"窨子屋里顿时哭声一片。刘金莲和伍秀玲带领着女眷们,又是劝慰,又是筛茶,忙作了一团。刘金山先将米祖龙等几位米家滩的长老接进内堂,派专人待茶。他去到伙房,吩咐杀猪宰羊,办好伙食,好生招待米家乡亲,不可怠慢。

张恒泰得知亲家屋里出了大事,连忙急火也赶了过来。

"亲家爹,您来了。"刘金山说。

张恒泰问道:"金山,你看,我能帮你做点哪样?"

刘金山说:"亲家爹,这屋里都哭成了一片,我爹那里,看来是瞒不住的了。我娘正在房里守着他,恐怕守不住,还要请您帮我去打个招呼,稳住他老人家。"

"好!我这就去。"张恒泰说。

刘金山又说:"先把我爹稳住了,还要请你到后堂。我这就会去那里,和米家滩的长老商量善后,你和他们都是老熟人、老主顾,商量起来更方便。"

"好的!我去去就来。"

张恒泰匆匆来到刘昌杰的卧房。病中的刘昌杰,瘦骨伶仃,面容蜡黄,他正吃力地向婆娘发问:"快告诉我,屋里吵吵嚷嚷,到底出了哪样事?"

"没事,告诉你没事就没事。你养你的病,管那些事情做哪样?"刘邬氏无法向丈夫解释,她只能这样说。

"怎么会有那么多人在哭?!"刘昌杰侧耳细听着,凭他的直觉,一定是出了大事。他挣扎着要起身,去看个究竟。

"亲家!"张恒泰轻轻叫了一声。

刘昌杰艰难地抬起头,发现了他的亲家。他那久病的脸上,麻木中蕴含着凄楚和无奈,说话的声音是颤抖的:"亲家,你来了……"

张恒泰一步上前,扶着刘昌杰,说:"亲家,你起来做哪样,快躺下。"

"亲家，你如实告诉我，屋里那么多人在哭，是出了什么事情？"刘昌杰作为一家之主，哪怕只有一口气，他也必须了解这屋里发生的一切。

张恒泰心想，正如刘金山所说，事情到了这般地步，还要将一切都瞒住他，是不可能的了。大排出事，可以告诉他，也必须告诉他。可大排被人砍了缆子，是决不能告诉他的。如果他得知大排是被人砍了缆子，而导致排毁人亡，便立刻会想到由于阴沉木所发生的一切。这无异于在他的心头插上一把尖刀。再就是决不能把易桂和遇难的事情向他透露。易桂和是这家木行几十年的雇员，更是他的挚友。如果将这噩耗告诉他，他便立刻会走到生命的终点。张恒泰看了刘邬氏一眼，而后对刘昌杰说："亲家，不瞒你，屋里是出了事。"

"什么事？"

"大排在青浪滩挂了匾，死了米家滩的放排人。"

霎时间，刘昌杰的脸色更加难看了，呼吸顿时变得急促起来。无奈的刘邬氏，在不住地用手掌为丈夫抹着胸口。

"死了多少？"刘昌杰问。

"十二个。"张恒泰对亲家说："事情已经出了，有什么办法呢？这是他们命中的劫难。不为你放排死，也要为旁人放排死，是躲不脱的。善后的事，金山会处理好的，等下我也会去帮着他处理。"

"人命关天，人死为大。人家提出的要求，要尽量地满足。金山还年轻，不懂事。亲家，我是不行了。日后要望靠你多多教他、帮他。"刘昌杰说着，突然发问："呃！桂和呢？桂和去跟排了没有？"

"桂和没去跟排，幸好他没去。"张恒泰没办法，只得在亲家面前撒谎。

听说易桂和没事，刘昌杰松了一口气。早年，刘昌杰的木排也出过事，死过人，处理过善后。这些年刘家的木材生意做得顺畅。常听说人家的木排出事，在青浪滩上挂匾，放排人葬身激流。刘家的木排，每次都是顺顺当当，从来没出过事。现在，轮到刘家悖时倒灶了。几十年的木材经营，刘昌杰经历过无数挫折。他没料到在生命的最后时刻，还要经受这样的煎熬。他缓缓地闭上眼睛，以微弱的声音恳求着张恒泰："亲家，金山年轻，你快去帮帮他吧！"

刘家窨子里，哭声依然不断。饭菜已经办好。大箩大箩的米饭，大碗大碗的菜肴，摆在窨子屋里每个有人的地方。女佣们为罹难者的家属们打好了菜，盛好了饭，可他们都吃不下。这些人真遭孽啊！刘金莲、伍秀玲也陪着她们一道哭。那些家里没有死人的米家滩人，一个个都在趁此机会大饱口福。

双方之间的交涉，在后堂进行。开饭了，人们在桌席上边吃边谈。张恒泰的参与，使交涉变得顺利了许多。米姓族人的族长米祖龙，年轻时也是一名排头工。排古佬爱的就是花花世界，米祖龙也不例外。他直到五十岁，还一直爱着那个吊吊儿。那年，米祖龙在从河洑放排回来的路上，到穿崖去会一个相好，不想被妇人的老公遇见，挨了一顿饱打，肋骨断了两根，身上的钱全被抢走，被丢在了河边。碰巧，顺庆油号的油船下汉口，张恒泰押船，路过那里，救起了他。张恒泰将他带到常德，在西堤为他找了个住处养伤。从汉口回来，张恒泰又帮他付清了疗伤的费用，并将他带回了浦阳。考虑到米祖龙偌大的年纪犯了这样的事情，外头讲起来不好听，便一直为他保守着秘密。直到如今，米家滩的米姓人还不晓得他们的族长，曾有过这样一档风流事。二十多年过去，二人没想到在这种场合再次会面。各人都是哑巴吃汤圆——心中有数。担任族长的米祖龙，自然是不会忘记那段旧情的。

米祖龙端起一杯酒，对张恒泰说："张老板，祖龙今日借花献佛，敬你一杯。"

张恒泰说："族长大人，您把话讲到哪里去了！论年纪，您是长辈。说缘由，金山今日是让我来作陪，是要请族长大人念在你我叔侄往日的交情，高抬贵手。要敬，也只该由恒泰敬族长大人一杯。"

张恒泰说起往日的交情，米祖龙倒是爽快了起来，他说："好！张老板，我也莫说敬你，你也莫说敬我，你我就一同干了这一杯！"

张恒泰借酒兴帮刘金山解着交。他说："族长大人！各位米家的兄弟叔侄！这次在垭角洞，我亲家的大排被砍断排缆，酿成大祸，使得米家的十一位弟子，成了枉死的冤魂。刚才金山已经说了，人命关天，米家人无论提出什么要求，都不为过，刘家都一定会尽力满足。我的亲家重病在身。他在病床上对我也是这么说的。米家滩的乡亲为刘家放排也不是一天两天了，往后刘家的大排还要请米家乡亲放。我们不能为了这件事，把老辈结下的关系弄僵了。族长大人，您说呢？"

米祖龙说："张老板说的话，句句在理。米家滩的人放元隆木行的大排，已经有了几代人了。我的公公，就在'元隆'的排上当过排头工。谁都晓得，排古佬的性命，是吊在裤腰带上的。祖龙命大，才活到了今天。生死由命，富贵在天。这十一个米家弟子，命中有这一劫难，是躲不脱的。讲句本心话。若不听说是被人砍了排缆，才出了这档事情，我也是不会来的。祖龙只是希望，早早报请官衙，查明那砍断排缆的狗杂种。冤有头，债有主，到时候米家人再找他去算账！"

张恒泰气愤地说："各位，那砍排缆的杂种，也实在是太可恼了。我亲家的一屋人千良百善，从来没有挖苦过别人。他竟然丧尽天良，对刘家下这样的毒手！"

"是呀！他恨刘家，可以拿把刀来把我一刀杀了。可他害的是米家人。米家人与他无冤无仇啊！"刘金山说着，禁不住泪流满面。

桌席上的人，一个个都哭了。

刘金山含着泪说："各位米家的长辈，家父重病在身，嘱咐金山代他向米家乡亲赔罪。人死不能复生，事已至此，刘家也只能表示一点微薄的心意。十一位死难的弟兄，每人抚恤纹银五十两，排头工另加五十两。在坐各位，劳神费心，金山也略表心意，每人纹银十两——"

张恒泰接过话头说："要说补偿，是多少银钱也补偿不了的。金山刚才所说，只是刘家的心意。刘家已经报请三府衙门在案，日后凶犯查明，定会另有赔付。"

桌席上的米家人，是受死者家属的委托来与刘家进行交涉的。纹银五十两，在米家滩人的眼里，也是一个不小的数目了。死难排古佬的堂客们，一世人生也得不到丈夫的五十两纹银。但是，她们失去的，是一个活生生的人。活生生的人，是五十两纹银买不到的。而刘家能够这样做，却也是仁至义尽了。

见众人无异议，张恒泰便问米祖龙："族长大人，但不知意下如何？"

"我看是可以了。"米祖龙沉吟片刻而后说。接着他问在座的米家人："你们呢？你们还有哪样话要讲吗？"

在座的所有米家人，都同意这样的赔付。紧接着，米祖龙将十一位死难者的家属都叫到了内堂。最先领取抚恤金的，是排头工米仁和的婆娘阿玉。刘金山将一百两纹银交给阿玉，说："阿婶，米叔遭了难，我们心里很难过。可人死不能复生，这也是没得法子的事，你要想宽点。这次遭难的，我们都付五十两纹银，米叔是排头工，多年以来，为木行辛苦劳累，我们再加了五十两，总共是一百两。这是我们的心意，请你收下。"

"多谢了！"

"请问阿婶，有几个伢儿？"

"三个。"

"一个妇道人家，要盘养三个伢儿，难为你了。往后有什么难处，你还可以来找我。"刘金山说。

一场突如其来的变故，把刘家窨子搞得个呜呼哀哉，可有一人还嫌不过瘾，此人便是龙永久。当他透过楼上的小窗，看见几百号米家滩人，哭着闹着，涌进刘家窨子时，便急不可耐地等着看一场好戏。他满以为初出茅庐的刘金山会招架不住，刘家窨子会闹成一锅稀粥。出乎意料的是，那些米家滩人走出刘家窨子，再次路过他的门前时，没有了哭声，也没有了喧闹，居然比来的时候平静了许多。一天以后，他得知了刘金山处理这场变故的若干细节，诸如刘金山的门前跪迎，张恒泰的从中介入。再有就是刘金山不惜以六百两纹银息事宁人。龙永久这才明白，他过低地估计了这个刘家的少老板。心狠手辣的龙永久，决不会就此罢休，他要不惜一切代价，让这出戏继续演下去，直到他心满意足为止。

两天以后，喝得有七分醉的龙永久，出乎意料地出现在刘家窨子门前。当刘金山得到通报说龙永久求见时，气不打从一处出，却又不好拒绝。你怀疑人家砍了你的排缆，可你拿不出任何证据。刘金山没奈何，打落门牙肚里吞，只得先让他进来。倒要看他葫芦里卖的什么药！

龙永久虽然酒醉，却酒醉心里明，一见刘金山，他便表现出异常的关切，俨然是一个兄长的姿态，他说："金山哪！屋里出这么大的事情，也实在难为你了。这些天，见你忙不过来，也就没来看你。"

"龙老板，有哪样事情，你就直说吧！"刘金山冷冷地说。

"别的没哪样，我只想来解释一件事。"龙永久借酒兴大话大句地说："自从刘家的大排在垭角洞被砍断排缆以后，就有人怀疑，是我龙永久派人干的。这真是黑天的冤枉呀！我龙永久一向是堂堂正正做人，怎么能做出这样的事情来呢？"

刘金山没想到龙永久来这一手，真是"此地无银三百两"。刘金山想，这家伙是借酒发疯，故意来呕刘家的，不能用好话回他：

"龙老板，你当然不会做这样的事情。不过，你放心，事情是一定会水落石出的。到时候，一定要那狗杂种'吃了桐油屙生血'！"

龙永久摆出教师爷的架势，教训起刘金山来："金山哪！你们刘元隆也是镇上的老字号了，怎么这样不会做人呢？做事留一线，日后好相见，这句话你们难道不晓得？肯定是你们把人家得罪了，到头来落得个吃不了兜着走。这回舒服了吧！"

"多谢龙老板费心！应该怎么做人，刘家人心中有数。"刘金山说着，问道："龙老板，还有哪样事吗？我还有一点小事，要先走一步了。"

刘金山下逐客令，龙永久却赖着不走，缠着不放。他说："金山！你耐烦听老哥讲完。说到做人，你们应该学龙大哥。就说那阴沉木吧！那是你们刘家的宝贝东西。老哥我为了满足老娘的心愿，到你们刘家又送元宝又下跪。可是你们就是不给面子。只有我老娘认死理，为了那狗屁的阴沉木，把性命都丢了。刘家赢了，龙家输了。镇上的人都在看龙家的笑话。小事一桩嘛！老哥我连屁都没放一个，你说是吗？金山老弟你听说过人算不如天算的话吗？我龙永久不找你们刘家的麻烦，可自有对头来找。你们刘家呀！往后做事要仁义点、大度点，懂吗？"

龙永久纠缠刘金山，许多人都围了上来，恨不得饱打他一顿。没有主人发话，谁又敢动手呢？刘金山说："龙老板，你喝醉了，我没空同你讲这些。送客！"

刘金山说完扭头离去，龙永久却哈哈大笑起来。他故作醉态，来到刘昌杰卧床的上房。守候在床边的刘邬氏，见龙永久的突然出现，不知如何是好。

"刘叔！小侄看你来了！"

病哀哀的刘昌杰，思维仍是清晰的。他听出了是龙永久的声音。为了阴沉木的事情，刘昌杰对龙家一直心存愧疚。龙永久却还来看他。他挪了挪身子，准备起身。龙永久一步上前，说："刘叔，您躺着，莫起来！"

"永久，难得你来看我，刘家对不住你啊！"

"嗨！还说那个做哪样！"龙永久大声地说："刘叔，刘家的大排，在垭角洄被砍了缆子，淹死了易管事，淹死了排古佬。我是特意来向你老人家禀明，那缆子不是我砍的！"

刘邬氏急了，骂道："龙永久，你不要在这里胡说八道！"

龙永久再次大声说："刘叔，我说的都是实话。那缆子不是我砍的。淹死了易管事，淹死了排古佬，与我一点也不相干！缆子是谁砍的，你该心中有数呀！"

"你胡说八道！你出去！快出去！"刘邬氏用力将龙永久往门外推。

龙永久的话，让刘昌杰明白了事情的真相。刘昌杰生气地说了声："好哇！屋里没得一个人同我讲真话！"他"呼呼"地出气不赢，便倒头昏厥了过去。刘邬氏顿时吓懵了，一时不知如何是好，便禁不住大声呼叫："来人哪！来人哪！"

刘金山听说龙永久去了上房，便立刻往上房赶来。路上，他听到母亲的呼叫。一进房里，见父亲昏厥在床上，上前大声地呼喊："爹爹！爹！"

刘邬氏说："金山，刚才是龙永久到这里胡说八道⋯⋯"

刘金山回过头来寻找龙永久时，龙永久不见了踪影。

"把刘家弄成了这般田地，这天杀的还不放手哟！"刘邬氏泣不成声地叫骂着，她回过神来，不住地在房间里抛撒着茶叶和稻米。

伍秀玲也匆匆来到了上房。刘金山对她说："刚才龙永久来到这里，胡说八道了一通，爹爹生了气，又昏了过去，你赶紧着人去把金莲叫过来。"

刘邬氏不住地抛撒着稻米和茶叶，刘昌杰渐渐回过了气来。他的呼吸显得均匀平缓，脸上还现出了红晕。见此状态，众人才又放心了。唯独只有刘金山，心里反倒更加紧张起来。

没多久，刘金莲便匆匆过府来了。

"爹爹怎么了？"

"刚才昏了过去，现在回过气来了。"

刘金山见妹妹手上没拿药，问道："怎么？秀山哥还没回来？"

"回来了！"刘金莲说："他没捡到药！"

"怎么？出了什么事？"刘金山问。

"那苗郎中七天前过世了，他没有后，那药也就没能传下来了。"刘金莲心情极为沉重。

听了刘金莲的话，满屋人如同挨了一记闷棍。刘昌杰的病肚子鼓胀以后，许多郎中都挂了免战牌。吃了这位苗家老郎中的药，倒是应对了。人们以为，这是刘昌杰的缘分。没想到那位九十高龄的苗郎中，撒手西去，竟然没有一个传人！

刘邬氏不再抛撒稻米和茶叶，叹息着："眼见找到个好郎中，没想到还是无缘。"

"娘！屋里还剩下几副药？"刘金山问。

"三副。"

"找个郎中看看，究竟是几样什么药？"

"看不出来的，重要的药，都碾成了粉末。"

"唉！老郎中怎么就没个传人？那么好的单方，跟着他埋在土里多可惜！"

"听秀山哥说，他没有儿子，可又不愿意传给女儿。"刘金莲说着，问刘金山："哥，这些药吃完了以后，你说怎么办？"

刘金山沉吟着，过了好久才说："有句话，本不该说，却又不得不跟家里人说。我们大家都要心里有数，爹的日子，只怕不长了！"

刘邬氏说："金山，怎么你也胡说八道？"

刘金山含着眼泪说道："娘！我怎么会胡乱说！爹爹是突然变得桃红花色。这不是病情好转，是回光返照！吃得好好的药，突然又生变故，不得不中断。这都是爹爹天命已尽的兆头啊……"

"金山，我们再想想办法吧！"伍秀玲泪眼迷离地说。

刘金山没回答，只是摇着头。

这时，刘邬氏突发奇想，要请老司来"拜星辰"。他对儿子说："金山，你见过老司'拜星辰'吗？我见过，重病的人，拜了星辰可以旺日庚、延寿命，很灵的。我娘屋的房族叔叔，你该叫叔外公，那年病重得很，只差没断气了。请老司拜了星辰过后，硬是还活了五年哩！"

刘金莲立即回应，说："那好！我们也请巫师进屋'拜星辰'！"

伍秀玲接着说："那就去请龙家垴的龙法胜吧！"

刘金山明知此举无济于事，却也不能违背母亲的意旨，便立刻满口应承了下来。

这晚更深夜静之时，老司龙法胜匆匆来到，为刘昌杰"拜星辰"。厅堂的八仙桌上，摆着香案，供着酒醴，立着星辰牌位，上写"信士刘昌杰星君主照"。牌位的旁边，摆着七盏茶杯做的茶油灯，七根灯草，燃着光亮。七盏"孔明七星灯"，按照天上北斗七星的位置排列，写着刘昌杰名讳的星辰牌位，恰好是北极星的位置。傩仪开始，在刘邬氏的率领下，刘氏全家老小面对着星辰牌位和七星灯，虔诚跪拜叩首。龙法胜随即宣诵《拜星辰疏》：

青玄世界，南赡部洲。今据大清国湖南省辰州府浦阳镇刘家弄土地祠下居住，奉神修供，祈禳顺星信人刘金山，右暨合家眷等，圣造意者，伏维言念，保安信人刘昌杰，本命生于己卯年八月十二日申时，行庚五十七岁。上叩中天星主，北斗星君，宫下主照，赐福延生言念，现患刘昌杰，在于先年以来，得沾四体之灾在身，日久未愈，无方可保，是以合家发心，卜取今月吉日，仗师于家，诚心修建太上三清玉皇正教祈禳顺星，消灾解厄保安，因一供于内，看闻玉诰，关赞斗灯，朝礼命运，献陈酒凡供，上奉圣真祈下清泰，专为现患名下，告禳星运顺威，缠导迟共祯祥。恭迎景贶，伏愿三宝证盟，恩流于下，示现万象之俾星，缠之顺度，骈加五福，凶星退位，吉星照耀，来临不忘神恩。须至疏者，具疏上奉中天星主紫微大帝南辰北斗两曜星君圣慈洞惠，昭格谨疏。

天运大清光绪二年五月二十二日 行。

龙法胜吟诵过《拜星辰疏》，便将写有疏文的黄裱纸烧了。接着，他逐一剔亮七盏神灯，并念动神词：

三台生我来，三台养我来，三台护我来，光明普照天尊。上台一黄，祛邪不祥；中台二白，普神正泽；下台三星，保命延生。光明普照天尊。

有神须由神去断，无神无鬼落虚空。

龙法胜诵念神词时，在每个灯盏的灯油里，撒下七粒稻米。以稻米在灯油中的浮沉，占卜患者刘昌杰的吉凶。诵念完毕，全体跪拜星辰的刘家人起身。龙法胜对众人说："现在我们来看老爷的彩头吧！"

跪拜星辰的人们，围聚在八仙桌旁，目不转睛地看着那七盏神灯。

龙法胜说："看灯，灯火不摆不动主吉兆。"

突然，一阵风从天井吹进了厅堂，七盏灯的灯火颤抖起来，立刻引起了众人的紧张。刘邬氏差点叫出了声。须臾间，风住了，灯火不摆不动了。刘邬氏与她的儿孙辈，这才舒了一口气。

龙法胜接着说："看米，米浮油面主吉兆。"

撒在灯油里的稻米，有的浮在油面上，有的则由于油的浸泡，沉入了油中。

尽管"拜星辰"的占卜模棱两可，却仍然给众人带来了希望。他们总是朝着好的方面去想：对于刘家人来说，刘昌杰确实是一颗星星。一颗光亮短暂的流星，在划破夜空的同时，转瞬即逝。这种跪拜，又怎能阻止这颗星星的陨落呢？

"拜星辰"傩仪结束，已经夜深了。刘金山心里惦记着一件事情。他单独和龙法胜进行了谈话。

"龙师傅，我想问你，这次垭角洞大排出事，你的连襟在排上？"刘金山问。

龙法胜说："是的，我的连襟是这块大排的排头工，他叫米仁和。"

"我们对不起你的连襟，对不起他的一家人。"刘金山心情沉重地说。

龙法胜说："少老板，这是他命该如此，听说你已经赔付给他家一百两纹银，也算仁至义尽了。有了这银两，他家日后的生活会好过些。我准备让他家的老二跟着我学巫，日后也就有个讨吃的门径。总的来说，他们家的日子可以过。你也就不必总是把这事挂在心上了。"

刘金山又说："再有，这次大排出事，只有一个人活着。他家住铁门槛，名叫石老黑，听说也是你的亲戚？！"

龙法胜说："是的。他是我的表弟，让他到排上做活，还是我向连襟介绍的。听说少老板在他的身上，还发生了一点小误会。"

"不是误会是冤枉。"刘金山说："当时，我得知所有的人都遭了难，唯独他保住了命，就以为他是被人雇请砍排缆的人，不问青红皂白，就把他送到了三府衙门，还让他冤里冤枉受了皮肉之苦。你见到他时，请代我向他表示歉意。"

龙法胜说："我明白，当初你是急着想找到砍排缆的人，就忙中出错了。等我见到他时，一定向他转达少老板的意思。事情已经过去，你也就莫在意了。"

"喏！这里是五两银子，一点意思，请你转交给他。"刘金山拿出一锭银子，对龙法胜说。

龙法胜晓得表弟需要钱，就收下了。他说："我就替老黑多谢少老板了！"

刘家人对"星辰"的跪拜，终究不能挽留老人的生命。湘西人说："天上一颗星，地下一个人。""拜星辰"后的第三天，刘昌杰病情加重。属于他的那颗星，在茫茫的天宇间，悄然地消逝了。

刘昌杰死后的第四天，是出殡的日子。以往，每逢红白喜事，便是财东们炫耀财富的绝好时机。刘家窨子老者的故去，若在以往，隆重的葬礼，阔绰的排场，会把浦阳镇闹得个天翻地覆。然而，这接二连三的变故，使刘家窨子失去了往日的锐气。年轻掌门人刘金山，在饱尝了人世间的痛苦之后，已无争强好胜之心。他无意把丧事的排场搞大，便在窨子屋的大门口贴了一张《阻帖》，上面写着：

不孝罪重，祸延显考弃世

诚恐

族戚谊赐吊，孤哀子金山泣血稽颡友

预为力阻

概不敢当

　　刘金山的阻客，得到镇上大多数人的理解。若不是这场变故，刘家的丧事是决不会这样冷清的。这堂丧事虽没大排场，可到了出殡这天，浦阳镇仍然是万人空巷。收殓刘昌杰遗体的，是用稀世珍品阴沉木制作的棺材。正是这副阴沉木棺材，引得浦阳镇上风波迭起。龙家窨子里的老太婆，因为想这阴沉木做棺材而丢了老命。镇上的刘、龙两家大户更因此而结下了冤仇。接着是刘家大排的排缆被人砍断，造成排毁人亡。虽然那砍缆子的人至今尚未找到，人们却不由自主把这件事同这副棺材联系了起来。这副棺材究竟是什么模样？浦阳人谁都想亲眼看一看，瞧一瞧。当出殡的队伍走出刘家窨子，走弄穿街时，人们终于见到了那副棺材的模样。都说那阴沉木呈殷红色，晶莹剔透，还显现有野鸡羽毛一般的斑纹。可那棺材经过土漆的涂抹，这一切都见不到了，与普通的棺材并没有两样。就是为了这副棺材，枝节横生。睡在这口棺材里的老者，连同膏栈老板的娘亲，元隆木行的管事，米家滩的排古佬，前后有十四条性命，走上了黄泉不归路。嘴巴不饶人的浦阳好事者，在这场丧事过后，还不晓得又会编排出些怎样的话来！

• 芳草第情缘

　　滕运隆的麻阳船每月一个来回，从浦阳镇为张复礼送来桐油，也带来镇上的信息。先是刘金莲带口信，说她的父亲、张复礼的老丈人病情加重。张复礼明白婆娘的意思，是要他带点东西回去，看望重病的老者。面子上的事情，总还是要应付的。他立刻渡江到汉口，买来上等的人参，带回浦阳，让婆娘拿去娘家看望老者。麻阳船再从浦阳镇打转，带来的消息就更令人震惊了。一副阴沉木的寿枋料，居然衍生出如此多的波折，甚至是一条条人命。张复礼当即给刘金山修书一封，对老丈人的不幸辞世，表示沉痛哀悼；对他未能参加老丈人的葬仪，表示深切歉意。他着翠珠到皮货店买了个羊皮统子，托滕运隆带回浦阳镇，送给哀痛中的丈母娘表示慰问。

　　浦阳镇上，刘家的不幸接踵而至，在遥远的鹦鹉洲，张复礼却是出乎意料的顺利。詹姆斯和露娜夫妇回到英国以后，不久便发来了电报，告知他生意谈妥，货物要得紧急，要他加快组织货源。伏销过后，号铺已无存货。为此，他必须亲自回浦阳一趟。正好他要送金神鸦去青浪滩的伏波庙，两件事情叠在一起了。金神鸦的开光仪式定在伏波王爷的神诞六月十八。张复礼将启程的时间，定在六月初八。开光的前一天，才可以准时赶到青浪滩，在开光仪式之后，再溯水而上，回到浦阳。

　　张复礼自从见到小芸以后，心里就一直放不下这个女伶。女伶的那对酒窝，勾起了他痛苦的回忆，也鼓起了他对未来的信心。起初，他不过是自个儿想想而已。倒是那洋人詹姆斯似乎看出了他的心事，几番拿他打趣，还着实让他有点儿心猿意马了。张复礼并不知道，还有一个人也一直在注意着他。此人便是陈妈。陈妈对少老板就有极好的印象。他相貌堂堂，心地善良。来到汉口这花花世界，身边没个女人，也不见他去花街柳巷寻找个消遣。每天，他除了有生意上的应酬以外，都是早早回家，吃过晚饭，就坐在书房里读书。开初，陈妈不明白，少老板为什么要花大价钱，打造一只金乌鸦？当她得知这件事情的来龙去脉以后，就更加确信少老板是一个积德行善、仗义疏财的好人了。在这世上，她唯一的亲人就只有小芸了。再过几天是四月初九，小芸便满了十七岁。就这么把她放在戏班里，什么事情都有可能发生。妹子是个烈性子，万一有个三长两短，怎么对得住死去的妹妹！思来想去，把小芸托付给这位少老板，是最理想，也是最可靠的。嫁给少老板，虽说是为姜，可他的正室远在湘西，要在那里替少老板尽孝，不可能到汉口来。小芸与她，可以井水不犯河水。那正室若想得开，男人在外面闯世界，有个女人在身边照顾饮食起居，总比去外面寻花问柳要强，应该是不会有意见的。陈妈通过这些日子的观察，她看得出少老板对小芸也是有意思的。她的这种关切，同时也是为自己着想。姨侄女一旦成为这芳草第的女主人，她的身份与地位就会得到相应的提高。她的后顾之忧，便也可以彻底解除了。

这天，趁着张复礼吃晚饭，陈妈试探着说："少老板，我有件事想向你禀报。"

"什么事？你说吧！"

陈妈说："四月初九那天，是小芸的生日，满十七岁。她就我一个大姨，再没别的亲人了。少老板说过好多次，让她到家里来吃顿饭，她都没得闲空。初九那天，我想接她来过生日，吃顿便饭，不晓得是不是方便？"

陈妈提出让小芸来过生日，张复礼顿时来了神，连连说："方便！方便！小芸的生日也真有意思，佛菩萨的生日四月初八，她的生日四月初九，相差只一天。"

"是呀！她的生日是很好记的。"陈妈说："少老板，给她做的菜，我会拿钱去买的。"

张复礼立刻不高兴，说："陈妈，这你就见外了，怎能让你花钱买菜呢？小芸姑娘来到芳草第，就是我的客人。她从小在戏班里，没得家人的关爱。如今，你在这里安顿了下来，这里就是她的家嘛！她过生日，你拣她喜欢吃的给她做。我会把钱给你。"

"少老板，谢谢你对小芸这样好。"陈妈说。

张复礼喜笑颜开，大口大口地吃着饭。陈妈从来没见过他吃得这么香。陈妈的心里在想，她的猜测还真的没错，这或许就叫作"千里姻缘一线牵"吧！

四月初九下午，小芸早早来到了芳草第。小芸虽是过生日，也没刻意打扮。她不施脂粉，不作修饰，额前乌黑的刘海下，是一双充满忧郁的眼睛。白里透红的脸庞，像含苞欲放的牡丹，嫣然一笑时，浅浅的一对酒窝里，便仿佛溢漫出醇香的美酒。她身穿浅蓝色紧身小袄，藏青色敞口裤。只有脚上那双褐红缎子绣花鞋，透出了那么一点点儿生日的喜气。

早几年，大姨自顾不暇，她虽然从没忘记小芸的生日，可都不曾作过任何表示。她庆幸到了晚年，还能遇到少老板这样的大好人。她能有一个安身之所，而且还能为小芸过生日。小芸喜欢吃什么菜，她也搞不太清楚。只记得有次小芸到她家吃饭，她做的是鱼头炖豆腐，小芸特别爱吃。这天的主菜，便是鱼头炖豆腐。

小芸到厨房帮着大姨做饭。陈妈关切地问："这些日子情形怎样？又遇着不顺心的事情了吗？"

小芸说："开铁厂的那个老头，还不肯善罢甘休，前番找的是班主，这回又来找我师父。还送去一大堆礼物。可我一口咬定不干，他去找谁都是空的。见我这样，他们也没得办法了。"

"唉！"陈妈叹着气，说："小芸哪！这样下去总不是办法，说不定哪天又有什么麻烦。今天，你都满十七了，有合适的人，还不如嫁出去的好。有了主，就可以省去许多的烦心事。"

"依我看哪！这世上的男人，好的，太少太少；坏的，太多太多。想起来呀，我就害怕。"小芸怯生生地说。

陈妈说："好男人少，可也总是有的。依大姨看，有个男人就不错，和你倒也是蛮般配的。"

小芸脸红了。她似乎听出了大姨所指。带着几分羞涩，她问："大姨，你说的这人是谁？"

陈妈见侄女似乎听懂了她的话，非常高兴。她正要回答小芸时，客厅里响起了少老板的声音："陈妈，客人来了没有？"

"来了！"陈妈在伙房里应声，示意小芸快到客厅去见张复礼。

小芸对张复礼深深一鞠躬，说："张老板，不好意思，来给你添麻烦了。"

张复礼说："小芸姑娘，你这样说就太见外了。大姨是你唯一的亲人。大姨在这里，这里就是你的家。"

"张老板对大姨这样关照，小芸感激不尽。"小芸说。

"哈哈！"张复礼笑了。他说："小芸姑娘真会说话。复礼非常感激你的大姨。复礼孤身在外，冷暖不知，全靠陈妈照顾。你看，她把这里的一切，都安排得井井有条。这样，我也就省心多了。"

小芸明白，大姨要说而没来得及说的男人，就站在她的面前。听他的言语，也感觉得到他是个好人。不知怎的，自从见到这少老板以后，还真有点放不下的感觉。小芸从小在戏班里长大，虽没有过爱情的经历，却从戏文里领悟到做女人的艰难。这个男人虽好，可他已是别人的丈夫。自己只是一个卑微的女戏子。有钱男人逢场作戏时，什么事情都做得出来。小芸提醒自己要保持应有的警觉。

"小芸小姐，听陈妈说今天是你的生日。在我们湘西，小孩子过生日，叫作长尾巴。"张复礼说。

一直低着头的小芸，抬起头来对着张复礼一笑，脸颊上的一对浅浅的酒窝，立刻显现了出来。她笑吟吟地说："我们汉口也叫作长尾巴。"

"小芸姑娘长尾巴，复礼备办了一点小小的礼物，不晓得中不中意？"张复礼说着，将一个纸包递到小芸的手里。小芸的手接触到那个纸包，仿佛被烫着一样，立刻便离开了。纸包掉在了地上。张复礼连忙将纸包拾起，放在茶儿上。小芸低着头睃了一眼，纸包里的东西露了一点出来，原来是一段香云纱的衣料。这种香云纱的衣服，戏班里就只有班主的婆娘有一身。听说这种料子做衣服，夏天穿着最凉快。小芸也曾想过，几时能有一件香云纱的衣服，那该多好。如今，香云纱就摆在她的面前。她却怕烫手，不敢要。

"张老板，讲句戏文里的话，无功不受禄。你送这么贵重的礼物给我，我是无论如何不会收的。"小芸说话时，一直低着头。

张复礼笑了，他说："嗨！小芸小姐，这你就见外了，小妹妹长尾巴，大哥哥送段衣料做礼物，也是理所应当的嘛！"

小芸抬起了头，脸颊上的酒窝不见了。她一本正经地说："张老板，请你原谅，这礼物我是绝对不会收的。"

张复礼被拒绝，觉得失了面子。他急于打破僵局，再次从茶几上拿起纸包，双手递到小芸的面前，说："小芸小姐，难道你就这么不给面子？"

这时，小芸两眼含泪。既可怜，又可爱。她说："张老板，小芸没有理由收你这么贵重的礼物。你如果硬要我收下，我就马上离开这里！"

说着小芸就往门外冲。张复礼慌神了，赶紧拦住小芸，大声对着厨房喊叫："陈妈！陈妈！"

陈妈应声而出，见小芸泪眼迷离地要往外走，不知出了什么事情，便问："怎么了？这是怎么了？"

张复礼说："小芸长尾巴，我给她买了一段衣料，她不肯要，生气了，说是要离开这里。"

"嗨！我当怎么了，原来是这样。"陈妈说："小芸，少老板是一片好心，这衣料你不收没有关系，大姨做的饭你还是应该吃的嘛！少老板，你说是不是？"

张复礼连忙说："对！大姨说的对。饭总是要吃的嘛！吃饭！吃饭！"

一场小小的风波，给生日晚宴蒙上了一层阴影。自到张家以来，陈妈是第一次与主人同桌吃饭。陈妈见桌席上气氛有点儿紧张，便提议免了酒水，张复礼一口同意。饭桌上，小芸总也开不起笑脸，脸颊上的那对酒窝，就一直没再在张复礼的眼前出现。张复礼后悔自己的唐突。怎么就这样急着给她送礼物呢？她毕竟是个十七岁的黄花闺女，自己却是一个有妇之夫。还是陈妈有办法，编着法儿让小芸开心。她把一块鱼头夹到小芸碗里，说："小芸！吃！多吃点，听人说，喜欢吃鱼的女伢儿皮肤长得白，还只怕有点道理哩！这不是吗？我们家小芸就长得白嘛！"

小芸没有搭腔，只是抬头看了大姨一眼，便低头吃起鱼头里的脑髓来。看样子，她是真的爱吃这东西。

张复礼本想跟着陈妈说小芸长得白，一想觉得不妥。没奈何，他只是说："吃！小芸，喜欢吃就多吃点！"

突然，小芸抬起了头。她望着张复礼，那双水汪汪的眼睛充满着怨艾，也充满着愧疚。她说："张老板！对不起，刚才是小芸的不是，请你原谅。"

"小芸姑娘，你千万不要这么说。"小芸的道歉，使张复礼如释重负。他竭力搜寻着最恰当的语言，来表示他的心境："小芸姑娘！你不肯收下这礼物，是完全可以理解的。之前，我还只认为你是一个天真可爱的姑娘。通过刚才的事情，我看出了小芸姑娘令人尊敬的操守。"

"张老板过奖了。"小芸听了张复礼的话，更感到后悔与不安。她说："张老板，你恐怕也是第一次领教一个姑娘是怎样不懂礼貌吧！"

"好了！小芸赔了不是，少老板是不会和你计较的。"陈妈赶紧打圆场，她说："原想，小芸不喝酒，就把酒水免了。看来，这酒水是不能免的。小芸，为了表示歉意，你应该敬少老板一杯。你说是也不是？"

小芸咬着嘴唇，点着头。大姨把酒筛好，交给小芸。小芸把酒杯端起，对张复礼说："张老板！"

张复礼摇着头说："又不是在生意场上，往后不要叫张老板，叫张大哥吧！"

小芸随即改口："张大哥，小芸年幼无知，你大人莫见小人怪，喝了这杯酒，过去的事情一笔勾销！"

"一笔勾销。"张复礼仰起脖子，一口将酒喝干。

这时，一个不速之客，匆匆来到了芳草第。她便是原日张复礼的丫头，今天张复礼的堂嫂，油号管事张复万的妻子翠珠。那翠珠在门口稍作停顿，只听见厅堂里，一个娇滴滴的声音叫着"张大哥"，其余的话就听不清了。翠珠禁不住心里"咯噔"了一下，这花花公子莫非这么快就打上活食了？！她在门外咳嗽了一声，叫道："大少爷！"

翠珠进门时，张复礼刚喝干小芸敬的那杯酒。平常没事，翠珠是不会到芳草第来的。想必这位新嫂嫂是有事登门。刚喝过酒的张复礼一抹嘴巴，叫了一声："翠嫂！"

翠珠连忙点着头："啊！你们在吃饭，还来了客人。"

陈妈立刻起身解释："这是我的侄女小芸，今天过生日，来吃顿便饭。"

"啊！小芸姑娘，那天唱堂会时，我看过你的戏，你唱的是王宝钏。今天满多少岁了？"翠珠说着，问小芸。

小芸低着头回答："十七岁。"

张复礼不想翠珠继续盘问下去，便问翠珠："翠嫂来这里，有哪样事情？"

翠珠说："店里来了两位九江船行老板，复万让我来请你赶快过去。"

"啊——"九江船行老板也真是，早不来，迟不来，偏偏这时候来！
张复礼在寻思着，究竟去还是不去？

陈妈说："少老板，生意事大，这里是小孩子过生日，你去吧！不碍
事的。"

"张大哥，生意事大，耽搁不得，你就快去吧！"小芸也这么说。

张复礼和翠珠匆匆离开了芳草第。陈妈巴不得张复礼早早离开，让她
有机会和小芸单独在一起，讲起话来才方便。她对小芸说："吃呀！喜欢
吃就多吃点。"

"大姨，我今晚已经吃得够多的了。"

陈妈眯着眼睛，凭借烛光端详着出落得花儿一样的侄女。这是她在这
世上唯一的亲人。少老板到店子里去了，芳草第里就只剩下她和小芸。她
不转弯，不抹角，直来直去，问起了小芸："小芸，你觉得少老板这人怎
么样？"

小芸故意说："大姨，你问这个做什么？"

"哈妹子，你难道就看不出，少老板对你有意思？！"陈妈说。

小芸说："小芸不聋不瞎，怎么看不出？他若是没想法，怎会给我送
这么贵重的香云纱衣料？"

陈妈问："那你呢？你有什么想法？"

"他有家有室，我一个黄花闺女，对他能有什么想法？！就因为这，
我才让他下不了台。后来我又想，大姨你还要在这里过日子，不能把他得
罪了，便给了他一个台阶下。"小芸接着说："大姨的心意小芸明白。今
天的这桌饭，除了给小芸过生日，还有另外的意思：您是想撮合我和张老
板，让张老板金屋藏娇，把我养在这芳草第里。这位张老板，看来也不是
个坏人，可对他的了解毕竟太少。眼下小芸是不会答应这件事情的，看看
再说吧！"

陈妈说："小芸，你想过没有，嫁给这位张老板，同一般的做妾是不
一样的。"

小芸说："我怎么没有想过，无非是他的正室不会到汉口来。谁嫁给他，谁就是这芳草第的主人。可这个女子毕竟还是做妾。跟着戏班四处走，我见多了。做妾的不但自己在人前抬不起头，就连她的儿女也要被人议论，说是小婆养的。"

陈妈没想到，小芸比她想象的要成熟得多。这丫头的眼光，看到眼前，还想到长远。命苦的丫头，落地筋斗打错了地方。她出生贫家，又成孤女，还是个地位卑微的女戏子。女人只要沾上"戏"字的边，在世人的心目中，就谈不上贞操和清白，便跳到黄河也洗不清了。按照小芸的情形，能被张复礼这样的男人看中，就算是她的造化了。陈妈以最婉转的言语，相劝姨侄女："小芸，你要想开点。世上为妾的女子何止千万。大姨所见，她们大多数日子还是过得好的。吃和穿总是不愁的吧！听大姨一句话，不怨天，不怨地，只怨你的命苦，只怨大姨没能力帮你。见你长大成人，大姨就替你担心，万一有个三长两短，怎对得住你死去的娘啊！为你的这些事，大姨夜里总是睡不着。思来想去，你只怕也只有走这条路了。"

陈妈的话把小芸的眼泪讲了出来。她禁不住扑到陈妈怀里，伤心地啜泣着。她说："大姨，这些道理小芸都懂。你莫这样逼我，莫这样急促，让我再想想好吗？"

"小芸，大姨难为你了！"陈妈也与小芸一同落着泪。

小芸说："大姨，这段香云纱，就算是我收下了，先放在你这里。我想过了，要是我不收，让少老板失了面子，他会为难你的。"

"小芸哪！难为你处处为大姨着想，那我就先给你收着。"陈妈含着泪叮嘱小芸："大姨都是为着你好，你要好好想想，早早把我的信啊！"

张复万送走了九江船行老板，回到了卧房，灯下做针线的翠珠，神秘兮兮地要向丈夫报告她在芳草第的所见："复万，我告诉你一件事。"

"什么事，这样一惊一乍的！"

翠珠说："少老板有相好了。"

"谁说的？你怎么晓得？"张复万问。

翠珠说："我亲眼所见。我到芳草第请少老板来见九江客，看见那晚唱王宝钏的女戏子，在那里过十七岁的生日。那女戏子是陈妈的姨侄女，一口一个'张大哥'，叫得清甜，还在敬少老板的酒哩！"

张复万想了想，说："对！女戏子叫筱玉仙。晚上吃夜宵，她就坐在少老板身边。少老板好像是有那么一点意思。那洋人詹姆斯还在开他的玩笑哩！"

"怎么，那天你就看出来了？！"翠珠说。

张复万说："他不肯住在油号里，又急着买了芳草第，原来是怕我们碍事啊！"

张复礼的行为关系到刘金莲。刘金莲曾是与翠珠相处得非常好的主人。翠珠同情起刘金莲来。她说："他在外头胡来，只怕要给金莲把个信呀！"

张复万的脸沉了下来，郑重地告诫妻子："我提醒你，这件事情你千万莫探闲。开一只眼，闭一只眼，随他怎样你都不要管，也不要向浦阳透风。端着人家的碗，归人家来管。倘若是把少老板得罪了，那可不是闹着玩的。记住了吗？"

经丈夫一说，翠珠晓得了这事情非同小可，真不该说这些冒失的话。她低着头说："记住了。"

小芸戏班里脱不开身，吃过晚饭便又过江去了。小芸走后，陈妈心里没着没落。她在极力撮合小芸和少老板的好事。张复礼虽然对小芸有意，却并没有向她开口讲过此事，更没有委托她来做这个大媒。她只是凭借着少老板心照不宣的意思来进行运作。小芸的桀骜不驯，令她大伤脑筋。回过头想，小芸又是对的。这张复礼凭直觉是个好人，可毕竟接触的时间不长，难说知根知底。此事关系小芸的一世人生，加深了解，才能更加稳妥。张复礼从油号回到芳草第，进屋就问："小芸呢？她去睡了？！"

陈妈说："戏班里有事脱不开身，她过江了。"

"啊——"

陈妈听出了少老板的失望，心想，"这人也真是，既有这个想法，怎么又不对我讲呀？我做大姨的总不能说，少老板，我把侄女嫁给你。你要先开口，我才好行事呀！"她故意装作犯困的样子，打了个呵欠说："少老板，没事，我就睡觉去了。"

陈妈正要动身，张复礼开口了："陈妈！"

"少老板，什么事？"

"你请坐下，我有话跟你说。"

陈妈心想，少老板总算要开口了。

张复礼问："陈妈，小芸小姐在我走了以后，还说了些什么？"

陈妈说："少老板，她和我说了好多话。你要问的，是哪方面的话？"

"关于我的，我的呀！"张复礼说着，自个笑了："陈妈，复礼的心事，难道你看不出来吗？"

陈妈也笑了，说："陈妈是过来人，怎会看不出？小芸是个倔性子，你已经领教过了。好事不在忙中，这事急不得。有什么需要陈妈做的，少老板你吩咐就是。"

"那我就先谢谢了！"张复礼说着，问陈妈："那段香云纱她带走了没有？"

"没有。"

"怎么？她没带走？！"

"她说：不收你的，让你失了面子；收下你的，又出师无名。她感到为难，说是暂且放在我这里，如何处置，等以后再说。"陈妈就这样给张复礼留下了悬念。

"陈妈！我想，只要我有诚心，她是会收下的。"张复礼充满了信心。

半月后的一天，玉春坤班搭信来，说是小芸得了伤寒，发烧说胡话，嘴里不住地叫"大姨"! 陈妈到油号里找张复礼说:"少老板,我想请天假,去看小芸。"

"小芸怎么了?"张复礼急切地问。

"小芸害伤寒,发高烧,说胡话,我得过江去看她……"说着,陈妈哭了起来。

张复礼皱了皱眉头,说道:"陈妈! 你莫急。看来小芸是病得不轻。戏班里各人都有自己的事,没得人照顾她。把她接到家里来吧! 你照顾起来也要方便些。"

就这样,病得昏昏沉沉的小芸被接到了芳草第。她醒过来时,一个郎中正在给她号脉。郎中的身后,站着大姨和张大哥。

"大姨,我怎么来了这里?"小芸轻声问道。

大姨说:"小芸,你病得不轻,发高烧,人都烧糊涂了。少老板见你在戏班养病不方便,把你接到家里来了。"

"张大哥,真不好意思!"极度虚弱的小芸,歙动着干裂的嘴唇,轻声地说。

张复礼摆了摆手,关切地说:"小芸,不要说话,郎中在给你号脉哩!"

郎中医术高明,大姨照料精到,小芸的病一天天见好,不几天便可以下床走动了。她要回戏班调养,张复礼不同意。他对陈妈说:"小芸交给你了。病没好绝对不能走。病好了,还要留下来调养。你告诉小芸,戏是唱不尽的,身体才是最要紧的。"

当大姨把少老板的意思告诉小芸时,小芸的心情是复杂的。从小进戏班,得了病总是自己熬着,最多是躲在墙角哭一回,从来没有得到过这样的关心、爱护和照顾。她对这位少老板充满着感激。闪念之间,她又想到少老板之所以对她如此关切,醉翁之意不在酒,是另有所图的。她几次提出离开芳草第回戏班。只是大姨要挽留,她便顺从地留下。她预料少老板会趁机提起那档子事。出乎意料的是,少老板对那档子事一直闭口不提,每天从油号回到芳草第，就是同她讲唱戏。

"小芸，那天晚上，我是着真看了你的《武家坡》。"

"演得不好，出丑了，让你见笑。"小芸有点不好意思。

张复礼说："小芸，不是张大哥当面奉承你，确实唱得不错。"

"是吗？"小芸淡淡一笑，一对酒窝如同绽开的牡丹。她说："那你说说看，好在哪里？"

张复礼说："《武家坡》是出难唱的戏。那薛平贵和王宝钏，分别十八年，见面都不认得了。这有可能吗？莫讲是夫妻，就是平常熟识的人，比方说我和你，过了十八年，也不可能不认得呀！可有句老话：'黄金无假戏无真'啊！唱戏的是癫子，看戏的是呆子嘛！这出戏里的旦角，除了唱功、做功要到位以外，自始至终，都要对生角有一种似曾相识的感觉。你唱的王宝钏，恰恰把这种感觉给演了出来。所以张大哥说你唱得好。"

"张大哥，看你不出，你对唱戏还是蛮在行的嘛！你和我师父讲的一模一样。"听了张复礼的评价，小芸的心里甜丝丝的。

"哈哈！"张复礼说："你不晓得吧！我在家乡也是个戏迷。唱一种坐着唱不登台的戏，叫作打围鼓。我们那里的戏不是唱西皮、二簧，唱的是高腔。高腔，你听过吗？"

"没听过。"小芸说着问道："那你唱什么行当？"

张复礼回答："小生，有时也唱生角。我们那里的高腔，是很好听的。"

小芸说："张大哥，听你说话，就晓得你的喉嗓很好。能唱一段让小芸听听吗？"

张复礼说："当然可以。我们那里的高腔，不用弦子，只用唢呐帮腔。这里没有唢呐，我就清唱吧！让我想想，唱一段什么好呢？你们汉剧有《百花亭》这一出戏吗？"

小芸说："有哇！《贵妃醉酒》，我们又叫《百花亭》。"

张复礼说："我们高腔的《百花亭》，不是《贵妃醉酒》，唱的是元朝时候，百花公主和御史江六云的一段姻缘。"

"这出戏，我们汉剧里没有。"小芸说。

张复礼说："可它是我们那里高腔经常唱的一出戏。我唱的这个唱段，曲牌名叫［一江风］。出自这出戏的'百花赠剑'一折。说的是安西王的女儿百花公主，将终身大事托付给江六云之后，要江六云对天盟誓，江六云便唱了这曲［一江风］。"

小芸心想：这位少老板，也真算是挖空心思了。几多的唱段他不唱，偏唱这样的一段。他分明是借着唱戏之名，在对我表明心迹啊！容不得小芸细想，那张复礼就行腔走板，唱将起来：

明月在上，鉴我心苗。蒙公主不弃鹪鹩，使小生终身有靠。恩高义高，魂销魄销。永订佳期，怎学王魁把山盟负了！

张复礼一字一句，唱完了这个曲牌。虽不是粉墨登场，他却是完全进入了剧中角色的情境。他仿佛自己就是江六云，眼前大病初愈的坤角筱玉仙，便是他梦中的百花公主。这一幕，几乎使得平日里矜持、沉稳的小芸，也险些儿乱了方寸。正在这时，陈妈闻声赶来，连声称赞："少老板，看不出，你还有这样的高招！"

张复礼说："唱得不好。复礼班门弄斧，让小芸小姐见笑了。"

小芸的心，早被张复礼的［一江风］吹得云里雾里了。说起话来，却仍然是不显山，不显水，从容而得体，好像她全然不知少老板的用意："张大哥怎么这样说，这高腔很好听，你唱得也相当好，行腔走板，丝丝入扣，让小芸长了不少见识。"

细心的张复礼，听着小芸说话，也观察着她的一举一动。她细声地说着话，那不晓得往哪里搁的一双小手，不住地摆弄着布衫的衣角，以此掩饰她不平静的内心。张复礼做出一副视而不见的样子。接着，他又对剧情做了一番解释："江六云唱完这支〔一江风〕，表明了他的心迹，那百花公主便将她珍爱的双锋剑，一叶自己留着，另一叶相赠给江六云，这折戏就叫作《百花赠剑》。"

这一夜，小芸睡在床上，辗转难以成眠。这位少老板，不能不说是一个灵泛人。一个晚上，先是评说小芸演唱的《武家坡》，后是他自己唱了《百花赠剑》的一段。评戏，唱戏，除此之外，他什么也没说，却又正是通过对剧中角色的自喻，把要说的话表露得明明白白。小芸除了惊讶和赞佩之外，又增添了几分疑虑与惶惑。这个男人太老道了，简直是情场老手。他使用如此这般的手段，不知会有多少女子，在他的面前俯首就擒。小芸产生了一种本能的警觉。她甚至翻身起床，去察看房门的闩子。当她确信房门的闩子闩得牢牢实实时，才又重新睡到床上。

第二天清早，小芸便提出，她的身体已经复原，要离开芳草第回到戏班去。她意识到，如果再在这里待下去，她的心理防线很快就会崩溃。她必将成为这位少老板的小妾。她曾经立下志向，是决不当小妾的。张复礼见小芸执意要回戏班，也就不挽留，倒是陈妈显得依依不舍。说也奇怪，小芸住在芳草第时，提醒自己要赶紧离开，免得进了张复礼的圈套。可回了戏班以后，却又时刻想起芳草第，总有一种放不下的感觉。她总是找些借口，时不时往鹦鹉洲上跑。有次说是她忘了一个簪子在芳草第，回来取，找遍了里里外外，也不见她的簪子，鬼晓得她是不是真的掉了；有一次，说是来鹦鹉洲上给师父买药。究竟是什么药，汉口大药号里没有，非要到鹦鹉洲上来买？！小芸每次来到芳草第，只要见到了张复礼，说了几句话，便又立刻要走，决不久留。陈妈自然看出了侄女的心事，她明明是心里不做主，想来这里看少老板一眼，张复礼更是心中有数，他深深懂得三十六计之一的"欲擒故纵"。这坤角看来已经是有点儿按捺不住了。急不得，到时候自然会水到渠成的。筱玉仙的魂不守舍引起了班主的高度注意。论唱戏，她算不得坤班里的头牌。论长相，她却是这坤班里的佼佼者。随着坤角们年龄的增长，一个个都相继离开了坤班。筱玉仙在姐妹们

中是年纪最小的一个。渐渐地，她成为了班主手中的一张牌。有了这张
牌，便可以吊起那些达官贵人的胃口。那天芳草第唱堂会，班主已经发现
了主人对筱玉仙的垂涎。筱玉仙的大姨不过是那里的老妈子，如果不是主
人的意思，是不会让侄女老往那里跑的。班主在寻思着，这个眼下为他装
门面的坤角，十有八九是靠不住的了。

六月初五这天，滕运隆的麻阳船，运着顺庆油号的一船桐油，又来
到了鹦鹉洲。回程时的货物，是怡和绸布庄采办的绸缎和布匹。卸货、装
货，一直到初七的傍晚才搞熨帖。张复礼初八的回程日期，是事先约定好
的。他要乘坐这条船，去到青浪滩的伏波庙，奉献由他募送的那尊金神
鸦。为了确保在九天后准时到达青浪滩，张复礼还特意到船上，察看了回
程货物的装船情况。回到芳草第时，天已经刹黑了。他手里拎着一个蒙着
绸布的木盒走进小院，客堂传来"呜呜"的哭声。他一听，是小芸在向陈
妈哭诉着什么。张复礼出自一种特殊的敏感，断定是小芸出了事情。他本
能地在门外停止了脚步，侧耳细听着小芸的哭诉。

"……他简直是欺人太甚，气不过，我刷了他两耳巴。"小芸呜咽着
向陈妈哭诉。

"打得好！那家伙没把你怎么着啥？！"陈妈问。

"没有。"

"没有就好。"

张复礼推门进了客堂，顺手将拎着的盒子往茶几上一放。小芸停止了
哭泣，她低着头，叫了一声："张大哥！"

"怎么了？出了什么事情？"张复礼问。

陈妈很气愤，说："那班主太可恶，欺侮小芸，小芸刷了他两耳巴，
就跑到这里来了。"

提起这伤心事，小芸又"呜呜"地哭了起来。张复礼走到她的身边，
轻声地劝慰着她："不是没出事吗？只要没出事就好。看来，这戏班是再
不能回的了。你就先住在这里，和大姨在一起。大姨是你唯一的亲人，这

里就和你的家一样。"

"少老板，那我就替小芸谢谢你了。"陈妈说。

张复礼说："陈妈，有什么谢的！我这个人的心腹，难道你还不晓得？！再说这样的话，你就是见外了。"

"张大哥，找到合适的江湖班，我还是会去唱戏的。"哭成泪人儿般的小芸说。

张复礼关切地说："小芸，你可要想明白，对你来说，搭班唱戏的这碗饭，也不是那么好吃的！坤班里有豺狼，江湖班里更有虎豹。你难道不晓得，一个单身女子闯荡江湖，说有多难，就有多难。你就在张大哥这里先住下来，去唱戏的事情以后再说。不凑巧，我明天就要动身回湘西一趟，来来去去，恐怕要一个多月。你要听大姨的话，在这里安安心心住下来。有什么事情，一定要等我回来再说。"

"小芸哪！少老板说的话，你听见了吗？"陈妈问侄女。

小芸眼泪汪汪地点着头："听见了。"

张复礼说："匆匆忙忙从戏班跑出来，要是缺什么东西，就跟大姨说，该买的就买，你不要讲客气。"

"张大哥，这叫小芸怎么过意得去……"小芸轻声地说。

陈妈说："是哇！这大热的天，她是连换洗衣服都没带出来的。"

张复礼说："那就扯布做几件。"

"我看就这样吧！"陈妈说："少老板，你前回不是送了一段香云纱给小芸吗？香云纱还放在我这里，就把这段香云纱做了吧！"

"好！就依大姨的。"张复礼听说要做那段香云纱，心里自然高兴。他趁势问道："小芸，你看怎样？"

"多谢张大哥！那就做吧！"小芸点着头说。

将小芸安排停当。张复礼这时才想起他带回的那只盒子，他说："陈妈，明天我就要带着金神鸦回湘西，我给金神鸦做了一只盒子，也不知道合适不合适，你去我房里，把那尊金神鸦拿来试试。"

"好的！"陈妈应声上楼。

"慢点，还是我自己去吧！"刹那间，张复礼突然想起，金神鸦是青浪滩上护航神鸦所化，要供在伏波庙的神坛，按照规矩，女人是不能触摸的。

张复礼从楼上的房间里，抱来了那尊金神鸦。在灯光的照耀下，金神鸦熠熠生辉，神圣而凝重。金神鸦的事情，小芸曾听大姨说起过。真正见到金神鸦她还是第一次。当初，她既被沅水上那神鸦护航的神秘事象所吸引，也为少老板的仁慈之心和乐施好善而感慨。铸造这样一尊金神鸦，得花费多少银钱呀！可大姨对她说，有了这尊金神鸦的保佑，张家的油号便能够生意兴隆，财源广进。张复礼走到茶几前，将绸布盒打开，那尊金神鸦，不大不小，放在盒子里面刚刚合适。接着，张复礼吩咐陈妈，找来一块红布，将盒子兜起，然后提到楼上的房间里。

盛夏六月，是汉口最炎热的时节。鹦鹉洲地处长江的沿江地带，芳草第虽然是临江而建，到了夜晚，那敞开的窗户里，依然没有一丝风吹进来。张复礼坐在房里，光着膀子，汗流浃背，他想看书，却怎么也看不进去。那小芸将班主刷了两耳光之后，便来到了芳草第。从这件事情看得出，这小芸是个烈性子。要霸她的蛮，是绝对不行的。种种迹象表明，她对张复礼的印象，已经逐渐好了起来。至少是那段香云纱衣料，她已经同意做成衣衫了。若是早几年，张复礼肯定会按捺不住，哪怕是翻窗拱壁，早就闯进了隔壁小芸的房间里。今夜，他却没有这样冒失。眼下的情势，对于这段情缘，他是胜券在握的。他料定，这次他回浦阳，留在这小楼里的坤角，也必然会和他一样，受到相思的煎熬，等到他从浦阳回来，这种情感，想必就会成为熟透了的葡萄，没有一点酸味了。闷热难捱的张复礼躺在床上，闭上眼睛，强迫自己快快睡着，明天一早还要赶船。然而，越是这样，他越睡不着。就这样翻来覆去，也不知过了多久。突然间，他隐约听到了一声声抽泣。当他着真细听时，发现这抽泣声，来自隔壁小芸睡卧的房间，而且正是在临江的窗子边。想必是这坤角学着戏里的旦角样，在凭窗对月，抒发着闺中的幽怨。张复礼再也按捺不住了。他翻身下床，开门外出。这时，他发现自己光着膀子，只穿了一条短裤，觉得有点不妥，便赶紧回房穿好衣裤。他来到隔壁房门口，轻声叫着："小芸，你哭哪样呀！半夜三更的，莫哭了。"

房间里没有回声。张复礼试着用手指顶门，原来房门并没有闩。他轻轻把房门推开，站在门口，叫了一声："小芸！"

伫立在窗前的小芸回转身子，她迅速地将桌子上的油灯点燃。凭借着油灯的光亮，张复礼见小芸穿着一件无袖汗衫，一条短裤。白皙的手臂和大腿全都裸露着，汗衫里挺起高高的乳峰。她没有羞涩，没有忸怩，只是轻轻地说了声："请进来吧！"

张复礼心中的热血在涌动。他走到了小芸的跟前，与小芸面对面地站着。他为小芸揩拭眼泪。小芸并不拒绝，任凭他那粗大的手，在细嫩的腮边揩拭。张复礼与小芸之间的距离越来越近了。他健壮的胸脯，触电一般点击到那高耸的乳峰。男人和女人，相互都能听到对方的呼吸。突然间，张复礼的双手，紧紧把着小芸的肩头，似乎是怕她在顷刻间飞逝。他充满着柔情地说："小芸，答应我吧！"

"我要你也答应我一件事情。"小芸这样说，像是事先有准备。

"什么事情，只要是你说的，一千件，一万件，我都会答应。"张复礼说着，他的两眼，在灯光的映照之下，闪灼着希望的光。

小芸说："答应我，莫学那负义的王魁，除了你湘西的太太和小芸之外，你再也不找别的女人。"

"你放心，有了你，我再也不会找别的女人了。"张复礼说着，他的呼吸都显得急促起来。

"你发誓，像那《百花亭》里的江六云一样，对着天上的月亮发誓。"

小芸的言语，是那样认真。说着，她挣脱了张复礼的双手，走到了面对长江的窗口。张复礼来到了那里，与小芸并肩而立。星空看不见一丝云彩，只有那弯弯的月亮，在闪灼着群星的天宇中显得皎洁而孤傲。夜深了，当这轮新月将她的银辉洒向天际时，远处武昌城隔岸的隐约灯火，相比之下，都显得黯然失色了。在张复礼看来，这天上弯弯的月亮，仿佛就是身旁小芸的化身。对着一弯新月，海誓山盟，定下白头之约，应该说是别有一番情趣的。这时，张复礼用他的一只手，轻轻搂着小芸细软的腰肢，那小芸便顺势倒靠在了张复礼的肩头。张复礼稳了稳心神，遥对那一弯勾住了他心魄的月亮，信誓旦旦地说："请月亮作证，若是复礼除了太太和小芸之外，再有第三个女人，就……"

张复礼的誓言，还没有说完，小芸便侧转身子，用她的小手，堵住了张复礼的嘴巴，娇嗔地说："不许你说不吉利的话！"

这时，张复礼那只搂着细腰的手，将腰把紧，另一只手轻轻托起了那丰腴的圆臀。这时，娇小的小芸，闭上了双眼，温驯地横陈在张复礼的前胸。张复礼则哼唱起《百花亭》中那曲柔情万种的［一江风］，托抱着小芸，如同他怀中的一弯月亮，他一步一步，走到床前，而后轻轻地将小芸平放在床上。

"把门关上！"

张复礼走去关门、闩门。

"把灯吹灭！"

"亮着灯不是更好吗？"

突然间，一阵难得的晚风，把如豆的灯光吹得摇摇晃晃。在这摇曳的灯光下，那深藏不露、扑朔迷离的一切，都毫无保留地坦陈在张复礼的眼前。小芸静静地仰卧着，含笑的两眼，似闭非闭，一对浅浅的酒窝，镶嵌在她红扑扑的脸庞。张复礼俯身下去亲吻着，像是在舔食那酒窝里的琼浆玉液。光洁无瑕的酥胸前，那碧玉似的乳峰高耸着，两团红晕点缀在乳峰之巅，像两颗熟透了的三月莼，在等待着适时的采摘。张复礼顺势而下，用双唇触及那最敏感的部位。突然间的一阵酥麻，使小芸莲藕般白皙的四肢完全放松，她如同一团糍粑似地瘫软了。

"小芸这是第一次，你要怜惜人啊！"这声音，似乎有点儿颤抖。

听了这句话，张复礼越发兴奋了。原来，他对于这一点，并不抱过多的希望，因为她毕竟寄身梨园。坤班里的女子，守身如玉的，又能有几人？想不到小芸说她这是第一次。张复礼暗自庆幸，自己遇上了一个梨园中的奇女子。怜香惜玉之情，禁不住油然而生。他俯身在小芸的耳边轻声儿说："你放心，我会的。"

张复礼的一举一动，都在体贴、温存中进行。爱抚之中融入了威猛，酥软之内包含着坚挺。那神秘莫测的溪涧之间，一朵牡丹正含苞欲放。他只能小心翼翼地深入其中，轻轻地采摘。就在他采摘的那一瞬间，花蕾将绽开，花蕊将吐艳。小芸是戏班里经过练功的女子，她有着极好的腰功和腿功，这有助于她在最短的时间内，进入最佳的状态。她敞开饥渴的土地，拥抱生命的精灵，迎接无声的雨露。原说要张复礼怜惜，而这时她却感到，风雨的到来，为什么这样迟缓？突然间，小芸把矜持抛到九霄云外，一种本能的疯狂，淋漓尽致地体现了出来，这反倒使张复礼一时感到不知所措。张复礼回过神，他明白了小芸的意思。骏马一旦松开了缰绳，便开始了自由自在的驰骋。接下来，便是暴风骤雨般的颠鸾倒凤。这就是《百花亭》中那曲〔一江风〕所唱的"魂销魄销"。小芸就在这种"魂销魄销"之时，感到一阵突然的疼痛。继而，她便体味到清泉的滋润、甘露的播撒。她知道，这是什么事情发生了。刚才的这一刹那，是她最美好的时刻，也是一个妇人献给男人的最好礼物。这时，她将身上的男人箍搂得更紧了，躯体的每一个部位，都做了最完美的迎合、最彻底的渲泄。仿佛她与这个男人，今生今世就这样永不分离。

灯光如豆，照着热汗淋漓的男人和女人，照着床单上的那一团殷红。望着这出自自身肌体的殷红，小芸伏在张复礼宽阔的肩膀上，"呜呜"地哭了。张复礼没有说话，他只是温存地抚摸着小芸散乱的头发，为小芸擦拭着那流淌到腮边的眼泪。这一瞬间，他忽然想到了许多许多，从窨子屋后院小屋稀里糊涂的完事，到那满是雕花嫁妆的新房里无中生有的"见红"，而只有芳草第里的这一刻，他才真正品尝到做一个男人的幸福与尊严。

"小芸把一切都给了你，你要有良心啊！"小芸用哽咽的声音，在张复礼的耳边轻声说。

"怎么？还不放心？！刚才复礼要起誓你又不让，要不，我再给你起誓。"张复礼说着，做了个开口起誓的样子。

小芸立刻捂住张复礼的嘴，娇嗔地说："谁让你起誓了！我告诉过你，不许说不吉利的话。"

张复礼不再说话，顺势把小芸揽到怀中，低下头去，挨个儿吮吸那圆圆的乳头。

"一身的汗，莫吸了。"小芸推开了张复礼，说："你明天还要坐船，休息一会儿吧！"

"有你在身边，我怎么睡得着啊！把觉留着，明天到船上再去睡吧！"张复礼说着，用双手把小芸轻轻托起，走向自己房间。

● 逆水行舟

　　满装着绸布的麻阳船，离开鹦鹉洲码头，从波涛滚滚的长江，航行到湖南境内岳阳府属的城陵矶，便进入了洞庭湖。傍晚，滕运隆吩咐大船下锚。这一路航行，张复礼不顾船舱里的闷热，一直在昏昏大睡。吃夜饭了，滕运隆才喊醒他用餐。他三扒两咽吃完饭，又呼呼地睡着了。滕运隆奇怪，这少老板怎么有这多的瞌睡？他怎么知道，昨晚芳草第"魂销魄销"的一夜，少老板就一直没有合过眼。

　　第二天清早，大船从城陵矶起锚开航。睡足了觉的张复礼，躬身走出船舱，迎着习习的晨风，伫立在船头远眺，茫茫湖水在朝阳的映照下波光粼粼，水鸭贴着水面飞过，溅起朵朵水花，消失在远处的芦苇丛中。面对湖中美景，张复礼浮想联翩。荡漾的湖水，仿佛是小芸甜美的笑靥。湖水中瞬息即逝的漩涡，便是小芸面庞上的酒窝。他与小芸分别时，是那样依依不舍。他甚至打算放弃这次的浦阳之行，通知青浪滩的伏波庙，推迟金神鸦开光仪式的日期。小芸却对他说，定好了金神鸦开光的日子，是决不能轻易改变的，否则便是对神灵的不敬。顺庆油号的生意兴隆，要仰仗神灵的保佑，首先就要有虔诚心。她搬出戏文里的话：两情若是久长时，又岂在朝朝暮暮。她叮嘱张复礼，一定要按时把金神鸦送到伏波庙开光，接受万人敬仰；回到浦阳镇以后，要和家里人商议，早早备办好上等桐油的货源。初次同洋人做生意，事事不可怠慢，给詹姆斯留下好印象，才有下回生意。小芸能这样处处为他着想，使他更增添了一重对这女子的爱意。

麻阳船到达常德，湾在南门外的麻阳码头。当年，是滕黑子带领麻阳
水手，靠拳头打出了这个码头。麻阳水手多有在常德落户者。起初，他们
在常德的城墙外，搭建起窝棚安身，后来一天天扩展开来，便沿着城墙形
成了这样一条麻阳街。夜里，船把佬有的去麻阳街上会见亲友，有的则去
那里寻找可以发泄的地方。张复礼哪里也没去，陪伴着押船的伙计，留在
船上过夜。第二天清早，水手们陆续回船，麻阳船迎着朝阳，又开始了一
天的逆水行舟。揽头工满延长站立在船头，手执抵篙，撑落到水底，大船
便缓缓前移。随着大船的启航，在船头上唱起了沅水行船的《路途记》：

常德开船望德山，脚穿草鞋娘娘滩。娘娘滩上射三箭，箭箭射到河洑
山。桃源有个桃源洞，盐船停靠窑河潭。牵牛过河白马渡，张古老力大穿
石山。仙鹅抱蛋姨望溪，界岩放在毛粟湾。瓮子洞边寡妇链，鲤鱼跳山明
月庵。江边猛虎来跳干，前头就是缆子湾。雷回风篷走夹板，伏波庙修在
青浪滩……

麻阳船从常德逆水而上，经过九天行程，于六月十七傍晚，准时到达
了青浪滩边伏波庙下的庙角码头。闻讯而至的人们，云集到码头围观。两
岸树林中成群的乌鸦，凭着它们特有的灵性，也向着伏波庙上空飞来，在
夕阳的余晖之中盘旋，像是在迎接它们同类的神驾。只见那老庙祝神采奕
奕，手捧着两道红色彩布，步下石阶，迎接金神鸦的到来。当张复礼手捧
金神鸦踏上码头时，老庙祝将一道红披在了金神鸦的头上，将另一道红掸
在了张复礼的脖颈。围观的人们立刻发出了欢呼。在众人的簇拥下，他们
一同登上那一级级石阶，进到了伏波庙。

六月十八日，天还没大亮，青浪滩两岸四乡八里的乡民，就如同潮水
一般涌向了伏波庙。金神鸦的出现，给伏波庙又增添了一道神圣的光环。
闻讯而来的乡民们不听劝阻，不顾一切地挤进神庙的大殿，挤得个水泄不
通。那大殿里的神坛，成了众人目光聚集的焦点。今天，伏波王爷、耿氏

娘娘，还有那陪王伴驾的千里眼、顺风耳身上，都披上了喜庆的红绸。最引人注目的，当然是即将接受开光点像的金神鸦。披红挂彩的金神鸦，高昂起尊贵的头颅，雄踞在王爷驾前的神案之上，庄重而神圣。那微微展开的翅膀，蕴含着它无穷无尽的力量。仿佛这青浪滩上下的万民，都可以在这一双翅膀之下，得到庇佑，得到平安。只见那老庙祝手握朱笔在金神鸦的额头上，轻轻地点了一点，大殿里随即响起震天动地的欢呼声，庙门外燃起了经久不息的鞭炮声。人们欢呼雀跃，猛地将张复礼抬起，一次又一次抛向空中，仿佛这位浦阳镇上的少老板，就是金神鸦的化身……

下午，张复礼乘坐的麻阳船在鞭炮声中，继续逆水而行。曾几何时，这条麻阳船由于一只神鸦的误死，成为最晦气的船。转眼之间，只因它为伏波庙载来一只金神鸦，又成为最红火的船。乡民们对这条麻阳船隆重的迎送，不但给张复礼带来殊荣，船上的每一个船把佬，也都引以为自豪。

这天，麻阳船将在垭角洞下锚。垭角洞是个生事的地方：打死神鸦的滩师尹长久就是家住在这里；张复礼老丈人的木排，也是在这里被人砍了缆子，落得个排毁人亡。张复礼这次送来的金神鸦，就是代替尹长久向伏波王爷赔罪而打造。这岸边的尹长久因为伤害过神鸦，冒犯了神灵，便再也不能在青浪滩驾船飙滩了。前番分手时，张复礼曾给了他一点散碎银两，嘱咐他另谋生路，也不晓得他的近况如何？重返垭角洞，张复礼希望能见上他一面。一来了解他近来的情形；二来向他打听老丈人的木排在这里被砍断缆子的情形。听浦阳到汉口的人说，案子一直悬着破不了，找个当地可靠的人打听，或许能够问出一点儿破案的线索来。

黄昏时分，逆水而上的麻阳船，结束青浪滩凶险的航程，进入到垭角洞平缓的河段。拉纤的纤夫，不再步履艰难；摇橹的船把佬，也松气了许多。张复礼迎着晚风，站立在船头，望着垭角洞寨子里飘起的袅袅炊烟。突然，他发现码头上站着一个汉子。那汉子便是他心里一直惦念着的尹长久。麻阳船进入到泊位，停靠稳当时，岸边的尹长久"扑通"一声，便跪在地上哭喊着："少老板！大恩人！"

"快莫这样！快莫这样！"张复礼连忙走下跳板，将尹长久扶起。

尹长久说："为了我的一条性命，你打造金神鸦，花费了那么多的钱财……"

"长久，看你把话说到哪里去了！"张复礼拍着尹长久的肩头说："'顺庆'赚得的每一文钱，都是王爷的恩赐。能够给王爷敬献一只金神鸦，是复礼的造化。"

尹长久对船上的伙计们连连拱手："长久有错，对不住弟兄们，给各位赔罪了！"

滕运隆说："长久说哪里话！是祸躲不脱，躲脱不是祸。人生一世，谁没有个闪失。事情已经过去，少老板也替你向王爷赔了罪，你就想开些吧！快上船！"

张复礼也说："长久，快上船，我还有事情要问你。"

尹长久没有上船。他站在岸边，被泪水模糊的双眼，深情地望着大船，充满着眷恋，更充满着愧疚。他叹息着说："多谢了！长久祖祖辈辈驾船飚滩。青浪滩上的船，就是尹氏门上的衣食所靠。这四个多月来，长久离开了船，可夜夜都梦见在青浪滩上驾船飚滩。怎奈是得罪了神灵，也就断了和船的缘分。长久已是戴罪之身，若是上船，神灵是会怪罪的，还是不上船的为好，免得连累了各位弟兄。"

尹长久一番话，道出了他的酸楚，更引起了众人的同情。沅水的水上人对河神，对神鸦，都有一种本能的敬畏。尹长久说他不能上船，也就没人再向他发出邀请了。

尹长久对张复礼说："少老板，我有点事情想跟你讲。去我屋里坐坐，可以吗？"

"可以。"张复礼点头答应。

在路上，尹长久告诉张复礼，闯祸以后，再也不能飚滩，另找生活的门径，也并不那么容易。起初，他打算在河边搭个棚子，买了些竹子来编缆子。垭角洄过往船排多，缆子是有销路的。朋友却对他说，你是河下闯过大祸的人，你编的缆子只怕没人敢用啊！没奈何，尹长久打消了这个念头。他明白，日后他从事的门径，决不能与河下有任何绊扯。没奈何，他用张复礼送他的散碎银两，置办了一套家什，办了一间豆腐作坊。眼下的收入，还勉强可以维持一家人的生计。

尹长久带着张复礼，沿着寨子里的石板路，回到自家的吊脚楼时，天已经刹黑了。一进屋，尹长久便立即回身，将大门关上了。

"大热的天，关门做哪样？"张复礼问道。

尹长久压低嗓门说："少老板，我有重要事情对你讲。"

"什么事？"

"元隆木行，可是你老丈人开的？"

"是的。"

"他的大排，在这垭角洄被砍了缆子，你晓得不？"

"晓得。"张复礼说着，问尹长久："怎么？你晓得那缆子是哪个砍的？！"

尹长久点着头，说："是的。我晓得。"

张复礼急切地说："我正想找你打听此事，告诉我，缆子是哪个砍的？"

"砍缆子的人，这里有一道疤子。"尹长久说着，在右额眉尖处比画。

"是长疤子？！"张复礼大吃一惊，连忙问尹长久："你是怎么晓得的？"

尹长久说："这个额门上有疤子的人，在大排到垭角洄的前两天，说是等一个常德来的朋友，住进了我屋里。我心里犯疑，等朋友该去烧纸铺呀！那里有歇店，比这里方便得多，他却偏来垭角洄。我问他从哪里来？他说他从沅陵来。可我听得出，他的沅陵话里夹杂浦阳腔。我多问了几句，他就不耐烦，把二两银子往桌上一摞，说让我收下，不该问的不要问。我寻思着，此人不像是善良之辈，可又琢磨不出他的底细。那些日

子，天下大雨，涨'磨刀水'。一连三天，他都蹲在屋里不出门，鸦片烟
瘾来了，就吞一颗泡子。每天夜饭过后，他都要到河边打个转身。第三个
晚上，他从河边回来以后，就进房里睡觉了。他的房间在我的睡房隔壁。
小半夜，大风刮得飞沙走石，大雨落得昏天黑地。突然间，我听见他起床
的声音。接着，我又听见房门响，大门响，大雨打着纸斗篷的声响。深更
半夜，狂风暴雨，这人出去做哪样呢？我不禁犯了猜疑。约摸一袋烟的工
夫，我听见他回来了，接着是'咣当'一声响，那是在丢我家的那把砍
刀。大雨天，他拿着砍刀去做哪样呢？我琢磨不透，想着想着，便迷迷糊
糊地睡着了。鸡叫时，雨停了，我起床磨豆腐。那人已经悄悄儿走了。他
戴过的纸斗篷，用过的砍刀，都还是湿的。天亮过后，寨子里起吼，说浦
阳镇元隆木行的大排，昨晚被人砍了缆子，木排被大水打了，排古佬除了
一人逃脱以外，其余的全都淹死了。不用说，这砍缆子的事，就是那右额
门上有一绺疤子的人干的！"

听了尹长久的诉说，张复礼震惊了。他急切地比画着问："你说的这
人，是右额门上有一道长长的疤子？！"

"是的。"尹长久回答得十分肯定。

"哦！是他！"他接着问道："这事情，你在外面说了没有？"

"没有。"

"官府来勘查，你也没说？！"

"也没有。"

"你为什么不说？"

尹长久说："少老板，你替我想想，我是刚刚在青浪滩上犯了事的
人。此事如果说了出去，说不定会落得个窝藏凶犯的罪名。到那时，我是
跳进黄河也洗不清了。"

"那你为什么又把这事告诉我？"张复礼问。

尹长久说："后来，我听说元隆木行是你老丈人开的。那砍缆子的是
你老丈人的仇人，当然也就是你的仇人。我的这条性命，是少老板给的。

知恩不报，还算什么人。不管怎样，我也一定要把这些事情告诉你。"

张复礼问："告诉了我，难道你就不怕说你窝藏凶犯？"

尹长久说："能为少老板的老丈人报仇，我没有什么怕的。"

"你愿意到堂作证？！"

"愿意。"

张复礼没有再问，也没有再说话。他久久地沉吟着。屋里闷热，尹长久赶紧把大门敞开。尹长久的堂客做好了饭菜。新鲜河鱼和酸辣椒，黄焖活豆腐，河边人的家常菜。尹长久斟上一杯米酒，敬给张复礼："少老板，一杯薄酒，菜也不合你的口味，实在对你不住！"

张复礼一昂脖颈，把酒喝干，说："尹师傅，多谢你。你的这番心意我领了。"

"什么时候要我到堂作证，请知会一声。"尹长久说。

张复礼皱着眉头，沉吟许久，说："尹师傅，多谢你。这件事情。比起你想象的要复杂得多。我思量过了，往后该怎么办？究竟告不告官？还得要从长计议。事情就说到这里打止，请你不要再跟其他任何人说。若是有什么事情，我会再来找你。"

尹长久点着头，眨巴着眼睛。少老板的这番话真有点让他琢磨不透。有他提供的证据，捉拿凶犯，十拿九稳。听他的口气，那个右额头上长疤的人，他还是认得的。看他的样子，却似乎没有把事情告诉岳家，为岳家报仇的意向。尹长久想，事情已经告诉了他，由他看着办。其余的事情，他就管不得那么多了。

麻阳船继续着它溯江而上的行程。张复礼原想通过尹长久了解岳家排缆被砍的情形，没想到此案唯一的见证人就是尹长久。更令他惊诧的是，排缆竟是长疤子砍的。长疤子与刘家无冤无仇，犯不着对刘家下此毒手，显然是受雇于人。他的背后除了龙永久，就不会有别人了。龙永久的这一手，真够阴险歹毒。张复礼该怎么办，他为难了。龙永久是个不可小觑的人。他脚踩红黑两道。汪巡检烟枪里的宫保烟都是由他提供。段千总与鸦片无缘，他就让儿子认总爷做了干爹。浦阳镇上的袍哥、癞子，他更是一呼百诺。尹长久提供的这点证据，还不一定能将龙永久告翻。若是告他不翻，以后的事情更麻烦了。他与刘金莲的情缘已是名存实亡，自己没有必要掺和到这件事情里去。斟酌再三，他决定把这尹长久的证据压下，不向刘家作通报，远远地躲开这场与自己并无关联的争斗。

张复礼乘坐的麻阳船，到达了浦阳镇的万寿宫码头。仅四个多月时间，浦阳镇上发生了那么多的变故。张复礼回家拜见了父母，草草吃过中饭，便和妻子刘金莲一道去看望岳母。临行之前，刘金莲戴上白布孝帕，也将孝帕缠在了丈夫的头上。张复礼瞄了一眼离别四个多月的妻子。或许是娘家的变故，给她带来太多的伤情。或许是丈夫的远行，给她带来太多的孤寂。她面容憔悴，那一双丹凤眼里，充满着忧郁和感伤。竟有几丝浅浅的鱼尾纹，从丹凤眼的眼角向两侧延伸。张复礼对这个心比天高、命如纸薄的女人，既感到厌倦，又产生了一丝怜悯。

张复礼和刘金莲进到刘家窨子，便一同对着刘昌杰的灵位三跪九叩首。刘金山、伍秀玲夫妇立刻来到大堂，跟着妹夫和妹妹，一同跪拜。刘邬氏闻声而至，她失声地痛哭着，将张复礼搀扶起来："复礼，起来吧！"

"娘！复礼对不住爹，路途遥远，没能回来给他老人家送行。"张复礼显得很悲痛。

刘邬氏哭着说："难得你这份孝心。让你破费带来的皮货，我都收到了。"

张复礼说："一点意思，也不晓得您老人家是不是喜欢。复礼晓得，爹爹过世，你心里很是悲痛。古话说，人死不能复生。人生百岁，也终归一死。这条路没有哪个能逃脱。爹爹常念佛经，这个道理他老人家是懂得最透彻的。你老人家不要过于悲痛，保重身体，是最要紧的。"

刘金莲掏出手绢，为母亲擦拭着眼泪。她说："娘，莫哭了。您要听复礼的劝，保重身体要紧。"

刘邬氏呜咽着说："不哭了！眼泪都已经哭干了。"

刘金莲打开礼包说："娘！这是复礼给你带来的高丽参，出在朝鲜，给您补身子。这是带给达儿和宝儿的衣料，是在洋行里买的外国布料。"

伍秀玲看着衣料，说："让姑爷破费了。"

张复礼说："前次运油去汉口，船上的伙计在辰州城里出了点事情，没得办法，只得硬着头皮去找到亲家爹。得到他老人家关照，三言两语，就把事情给摆平了。"

"我爹爹对亲戚的事情，是最肯帮忙的。"伍秀玲说。

张复礼对身边的刘金山说："哥！这些日子，你受苦了。屋里出了那么多的事情，在最困难的关头，复礼本该来帮你，可等我得了音讯时，事情都已经过去了。想到这些，我就心里感到不安。"

刘金山叹息着说："唉！真像是做了一场噩梦，自己都不晓得是怎么过来的。"

刘金莲说："真是无事家中坐，祸从天上来。悖时的事全让刘家遇上了。那砍缆子的事，就连三岁伢儿都想得到是那龙家人干的，可就是拿不到人家的证据。"

刘邬氏说："做那种灭绝事的人，是会不得好死的。"

"复礼，我是咽不下这口气啊！"无奈的刘金山，像是在希望得到妹夫的帮助。

张复礼点着头，表示他与刘金山有着同样的心情。刹那间，他想到了垭角洞尹长久的通报。若是把这个消息转告刘家，顷刻之间，就立刻会改变刘金山的抑郁，刘家也就有了复仇的希望。浦阳镇上，将会掀起一场轩然大波。然而，权衡利弊，计算得失，他决定守口如瓶，把事情沤烂在肚子里。当然，面子上的话，他还是要说的："是呀！这事情是最呕人的。这次，货船在垭角洞歇了一晚。为这事我特意上了岸，想寻找到一点线索。只要能把那砍缆子的人查找到，他背后的龙家自然也就跑不掉了。可打听来，打听去，一点头绪也没打听出来。"

"复礼，难得你的这份心意。"刘金山对妹夫表示感谢，说："这事情，我们也算是着力了。达儿、宝儿的外公，还帮着找到了辰州知府，知府衙门也派人去了垭角洞。查了几天，一点线索都没查出来。"

"既然如此，那又怎么办呢？"张复礼关切地问。

刘金山说："我也不晓得该怎么办。"

刘金莲说："我们刘家也真是太善了，总是遭人家欺侮。明明晓得是龙家人干的，可就是奈人家不何，到头来，还只得忍气吞声，落得个打落牙齿和血吞。"

吃过晚饭，张复礼和刘金莲回到了张家窨子。晚上，张复礼向父亲、母亲详细禀报离家四个多月来的情形。张恒泰除了叫来了大管事张秀山以外，还把刘金莲也叫来了。许多事情，张复礼在屡次给父亲的信札中，都已经禀报。为了把事情的来龙去脉讲得更清楚，张复礼把离家之后的事情，从头至尾，又讲述了一遍。张复礼的禀报，把张恒泰说得心花怒放。曾几何时，张恒泰还担心，把这份家业交给儿子，儿子能守得住吗？看来，这个担心已经是多余的了。张恒泰特别欣赏的是，儿子能在青浪滩上当机立断，应承向伏波王爷赔偿一尊金神鸦。张恒泰以为，顺庆油号的生意之所以能够如此顺利，完全是倚仗着神鸦、倚仗着伏波王爷的庇佑。张恒泰甚至想，若是自己在青浪滩上，也遇着与儿子同样的情形，他就没有儿子的那种胆识，自然也就失去了发达的机会。他对儿子铸造金神鸦、购置芳草第这些先斩后奏的举动，不但不予追究，反而给予了表扬。青浪滩伏波庙里的金神鸦，将为沅水上下千万信众所敬奉，它的募化者，便是浦阳镇上大名鼎鼎的张家；过不了多久，顺庆油号便会成为浦阳镇第一个与洋人做生意的商家。再有，鹦鹉洲上的芳草第，更是浦阳人在汉口拥有的最气派的房舍。今年的万寿宫上会，又轮到张家值年。他决定把儿子留下来，主持过这次上会再去汉口。

刘金莲听着丈夫的每一句话。丈夫说，他这次回浦阳的原因之一，是因为她的娘家出了事，要回来看望，她的心里是高兴的。不管他是不是真心真意，起码在外人的眼里，还是给她、给她的娘家挣了面子。刘金莲最不愿意听到的，是丈夫在鹦鹉洲上，买了一个单家独院。他住在油号里，有复万哥，特别是有翠珠盯着，他或许不敢大胆妄为。他住着一个小院，天晓得他会干出些什么样的事情来。刘金莲担心，害怕，她甚至预感到会有可怕的事情发生。翠珠临走之前，刘金莲曾向翠珠倾诉苦衷。翠珠曾对刘金莲说，少老板在汉口若是有什么事情，凭着多年的主仆情分，翠珠是会随时设法告知她的。看来，这样的事情就要发生了。即或是翠珠向她报了信，她又能怎样呢？她是那样无奈与无助，心里就是有苦也没个地方倾诉。她只能听天由命了。

张复礼的禀报，一直持续到半夜。吃过夜宵，洗过澡，众人回房歇息。张复礼又回到了那他极不情愿看到的房间。满房间的雕花家具，依然在那里摆放着，没有丝毫的变化。家具上的每一个纹饰，都像是撇着嘴在对他嘲弄。梳妆台雕着的那对鲤鱼曾被他剜掉眼睛。张复礼注意到，那被剜掉的一双眼睛里，已经涂上了一层和土漆相仿的颜色。油灯灯光黯淡，若是不过细，便看不出有什么破败。他不由得暗自叹息，自己有眼无珠，妇人咎由自取，剜下来的木头，想要再补上去，只怕就难了。补上这一点相近颜色，是无济于事的。那门沿的墙壁上，依然挂着那次唱目连大戏时，安花脸送给他的灵官印脸布。印脸布上的图案早已褪色，可它还在坚守着岗位，为这间屋子驱赶着永远也赶不走的邪气。刘金莲和丈夫走进这间卧房，她的心情是极其复杂的。她明白，丈夫对她，早就已经失去了热情，决不会因为去了汉口几个月而产生任何变化。梳妆台上，那双被剜去的鲤鱼眼睛，留着斑驳的刀痕，在这满房间的家具之中，实在是太刺眼了。没奈何，她才设法涂上了一层与土漆相近的颜色。她注意到，丈夫进到房间里，便瞄了那梳妆台一眼。她的这种处理方式，丈夫一定会感到可笑。其实，这也没有什么可笑的。丈夫今天到她娘家的种种故作姿态的表现，跟这在剜去的鲤鱼眼睛上补一点颜色，不也是一样的吗？她毕竟还是张家的媳妇，就跟丈夫毕竟还是刘家的女婿一样。大家同样都在维系着夫妻双方都需要的面子。

雕花牙床上，垫着一床水竹篾的席子，小钰龙在上面睡得正香。这么个娃儿睡在那里，张复礼却似乎没有看见。刘金莲对此也并不感到奇怪。因为她明白，这睡着的伢儿，正是他的心病。为了缓解过于紧张的气氛，刘金莲说话了："这天真热！"

"汉口比这里还要热得多。"

"那你夜里怎么睡得着。"

"汉口那么多的人，还不是一样要睡，要过日子。"

"买的那幢房子里，也一定很热吧！"

"那幢房子在河边，有风的时候好一点。"

"睡吧！时候不早了。"

张复礼看了看床上，接着便脱衣服。

"今晚对不住，遇上了好事，还没干净。"刘金莲说着，把枕头放到另一头："伢儿都那么大了，你就睡那一头吧！"

窨子屋里闷热，睡觉时用不着盖被褥。张复礼睡在那透出了丝丝凉意的竹席上。他的腭下，是由那一头伸过来的不大不小的一双脚。他觉得不舒服，就翻了一个身，睡到了床边，与另一头睡着的妇人，避免一切躯体的接触。刘金莲也有意朝里翻了个身，还把身子往里面挪了挪，作为一种回应。一对同床异梦的男女，都在揣摩着，另一头睡着的人，正在想些什么。只是刘金莲还不曾得知，那鹦鹉洲上的芳草第里，另外一个女子，已经神不知鬼不觉地取代了她的位置。雕花牙床上，空着的面积越来越宽，就如同一道深深的沟壑。这对背靠背睡卧着的男女，似乎都在向着对方宣布，他们之间的鸿沟，是永远也难以填平的了。

第二天早上，钰龙起身，见张复礼回家，高兴得很，"爹爹！爹爹！"叫个不停。他缠着要张复礼送他去上学，还说，印老师常常和他念叨着爹爹。张复礼也正想和印秀才去摆摆龙门阵，吃过早饭，他就带着龙儿出了门。走到前街的拐角处，他老远看见一个人，栽着脑壳朝着他走来。这人正是他想要见到的长疤子！

"怎么？这晌有了两个钱，就认不得人了！"张复礼和长疤子打着招呼，这话里，显然还有话。

长疤子一抬头，见是张复礼，连忙点头哈腰，说："张大哥！几时回来的？听说你在汉口发了大财，还同洋人做上了生意。你就莫讲风凉话了，小弟都已经穷粘了泥，能有什么钱？还要望靠人哥多多关照呀！"

张复礼弯下腰对钰龙说："龙儿，爹爹跟疤叔有点事，不能送你了，你就自个儿去上学吧！跟老师讲，爹爹回来了，改日会去拜望他。"

钰龙应声，一个人拐弯进了瞿家巷子，上学去了。

"怎么？大哥回来了，你就不兴接风？！"张复礼说。

"走！上望江楼！"长疤子回答得极爽快。

早上，辣扎扎的太阳还没出来，晨风从沅水的河面，吹进望江楼上的一间小包房里，张复礼和长疤子对面而坐，堂倌上来一盘烧腊猪蹄，两个人喝着包谷烧，倒也是一桩惬意的事情。

"怎么？这些日子常来望江楼吗？"张复礼问。

长疤子做出一副可怜兮兮的样子，说："不瞒大哥，我都好久没上望江楼了，今天是给大哥接风，才破例到此一回。"

这时，堂倌又送来一盘烧腊猪耳朵。听了长疤子的话，他不禁扑哧一笑，说道："哈！瞿少爷，你这是在盘张家少老板。这个把月来，你可是我们望江楼的常客啊！"

"多嘴！"长疤子不高兴地骂了一声。

张复礼对堂倌说："这里没你的事情，去吧！"

那堂倌走了。长疤子对着张复礼，再一次举起了酒杯："大哥！莫信他的，我们喝酒！"

张复礼没有喝酒，连杯子都没有端。他的两只眼睛，如同锥子一般，久久地盯在长疤子的脸上。

"大哥！你这是做哪样嘛？"长疤子显然有点儿心虚。

张复礼单刀直入，向长疤子问话："告诉我，他给了你多少钱？"

长疤子有点慌神了。他说："大哥，你在讲哪样？我都被你搞糊涂了。"

张复礼突然站起身来，走过去把包房的门掩好，压低嗓门问长疤子："你不是在垭角洄等常德来的朋友吗？你的那个朋友是哪个？你等到了没有？"

听到张复礼的问话，长疤子立刻便瘫软了。他一梭便梭到楼板上，跪着抱住了张复礼的大腿，苦苦哀求着："张大哥！你要救命！"

张复礼就势刷了长疤子一耳光，骂了一声："你这没出息的东西，还不快起来！"

长疤子栽着脑壳，重新坐到了椅子上，两只眼睛眨巴着。他百思不得其解，这样的事情，张复礼又怎么会晓得？

"张大哥！你怎么晓得我去了垭角洄？"

"若要人不知，你除非己莫为！"

长疤子自知大祸临头，两条裤腿筛着糠。他哭丧着脸，问张复礼："张大哥！你已经把这事告诉刘家了啰！"

张复礼骂道："真是蠢得跟猪一样！这事若是告诉了刘家，我还能在这望江楼陪你喝酒吗？"

听了张复礼的呵斥，长疤子心里的一块石头落了地。他长长地舒了一口气，心想，这位张大哥真够义气，他简直把朋友看得比老丈人家还要重。长疤子又立刻回神一想，这张家大少爷，一直都在被刘家的小姐戴着绿帽子。这其中的每一件事情，他从来都不瞒长疤子。他恨刘家，不帮刘家的忙，做点吃里扒外的事情，也是理所当然的。

"张大哥！长疤子这世人生，愿意给你做牛做马！"长疤子站了起来，一口将一杯酒喝干，含着眼泪对张复礼发誓："从今以后，长疤子对你若有二心，就像这杯子一样！"

说着，长疤子将一只酒杯摔得粉碎。对此，张复礼显得很平静，只是冷冷地问道："说！是谁让你干的？"

"张大哥！你何必硬要我指名道姓，难道你心里还不明白吗？"长疤子说着，连打几个呵欠，显然是鸦片烟瘾又来了。

"什么时候上的瘾？"张复礼问。

长疤子含含糊糊回答："嘻嘻……嘻嘻……"

"听着！"张复礼板着脸，正颜厉色地说："莫讲现时有人供你的鸦片烟，那是长久不了的，赶快戒掉。记住，从今以后，再也不要做伤天害理的事了！"

学馆夜话

　　张复礼回到浦阳镇，备办销售给洋人的桐油，霎时间成了码头上的头号新闻。同洋人做生意，在浦阳还是头一遭。去年镇上就传言，洪江的油号把油卖到了外国。如今镇上的"顺庆"也同样和洋人做起了买卖。对于"顺庆"的成功，自然是有羡慕的，也有嫉妒的。俗话说，同行是冤家，这种情形是很难避免的。

　　张恒泰再三嘱咐家人，同洋人做生意的事，切不可过分张扬。现在还只是碗里罩着的骰子，不晓得能不能做成；做成了，还不晓得能不能赚到钱。那天，张复礼同长疤子喝过酒之后，从望江楼出来，便在街上遇见了万隆油号的老板唐志兴。

　　"唐叔！"张复礼有礼貌地拱了拱手。

　　唐志兴迎了上来，拍着张复礼的肩膀，问道："几时回来的？"

　　"昨天。"张复礼回答。

　　唐志兴双手扳着张复礼的肩头，上下端详着说："恒泰兄真是有福气呀！养了个好崽。长得一表人才不说，做生意更是好角色。听说还和洋人做成了生意，是吗？"

　　"八字还没一撇哩！人家只是有意向。就是做成了，也不晓得有没有钱赚。"张复礼把话说得有余地。

　　"哈哈！"唐志兴笑着说："唐叔我生意再差，也不会抢'顺庆'的彩。我就是有那个心，也没那个能力啊！"

张复礼说："唐叔，你把话说到哪里去了！生意场上，从来就是有钱大家赚的。"

唐志兴说："'顺庆'的油，'伏销'过后，只怕卖得差不多了吧！"

"是的。"张复礼说。

唐志兴说："那卖给洋人的油，还得要重新再置办啰？！"

"是的。"张复礼说。

唐志兴问："正好'万隆'还有点存货，你什么时候要？"

张复礼回答："八月间，万寿宫上会过后，我押船运走。"

唐志兴说："那好，到时候我们再说吧！一言为定。"

詹姆斯要的第一批桐油，必须在新桐采摘前的九月从汉口发货。如今"顺庆"的库房里，既无桐籽又无桐油。要保证詹姆斯的货，必须采办桐籽重新榨油。这个季节，桐籽该上榨的都上了榨，哪里还有没上榨的陈桐籽？唐志兴有现成的桐油愿意转让，当然求之不得。张复礼随即向父亲禀明。张恒泰却不放心，他说："今年的生意难做。唐志兴的桐油，确实还有些没出手。可你不要忘了，'万隆'和'顺庆'是生意上的对头。他这样主动找上门来，只怕是另有图谋啊！"

张复礼说："是不是着人去问个价钱？划得来，我们跟他买。划不来，我们另想办法就是。"

"着人去问，唐志兴肯定开的龙灯口。"张恒泰说。

第二天，张复礼着张秀山去万隆油号问价，唐志兴乐乐呵呵，以礼相待，就是不说价钱，只说不要忙，到时候再说不迟，他是不会让"顺庆"吃亏的。唐志兴的这一手，立刻使张家感到为难。若是就靠着他的油，到时候他卡短喊出个天价，纵然生意做得成，"顺庆"也没得钱赚。不能吊死在"万隆"这棵树上。张恒泰提出，再去问问其他油号。若有存货就早早买下来，保证万无一失。这时候，长疤子急匆匆来找张复礼，说有要事相告。张复礼将他引到了后堂。长疤子神秘兮兮地说："张哥！你千万不能靠着'万隆'卖油给你。"

"你怎么晓得我靠着'万隆'的油？"张复礼问。

"这你莫管。"长疤子说："'万隆'不但要卡你的价，而且他还邀了镇上所有的油号，大家一起来卡你的价。"

"有这事吗？"张复礼或信或疑。

长疤子拍着胸脯说："绝对没错，你相信我好了。"

"你是怎么晓得的？"张复礼问。

长疤子说："嗨呀！这个你就莫多问了。我是受人之托，特意来向你通报的。"

张复礼说："你受人之托？！是受何人之托？"

"他不让我告诉你。只说是，你赶紧到别处买油，千万不能指望镇上其他的油号卖油给你。"

尽管长疤子不愿意说出托他传话的人，张复礼却早就猜了出来，此人不是别个，肯定是那鸿发膏栈的老板龙永久。张复礼在垭角泂得知，是长疤子砍断排缆，酿成了排毁人亡的惨剧。而指使长疤子的人，就是这个龙永久。张复礼此次回到浦阳，没有向刘家告发长疤子，无疑也是放了龙永久一马。当他得知唐志兴等一帮桐油商，要联合起来卡"顺庆"的短的时候，他便来了个投桃报李。情况紧急，张复礼提出立即着人下乡收购桐籽。有些桐农为了卖得好价钱，常把桐籽存到第二年的伏天。这种桐籽水分少，榨出来的桐油成色最好。张复礼的想法得到父亲的首肯。老者决定，由他、复礼和秀山，三人分头带着手下，到附近几个县的乡下去收购。

"爹！你这晌身体总是不舒服，三天两头喊脑壳痛、脑壳昏，这样大热的天，要是出了个三长两短那怎么得了！您是不能去的。"说话的是刘金莲。

张复礼也跟着说："是的。天气太热了，下乡收桐籽，少不了要骑坡过界，您都这大年纪了，是吃不消的。"

"没事，我还是去吧！多个人，就可以多去几个地方，收到的桐籽总会要多些。我们是头回同洋人打交道，一定要做得漂亮，才会有二回生意。"张恒泰说。

刘金莲快言快语，说："这样吧！爹爹！您莫去，我去！"

刘金莲语出惊人，在场的公爹、丈夫和管事，一时间全都发了懵。

张恒泰首先表示反对："不行！不行！一个妇道人家，怎么能去乡下收桐籽？"

张秀山说："少奶奶，下乡是很苦的。"

张复礼也说："金莲，这怕不行吧！"

张复礼刚落声，刘金莲就说了一大通："这有什么不行的！古时候的穆桂英、梁红玉都还领兵打仗哩！谁让我来张家做媳妇，我就要和大家共渡难关。不就是收点桐油籽吗？我都想好了，火房里的岩佬是麻阳人，他也多年没回过老家了。就让岩佬同我做伴，一起坐船去麻阳。一来收购桐籽，二来也让他回趟老家。说句实在话，整天沤在这窨子屋里，我也实在闷得慌，正好出去散散心哩！"

几年来，张恒泰通过观察，认定儿媳是个能干的人。如今，他一天天老了，可生意还得做下去。汉口的庄号上，离不开儿子。将来这浦阳镇上的生意，就只有让儿媳来打点了。收桐油籽也并不是什么难事，就让她去试试，也未尝不可。只是这事必须儿子同意。他问道："礼儿，金莲说她要去收桐油籽，你看如何？"

父亲出了这样一道难题，张复礼不知怎样回答才好。这时，刘金莲冲着张复礼说："说呀！有什么不行的？我跟岩佬一同去，麻阳佬又不会吃了你的婆娘！"

"你硬是要去的话，那就去吧！"张复礼终于表了态。

张恒泰说："金莲，难得你的一片孝心，你就代替我去吧！你坐着船到麻阳沿河一带去收，收得一斤是一斤，收得一两是一两。离河边路远的山里，你就莫去。"

　　几天来，张复礼一直想去同印秀才摆龙门阵，由于七七八八的事情，一直没有去成。那印秀才也通过他的学生钰龙，搭了几次信来，说是让张复礼到他屋里喝酒。刚才龙儿放学，他又再一次搭信来。这次下乡收购桐油籽，他要去到凤凰、乾州一带，只怕会有十天半月，或者更长一点的时间。不能让印秀才老是惦着自己，张复礼决定在下乡之前，去拜望同龄好友。快吃夜饭了，张复礼手里拿着一个纸包，还往门外走。张王氏叫住了他："都快要吃夜饭了，还到哪里去？"

　　张复礼笑着对母亲说："想去找个地方，混餐饭吃。"

　　"这时候到人屋里吃饭，让人家措手不及，多不好，还是吃了饭再去吧！"张王氏说。

　　"不要紧的，他是去印秀才屋里。印秀才搭过好几次信来，让他去摆龙门阵。刚才龙儿放学，他又搭了信来。"刘金莲帮着丈夫回话。

　　"既是这样，那就去吧！"张王氏说。

　　婆婆发了话，刘金莲便对丈夫说："娘让你去你就去吧！早点回来。"

　　刘金莲强调"早点回来"。张复礼立刻明白了其中的意思。昨天夜里，刘金莲告诉他她的"好事"已经干净。今天晚上，两人就可以"那个"了。回来的第一夜，不能干那事，婆娘说对他不住。殊不知张复礼对她，已经提不起兴致了。

　　时近黄昏，从乡里来到浦阳街市卖货购物的人，都已经打转身了。石板铺砌的街道上，行人已渐稀少。大多数的店铺，都已经打烊关门。剩下的，只是那些卖饮食的摊店，他们一直要营业到夜深。张复礼一路走来，和沿途熟识的老板、摊主们打着招呼。街上被太阳晒得发烫的石板，散发着闷人的热气。走进瞿家弄时，情形便好得多了。这条南北向的弄子，两边窨子屋的高墙，挡住了灼热的太阳的照射。石板路反而给行人渗透出沁人心脾的清凉。张复礼感到分外清爽和舒坦。

　　印家的祖上，从浙江绍兴来到浦阳镇经商，已经有两百多年了。不知从何时起，印家弃商从文，秀才、举人倒是出了不少。印茂佳的高祖父绍清公就曾高中举人，步入仕途，还到云南担任过知府。张复礼走进印家铺着石板的小院。小院里，摆放着各种盆栽花木。石砌花坛上的山茶树，便是当年绍清公从云南带回来的。这茶树上能同时开出红、白两种茶花，在浦阳镇上堪称一绝。可惜眼下不是茶树开花的季节。印秀才听到院子里的脚步声，料想是老庚到了，便迎了出来。

"张大老板，你总算来了！"

张复礼将携带的纸包，顺手放在花坛的边沿，而后连连拱手："秀才大人的金牌，下了一道又一道，焉有不来之理。"

这时，吉秀华出得门来，将一桶吊井水，泼洒在院子里的岩板上，使小院的夜晚变得更加清凉。张复礼连忙上前打招呼："同年嫂！"

"他叔，你来了就好，要不，他一天到晚念叨个没完。"吉秀华笑着说。

印秀才和张复礼一道，将一张竹桌子和两张竹躺椅，搬到了山茶树下。两人在竹躺椅上一躺，悠然自得，格外惬意。吉秀华随即将一瓦壶凉茶放在竹桌子上，再往两个杯子里斟上凉茶。张复礼从躺椅上起身，喝了一口凉茶，对印茂佳不无羡慕地说："茂佳兄，你这真是神仙过的日子啊！"

印茂佳没起身，说："少老板，我这竹篱茅舍，怎比得上鹦鹉洲上的芳草第啊！"

"怎么？你也晓得我在鹦鹉洲上置了房子？！"张复礼诧异地问。

"哈！张家少老板，这回可风光了！"

"茂佳兄，你取笑我！"

印茂佳也笑着起身，坐在了躺椅上，对着张复礼，历数起他近些日子的"风光"来："我说得不对吗？大船下青浪滩，滩师打死一只乌鸦，你风光了一回；到了汉口，打造一只金乌鸦，遇上了洋人，你又风光了一回；把金乌鸦送到伏波庙来开光，那种风光，就更不消说了；回到浦阳镇上，满街的人都在说，别人的油号生意都难做，唯有'顺庆'不一样，跟洋人挂钩做成了生意，有大钱赚，而且还在汉阳的鹦鹉洲上，买了一幢像模像样的房子，你张大老板就更加风光了。"

"怎么？这些事情你全都晓得了。"张复礼显得有些许儿得意。

"哈哈！"印茂佳说："我秀才不出门，能知天下事。复礼贤弟，你说是吗？"

张复礼连声说："哈哈！那真是一点也不错。"

吉秀华用红漆条盘端来了酒菜。一碟苦瓜炒肉，一碟青辣椒炒火焙干鱼，一碟酸辣椒炒干萝卜皮，一碟卤豆腐干拌油炸辣椒，还有一碗丝瓜汤。按照规矩，女人和伢儿都不能上桌席，只能在里屋另吃。客人吃的好菜，没有他们的份。张复礼过意不去，说："同年嫂，你和伢儿也来一起吃。我是茂佳的老庚，又不是外人，不要紧的。"

"他叔，你和茂佳快吃，摆龙门阵。"吉秀华说。

张复礼说："那就让伢儿来吃。"

"两个伢儿都吃过了。"

"同年嫂，你请稍等。"

张复礼这才想起，他还给两个伢儿带来了礼物。他从花坛边沿拿起那个纸包，打开是两段机织的洋布衣料。他说："这是在汉口洋行里买的英国机织布，拿去给两个伢儿各人缝件衣穿。"

"他叔，让你破费了。"吉秀华拿着上好的洋布衣料，爱不释手。

"一共买回来五段：龙儿一段；刘家的两个伢儿两段；还有两段，就拿到这儿来了。"张复礼无非是要说明他和印秀才的情谊。

"毓儿！蕙儿！"印秀才听出了张复礼的言下之意，连忙对着里屋叫唤。

印秀才的一双儿女，应声自里屋出来。男伢毓儿十来岁，女伢蕙儿七八岁。印秀才说："快来给同年叔请安！这位同年叔，对你们兄妹二人是非同一般啊！"

"同年叔！"毓儿、蕙儿对着张复礼鞠躬。

吉秀华说："这是同年叔从汉口给你们带来的洋布衣料，快多谢同年叔！"

"多谢同年叔！"毓儿、蕙儿再次对着张复礼鞠躬。

张复礼说："够了！够了！这么懂得礼性，不愧是书香门第的伢儿。"

"你屋里龙儿，也是很懂礼性的。他每天来这里上学，见了我，'师娘！师娘！'叫得清甜的。"吉秀华说。

"都是老师的教育有方呀！"张复礼这样回应着。他不希望再多说到龙儿，便立刻笑着将话题岔了过去："哈哈！茂佳兄，我们喝酒。"

天色渐渐黑了下来。如洗的碧空，点缀着闪亮的星光。星光下，竹桌子上的酒菜依稀可辨。今夜的菜，都是带辣味的下酒菜。有新鲜辣椒、酸辣椒，还有油泼辣椒。俩老庚频频举杯，喝酒吃菜。秀才娘子怕他们看不清夹菜，送来了一盏罩着玻璃的马灯，印秀才却说："要这灯做哪样？还怕吃进了鼻子里？！"

"对！点灯做哪样！这样就蛮好。"张复礼也觉得不点灯更有情趣。

酒过三巡，同龄伙伴的话便渐渐多了起来。踌躇满志的张复礼得意扬扬。他说："茂佳兄，你说奇怪不奇怪，这次去汉口，自从我在青浪滩的伏波庙里答应赔给王爷一只金神鸦之后，一切都是那么出奇的顺遂！"

"你的意思，是那只金神鸦保佑了你咯！"印茂佳说。

张复礼呷了一口酒，放下酒杯说："这种事情呀！宁可信其有，不可信其无，只怕硬是有那么一点哩！"

印秀才说："你相信青浪滩上的老鸹是伏波王爷的乌鸦兵？！"

张复礼说："这还有什么不信的？！上上下下的船只，只要一到青浪滩上，那岸边树上成群的乌鸦，便飞来护航，送船下滩。这等稀罕的事情，普天之下哪里还会有？它们不是伏波王爷的乌鸦兵，那又是哪样呀？"

"哈哈！"印秀才大笑起来，他说："复礼呀，复礼！这乌鸦送船的
事，难道就只有青浪滩上才有吗？"

"复礼孤陋寡闻。茂佳兄，那你说乌鸦送船的奇观，哪里还会有？"
张复礼问道。

"你等着。"说着，印茂佳便进了书房，不一会，他提着马灯，搬来
了两本书。印秀才世代书香，家中藏书极为丰富。印秀才整天就埋在书堆
里，什么书都看。张复礼心想，一定是哪本书上也记有神鸦之事，酸秀才
才搬了这些书出来。果然不出所料，印茂佳将马灯挂在山茶树的枝桠上，
拿出一本书翻将起来。他很快翻到了其中的一页，指着让张复礼看："复
礼老弟，你来看，这是王士祯的《池北偶谈》，上面是这样写的，我来读
给你听：'巫峡神女庙有神鸦迎送客舟，陆放翁入蜀，恨不及见。予壬子
冬下三峡，至十二峰，果有鸦十余，往为旋绕，以肉食投之，即攫去，十
不失一'。"

张复礼眨巴着眼睛，说："陆放翁？哎呀！如此说来，早在南宋时
候，长江上，巫峡的神女庙前，便有了神鸦送船！"

张复礼对着马灯，又翻阅起另一本书来。他说："喏！这是宋荦的
《筠廊偶笔》，上面也有神鸦的记载。我来读给你听：'楚江富池镇，有
吴王庙……有鸦数百，飞集庙傍林木，往来迎舟数里，舞噪帆樯上下，舟
人恒投肉空中馁之，百不一堕。其送舟亦然。云为吴王神鸦。洞庭君山亦
有之，传为柳毅使者'。"

"哎呀！这有神鸦的地方，还真是不少哩！"张复礼眨巴着眼睛说。

"是啊！"印秀才说："这护航的神鸦，不但长江巫峡有，楚江富池
有，洞庭湖君山也有。在巫峡，神鸦受神女差遣；在富池，神鸦是吴王部
属；在君山，神鸦为柳毅使者。在沅水青浪滩，神鸦又成了伏波王爷的乌
鸦兵。"

张复礼想了想，说："也真奇怪，这随船护航的鸟类，怎么到处都是
乌鸦，而不是其他的什么鸟？"

印秀才说："这一点也不奇怪。世上的百鸟，就数乌鸦最有灵性。在李时珍的《本草纲目》中，将乌鸦称为'慈乌'。说此鸟初生，母哺六十日，长大以后，反哺六十日，是晓得孝顺母亲的鸟，这也就是通常所说的'乌有反哺之孝'。北宋时，苏辙在《次韵宋构朝请归守彭城》诗中，便有'马驰未觉西南远，乌哺何辞日夜飞'的句子，表达的就是诗人急于归家事亲的迫切心情。乌鸦不但有孝心，还特别有灵性。这些有灵性的乌鸦，喜欢在江边的树林里安身，有时也会飞到过往的船上去觅食。或许是出于好玩，或许是出于怜悯，当乌鸦飞临大船时，船家有意无意，向乌鸦抛掷残渣剩饭，使乌鸦获得了意外的美餐。有了第一次，乌鸦凭借着它的灵性，又获得了第二次、第三次……年长月久，使得乌鸦习惯成自然，船家的这种施舍，便成了它们最好的觅食方式。久而久之，每逢船只过往，成群的乌鸦便会一齐飞向大船觅食，船家便不再只是抛掷残渣剩饭，而是特意为乌鸦备办了美食，大船上约定俗成的规矩，就这样产生了。这些江上罕见的奇观，也就这样随之出现了。"

张复礼听着听着，觉得有点儿不对头。刚才他还在得意扬扬，认为自己是仰仗着伏波王爷和乌鸦兵的庇佑，万事遂意，定可大展宏图。可经印茂佳这一说，转眼之间，全都成了假场伙。这酸秀才莫非自恃才高，又在拐弯抹角挖苦人了。张复礼觉得不对味："茂佳兄，照你的意思，神鸦一点也不神，更不是受什么神灵差遣，只不过是这种有灵性的鸟类，习惯了船家的抛食喂养，才出现了这般的江上奇观，根本就不是什么'神鸦送船'！"

印茂佳笑了："哈哈！我可没有这样说，这是给伏波王爷赔了一只金神鸦的人自己说的。"

"印秀才，你在搞什么鬼！"张复礼显得有点不高兴。

"哈哈！青浪滩上的大善人、顺庆油号的少老板，哪个吃了豹子胆，敢搞你的鬼呀！"印茂佳笑呵呵的言语，充满着揶揄和调侃。接着，他举起了酒杯，说："啊唷！你我弟兄只顾打话平伙，酒都忘记喝了。喝酒！

喝酒！来！把这杯酒干了！"

张复礼没有搭腔，没有跟着喝酒，甚至连酒杯也没端。他终于悟了出来，这个酸秀才，江山易改，本性难移，仗着他读了几本狗屁书，又在编着法子挖苦人了。他向伏波王爷赔了一只金神鸦，四面八方都在说他的好，着实风光了好一阵。原想到印秀才这里听几句好话，没想到他竟是泼的一盆冷水。这些天，印秀才搭了一个信，又一个信，请他到这里来做客，莫不就是为了刚才的这一刻，通过炫耀自己的学识，将浦阳镇上最风光的人物畅快淋漓地嘲弄一盘。仿佛只有这样，他才感到得意，感到舒坦。张复礼仔细回味着印秀才从书本里挑拣出来的每一句话语，更琢磨着他针对书文的高谈阔论。张复礼隐约地感觉到，这酸秀才的见解，倒也确实不无道理。千万人都将其奉为神圣的事业，经过他的一番东说西说，全都变成了笑料。想到这些，张复礼不由得多了几分尴尬。

"哈哈！复礼贤弟，老哥是在胡说八道。不胡说八道，喝起酒来怎会有味嘛！刚才老哥说的话，你就当成耳边风，千万莫往心里去。来！喝酒！喝酒！"印秀才说着，硬把一杯酒，塞到了张复礼的手里。

"喝！"张复礼脖颈一仰，喝干了一杯酒。这酸秀才一副居高临下的样子，真假难辨，左右逢源，嘴巴两块皮，边说边在移，使得张复礼感到极不自在。

印茂佳带着几分揶揄，问张复礼："怎么？大善人，你后悔了？"

张复礼回答："我做的事，从来不后悔。"

"你花那么多银子，替滩师赔一只金神鸦给伏波庙，值吗？"印秀才又问。

张复礼说："当然值得！伏波王爷保佑我赚的钱，可以铸一百只金神鸦。"

印秀才笑了："哈哈！好个顺庆油号的少老板，你真会吃小亏、占大便宜！"

张复礼也笑着说："只要心诚，神灵自会保佑。不管旁人怎样涮我的坛子。"

"少老板,说话要凭良心,为兄可没涮你的坛子呀!"印秀才说。

张复礼说:"哼!扯卵淡!你印秀才的肠子有几个弯弯,我还不晓得!你要是隔三岔五不拿人家开涮,你就会憋得吃不好,睡不宁,毛焦火辣。今夜,你无非就是变着法子挖苦我是个'活宝',笑我拿着白花花的银子,去为伏波庙打什么金神鸦!其实,我当时答应这件事,只是见到那打死乌鸦的滩师实在太可怜,想救他的一条性命。如果我不答应这件事,他就会被沉下青浪滩淹死。我根本就没有想到,要以此得到伏波王爷的保佑!"

"哈哈!你就是想以此得到王爷的保佑,也没有什么不对的嘛!"印茂佳说着,呷了一口酒,品味着其中的醇香,然后吞咽下喉咙。

张复礼也呷了一口酒,趁着酒兴问道:"那你说明白,今夜你扯的这些卵淡,究竟是什么意思?"

印茂佳笑了。他放声大笑,似乎要将憋在心里的种种想法,通过笑声,统统施放出来。他说:"老庚哪!今夜我讲的这些,绝对不是涮你的坛子。这些年来,我东想西想,悟出了些道理,不找个人说出来,心里就憋得慌。想来想去,只有找你一吐为快。这世上的一切神灵呀,就如同青浪滩上的乌鸦兵一样,都是人编造出来的。就说这伏波王爷马援吧,他为了江山一统,征战五溪,最后葬身在青浪滩边的壶头山上。他成了沅水两岸百姓崇敬的前朝古人。而这千里沅水滩多水险,行船放排实在是太危险了,古来不知有多少行江人葬身鱼腹。他们希望有一位河神保佑他们行江的平安。河神到哪里去找呢?谁也不会送给沅水人一位河神。河神要靠他们自己来创造。于是,他们想到了曾在青浪滩边马革裹尸的伏波将军,他便是沅水河神的最佳人选。沅水的河神就这样产生了。从此,沅水两岸便建起了一座座伏波庙。伏波将军马援在生时绝对不会想到,在他过世千百年之后,会被人们奉为沅水的河神。有了河神伏波王爷,青浪滩上跟着船排觅食的乌鸦,也就成了王爷驾前为船排护航的乌鸦兵。"

　　印秀才的一番高谈阔论，张复礼觉得有道理。神灵的由来，原来如此，这倒是他不曾细想过的。原本神圣的东西，经他这一说，顷刻间变得平淡无奇了。他为此感到迷惑、惆怅。有一点他是明白的，那就是世间的一切神灵，信则有，不信则无。他又想，印秀才这般摇唇鼓舌，似乎把一切都看透了，其实，他也和所有的凡夫俗子一样，对编造出来的神灵，也一样顶礼膜拜。他笑呵呵地说："茂佳兄，你的一番高论，无非是在取笑复礼，为了一个假场伙的神鸦，花费巨资瞎折腾。其实，鸬鹚莫笑老鸦黑，你老兄也和复礼一样，彼此彼此。"

　　"此话怎讲？"印秀才问。

　　"老兄堂屋的佛龛上，可供有一尊观音菩萨的金身？"张复礼明知故问。

　　"有哇！"印茂佳眼珠子一转，便晓得张复礼要讲哪样。他连忙说："呃！少老板，你难道要拿观音菩萨同青浪滩上的乌鸦打比？"

　　"怎么打不得比？！"张复礼说："据我所知，这尊观音菩萨，是你请长兴瓷器行的孙老板花了大价钱从江西景德镇买来的。请正俨法师为金身开光过后，终朝供奉，香烟不断。你可以买一尊瓷器的观音菩萨像，供在屋里。我铸了一尊金神鸦，你却拿我来开涮，是不是有点不公平！"

　　印茂佳说："我的少老板，你可要弄明白，观音菩萨可是正儿八经的菩萨，在正儿八经的寺院里供奉着的。观音菩萨的道场普陀山，可是佛教的四大名山之一。青浪滩上的乌鸦，怎能和观音菩萨相提并论？！"

　　张复礼说："那我问你，观音菩萨是不是人编造出来的？"

　　印茂佳被张复礼问住了，过了好久才说："观音菩萨虽也是人编造出来的，可那是上了书的，和青浪滩上的乌鸦根本就不是一回事！"

　　张复礼笑了："好！你秀才以书为准。青浪滩的乌鸦虽然没上书，可三峡的、富池的、君山的乌鸦，都是上了书的，你刚才还一字一句读给我听了的呀！"

　　印茂佳再一次无言以对，只是笑着说："复礼贤弟，我这回真叫作

'秀才遇着兵，有理说不清'了。"

"怎么说不清？！"张复礼说："秀才你好健忘，记得有一回，我到你屋里，你和同年嫂，正从浦光寺为观音菩萨开光回来。你指着观音菩萨的金身，亲口告诉过我，菩萨本是个印度人，还是个男的。到后来变成了中国人，还变成了女身。那天，你也拿出一本书翻给我看，书的名字，我一时记不起了——"

印茂佳接过话头说："那本书叫《癸巳类稿》，里面有元代大书法家赵子昂的夫人管道升写的一篇《观世音菩萨传略》。"

张复礼接着说："对！就是这篇文章里头，把印度的大男人，变成了中国皇帝的三公主。后来，这位三公主又成了观音菩萨。呃！那皇帝叫什么来着？"

印茂佳说："叫妙庄王。"

张复礼问："请问这妙庄王是哪朝哪代的皇帝？"

印茂佳摇着头说："中国的历朝历代，好像没有个叫妙庄王的皇帝。"

张复礼心想，好个印秀才，真没想到，你居然也往我的笼子里钻了。他也笑着说："哈哈！连妙庄王都没个出处，他的女儿观音菩萨，自然也就更是编造出来的了。这编造出来的观音菩萨，你毕恭毕敬，我毕恭毕敬，世上的人都毕恭毕敬，香烟伺候。是不是因为这个菩萨编造得好，是一个乖生了的女儿身，慈眉善目，手持杨柳净瓶，普天之下的善男信女，才都对她顶礼膜拜！我花银钱铸造的金神鸦，虽然也是人编造出来的神，却是一只让人败兴的乌鸦。可谁个又晓得，就是这些黑不溜秋的乌鸦，千百年来，生长在激流险滩之畔，盘旋于船只木排之上，壮了多少船把佬、排古佬的胆子，也保得了他们的平安。我铸了一只金神鸦，难道真就是发宝气，就值得你拿来开涮？！"

"嗨！哪个拿你开涮了？！我只是随便说说，你倒认起真来了。"印茂佳竭力争辩着。他说："湘西人信神信鬼，古来有之，又不是你张复礼才兴起来的。我到了青浪滩，一样也会给神鸦抛食。只不过是我没有你的那么多钱给王爷打造一只金神鸦。你张复礼有钱，财大气粗，尽管去打造就是了。对门火烧山，与我不相干。弟兄多久不见，好不容易见了面，不寻找些由头，哪有那么多话可说？"

"这还差不多！"经印秀才这么一说，张复礼的气消了许多。

印茂佳接着说："我这个人哪！闲着没事就爱想七想八。这世界原本是由人、神、鬼组成的。若是只有人，没有神，没有鬼，这世界说不定会变成什么样子哩！是人编造了神，也编造了鬼。编造出神：一是想得到神的保佑，能平平安安过上好日子；二是想着自己要多多做好事，有朝一日也能变成神。编造出鬼：一是把世上出现的一切不祥事，都归究到恶鬼的作祟。对于作恶的鬼，或是和送，或是镇压，才能根绝不祥事体的发生；二是想着自己要多多做好事，死了以后才不至于变成鬼。千百年来，尽皆如此。许多人想改变这一点，不要神，也不要鬼，让人来独霸这个世界，总是行不通。东汉时候，有个南阳人名叫宋均，他是伏波将军马援征战五溪时的部将，马援在青浪滩边的壶头山上病死军中之后，是他带领着将士，完成了朝廷赋予的使命。宋均二十多岁时，就到我们这里来当辰阳长。宋均见我们这里的人笃信巫鬼，觉得很是愚昧，便想通过创立学校来禁绝人们信神信鬼。时光过去了一千八百年，人们那固有的习惯，就是改不过来，到头来，还为他的上司——伏波将军也立了神庙。到了大清光绪二年，浦阳镇上顺庆油号的少老板，还因为有人失手打死了伏波王爷驾前的一员乌鸦兵，而不惜花费重金，给这座伏波庙里赔了一只金神鸦。"

张复礼被说笑了，印茂佳也笑了。一对老庚，喝酒神聊，不知不觉便到了夜深。壶里的酒喝干了，桌上的菜吃光了。雄鸡啼鸣，弄子里静谧异常。正是："二十三四，月光出来鸡拍翅。"印秀才抬头看了看夜空，天边镰刀似的月亮，已经隐约地闪现。吉秀华麻利地将桌子收拾干净，笑着对张复礼说："他叔！该回去了。"

印茂佳也笑着说："怎么？想赖在这里不走？雕花牙床上还有人等着

你哩！”

"嘻嘻！再坐一会儿，再聊一会儿吧！"张复礼这样说着。他忽然想起婆娘嘱咐他早点回家的话，心里产生出一种莫名的腻味。

吉秀华自个儿进里屋安歇了，两老庚也不再胡侃神聊。张复礼喝了一夜的酒，晕晕乎乎，感到格外惬意。他懒洋洋地躺在竹躺椅上，身子放松，眼睛自然而然便闭上了。

满嘴酒气的印秀才拍了拍张复礼，问道："怎么？不回去了，难道就在这里过夜？！"

"半夜三更，难得喊门。就在这里睡，凉快，舒坦！"张复礼闭着眼睛回答。

带着几分醉意的印秀才，眼珠子一转，觉得这里头一定有文章。他轻轻拍着张复礼放在躺椅边沿上的手，说："醒醒！醒醒！"

张复礼不耐烦地把手一扬："莫吵！"

"醒醒！"印茂佳转身捏起张复礼的鼻子来。

张复礼没奈何，坐了起来。他的两眼眯起，一副瞌睡得很的样子。他说："印秀才，做好事好啵！让我眯一下，明天清早，我还要动身去松桃、凤凰收桐籽。"

"我不管你那多，有件事情你必须老实回答我！"印秀才说。

"什么事？"

"你这花花公子，是不是在鹦鹉洲上的芳草第里金屋藏娇了？"

印茂佳这一问，把张复礼的瞌睡全赶跑了。他连忙辩解："没有的事！没有的事！"

印茂佳笑了，说："哼，要是你在汉口不拈花惹草，剁我的脑壳做蒲团！"

"扯卵淡！难道你还不相信我？！"张复礼说。

印茂佳说："哼！你瞒得过旁人瞒不过我。秀才不出门，能知你在汉口的事。常言道，久别胜新婚，你张复礼正当盛年，怎么偏偏不想那回事。一定是在汉口吃了新鲜菜，腻味起浦阳镇的陈腌菜来了。刚才，你明明瞌睡来了，我一说这事，你的瞌睡便全都没有了。想必是我点中了你的穴堂，才使得你这样紧张。你说对不对？"

"没有的事！什么事情从你印秀才嘴里出来，假的都变成真的了。"张复礼笑着说。

"我把话讲在这里，有朝一日，秀才说的话一句也不会差。"印茂佳把握十足地说。

张复礼说："好啦！好啦！闲话少说，去睡吧！"

"实在回不去，我叫秀华起来给你开个铺。"

"不必了。就躺在这里睡，蛮好的。"

"真没办法！既然你都不回去陪婆娘，我也只好舍命陪君子，在这里将就一夜了！"说着，印茂佳往竹躺椅上一倒，闭上了眼睛。

张复礼躺卧在竹躺椅上，许久都没有睡着。他心想，这个酸秀才也真够厉害！虽是在打冒诈，却也真让他说对了。有朝一日，真相大白时，这家伙一定会得意扬扬。明天还要动身去凤凰、松桃，他静下心希望能够入睡。不知怎的，婆娘"早点回来"的叮嘱竟出现在耳边。刚才酸秀才打了个令人叫绝的比方：新鲜菜和陈腌菜。殊不知印秀才所说的陈腌菜，在他手里从来就没有新鲜过。他对她的恶心与腻味，并不是现在才有。夜里回家难得喊门并不存在。他是为了逃避那句"早点回来"，才决定今晚就睡在这把竹躺椅上。

直到天亮之前，张复礼才迷迷糊糊地睡着了。

苦酒，甜酒

　　早晨，张复礼回到家里，母亲就责备他一夜未归，告诉他，昨天夜里，刘金莲一直等他到鸡叫三遍。今早麻麻亮，刘金莲就同老佣工岩佬一道，坐船逆水而上，到麻阳一带收购桐油籽去了。张复礼找了个托词，说是昨晚在老庚屋里多喝了两杯，昏昏沉沉，也就留在那里睡了。不一会，大管事张秀山也来了。近来，张恒泰身体不适，老是头晕，早晨总是起来得晚。今天，采办桐籽的人要动身，他才起来得早了些，不想刘金莲已经动身了。张恒泰陪儿子和大管事一同吃早饭，少不了又是一番叮嘱。这时候，两幢篷轿已等候在窨子屋的大门口了。

　　刘金莲和岩佬一同去麻阳，坐的是一条由长兴瓷行运瓷器到麻阳县城锦和镇的船。瓷行的老板孙荣宽，听说张家的少奶奶，要坐他的这条船去麻阳采办桐籽，便亲自来到船上，同货主路老板打了招呼，要船在沿途多停靠几个地方，好让少奶奶上岸打听，当地是不是还有没脱手的桐籽。刘金莲一到船上，路老板分外客气。刘金莲坐进了船舱。昨夜，丈夫彻夜不归，她则是彻夜未眠。丈夫从汉口回来，一直在和她做着无懈可击的表面文章，当夫妻间要进入到最实质的事项时，他却来了这样一手。刘金莲不论是生理还是心理上，都在经受着鞭打与煎熬。随着河边的一声声纤夫号子，木船缓缓地溯江而上。许久没有回乡的岩佬心情极好，大话喧天地同船把佬们摆起了龙门阵。船舱里，倚靠着船舷而坐的刘金莲，脑子里像一锅滚开的稀粥在翻腾。她断定那冤家在汉口有了新欢。如若不然，他是

不会有意回避那件事的。婚姻已经名存实亡，她拥有的只是一个空头的名
分了。

大热的六月天，"顺庆"分三路人马下乡采办桐籽。眼下，新桐挂
果，三个月后就可以收摘，谁还会留有去年的老桐籽？张恒泰很是担心，
倘若桐籽收不上来，洋人要的油无法交货，到手的生意就要黄。张恒泰精
神负担加重，头痛、头晕、胸闷的毛病，便日见严重起来。他常常是脸
色惨白，手脚冰凉，躺在凉床上半天都起不来。见这般情景，张王氏着
急了，请来德济堂的老郎中杨锡焘为老者看病。杨锡焘说老者这是气血不
和，要注意调养。特别是不能生气，不能着急，不能大悲，也不能大喜。
如若不然，随时都有中风的危险。

张恒泰对老郎中的警示很在意。他一面服药，一面竭力使心情平静。
然而，一个操劳惯了的人，要他不再操劳并不是那么容易的。他做梦都梦
见采购来的一担担桐籽，往库房里挑，往油榨上送。他甚至几番在梦里被
油榨的榨槌声惊醒。可事情却偏不顺利。张秀山从盘瓠崖到辛女溪，再到
乾州一带，结果是一无所获。张复礼也回来了。他沿着官道到凤凰，过腊
尔山，到松桃绕了一个大圈，也是一粒桐籽都没买得。事态严重，张复礼
一筹莫展，张恒泰着急万分，唯一的希望就只有寄托在金莲身上了。大男
人都没办好的事情，对她也不能有多少希望。收不来桐籽，就只有钻进
"万隆"的圈套，花大价钱买他的高价桐油了。若是这样，卖给洋人的油
就没有多大赚头了。刘金莲一去二十天，直到中元节还不见回转。张恒泰
一着急，又病倒了。杨锡焘再一次提出警示："张公！你一定又在操心着
急了。沉疴痼疾，一遇火气攻心，便如同火上浇油。若是那样，神仙下凡
也无法。大丈夫要提得起放得下。我看你呀！只提得起而放不下。如今，
令公子在独当一面，你还有什么放不下的呢？"

张恒泰微闭着眼睛，叹了一口气，苦笑着，摇着头，似乎在说，他就
是个永远也放不下的人。

刘金莲的迟迟未归，使得张家窨子上下紧张起来。张恒泰甚至后悔

了，不该让一个女流之辈，去做这本属于男人的事。七月十七这天，张恒泰吩咐张复礼，要他带人去寻找刘金莲。张复礼却说，再等两天看看。他跟长兴瓷行孙老板打过招呼，又是和岩佬一起去，不会出什么事的。张恒泰性子格外急。儿子不听吩咐，他就火冒三丈。一冒火就浑身发抖，脸色惨白。张复礼吓坏了，答应立刻动身。见张复礼收拾行囊，张恒泰才又缓过了气来。正在这时，一个佣工来报，少奶奶和岩佬押着四条装有桐籽的船，已经湾在了万寿宫码头。从天而降的好消息，使得张恒泰喜出望外。他兴致来了，要亲自去码头迎接劳苦功高的儿媳妇，儿子好说歹说，才将他劝止了。

二十多天的劳累，使得刘金莲消瘦了许多。回到家中，风尘仆仆的刘金莲，带着岩佬，立刻到大堂向公婆请安。张恒泰高兴地说："金莲哪！你可是立了大功呀！"

张王氏也说："金莲，你公爹可是天天盼着你办得桐籽回来呀！"

刘金莲说："爹！娘！金莲去了这久，让二老着急了。"

"是呀！怎么去了这久？"张恒泰问。

刘金莲说："这一批去年的桐籽，是在西晃山上收到的。去年秋收过后，那里闹土匪，摘来的油桐果顾不上剁出来，遇上土匪打抢，人们都逃命去了。最近，乡亲们才又陆续回到家里。我们去的时候，桐籽还沤在油桐果里。我们去到那里，等他们把桐籽剁出来，又雇了挑夫运到河边上船，所以就把回来的时间耽误了。"

岩佬接着补充说："我们坐船，一路沿着麻阳河上，从吕家坪、滥泥、高村、岩门，一直到麻阳城里，才听说西晃山有桐籽。可又听说那里闹土匪。连那瓷器店孙老板都说，少奶奶一个女流之辈，去到那深山野坳，若是出个好歹，那可不得了。少奶奶听说那里有桐籽，便犟着硬是要去。可麻阳城里的轿夫嫌去西晃山的路不好走，不肯往那里去。没奈何，我和少奶奶是走路去的。"

"走路去的？！有多远？"张恒泰问。

岩佬回答："七十里山路。"

张恒泰连声说："辛苦了！辛苦了！"

张王氏也心疼地说："金莲哪！真难为你了。"

刘金莲笑着说："娘！你不晓得，金莲是因祸得福。小时候，屋里娘让我裹脚，我怕痛，又哭又闹，娘心疼我，也就没下狠心裹。到头来，成了如今这样一双不大不小的脚。为了这双脚，我没少听闲话。这回呀！还真亏得是这双不大不小的脚。若是当年娘给我裹成了三寸金莲，我就是哭，也哭不上那西晃山呀。"

听了刘金莲的话，张恒泰笑了，张王氏也跟着笑了，可她笑得不自然。曾几何时，她对这双不大不小的脚，也是非常不满意的。刘金莲说的都是实情，没想到引起婆婆的尴尬。刘金莲看在眼里，知道是说漏嘴了，感到后悔。

张恒泰一笑过后，察觉到婆媳之间的尴尬，赶紧把话岔开："老太婆，头几天，翠珠从船上给金莲带来了个布包，是吗？"

张王氏明白，儿媳刚才的话，并不是故意冲着她来的。老头子把话岔开，正好避免了一场尴尬。她立刻接过话头，对刘金莲说："翠珠从船上给你带来一个布包，不晓得里面是哪样，等会我让梅香给你送过去。"

刘金莲得到翠珠捎来的布包，立马进到卧房。她料定翠珠带东西来不过是个幌子。定是那人在汉口有了新情况，她编着法子来报告。刘金莲剪开布包缝着的线，现出一件绛红色锦缎做的丝棉背心。她急速地在背心里翻寻。果然，背心有个暗荷包，里面放有一张纸，画着一幢小楼，小楼里画着个穿戏装的女子。刘金莲心领神悟，翠珠是在告诉她，那人在芳草第里，养着一个女戏子。刘金莲反复看着纸上的画图，一阵酸楚涌上心头。她坐在梳妆台前的团凳上，泪水顿时湿了眼睛。这样的事情虽在预料之中，可到真正出现时，她依然是难以接受。她真想把这张画图当着丈夫的面，交给公公、婆婆，请老人为她撑腰。她又立刻意识到，这样做，便是出卖了翠珠。翠珠和她的老公复万，还要在张复礼的手下谋生度日。

今后，他们还得和画里的那个女戏子打交道。这样的事，一旦生米煮成熟饭，公公婆婆即使是不认账，也对远在汉口的张复礼奈何不得，事到头来还是要认账的。生意场上的大老板，哪个没得三妻四妾？若是那女人再为张家添个一男半女，就既正常也正当了。刘金莲只有一种选择：打落牙齿和血吞。

张恒泰吩示张复礼："金莲这次去麻阳功劳不小。要伙房多做几个菜，为金莲接风洗尘。今天的夜饭，一要破女人不上桌席的规矩，让你的母亲和金莲，同我们一桌子吃饭；二要破主仆不同桌的规矩，让岩佬也来同我们一桌子吃饭。从麻阳采办到桐籽，也有岩佬的功劳。"

张恒泰的举动，在张家窨子是绝无仅有的。当张复礼把父亲的决定告诉刘金莲时，刘金莲一时竟不知所措。一方面，是丈夫的背叛；一方面，是公公的厚爱。丈夫的情爱她不再奢求；公婆的欢心她已然取得，值得珍惜。公婆的欢心、怜爱，是她今后赖以生存的支柱，也是她在张家地位的基石。掌灯时分，梅香来请刘金莲到大堂吃夜饭。刘金莲临行时，没忘带上翠珠捎来的那件丝棉背心。

大堂里的神龛上点着两支大红的蜡烛，显得喜气盈盈。一桌高规格的宴席已经摆好。吃夜饭的人都还没到，张王氏在张罗着。刘金莲来到大堂，将丝棉背心交给婆母，她说："娘！翠珠托人带来的，是这件丝棉背心。"

张王氏接过丝棉背心，爱不释手，连声称赞："真好！真软和！翠珠一双巧手做得真好！"

刘金莲说："娘！这件丝棉背心，您就拿着穿吧！"

"这怎么行？翠珠是带给你的。"张王氏不肯接受。

"娘！翠珠怎会这样没有尊卑长幼？丝棉背心虽说是带给我，只是让我收下，最后还是送给您！"刘金莲的说法让婆婆眉开眼笑。

张王氏开心了，说："金莲，难得你一片孝心，那我就拿着穿了。"

吃饭的人陆续到齐。八仙桌的上方，坐着张恒泰和张王氏，下方坐着刘金莲和龙儿。左边坐着张复礼和张秀山，右边坐着岩佬。刘金莲是第一次与公公同桌吃饭。岩佬进到张家窨子当佣工，已经二十多年了，与主人同桌吃饭，更还是第一次。他万没想到，到老来还能享受到如此的恩宠。

坐在上席的张恒泰发话了："今夜我们全家吃个团圆饭，是给金莲接风洗尘。喏！这是我们张家窨子的家常菜——黄焖子鸡，金莲最喜吃。这次采办桐籽，岩佬大叔和秀山也都辛苦了，也一起来吃顿便饭。"

刘金莲说："爹！您说的接风洗尘，金莲担当不起。我虽是女流之辈，可也是这家里的人。采办桐籽是我的本分，不值得这样犒劳。"

张恒泰笑了，说："是本分，说得好！这屋里的所有人都要像金莲这样，男扒女挣。金莲为采办桐籽，走七十里山路上西晃山，着实是辛苦了。复礼和秀山空手回来时，我心凉了半截。没想到这次的头功让女将给争得了。今天摆这桌酒，是论功行赏！"

龙儿说话了："爹！你收不来桐籽，娘倒是收来了，娘比你能干得多哩！"

龙儿的话，把满桌的人都说笑了。张恒泰举起酒杯，对众人说："来吧！金莲辛苦了！岩佬大叔辛苦了！我们用这杯酒为他们洗尘。干了！"

"干了！"人们举杯畅饮。

坐在上席的张王氏对张复礼说："礼儿，这回金莲可真是辛苦了啊！自己的堂客，你不心痛，哪个心痛？总应该有所表示吧！"

张复礼笑了笑，给刘金莲斟上了一杯酒，又将自己的酒杯斟满，举起酒杯对刘金莲说："金莲，有了你的这四船桐籽，我心里就踏实了。真没想到你这么能干，这么能吃苦。真的是辛苦了。我远在汉口打点生意。你在家里，不但替我孝敬爹娘，还要为我操劳生意上的事情。有你这样的贤内助，是我的福气，也是张家的福气。敬你一杯。喏！我先干为敬。"

张复礼一仰颈根，便将一杯酒喝干了。刘金莲端起酒杯，迟迟没有喝。听了张复礼的话，她就像吃了苍蝇一样恶心。她懵懵地坐那里，眼前闪现着翠珠捎来的那幅画图。这天杀的，说起话来比唱的还要好听。她真想将手里的酒朝他的脸上泼去，然后再将他臭骂一通。可在这样的场合，她不能这样做。忽然，一个念头，在她的脑海中一闪而过，她端起桌上的酒，晃了晃，然后脖子一仰，喝了下去，同时做了个难以吞咽的样子，说："复礼，你敬的这杯酒，是一杯苦酒。"

张复礼不解。他说："一把壶里筛出来的米酒，我喝着不苦，你喝的怎么会是苦酒？"

"你刚才敬我的这杯酒，确实是苦酒，难道我连这点都尝不出来吗？"刘金莲说。

张复礼感到诧异。他随即给自己筛了一杯酒，同时给岩佬也筛了一杯。他端起酒杯对岩佬说："岩佬大叔，感谢这次去麻阳你对金莲的照顾。复礼敬你一杯！"

岩佬受宠若惊，连忙说："大少爷，你快莫这样，岩佬不敢当，不敢当！"

当岩佬将一杯酒喝干之后，张复礼问："岩佬大叔，这酒苦吗？"

岩佬说："不苦！一点也不苦！这酒又香又醇和，是上等的头缸米酒呀！"

"金莲——"张复礼想对刘金莲说，这酒是不苦的。闪念之间，他突然明白了妻子的意思。扪心自问，他确实是在给妻子酿造着苦酒。芳草第里新近发生的事情，当下她还无法得知。她把一杯香醇的米酒，故意说成是苦酒，不过是在借题发挥，打着冒诈而已。张复礼虽说是品味出了这话里藏着的骨头，却只能佯装没有发觉。他没有再继续追问婆娘，而是对着自己的爹娘说："嘻嘻！金莲是这些日子太累了，口没有味，又香又醇的米酒，到了她的嘴里，也变得苦了。"

张恒泰也说："是啊！你要是觉得这米酒有苦味，那就莫喝酒，多吃点菜就是。"

父亲的话音刚落，张复礼就往刘金莲的碗里夹菜："喏！这是鸡翅膀，你平时最爱吃的。"

　　刘金莲没有吃那块鸡翅膀，而是把它夹到了龙儿的碗里。她故意看了丈夫一眼，笑着说："龙儿，难得你爹爹劝的菜，替妈妈吃了。"

　　刘金莲的话里有话，张复礼听得明白。他又从菜碗里找到了另一块鸡翅膀，夹到刘金莲的饭碗里，说："喏！这里还有一只，金莲你就吃了吧！"

　　刘金莲仍然没吃。她起身隔着桌子，把鸡翅膀夹到了张王氏的饭碗里。她对丈夫说："亏你做崽二十多年，就不晓得娘爱吃鸡翅膀？！娘！今天的鸡是乌骨鸡，煮得烂，盐也放得合适，你就把它吃了吧！"

　　"我吃！我吃！"张王氏说着，在鸡肉碗里找到一个鸡胗子，便起身夹到刘金莲的碗里。她说："金莲，乌骨鸡的胗子，你把它吃了！"

　　"娘！莫给我夹，我自己会吃的。"金莲说着，把鸡胗子夹到了龙儿的碗里。说："龙儿，吃吧，鸡胗子最好吃，是奶奶夹给你的。"

　　听了儿媳妇的这话，张王氏的心里又一阵甜滋滋。张复礼的心里却在暗暗地骂道："这婆娘真会讨好卖乖！"

　　龙儿的瞌睡重，晚宴过后，一倒到床上便睡着了。刘金莲自从见到翠珠带回的画图，心里就憋着气。那天杀的明明做了亏心事，在酒席上还假惺惺地耍那一套。她又气又恼，可就是奈他不何。公婆在场，不能揭穿他。只说他敬的那杯酒，是一杯苦酒。他明明听出了话里的意思，却在故意装哈。刘金莲自知，在如此狡诈的男人面前，她是永远也占不到上风的。她巴不得这人快去汉口，同那女戏子去风花雪月，她眼不见，也就心不烦了。怎奈是丈夫还要等到万寿宫上了会以后再走。刘金莲越想越晦气。秋老虎的夜里，没得一丝风，闷热难捱。刘金莲独坐在梳妆台前的团凳上，没得一点睡意。她穿着一身短衣短裤，拼命地摇着蒲扇，似乎要把一切伤心、痛心、烦心的事情，一股脑儿扇到东洋大海里去。

　　吃过晚饭，张复礼还和张秀山一道，去了一趟油榨坊。按照往常的规矩，到了端午节以后，上年收的桐籽榨完，油榨歇工，就只留下九佬独守榨坊。二人告诉九佬，明天要兴工开榨，要他连夜检查榨坊里的家什。

一杯苦酒

二人接着又去到几个油匠屋里，要他们相互传话明天到榨坊上工。安排停
妥，已二更时分。张复礼在回家的路上，又想到婆娘那无中生有的"苦
酒"。那是一个被冷落的妇人，当着宠爱她的公婆的面，对丈夫进行的巧
妙发泄。倘若她得知芳草第里发生的一切，肯定还要疯狂得多。张复礼意
识到，自己确实是一个苦酒酿造者。可回过头去想，自己这些年吞咽的苦
酒，又何尝不是她所酿造！扯平了，同是苦酒酿造者，同是苦酒吞咽人。
应该说是谁也不欠谁。尽管如此，这妇人毕竟在为着张家的事业奔波、操
劳。自己远在汉口，鞭长莫及。张家的门庭还要靠她支撑；老人还要靠她
孝顺；生意还要靠她打点。对她适当的安抚，无论如何也是天经地义的。

张复礼回到房中，刘金莲还没有睡。穿着短衣短裤的刘金莲，解散了
的乌发，像瀑布一样披在脑后。胸脯高高耸起，一对奶子隔着薄薄的内衣
呼之欲出。两条大腿白皙而光洁，渗透出一种充满遐想的丰腴与浑圆，真
个把少妇的风韵体现得淋漓尽致。张复礼一进屋，两眼倒也不由得闪亮了
一下。这妇人虽然没有芳草第的坤角那样水灵，却有着一种成熟的丰腴，
对男人也是一种吸引。见张复礼回来，刘金莲也没打招呼，只是一个劲地
摇着蒲扇。张复礼心想，这婆娘还没睡，一定是在等着吃"甜酒"。见刘
金莲不作声，他便先开了口："怎么？还没睡？"

"没睡。"

"那天夜里同印秀才摆龙门阵，兴致来了，摆得太晚，他就留我在那
里歇了。"面对着父母眼中的有功之臣，张复礼像是在解释，又像是在为
那晚的夜不归宿赔不是。

"你在哪里睡关我什么事？跟我讲这个做哪样？"刘金莲摇着蒲扇，
连眼角都没有睨张复礼。

"嘻嘻！"张复礼笑着说："你今天在酒席上，讲我敬你的那杯酒是
苦酒，我又不是哈宝，懂你的意思。那天夜里，确实是怠慢了夫人，惹夫
人生气了。夫人是爹娘面前的大红人，我就是吃了豹子胆，也不敢得罪你
呀！那夜让你吃了'苦酒'，今夜一定用'甜酒'给你补上。"

张复礼说着，双手便向着那高耸着的胸脯伸去。刘金莲一扭身子，让张复礼扑了个空。

"没规矩，伢儿醒来，看你怎么办？"

张复礼一看，床上的龙儿已经睡熟。便伸手扳着刘金莲的肩头，轻声地说："伢儿睡着了，醒不了的。莫怨我给你吃'苦酒'，来吧！我们就来吃'甜酒'！"

面对张复礼此举，刘金莲觉得有说不出的腻味。她将张复礼扳在她肩头上的手推开，冷冷地说："对不住，我又来'好事'了。你去睡吧！天太热，我还要坐一会儿。"

张复礼泄气了，哪有这么凑巧的事？！凭心而论，张复礼的这一切，只不过是在应付这妇人，让她还留有一片幻想而已。他不想在父母面前，将他们夫妻之间的不睦抖露出来。在酒席上，刘金莲声言，张复礼给她喝的是'苦酒'，固然是表露她的抱怨与责难，更说明她就此开始了与丈夫的分庭抗礼。她所说的'苦酒'，内容宽泛，包含着丈夫对她感情的摧残、人生的伤害。她不愿意将这一张薄纸，在公婆的面前捅破。而张复礼也恰恰需要这样，这或许就是夫妻间仅存的共同点。

刘金莲其实并没有来"好事"。她宁肯承受心灵的孤寂，忍受生理的煎熬，也不愿意再与这名义上的丈夫，去做那令人恶心的接触。她独坐在梳妆台前的团凳上，扇了好一阵扇子。梆打三更，才脱下衣裤，挨着龙儿身边睡下。她虽是极度困盹，却又毫无睡意。刚才的借口，只不过是小小的报复。出了这口气，她仍然睡不着。冷静一想，这样的报复，也并非万全之策。当初与小雕匠的瓜葛，不也是有报复的意思吗？又得到了哪样呢？只不过是一杯永远也喝不干的苦酒。男人在芳草第养了个女戏子，在世人的眼里，是并不犯忌的。他暂时隐瞒此事，一则是那女子的出身卑微，担心受到父母的指责；二则是妻子在家庭中地位的骤然提高，他不能不有所顾忌。随着时间的推移，所有顾忌将不复存在。有朝一日公婆过世，张家窨子就是他的天下。到那时，张家都是他说了算数。哪怕你再能干，你也是个女人。女人同男人拗劲，女人永远是输家。想着想着，刘金莲有点为自己的做法后悔了……

张复礼在装作打鼾，其实他并没有睡着。他计算着日子，这婆娘还不应该来"好事"。这婆娘居然以这样的方式，来轻慢她的男人。这着实让张复礼感到恼怒。他便佯作翻身状，将一只手伸向了那地方，果然不出所料，那地方除了荒草般的毛茸茸，便再也没有其他什么附着物了。正后悔莫及的刘金莲，突然感觉到一只大手在她那最敏感处探寻，一阵惊喜涌上心头。她迅速地用自己的小手，压住了那只探寻真相的大手，接着便挺身而起，睡到了丈夫的那一头，将身子迎了上去，将腮帮也迎了上去，两条娇嫩的手臂，把丈夫箍了个铁紧。就在这一瞬间，刘金莲感觉到自己落泪了。充满着委屈和怨艾的泪水，先是在女人，后是在男人的脸上横流着。打湿了脸颊，浸润到嘴唇。女人和男人，都在以自己的心境，品味着这带着咸味、涩味的泪水。是苦酒？还是甜酒？女人和男人都将用整个人生去体验……

张复礼从汉口回到浦阳以后，市镇城乡，便有了他的种种传言。他成了镇上新一辈中令人瞩目的能人。因此，由他主持的这一届万寿宫上会，也倍受人们的关注。七月二十日这天，他召集了"西帮"的"罗汉"，商议上会的事情。这些年浦阳生意难做，当年的"十八罗汉"，四家去了洪江，两家去了常德，只剩下"十二罗汉"了。原来的九人一桌，只剩下六人一桌了。可他偏说这是"六六大顺"，数字吉利。刘昌杰过世，张恒泰又在病中，为首的刘、张两家，由年轻一辈来出席会议。其余十家，来开会的依然是老一辈。张复礼和刘金山不是叫伯伯，便是叫叔叔。

"唐叔！"张复礼礼貌地叫着万隆油号的老板唐志兴。

不久之前，这唐志兴曾给张复礼设了一个圈套。由于张复礼事先得知了底细，没有往里面钻，唐志兴分外懊丧。当他得知"顺庆"从麻阳采办到四大船桐油籽时，嫉妒之心就更加强烈了。说起话来也阴阳怪气：

"啊！是复礼呀！今年是张家值年吗？两郎舅轮轴转，也闹不清哪个是值年！话又说回来，反正是你们两郎舅，是谁还不都一样！"

唐志兴的意思，无非是这万寿宫的值年被你们两郎舅打了包台。自从张、刘两家结亲以来，"西帮"乡亲对由这两家人轮轴转地当值年，便颇有微词。"西帮"乡亲听两亲家摆布，会馆资产由两亲家掌控，叫人难以放心。如今生意的不景气，便使得这种情绪更加强烈了。张恒泰、刘昌杰主事时，由于他们的崇高威望，人们纵有意见，也只是私下里说说。如今，老一辈死的死，病的病。掌控"西帮"的两亲家，变成了两郎舅，不满的情绪便从私下变成了公开。唐志兴那话里的话，张复礼自然是听得明白的。他却假装没有听懂，而是笑着说："唐叔，你真健忘，你说要卖桐油给我的那天，我就同你讲了，我要等到当了这届值年过后才回汉口。"

这是万寿宫每年一次的例行会议。九年前，张复礼把苗家丫头阿春肚子搞大，在和今天同样的聚会上，张恒泰难堪了一回。放荡不羁的大少爷，如今继承了父亲的位子。当年，父亲将这位子看成是商家地位的象征。如今的张复礼却对此不以为然。商家的地位在于他的经济实力，而不在于当不当这个值年。他脑子里闪过一个念头，既然出现了歧见，何不改变由两家人轮当值年的旧格局，让"罗汉们"都来尝尝当值年的滋味。

议事厅里，张复礼在向与会者通报上会的开销预算。这种通报从来只是形式，极少有人提出异议。"罗汉"的聚会，不过是大家来美食一顿而已。今天却出现了另一种情形。张复礼通报完毕，唐志兴似笑非笑、亦真亦假地接了腔："复礼呀！这有什么讲的，你们两郎舅怎么讲，我们就怎么听嘛！"

马上就有人附和："对！没得哪样讲的，你们两郎舅商量着办吧！"

紧接着，议事厅里响起了一片笑声。

唐志兴的发难是在给张复礼难堪。张复礼也不是省油的灯。他说话了："在坐的各位，都是复礼和金山的叔伯辈乡亲。据复礼所知，由张、刘两家轮当值年是早年公议而定。如今，家父年老多病；金山的父亲，我的岳丈仙逝。值年的担子就落到了我们晚辈的肩上。今日复礼来担当这个值年，若是有什么不周到，请各位长辈多多担待；若是有什么不放心，请各位长辈多多指教。"

张复礼有理有节，谦卑中带有倨傲。他说的那个"不放心"，谁都听得出，是冲着唐志兴来的。来者不善。谁也不愿意得罪这位少老板。"罗汉们"哼哼哈哈，便再也没说什么了。

唐志兴的发难虽然平息，张复礼却以为，张刘两家应该激流勇退了。酒醉饭饱的"罗汉们"纷纷离去，张复礼要刘金山留了下来。

"金山兄，唐老板的话你听出意思来了吗？"

"怎么会听不出来，他是在向我们两家发难了！"

"有件事情想同你商量。"

"什么事情？你说。"

张复礼说："俗话说，出头的椽皮遭风雨。这些年，我们两家也没少被人嫉妒。就连这值年的差事也让人眼红。依我看还是见好就收吧！把两家轮当改为所有的"罗汉"轮当。让大家来享受这份荣耀，来操这份心。你看如何？"

"好！好！"刘金山连声说："当这个值年实在是太累人了，旁人还总以为得了什么好处。让大家都来坐坐这把交椅，尝尝这个滋味。我看可以。"

张复礼回到家里，杨梅坳一个叫向枚前的戏子，坐在大堂等着他。杨梅坳是个戏窝子，出了不少戏子。最近办了一个双喜班。听说镇上安花脸的大红班去了四川酉阳，趁着这个空子，向枚前来写万寿宫的会戏。

"少老板，我等你好久了呢！"

张复礼说："向师傅，你来得好，我正要找个唱会戏的班子。向师傅是唱生角的，什么时候也当起本家来了？"

向枚前说："禀少爷，前年我就置办了些行头，最近又请绣匠做了些。弄了个班子，取名叫双喜班。"

"双喜！好名字，听起来吉利。"张复礼称赞着戏班的名字，而后问道："眼下班子里都是哪些角色呀？"

向枚前说："小生是黑羊溪的侯定良，旦角是康家洲的康喜春，花脸是小龙门的龚超良，小花脸是杨梅坳的向本凡，打鼓佬是庄枣溪的萧连垣，上手是浦阳的姚世桐。"

向枚前介绍的这些角色，张复礼大都是了解的。有了这些角色加盟，双喜班还是很不错的。张复礼不假思索当场就拍了板："好！这个班底不错。那年我当大头工唱目连戏，唱刘氏的就是康喜春。向师傅，这事情就算定下来了，我让秀山同你们签个合约。话讲在前面，你刚才讲的这些角色，一定要到场。"

"请少老板放心，这些角色一定会到场。"向枚前说。

张复礼说："我汉口那边还有生意上的事情。开台过后就要去汉口。戏码的事情我找个人来同你商量。"

张复礼找来的人是刘金莲。刘金莲出生在一个喜爱高腔戏的人家，也是很懂戏的。听说让她来商量戏码，却一肚子不情愿。心想，这花花公子想得好，自己回汉口去陪那女戏子，把一摊子唱会戏的事丢给结发的婆娘。奈何他打的招牌是生意上有事，即使不情愿，她也无法拒绝。

向枚前说："万寿宫唱会戏，开台的正戏《许真人降孽龙》是铁定。以后的花戏唱哪样，请少老板和少奶奶先定下来。"

张复礼看了刘金莲一眼，说："金莲，你说唱哪出？"

"就唱《三官堂》。"刘金莲脱口而出。

听刘金莲点的这戏码，张复礼顿时便有点儿懵了。《三官堂》唱的是陈世美不认前妻的故事。刘金莲点这戏分明是冲着他来的。他是哑巴吃汤圆，心中有数，却又不便反对。这时，倒是向枚前说话了："嘻嘻！少奶奶的这出《三官堂》点得好。若是要看戏子的道艺，还有一出戏更好。"

"哪样戏？"刘金莲问。

"《琵琶记》。"向枚前说："《琵琶记》和《三官堂》，唱的都是做官的丈夫，不认家中的糟糠之妻。《琵琶记》依古本唱，《三官堂》唱的是条纲。高腔班子的小生、旦角，唱好了蔡伯喈和赵五娘，也就有碗‘戏饭’吃了。"

向枚前的话，不禁使张复礼想起在芳草第的家宴上，善于调侃的詹姆斯，曾有意无意将他比喻为蔡伯喈，将小芸比喻为牛小姐。此刻，轮到他问"赵五娘"了："金莲，向师傅既然这样说，就唱《琵琶记》，你看如何？"

"不！还是唱《三官堂》！"刘金莲坚持己见，她说："那出《琵琶记》，蔡伯喈不认前妻，还尽说他的好话，最后让他快快活活讨两个婆娘，对那受苦受难的赵五娘，也太不公平了！《三官堂》就不同，陈世美贪图富贵，不认前妻。进京寻夫的秦香莲，遇上了包老爷。包老爷秉公执法，用铡刀铡掉了陈世美的脑壳，还算是给秦香莲讨回了一点公道。"

张复礼一听，就晓得这是刘金莲在宣泄心中的闷气。他脑子一转，想到他的金屋藏娇总有一天会大白于天下。抓住这个机会为日后做一个铺垫。他笑着说："哈！那《三官堂》唱没唱功，做没做功，没得看头。《琵琶记》要唱有唱，要做有做。看戏就要看这样的戏。再说，戏文里交代得明白，蔡伯喈娶牛小姐也是出于无奈的。总不能把那蔡伯喈也给铡了吧！金莲，你说呢？"

张复礼突如其来的提问，叫刘金莲不知怎样回答。她心里明白，这是张复礼在为他的金屋藏娇开脱。他是把自己当成蔡伯喈，把女戏子当成牛小姐。守在张家窨子的婆娘，便是苦命的赵五娘了。伶牙俐齿的刘金莲，竟找不出恰当的话来对付眼前的"蔡伯喈"。

向枚前见刘金莲没有异议，便认为她同意了丈夫的意见，定下了戏码。他说："既然是这样，那就依少老板的，唱过《许真人降孽龙》，就唱整本的《琵琶记》。"

上会的先天，七月三十日下午，"西帮"的"罗汉们"再次聚会万寿宫。

"各位长辈乡亲！"张复礼开门见山，宣布他和刘金山的动议："复礼在这里讲一件事情。是张家的意思，也是刘家的意思。根据家父记忆，万寿宫上会由张刘两家轮当值年的规矩，是道光二十六年兴的，已经三十年了。各位长辈都清楚，早年张刘两家虽是交好，却无姻亲这一层关系。如今，情形发生了变化，张刘两家结亲，轮当值年成了两亲家，如今又成了两郎舅，总不能将来变成两老表吧！瓜田李下，该避嫌的还是要避嫌。为此，两家提议把往日两家轮当的规矩，改为由在座的各位，十二家'罗汉'轮当。请各位长辈首肯。"

张复礼话音一落，"罗汉们"面面相觑。这件事虽然他们平时也多有议论，没想到张复礼会这样把事情挑明。众人对这位春风得意的张家少老板，就更加刮目相看了。首先发言的，依然是"万隆"的唐志兴。他笑着说："复礼呀！张刘两家轮当值年，本是前人议定的规矩。老规矩是不好破的哟！只不过是今天你发达了，要去汉口做大生意，为浦阳镇的'西帮'人争光，在家的张公身体又欠安，顾不上这上会的小事。没法子，乡亲们也就只好依了你们两家。"

唐志兴的话，所有人听了都舒服。张复礼的动议顺利通过。会议将"罗汉们"值年的顺序，开列了一个名单。名单的开头，仍然是张刘两家，这是"罗汉"们给两家浦阳大户留的面子。

这年万寿宫的上会，张复礼调摆得有条不紊。往常，张恒泰值年，张王氏是不拢边的；刘昌杰值年，刘邬氏也只是看戏才拢场。今年却不相同，刘金莲去麻阳采办来了桐籽，为张家窖子立下一功，着实令人刮目相看。她也由此开始了在人前的抛头露面。往后，"顺庆"的生意，汉口庄上由张复礼张罗，浦阳镇上的事，就将渐渐由刘金莲操持了。张复礼请示父亲，油已经榨了出来，不到上会结束，他就要动身去汉口，往后的事情，就由金莲来调摆。他的想法得到父亲首肯。

按照"西帮""关门祭祖，开门唱戏"的习俗，万寿宫在敬过许真人和蛤蟆太公之后，便敞开大门迎客。张复礼要刘金莲和他一起到门前迎接客人，刘金莲却不愿意这样抛头露脸。张复礼对刘金莲说，人家两公婆来做客，你就应该两公婆接待。这在汉口是最普通的事情。张复礼这一说，刘金莲立刻想到那个女戏子。这强盗莫不就是为了接待人家两公婆，才找那个女戏子的吧！她越发不肯了。正巧，张恒泰来到了万寿宫。张复礼将自己的想法向父亲禀报。张恒泰说，往后镇上的生意要由刘金莲打点，趁此机会让她和镇上的各界人士认识也是件好事。公公吩示下来，刘金莲不好推脱，才答应和张复礼一同在大门门口迎客。这种在公众场合两公婆成双成对接客的情形，浦阳镇是破天荒的第一回。应邀前来万寿宫赴会的客人，大多带着夫人。刘金莲的出现，还着实增添了不少亲切的气氛。男人们有张复礼迎候，女人们有刘金莲接待。男人们有男人的事情，女人们有女人的话讲。各路的客人们，陆续来到了万寿宫。门前接客的两公婆，张复礼潇洒英俊，刘金莲风姿绰约，自然也吸引了许多羡慕的目光。可又有谁晓得，这不过是同床异梦的夫妻，在世人面前的假戏真做呢！

河街的岩板路上，又一阵脚步声。来人不是别个，是鸿发膏栈的老板，黔王宫的首事龙永久。龙永久带着新近娶的三姨太筱碧玉，迈着方步，摇着扇子，走了过来。刘金莲一见到来人是龙永久，心里没好气。

"龙老板，欢迎光临！"张复礼拱着手迎了上去。

"哈哈！复礼贤弟，听说你从汉口回来了，可就是一直没有见着你。"龙永久拱手还礼。

张复礼笑着回应："今天不是见着了吗？"

筱碧玉迎到了她的面前，亲亲热热地叫了一声："金莲姐！"

"哟！碧玉，你也来看戏呀！"刘金莲立刻这样回应。

龙永久趁着这个机会，同刘金莲搭讪："听说今天有康家洲康旦角的戏，她一定要来看。"

刘金莲没搭腔，倒是张复礼接过了话把："康喜春的旦角戏是唱得不错。那年唱目连大戏他扮刘氏，才十七岁。今天的《琵琶记》他唱赵五娘。"

筱碧玉说："其实呀！他唱牛小姐也一定很好。"

"哈哈！康伢儿的戏是唱得好，可总不能把他分成两半呀！金莲，你说是不是？"龙永久借婆娘出的题目，故意这样对刘金莲说，显得很亲切、很自然，就好像他们之间什么事情也没发生过。

刘金莲对龙永久，从心底里感到厌恶，可在这大庭广众之中，她不能发作，至少在表面上，还是要应付的。但她又实在不愿意同他搭腔。闪念间，她想出了个两全的法子，不回应龙永久的话，而是对筱碧玉说："碧玉，你这样喜欢康旦角的戏，他的戏就要开锣了，快进吧！莫耽误了。"

"老爷，我们进去吧！"筱碧玉说着，娇嗔地看了龙永久一眼。

这时，刘金莲把筱碧玉看了个真着。心想，这婆娘果真是光鲜。

筱碧玉拉着龙永久往里走，龙永久却停了下来，再次拱手对张复礼说："慢着，我还对复礼老弟有句话要讲。复礼贤弟，龙某人多谢关照！"

张复礼也连忙拱手，说："小弟也多谢关照！"

"来日方长！"龙永久说。

张复礼也说："对！来日方长！"

说罢，龙永久带着筱碧玉进了万寿宫。这两个人的对话，顿时使得刘金莲云里雾里。她百思不得其解，这张复礼和龙永久，什么时候也互相关照起来了？见龙永久走远，刘金莲禁不住轻声问道："呃！你们怎么也互相关照起来了？"

张复礼说："男人的事情，不该问的不要问！"

刘金莲心里说，不问就不问，没再和他搭腔。

第二天，八月初二的早饭过后，张复礼登上了装满外销桐油的麻阳船。当船把佬祭江起锚，唱起摇橹号子时，万寿宫里，双喜班演唱的《琵琶记》正好开锣，演唱第二本。那戏里的蔡伯喈，撇下家中的发妻赵五娘，又在京城娶了牛小姐。连台八本戏，为蔡伯喈停妻再娶的行为进行了百般的开脱。这都是刘金莲极不愿见到，却又必须面对的。她代替丈夫作为万寿宫的值年，天天要来看戏，一天也不能缺席。

"吊"得只"肥羊婆"

刘金莲从麻阳采办到了桐籽，得到了公公张恒泰的赏识。她开始参与油号的经营。婚姻上失意的刘金莲，因此而得到了精神寄托，全身心地投入到生意场。汉口方面，张复礼同洋人的生意做得顺利。浦阳方面必须开辟更广阔的货源。张秀山去贵州松桃为刘昌杰取药，路过腊尔山时，发现那一路新栽了不少的油桐树，眼下都到了挂果期。腊尔山是纯苗区，原日那里没有油桐树，见别处人种油桐树发了财，便也栽起油桐树来。张秀山提议，"顺庆"去腊尔山建一座油榨坊，收购桐籽，在当地榨成桐油。他的提议得到了张恒泰的认可。可谁去那里主持油榨坊的建造呢？张秀山应该是最合适的人选。怎奈是张秀山十二岁的独生子，前不久到沅水里洗冷水澡，不幸溺水身亡。他家里已是三天不见烟火，婆娘更是气得几成疯癫。此时不忍心让他离家远行。这时，张恒泰想到了儿媳刘金莲。她精明能干，定能担此重任。一想又觉得不妥。让一个年轻女子深入到苗区，若有什么意外那可不得了。

"爹！就让我去腊尔山吧！我保证把那里的榨坊建起来，一定让你老人家满意。"刘金莲主动向公公请缨。

张恒泰摇着头说："不行！不行！那里是生苗地界，你一个妇人家去，我不放心。"

刘金莲说："咳！有什么不放心的。苗人也好，汉人也好，心头都是肉做的。我去那里，是为他们做好事，帮他们开财路，他们感激都来不及，还会把我怎么样？！况且我又是要带着一帮人一起去那里。要带上木匠，还要带上油匠。有那么多的大男人，难道还保护不了我一个妇人？！"

"不行！说了不行就不行！"张恒泰没有余地。

"爹！让我去，没事的。"刘金莲恳求着。

刘金莲好说歹说，张恒泰就是不松口。儿媳前番去过麻阳西晃山，那里是熟苗地界。腊尔山不同，是一色的生苗。张恒泰心想，要是儿子在跟前就好了。前次去麻阳采办桐籽，就是征得他的同意，儿媳才动身的。无奈之下，张恒泰决定自己出马，去那里把油榨坊建起来。张王氏听说老者要去腊尔山，急成了热锅上的蚂蚁。刘金莲趁机同婆婆商量，想出了一个好法子。张恒泰召来木匠和油匠与他同行。木匠和油匠竟然都不同意他去，同时又都提出，要和少老板娘一起去，还声称愿意具结，保证少老板娘的安全。张恒泰一听，立马便晓得这是儿媳做了手脚。他很生气，但一想回来，又觉得这是儿媳难得的一片孝心。既然有那么多的男子汉，声称愿意保证她的安全，张恒泰也就放话同意她去腊尔山了。

这年从秋到冬，刘金莲都是在腊尔山度过的。她在那里修建起了油榨坊，收购当地的桐籽，榨成桐油，雇挑夫源源不断地运到浦阳镇。在腊尔山收购桐籽价格便宜。榨成的桐油连同运费，成本还不到浦阳价格的四分之三。这些桐油被运送到汉口，保证了"顺庆"与詹姆斯合约的兑现。当年桐籽丰收。"顺庆"收购桐籽都是给的现钱。苗人无不欣喜。刘金莲受到苗人拥戴，还和那里头人的婆娘结拜了姊妹。她教苗女做针线，苗女则教她织锦。她遇到为难事，头人都会出面为她摆平。这着实让张恒泰兴奋不已，有这样一个既孝顺又能干的儿媳，是张家的福气。

刘金莲去了腊尔山，龙儿由奶奶张王氏关照。天气渐凉，龙儿个头日见长高，旧棉衣显短了，必须要缝制新棉衣。张王氏去到河街的怡和绸庄扯布。不久前，老板娘瞿唐氏的丈夫坐"顺庆"的油船去汉口办货，采办到的货物又由返程的油船运回。瞿唐氏的丈夫向她说了在汉口的所见。瞿唐氏觉得有必要告诉这位结拜的姐姐。

"老姐姐！你来得好，我正想去找你呢！"快言快语的瞿唐氏说。

"老妹呀！有哪样好事？"张王氏问。

"当然是好事！老姐姐，你又要做奶奶了！"瞿唐氏话语中带有几分神秘。

张王氏一时摸不着头脑，不解地说："老妹呀！你讲哪门子的天话。金莲现时是在腊尔山收桐籽榨油，我怎么做奶奶？！"

瞿唐氏说："老姐姐，我不是说金莲。你在汉口又有了个新媳妇！"

"怎么？那鬼崽在汉口又讨了个婆娘？！"张王氏不相信自己的耳朵。

"就是！"瞿唐氏说。

张王氏急切地问："你怎么晓得？"

瞿唐氏说："千真万确。你妹夫刚从汉口回来，他亲眼所见。"

"这个鬼崽呀！"张王氏自言自语地骂了一句，问瞿唐氏："你说那鬼崽新讨的婆娘快生崽了？！"

"是哇！"瞿唐氏说："听你妹夫回来讲，大少爷一到汉口，就请了一个做饭洗衣的老妈子，那老妈子有个姨侄女，是个女戏子，年纪轻轻，又长得光鲜，少爷和她好上了。那女戏子如今不唱戏了，就和少爷住在一起，已经有了身孕。"

张王氏懵懵地坐着，过了好久，她才回过神来说："老妹，这事你没在外头说吧！"

"没有！这些事情我怎会在外头说。"瞿唐氏说："本来呀！你妹夫是不让我对任何人说的。可我想到，你和我老姐妹间任何事都不该瞒着。这是你张家窨子的大事，你早晓得比迟晓得要好。"

"老妹呀！多谢你给我把信！"张王氏说："其实，我早就料到这鬼崽去了汉口大码头，会生出点名堂来的，就是没想到有这么快。"

瞿唐氏说："嗨！这也不是了不起的事，哪有猫儿不吃腥。你复礼都这么大了，只要他生意做得好，这点事就随他去吧！"

"唉！事到如今，也只能这样了！"张王氏叹息着。她心想，要是丈夫得知此事，是会大发雷霆的。

张王氏为龙儿买好了衣料，心急火燎地回到家里，她将瞿唐氏那里听到的信息禀报给了丈夫。张恒泰听了禀报，靠在椅子上半天没作声，老脸气得通红，浑身竟不住地颤抖起来。见老者生气，她便劝慰起丈夫来："老者，不就那么大点事吗？你莫生气了。生意场上的人哪个不是三妻四妾？礼儿在汉口讨了个婆娘，就由着他好了。他孤身在外也不容易，有个女人照看着，也省得你我为他担心。倘若生得一男半女，还是你张家的骨血嘛！"

张恒泰听了婆娘的话，觉得也有道理，消了些气，嘴里却还在骂着："真不是个东西，讨婆娘这么大的事，连娘老子也不把个信！"

张王氏说："嗨！要是把信给你，你会答应吗？他是想等生米煮成熟饭，你不认账也不行。"

"那倒也是。"张恒泰说着，叹了一口气："唉！对不住金莲啊！这些日子，金莲为了这个家，也真够操心的了。她要是晓得出了这样的事，又会怎么想哟！"

"礼儿只不过是在那里讨了个偏房。金莲的正室位子，是谁也夺不走的。"张王氏说。

"金莲的脾性我晓得。她是个苦得，累得，气不得的人，遇到这种事情，只怕她想不开啊！"张恒泰在为儿媳妇担着心。

张王氏说："妇人都一样，听说丈夫讨了小，谁个都会不高兴，可等到日子一长，还不也就认可了。"

张恒泰想了想，交代妻子："记住了，这件事暂时不要告诉金莲。"

"我晓得！"张王氏说。

张恒泰叹息着说："唉！礼儿的这件事，运油船上的人想必都是晓得的。可不知怎的，就是没得人向你我透风。你和我确实是老了，张家窨子的天下已经不是你和我的了。那鬼崽既然这样瞒着，不让你我晓得，你我也就装作不晓得，管他讨小也好，生崽也好，都不去探他的闲。倒要看这个鬼崽接着如何唱这出戏！"

刘金莲是光绪二年的冬至节、十一月初六这天回到浦阳的。冬至祭家先是客寓浦阳的江西人的习俗。刘金莲一则是回来祭奠张氏的家先，二则是十一月初七是婆婆的生日，她赶回家中给婆婆拜寿。途中，刘金莲路过一个叫猴子坪的地方，这里出产的朱砂远近闻名。她特意下轿，找到一家砂户，花大价钱买了一颗品质上乘的朱砂。红色的朱砂足有鸡蛋大，晶莹剔透，奇美无比。拿到太阳光下，那朱砂便闪灼出五彩祥光。朱砂古来就是吉祥如意的象征，又是祛邪镇妖之物。刘金莲将这颗朱砂作为献给婆婆的寿礼。张王氏得到这样贵重的礼物，一是高兴，二是不安。想起那鬼崽在汉口的所为，张王氏就觉得对不住眼前的儿媳。

为了犒劳刘金莲，张恒泰吩咐张王氏带儿媳去选几身衣料。刘金莲起初不愿意去。她说，又不是没有衣服穿，要那么多的衣服做哪样。油号里收桐籽要的是银钱，要做衣服，也要等到桐油春销过后。她越是这样说，公公就越要婆婆去给她买。刘金莲拗不过，只好跟着婆婆去了河街上的怡兴绸庄。

瞿唐氏见张王氏带着刘金莲来选衣料，自是热情接待。瞿唐氏指着五彩斑斓的各色绸布，对刘金莲说："金莲哪！你可是女中豪杰，能文能武呀！前回麻阳采办来桐籽，解了张家的燃眉之急；这回又不辞辛苦去到腊尔山，为张家开了大大的财路。公公、婆婆是在论功行赏啊！我这店铺里的绫罗绸缎，任你选，任你挑！"

"瞿姨！"刘金莲清甜地叫了一声。她说："我是张家的儿媳妇，家里的一切事都是我的分内之事。本不该行赏的小事，公婆要赏，是公婆疼爱我。"

"你看！说得多好！老姐姐，你真是有福气。"瞿唐氏当着张王氏的面，夸奖起刘金莲来："我要是有这样的儿媳妇，只怕是睡到半夜都要爬起来唱山歌哟！"

"哈！老姊妹，看你说的！"张王氏被说得心里甜滋滋的。她对儿媳妇说："金莲，这铺面上的绫罗绸缎，看中了，你就拿过来，让你小姨记上账，由你公公来把钱就是。"

刘金莲站在琳琅满目的店堂里，没有选，也没有挑。她实在不想买什么衣料。她之所以埋头做事，一是要寻求寄托，二是要树立形象。这种犒赏，并不能抚平她伤痛的心。瞿唐氏着急了，指着货架上五彩缤纷的衣料说："金莲哪！难道你都看不上？这些货都是你姨爹刚从汉口采办来的哩！"

刘金莲听说姨爹从汉口回来，立刻想到，姨爹每次去办货，都是歇在"顺庆"的庄上，必定了解张复礼在那幢小楼里的情形，也必定会见到那个女戏子。于是，她开问了："姨爹是几时回来的？"

"早几天才回来。"瞿唐氏有点儿后悔了，她不该讲丈夫去汉口的事情。

刘金莲说："那姨爹一定去了复礼的芳草第咯！"

"哎呀！他没跟我讲，不晓得他去了没有。"瞿唐氏在装糊涂。

刘金莲想，那鬼东西讨了个女戏子，也应该算是个大新闻，姨爹去了汉口，肯定是会去到芳草第看个究竟的，回来以后，他不会不对小姨讲。小姨和婆婆是无话不说的结拜姊妹，肯定早就已经告诉了婆婆，婆婆只是藏着没说而已。小姨显然是在装糊涂。她决定来个打草惊蛇。她笑着对瞿氏说："听说复礼在芳草第里常常唱堂会。姨爹是最爱看戏的人，复礼一定会请姨爹去看戏。汉口唱戏和我们辰河不一样，有年轻女子唱旦角，比男旦角唱得真切。不知道姨爹在复礼那里，看过那里的女戏子唱戏没有？"

刘金莲的这番话，着实让张王氏和瞿唐氏吃惊不小。张王氏背对刘金莲朝瞿唐氏使了个眼色，瞿唐氏立马不以为然地说："什么？女戏子唱戏？！你姨爹可没跟我讲过。嗨！尽讲这些做哪样！婆婆带你来选衣料，你利利索索选几样就是。"

瞿唐氏有意把话岔开，刘金莲却依然在想着女戏子的事。她没有心思选衣料，始终也没选中一样。瞿唐氏说："怎么？这么多的绫罗绸缎，你就没有看中一样？！"

"是啊！金莲，你可不能扫爹娘的兴啊！"张王氏说。

刘金莲不愧是个乖巧人，立刻说："娘！这点道理金莲还是懂的，爹娘给面子，金莲怎能不知趣？说起选衣料，还是小姨见多识广。那就劳小姨的驾，帮金莲选一样吧！"

"好！信得过小姨，小姨就给你选一样。"瞿唐氏说着走到货架前，拿下一匹香云纱，对刘金莲说："这布叫香云纱，汉口的时兴货，热天穿的。穿在身上不沾肉，舒爽凉快。给你剪一段，如何？"

"好吧！就依小姨的，买一段香云纱。"刘金莲说着，看看了布扣，说："一件衣服，六尺够了，就剪六尺吧！"

店伙计量过布料，拿起剪刀要开剪时，刘金莲却说："不忙，请等一下。"

张王氏说："金莲，你是怎么了？说得好好的，怎么又变卦了？"

刘金莲说："娘！我是想，您身子胖，六月天最怕热，何不也用这香云纱做一件褂子。两婆媳一路做，还可以省点布，扯个一丈一尺也就够了。您看如何？"

张王氏还没回话，瞿唐氏就说："老姐姐，难得金莲的孝心，你就也做一件吧！"

"那好，就依金莲的，我也做一件时兴的香云纱！"张王氏说着，喜喜滋滋地吩咐店伙计："你就给扯一丈一吧！"

回家路上，婆媳二人各怀心事，谁也没有说话。刘金莲从瞿唐氏的言语中，听得出她已经晓得了张复礼的那本经，而且已经告诉了婆婆。婆婆也一定告诉了公公。兴许就是因为觉得对不住她这个儿媳，才想出了这买衣料犒赏的一招，又才扯了这段香云纱。小姨说，这布料做衣裳夏天穿着最凉快，她却早已经从头到脚全都凉透了。张王氏在路途中则一直在琢磨着，刚才儿媳妇对瞿唐氏又说芳草第，又说女戏子，分明是话里有话。莫非她已经晓得礼儿讨小的事了？这件事得立马禀报老爷。

张恒泰听了禀报，连声说："不可能！没人把信，她怎么会晓得礼儿在汉口的事情。"

张王氏说："你讲不可能，可她口口声声提起女戏子，又是为哪样？"

张恒泰沉吟着，好半天才说："那是她胡乱猜的，歪打正着了。"

"但愿如此吧！"张王氏说。

张恒泰说："我只能这样想，她不可能得到汉口那边的消息。依我看，礼儿在汉口讨小的这件事，不会永远瞒着你我，总有一天会向你我通报。你我也总不能永远瞒着金莲，她总有一天会晓得这件事。只是眼前还不能捅破这张纸。只有到了适当的时候，再把这张纸捅破，那也就是无妨的了。"

张家窨子里，公婆和儿媳，就这样相安无事地过着日子。刘金莲参与油号的经营，费心劳神。她着力地组织货源进行加工。"顺庆"的桐油，得以源源不断地装上麻阳船，运送到鹦鹉洲，发售给长江的船主，英国的商人。白花花的银子，流水般灌注到张家窨子的仓廒。腊月间，张复礼搭信来，说是事情忙不能回来过年。张恒泰夫妇立刻明白，那个妇人快要生产了，那鬼崽自然是抽不开身的。

石老黑做了一回排古佬，险些儿丢了性命，还挨了一顿冤枉板子，实在是晦气。刘家大少爷还算通情达理，给他补来了五两银子。他用一两银子换得制钱九百文，全都用来买了咸盐，可以免受淡食之苦一整年。垭角洞的一场惊吓，断了他外出谋生的念想。就这样跟婆娘一起过日子，虽说是苦点，也总比担惊受怕强得多。他有师父传下来的虎匠道艺，听说哪里有老虫，他还是要去打的。阿春这婆娘，肚子里的伢儿怎会有这多，只要一碰她，伢儿就会上身。不久前，她又生了一男伢。伢儿捡不起，她却得了"月家痨"，成天咳喘，骨瘦如柴，往日红扑扑的脸，如今白得像张纸。吃了几多的草药都不应对。有人劝老黑，这病耽误不得，得赶快到浦阳镇上去看老郎中杨锡焘，他开的"月家痨"单方是最灵验的。石老黑扎了副滑竿，把阿春抬到镇上，请杨锡焘把了脉，开了单方。吃了五剂，病情好转，又跟着吃了十剂，阿春的病全好了，刘家补偿的那五两银子，全都脱手不上算，还借了二两银子。借银钱给他的人，又是本家大哥石老雄。

这几日，石老黑没得叶子烟吃了，便到老雄大哥屋里去讨要。二人摆了一趟龙门阵。石老雄少不了又一次劝他入伙。饱暖思淫欲，饥寒起盗心。石老黑穷得落了底，经不起雄大哥东劝西劝，似乎有点儿心动了。

"唉！为什么我老黑总是这样悖时？"回到屋里，石老黑叹息着对婆娘说。

阿春说："看！你又来了，又在后悔那天晚上不该用左手摸我。"

老黑嘻嘻一笑："是有点！"

阿春说："你呀！亏你还是个男子汉。既然做了，就没得哪样后悔的！"

"事情总是这样不顺，日子怎么过，我心里都没有底了！"

"昨天，你不是去了老雄大哥屋里吗？"

"去了。讨了点叶子烟来。"

"他没跟你说别的？"

"没说别的。"

"你就莫瞒我了。老雄大哥跟你讲哪样，我不问也晓得。"

"你晓得哪样？"石老黑瞪大两眼，看着婆娘。

"老黑，老雄大哥又在劝你去'坐坳'，是不是？"

"没、没有的事情。"

"老黑，你不要以为我不晓得？！"阿春有点生气了。她说："老雄大哥早就想拉你入伙，你也动了心。早在老表来给火儿'烧胎'那天，你就瞒着我，同他到坳上去了一回。老表是没发现你，可瞒不过我的眼睛。"

"这样说来，你全都晓得了。"老黑说着栽下了脑壳，问阿春："那你说，我们该怎么办？"

"怎么办？跟老雄大哥做一路干！"阿春回答得极爽快。

石老黑听了婆娘的话，好久都没有作声。这位强盗窝里的苗家汉子，把"清白"二字看得极重。他没料到千良百善的婆娘，竟然也鼓励他去干那样的勾当。原因没有别的，就是日子过得实在是太艰难了。

石老黑没吭声。阿春说开了："你想清清白白过日子，是吧？可这日子没法过了呀！这四乡八里谁都晓得，铁门槛是个强盗窝。铁门槛的人能保得住清白吗？裤裆里的黄泥巴，不是屎也是屎。你大难不死回到浦阳镇，那通判老爷不就是因为你是铁门槛的人，就不问青红皂白，打了你四十大板吗？难得雄大哥的好意，你就跟着他干吧！若是惹了祸，你坐牢我送饭，剁脑壳我陪着你一起挨刀！"

婆娘这一说，石老黑动心了。夜里，阿春为他剪了一块长长的包头帕。从不戴大包头的石老黑，第一次戴着磨盘大的包头去到石老雄的屋里。石老雄扳着石老黑的肩头，两眼盯着他看了许久，然后朝他胸口打了一拳，如同闷雷似地说了声："好兄弟！往后我们有福同享，有难同当！"

光阴荏苒，转眼到了第二年的阳春三月。腊尔山来人到张家窨子报信，说是油榨坊失了火，损失惨重，必须着人去做善后处理。张恒泰以为，前去处理此事的人选，非刘金莲莫属。一则那里的油榨坊，是她亲手所建，二来那里土官的婆娘，是她的结拜姊妹。若在地方上有什么事情，只要土官出面，便没有解决不了的。

张恒泰自从得知儿子在汉口金屋藏娇，总觉得对不住儿媳妇。再让儿媳妇去奔波劳碌他有点儿于心不忍。他同妻子商量，张王氏也颇有同感，都觉得儿媳妇怪可怜的，应该善待她，莫让她太劳累了。张恒泰找来大管事张秀山，要他即刻去腊尔山一趟。这时，刘金莲找到了公公，说：
"爹！腊尔山的事情，我去更方便。"

张恒泰说："你已经到腊尔山去过那久了，这回就让秀山去吧，他已
经答应了，他会把事情处理得很好的。"

"爹！还是让我去吧！"刘金莲说："我在那里多时，熟人熟事，事
情办起来顺畅。若是秀山哥去，他还要从头开始，麻烦事会要多许多。何
况他堂客的疯癫病还常常发作，根本就脱不开身。是你开的口，他碍着面
子不好推辞，才答应你的。"

刘金莲越是争着要去，张恒泰就越发心疼她、怜惜她，感到对不住
她。可儿媳妇的话有道理。确实是与其说让张秀山去，倒不如让刘金莲去
更合适。她一定会干净利索地把事情处理好。张恒泰就这样依了刘金莲，
让她再去一趟腊尔山。

刘金莲要去腊尔山的消息，很快就传到了铁门槛。石老雄决定，
"吊"下这只"肥羊婆"，就交给石老黑了。让他过上几年好日子。

"先给你把个信，'羊'要上套了。"石老雄找到老黑说。

石老黑问："哪路的'羊'？"

石老雄说："这个先莫问。头回带着你去'坐坳'，差点儿闹了笑
话。这回老哥亲自陪你去，不是'坐坳'，是'吊羊'。'吊'得的'肥
羊婆'，全都归你受用，就算是给你的进门礼。"

吃过早饭，刘金莲的轿子上了路。两个轿夫抬着一幢篷轿，走在官
马大道上。轿子的后面，屁颠屁颠跟着一个汉子，他是腊尔山油榨坊的管
事，名叫吉八斤。临行前，张恒泰曾经提出，要刘金莲找几个武艺高强的
保镖同行。刘金莲却说用不着。往常，铁门槛的"棒棒客"，隔三岔五，
不是"坐坳"，就是"吊羊"，过路的商客总是提心吊胆。自从前回惹毛
了官家之后，一伙绿林军进山把铁门槛烧了个片瓦不存。往后，"棒棒
客"便悄无声息了。刘金莲去腊尔山办油榨坊，来回经过铁门槛，都没得
一点挂碍。这次去趟腊尔山，兴师动众，轿子后面跟着那么多的人，实在

是没得必要。张恒泰又亲自找到刘金莲，说明了其中厉害。特别是她一个妇道人家，出了事情那就更不得了。刘金莲对公公的劝告不以为然。张恒泰无奈，也就听之任之了。

刘金莲的轿子走在官马大道上。轿夫的水草鞋踩蹬在麻石路上，发出"吱吱"的响声。临近铁门槛了，一色的上坡路，两轿夫直累得气喘吁吁，汗扒水流。

"看你们累的，我下来走几脚吧！"轿子里的刘金莲，向来怜惜穷苦人。

"少奶奶，莫下来，放下帘子，前头就是铁门槛了。"吉八斤提醒刘金莲，转而又对轿夫说："再加把劲，辛苦点，平平安安过了这铁门槛，我们再歇气。"

两个轿夫换了换肩，继续前行。山势拔地而立，麻石铺成的官马大道，依着险峻的山崖，渐渐变得狭窄了起来。刘金莲乘坐的轿子，在山崖之间缓慢地前行着，若从轿窗伸出手来，可以触摸到两边的山崖。山崖之间的狭路，一直延伸到山坳之上。那里有一道乌黑色石头横过的山梁，俨然是一道铁打的门槛，"铁门槛"之名便由此而来。

轿子里的刘金莲，听说前头就是铁门槛，不由得屏住了呼吸。刘金莲平日里笃信观音菩萨，每每遇到危难之时，她总是双手合十，心中不住地默念着"南无观世音菩萨"，观音菩萨的真容，就仿佛在她的眼前闪现。如今又到了关键时刻，刘金莲相信，大慈大悲的观音菩萨，是定然会保佑她的。就在这时，"哈哈！"一声炸雷般的狂笑，将她从梦中惊醒。她立刻明白，这铁门槛的盗匪又在造次了。她后悔没听公公劝告，派几个精壮护送。可事到如今，后悔又有什么用呢？

"打住！"声音是那样粗蛮。

刘金莲意识到，轿子已被放到了路上。她掀开轿子的门帘，只见四个彪形大汉，脑壳上都缠裹着茶盘大的头帕，脸膛上涂抹着锅墨黑，手里拿着磨得雪亮的砍刀，威严地站立在眼前的那道"铁门槛"上，凶神恶煞，挡住了轿子的去路。

"'顺庆'的少奶奶，请吧！"石老雄以极威严的口吻，给轿子里的刘金莲下达着命令。他要做出个样子来，让石老黑见识一下场伙。

"这位大哥，都是乡里乡亲的，有话好说！"刘金莲边说话边下轿，脸上不自在地堆着笑。

站在石老雄身旁的石老黑，打量着从轿子里下来的妇人，只觉得好生面熟，又记不清到底在哪里见过。雄大哥称她是"顺庆"的少奶奶。顺庆油号，石老黑倒是听说过，那是浦阳镇上最有钱的人家。难怪雄大哥说，这次要"吊"的是一只"肥羊婆"。雄大哥还说，这次"吊"得的"肥羊婆"将由他来发落。如今，"肥羊婆"已经出现，这就是他的财神菩萨。石老黑那涂黑的脸膛上，一双硕大的眼睛里，呈现出忽闪忽闪的白色。他细细地体察着，雄大哥将怎样处置这只"羊婆"。

吉八斤惊恐万状，裤脚不住地筛糠，好久才回过神来。他绕过轿子，来到石老雄的跟前，高高地拱了拱手，拖起江湖腔笑着说："嘻嘻！大哥，都是自家人，抬头不见低头见嘛！望大哥高抬贵手放弟兄一马，也好让老弟回去有个交代。"

"老子会让你回去有交代，听着！"石老黑没拿正眼看吉八斤，只是昂着脑壳宣示："回去同你们老爷讲，这位张家少奶奶，铁门槛的弟兄把她留下了。三日以内，拿一百两银子来赎人。三日以内，我们不会动她一个指头。'顺庆'出了这一百两银子，三年以内，这铁门槛上任你走来任你行。铁板钉钉，说话算数。三天之后不见银子送来，告诉你们老爷，银子在他手里，'羊婆'在我手里。这铁门槛上的岩石，刀也过了，火也过了。那千总衙门的段屠夫，老子的卵戳他的下牙巴。去不去禀报段屠夫，你们的老爷自己掂量！"

吉八斤的裤脚，继续筛着糠。在吉八斤惊魂未定时，刘金莲说话了："八斤，你同轿夫赶紧回浦阳镇，把事情向屋里人禀报。传我的话，请屋里人放心，铁门槛的兄弟都是江湖上的仁义大哥，不会把我怎么样。你去跟老爷说明我的意思：第一，不能报官；第二，不要声张；第三，赶紧拿银两来赎人。"

"我记下了。少奶奶您多多保重！"吉八斤说。

石老雄发话："走吧！"

"走吧！记住，等天黑了再进镇上。"刘金莲吩咐吉八斤。接着，她问石老雄说："这位大哥，银子怎么个交法，还要请明示。"

石老雄笑了笑，觉得刘金莲还是懂味的人。他将吉八斤拉到一边，在耳旁"叽咕"了几句。吉八斤点了点头，便转身和两个轿夫一同下山。

毕竟是青天白日在官马大道上"吊羊"，石老雄一伙不敢久留。大虎和二虎，将一块黑布蒙在了刘金莲的头上。石老雄嘴巴一呶，在石老黑的耳边轻声说："一百两银子交给你，这回就看你的了！"

大虎、二虎将"羊婆"带到石老黑后山的窝棚。等石老黑去到屋里，把婆娘邀来接手，俩兄弟的使命就算完成。这"羊婆"便交由石老黑处理了。一路上罩着黑布，刘金莲昏头转向。黑布取脱，刘金莲眨了眨眼睛，渐渐稳住了神，环视四周，发现这是一个用杉木树撑起的窝棚，棚子上覆盖着杉树皮，棚子里结满了蜘蛛网，看来很久没有人居住了。

这时候，大虎、二虎的眼光，一齐投向刘金莲。两只大山里刚开叫的骚鸡公，被市镇上婆娘的美丽惊呆了。刚才在铁门槛上太匆忙，来不及细看这婆娘。当二人着真将刘金莲看了个够时，心里都在不约而同地想："娘的，有钱人家的少爷真有福气！别的不讲，单说是那双眼睛，就足能把天下所有男人的魂魄钩走。"俩兄弟站在窝棚的门边，目不转睛地直盯着"羊婆"。那"羊婆"凤眼之上的一弯眉头，紧紧地皱着，只见她操起一把竹扫帚，扫起窝棚里结满的蜘蛛网来。刘金莲发现，就在窝棚的侧边，有一张杉木崽支起的床架。看来，这里便是她今晚的下榻之所了。她又发现窝棚的挡头安有个神坛，供奉着一把钢叉。那落满尘土的钢叉上，缠有褪色的黄裱纸，黄裱纸上有一道朱笔画就的神符。香筒里的香棍已陈旧不堪，表明神坛的香火已经断了多时。刘金莲百思不得其解，这窝棚的主人为什么要供奉这样一把钢叉呢？刘金莲觉得有点儿累了，想坐下休息一会儿。正好，窝棚里有几个看来是用作凳子的木桩。她用手拍了拍，又用口吹了吹上面的灰尘，可仍然达不到她认为可以坐的程度。她猛然想起，眼下自己是盗匪手里的"羊婆"，怎么还有这么多的讲究？她不管三七二十一，一屁股便坐在了那个木桩上。累极了的少奶奶，顿时觉得周身松快了许多。

刘金莲明白，两个涂脸的后生，只是临时的看守，跟着就会有人来，安排她在这窝棚里的一切。这时，她发现两个后生在窝棚外面，唧唧咕咕，也不知说了些什么。

与此同时，头回上路就"吊"得"肥羊婆"的石老黑，兴冲冲地回到家中。阿春在门前择掐菜苔，见丈夫一脸的锅墨黑，便晓得丈夫刚才是做哪样去了。

"快到水圳里洗洗，那一脸的黑，当心吓着了伢儿。"阿春说。

"怎么？你就不想晓得，'吊'得了'肥羊'没有？"石老黑这样说。

阿春不在意地说："'吊'得'肥羊'又如何？你不过是初次入伙，也分不得多少财喜。"

石老黑笑着告诉婆娘："哈哈！那'肥羊婆'就在我们家的窝棚里！雄大哥把她交给我处置。现时正由大虎、二虎替我在那里看守着。"

阿春问："是哪里的'肥羊婆'？"

石老黑得意地说："讲出来，你会吓一跳。'肥羊婆'不是别人，是浦阳镇上顺庆油号的少奶奶！"

阿春有点不相信自己的耳朵，说："什么？什么？你再讲一遍！"

石老黑又重复了一遍："是浦阳镇上顺庆油号的少奶奶！"

"是她……"阿春自言自语地说。

石老黑问："怎么？你认得她？"

"不认得。"阿春闪念间觉得，只能这样说。她接着问道："这少奶奶一个人坐着轿子去哪里？"

石老黑说："听说是去腊尔山，顺庆油号在那里开了一个油榨坊。油榨坊失了火，少奶奶去那里打理。"

"这样的事情，怎么让一个妇人去？！"阿春自言自语地说着，而后问老黑："开了多少银子的票？"

"一百两。"石老黑回答。他接着说："雄大哥说全都给我，我不能吞独食。要那么多银子做哪样，粗茶淡饭，可以过日子就行了。"

"那倒也是。"阿春心不在焉地说着，心里却在念叨，世上的事情也真是蹊跷，这"吊"得的"羊婆"，怎么偏偏会是她！

老黑兴致勃勃地说："走吧！你也去涂点锅墨黑，我们一起去后山。"

阿春想事去了，没听清老黑的话，问道："你讲哪样？"

老黑看着婆娘失魂落魄的样子，好生奇怪，问道："阿春，你这是怎么啦？"

阿春立刻稳住心神，说："没有呀！我是在问你，刚才你讲哪样？"

老黑不得已又重复一遍："我要你也去涂点锅墨黑，我们一起去后山。"

阿春万没想到，自己居然也当上强盗婆了。她赶忙去到火塘屋，用手在锅底抹了一下，便跟着老黑上路去后山。为了不让伢儿们看见，她走到路上，才往脸上抹锅墨黑。她明白，即将要见到的这个妇人，便是那没良心的东西现时的婆娘。记得那一次他们做那事时，她问那人："有千金小姐在等着你，为哪样偏生要找一个苗姑娘？"那人回答："你样样都比她强，就是投胎的地方比她差。"说着，那家伙拼命用舌子狂舔她脸上的酒窝，说是可以从那里舔出醉人的酒来。直到如今，阿春的脸上，仿佛还有那种被狂舔的感觉。当初还有几分甜蜜，如今想来就感到恶心了。在刘家窨子里，她曾经见到过这被"吊羊"的妇人。那年的四月十二，刘家太太的生日，夫人曾带着她去给亲家母做寿。这女子给她印象最深的，是她的一双丹凤眼。阿春记得，在嫁到铁门槛不久时，来了一个串乡的荒货客，天黑了，就在他们家住下了。吃过夜饭，荒货客摆龙门阵，讲起浦阳镇上的新闻。说是镇上元隆木行刘老板的千金小姐，和一个替她打嫁妆的雕花木匠相好，把个浦阳镇闹得沸沸扬扬。阿春心想，若真有其事，便是那人应得的报应。可眼下的事实表明，尽管有那些风言风语，她还是嫁进了张家窨子，当上了那里的少奶奶。如今她过门已经多年，也不知道她在张家窨子里日子过得怎么样？那没良心的东西待她好不好？眼前的事情，就令她百思不得其解，张家窨子里有那么多的大男人，怎么偏偏派一个妇人过铁门槛，去腊尔山？！难道老爷、夫人，还有那没良心的东西，就不知道这条路上的凶险吗？她甚至想到，是不是那没良心的东西，又吃上什么新鲜菜了，故意设下这样一个圈套，让这妇人自己来钻。阿春对这位少奶奶的同情之心，禁不住油然而生。

此刻，后山的窝棚里正剑拔弩张。看守刘金莲的大虎、二虎，两只刚刚开叫的骚鸡公，平日里多见树木少见人，难得见到像少奶奶这样的好东好西，不由得邪念顿起，兄弟二人商量过后，便嘻皮笑脸地走近刘金莲，动手动脚，要搞刘金莲的路子。刘金莲感觉到事情不妙，连忙往后退缩，直退到了窝棚的挡头。恰好，那里的神龛上供着一柄钢叉。她顺手拿起钢叉，对准了自己的胸口，大声喝道："不要近来！你们若是敢近来，我就死在你们面前！"

刘金莲突如其来的举动，惊得石氏二虎顿时发了呆，好半天才回过神来。兄弟二人，大虎是个懵懵懂，二虎是个油油滑。懵懵懂不知如何是好，油油滑却耍起油腔滑调来："嘻嘻！少奶奶，你千万莫这样，你若是死了，淤土不淤人，莫讲张家窨子的大少爷要哭姊妹，就连我都舍不得。少奶奶，那样的事情未必你不爱？！我才不相信哩！我晓得，你是在嫌我们两弟兄。嫌我们鸡公才开叫，可才开叫的鸡公最有劲火；你是嫌我们脸上涂着黑，黑又没涂在这东西上面！"

说着，二虎嘻皮笑脸，搂起了裤脚，从裤脚筒里抽出了那黑乎乎、硬邦邦的家伙，在刘金莲的面前翘了几翘。大虎见弟弟来了这一手，觉得蛮有味，满以为这样，可以撩得少奶奶心里发痒、发慌，也跟着从裤脚筒里抽出了家伙来，照着老弟的样子翘动着。刘金莲见两个骚鸡公如此这般，受到奇耻大辱，大声骂道："畜牲！赶紧收回去，那东西只有拿去山里喂豺狼！"

"不！拿来喂少奶奶！"二虎说。

大虎跟着说："对！拿来喂少奶奶！"

说着，大虎、二虎向着刘金莲步步逼近。

"打住！还不打住，我就死在你们面前！"刘金莲大声喝道，做着要用钢叉刺进胸膛的样子。

大虎、二虎无奈停止了脚步，再不敢前行。窝棚里的两男一女就这样僵持着。两只骚鸡公似乎对自己的举动很得意，肆无忌惮的挑逗在进行，他们等待着光鲜婆娘的就范。

"畜生！畜生！"刘金莲气得满脸通红，大声地叫骂着。

刘金莲的叫骂声，惊动了向窝棚走来的老黑、阿春夫妇。

"快走，两个小骚牯在惹事了。"阿春说。

当老黑、阿春夫妇进入窝棚里，得意忘形的大虎、二虎，居然一点儿也没有发觉。那二虎更是手把着那东西，翘动着，对着手握钢叉的刘金莲又狂又跳。阿春见此情状，又好气，又好笑。她走到二虎的背后，操起一根小木棍，对着那东西冷不防轻轻抽去。

"哎哟！"二虎大叫一声，手一松，裤脚梭了下去，他回头一看，见身后站着老黑和阿春，立刻显得不自在。

"小骚牯，搞的哪样名堂！"阿春笑着骂道。

"嘿嘿！人交给你俩公婆。我们没事，回家去了！"二虎说着，对大虎嘴巴一咬，二人便溜之大吉了。

这时，刘金莲才放下了手中的钢叉，浑身如散了架子一般，一屁股坐在了木桩上。阿春连忙来到她跟前说："少奶奶！真是对不住。我们来迟，让你受惊了。"

刘金莲打量着眼前的妇人，虽然锅黑涂面，却掩饰不住她的俊秀。特别是脸颊上的那一对酒窝，给刘金莲一种似曾相识的感觉。加上她说起话来蛮中听，刘金莲在不经意之中，就从刚才的愠怒与惊恐之中解脱了出来。

阿春接着又说："少奶奶，你莫放在心上，这两个山里的毛芋头，不晓得天高地厚。三百斤的猪郎公，粗野惯了。"

刘金莲叹了一口气，说："没办法呀！如今我是砧板上的鱼、案板上的肉。要怎么样，只好由着你们了！"

"少奶奶，快莫这样讲。我们把你请到这里来，只是因为穷得实在活不下去了，不过是想在水牛身上拔一根毛，在大树枝头摘一片叶，有得罪的地方，还望你高抬贵手。从高门大屋来到这荒山野坳，让你受惊了、受苦了。事情已经到了这个地步，你就将就点吧！"石老黑平日不善言辞，这些话都是雄大哥教给他的。

阿春和老黑开始收拾窝棚。窝棚里的灰尘太多，阿春端了一个木桩到棚子外面，让刘金莲坐下休息。刘金莲不时望着棚子里阿春的身影，总觉得这个手脚麻利的强盗婆好生熟识，那黑脸上的酒窝，那穿着土布衣衫的身段，硬是在哪里见过。可又实在想不起来。一想又觉得荒唐，这铁门槛上的强盗婆，自己怎么会熟识呢？最多也不过是人有相像、货有相同而已。于是，刘金莲不再为在哪里见到过这强盗婆而冥思苦想，而是设想今夜她将在这里怎样度过。她注意到，通过两公婆的收拾，小窝棚清爽了许多。勉强熬过今夜，明天让家里把银两送来，就可以免得在这里受罪了。

断黑时分，阿春送来了夜饭，拿来了被褥和一些用具。老黑嘱咐，要好生款待这位少奶奶。阿春把一只鸡子杀了。当年在张家窨子时，她曾经在伙房学着做过张家的家常菜——黄焖子鸡。为了让少奶奶吃得合口些，她依照张家窨子的做法，做了一道黄焖子鸡。已是饥肠辘辘的刘金莲，意外地发现强盗婆还会做黄焖子鸡，味道居然和张家窨子厨倌做的一模一样。这时，阿春从窝棚的角落里，端出一块石头，放在一个木桩上。敲动火镰，在石头上点燃了枞膏。凭借着枞膏的光亮，刘金莲重新打量起强盗婆来。

"这位大嫂，这黄焖子鸡做得真好，你也一起来吃吧！"刘金莲说。

阿春说："我在屋里吃过了。山里的粗人不会做菜，还要请少奶奶多多担待！"

刘金莲吃着饭。当了"羊婆"，在这样的场合吃饭，居然会吃得这么香，这是她从来也没想到过的。铁门槛上的惊吓，骚鸡公的非礼，使得刘金莲精疲力竭，这餐黄焖子鸡，未必能够补得上。满脸涂黑的强盗婆，在她心中的疑惑越来越多了，她忍不住问了一声："这位大嫂，请问你叫哪样名字？"

"你问这个做哪样？好让官军来捉我吗？"阿春低着头，这样回答着刘金莲，一双眼睛却盯在了她那双不大不小的脚上。以前只是听说，今天才看了个真着。

"噢！对不住，我不该问这个。"刘金莲立刻表示歉意。她接着问道："去过浦阳没有？可以告诉我吗？"

"没去过。山里的婆娘，去浦阳做哪样？"阿春心想，这少奶奶莫非看出哪样来了？她回答得很谨慎。

天完全黑了。刘金莲一边吃饭，一边心想，强盗婆浦阳都没去过，自己又怎会在哪里见过她呢？只不过是疑心生暗鬼罢了。阿春一扭身便出了窝棚，不一会，便抱来一抱柴火。窝棚一侧的地上，有一个四方形的土坑，那里是一个火塘。煞黑之后，山里便有了凉意。阿春在火塘里生起了火。她示意刘金莲到火塘边烤火，她又去窝棚边的山泉里，舀来了一鼎锅清水，找来三个石头，把鼎锅架在了火上。接着，她又去那床架上，打开铺盖，为刘金莲摊铺。

"给你添麻烦了。"见强盗婆在忙活，刘金莲这样说。

"麻烦哪样？为了一百两银子。"阿春回答得爽快。

刘金莲心想，这强盗婆说的也是。世间的人都在为着生活奔命。在窝子屋里，她饭来张口，衣来伸手，却偏要去老远巴天的腊尔山，结果生出了这样的枝节。一百两银子，对于张家窨子来说不是什么大数目，对于这铁门槛上的苗人来说，躬着背脊劳作一世人生，只怕也赚不到这个数目。她这样忙活一阵，应该说是值得的。

岩石上架着的鼎锅里，发出了"吱吱"的响声。阿春用热水将脸盆和脚盆一遍遍洗过，对刘金莲说："少奶奶，水已经热了，你洗洗吧！市面上的人都是这样的。你放心洗，这盆子，这水，都是干净的。"

刘金莲用热水洗过了小澡，跟着又洗脸。白皙的脸庞，用热水洗过之后，更增添了几分红润。阿春睨了她一眼，特别引起阿春注意的是，那弯弯的眉毛下，一双勾人魂魄的丹凤眼。就是这长着丹凤眼的妇人，如今在张家窨子里，同那没良心的东西朝夕相处、同床共枕。自己却早被那东西忘到了脑壳背后。更可悲的是，那东西没良心，而自己却又偏偏为他生养了他的骨血。真是冤家路窄啊！初次当"棒棒客"，怎么就偏生遇上了他张家的人！

"这位大嫂，你也洗洗吧！"刘金莲说。

阿春把脸扭过一边，说："不！我不洗！"

"你不放心？！我就是看清了你的面目，也决不会去报官的。我可以当着老天向你发誓！"面对并不怎么可憎的强盗婆，刘金莲显示着她的真诚。

"我不能洗，这是我们的规矩。"阿春说："累了一天，你去睡吧！市面上的人爱干净。你放心睡，铺盖是干净的。"

刘金莲一看，床上的苗家印花铺盖，白是白，蓝是蓝，果然干净利索。这同她在腊尔山的情形，显然大不相同。妇人虽是强盗婆，却口口声声说"市面上的人"怎么样。她肯定见过世面。可她偏说连浦阳镇都没有去过，真叫人难以置信。

"少奶奶，你放心睡吧！我会整夜在这里给你做伴。"坐在火塘边的阿春一边拨弄柴火一边说。

　　"那好，我先睡了，等一会儿，你也来睡。"刘金莲说。她心想，这妇人虽然脸上涂着黑，衣服却是穿得干干净净，不是一个邋遢人。

　　阿春却说："少奶奶，你一个人睡吧！我在这里烤火，不会走开的。"

　　刘金莲说："你烤火过一夜，这怎么行？"

　　"怎么不行？！有一百两银子呀！"阿春笑着说。

　　说大实话的强盗婆一笑，黑脸上的酒窝，变得更深了。在枞膏光亮的照耀下，这对酒窝引起刘金莲的格外注意。她将就着上床和衣而卧。躺在床上，她从这对酒窝，连同黄焖子鸡，还有强盗婆那嘴边常挂着的"市面上的人"，久久地搜索着自己的记忆。刘金莲无论如何也想不起来，究竟在什么地方与这个妇人有过一面之缘。渐渐地，她睡着了。

浦阳镇

【中卷】

李怀荪　著

广东人民出版社

·广州·

图书在版编目（CIP）数据

浦阳镇. 全三卷 / 李怀荪著. —广州：广东人民出版社，2023.1
ISBN 978-7-218-15899-0

Ⅰ. ①浦… Ⅱ. ①李… Ⅲ. ①长篇小说—中国—当代 Ⅳ. ①I247.5

中国版本图书馆CIP数据核字（2022）第137122号

PUYANG ZHEN（QUAN SAN JUAN）

浦 阳 镇（全 三 卷）

李怀荪 著

出 版 人：肖风华

策划编辑：向继东
责任编辑：钱飞遥
插　　画：田　涌
责任技编：吴彦斌 周星奎

出版发行 广东人民出版社
地　　址：广州市越秀区大沙头四马路10号（邮政编码：510199）
电　　话：（020）85716809（总编室）
传　　真：（020）83289585
网　　址：http://www.gdpph.com
印　　刷：广州市豪威彩色印务有限公司
开　　本：787毫米×1092毫米　1/16
总 印 张：86.5　总 字 数：1250千
版　　次：2023年1月第1版
印　　次：2023年1月第1次印刷
总 定 价：138.00元（全三卷）

如发现印装质量问题影响阅读，请与出版社（020-87712513）联系调换。
售书热线：（020）87717307

目录

CONTENTS

中 卷

中卷

• 生命的契约

剎黑时分，吉八斤和两个轿夫，悄声儿进了浦阳镇。吉八斤嘱咐轿夫，明天清早，一同带着银子去铁门槛赎少奶奶，在这以前不要露面。轿夫各自回家去了。吉八斤绕着背静的弄子，急匆匆来到张家窨子。张王氏一见吉八斤，感到分外诧异，问道："八斤，你怎么回来了？"

吉八斤环顾左右无人，来到张王氏跟前，压低嗓门说："夫人，出事了，少奶奶在铁门槛被强盗'吊'了'羊'！"

"天哪！这怎么得了！"张王氏懵了，急忙问道："人没事吧！"

吉八斤说："人没事。棒棒客说，不会动少奶奶一根汗毛。三日内要我们拿一百两银子去赎人。"

张王氏从没遇到过这样的事情。她六神无主，一时竟说不出话来。等回过神，才想起问吉八斤："你没对外人说吧？"

吉八斤说："没有。两个轿夫都回家了，我也吩咐过他们不要露面。"

"走，赶快去禀报老爷！"情急之下，张王氏忘了老郎中杨锡焘的嘱咐。她的丈夫是个病人，不能气恼，更不能受惊吓。若是不注意，很容易中风偏瘫。这时，她只是觉得，儿媳妇出事了，儿子又不在家中，丈夫是一家的主心骨，必须向丈夫禀报。

这天，病中的张恒泰又调来了油号的账本，从早到晚查阅了一整天。他对油号的经营状况是满意的。若不是腊尔山油榨坊的一场火灾，便可以说是十全十美了。他掩上账本，起身伸了个懒腰，脸上露出了笑容。突然，他看见老伴和吉八斤哭丧着脸朝着厢房走来。张恒泰立刻意识到，一定是金莲在路上出了事。他一怔，红润的脸膛瞬间变得惨白；一双手脚顷刻间变得冰凉。脑壳里，直嗡嗡作响；额头上，渗出了黄豆大的汗珠……

"老爷——"张王氏和吉八斤，一同拖着嗓门叫道。

"快讲，出了哪样事？"张恒泰问。没等二人说话，张恒泰已猜到了八九分。他问道："金莲在铁门槛被'吊'了'羊'，是吗？"

吉八斤栽着脑壳回答："是的！开了一百两银子的票。"

张恒泰证实了自己的判断，脸上气得煞白。他无法控制自己，一屁股坐在了椅子上。刹那间，张王氏想起了老郎中的嘱咐。她立刻后悔了，不该来禀报这样的消息。她赶紧一步上前用手掌为张恒泰抹着胸口，连声说道："老爷！你莫生气，你莫生气！"

张恒泰直气得周身上下发着抖，不住地念叨着："不听话……不听话……我讲过，要请保镖……偏偏就是不听！"

"老爷！都怪我，怪我没能劝住少奶奶，没请保镖就上路，结果出事了。"吉八斤栽着脑壳说。

突然，张恒泰的呼吸变得急促起来。为他抹着前胸的张王氏吓坏了，喃喃地说："老爷！你莫生气，金莲在铁门槛，是不会出什么事的。明天着八斤把银子送去，他们就会放人。"

张恒泰的右边嘴角开始不住地抽搐。他想说话，却说不出声来。接着，他的右眼睛也开始歪斜，整个右边身子也渐渐不听使唤了。为张恒泰抹着胸口的张王氏，看出了这是中风的症状，顿时慌了手脚，扯起喉咙大喊："老爷中风了，快来人哪！"

窖子屋里顿时乱成一团，梅香来了，另外几个佣工、丫头也来了。人们七手八脚，把张恒泰抬到床上平躺着。张王氏从没经历过这般场合，不知如何是好。她心里一个劲儿地后悔，不该把金莲在铁门槛上发生的事情，这样轻率地告诉丈夫。

"梅香，你快去请郎中。"情急之中，吉八斤还算老道，替张王氏作出了安排。他接着又对另一个佣工说："你快去喊秀山，说是老爷中风了，要他马上过来。"

张王氏见梅香和那个佣工走了过后，才猛醒过来。她泪流满面地叫喊道："快！快去拿碗、拿茶叶和米来！"

卧房里，"老爷"声呼喊不断。一个佣工，朝着木楼板上，一个又一个地砸着碗；一个丫头，朝着空中抛撒着茶叶和米。碎碗片、茶叶和米，飞溅得满屋子都是，木楼板上一片狼藉。六神无主的张王氏坐在床边，哭泣着，叫喊着："老爷！你要挺住，梅香去请郎中了，你要挺住呀！"

慌乱之中的吉八斤，一时不知如何是好。铁门槛上，少奶奶还在等着被赎回来，老爷却偏偏在这个时候病倒了。少爷远在汉口，屋里的事理所当然由夫人做主。夫人处于这种状况，能静下心来处理少奶奶被"吊羊"的事吗？如果不能及时处理，过了三天的期限，将会是怎样的后果，简直不敢想象。他后悔没听老爷的话，请几个保镖同行。他急切地等待着张秀山的到来。张秀山是油号的总管事。他应该能够替老爷做主，立刻支付一百两银子，把少奶奶从盗匪手中赎回来。

梅香请来了老郎中杨锡焘。他一进卧房，便对砸碗、撒茶叶和米的人摆了摆手，摇着头说道："不要砸了！不要撒了！"

屋里没人砸碗了，也没人撒茶叶和米了，清静了许多。张王氏哭丧着脸，哀求老郎中："杨师傅，你要救他呀！都是我不好，没听您的话，惹得他生气了……"

"唉——"杨锡焘长叹一声，捋着胡须，连连摇着头说："不消说，肯定又是为了生意，为了钱财。钱财是万恶之源，钱财是最害人的东西哟！"

杨锡焘去到床边，为张恒泰把着脉。屋里静悄悄的，谁也没有说话。张秀山来了。见此情状，他立刻晓得发生了什么事情。为了不惊动把脉的郎中，他没说话，朝着张王氏颔首过后，便在凳子上坐了下来。他刚一落座，便发现吉八斤在对他示意，让他到卧房门外去。

"怎么？你回来了。"

"出事了！"

吉八斤压低嗓门，把铁门槛上出的事情，一直到老爷因气急而中风，对管事张秀山细说了一遍。张秀山感到极度的不安。头回，刘金莲出于对他的体恤，让他在屋照顾婆娘，替他去腊尔山建油榨坊。这次，腊尔山油榨坊起火，老爷本来是让他去那里处理善后的，刘金莲为了照顾他，又主动请缨前往。如今刘金莲被盗匪"吊"了"羊"，老爷又因为此事气恼而中风。张秀山心里有一种说不出的歉疚。

"老爷生病了，太太又慌了神，你就做个主，取出一百两银子，先把少奶奶赎回来吧！"吉八斤说。

张秀山沉吟了一会之后，问道："那盗匪给的赎人期限是多久？"

"三天。"吉八斤回答。

张秀山说："一百两银子，对张家来说不是大事，可也不是个小数目，既然有三天期限，还是等夫人缓过气来时，我向她禀报一声，再拿银子去赎人不迟。"

吉八斤说："铁门槛那个鬼地方，你又不是不晓得，少奶奶她怎么住得下哟！"

张秀山说："我怎么不晓得，我也希望少奶奶能够早点回来。可是，你要晓得，我是端人家的碗，得服人家的管。这样的大事，我不能擅自做主。你先回家去吧！银子备办好了，我着人来喊你。"

"既是这样，那我就先回去了。"说着，吉八斤抽身离开张家窨子。

"慢着！"

"还有哪样事情？"

张秀山嘱咐道："注意，你不要在人前露面，免得事情传开来。镇上人的嘴巴，你又不是不晓得。"

张秀山作为大管事，见老爷病成这样，很难说没个三长两短。这屋里该到场的，人都必须到场。他安排了几个佣工，分头到几个该报信的地方去报信。接着，他又来到万寿宫码头，从船上搭了个信到汉口，向大少爷报告老爷病重的消息。

张家窨子里，杨锡焘为张恒泰把脉过后，又沉思了片刻。他从布袋里拿出了事先捡好的五副药，交给张王氏。他说："不瞒你说，张老板的中风来得不轻，幸亏我来得及时，先吃这五副药，若是缓过来了，病就会慢慢缓解。只是要好到和正常人一样，那就只怕难了。夫人你要心里有数。当紧的是，你要赶快着人去把这药煨好，今夜一定要喂他吃一次。我和徒儿，今夜就在府上打扰了。这里不要离人。有哪样变化，随时叫我，也好有个排解。"

这一夜，凤凰城里的一家小客栈里，住进了一位个子矮小的客人，他便是麻家寨里的祖传雕花木匠，浪迹于梵净山中八年之久的麻大喜。

八年前，流落到贵州的麻大喜，来到梵净山下的冉家寨，为一户嫁女的冉姓人家打雕花嫁妆，一做就是三年。他那套精雕细刻的嫁妆，精美绝伦，顿时轰动了方圆百里，前往观看者络绎不绝。麻大喜为人厚道，手艺精湛，与冉姓主东成为挚友。当主东得知麻大喜还是单身时，便为他物色合适的女人，希望他能成一个家。麻大喜却对成家之事提不起兴趣。冉家的雕作行将结束时，来请他打嫁妆的人家，挤破了门。麻大喜却宣布：冉家的这套雕花嫁妆，是他的收山之作。从此后，他再也不接这样的工夫了。如此精湛的手艺，怎么说不做就不做了？其中的缘由只有麻大喜自己明白。那段非同寻常的往事，太令他刻骨铭心了，再接着做这样的工夫，会引起他太多伤心的回忆。无奈之下，他做出这样的决定。

麻大喜开始了新的生活，他去到了梵净山上，以他的雕刻技艺开始了别样的生涯。地处黔东的梵净山，是武陵山脉的主峰，远近闻名的佛教圣地，山上建有四大皇庵、四十八大脚庵，供奉着数不清的佛像，有麻大喜做不完的雕匠工夫。他辗转于山中的一座座寺院，以炉火纯青的技艺，雕琢着一尊尊菩萨的真容。他终日劳作，粗衣素食，清心寡欲。白天，他手拿凿刀，精雕细刻；晚上，他青灯一盏，捧读《坛经》。当年，六祖惠能在东禅寺里，是个舂米的小佬。如今，他在这梵净山中，是一个雕制佛像的雕匠。他常常感叹，自己没有惠能大师那样的慧根与悟性。常常有与他投缘的僧人私下里问他，既明禅机佛法，怎无脱俗之心？何不了却尘缘，早早皈依佛门，求得一个清净？麻大喜总是笑而不答，他是为了躲避一个人，才来到了这里。他心中的隐秘是永远也不能示人的。

闪烁的桐油灯下，麻大喜打开了包袱行囊，里面放着八年来他的两件随身之物：一部《坛经》和一只玉镯。一部《坛经》，是他昔日的雇主，刘昌杰老爷所送，上面还盖有"昌杰藏书"的印章。一只玉镯，是他昔日的情人、雇主刘老爷的女儿刘金莲所留。按理说，雕花木匠为待嫁的姑娘制作嫁妆，却与那待嫁的姑娘有了私情，这样的过错是不可饶恕的，刘老爷可以打他，骂他，责罚他。刘老爷没有这样做，却送给他这部《坛经》。刘老爷此举与其说是宽宏大量，倒不如说是用心良苦。殊不知明心见性不易，忏悔前愆更难。他让刘老爷失望了。八年来，他将《坛经》和玉镯摆放在一起。他明知既然留恋玉镯，何必诵念《坛经》；既然诵念《坛经》，又何必留恋玉镯！他的心却偏在这二者之间徘徊。一部《坛经》纵然背得滚瓜烂熟，说得头头是道，却永远也无法泯灭那耿耿于怀的凡心。

麻大喜对于尘缘的挂牵，既有对刘金莲的思念，更有对家里人的歉疚。当年惹下的祸患，迫使他离乡背井，不能在父母身边恪尽孝道。八年来，他常常托人捎信回家，向父母报平安。他开始佛像雕作生涯之后，终朝面对的是慈眉善目的佛像，对钱财早已没了兴趣。有时，寺院执意付给他工钱，他之所以也就收下，是想在有朝一日，能将这些银钱亲手送给父母，尽一点他的孝心。家乡的本家伯伯麻老五，有个女儿嫁到松桃。麻老五到女儿家走亲戚，上梵净山来进香，与他意外相遇。麻老五告诉他，他的爹娘很好，就是常常想念他，弟弟二喜要成亲了，弟媳妇是辛女溪的姑娘，时间就定在三月二十四日。弟弟的婚事，促成了麻大喜的回家。一则他可以看望久别的家人，二则他可以将身边的所有积蓄带回家中，作为弟弟婚事开销的补贴。清点下来，他的积蓄都是一些散碎银子，一共加起来刚好是六十两。他将这些银子全都换成五两一锭的"方槽"，带回家中。

张恒泰病情严重，张秀山派人四路报信。这一夜，看望张恒泰的轿子，一幢接着一幢，从四面八方，连夜来到张家窨子。大妹妹菊香带着儿子康荣发来了；小妹妹荷香带着儿子杜英忠、杜英孝来了；大女儿松英和丈夫熊庆坤，带着大儿子熊盛经来了；二女儿竹英和丈夫粟用仁，带着儿子粟多先来了；小女儿梅英和丈夫聂元光来了。人们来到病榻前，看望昏迷之中的张恒泰，劝慰着神情黯然、面容憔悴的张王氏。女儿们都说要让母亲去休息，由她们轮流来坐夜。张王氏说什么也不依。她将松英留在身边，和她一起守候老爷。刘金山得知亲家爹得病，也连夜过来探望。松英见到刘金山，忽然想起，怎么不见刘金莲。她问道："咦！怎不见金莲？她到哪里去了？"

"怎么？你不晓得？腊尔山的油榨坊失了火，她到那里打理去了。"刘金山说。

张王氏这才突然记起，刘金莲被"吊"了"羊"，还在等着拿银子去赎。她晕晕乎乎，竟把这样的大事都忘记了。也不知道张秀山是不是派人拿银子去赎人了。这时的张王氏，不知怎的，居然也多长出了一个心眼。她心想，老爷病重，若再说出刘金莲被"吊"了"羊"，这屋里岂不就更加乱成一锅稀粥了。她做起若无其事的样子，附和着刘金山的话："是的，她去了腊尔山。"

张家在一夜的紧张之后，迎来了一个春雨淅沥的清晨。清早，杨锡焘起床过后，便迳往张恒泰病榻之前探视。张王氏和松英见老郎中来到房中，立刻起身让座。老郎中为张恒泰号脉过后，说："夫人，张公只怕一时还不会醒过来。你也不要着急，记住要按时给他喂药。他吃了我的药，就会醒过来的。药铺里的事情多，我这得回去了。你们要好生照顾张公。到了晚上，我会再到这里来的。"

钰龙得知爷爷病了、昏迷不醒，说什么也不肯去读书，吵着要守在爷爷的身边。奶奶和三个姑姑又哄又劝，好不容易才由梅香送他去了学馆。张恒泰的病榻前，有松英、竹英和梅英三姐妹守护，张王氏这才得到片刻的喘息。张恒泰虽是昏昏沉沉，女儿们给他喂药时，倒是顺顺当当地吞咽了下去。晚上，老郎中杨锡焘如期而至。当他坐在桐油灯下，再次给张恒泰号脉时，脸上绽开了笑容。他对张王氏说："夫人，恭喜你，药医有缘人，张公和老朽有缘。吃了老朽开的药，脉象转缓，他已经脱离险境了。"

老郎中的话，很快就传遍了张家窨子，众人欣喜万分。张王氏噙着泪水，对老郎中千恩万谢："杨大夫，多谢你，你可是张家的大恩人哪！"

杨锡焘说："我说过了，药医有缘人，这是张公他与老朽有缘。"

这时，病榻上一直在昏睡中的张恒泰，果真缓缓地睁开了眼睛。张王氏一阵惊喜，连声叫着："老爷！老爷！"

杨锡焘对着张王氏摆了摆手，示意她不要惊动病人。病榻上的张恒泰，脸上露出了一丝凄怆的笑容。他的两片嘴唇在蠕动着，就是发不出声音。

"老爷，你有哪样话要说？"张王氏这样问丈夫。她又忘了老郎中的劝阻。

杨锡焘再次摆着手。他说："夫人，张公他还在病中，不能伤神，不能要他说话。"

张王氏不再说话了。她的两眼，簌簌地滴着泪，直望着病榻上的丈夫。张恒泰在清醒过片刻之后，又昏迷了过去。众人立刻又紧张起来，张王氏更是慌神了，急着对杨锡焘说："老大夫，他又昏了过去！"

杨锡焘说："不碍事。过一会儿，张公他又会醒过来的。这次，张公也算是到鬼门关上走了遭，能够转危为安，是府上修善积德得到的回报。实不相瞒，张公的这个中风病，要想完全脱体，只怕是神仙也办不到。如今得想个法子，为他延寿，为他祈福。依老朽之见，不如请老司来给他打一堂'保福'。三亲六眷，女婿外甥，把自己的阳寿捐出来给他，让他多活个十年八载。这'打保福'增阳寿的事，原来我也不信。十多年前，我到辛女溪出诊，碰巧遇上老司龙法胜在那里为一蔸老桂花树'打保福'。那是一蔸月月桂，每个月都开花。这年秋天，桂树上的树枝忽然枯了，树叶落了，花也不开了。爱树的乡亲们没奈何，请来老司，为桂花树行傩延生。他们一同来到树下，诚心诚意，具结文书，每个人或三年，或五载，为老桂花树捐奉出自己的阳寿。当时，我觉得这样的事情，实在是太荒唐了。我不相信这样的方式，可以延长桂花树的寿命。可过了不久，我又去那里行医，发现那蔸原日干枯了的桂花树上，竟然长出了新枝嫩叶，还开起了香喷喷的桂花。我们行医的人一般都不相信这一套。可亲身遇着这样一回事情，也就只好相信了。依我看，夫人也不妨给老爷打一回'保福'，由晚辈们捐点儿阳寿给他，惟愿老爷福如东海，寿比南山！"

老郎中杨锡焘的叙述，众人听得津津有味。老司"打保福"，竟然有这么神奇的功效，就连这位老郎中也津津乐道。张王氏当场决定，连夜着人去龙家垴，请来龙法胜为老爷"打保福"。

也是这天清早，凤凰城里春雨下个不停。麻大喜冒雨起程。他背着包袱行囊，打着油纸雨伞，裤脚卷得老高。从凤凰城到麻家寨，一百五十里山路，通常是做两天走。麻大喜回家心切，想要一天到达，为的是赶上弟弟结亲的日子。离开麻家寨时，弟弟二喜十六岁，今年应该是二十四岁了。二喜也同自己一样，长得矮小丑陋。麻家男人的矮小丑陋，从来不是与姑娘相爱的障碍。究竟是什么原因，使得他延挨到现在才能成亲呢？

晌午过后，麻大喜才在一个叫踏虎桥的场口吃中饭。小店的外面，春雨伴着"轰轰"的雷鸣越下越大，就好像天上被戳通了一个窟窿。幸好他来得早一脚，如若不然，纵然是打着雨伞，浑身也一定会被淋湿。麻大喜吃完一顿饭，大雨仍然不见停歇，他只好坐在小店里等雨停。直落了近两个时辰，才渐渐小了些。麻大喜这才接着赶路。

麻大喜在雨中走了没多远，便有点后悔起来。一场大雨耽搁了这么久，只怕到不了铁门槛，天就要断黑。到时候一路上山路崎岖，连个安身的地方都没有。倒不如就在踏虎桥歇息一晚，明天再走。可他既然已经上了路，那就只能是到哪山唱哪歌了。

不出麻大喜所料，当他一路风雨临近铁门槛时，就已到了傍晚时分。突然，天色骤然阴沉，更大的暴风雨说来就来。大雨如注，狂风猛烈，连手里的雨伞也险些儿被卷走了。麻大喜稳了稳神，他记得前面不远处有一个岩洞，是铁门槛"棒棒客""坐坳"时隐身的地方。正好是个躲雨的去处。这时，麻大喜早已被淋得浑身湿透，打伞已经没有了实际意义。他索性收起雨伞，冒雨前行。当他进入到那个路边的岩洞时，"轰"的一声炸雷伴着闪电，就好像是打在自己的跟前。

岩洞外，大雨依然在"哗哗"地下，没有丝毫停歇的意思。岩洞里的麻大喜，脱下了衣裤，拧干了上面的水。他打了一个喷嚏，意识到自己着凉了，得赶紧到铁门槛，找一户人家把衣裤烤干。如若不然，他将会大病一场。铁门槛对于一般人，是望而生畏的强盗窝子，对于麻大喜却并不是这样。这里离麻家寨毕竟太近了。麻姓人和石姓人，是抬头不见低头见的乡亲。兔子还不吃窝边草哩！他们就是要"坐坳"、要"吊羊"，也决不会惊扰麻家寨的人。麻大喜心里寻思着，究竟去寨子里找谁呢？思量再三，只有去找虎匠石老黑。石老黑梅山坛上供奉的倒立张五郎神像，就是请他雕的。那年，他才十五岁，在爹爹的指导下，将神像雕成。按照规矩，要在张五郎神像的肚子里，放进一只岩鹰的爪子。可到哪里去找岩鹰爪子呢？他又是请教了爹爹，才为石老黑想了个法子。二人将一只鸡崽安上地钩，放在屋前的坪场里，岩鹰从半天云头俯冲而下抓捕鸡崽，便被安在那里的地钩钩住。石老黑终于得到岩鹰的爪子，放进了张五郎的"肚子"里。就这样，二人成了挚友。麻大喜淋着大雨摸着黑，去寨子里寻找石老黑。

虽然是在黑咕隆咚的夜晚，天上又下着流子大雨，麻大喜凭着他的直觉，依然可以辨别石老黑房屋的方向。浑身湿透的麻大喜，抹了一把脸上流下的雨水，稳了稳神，在泥泞的小路上前行。突然，他透过漆黑的夜幕，发现远处有灯光在闪烁。那里正是石老黑房屋的方位。他曾经在那里雕过张五郎的神像。他加快脚步，大声地叫喊着石老黑的名字，无人答应。显然是雨声淹没了他的叫喊。突然，他听得"哗哗"的雨声中，仿佛夹杂着"沙沙"的脚步声，继而他朦胧中发现一个屋高屋大的黑影，正迎面朝着他走来。他立刻停下了脚步，两眼盯着朝他走来的黑影。这样的大雨天，还会有谁和他一样走夜路呢？他感到周身的汗毛，一根根都竖了起来。

"哪个？是人是鬼？"麻大喜的声音是颤抖的。

"你是哪个？"反问的声音，浑厚而低沉。

麻大喜听了出来，回话的人就是石老黑。他大步迎上去问道："你可是老黑？"

"我是老黑，你是哪个？"

"我是麻大喜，麻家寨的大喜呀！"

"大喜？！"石老黑也迎了上去，一双粗壮的双手，扳着麻大喜的肩头。他问道："你不是去了贵州吗？这么大的雨，你来这里做哪样？"

麻大喜昂着头回答："我从贵州回来，路上落大雨，回不去了，来找你。"

"走！快到屋里去！"说着，石老黑引领着麻大喜，朝背着灯光的方向走去。

麻大喜问："怎么？你的屋里不是在亮着灯那里吗？"

石老黑说："不！我做新屋了，那里是旧窝棚。赶紧跟着我走，你还淋着雨哩！"

大雨，依然在下个不停。麻大喜在石老黑的带领下，来到了他的新屋里。屋里静悄悄的，只有那火塘屋里一根大柴蔸还在燃着火。火光映照到了堂屋。麻大喜一眼就看见堂屋的一侧安着梅山坛，供着当年他雕作的倒立张五郎神像。当麻大喜回过头来时，凭借着柴蔸发出的火光，发现了石老黑涂着一脸的锅墨黑。他心里打了个转，立刻便明白了一切。这位伙计

哥，如今也干起"吊羊"的勾当了。那亮着灯光的旧窝棚里，显然是关着
"羊牯"。

石老黑见麻大喜发现自己脸上涂着的锅墨黑，不自在地对麻大喜说：
"嘻嘻！初次上路，没想到就遇着你。你先去洗个热水澡吧！洗完澡我再
慢慢同你细讲。"

石老黑从火塘上架着的鼎罐里，给麻大喜倒了一提桶热水，又去给
拿来了干爽的衣裤。他说："婆娘不在屋，伢儿们都睡了，你就在堂屋
洗吧！"

麻大喜洗澡过后，回到火塘屋时，他看见石老黑那涂着锅墨黑的脸，
已经洗干净了。火塘里加了柴火，火烧得更旺了。麻大喜开始在火塘边上
烤起湿衣服来。

石老黑在火塘边吸着烟，烤着火，一言不发。他万万没想到，第一次
干这"吊羊"的勾当，就遇着了昔日的好友。天下的事情也真是奇巧，没
想到他"吊"得的"羊婆"，竟然是这位好友当初的情人。他的好友就是
为了避开这个妇人，才抛弃父母，远走他乡的。他在琢磨着：要不要如实
对麻大喜说那妇人的事情？要不要让那妇人在这里同麻大喜见上一面？他
几番话到嘴边，又咽了回去。麻大喜见石老黑欲言又止的样子，以为是他
因为当了盗匪，不便启齿。其实也没什么了不起，这样的事情在铁门槛是
见怪不怪的。

"怎么回事？你让嫂子在那里看守'羊牯'？！"为了打破僵局，麻
大喜这样问道。其实，他还从来没见到过石老黑的婆娘。

"不是'羊牯'，是只'羊婆'，才让她在那里守着。"石老黑
回答。

麻大喜问道："啊！是'羊婆'？！这只'羊婆'肥不肥？"

事情到了这个地步，石老黑觉得不说已经不行了。他栽下了脑壳，极
不自在地说："这只'羊婆'你认得。"

听了石老黑的话，麻大喜立刻便想到刘金莲。"吊羊"的盗匪，如果

是"吊"到了刘金莲，那确实是一只"肥羊婆"。他又立刻否认了自己的想法。刘金莲送到铁门槛来当"羊婆"，是绝对不可能的事情。

"我认得？！我认得的妇人多着呢！你讲的到底是哪个？"麻大喜急切地问。

石老黑依然栽着脑壳。他觉得有点对不住朋友，嘟哝着说："讲白了，是同你相好过的妇人，碗米打粑粑，你讲有几个？"

天哪！果真是她！麻大喜简直不敢相信自己的耳朵。他必须进一步核实："是如今张家窨子的少奶奶！是刘金莲？！"

"是的，正是她。"

麻大喜问道："她为哪样到这铁门槛来？又怎样做了你们的菜？"

石老黑说："她去腊尔山。张家的油号在那里开的一座油榨坊失了火，她到那里去调摆，坐了一幢轿子过铁门槛，又没带保镖，就做了我们的菜。"

听了石老黑的话，麻大喜火冒三丈。他大声骂道："他娘的，张家男人都死绝了，要一个女人做这样的事情。"

石老黑说："听说他的男人去了汉口的庄上，他的公公这晌身体不好。"

"那油号里的管事呢？管事做哪样去了？"麻大喜追问着。

石老黑抬起头来，两手一摊："这我就不晓得了。听说那腊尔山的油榨坊，就是这位少奶奶去开的。我们已经打了她好久的主意了，头一个来回，一直没得机会下手。没想到这次她又送上门来了。"

"你们开的多少码？"

"开的不多，一百两银子。"

"'羊婆'是几时进的圈？"

"昨天上午。"

麻大喜感到十分气愤。他问："今天一整天，张家怎么不来赎人？"

石老黑说："这我就不晓得了。那少奶奶望呀望，直到太阳落山，还不见张家派人来赎她，眼泪就是簌簌地流，一副遭孽的相。"

麻大喜不做声了。他的双手烤着路上打湿的衣服，两眼木然地望着火塘里熊熊燃烧的火苗。八年前的情景，此刻又浮现在他的眼前。当时，他面临着两种艰难的抉择：一是接纳刘金莲的情感，把生米煮成熟饭，让这位千金小姐，做一个清贫的苗家雕匠的妻子；一是逃避刘金莲的情感，让她去做张家窨子的少奶奶。思量再三，他选择了后者。这种选择的本意，是不希望这个女人跟着自己受苦、受累、受白眼，让她嫁到一个与她门当户对的富豪之家，去那里享受人生的荣华富贵。不幸的是，眼前的事实证明，她在那里的日子并不好过。一个妇道人家，竟然要在外面抛头露面、劳碌奔波，还被"吊"了"羊"，他们居然也不来赎人！这都是自己造下的罪孽。麻大喜一时不知所措，两行晶莹的泪水，禁不住滚到了腮边。

石老黑见麻大喜落泪。他说："怎么？你哭了！"

"没有，是被烟子熏得出了眼泪。"麻大喜用烤干的衣服，擦拭着腮边的眼泪。

麻大喜与刘金莲的那段恋情，在浦阳一带几乎是家喻户晓的。石老黑晓得，麻大喜是个极重情义的人。他为刘金莲落泪，是情理之中的事情。他是真的哭了，绝不是被烟子熏得落了泪。

"要不要去和她见一面？"石老黑轻声问道。

麻大喜没有回答，只是摇着头。

石老黑说："大喜，我是个粗人，也不晓得怎么劝你，事情都过去这久了，该放落的，你就放落吧！世上的事情，都各人命中注定了的。事情过去了这多年，你还这样心疼她，我看着也不忍心。明天清早，我就去把她放了，那银子也不要了。"

"这怎么行？"麻大喜摇着头。

"这怎么不行？"石老黑是最讲朋友情义的。

这时候，麻大喜放下了手中已经烤干的衣裤，解开了随身带着的包袱行囊，从里面取出了十二锭五两一锭的"方槽"，放在火塘边的小桌子上，对石老黑说："老哥的为人我最清楚，你走到这一步也是出于万般无奈。你的情义我领了，可不能因为我这个朋友断了你的财路，断了你全家人的生计。这里一共六十两银子，是我这些年来的全部积蓄，你先拿着，其余的四十两，就算我欠老哥的。日后我一定奉还。我只会久你的，决不会少你的。请你到明日清早，就把她放了，让她早早回家。"

"大喜！你把老哥看扁了。"石老黑说着，把那摆在小桌上的银子，重新装进了麻大喜的包袱。他接着说："谁个不知，哪个不晓，你麻大喜是个有着一手绝艺的雕匠，离开家那么多年，空着手回到屋里，你怎么向父母交代？老哥我就是再穷，也不能要你的这些银子。石老黑讲话算数，明天一早我放人就是。"

麻大喜又从包袱里取出了银子，放在小桌上，推到石老黑的面前。他说："老哥，多谢你处处替大喜着想。讲句实在话，这次能带些银子回家，固然是好事，可还有更重要的，就是亲人能够重逢。麻家人有这祖传的雕匠手艺，粗茶淡饭有来吃，粗布衣衫有来穿。我就是不带银子回去，屋里人也会高兴的。这银子无论如何你要收下。"

石老黑说："不瞒你说，这些年我一直在走着悖时运。你去了贵州不久，我的师傅就过世了。从那以后就再也没有打到过老虫。讨了个婆娘，伢儿一个接着一个生，都张着嘴要饭吃，伸着手要衣穿。我是万般无奈才干上这个门径的。'吊'到这'羊婆'时，我就立刻想到了你。我心想你和她虽有旧情，但那是牛年马月的事情了，说不定早就忘到了脑壳背后了。没想到你这样有情有义，还在为她牵肠挂肚。我又怎能做对不住弟兄的事情。我需要银钱不假。找钱嘛！有的是门路。明早我把她放了，再去'吊'别的'羊牯''羊婆'就是。这银子我是决不会要的。"

麻大喜恳切地说："老哥，你听我说，我和这妇人的那点事情，都过去八年了。我想把她忘掉，不知怎的，总是做不到。今夜的事也真是鬼使神差。如若不是天下大雨，这时候我早回到麻家寨了。老天爷偏偏安排了这场大雨，把我送到了铁门槛。这完全是天意呀！是天意让我来为她付这点银子，这也算是我们的最后一点缘分。我只有把这个钱出了，心里才好受。你不让我出这个钱，我一世人生都不得安宁。好老哥，你就成全了大喜吧！"

麻大喜说完这番话，声音哽咽，泪流满面。这情景，着实让石老黑感动，圆瞪瞪的眼睛里，竟也被泪水湿润了。

"大喜，你莫讲了，我收下就是。"

麻大喜接着说："明天一早，你就把她放了，送她上路，回浦阳镇。你什么也不要对她说。我为她付赎银的这件事，天底下就只有你一个人晓得，你千万不要对任何人讲，就是对你的婆娘，也决不要讲。如果这件事情传了出去，又会给她增加说不清的麻烦，更会给我增加赎不清的罪过。老哥，你能答应大喜吗？"

石老黑说："我答应你。"

与此同时，张家窨子的大堂里，灯烛通明，巫师龙法胜将为重病的张恒泰"打保福"，捐阳寿。傩事由张恒泰的大外甥康荣发发起。舅爷重病，康荣发作为张家年龄最长的外甥，邀约张家亲戚中的男丁，包括他的两个姨表弟杜英忠和杜英孝，三个表妹夫熊庆坤、粟用仁和聂元光，为病中的舅爷捐奉阳寿。巫师龙法胜提出，捐奉阳寿的外甥、子婿辈中，杜家的两个外甥，英忠十四岁，英孝十二岁，还属于童子身，不宜捐奉。可两个杜姓外甥却非得要捐奉不可。那小外甥英孝听说不让他捐寿，直急得哭了起来。"天上雷公大，地下舅爷大"，外甥为舅爷捐寿岂论年纪大小。杜氏兄弟的一片孝心感动了在场所有的人。龙法胜便也不好再说了。

傩坛上，香烟缭绕，红烛高照，斋供铺陈，茶酒飘香。六位为张恒泰捐阳寿的男丁们，虔诚地面朝傩坛而跪。人们聚集在大堂里，围观这充满神秘色彩的傩仪。巫师龙法胜手舞牌印，吟诵神词：

金炉内，把香焚，灯烛红莲供圣真。众姓虔诚伸恳祷，拜叩冥王作证盟。

龙法胜口中念念有词，恭请名目众多的神灵，为张恒泰保命延生。他手捧《保状》，高声宣示：

玉皇门下出给《保状》一道，今据

大清国湖南省辰州府浦阳镇张家弄土地祠下居住，奉

圣祈禳保福，受惠张公恒泰名下。奉命外甥康荣发偕姻亲晚辈人等，
　　是以叩许十保院内保安良因一中，由是卜取今月吉日，仗师酬
　　谢，诚心具保。公叨生盛世，幸处清时。忠孝传家，仁义处世。
　　安民阜物，赈孤济贫。本当善果有报，福寿绵延。奈何天有不测
　　之风云，人有旦夕之灾咎。沉疴痼疾，缠公福体。思

圣帝掌生死人伦之柄，为下民开叩愿祈祷之门。盛德无所不通，仁慈
　　有求即应。上拜城隍主者，庙王正神，白帝天王，五门寨官，
　　保福会上一切神祇，移曹转案，将我等阳寿捐奉于张公名下。
　　计开：

奉命外甥：康荣发捐奉阳寿三年
　　　　　　杜英忠捐奉阳寿三年
　　　　　　杜英孝捐奉阳寿三年

奉命子婿：熊庆坤捐奉阳寿三年
　　　　　　粟用仁捐奉阳寿三年
　　　　　　聂元光捐奉阳寿三年

凭　　中：元皇弟子龙法胜皈命奉行

天运大清光绪三年三月吉日　发行

龙法胜一字一句地宣示，显得郑重其事。满堂人等，都在屏着气仔细聆听。所有在场的人都确信，张老爷有了这些外甥和女婿捐奉的阳寿，便可以保命延生了。六个人，每人捐奉三年阳寿，张家老爷就可以再多活十八年了。宣示完毕，龙法胜拿着一支朱笔，要六人跪拜在地上。为张恒

泰捐奉阳寿的外甥和女婿，在一式两份的《保状》上，各人在自己的名讳
下郑重画押。龙法胜作为凭中，也画了押。六位跪地的捐寿者，又朝着傩
坛的外方，当天而跪。龙法胜口中念念有词，将其中一份《保状》在傩坛
前焚化，禀报冥冥之中的神明。这份文书能否得到神明的首肯，发生效力
呢？众人目不转睛地看着龙法胜的表演。龙法胜从一个布口袋中，拿出三
根新砍下的陶竹和一把木槌。

"岩佬，他拿陶竹做哪样？这陶竹不是死了人才用吗？"围观人群中
的一个年轻佣工悄声儿问岩佬。

岩佬说："等下你看嘛！他要把陶竹插下土里。"

那人问："那么薄、那么脆的陶竹，能插得下土里吗？"

岩佬说："这就要看老司的法力了。把陶竹插下了土里，患良便能死
里逃生。若是陶竹被打折了，打碎了，插不下土里，捐奉的阳寿再多，患
良也是无法消受的。"

这时，只见那龙法胜手拿神香，用戟指在一杯清水的上空急速地画起
了神符，而后，他又一遍遍地念动着咒语。继而，他口衔杯中的符水，向
着陶竹猛地喷去。

"这大堂里都是打的三合土，倒看他怎么个插法？"岩佬对身边的佣
工悄声儿说。

龙法胜手拿木槌和三根喷过符水的陶竹，朝地下四处张望着。大堂里
的三合土上，陶竹是无论如何也插不下去的。他的眼光，投向了大堂外的
廊檐。廊檐的地上铺着青石岩板。岩板与岩板之间，有一条条缝隙。缝隙
之间原来都是黏的三合土，有几个地方三合土脱落了。龙法胜走上前去，
将那脱落了的三合土剜了出来，插上那三根陶竹。他口中念念有词，手拿
木槌，对着一根陶竹，先是轻轻打了几下，而后猛地一槌，那陶竹便全部
插进了地下。大堂里立刻响起一片欢呼声。

"这老司还真有一手，也是老爷有缘哪！"欢呼声中，岩佬对身边的
佣工说。

接着，龙法胜又打没了第二根陶竹。第三根陶竹是关键。若打不下去，便前功尽弃了。他背转身去，对着傩坛虔诚一揖，深深地吸了一口气，抢起木槌，对准第三根陶竹，先是轻轻地慢敲，后是重重地快打，"嘿"的一声，那陶竹便深深地插没在那石板缝隙的泥土之中。窨子屋里立刻响起了爆竹声。人们欢呼雀跃，欣喜若狂，相互贺喜。那些跪在傩坛前的外甥、女婿们，一个个都起了身。他们在对着老司拱手相谢之后，又一同对着张王氏深深拜揖，向她表示祝贺。晚辈的孝心，令张王氏顿时激动得老泪纵横。这三根又薄又脆的陶竹，居然能插入这廊檐下的泥土，这固然是老司的道艺，更说明了张家老爷的缘分和福分。

龙法胜来到张恒泰的病房，将《保状》放在他的枕边。张王氏弯下腰，轻声对丈夫说："老爷，老司给你打过'保福'了，你的外甥和女婿为你捐了十八年阳寿，《保状》就在你的枕头边。你的病就会好，你还可再活十八年。"

昏睡的张恒泰，似乎听懂了老伴的话，歪斜的嘴巴吃力地歙动着，在含混不清的呻吟中，老者的双眼缓缓地睁开，似乎是在他们当中寻找着什么。他失望了，伸出那只尚能活动的左手，不停地晃动。

"老爷，你要做哪样？"张王氏问道。

张恒泰的眼睛里，透出了焦急的神情。两片歪斜的嘴唇，歙动得更剧烈了，却怎么也发不出声音。他的额头上冒出了豆大的汗珠。

康荣发对张王氏说："舅娘，舅爷是有话要说，可又说不出来，他是要把想说的话写出来，这只手才老是这样动。快去拿纸笔给他。"

张王氏如梦初醒，连声说："对！对！老爷他是要写字，梅香，快去老爷书房拿纸笔来！"

纸笔拿来，张恒泰左手握笔，在纸上写了歪歪扭扭的三个大字："救金莲！"

张王氏不识字，她问身边的康荣发："你舅爷写的哪样？"

"舅爷写的'救金莲'。"康荣发回答，他丈二和尚摸不着头脑。

"救金莲……"张王氏喃喃地重复着。天哪！这样大的事情，怎么偏偏忘记了，也不晓得吉八斤是不是拿着银子去赎人了？

人们面面相觑，金莲不是因为腊尔山的油榨坊失了火，到那里去做打理了吗？她怎么会要"救"？莫不是老者病糊涂了，神经上出了岔子！

"秀山！秀山！"张王氏大声喊叫着。

张秀山应声来到房里，说："夫人，你叫我？！刚才我送龙法胜安歇去了。"

张王氏压低嗓门问道："秀山，我问你，你派人拿银子去赎金莲没有？"

"还没有，一百两银子，我做不了主，在等着你发话。"张秀山说。

张王氏埋怨起张秀山来。她说："嗨呀！你是怎么搞的，你不见我都急糊涂了吗？我不发话，你也不提醒我。这样重要的事情，你就是做了主，我也不会责怪你的嘛！你快拿着银子，要吉八斤带上轿夫，明天绝早动身去铁门槛赎人。"

众人这才晓得，是少奶奶被铁门槛的盗匪"吊"了"羊"，老爷才被气得中了风的。也真是祸不单行！众人七嘴八舌地问起了张王氏，这样大的事情，怎不早对他们说？张王氏结结巴巴，说是怕讲了出来屋里会乱套。张王氏的话叫众人哭笑不得。

四更过后，吉八斤便带着两个轿夫上了路。他们空手撒脚，顺着官马大路飞奔而去。过了麻家寨，天才大亮。他们继续前行，突然间，两个轿夫感到奇怪，前面的路上怎么会有人抬着他们的轿子在下山呢？

"八斤，前面那顶轿子是我们的。"

"你们没看错？！"

"自己的轿子，还会不认得！"

他们一行快走近轿子时，两个轿夫突然放下轿子，对着他们高声喊叫："人和轿子都在这里，我们没事了。"

话音未落，两个轿夫打了转，飞也似的奔跑上山，消逝在官马大路的拐弯处。

吉八斤立刻迎了上去，掀开轿帘，问道："少奶奶，这是怎么回事？"

刘金莲下了轿子，没好气地说："怎么回事？！等你们赎人，左等右等等不来，人家就这样把我放了。我晓得是怎么回事？！"

吉八斤见刘金莲生了气，便把两天来张家发生的事情，向她做了通报。刘金莲得知是出了这种特殊情况，心里就是有气，也不好发作了。

刘金莲坐在轿子里，心中疑团难解。铁门槛的盗匪怎么会这样就便宜了她？他们没有按照原来的要价，一百两银子赎人，一两银子也不要，就这样把她放了？这些盗匪葫芦里究竟卖的什么药？真叫刘金莲琢磨不透。

刘金莲回到张家窨子。下得篷轿，就直奔公婆的卧房，去看望公公张恒泰。病榻前，坐着婆婆和大姐松英。

"娘！大姐！我回来了。"

"金莲哪！娘没有早去把你赎回来，让你受苦了。"张王氏说。

刘金莲去到病榻前，对着公婆满怀愧疚地说："都是金莲不好。若是听爹的话，带着保镖走，就不会惹出这场祸息，爹爹也就不会得这场病了。好在家门有幸，吉人天相，爹爹病体已经好转，金莲也平平安安回了家。"

病榻上的张恒泰，望着回家的儿媳，露出了微笑。张家窨子不能没有这个妇人。

傍晚，一条从汉口回来的麻阳船，又带来一个翠珠捎给刘金莲的布包，又是一件丝绵背心。前回的那件丝绵背心，刘金莲用来孝敬了婆婆。这回，翠珠又给刘金莲送上一件。和前次送丝绵背心一样，暗荷包里又有一张画纸。画纸上画着一幢房子。房子里，画着一个女戏子。女戏子的胯下，画着一个女伢儿。翠珠是在告诉她，女戏子已经为那天杀的生了一个女伢儿。刘金莲一屁股坐在梳妆台前，两眼发直，伤心的泪水情不自禁地掉下了腮边。

● 新嫁娘来自辛女溪

铁门槛发生的意外，使麻大喜变得一无所有。他两手空空，回到了阔别八年的家里。没奈何，他只能栽着脑壳对父亲说："我空着两手回来，对不住爹娘！对不住二喜！"

父亲想不到他会这样，问道："怎么？这些年你不是在梵净山上给庙里雕菩萨吗？"

"我给庙里雕菩萨不收钱。"大喜只能这样说。

麻老矮很生气："你又不是庙里的和尚，为庙里雕菩萨，怎么能不收钱？"

大喜说："我住在庙里，吃在庙里，帮庙里雕菩萨，就是不收钱。"

灵芝心痛儿子，赶紧出来打圆场。她说："雕菩萨不收钱，行善积德，有哪样不好！只要人回来了，娘就高兴。"

麻老矮依然心里不舒服，叹息地说："寨子里的人都说你是送钱回来给弟弟成亲的。叫二喜背了个空名！"

大喜给弟弟赔不是："二喜，哥哥对不住你！这些年来，爹娘都是你在照顾。如今你成亲，哥哥也没能帮衬你。"

二喜连忙说："哥！讲这个做哪样。刚才娘讲了，只要你人回来，全家都高兴。"

麻老矮无奈地长叹一声，哭笑不得。

大喜看出了父亲的无奈，满怀愧疚地说："你们尽可以对外面说，大喜在外头白白混了这多年，没得出息，一文钱也没带回来！"

灵芝忙阻止道："大喜，你胡说哪样呀！面子还是要的，对外头绝对不能这样讲！"

"怎么讲不得？何必马屎外面光，肚里是包糠！"麻大喜说。

麻老矮气急了，拂袖而去。

二喜对于哥哥空着手回家，也不是没得一点想法。哥哥是个正经人，有一门绝好的手艺。他不嫖不赌，不做任何非分之事，外出了这么多年，攒多攒少，总应该攒得几个，不可能这样一文不名。如果真的是这样，那就只有两种可能：一是他另外有什么难言之隐，花光了他的积蓄，不便对父母说明；二是他变了，根本就不把父母、弟兄放在心上，而是把银钱留着自己独享。第一种可能性要大些，第二种可能性极小。从来就看重亲情的哥哥，不可能变得这样无情无义。

听说大喜回家，麻老五便过门来看望。他打着哈哈进屋，见老矮正在那里破篾织竹篮，便大话喧天地说："如何？我讲伢儿要回来，你还不相信。我老五不是讲瞎话吧！哈！大喜带回的银子不少吧！老矮你发财了。"

老五的话，让老矮哭笑不得。他是个要面子的人。虽说大喜一文钱也没带回，他还是笑着对老五说："一个手艺人在外头闯荡，还能发天财？！他能带几个回来，是他的孝心，我们不论多少。"

老五笑着说："哈哈！好你个老矮，你从来就是财不露白。"

麻老矮立马装好了一锅叶子烟，将长长的竹鞭烟杆，连同火镰、火石和纸媒，一并递给老五，说："你来了就好，我正想去寻你哩！"

老五接过家什，便用火石击打起火镰，点点火星溅到了纸媒子上。他迅速吹燃纸媒子，点燃烟锅里的叶子烟，深深地吸了一口，说道："是为二喜接亲的事吧！"

"是的。想请你屋里的蛮牛和阿雅，到辛女溪去接亲。"老矮说。

"要得！到时候你喊一声就是。"老五满口答应，接着问道："咦！

大喜呢？"

"刚才还在这里，不晓得哪里去了。"老矮说着，朝里屋叫了一声：
"大喜，你五叔来了。"

大喜应声而出，叫了一声："五叔！"

老五说："回来了，也不来看五叔。要不是听蛮牛讲，我还不晓
得呢！"

大喜"嘿嘿"地笑着，显得不自然。

麻老五说："回来就好！回来就再莫走了。麻家寨才是你安身立命之
地。你年纪也不小了。我家蛮牛比你还小一岁，如今都有了三个伢儿，大
的已经六岁了；你的弟弟二喜也就要成亲了。我晓得，你在外头凭手艺是
可以赚大钱。可你想过没有，银钱那东西，是赚不尽的。对于你来说，最
当紧的是要有一个人，一个为麻家接香火的人。你赶紧收心回家，讨一房
婆娘，生几个伢儿，比哪样都强！"

"你五叔讲的，都是金玉良言。"麻老矮非常认可老五的讲话。他问
大喜："你听清了没有？"

大喜只是点着头，没有言语。

三月二十三日，麻家去辛女溪接亲。按照苗家的规矩，新郎是不去女
家接亲的。清早，麻家接亲的一行七人，挑着糍粑、猪肉、酒水上路了。
六个男人称为"六亲客"，其中有麻大喜和蛮牛，代表麻家的六亲。还有
一个黄花女伢，本应由新郎的姐妹担当。因新郎没有姐妹，便请族中的妹
妹、老五的女伢阿雅替代。

麻家接亲的队伍，沿着小溪边蜿蜒的麻石路前行。这条小溪，便是
辛女溪。相传高辛氏的公主与盘瓠成亲之后，高辛帝便将这溪流两岸的土
地，分封了给她。山峦青翠欲滴，辛女溪从大山怀抱中涌出。辛女溪边，
在一棵硕大的桂花树的掩映下，是一个吊脚楼鳞次栉比的寨子。寨子里
三十来户苗人都姓田，他们称辛女为祖太婆。当客人来到这里，他们便会
指着这条辛女溪，如数家珍地告诉你：祖太婆辛女曾在哪里梳头，哪里洗

浴，哪里洗衣，哪里漂布。仿佛辛女高贵的身影，依然还留在清清的溪水之中。或许是沾了辛女的灵气，辛女溪的女伢一个个都出落得格外光鲜。四里八乡的苗家后生，都以能够娶得辛女溪的女伢做婆娘为荣耀。

五个手指不得一般齐。辛女溪光鲜的女伢，家境有富有贫，命运有好有坏。即将成为麻二喜婆娘的阿彩，便是个苦命的贫家女伢。阿彩的爹爹六岁时便没了父母。做排古佬的伯伯收养了他。伯伯放排外出常不在家，伯娘容他不下，肚子不饱是常事，还要挨打受骂。十二岁那年，他给人当看牛伢，后来又到财主家中打长年。直到他二十八岁那年，贵州来了一个逃荒的叫花婆，带着一个十六七岁的女伢。经乡亲们撮合，他同那女伢成了亲。不久后，阿彩出世了。可她才满百日，外婆便去世了；刚过周岁，爹爹去田冲里犁田，遇上雷雨天，在一棵大樟树下躲雨。炸雷打来，千年古樟劈成了两半，爹爹烧焦成了一团黑炭。于是，辛女溪有了种种传言：有的说，那贵州婆娘是颗扫把星，扫了老娘扫丈夫；也有的说，女伢阿彩是颗克命星，克了外婆克老爹。人们见到这俩娘女，如见瘟鬼躲之不及。阿彩的娘终日以泪洗面，难以度日，狠心撇下小阿彩出走，再也没有回来。辛女溪的田姓人，拿着小阿彩为难了。有的人说，这女伢的八字太凶，谁养她，谁遭难，不如丢到山里算了，也免得她再惹祸害。她的大公并不这样想，便把她带到家里盘养。大公的决定，大婆不敢违拗，心里却并不情愿。大婆常对人说，世上只有她悖时，养了一代养二代。养了侄儿不上算，还要养侄孙女。

早先，辛女溪的苗家嫁女，通常都只有一个包袱，装着女伢的换洗衣服，和她织的花带。即或是富有的人家，也只有一两床被褥作为陪嫁。从来没人以木器作嫁妆，更不要说是雕花木器了。前年，辛女溪的财主田朝万到所里走亲戚。他发现那里的苗人嫁女，也开始学汉人的样，以雕花木器作为嫁妆了。田朝万生有五男一女。独生女伢是他的掌上明珠。他决定也学汉人的样，为独生女伢打制一套雕花嫁妆。于是，他特意到麻家寨，请来了麻老矮和他的儿子麻二喜。

阿彩长到十七岁，像辛女溪的溪水一样水灵。她总是眉头紧锁，开不起笑脸。不久前，大公得痨病去世，她失去了唯一疼爱她的人。大婆将大公的死迁怒于她，说是她克死了大公，骂她是嫁不出去的克命星。大婆天天骂，骂得远近的男伢对她望而生畏。她织得一手好花带，可没得男伢敢向她讨要；她唱得一口好苗歌，可没得男伢敢同她对唱。来到人世间，待又待不下，嫁又嫁不掉，阿彩绝望了。趁着更深夜静，阿彩悄悄儿出了家门，来到辛女溪的深潭边，坐在一块岩石上，伤心地痛哭着。半夜，麻二喜起来撒尿。他听见远处有哭声，仔细一看，原来是阿彩一个人坐在溪边。他自从来到辛女溪之后，便听人说起阿彩苦难的身世。得知她在大公过世之后，处境就更艰难了。这深更半夜，她独自坐在河边啼哭，莫非是想去那里做蠢事？他悄悄儿去到了她身后的树丛里。阿彩动情的哭泣声，伴着辛女溪淙淙的流水声，打动了他的心。麻二喜静静地注视着眼前的一切，不忍心去惊动她。阿彩在辛女溪边徘徊、啜泣。麻二喜的神经顿时变得紧张起来。他把小溪边的一切看得真切，那冰冷的月光下，只见那阿彩仰天长叹一声，便一跃而起，跳入了深潭。麻二喜一个箭步，便到了小溪边，而后纵身跃入深潭之中，竭力用双手托起那在水中挣扎的阿彩，奋力游向岸边。

"你是哪个？为哪样要救我？"浑身湿透的阿彩，哭兮兮地问。

麻二喜说："我是在朝万老爷屋里做嫁妆的雕匠。我认得你，你叫阿彩。你就是有再大的难处，也不能做这种蠢事呀！"

被麻二喜救上岸的阿彩，一直没有作声，过了好久，她才缓缓地说："你屋在麻家寨，名叫麻二喜，是吗？"

"是的！"麻二喜一阵惊喜，这女伢居然晓得自己的名字。

"二喜哥！"阿彩凄楚地这样叫了一声，而后问道："不晓得我能不能这样叫你？"

"能！怎么不能？！"麻二喜回答。

阿彩说："二喜哥！难得你一片好心，可你真不该救我。我活在世上真是没得意思。活不如死了好。"

麻二喜说："嗨！你把话说到哪里去了！俗话说得好，宁肯世上挨，不愿土内埋。人生在世，谁还没有个磕磕绊绊、沟沟坎坎。天上的乌云，也终究有散去的日子。"

"天上的乌云终究会散。我心上的乌云，是永远也散不了的。"阿彩的声音里，充满着怨艾。

天边皎洁的月光走出了云层，把银辉洒在了辛女溪上，照耀着溪边岩石上坐着的男伢和女伢。月光下，男伢和女伢不自主地四目相对。一阵晚风，吹来了桂花的清香。二喜打量着阿彩，历经过太多磨难的女伢，一头湿淋淋的长发，飘散在肩头，挡住了前额，却丝毫掩饰不了那双眼睛透出的机敏。高挺的鼻梁下，两片薄薄的嘴唇抖动着，仿佛是在咀嚼着人世间的酸辛。单薄的衣衫，被溪水打湿，紧紧地贴裹着她那丰腴的躯体，每一个凹凸的部位，都让麻二喜产生从未有过的怜惜和爱慕。阿彩也打量着麻二喜，眼前这个男伢，矮小而又丑陋。若同她站在一起，充其量也不过平她的耳朵。两条倒挂的眉毛下，镶嵌着一双绿豆般的小眼睛。可就是这样一个又矮又丑的男伢，说出了她从未听到过的暖心话。听人说，这男伢有着一套绝好的雕匠手艺。他同父亲一道，为朝万老爷的女儿阿燕，雕了一套辛女溪人从未见到过的雕花嫁妆。阿彩也曾想去看个究竟，可她不敢。办嫁妆是千百年的好事。寨子里的人都说她是克命星，她怕犯了朝万老爷家的忌讳。万万没想到，这雕嫁妆的男伢，此刻就同自己面对面地坐着，还是自己的救命恩人。

过了好久，麻二喜说话了："阿彩，莫讲心上的乌云散不了，只要有从心上吹出的风，乌云就会散去的。"

麻二喜的话，令阿彩心中为之一震，她似乎听出了小雕匠是话里有话。可她仍然无奈地摇着头说："你来辛女溪也有这久了，难道你没听人说过，我是一颗克命星？！我是不愿意去祸害别人，才要走这条路的。可你偏生拦着我，不让我走！"

"我不相信你是克命星。"麻二喜的话显得很真诚。

阿彩说:"我自己也不信,可事实明摆着。我一出世,就克死了外婆,又克死了阿爸。阿妈害怕被我克死,远走他乡。还有……"

麻二喜抢过话头接腔:"你大公已经七十多岁,又是个病壳壳,怎么也说是被你克死的?这真是太不公平了!"

"怎么!这事情你也晓得?"阿彩惊奇地问。

"怎么不晓得?!寨子里就有人替你抱不平,只是不好做得声。"麻二喜说着,问道:"呃!说你是克命星,他们替你算过命没有?"

阿彩摇着头说:"没有。"

麻二喜说:"我看这样吧!你把生庚告诉我。我去镇上河街找小诸葛替你算个命。"

第二天,麻二喜去了浦阳镇。找到了河街上号称小诸葛的陈瞎子,替阿彩算了一个命。果不其然,阿彩并不是什么克命星,而是一个带夫贵的女命。麻二喜又对小诸葛说出了自己的生庚,问女命同这个男命是不是相克?小诸葛排开八字,立刻眉开眼笑,说这一男一女,乃是天作之合。

麻二喜拿着小诸葛开列的八字单子,找到了爹娘,说要娶辛女溪的阿彩为妻。这些年来,麻老矮和灵芝为了二喜的婚事,可算是操透了心。麻二喜看中的女伢,女伢嫌他矮,嫌他丑;女伢看中了他,他又嫌女伢的这样那样。高不成,低不就,婚事一拖就是这多年。为这事外头没少传言,说是麻老矮不喜欢二喜,没把舅舅迷药传授给他,二喜也就迟迟讨不到婆娘。而今,麻二喜和辛女溪田家的孤女情投意合。麻老矮在辛女溪做活路时,也听说过关于阿彩的种种传言。特别是说阿彩是克命星,是谁也不愿意招惹的祸害。若果真如此,麻家是决不能让这样的儿媳妇进门的。可二喜的手上,有浦阳镇上小诸葛开列的八字单子。上面明明白白写着,二喜和阿彩的婚姻,是天作之合。什么克命星!肯定是田家那些没名堂的人编造出来的瞎话。如今,既然二喜看中了那女伢,那女伢也愿嫁给二喜,那辛女溪的田家人,更是希望早早把她嫁出去。有这样的好事,麻老矮俩公婆正是巴不得。几天以后，辛女溪便传出了一个令人意外的消息，居然有不怕死的人，来给克命星阿彩提亲了。提亲的人，竟然是鼎鼎有名的雕花木匠。

麻老矮带着二喜在朝万家里打雕花嫁妆。辛女溪的乡亲，常去观看父子的劳作，同老矮摆家常。人们渐渐了解到麻老矮的家事，晓得他的大儿子去了贵州。当麻家的六亲客迎着鞭炮声，担着担子进入寨子时，人们一眼就认出了麻大喜。因为大喜和二喜长得实在太相像了。寨子里还有人不晓得从哪里得知，这个麻家的老大，在浦阳镇上的刘家窨子打嫁妆时，凭着祖传的躬躬迷药，还同刘家的小姐有过私情。这位刘家小姐，后来嫁到镇上的张家窨子。麻大喜是为了躲避祸息才去了贵州。这次，他是为了老弟的婚事，特意从贵州赶回来的。人们疑惑不解的是，那位麻家老爹怎么没把那药方传授给二喜呢？若是二喜也学会了放躬躬迷药，是不至于讨这个克命的阿彩做婆娘的。

这天，辛女溪的乡亲们，都在为了阿彩的出嫁忙碌。寨子里的每户人家，都准备了一桌酒菜，等候着麻家寨六亲客的光临。由麻大喜带领的六亲客，挑着箩筐，到每一户人家，送上八个染红的报信糍粑，通报寨子里田姓叔侄，女伢阿彩就要出嫁了。接受礼性的主家，随即请六亲客入席宴饮。在这些人家的小方桌上，都摆放着一坛用山中钓藤酿制而成的钓藤酒。宴饮时，六亲客和主家各执一根藤管，一同伸进酒坛之中吸食，直至把坛子里的酒水吸干。辛女溪的三十多户人家，六亲客必须户户吃遍。主人大喊一声"来呀！"，便与客人一同将藤管伸向酒坛，一同吸食。每次都是麻大喜吸食的时间最长，吸进嘴里的酒水自然也最多。这种宴饮一直持续到太阳落山，还欠五户人家没开席，就已经有三个接亲客喝醉梭了台子。客人喝醉是主家最开心的事。他们笑着闹着，七手八脚，把醉酒客抬到阿彩家的楼上，摆放在铺着稻草的竹席上。接下来，又有两个人败了阵脚。坚持到最后的，就只剩下麻大喜一个人。在煞尾一家的宴席上，麻大喜手拿藤管，把一酒坛子的钓藤酒吸得一干二净之后，还能够扶着桌子直挺挺地站起来。

"麻家人是脚色！"围观的众人止不住惊呼。

这时，只见麻大喜一阵晕眩，便倒在了地上，不省人事。麻大喜这样烂醉如泥，是生平第一次。他是借酒来感谢主家的盛情，也是借酒来祝福二喜的婚事，更是借酒来浇淋自己的不尽愁烦。他也被众人抬上了阿彩家的吊脚楼。先前醉倒的那五个六亲客，横七竖八，躺卧在垫着稻草的竹席上，散发出阵阵熏人酒气……

今夜，阿彩还是辛女溪的女儿，明天，她就要成为麻家寨的媳妇。她那白里透红的双颊上，带着甜甜的微笑，显得格外的光鲜。连来接亲的阿雅也都看呆了。心想，莫看二喜哥生得丑，讨得的婆娘可真是盖了。一个隔房的嫂子在为阿彩修眉、上脑。嫂子将两根麻线搓成绳状，用嘴咬住麻线的一端，两只手分别捏着麻线的中间和另一端，形成了剪刀状。一个叔娘将热的草木灰，涂抹在阿彩的眉毛和额门。麻线在她的眉间绞来绞去，把阿彩的眉毛修绞得又细又弯，如同初三、初四挂在天边的月亮。额门也被修绞得光溜溜的，不见汗毛的踪迹。苗家有钱人的女伢出嫁，会有许多银饰。阿彩没有，只有娘临走时为她留下的一支银簪。阿嫂在为阿彩修眉和上脑之后，将她乌黑的长发盘成头顶上的一个发髻，再别上那支银簪。修了眉，上了脑，改变了发型，阿彩便结束了女伢时代。房里没镜子，一个娘女打来一盆清水。阿彩对着水面，观看自己的发髻和容颜。她娇羞地笑了，沉浸在幸福之中。

"哟！阿彩真光鲜，像天上的仙女！"一群女伢们涌进房里，像一群跳跃的喜鹊。

阿彩想起了什么，抬起头来问："怎么？排家酒都吃过了？"

"吃过了。哈！全都撂倒，一个不留！"一个女伢说。

"那我哥呢？他也醉了？！"阿彩急切地问。

嫂子打趣说："阿彩呀！你是怎么了？还没过门就'我哥我哥'叫得清甜！"

　　一阵哄笑过后，那女伢说："他呀！吃得最多，加起来只怕有一大水桶。就他一个人算脚色，是把所有人家的酒全都吃过之后才醉倒的。"

　　"醉得老火吗？"阿彩显得很关切。

　　"老火不老火，反正是不省人事了。"那女伢说。

　　"不行，那我得去看看。"

　　阿彩说着就要出门，几个娘女将她拦住。阿彩充满幸福的笑脸，立刻被一片阴云笼罩。二喜曾对她说起过这位哥哥。哥哥和刘家小姐情缘未了，曾令她愤愤不平。哥哥来接亲，阿彩是听阿雅说的。她至今还一直未能见到哥哥的面。阿彩知道，哥哥离家去贵州已经八年。没想到他能赶回来参加婚礼，还上门来接亲。苗家的钓藤酒最为催后梢，醉起人来是不得了的。好多的人酒醉过后，就再也醒不过来。哥哥也真是，怎么能这样敞开肚皮吃呢？若是出了意外，那将是她的罪过。她必须前去看个究竟，娘女们却偏生不让她去。阿彩心里着急，弯弯眉毛下的眼睛里，顿时便充满了泪水。娘女们为她的真情所动，便再也不阻拦了。

　　阿彩邀约着阿雅，一人端着一碗木姜籽搔的水，一人举着一束枞膏光，上了吊脚楼。二人的身后，跟随着几个来看究竟的娘女。楼上，那垫着稻草的一铺铺竹席上，横七竖八地躺着酒醉的六亲客。有人发出了如雷的鼾声。显然，这人是酒醉过后睡着了，一觉醒来便没事。不知是谁，还把秽物呕吐在了竹席上，散发出阵阵带酒味的恶臭，阿雅把枞膏光移到了大喜身边。阿彩一看便晓得这人是大喜。他是二喜的哥哥，这弟兄一个模子铸出来的，实在是太相像了。大喜蛐蟮着身子躺卧在那里，一动也不动。突然间，他的身子抽搐了几下。阿彩的神经立刻紧张起来。

　　"他醉得老火，都有点儿抽筋了，只怕要出事。来，快给他灌点儿木姜籽水。"阿彩说着，便在麻大喜的身边蹲下。她一只手托起麻大喜的头，另一只手往他的嘴里灌着木姜籽水。大喜嘴里的酒气直冲阿彩。阿彩赶紧把头扭到一边。

　　这时，一个娘女说："阿彩，你给他喂了木姜籽水，等解了酒，他就会缓过来的。赶紧回房去吧！你是嫁姑，事情还多得很哩！"

"阿彩嫂，回房去吧！你要是不放心，我就留在这里。有哪样事情我再来叫你。"阿雅指了指打鼾的汉子说："你看，这是我哥，他也醉倒在这里了，只是没大喜哥醉得那么老火。"

阿彩边走边说："阿雅，拜托你了。等过一阵子，你要再给他喂点木姜籽水。"

麻家寨的雕匠人家，准备为二喜接亲，同样也是一个不眠之夜。几天来，二喜的婚事，使得麻老矮和灵芝喜得合不拢嘴巴。半夜过后，俩公婆请来屠户，张罗着把栏里养的肥猪撂倒。屠户将肥猪开了边，清理完猪下水，灶锅里煮熟了血肠，天边才开白口。今天，全寨子的男人们将在这里宴饮，几个与灵芝相处得好的娘女，赶来为她帮忙。娘女们进到灶屋里，就在案板上切起猪肉、切起血灌肠来。

一个妯娌打趣道："灵芝，今天进屋的儿媳妇，听说又是个光鲜妹。真不懂，麻家的丑男人，怎么偏有这么好的福分？！"

灵芝立刻接了腔："鬼婆！我晓得你又要讲哪样话了。没得的事，屋里要是真的有躬躬迷药，二喜也不至于今天才讨得婆娘！"

那妯娌说："那我问你，你这样清光鲜的婆娘，是怎么会睁着眼睛嫁给麻家丑老矮的？"

"真是的，我也不晓得是为哪样，硬是被鬼蒙了心。"灵芝这样回答。她立刻又说："没得法啊！那是他行了狗屎运。我是前世欠了他的，今生今世来还债。"

"哈！你不打自招了！"不管灵芝怎样辩解，这些妇人们都认定，这家人硬是有祖传的躬躬迷药。

正在这时，麻家的院子里响起了鞭炮声。不用说，是前往辛女溪接亲的六亲客打回转了。满寨子的男女老少，一齐拥向了麻老矮的小院。灶屋里切肉的娘女们，又推又搡，催着灵芝赶快出去接儿媳。灵芝风风火火出了灶屋，赶紧去到后屋的猪栏里取来了潲桶，放在大门外。又去碓屋里取来了筛米的竹筛，挂在了门楣上。

接亲的队伍，朝着老矮的吊脚楼走来。走在最前面的，是拿着烟把火的妇人：新嫁娘的堂嫂。烟把火的后面，是打着窝窝伞的阿彩。棕红色的油纸伞，罩住了阿彩的面容。她身着一身靛蓝色的衣裤，衣裤宽敞。腰间的花带由红、绿、白三色彩线织成，点缀着喜庆的气氛；通过花带的捆束，新嫁娘婀娜的身姿得以体现。阿彩脚上的一双绣花的云头鞋，在门前的山路上移动着。白色的鞋底上，沾着一路走来的黄泥。阿彩的身后，跟着娘家送亲的叔娘、婆家接亲的小姑阿雅。所有的女性都走在队伍的前面，后面才走的是男人。男人中，有三个送亲客：阿彩的满叔田祖成是田家的长辈，走在男客的最前面。紧跟着田祖成的，是阿彩两个背包袱的堂兄。两个包袱里，装着阿彩的换洗衣服和平时织的花带，这也就是她的全部嫁妆。这些送亲客的后面，才走的是麻家寨的六亲客。一夜的酒醉，他们仍然处于昏昏沉沉之中。醉得最老火的麻大喜走在最后。他头重脚轻，走起路来摇摇晃晃。

麻家的院子里，放着一堆柴火。送亲的女客，带着新嫁娘阿彩进了院子。阿彩将油纸伞交给了阿雅。看热闹的乡亲，得见了新嫁娘的面容。丑二喜果真讨得个仙女般的乖女伢。阿雅用油纸伞罩盖着阿彩。阿彩双手接过堂嫂递过的烟把火，点燃了院子里的柴火。就在柴火被点燃的一刹那，阿彩一跃跳过火堆。阿雅手里的油纸伞，也紧跟着阿彩掠过了火堆。当阿彩跳过火堆之后，柴堆上的火焰腾空而起，红红火火，越烧越旺。围观的人们立刻欢呼起来，欢呼二喜的亲事得了最好的彩头。跳过了火堆的阿彩，仍然由阿雅用油纸伞罩着。阿彩前行几步，婆婆灵芝站在那里。阿彩鞠了一躬，亲昵地叫了声"娘"，在灵芝跟前的小板凳上坐了下来。打伞的阿雅，罩定阿彩，寸步不离。娘女们一拥而上，在灵芝和新媳妇的周围，围成了一个圆圈。充满着喜悦的阿彩，低着头，矜持而温顺。灵芝走到阿彩的身后，低下头，在她衣服的上上下下，摸捏着，寻找着……

围观的娘女们，目不转睛地看着灵芝。灵芝左捏捏，右看看，一无所获。人群中发出了阵阵笑语：

"哈！灵芝，攒劲寻。寻不着，来日你就莫怪！"

"哈！这婆娘，就是要有个嘴尖的媳妇对付她！大家讲，是不是？"

"是呀！"

院子里笑声一片。阿彩显得不好意思，把脑壳栽得更低了。平素以机灵著称的灵芝，如今在新媳妇的面前，反倒显得有些笨拙了。那物件究竟藏在什么地方呢？灵芝运了运神，继续在儿媳的衣服上摸捏着。当她摸到衣襟上的最下一颗布扣时，禁不住尖叫了一声"哎哟"！她一看手指，手指已被针尖刺出了殷红的血。

人群中，立即发出了欢呼："见红了！见红了！"

阿彩见婆婆被针刺破手指，而且出了血，又兴奋，又觉得有点不好意思。这时，灵芝顾不得手指被针刺破，顺势将布扣里藏着的一枚针，缓缓地抽了出来。那枚针上，穿着一根长长的红线。灵芝满怀欣喜。她终于寻找到了媳妇身上藏着的这枚穿着红线的针。找到这枚针，预示着进门的媳妇，日后不会嘴尖多事，婆媳便会相处得好。特别是那针尖刺破了她的手指，流了血，见了红，更是预示着媳妇进屋，家门定然兴旺。

祖先坛前，麻老矮和灵芝，一矮一高，并排端坐在椅子上。麻老矮的双脚着不了地，灵芝的双脚却是踩到了地上。麻老矮憨笑着，灵芝却显得不自在。一直以来，夫妻二人由于高矮反常的悬殊，是很少在人前这样并肩而坐的。到如今，即将拜堂的儿子和媳妇，竟也同他们一样，同样是男矮女高。又一个"秤砣虽小压千斤"，麻家人就这样完成了非同一般的代际传递。这时，只见作为司仪的麻老五扯起喉咙高喊："一拜天地！"

麻二喜和阿彩，面朝门口，对着青天，躬身下跪叩首。

"二拜高堂！"

麻二喜转身跪下，在父母跟前叩首，阿彩却只是对着公婆躬了躬身子。

"夫妻对拜！"

麻二喜对着阿彩下跪叩首，阿彩也只是对着麻二喜躬了躬身子。

人群中有人议论："咦！这新嫁娘是怎么了？不拜公婆，也不拜丈夫。"

"怎么？这个你都不晓得？！辛女溪是祖太婆的领地。辛女溪的女伢，从来都是只拜天地不拜人的。"

神龛前的麻老五，运了运神，吟诵起苗家古老的婚姻礼词来：

大吉的日子，是张天师测的好日；大利的日子，是李天师测的好时。你们把女儿送来，欢欢喜喜；我们把新娘迎接，喜喜欢欢。听我唱一支古老的歌吧！听我叙一叙联姻的根源：一把铁夹啊！要有阴阳两面；一间房子啊！要有男女同欢。鸡要两只共一笼，才能发得满坪满院；猪要两头共一槽，才能发得满栏满圈。鸭要两只，才守得住门前的池塘；鱼要一对，才守得住屋后的深潭。凤凰要有两只，才守得住高枝梧桐；白鹭要有一对，才守得住溪畔良田。①

"好呀！"麻老五的吟诵，博得了在场男女老少的喝彩声声。这婚礼上的礼词，由苗乡祖辈相传。礼词的吟诵者，常被视为村寨之中最有学识的人。人们前来围观婚礼，既是为了一睹新嫁娘的风采，同时也是为了聆听礼词的吟诵。通常的情形是，在男家的礼师吟诵过联姻的根源过后，男、女两家的礼师，由男家的礼师起头，根据苗家古老的传说，表述各自氏族的来源，赞诵此次良缘的缔结。今天的情形特殊，新嫁娘的身份不同。她来自苗家祖太婆的领地辛女溪。男家的礼师，必须主动让位于女家的礼师。麻老五走到辛女溪的礼师田祖成跟前，拱了拱手，彬彬有礼地说："亲家！请了！"

---

①本章节的"婚姻礼词"，写作时，曾参照张应和、彭修德整理译释的《苗族婚姻礼词》（岳麓书社·1987年版）。略有增删。

"请了！"田祖成拱手还礼过后，也不再讲客套，吟诵起礼词来：

昔日辛女配盘王，辛女溪就是她的嫁妆。辛女盘王多恩爱，生下一个肉坨在武山之上。肉坨是世上的人种，劈成十二块抛向十二方。一块抛在辛女溪边大田里，世上便有田姓郎。田姓人是辛女嫡亲的子孙，发子添孙人丁兴旺；田姓人为辛女固守着领地，鹿奔马驰不离这片草场。田家的男伢，像松树一样健壮；田家的女伢，像茶花一般漂亮。皇亲国戚也要成婚配，金枝玉叶也要嫁他乡。麻田两家本是老亲老戚，旧褶裙又把新的腰带系上。一个包袱一把伞，田家女来到贵地方。是你们的儿媳又是你们的女儿，若有不到要海量。

田祖成刚落音，麻老五便接过了腔：

苗家出名十二寨，寨寨都有自己的根源。辛女的心头肉抛在麻地里，麻姓人便诞生在世间。麻姓祖先找地安家，像鱼儿逆水上滩；麻姓祖先找地落脚，像猛虎跃过高山。到这里建起了村寨，建起了连屋共磉吊脚楼。在这里延续灯火香烟，千年的麻蔸长成万年麻园。麻家的男伢，像杉树一样伟岸，麻家的女伢，像桃花一般娇艳。金枝玉叶也要成婚配，皇亲国戚也要续姻缘。田麻两家本是老亲老戚，旧衣襟又滚上了新的花边。一担糍粑一缸酒，麻家男今日得高攀。是你们的郎婿又是你们的儿子，若有不到要海涵。

麻老五吟诵完毕，与田祖成相互拱手致意。麻二喜和阿彩，双双来到二位礼师跟前，麻二喜行跪拜礼，阿彩行鞠躬礼，表示谢意。这时，人群里爆发出喝彩声，紧接着便放起三眼铳，响起千子鞭。简短的仪式过后，麻家寨的男人们簇拥着麻二喜，和送亲的男客们一道，开始在麻老矮家里唱歌喝酒；阿彩和送亲的女客们，在阿雅的陪伴下，挨家挨户和麻家寨的女人们唱歌吃油茶。

麻老矮家吊脚楼的里里外外，到处都摆着盛满钓藤酒的坛子。每个坛子的周围，都摆着大钵大钵切成三角形的猪肉。人们注意到，今天筵席上的猪肉，切得格外的大坨。人们立刻想到，是大喜从贵州带了银子回来，麻老矮才这样大手大脚。酒筵上，细心的人注意到，麻大喜居然没有到场。

"噫！怎么不见大喜？"有人问。

麻老矮连忙解释："去辛女溪接亲，亲戚把大喜灌醉了，还睡在床上。"

送亲客田祖成接过话把说："哪里哪里，大哥好酒量，就是把一条辛女溪喝干了，他也是不会醉的。"

酒筵之上，有一个留着满嘴花白胡子、拿着长烟筒脑壳的长者，是寨子麻姓族人里辈分最高的人，大家尊称他为腊公。腊公对于麻大喜的缺席很不满意。那铜烟筒脑壳，顿在地上"噔噔"地响。他对老矮说："你屋里老大是怎么了？！老弟的百年好事，他既然回来了，怎么不到场？！"

麻老矮见腊公不高兴，连忙说："腊公，我这就去喊他！"

麻大喜终于出现。昨夜的一场酒醉，若不是阿彩生眼，他只怕回不来了。今早勉强起了身，晕晕乎乎走了二十里山路，直到现在还没清醒过来。他头昏脑涨，脸色铁青，嘴唇泛白，走起路来就如同踩在棉花上一般。他拱了拱手，说："得罪了！大喜不中用，昨夜醉在了辛女溪，没能来陪伴各位长辈、弟兄吃酒。"

腊公说："年纪轻轻，怎会被酒醉倒！我年轻的时候也去做过六亲客。拿起藤管吸酒，就像到油茶林里，对着茶花吸蜜糖一样，从来就没有醉过。大喜你的酒量我晓得，辛女溪就只三十多户人家，排家吃酒是醉你不倒的。"

大喜说："腊公，晚辈是确实醉了。"

腊公说："醉酒的事我晓得。昨夜醉是昨夜，难道今天还没醒？！大伢，腊公晓得你，出去八年，在外头发了财，盘了银子回来。总不能有了银子，就把眼睛生在脑壳顶上，连乡亲长辈都不认了吧！"

又是讲银子，大喜心烦透了。怎么同腊公说才好呢？大喜没了主意。思来想去，与其含含糊糊，倒不如照直说："腊公，不怕您老人家笑话，这次回来，我是身无分文。一点也不讲假话，身无分文！"

腊公立刻板起了脸，厉声呵斥道："身无分文，鬼才肯信！装哪样穷！叫哪样苦！你有银子，腊公一不同你借！二不同你讨！你也真太见外了！老矮，你来讲！这次大伢回来，带得有银子吗？"

"嘻嘻！嘻嘻！"麻老矮眯起小眼睛笑着，帮大喜打着圆场。他对大喜说："大喜，你怎么这样对腊公讲话？这次回家，虽没得多的，可总还是多少带了点银两回来嘛！去！快去给腊公赔个不是！"

父亲的话让大喜哭笑不得，没奈何，只得栽着脑壳走到腊公面前，轻轻叫了声："腊公！"

"哈！老大，你好心计，财不露白。你怎么没想到，腊公不是外人呀！"腊公说着，指着跟前的一坛钓藤酒，把一根藤管递到大喜手上，说："来！做个记心，把这坛酒吃干！腊公便不见你的怪了！"

面对着一坛满满的钓藤酒，大喜迟疑了。辛女溪的醉酒，实在是太难受了。可又不能因为这事，让这位寨子里的老祖宗不高兴。他将藤管插进酒坛，一个长流水，便将一坛子钓藤酒吸了个焦干。

腊公将烟筒脑壳朝地上一顿，称赞道："好！真是老矮的好崽！麻家的好子孙！"

一坛子钓藤酒，在麻大喜的肚子里翻江倒海，顿时使得他难以招架。他强支着身子，站立了起来。刹那间，他只觉得天旋地转，一个跟跄便梭到了地上。

腊公见大喜果真醉了，脸上露出了笑容。他兴奋地顿了顿烟筒脑壳，笑着说："哈！醉了！醉了就好！把他背到楼上去，灌点儿木姜籽水。"

入夜，当二喜的婚礼，按照苗家古老的习俗，伴着歌声、伴着欢笑进行的时候，酒醉的大喜，睡倒在垫着竹席的床上。母亲为他灌了好几次木姜籽水，可他一直没有醒来。他睡了一日一夜，直到第二天的鸡叫时分，他才渐渐恢复了知觉。混混沌沌之中，他听到楼下婚宴上的茶歌、酒歌和饭歌，也听到远处公房里讨花带的歌声。他回到麻家寨，遇到的是从未有过的尴尬。老天爷为哪样作出了这样的安排！他最不愿意见到的事，他回家的途中见到了。他的一切安排被打得稀烂。他被推到了有苦说不出的境地。原只想这次回家，多住些时日，在父母跟前尽点孝道。这突如其来的变故，使得他感到一刻也挨不下去。他多想立刻离开这里，回到梵净山，重新过着那清静无碍的生活。他不晓得怎样对父母开口。他不愿意父母再一次为他而伤心。麻大喜叉手叉脚，倒睡在床上，像一条在油锅里承受着煎炸的鲤鱼。麻大喜发现，一缕朝阳，射进了吊脚楼的小窗。楼下的筵席已散，公房里也没有了讨花带的歌声。应该是新嫁娘唱歌担水的时候了。麻大喜翻身起床，挪步去到小窗前，观看屋前井边发生的一切。

麻家门口，顺着溪边一条弯弯的小路往前行，便是一口水井。水井依山坎而凿。水井前，铺砌着岩板。此刻，在水井周围，到处是看热闹的乡亲。阿彩在阿雅和送亲堂嫂的陪同下，到井边唱歌担水。阿彩款步而行，来到井边，舀起了满满的一担井水，担在肩上，便开口唱起了担水歌：

门前大路通京城，门前溪水落洞庭。门前有眼龙井水，朝流金来夜流银。一对金钩挂金桶，妹做郎乡担水人。龙井担得神仙水，点点滴滴胜甘霖……

阿彩担着水，阿雅和堂嫂在她的身后陪伴。阿彩并不立刻往家里担水，而是唱着歌缓缓而行。一群女伢，也一拥而上，跟随在她的身后，听歌学歌，有朝一日，她们都是用得着的。一担水在阿彩的肩头，配合她的脚步，扁担忽闪忽闪，与她歌声中的一字一句，是那样协调。到底是来自辛女溪的新嫁娘，唱起担水歌来，出口成章。只见她担着井水，绕行在田埂的小路上，尽情地歌唱着，通过优美动听的歌声，赞美着接纳她的村

寨、接纳她的家人、接纳她的丈夫。在走进麻家大门之前，她曾经跨越希
望之火。此刻，她又将生命之水担进婆家。希望之火和生命之水将陪伴她
度过一生。阿彩担着井水，来到婆家的吊脚楼前。老矮和灵芝俩公婆，已
经等在大门外迎候。阿彩唱道：

双肩挑起金扁担，金桶一对交堂前。扁担金桶爷娘接，金缸银缸满
缸沿。满缸沿，家门圆，二老双双福寿全。寿比南山松柏树，福如东海子
孙贤。

吊脚楼上的大喜，倚着小窗，观看了弟媳唱歌担水的全过程。凭着他
的直观，这位弟媳，和他的母亲一样，也是一个带贵的妇人。弟弟能讨得
这样的婆娘，真是他的福气。

婚礼结束。麻大喜想向父母请求，同意他回转梵净山，话到嘴边，
却又开不了口。反正大家都还在说他酒醉未醒，他就索性每天睡在床上不
起身。

这天，逢浦阳镇赶场，灵芝从窖里取出了一篓魔芋，背到镇上去卖。
卖得的钱拿来买点粉条。接"回门"的媳妇，屋里还要办酒。猪肉煮粉条，
是时兴的好菜。每次，她的魔芋都是卖给镇上的魔芋贩子、走街串弄的"山
麻雀"。"山麻雀"在浦阳镇上消息最为灵通。每次把魔芋卖给他，都要
听他摆镇上出的新鲜事。灵芝背着一背篓魔芋，来到"山麻雀"的住处。

"哟！是雕匠大嫂，老宾主！来得早不如来得巧，我刚走街卖完一桶
魔芋，才进屋，你就来了。"见了灵芝，"山麻雀"显得很是热情。

灵芝放下背篓，笑着说："哈！我就是爱把魔芋卖给你。一来价钱公
道，二来可以听你讲镇上的新鲜事。"

灵芝的话，使"山麻雀"来了神。他一边过秤，一边神秘兮兮地对
灵芝说："雕匠嫂子，这两天，镇上传出的话，同你屋里还真有那么一点
相干。"

灵芝说："'山麻雀'，你莫吓着我，我胆子细。"

"山麻雀"说："我问你，八年前，如今张家窨子的少奶奶，同你屋里的大伢儿，是不是有那么一点点儿绊扯？"

"叫你'山麻雀'，真没一点错，那都是陈谷子烂芝麻的事了，你还翻出来做哪样？"灵芝不以为然地说。她并不晓得，当年大喜同刘家小姐的事情，就是因为这只"山麻雀"四处乱叫，抖搂出来的。

"山麻雀"笑着说："嘻嘻，这次出的事情，同你屋里的人没得关系。可这出事情的人，同你屋里大伢，往日还是有关系的嘛！"

"怎么？那张家少奶奶出事了？！"灵芝问。

"山麻雀"绘声绘色地说："出事了！这张家少奶奶在铁门槛被'吊'了'羊'，那盗匪开了一百两银子的票。张家老爷一气，便中了风，张家窨子乱作一团，也就顾不上拿银子去赎人。等到张家着人去送赎银时，怪事出现了。赎钱还没送到，那盗匪倒先把'羊婆'放了。那盗匪'吊羊'，本是为的银钱，怎么突然间又不要银钱了？问张家少奶奶，她也说不出个子午卯酉。只说是那盗匪放她回来，她就回来了。这两天，满浦阳街上，都是讲的这码子事情。谁个都猜不透，这其中究竟有哪样原因！"

"山麻雀"说者无意，灵芝却听者有心。灵芝是个聪明得连眉毛都空了心的妇人。她立刻意识到，这件事情并不像"山麻雀"说的那样，与她屋里的人无关，而是与她屋里的人关系大得很。她匆匆与"山麻雀"算清了卖魔芋的账。拿着铜钱到市上，买了点粉条，便三步当作两步，赶回了麻家寨。

灵芝回到屋里，四处不见大喜，便上了吊脚楼。大喜正叉手叉脚，睡在床上。见娘上楼，他赶紧起身。

"娘！你浦阳赶场回来了！"

灵芝冷冷地回答："回来了！"

"找我有事？！"大喜看娘的架势，肯定是有事要问他。

灵芝单刀直入对儿子说："大喜，跟娘说实话，你带回的银子，是不是给张家少奶奶付了赎银？"

母亲突如其来的问话，使麻大喜发了蒙。他结结巴巴地说："娘！你、你讲的哪样？我怎、怎么一点也听、听不明白。"

灵芝两眼直盯大喜，正颜厉色地说："大喜，莫装哈了！你哄得过旁人，哄不过你老娘！"

"娘！我、我怎么敢哄你呀……"在母亲严厉的目光之下，大喜低下了头。

灵芝说："那日你到屋里时，我们还刚刚吃过早饭。我问你头天夜在哪里打的尖，你讲是在踏虎桥。当时我就怀疑，踏虎桥到麻家寨，整整五十里，怎么这么早就到了麻家寨？原来你是在铁门槛打的尖。那天夜里，张家少奶奶正被盗匪'吊'了'羊'。张家是因为老爷得知少奶奶被'吊羊'，气得中了风，顾不上为她送赎银。你八年没回家，身上不可能不带回一点银两。你是到了铁门槛，得知她被'吊'了'羊'，而张家又没派人来送赎银。你因为心里还惦记着那妇人，便私下同盗匪交涉，把身上带的所有银两作为赎银，付给了盗匪。盗匪得了你的银子，就把那妇人放回了浦阳镇。怎么？我没有讲错吧！"

麻大喜栽着脑壳没作声，显然是默认了。

"大喜，娘怎么讲你才好！这事若传了出去，害了你自己不要紧，若是再一次连累了那张家少奶奶，看你还怎么在这世上做人哟！"灵芝叹了口气，对着儿子直摇头。

麻大喜说话了："娘！你大可不必担心，这事情是我私下和那盗匪做的交易，除了我和他，再没第三个人晓得，就连她自己也一点都不晓得，是我为她交的赎银。"

灵芝发了蒙。她只说了一句话："伢儿，你太重情义了。"

大喜也哭了。他也只说了一句话："不知怎的，我总是忘不了她。"

灵芝向儿子发话："大喜！听娘的话，走吧！走得越快越好，越远越好，你再也不能做对不起她的事情了！"

· 楠木峒奇遇

　　阿玉得了刘家的抚恤银两，日子虽然过得较以往宽松，心里却是空落落的。三个伢儿一天天长大。米家滩的男人，从来就只有放排一条路，想起来她就后怕。原日，她的妹妹阿珍没有儿子，想要她的一个伢儿跟着丈夫学巫，长大后便做女婿。当时，米仁和还活着，认为当上门郎是失面子的事，说什么也不愿让伢儿去。就这样，龙家才收了他老表的伢儿火儿做徒弟。刘家木排出事，米仁和撒手人寰。阿玉向阿珍旧话重提，希望送一个伢儿到龙家。阿珍向丈夫诉说了姐姐苦楚，希望能收她一个伢儿，龙法胜答应了。他去到米家滩，对米家的刚儿、强儿和旺儿进行了测试，觉得都不是学巫的料。可答应了的事不好反悔，他只得矮子里面挑高子，把老三旺儿带回了家中。

　　从此，龙家就有了两个年龄相仿的徒弟伢儿。火儿是丈夫的表侄，旺儿是婆娘的姨侄。火儿是天生学巫的料，稍加点拨就一通百通。旺儿学巫，是打狗棍当吹火筒——永远也通不了。

　　乡里的婆娘，对娘家和夫家的亲戚要不偏不倚，这是很难做到的。阿珍也曾想过要一碗水端平。可不知怎的，她心里总是偏袒着旺儿。这天，龙法胜去镇上买"纸马"去了。阿珍以为丈夫不会回来吃中饭，煎荷包蛋时，就只煎了两个。一个放在兰花的饭上面，一个压在旺儿的饭下面，唯独火儿没有份。平日吃饭，三个伢儿都有固定的座位。阿珍这餐饭不想吃，把饭摆上桌子之后，便去了菜园。火塘屋里，只有兰花一个人。小兰花眼珠子一转，便把桌上旺儿和火儿的饭换了个位置。旺儿进到火塘屋，料想饭底下肯定埋着一个荷包蛋。他把身子扭过一边，用筷子撬着碗里的饭，饭底下什么也没有。当他回转身子时，却发现火儿从饭底下撬出了一个荷包蛋，在喜滋滋地吃着。旺儿立刻站起身，对着火儿大吼："火儿！你偷了我的荷包蛋！"

"你冤枉人！这是师娘给我压在饭下面的。你要吃，你拿去吃就是。"火儿说着，便站起了身，要把吃剩下的半个荷包蛋夹到旺儿碗里。

兰花急了，大声说："火儿！不能给他。你只管吃，哪个也不要给。"

"兰花，你是怎么了？为哪样总是向着他？"旺儿的话语里，充满着优越感。他神气十足地说："你也不想想，我姨娘会在你的饭里埋荷包蛋吗？只有我饭碗里，才天天都埋着荷包蛋！"

火儿心里委屈，却无言以对，他只是说："反正我没偷你的荷包蛋。你要吃夹走就是。"

旺儿筷子一伸，便从火儿碗里夹走那半个荷包蛋，一个包口塞进了嘴里。火儿显得很平静，兰花却为他感到不平。

"没出息，为哪样要给他吃？"兰花对着火儿大声吼。她把自己碗里的荷包蛋，夹到了火儿的饭碗里，说："吃！这是我的，给你吃！"

兰花突如其来的举动，叫火儿手足无措，看着碗里的荷包蛋，吃也不是，不吃也不是。在一旁吃着荷包蛋的旺儿，没想到兰花会发那个大的火。三个伢儿，围绕荷包蛋，闹得不可开交。他们没注意到，龙法胜已在门外站立了好半天，把这一切都看得一清二楚。龙法胜万万没想到，婆娘竟是对旺儿如此偏爱，对火儿如此冷落。他同时也欣喜地看到女儿兰花年纪虽小，却是这样的与人为善，明辨事理。

"火儿，表姐给你吃，你就吃了吧！"龙法胜的声音，充满着爱怜。

刚才还趾高气扬的旺儿，猛然见到姨爹，小脸顿时红到了耳根。他一声不吭，只顾栽着脑壳吃饭。

"刚才我吃过了，还是你吃吧！"火儿说着，把荷包蛋夹回到兰花的碗里。

兰花见火儿退回了荷包蛋，一副遭孽的样子，竟眼泪汪汪地哭了起来。

龙法胜将兰花碗里的荷包蛋，再夹回到火儿的碗里，说："看！你不吃，表姐都急得哭了。听师傅的话，莫再这样夹来夹去，快把它吃了！"

火儿实在是太逗龙法胜喜欢了。见他受委屈，龙法胜心里就难受。若是依起脾气，他会对旺儿大吼一通。这伢儿仗着姨娘的宠爱，也够跋扈的了。他强压着性子，没有发火。这伢儿的脾性都是婆娘宠出来的，要发脾气也只能对着婆娘来。旺儿毕竟是个伢儿，小小年纪没了爹，够遭孽的。龙法胜上火塘落座，从腰间取下烟杆，打起火镰，"吧嗒吧嗒"地抽起旱烟来。他寻思着，这件事要怎样处理才好呢？

龙法胜对火儿和旺儿说："下午，你们两兄弟，中饭也吃过了，每人去楠木峒剁一担干柴回来。"

龙法胜的话音未落，火儿和旺儿便动身要走。龙法胜立刻把二人叫住："慢着！我的话还没讲完。楠木峒的山水生得险恶，是邪魔的藏身之地。去那里剁柴要格外小心。学巫的人先要保护好自身。去到楠木峒这样的地方，必须'藏身躲影'，才能保得平安。我把'藏身咒'教给你们。念过'藏身咒'再进峒剁柴，就什么也不怕了。这道咒语，最易得学，最易得记。你们听好了：

寄吾身，化吾身，吾身寄到九霄云。一划成天，二划成地，三划人长生，四划鬼藏形。人来有路，鬼去无门。吾奉太上老君急急如律令敕。

龙法胜在念到咒语中的"四划"时，每念一划，便用柴棍在地上划一笔，最后划成一个"井"字，并在"井"字当中点了一点，便将双脚踏在那一点上。接着，龙法胜又一连念了、做了五遍。火儿和旺儿跟着他一同念着咒语，一同在地上划着"井"字。

龙法胜问："记住了吗？"

火儿回答："记住了。"

龙法胜问旺儿："你呢？"

"记住了——"旺儿栽着脑壳，轻声回答。其实，他并没有记住。

龙法胜说："记住就好！楠木峒是最凶险、最小气的地方。虽然你们都熟记了'藏身咒'，可还是不能掉以轻心。进到那里，你们一定要步步相跟，形影不离，相互照应。去吧！早去早回。"

火儿和旺儿朝楠木峒走去。楠木峒距离龙家垴只有两里来路，是一条山涧的尽头。清澈的流水，自陡峭的山崖夹缝之中渗出，形成了永不干涸的山峒。它叫作楠木峒，是因为这里长着遮天蔽日的楠木林。平时，很少有人到这里来，更没人敢动这里的一草一木。只有逢大旱时，老司才到峒里来作法求雨。楠木峒的香楠木，是做房屋、打家具绝好的材料，可谁也不敢到这里来采伐。人们说，这里的煞气太重，没有谁人的火焰山，能够冲得掉这里的煞气。谁在这里弄斧动锯，必然招致祸息。直到永乐年间，皇帝老子修建紫禁城，采办木料的差官，看中了这里的香楠木。皇帝老子是天下火焰山最高的人，他派遣的人进楠木峒砍香楠木，邪魔便不敢轻举妄动。楠木峒的香楠木，成了京城金銮宝殿的梁柱。就这样，楠木峒的神秘感更增添了几重。一晃几百年过去，新一拨的香楠木也已经长成了参天大树。楠木峒的神秘感，就更加有增无减了。人们对楠木峒望而生畏，只有做老司的，念上一遍"藏身咒"，便可以在峒里畅通无阻。今天，他见婆娘对待两个伢儿如此偏心，便突发奇想，要对这两个伢儿做一番测试。在教"藏身咒"时，他看出了旺儿并没有记住，只是跟着打吆喝。火儿是真正记住了。旺儿平日仗着满姨的偏爱，在火儿跟前耀武扬威。出这样一个题目，让他为难一次，做个记心。也让婆娘晓得，旺儿是怎样的一块料。往后再也不能这样偏袒他了。

火儿和旺儿肩扛着扦担，一路行来，心里都在默念着那道"藏身咒"。记性格外好的火儿，早把咒语背了个滚瓜烂熟。旺儿则是越背越糊涂，当他和火儿来到楠木峒前的小溪边时，连这道咒语怎么开头，都记不起来了。

"旺儿，我们来念'藏身咒'。念过咒语，我们就进楠木峒去剁柴。"火儿说着，就地拾起一根小柴棍，便要开口念咒语。

"火儿，我怎么一点也记不得了。"旺儿摸着后脑壳，无奈地说。

火儿问："噫！刚才你怎么对师傅说记得了呢？"

旺儿说："那会儿是记得，现在又都忘记了。"

火儿想了想，说："不念'藏身咒'，你怎么进峒砍柴？来！我来教你吧！咒语就那么几句，你很快就能学会的。"

听了火儿的话，旺儿不好意思地栽下了脑壳。他说："火儿，你真好，不记我的仇，还教我念'藏身咒'。"

"我记你哪样仇呀？！"火儿不解地问。

"吃中饭时，荷、荷包蛋——"旺儿结结巴巴地说。

"嗨！不就个荷包蛋吗？屁大的事情！"豁达的火儿，根本没把那当作一回事。

楠木峒前的小溪边，火儿教旺儿念"藏身咒"。火儿教了一遍又一遍，旺儿就是记不住。火儿没想到，这个天天背着他吃荷包蛋的小哥哥，记心真是被狗吃了。不念"藏身咒"就进楠木峒砍柴，是要被鬼打的。可旺儿他左背右背，偏生就是背不得。旺儿没法子，自己也觉得太丢人，一屁股坐在地上，"呜呜"地大哭了起来。

火儿眼珠子一转，想出了个办法，说道："旺儿，你快莫哭，也莫学了。看来你就是再学下去，只怕也是白学。你背不得咒语，不能进楠木峒砍柴，可我背得，可以进楠木峒。你就在这里等着我，我进到里面，自己砍一担柴，再帮你砍一担柴，把柴担出楠木峒来。我们一起担柴回家就是。"

旺儿听从了火儿的调摆。火儿进到楠木峒砍柴去了。旺儿坐在小溪边的圆楮树下，乖乖地等着火儿。

火塘上，龙法胜手拿竹烟杆，没好气地吸着叶子烟。婆娘如此怠慢火儿，实在是太过分了。他决定对婆娘进行严厉的训斥。左等右等，婆娘总算从菜园里回来了。

"回来了！"阿珍说着，放下菜篮。

龙法胜吸着闷烟，没应声。

阿珍随口问道："伢儿呢？"

"我叫他们到楠木峒剁柴去了。"龙法胜没好气地回答。

阿珍说："楠木峒煞气重，你怎么能让两个伢儿到那里去剁柴呢？"

"怎么？你还挂着'两'个伢儿？！"龙法胜强调其中的"两"字，显然是有所指的。

阿珍听出了丈夫话里有话，又不晓得为的是哪样？便冲着丈夫说："怎么？吃错药了？！你莫专踩矮篱笆，有事就拿我出气！"

龙法胜猛地一拍桌子，怒目圆睁，指着阿珍的鼻子，大声呵斥："臭婆娘！踩矮篱笆的就是你！"

阿珍顿时被吓懵，好久才回过神来。丈夫发火的缘由，她似乎也听出了八九分。她哭嚎着说："为了哪样吗？犯了剁脑壳罪，也该有个名目，让我死个明白！"

龙法胜气呼呼地说："为了哪样？！你心里难道没有数！你这臭婆娘，重一个，轻一个，拿老子的亲戚不当人！"

"你少讲冤枉话，我从来手板手背都是肉，几时又怠慢你的亲戚了？！"阿珍来了个一口不认账。

龙法胜火气更大，起了吼："臭婆娘！还犟嘴！老子都亲眼看见，亲耳听见了。我来问你，明明是三个伢儿，你为哪样只煎两个荷包蛋？你跟老子讲清楚起！"

阿珍没想到让丈夫抓到了把柄。她没得话讲了，嘴里嘟哝着，栽下了脑壳。

龙法胜很激动，气呼呼地说："旺儿没进屋之前，你对火儿还将就过得去。自从旺儿进了屋，你就把火儿不当人！你把我当哈卵，以为我不晓得，其实我清楚得很！就讲今天吧！你没给火儿煎荷包蛋，倒也算了。可你偏又把为旺儿煎的荷包蛋，错给了火儿。吃惯了独食的旺儿，还横强霸恶找火儿的麻烦，硬从火儿碗里夹走了荷包蛋。这样的事轮到哪个都会伤心，何况火儿还是个伢儿。要是让老黑和阿春晓得了，我们怎么向人家交代？！"

阿珍万万没想到，压在旺儿饭下面的荷包蛋，怎么会到了火儿的碗里？她深知事情的严重性，便立刻来了个就地滚龙："你讲的事情是不假。你只顾起吼，可也得让我讲明白。三个伢儿都爱吃荷包蛋，屋里的鸡婆生蛋，怎么也供不上。旺儿的爹死以后，我看伢儿遭孽，是给他单独煎过两次荷包蛋。这样委屈了火儿，我心里一直就过意不去。今天中午饭，我就特意给火儿补煎了一个，压在他的饭下面。没想到旺儿不懂事，干出了横强霸恶的事情。要是我不去菜园里，这样的事情便不会发生了。"

龙法胜听了婆娘的倾诉，觉得也有那么一点道理。他正后悔不该发这顿炮火，兰花哭着进了火塘屋。爹娘吵架时，她一直在门外听着。兰花听出了父母吵架的缘由。是她把火儿和旺儿的饭碗换了个地方，才惹得父亲发那么大的火。她一边哭，一边说："爹！娘！你们快莫吵了，都是兰花不好……"

"兰花，你这是做哪样？"爹和娘几乎同时问。

兰花说："兰花和旺哥每次吃荷包蛋，火哥总是没有份。他太遭孽了。今天吃中饭时，我就偷着把旺哥有荷包蛋的那碗饭，换到了火哥坐的位子上，让他也吃一次荷包蛋……"

兰花的本意，并不是要戳穿阿珍的谎言，没想反而使事情真相大白了。阿珍刚才天衣无缝的鬼话，骗过了龙法胜，使他觉得自己太冒失，险些儿冤枉了好人。若不是兰花道出原委，他或许就这样被婆娘糊弄了。如今真相大白，龙法胜气不从一处出，两道浓黑的眉毛，像剑一样竖了

起来。阿珍见事情败露，脸上红一阵，白一阵，两条腿筛糠般地颤抖了
起来。

“娘！你做哪样？”兰花惊呼，赶紧将母亲扶住。

阿珍稳了稳神，说：“娘没事……”

“大人讲话，伢儿莫打岔，到外面玩耍去吧！”龙法胜把兰花打发
走，他不想当着女儿骂婆娘。

阿珍上了火塘，栽着脑壳，与丈夫面对面坐着，胆战心惊地等待发
落。龙法胜对着火塘，闷头吸着叶子烟，吸了一锅又一锅。扯伙这么多年
的婆娘，居然和男人分起彼此来了。可当他见到婆娘可怜巴巴的样子时，
心又软了下来。龙法胜一阵沉默过后，渐渐变得心平气和。他说：“和你
扯伙了这多年，想不到你还会来这一手。若不是兰花道出实情，我还真信
了你的鬼话。别的我也不多讲，你只需记住自己讲的话，手板手背都是
肉。你若是再不改过来，到时候就怪不得我了。”

龙法胜的话说得轻，落得重。阿珍渐渐儿从惶恐中解脱了出来，接
踵而来的，便是羞惭、内疚和愧悔。她栽着脑壳哭了，泪水不断纤地流
淌着。

楠木峒里，到处是枯枝老树，都是上等的干柴。剁柴的火儿，手脚
麻利，没多久便剁好了一担崭齐的干柴。他扦上扦担，担着干柴走出楠木
峒。小溪边的旺儿，从溪坎上采得一摞摞乌葱，在津津有味地吃着。他
的嘴巴、牙齿，都被乌葱染成了紫色。见火儿担着柴担出峒，赶紧迎了
上去。

“我来！”旺儿接过柴担，笑着说：“嘻！我摘得有乌葱，你也来
吃点。”

火儿拿起一摞乌葱，也吃了起来。龙法胜坛门的两个小巫，相互咧着
满是紫色的嘴巴，你看我，我看你，哈哈大笑，笑得直不起腰。

两个小巫笑够了，忽然想起火儿还必须再进楠木峒剁一担干柴。旺
儿不好意思地说：“火儿，都是我不好，背不得‘藏身咒’，进不了楠木

峒，让你一个人受累。"

"真是没法子，谁叫把记心拿来喂了狗！"火儿说了句笑话，一转身，便沿着小溪朝楠木峒大步走去。

楠木峒的溪涧，被遮天蔽日的林木覆盖着。时近黄昏，树林里黑压压的，阴森而冷清。火儿进入到林间，不觉打了个寒噤。他稳了稳心神，默念着"藏身咒"，壮着胆子前行。他得见前面有一丛干枯了的青冈树。剁倒这些青冈树，便有了一担柴。他踩着林中败叶，朝着青冈树走去。突然间，他透过林间的杂草，隐隐约约得见那青冈树下，有一团簸箕大的白色在闪光。他一怔，便停止了脚步，眼前的东西见所未见，不由得脑壳皮一麻，浑身的汗毛，一根根全都竖了起来。昏暗之中，他瞪大两眼看了个真着，天哪！原来是一条银白色的蟒蛇，有提桶那么粗，盘在树下，居中的脑壳，高高地抬起，两只眼睛似乎在注视着这个峒中的不速之客。吓蒙了的火儿，不敢叫，也不敢喊，只是不自主地后退了几步。他迅速转过身子，丢了扦担，不要命地扯起脚就飞跑。仿佛那蟒蛇在追赶着他，跑得慢了，他顷刻就会成为那蟒蛇的美餐。他不顾一切地向着峒外奔去，林中丛生的蒺藜，扯破了他的裤脚，刺伤了他的脚杆，他竟全然没有感觉。他忘命地大声喊叫着"旺儿"的名字，仿佛要从呼喊中，唤回那被吓掉的三魂七魄……

"火儿！我在这里！"旺儿见火儿张皇失措的样子，料想是出了哪样事情，应声便迎了上去。

脸色惨白的火儿，瘫倒在小溪边的草地上。

"火儿！出了哪样事？"旺儿急促地问。

"我、我看见蟒、蟒蛇了，白、白色的，有提、提桶粗，盘、盘在地下，有簸、簸箕大一团……"火儿说着，上气不接下气，身子直在颤抖，额头上的冷汗在直冒。

旺儿关切地问："没伤着你吧！"

"没有！"火儿说着，摸了摸胸口，稳了稳心神，在强压住惊恐之后，显出几分老成，才慢条斯理地说："讲这楠木峒煞气重，真是一点也不假。那大蟒蛇十有九就是这峒里妖怪变的。好在进到峒里之后，我又念了一遍'藏身咒'，那畜牲这才看不见我。要是我没念'藏身咒'，只怕早就变成那蟒蛇肚子里的屎尼尼了。"

"天哪！幸好我没进楠木峒。若是我进到峒里去，那肯定就没得命了！"旺儿为自己没进楠木峒感到庆幸。

黄昏将临，楠木峒已是混混沌沌的一片。即或是立刻动身担柴回家，到龙家垴只怕也已经天黑了。放在小溪边的柴，却还只有一担。

"嗨！早晓得这样，我就在峒外面剁一担生柴了。"旺儿后悔地说。

火儿说："到楠木峒来，不剁干柴剁生柴，怎么过得了师傅的关！千不该，万不该，你不该对师傅讲假话，讲你背得了'藏身咒'。你说背得'藏身咒'，师傅当然就要你来楠木峒剁柴呀！"

火儿和旺儿，都知道师傅的脾性，他说要徒儿做到的事情，徒儿就一定要做到。惹发了他的脾气，他的那杆烟筒脑壳是不认人的。他让两个伢儿来到楠木峒剁柴，只剁得一担柴回来，事态的严重性，旺儿自然是一清二楚的。

"火儿，我该怎么办哪？"旺儿说着，"哇"的一声，大哭起来。

"怎么办？我也不晓得……"火儿嘟着嘴巴说。

旺儿想出了个主意："火儿，我没进楠木峒剁得柴，龙家垴是回不去的了。这巫傩道艺，我怕也学不成了。没得办法，就只有回米家滩了。你担柴回龙家垴吧！告诉我姨爹、姨娘，讲我回米家滩了……"

"这不行！"火儿说："你回了米家滩，我怎么向师傅和师娘交代？再讲，你爹死了，你娘带着你的两个哥哥过日子，多不容易！你娘让你来跟着姨爹学巫，是想要你长大有个饭碗。这样不明不白地回去，你娘是会伤心的。"

泪流满面的旺儿，不晓得如何是好？他蹲在地上，懊恼万分，不住地用拳头捶打着自己的脑壳。

楠木峒奇遇

夜幕悄然降临。山峦渐渐变成了青黛色。月朗星稀的夜空，显得分外明净。岩蛙此起彼伏的"梆梆"叫声，从楠木峒的深处传来。火儿心有余悸地望着朦胧之中的楠木峒，又想起了那条银白色的蟒蛇，他的心跳立刻加剧起来。突然间，他想出了一个主意："旺儿！来，把这担干柴拆开，我俩一人扛一捆柴回去，不就都可以交差了吗？"

"好主意！我怎么没想到？！"旺儿说着，就要动手从那担干柴里抽出扦担。

这时，远处的小路上出现了火把的光亮。那手拿着火把的人影，正向着两个小巫走来。

火儿喜出望外："旺儿，是师傅和师娘接我们来了。"

"火儿！旺儿！"远处传来师娘的声音。

"师娘！我们在这里！"为难之中的两个小巫，同声回应着。一阵欣喜涌上心头，二人高兴得跳了起来。火儿忘记了在楠木峒中所受的惊吓，旺儿也忘记了因为没剁得柴火所产生的懊恼。

"两个鬼崽崽，怎么搞的？！这时候还不归屋，难道你们要在楠木峒里过夜不成？"阿珍一见面，就责备起两个小巫来。

"嚷哪样？有话回去讲！"龙法胜说着，瞪了阿珍一眼。

阿珍再不作声了。她一激动，就忘了这附近就是楠木峒，楠木峒是邪魔鬼蜮居住之地，老司到此要噤声，尤其是在夜里。

龙法胜举着火把，打量起两个徒儿的狼狈相：二人望着师傅，咧着嘴巴憨笑着，那吃了乌蓢的嘴巴，通是紫色，连口水也是紫色的。二人的身边，放着一担杠子柴。这担柴倒是剁得特别好，一看就晓得是从楠木峒里剁出来的好干柴。龙法胜感到奇怪，两个伢儿，半天时间，怎么竟然只剁得一担柴？这时，他也不发问，只是把手里的火把，交给婆娘，把那担楠木峒里剁的干柴，撂上了肩头。

"赶紧回家，路上不要讲话！"龙法胜说着，便担起柴担，同拿火把的婆娘一道，领着两个小巫，走上了回家的路。

　　若是平常，兰花早就睡了，今夜她却还坐在火塘屋里，等爹娘把两个表弟从楠木峒接回来。他们终于回来了，娘将点剩的火把，塞进火塘。兰花一眼就看到了火儿被蒺藜划破的裤脚。

　　"火儿，你的裤脚怎么破了？"

　　"嘻嘻！破了！"

　　"真不小心！"阿珍勾下脑壳，看火儿的裤脚，发现小腿也被划破了："哎哟！脚杆也划破了，痛吗？"

　　火儿摇着头说："一点痛，不打紧。"

　　龙法胜去壁脚放好那担柴，也进了火塘屋。他的眼光也立刻投向了火儿的裤脚。

　　"怎么回事？"龙法胜问道。

　　"这、这……"火儿支支吾吾，一副惊魂未定的样子。

　　龙法胜问旺儿："你讲，这是怎么回事？"

　　旺儿看了火儿一眼，说："火儿在楠木峒里，见到白蟒蛇了。"

　　"白蟒蛇？！"兰花吓了一跳。

　　阿珍瞪大了眼睛："怎么？楠木峒里真的有白蟒蛇！"

　　浦阳一带传说楠木峒里有千年白蟒蛇，可谁也没有见到过。按照巫教的说法，蛇主富贵。蟒蛇是蛇中之王。白蟒蛇又是蟒蛇之王。只有命中主富贵的人，才能见到白蟒蛇。如今让火儿见到白蟒蛇了。龙法胜为火儿感到高兴。

　　"真的见到白蟒蛇了？"龙法胜问。

　　火儿说："见到了。"

　　"什么模样？"龙法胜又问。

　　"那白蟒蛇有提桶粗，就盘在一丛干了的青冈树下，有簸箕大一团，白蟒蛇的脑壳从当中竖起，两只眼睛四处张望。猛地看见白蟒蛇，我吓老火了，怕它吃了我，就不要命地往外跑。就把裤脚扯破了。"火儿说着，不好意思地栽下了脑壳。

"扯破就扯破了，要哪样紧！"龙法胜说着，问在一边洗脸的旺儿："你呢？火儿见到白蟒蛇，你见到没有？那时候你在哪里？"

一连串的问题，把旺儿问住了。他那扭洗脸帕的手，竟不住地颤抖起来。支支吾吾，不知怎样回答才好。

龙法胜说："旺儿，师傅问你的话哪！你看见了白蟒蛇没有？"

"我看见了！不！我没看见！"旺儿又慌神了，不晓得要怎么回答才好。

"你到底看见没看见？"龙法胜厉声问旺儿。见旺儿没回答，他又问火儿："火儿，你讲，旺儿见到了白蟒蛇吗？"

火儿迟疑了一会。在他的想象中，见到白蟒蛇，并不是什么好事情。他便对师傅照实说："旺儿不在场，他没见到白蟒蛇。"

听了火儿的话，龙法胜立刻心生疑窦。这旺儿没看见就没看见，怎么如此惊惊乍乍？一会儿说看见了，一会儿又说没看见，其中定有缘由。临行之前，他曾交代过，要他二人步步相跟，形影不离，相互照应。旺儿有时候吊儿郎当，火儿可是个听话的伢儿，怎么进了楠木峒，二人会各在一方呢？这时候，阿珍已经为两个伢儿摆出了菜，盛好了饭。

"来！吃饭吧！两弟兄的肚子一定饿了。"阿珍说。

"慢着！"龙法胜说，"先把事情弄清楚，你们再吃饭。"

丈夫的话阿珍不敢打拗，只得站在桌子边静静地听着丈夫的问话。

龙法胜说："我问你们，离家之前，师傅是怎么交代你们的？"

火儿回答："我们进到楠木峒，要步步相跟，形影不离，相互照应。"

旺儿嘟哝着嘴巴，没有说话。

龙法胜又说："那我再问你们，进到楠木峒里，你两个为哪样又不在一路了？"

两个小巫没有回答。

"小小年纪，就不听招呼，这还得了！"师傅显然是发火了。他厉声问道："讲！为哪样不在一路了？"

旺儿的心，在"砰砰"地跳着。他明白，事情是非暴露不可的了。出于无奈，他支支吾吾地说出了事情的真相："我、我没、没进楠木峒……"

"哪样？！讲了半天，你没进楠木峒？！"龙法胜诧异地问道。

旺儿说："我没记住'藏身咒'，不敢进楠木峒。"

闹了半天，旺儿居然是因为记不住"藏身咒"，没敢进楠木峒，这简直让龙法胜哭笑不得。阿珍更是感到无地自容，自家的姨侄竟然蠢笨到了这般田地。

"怎么？这'藏身咒'就只那么几句话，在地上划一个'井'字，这都记不住，你的心思放到哪里去了？"阿珍显然是在恨铁不成钢。

"临去之前，我还问过你，你不是说记住了吗？"龙法胜对这个智力低下的徒儿，显得百般无奈。

旺儿栽着脑壳，一股拢总作了交代："当时我是记住了，我也不晓得为哪样，到了山里，又全都忘记了。在山里，火儿又教了我好多遍，一句一句教我，可我就是记不住。实在没得办法，火儿才出了个主意，要我在外面等着，由他一个人进到楠木峒，自己剁一担柴，再在那里帮我剁一担柴。他剁好第一担柴，担了出来，再进楠木峒去剁第二担柴时，便看见了那条白蟒蛇。"

龙法胜这才明白，正是他预料之中的原因，使得两个徒儿只剁得一担柴。作为老司，龙法胜想到了更深的一层，山中的白蟒蛇，并不是任何人随意可以见到的。火儿见到白蟒蛇，是他的机缘和福分。旺儿的命中注定没有见到白蟒蛇的机缘与福分。如果这样想，旺儿阴错阳差，没进楠木峒，没能见到白蟒蛇，也就在情理之中了。这一切都是天意的安排。此刻，旺儿仍然是栽着脑壳坐在那里，可怜巴巴地等待着师傅的发落。这时再去责难旺儿，龙法胜反倒于心不忍了。

"唉！"龙法胜叹着气对旺儿说："'藏身咒'是最简单的咒语，学巫的人一开口，就必须念它。你哪里是记不住，分明是不专心。只要专了心，哪样事情都做得好，还愁记不得'藏身咒'?! 今往后，你可不能再这样吊儿郎当了！"

旺儿听师傅并没有对他大加责骂，而是好言相加，心里的一块石头，这才落了地。一旁站着的阿珍，一直为旺儿捏着一把汗。没想到旺儿蠢笨到了这个地步，丈夫居然还网开一面，并没有由着他的性子，对旺儿进行训斥，甚至责打。她想，丈夫对旺儿如此宽容，就是看在她的面子上，给了她一个下台阶的机会。

"还不快给姨爹说，从今往后，再也不敢吊儿郎当了！"阿珍催促旺儿赶紧认错。

旺儿说："我再也不敢吊儿郎当了！"

"知错改错，就是好伢儿。都快半夜了，两弟兄快来吃饭吧！"阿珍说。

"慢着！你去点根香来！"龙法胜吩咐婆娘。

阿珍晓得，一定是因为火儿在楠木峒受了惊吓，丈夫要为火儿作法"收吓"。火儿在楠木峒见到白蟒蛇，受了惊吓。通过"收吓"，便可以使心有余悸的火儿恢复常态。

龙法胜站在火儿跟前，手拿一根点燃的神香，在火儿的眼前，不住地画着一道道神符，口中念有词：

抬头望青天，师傅在身边；低头看地边，师傅在眼前。弟子不收男魂女魂，三魂七魄，真魂本命。当收天吓地吓，人吓鬼吓，牛吓马吓，蛇吓蝎吓，风吓雨吓，雷吓电吓。头顶收到身上，身上收到脚下，脚下收去，远遣他乡。角亢氐房心尾箕，斗牛女虚危室壁，奎娄胃昴毕觜参，井鬼柳星张翼轸。二十八宿列方位，凶星退尽，吉星降临！呸啾！呸啾！！呸啾！！！

　　龙法胜给火儿"收吓"过后，饿老火了的两个小巫，才开始狼吞虎咽地吃起夜饭来。这时，在火塘角落里，女儿兰花已经倚着板壁香甜地睡着了。

草船送瘟

　　光绪四年夏历五月十六日子时，阿彩生下一个女伢儿。满月那天，一屋人吃满月酒。二喜喜滋滋地端详着女儿养眼的小脸，开心地笑了。他心想，女伢儿幸好像她娘，倘若是像自己，那就拐场了。

　　"给女伢儿取个名字吧！"灵芝对老矮说。

　　老矮沉吟了一会，说："麻家三代人没得女将，到了这一代，由女将打先锋。图个好盘养，取个贱名字，就叫作狗妹吧！"

　　老矮取的名字立刻得到了全家的认可。阿彩立刻起身，抱着狗妹对老矮和灵芝连连躬身："喏！狗妹给阿公、阿婆作揖了。"

　　老矮用手指蘸了点儿酒杯里的酒，在狗妹的额门上抹了抹，轻轻儿说了声："长命富贵，易养成人！"

　　席间，灵芝把两只又粗又长的公鸡脚，都夹到阿彩碗里，算是对儿媳的犒劳："阿彩，为添狗妹你受苦了。吃了这硬脚鸡，你的脚就硬扎了。"

　　阿彩夹起碗里的鸡脚，正准备入口时，蛮牛跌跌撞撞进了屋。一屋人的目光，立刻集中到他的身上。

　　"矮叔……"蛮牛泣不成声。

　　麻老矮立刻意识到，是蛮牛家里出事了，便急切地问道："出哪样事了？"

　　"我爹他——"蛮牛说不下去了。

二喜惊讶地问："五叔怎么了？"

蛮牛说："我爹快不行了……"

麻老矮连忙起身说："二喜，走！看你五叔去！"

躺在床上的麻老五已经不省人事。凭借着昏暗的桐油灯光，麻老矮注意到老五周身泛红发紫，开裂的嘴唇大张着，急促地喘着气。他嘴里那猩红的舌头，有气无力地舔摆着。忽然，两绺乌黑的鼻血，从两个鼻孔里涌出。见多识广的麻老矮，立刻意识到事态的严重。他摸了摸老五的额头，烧得烫手。他又摸了摸老五的腋下和胯下，皮肤下面竟出现了一个个硬邦邦的疡子。他不由得大吃一惊，天哪！老五莫非是招惹了"疡子瘟"！

"拿个碗来，给他打瓦针，放血！"惊恐之中的麻老矮吩咐。

阿雅取来一个粗瓷碗，交给麻老矮。麻老矮将碗就地摔碎，拾起一枚尖尖的碗碴，逐个扎着麻老五五个手指的指尖。手指尖上，缓缓地冒出了浓浓的乌血……

"这些天，他到过哪里？"麻老矮问。

蛮牛说："我黑羊溪的舅公、舅婆，还有表满，不知怎的做一路死了，他到那里吊丧，回来刚刚进屋就倒了床。"

麻老矮问："黑羊溪是不是先死了好多的老鼠，后来才死人的？"

蛮牛说："是的，我爹说，寨子里到处都是死老鼠。"

"天哪！这是老鼠带来的'疡子瘟'！'倒家瘟'！这种瘟气最难挡，我们麻家寨也要跟着大难临头了……"麻老矮凄楚地扭转身子掩面而泣。

这时，床上躺着的麻老五已然是只有出气，没有进气，在一阵抽搐之后，连出气也没有了。人们在一片哭泣声中，见一只老鼠窜出洞来，在木楼板上一番抽搐、挣扎过后，便四腿一伸死去。

麻老五的家里，哭声一片，乡亲们闻声都赶过来看望。麻老矮见势不妙，便赶紧去请腊公。腊公是麻家寨的长老，寨子里的大事多由他决断。他又还是一个毛老司，虽未投坛拜法，却也晓得些毛毛法子。有一年，麻家寨黄病流行，人人发烧，个个咳嗽，腊公作法"回草茅人"，不几日，黄病果然消除。腊公匆匆赶到老五家。他仔细察看了老五的尸身。只见那鼻子里、手指尖流出的乌血已经凝固，耳朵背、肢窝下的疡子硬块依然突显。他的脸色立刻阴沉了下来，乡亲们的眼光都聚集到他的身上。他默了默神之后，吩咐身边的麻老矮："快扎个草茅人！"

众人立刻明白，腊公又要"回草茅人"了。这一招若是能像往常一样管用，麻家寨的乡亲们就有救了。麻老矮很快用稻草扎好了一个草茅人。腊公将草茅人睡在麻老五尸身的旁边。他口中念念有词，用手指在尸身上撮了三撮，投放到草茅人的胸口，而后他双手捧着草茅人，去到麻老五家的庭院，众人也跟随而去。腊公对着草茅人又是念咒，又是挽诀，继而他用颤抖的手，取下别在腰间的火镰，着手用火石打火。他一只手的手指夹着纸煵和火石，另一只手拿着火镰击打火石。双手颤抖，不能自恃，任凭火镰怎样撞击火石，总是见不到火星，更没火星溅落到纸煵上。他慌神了，越是慌神，手就颤抖得越厉害，就越是打不出火。他的手指这时竟变得柴棍一般僵硬了。无奈的腊公绝望地仰天长叹，"哐当"一声，火镰跌落到了地上。众人一看不妙，便赶紧从屋里拿来了火把，这才将放在地上的草茅人一把火烧掉。

腊公在众人的搀扶下回到屋里。他一屁股坐在了板凳上，久久地回不过神来。众人齐刷刷地望着他，等待他的决断，听候他的安排。这时，长老终于说话了："天意啊！这都是天意。是老天爷让老五把黑羊溪的倒家瘟带到我们麻家寨。这倒家瘟要人的命，不只是一个个，而是一家家、一寨寨。都怨我的道法浅、缘分差，想拦拦不住，想阻阻不断。谁的命大，就能躲过这一劫，如若不然，就只有跟着老五走了。大家听着，麻家寨的老少从现在起，任何人不许出寨子一步。赶紧到寨子的四路竖牌子、发告示，阻止外人到这里来。我们麻家人就是死，也要死得利索，死得精爽，就是死得绝灭火烟，也一定要留个好名声！"

听了腊公悲壮的宣示，人们都感到了末日的来临，一个个哭的哭，叫的叫，有的人抽脚就要往外走。

"听我的！大家莫哭！也莫走！这屋里死了人，难道你们也不搭把手？！"麻老矮大声叫住了要走的人。

麻老五的遗体被人们七手八脚抬到堂屋，放在了一块卸下的门板上。麻老矮环视四周，人群中竟不见了二喜。他向蛮牛交代了几句，便赶紧回到家中。屋里，婆娘灵芝和二喜、阿彩正哭作一团，只有那狗妹瞪大两眼睡在床上，全然不晓得这初涉足的世界，究竟发生了怎样的事情。

"老矮，怎么办哪？"灵芝哭着、喊着。精明的妇人，从没有这般束手无策。

"哭哪样！"麻老矮在婆娘面前，往天是那样畏葸，今日是如此镇定。他说："是祸躲不脱，躲脱不是祸。若是命里注定该死，你就得死。若是大难不死，你就还可以活几十年。"

麻老矮的话，并没能阻止住仨娘崽的哭泣。灵芝的泪水，就像是山溪涨水冲垮了堤坝，止不住地奔涌。她可怜巴巴地向丈夫哀求："老矮啊！我们赶紧走。去所里我的娘家，去梵净山大喜那里，去哪里都行，远远地走开，逃过这一劫，保住性命！"

"灵芝，你真糊涂！怎么能打这种主意！"麻老矮正颜厉色地责备婆娘，继而又和颜悦色地对婆娘说："你逃出去，能逃得掉吗？身在此山中，兴许你现在就已经沾上了瘟气，只逃到半路上就倒下了。你死了不打紧，还要捎带上别的寨子、别的人，这又何苦呢？刚才在老五屋里，腊公已经向寨子里的人宣示，任何人都不许离开寨子一步。我们麻家人即或是要死，也要死得利索，死得精爽，说什么也不能去筋绊别的寨子。麻家寨的人就是死了，也要落个好名声。"

听了麻老矮的话，一屋人哭得更厉害了，就连那睡在床上的狗妹，也"哇"的一声大哭了起来。泪流满面的阿彩抱起狗妹，拍着，哄着，把奶头塞进小嘴里，也止不住狗妹的啼哭声。

"遭孽的伢儿哟！你投胎投错了地方……"麻老矮的心被小孙女哭

软了。

"爹！难道我们就这样等死吗？"男子汉麻二喜说话了。

"不等死，又能怎样？这是天意呀……"麻老矮说着，两眼也充满着泪水。

小狗妹在一阵啼哭之后，吮吸着阿彩的奶头睡着了。

"二喜，莫怕，要死就死，是人都有这一阶，该做的事情，还是要去做。你五伯死了，我们应该去帮着料理丧事。人死众人抬，千百年的规矩。"麻老矮说。

丈夫和儿子去了老五家中帮着料理丧事，屋里就留下灵芝、儿媳和褓褓中的孙女，显得格外冷清与凄惶。过了不久，老五家的吊脚楼里，便传来了高腔戏的唢呐声。麻家寨的围鼓堂，是这些年由麻老矮牵头，学着浦阳镇上汉人的模样搞起来的。每逢白喜事时，必唱围鼓。灵芝一听就晓得，那唱戏的人，就是自己的矮子丈夫。唱的是《目连传》中的《傅相升天》一折。目连的父亲傅相升天之前，正与妻儿从容道别：

人生光景去如梭，又见春风长薜萝，杜宇声里月婆娑，不如归去犹催我，我欲乘鹤驾鸾上玉河……

《目连传》里的傅相，自知阳寿已尽，便告别家人，乘鹤驾鸾，升天而去，是那样的从容自若。灵芝对于这个世界，却有着太多太多的留恋。她特别挂心的是一双儿子。所幸的是大喜无奈离家远行，去了梵净山，坏事变成好事，躲过了这一劫难。所幸身边的二喜成亲了，生下了狗妹，万没想到的是，女伢儿黄瓜才起蒂，就遇到了这场无情的霜雪。猛然间，她做出了一个果敢的决定，趁着这瘟病初起之时，让阿彩带着狗妹，速速离开麻家寨，远走高飞，去寻找一条生路。

"阿彩——"灵芝欲言又止。

"娘！您叫我做哪样？有哪样事，您只管吩咐。"阿彩说。

"阿彩！"灵芝说："你带着狗妹赶紧走！"

阿彩不相信自己的耳朵，问道："娘！你讲哪样？"

"你带着狗妹赶紧走！"灵芝又郑重地重复了一句。她接着说："趁现在你和狗妹还没染上瘟病，保命要紧，带着她赶紧离开麻家寨！"

阿彩说："我和狗妹离开，你和爹呢？二喜呢？"

"这些你莫管！救得一个是一个，你赶紧带着狗妹走！"灵芝在对儿媳下命令。

"不！我不走！爹爹刚才说了，任何人都不许离开寨子。我生是麻家寨的人，死是麻家寨的鬼，要死我们全家人做一路死！"阿彩不愿这样离去，拒绝执行婆婆的命令。

灵芝发火了，圆瞪的怒目直逼阿彩。阿彩从来没见过婆婆这样大的火气，不由得打了一个寒噤。

"走不走？"灵芝厉声问道。

阿彩胆怯，小声地回话："我不走……"

灵芝走上前去，对着阿彩的脸膛，猛地"啪啪"就是两耳巴。婆婆出其不意的举动，使阿彩措手不及，她连忙将双手捂在那被抽打的脸庞上。打过儿媳的灵芝，呆呆地站在儿媳跟前，好久都说不出话来。回过神来的阿彩，为婆婆的一片真情所打动。她扑上前去，紧紧地搂抱着婆婆，"哇"的一声大哭了起来。婆媳二人哭做了一堆。

"阿彩，娘不该打你，娘对不住你。"

"娘！快莫这样讲！你打我是疼我，阿彩心里明白。"

"听娘的话，快带着狗妹走吧！"

"娘！我听你的话，我这就带着狗妹走……"

灵芝轻轻抚摸着阿彩的头发，泣不成声地说："阿彩，你我婆媳一场，也是前世修来的缘分。娘何尝不想天天同你在一起，看着家门兴旺，儿孙满堂。可偏生遇上了这道迈不过的沟坎。娘要你走，这是没得办法的办法。娘不能同你一路走，这里还有你的公公和丈夫，还有一寨子的乡亲。赶紧走吧！只有离开这里，你同狗妹才有活路。这些日子，我还为添得一个孙女高兴。现在我有点后悔了，要是狗妹是个男伢儿，那该多好！记住，有朝一日，见到了你的大喜哥哥，你就讲是娘临死之前的交代，要他一定讨一房婆娘，生一个男伢儿，接上麻家的香火。"

"娘！我记住了。"

"你打算到哪里去？"

"我、我还不晓得。"阿彩一片茫然。

灵芝说："不管去哪里，就是要离开这浦阳地界，走得越远越好。若是遇上个合适的男人，只要他答应善待狗妹，你就嫁给他。没有男人，女人的日子没法过。"

灵芝说着，把阿彩和狗妹的衣物收拾成一个包袱。她从钱匣里倒出所有的银子和铜钱，再取下耳朵上银耳环，一起交给阿彩。她说："这是屋里所有的银钱，统统拿去，作为日后你娘女生活的补贴。"

"不要这多，给屋里留些吧！"阿彩说。

"倒家瘟如此凶险，麻家寨的人今天吃了夜饭，还不晓得明天吃不吃早饭，留着银钱何用？你拿走还可以派上用场。"灵芝的话语里充满着凄凉。

泪人儿般的阿彩，把正在熟睡的狗妹抱到灵芝跟前，让奶奶最后看一眼孙女。灵芝深情地亲了狗妹一口。她突然想起一件事，问阿彩："阿彩，你见过二喜的那块桃符吗？"

"见过，就放在他装雕匠家什的竹篮里。"阿彩说。

"我去拿来，让狗妹随身带着。"说着，灵芝便取来了那块护身桃符，塞进狗妹的襁褓之中。要让爷爷、奶奶的祝福，永远伴随着这可怜的伢儿。

麻老五的丧堂上，围鼓戏依然还在演唱着。阿彩一步一回头，消逝在茫茫的黑夜里，消逝在亲人的视线中……

黑羊溪和麻家寨发生倒家瘟的消息，在浦阳镇不胫而走。令人谈虎色变的瘟疫，给古老的市镇带来了莫名的恐慌。沿街的店铺字号，大多关上了铺板；走街串弄的贩子，顿时便少了许多。最为此事挂心的，莫过于三府衙门的汪通判了。他除了将疫情火急呈报辰州府以外，还急忙赶到千总衙门，晋见段千总。对于由黑羊溪传开的瘟病，段千总自然也有所耳闻。当汪通判上门与他求得协调时，他已经派出兵丁四十名，拦住了浦阳镇的各个路口，任何人不得通行。黑羊溪在浦阳上游八里处汇入沅水，犹恐溪水带有瘟病，三府衙门立刻着人鸣锣喊街，七七四十九日之内禁饮河水。汪通判向段千总提出，要由三府衙门主持，请来老司游船掳瘟。段千总则认为，以三府衙门的名义操办此事，不如由浦阳镇上的大户来牵头组织更为妥当。于是，段千总偕同汪通判，便来到了张家窨子。

张恒泰虽是大难不死，却变得说话和行动都不灵便了。眼下，张家的大事小事，全都交给了少奶奶刘金莲。镇上游船掳瘟的相关事宜，段千总和汪通判就是和刘金莲一同敲定的。

刘金莲说："游船掳瘟，事关重大，二位大人既然看得起'顺庆'，金莲一定尽心竭力。我这就派人去请老司。"

段千总问："准备请哪里的老司？"

"往常镇上的这些法事，都是请龙家垴的龙法胜。"刘金莲说。

"前晌镇上都传疯了，说是一个伢儿在楠木峒见到了白蟒蛇精，就是这龙法胜的徒弟吧！"汪通判说。

刘金莲说："是的。"

段千总吩咐："若真的有这事，把那伢儿也一路请来。"

万寿宫里，人头攒动。一条稻草扎成的送瘟船，搁放在神龛前的两条长板凳上。草船旁站着龙法胜和他的徒弟火儿。这火儿，由于楠木峒那段越传越玄乎的经历，这些日子成了四乡八里关注的焦点。人们或称道他的少年英俊，或赞叹他的造化之功。这天，汪通判和段千总也来到了万寿宫。刘金莲和张秀山赶紧上前见礼。

段千总问道："老司到堂了吗？"

"已经到了多时。"刘金莲回答。

段千总接着又问:"那个在楠木峒见着白蟒蛇精的伢儿来了吗?"

"来了!"刘金莲说着,便把段千总和汪通判引到了龙法胜和火儿跟前。

"小民龙法胜,见过二位大人!"龙法胜跪地磕头。

火儿也跟着师傅,跪地磕头:"火儿见过二位大人!"

段千总和汪通判连声说:"快起来!快起来!"

刘金莲说:"火儿!晓得是哪个点名要你来的吗?"

火儿站起身来,摇着头:"不晓得。"

刘金莲说:"就是这二位大人,点名要你来的。"

火儿一双炯炯有神的眼睛,仰望着眼前的两位官老爷。

汪通判问:"你在楠木峒见着白蟒蛇精了?"

火儿点点头:"见着了。"

汪通判又问:"那白蟒蛇精什么模样?"

"雪白雪白,有水桶粗,盘在地上有簸箕大一团,脑壳从当中竖起。"这样的话,火儿记不清说过多少次了。

段千总说:"这伢儿见着了白蟒蛇精,也算是有缘法。眼下瘟病流行,把你们师徒请来,是为浦阳镇游船掳瘟。时候不早了,快架场吧!"

"少奶奶,由火儿来'造船',你看如何?"龙法胜问刘金莲。

"他学得有'造船'的法术吗?"

"这伢儿灵泛,他学得有。"

"二位大人吩咐,让火儿同你一路来,是因为他有缘法,有福气。由他来'造船'当然是最好不过了。"刘金莲说。

龙法胜对火儿耳语了一番。火儿来到草船前面,深深地拜揖。坛场顷刻间变得鸦雀无声。由这样一个伢儿来"造船",还确实是桩新鲜事。这有着特殊经历伢儿造的神船,无疑更具有非凡的神力。火儿作法,吟诵神词,一字一句,在万寿宫里回荡:

……七十二人把木砍，土地打更夜不眠。张良鲁班齐请到，斧头锯子响连天。大板锯起千千万，小板锯起万万千。大板拿来造船底，小板拿来造船舷……此船造在扬州界，无有海水怎行船？庙前庙后许雨愿，海水茫茫到坛前……五湖四海茫茫水，平风息浪好行船。借动法门龙凤鼓，吾师打造送瘟船……

通过火儿的作法，普通的草船，便变成了具有神力的送瘟之船。紧接着，龙法胜打理起草船来。他捉来一只鸭子，一刀砍断鸭头，将鲜红的鸭血，浇淋在草船之上，并将那砍断的鸭头，置放在草船的船头。继而他焚香化纸，宣诵《辞瘟疏》：

伏以
瘟行疫降灾不忘流於寰区；
神收将慑祸又易灾於同巷。今据
大清国湖南省辰州府浦阳镇河街万寿宫土地祠下居住，奉
神修祈福和送，信人张恒泰，右暨合众人等，即日上干
圣造意者，伏为言念。众等名下，蜗居蚁聚，坐贾行商，尤虑瘟火流
　　行，人物多遭障毙。礼遵乡傩，敬伸推送。是备凡仪，卜今良
　　旦，仗师於祠，洒水焚香，请圣证盟，变造龙船一只，承载一切
　　野魔，敕符炼将，普扫各户不祥。伏愿
神圣垂恩，将帅施令。五百瘟鬼，押上鸭头龙船；七邪九殇，收归浦
　　洛海岛。瘟火双消，人物两利。凡在时中，全叼默佑。谨疏
　　一心上奉
天符大帝瘟部高真
都天统瘟大力元帅
和送会上一切玄造　　伏惟

圣慈昭格　谨疏
天运大清光绪四年六月十八日　坛司弟子龙法胜发行

　　龙法胜宣诵完毕，便将疏文在神前火化。这时，天色已近黄昏，乐音师摇动锣鼓，吹响唢呐。由顺庆油号承头的游船捞瘟，开始在镇上挨家挨户游走。他们要去的第一户人家是张家窨子。鞭炮声中，鸭头龙船由四个后生抬着，来到了张家窨子的大门外，那里摆设着的香案上，置放着一升稻米。稻米上，插着"天符大帝瘟部高真"的牌位；香案前，置放着一个盛水的木脸盆；脸盆上，搁放着一把砍刀和一根燃烧着的柴薪。龙法胜走上前去一顿脚，便将木脸盆连水扣翻，燃烧着的柴薪被水浇灭。鸭头龙船随即被横陈在窨子屋的大门之外，掌教的才司龙法胜对着鸭头龙船，诵念起神词：

　　打花鼓来游花船，花船来到大门前。过了一滩又一滩，恶鬼邪师无阻拦。前门奉送瘟家鬼，后门奉送魇魔天。送到扬州夜市口，五瘟百鬼不回还！

　　龙法胜念过神词，便将门外香案上"天符大帝瘟部高真"的牌位，投进草船之中。接着，他便进入窨子屋的大堂。只见那八仙桌两旁的太师椅上，端坐着主人张恒泰和夫人张王氏。龙法胜上前对主人见礼过后，便从桌子上端起一只装有茶叶和稻米的竹篓，伴着鼓乐声，将驱瘟祛邪的茶叶和稻米，在大堂之内漫天抛撒。这时，身背竹篓的火儿，款步走到主东跟前，深深地鞠了一躬，而后从竹篓里取出了一张黄裱纸印制的"收瘟经"，恭恭敬敬地递交到张恒泰颤颤巍巍的手中。站在一旁的刘金莲，立刻从公爹手里将那张"收瘟经"拿了过来。

　　"把这'收瘟经'贴到大门上去。"张恒泰用含糊不清的言语吩咐着。

"这就去贴。"刘金莲回答着公爹。她眼珠子一转，生出了一个主意，便对着火儿说道："伢儿！这'收瘟经'要请你贴到大门上。"

"大门这高，火儿够不着。"火儿说。

"哈！够不着，就没得法子了？！"刘金莲说着，便对两个佣工吩咐道："你两个去大门口！把这伢儿举起来，让他把'收瘟经'贴到门檐上。"

两个佣工将火儿高高举起，火儿将"收瘟经"贴在了张家窨子大门的石坊上。当两个佣工要将火儿放下时，被刘金莲叫住了："慢点！"

"不是贴好了吗？还要做哪样？"

"火儿！上面的字你认得吗？"刘金莲问。

"认得。"火儿回答。

"你慢点下来，就在上面读一遍。"刘金莲。

火儿以稚嫩的童子声，大声地念起"收瘟经"上的文字：

太上立师教，敬信免灾殃。瘟火流毒害，闻善化吉祥。皈依念三宝，家门保吉昌。若人诵此经，鬼怪悉消藏。

火儿话音一落，窨子屋大门口便响起了鞭炮声。两个举起火儿的佣工，把火儿轻轻放到了地上。刘金莲给火儿塞了一个红纸包着的利市。火儿拿着利市，只觉得是沉甸甸的，也没看包的是多少钱，立刻就交给了师傅龙法胜。刘金莲看在眼里。这个在楠木峒见到白蟒蛇的小巫，不卑不亢、不贪财，还识文断字、懂礼貌。元宵节那夜，他装癫花子，花灯也跳得格外好。这一切，都给刘金莲留下了极好的印象。就在游船捞瘟过后不久，她征得公婆的同意，让钰龙和火儿认了同年。

阿彩是绕着山上砍柴人走的小路，下到沅水河边的。直到傍晚时分，她才背着狗妹，拢了浦阳镇上。进街口时，那里站着个兵古佬，恶狠狠地问她："哪里来的？"

"辛女溪。"阿彩随机应变回答。

兵古佬似乎有点认得她，填了一句："不是黑羊溪！不是麻家寨？！"

"不是的！不是的！"阿彩连忙说。她的心里像打鼓。

天哪！果真是不许麻家寨的人随便走动了。阿彩暗自庆幸她和狗妹早早离开了那里。已经一整天水米没沾牙，还要不断给狗妹喂奶的阿彩，已是饥渴难捱了。她急速进到正街上的一家歇店投宿。黑羊溪和麻家寨的倒家瘟，使得浦阳镇风声鹤唳。歇店生意清淡，还加紧了盘查。

"哪里来的？"

"辛女溪。"

"背着伢儿到哪里去？"

"伢儿的爹在常德做点小生意，要我们娘俩到他那里去，明日一早坐船走。"阿彩信口编得还蛮像那回事。

"不是黑羊溪，不是麻家寨的吧！"店老板填了一句。

"嗨！在街口，一个副爷也这样问过我。黑羊溪、麻家寨做哪样了？"阿彩佯装不知，显得从容而淡定，不像在街口那样紧张了。

店老板说："怎么，你还不晓得？！黑羊溪和麻家寨发了倒家瘟。千总衙门已经派出兵古佬，把那两个寨子封死了，进浦阳街上的人，都要一个个盘查。今晚镇上还要游船掳瘟哩！"

店老板话音未落，离伙铺不远的张家弄子里便响起了锣鼓声。店老板连珠炮似的又说开了："喏！吃过夜饭，鸭头龙船就要上路了。游船掳瘟是张家窨子在主事，就从张家打头。张家窨子，你晓得吗？"

阿彩摇着头，再一次佯装不知。其实，她不止一次听婆婆说起过张家窨子，说起过窨子屋里的那位少奶奶。

店老板接着说："怎么？你连这镇上的张家窨子都不晓得？！顺庆油号就是张家窨子开的。眼下，老板得了中风病，动不得，不探事。浦阳的油号由少奶奶当家，汉口的庄上由少老板主事，把桐油生意都做到外国九州去了，富得流油呀！"

　　店老板娘已经给阿彩准备好了夜饭。一碟酸辣椒炒大肠，一碟长豆角，还有一碗丝瓜汤。饿极了的阿彩，饭香菜合口，一口气就吃了三大碗饭，剩的一点点锅巴，也一扫而空。吃得店老板娘瞪大了眼，却也能够理解。她说："吃吧！嫩崽娘都是这样的。我盘嫩崽的时候，比你还要吃得多哩！"

　　入夜，镇上游船掳瘟的锣鼓声不断。歇店的客房里，阿彩一直没能入睡，她想了许多许多：眼下，四路都在对黑羊溪和麻家寨的人进行盘查，若是她和狗妹一旦被认出，那可不得了。或许会被沉潭，或许会被烧死，反正是不会有活路。早知如此，倒不如留在麻家寨，要死同二喜死做一路，也不枉做一世的夫妻。如今，她既进不了辛女溪，也回不去麻家寨，万一遇着熟人，她和狗妹的性命便就此了结。阿彩从床上坐了起来，泪水止不住簌簌地流。她真想背着狗妹，跳进沅水河，一了百了，免得在世上受煎熬。可她想到婆婆自个儿留在麻家寨等死，却放了她和狗妹的生路，又觉得不能辜负婆婆的一片苦心。她不辞而别，离开二喜，如果再置二喜留下的这点骨血而不顾，即使到了地下，也无颜面对自己的丈夫。阿彩决定要活下去，同时也要让狗妹也能活下去。可一个妇道人家，身边带着一个嫩伢儿，又能走到哪里去呢？黑暗中，阿彩望着熟睡的狗妹，听着狗妹细微的呼吸声，默默地流着伤心的泪水。可怜的小生命，是她的希望，也是她的羁绊。既然她的奶奶把生的希望留给了她，作为母亲就应该对她有一个妥善的安排。猛然间，阿彩想到了离伙铺不远的张家窨子。听店老板说，在那幢高墙大屋里眼下由少奶奶主事。这位少奶奶，阿彩虽然无缘得见，可对她并不陌生，婆婆每当思念大喜哥哥时，便常常要对阿彩讲起这位刘家的大小姐、张家的少奶奶。大喜哥哥的远走天涯，就是为了躲开这位少奶奶。是因为她的缘故，才使得一家人和大喜哥哥天各一方。婆婆每每讲起这件事情时，却又全然没得半点怪罪她的意思，总是叹息麻家无福消受这位有情有义的奇女子。此时此刻，阿彩真想去见这位少奶奶一面，把苦命的狗妹托付给她，念在和麻家的旧情，想必她是一定会接纳的，可阿彩不能这样做，也不敢这样做。阿彩在苦苦地思索着，究竟要以怎样的方式，才能把狗妹送到那位张家少奶奶的手中。

街道上，更夫敲响了四更的梆声，游船掳瘟的锣鼓，依然在浦阳镇的夜空中回荡。阿彩翻身下床，走到窗户边，伸出脑壳，迷离的泪眼朝着远处望去，那街道两边的店铺，今夜都没有上门板。家家户户木柱头的缝隙里，都插着大把大把的神香。阿彩曾听人说过，浦阳镇的游船掳瘟最是热闹，鸭头龙船在游过了镇上所有的人户以后，还要以最快的速度，一口气把浦阳的三条街道全都游走一遍，叫作"跑船"。到时候，男女老少都要走出家门，拥向街道，跟着游船的队伍飞跑，将那鸭头大船送到河边的万寿宫码头。阿彩当机立断作出决定，要趁着跑船时的混乱，将狗妹放在张家窨子的大门口。阿彩回到床边，朦胧之中，她无奈地凝望着酣睡中的狗妹。这伢儿全然不知不晓，再过不久，等到跑船过后，她便要离开亲娘，去到另一个妇人的身边。但愿这位妇人，果真像婆婆说的那样，有一副菩萨心肠，能善待这可怜的女伢儿。阿彩突然想起，作为伢儿的亲娘，有些事情需要做个交代。她迅速从床底下，抽出了一根垫床的稻草，掐了五节长的，又掐了十六节短的，并将一片稻草叶，摸着黑，撕成了一只尖嘴老鼠的模样。接着，她又从狗妹的怀中取出了那道桃符。阿彩将一块尿布撕成了四片，将这些物件，分别包成四个小包。再用一块尿布，将四个小包包裹好，塞进狗妹的襁褓。阿彩估量跑船的时刻快到了，便擦干眼泪，抱着熟睡的狗妹，来到了歇店的店堂。

"怎么！你也起来看跑船？！"

"都说浦阳镇跑船最热闹，也起来看看。"

"跑船的人野得很，你抱着个伢儿，要当心啊！"老板娘关切地说。

"多谢老板娘指点，我会当心的。"阿彩连忙称谢。她说："我出去看了跑船，就到河边找条船去常德，不再回店子里来了，请老板娘这就把店钱结了吧！"

阿彩刚结过店钱，街上就响起了不断牵的鞭炮声。跑船开始，古老的市镇沸腾了。一条条街道，被火把照得通明。经过一夜的游走，一道道"天符大帝瘟部高真"的牌位，将称为鸭头龙船的草船装得个拍满。那抬着草船的四个脚力，紧紧地跟随着老司龙法胜，飞也似的在街道上奔跑着。草船的背后，是一个彪形大汉背着迷迷糊糊的火儿。火儿经过一夜连续不断的折腾，已经精疲力竭了。他瘫软地趴在那彪形大汉的背上，似睡非睡，却依然牢记着他的使命。今年浦阳镇的跑船，是在倒家瘟向浦阳镇步步逼近的时刻进行的。束手无策的人们，在惊恐之余，寄希望于游船掳瘟这种沿袭了千百年的古老方式，能将倒家瘟拒于浦阳镇之外。随着鸭头龙船的行进，在三条街道的两边，在四十八条弄子的出口，都等候着成百上千的人，他们高举着火把，倾家而出，参与到遣送瘟神的奔跑之中。随着跑船队伍疾速飞驰，跟在这支队伍后面的人，也就越来越多。整个镇子上的人，上至千总、通判，下至黎民百姓，几乎都参与到这浩浩荡荡的队伍之中。人们如同潮水一般涌动，直奔那沅水河边的万寿宫码头……

阿彩抱着狗妹，没有参与人流的涌动之中，而是缓步地行走在街边。人们都只顾自己的奔跑，谁也没有注意到街边的阿彩。跑船的每一个人，都只想着以最快的速度，把瘟神早早送出浦阳地界。当她随着人流来到张家弄子口时，等候在那里的男女老少，一齐汇入了送船的洪流之中。长长的张家弄子空无一人。阿彩站在空荡荡的街道与弄子的交接处。黎明前的夜空被千万支火把映得通红。张家弄里的石板路，朦朦胧胧，依稀可辨。阿彩怀抱着狗妹，踏着冷清的石板路，朝着弄子里一幢高大的门楼走去……

浦阳镇的人们，高举着火把，一齐跟随着鸭头龙船，聚集到了万寿宫码头。河岸边到处是火把，照亮了天宇，映红了江流。码头上停泊着的一艘艘麻阳船，早已为鸭头龙船让出了一个居中的泊位。泊位上，漂浮着一块小木排。在龙法胜的指引下，四个抬船的脚力，将鸭头龙船置放在小木排之上。高举火把的人们鸦雀无声。张秀山将一只大公鸡，连同一把菜刀，交给龙法胜。龙法胜口中念念有词，一刀将公鸡杀死，将鲜红的鸡血，淋在那鸭头龙船中堆放着的瘟神牌位之上。困盹至极的火儿，强支着身子，走到鸭头龙船的泊位，从身上背着的竹篓里，取出了两张黄裱纸的木刻印制品。一张是收瘟慑毒的"龙船图"，一张是发给这条鸭头龙船由江入海的"船引"，上面写着：

如遇关津河渡，把隘去处，毋得阻挡，验实放行。仰沿途有司主者，赍凭护送。

人们的目光，都集中到火儿身上。火儿将"龙船图"和"船引"郑重地盖在鸭头龙船之上。龙法胜则将火把高高地举过头顶。码头所有的火把，伴随着排山倒海的呐喊声，也立刻一同被举过头顶。龙法胜将火把在空中摆了摆，呐喊声戛然而止。老司龙法胜随即高声宣示：

岩归两岸，船归正溶。送归扬州夜市，送归东洋大海！

龙法胜将火把丢上鸭头龙船，草船立刻燃起了熊熊大火。人们纷纷将火把投向江中，随之熄灭。只有那小木排搁放的草船上，火焰仍然在燃烧。人们对着这团火焰欢呼。燃烧着的草船，满载着瘟神的牌位，随着那承载它的小木排，在沉水滚滚的江流中，缓缓地驶向远方。成千上万的浦阳人，目送着瘟神的远去，直到江流中的火焰，消逝在茫茫黑夜的尽头……

送船结束，天色已近拂晓。历经一夜的喧闹，精疲力竭的浦阳人，完成了一道抵御瘟神的心理防线的构筑。三街四十八弄的岩板路上，涌动着回家的人流。张家弄子里，刘金莲带着丫头梅香，也以急促的脚步，回到了家门前。

"少奶奶，这石柱子下面放着一个伢儿！"一个佣工惊呼。

刘金莲一步上前，凭借着朦胧的光亮，打量着放在石柱下的伢儿。这时候，龙法胜和火儿师徒也随着人流走向张家窨子。

"这里在做哪样？"龙法胜问道。

"这里放着一个伢儿。"有人回答。

这时候，刘金莲弯下腰，把放在石柱子下面的伢儿抱了起来。龙法胜立刻迎了上去，打量着少奶奶手中的伢儿。

"看看是男伢儿还是女伢儿？"龙法胜说。

刘金莲取脱尿布看了看，说："是个女伢儿。"

龙法胜说："少奶奶，人家是有意把这女伢儿送到你名下的呀！"

刘金莲抱着伢儿，头脑里立刻出现一个想法，会不会是遭瘟地方的人把伢儿送到这里来逃生的？若是这伢儿身上也带着瘟病，那可就不得了！刘金莲虽然是个乐施好善的人，可面临着如此攸关身家性命的状况，也不由得产生了顾忌。她当机立断地将伢儿交到梅香的手中，说："你把这伢儿送到育婴堂，就说是我的意思，要他们好生盘养。"

梅香接过伢儿，正欲动身，发现伢儿的襁褓中，塞着一个布包，便连忙对刘金莲说："少奶奶，这里还塞着一个布包哩！"

"快拿出来看看。"一旁的龙法胜说。

刘金莲伸手从伢儿的怀里，取出了一个布包。她在取布包的过程中，凭着感觉，意识到那里面包有一块长方形的木板。天哪！莫非是他屋里的人？！她不由得立刻紧张起来。大门前挤满了看热闹的人，这事情却是千万不能透露出去的。

"伢儿莫忙送育婴堂。"刘金莲吩咐着梅香，接着又对龙法胜说："走吧！我们到屋里去看，究竟包的是哪样？"

在窨子屋的后堂，刘金莲解开了大布包，接着又解开了四个小布包。

"龙师傅，你见多识广，这些物件，把的是哪样信息。"

龙法胜仔细打量了每一样物件，说："这是一道护身桃符，兴许是伢儿家传的物件。这五节长稻草和十六节短稻草，是告诉你，伢儿是五月十六日生的。"

刘金莲计算着，她说："今天是六月十九，观音菩萨的生日。这伢儿才一个月零三天呀！还有这片稻草呢？"

"这片稻草嘛……"龙法胜横看竖看，看不出名堂。

梅香眼睛尖，她说："喏！你们看，这片稻草像只尖嘴老鼠。"

龙法胜立刻悟出了其中的含义："对！是像只老鼠。这伢儿是五月十六日子时生的。"

"如此看来，这女伢儿的爹娘，也是个灵泛人。他们舍弃了骨肉，想必也是有难言之隐……"刘金莲嘴里这样说着，心里却全在那块护身桃符上面。这块护身桃符，和她压在箱底的那块一模一样。这女伢儿究竟谁家的人，已经是一目了然了。麻家人为了给这伢儿留一条生路，将这伢儿托付给她。纵然是这伢儿带着瘟病而来，她也是不能拒绝的啊！

"少奶奶，还要送育婴堂吗？"梅香问。

刘金莲说："今天是观音菩萨的生日，是菩萨把这女伢儿送到了这里。留下她，做我的女儿吧！"

"恭喜少奶奶！"乖巧的梅香跟着就给刘金莲道贺作揖。

众人也立刻跟着道贺："恭喜少奶奶！"

"把她留下来，乖乖地长大，这女伢儿就取名叫乖妹吧！"刘金莲自言自语地说。

就在刘金莲决定将女伢儿留下的时候，阿彩登上了一条运油的麻阳船。在杀鸡祭船之后，麻阳船起了抛锚链，接着便缓缓地离开了万寿宫码头……

• 古道虫帮

　　浦阳镇西北十五里，有一片连绵的山丘地。青翠欲滴的白蜡树，如同起伏的绿色波涛，一望无际。山丘间洼地上的村子蜡树湾，住的全都是杜姓人，有三十多户人家。张恒泰的小妹妹张荷香，就嫁给了这里的头号富户，妹夫名叫杜昌平。

　　蜡树湾杜姓人的祖上，颇有一番来历。万历年间，河南信阳人杜长林从军戍边，来到了湘西的五寨司。那时候，朝廷为了扼制腊尔山一带的苗民起事，修筑了一条长有三百余里边墙，派有七千八百名兵丁驻守。杜长林在一个叫司坪的哨所驻守，日夜传签巡墙。杜长林身高七尺，体魄壮实，臂力过人。他手持一把铁铸大刀，重有六十八斤，能挥舞自如。一次，从腊尔山来的上千苗人，聚集于边墙之下，扬言要捣毁边墙，踏平五寨司。面对着剽悍的苗人，驻司坪的把总慌了神，不知如何是好。这时，只见那杜长林不慌不忙，走到边墙之上，舞动起手中的铁铸大刀。大刀的光影绕着他的身子，形成了银色的光环。苗人的无数弓箭齐向杜长林射去。射出的所有箭矢，都被杜长林舞动的大刀挡住，或斩断成两截，或散落在墙头。苗人见有这等高人在驻守，只得悄悄儿收兵。没几年，杜长林便由一名戍卒一路擢升为百户、把总，后来在得胜营当了一名千总。杜长林虽是武艺过人，却无心久恋军旅。在朝廷撤拼屯军时，他离开了营伍，并得到优奖。蜡树湾一带原日由屯军耕种的五十亩良田，以及附近山上的白蜡树林，全都归在了这位卸任千总的名下。这位中州汉子从此得以在湘西安身立命。杜长林的子孙们，一代代在这里繁衍，形成了这个杜姓人的村落。杜姓族人虽告别军旅，却秉承先人遗风，个个都习得一身武艺。"蜡树湾的拳脚"，在浦阳一带无人不晓。蜡树湾的杜家祠堂里，至今仍存放着老祖宗留下的那把六十八斤重的铁铸大刀。

杜姓人的经济进项，主要来源于山上的白蜡树，其次才是田里出产的稻谷。白蜡不但可以作为药用，而且由于它的熔点较蜂蜡、石蜡为高，是制作蜡烛的最佳原料。历代宫廷照明的蜡烛，便大多是用白蜡和乌桕油制成。宋代以来，湘西辰州和沅州出产的白蜡，一直是解送京城的贡品。白蜡使蜡树湾成为浦阳一带最富庶的村寨。杜昌平则是当下蜡树湾首富。他的父亲，曾多年担任杜姓人的族长。父亲过世以后，他继承了族长的位置。正因为这样的显赫家世，浦阳镇头牌油商的女儿，才嫁到了这里。

白蜡的生产过程特殊，是由白蜡虫在白蜡树上的分泌物生成的。而此间蜡农有谚："云南出子不出花，湖南出花不出子。""子"即白蜡虫，"花"即如同银花簇簇的白蜡。白蜡虫是一种很小的蚧壳虫：雌虫专司生育儿女，繁殖后代；雄虫寄生在白蜡树上，它吐出的分泌物便是白蜡。离奇的是：湖南有白蜡树而无蜡虫，蜡虫的产地却远在三千里外的云南昭通一带。每年，湘西辰州和沅州一带的蜡农，都要组成庞大的"虫帮"，结伴沿着古老的驿道西行，去到滇黔边境的乌蒙山区，采办蜡虫，沿途极为艰险。世代以白蜡为业的杜姓族人，不知从何时起，立下了这样的家规：凡杜姓男丁，无论你的家庭多么富有，都必须跟着虫帮作一次西行。通过这种蜡农世代沿袭的艰苦行程，后代子孙的意志得到了磨砺。

张荷香嫁到蜡树湾，为杜昌平生了两个儿子：英忠和英孝，兄弟相隔两岁。英忠从小就壮实得像头水牯，英孝却是个只怀了七个月不到便降生的伢儿，自幼儿瘦弱得像根豆芽菜。杜昌平继承行武家风，亲自教两个伢儿习武。身体孱弱的英孝，自然比不上壮实的哥哥。同时，杜昌平又请了一位名叫粟鹤龄的秀才，设私塾来教两个伢儿。英忠迷恋习武，不思书本；英孝迷恋书本，疏于习武。有人说，杜昌平生的两个伢儿，老大长得壮，天生是习武的坯子，来日必定高中武科；老满生得文弱，正是读书的好材料，考个把文秀才十拿九稳。合起来，杜家正好是文武双全。听到这些话，杜昌平自然是非常得意的。

杜英孝是个心高气傲的伢儿。单薄的身体，滞碍了他武功的长进。说起读书，也不过是天分平平。从十四岁开始，他一连三届被父亲送去辰州府参加童子试，每次都是名落孙山。父亲非常丧气，儿子却不以为然。杜英孝觉得自己的文章，并不见得比那些榜上有名的酸秀才差。他没能榜上有名，是考官有眼无珠。

去年春天，十八岁的杜英忠跟着虫帮一同西行云南。多少年来，跟帮的少爷们大多是空手撂脚跟着走一趟。杜英忠自幼儿习武，练得一身筋骨，这样的行程不在话下。他在虫帮回程时，也和雇请的脚力们一样，三斤二两一包的棕包蜡虫，挑着四十包上路飞跑。像他这样吃苦耐劳的伢儿，在蜡树湾可说是绝无仅有。回来以后，杜英忠就和张家溜的一位张姓女子成了亲，秋天，辰州府开武科，英忠中了武秀才；冬天，那位张氏女子又身怀有孕了。短短一年时间，杜英忠跟帮西行之后，红鸾添喜，金榜题名，妻子又有了妊娠。杜家三喜临门，好事接踵而来，令杜昌平夫妇整天喜得嘴巴合不拢。他们鼓励英孝，一定要以哥哥为榜样，做一个真正的男子汉、光宗耀祖的杜氏子孙。自恃才高的英孝对此不以为然，他觉得自己一点不比哥哥差。眼下，又到了虫帮上路的季节，杜英孝横下心来，决心以一次出色的跟帮西行，证明自己也同样是真正的男子汉，甚至比哥哥还做得更好。这天，他经过上房的壁脚，意外地听到了父母的一场争论。

"英孝的身体差，跟虫帮去云南的事，是不是先缓一缓，等到来日他身体好些，再去也不迟。"这是母亲的声音。

"不行！绝对不行！"父亲说得铁定，"我们不能因为英孝的身体差，就坏了老祖宗立下的规矩。再说那邬家的月娥比英孝大两岁，都已经十九岁了，亲家那里几次催着早点接亲。伢儿若是没跟过虫帮就忙着给他成亲，是要被外面耻笑的！"

"英孝不足月就出生，从小体子弱，这来回六千多里……"母亲说话时，声音在颤抖。

"嗨！你怎么把事情看得这样严重。杜家的一代代男儿，在这条路上走了几百年。我年轻的时候，不也是这样走过来的嘛！去年，忠儿不但跟帮押运，肩上还挑着四十个虫包。孝儿好歹也是个十七八岁的男子汉，要他肩不挑，手不提，空手撂脚跟着走一趟云南，应该不至于不行吧！"父亲仍然在坚持自己的意见。

"孝儿跟忠儿没法比啊……"上房里，传出了母亲的啜泣声。

英孝忍不住了。他猛地推开房门，突然站在了父母的跟前。那白皙而瘦削的脸膛，此刻变得绯红。他气呼呼地说："爹！娘！你们莫争了。若外面人听见，是要被笑话的。我不是篾扎纸糊的，不是草编泥捏的。我也是个大男人呀！老祖宗立下的规矩，不能坏在我的手里。老祖宗走了几百年的路，难道我就不能走吗？娘！您就放心让我去吧！孝儿肯定不会出事，也肯定不会给爹娘丢丑的。"

听了儿子的话，杜昌平异常兴奋。他走上前去，拍着儿子的肩膀说："好！这才是杜家的子孙。你去跟虫帮上云南，屋里给你准备办喜事。到了秋天，再去辰州府考上个秀才，我们这个家，也就称得上是文武双全了！"

四年前，杜英孝同船溪驿一位叫邬月娥的女子定了亲。这邬月娥的父亲，是刘金莲母亲刘邬氏的隔房哥哥，叫邬世顺。模样儿光鲜的邬月娥，从小跟着哥哥一起读书，识文断字，是个才貌双全的女伢儿。早些年，刘金莲常到船溪驿看望外公、外婆，看着小表妹出落成大姑娘，便逗她说："小表妹你实在是太光鲜了，表姐一定要给你做个媒。"邬月娥晓得表姐的婆家和娘家，都是浦阳镇上的头牌大户。她做媒的人家，也一定是有头有脸的人家。不经意的玩笑话，撩动了小表妹的春心。她含笑咬着嘴唇，不好意思地低下了头，嫩皮细肉的双颊，顿时红得像三月的桃花。碰巧，刘金莲到蜡树湾给荷香姑姑拜寿时，得知小表弟英孝还没有定亲，便立刻想到了船溪驿的小表妹邬月娥。平生第一次做媒人的刘金莲，为这门亲事，走了两趟船溪驿。对于蜡树湾的大户杜昌平，邬世顺是有所耳闻的，与这样的人家结亲，也算得上是门当户对。然而，邬世顺是个老成的人，尽管碍着外甥女刘金莲的面子，他也没有立刻答应亲事。杜家的家境，虽然是没得说的，但男伢儿本身究竟如何，还必须细查细访。这种事情的查访并不难。不费功夫，他便了解到，英孝聪明在行，模样也不丑，就是身体单薄了点。单薄的身子随着年龄增长，慢慢儿会变得壮实的，不能成为结亲的障碍。当刘金莲第二次登门时，邬世顺便应允了这门亲事。邬月娥年长杜英孝两岁，如今已是十九岁的大姑娘，早到了嫁人的年龄。为此，邬世顺几次催促过媒人刘金莲，希望早把喜事办了。奈何蜡树湾的杜姓人有一条约定俗成的规矩，男人如果没有跟过虫帮，便不算是男子汉，是没有资格做新郎的。让英孝走一趟云南，回来就把婚事办了，不但是父母的愿望，也是岳家极力赞同的事。

每年的春分节后三天，是浦阳一带虫帮铁定动身的日子。光绪八年的春分节是二月初三。二月初六这天，杜英孝跟着虫帮开始了西行的漫漫程途。杜昌平家的两个管事，龙宝和石成，每年最重要的工作便是参与虫帮采办回一年所需的蜡虫。这年，他们除了去采办到蜡虫之外，还必须要照顾好与他们同行的小少爷英孝。

二月初六这天麻麻亮，蜡树湾及其附近村寨的虫客们，人人头上裹着大包头，腰间系着草鞋㧟，陆续向浦阳镇进发。白蜡是贡品，虫客当皇差，每人手里都举着一面小黄旗。长途跋涉的虫帮出行之前，必须要在三府衙门前集结，由那里的文武官员送行，以示隆重。这天，汪通判起了个大早，他身着官服，前呼后拥，站立在衙门前的石阶上。手举着小黄旗的虫客们，来向他领取沿途的通关文牒。汪通判每发放一张文牒，便道一声"一路平安，多多保重！"，充满着神圣而悲壮。当汪通判把通关文牒发给杜英孝时，除了重复那句话以外，还特意在英孝的肩膀上摁了摁，似乎在说，你这伢儿能吃得了这份苦吗？三年前，段千总卸任。黎明时分，继

任的胡千总亲自率领着一队绿营军，按时赶到了三府衙门前。他将兵丁悉
数交给汪通判。虫帮将由这支营伍沿途递送，第一站是凤凰。此后，递送
的营伍将由沿途的衙门定点发派，直到云南昭通一带的虫山。

在三府衙门壮行的鞭炮声中，在威武雄壮的绿营军护送下，虫帮上路
了。杜英孝举着小黄旗，走在浩浩荡荡的队伍里。他显得异常兴奋。黄昏
时分，虫帮一行四百多人，连同护送他们的绿营军，进到了山中小镇踏虎
桥。入夜，虫客们聚集在桥头的天王庙，烤着霸王火，摆着龙门阵，烘吃
着随身带来的糯米糍粑。半夜过后，他们便围着火堆打起盹眼闭来。杜英
孝是第一次跟虫帮，也是平生第一次走长路外出。龙宝和石成觉得不能让
小少爷跟着虫客们受苦，给他在小镇上唯一的一家小歇店里开了个房间。
一天长路走下来，杜英孝的两只脚板都打起了血泡。店家听说客人是蜡树
湾大户杜昌平的公子，格外地照顾，飞快打来了烫脚水。起泡的双脚，浸
泡在热水里，疼痛钻心。杜英孝不叫不哼，咬着牙，硬挺着。烫过脚，他
便去到客房，钻进了冰冷的印花布铺盖里。路途劳累，使得他浑身如同散
了架子，很快便进入了梦乡。睡到半夜，杜英孝被那满床乱爬的臭虫咬醒
了。杜英孝点亮了桌子上的桐油灯，掀开被窝一看，天哪，那上面的臭
虫，就如同河滩上的湖鸭，成群结队地奔跑着，散发出难闻的臭气。再看
自己的身上，到处都是臭虫咬起的泛红的坨坨，又辣又痒。杜英孝不敢再
睡了。他试图穿衣下床，可屋里没有生火，山里的春寒难挨。他只得背靠
着板壁坐在床上。没想到那板壁缝隙里也藏着臭虫。他靠壁的身子散发出
的温热，使得臭虫纷纷爬了出来，有的竟然爬进了他的颈根。没办法，杜
英孝起身下床，在房间里踱着步。他真想叫醒店家，发一通脾气。可谁都
晓得，小歇店里有臭虫，并不是了不起的事，值不得大惊小怪，也就只好
作罢了。天哪！这还只是个开头呀！虫帮去云南，来回六千里。这才刚刚
走了八十里。往后，天晓得还有什么样的事情发生。忽然，他想起在动身
之前，哥哥交给他一张虫帮西行的"路途记"，上面记载着他将要经过的
地方。英孝解开包袱，拿出"路途记"，拨亮桐油灯，仔细地看起来，只

见那上面写着：

虫帮路途记

浦阳—踏虎桥—凤凰—松桃—玉屏—三穗—镇远—施秉—新洲—横水塘—马场坪—贵定—贵阳—清潭—安年—安顺—小隆场—岩脚—刺冲—水城沙湾庙—威宁—得胜坡—昭通黄羊山—纯田坝—遮海—金河

　　杜英孝的双眼被泪水模糊了。面对着漫漫程途，心高气傲的杜家小公子，居然哭了起来。莫名的恐惧感涌上心头。他不知道该如何去应对即将发生的一切。要做个男子汉真不容易啊！他默默地坐在桐油灯下，任泪水在瘦削的脸颊上簌簌地流淌。第二天，天还没大亮，踏虎桥便开始喧闹起来。杜英孝从床上拿起昨夜解下的家机布包头，生怕上面有臭虫，抖了又抖，而后一圈一圈往头上缠裹。裹到最后时，他用剩余下的一截包头布，擦去了脸上的泪痕。想起老祖宗的规定，所有的杜家男人都必须跟一次虫帮，真可谓用心良苦啊！

　　从此以后，杜英孝谢绝龙宝和石成给他的一切照顾。他们睡哪里，他也睡哪里；他们吃哪样，他也吃哪样。小少爷有这等的表现，着实让杜家的管事惊讶和感动。

　　三天以后，虫帮到达贵州的玉屏县城，走上了京城通往云贵的古驿道。这时，来自芷江罗旧一带的沅州虫帮，已布满了这里的街弄子。按照约定俗成的规矩，春分过后一天，湘西的两支虫帮必须在这里相会。这样的安排，为的是减少沿途递送营伍的压力。这年，沅州虫帮较辰州虫帮更为庞大，有一千二百人之多。两支虫帮的同时到来，使得这个贵州边境的小县城，重现着一年一度的喧闹。县城里可以遮风挡雨的会馆、祠堂、庙宇，都已为先期抵达的沅州虫帮所占据。辰州虫帮便只能露宿在街头了。入夜，蜡树湾的虫客们，聚拢在一条小街的街檐之下，围着一堆堆篝火席地而坐。杜英孝吃过用火炭烘熟的糍粑之后，便沿着小街信步而行。几天下来，他那起泡的脚板，已渐渐变得硬朗了。玉屏是个出箫笛的地方。前年哥哥跟虫帮时，便曾在玉屏买过一支笛子回家。杜英孝不喜欢笛子，喜欢洞箫。他的私塾先生粟老师，便有一管玉屏出的洞箫。每当夜深人静，粟老师吹箫抒怀时，杜英孝常常守在他的身边，听得入迷。粟老师见英孝有此喜好，便教他吹箫。杜英孝吹箫蛮有长进，很快便学会许多乐曲，其中他最为喜欢，也吹得最好的一支乐曲，叫作《苏武牧羊》，表现的是苏武北海牧羊时的苍凉心境。这晚，玉屏街上一个卖箫笛的铺子，因为虫帮的到来，破例开了夜市。杜英孝进得店铺，买了一管洞箫。洞箫做得很精致，扁形的竹管上，雕刻着一幅山水画，还有唐人杜甫的诗句："此曲只应天上有，人间能得几回闻。"

虫帮继续前行，来到滇黔门户镇远城，小憩一天。蜡树湾的虫客们，住在府城头牌的火神庙里。杜英孝是个爱走动的人，吃过早饭，他便带着玉屏买的那管洞箫，出了火神庙，信步沿着古驿道的石板路西行。迎面而来的是一座石拱桥，桥头立着一块石碑。碑文记述，此桥由镇远士民为康熙皇帝六十圣寿而建，因此而名为"祝圣桥"。那高大的桥亭上，挂着的一副对联，描述这条西南古驿道上的情景：

扫尽五溪烟，汉使浮槎撑斗去；
劈开重驿路，缅人骑象过桥来。

杜英孝在祝圣桥上久久地徘徊。他仿佛看到了古驿道上缅甸贡使骑着大象，从这座大桥上经过时的情景。古驿道不经过蜡树湾，他更没见到过大象。只听说贡象的队伍，必须在船溪驿歇脚。船溪驿正是他的岳家，那里有他未婚的妻子。完成此次虫帮的随行，他便要到那里去做新郎。他坐在桥亭里，用洞箫吹了一曲《苏武牧羊》。

杜英孝跟随着虫帮，在滇黔古驿道上风餐露宿，艰难跋涉。渐渐地，他有点儿力不从心了。每上一座山，他都要出一身汗。湿漉漉的汗水，在他的身上一次次被沤干。风寒入体，埋下了病根。虫帮在贵阳小憩一天，虫客们在湖南会馆歇脚。贵阳是省城，市面繁华，虫客们纷纷上街看热闹。杜英孝虽也想到街上走走，却连步子都迈不开了。他那儿也没去，就在会馆里的一条长板凳上睡了一整天。

虫帮是在贵州安顺城过的清明节。四天之后，抵达水城县的沙湾庙。这一夜，杜英孝突发高烧，不省人事。小少爷的突然病倒，令龙宝和石成焦急万分。他们请来了当地的郎中，为杜英孝把脉看病。郎中说，病起风寒淤积，需要药物调养，更需要得到休息。两人经过商量，决定石成留在沙湾庙照看小少爷，由龙宝随虫帮继续前进，到虫山采办蜡虫。递送虫帮的绿营军知道了此事，不同意杜英孝留在当地。掉队的虫客，常常成为盗匪打劫的对象。沙湾庙就曾经发生过几起这样的事。虫客即使是在沿途病倒，也必须随队伍前行。没奈何，龙宝和石成只得连夜在当地雇请脚力。找遍了沙湾庙，居然无人受雇。一位军爷提醒说，越是在当地雇请不到人，病人就越是要随着队伍走。说不定已经有人瞄上了这位少东家。他们在串通一气，编着法子把财神菩萨留下来。龙宝和石成听了军爷的话，被吓出一身冷汗。无奈，他们决定由自己抬着小少爷，跟随着虫帮一路前行。

从沙湾庙到贵州威宁一带，属于乌蒙山脉。一百多里山路，都是在万仞高峰中盘旋。虽说是过了清明，在这云贵高原的脊背之上，却依然覆盖着皑皑白雪。逶迤的盘山路上，艰难跋涉的湘西虫帮队伍，步履悲壮而苍凉。他们一年一度地出现在这里，谁也记不清已经延续了多少年。细雨蒙蒙，阴晦的乌蒙山，白日像黑夜一样昏暗。人流中，一面面迎风飘拂的小黄旗，也在昏暗的天宇间变得朦胧。谁也来不及细想，这昏暗中的辛劳，换来的将是皇家宫苑的灯火通明！他们谁也顾不上说话，只有"沙沙"的草鞋着地声，在山路上有节奏地响动。为了抵御寒风的侵袭，虫客们纷纷解下包头，把一张张脸膛捂了个严严实实，只有一双眼睛露在外面。龙宝和石成用担架抬着患病的杜英孝，吃力地行进在山路上。杜英孝高烧还未消退。他张着干裂的嘴唇，在冰冷的寒风中不停地喘息。蜡树湾杜姓人家所有的虫客们，都记挂着小少爷的安危。当龙宝和石成累得不行时，他们或是帮着推拉一把，或是替上一肩。中午过后，天上下起了纷纷扬扬的雪花。在湘西，"清明断雪，谷雨断霜"。乌蒙山区过了清明节，却依然还在下雪。猛然间，担架上的杜英孝抽起筋来。龙宝回身，摸了摸他那罩着布单的额头，烧得如同火炭一般。龙宝和石成放下了担架，面对着奄奄一息的小少爷，放声大哭起来。这时，一个送帮的军爷走了过来，掀开布单，摸了摸杜英孝的额头，又问了问情由。他说："没得事。这种情形我们见多了。他心上火气太旺，让乌蒙山的雪花把心火浇灭，他就没得事了。等到了威宁城，你们再想法给他调理。"

杜英孝的担架随虫帮抵达了威宁城。正如送帮军爷所说，他身上的火气，果真被乌蒙山的冰雪浇灭了许多。他的高烧渐渐开始消退。两个管事把他安顿在正街上的招远客栈，随即为他请来了把脉诊病的郎中。诊断的结果，与沙湾庙郎中所说如出一辙。无非风寒淤积、需要调养一类的话。夜里，两个管事忙着为他熬药、喂药，几乎没有合过眼。到天亮时，昏迷的杜英孝终于在呻吟声中苏醒了。

第二天，虫帮换由威宁州衙派出的营伍递送，继续前行。前面站口叫得胜坡。过了得胜坡，便是云南昭通地界了。两个管事经过商量，决定石成留在威宁城，照看小少爷。等小少爷病情好转，再一同赶往昭通虫山。

在黔西小城威宁，汉人和彝人、回人、苗人杂处。荒蛮之地，交通闭塞，少有外人进入。只有来自湘西逾千人的虫帮，年复一年，都要在这里出现。咸丰七年，青年时代的杜昌平，按照家族的规定，也曾有过一次跟帮西行的经历。立夏过后，虫帮从昭通虫山返回，抵达威宁。旅途劳顿的杜昌平，住进了一家客栈的阁楼上。睡到半夜，大雨倾盆，狂风肆虐。突然，他被一阵震天动地的巨响惊醒。接着便是房屋不住地上下颤抖。他迅速从床上一跃而起，浑身上下的一根根汗毛，顿时紧张得全都竖了起来。

小客栈里，人们惊恐万状，哭喊声一片。杜昌平摸着黑，三脚两步便下了楼。楼下的客堂里，聚集着惊魂未定的店家和歇客们，谁也不晓得究竟发生了什么事情……次日清晨，大雨停歇，惊人的消息在小城传开：昨夜一场暴雨，引起山洪暴发，城西的大片山洼地，出现了一个方圆几十里的高山湖泊。这就是后来人们所称的"草海"。杜昌平和虫客们前去打望。站在水天相连的湖泊边，杜昌平感到了世事的沧桑，更感到了人的渺小与卑微。从那以后，他再也没有跟过虫帮，而这段经历，却是刻骨铭心，感慨万千。年复一年，在中国大西南的土地上，为了皇家宫苑灯火通明，这支举着小黄旗的人流在这里涌动。一茬又一茬的湘西蜡农，从少小走到老大，从阳世走到阴间。直到乌蒙山雨骤风狂，地裂山崩，茵茵草山变成了茫茫沧海，湘西人艰辛的程途，还不知要走到何年何月何日！杜英孝从记事时起，曾听过父亲无数次诉说，无数回感慨。神秘的草海，记录着父辈的经历，蕴含着人世的沧桑，成了他心驰神往的地方。如今，他终于到达了威宁城，梦中的草海近在咫尺，他却只能躺在病榻之上，无法前去一睹那里的万顷碧波，回味人世的沧海桑田。杜英孝两眼晶莹的泪水，情不自禁地滚落了下来。

"小少爷，你哭哪样？"石成问。

"石成哥，我想去看草海。"杜英孝说话很吃力。

石成说："嗨！到了威宁，想看草海那还不容易，你忙哪样！要等到病好了些，我们一起去看就是。你安心在这里躺着，我再去给你捡几副药来。"

杜英孝说："你先到州府衙门去禀报一声，说虫帮还有人留在威宁没走，要请他们多多关照。"

威宁地处黔西边陲，千山万壑之中，住着桀骜不驯的山民，朝廷一直难以进行有效的管控。清末，威宁一带的"袍哥"把持一方，或欺行霸市，或打家劫舍，或绑架勒索。连官府对他们也都是奈何不得。湘西虫帮年复一年从这里过往。他们运送蜡虫返回时，都要在威宁一带雇请数以千计的脚力，递送蜡虫担子到安顺。湘西虫帮的内中情形，威宁人可说是了如指掌。辰州和沅州虫帮中的大户，正是他们的"狩猎"对象。当他们发现虫帮队伍里抬着一副担架时，立刻意识到这是天赐良机。他们毫不费力，就打听到那躺在担架上，住进招远客栈的后生，是辰州府浦阳镇蜡树湾大户杜昌平家的小少爷。他是按照杜姓人的规矩，来跟随着虫帮西行磨炼筋骨的。袍哥们都晓得，杜昌平是浦阳蜡户中的头块牌，白花花的银子有的是，把这小少爷弄到手里，油水肯定是重重的。当杜家主仆还蒙在鼓里时，针对他们的阴谋就已经形成，一张大网在向着他们撒开。石成前脚离开客栈，袍哥后脚便进到店中，对店家说了声："杜公子病了，我们来接他去看病。"说话间，一伙人便进到了杜英孝的客房。威宁城的客栈里发生这种事情，并不是头一回。店家要在当地立足，是绝对不敢声张的。躺在床上的杜英孝，见那么多的莽汉突然进到他的房间，立刻意识到事态的严重。他神经顿时紧张，周身冷汗涌冒，脑壳嗡嗡作响，身子立刻瘫软得如同一堆烂泥，便重又回到了昏昏沉沉的境地。他隐约地听见有人在喊话："来呀！浦阳的杜公子病在了我们威宁城，怎能就这样放在这客栈里呢？快把他接去看郎中。"

袍哥头儿的话音刚落，莽汉们便七手八脚，将杜英孝从床上抬起。这时的杜英孝，已经完全失去反抗的意识与能力，只能任其摆布。他被抬上一顶事先停放在客栈门前的篷轿。紧接着，四个莽汉抬起轿子，飞也似的朝着城外草海的方向走去……

当石成捡了一摞中药回到招远客栈时，杜英孝的客房里，已是人去房空。那客房的木柱上，用尖刀插着一张字条。字条上写着两行大字：

一月内，千两银赎人；
若报官，杜公子没命！

石成懵了，呆若木鸡地站在那里，不知如何是好。

"客官！出了这样的事，实在是对不住。他们的势力太大，小店奈何不得啊！"店家这样说。

石成没有和店家搭腔，只是哭丧着脸，喃喃地自言自语："千两银赎人……哪里去弄千两银子啊？！"

"客官，总得想法子呀！救人要紧，这些人是什么事情都做得出来的。"店家的话语充满着同情。

杜英孝隐隐约约醒过来时，首先听到的，是一声声划船的水响。他微微睁开双眼，头顶上是竹篾编织的船篷。他断定自己被"吊"了"羊"，眼下是躺在一条小船里。这条小船，正行进在他曾经心驰神往的草海之上。

"五爷！他醒过来了。"杜英孝的身边有人说。

"醒过来了就好！"那被称作五爷的人问道："你看看！他的病不要紧吧？！"

"他只是中了风寒，不要紧的，五爷你就放心好了。"说话的人，是袍哥请来的郎中。

杜英孝听了袍哥和郎中的对话，对于自己的处境，已经完全清楚了。他不想开口说话。对于这些人，说什么都是多余的。那五爷和郎中也不再说话。杜英孝耳边回荡的，只是划桨行船的"哗哗"水响，偶尔还能听见几声湖面上水鸟的啼鸣。不久，他感觉到小船拢岸，那五爷吩咐手下的喽啰："到了，背他上岸！"

杜英孝仍然闭着双眼，任其摆布。他被背上一个宽阔的脊背，上到岸边。他眼睛睁开一条缝，看见小岛上有一座低矮的茅草屋。

"丁先生，费心，这位财神菩萨就托付给你了。他的病没治好之前，你就将就着在这里过吧！"五爷在对姓丁的郎中交代。

杜英孝被背进了茅草屋，放在一张木棍搭成的床上。

"你们这是做哪样？放我回去！"杜英孝睁开眼睛，有气无力地说，尽管他明白这是多余的。

"杜公子，你有病，莫动气。我晓得你醒了过来，只是没有说话。现在你终于说话了。"那被叫作五爷的人说，"杜公子老远来到我们这个小地方，得了病也没得整治。弟兄们打了个商量，就把你接到这里来养病。"

"接我来养病，说得好听！你们这是打劫！是'吊羊'！"杜英孝气愤地说。

"莫讲得那么难听。安心养病。你看，郎中都给你请好了。一个月以内，家里人一定会来接你。"五爷说。

"你们开了多少价？"杜英孝问。

五爷笑了笑，说："嗨！我说了，安心养病，你问这个做哪样！"

招远客栈里，石成急得像热锅上的蚂蚁。他刚才还去州衙禀报。官员告诉他，威宁城里"圈子"的势力大得恶，要他多加提防，没想到打个转的功夫就出了事。若去报官，那纸条上写得明白，带给小少爷的将是杀身之祸。况且官家对袍哥们也根本奈何不得。千两银子不是小数目，在人地生疏的威宁，他是没法筹措的。人命关天，只有立即动身，日夜兼程赶回蜡树湾，向杜老爷禀报实情，赶紧送银子来赎人。

草海小岛上的茅草屋里，杜英孝吃了郎中的药，高烧开始消退，干裂的嘴唇也渐渐变得湿润。他由于几天没吃东西，浑身上下，没得一点儿气力。茅草屋外，便是父亲常挂在嘴边的草海。此刻，这草海纵有千般妩媚、万种风情，却已然变成了他的伤心之地。虽是近在咫尺，他却无心起身去到门外，站立湖边，一睹草海的芳容。

三天以后，杜英孝的病症渐渐脱体。郎中乘船离开了小岛。杜英孝除了吃饭、睡觉以外，便是坐在床沿上吹箫。《苏武牧羊》的乐曲，在茅草屋里凄怆地回荡。杜英孝此时的心境，和北海边牧羊的苏武，似乎有些不谋而合。他全神贯注地吹奏着，整个身心完全融入古老乐曲的情境之中，禁不住潸然泪下……

"杜公子，哭啥子？我们对你咋个了嘛！"一个叫老布的喽啰，把一碗煮好的鱼放在杜英孝面前，说："吃吧！这是我们在草海抓的"鱼包虾"，小鱼的肚子里，有它吃下去还没化掉的虾。在你们湘西可是吃不到哟！"

见杜英孝无动于衷，另一个叫老扎的喽啰跟着说："吃点吧！味道蛮不错的。初吃有鱼味，细嚼又有虾味。试一点嘛！"

若是平常，喜欢新鲜玩意的杜英孝，对这样的"鱼包虾"一定会立刻品尝。眼下，他心里烦透了，即或是龙肉，也提不起兴致。他把脸扭过了一边。

转眼间，杜英孝来到这小岛上，已经二十四天了。上岛那天，袍哥头目五爷告诉他，一个月以内，家里会来人接他。一个月，显然是盗匪立下的期限。也不晓得家里人究竟要花多少钱，才能把他赎回去。他几番向老布、老扎两个喽啰打听，他们都只是笑着摇头，说不知道。杜英孝除了吃三餐饭之外，一天到晚几乎都是睡在床上，却又从来没有睡落过。吃过晚饭，杜英孝又一头倒在了床上。他微微闭上双眼，曲蜷着的身子，一动不动，俨然是睡着了。

"这杜公子，瞌睡也真是多，睡了一整天，刚刚起来吃过饭，倒下去又睡着了。"老布一边洗碗一边说。

杜英孝就地滚龙，假装打起鼾来。他想听这两个喽啰到底还会说些哪样。

老扎证实杜英孝确实是睡着了时，轻声对老布说："今天是第二十四天了，说是一个月的期限，那一千两银子怎么还不送来？"

"轻声点，莫让他听见了。"老布压低嗓门说："你放心，这是救命的银子，他屋里肯定会按时送来的……"

听说盗匪的要价是一千两银子，杜英孝的脑壳"轰"地一下，似乎在顷刻便会炸开。这伙无赖居然开了这么高的价。一千两银子，全家人三年还赚不回来。由于自己不争气，家里将蒙受如此巨大的损失。无地自容的感觉油然而生。杜家的小少爷，心里如同倒海翻江。他盘算着，家里送赎银的人，若要按盗匪给的期限赶到，这时至少已经过了贵阳。立夏已过，虫帮的大队伍，也应该从虫山打转了。他不敢想象，送赎银的人和虫帮相遇时，会怎样议论他这个不中用的公子哥儿。他又在想，家里来送赎银的人，肯定是他的哥哥杜英忠。一千两银子不是个小数目。哥哥是武秀才，有一身好武艺，派他送银子最为恰当。自惭形秽的杜英孝竟没察觉到，自己什么时候流泪了。栽了那么大的筋斗。从今往后，谁还会拿正眼看你！即便是在父母兄嫂、岳家老少，还有那未婚妻的面前，也都将抬不起头。突然，他的手触摸到枕边放着的那管洞箫。而今，一曲《苏武牧羊》，已经难以排解他心中的痛苦。要想结束这场痛苦，唯一的办法，便是快刀斩乱麻，告别这令人窒息的人生，一了百了。初到草海时，他也曾想到走这条路，却总是下不了决心。今晚是该痛下决心的时候了。对面床上两个酣睡的喽啰，正扯着此起彼伏的蒲鼾声。杜英孝轻轻下得床来，没穿衣，连鞋子也没穿。这时候没有必要再穿衣服和鞋子了。他赤脚踩在清冷的地上，蹑手蹑脚地出了茅草屋的门……

初夏草海的夜晚，显得格外宁静。稀疏的星星，点缀在锅底一样的夜空。半夜过后，弯弯的月亮一跃而浮出了水面，使暗青色的湖水泛起了粼粼波光。杜英孝出得茅草屋，在湖边一块巨大的石头上坐了下来。他蹙起眉头，凝望着眼前的一切：夜空、湖水……细听耳边的一切：风声、涛声……这就是他曾经心驰神往，如今却要在此了却一生的草海！突然间，一排涌向岸边的浪涛朝着他飞溅，打湿了他薄薄的衣衫，打湿了他落泪的脸庞。冰冷的湖水，闷骨透心。他下意识地抹了抹脸上的泪水。他稳了稳心神，便双膝跌跪在一块高大的岩石之上，面朝东方，泪水模糊的双眼仰望长天，向遥远的家乡和亲人做最后的诀别。接着，他梭下岩石，挪动着僵硬的双脚，一步一步，并不情愿地朝着茫茫的草海走去，任湖水没过他的膝盖，没过他的腰肢……

"杜公子！"两个喽啰尖叫着，向草海奔来。

杜英孝加快了脚步，湖水没过了他的脖颈，又眼看要没过头顶。这时，两个喽啰飞也似的跳到湖中，三步两步，便追上了向湖心走去的杜英孝。四只大手如同两把铁钳，牢牢地钳住了杜英孝，迅速地将他拖回到岸边。

"放开！让我去死！让我去死！"黑暗中，杜英孝声嘶力竭地嚎叫着。

"杜公子，你不能死。你要是死了，我们也就没命了。"老布说着，便将浑身湿淋淋的杜英孝，摞上了自己宽阔的背脊。

冷风的吹拂，寒流的浸泡，使得杜英孝的风寒病症再一次复发。凌晨时，他又发起了高烧，再度陷入昏迷。两个喽啰吓坏了，赶紧划船去向五爷禀报。五爷再次派来了郎中。

五天以后，也就是最后期限的前一天，杜英忠和石成，带着银子来到威宁赎人。一千两银子，赎回的是一个病恹恹的弟弟。

杜英忠打听到，今年蜡虫下树迟，虫帮返程还需要些时日。威宁城不可久留。第二天清早，杜英忠找来两个脚力，用滑竿抬着弟弟，沿着乌蒙山陡峭、狭窄而弯曲的山路，走上了漫漫归途。在乌蒙山上抬滑竿非常辛苦。英忠良心好，体恤穷苦人，有时候，见脚力实在累得不行了，便上前替上一肩。石成见主人尚且如此，也充当了半个脚力。这时，最不是滋味的，便是滑竿上的杜英孝。来时过乌蒙山，他睡的是担架；去时过乌蒙山，他坐的是滑竿。更让他羞愧难当的是，抬滑竿的人，是自己的哥哥。和哥哥相比，他相形见绌。而这恰恰是他心里无法承受的。乌蒙山顶的积雪，已随着天气转暖而消融。他心中的积雪，却是一天天在加厚。他不由得又埋怨起草海上的那两个喽啰来，那天夜里为什么要救他？如果按照他的意愿，去到草海中寻求永远的宁静，这一切痛苦便都不会存在了。杜英孝乘坐的滑竿行进到山坳的拐弯处，小路的一侧，是刀削斧砍般的深渊。一个闪念出现在他的脑海中，若是纵身跳下眼前的深渊，便立刻可以得到最彻底的解脱。他一次次起意，又一次次迟疑，最终也没能横下这条心。

一路走来，杜英忠总是在寻找话茬，劝慰历经磨难的弟弟，杜英孝却总是难得搭上一两句腔。杜英忠试探着说："镇上表嫂都来过好几趟了，张罗着为你接亲的事。回到蜡树湾，把病调养好了，就把月娥接过门来。"

"接亲！有哪样接的？！莫耽误了别人的青春。"杜英孝冷冷地回应。

过了好一会，杜英忠又从另外一个角度进行试探："回家以后，把病调养好了，爹说要送你去虎溪书院读书。对你秋天的考试，是会有好处的。"

"考试！有哪样考的？！再考，也是去垫背。"杜英孝同样是冷冷地回应。

杜英忠再也找不出他认为更适当的话，来排解弟弟的颓丧与懊恼了。

这天，杜英孝乘坐的滑竿夜宿安顺城。日夜兼程的虫帮大队伍，也在半夜过后到达了安顺。蜡树湾的杜姓虫客们，听说病中的小少爷英孝也在安顺，便不顾旅途劳累，一齐到客栈来看望。他们说了许多关切的话。睡在床上英孝，却只是呆滞地微睁着双眼，没有搭任何人的腔。乡亲叔侄们说的每一句言语，经过他的咀嚼和品味，仿佛都变成了嘲讽与奚落。杜家小少爷生平第一次感受到，什么叫作无地自容！英忠看出了弟弟的懊丧与尴尬，连忙出来打圆场。他替英孝向众人表示道谢，并送走了众人。

四更过后，天还没亮，杜英孝乘坐的滑竿，就跟随着龙宝带领的十五根蜡虫担子，从安顺出发了。虫帮凭着一纸通关文牒，让安顺城的城门提前敞开。安顺一站，是虫帮换雇脚力的地方。英孝的滑竿，也是在这里换雇了脚力。由于虫帮大队伍的到来，安顺城的脚力走俏。即使出高价，也难以雇请到精壮的脚力。英忠跟龙宝、石成商量，他们三人每人顶一副担子上路。大少爷身先士卒，两个管事便也只好跟着来。英忠年轻，又是武秀才，有气力。他选了一副重担。用棕片包裹的蜡虫，三斤二两一包。他的这副担子，共挑了四十四包。迎着夏日的朝阳，英孝的滑竿和成千副的蜡虫担子，一同走在古老的西南驿道上。那高高抬起的滑竿，在虫帮的大队伍里，显得突出而怪异。坐在滑竿上的杜英孝，放眼望去，前面的一副副蜡虫担子，望不到尽头。那绑在担头的一面面小黄旗，在阳光的照耀下，显得格外光彩夺目。如若不是生病，不是发生在威宁城的变故，他也会举着这样一面小黄旗，行走在这支队伍里。今生今世，他再也不会有这样的机会了。虫客们头上的大包头都不见了。去时春寒料峭，虫客们扎上包头御寒。来时已是立夏，包头已经没了用场，当地的彝民又特别喜欢湘西的印花布，虫客们便用包头布向彝民换来了蜡虫。所有人的包头布都换成了蜡虫，唯有自己的包头布，还原封不动地塞在行囊里。杜英孝不由得又暗自伤情，本该举的黄旗他不能举，不该留的包头布他却留在了身边。

这天，又是个大晴天，这是虫帮脚力们最惧怕的天气。中午时分，气温达到了最高点。虫包里的尚未羽化的蜡虫，禁不住棕包里的高温，纷纷爬了出来，爬在了脚力的周身上下黏附着。英孝看了看走在他滑竿前面的英忠。一只只蜡虫，竟爬得英忠满身都是。英忠既不打，也不拍，只是一个劲地挑着担子，往前赶着路。英孝多想也能和哥哥一样，也挑一回蜡虫担子，也让蜡虫在浑身上下爬一回，做一回蜡树湾真正的男子汉。今生今世，只怕是再也没有这样的机会了。身体本来就单薄的杜英孝，已瘦成了"一把骨头几根筋，外头包个空皮囊"。他浑身没得一点力气，只得瘫软地躺卧在滑竿的靠背上。"坐"滑竿变成了"躺"滑竿。滑竿的前面和后面，都是一根根蜡虫担子，都是身上爬满蜡虫的虫客和脚力。都是一样的男人，别人可以挑着百多斤的担子赶路，还要经受蜡虫的困扰，自己却要这样被人抬着，而且连坐滑竿的力气都没有，也实在是太粪桶了。杜英孝强支着身子，在滑竿上坐了起来。突然，他的心中出现了一个闪念：他如此这般地夹杂在这个队伍中，不正像一个被前呼后拥、绑赶刑场的死囚么？作为一个男人，他在这个世界上已经失去了存在的意义。杜英孝在滑竿上如坐针毡，随之又瘫软在了滑竿上。他两眼紧闭，眼不见，心不烦。而他的耳边，"吱呀吱呀"的担子声，"踢踏踢踏"的脚步声，又是那样响个不断。每一个声响，仿佛都是对他的奚落，都是对他的精神折磨。

杜英孝后悔了,后悔那天在乌蒙山上,真不该那样优柔寡断。倘若是横下心,闭上眼,纵身一跳,就再也不会面临如此尴尬和狼狈的境地了。

在极度的痛苦与惶惑之中,杜英孝终于回到了蜡树湾。滑竿穿行在寨子的岩板路上,发出"吱吱呀呀"的声响,像是一支充满哀怨的歌,感叹着一个失意者悲凉的人生。寨子里,幢幢吊脚楼的栏杆上,巴满了看热闹的人。杜英孝尴尬、羞愧。若是地上有条裂缝,他会立刻跳下滑竿,钻进去。当杜英孝的滑竿临近家门口时,鞭炮声"噼里啪啦"地响了起来,杜家人抑或是用这种方式来驱除这伢儿一路带来的晦气。在丧气的杜英孝看来,随着这鞭炮的遍地开花,他的远大抱负、人生梦想,都彻底地破灭了。

• 蜡树湾的六月雪

　　虫帮开拔后的第三天，杜家曾请刘金莲去了一趟船溪驿，同邬家商量，定下了接亲的日子，只等英孝跟虫帮回转，小儿媳便可以过门了。婚期定在五月初八，杜家紧锣密鼓地筹办着婚事。高亲娘请的是浦阳镇上印秀才的娘子吉秀华。吉秀华有儿有女，特别是她成亲之后，丈夫还考中了秀才。英孝成亲过后，要再去辰州府参加童子试。请秀才娘子当高亲娘，是给英孝一个好彩头。原以为一切都会顺顺喜喜，岂料事与愿违，英孝险象环生的跟帮，杜家花费了银子不上算，好端端的伢儿，还被折磨得五痨七殇。如今，英孝病哀哀地躺卧在床上，如同一摊烂泥巴，全然没得一点儿精气神。张荷香后悔不迭。当初若是依着她，不让英孝去跟帮，所有的悖时事就都不会发生了。她心里责怪丈夫，嘴上却不敢说。丈夫作为杜姓人的一族之长，把祖上定的规矩看得最重，自己的伢儿，是铁定要遵行的。他是要通过这场磨难，让英孝懂得人生的艰难，打掉他的心高气傲。眼下的当务之急，是调理好英孝的身体。原日定下的婚期，就只好往后推挪了。

　　杜家的篷轿，到浦阳镇上把老郎中杨锡焘接到了家中。英孝从小就体弱多病，老郎中已是杜家常客，对于他的体质，甚至性格都了如指掌。老郎中开出药方后，把杜昌平拉到一边说："杜公，这个单方，治疗的仅是令郎的身病。说句真言你莫多意。令郎的病，身病在其表，心病在其里。只有表里兼治，方可疾病脱体，原神复位啊！"

　　老郎中的话，点醒了杜昌平。知子莫如父。这伢儿从小心高气傲，如今他不但是身体趴下了，精神上更是抬不起头。如不能让他恢复一颗平常心，吃再多的药也无济于事。怎样才能治好他的心病呢？平日里足智多谋的杜昌平，这时也变得束手无策了。

　　对于重病卧床的杜英孝，刘金莲至为关切。五年前，未成年的英孝还曾通过老司龙法胜立下《保状》，将自己的三年阳寿捐奉给了他的舅爷，也就是刘金莲的公爹张恒泰。英孝若是有三长两短，势必影响到公爹的情绪。刘金莲在张家窨子吩示，任何人不得将英孝病重的消息向老爷透露。为推迟婚期的事，她又去了一趟船溪驿。她将实情通报给世顺舅舅。究竟推迟到什么时候接亲，要根据英孝身体恢复的情况决定。

　　夜里，刘金莲和邬月娥做一起睡。月娥抱着表姐"呜呜"地哭了。刘金莲抚摸着邬月娥肌肤细嫩的肩头，说了许多劝慰的话，也没能阻止住邬月娥的伤情。刘金莲为表妹的真情所打动。作为媒人，作为男女双方的表亲，她想到的或许比邬月娥更多。倘若是英孝就这样一病不起，这门亲事一旦发生变故，她的良心可就丧得大了。

　　第二天，邬世顺把刘金莲叫到跟前，说："金莲哪！蜡树湾的这门亲事，你这个媒人是两头亲：一头是婆家的表弟，一头是娘屋的表妹。你来来去去，把脚板都跑大了。邬家是讲门风志气的人家，不结亲犹自可，既然结了亲，月娥就是杜家的人。如今英孝病得不轻，月娥最应该放在心上。我想请你陪着月娥前去探望，给英孝一点安慰，也好助他能早日康复。"

　　陪月娥去蜡树湾探望病中的英孝，刘金莲早有此意，只是怕重礼教的舅爷不答应，一直没敢说出来。按照乡里的老规矩，没过门的女伢是不能轻易去婆家的。想不到舅爷会如此开通，竟然主动提出让月娥前去探病。刘金莲当然求之不得。

　　这天，月娥由金莲陪着，来到蜡树湾，进了杜家窨子屋的大门。终朝为儿子心病犯愁的杜昌平，忽觉得眼前一亮。这未过门的儿媳，不正是医治英孝心病的一剂良药吗？他明白，没有父亲的吩咐，邬月娥是不能前来探病的。杜昌平感激亲家的通情达理，他庆幸杜家结了一门讲仁义的亲戚。

英孝经过调理，身病虽有好转，心病却依然如故。他的情绪，低落到了极致。他恐惧任何人的探视，包括父亲和母亲。午饭过后，母亲来到了病房中，喜滋滋地向英孝通报好消息，说是在表嫂刘金莲的陪同下，他的未婚妻邬月娥来看望他了。听到这个消息，杜英孝一阵心急，五情愧赧，双颊顿红。他还没有回过神来，邬月娥在刘金莲的陪伴下，就出现在了他的病榻之前。

"孝表弟，听说你得病，月娥心里放不下，就让我陪着她看你来了。"刘金莲说着，朝邬月娥看了一眼。

看着未婚夫病哀哀的样子，邬月娥顾不得害羞，两行眼泪簌簌地滴落了下来，随即便用颤抖的声音问道："好些了吗？你要好好养病……"

这时，杜英孝才回过了神来。他挪动骨瘦如柴的身躯，把蜡黄的脸朝墙壁一边扭转，摆脱邬月娥的视线，有气无力地说道："表嫂，你带她来做哪样啊……"

"做哪样？！她是你的人，来看望你呀！"刘金莲说，"人生在世，谁人没个三灾八难。不就是点小病吗？没得哪样了不起的！吃几副药，很快就会好。月娥一个千金小姐，老远跑来看你，你就这样对待她呀？！来！把脑壳扭过来，陪着月娥说说话，莫辜负了她的一片心。"

"表嫂，求你了，赶快请她赶快走……"杜英孝喘着气，已有些口齿不清了。

"孝儿，你怎能这样说话？！"张荷香感到儿子不像话，出言制止。

面朝墙壁的杜英孝，并没有理会母亲的教训。他强打起精神说道："我都这个样子了，还能说哪样话？请邬小姐赶快走，赶快回船溪驿，另外许配个好人家，好男人，不要因为我耽误了她的青春。"

这时，邬月娥已是泪流满面了。她没想到杜公子会说出这样一番话。

这杜公子虽是出于一片好心，而她却是断然不能接受的。她坚信杜公子很快会好起来，她很快就会成为杜家的新娘。她鼓起勇气，一屁股坐在了英孝的病榻上，大声地哭喊着："不！我不走！我生是你杜家的人，死是你杜家的鬼！"

伴着邬月娥的表白，病房中哭声一片，就连面向墙壁的杜英孝，也躲在那里悄悄儿落泪了。

"孝表弟，平日看你是个脚色，是个男人。真想不到，还只是遇上这点小病，你就这样趴下起不来了！"刘金莲晓得英孝争强好胜，想用这些话给他点儿刺激。

刘金莲并不知道，经过此番磨难的杜英孝，已经心灰意冷，对生活全然失去了信心。她使出的激将法，并没能激起杜英孝对生命的热情。悄悄儿落泪的杜英孝，突然间"呜呜"地大哭大叫起来："我还是个男人吗？我还是个男人吗……"

紧接着，杜英孝紧闭双眼，用尽全身气力，在床上不停地翻滚，两只瘦得像柴棍一样的脚杆，扬起来，又落下去，不住地敲打在床上。这时，张荷香、刘金莲，还有邬月娥，顿时全都被吓得目瞪口呆。张荷香意识到，邬家小姐再在这里待下去，英孝真会发癫疯的。她转身向刘金莲示意，赶快带邬月娥离开病房。

出乎杜昌平的意料，邬月娥的探病，不仅治不好英孝的心病，反而给他的心病来了个雪上加霜。杜昌平这才体悟到，他并不真正了解儿子。他再度陷入了困惑与无奈。治好伢儿的心病，究竟要靠什么样的药方呢？情急之中的杜昌平全然没了底气，他对刘金莲说："金莲，刚才你也得见了，英孝的病，已经到了九分九厘。我是没得办法了。你见多识广，给姑爷拿个主意，救他一命吧……"

"姑爷都没得办法了，金莲一个女流之辈，还能拿哪样主意。"刘金莲说过客气话，便道出了自己的看法："依我看，孝表弟的病，不只是在身上，更是在心里，单靠吃药，只怕是难以奏效的。"

"对！你说得对！"杜昌平立即接腔。他说："镇上德济堂的国手杨老先生，前番为英孝治病时，也是这样说的。可为他治心病的单方，又到哪里去寻找呢？"

突然间，刘金莲觉得有个途径，不妨可以试试。她说："姑爷，常言道'身病靠药医，心病求神解'。英孝既是心病，何不请个老司来禳解？！"

刘金莲的一句话，点醒了杜昌平。他连连说："对！请个老司来禳解！我怎么就没想到呢？其实我是应该想到的啊！"

刘金莲接着又说："英孝表弟的心病沉重。看来只有搬请傩娘圣驾，他的病才能治好。龙家垴的老司龙法胜正走红。去请他来做个'傩娘探病'，姑爷你看如何？"

"好！就请龙法胜来做个'傩娘探病'！"杜昌平立刻赞同了刘金莲的意见。

邬月娥怀着一片诚心，来到婆家探望得病的未婚夫。实指望通过她的抚慰，未婚夫能够早日康复。没想到灰心丧气的杜英孝却不领她的情。她满怀委屈与怨艾，回到客房里，便伤心地大哭起来。先是表姐刘金莲相劝，后是婆婆张荷香安抚，都没能平息她的悲戚与怨艾。她有气没地方出，便吵着嚷着要回船溪驿。

"月娥，先莫回去，再住几天吧！刚才我和姑爷说好，要请老司来给英孝做'傩娘探病'。"刘金莲劝说小表妹留下。

"不，我要回去！他做'傩娘探病'，关我哪样事！"邬月娥赌气地说。

刘金莲说："哈妹妹，怎么不关你的事？！'傩娘探病'要'占彩头'，由傩娘来占报英孝的病情，难道你不关心？！"

邬月娥不说话了。在船溪驿，也有人家为病人做过这样的"傩娘探病"，她也去看过热闹。那最后的"占彩头"，便是由傩娘来报出病人的病情。病人有希望好，或是没希望好，何月、何日、什么时辰有转机？全都会报得清清楚楚，通常是很灵验的。英孝的病情关系到她的终身，能不留下来吗？

两天以后，英孝由于未婚妻探视而产生的焦躁心情，渐渐得到了平息。杜昌平也着人从龙家垴请来了龙法胜。龙法胜一进杜家窨子，便迎面遇上了刘金莲。

"张家少奶奶，你在这里?!"

"龙师傅，又要烦劳你了。患良是我的表弟，你应该晓得。"刘金莲说。

经刘金莲这一说，龙法胜便立刻想起："啊！我记起来了，那年给老爷'打保福'，这杜家有两个童子身的伢儿，一片孝心，要给舅爷捐奉阳寿……"

"龙师傅好记性。患良就是其中那个小的。"刘金莲说着，把龙法胜叫到一边，悄声问道："请问师傅，患良把三年阳寿捐奉给了舅爷，与他的病因想必是无碍的吧！"

龙法胜稍稍迟疑，而后轻声回答："有碍无碍，还需看老爷的缘法，患良的寿庚，弟子是难得断言的。"

老司的话，使得刘金莲如鲠在喉。她在心中默祷，但愿这二者之间没得攀扯。如若不然，那麻烦可就大了。

杜家已经布置好"傩娘探病"所需的场面。杜英孝病房的桌子上，设立了香案。病榻上的杜英孝虽是浑身瘫软，却依然感觉得到，即将会有老司到来，为他行傩作法。尽管他认为这种行径是多余的、无用的，也只能任其摆布。他微微睁开眼睛，见老司手持一根竹竿，支撑着傩娘神像，进到了房中，唱起了傩歌：

左边敲动龙凤鼓，右边敲动紫荆钟。打鼓不是求风雨，筛锣不是下北京。单为信人身有病，房中打探患良身。患良望得灵娘肝肠断，望得灵娘眼又穿。患良得见灵娘面，十分病体好九分……

英孝病房的里里外外，挤满了看热闹的人们。龙法胜舞动着傩娘神像。那傩娘的一双慧眼，慈爱地体恤着病入膏肓的杜英孝。老司的声声傩歌，昭示傩娘请来了药王菩萨，为患良开列出了奇妙的药方：

五岳山头去采药，药王菩萨下凡尘。一讨东海蛟龙胆，二讨南海凤凰肝，三讨仙人手指甲，四讨蛤蟆身上毛，五讨蚂蟥肉中骨，六讨蚊虫口内浆，七讨蓝蛇头顶汗，八讨雷公闪电光，九讨千年不溶屋上雪，十讨万年不化瓦上霜。灵娘口中吐出灵丹药，吐与患良亲口尝⋯⋯

龙法胜婉转而凄惶的傩歌，在杜英孝的耳边回响。听着听着，杜英孝的泪水从两边眼角滚落到了枕头上⋯⋯由龙法胜操持的探病傩娘，在众人的簇拥下，来到了客堂的家先坛前。

"傩娘探病"进入了关键的"占彩头"环节。杜昌平的全家，还有刘金莲、邬月娥，都聚集到客堂。龙法胜将支撑傩娘神像的竹竿立在地上，从怀中掏出一副神卦。众人屏住呼吸，等待着神卦的落地。只见那龙法胜一卦落地，是阳卦，众人欣喜；二卦落地，又是阳卦，众人惊喜；三卦落地，还是阳卦，众人大喜。人们喜悦的心情难以抑制。最激动的是邬月娥，她一头伏在了刘金莲的肩上，"呜呜"地哭了。龙法胜捡起地上的神卦，走到杜昌平的跟前，拱着手说："贺喜老爷，三卦皆阳，难得的吉相。公子定会逢凶化吉，遇难呈祥，你就放心好了。"

说着，龙法胜又放长腔唱起了傩歌：

灵娘宽坐华山顶——

唱了这一句，他在长长的拖腔中，用手中的牌印，将竖立着的傩娘神像一扫而倒地。

"东南西北，看倒的什么方向？"龙法胜问主东杜昌平。

杜昌平辨了辨方向，说："东方。"

"恭喜东君！贺喜东君！"龙法胜再一次向杜昌平道喜。傩娘神像倒向东方，是大大的吉兆，再一次昭示英孝将病灾脱体，转危为安。龙法胜接着唱起了傩歌的梢腔：

火化阳钱谢神恩！

龙法胜的傩歌一落音，人们七手八脚，将被扫倒的傩娘神像扶起，接着便焚化起楮钱来。楮钱燃烧起的火苗，在沉沉的黑夜里越烧越旺。阖家人等欢腾一片，为英孝的遇难呈祥而庆幸。邬月娥也露出了难得一见的笑容。

杜英孝的病体拖到了六月，惨白的脸上，泛起淡淡红晕。父母看在眼里，喜在心上。伢儿果真从慈爱的傩娘那里，获得了治疗心病的良方。事实上，英孝心中的积郁，并没因傩娘的"探视"而缓解。他只要一闭上眼睛，猎猎小黄旗，茫茫草海水，印花布包头，虫客身上的小蜡虫……便在他的脑海里轮番浮现，交织成一具挣不脱的精神桎梏。他脸上红晕倏然消失，病情也随之再度恶化……

杜英孝脸上红晕的现而复失，被杜昌平看作是回光返照。沉稳有加的杜昌平，感到了从未有过的惶恐，却又不敢对任何人声言。他开始后悔没听婆娘的话，坚持让身体孱弱的英孝跟帮西行。如今，走投无路，也只能是死马当作活马医了。他想到了最后的一招，便又派轿子去到浦阳镇，再次接来了刘金莲。

"怎么会呢？傩娘的占卜是很灵的呀！"刘金莲听说英孝病情加重，她难以置信。

"眼前孝儿的病情，确实是加重了。看来是杜家与傩娘无缘啊！"杜昌平万般无奈地说："眼下，能想的办法，就只剩下最后一个了。"

"什么办法？姑爷您快说！"刘金莲急切地问。

杜昌平说："为孝儿'接亲冲喜'，或许还有一线希望。"

刘金莲眼前一亮，这不愧是个好法子。她立刻说："真是个好办法，我世顺舅舅也想必是会同意的。我再走一趟船溪驿就是。"

在刘金莲的意料之中，邬世顺爽快地同意了杜家"接亲冲喜"的安排，并把接亲的日子定在三天以后，即六月二十二这天。突如其来的决定，引起了邬月娥的极大惶恐。"接亲冲喜"是对危重病人采取的不得已措施。杜家提出"接亲冲喜"，显然是因为英孝病情的加重。邬月娥不由得暗自伤情起来。倘若英孝就此一病不起，那将是何等可怕的局面！这位闺中女子，即使是处于最困难的境地，也总是朝着最美好的方面去想象。她想到了傩娘面前的三个阳卦，想到了傩娘神像朝东方卧倒。种种吉兆，都昭示她未来的丈夫是能够逢凶化吉的。眼下的病重，不过是难星未满。通过"接亲冲喜"，英孝是肯定会病灾脱体的。

"接亲冲喜"在匆忙中进行。虽是匆忙，却并没有疏忽了礼仪。男家的接亲，女家的送嫁，一切都遵从礼俗，唯独欠缺的，是接亲的队伍里少了新郎。处于昏迷状态的英孝，无法亲历这种场合。新郎的缺席给婚礼蒙上了一层阴影，增加了几分悲戚。当人们明白这是一宗"接亲冲喜"时，阴影便消逝了，悲戚便消除了。刘金莲作为媒人，想到的要更多些。在由她调摆的接亲队伍里，少了新郎，阳气却没有短缺。以新郎哥哥英忠为首的杜氏家族兄弟，精壮后生共有二十名，每人骑着一匹高头大马，浩浩荡荡，代表英孝去到船溪驿接亲。这虽是不得已的补救，却也填补了新郎缺席的空白。刘金莲平常外出吃喜酒，身边都是带着乖妹。这次，她为了提升喜庆中的阳气，没带乖妹，而是带上了钰龙。十四岁的钰龙，也是个小小男子汉了。

"接亲冲喜"，新郎没能去接亲，到了拜堂时新郎是不可缺席的。杜英孝的病体，已到了九分九厘。他忽冷忽热，时昏时醒。即使醒来，那极度虚弱的躯体也已经无法站立，更不要说到喜堂前行礼交拜了。这种交拜

天地的大礼，却又是不能替代的。在刘金莲的张罗下，人们将作为新郎的
英孝抬上竹躺椅，连人带椅，抬到了喜堂。新娘邬月娥，由高亲娘吉秀华
用红绸牵引，也进入到喜堂。她戴着红盖头，看不见新郎的模样，只听见
"吱呀吱呀"的响声。邬月娥立刻猜到，新郎是躺在竹躺椅上，和她进行
人生的大礼。她情不自禁地落泪了，泪水沾湿了喜庆的红盖头……

在竹躺椅的"吱呀"声中，新娘邬月娥和她新婚的丈夫一同进入洞
房。邬月娥坐在了床前的团凳上。新郎为新娘掀盖头的时刻到了。本该由
他完成的举动，只好由高亲娘代劳。邬月娥再一次伤心地落泪了。

"月娥，大喜的日子，不能哭。"吉秀华揭开红盖头，见邬月娥满脸
泪痕，轻声地说。

邬月娥没有回应吉秀华，只是用手绢擦拭着眼泪。她一双迷离的泪眼
朝着牙床上望去。那里正一动不动地睡着形容枯槁的新婚丈夫。神情恍惚
的邬月娥，不知道怎样应对眼前发生的一切。

"大喜的日子，今夜就不喂药了吧！"婆母张荷香话一出口，却又立
刻觉得不妥当，便请身边的刘金莲给她拿主意："金莲，你看呢？"

刘金莲带着钰龙站在一边，没想到二姑会给她出这样一道难题。她心
里在默着神，今夜给不给英孝喂药，是非同小可的大事。若是喂药，大喜
的日子抱药罐不吉利。若是断了药，英孝有个三长两短，那就更不得了。
这种事她是不便掺和的。这时，没想到钰龙插了话："二姑婆，这个主意
不该我娘拿。"

"伢儿家，大人讲话莫插嘴。"刘金莲说着，却也是表明和儿子一样
的态度："二姑，这主意金莲是没法子拿。"

"俩娘崽说到一路了。平日里你主意最多，这回怎么没了主意?！"

"这主意不该由金莲拿。"

"那你说该由哪个拿?"

"该由月娥拿呀！"刘金莲说："月娥过了门，英孝就交给她了。英
孝只有交给她，才能病灾脱体。"

邬月娥没想到，这位娘屋的表姐，婆家的表嫂，亲事的大媒，会把这样的难题交给她，连忙摆着手说："不！不！事关重大，月娥拿不了主意，还要请婆婆做主。"

张荷香心想，把月娥接过来冲喜，她就是扶助丈夫的福星。英孝交给月娥，定能转危为安。她说："月娥，难为你了。今天是英孝和你大喜的日子，给不给他喂药，主意是得由你拿。依你的主意，一定能百做百顺。"

邬月娥没有立刻回应婆婆。她重又坐回团凳，两眼发呆。婆婆刚才的一番话，似乎又给她增添了信心。她从小就听人说：药治有缘人。以往英孝吃药无效，是因为他与药无缘。前番有催娘的"探病"，如今又有她为英孝"冲喜"，无疑会增加英孝与药的缘分，无缘变成有缘，这药才会变得灵验。由她来给英孝喂药，定然是会药到病除的。她稳了稳心神，轻言细语地说："若依月娥的，这药不能停。虽是大喜的日子，吃药也是无妨的。今天的喜事，就是冲他的病体而来的。往日药不应对，是英孝与药无缘。如今冲了喜，他与药也就变得有缘了。"

邬月娥的话，说得婆婆心里美滋滋的。这时，只见邬月娥轻言细语叫了一声："喜花！"

"小姐，我在这里。"一个十四五岁的女伢从人群中闪出。她是邬月娥的陪嫁丫头，原来的名字叫作冬花。带着她来"冲喜"，邬月娥嫌"冬花"名字里的"冬"字不好，便改成了喜花。

"从今天起，给姑爷熬药就是你的事了。"邬月娥交代喜花过后，转身对婆婆说："娘！喜花初来，不熟地方不熟人，烦劳您着个人引导她做事。"

邬月娥无可挑剔的表现，得到了一片赞许声。就连那高亲娘吉秀华，也觉得这是个贤淑的女子。宾客纷纷离去，高亲娘也该退场了。

"月娥，英孝就交给你了……"吉秀华硬着心肠把话说出口。

"哎……"邬月娥的应声里带着颤抖。

这时，喜花端着一碗汤药进到新房。

"要我帮着你喂药吗?"吉秀华关切地问。

"这是我的事，就不麻烦你了。多谢你，劳累了一天，也该去歇息了。"邬月娥轻声细气地说。

红烛高照的新房里，新嫁娘动手给仰天而瘫睡着的新郎喂汤药。杜英孝已经失去了支配自己行为的能力，听凭他人摆布。坐在床沿的邬月娥，用含泪的双眼，审视着已是她的丈夫的男人。她用一只左手，挽过他的脖颈，使他耷拉着的头抬起。这是她与丈夫第一次肌肤的接触，邬月娥的右手拿起调羹，舀起半匙汤药，放到嘴边尝了尝，轻声说："英孝，吃药了。吃了药，你就会好起来的!"

当邬月娥手中的调羹，轻轻地撬开杜英孝的嘴唇，把汤药喂进杜英孝的嘴里时，那喂进去了的汤药，从杜英孝的嘴角流淌了出来。邬月娥急了，那含在眼眶中的泪水，簌地喷涌了出来。

"小姐，你莫急，再喂一次，姑爷会吃的。"喜花劝慰着邬月娥，转而又对脑壳窝在邬月娥手腕中的英孝说："姑爷，我是小姐的陪嫁丫头喜花。我家小姐在给你喂药哩!药医有缘人，小姐嫁过来给你冲了喜，这药也就灵了。你把这汤药吃下去，病跟着就会好起来。吃吧!哪怕是吃下去一点点，也不枉我家小姐的一片心。"

邬月娥再一次给杜英孝喂汤药。或许是杜英孝听懂了丫头喜花的话，那喂进他嘴里的汤药，居然吞咽了些许下去。

"小姐，姑爷听懂了我的话，他吃药了。"

邬月娥舒了一口气。这命如悬丝的丈夫，果真吃了汤药下肚。有了这汤药的作用，丈夫的病灾就能够脱体，这就是缘分。她看了喜花一眼，由于激动，那拿着调羹的手有些儿颤抖。

"我来喂。"喜花从邬月娥颤抖的手中取过调羹，给杜英孝喂起药来。一口喂下去，杜英孝居然一点儿也没咽，又全都吐了出来。喜花泄气了，对邬月娥说："小姐，还是由你来喂吧!只有你喂他才吃。"

"唉——"邬月娥叹着气。她的手不再颤抖。不出喜花所料,邬月娥再次喂进杜英孝嘴里的汤药,吞咽得比先前更多了。

喂过汤药之后,喜花作为陪房丫头,使命已经完成。她明白,这里是小姐新婚的洞房,按照常理,她是不能在此久留的。但她又意识到,她的主人,可怜的新娘,实在太需要她了,是不会放她走的。这里毕竟是小姐终生只有一次的新房,于情于理,自己都是不该留在这里的。她试探着对主人说:"小姐,姑爷的汤药已经喂过,这里没得我的事了……"

喜花话音未落,邬月娥立刻双手一个庞桶箍,将喜花箍了个铁紧。她是那样惊慌失措,仿佛这个小丫头的离去,将使她失去所有的依傍。

"好喜花,你莫走,在这里陪着我。"邬月娥喃喃地哀求着。

"小姐,你松开手。"小丫头挣扎着,她没料到主人会这样。

"不!你答应我,我才松开。"

"好,我答应你。"

邬月娥忘记了自己的主人身份,充满感激地把两手松开。当她稳过神来,审视眼前的女伢儿时,才又意识到自己的失态。她喃喃地说:"喜花,今晚你就在这里给我做伴,哪里都不要去了!"

"小姐,今晚是你的洞房花烛夜,我留在这里合适吗?"喜花以极其细微的声音,诚惶诚恐地问道。

"你说,这是洞房花烛夜吗?"邬月娥充满怨艾地反问道。她继而说:"喜花,我害怕,留下来陪陪我吧!这没有哪样不合适的!"

就这样,喜花留在了邬月娥的新房里。

拂晓时分,邬月娥突然发现,躺卧在床上的杜英孝,开始了细微的抽搐。她重又紧张起来,不知道是汤药的药力起的作用,还是英孝的病情突然加重了。邬月娥连忙命得喜花到上房向公婆禀报。

清早,杜家派出一顶篷轿,风风火火地去到浦阳镇上,再次接来了老郎中杨锡焘。

张家窨子里,张恒泰清早起来,便等着孙儿钰龙来给他请安。五年前的那一场中风，险些儿要了他的老命。多亏得外甥、女婿们为他"打保福"，捐阳寿。张恒泰明白，他之所以能活到今天，是因为有六个外甥、女婿，每人为他捐奉了三年阳寿，合起来是十八年。如今，已过去了五年。也就是说，他在人世间还有十三年寿命。能够这样，张恒泰心满意足。大病过后，他左边身子不能活动，说话口齿不清，思维却依然是清晰的。这些年，门户差事，生意打点，完全交付给了儿媳。自己和老伴过着清闲的日子。他每天最大的乐趣，便是孙儿钰龙的早晚两次请安。一年前，钰龙在印秀才开的蒙童馆学满了五年，刘金莲想让儿子到辰州城里的虎溪书院就读。张恒泰坚决不同意，说是儿子离家去了汉口，不能让孙儿再离开他去辰州。钰龙没去辰州上学，便就近进了镇上的观澜书院。钰龙每天上学之前和放学之后，都要到爷爷、奶奶跟前磕头请安，从未间断。张恒泰感到奇怪，一连三天，龙儿怎么都没有来给他请安。他问老伴，孙儿去了哪里？怎么没来请安？张王氏支支吾吾，避而不答。被老者问急了，她就编着门子说，孙儿是跟着儿媳去外头喝喜酒去了。张恒泰觉得有蹊跷。是哪个外头？喝哪个的喜酒？张恒泰再问下去，张王氏便不耐烦，说他人老了，又生得有病，怎么还这么管得宽？张恒泰没了昔日的气派，老伴发脾气，他一点法子也没有。

蜡树湾二姑家发生的一连串事情，随着刘金莲的频繁走动，在张家窨子传得个沸沸扬扬。刘金莲严格吩示，小老表英孝重病的事，绝对不能向老爷透露半点。人们都知道，老爷能够活到今天，全靠外甥和女婿们捐奉的阳寿。其中就有英孝执意要捐奉的三年阳寿。老爷若是得知小外甥生命垂危，将是对他的致命打击。在严厉的吩咐之下，人们噤若寒蝉，即或议论此事，也只能在私下里悄悄儿说话。

大暑六月，窨子屋里闷热难挨，只有天井边的弄子里，还有一股穿堂风。弄子的两边都摆有石砌的板凳，正是避暑纳凉的好地方。时近晌午，张恒泰拄着拐棍，来到了弄子里，坐在一条石板凳上歇凉。穿堂风吹过，带来丝丝清凉，倒是惬意得很。他倚靠着身后的板壁，打着盹眼闭。爱想事的老者，又开始在想事了。揣摩来，揣摩去，他就是弄不明白，几天不见的龙儿，究竟是去了哪里……

五年前草船送瘟的夜晚，一个襁褓中的女伢儿，被遗弃在了张家窨子的大门前，刘金莲捡来收养了她，取名叫乖妹。如今，乖妹已经五岁了。平时，刘金莲每次外出喝酒，都是带着乖妹。这次去蜡树湾喝冲喜酒，为了增加喜事的阳气，带的是钰龙。她把乖妹交给了丫头秀秀。天气热，秀秀带着乖妹到天井里玩耍。

天井里，有一口石砌的太平缸。秀秀抱起乖妹，看缸里养的金鱼。

"秀秀姐，我要金鱼，你快给我抓。"乖妹叫着，嚷着。

"这里的金鱼是只能看，不能抓的。"

"不！我要嘛！我要！"乖妹舞手舞脚，要到太平缸里抓金鱼。

秀秀没办法，把乖妹放到了地上。乖妹大哭起来，在天井的岩板上打起了滚，大声喊叫："我要妈妈！我要妈妈！"

秀秀没办法，抱起乖妹，打起伢儿的哄来："乖妹不哭，乖妹不哭。姐姐抓不着缸里的金鱼。等妈妈吃了小表满的冲喜酒回来，就给乖妹抓金鱼。"

泥鳅信捧，伢儿信哄。乖妹停止了啼哭。这时，丫头梅香也正好路过天井。

"怎么？少奶奶还没回？！"梅香问道。

"没有。"秀秀回答。接着，她环视四周，见天井里没有别人，便悄声说："听说杜家小老表的病又加重了。"

"小老表得的哪样病？怎么连'接亲冲喜'都不管用？"梅香又问。

"管用不管用，就要看小老表的缘法了。"秀秀说着，把她所知道的统统告诉给梅香："小老表跟虫帮去云南，路上染了风寒，接着又被土匪'吊'了'羊'。回来以后就得了重病。吃药不见效。请老司做'傩娘探病'也不见效。没法子，这才'接亲冲喜'。少奶奶说是要给'冲喜'添加点阳气，就带着少爷去吃酒，这才把乖妹交给了我。要是'冲喜'再不灵验，杜家的小老表，只怕是凶多吉少啊！"

"天哪！"梅香惊呼道："要是有个三长两短，那怎么得了啊！"

"是啊！真要是那样，那邬家小姐可真就遭了孽了。"秀秀压低嗓门对梅香说："梅香姐，我说的这些，你千万莫跟旁人说啊！那年老爷得病'打保福'时，小老表给老爷捐过三年阳寿。说不定就是把阳寿捐给了老爷，他自己才折寿的……"

两个小丫头的谈话，随着吹进弄子的阵阵凉风，全都送到了张恒泰的耳朵里。张恒泰这才恍然大悟，这才是几天来老伴对自己支支吾吾的原因。五年前，这伢儿凭着一片孝心，俨然不顾自己还是童子身，硬要把三年阳寿捐奉给自己。如今，小外甥年纪轻轻，就遇到了灭顶的灾厄。他就是因为给舅爷捐奉了阳寿，自己才迈不过这条沟坎。小外甥重病缠身，生命垂危。舅爷的当务之急，是要把那三年阳寿送还给他，使他病灾脱体，转危为安。心急如焚的张恒泰想大声呼喊，却喊不出声来，只是"嗷嗷"地叫唤着，情急之中，他操起手中的拐杖，使劲敲打起身后的板壁来。

天井里，谈兴正浓的两个丫头听到弄子里传出来敲打板壁的声音，连忙前去看个究竟。发现老爷脸色煞白，嘴唇在不住地颤抖，却说不出话来。天哪！刚才她们的谈话，全都让老爷听到了。惹下大祸的两个小丫头只得大声叫喊："不好了！快来人呀！老爷出事了！"

张王氏最先来到弄子里，张秀山紧跟着也赶到了。张恒泰憋着一肚子的话，说不出来，脸色憋得通红，颈根青筋鼓起。他不停地用手中的拐杖，敲打着窨子屋的板壁。那拐杖上套着的铁裤，把由桐油涂抹成绛红色的杉木板壁，敲打得满是印痕。

"老爷！你这是做哪样呀？"张王氏问丈夫。张恒泰全然不理会，只是一个劲地敲打着板壁。张王氏忙问秀秀："老爷这是怎么了？是你们惹发了老爷？！"

秀秀正要回答，梅香给她递了个眼色。秀秀立刻心领神悟，说道："我们没有惹发老爷，不晓得老爷为的哪样。"

梅香也跟着说："秀秀正带着乖妹看金鱼，听见老爷敲板壁，不晓得老爷为的哪样。"

张秀山将老爷搀扶到了上房，躺在竹躺椅上。张恒泰仍然"嗷嗷"地喊叫着，谁也不晓得他要做哪样。他用拐棍敲打着柜子。张王氏立即把柜子打开。张恒泰用拐棍戳着柜子里的红漆小木匣。那是张家存放契约的匣子。张王氏摸不着头脑，不晓得他要这契匣子做哪样，便把契匣子端放到他的面前打开。张恒泰急不可耐地在匣子里翻搜着，他找到了五年前"打保福"时外甥和女婿们立下的《保状》。在场的人断定，是两个小丫头在天井里议论英孝的病情，被老者听到了。张恒泰指着《保状》上杜英孝的名字，又指着龙法胜的名字，接着伸出三个手指，往蜡树湾的方向比画着，不住地"嗷嗷"喊叫。秀山和张王氏终于明白了他的意思：他是要去蜡树湾，通过老司龙法胜，将那三年阳寿退还给英孝。

老爷要去蜡树湾，不能违拗。张王氏发话，由秀山送老爷去蜡树湾。路过龙家垴时，接上龙法胜一同前往。

轿子路过龙家垴，龙法胜正好行完香火回家，得知缘由，便立即与张恒泰的轿子同行。张恒泰嘴上说不出，心里却是非常的高兴。龙法胜的香火旺，平日是很难找到他的。今天碰巧，这么容易就找到了他，不能不说这也是小外甥的缘法。

烈日炎炎，篷轿的门窗都敞着。汗流浃背的轿夫，以飞快的脚步在麻石路上迅跑，轿子里的张恒泰仍然嫌走得太慢，急得"嗷嗷"喊叫。龙法胜和张秀山，一前一后，紧随着轿子前行。临近蜡树湾，轿子进入到一片蜡树林。从云南采办回的蜡虫，已在漫山遍野的蜡树上，吐出了雪白的蜡花。六月暑天突然进入这银装素裹的境界，张恒泰享受着这不是荫凉的荫凉，焦躁的心理得到难得的宁静。他不再吼叫了。篷轿沿着麻石路登上山坳，蜡树湾便进入了眼帘。一幢幢白墙青瓦的窨子屋鳞次栉比，村寨四周的山上，是一片白茫茫的蜡树林。一株株蜡树上的簇簇蜡花，在阳光的照耀下，显得分外洁白和纯净，如同飘洒在层峦叠嶂之上的积雪。

这时，前面引路的龙法胜，听见蜡树湾传来的一阵鞭炮声。他立刻意识到，那是寨子里出事了，连忙回转身子，对身后的轿夫轻声说："停下来！停下来！"

抬着篷轿的轿夫，不再前进，听候进一步吩示。

"怎么？出什么事了？"轿后的张秀山，大声问龙法胜。

龙法胜示意张秀山轻声说话，随即把他拉到一边，指着山下响着鞭炮的窨子屋，对着他的耳朵，说着悄悄话。张秀山侧耳细听蜡树湾的鞭炮声，并确定那响着鞭炮的窨子屋，正是他们要去的地方。他立刻意识到事态的严重性。在张秀山的示意下，张恒泰乘坐的篷轿，停放在了长满白蜡树的山坳上。

鞭炮声仍然在响个不停，鞭炮声中，还夹杂着隐约的伤心痛哭声。张秀山和龙法胜，完全清楚了那幢窨子屋里发生了什么事。

篷轿里，张恒泰又在"嗷嗷"大叫。他急切希望早早到达蜡树湾，以他的慈爱之心，解脱小外甥的灾厄。眼看就要到了，轿子却停了下来，他怎能不心急如焚呢？

张秀山来到轿子前，编着话说："老爷，你莫急。这一路飞跑，又上了这座坳，轿夫累了，歇口气再走。"

"龙师傅，你看怎么办？"张秀山把龙法胜拉到白蜡树林里，压低嗓门问。

"怎么办？蜡树湾是千万不能去了。"

"不去蜡树湾，如何向老者交代？"

龙法胜沉吟半晌，一时拿不出好主意。

蜡树湾的那幢窨子屋里，鞭炮声停止了，哭声却一浪高过一浪，从窨子屋的高墙飞出。透过那白蜡树挂满蜡花的枝丫，张秀山和龙法胜清楚地看见，那窨子屋里抬出了一顶篷轿。

"那是德济堂杨老郎中坐的轿子。"龙法胜轻声说。

张秀山对于那窨子屋里发生的事情，已经确定无疑了。他害怕见到篷轿里的主东，无奈地徘徊在蜡树林里。

篷轿里，张恒泰抬头望去，不见了张秀山，也不见了龙法胜，不晓得他们在搞哪样名堂，再一次急得"噉噉"叫。他用那只尚能活动的手，吃力地拍打着轿门，同时示意两个轿夫，立即抬轿前行。管事要停轿，老爷要前行，两个轿夫面面相觑，为难极了。这时，"噉噉"的叫声更高了，拍打轿门的手也更重了。老爷两眼充满着血丝，显露出令人生畏的严厉。老实巴交的轿夫只得从实招供："刚才是听到蜡树湾有人放鞭炮，又有人在哭，管事就要我们停下了轿子。"

听了轿夫的话，轿子里的张恒泰凭着清晰的思维，断定是蜡树湾的小外甥已经魂归阴曹。他稳住心神，瞪大两眼，侧耳细听，果然有隐隐约约的哭声，从山脚的蜡树湾的方向传来。他后悔自己来迟一步，没能把那三年阳寿返还给可怜的小外甥，致使他过早地走上了黄泉不归路。随着一阵更激烈的"噉噉"叫声，张恒泰那张满是皱纹的老脸，立刻变得血样的通红，转而又变得纸样的惨白。刚才还瞪着的眼睛，不住地向上翻着，看不见了黑眼珠。那发出"噉噉"声音的嘴巴，僵硬地砸巴着，变得更加不听使唤了。两个轿夫见此情景，立刻便慌了神，同声大喊起来："大管事，快来呀！老爷出事了！"

张秀山和龙法胜闻声而至，见张恒泰瘫坐在轿子里。龙法胜立刻走上前去，左手挽着"灵官诀"，右手掐着张恒泰的人中穴。只见龙法胜两眼微闭，口中念念有词……

"肯定是你们刚才在老爷跟前胡说八道了哪样！"张秀山压低嗓门说。他恶狠狠地瞪着两个轿夫。

"我们没……没说哪样……"两个轿夫裤脚筛糠，竭力争辩。

龙法胜停止了祷念，说了声："快！快去接杨老郎中的轿子。"

张秀山迎来了杨锡焘乘坐的篷轿。那杨锡焘下得轿子，向着张恒泰的篷轿走去。奈何不得的龙法胜，立即给杨锡焘让出了位子。杨锡焘走到篷轿前，为张恒泰把过脉，又翻看了张恒泰的眼睑。

"张公，对不住啊！老朽已经无能为力了。"杨锡焘唏嘘着，擦拭着老泪，而后对张秀山说："不该让他到这里来啊！轿子快打转，若有缘分，他还能在自家的屋里落气。快着人去蜡树湾，要小少爷赶紧回浦阳镇。倘若回去迟了，只怕赶不上送终。"

老郎中说罢，捋着胡子，望了望漫山遍野挂满白色蜡花的蜡树林。六月的天，娃娃的脸，说变就变。突然，天边的一片乌云，遮挡了如火的骄阳，山坡上如同白雪一般的蜡树林，也变得昏暗起来。蜡树湾的这一场"六月雪"，实在是太无情了，在淹没了年轻的外甥之后，还将同时淹没他年迈的舅爷。

• 陪灵的伢儿

　　刘金莲带着钰龙，从蜡树湾连忙火急回到了张家窨子。弥留中的张恒泰久久没有咽气，当见到龙儿泣不成声地跌跪在他床前时，老者才安详地闭上了双眼。张恒泰归天是在六月二十三日，两天后立秋，接下来是炎热异常的"秋老虎"。这样的季节死了人，遗体绝对不能久停。孝子张复礼还远在千里之外的汉口，即或以最快的速度，也要十天半月才能赶回来，到那时遗体早已腐烂发臭了。等不等张复礼回来，刘金莲拿不定主意。她和秀山到后堂请老夫人张王氏决断。哭得两眼红肿的张王氏坐在竹椅子上，钰龙正在为她捶背。爷爷归天以后，钰龙既要投入丧事的料理，还尽量抽出时间安慰奶奶。张王氏听了禀报，感到很为难。遇上这样的季节，人怎么拗得过老天。她只得做出决断，不等复礼回转，择日先行发丧。

　　刘金莲和张秀山抽脚离开时，小钰龙说话了："娘！秀山伯！慢点走。"

　　"龙儿，你有哪样事？"刘金莲问。

　　钰龙说："爷爷过世了，爹爹便是张家的主人。爹爹不到场，是决不能发丧的。应该等爹爹回来见爷爷最后一面，尽他的孝道。"

　　小钰龙的这番话，给了张王氏莫大的欣慰。伢儿小小年纪，能这样懂事实属难得。可毕竟还年小，缺乏周全的考虑。她叹了一口气，充满慈爱地说："难得龙儿一片孝心啊！怪只怪你爷爷无缘，选了这样的季节归天，婆婆的决断也是出于无奈啊！"

刘金莲也说："龙儿，你还小，许多事情你想不到。这样的天气，灵枢是不能久停久放的。"

"哪个讲不能？！就是放十天半月，也不会有事，你们老辈人是应该晓得的。"钰龙说着，眨巴着那双炯炯有神的眼睛。

听了钰龙的话，众人立刻想到湘西古老的巫术"封臭"。人若是死在大热天，只要请老司"封臭"，尸体即使停放个十天半月，也不会腐烂，不会发臭。只是懂得这种巫术的老司已经十分难找了。

"龙儿，你是说请老司来'封臭'。你说，哪里还有这样的老司？"张王氏问。

"怎么没有？！前次我们屋里还大傩愿时，老庚就对我说过，他的师傅法力高，会'封臭'。"张钰龙说的老庚是火儿。

"火儿跟你说过龙法胜会'封臭'？！"张王氏问道。孙儿的懂事，令她在悲痛之中感到慰藉。

钰龙说："是的呀！前年也是六月天，焦溪山里死了一个老者，要等他儿子从常德回来，就是请老庚师傅封的臭。放了十二天，棺木里的老者一点事也没得。"

众人这才晓得，伢儿要等父亲回来才发表的话，并不是随便说的。刚满十四岁的钰龙，就有如此城府，连做母亲的刘金莲也不曾料到。钰龙的想法得到了张王氏的首肯。刘金莲当即决定，火速派轿子去接龙法胜。

人们盼望着龙法胜的到来，都想亲眼见识这神奇的巫术。张恒泰的过世，惊动了浦阳镇。前来吊唁的人们络绎不绝。一天到晚，流水席开个不断。最忙活地方是伙房。劈柴、烧火的，淘米、煮饭的，洗菜、炒菜的厨倌们，一个个忙得汗扒水流，他们的嘴巴却依然是呱个不停。神奇的"封臭"，成了他们绕不开的话题。在灶门口烧火的岩佬见多识广，人们纷纷向他提问。

"岩佬，你得见过'封臭'？！"

"见得多了。咸丰十一年，六月三伏天，麻阳岩门的滕三老爷过世，为了等一个黄道吉日，请来了镇竿老司'封臭'，寿枋硬是摆了三七二十一天。打开棺木一看，那滕三爷还是桃红花色，就跟睡着了一个样。镇竿老司，好法力呀！"

"听说'封臭'靠的就是一碗水，是吗？"

"是的，靠的是一碗'雪山水'。只要那'雪山水'一掸，五百里火焰山，眨眼间就化为了冰雪。想想看，把那死尸放在'冰雪'里，是不得发臭的嘛！"

"怎么又听人说'封臭'靠的是药呢？"

"是啊！只怕靠药的讲法，还要靠得住些。有的说，药是放在死尸的鼻孔里；有的说，药是塞在死尸的屁眼里。"

"那你说，这龙家垴老司的法力如何？"

"哎呀！这就不好说了。"

一顶篷轿从龙家垴把老司龙法胜接了来。天气炎热，一刻也不能耽搁。他急匆匆进得灵堂，便做起了"封臭"法事。果然，他是通过念《雪山咒》，敕"雪山水"，来保证寿枋里的尸身不腐不臭。只见他手端一杯清水，口里念念有词：

须弥山上去观雪，峨眉山上去观霜。一更下大雪，二更下浓霜，三更金鸡来报晓，四更雪上又加霜。一阵狂风一阵雨，冻得弟郎冷清清，冻得山中树木不生叶，冻得百草不发芽。龙来龙退爪，虎来虎脱皮，大山百鸟脱毛衣。奉请三界雪山龙树王急急如律令。

诵念过咒语，龙法胜将一张画在黄裱纸上的"雪山符"焚化，又将焚化后的灰烬掸入杯中的符水，而后郑重其事地将这杯"雪山水"放在了家先坛的神龛上。接着，他在灵柩前竖起一根竹竿，并将一块猪的后腿肉，挂在了那根竹竿上。

法事作过，几天下来，虽说是烈日炎炎，那挂在竹竿上的猪肉确实是不腐不臭，而是变成了一块风干肉。

川流不息的吊丧客，从四面八方朝着张家窨子涌来。张恒泰的弟弟张恒兴带着儿子张复光、张复亮，从洪江赶到；张王氏娘屋的哥哥王悠然带着儿子王志超、王志文从白沙赶到。张恒泰的妹妹、妹夫和女儿、女婿：康家洲的康家来人了，球岔的熊家来人了，孝坪的粟家来人了，柳树湾的聂家也来人了。只有蜡树湾杜家，因为料理英孝的丧事，直到丧事的第四天，才带上丰厚的祭礼，来到张家窨子吊丧。杜家人的到来，更增添了丧堂的悲切，丧家上下哭作一团，张王氏与荷香哭得最为悲切。

"孝儿他没能尽孝，反把舅爷送上了黄泉不归路……"荷香泣不成声。

张王氏泪流满面地说："小妹，你快莫这样说了。是舅爷去迟了一步，没能把那三年阳寿退还给外甥……"

"大家都莫哭了，也都莫讲了，世上的事，是老天爷早就排定了的。舅爷和外甥，都是有这一劫的人。这样也好，黄泉路上两舅甥有个照应。"说这话的，是张王氏的哥哥王悠然。

在一片痛哭声中，老司龙法胜也在悄然落泪。五年前的"打保福"，两月前的"傩娘探病"，四天前的"封臭"……这一切的经办者，都是这位沟通阳世与阴间、沟通凡人与神鬼的当红老司。如今，又是他出现在人们的面前。尽管得到十八年阳寿捐奉的张恒泰，只活了五年；尽管傩娘那鼓舞人心的昭示，得不到任何应验。人们对于他，却并没有丝毫的责怪。此刻，龙法胜依然是如此不负众望。他正以法力高超的"封臭"，使得张家窨子的丧事，有了充裕的时间，能够有条不紊地进行；使得丧家远在汉口的孝男，能够最后见到父亲一面，恪尽人子之道。

在痛哭的人群中，最为哭得伤心的，莫过是张恒泰的孙儿张钰龙。由于父亲远在汉口经商，他成了祖父唯一的精神寄托。原以为老人家拥有表叔、姑父们捐奉的十八年阳寿，老人家便有了健康与生命。他是那样盼望自己早早长大成人，能作为张家的长孙，在爷爷跟前恪尽孝道。谁知还只过了五年，祖父便匆匆离他而去。难道众人捐给他的阳寿就不作数了吗？他大胆地向老司龙法胜发问："龙师傅，我公公得到的捐奉，明明是十八年的阳寿，怎么就变成了只有五年呢？"

"小少爷，这是缘法啊！一切都是缘法。"龙法胜痛心疾首地说，"张公是得了十八年阳寿的捐奉，能不能够消受，还要看他的缘法。常言说，缘法缘法，阴阳得法。若无缘法，阴错阳差。小外甥的舍身捐奉，本是一片孝顺心，只因为少了缘法，反倒为舅爷设下一道迈不过的门槛；舅爷的退还捐奉，本是一片慈爱之心，只因为少了缘法，最终也没能够挽回外甥的生命。"

龙法胜的"缘法"二字，如同巧夺天工的针线，把支离破碎的世事，缝补得天衣无缝。人们的一切疑惑，都从"缘法"二字中找到了答案。在小钰龙的心目中，他老庚的这位师傅就变得更加神秘了。

张恒泰入殓的棺木，搁放在丧堂平摆着的两条长凳之上。刘金莲端来一把椅子，放在棺木的旁边。

"叔公，您请坐。"刘金莲依着龙儿的辈分，哭丧着脸，请张恒兴就座。

张恒兴在众人的簇拥下，神情肃穆地端坐在棺木旁边的椅子上。作为亡者的胞弟，在场所有的人都必须听命于他。

张王氏对身旁的钰龙说："龙儿，快去给叔公磕头，听叔公吩示。"

钰龙双膝跪地，泣不成声地叫了一声"叔公！"，连磕了三个响头。

张恒兴发话了："龙儿，你是爷爷嫡亲的长孙，眼目下，也是爷爷唯一的孙儿。如今爷爷驾鹤西去，你的爹爹，现时还远在千里之外。在他没有回来之前，必须由你在爷爷身边陪灵尽孝。"

从张恒泰归天的第二个晚上开始，围鼓堂的唢呐声便开始在丧堂响起。人们演唱着古老的高腔戏文，陪伴老者的西行，断断续续，一直要唱到次日的天明。从这天夜里起始，孝家开始陪灵。半夜过后，围鼓堂便停锣歇鼓了，吊丧的人们纷纷散去。先是刘金莲来到丧堂，往棺木下的"地府灯"里，添了满满一盏清油。她剔了剔灯草，油灯更亮了。接着，她取来一床水竹篾的席子，平铺在棺木旁边打着三合土的地上。然后她交代钰龙："龙儿，听叔公的吩示，爹爹还没有回来，你就是张家的男子汉。娘已经给你把铺开好了，你就睡在这里陪伴爷爷，为他老人家送行。记住，你是爷爷的长孙，也是眼目下他老人家唯一的孙儿。爷爷在生时最疼爱的就是你。到了阴间，老人家会时刻都保佑着你的。睡吧！"

人们纷纷离去，偌大的丧堂里，就只剩下十四岁的龙儿一个人。在经过一天的喧闹之后，丧堂显得格外寂静。那黑漆的棺木，水竹篾的席子，一高一矮，并排摆放在丧堂。龙儿睡在竹席上。他的脑壳，正对着高处棺木里爷爷的脑壳。平时，龙儿是最怕死人的。如今他就睡在死人的身边，却一点也不害怕。因为安歇在棺木里的老人，是最疼爱他的爷爷。爹爹若是在家，在这里陪伴爷爷的应该是爹爹。爹爹不在家，爷爷理所当然应该由他来陪伴。爷爷已不在人世，他与爷爷之间，再也不可能有语言的交流。而在这无言的情境之中，他却感到了与爷爷心灵的沟通。

平日里，张钰龙有睡不够的瞌睡。这些天来，他每夜躺卧在这陪灵的竹席上，总是无法入睡。这些年来，一个个难解的疑团，常常使他坠入雾里云中。那年元宵观灯，母亲遇到的那个妇人究竟是谁？母亲和她谈起的那个人又是谁？对于母亲同那妇人会面的情形，父亲为什么打听得那样详细？那件事发生后不久，梳妆台上两条雕工精美的鲤鱼，被神情戚然的父亲用刀子剜掉了眼珠。父亲说，他自己便是"有眼无珠的鲤鱼"。为这事父母发生了争吵。争吵时说的话，他一句也听不懂。他体察到父母之间，有着一条难以填补的裂痕。按照常理，大人们的事情，与儿女是无关的。而事实是，父母的裂痕，已经殃及了他。从记事起，父亲对他的态度，就一直是不冷不热，压根儿也体味不出相互间的骨肉之情。平日里，父子二人形同陌路。只有在需要应付的公众场合，为了遮个外面光，他们的父子关系才会得到短暂的体现。这个十四岁的伢儿，从爷爷奶奶那里得到慈爱，从母亲那里得到母爱。他所渴望的父爱，却是迟迟没有降临到他的身边。父亲去了汉口以后，他的这种感觉变得尤为强烈。后来，他得知在汉口他又多了一个妈妈，还有了一个妹妹。他彻底失望了。他的陪灵，便是在代替远游的父亲恪尽孝道。通常的丧家，陪灵只是一两晚，至多也不过三五晚，而且有多个孝子轮替。他的这次陪灵，时间竟然要长达十天半月。陪灵的夜晚，他从来没有真正睡着过。他时刻挂惦着爷爷脚头的那盏地府灯。他常常从竹席上爬起，在灯盏里添上清油，加上灯草，而后把灯剔亮。疲惫的小脸，在灯光映照下，显出了与他年龄极不相称的成熟。龙儿的陪灵尽孝，使得沉溺于悲痛中的老祖母得到慰藉，使得为情感困扰的刘金莲看到希望。浦阳镇上闲不住的嘴巴，也开始了议论。在公众场合，人们少不了称颂这伢儿的孝心。在私下里，也有人图嘴巴快活，翻出些陈谷子烂芝麻的事，说张家窨子死了老鸡公，而为他陪灵尽孝的，却是一只小鸭崽。这些议论，是绝不会传到龙儿耳朵的。他听到的只是一片褒奖与赞扬。他并不得意，而是显得异常平静。他盼望父亲回家后，了解到这里发生的一切，希望自己眼下的表现，能够感动父亲那颗冷漠的心。

张复礼接到由麻阳船上传来的噩耗，是在父亲去世后的第七天。为了尽快赶回家中为父亲发丧，张复礼选择了最快捷的方式，即取道陆路，沿途以高价雇请轿夫递送。他日夜兼程，除了吃饭便是坐轿，每天行程都在两百里以上。七月初五傍晚，张复礼乘坐的轿子到达船溪驿。这里距离浦阳三十里。为了及早赶回家中，他弃轿步行，借新月繁星的光亮，沿着古驿道的石板路走到田湾，在当地找来一个火把，抄小路翻过田湾屋背的山坡。山坡下，便是浦阳对河的方田。而正在这时，天气陡变。转瞬之间，乌云遮住了天边的星月，瓢泼大雨骤然而下。道道闪电，阵阵雷声，伴着密集的骤雨，如同瓢泼一般。张复礼手中的火把顷刻被打熄，浑身上下也全都湿透。这时，张复礼抹了一把脸上的雨水，顶着风，冒着雨，摸着黑，高一脚，矮一脚，不顾一切往山下狂奔。待他一路下到沅水河边时，已经迈不开脚步了。他定睛一看，渡船湾在了对河浦阳的码头上。任张复礼怎样扯起喉咙叫喊，对河的渡船老板根本听不见。事到如今，他别无选择，只能泅水过河。

张复礼从小是在沅水里泡大的，有一身的好水性。眼前的沅水河，他不知横渡过多少回。而在雷雨之夜泅水过河，却还是第一次。他再次抹了抹头上、脸上的雨水，稳了稳心神，将垂下的发辫在头顶上盘结个牢靠。接着便脱光衣裳，只剩下一条短裤。望了望对岸浦阳镇依稀可辨的轮廓，拖着疲乏的脚步，从满是卵石的河滩走下河中。他双手高举着脱下的衣裤，冒着下个不停的流子雨，朝着河中心走去。河水渐渐没过头顶，他便以踩水的方式朝着对岸游去。雨中踩水，体力消耗极大。他渐渐力不从心，只得顺着水流，采取斜面渡江。幸好是枯水季节，河面比丰水时要窄了许多。张复礼原打算在万寿宫码头拢岸。上岸一看，已是下游的下湾老码头。这时，瓢泼大雨依然下个不停。这一番河中的泅水，使得他精疲力竭。紧接着，寒意又随着暴雨狂风向他袭来。他打了一个寒噤，而后便不顾一切地在风雨中奔跑，当他来到自家门前时，已经是上气不接下气了。

张复礼费了好大的劲，才把大门叫开。值班守门的岩佬，手提马灯，照见了少老板的模样，不禁大吃一惊。

"少老板，您——"

张复礼没有回岩佬的话。他含着泪，把手里揪做一团的衣裳往地上一摞，赤膊短裤，飞快地奔向丧堂。这时，伴随着闪电的光亮，一声惊天动地的炸雷，似乎就在他的眼前落了地。张复礼被吓蒙了。他走到大门边，他看见棺木前跪着一个伢儿。伢儿一边磕头，一边高声哭喊："爷爷！打雷了，您莫怕，龙儿在给您做伴。"

龙儿凄凉的哭喊，在丧堂里回荡着。张复礼突然停止了脚步。他为父亲的故去悲痛，为龙儿的哭声所感染。他愣住了。紧接着又一声炸雷，龙儿磕头不止，哭喊不断。张复礼一个箭步便进了丧堂，在龙儿的身后，"咱"的一声，也跪了下来，参与到龙儿的哭喊中："爹爹！打雷了，您莫怕，礼儿回来了，给您来做伴。"

龙儿突然听见父亲同他一道哭喊。他不相信自己的耳朵，怀疑是在做梦。他回过头来，把父亲看了个真着。

"爹爹，礼儿回来晚了，礼儿不孝！"张复礼扶着父亲的灵柩号啕大哭。

当龙儿确信灵前痛哭的汉子是他的父亲时，顿时泪如雨下。他高叫一声"爹爹！"，便一头扑进了张复礼的怀中。

"龙儿！好伢儿，爹爹回来了，同你一起给爷爷做伴。"张复礼唏嘘着，轻轻抚摸着龙儿的头，深情地说。十四年了，这是他对儿子最为亲昵的举动。

张复礼的这一举动，使龙儿得到了极大的满足。他依偎在父亲宽阔的胸膛里，尽情地享受这迟到的父爱。懂事的伢儿，发现父亲是赤膊短裤进的丧堂，便抽出了身子，问道："爹爹，你这是——"

"喊不应渡船，爹爹是泗水过的河。"

张复礼的形象，在儿子的心中霎时间变得无比高大。

"爹爹，你赶紧去洗澡穿衣，这样会着凉的。你去吧！爷爷这里有我哩！"龙儿关切地说。

这时候，雨渐渐小了。儿子的话，张复礼听得真着。可他不想马上就离开丧堂，仍然泪流满面地跪在父亲的灵前，似乎在以这种方式，弥补自己迟到的过失。通过岩佬报信，张复礼回家的消息，立刻在张家窨子传开了。葬礼等候的就是他。他的归来，葬礼不再遥遥无期。人们纷纷向着丧堂涌来。最先来到丧堂的，是刘金莲。刘金莲看着丈夫的模样，惊愕之余，不由得产生了敬佩与怜悯。

"复礼，赶紧去洗澡换衣，这样会着凉的。这里有龙儿。这些日子，都是他一个人在这里陪灵尽孝。"刘金莲哽噎着喉咙说。

张复礼似乎没有听见她的话，依然在灵柩前跪着，哭着。这时候，他的舅舅、舅娘来了，姑姑、姑爷来了，姐姐、姐夫来了。最后，母亲也来了。在众人的劝慰下，张复礼才极不情愿地离开了丧堂。

这时已是拂晓时分。

张复礼的冒雨奔丧，也像龙儿的陪灵尽孝一样，很快就传遍了浦阳镇。随着主丧孝子到堂，张家发布，发丧的日子定在七月初八。葬礼只剩下最后两天，前来张家窨子吊丧的人，又开始多了起来。

入夜，围鼓堂陆续进入张家窨子。张复礼在大门口迎候。最先到来的，是印茂佳带领的集贤堂。十多天来，集贤堂夜夜来丧堂演唱，挚友的情谊着实让张复礼感动。两老庚泪眼对泪眼，许久都说不出话来。印秀才不知怎的，蹦出的是这样一句话："钰龙真不错，你养了个好崽！"

接着，刘金山带领合义堂也来了。白天，两郎舅见了面。夜里，他回到刘家弄邀来了围鼓堂。就像刚才印秀才夸奖龙儿一样，两郎舅见面时，舅爷也三番五次地夸奖钰龙。刘金山走到张复礼跟前说："龙儿呢？今晚让他早点儿睡，这些日子伢儿确实辛苦了。"

段千总带领着连升堂，来到了张家窨子大门前。这位千总大人三年前便卸任了。他舍不得浦阳，尤其舍不得这里的高腔戏。他就在总爷弄子买了一幢房子安了家。继任的胡千总没有唱戏的爱好，他再也不能老是拽着营伍里的绿林兵唱戏了。他便重新组建了一个围鼓堂，沿用了千总衙门"连升堂"的名字。张恒泰与段千总是故交。张恒泰归天，段千总的连升堂夜夜在场。张复礼自是感激不尽。

张复礼一声"总爷叔叔！"，流着泪跪迎浦阳镇这位卸任的千总大人。

段千总赶紧把张复礼扶起。他起着一如既往的官腔，大声说："快起来！莫悲伤。恒泰兄是登仙了，像傅员外一样登仙。他有你这样的孝子，有龙儿这样的贤孙，他走得放心。龙儿小小年纪，有如此孝心，实在难得呀！"

回家以后，张复礼听得最多的，就是人们对龙儿的夸奖。这位总爷叔叔夸奖的又是这伢儿。偌大一桩丧事，怎么除了这伢儿，就没有别的话说了呢？听到一句两句，张复礼不在意，听得多了，就越来越不是味了。十五年来，他一直在吃着哑巴亏，心里有苦没处说。这伢儿在张家窨子的地位，通过陪灵尽孝，就这样嵌上铜板册了。伢儿的表现，足以让任何人感动，接踵而来的夸奖，也是理所当然的。伢儿的表现越好，受到的夸奖越多，张复礼心中解不开的情结，也就更加紧锁了一重。围鼓堂的高腔戏唱得非常热闹，把白喜事推上了高潮。孝子张复礼没有参与演唱，他只是穿梭似的打着招呼。他来到刘金山主持的合义堂。那里正在唱《百花亭》中的《赠剑》一折。唱小生的便是刘金山。刘金山此刻演唱的，正是他在芳草第给小芸唱的那曲［一江风］。就是这曲［一江风］，改变了他这些年的生活。尽管这种生活并不尽如人意，但总比成天憋在张家窨子里，面对那套障眼的雕花嫁妆要强得多。刘金山有板有眼地唱着，张复礼站在一旁，做着静心倾听的样子。这时，有人轻轻拍了拍他的肩膀。张复礼回头一看，是龙永久。

"龙老板！永久兄！"

"复礼贤弟！"龙永久哭丧着脸，上前紧紧握住张复礼的双手，沉痛地说："张公百年，永久同悲。一点薄礼，祭奠张公在天之灵，不成敬意。"

张复礼着真一看，龙永久瘦了许多，他身后跟着的长疤子，也瘦得只剩下几根筋。三个脚力挑着的祭礼担子跟在他的身后。长疤子哭丧着脸，叫了声"张哥"，张复礼点了点头，没有应声，而是转身对龙永久说话："永久兄，多谢了！"

龙永久说："你我兄弟，你的事就是我的事。来迟了，要请你多多见谅。"

浦阳镇上到张府祭悼的人，早就来过了。龙永久则是等着张复礼回转，才来送祭礼的。原因不言自明。他把三根担子里的祭品，一件件摆上祭台。龙家送来的祭品丰盛。茶点、水果，应有尽有。祭品的中央，摆放着一只大公鸡，鸡头上戴着一顶斗笠，鸡爪上抓着一根钓竿，那直着的鱼钩上，居然也钓得一条糯米捏做的大鲤鱼。原来，这用大公鸡做成的故事是"姜太公钓鱼"。龙永久送祭礼的这一幕，被刘金莲看得清清楚楚。

丈夫怎么会同这样的无赖称兄道弟呢？常言说"姜太公钓鱼——愿者上钩"，她的丈夫就正是愿意上钩的鱼。看那"姜太公"不正是用直钩钓上了这一条"鲤鱼"了吗？

三更过后，八个围鼓堂一同停锣歇鼓。吊丧的人们也各自散去，喧闹的丧堂，又变得寂静起来。发丧的日子定在后天。明晚半夜过后，便要做好发丧的准备。今夜是孝子陪灵的最后一晚。偌大的丧堂里，就只剩下张复礼、刘金莲和钰龙。

"龙儿，爹爹回来了，今夜由他陪爷爷，你就回房里去睡吧！"刘金莲说。

"不！我要和爹爹一起在这里陪爷爷。"龙儿说。

"不行！你快回房里去睡，由爹爹在这里陪爷爷。"张复礼的话，不知怎的，显得有些拗口。他称自己是龙儿的爹爹，这可是从来没有过的事。

龙儿急了，"哇"的一声大哭了起来，眼泪巴巴地哀求着："爹！娘！今夜是陪灵的最后一晚。以后龙儿再也不能陪伴爷爷了。你们就让我再陪爷爷一晚吧！"

刘金莲看着伢儿的样子心都要碎了。她在等着丈夫发话，可丈夫就是闷着不作声。

"听着！龙儿孝心难得，就让他同爹爹一道，再最后陪爷爷一晚。"发话的人是张王氏，不知什么时候，她在松英的陪伴下，也来到了丧堂。

"娘！您劳累了一天，还在挂惦着爹爹。让大姐陪你去睡吧！这里有我和龙儿，您尽可以放心。"张复礼说。

"这就对了，让龙儿和你一同陪灵。"张王氏老泪纵横地说："这些日子，只有我的龙儿遭了孽。有龙儿这样孝顺的伢儿，是张家的家门有幸啊！"

松英也羡慕地说："复礼！金莲！你们养了个好崽，真是前世修啊！"

张复礼说："娘！大姐！这些事情复礼都已经晓得。龙儿小小年纪，代父陪灵尽孝，大家都在夸奖他。我这做爹的怎能不感动。我是看他实在太累了，才要他回房去歇息的。他有孝心，奶奶又发了话，就让他再陪爷爷这最后一晚吧！"

张复礼说的每一句话，刘金莲都听得真切。他这样夸奖龙儿，是从来没有过的。这其中固然有对老娘的敷衍，但也看得出，龙儿这些日子的表现，也着实让他感动。这伢儿自出生以来，从来也没有得到过父亲的怜爱。但愿这堂丧事，能成为改善他们父子关系的契机。

"金莲，我们走，陪灵是男人的事。"张王氏说着便和松英、金莲一同离开了丧堂。

三更敲过，丧堂里惨淡的烛光，在晚风中摇晃着。满堂的挽联、挽幛在忽明忽暗的烛光里，显得格外阴森。张复礼环视着丧堂，目光移到那漆黑的灵柩时，背皮一紧，再次落下了凄楚的眼泪。

"睡吧！龙儿。"张复礼说。

"莫忙，睡之前还要给地府灯加油。"龙儿说着，便为灵柩下的地府灯，添上了满满一盏清油，又把灯拨得通亮。

"爷爷，爹爹从汉口回来了，今夜和龙儿一起来陪您。这里点了灯亮，给您照路，您放心往前走，不会摔跤的。"龙儿走到灵柩前，流着泪，对着爷爷轻声说，仿佛爷爷真的能听见。

张复礼依然流着泪。他也学着儿子的样，跟父亲说起话来："爹！礼儿在这里陪着您，您就放心往前走吧！"

四更的梆声，飞过窨子屋的高墙，传到了张恒泰的丧堂。

"龙儿，睡吧！这些天你都没睡好，爷爷有我陪着。"

"爹，你睡吧！昨晚你淋雨走夜路，一夜没睡。"

"睡吧！我们一起睡。"

"一起睡，好。"龙儿说，"我们睡做一头，和爷爷睡做一头。"

陪灵尽孝的父子，并排躺卧在三合土上的竹凉席上面。张复礼侧转身子，仰望着父亲的灵柩。由于要等他从汉口回转，请老司龙法胜给父亲的尸身封了臭。棺盖现在还不能开。要等到明晚封棺时，他才能与父亲见最后一面。这龙法胜的法力还真不错，"秋老虎"天气，尸身放了半个月，竟然没有一点异味。白天，他在丧堂见到龙法胜，想起了那年的元宵节，想起了他的徒弟，那个跳《乌龟讨亲》的火儿。

"龙师傅，火儿呢？"

"有点事情，回龙家坳去了，夜里他会来。嘻！少老板，亏你还记得他。"

"几好的伢儿，怎会不记得。听说他跟龙儿认了老庚，是吗？"

"是啊！他两个认老庚，本来是不般配的。老夫人硬要他们认，也就只好手长衣袖短——高攀了。"

花灯会上，火儿出现在他的面前，完全是鬼使神差。火儿同龙儿认老庚，更是不可思议。事实告诉他，火儿才是自己真正的亲骨血，此刻睡在身边的，是与自己并无血缘的伢儿。

身边的龙儿已经香甜地睡着了，张复礼一点睡意也没有了。他从竹席上爬起，坐在灵柩边的一张板凳上，一边吸着水烟，一边流着眼泪。这泪水，既是为父亲的故去而悲痛，也是为自己的不幸而伤情。一桩不该缔结的婚姻，一句不该编造的谎言，酿成了一杯苦酒，他一世人生也吞咽不尽。芳草第里的女伶，在女儿玉凤出生以后，又接连两次怀孕，而且都是他所希望的男孩。第一胎，生下来便得了三朝风，夭折了；第二胎，遇上难产，为了保全大人，落得个死胎。郎中断言，她以后再也不会有生养了。张复礼从头凉到了脚下，他被那女伶唤起的生活热情，也顷刻间消失殆尽。如今，父亲撒手人寰。从此以后，婆娘在浦阳，带着一个名义属自己、实际是别人的儿子，还外加一个不知从哪里捡来的女儿；丈夫在汉口，守着一个女伶，和一个再也不能为张家传宗接代的女儿。这女伶纵然如花似玉，却再也生不出他想要的伢儿。顺庆油号的生意即使再红火，张家赚的银子即使再多，这样的生活又有什么意思呢？张复礼伤心的泪水，如同串珠断线，簌簌地跌落。

"少老板，人死不能复生，伤心也是枉然。你的一片孝心，足以告慰张公的在天之灵。"

说话的声音从背后传来。张复礼回头一看，是老司龙法胜在说着劝慰他的话。他的身后，站着一个气宇轩昂的伢儿。张复礼一眼就认出，这伢儿便是火儿。他虽和龙儿是同年所生，却比龙儿高出了半个脑壳。那少年老成的眉宇之间，隐约地渗透着张家人的影子。他从这伢儿身上，仿佛又看到了黑夜里的一丝光亮。

"龙师傅，多谢你。"张复礼出自礼貌，先谢师傅，后问徒弟。他重又把面前的火儿打量一番，说："这伢儿想必就是火儿啰！"

"我是火儿，给少东家请安！"火儿对着张复礼鞠了一躬，显得不卑不亢。

"同龙儿认老庚的是你？"

"是我。"

"少老板，高攀了！"龙法胜连忙补了一句。

"钱财归钱财，仁义归仁义。我同龙儿是好弟兄。"火儿的讲话，表示他并不认为是高攀。

"好崽！"张复礼手往火儿的肩头上一拍，不自主地叫出了声来。他第一次这样称呼自己的儿子。继而问火儿："那你该怎么称呼我？"

"同年爹！"火儿脱口而出。

称呼里有个"爹"字，张复礼得到了些许的满足。

龙法胜带火儿来丧堂，是来为"封臭"加码，让"封臭"的巫术发挥长久的效力。半个月了，都一直没得事。到了最后，必须精心打理，才不会功亏一篑。龙法胜从神龛上取下那杯"雪山水"，重念了一遍《雪山咒》，又再放回到神龛。接着，他用一根神香在竹竿上吊着的那块风干猪肉的上下点着、划着。站在一旁的火儿，聚精会神，听着师傅的每一句诵念，看着师傅的每一个手法。这当口，张复礼自是不便掺和的。就在这时，他看了看竹席上睡熟的龙儿，一个奇想，突然在他的头脑中闪现。当师徒二人法事完毕，行将离开丧堂时，被张复礼叫住了。

"火儿，你慢点走。"

"同年爹还有哪样吩咐？"

"你既然同龙儿认了老庚，这位归天的老人，你该怎样称呼？"张复礼指着停放在丧堂的灵柩问。

"他是我的同年爷爷，就跟我自己的爷爷一样。"

火儿的一句话，直说得张复礼心花怒放。他就地滚龙，追问着火儿："既然跟你自己的爷爷一样，你该怎样表示你的孝心？"

火儿被问住了。一个学艺的小巫，他能对归天的同年爷爷表示怎样的孝心呢？这件事他还真没有想过。

"你看，龙儿睡在这里做哪样？"张复礼问。

火儿回答："在为爷爷陪灵尽孝。"

"那你呢？"

"我？！"

"你就不应该对同年爷爷尽点孝心吗？"

龙法胜猛地明白了，说道："少老板，您的意思是要火儿为同年爷爷陪灵尽孝？！"

"是啊！我听说同年爷爷在生时，也是非常喜欢火儿的。趁着天还没亮，也让他陪陪同年爷爷吧！"张复礼说。

龙法胜受宠若惊，赶紧对火儿说："火儿，承蒙少老板看得起，你快睡下去，陪一会儿同年爷爷。他老人家在阴冥之中会保佑你的。"

火儿点了点头，便走到竹席边，挨着龙儿身边睡了下来。这时，张复礼连眼睛也不眨，直看着火儿，心里有说不出的舒坦。这个位置，本来就应该是这伢儿的。老父亲真正的孙儿，终于睡到了他的身边。这时候，龙儿突然醒了。他侧身一看，睡在他身边的不是爹爹而是火儿。他噌地坐了起来，冲着火儿大声说："快起来！快起来！你怎么睡在这里？"

火儿也跟着坐起，说："是同年爹爹要我睡在这里的。"

龙儿立刻对父亲说："爹爹！你怎么啦？陪灵的人，必须是亡者嫡亲的子孙，火儿怎么能够在这里陪灵？"

张复礼说："火儿是你的老庚，你的爷爷不就是他的爷爷吗？"

龙儿说："爹爹！你怎么这样糊涂？你让火儿陪灵，奶奶晓得了，是要骂人的。"

龙儿的话，叫张复礼一时语塞，回答不上来。一旁的龙法胜见这般情景，赶紧招手，叫火儿起身。火儿无所适从，嘟哝着嘴巴起了身。

"火儿，真对不住，这是有规定的事情，乱来不得。你莫放在心上，我们还是好弟兄。"龙儿只得这样对火儿说。

顷刻间发生的事情，将张复礼置于了尴尬的境地。当他还没有回过神来时，龙法胜已经带着火儿离开了丧堂。这时，天已经大亮，龙儿也起身了。对于爹爹让火儿陪灵，龙儿实在无法理解。他一边收拾地上的竹席，一边含着眼泪对父亲说："爹爹！只有龙儿才是您的亲骨肉……"

张复礼没有应声，只是无奈地点着头。他的心里，却在隐隐地作痛。世上的事情，竟然如此颠倒！假的变成真的，当了陪灵的孝子；真的变成假的，被赶出了丧堂。这时的张复礼，就如同一根鱼刺卡在喉咙里，咽也咽不下，吐也吐不出。过了好一阵，他才强忍苦痛地向龙儿交代："龙儿，是爹爹一时犯了糊涂，让火儿在这里陪灵。这件事情，就只你晓得，莫跟奶奶说，也莫跟妈妈说。"

● 白喜事，红喜事

七月初八清晨，灵柩出殡，丧事终了，张家宴请宾客。张复礼带着钰龙，挨着桌席给宾客们下跪、磕头，表示谢意。宾客们以利市相赠，称为丧家"进财"。散席之后，父子二人伫立门前，俯首恭送客人。客人们一个个都走了。龙法胜也在得到丰厚润资之后，带着棺木前竹竿上那块风干了的猪肉，向丧家告辞。

"龙师傅，真不晓得该怎么感谢你啊！若不是你的法力高超，复礼就见不着先父最后一面，连尽孝的机会也得不到。这'封臭'的法事，既劳神，又伤身，着实是辛苦你了。这些天事情多，没能好好犒劳你。现在忙过了，你就带着火儿在这里歇息几天吧！"张复礼真心挽留龙法胜。这样，也可以把火儿留下来。

"多谢了，少老板。今夜我是无论如何都得赶回去。"龙法胜说。

"龙师傅，我是真心实意留你们师徒啊！爷爷走了，龙儿心里闷，也想火儿陪着他说说话。"张复礼说着，问龙儿："龙儿，你说是吗？"

"是的。"龙儿说，"火儿哥，你就和师傅留下来吧！"

"龙儿，你我弟兄要谈心有的是日子，今夜实在是没得空。"火儿说。

"我是实在脱不开身。"龙法胜说出了必须回转的理由，"铁猪潭的一堂傩愿，还等着我去还，选好的日子，明天一早必须赶到。"

张复礼眼睁睁看着亲生骨肉离去，实感无奈，他说："既是如此，我也就不便强留了。请稍等，我派顶轿子送你们师徒。"

龙法胜听说要派轿子，连声谢绝："不必了！不必了！这么几步路，我们哪天不走，走路走惯了的人，坐在轿子里反而不自在。"

"那我就失礼了。麻眼夜黑的，俩师徒好走！"张复礼见龙法胜推辞，也就不坚持派轿子了。他虽是对龙法胜说话，眼睛却在睨着火儿。

"请转告老夫人多多保重。"龙法胜说。

火儿也对张复礼说："请同年爹转告同年奶奶，她老人家多多保重。"

火儿的一句话，讲出了张复礼的眼泪。他两手搭扶着火儿的双肩，久久地凝视着那双酷似自己的眼睛。接着他又把火儿揽到自己的胸前，用一只大手，轻轻地抚摸着那长着一头乌发的脑壳。好半天，才搜寻到一句自认为最得体的话："伢儿！难得你的一片孝心。"

张复礼说着，便往衣兜里掏，掏出了一样东西，在手心里攥着，而后把那东西摁在了火儿的手板心里。

"不！不！"火儿连声说。

"伢儿，听话，拿着吧！"张复礼说着，把火儿的手板捏了拢来。

龙法胜发话："同年爹爹看重你，恭敬不如从命，你就拿着吧！"

"多谢同年爹爹！"火儿捏着手板，对张复礼深深地鞠了一躬。

张复礼领受着火儿的行礼。他再次感受到了片刻的陶醉，一种做父亲的陶醉。刹那间，他稳住心神，对火儿叮嘱道："去吧！好好同师傅学道艺。"

龙儿看着眼前的事，心里好不是滋味。长到这么大，父亲从来没有摸过自己的头，这与他非亲非故的火儿，只不过是他与自己认了同年而已，却享受到了这种亲子般的爱抚。父亲摁在火儿手板里的肯定是银子。都已经给过龙法胜银子了，怎么还要单独给火儿送呢？龙儿同时又想到丧堂上的怪事，精明过人的父亲，怎么要让与张家毫无血缘关系的火儿，同自己一起为爷爷陪灵呢？还特别叮嘱那事不要让奶奶和母亲晓得。龙儿凭着本能的敏感，隐约地体察到，父亲对于火儿，似乎有着一种特殊的情结。这种疑惑，转而变成猜忌，又由猜忌变成了嫉妒，甚至是抱怨。

"都快半夜了，你们爷儿俩都去歇着吧！"

张复礼回头一看，是母亲在催他父子去睡。

张复礼说："娘，你也去睡吧！"

"奶奶，我送您去。"龙儿一步上前，搀扶着张王氏。

张王氏慈爱地说："有孝心的好伢儿，累着你了，奶奶自己走，你赶快去睡吧！"

张复礼拖着沉重的脚步，回到了久违的卧房。墙壁上的灵官盖脸布，已经变得面目全非了。那被剜去鲤鱼眼睛的梳妆台，经过了一番修补，依然在那里摆放着。雕花家具被擦拭得一尘不染，在桐油灯的映照下，显得锃红透亮……这些物件带给他的只能是酸楚和屈辱。

"回来了！"刘金莲连自己也不知道，怎么说出这样一句话来。

"回来了。"张复礼信口回应着。他也不晓得该对婆娘说哪样。无奈中，他朝床上看了一眼，终于找到了话茬："乖妹呢？"

"乖妹今晚跟秀秀睡。"刘金莲心想，这人从未把乖妹当回事，他显然是在没话找话。老这样也不是个事，僵局终归要打破。她搜索枯肠，终于找出了一句表示关切而又得体的话："困了吧！这堂白喜事，真是把你们爷儿俩累坏了。"

刘金莲话语中的"爷儿俩"，令张复礼感到不是滋味。这婆娘似乎是在有意逼迫他认可既成的事实，让他除了"哑巴吃黄连"之外，便别无选择。

"我迟迟回不来，亏得有龙儿为爷爷尽孝。"张复礼只得说着并不情愿说的话。

天气闷热，刘金莲给丈夫打起了蒲扇。这是她从来没有过的举动。极不自在的张复礼，连忙从婆娘手里拿过了扇子，自己摇了起来。

"爹爹走了，屋里没得人掌本，我一个妇道人家，压不住台子。如今，你已经是这屋里的主人，得由你来当家。你还是回来吧！"刘金莲一边说，一边在房里踱着步。

张复礼摇着蒲扇，咀嚼着婆娘的话。鹦鹉洲上的金屋藏娇，已是公开的秘密。父亲过世，婆娘要他回来合情合理。此时的张复礼陷入窘境，一时不晓得该怎样回应才好。

见张复礼没个明确答复，刘金莲感觉到，是表明自己大度的时候了："回来吧！让她们娘儿俩也跟着一起回来。"她虽然是第一次当着丈夫的面，说起那女戏子的事，但她一点也不激动，就像是谈论家常似的平静。

张复礼像是被点中了穴位，猛地一怔。转瞬间，他恢复了镇定："是啊！我也说过让她娘儿俩回来。可她说，在汉口住惯了，怕回来不习惯。"

"有哪样不习惯的！不能件件事情都依着她。当然啰，人家大口岸的女子生得乖，又会唱戏，撒起娇来，男人拿她没得法，只得百依百顺。对屋里的黄脸婆，你可不是这样啊！"刘金莲抓着由头，发泄着。

"胡说些哪样！"张复礼摆出一副男人的架势，显得作古正经。婆娘要他回到浦阳来，料理家业，支撑门庭，理由是那么充分。他搜索枯肠，也找不出继续留在汉口的借口。他不愿意显得理屈词穷，借着困顿，做着眼睛睁不开的样子，伸了个懒腰，打了个呵欠，说："我已经实在困得不行，要睡了。这事以后再商量吧！"

"那也好！还有好多的事情都要商量。"

刘金莲听说丈夫要睡，一边说话，一边将床铺好。张复礼栽着脑壳，走到雕花牙床前，似乎在表示他对满床雕花的视而不见。他用手中的蒲扇，在夏布蚊帐里拍了几下，便放下了蚊帐门。他一副困顿已极的样子，似乎全然不曾意识到身边还有一个明媒正娶的婆娘，正值盛年的婆娘，久别重逢的婆娘。转瞬之间，蚊帐里便出现了细微而均匀的、叫人难以分辨是真是假的鼾声。张复礼模棱两可的表现，可以理解为连日的劳累，已令他困顿以极；也可以理解为，他是在以困顿作为幌子，有意轻慢早已貌合神离，却又偏生给他出难题的婆娘。她无法承受这种冷落，几番起意，要撩开蚊帐，将那没良心、没人情的强盗推醒，和他理论，向他发泄。不知怎的，她始终没有勇气……

第二天清早，龙儿上学之前来到上房，含着泪向婆婆请安。他深深一揖，说了声："婆早！龙儿读书去了。"

张王氏看着孙儿的模样，禁不住老泪纵横。往常，她都是和老爷一道，接受孙儿的请安。如今，老爷过世，这里就只剩下她一个人了。她长长叹了一口气，扭过脸去，擦拭眼泪。昨夜，她一夜没睡，想这想那。丈夫过世，家里的事情该由她来操心了："好宝崽，你过来，婆有话对你说。"

龙儿走到婆婆跟前。婆婆在他耳边说了句悄悄话，问道："中意不？"

龙儿还没从丧事的悲痛中解脱出来。公公尸骨未寒，婆怎么就说起这样的事情呢？他感到诧异："婆！怎么就讲这种事情呢？就是要讲，也该过些时日呀！"

"哈崽，红白喜事做一路，大吉大利的事情，这都不晓得！我只问你中意不？"

龙儿没回话，羞赧地对婆鞠了一躬，说声"我走了。"扭头便离开了上房。

"娘！"张复礼和刘金莲也来到上房请安。俩公婆噙着泪水，一同向母亲鞠躬。

张王氏说："你们来得正好，来陪娘说说话。坐吧！"

张复礼和刘金莲一落座，丫头便来上茶。张复礼端起细瓷茶杯，掀开盖子，用盖子拨开浮在上面的茶叶，轻轻吹了一口，也不说话，就喝起热茶来。

"龙儿今天又去读书了。他像往常一样，来这里请安……"张王氏说着，眼睛湿润了，喉咙哽咽了。

儿子和儿媳晓得老太太又在触景生情了，连忙劝慰。

"娘！爹爹走了，人死不能复生，你要想开些。"张复礼说。

"娘！爹爹走了，是登仙了。他在阴冥之中，一定会保佑我们全家的。"刘金莲说着，为张王氏捶起背来。

张王氏对刘金莲说："有件事，原日同你讲过好多次，你都讲要等到复礼回来。如今复礼回来了，就抓紧办了吧。"

刘金莲立刻晓得婆婆说的是哪样事。张复礼却是摸不着头脑，他问："哪样事情，非得要我回来才能办呀？"

"龙儿已经满了十四岁。伢儿到了这年纪，你这个做老子的，难道就不晓得该为他办点哪样事情？"张王氏的语气，似乎是在表示对儿子的嗔怪。

这时，刘金莲停止了捶背，一双丹凤眼直瞅着张复礼，似乎在问，你晓得老太太讲的是哪样吗？殊不知张复礼是个极灵泛的人，最能揣摩老娘的心事。

"啊！我晓得娘是说，龙儿都已经满了十四岁，该为他定门亲了。"张复礼说。

"嗯！这还差不多，像个做老子的样子。"张王氏说，"这两年我一直在催着金莲办，可金莲说，儿子是你的，婚姻大事要由你来做主，要等你回来才能定。"

老娘的话，让张复礼哭笑不得。酸甜苦辣，一齐涌上了心头。这婆娘也真是太乖巧了。儿子是我的？！天晓得是哪个的？这时的张复礼纵然浑身有口，也没法说清。

"嗨！一定要等我回来做哪样？屋里的一切事情，都应该由公公、婆婆做主。就是我在屋里，也要请公公、婆婆做主嘛！"

"礼儿，这不只是金莲的想法。你爹爹在世时，也是这么讲的。你们这一代的事，该由你们做主，莫老想有人替你们。伢儿的亲事，就该由你做老子的来操心！如今，你爹爹过世了，你就是当家人，把汉口的事情安排好，赶紧回到浦阳来。娘就是盼着四世同堂，早早做太婆。你在去汉口之前，先把龙儿的亲事定下来，红白喜事做一路，大吉大利。"张王氏对儿子如是说。

"红白喜事做一路，好啊！"张复礼附和着母亲的想法。他问道："不知娘看中的是哪家的女伢儿？"

"女伢儿倒是有一个，我和金莲都看中了。"张王氏说。

"是哪个？"张复礼问。

刘金莲说："这户人家，你去得最多。这女伢儿呀！你常常得见。讲出来呀！你也一定会中意。"

婆娘一说，张复礼便立刻明白："你们讲的女伢儿，是印秀才屋里的蕙儿！"

"嗯！叫你猜中了！"张王氏说。

"不是猜中，是一屋人想到一起了。"刘金莲的话，是老太太最喜欢听的。

"对！是一屋人想到一起了。"张王氏说，"这户人家是镇上有名的书香门第，和我们张家也算是门当户对。蕙儿人长得光鲜不说，还有透顶的聪明，过人的机灵。她从小跟爷读书识字，两只手都打得算盘。蕙儿的爹是有功名的秀才，你的老庚；蕙儿的娘，是镇上吉家的子女，是金莲的好姊妹。金莲已经着人撩边子探过了口风，那秀才和娘子只是笑了笑，说是手长衣袖短——高攀不上。这明明是客套话嘛！若是作古正经去提亲，这个面子秀才俩公婆想必是会给的。"

"娘替龙儿想得周到，这门亲事我看也是蛮恰当的。既然这样，那就请个媒人去印家走一趟。"张复礼说。

"请媒，也不过是俏婆那样的现媒。"刘金莲接过话茬。她似乎对媒婆有一种生就的反感，便对丈夫说："复礼，你就不兴亲自走一趟，你和那印秀才不是好久没摆龙门阵了吗？他正念着你呢！"

"不行！不行！"张复礼听了婆娘的话，连忙摆手说。他心里在念叨,这婆娘又在给我出难题了。

"这有哪样不行的!就凭着你和印秀才的交情,跟他开硬口,要蕙儿来做儿媳,我就不相信他会打你的扁担!"刘金莲坚持着自己的意见。

张复礼想了想,立刻把担子撂向婆娘那一头。他说:"要去你去,你和秀才娘子是好姊妹。这样的事情,男人不好开口,你们妇道人家之间,还要更加好讲些。"

这时候,刘金莲向着婆婆看了一眼。张王氏心领神悟,儿媳是在向她求救了。她立刻接过了儿子的话茬,说:"礼儿呀!特意等你回来,就是让你这男人来拿主意,你怎么把事情推给妇人呢?听娘的,你这就去找印秀才,男人对男人,当家人对当家人,三下五除二,铁板钉钉,这门亲事不就定下来了!"

三天过去了,张复礼始终提不起勇气,前去印家当面提亲。老娘着急了,三番两次催他。他躲到阁楼上的书房里,来来回回踱着步。原日抄录的一摞摞高腔剧本,多半都搬到了芳草第。剩下的那一函函书籍,他早已无心眷恋。去印家提亲,挨是挨不过的,去是必须去的。他在冥思苦想,以怎样的方式去到印家,才能保住最起码的脸面。去提亲不能空手去。婆娘备办好了礼物:两截锦缎,四包茶点。张复礼不满意。他觉得,给印秀才送的礼物,一定要得体而不媚俗。突然间,他的眼睛在书架的一个角落里停住了。那里摆放着一部明刻版《夷门广牍》的残本。爱书如命的印家两代人,都曾经对此垂涎。张家却是将它摆放在书架上落灰。此去印家求亲,以这部书作为礼物,应该是最恰当不过的了。

下午,张复礼拎着一个大纸包,进到了印茂佳的院子。蒙童们已经放学,院子里静悄悄的。廊檐下的荫凉处,印秀才正打着蒲扇歇凉;秀才娘子在择篮子里的禾眉豆;蕙儿坐在矮板凳上,正朝着麻筐里绩麻。

"稀客!快请坐。"吉秀华笑着说,"还好,大老板总算还记得有个穷老庚。"

"哈!所有的人都可以忘记,唯独这个老庚忘记不得。"张复礼说着，把手里拎着的大纸包放在了廊檐下的石凳上。

"哼！专拣好听的讲。"印茂佳诡秘地一笑，说，"哪个不晓得，老庚是浦阳镇上最精明的生意人。只怕是'三日没生意，伙计吃伙计'哟！"

"吃伙计？！你这伙计我能吃得落吗？"张复礼说着，也跟着大笑起来。

蕙儿端来了一杯凉茶，轻声儿说了声："同年叔，喝杯凉茶解暑。"

"哈！几年不见，都长成大姑娘了。"张复礼接过凉茶，打量着蕙儿。心中暗想，这女伢儿真是不错，难怪老娘这样急着催他来提亲。他声色不露，信口问道："毓儿呢？"

"去了辰州虎溪书院。"印茂佳回答。他的眼睛看着张复礼带来的大纸包，问道："怎么？带来这么大个包，里头包的是哪样？"

张复礼笑着说："哈！是哪样？你最喜爱的。壮士爱剑，你讲秀才爱的是哪样？"

"怎么？你还给我从汉口买了书来？！"说着，印茂佳急不可耐地打开了纸包。那里面包着的，竟是张家祖传的明刻原版《夷门广牍》。印茂佳顿时发了蒙，他眼珠子一转，喃喃地说："怎么？！你舍得把这么贵重的书给我送来了……"

"收下吧！这书闲在那里也是闲着，倒不如给了你这个识宝的。只可惜是个残本，不全圆。"张复礼说得平淡，全不以为这部书有多么贵重。

"知我者，复礼也……"印茂佳一副如获至宝的样子，摇头晃脑地哼唧了起来。紧接着，他便埋头翻看起古本书来。张复礼素知秀才秉性，只得耐住性子坐着冷板凳。见秀才的样范，他不由得暗自笑了，便找茬子和秀才娘子说话："嫂夫人，我就是喜欢吃你炒的辣椒菜，汉口呆了这几年，硬是被辣椒饿恼火了。"

吉秀华趁此机会拿张复礼打趣："哪个要你爱光鲜，图新鲜，找了个会唱戏的姨娘。她肯定是怕辣坏了喉咙，不肯吃辣椒。你也就只跟着她吃没辣椒的菜了。"

"哈哈！有哪样法子，只有依她了。"张复礼就地滚龙，乐呵呵地回应着，没显得不自在。

没多久，吉秀华便把一桌酒菜搬到了院子里的山茶树下，一碟碟辣椒烹制的菜肴，似乎使得小院清新的空气里，也隐隐地掺和着一股辛辣味：火焙鱼、禾眉豆是用新鲜辣椒炒的，牛巴子、酸豆角是用干辣椒炒的，乌骨子鸡、魔芋豆腐是用酸辣椒炒的。火烧爆辣椒用油淋，米粉鲊辣椒用油煎。一碟酸刀把豆，上头撒的油泼辣椒；一碟油炸白水辣椒，里面灌的是椿木芽；一碗酸菜洗锅汤，浮着辣椒油的汤面上撒着翠绿的葱花。

"几个家常菜，让叔叔见笑了。"吉秀华说声"叔叔慢用"，便闪身进了里屋。按照浦阳的规矩，女人是不与男客同席的。

若是往常，印茂佳酒杯一端，肯定会把话匣子掀开，天南地北，胡吹神侃，以戏谑、挖苦亲密的伙伴为趣事。今夜，嘴巴从不放空的印秀才，突然间变得少言寡语了！倒是张复礼反客为主，敬起了酒："老弟我借花献佛，这杯酒感谢老兄对先父丧事的鼎力相助，感谢你集贤堂的围鼓，一晚没落，唱了十七个晚上。"

"应该的。"印秀才似乎没分清主客，颈根一仰，稀里糊涂把酒喝干。

印茂佳的情绪反常，因爱女蕙娇的亲事引起。他对于蕙娇的钟爱，甚至超过了儿子毓贤。半年前，他闻听张家窨子的老、少两代夫人都看中了蕙儿，有意缔结姻亲，还着人来探过口风。论两家的交情，论伢儿的人品，都没得说的。可就是这样一门亲事，使得他和婆娘犹豫不决。浦阳镇上一个众所周知的秘密，给他和婆娘带来了困扰。蕙儿不知也从哪里得知此事，央求父母千万不要答应这门亲事，说是嫁给一个"野种"，会一世人生都抬不起头的。印茂佳处于两难境地。若拒绝，在张家人面前说不出拒绝的理由；若赞同，在自家面前说不出赞同的依据。张家既然放出口风，媒人很快就会上门。到时候，他真不晓得该如何应对。如今，张家办

过一堂丧事，红白喜事做一路，正是请媒提亲的好时候。他断定媒人十有
八九又是镇上的俏婆。张复礼是绝对拉不下面子，到一个知根知底的挚友
跟前，亲自为一个本不是自己儿子的儿子来提亲的。出乎意料，张复礼居
然亲自上门了。当他打开纸包见到那部明刻版《夷门广牍》时，便立刻知
道了他的来意。他显然是遵母命而来。精明的商人，用一堆放着没用的故
纸，为老娘换回一个可心的孙媳妇。面对张复礼的这一招，印茂佳不知如
何是好。这部书他曾在张家书房里反复诵读过，甚至还誊抄了一遍，但毕
竟只是一部残缺了的闲书。他做出一副爱不释手的样子，似乎是被这部书
迷住了心窍，殊不知他是以这种方式，来平息纷乱的心境，寻求应对的谋
略。直到张复礼"借花献佛"向他敬酒时，他才回过了神来。他指着满桌
子的辣椒菜说："吃吧！你不是饿辣椒吗？这满桌子全是辣椒。"

"全是辣椒，好多年没有这样吃了，真有味！"张复礼一边应声一
边想，这酸秀才今天是怎么了？他怎不问我为哪样给他送这样贵重的礼
物呢？

"喏！这是柴火烧的爆辣椒，你在汉口是吃不到的。"印茂佳说着，
调侃起张复礼来："金屋藏娇，是神仙过的日子吧！"

"嘻嘻！还不就是那样。"张复礼不以为然地笑着说。

"当初老哥我没有猜错吧！你张复礼是一定要吃新鲜菜的。"自恃才
高的印茂佳，显示着自己的料事如神。

"还讲这个做哪样，女伢儿都已经六岁了。"张复礼不想再提这码
子事。

"怎么？新鲜菜又变成陈腌菜了？！"印茂佳又来神了，他再一次下
断言："张大老板，我又把话讲在前头，你是一定还要吃新鲜菜的。"

张复礼没作声，自斟自饮，一连喝了两杯酒。印茂佳连忙夺过张复礼
的酒杯，压低嗓门吼道："你这是做哪样！"

过了好久，张复礼才对印秀才迸出一句话："我想让那婆娘给我生个
男伢儿，可她连弃了两胎，如今已经生不出了。"

"想开点！屋里不是有钰龙吗？何必硬要那婆娘生。"印茂佳不知道怎么进出这句话。话一出口，他便立刻后悔了。这话正戳到了老庚的伤心处。

张复礼没有再说话，也没有再喝酒、吃菜，只是呆呆地坐着。印茂佳则凭借着马灯微弱的光亮，发现张复礼的两眼闪着泪光，两滴泪珠滚落到腮边。印茂佳找不到更恰当的话，来抚平张复礼的伤痛。他必须竭尽全力，为同年挚友分担痛苦和忧愁。

"讲吧！需要我做哪样？"

"我要你帮我。"

"我能帮你？！"

"只有你能。"张复礼带泪的两眼，透出哀求的神情。他说："是一件让你为难的事，可你还是得帮我。"

印茂佳已经明白张复礼要说哪样了。但他还是明知故问："哪样事啊！只要我帮得了的，我一定帮。"

得了印茂佳的这句话，张复礼如释重负。他从衣兜里掏出了一个红纸折子，郑重地交给印茂佳。印茂佳一看，原来是求亲的《请庚帖》。前面写着：

敬求翰墨
乞赐
华庚
姻弟张复礼鞠躬

背面的文字是：

天长地久
乾造　戊辰　己未　戊辰　丙辰

坤造
鸾凤和鸣

看过《请庚帖》，印茂佳沉吟了片刻，而后说："贤弟，愚兄就高攀了。"

张复礼对着印茂佳拱了拱手，喃喃地说："小弟是母命难违，厚着脸皮来的呀！仁兄不弃，蕙儿委屈，小弟感激不尽。你我尽在不言中啊！"

"尽在不言中……"印茂佳重复着张复礼的话。接着，他飞快地去了书房里，拿来了蘸饱浓墨的毛笔，在《请庚帖》的"坤造"二字后面，郑重地写下了蕙儿的年庚八字。

印茂佳把张复礼送到大门前，那"尽在不言中"，仿佛还在他的耳边久久回响。他转身回到屋里，婆娘和女儿正迎面向他走来。

"你跟张家少老板是怎么说的？"吉秀华急切地问。

印茂佳嘴里在喃喃地说："尽在不言中……"

"什么'尽在不言中'？！我是在问你的话哩！你跟张家少老板是怎么说的？"吉秀华急于知道刚才发生的一切。

印茂佳说："怎么说的，生庚八字都已经给了人家。择好日子，张家就要着媒人来下聘了。"

听了父亲的话，蕙儿"哇"的一声哭了。她大声地叫道："不！我不！"

"哭哪样！叫哪样！张家哪点配不上印家？龙儿哪点配不上你？事情就这么定了下来，哪样话都不要讲了！"印茂佳这样郑重宣布，他的决定是不容更改的。

"爹！您怎么这样糊涂！嫁给一个'野种'，女儿会一世人生都抬不起头的……"蕙儿哭得更伤心了。

"谁说龙儿是'野种'？谁说的？"

"浦阳镇上的人都是这么说。"

"胡说八道！无中生有！当年，这龙儿的娘明明是……"印茂佳想说当年刘金莲新婚"见红"的事情，证明龙儿并不是"野种"。但他又意识到作为父亲，是不能对女儿说这种事情的，便又立刻作罢。

自从张复礼一进屋，吉秀华就料定这门亲事已经是铁板钉钉的了。丈夫是个讲面子的人，再加上张复礼带来了那么贵重的礼物。两老庚把酒杯一端，儿女亲家还能打不成吗？在后院，吉秀华竭力劝说着蕙儿。作为母亲，她还把新婚"见红"的事情，向女儿说了个明白。而龙儿的母亲刘金莲，当年就见了"红"的。然而，吉秀华的话，并没能说服蕙儿。精灵的蕙儿对于龙儿实在是太熟悉了，龙儿的身上怎么就找不到一丝同年叔的影子呢？这其中的蹊跷，是不言自明的。当年张家传出的"见红"，不过是为了遮面子而已。今天母亲正好用它来打这段姻缘的圆场。当她得知父亲已经当面允婚时，便扑向母亲的怀中，流着泪，嗟叹起自己的命运来："天哪！蕙儿怎么就这么命苦……"

吉秀华抚摸着女儿乌黑的头发，轻声地说："蕙儿，你是怎么了？娘的话你怎么一点也不信？那外面的流言蜚语，你就这样信得过？！"

蕙儿在母亲的怀里呜咽着："你们莫哄我了，张钰龙就是'野种'……"

"混账话！"印茂佳起火了，厉声训斥起女儿来："左一个'野种'，右一个'野种'。一个姑娘家，晓得哪样叫'野种'？！人家钰龙是一个千良百善的伢儿，哪点对不住你，你对人家如此耿耿于怀。莫讲他正儿八经是张复礼的儿，不是哪样'野种'。即使就是'野种'，那又怎么样？！秦始皇是'野种'，还成了千古一帝哩！只要张家窖子认可了钰龙，他就要睡在老太爷的灵柩边上陪灵，他就要继承张家的家业，就要为张家传宗接代。爹娘把你许配给张家，是经过深思熟虑的。能够结下这桩姻缘，是你的造化，丝毫也没有委屈你。那些乌七八糟的鬼话，是不能听的。从今以后，不许再提'野种'二字，听清了没有？"

"听清了。"蕙儿回答得很小声。

　　五天以后，张家窖子备办了丰厚的礼物，在鼎鼎有名的媒人俏婆的带领下，来到印秀才的府上，为小少爷张钰龙下聘礼。顺庆油号"红白喜事做一路"，走了一位老太爷，订下一位孙媳妇。

● 听雨楼，娄听雨

清早，小芸还闭着眼睛睡在床上，张复礼就起了身。今天，张复礼将要去祝贺瑞风船行老板、"江汉船王"娄汉祥的六十大寿，心情极好。他推开临江的窗户，扩了扩胸，做了个深呼吸，俯瞰长江上来往穿梭的船只。一道道风帆下，此起彼伏的摇橹号子，透过缕缕薄雾，在江面上悠然自得地飘荡着。娄汉祥作为长江航运业的霸主之一，拥有的木船达三千艘以上，在汉口、九江、芜湖和镇江都开得有船厂。最近，听说还要从英国购进火轮。江上木船上的字号，"瑞风"二字比比皆是。长江里的航运业，不论是造船，还是修船，桐油都不可或缺。自从到汉口以后，张复礼便屡屡闻听"瑞风"的大名。那时候，"瑞风"吹不到这个小油号。大笔大笔的生意，都是"洪油"字号的进账。他希望有朝一日，能有与"瑞风"接触的机会。如今，机缘终于在不经意中出现。他将带上礼物，去给娄大老板祝寿，有了好心情，他不由得轻轻地哼唱起汉调："我正在城楼观山景……"

厅堂空无一人。大姨早已起床，在厨房里烧水。在张复礼的脚步声中，厨房里响起了舀水声，继而是大姨的说话声："少老板，洗脸水给您倒好了。"

张复礼进到盥洗间洗漱，小芸也趿着鞋子下了楼。她来门边，倚着门枋，怯生生地对张复礼说："今天大姨想去一趟洪湖。"

"去做哪样？"正在洗脸的张复礼问。

小芸栽着脑壳，轻言细语地回答："听说那里的一个老郎中，有祖传
下来的秘方，好多人吃了都管用，我也想试试。"

"那就辛苦大姨一趟。记住把钱带够。"张复礼答应得极爽快。两年
了，只要小芸说捡药看病，他从来没说一个"不"字。

张复礼料理完父亲的丧事回到汉口快一年了。老娘三番五次搭信来，
催他回浦阳，他总是以各种各样的理由敷衍、搪塞。老娘明白，这鬼崽这是
叫女戏子迷住了。唤得回他的人，收不回他的心，奈何他不得，也就不再
搭信催他回浦阳了。

张复礼赖在汉口，不愿回浦阳镇。其实，他的日子也并不好过。两个
男婴的夭折，给了他最沉重的打击。小芸再也不能生育，使得他更心灰意
冷。原日千娇百媚的小芸，如今变得可怜兮兮。成天惦记着看郎中，医治
她的不孕症。生意上的事情，有复万叔照料就足够了。得闲空的张复礼，
整日沉浸在郁闷之中。百无聊赖，他重新拾起旧时的喜好，以唱戏来排解
心中愁烦。在浦阳，张复礼的高腔唱得好。到了汉口，他便入乡随俗，学
唱起汉调来。唱汉调是小芸的本行，他可以跟着小芸学。可他一见到小
芸，就怎么也提不起唱戏的兴致了。当着小芸的面，他从来不提唱戏的
事。他不声不响，每日里独自过江去到汉口，进出那里的戏馆茶园，结交
梨园菊友，还加入了由一班票友组成的"霓裳社"。

霓裳社的社址在织机街的梨园会馆 —— 老郎庙。霓裳社里的票友
们，都是汉口码头上有头有脸的商贾。他们不惜花费高价，请来汉口伶界
的名师。为首的教席名叫桂凤生，是驰名江汉的汉调大师余三胜的传人。
张复礼的生意在汉口虽不算大，但在霓裳社里，他却是个出众的票友，他
有唱辰河高腔的基础，学唱西皮、二簧，简直是小菜一碟。他有扮相，有
个头，更有一副好喉嗓。师傅桂凤生说，他天生是一块唱须生的料。他跟
桂师傅学了一出《武家坡》，就是那年芳草第唱堂会时，他点小芸唱的那
出戏。他把剧中的薛平贵唱得溜活，可就缺一个王宝钏来跟他配戏。张复
礼本可以花点银子，从戏班里请来一个，他却不愿意这样。他总觉得跟角

儿配戏不自在，找个票友做搭档，唱起来才不怯台。熟知他内情的人，便偷偷儿打趣他，说是要让坤角筱玉仙和他来配戏。张复礼只是笑了笑，因为那是绝对不可能的，小芸压根儿不晓得他在这里票戏。桂师傅一直在为张复礼物色一个合适的票友给他做搭档。突然有一天，桂师傅对张复礼说："张老板，好事来了。有位坤票，想找人同她配一出《武家坡》，不晓得你敢不敢？"

"这有哪样不敢的，难道她还会把我吃了不成？！"张复礼笑着说。

"虽然不会把你吃了，讲出来也会把你吓一跳。"桂凤生说，"这坤票不是别个，是瑞风船行大老板娄汉祥的小姐娄听雨！"

一听娄听雨的大名，张复礼的心里，还真的"咯噔"了一下，半天都说不出话来。他心里想，天哪，怎么会是她呢？

娄听雨在汉口码头上，是个非同一般的人物。她的底细，在江湖上广为流传。她的母亲小桃红，曾是汉口红极一时的名妓，后来被江汉船王娄汉祥纳了小妾。小桃红出身卑微，娄汉祥没能把她接进府中，而是在汉江边上的紫云巷里，买了一座叫作"听雨楼"的院子，来了个金屋藏娇。小楼精巧，庭院雅致。铺着青石板的庭院里，竖立着一幢青瓦覆盖的小木楼。沿着院墙花坛里，栽种着一排扇叶舒展的芭蕉树。每当春雨淅沥之时，雨水打在瓦背上、打在岩板上，特别是打在芭蕉的扇叶上，"嘀嘀嗒嗒"，响声不绝。小楼听雨，别有一番情趣，便有了这"听雨楼"的雅号。这小桃红从小在烟花之中长成，天生丽质，善解人意。琴棋书画，无所不通。娄汉祥作为一代船王，是一位有幽情雅趣的儒商。每逢春雨飘洒之时，他便常常来到听雨楼，与小桃红相拥而坐，侧耳静听那芭蕉叶上错落有致的雨声。由小桃红用古琴弹奏一曲《雨打芭蕉》。终日为生意操劳的船王，躲进小庭深院，尽情享受着人生的乐趣。最让娄汉祥高兴的是，小桃红在听雨楼里为他生了一个女儿。那妇人还别出心裁，依着娄汉祥的姓氏，把"听雨楼"三个字倒了个个儿，为女儿取名"娄听雨"，倒也博得了娄汉祥的欢心。

　　听雨楼里多了一个娄听雨，娄汉祥来走动的时间就更多了。听雨的出生，如同一场春雨注入泥土，一个花蕾绽放枝头，给娄汉祥增添了乐趣。听雨自幼跟着母亲，耳濡目染，小小年纪，便成了父亲心目中的才女。她遗传了母亲的聪颖，也继承了母亲的才艺。她弹奏古琴的技艺，甚至还超过了母亲。不幸的是，红颜薄命的小桃红，不知怎的染上了肺痨病，医治无效，在听雨十七岁的那年，便撒手人寰。临终之时，她再三嘱咐娄汉祥，一定要照看好听雨。一年后，娄汉祥为听雨招赘了一个女婿。新姑爷是一位徽州破落盐商的公子，名叫岢世堂。岢世堂风流倜傥，聪明过人，在生活上更是极有情趣。平时，他帮着岳父料理些生意上的事情。闲暇时，夫妻二人或是写诗作画，或是下棋弹琴，或是到戏院观赏汉调楚腔，回到家里，夫妻二人再琴瑟和谐，对唱一番。然而，结婚未满百日，一场大祸降临到娄听雨的头上。岢世堂一位武昌的朋友结婚，夫妻二人过江祝贺。回转时，渡船倾覆。娄听雨得救，岢世堂却葬身鱼腹。沉重的打击，简直要了娄听雨的命。她整整五年闭门不出。娄汉祥想尽了法子，也无法让女儿告别痛苦的过去。娄听雨每日在听雨楼里，只是闷坐在古琴边，弹奏着悲怨忧伤的乐曲，哀叹自己比母亲还要凄苦的命运。每到下雨时，听到院内淅淅沥沥的雨声，她便想起母亲别出心裁为她取的名字，总是禁不住大哭一场。娄听雨既是船王之女，也是名妓之女。她在社交场合的倏然消失，少不了成为人们谈论的话题。她这份对亡夫感天动地的情感，感动了许多人，更吸引了许多人。向往者趋至若鹜，求见者纷至沓来，其中不乏汉口码头的名士显贵。娄听雨却是拒绝会见任何人。五年时间，与她见面的唯一男人，只有疼她爱她的父亲。

　　娄听雨闭门听雨楼，夫人娄许氏和老夫人娄任氏至为关切。当初，迫于礼教与家规，出身卑微的儿媳小桃红未能入住娄公馆。而今，小桃红香魂早逝，留下了孤女听雨。小桃红虽是出身青楼，可听雨毕竟是娄家的骨肉。婆媳二人几番着人前去，要将听雨接进府中，都被听雨婉言谢绝。听雨说，她思念母亲，住在听雨楼里，就好像仍然住在母亲身边。娄许氏向婆婆提出，要去听雨楼探望听雨，婆婆也正有此意。听雨楼是蓄妓之地，是一个青楼女子住过的地方，如此贸然前去有失体面，只好作罢。一晃就是五年，市井闲言迭出。一个重礼义的豪门，怎么能把一个孤女弃于一旁而不闻不问！左右为难的娄家婆媳，只得置尊严于不顾，放下架子来到听雨楼，看望沉溺于痛苦之中的听雨。看到听雨面容憔悴，神情恍惚的模样，婆媳二人伤心地哭了。听雨也跟着哭了起来。这女伢心虽倔傲，却依然有着与生俱来的自卑。母亲去世以后，她想祖母，也想大娘，她们毕竟是自己的亲人。她不敢想象，她们会到这听雨楼来，看望一个青楼女子留下的孤女。老祖母心里明白，孙女的痛苦随着时间的推移是应该能得到解脱的。时间过去五年，也应该有个新的面貌出现了。她进得听雨楼，哪样话也不说，哪样事也不问，只说是五年不见孙女了，心里闷得慌，想要孙女陪着去火官庙看一回汉调。娄听雨虽说并不情愿，却也无法推辞，便随着一同去了。

娄听雨在丧夫五年之后，终于迈出了听雨楼的门槛。娄听雨出门看戏，霎时间成为码头上的一大新闻。有了第一回，自然就有第二回。火官庙成了娄听雨常常光顾的地方。娄家的亲朋戚友，冲着老夫人的面子，都纷纷前来作陪。一些馋猫似的男人们，都以能在火官庙里一睹听雨楼小寡妇的芳容为快事。火官庙戏班的生意，一时间竟好了许多。

老祖母的这一招，使娄听雨在痛苦的泥潭里挣扎五年之后，终于得以抽身。此后，娄汉祥只要稍有闲暇，便陪着女儿进火官庙看戏。戏场成了娄听雨打发时光的最好场所。心情好转，娄听雨过于白皙的脸庞，开始增添红润；过于清瘦的身段，开始变得丰腴。二十三岁的孀妇，焕发出了少女般的容光。原日，每当父亲生日，娄公馆寿筵过后，母亲还要在听雨楼为父亲唱一个堂会。堂会上，母亲还必定要粉墨登场，亲自为父亲唱上一曲。娄听雨在很小的时候，就跟着母亲学唱过汉调，不论西皮、二簧，都能够哼上几句。戏场的一来二往，勾起了娄听雨学唱汉调的兴趣。娄汉祥为了让女儿高兴，自然是求之不得。娄听雨提出，要参加码头上著名的霓裳社，娄汉祥觉得不妥。霓裳社里，是一色的男票友，孀居的年轻寡妇，是不宜在那种场合里抛头露面的。娄汉祥为了排解女儿的愁烦，不惜花费高价，把老一代的江汉名旦余凤娇请进了听雨楼，让娄听雨拜师学艺。余凤娇已告别舞台多年，专以授艺为生。年过古稀的老者，身子骨倒也结实，教起戏来，手眼身法步，一点也不含糊。娄听雨哪天想学戏了，知会一声，余凤娇便会坐着马车，带着一班文武场面，来到听雨楼教娄听雨唱戏。

娄听雨学戏，有着天生的灵性。没几个月，她便学会了不少的戏。通过学戏，娄听雨仿佛进入到另一个世界，一个充满精神力量的世界。戏文里的一个个女性角色，有着不同的命运，悲欢离合，无不牵动着娄听雨的心；荣辱沉浮，无不令娄听雨震撼。娄听雨最为欣赏的人物，便是那贫贱不移、苦守寒窑十八载的王宝钏。她常想，自己命中若有个薛郎，也会在寒窑苦等他十八年的。可叹的是，自己连这样的机会都没有。一出《武家坡》，她学得格外的尽心。她对这出戏深刻独到的领悟，得到了师傅余凤娇的赞许。娄听雨起心，一定要像母亲一样，在听雨楼里为父亲唱一个生日堂会。到时候她要粉墨登场，唱一回《武家坡》。

娄听雨学戏时，戏中的薛平贵由师傅余凤娇替代。到粉墨登场时，就必须有一个须生与她配戏了。往常，母亲为父亲唱堂会，都是到坤班里去请女戏子来做搭档。于是，娄听雨也请师傅余凤娇到码头上的坤班里，去物色一个唱须生的坤角来和她配戏。出乎意料的是，余凤娇一连找了几个坤班，都找不到合适的人选。这些年来，坤角们出科以后，不到三五年，便长大成人，接着便是嫁人、生子。多数人就此告别舞台，坤班也就散了架子。要找个能与娄听雨配戏的女须生，还真不是那么容易。在坤班畅春园里，余凤娇先前认识一个叫唐醉春的须生，唱功做功都不错。让她来和娄听雨配戏，是最理想不过的了。余凤娇找到畅春园，班主告诉她，三天前，唐醉春跟着一个富商去了上海。余凤娇还认识一个叫吕顺龄的女须生，她是在坤班遐龄班学的戏，后来嫁给了江湖班的一个戏子。余凤娇几经周折，好不容易在鹦鹉洲上的龙王庙里，找到了吕顺龄唱戏的丈夫。不巧的是，吕顺龄正身怀有孕，即将临产，不能来和娄听雨配戏。为此，娄听雨好不晦气。合适的坤角找不到，若是要唱这出戏，就只有和男角配对了。一个年轻的孀妇，尤其是娄听雨这样的孀妇，是绝不能和一个素不相识的男人配对唱戏的。娄听雨泄气了。为父亲唱生日堂会的打算，也就这样搁浅了。

说来奇巧，在霓裳社里，张复礼跟师傅桂凤生学的戏文也正是这出《武家坡》。他坚持要找票友同台，也正愁找不到合适的角儿配对。桂凤生和余凤娇同出于道光年间的凤翔科班，师兄弟常有联系。当桂凤生向余凤娇说起此事时，余凤娇便也将娄听雨的情形告诉了他。

一日，余凤娇在教戏闲暇，无意中向娄听雨讲起他的师弟桂凤生，在霓裳社里教了一位票友，是鹦鹉洲上一家湘西油号的老板，也在票《武家坡》这出戏，学得不错。他也跟娄小姐一样，就是找不到合适的角儿配对。说者无心，听者有意。这娄听雨不知怎的，顿时出现了一种连自己也说不明、道不白的感觉。她打破砂锅问到底，想把张复礼的情况问个详细，余凤娇却是说得不明不白。于是，娄听雨便着人暗中进行查访，轻而易举地获知了油号老板张复礼的所有内情。娄听雨是船王的女儿，大船是离不开桐油的。她对桐油并不陌生。这位来自湘西的油商，怎会迷上了汉调？娄听雨产生了强烈的好奇心。油商的汉调唱得怎么样？扮相好不好？嗓音如何？他既然有个唱戏的小妾，又怎么不让小妾同他配戏？她在好奇心的驱使下，决意要想法子去见他一面，特别是去看看他在霓裳社的排演……

敢作敢为的娄听雨，决定以自己的方式，去对张复礼进行近距离的观察。一个寒冷的冬日，娄听雨女扮男装，独自一人坐着马车，去到了霓裳社活动的场所——织机街的梨园会馆。她头戴一顶水獭皮的帽子，两边罩住了耳根。一副墨镜将眉毛眼睛罩得严实。身上穿的是海蓝色软缎丝绵长袍，套着件绛红色团花马褂，双脚则蹬一双真料牛皮大马靴。下得马车，娄听雨抬头望了望老郎庙的门额，便听得庙里传来的阵阵锣鼓声。她直入大殿。大殿内的神龛上，供着老郎菩萨——唐明皇的神像。娄听雨去到神像之前，恭恭敬敬地作了一个揖，往一旁功德箱里信手投放了些散碎银子。一个管事模样的人走了过来。

"这位小爷，您是——"

"来霓裳社看看。"

"啊！小爷是来玩票的。花厅里锣鼓正响着，霓裳社正在那里排戏哩！"

踏着锣鼓点，娄听雨来到花厅门前。花厅一头正在排戏。另一头，摆了四个炭火圆盆，等待排戏的教席和票友，围坐圆盆烤着炭火。娄听雨不声不响，沿着粉墙走到圆盆背后的角落里，不显山，不露水，悄悄儿站立着。她透过墨镜，饶有兴趣地注视着这里的一切。满屋子的票友们，竟然没得人注意到她的存在。一曲终了，排戏的票友下场。圆盆边站立起一个身材魁梧的汉子，娄听雨只看见他的背影，见不到他的面容。他对身旁的一位老者说："桂师傅，该轮到我们上了。"

"上吧！今天总算为你找到配戏的王宝钏了。"

听着简短的对话，娄听雨便立刻意识到，那站立起请师傅排戏的汉子，就是她想要见到的那位湘西油商。他所请的桂师傅，正是余凤娇的师兄弟桂凤生。娄听雨的两眼，一直紧紧盯着那魁梧的背影。她多么希望他扭转身来，显露出他的面容。他迈步走向花厅的另一头，却都是用背脊对着娄听雨。娄听雨神情专注地观察、品味起他的背影来。这是一个真正男子汉的背影：高大的身躯，宽厚的肩膀。他一路走到花厅的另一头，终于扭转了身子。他的面容呈现在娄听雨的面前：宽阔的额头，撑开一头乌黑的长发；挺直的鼻梁，挑起一双凝重的眼睛；宽厚的嘴唇，包容着一口雪白的牙齿。娄听雨禁不住两眼为之一亮。她眼前这一副乌墨的镜片，遮掩不了这位湘西汉子夺目的光彩。年轻的孀妇被怔住了，冬眠了五个年头的情感，仿佛就在这刹那之间被唤醒。她恨不得立刻走上前去，向他表白，同他倾诉。又正是在这一刹那间，她立刻意识到自己的失态，便暗暗责备起自己的荒唐来。这湘西汉子已经有了两房妻妾，一双儿女。自己作为船王的爱女，纵然再喜欢他，也总不能委屈自己，再去做第三房吧！她到这霓裳社来，不过是想寻找一个配戏的搭档而已。环视花厅里形形色色的票友，再回首自己的一身男装打扮，她立刻恢复了矜持。她回到观众的位置，审视起排练场上的三个人来。除了排演薛平贵的张复礼，教戏师傅桂凤生之外，还有一个排演王宝钏的汉子。汉子粗看至少也有五十岁了，眉目倒也清秀，只是身子有点儿发福了。他就是桂师傅费了好大的劲，才为张老板物色到的唱戏搭档。圆盆边烤火的票友们，少不了要议论一番：

"哟！这是哪里来的票友呀，怎么没见过？"

"怎么？凌老板你都不认识？！江汉关对过，有他开的绸缎庄。名票呀！他的师傅是哪个，你是猜想不到的。"

"哪个？"

"汉河路子旦行的头块牌 —— 天双喜班的董瑶阶，牡丹花呀！凌老板的这出戏，是年轻时跟牡丹花学的。"

娄听雨听说了凌老板学戏的来历，便立刻对他刮目相看。娄听雨从小便听母亲说起过，汉调旦行里的好佬，首推天双喜班的董瑶阶。董瑶阶艺名牡丹花，他扮出戏来，就如同牡丹花一样光彩照人。名师出高徒，想必这位凌老板也是有几把刷子的。娄听雨瞪大两眼，仔细观看着排练场上的一切。随着一声导板，湘西汉子上了场，嘹亮而沉稳的行腔走板，真个是荡气回肠，在花厅里久久回响。他把十八年后重归故园的激动和伤感，都蕴含在那溢于言表的帅气之中。接着，该轮到王宝钏出场了。尽管这凌老板师出名门，他的表现却让娄听雨大失所望。或许是久不演唱导致的荒疏，或许是年龄增长而产生的笨拙，或许是身子发福失去了旦角的灵活，凌老板达不到与对手之间应有的默契。即或是在桂师傅的指导之下，再重来一遍、两遍、三遍，却也依然是驴唇对不上马嘴。在排演场上，桂师傅耐烦教，凌老板耐烦学，张复礼耐烦配，站在角落里观看排戏的娄听雨，却显得有点儿不耐烦了。这出戏旦角应该有的一招一式，她实在是太熟悉了。她真想冲上前去，把那位凌老板的角色顶替下来，和那位湘西汉子配对排演一番。然而，她不能这样做。她只能耐住性子，审视这一场蹩脚的、不般配的排演。忽然间，她看见精疲力竭的凌老板摆了摆手，气喘吁吁地说："打住！打住！"

"凌老板累了。桂师傅，我们歇口气再排。"张复礼说。

桂凤生跟着说："好吧！歇口气，歇口气。"

"对不住了。桂师傅，张老板！"凌老板摇了摇头说，"凌某人实在是力不从心，奈不何这个王宝钏了。"

"凌老板，您是隔久了不唱，有点儿生疏，多排几次就找回来了。"桂凤生说。

张复礼说："桂师傅说得对，多排几次不要紧，你是找得回来的。"

"唉！"凌老板叹着气，擦了擦脑门上的汗水，拱了拱手说："时间过了这么多年，已经找不回来了。辜负了桂师傅，得罪了张老板！没奈何，凌某人只好告退。"

张复礼好不容易找到的搭档，就这样黄了，烤火的票友们一片哗然。

"这张老板也真是，去戏班里找个旦角来做搭档，不是上好的？！何必硬要打起灯笼火把，找个票友来同他配戏。也真是自找麻烦啊！"有人在悄声嘀咕着。

有人笑着接了腔："你不晓得，这张老板是个拗脾气，他还真非从票友里找到个搭档不可！"

霓裳社上午的排演结束。票友们纷纷起身，准备离去。这时，张复礼扬起双手说话了："各位请留步。复礼今日多感凌老板抬举。凌老板的这出戏找不回来不关紧要，紧要的是得与凌老板幸会。复礼为了表达感激之情，在醉仙楼做东，一杯薄酒，请凌老板赏光！也请在场的各位赏光！"

张复礼的话一落音，花厅里便响起了热烈的掌声。票友们随之动身，娄听雨也跟着人群，一同缓步走出花厅，来到了老郎庙的大殿。娄听雨不知怎的，边走边移，竟来到了桂凤生、张复礼和凌老板的身边，与之同行。

桂凤生压低嗓门对张复礼说："张老板，不怪别的，只怪你把这出戏唱得太好了，比起戏班的角儿还要地道，你却偏生要寻个票友跟你配戏。如今，就连这位凌老板都打了退堂鼓，你的这个搭档呀，只怕是'踏破铁鞋无觅处'了！"

"那也不一定，有时候是'得来全不费功夫'的。"说话的人，是随着人流走动的娄听雨。连她自己也不明白，她怎么会对着这多人生面不熟的人，冒出这样一句话来。

"这位小爷说得好！"桂凤生叫好的同时，两眼在娄听雨的身上停住了。这位梨园耆宿一眼看出，眼前的这位翩翩少年，倒是块唱旦角的好料。便问道："小爷也喜欢玩票？敢莫也唱旦行？"

"不！不！不！我只是喜欢看戏，听说这霓裳社在排戏，便来看个热闹。"娄听雨谨慎地回着桂凤生的问话。接着又把话说到了张复礼身上："张老板的这出《武家坡》唱得这样好，是应该有个好搭档来同他配戏啊！"

这时，桂凤生不知怎的来了神，把娄听雨拉到一边，悄声儿说："合适的搭档倒是有一个，怕的是这张老板请她不动。"

"哦！既然有合适的搭档，又怎么会请不动呢？"娄听雨问。

桂凤生环顾四周，神秘兮兮地说："搭档的来头太大，而且还是个坤票。"

"是个坤票吗？！这坤票是谁？"娄听雨立刻猜想到，这位桂师傅说的坤票就是自己，但她还是这样问了一句。

桂凤生说话依旧是那样神乎乎的："讲出来小爷你要吓一跳。这坤票不是别人，就是瑞风船行的娄大老板和小桃红在听雨楼生下的女儿，名叫娄听雨！"

娄听雨忽然听桂师傅说起自己的名字，心里不免有点儿紧张。她踢着

地面上一块翘起的砖头，一个趔趄，险些儿跌倒。那桂凤生一步上前，将
她扶住。

"小爷，当心。"

"这叫娄听雨的坤票，张老板可曾去请过？"娄听雨明知故问。

"还没有。"

"张老板还没去请，怎见得请她不动？"

"这小爷，你晓得这娄听雨是什么样的人物吗？"

"什么样的人？！她不就是个票戏的女子吗！"

桂凤生说："她岂止是个票戏的女子，还是个小寡妇。寡妇门前是非
多，何况是大户人家的寡妇，是绝对不能同男人配戏的。可这娄听雨的戏
瘾重，想来想去，只有坤票对坤角，便着人到坤班里去找女须生。"

"找着了吗？"娄听雨又一次明知故问。

"说也奇怪，平时，女须生到处有，轮到娄听雨去找人配戏，合适的
一个也没找着。"桂凤生说，"听说那娄听雨就再也不提找人配戏的事
情了。"

"啊！原来是这样……"娄听雨迟疑了片刻，而后说，"既然如此，
何不叫张老板着人前去试试，那娄听雨戏瘾重，能请得动，也未可知。"

张复礼就走在桂凤生和娄听雨的身后，两人的对话他听得一清二楚。
听说让他前去试试，便岔上前去说道："这位弟兄说得轻巧。那听雨楼就
是这样好进去的？！谁敢去谁去，我张某人是失不起那个面子。"

听了张复礼的话，娄听雨大笑。她的话语充满着调侃意味："张老板
若是怕失面子，那就永远也找不到娄听雨那样的搭档了。"

"这位弟兄真会说笑。"张复礼说，"话说了半日，还没请教尊姓大
名哩！"

娄听雨听张复礼问她的姓名，那墨镜后面的眼珠子一转，便说道："
小弟姓项名杏。《霸王别姬》里楚霸王项羽的项，《二度梅》里陈杏元的
杏。项杏！"

"好个项杏！都合着戏中角色的名讳，不愧是爱戏的人。"张复礼笑着说。

"笑话而已，让张兄见笑了。"娄听雨说。

张复礼朝着马路对过的醉仙楼，把手这样一摊，说："项贤弟若不嫌弃，请赏光！"

娄听雨说："真不凑巧，小弟还有点急事等着去办，请仁兄见谅。你我一回生，二回熟，后会有期！"

"既是如此，愚兄不便强留。霓裳社欢迎你常来，你我后会有期！"张复礼说着，向娄听雨拱手施礼。

娄听雨上了辆等候在那里的马车，紧接着，马路上便响起了清脆的马蹄声。

张复礼不敢想能与娄听雨配戏，更不敢到访听雨楼。他万没想到，三天后，娄听雨竟然着人前来，把他请到了听雨楼。进到雅致的小楼，面对秀色可餐的小寡妇，张复礼有一种似曾相识的感觉。他忽然想到那天从老郎庙走出时的情景，那戴着墨镜与他侃侃而谈的项杏公子，从他的脑海里一闪而过。他恍然大悟，立刻明白了这其中的一切。而这样的事情却又是绝对不能道破的。娄听雨对前来配戏的搭档，只是笑着点点头，没有任何话语。这里的一切安排，都是由她的师傅余凤娇传达的。花厅里，《武家坡》的排练开始了。娄听雨与张复礼，各人有各人的师傅。二人把戏路子一对，竟是出奇的默契，就连两位教戏的师傅也感到惊讶。离别十八载今又重逢的夫妻，竟被这对票戏的男女表现得如此淋漓尽致。娄听雨在没上场时，一副冷冰冰的样子。一旦进入排演，她便倾注出全部的热情。眼前这仪表堂堂的男人，便成了她十八年来朝思暮想的丈夫。在忍受了十八年爱情的饥渴之后，她尽情地品尝着重新获得的欢愉。她哪里是在扮演王宝钏，分明是在演绎她娄听雨自己。听雨楼里五年的痛苦、忧伤和孤寂，她听够了凄风苦雨的哀嚎。如今，她走进了一个虚幻的，却又是实在的世界。汉调的锣鼓，将她从沉沦与失望中惊醒。如同在寒冬的尽头，一场春雨带着温情，带着暖意，洒向她的心中……

这天，张复礼是接到邀请后，跟随着师傅桂凤生来到听雨楼的。看得出，妇人选择他做搭档，经过了周密的安排。妇人冷冰冰的态度，仿佛霓裳社的邂逅，从来就没有发生过。一个年轻的寡妇，必须这样，也只能这样。排演时，她就变了一个人，一招一式，一颦一笑，与其说是假戏真做，倒不如说是真情流露。一场排演下来，张复礼隐约地发现，这妇人是在通过演绎角色，将自己深埋在心底的情感，进行了最彻底的宣泄、最强烈的爆发。张复礼为此感到惊讶，也陷入深深的思索。娄听雨的这种表现，不会无缘无故，是经过深思熟虑的。曾几何时，娄听雨的大名如雷贯耳。她如同天上的一颗星星，使得张复礼望尘莫及。如今，他意外地感受到了她暗送的秋波。这一切来得太突然了。张复礼既感到惶恐，也感到幸运。对生活失去信心的湘西油商，如同听到新戏中的一声导板。寒冬的听雨楼里，正下着一场淅沥的春雨……

"张老板辛苦了。戏排到这里，我想也差不多了。过几天，我打算在这听雨楼唱个堂会，就唱这出《武家坡》。等日子定下来，还要劳动张老板的大驾。"戏排完了，娄听雨说了这些话。说话时，脸上没得一点表情。

"复礼恭候！张某人恭候！"倒是张复礼笑容满面地对娄听雨点着头。

"请二位师傅陪张老板在这里吃顿便饭，我就不奉陪了。"娄听雨说话时，脸上依然毫无表情。安排妥帖过后，她便自个儿上楼去了。

排戏过后，娄听雨就一直在筹划着为父亲唱生日堂会的事。这样的堂会，已经有六年没唱了。如今，她爱上汉调，成为一名坤票，就是想要为父亲唱上一出。为了这一天，她费尽心思学了这出《武家坡》。最大的遗憾，是没能找到适当的坤角配戏，找的却是一位男票作为搭档。而且还特意把人家请到听雨楼来排演了一盘。一个年轻的寡妇，和素不相识的男人合演这样一出夫妻对子戏，老父亲他能够接受吗？若是传到了祖母和大娘的耳朵里，她们又会怎样？娄听雨有点儿后怕了。嗨！找不到配戏的坤角，应该继续找嘛，怎么把一个大男人请来排戏。到头来，把自己推向了为难的境地。事情若是不了了之，她就要在那位湘西油商面前食言。更难以启齿的是，她对于那个湘西汉子，总有一种莫名的牵挂。见着这汉子，心里就觉得舒坦；这汉子离去了，心里就觉得空落落的。这种状态，在丧偶的五六年间，她是从来也没有过的。娄听雨感到惶恐，更感到一丝丝隐约的幸福。她在反复思考，与那位湘西汉子在这听雨楼里共襄丝竹，父亲能够同意吗？

这天，娄汉祥来到听雨楼，见了女儿问道："雨儿！戏学得怎么样了？"

"还不错。学了戏，女儿要为您唱个堂会。"娄听雨说。

"哈！雨儿怎么想起要为爹爹唱堂会？！"娄汉祥问。

娄听雨说："爹爹六十大寿，娄公馆里摆寿筵，听雨楼里唱堂会。"

"好！难得雨儿的孝心，爹爹高兴。"娄汉祥高兴地说。

娄听雨的眉尖却掠过了一片阴云，她低声说："女儿是想替妈妈表示一点她的心意。"

娄听雨的一句话，使娄汉祥的眼圈顿时发红。他立刻陷入痛苦的沉思，好半天才喃喃地说出一句话："要是你妈还在，那该多好！"

娄家父女泪眼对泪眼，许久都没有说话。对亲人的思念，对往事的回忆，都闪烁在迷离的泪光之中。父亲的慈爱深了一层，女儿的依恋增了一分。过了好久，娄汉祥才眨了眨泛红的双眼，对女儿露出了一个勉强的微笑，问道："这些日子学的什么戏？"

"《武家坡》。"娄听雨轻声说。

"《武家坡》，好戏嘛！学得怎么样了？"娄汉祥是很懂戏的。

"比起牡丹花来，还差那么一点点。"娄听雨俏皮地说。

"不错，票了几天戏，就晓得牡丹花了。只有你爹爹小时候见过他唱戏，你是见不到喽！"娄汉祥问女儿，"说说看，比起那个牡丹花来，你还差哪一点？"

娄听雨嘟着嘴巴说："女儿是说着玩的。一个不起眼的坤票，哪能和牡丹花相提并论呀！只是学了这出戏，没得个配戏的人，堂会就唱不成，觉得有点儿丧气。"

娄汉祥说："那还不容易，请余师傅出马，到坤班帮你找个女须生，再排一排，对对场口，然后在听雨楼为我祝寿，为我唱堂会。"

"女须生余师傅去找过了，没找着合适的。"娄听雨丧气地对父亲说。

"不会吧！应该是找得到的呀！"娄汉祥说着，便安慰起女儿来，"嗨！一时找不到不要紧，再慢慢找，汉口的坤班那么多，总会找得到的。等找到了搭档，就请余师傅好好给你把戏排一排，再唱堂会也不迟嘛！"

娄听雨揣摩着父亲的话。按照父亲的意思，与她配戏的搭档，只能是坤角。而她找来的，偏生是一个男角。纸是包不住火的。不如把事情挑明，倒要看父亲是个什么态度。

"爹！有件事情我事先没有跟你说，说出来，你不会生我的气吧！"娄听雨麻起胆子轻声说。

"看你鬼搞鬼搞什么事，你说，我不生气就是。"娄汉祥说。

娄听雨怯生生地对父亲说："我找了个男票跟我配戏。"

听了女儿的话，娄汉祥像吃了封喉的没药。这鬼崽的胆子真比天大！好半天，才蹦出一句问话："那个男票是个什么人？"

娄听雨回答："一个湘西来的油商，在鹦鹉洲上开了一家顺庆油号。"

"顺庆油号？！是不是跟一个叫詹姆斯的英国人做生意的那家湘西油号？"娄汉祥问。

"对！就是这家油号，老板叫张复礼，也是个票友，戏唱得蛮好的。爹爹你认识他？！"娄听雨趁机将张复礼向父亲介绍一番。

娄汉祥有点儿生气了，便带着责备的口吻说："雨儿，你好糊涂啊！一个寡妇家，怎么能随便跟一个男人配戏呢？事情若是传了开去，叫你爹爹的脸面往哪儿放！"

娄听雨长到二十三岁，第一次受到父亲的责备。她没想到事情会有这样严重，连忙解释："其实，女儿也晓得，按照自己的身份，和一个男人唱戏是不妥当的。只是想到，要是没人配戏，就唱不成爹爹的生日堂会了。正好那位张老板也学了一出《武家坡》，女儿也就糊里糊涂，把他请到家里，由两位师傅来为我们排了这出戏。"

娄汉祥没有再责备女儿，只是在屋里缓缓地踱步。很明显，他是在思索着处置这件事情的办法。过了好一阵，他才以平缓的口气说："不要再和这位张老板来往了。若是实在找不到合适的坤角，堂会就不要唱了。"

"哎呀！那张老板那里，怎么向人家交代？"娄听雨问。她放心不下那个湘西汉子。

娄汉祥说："这个你不用管，爹爹自会做安排的。"

第二天大清早，瑞风船行的一位管事便到了顺庆油号，指名道姓要找张复礼老板。张复礼已经好些天没到庄上来了。张复万听说是"瑞风"的人，不敢怠慢，立刻亲自去芳草第找人。张复礼吃过早饭，正准备过江去霓裳社，听说是瑞风船行有人找，便急忙到了庄上。管事见了张复礼，显得十分客气。在油号的里间，那管事向他说明来意："敝人前来约见张老板，是受我家老爷的亲自指派。"

娄汉祥派人来约见，简直是喜从天降。张复礼受宠若惊地说："多谢关照！多谢娄老爷关照！"

"张老板早些天可曾去过听雨楼？"

"去过呀！去过。"

"是去和娄小姐排戏？！"

"是的。是娄小姐请鄙人前去排了一出《武家坡》。"

娄家管事说："我家老爷得知此事，很是生气。当然，这件事完全是小姐考虑不周。她只是想着为老爷唱生日堂会，也就顾此失彼了。事情虽有不妥，老爷丝毫也不怪罪张老板。老爷的意思是，事情到此为止，生日堂会不唱了。张老板费力劳神，得到这样的结果，实属无奈。老爷特意着在下前来，向张老板表示歉意。"

张复礼意识到听雨楼的排演，也确实是有点儿荒唐。自己怎能和一个江汉名门的小寡妇搭档演唱一出夫妻对子戏呢？管事此行的本意，无非是不想让此事声张出去。他对管事说："先生言重了。事情虽由小姐所起，鄙人也有欠妥之处。请先生转告娄老爷放宽心，这件事情就到这里为止，以后绝不会有节外生枝的事情发生。"

管事说："既然如此，就多谢张老板了。我家老爷让我知会张老板，自明年春销开始，'瑞风'每年在宝号订货五百桶，请择日前往签订合约。签约之后，'瑞风'就是宝号的客户了。"

"瑞风"每年五百桶油的订货，对于"顺庆"来说，简直是喜从天降。张复礼却怎么也高兴不起来。这订货是附加了条件的，他再也不能和娄听雨同台演出，甚至再也见不到她了。霓裳社的初会，听雨楼的排演，给张复礼留下的印象太深刻了。年轻寡妇的音容笑貌，举手投足，仿佛都在传递着只可意会不可言传的信息。如此美好的一切，都仅仅是为了一份合约而倏然逝去。获得一点蝇头小利，失去的却是他正在渴求的情感。五百桶桐油合约算个哪样！能与那女子合演一出《武家坡》，他愿以五千桶桐油作为代价。然而，这样的机会已经不可能存在了。

送走"瑞风"的管事，张复礼没精打采地对张复万说："请万叔明天到瑞风船行去一趟，已经讲好了，同他们签一个五百桶油的合约。"

"怎么？'瑞风'找上门来要我们的油？！"张复万不相信自己的耳朵。

"是的。"

"好哇！你是用的哪样法子，让'瑞风'上门来要货的？"张复万眨巴着眼睛问。

"你莫问，只管去签合约就是了。"张复礼冷冷地说。

突然，张复万发现少老板的脸色难看，感到很诧异，这样的大好事，少老板怎么高兴不起来呢？便问道："复礼，你怎么啦？脸色这么难看，是不是身子有哪里不舒服？"

"没有。"张复礼摇着头，说道，"你准备一下明天去签合约的事吧！我回芳草第去了。"

没多久，由于顺庆油号和瑞风船行的购销关系，张复礼才得到了娄汉祥生日寿筵的请柬。他喜不自禁。这张请柬，远比那五百桶桐油合约的分量要重得多。有了这份请柬，他就可以在娄公馆里再一次见到娄听雨了。

按照常理，张复礼参加这样隆重的寿筵，是应该携内眷同行的。今天，他不但没有带上小芸，就连去娄公馆参加寿筵的事，也没有向小芸透露半点。吃过早饭，张复礼便匆匆赶到庄上，将备办好的礼物——一块巨大的浦阳菊花石打包装箱。张复礼去年返乡奔丧时，正遇上浦阳高山坪的崖洞里发现了菊花石。那洞中开掘出的一种乌黑锃亮的石头上，镶嵌着一朵朵白色的菊花，妙趣横生，别有风采。张复礼得知此情，即着人前往，经过精心挑选，开采了一块重达三百余斤的巨型菊花石，运到了鹦鹉洲的庄上，作为店堂里的摆设。这湘西的山中奇石，倒也博得了不少客人的赞赏。张复礼自从接到"瑞风"的请柬之后，便盘算着送什么样的贺寿礼品，既贵重，又得体。最后，他想到了这块菊花石。他惊讶地发现，那黑石头上的天生菊花，不多不少，正好是六簇，这不正合着娄汉祥的六十大寿吗？张复礼喜出望外，连忙请来工匠对菊花石进行修饰，又合着娄汉祥的名讳，在菊花石的显眼处请工匠镌刻了"祥开寿域"四个字。并按照石头底部形状，做了一个精美的紫檀木雕花底座。张复礼将这偌大的物件，从鹦鹉洲运到汉口四马路的娄公馆，颇费了一番周折。先是由四名扛夫将箱子抬到码头，装船运抵汉口，再用马车装运，到达娄公馆。这时，娄公馆里已经是宾客盈门。贴有大红"寿"字的木箱从马车上卸下，张复礼向门前的礼生递过名帖和礼单。礼生睥了名帖和礼单一眼，便扯起喉咙喊道："顺庆油号张复礼老板贺寿，湘西浦阳菊花石雕寿屏一具呀！"

在张复礼的带领下，四个脚力抬着沉重的木箱，进入了寿堂，放在地上。张复礼亲自将木箱拆开，露出了里面的菊花石雕寿屏。佣工们立刻搬来了一张小方桌，而后七手八脚，把菊花石雕寿屏抬放在小方桌上。满堂宾客立刻一拥而上，欣赏起这件稀罕的寿礼来，一个个禁不住"啧啧"称道。这时候，寿星娄汉祥容光焕发地来到了寿堂，人们众星捧月似的对他拱手贺寿，他也笑容可掬地高高抬起双臂，向众人拱手致意。突然间，那小方桌上的菊花石雕寿屏，引起了娄汉祥的注意。他朝着菊花石雕寿屏走去，张复礼迎上前去，深深地拜揖："晚生张复礼，敬祝娄公福如东海，寿比南山。娄公星辉南极，晚生谨具微仪，不成敬意。"

"啊！菊花石，不错，它产在湖南浏阳嘛！"娄汉祥饶有兴致地说。

"晚生的家乡湘西浦阳，新近也发现了菊花石。这菊花石是从湘西运来的。"

听到湘西浦阳，娄汉祥立刻意识到这眼前的汉子，就是和女儿配对排演《武家坡》的顺庆油号少老板。他那欣赏菊花石的眼睛，骤然转移到了张复礼的身上。英俊潇洒的桐油商人，谦恭地站在他的面前，不卑不亢，十分得体。

"张老板，这么贵重的礼物，让你破费了！"娄汉祥说。

"这石头就出在我们那地方，上山采来就是，说不上贵重。"张复礼说。

"山中奇石，着实是难得！难得啊！"娄汉祥说着，又认真欣赏起眼前的菊花石来。一块高高耸立的菊花石，那乌黑的石头上，有六个不同的部位镶嵌着一簇簇雪白的菊花，鲜活的花瓣错落有致，如飞瀑，似流云，将亘古的风霜凝固在了方寸之间。站立在它的面前，仿佛可以闻到阵阵来自远古的幽香。有着闲情逸致的江汉船王，陶醉于一块来自湘西山野的奇石。

张复礼迎上前去，对他的礼物做进一步的阐释："娄公请看，这石上的菊花，不多不少，正好是六簇。这块奇石，合着生成就是给娄公庆贺六十华诞的。"

张复礼的一番话，把船王说得心花怒放。这时，宾客们都围着菊花石寿屏看热闹。寿星公的爱女娄听雨，也挤在人群当中。娄汉祥轻轻地抚摸着菊花石雕寿屏，爱不释手，两眼高兴得眯成了一条缝。

"这上面的'祥开寿域'四字，也是你写的？"

"正是晚生所写，请娄公赐教。"

"写得不错，有笔力！合着以六簇绽开的石菊贺寿，这'祥开寿域'四字，也很是贴切。"

娄汉祥除了对贺礼称道之外，对于这位湘西油商也倍加赞赏。这就是和自家女儿排戏的那个票友吗？本想以五百桶桐油的购销合约，简捷地打发了他，没想到此人倒是个不可小觑的人物，难怪连精明过人的英国商人詹姆斯，也成了他的客户！围观的宾客们，对于码头上突然冒出的这样一个湘西油商，也不免感到惊讶。至于他和船王究竟有怎样的交情、怎样的瓜葛，人们是一概不知的。突然间，娄公馆的大门口，传来了礼生的叫喊声："湖广总督府……"

突然响起的鞭炮声，淹没了礼生的叫喊，寿堂里一片哗然。真是大排场啊！大得惊动了总督府衙门里的大员。娄汉祥对张复礼说声"少陪"，便径直朝大门口走去，满堂的宾客立刻尾随，菊花石雕寿屏的四周，霎时间便没了人。张复礼正要跟在人群的后面，也成为看热闹的一员，忽然，他听见一个甜甜的声音叫了一声："张老板！"

张复礼立刻停止脚步，循着叫唤声，他发现了娄听雨："娄小姐，是你？！"

"已经见到你多时了。你在和老爷子说话，不敢打扰。"娄听雨说着，上前一步，站到张复礼跟前，见四下无人，轻声问道："怎么？没带夫人来？"

"没见过世面的妇人，不敢来。"张复礼信口胡诌着。

娄听雨笑着说："张老板，你莫诳人。人家是坤班里的角儿，世面比你还要见得多。"

张复礼心想，这小寡妇真厉害，想必是做过查究，连那婆娘是坤班里的角儿都晓得。一时间，他被抵得张口结舌。倒是娄听雨系铃又解铃。她说："张老板，你这个人，与戏有缘又无缘。说有缘，从湘西来到汉口，找了个漂亮坤角，金屋藏娇，过得潇洒。就连今日给老爷子送寿礼，也没忘记了戏——"

张复礼不解地说："小姐说的是——"

娄听雨说："宋高宗时内宫有菊夫人喜欢唱戏，宫中称她为'菊部头'。后世人把唱戏叫作'菊部'。你给老爷子送来的寿礼，恰恰是这样一具菊花石雕。"

"'菊部'称呼的来历确实是这样。至于我把这菊花石雕作为寿礼敬献给令尊，完全是一种巧合。"张复礼说。

"巧合就是有缘。"娄听雨说，"不过，有时候，你也与戏无缘。比如说，明明排好了的一出戏，却偏生不能搬演。"

张复礼说："这件事情，令尊的考虑是有道理的。小姐也就不必再放在心上了。说来说去，也确实是复礼无缘。"

"有缘无缘，事在人为。石头上的菊花，尚且能够盛开，偌大的听雨楼里，难道就没有一撮可以让菊花生根的泥土？！"娄听雨说着，不无伤感地抿了抿嘴巴，眼圈也顿时泛了红。

张复礼慌神了。他看了看四周，幸好没人，连忙说："小姐，你千万莫这样想！千万莫这样想！"

鞭炮声仍然在响过不断纤。在娄汉祥的迎接，在众宾客的簇拥下，总督府的大员和抬贺礼的脚力们，正朝着寿堂走来。

娄听雨把张复礼着真地看了一眼，而后说："你等着，你我后会有期，那出《武家坡》终归还是要唱的。"

寿堂里重又挤满了人。张复礼一直在细细地咀嚼着娄听雨的每句话。

她的每一句话，都是那样回味无穷。紧接着，丰盛的寿筵开始。娄公馆里与小寡妇的第三次会见，使得张复礼六神无主。他没得一点胃口，寿筵上的珍馐美味，进到他的嘴巴里，竟也是如同嚼蜡。

相约古琴台

张复礼草草吃了早饭。这芳草第他是越来越不想待了。他信步而行，来到了大水巷的庄号，张复万迎上来说："复礼，你来得正好。我正要去找你哩！"

"是吗？什么事情？"张复礼问。

"当然是好事呀！"张复万说，"'瑞风'又着人来说，让我们再去签五百桶油的合约。"

"那你就抽空去一趟，同他们把合约签了。"张复礼很平静，并不显得激动。

偌大的瑞风船行找到小小的顺庆油号，要了桐油五百桶，又再要五百桶，这究竟是怎么回事？精明的大管事，心里在嘀咕着，一直弄不明白。他以老兄的口吻问小老弟："复礼，告诉我，是不是'瑞风'的老板欠了你的哪样人情？"

"呃！复万老哥，你这是怎么啦？怎么跟婆婆客一样喜欢管闲事！叫你去'瑞风'签合约，你去签就是了。其余的事情不要管那么多。"张复礼以老板对雇员的口吻吩咐老兄，这种情形以往从未有过。

"嘻嘻！那我去签就是。"张复万笑着说，"还有件事情，要听你的决断。"

"什么事，你说吧！"张复礼说。

张复万说："镇江姚湾的合兴油号，伏销时从这里要了一千桶，只付了两成货款的定金，一直没结账。浦阳家里要钱的信，一个接着一个。我想去一趟镇江，把那里的账给结了。"

"莫急，容我想想。"张复礼沉吟片刻，对复万说，"还是我到镇江去一趟，把那里的账结了。你在汉口准备好明年的春销。"

镇江的姚湾，有中国最大的桐油市场，眼下的张复礼，芳草第不想待，听雨楼又不能去，这大水巷里的生意，也提不起他的多少兴趣。这偌大的汉口码头，竟没得个能使他舒心惬意的地方。百无聊赖，他决定去一趟镇江，去透透那里的新鲜空气。

年关将近，张复礼突然决定离开汉口去镇江，他不愿意看到小芸可怜兮兮的样子，更不愿意听到凤儿依依不舍的哭声。思来想去，他只能不辞而别，悄然儿出行。

"翠珠嫂，来不及了，一件事情要麻烦你。"

翠珠问："哪样事情，有这般紧火？"

张复礼煞有介事地说："镇江有笔账我得去收。正好碰上有条货船去那里，我这马上就要上船，来不及告诉屋里。麻烦你去告诉小芸，说我有事去镇江一趟，过年前一定赶回来。"

经过瑟瑟寒风中的航程，张复礼来到了古城镇江，走上油市姚湾长长的街道。长江边的飕飕冷风，吹来了桐油散发出的清香。这里的桐油庄号，油业牙行，一家挨着一家，令他眼花缭乱。他一路走来，费了好大的劲，才找到了合兴油号。

"小老板，发财呀！"张复礼进得店铺，拱手施礼。

"发财！大家发财！"小伙计连忙拱手还礼。他看了看张复礼，觉得面生，问道："这位老板是——"

"烦你通报鞠老板，说有人求见。"张复礼故意不说出自己的身份。

"啊！我猜出来了，您是运河客！"

张复礼摇摇头。

"您是盐船客！"

张复礼再次摇摇头。

"您是海上渔船客!"

张复礼依然摇摇头。他立刻想到,这合兴油号生意做得不小。运河上的船、海边的盐船、海里的渔船,都在用他们的桐油。这姚湾的生意真是行脚宽啊!忽然,一阵乐呵呵的笑声传来:"哈哈!这不是汉口'顺庆'的张老板、张老弟吗?"

张复礼抬头一看,来人正是鞠老板,他连连拱手道:"鞠兄!鞠老板!发财!"

"哈哈!发财!你张老板才是真正的财神爷。"鞠老板打着哈哈给张复礼看座,"快请坐!快烤火!我正想把货款给你汇过去。没想到老弟你亲自上门来了。"

张复礼连忙说:"鞠老兄,你千万莫误会,小弟绝不是来讨账的。我是乡巴佬进城,来看看镇江的大世面。刚才街上走了一趟,这姚湾油市的气派真是大!"

"哈哈!真正的大气派,你还没见着哩!"鞠老板笑着说,"现在是淡季,到了春销、伏销旺季时节,这街上、河下,成千上万的人,油客、牙客、船客,卖油、买油、装油、运油,人人都在围着桐油转 ——"

"小弟初来乍到,姚湾油市的状况,还要请你鞠老兄多多赐教啊!"张复礼说。

鞠老板是个话贩子,说起话来,滔滔不绝:"这镇江的姚湾油市,比起汉口的鹦鹉洲油市来,要大得多,顾客也要多得多。在这里买桐油的顾客,除了长江上的航船以外,还有运河上的航船、海边的盐船、海上的渔船。运河是中国唯一一条由南向北的河。运河上的船最多。造船、修船、抹船用的桐油,都是这姚湾发的货。那海水里的盐船和渔船,船底最怕海螺、海蚌的黏附。黏附得太多时,船的航行就会受到影响。要想没有海螺、海蚌的黏附,唯一的办法,就是在船底涂抹上桐油。这些盐船和渔船,也都是在姚湾油市买桐油。就说这盐船吧!大半个中国的人,吃的都是这里出的淮盐，盐田里有多少盐船，他们要用多少桐油，那可是个大数目。前次从宝号调来的那一千桶，就是苏北几个盐田急着要的货……"

张复礼瞪大两眼，极其认真地倾听着。那鞠老板说起话来，眉飞色舞。他简直把姚湾描绘成了油商的天堂。

"我讲的这些都是内销，还有一个大头，那就是卖给洋人的外销油。"鞠老板接着说，"中国卖给洋人的桐油，这些年也多起来了，听说他们是拿去做油漆。除了在你们汉口有一小部分销售以外，十有八九都是在这姚湾油市成交的。"

鞠老板说下来，姚湾号称中国最大的油市，确实是当之无愧的。张复礼的眼前，闪现出了一片广阔的天地。一个念头在他的脑子里倏然而生：既然不想在汉口待下去，何不就到这镇江来？

张复礼结清货款，便着手筹划在镇江的姚湾设一个庄号。他满怀着激情，盘算于胸臆，奔走于街市。每日里从早忙到晚，一直忙到腊月二十四，才理出了个头绪。

光绪九年的大年三十，芳草第里冷冷清清。玉凤出生后，张复礼便也把这里当成了他的家。他按湘西的规矩，在客堂里安了家先坛。七年过去了，那居中"天地君亲师位"的主榜，两旁"金炉不断千年火，玉盏常明万岁灯"的对联，红纸已经褪色。香炉里的香烟，神灯里的灯火，却从未熄灭过。八仙桌上摆着满满一桌子酒菜。这是陈妈花了整整一天，精心烹制的。八仙桌的上首边，摆放着两套餐具。父亲去世之后，张复礼思亲之心常在，每餐吃饭时，都要同时给父亲摆上餐具，在饭碗里盛上饭，在酒杯里斟上酒。眼下，饭碗里没盛饭，酒杯里没斟酒。阳人没有上坐，阴魂没有入席。只有小芸带着玉凤，坐在八仙桌的下首边，等候着张复礼从镇江回来团年。香炉里，三根神香已经燃尽，陈妈再重新插上三根；神灯里，一盏灯油已经熬干，陈妈再重新添上一盏。几包放在神台上的爆竹，连封也没拆，原封不动地摆放在那里。看来，男主人今晚是不会回来了。八年来，这种情形从来不曾有过。小芸和大姨，失去了吃饭的兴致。八仙桌上的酒菜，也纹丝没动，全都成了冷盘。姨娘和侄女的心，也变得和满桌的酒菜一样冰凉。那吵着嚷着，等爹爹回来一起放爆竹、吃团年饭的小玉凤，早已躺在妈妈怀里睡着了。

"少老板也真是，连年都不回家来过了！"陈妈嗔怪地说。她以这种口吻说少老板，还是第一次。

"回不来，想必是还有什么事情没有办好。"小芸说。

"什么事！不就是去收点账吗？"陈妈说着，叹了口气，"他的心，已经不在这芳草第里了。"

小芸听了大姨的话，禁不住潸然泪下。她充满自责地说："这不能怪他，只怪我自己不争气。"

"老天爷，怎么事情会变成这样……"陈妈也感到一片茫然。

张复礼是正月十二回到鹦鹉洲的。第二天，吃过早饭便匆匆去到油号。复万一屋人还正围着桌子吃早饭。先前婆娘生的两个女伢，荷花和菱花，都长成了半大姑娘，见礼叔来了，便只顾栽着脑壳吃饭。翠珠连着生的两个男伢：大的已六岁，叫玉富；小的才三岁，叫玉贵。玉富已经自己会吃饭了，玉贵还不会。肚子又大起来的翠珠，正一口口把饭菜喂进玉贵的小嘴巴。

"万哥！翠嫂！"张复礼叫了声。

"什么时候回来的？"张复万问。

"昨天。"

"要是还不回来，小芸真要千里寻夫下镇江了。"翠珠打趣地说。

张复礼说："那里还有点事没办好，迟回来了些日子。"

"不就是收点账吗？连年都不回来过了！"翠珠为小芸抱不平。

张复万觉得婆娘话太冲，连忙制止："妇道人家，怎么这样说话？复礼过年回不来，自有他的道理。"

翠珠不敢再作声了。她心里却在想：有哪样道理？猫儿见不得腥，还不是又叫镇江的花花世界给迷住了。

张复礼并不在意翠珠的话。妇人有妇人的见识，男人有男人的主张。作为老板，他向管事宣布决定：“这次我算是亲眼得见了。镇江的姚湾，那才真是个大油市。做桐油生意，就要去闯那样的大码头。我决意去姚湾再开一个‘顺庆’的庄号，为了寻找一个合适的店面，就把回家过年给耽搁了。”

“‘顺庆’把庄号开到镇江去，真是太好了！”张复万连声叫好。他转身对婆娘说：“我讲的没错吧！复礼过年回不来，有比过年更重要的事情。”

“你去镇江，小芸娘俩也去吗？”翠珠问。

张复礼说：“只怕一时还去不了。”

翠珠接着问：“几时能把她们接走？”

“一时还说不准。”张复礼说，“就让她们守着芳草第里的家先坛，不少吃，不少穿，又有哪样不好！”

翠珠对张复礼太了解了，一眼就看出了他的肠子有几个弯弯。这昔日的丫头，今天的堂嫂，觉得有点气不顺。她正要发作，却遇到了丈夫使来的眼色。她只得闭上了嘴巴。

“你打算几时动身去镇江？”张复万问。

张复礼说：“一时还去不了。眼下要做两件事：一是要给浦阳发信，告诉他们‘顺庆’在镇江设了庄，我要去那里坐庄，暂时回不了浦阳。春销的货，要他们多发些过来，要比往常多一倍。等浦阳的货到了，我就跟船去镇江。二是我要向汉口码头上的重要主顾辞行。这不仅仅是礼性，更是壮我们‘顺庆’的声威。销英国的货一定要保住，詹姆斯那里是要去的。还有‘瑞风’的娄老板那里。一条上钩的大鱼，千万不能断了线。”

听着老板的安排，管事不住地点着头，甚至连吃饭也忘记了。翠珠喂饱了小玉贵的饭，由荷花带着他到前店玩去了。伢儿脱身，翠珠盛了一碗饭，大口大口地吃了起来。

“有件事情，想请翠嫂帮个忙。”张复礼说。

翠珠嘴里衔着一口饭，说："少老板看你说的，我能帮得了哪
样忙？"

张复礼说："我去镇江的事情，还没有跟小芸说的。我见不得她哭
分分的样子。翠嫂几时得闲空，请帮忙去趟芳草第，撩边子探探口风，找
个合适的档口，再跟她说这件事。要跟她说明白，张复礼也是个讲情义的
人，她帮我守住汉口的家先坛，把玉凤给我带好，我不会少她的吃，不会
少她的穿。还有那位大姨，我也一定会负责到底。"

"这样说来，少老板是不打算带她们母女去镇江啰！"翠珠说。

张复礼点了点头，说："她们在鹦鹉洲上住习惯了，就让她们住在这
里吧！我会时不时回来看她们的。"

听了张复礼的话，翠珠一肚子不情愿。可不由她分说，张复万便接
过了腔："复礼，放心吧！你翠嫂会过去跟小芸说的。初时，她们不习
惯，过了一阵就会好的。再说，我们也会去照应。妇道人家，处处要支
持男人的事业。就说金莲弟妹在浦阳吧，也是有很多难处的，她不也一样
过吗？"

翠珠听了丈夫的话，不敢再作声了。

这天，刚刚吃过早饭，张复礼就带着凤儿来到了庄号。他告诉翠珠，
说是趁着闲空，要带凤儿过江去登黄鹤楼。翠珠心领神悟，少老板是要
她插这个他不在家的空档，去芳草第劝说小芸。八年前，翠珠初来汉口
时，眼见着张复礼与小芸发生的一切，凭着对昔日主人的忠心，她恨透
了小芸。她一次次以特殊的方式，向浦阳的刘金莲报告芳草第里发生的一
切。随着岁月的推移，与小芸交往增多，翠珠对小芸逐渐改变了看法。原
来她也是一个命苦的女子。翠珠由此而想起，世上的女子，要讨得丈夫的
欢喜，除了长得光鲜以外，还要靠肚皮争气，能为丈夫多生几个带把的伢
儿。在这方面，自己是幸运的。虽说是个填房，却一连生了两个男伢儿，
眼下伢儿又上身了。小芸的不幸，就源于她那不争气的肚皮。丈夫即将离
开她，去到另一个遥远的都市。冠冕堂皇的理由，是为了生意，为了事

业。实际上，无非是要去那里另找一个女人，实现他的愿望。翠珠熟悉张复礼的过去，也了解他的眼前。这位"顺庆"的少东家，确实也有令人同情之处。他在家乡唯一的儿子，竟然是一个来历不明的伢儿。他寄希望于小芸，能见到自己的种子生根发芽，到头来竟是竹篮打水一场空。初来汉口时，翠珠凭着对昔日主人的忠诚，看不惯张复礼的所作所为。随着岁月的推移，特别是自己一连生了两个儿子之后，她便对张复礼多了一份理解。人生一世，草生一春，即使有再大的家业，没有亲生骨肉来继承，也是白来世上走一遭。她同情刘金莲，同情小芸，竟也同情起张复礼来了。去做说客，是她并不情愿的事情，回过头想，也变得情愿了。

翠珠来到芳草第，叫开门，对陈妈毕恭毕敬地叫了声："大姨！"

"是翠嫂呀！快请进。"陈妈见翠珠挺着个肚子，连忙扶了她一手，"小心走好！小心走好！"

客堂里，圆盆火烧得正旺，小芸给翠珠斟上一杯热茶。她看着翠珠又大起来的肚子，羡慕不已："几个月了？"

"快七个月了。"

"翠嫂，你真命好。"小芸称赞翠珠，想起自己，话语中充满凄怆。

翠珠看出了小芸的神态，这女子显然是在触景生情，感叹自己的苦命。她立刻找个由头，把话岔开："刚才复礼带着凤儿到庄上，说是要过江登黄鹤楼。"

"大冷的天，风飕飕的，到江边那楼上去做什么？"陈妈插了一句言。

小芸说："复礼早就答应过凤儿，要带她过江登黄鹤楼。今天他难得有闲空，还凤儿的这个心愿。"

陈妈怪嗔地说："就是还凤儿的心愿，也要等到天气暖和些再去嘛！到那楼上喝西北风，不着凉才怪哩！"

翠珠做起一副懵懂样子说："是不是复礼又要出远门，才急急忙忙还凤儿的心愿，带她去登黄鹤楼哟？"

"怎么？他刚从镇江回来，又跟着要出远门？！"陈妈的话语里充满
着诧异。

小芸说："又要出远门，他没跟我说呀！"

翠珠说："前几天他两兄弟在说事，我在旁边听到了句把句。男人们
的事情，我们妇道人家也没敢多问。"

"他们说的哪样？"小芸急切地问。

翠珠说："他们好像在说，镇江那边桐油生意好做，'顺庆'想去镇
江设个庄号。去还是不去，好像还拿不定主意，没有定下来。"

翠珠的话，使小芸感到意外。她喃喃地说："'顺庆'要去镇江设庄
号，他怎么没和我说起呀……"

"只怕是事情还没最后定下来，他才没跟你说。"翠珠说着，做起很
后悔的样子，连声责备自己："嗨！这不是我们妇道人家该管的事情，我
也真是多嘴。"

"他去不去镇江，什么时候能定下来？"小芸急切地问。

"那还用问吗？他这大冷的天，还急着带着凤儿过江去登黄鹤楼，就
说明他去镇江的事情已经定下来了。"陈妈说着，两眼失神地望着小芸。

翠珠似乎是同意了陈妈的猜测。她不无抱怨地说："嗨！这少老板也
真是，汉口的生意做得好端端的，怎么又想起要往镇江走？"

小芸得知丈夫即将离她而远去，两眼在顷刻之间被泪水模糊。她神情
木然，充满自责地说："都怪我，没能给他生个儿子，拴不住他的心。"

翠珠说："这又有什么法子呢？男人都是这样，把儿子看得特别重。
事到如今，你就想开点吧！"

陈妈是个精细人。她总觉得，张复礼是有了儿子的人，对于小芸没能
为他生个儿子，怎么会如此计较呢？抑或有什么隐情？趁着翠珠的到来，
她要探个究竟。

"这少老板也真是，怎么这样看重儿子，他在浦阳镇不是已经有了一
个龙儿吗？"陈妈说话间，两眼直望着翠珠，像是在对她发问。

"是啊！他已经有了儿子，可儿子是不嫌多的，就还想小芸也为他生一个。"翠珠说。

"是这样吗？！"陈妈显然不同意这种说法。她接着说："有件事情，憋在我心里好多年了，总想找翠嫂打听个究竟，可又总是不敢……"

翠珠见陈妈欲言又止，便说："大姨，都是自家人，这里又没有别个，有哪样事情，你只管问。"

陈妈说："我服侍少老板，已经八年了。少老板有情义，重孝道，时刻挂牵着父母。老太爷过世以后，他还要在饭桌上给安个座位。可我从来没听到他说起过家中的婆娘和儿子。总好像有点儿不合情理……"

翠珠心想，姜是老的辣，这陈妈真的是厉害，提出这样的问题，正点中了少老板的穴堂。她对于浦阳镇张家窨子里的情形，特别是少老板和婆娘的筋筋绊绊，还是略知一二的。然而这一切，又是万万不能抖搂出来的。她只得寻了些理由来搪塞一阵："依我看，这也合乎情理。大姨和小芸对少老板这么好，又为他生下了凤儿，少老板总不能当着大姨和小芸的面，老是把家里的婆娘和儿子挂在嘴上吧！"

"这不成理由。"陈妈说，"刘氏夫人是明媒正娶的原配，钰龙公子是张氏门中的长子。他为了兴家立业，长年在外，思念妻儿，理所当然。听说那刘氏夫人非常能干，她支撑着张家的门户，张罗着'顺庆'的生意，男人办不成的事情，她一个女流之辈却能够办成。少老板不但不感激她，反而总是对她不理不睬。那龙儿也是个聪明、孝顺的伢儿。前回，我听麻阳船上的滕老板说，老太爷过世，浦阳地方作兴陪灵，就是夜里由孝子陪着亡人的灵柩睡觉。这习俗想你也是知道的。少老板因为路途遥远，一时没能赶到，陪灵的事就落到了龙儿的头上。龙儿硬是一个人陪着爷爷的灵柩睡了十多夜，一直等到奔丧的少老板回到家里。这件事情，在整个浦阳镇都传作了美谈。少老板有这样一个孝顺的儿子，理应引以为傲，可他从没在芳草第里对我们透露过半句。按照少老板的为人处世，他是不可能以这种态度对待家中妻儿的。除非是他们夫妻之间、父子之间，存在着什么旁生枝节，或者是有什么难言之隐——"

听了陈妈的一番话，翠珠不由得暗自佩服。这位见过大世面的妇人，眼睛真够厉害，竟然把事情看得如此透彻。特别是她最后的几句话，说得翠珠背心里出了一阵麻麻汗。她连忙说："没有！没有！少老板和夫人、公子之间，既没有旁生枝节，也没有难言之隐。我跟了他们那么多年，这方面的事情，我从来都没有听说过。"

"我不用听说，只消两只眼睛全都看得出。"陈妈说话间，两眼闪烁着泪花，"少老板是太看重小芸，太想小芸为他生一个儿子了。自从他得知小芸不能再生养了以后，就像变了一个人。他从奔丧回来以后，整天如同失魂落魄，回到这芳草第，总是紧锁眉头，望着家坛香火，久久地发呆，暗暗地落泪。他为了排解心头和郁闷，便每天自个儿坐着渡船过江，去老郎庙的霓裳社里票戏，还不让小芸和我晓得。他就一个人这样撑着，连个说心里话的人也没有，也是够苦的啊！"

陈妈的一番话，全都说在了事情的根底上。小芸听了，顷刻间似乎明白了许多。她隐约地感觉到，那远在浦阳镇上的母子二人和她的丈夫之间，隔着一层的屏障。这屏障云遮雾罩，她永远也无法看清。丈夫如此急切地盼望再有一个儿子，这或许就是其中的缘由。小芸说："大姨，看你都说了些什么！浦阳镇的事情，我们不要去猜七猜八。复礼要去镇江，让他去就是了。"

陈妈说："翠嫂，对不起，我不该讲这多，也不该问这些。小芸和我都明白，少老板是好人。他心里有说不出的苦，我们都要体谅他。他要去镇江，我们不会阻拦他，也不该阻拦他。"

翠珠本是来替张复礼当说客，让小芸同意他去镇江。她不曾料到，事情竟这样出奇的顺利。她不曾劳心思，动口舌，好心的大姨，贤惠的小芸，处处都为少老板着想。

"这样就苦了你们娘女俩啊！"

"这都是命中注定，是由不得人的。"小芸的话语中充满着无奈。

小芸留翠珠吃了中饭，她只当翠珠来串门，陈妈却看出了翠珠是受少老板指使而来。去镇江的事情，少老板难以在小芸面前启齿，便让她来探口风。熟谙世事的老妇人不禁心中感叹：真是个心地善良的男人啊！

张复礼带着凤儿回到芳草第，已是剎黑时分。凤儿的小脸，被早春的寒风吹得红扑扑的，像一只熟透了的苹果。

"妈妈！姨婆！今天真是好玩极了！"

"上了黄鹤楼吗？"妈妈问。

"上了。"

"冷不冷？"姨婆问。

"一点儿也不冷。"

"假话！那黄鹤楼上对着北风吹，哪能有不冷的？！"姨婆说。

凤儿笑着说："嘻嘻！是有点冷。那上面看得可远啦！爹带着我到处看，看着看着，也就不冷了。"

"凤儿说说看，都看见些什么了？"妈妈问。

"在黄鹤楼上，看见我们芳草第了。隔着江看，好小好小哟！就一点点大。爹爹还告诉我，顺着这长江往下走，有一个地方叫作镇江。"

小芸听凤儿一说到镇江，便打住不再往下问了。

一家人围着圆盆，吃过了晚饭。凤儿在外面跑了一天，累得不行，撂下饭碗，就趴在饭桌上睡着了。陈妈将睡着的凤儿抱到自己的房间里。回来时，把一杯茶水，端到了张复礼的面前。张复礼有饭后喝茶的习惯，茶叶必须是这种产自湘西沅陵县官庄的界亭茶。他打开茶杯盖，腾腾的热气便冒了出来。他用茶杯盖轻轻撇了撇浮在上面的茶叶，趁热喝了一口，细细品味着其中的醇香。

"再过两个多月，新茶便要出世了。"张复礼品着茶，自言自语地说。

陈妈听得真切，她接过腔，问张复礼："到那时候，少老板要的茶叶，是你自己去弄呀，还是我们这里给你弄好再送过去？"

张复礼一听就晓得，翠珠已经到了芳草第，把他要去镇江的事情，跟她们姨侄俩说过了。这陈妈刚才借题发挥说的话，在不经意中将这件事情挑明了。他想了想，便来了个顺水推舟，支支吾吾地说："随便，随便……"

小芸说话了，她的声音有点颤抖："复礼，翠嫂都告诉我们了。其实，你早该把要去镇江的事情告诉我，告诉大姨，我们是不会阻拦你的。"

不容张复礼分说，陈妈又接上了腔："是啊！少老板，我这老妈子不在话下，你怎么连小芸也信不过！男人应该有男人的事业，她是不会把你强留在身边的。"

"你去吧！是小芸对不住你。其实，你也可以留在汉口，随便你要做哪样，小芸也都不会阻拦你。"小芸栽着脑壳，无声地哭泣着。

张复礼最看不得小芸的眼泪。小芸一流泪，他的心立刻就软。尤其是小芸刚才说的"随便你要做哪样"。她内心深处的痛苦，张复礼是体会得到的："讲这些做哪样，去了镇江，汉口还有生意，我会两头走的。我丢不下大姨泡的界亭茶。最丢不下的，当然还是你和凤儿。"

"唉——"陈妈叹了一口气，问道，"少老板几时动身去镇江？"

张复礼说："汉口还有些事要办，浦阳的货又还没有到，一时还走不了。"

小芸说："去镇江的事情，你今天没跟凤儿说吧！"

张复礼说："没有。"

"那就暂时不要告诉她。"小芸处处为女儿着想。

惊蛰节前后，浦阳镇的春销油装船启运。二月中，张复礼估摸运载春销油的麻阳船已经过了常德。油船一到，他跟着便要下镇江。这天，他带着张复万去到娄公馆。

娄汉祥在客堂里会见了张复礼和张复万。客堂最显眼的位置，摆放着张复礼的贺寿礼——浦阳菊花石雕寿屏。宾主相见，一阵寒暄过后，那娄汉祥又在张复礼的陪同下，围着那菊花石雕寿屏转了一圈。他指着石雕上的"祥开寿域"四个字，笑呵呵地说："哈哈！'祥开寿域'，'祥'开！湘西儒商的手笔，精妙啊，精妙！"

张复礼立刻迎合："晚生多谢夸奖。其实，这全是娄公的缘法。合着娄公尊讳上有个'祥'字，万年石菊'祥'开寿域，晚生也就在上面刻了这四个字。"

"是吗？是我的缘法吗？"娄汉祥显得很兴奋，"世上万物，无非一个'缘'字。张老板卖桐油，娄某人要买桐油。卖家和买家走到了一起，也同样是缘法。以后，我们就常来常往了。"

娄汉祥只说是有缘走到了一起，没说是一曲《武家坡》让他们走到了一起。张复礼暗自好笑，这老头儿叫这么块石头给弄颠倒了，真有意思。

"晚生到府上，是来向娄公辞行的。"张复礼说。

娄汉祥说："张老板的生意做得不错嘛！怎么？还要到哪里去发财？"

"镇江。晚生的顺庆油号，要再去镇江分设一个庄铺。"张复礼说。

"好！"娄汉祥称赞道，"张老板不愧年轻有为。镇江的油市，要比我们汉口大得多。那里的桐油销路广，发财的机会多。我们'瑞风'就在镇江设了一个船厂。等会儿我给你写几个字，让他们用你的桐油就是。"

张复礼还没到镇江，生意就上了门，自是喜出望外。紧接着，他把身边张复万介绍给娄汉祥："娄公，这位是晚生的堂兄张复万，庄上的管事。晚生去镇江以后，汉口庄上的生意，由他全权料理，请娄公多多关照。"

"这个自然！你就放心好了。"娄汉祥说着，忽而发问，"去镇江的油船订好了没有？"

张复礼说："自是用'瑞风'的船，娄公放心就是。"

这天，娄汉祥的兴致极好。他要留张复礼吃晚饭。张复礼以过江无渡船为由，推辞了。临走时，娄汉祥没忘记给镇江的瑞风船厂写了个字条。

　　三天以后，张复礼要带着张复万去到英租界，向老主顾詹姆斯辞行。不巧，运春销油的麻阳船到了，张复万要安排卸货，不能与张复礼同行。詹姆斯是老主顾，张复万不去也不要紧。张复礼便一个人过江前往英租界。

　　"怎么？你没带小芸一起来？"露娜见面的第一句话，就这样问张复礼。

　　"她有点事，没能来。她让我给露娜夫人带来了这块湘西出的土布。"张复礼说着，把一块土布交给了露娜。

　　露娜接过土布，细细地观看着，那精细的质地，黑白相间的条纹，都让这位英国贵妇人产生极大的兴趣。

　　詹姆斯不解地问："张！小芸是汉口人，她怎么会有这种湘西的土布？"

　　张复礼笑着说："她是汉口人，可你莫忘了，她是湘西人的婆娘。这土布是我在湘西的夫人，给她捎来的。"

　　"哦！她们的关系很和谐！"露娜带着惊讶的口吻说。

　　"这就是中国男人的本事。"詹姆斯笑着说，"张老板今日上门，不单单是为了送这块湘西土布吧！"

　　"我是来向先生和夫人辞行的。"张复礼说。

　　詹姆斯问："来辞行？！你要去哪里？"

　　张复礼说："去镇江。那里有中国最大的桐油市场，生意好做，我要到那里去再开一个分号。"

　　"张，你的生意是越做越大了！"詹姆斯替张复礼感到高兴。

　　张复礼说："复礼去了镇江，汉口方面的生意，我全权交给了堂兄复万，还要请詹姆斯先生继续关照。"

　　"我们是老主顾。你放心，生意会继续做下去的。"詹姆斯说。

　　"张老板，你到镇江去开分号，要带着小芸一同去吗？"露娜问。

　　张复礼摇了摇头，说："不！她们不去。"

"为什么？"露娜不解地问。

"哈哈！"张复礼笑着说，"她去了镇江，谁来给你送玉兰片？谁来和你一起做魔芋豆腐？"

"不！"露娜摇着头说，"我不要玉兰片，我也不要做魔芋豆腐，我要她和你一起去镇江。"

张复礼说："你不要，可我还是要送的。比如说今天，我没带玉兰片，是因为今年湘西的玉兰片还没有送来。我走了以后，就必须由小芸来给你们送。再有一个重要原因，我在芳草第成了家，安了家先坛。家先坛上供着我的祖宗，必须每日香火不断，小芸要留在这里替我烧香。"

露娜无可奈何地摇着头："天哪！中国的男人真是残忍！"

詹姆斯笑着说："哈哈！亲爱的夫人，你的女权主义在这东方古老的国度里，是寸步难行的。"

"是吗？"露娜耸了耸肩膀，做了个无奈的样子，说道，"世界上所有的女人，都拿男人没有办法。露娜也是一样，我还要去吩咐厨房，为欺负女人的男客做丰盛的午餐。"

露娜说完话，便匆匆离开了客厅。客厅里，充满着张复礼和詹姆斯的笑声。

"张老板！"止住了笑声，詹姆斯说，"你欠我的账已经八年。如今，你又要去镇江了。那笔账你究竟还是不还？"

"欠账？我欠你什么账？"张复礼一时摸不着头脑。

詹姆斯说："八年前，你我在宝成金行第一次见面，你就答应带我去湘西，去看青浪滩上的神鸦送船。你的这个诺言，直到现在都还没有兑现。"

张复礼连忙说："詹姆斯先生，实在对不起。其实，我是一直把这件事情放在心上的。只是这些年来，我每次回湘西，都是匆匆忙忙，也就无法约你同行。好事不在忙中，你放心，我一定会践行这个诺言的。"

"好！那我就耐心地等着。我要去感受青浪滩，那里的伏波庙里，还有你这位大施主敬献的金神鸦。"詹姆斯笑着说。

张复礼说："到那时候，我还可以带你去逛辰州城，游浦阳镇。那里有唐代的佛寺，宋代的道观。我还要带你去看山上的油桐树，村里的油榨坊。看看你运到欧洲去的桐油，是怎样生产出来的。"

詹姆斯说："还有一件最重要的事情你没说。"

"什么事情？"张复礼问。

詹姆斯笑着说："去浦阳镇上看你的妻子，她是怎样一位湘西美人。"

"我们去得越早越好，迟迟不去，她就变成老太婆了。"张复礼笑着说。

"如果你希望我见到的不是一个老太婆，那你就得抓紧点时间。"詹姆斯说着，便又调侃起张复礼来，"但是，有一点我是坚信的。镇江是我常常经过的地方，我在那里见到的第三夫人，绝对不是一个老太婆。"

"哈哈！"张复礼笑了，"你晓得我会在镇江找一个第三夫人？！"

詹姆斯说："张复礼到了镇江，肯定会和在汉口一样，也来一个金屋藏娇。我是一预言家。当初我在芳草第里对你说的话，后来就完全得到了验证。你到了镇江，是绝对会按照我的预言行事的。到那时候，芳草第里的'芳草'，就变成'荒草'了。后面这个是荒芜的"荒"啊！"

张复礼指了指詹姆斯，笑着说："詹，你真会说笑话。"

"那我们打个赌如何。"中国通詹姆斯伸出一只手，要和张复礼击掌。

张复礼笑着伸出手指，朝着詹姆斯点了点："嗨！我张某人拿你真是没办法啊！"

詹姆斯不无诙谐地说："谁叫我是个洋人，身边有个女权运动的夫人，我就没有张老板这样的艳福。"

吃过午饭，张复礼辞别詹氏夫妇。出得门来，他漫步在英租界的街道上。突然间，他闻到一阵馨香，四下一看，原来那香气出自临街的一间花店。花店里，摆放着色彩缤纷的鲜花，有中国本地的兰花、月季，也有英国人引种来的郁金香、紫罗兰，还有一簇簇粉红色的杏花。见到杏花，他立刻想到"小楼一夜听春雨，深巷明朝卖杏花"的诗句，想到紫云巷里的听雨楼，更想到听雨楼里那化名项（巷）杏的年轻寡妇。花店门前，张复礼驻足不前。他凝视着那缀满花枝的杏花，淡淡的红色，恬静而娴雅，有的正迎着春光绽放，有的却带着羞涩含苞不露。张复礼仿佛置身于粉红色的天地里，寻觅着一个女子的芳踪。他胸中奔涌的激情，在试图冲破理智的堤防，世俗的羁绊……须臾间，他的这种激情又倏然消逝了。这时，他的大脑发出了指令，强迫他的两条腿，立刻离开这里。

张复礼四下张望，找不到代步的马车。他沿街信步走去。两条腿仿佛捆绑着砖块，显得格外的沉重。一个念头闪过他的脑际。他即将东进镇江，应该到听雨楼里，去向那位小寡妇辞行，让她忘却那出《武家坡》，重新演绎她人生的另一出新戏。一番深思熟虑之后，张复礼折返到花店，买了一束杏花，作为他送给那位小寡妇最后的礼物。

张复礼乘坐的马车来到紫云巷。他下得马车，敲开了听雨楼的大门。

"先生，请问你找谁？"开门的是一位老者。

张复礼递上一束杏花，说道："请把这束花交给这里的主人项杏小姐！"

"搞错了，这里没有什么项杏小姐！"老者看了张复礼一眼，拒绝接受他递来的杏花。

"没错。"张复礼说，"这'项杏'，是你家小姐的另一个名字，难道你不晓得？！"

"不晓得。"老者拨浪鼓似的摇着头。

"去吧！把这束花交给你家小姐。"

"对不起，我家小姐从来不收别人的花。"老者说着就要关门。

张复礼笑着说："老人家，不信你试试，我今天的这束杏花，她是一定会收下的。"

"好吧！那我试试。"老者勉强地接过张复礼手中的花，而后关上了大门。

过了一会，大门打开了。老者的身后，站着满面春风的娄听雨。

"项小姐，别来无恙！"张复礼以汉调里的小生身法，对着娄听雨深施一礼。

娄听雨嫣然一笑，两颊顿时绯红，连忙说："张老板，快请进！快请进！"

自家的小姐几时姓起"项"来了？！一旁的老者摸不着头脑。

客堂里，张复礼送来的那束杏花，插在最显眼的一个花瓶里。忙上忙下的娄听雨，亲自给张复礼斟茶。她说："张老板，什么风把你给吹来了。我当是真的要过十八年之后，你我才能相见哩！"

好个十八年之后！分明是把他们的相见，当成了薛平贵和王宝钏的重逢。短短的几个月时间，她竟然觉得如同十八年一样漫长。听了这话，张复礼顿时出了一身冷汗。他装痴装傻，像是听不懂娄听雨话语的含意。

"项杏小姐，你是'小楼一夜听春雨'，我这是'深巷明朝送杏花'。"

"好你张老板，把个'卖'杏花，变成了'送'杏花。"

"娄小姐，这是张某人最后一次给你送杏花了。"

"此话怎讲？"

张复礼说："我是来向娄小姐辞行的。敝油号要在镇江设一个分号。后天，我就要启程去镇江。我已经到令尊大人那里辞过行了。"

听了张复礼的话，娄听雨不作声了。她的脸上，顿时掠过了一层阴云。那紧蹙着的蛾眉下，一双眼睛在转瞬间失去了光泽。适才间的那种喜出望外的神情，倏然消逝得无影无踪。留给她的只是空虚、惆怅、幽怨和迷茫……

张复礼见娄听雨的状态，有点慌神了。他连忙说："娄小姐，你我素昧平生，萍水相逢。那出《武家坡》虽说没能演唱，张某人却从内心感激小姐的一片盛情。特别是令尊大人在生意上给予的大力关照，更令张某人受宠若惊——"

娄听雨抢过话头问道："'瑞风'和'顺庆'签了多少桐油的合约？"

"暂时是一千桶。"张复礼说，"前天，我去辞行时，令尊大人还给镇江的瑞风船厂书写了手谕，要那里也用我们'顺庆'的油。"

"哦——"娄听雨沉吟着。老谋深算的父亲，就这样以一千桶桐油的合约，以商人们所追逐的钱财利益，换取眼前这位汉子对自己的疏远。她的感情，再一次受到了摧残。娄听雨是个倔强的人，她不愿意以泪水获取别人的怜悯和同情。这时，她对着张复礼强颜欢笑，说道："听雨结识张老板，也是一个缘分，《武家坡》不能演唱，不足为惜，可还留下了一个更大的遗憾。"

"什么遗憾？"张复礼问。

娄听雨说："没能去芳草第拜望尊夫人，她一定长得非常漂亮，这次也和你一同去镇江吗？"

"她就留在汉口，不去镇江。"张复礼告诉娄听雨。

"哦——"娄听雨显得不解。少顷，她问道："她怎么不跟着你去呢？"

"她的大姨也跟着我们住在一起。她们都是汉口人，已经在汉口住习惯了。她们住的那幢房子，也需要人守，更何况我在汉口还设得有庄号，会常来常往的。她也就没有必要跟着我去镇江了。"张复礼说了一大堆理由。

娄听雨是个极聪明的妇人。她听得出，这汉子说的理由越多，正说明这些理由，都不成其为理由。这样一个风流倜傥的男人，一旦没有女人守在跟前，将会出现怎样的状况，是不言而喻的。千条理由，万条理由，都说明他想摆脱芳草第里那个女子的羁绊。她说："她一个人在汉口，就像你那位守在湘西老家的夫人一样，也会感到寂寞的。"

"哈哈！"张复礼笑了，却笑得不甚自然。他说："她带着女儿，又有大姨做伴，一点也不会寂寞。娄小姐不是喜欢唱戏吗？她便是唱戏出身，虽不是什么名角，一般的戏，倒也是可以应付的。娄小姐若有闲心，可以到寒舍去找她交流、切磋。我回去跟她打个招呼，她会把你当作贵客接待的。"

对于张复礼的邀请，娄听雨不置可否。她凭自己的直觉，体味到这汉子的言不由衷。她感谢老天爷给她的又一次机会，一种机不可失、时不再来的急迫感油然而生。她煞费苦心地琢磨着，掂量着，把握着，设计着。突然间，一个大胆的想法，在娄听雨的脑海中诞生。

"张老板远行，菊友项杏想请张老板吃顿便饭，不知肯不肯赏光？"娄听雨向张复礼发出邀请。

"既然是菊友盛情，那复礼就叨扰了。"张复礼不便拒绝，这是娄听雨以菊友的名义发出的邀请。

"请问张老板何时动身？"

"后天。"

"那就定在明天中午吧！"

"到时候，复礼过江来到府上就是。"

"张老板不必过江了。到时候我会过江到鹦鹉洲去。"

"你到鹦鹉洲去？！"

"洲上古琴台不远处，有一家不错的小酒店。你我定在那里见面，不见不散。"

鹦鹉洲上的古迹伯牙台，被人们称为古琴台，就在芳草第的不远处。相传春秋战国时期，晋国上大夫俞伯牙，回到他的桑梓之地楚国。中秋之夜，他乘船至汉江口，上岸抚琴，以他的一曲《高山流水》，觅到了知音钟子期。两千多年过去了，当年俞伯牙的抚琴之地，仍旧保留在这里。不知从何时起，人们按照自己的想象，在这里修建了可以遮风避雨的伯牙台。久而久之，这里便成了江汉一带文人雅士的聚会之所。人们在这里吟诗作赋，弹琴鼓瑟。一家家小酒店，便在这古琴台的附近应运而生。

这天，是春雨连绵后一个难得的晴天。时近晌午，张复礼踏着通幽的曲径，朝着古琴台疾步而走去。听雨楼里的小寡妇，请客什么地方不好去，怎么偏生选中了这里的小酒店？一路走来，暖洋洋的春日，使得张复礼身上出了麻麻汗。他径直走去，一家一家地察看、询问，却怎么也见不到那娄听雨的踪影。店家告诉他，从早至今，这里从来没有出现过女人。张复礼心中暗自纳闷，按照常理，这女子是不应该失信的。而却又怎么偏生在这里见不到她呢？正在这时，不远处那镌刻着"古琴台"三个大字的屋宇里，传来了一阵悠扬的琴声。张复礼立刻驻足听起琴来。他显得有点儿忘情，连颈根也拉长了许多。

"客官，弹琴的是一个年轻人，长得眉清目秀。他刚才已经到这里订下了酒饭。"店小二对张复礼说。

店小二的话，使得张复礼恍然大悟。这女子约他在此地相见，原来是醉翁之意不在酒，而是在仿效当年的俞伯牙，试图用琴声寻觅到知音。张复礼迎着琴声朝古琴台走去。湘西的桐油商，从未接触过这样的琴声，甚至连古琴也没有见过。却不知怎的，他居然也产生了一种耳熟能详的感觉。他不由得放慢了脚步，踏着古琴台前的小径，细细地咀嚼着、品味着那回荡于耳畔的天籁之音。张复礼曾听说过，古时候俞伯牙在此抚琴觅知音时，弹奏的便是一曲《高山流水》。抚琴女子想出的这一招，真个是用心良苦啊！作为一个男人，纵然是铁石心肠，也不能不为她的这一切所感动。他以急促的步子，朝着古琴台走去。来到门边，空荡荡的屋子里，只有女扮男装的娄听雨一个人。她泪流满面，忘情地拨弄着宫商。张复礼的到来，她竟然丝毫没有察觉。张复礼静静地站在门边，没有惊动弹琴的娄听雨。他看见那古琴台上，纤纤玉指，在丝弦之间抚弄，使得古老的乐曲重又焕发青春。抑扬顿挫，情景交融，就如同高山之中一泓清澈的流水，注入了他干涸的心田。或许是弹奏到了动情之处，或许是察觉到张复礼的到来，娄听雨哭泣得更伤情了。张复礼倚靠在门边，观看着这一切，也情不自禁地掉下了眼泪。

"项杏小姐！"张复礼不明白，这时候，他为什么这样称呼娄听雨。

娄听雨的琴声在轻挑慢拨中悄然远去，像是高山流水汇入了茫茫大海。她抬起头来，那双眸凝聚着的泪花，在昏暗的小屋里，闪烁着晶莹的光亮。她屏住呼吸，喃喃地歙动着双唇："张老板！"

"叫我作复礼吧！"

"复礼……"

张复礼拥上前去，站到了娄听雨的身后，像是一座高山。娄听雨顺势倚靠在张复礼宽阔的前胸。过了许久，他们谁也没有再说话。只有那《高山流水》的袅袅余音，仿佛真的能绕梁三日，仍然在这对男女的耳边久久回荡，相互传递着来自对方的信息。一个流传了两千多年的传说，今天在它的诞生地被重演。古老的琴台，也因此而被赋予新的内涵。俞伯牙，这位晋国的大臣，楚国的乡亲，天才的作曲家、演奏家，在地下若得知此事，定然会含笑于九泉。

第二天，一艘瑞风船行的大船，装载着满船的桐油起锚扬帆，航行在长江宽阔的航道上。在货主歇息的船舱里，一对青年男女相拥而坐。娄汉祥的瑞风船行，实在是太大了，满船的舵工、水手，居然没有一个人认识，这个与桐油商人私奔的女子，就是他们大老板的女儿。娄听雨就这样离开了听雨楼。她给父亲留下了一封信，说明了此次出走的经过，并承担了全部责任。她恳求父亲原谅她的不辞而别，也恳求父亲不要责怪张复礼，更不要中止与"顺庆"的购销合约。听雨楼人去楼空的消息一旦传开，对于声名显赫的船王之家来说，无疑是一场不大不小的风波。

顺风顺水的大船，在浩瀚的长江破浪而行。船舱里，张复礼和娄听雨开始谋划起镇江的生意来。张复礼异常兴奋。这种感觉在芳草第里是享受不到的。小芸从来不过问生意上的事。突然，他们听到了船篷上传来"嘀嘀答答"的响声，一场春雨正在飘飘洒洒而下。

• 绣花荷包

　　光绪十年二月初六，火儿年满十六岁，生日是在铁门槛自己家里过的。

　　火儿到龙家垴跟表伯伯龙法胜学巫，已经九个年头了。前八个生日，都是在龙家过的，意味着火儿是龙家的人。龙法胜的坛门中，有两个徒弟：火儿是表侄，旺儿是姨侄。女儿兰花究竟选谁做上门女婿，两公婆产生了分歧。龙法胜偏向火儿，说火儿是天生学巫的料，来日定是个出色的老司，人也特别的真诚厚道，兰花嫁给他，可以吃穿不愁不受气，也算是终身有了依靠；阿珍偏向旺儿，说旺儿是姐夫的遗孤，是一个遭孽的伢儿，于情于理都应该照顾他。他学巫虽说笨拙了点，做田里的活路却是一把好手。种好龙家的几亩薄田，小日子就不难过，他就这样跟着巫师班出去，多少也可以得几个油盐钱，兰花若是跟了他，是不得吃亏的。早些年，三个伢儿年纪都还细，可以不急不忙。转眼间，兰花到了嫁人的年纪，夫妻却仍然相持不下。龙法胜主张由兰花自己做主，在两个表弟当中，挑中哪个是哪个。阿珍坚决不同意。因为她看得出，兰花那鬼妹子的心里早就有了火儿，让兰花自己选，旺儿是肯定没戏的。阿珍没得别的办法，她的撒手锏就是哭。老司龙法胜也算得是个角色，几多的风浪都见过，做起法事来，连凶神恶鬼都怕他三分，可就是见不得婆娘哭。婆娘一动哭声，他的心马上就软。女儿的婚事，他提一次婆娘哭一次，提两回婆娘哭两回。龙法胜常常被哭得忘里忘魂。这两个徒弟，究竟由哪个来当他家的上门女婿，也就一直定不下来。

二月初一，是龙法胜小溪河的姐夫向开宏过五十大寿，他带着兰花前去拜寿。按照风俗，寿酒要吃三天。阿珍趁着龙法胜不在家，做了点小手脚。

正月、二月，剁春柴的日子。清早，火儿便起了床，邀旺儿一同剁柴。

"火儿，今天你莫去剁柴了。"阿珍说。

"不去剁柴，师娘要我去做哪样？"火儿问

阿珍交给火儿一个竹篮，里面有两刀腊肉、二十四个糍粑和两包丝烟。她说："再过四天，就是你十六岁的生日了。这些年，你的生日都在这里过，让你爹娘心里总是挂着。今年你的生日就回铁门槛去过吧！也好让他两公婆高兴高兴。喏！东西都已经给你办好了，回到你自家屋里去，快快活活玩几天，过完生日再回来。"

火儿听了师娘那句"到你自家屋里去"，明白了师娘话里的全部意思。她是在告诉火儿，龙家垴的家不是他的，是旺儿的。去年八月间，师娘办了一桌菜给旺儿过生日。她不住地往旺儿碗里夹菜，一口一声"这里就是你的家"。火儿明白，师娘向着旺儿，师傅却向着他，兰花姐更是一门心思要跟他好。师娘趁师傅和兰花姐不在家，来了这样一招。火儿无奈，只有乖乖地顺从。

两天以后，龙法胜回到家里，知道了屋里发生这样的事，气不打从一处出。可他只要一动气，阿珍立马就会痛哭流涕。他拿婆娘是一点法子也没有。最为此事生气的是兰花。她把自己关在楼上小房里，到了剁黑，连夜饭也没下楼来吃。

"兰花，吃饭了！"阿珍来敲门。

"肚子饱，不想吃。"兰花说。

旺儿上楼来敲门："兰花，下楼吃饭吧！我们都已经吃过了。"

兰花根本就不搭理，旺儿讨了个没趣。他发现门板上的缝隙里，透出了光亮。旺儿贴着缝隙往房里睨，不肯吃饭的兰花，正在桐油灯下，一边流着泪，一边绣着荷包。旺儿见兰花绣荷包，心里就有气。一年前，他学会了吃烟，讨兰花给他绣个荷包装烟，兰花推说不会，不给他绣。前不久，火儿也吃烟了。她的这个荷包，肯定是绣来送给火儿的。

旺儿没猜错，兰花的荷包确实是为火儿绣的。这些年，吃烟成为一种时尚。自从火儿学会吃烟，兰花便动手绣这个烟荷包。她去找寨子里的姐妹，要来了这个"喜鹊衔梅"的花样：一公一母两只喜鹊，站在一树梅花上，一只伸长颈根，一只弯曲身子，两只的嘴里都衔着梅花。兰花绣荷包是背着母亲进行的。她原本打算在火儿满十六岁那天，把荷包作为生日礼物送给他。没想到母亲趁她和父亲不在家，把他打发回了铁门槛。兰花越想越窝火，却又没得一点办法。她希望火儿早点回来。她要亲自把这只荷包挂在火儿的腰上，就像《十绣荷包》的小调里唱的那样："小小荷包，挂在郎的腰……"绣着绣着，兰花感觉到门外有响动。原来是旺儿从门缝里偷着看她绣荷包。真是死皮赖脸！她按捺不住情绪，大声吼叫起来："看哪样看！真是讨人嫌！"

被兰花一顿吼起，旺儿悻悻地走了。他心里：小妖精，你翘哪样翘，反正你终究是老子的菜，到了那一天，老子再来收拾你！

火儿带着表伯娘给的东西，回到了铁门槛。屋里自从有了那六十两银子垫底，日子比先前好过得多了。石老黑和阿春从此也金盆洗手，不再做那"棒棒客"营生。他们用那些银两做本钱，开垦了一片山地，栽上了油桐树。如今油桐树已经挂果，摘得桐籽卖到浦阳镇，足够一年的花销。火儿把表伯娘说的话告诉了母亲。这一切，尽在阿春的预料之中。如果是这样，对他们家来说又未尝不是好事。大凡男子汉，又有几个愿去做上门郎的？！凭着火儿的一身道艺，即或是铁门槛名声差了点，也不愁找不到婆娘。火儿在铁门槛的家中，热热闹闹、快快活活过了一个生日。

火儿回到龙家垴，得知师傅回来后又去了辛女溪，留下话要他立刻赶到那里去。吃中饭的时分，只见旺儿裤脚挽得高高，一身的田泥进屋，显

然是刚犁完田回来。时令到了。师傅催火儿回来跟着他去行香火，把旺儿
留在了屋里做阳春。

"看你，都成泥黄牯了，还不快去水圳里洗洗。"阿珍说着，把旺儿
往门外拉。

就在阿珍拉旺儿到门外的一瞬间，兰花红着脸挨近火儿身边，手脚麻
利地把一只绣花荷包挂在了他的腰上。火儿喜出望外，竟然忘了说声"多
谢"，便用手掌将荷包紧紧捂住，似乎是生怕它不翼而飞。

等到旺儿洗洗干净，阿珍的饭菜就摆上了桌子。她说："吃吧！两兄
弟吃过中饭，一个跟着表伯去行香火，一个留在屋里做秧田，你们的师傅
也真是会调摆。"

火儿三扒两咽，一碗饭就吃完了。他起身去盛饭的时候，阿珍无意中
见到了他身上挂着的荷包。

"哟！火儿，才回去不几天，就有女伢给你送荷包了。快讲给表伯娘
听听，是哪家的女伢儿呀？到时候，表伯娘是一定要来喝喜酒的哟！"阿
珍快言快语，一副非常高兴的样子。火儿别处有了相好，她求之不得。

火儿急了。听表伯娘的口气，他料定这荷包是兰花姐偷着给他绣的，
表伯娘不知道，还蒙在鼓里。他后悔没把这荷包收好，弄不好会让兰花
姐为难。他不晓得该如何回表伯娘的问话，只是红着脸，支支吾吾地说：
"没、没有……哪、哪里……"

火儿的这只绣花荷包，旺儿从门缝里得见过，最清楚它的来历。当他
看到火儿身上的荷包，心里十分的窝火，恨不得一把夺过来。他没有这样
做，也不能这样做，只是两眼盯着兰花。兰花只顾吃饭，一句话也没说。
旺儿几番起意，要当场把事情揭穿，又觉得不妥，这样会得罪兰花，把事
情弄僵了，兰花是什么事情都做得出来的。

阿珍见火儿含糊其词，以为是他不好意思说，也就不再追问了。火儿
有了个聪明贤惠的女伢儿做相好，是她巴不得的事。只有这样，兰花才能
心安理得地嫁给旺儿。

"来！让表伯娘看看，这女伢儿的针线做得如何？"阿珍弯下腰，从火儿的腰上取下了绣花荷包，拿在手里，仔细地端详起来。阿珍突如其来的举动，令火儿措手不及。他神情木然地坐在饭桌前，哑了嘴巴，甚至连出气都显得不自如，额门上立刻渗出了麻麻汗。他心里只想着一件事，决不能把兰花说出去。兰花脸上红一阵，白一阵，脑壳栽进了饭碗里。兴头上的阿珍，全然没注意两个年轻人的表情，而是兴致勃勃地品评起绣花荷包来："喜鹊衔梅，是个老花样，绣得好嘛！针线也不错，和我们家兰花的手艺不相上下。火儿，你能找到这样一个聪明能干的女伢儿，表伯娘我也就放心了。"阿珍说着，不禁大笑起来，"哈哈！年轻人的事情，还没到火候，你是不肯告诉表伯娘的，表伯娘也就不多问了。"

阿珍把荷包重又挂回到火儿的腰间，火儿一颗悬着的心，这才算落了地。兰花闷着头草草吃完饭，把碗一丢，便上楼去了。一旁的旺儿见这般情景，笑也不是，哭也不是。说也不是，不说也不是。他三扒两咽吃完饭，便出门去犁秧田去了。

这天，阿珍对火儿，表现出了空前的热情。她亲自把火儿送上大路，还特意叮嘱了他一番："女伢儿的事，要经常走动。若是你要到她那里去，又不方便跟师傅讲，就告诉我，我帮你和师傅讲就是。"

吃过夜饭，兰花便去了楼上她的房间。火塘边，就只坐着阿珍和旺儿姨侄二人了。

"姨娘，你被打哄了！"旺儿压低嗓门对阿珍说，生怕楼上的兰花听见。

"打哄？！我被哪个打了哄？"阿珍不解地问。

旺儿凑近阿珍压低嗓门说："火儿身上的那个荷包，是兰花给他绣的！"

阿珍懵了。她不相信自己的耳朵："哪样？那荷包是兰花绣的？！"

"那还有假！兰花绣荷包，我亲眼看见的。"旺儿拍着胸脯说。

阿珍这才想起，当她说起荷包时，火儿是那样支支吾吾。绣荷包的针脚，确实和兰花的一模一样。她相信旺儿说的话是真的。阿珍怒火中生。
她立刻起身要上楼去质问兰花，却被旺儿拉住了。

"姨娘，你莫去找她。都怪旺儿不争气，旺儿没记心，学巫不如火
儿。她看中的是火儿，不是旺儿。"

阿珍坐在火塘边，气不打从一处出。她心想，这旺儿平时懵里懵懂，
到了这关键时刻，倒也想得周全。这时候若去责备兰花，定然弄巧成拙，
把事情搞僵。火儿的身后是她的丈夫，这户人家的当家人。倒不如放一
放，凉一凉，装作不晓得。让旺儿抓住机会，来个先下手为强，等到生米
煮成熟饭，兰花她再犟也犟不到哪里去。她冲着旺儿摇了摇头，无奈地说
了句："你呀，也真是太不争气了！"

旺儿栽着脑壳，用火钳拨弄着火塘里的柴灰，一句话也不说。他坚信
姨娘会替他想法子，让兰花成为他的婆娘，以后他便是这户人家的主人。
佤儿学巫是块木头，心里的主意却是格外的多。他嘟起个嘴巴，故意对姨
娘说："姨娘，我学巫学不进，还是让我回米家滩算了。"

旺儿的一句话，果然激怒了阿珍，她说："回米家滩？！你不嫌丢
人，我还嫌丢人哩！前不久你大哥讨亲，我去贺喜时，还跟你娘说过，我
要把你留在龙家垴，做我的上门女婿。讲这话的时候，米家滩好多的娘女
们都在场。吐出去的口水，难道还教我捡起来再吃下去不成！"

"姨娘，你轻声点。"旺儿生怕楼上的兰花听见。

"有哪样怕的！"阿珍越说越有气，像是根本不在乎兰花。而实际
上，她还是压低了嗓门。她说出的言语，句句都点在了旺儿的穴堂上：
"亏你还是个男子汉，这有哪样怕的！你的胆子硬是比老鼠胆子还要细。
成天守着个女佤儿，连手指壳都不敢动她一下。你有哪样怕的！有姨娘替
你做主，她反正迟早都是你的人。"

旺儿回到房间里。两个铺，一个是火儿的，床上空着。他坐在自己的
床上，身上盖着被窝，一锅一锅地吃着烟，一点儿瞌睡也没有。姨娘那左
一个"有哪样怕的"，右一个"有哪样怕的"，一直在他的耳边回响。这

个十七岁的大男伢，已然被姨娘点醒了。平时，特别是热天，他眼睛常常扫过兰花的胸脯，那一对硕大的奶子，挺得差点儿把单薄的衣服冲破。他的心，便立刻变得酥软了。有几次，这屋里就只有他俩，他真想上前摸上一摸，那一定是很快活的，可他没得那个胆子。要是姨娘早对他说这样的话，何止是摸摸那东西，只怕是连那样的事情，也早就已经做了。要真的是那样，这兰花就不会对自己这样讨厌，这样凶了。旺儿再也按捺不住急切的心情。他掀开被窝下了床，趿着鞋子，打开门出了拖栅，绕到正屋一旁，蹑手蹑脚地上了楼梯。

这时，楼上小房里的兰花，也一直没有睡着。没想到送给火儿的绣花荷包，惹出了母亲那么多的话来。阴错阳差，简直可以拿来做戏唱了。楼下的火塘屋里，旺儿和母亲讲了好久的话。讲了些哪样，一句也没听清楚。可她猜得出，旺儿肯定是在跟母亲讲荷包的事情。母亲一定会大发雷霆。奇怪的是母亲怎不上楼来，或是把她喊下楼去，将她训斥一通。她正巴不得。她直截了当地跟母亲讲，她喜欢的就是火儿，荷包就是她送给火儿的把凭，母亲也不能把她怎么样，因为她的背后有爹爹做主。兰花想着想着，似睡非睡。她听见楼板上有响动。有人赤着脚，一步一步，正朝她的房间走来。接着，她感觉到闩着的房门，被人用手指顶了顶。她本能地一个翻身便在床上坐了起来。她听得明白，门外的人在喘着粗气。

"哪个？"兰花问。

旺儿回答："是我嘞！"

兰花接着问："半夜三更，你来做哪样？"

"兰花，你开门啰！"旺儿回答，声音在打战。

"快走，有事明天讲！"兰花好言相告，似乎还在给他留面子。

"兰花，开门啰！求求你……"

"快走！"

"兰花，开门啰，我给你跪下了……"言语声中，门外果然"扑通"一声。

兰花羞愤已极，厉声斥责："快走！死不要脸的。再不走，我就要
喊了。"

门外的人不再作声了。接着是他从楼板上爬起来的声音，过了一会，
便是下楼的脚步声。兰花再也无法入睡了，脑子里，如同一锅稀粥在翻
滚。这样的可怜虫、短命鬼，竟然是母亲为她安排的男人！为了她的婚
事，爹和娘一直拗起拗起。爹爹见不得老娘的眼泪，老娘一哭心就软。依
着娘的，她就要跟着刚才喊门的男人厮守一生。她抱怨爹爹的软弱，嗟叹
自己的苦命。她又怎么能安生入睡呢？

旺儿清早起身，便到井边去挑水。挑水回转遇着姨娘。姨娘白了他
一眼，说了声"真不中用！"便到对门坡上的菜园里摘早菜去了。昨夜的
事情，姨娘全都听见了。旺儿懊丧极了，觉得没脸见姨娘。他把水倒进水
缸的时候，听见楼上"吱扭"一声，那是兰花起了床，正在开门。旺儿丢
下水桶，出得厨房，三跨两步就上了楼。兰花正走出房门，到了敞楼上。
旺儿走上前去，喘着粗气，两眼泛红，浑身有点儿发抖，挨着身子拦住了
兰花。

"你个悖时的，昨晚的事还没找你算账，你又想做哪样？"兰花开口
就骂起人来。

旺儿稳了稳神，结结巴巴地说："兰花，我想做、做哪、哪样，你还
不晓得？这件事，我们是迟、迟早要做的。"

"不要脸的死东西，剁你的脑壳！"兰花骂得更凶了。她羞愤得满脸
通红，想绕过旺儿往楼下走。

姨娘那句"有哪样怕的"，壮了旺儿的胆。他一个庞桶箍，就把兰
花箍了个铁紧。兰花哭着、骂着、挣扎着。旺儿的嘴巴朝着兰花的脸上擂
去，被兰花啐了一脸的口水。旺儿急了，一个撇脚，把兰花摞倒在楼板
上，想趁势把兰花压在身下。兰花不是好惹的，双脚朝着旺儿的暗处乱
蹬，接着又用指甲在旺儿的脸上乱抠起来。旺儿的脸上顿时便出现了几道
血印。旺儿的一只手把兰花的两只手紧紧地钳住，想腾出另一只手来，去

扯掉那裹在她身上的衣服。兰花在那只手上狠狠地咬了一口，旺儿只得把手松开。兰花插了个空档，从楼板上爬了起来，指着旺儿的鼻子，又哭又骂："剁你的脑壳，拖你的牢眼！想下蛮。你人不像人，鬼不像鬼，不去屙泡尿照照镜子……这里是我的屋，滚！滚回你的米家滩！"

兰花骂了一阵，扭转身子，回到自己的房间，"砰"的一声把门关了。

旺儿呆呆地站在楼板上，栽着脑壳，皱着眉头，用落下牙痕的手，揩拭着有几绺血印的脸上的口水。狼狈的样子，如同一只在斗鸡场里被打败的公鸡。他的耳边又回响起姨娘的话："有哪样怕的！"，可不管怎么壮起胆子，事到临头，总也奈何不了这不把他放在眼里的小表姐。

旺儿拖着脚步下了楼。阿珍摘了早菜回家，见旺儿的一副狼狈相，立刻明白了一切。恨铁不成钢的姨娘，什么话也没有说，只是无可奈何地摇着头。旺儿像见到了救星，满肚子的委屈，"哇"的一声，在姨娘面前大哭了起来。

"嗯嗯……她讲这里是她的屋，要我滚回米家滩……"

"哭哪样？没出息的！"阿珍骂了一句，接着说，"她要你回去，你就回去？！记住，这里就是你的家。别的哪样先都莫讲。吃了早饭，去把那丘秧田耙好！"

兰花的眼睛都哭红了，哭肿了，像五月的桃子。阿珍视而不见，没说也没问，就像什么事情也没发生过。兰花越想越恼气。楼上的大吵大闹，母亲在对门坡上听得清清楚楚，旺儿脸上的一道道血印，也告诉了母亲这里发生的事情。她为什么这样装作不晓得呢？呆头呆脑的旺儿，平时没得那大的胆子，不是母亲的怂恿，他是绝对不敢这么干的。兰花不由得暗自伤情，若真是这样，以后的日子就没法过了。

龙法胜和火儿在辛女溪行完香火，带着主家馈赠的香米、雄鸡、牙盘，回到了龙家垴。他们只在家里住一晚，又要去蜡树湾，那里的一堂傩愿在等着他们。火儿把绣花荷包罩在了衣服里头。表伯娘再也不提荷包的

事情了。屋里发生的事情，阿珍和旺儿不会说。兰花是女儿家，纵然有再
大的委屈，也只能往肚里吞。只有那指甲抠出的血痕，还一直留在旺儿的
脸上。

"旺儿，你脸上怎么了？"吃夜饭的时候，火儿突然指着旺儿的
脸问。

旺儿回答："上山剁柴，被刺划破的。"

"你这几天不是在整秧田吗？几时又到山上剁柴了？"火儿信口
问道。

旺儿慌神了。他扯谎没扯好，便连忙改口："是啊！犁秧田的时候，
田坎上有蓬刺，犁田犁到田边，一不小心，就被划着了。"

兰花栽着脑壳吃饭，一声不吭。她听着旺儿的扯谎，又好气，又好
笑。这悖时的真不中用，就连扯个谎也是漏洞百出。

龙法胜说："看，伤着了吧！以后做活路时，一定要小心。"

"姨爹，我记住了。"旺儿一副很听话的样子。

阿珍说："你和火儿放心到外面行香火，这屋里的事情，就全包在旺
儿身上了。他是这屋里的人，做起事情来，是最尽心尽力的。"

阿珍的一句"他是这屋里的人"，满桌子上的人都听得真切，各人
都有各人的想法：龙法胜想，这婆娘又在向着他那不中用的姨侄了；火儿
想，表伯娘把旺儿当成这屋里的人，还不晓得兰花姐认不认账哩；兰花
想，这个混账东西，休想成为这屋里的人，我要他滚回米家滩；旺儿想，
还是姨娘好，讲自己是这屋里的人，兰花妹子你莫起翘，你迟早都是旺儿
我碗里的菜！

阿珍为了让旺儿成为"这屋里的人"，又在"抛牌过印"上做起了
手脚。"抛牌过印"是巫师学成的仪式，通常是在徒弟的家里进行。火儿
和旺儿，谁在师傅的家里举行这种仪式，谁就是师傅家的上门女婿。阿珍
为了给旺儿"抛牌过印"做准备，开春时便买了两头满月猪来喂。到了八
月，两头猪都长到一百多斤了。这年，旺儿做的阳春收成好，龙法胜满心

喜欢。阿珍趁丈夫高兴，试探着提起为旺儿"抛牌过印"的事："旺儿辛苦一年，也真不容易。栏里的两头肥猪都有了一百五六，就选个日子，在屋里把旺儿的'牌''抛'了吧！"

龙法胜忍不住哈哈大笑。他反问："你是要我给旺儿'抛牌'?！"

"是呀！旺儿跟你学了八九年，也应该'抛牌'了吧！"阿珍说。

"怎么？你是想倒我龙法胜的招牌?！"龙法胜说。

阿珍不解其意，问道："什么意思？"

龙法胜说："旺儿和火儿一路去楠木峒的时候，连'藏身咒'都背不出，直到现在，他还是背不出。给他'抛牌'，你就不怕人家笑脱了牙巴骨?！就让他安生种阳春吧！要想'抛牌'，只怕要等到二世投胎，爹娘给他一副好记心时再说。"

阿珍气得脸都发了紫。她想吵，丈夫句句讲的是实话。她正要故技重演。还没来得及哭，龙法胜又说话了："一个不在行，幸亏还有一个在行的。火儿倒是早该'抛牌'了。那就选个日子，给火儿把'牌''抛'了。蜡树湾有堂傩愿要还，这堂香火回来以后，就定个日子在这屋里给火儿'抛牌'。"

习惯于以哭制服老公的阿珍，这回真是哭都没得眼泪流了。只要火儿在这屋里一"抛牌"，就顺理成章地成了龙家的上门女婿。她对于旺儿的安排，便全都落空了。这样的结果，她无法向姐姐交代。所幸丈夫刚才讲的话，旺儿没听见，她还有回旋的余地。

阿珍终于想出了一个好主意。清早，她在寨子里雇了四个脚力，到她屋里帮工抬肥猪。脚力们将两头肥猪从猪栏里拖出，摞倒以后，捆绑在两根长长的竹篙上。

"姨娘，把猪抬到哪里去？"旺儿问。

阿珍回答："没得猪草喂它，抬到浦阳镇上卖掉算了。"

兰花说："卖掉多可惜，对门坡上的菜园里不是还有猪草扯吗？"

"卖掉两头大猪，再买两头小猪回来喂，也可以抽点钱出来用。"阿珍说着，吩咐脚力上路："走吧！辛苦各位了。"

阿珍的两头肥猪，并没有抬到浦阳镇上去卖，而是抬上了铁门槛，抬进了老表石老黑的屋里。石家俩公婆见抬了肥猪进屋，丈二和尚摸不着头脑："表嫂，你这是——"

阿珍笑呵呵地说："是法胜让我来的。法胜讲，火儿学巫八年，能够讨得到吃了。他早就该'抛牌过印'，自立门户了。法胜舍不得他离开，一拖再拖，拖到如今。伢儿有自己的世界，不能总把伢儿留在跟前呀！这几天，俩师徒到蜡树湾还愿愿去了。法胜临走之前说，等他俩师徒从那里打转，就让火儿回家来'抛牌过印'。法胜还说，这么大的事情，花费多，开销大。这些年，火儿为师傅赚的香火钱不算少，到了他要花钱的时候，我们不能不管，他就让我把这两头肥猪给你们送来了。'抛牌过印'办酒席，不必花钱去买肉，也可以节省点开销。"

石老黑听了阿珍的一通话，"嘿嘿"地笑着，除了连声道谢，便再也说不出什么多的话来。表嫂来送肥猪的真实用意，只有阿春心知肚明。只要火儿回到铁门槛"抛牌"，龙家垴的那个家，自然就是旺儿的了。表嫂为了替松她守寡的姐姐，有这么一点儿私心，也是不足为怪的。将心比心，阿春想得开。

"火儿在龙家垴这多年，学了道艺，长了身体，我们感激不尽。为了火儿'抛牌'，表嫂你又送肥猪上门。表哥表嫂的情意我们领了，这猪钱还是要照市价付的。"

阿珍说："弟妹你这就见外了。火儿'抛牌'，我们送来这点东西，只是一点心意。'抛牌'过后，他就要回到自家屋里，有件事情你两公婆也该为他操心了。"

阿春笑着说："表嫂讲的是该给火儿说亲了吧！嗨！屋里的行通，破破烂烂，你也全都看到了，更何况铁门槛这个鬼地方，名声太不好，谁家的女伢儿，肯嫁到这强盗窝子里来？好在火儿还不算大，才十六岁，他该得个什么样的婆娘，那就要看他的命，看他的缘分了。"

送猪的脚力当天回了龙家垴。阿珍留在铁门槛住了一晚。兰花得知肥猪是送到了铁门槛，气得半天都说不出话来。第二天阿珍回到家里，兰花没给她好脸色看。

"娘，你不是说卖了肥猪要买猪崽吗？怎么没见你把猪崽买回来？"

"不忙嘛！过几天再买。"阿珍想搪塞女儿。

母亲当面撒谎，使兰花更加生气。她不知哪来的胆子，居然质问起母亲来："你哄哪个！爹爹一出屋，你就生名堂。我问你，你到底把肥猪送到哪里去了？"

"既然你晓得了，那我就告诉你吧！这肥猪嘛！你爹爹叫我往哪里送，我就往哪里送！"阿珍说得轻松，俨然她手里有丈夫的尚方宝剑。

兰花一听，立刻懵住了。她不相信母亲说的话。父亲是不会把火儿推回到铁门槛的。和前次让火儿回家过生日一样，肯定又是母亲生出的名堂。这件事太重要了，必须向爹爹问个清楚。她红着脸，身子一扭便出了屋。

"兰花，你到哪里去？"阿珍追上去问。

兰花头也没回，说："去蜡树湾。去问爹爹，到底是怎么回事？"

龙家垴到蜡树湾，只不过十来里路。杜姓人家为了庆祝白蜡丰收，还傩愿，唱傩戏。兰花在老远的白蜡树林里，便听到了杜家祠堂里的锣鼓声。她进到杜家祠堂。戏台上正在唱《搬开山》。那扮演开山的，正是她的爹爹。

"兰花姐，你怎么来了？"

兰花回头一看，火儿正从荷包里撮出烟丝，装进烟筒里吸。见到火儿，见到她亲手做的绣花荷包，兰花顿时泪水盈眶。

"火儿，不好了……"

"出了哪样事情，你慢慢说。"

兰花说："娘把两头肥猪抬到了铁门槛，说要你回家'抛牌过印'。"

"怎么会有这样的事情？！"火儿喃喃地说。

"娘说是爹让她这样做的。我不相信，特意赶来问个明白。"兰花说。

火儿说："没有的事。师傅昨天还在跟我讲，要我在龙家垴'抛牌过印'。"

兰花把火儿叫到祠堂角落，指着绣花荷包，含泪表明心迹："火儿你放心，不管出哪样事情，就像荷包上的这两只喜鹊，我兰花都和你永不分开。"

龙法胜回到家里，把家什一撂，操起扁担，便去寻找婆娘。龙法胜第一次发这么大的火。兰花被吓住了，反倒觉得不该去找爹爹告状了。火儿觉得事情不妙，连忙把师傅拦住。

"师傅，有话好讲，你不能这样！"

龙法胜怒火中生："有哪样好讲的，老子要两扁担把她劈了！"

阿珍不晓得从哪里冒了出来，胆子变得有天大。她迎着龙法胜走了过去，不是痛哭流涕，而是跳起脚来吼叫："龙法胜，要劈你来劈！我送把你劈！你不劈不是脚色！"

龙法胜拿着扁担要劈阿珍，被火儿拦住。兰花觉得事情不妙，也参与了对爹爹的拦阻。

"你这死婆娘，是哪个要你把猪抬到铁门槛去的？"隔着阻拦他的火儿，龙法胜大声质问阿珍。

"是你！是你龙法胜这个悖时的让我送的，自己说过的话不认账！"阿珍指着龙法胜，理直气壮地回答。

"你这臭婆娘胡说八道！"听到婆娘讲冤枉话，龙法胜更加火冒三丈。

"你才胡说八道，讲过的话不认账，比老娘子都不如，还算哪样男子汉！是你亲口对我讲的，要我把那两头肥猪拿来给火儿'抛牌'。讲了话不认账。你敢不敢去天王庙剁鸡脑壳？你敢不敢？"阿珍吼着，叫着，咄咄逼人。

龙法胜一想，他是对婆娘说过这样的话，可并没有要她把肥猪送到铁门槛去呀！中间是不是有哪样误会？火气似乎平息了许多，扬起的扁担落了下来，说话的声音也变得平和了："我是讲过这两头肥猪拿来给火儿'抛牌'，可我没讲过要你把肥猪送到铁门槛去呀！"

"讲过！你就是讲过！"阿珍杀着忘魂腔，她的脸一点儿都不红。

龙法胜懵了。他在问自己：我讲过这话吗？我是不可能这样讲的呀！这时，阿珍一屁股就坐在了地上。两只手的手板，不断地拍打着地面。随着汪天世界的哭号，泪水就如同垮了坝的小溪，一个劲地往外奔涌着。

"天哪！我阿珍命好苦呀！我一片真心，被人当成了牛肝肺呀……我千盆潲，万盆糠，喂大的肥猪送把了他的亲戚，他还不领情……我活起还有哪样意思，不如死了好呀……"

阿珍哭着，喊着。龙法胜、兰花、火儿晓得她的禀性，都没去搭理她。阿珍显得没趣。她趁人不注意，一跃而起，拿起一根绳索，便跑进卧房，"砰"的一声，把房门关得铁紧。

龙法胜见状慌了神。兰花和火儿立刻奔上前去，不住地拍打着房门。

"师娘，开门！开门！"火儿喊。

"娘，你开门啰！"兰花喊。

房里没有回应，只有阿珍的号哭，只有移动板凳的声音。龙法胜急了，大声吩咐道："火儿，把门掀了！"

火儿遵命，一脚把房门踢开。阿珍正架起板凳，在房梁上捭绳索上吊。火儿一步上前，便将阿珍从板凳上抱了下来，放在板凳上坐着。

"有话好讲，你这是做哪样嘛！"龙法胜气呼呼、战战兢兢地说。

兰花也哭着说："娘，消消气吧！你这样做，真是吓死人了！"

阿珍没有理会丈夫和女儿，依然是哭着，喊着，埋怨着火儿："你救我做哪样？我活着不如死了好呀！"

这时，旺儿一身的泥巴从田里回来。见被踢开的房门，见房梁上捭着的绳索，见披头散发满脸泪痕的姨娘，连忙问道："姨娘，你这是做哪样？"

旺儿到来，阿珍立刻拖起长腔，哭喊得更加起劲了："莫问你的姨娘做哪样啊……你姨娘比人矮三分，姨娘的亲戚不是亲。你在这屋里做死做活为哪样，还不赶快卷起铺盖回你的米家滩啊……"

"姨娘，是旺儿连累了你。"旺儿说着，也哭了起来。

龙法胜说："旺儿，这里没你的事，不要瞎掺和！"

阿珍却对旺儿说："你赶紧走呀，人家看你不顺眼，会把你煮来吃了！"

旺儿听姨娘的话，当真到背后的拖栅里，去清理自己的东西，准备回米家滩。火儿跟着就到了拖栅，对旺儿说："肥猪都已经抬上了铁门槛，我就要回家去'抛牌'了。'抛牌'过后我就住在铁门槛了。这里就是你的家，这屋里的一切都是你的。要你回家是师娘的气话，你怎么也当了真。"

旺儿觉得火儿讲得有道理，不声不气离开了拖栅，见到水瓮里没了水，便担起水桶担水去了。

一场风波，使得火儿回铁门槛"抛牌"成了定局。旺儿自然而然就这样成了龙家的上门女婿。面对着蛮不讲理的婆娘，龙法胜只得鸣锣收兵。

吃过晚饭，火儿去到门前的水圳边，坐在一块岩石上，一锅又一锅吸着闷烟，直到天边残月隐现，直到把绣花荷包里的烟丝掏空。月色下，他对着绣花荷包上的喜鹊看了又看，这对喜鹊即将各飞东西，他流下了伤心的眼泪……

不知什么时候，龙法胜来到了水圳边。他悄然坐在了火儿的身旁。他见火儿的烟丝吃完，便把他自己的羊皮烟荷包递到火儿手边，轻轻说了一句："火儿，师傅对不住你！"

• 阴阳合同

    火儿的"抛牌过印"定在九月初三。才过了中秋节,龙法胜便早早来到火儿家中。火儿的一屋人,丝毫也没有怪责这位姑表亲,而是对他怀着深深的感激。龙法胜的心绪也渐渐平静了下来。他住进吊脚楼上的一间小房里,日复一日,手握羊毫,以工整的蝇头小楷,将"抛牌过印"时所需的所有文疏榜意,书写在一张张构皮纸上。他受到石家最高规格的接待,一日三餐,荤腥不断。火儿深知师傅的喜好,特意从浦阳镇上买来了洪江烟丝。他清早起身的第一件事,就是为师傅涮水烟袋。

    这天,龙法胜问阿春:"火儿细时候认了老雄做干爹,是吗?"

    阿春回答:"是的。"

    龙法胜说:"老雄的婆娘姓哪样?"

    阿春回答:"姓田。"

    "好,我写下了。"龙法胜说,"'抛牌过印'时,除了要火儿的干爹、干娘装扮做东王公、西王母以外,还要在寨子里找三个黄花闺女,装扮为三桥皇母,弟妹你看哪三个最合适?"

    阿春想了想,说:"那就请老雄的满女阿香,老岩的女儿黛帕和黛云吧!"

    龙法胜把这些名字写进了构皮纸上的《牌经》,接着,又把一份名单交给火儿,说道:"离你'抛牌'的日子只有七天了。你去依着这份名单,写帖子请师吧!"

　　火儿通过九年的习巫，已经通晓文墨。他的蝇头小楷，写得比师傅还要好。他先是按照师傅开列的名单，把所有的请师帖子写好。浦阳一带凡有道艺的老司，几乎全都请到。接着，他又书写延请亲朋戚友的帖子。浦阳镇上张家窨子的少爷张钰龙，和他认了老庚，自然也在邀请之列。

　　"张家窨子的少爷，我看就算了吧！"阿春说。

　　"张家窨子是我和师傅常去的地方。老太爷、老夫人，少老板、少奶奶对我都非常好，还让我和少爷认了老庚。这样的大事不去帖子请人家，显得我们不懂礼性。"火儿说了一大通理由，要给张钰龙下请帖。

　　阿春说："人家是高门大户，我们是山野人家，就是去了请帖，人家也不会来的。"

　　"钰龙成亲、生伢儿，我都到场贺喜。我'抛牌'，也算是人生大事。只要去了请帖，老庚是一定会来的。张家窨子可是个讲仁义的人家。"火儿满有把握地说。

　　说起张家窨子讲仁义，阿春心里就觉得腻味，却又不便在儿子面前明言。她说："火儿啊！你还不懂事，富豪人家有几个讲仁义的。要讲仁义，也是假仁假义。"

　　"娘！你不能一篙子打死一船人啊！"火儿不同意母亲的看法。他说："也怪不得，你是没有同张家的人打过交道。这些年，我和张家人的交道打得多。不讲别个，就讲张家的少老板吧！那年元宵节，我到张家窨子跳花灯，他就亲手舀了一大碗甜酒煮糍粑，送到我手里，还拉着我问长问短——"

　　"他问了你哪样？"阿春问道。她心里有点儿紧张。

　　"他问我叫哪样名字，有多大了。"

　　"就这些？！"

　　"就这些。"火儿说，"老夫人问我是几时的生日，我说是二月初六。少奶奶说我比小少爷大四个多月。"

　　"火儿，这件事你可从来没对娘说过呀！"阿春听说这些，心里立刻就产生了疑惑，那天杀的怎么会对火儿这样好，莫非是他认出了火儿？！

火儿说："这又不是哪样重要事情，火儿也就没跟娘说。说起这位少老板，还有件事情想起来也是蛮有意思的。"

"还有哪样事情蛮有意思？你讲来给娘听听。"阿春的心更悬了起来。

火儿说："那年老太爷过世的时候，起初，少老板还没有从汉口回来，都由我老庚为老太爷陪灵尽孝。少老板回来了。老庚就和少老板一起，陪睡在老太爷灵柩边的竹篾席子上。那天半夜，我和师傅一起去灵堂为'封臭'加码。少老板忽然对我说，我和钰龙认了老庚，也就同样是老太爷的孙儿了。他要我和钰龙睡在一起，同为老太爷陪灵。不想我刚刚睡下去，钰龙就醒了。钰龙说，陪灵的人必须是亡人嫡亲的子孙，我虽然同他认了老庚，但还不是张家的嫡亲子孙，是不能陪灵的。我只得起了身，怪不好意思的。我真不明白，少老板怎么会要我为老太爷陪灵？"

听了火儿的话，阿春简直不敢相信自己的耳朵。那冤家的所作所为，说明他早在那年的元宵之夜，便确认了火儿是他的骨血。

"是啊！那少老板也真是糊涂，怎么让你去为他屋里的亡人陪灵尽孝！"阿春只得这样说。

"是呀！"火儿说，"他每次一见到我，就觉得格外的亲。那天，他已经给师傅封过了利市，临走时候，还硬把一锭五两的银子摁在了我的手板心里。"

阿春不再作声了。她曾听说过，那个被她"吊羊"的女人，在娘屋做女时，就和一个为她雕嫁妆的雕匠有一腿。后来她进张家不到八个月，就生下了火儿的老庚，人们都说那伢儿并不是张家的骨血。如果真的是这样，那冤家三番五次对火儿表示亲近，就更不足为怪了。这时候，她反而变得想见那张家的小少爷一面了。那伢儿究竟是不是那冤家的亲生，她只需看他一眼，便立马清清楚楚、明明白白。

九月初二，"抛牌过印"的先天，浦阳附近各处的老司们，一个不缺地全数到了堂。石家的亲朋戚友也都陆续赶到。最先到屋的，是盘瓠崖火儿的外公廖老六。五年前，他从乾州讨了一个叫吴月娜的妇人做老伴。吴月娜也跟随着廖老六来了。一起来的还有火儿的舅舅廖树保。石老黑学习梅山虎匠的师傅梁法东和师娘都已经过世。师傅的女儿梁满香接到请帖，还是特意办了礼性，上了铁门槛。师娘阿珍是这场"抛牌过印"的始作俑者，她带着即将成为上门女婿的旺儿来了。旺儿被安排做了走杂人，负责挑水、劈柴。阿珍没让兰花来，要她留下来守屋。张钰龙是所请客人中最为尊贵的一位。为了表示郑重，火儿亲自把请帖送到张家窨子。不巧，钰龙有事下了辰州。到"抛牌"这天，还迟迟不见钰龙来到。火儿满有把握地对母亲说："肯定是他还没从辰州回来。他只要回来了，是一定会来的。"

通过老司们一个通宵的忙碌，新坛弟子火儿"抛牌过印"的傩坛，布置得庄严而肃穆。石家的堂屋里，除了原有的家先坛和梅山坛之外，又增加了一个傩坛。傩坛的正中摆放着神案。神案上供奉着竹竿支撑的傩公、傩母神像。神案的前方，是一道用竹篾扎成的拱门。拱门上缠绕着山里采来的狮子草。门额上贴着写有"神赐无疆"四字的横批。拱门两侧贴有对联：

教从太上开天，驱邪逐鬼；
法自祖坛传印，利物济人。

石家吊脚楼门前的坪场里，用木料扎成了一个高台，盖罩着竹篾晒篓。这高台，既是"抛牌过印"的法台，也是演唱傩戏的戏台。高台的两侧贴有对联：

扎立花台迎圣驾，
装成宝座迓诸仙。

高台的台檐和横梁上，贴有用镂空五彩纸书写的吊挂。吊挂是两首藏头诗，表达了此次傩仪"元始安镇普告万灵""抛牌过印香火通行"的主旨：

元皇设教起洪荒，始破因缘立五常。安载兆民居下土，镇立星位坐中央。

普滋群品生三教，告命龙神定八方。万物皆从戊己育，灵文颁赐锡祯祥。

抛却尘缘皈大道，牌藏玄机妙法高。过去未来早知晓，印传教典萌新苗。香焚宝鼎通斗霄，火燃坛场扫邪妖。通盟天宫传玉旨，行香走火永遵教。

这些年，石老黑的日子不再过得那么紧巴，这样的大好事，他决意要办得隆重而体面。天还没大亮，他就请来屠户把龙家垴送来的两头肥猪一起杀了。早晨，所有铁门槛的石姓族人都前来贺喜、吃庖汤。吃过早饭，仪式开始，新坛弟子石火儿在唱度师的带领下，唱起苍凉而悲切的傩歌，在堂屋的家先坛前四方拜揖，辞别祖宗，辞别父母家人，辞别贺喜的六亲百客。从此以后，石氏门中的这个伢儿，已不再属于世俗人家，而是太上老君坛前的弟子了。师傅当场为他取了个法名，叫作石法炎。

"抛牌过印"的法台庄严而肃穆。台上的"老君台"，当中坐着"正老君"龙法胜，两侧是由他的同坛道友担任的"左老君"和"右老君"。"老君台"的两侧，是干爹石老雄扮的东王公，干娘石田氏扮的西王母，以及三个女伢儿扮的上桥皇母、中桥皇母和下桥皇母。在法台之下，是由几条长板凳连接而成的"扬子桥"。四位"度法师"一溜儿站立在"扬子桥"上。在鞭炮声中，"引坛师"引领着红布缠手的石法炎，来到"扬子桥"头。仪式进入传授"内法"的程序。"盘坛师"和新坛弟子一同恭身下跪，由他代表新坛弟子，向法台上的"正老君"提出一个个问题。问题囊括了巫傩活动的全部内容，诸如科范、文疏、咒语、符箓、手诀、罡步等。"正老君"龙法胜依据事先书写好的《牌经》，通过站立在"扬子桥"上的"度法师"，向新坛弟子石法炎一一传授。这些被称为"内法"的巫傩之法，石法炎经过了九年操习，早已烂熟于心，但必须通过这种场合的"肉口传度"，这些法术才会灵验。

下午，进入传授"现法"，即傩坛技艺的程序。"正老君"龙法胜通过画符、念咒、挽诀，肉口传度，亲身示范，将爬刀梯、捞油锅、走火槽、咬红犁、滚刺丛之法，一项一项传授给新坛弟子石法炎。充满刺激的巫傩技艺表演，使在场的所有人，都看得目瞪口呆。

接下来，"抛牌过印"进入了仪式最重要的程序。抛牌的文书包括：一份新坛弟子石法炎巫师资格认证的文书《阴阳合同》、一份载有巫傩诸般法术的文书《牌经》，一份授权统领傩坛兵马的文书《管兵大牒》。这三份文书，连同一块代表"龙"的蛇皮，一节代表"凤"的鹰爪，夹在两块长一尺二寸、宽三寸三分的樟木板子之间，缠以麻布，并用袋状红布套牢，布面上画着镇妖祛邪的"五雷符"。红布上，缀有三十六条五彩牌印带。这就是代表巫师法力的"牌印"。在众人的欢呼呐喊声中，"正老君"龙法胜将手中的牌印，从老君台上高高抛下，跪在"扬子桥"头的新坛弟子石法炎，将"正老君"龙法胜抛下的牌印双手稳稳接住，如获至宝地搂在怀中。

石法炎被授予牌印中藏有的《阴阳合同》，又称《长生执照》，是他通过这种"抛牌"而获得的巫师资格证书，是他的巫傩身份证明。这《阴阳合同》一式两份。一份交付新坛弟子收存，称为《阳照》，保存在"正老君"授予的这道牌印里；一份称为《阴照》，将要交由阴司存档。这时，只见"正老君"龙法胜手捧《阴照》，高声宣示：

玉皇法坛，本坛为抛牌给印加升授职救世事

南赡部洲。今据

大清国湖南省辰州府泸溪县小地名铁门槛，本境城隍土地祠下居住，
奉神修供，给牌过印授职弟子石火儿，奏名法炎，右暨合家眷
等，即日炉焚宝篆，瓶插时花。钥天九叩以投陈，俯地三熏而
皈命——

天庭上帝之高真，五岳东南之圣众。次逮四府之群真，叩请宗师而主
教。愿舒慧目之光，俯鉴葵心之恩。所同意者，伏惟言念。新坛
弟子石火儿，奏名法炎名下，草第贱质，参奉法门。感乾坤而盖
载，赖神圣以匡扶。年无片善，月有千愆。切念加升授职弟子石
火儿名下，自述本命生于戊辰年二月初六日申时，相生行庚十七
岁，上叩

天曹北斗主照掌薄祯祥，重念新坛弟子石火儿，奏名法炎，自父母以
生身，命带三形六害，不宜父母保养，施身投坛本坛院内，习
学符法。蒙师指教，蒙父所传。内篏家口，普救良民，十方广行
用事；治瘟扫邪，行符咒水，自愧有职无权。向日至今，未能加
升，抛牌过印。今幸年逢大吉，合得天兵到运，法门大开。是以
合家发心，择取甲申年九月初三日吉期，仗师元皇五雷弟子龙法
胜等一班于家，舒挂三清玉像，四府金容，竖立五岳东南二圣之
妙貌，诚心修建

太上元皇正教抛牌授法保安锣角道场，通陈两旦良宵于内，启白宗
师，作居法事，行罡步斗，谨具墨牒一道，仰烦

三界四府功曹使者，赍持文状，上请

太上三清玉皇金阙殿下，淮南门下道老二君各宫案前，颁行大小衙
门，诸位宗师，天兵将帅。迎神下马，锣角喧天震地。随行唱
贺，擂鼓三通，鸣角三声，点取三洞梅山胡、李、赵大王，一切
雄兵猛将。铺设香案，高扎楼台，安立五营四寨。启仰师真敕五

龙之法水，开坛净秽，竖立圣真妙像。迎神下马，速赴坛前，谨
　　具墨状一函，公文一角，俯仰黄华使者，赍持墨状，投进
太上三清玉皇门下，淮南道老二君招仙院内圣众，诸位圣贤，降赴法
　　坛，证明戒赐敕令金牌玉印，内封诸般符法，雄兵猛将，三十六
　　道鬼名经，三千六百雷符牒。今则扬子桥前，左有东王公作证，
　　右有西王母为凭，当坛戒赐符法、咒水，敕令金牌玉印。本坛出
　　给《阴阳合同》二道。《阴牒》就日焚化，伏愿
千真洞鉴，
万圣垂慈，大赐祯祥。更祈家门迪吉，人眷平安；法门旺相，香火通
　　行；天兵拥护，地将扶持。十方广行天下，兵随印转，将听令
　　行；邪魔拱首，外道皈依。一切蒙恩，全叨庇佑。须至牒者，
　　右牒给付
　　接牌受法弟子石火儿，奏名法炎长生执照。永远受用，香火
　　　　通行。
　　时维
天运光绪十年九月初三日秉教加持五雷元皇行兵掌印弟子龙法胜
　　阴阳合同给付弟子石法炎长生执照

　　这份《阴照》上的最后一行，字迹只有一半，字迹的另一半，在给付
石法炎牌印中的《阳照》上。龙法胜宣诵完毕，即行焚化。《阴照》就通
过这样的方式保存在了冥冥之中的阴司。

　　"过印"的仪式开始了。老君台上，三位老君在"东王公""西王
母"和"三桥皇母"的簇拥下，正襟危坐。石法炎登上老君台，三跪九
叩。"正老君"手持法印，大声宣示：

　　此印不是非凡印，玉皇老君正法印。玉皇敕令收百鬼，老君五雷斩
邪精！

这时，到了整个仪式最庄严、最隆重的时刻。在铁铳声、鞭炮声中，"正老君"龙法胜将红布包裹的法印，郑重地授予新坛弟子石法炎。石法炎双手齐眉，接过法印，而后四方虔诚跪拜。在一片欢呼声中，铁铳声和鞭炮声震天动地。就这样，铁门槛的伢儿石火儿，有了石法炎这个法名，有了证明巫师资质的《阴阳合同》，更有了象征巫傩权力的法印，成了名副其实的老司——一个沟通人间与阴冥的使者。按照规定，新坛弟子石法炎一步上前，双膝跪地，向"正老君"龙法胜呈上红纸包裹的利市：四吊八百铜钱。

就在石法炎接过法印的那一刻，一个出乎意料的人上了铁门槛，来到了新坛弟子石法炎的"抛牌过印"现场。当石法炎手捧法印，下得老君台时，他在人群中发现了张钰龙。

"龙儿！"

"火儿！"

"'抛牌过印'了，我的法名叫石法炎。"

"不！我还是叫你火儿。"张钰龙说着，双手把一封利市送到了火儿面前，"火儿，老弟恭喜你！"

火儿接过利市，掂量到里面的分量不轻，说："嗨！只要你能来，火儿就高兴。还要让你破费，我就不好意思了。"

阿春闻听张钰龙赶到，急匆匆来到坪场相见。火儿向母亲介绍："娘！这就是龙儿，我的老庚，他刚才赶到。"

"同年娘！"张钰龙细声细气地叫了声阿春。

"小少爷，难为你舍驾来到这深山野岭。"阿春在说话间，把张钰龙看了个真着。她惊讶地发现，这伢儿矮小的个头，细小的眼睛，纤弱的身段，连脚手也是那样短小，与那身材高大、浓眉大眼、脚长手长的冤家，简直是没得丝毫的相似之处。真是无风不起浪，浦阳镇上当初的传言，看来并不是无中生有。不知是哪来的种子，种在了那"羊婆"的田里，长出了这棵怪苗。真是老天有眼，那冤家终于得了报应。

这天夜里，石老黑一家盛宴宾客。钰龙与火儿的至亲一道同坐正席。席间最活跃的人物，当数火儿的干爹石老雄。火儿私下对钰龙说，他这位豪爽的干爹在铁门槛一呼百诺，有极高的威望。石老雄以干爹的身份带领着火儿，给酒席上所有的宾客敬酒。当他们来到钰龙面前时，钰龙竟有点慌神，连忙依着火儿叫了一声"干爹"，而后颈根一仰，把一杯酒喝干，来了个"先干为敬"。那石老雄哈哈大笑，连声称赞，说钰龙到底是浦阳镇上高门大户的公子。钰龙心想，这位干爹既然能在铁门槛一呼百诺，他就必定是个强盗头儿。可是，任钰龙左看右看，竟看不出一点儿凶神恶煞的样子，说什么也不像一个"坐坳""吊羊"的强盗。而事实却告诉张钰龙，当年，正是这里的人"吊"了他母亲的"羊"，让他母亲在这深山野岭吃苦受罪。

第二天清早，巫师班的老司们，石老黑家的亲朋戚友，都纷纷告辞回家。临行时，阿珍兴高采烈地拉着阿春的手，告诉她一个喜讯："弟妹，先把你个信，你表哥已经选好了日子，十月初八就让旺儿和兰花圆房，到时候，我们会送请帖来的。"

客人们都走了，唯独张钰龙还要在铁门槛再住一天。他希望通过这短暂的停留，破解郁结心中多年的谜团。

钰龙清早起身，去到了对门坡上的菜园里，阿春正在那里摘禾眉豆。

"同年娘，我来跟你一起摘。"张钰龙说着，也摘起禾眉豆来。

"小少爷，这事不是你做的，使不得。"阿春说。

"不要紧。我特意来和同年娘说说话，打听件事情。"张钰龙的言语，似乎带着几分神秘感。

阿春问："哪样事？"

张钰龙说："我娘在铁门槛的事。"

阿春一怔，立刻想起了当年的"吊羊"，想起那长着丹凤眼的'羊婆'。这伢儿来铁门槛，莫非是来找冤家对头？阿春慌了神，摘好的一撮禾眉豆没往菜篮子里放，而是丢到地上去了。张钰龙一步上前，把禾眉豆捡进了菜篮。阿春回过神，故意装起了糊涂："啊！真想不到，你娘还会在铁门槛出过哪样的事情？"

阿春的回话叫张钰龙分外诧异，便问道："怎么？同年娘，你连我娘在这里被'吊羊'的事都不晓得？！"

阿春眼珠子一转，装作忽然想起来样子说："哟！想起来了，那是多年前的事情了，听说浦阳镇上的一位少奶奶，做了铁门槛的'羊婆'。真没想到会是你娘。"

张钰龙喜出望外，连忙问道："同年娘，你快告诉我，是哪个'吊'了我娘的'羊'？昨天火儿'抛牌过印'，那人也来做客了吗？"

"小少爷，你不明白，铁门槛有规矩，这样的事情，各人做的，只有各人晓得，从来不允许旁人打听。你娘被'吊羊'的事情，我们也是过了好久才听说的。究竟是哪个干的，我们是一点儿也不清楚。"就这样，阿春把事情推了个一干二净。

"同年娘，你是不肯告诉我……"张钰龙泄气了。

阿春连忙说："小少爷，我这屋里的情形，你也都见到了。铁门槛是个强盗窝，可我们这家人是清白的。若是我们也干那种门径，就不会这样穷得叮当响了。你娘被'吊羊'的事情，我们莫讲不晓得，就是晓得也不能告诉你。告诉了你，成了这里人称的'卖客'，让那人吃了官司，我们就没得活路了。铁门槛的人，最痛恨的就是'卖客'。"

张钰龙说："嗨！同年娘，你背误了。事情都过去了这么多年，我不是来寻凶，更不是来报仇的。我只是想偷偷看一眼，是什么样的英雄好汉，敢在光天化日之下'吊'我娘的'羊'。你就是告诉了我，我也是绝对不会给你添麻烦的。"

"小少爷，真对不住，我是确实不晓得。"阿春做着无奈的样子，对张钰龙摇着头。

"不，你晓得，你是不肯告诉我。"张钰龙话锋一转，说，"同年娘，依我看，那火儿的干爹就有点儿像。"

阿春把菜篮往地下一放，连忙对张钰龙摆手："小少爷，你千万不能这样乱猜。这话要是传了出去，我们一家子在这铁门槛就没法做人了。"

张钰龙见阿春紧张的样子，不忍心再追问下去。他说："同年娘，对不住。你放心，我只是随便讲讲，不会传出去的。"

吃过早饭，火儿带着龙儿，到铁门槛各处走走看看。原日的铁门槛，连屋共磉，住着三十多户石姓人家。火儿出世那年，官军的一把火，把寨子烧了个精光。重建铁门槛时，石姓人学了乖，不再把房屋做在一起。山冲里，山坳上，东一幢，西一幢，稀稀拉拉，吊脚楼修得到处都是。与火儿家隔着一个山坳，便是他干爹石老雄家的吊脚楼。老远看去，那六扇五间的吊脚楼，如同一个庞然大物雄踞在山间。宽大的前刹，罩盖着坪场，一直延伸到屋前的山崖边。六根巨大的杉木柱头，在吊下崖脚的石坎上牢牢竖立。当火儿和龙儿信步来到这里时，石老雄正拿着他那硕大的长烟杆吸着旱烟。烟杆太长，点火的手够不着。他将吹燃的纸煤，放在一块溜光的岩石上，然后将烟锅凑到纸煤边，津津有味地吸食着。

"干爹！"火儿恭敬地叫了一声，拿起放在石头上的纸煤，为石老雄点烟。

"干爹！"龙儿也这样跟着火儿叫了一声，接着便欣赏起这种特殊的吸烟方式来。

石老雄吞下一口烟，指着廊檐下的长板凳说："快请坐！快请坐！哈哈！真是稀客到了。"

火儿的干娘也闻声而至。刚刚落座的火儿和龙儿，立刻起身同声叫着干娘。她端来一个木茶盘，里面放着三杯凉水，还有四个碟子。碟子里分别装着酸姜、酸豇豆、酸刀豆和酸薤头。

"吃吧！强盗窝子里，没得哪样好东西。"石老雄在岩头上磕掉铜烟锅里的烟灰，笑着对龙儿说。

石老雄的直言不讳，使得张钰龙无言以对。他拈起一片酸姜，往嘴巴里撂。石老雄见状哈哈大笑起来。他拿起长长的旱烟杆对钰龙说："就讲这吃烟吧！你爷爷、你爹爹，浦阳镇上的头牌，银子有的是，吃的都是丝烟、水烟。我们山里人呢！田无丘，地无角，穷得叮当响，吃的都是这种旱烟。水烟醇和，旱烟烈性，各有不同。有钱的富人，没钱的穷人，各自的活法也不同。铁门槛的石姓爷们，是出于无奈，才走上了这条名声不好的路。小少爷你不看轻我这个山野的穷人、蛮人、粗人，说个不好听，也叫强人，还跟着火儿叫我一声'干爹'，我实在是担当不起。要是有哪样对你不住的地方，小少爷你可要多多的担待啊！"

吃鱼听刺，听话听音，这石老雄的一句"多多担待"，立刻使得张钰龙确信，眼前这位用长烟杆吃旱烟的老者，便是当年对母亲"吊羊"的主使。然而，世上的事情就是这么复杂，即便是拦路打劫的强盗，某些时候也是蛮有人情味的。事到如今，他还能说哪样呢？

"干爹，龙儿这次上铁门槛，是为了恭贺火儿哥的'抛牌过印'而来。龙儿得见干爹、干娘坐在'老君台'上，为火儿哥千百年的好事做见证，心里就感激、就高兴。叫您一声'干爹'，天经地义，理所应该。至于别的哪样事情，我们尽在不言中，就没有必要再去说它了。"

"好！说得好！真不愧是浦阳镇上大户人家的公子。"石老雄说，"这世上的事，从来就是一本糊涂账，是没得一个人能算得清场的。"

"干爹，这账算不清我们就莫算。先吃一锅火儿的洪江丝烟。"火儿说着，将烟荷包里的丝烟装进了石老雄的烟锅，而后吹燃纸煤，为石老雄点烟。石老雄衔着铜烟嘴，深深地吸了一口，惬意地将烟雾吐出。霎时间，三个人都被淹没在烟雾之中，便谁也看不清谁的真容了……

火儿带着龙儿，在铁门槛转悠。东绕西绕，绕到了后山。一座杉木崽搭建的"人"字形窝棚，出现在他们的面前。

火儿告诉钰龙："从前，铁门槛的寨子就建在这里。我出世的那年，官军的一把火，把寨子烧得精光。被火烧以后，乡亲们再做新屋，就东一幢西一幢了。只有我们家，还在老屋基地上修了这个窝棚，作为暂时的栖身之所，直到修好了现在的新屋，才从这里搬走。"

"走！我们看看去。"张钰龙说。

火儿说："脏兮兮的，没得哪样看头。"

说话间，张钰龙到了窝棚的门口。他一眼看去，狭窄的窝棚里，堆放着乱七八糟的杂物。而最引起他注意的是，那里面居然还设有一个祭坛，供着的是一把木柄钢叉。那钢叉虽然已经锈迹斑斑，可依然看得出旧时的锋利。一大把积满灰尘的香棍，还插在竹筒做的香炉里，仿佛在诉说着昔日主人的虔诚。

"噫！怎么供着一把钢叉？！"张钰龙好奇地问。

火儿说："这把钢叉，是爹爹从浦阳镇唱目连大戏的戏台上抢来的。听我娘说，那时候我还没满一岁。"

"真奇怪，怎么要抢把钢叉来供奉？"张钰龙说。

火儿解释道："听老辈人讲，唱目连大戏用过的钢叉，降魔镇邪，是非常灵验的。很久以前，我们苗家就有抢这样的钢叉拿回来供奉的习惯。就在我出世的那年，屋里事事不顺畅，正碰上浦阳镇上唱目连大戏，爹爹为了运程有个转机，便抢回来这把钢叉，供奉在这里。"

"那后来怎么又不供奉了呢？"张钰龙问。

火儿摇着头说："那我就不清楚了。"

夜里，阿春设宴款待张钰龙。这位浦阳镇上头牌大户的少爷，能放下架子与自己的儿子打老庚，还特意来到这深山野岭，恭贺儿子的"抛牌过印"，着实是一件有面子的事情。对于阿春来说，这仅仅是表面。若是往深里探究，事情就变得复杂了。想起来真是"山不转水转"，转来转去又转到了眼前。这伢儿如今名义上的父亲，竟是她旧时的情人，更是火儿的生身父亲。而且那冤家已经晓得了火儿是他的亲生，只是苦于种种原因，不敢与火儿相认，更不敢将真相公之于世。这伢儿的母亲，则又偏偏是当年她手里的"羊婆"。从那妇人身上，她曾获得过六十两赎银。此时的阿春，如同一个一跤跌进了刺蓬的人，四面八方的尖刺，无不在针对着她。她身上的每一部位，都在经受着无情的扎刺。她那颗破碎过后渐渐愈合生痂的心，在这瞬间被捅破，仿佛又在滴血。她只能自个儿默默地承受着这一切，只能强忍着伤口上撒盐的苦痛，若无其事地强装着笑脸，忙里忙外，为的是招待这位撩拨自己昔日痛处的不速之客。她将一蒸钵黄焖子鸡摆上了餐桌。这是当年她在张家窨子帮佣时，偷偷儿学得的一道菜，每来贵客，她必以此菜招待。

"同年娘，你这道黄焖子鸡做得真好吃，比我们家的厨子做得还要好。"张钰龙一边吃一边说。

"让小少爷见笑了，山里人笨手笨脚，做得不好。"阿春说着，两眼有点儿发呆。

张钰龙说："这是说真话，一点也不是客套。"

火儿憨笑着说："嘿嘿！龙儿，你不晓得，这道黄焖子鸡是我娘的拿手菜，整个铁门槛，就她一个人会做，也不知道是从哪里学来的。"

"普普通通一道菜，莫听他讲得神乎其神。你是难得来的贵客，这个归你吃。"阿春说着，夹起一个鸡大腿，放到了张钰龙的饭碗里。

铁门槛的这顿饭，给张钰龙留下了极好的印象。他回到家里，嘴巴里仿佛还留有黄焖子鸡的余香。

"到铁门槛，火儿的娘给你做了哪样好吃的？"刘金莲问钰龙。

"黄焖子鸡。"张钰龙不假思索地回答。

"黄焖子鸡？！"钰龙说的这道菜，立刻钩起了刘金莲的回忆。

钰龙告诉母亲："同年娘的黄焖子鸡做得真好吃。火儿说，这道菜是他娘的拿手菜，整个铁门槛，就她一个人会做，也不晓得是从哪里学来的。"

"整个铁门槛，就她一个人会做……"刘金莲喃喃地自言自语。她想了想，而后问道："火儿这次'抛牌过印'，一定来了好多的亲戚吧！"

张钰龙说："是来了好多。他的姑爷来了，外公、舅爷也来了。"

"他外公是哪里的？姓哪样？"

"是盘瓠崖的，好像是姓廖。"

"盘瓠崖的……姓廖……"刘金莲再一次喃喃自语，继而问道，"火儿的娘叫哪样名？"

张钰龙说："听旁人叫她做阿春。"

刘金莲恍然大悟，一切都明白了，她不再往下问，张钰龙却是意犹未尽，滔滔不绝说起在铁门槛的见闻："早些年，火儿屋里过得不顺畅，住的是一个窝棚。为了得个好运程，浦阳镇上唱目连大戏时，他爹爹抢了一把钢叉回去，早晚供奉。如今那把钢叉还放在他家那个破窝棚里……"

儿子的诉说令刘金莲震惊、错愕。黄焖子鸡，盘瓠崖，姓廖，阿春，还有那窝棚里的钢叉……世上的事情，实在是太奇巧，简直可以唱成一出戏了。铁门槛那位"吊羊"的强盗婆，居然是当年张家窨子从盘瓠崖雇来的女佣、被张复礼搞大了肚子的苗女。更不可思议的是，她并没把肚子里的孽障打掉，而是生下来了。这伢儿竟是和自己的儿子打"老庚"的火儿。天底下会有这样的事情，刘金莲简直不敢相信，而事实却又是这样千真万确……

张钰龙又说话了："娘！你千万不要以为火儿的爹娘就是'吊羊'的强盗。火儿一家是铁门槛上最清白的人家。你被'吊羊'遭难的那一次，真正的强盗叫作石老雄！"

"石老雄？！"

张钰龙说："是的。就是他！这石老雄是火儿的干爹，是铁门槛上一呼百诺的脚色。我和火儿还特意去他屋里拜访。那石老雄对我说，要是这铁门槛的人有哪样对不住我的地方，要请我多多担待。他说的是哪样，已经是摆得明明白白的了。"

"你没有把事情挑明？！"

"当然不能挑明。"

"事情已经过去了这久，不提也罢……"

刘金莲嘴上说不提，而心里却是一直放不下这件事情。龙儿并不明白，那石老雄的好话，是替火儿的爹娘说的。怪就怪在那阿春既然进了强盗窝，当了强盗婆，而且把仇人弄到了手里，她就该抓住这个机会，报仇雪恨，让仇人受尽皮肉之苦，再毫不留情地敲诈仇人一笔钱财。事实却偏生不是这样。她用好吃好喝款待"羊婆"，还特意做了一道黄焖子鸡。她口口声声说要朝着银子看，还开了个一百两银子的价，结果却是一文钱不要，就把"羊婆"放了。那婆娘这样做，究竟为的是哪样？是记着那负义冤家的旧情？！说不过去。是可怜一个妇道人家的遭孽？！不致如此。刘金莲真想再上一趟铁门槛，当着那婆娘的面问个究竟。更叫刘金莲放心不下的，就是火儿的出现。这些年来，火儿跟着师傅龙法胜，成了张家窨子的常客。而这里的人，除了张复礼以外，谁也不晓得这伢儿与张家的渊源。伢儿对自己的身世，更是全然不知。她清楚地记得，八年前的元宵之夜，火儿跳花灯，进到这窨子屋里，亲自给他舀甜酒糍粑的人，便是张复礼。莫非在那时候，张复礼就晓得这伢儿是他的骨血？！这些年来，由于火儿聪明，灵泛，懂礼性，张家人都出奇地喜欢他，甚至不顾门第的悬殊，还让他和龙儿认了"老庚"。真不敢想象，老太太若是得知这伢儿原本就是张家的骨血，她又将会怎样？刘金莲思前想后，心事重重。她只要一闭上眼，火儿的形象便立刻出现在她的眼前。她不想不像，越想越像。刘金莲急切地想再一次见到火儿。

然而，不管刘金莲想不想见到火儿，火儿还是来到了她的面前。十月初六，也就是兰花和旺儿圆房的前两天，火儿在母亲的再三催促下，动身去龙家垴，帮师傅家办喜事。中午时分，他到了浦阳镇，觉得肚子有点饿。本想到小摊子上吃一碗米粉，而后再赶路，没想到遇着了张钰龙。张钰龙非让他到家里吃过中饭再走。盛情难却，火儿来到了张家窨子。懂礼性的火儿，先到上房向老太太请安，而后在客堂里见到了刘金莲。

"少奶奶！同年娘！"火儿恭恭敬敬地在刘金莲的面前鞠了一躬。

刘金莲两眼直直地看着火儿，竟然忘记了应声。

张钰龙说："娘！火儿叫你哩！"

刘金莲这才猛醒过来，连忙应声："呵——呵——"

这时，钰龙新婚的妻子蕙儿也来到了客厅，大方地叫了一声："火儿哥！"

火儿说："弟妹，火儿来给你添麻烦了。"

蕙儿说："哪里的话。这次钰龙去到府上，倒是给同年娘添了好多的麻烦。回来以后，他还老在念叨，同年娘的黄焖子鸡做得如何如何好。"

"山里人做不出哪样好菜，让弟妹见笑了。"火儿说。

钰龙对蕙儿说："火儿哥吃过饭还要赶着去龙家垴，你去伙房看看，那里的饭做好了没有？"

这时，刘金莲再一次仔仔细细把火儿看了个真着。这伢儿的相貌、个头、音容笑貌，乃至举手投足，简直就是那冤家脱的壳。再往深里看，那就更教人惊心动魄了：这屋里那位过世老太爷的影子，竟隐约地出现在这伢儿的眉宇之间；这屋里在世的老太太的神态，仿佛也融入了这伢儿的举止。张家窨子里的一切，似乎全都聚集在了这伢儿的一身。刘金莲的方寸乱了，内心产生了从未有过的惊慌与恐惧。她担心火儿的真实身份一旦暴露，当年那些陈年老账又会被人们津津乐道，儿子在张家窨子的地位便会产生动摇，多年来平静的生活便因此而随之打破。然而，刘金莲毕竟是一个经历过风浪的女人，她在刹那间的惊恐之后，便立刻对自己的状态做出了调整。她意识到若再在这里持续待下去，说不定会说出哪样失态的话语，做出哪样失态的事情来。她必须立即离开这里。

"龙儿，好生招呼火儿吃饭。"刘金莲说着，便转身去了后堂。

就在火儿离开张家窨子，动身去龙家垴不久，刘金莲对儿子和儿媳交代："这些年来，火儿跟随着师傅，成了我们家的常客，老太太也非常喜欢火儿，还让他跟龙儿认了'老庚'。这次龙儿去了铁门槛以后，我倒是想到了不少的事情。我们两家人毕竟身份不同。铁门槛又是个强盗窝子，是非之地，是旁人躲都躲不及的地方，我们没有必要往那里去贴。从今以后，龙儿还是少搭惹火儿为好。"

"婆婆说得有道理，钰龙一定要多多注意，省得去招惹麻烦。"乖巧的蕙儿说。

张钰龙也点着头，做出个牢记母亲教诲的样子。可他的心里并不同意母亲的看法。火儿虽然家境清寒，又是生在强盗窝子里，可他聪明，大度，超凡脱俗。火儿的许多地方，常常令他自愧弗如。他真不明白，与这样一个同龄伙伴交往，母亲怎么还会有这多的顾虑呢？

离开张家窖子，火儿拖着沉重的脚步朝着龙家垴走去。火儿极不愿意在这时候去到那里，出现在兰花姐的面前。可母亲非让他这时候走一趟不可。在表伯屋里学巫，一去就是八年多。如今，既是表伯又是师傅的屋里办喜事，不去帮忙，怎么对得住人！在母亲的催促下，火儿上了路。火儿的两只脚上，就像是绑了千斤重的沙袋，怎么也挪不开脚步。他摸了摸在腰间挂着的绣花荷包。他害怕见到兰花姐，真不晓得该对她说些什么。他害怕见到旺儿，旺儿一定会以胜利者的姿态，在他的面前趾高气扬。这一切他都必须去面对。

龙家垴火儿师傅的家里，师傅去到蜡树湾为一个伢儿烧胎，师娘带着旺儿上了米家滩，屋里就只有兰花一个人。她洗了一大脚盆衣裳，用米汤水浆过之后，正在门前坪场架起的竹篙上晾晒。自从火儿回到了铁门槛，兰花就每日里闷恹恹，愁兮兮。白天，她面对旺儿龇着牙齿的笑，心里刀割一样难受；夜晚，她只要一闭上眼，就会想起与火儿的朝夕相处，不断纤的泪水便打湿了枕头。她本想大吵大闹一场，甚至还想过以死相拼，可她觉得父亲太遭孽了。让父亲伤心悲泪，她感到不安。她也曾想过逃婚，邀起火儿，远走天涯。她晓得火儿决不会同意，何况她也舍不得离开疼她、爱她的父亲。她真不明白，父亲这样有本事的男人，为哪样偏生斗不过妇人的胡搅蛮缠呢？她只能嗟叹自己的命苦，叹嗟自己与火儿的无缘。她感叹自己再也不能兑现对火儿的许诺了。她在想，早知如此，何不早早把一切都给了火儿，也落得个心安理得。她抖伸了一件衣服，却迟迟不往竹篙上晾晒。突然，她发现屋对门远处的小路上，走来了一个人影。他栽着脑壳，一步一挪。天哪！那不是火儿么？老天爷啊！你真有眼。她顾不得衣裳还没有晾晒完毕，便急匆匆地上到了吊脚楼上……

火儿经受着老牛挨刀般的痛苦，终于来到了龙家门前的禾场。他感到奇怪，这个面临着大喜的人家，屋里怎么会空无一人。忽然，他听见吊脚楼上传来了兰花的声音："火儿，快上楼，快来！"

怎么？这屋里就她一个人，其他的人呢？她叫我到楼上去做哪样？火儿的心里有点儿迟疑，双脚却不自主地登上了木板楼梯。

"快来，快点！"楼上的兰花再一次发出了催促，颤抖的声音里饱含着娇嗔。

火儿登上了楼梯，一眼就看见了小房半掩的房门。他神情木然地朝着那小房走去。他不知见到的是怎样的一个兰花，一颗难以控制的心，紧张得似乎要蹦跳出喉咙眼。这种紧张，年轻的巫师从来也没有经历过：比上刀梯紧张十倍，比踩火犁紧张百倍，比滚刺丛紧张千倍……

火儿终于来到了小房的门边，听到了房里低声的啜泣声。他在房门口停止了脚步，虽说是脑子一片空白，却仍然在搜索枯肠，试图寻找一两句最恰当的话，来劝慰小表姐。他恨自己的笨拙，连这样的话也想不出来。他真是有点儿不敢见兰花，却又必须去见。他栽着脑壳，鼓起勇气，在小房内仍然没有停歇的啜泣声中，提脚迈过了门槛。

"你总算来了……"兰花唏嘘中的话语，充满着怨艾，甚至带着一丝责备。

火儿缓缓地抬起了头，眼前的景象惊得他目瞪口呆。说话的兰花竟是赤身裸体、一丝不挂地半躺在垫着印花布的床上。火儿在睨过一眼之后，立刻把脑壳扭转到了一边。置身于这从来没有遇到过的情境，年轻的巫师心儿"砰砰"地跳着，竟连话也说不出来了。

"……火儿，我说过我是你的人。我讲话是算数的。现在我就给你，全都给你。"兰花在抽泣的间隙里，把这些话说得清清楚楚，生怕火儿听不明白。

"兰花姐——"火儿憋足劲，轻轻叫了一声。他也哭了，仍然栽着脑壳。

"火儿，你看都不看我一眼，你是嫌弃我……"兰花觉得受到了冷遇，莫名的自卑感油然而生。

混沌中的火儿，这时已经彻底清醒。即将圆房的小表姐，以非凡的勇气做出这样的决定，令火儿感到惊讶，更心存感激。这时，他缓慢地回过了头。呈现在他面前的，是一个赤身裸体的女子，一朵春光里绽开的兰花。往常，面对着小表姐被薄薄衣衫裹着的凸凸凹凹时，他总是充满着好奇，充满着遐想。如今，这一切都向他做了最彻底的袒露。火儿不自主地一步上前，要把这一切看个仔仔细细。是师傅经年累月带回来的神仙供品，给了她足够的营养，使得她躯体的每一处都显得兰花般的光洁与和谐。一阵淡淡的清香飘散在小房，原来是出自那幽深的兰谷。当火儿跃跃欲试时，兰花的一双小手，突然本能地抓住了火儿的一双大手，分别按在自己那最富有弹性的前胸两个最柔软、最敏感的部位，搓揉着……

"都是你的……全都是你的……"提前进入状态的兰花，在喃喃细语中迫不及待地为火儿解着衣扣。

几欲晕眩的火儿，手足无措，任听小表姐的摆布。突然，他意识到接下来应该发生的事情，也跟着动起手来。他先是卸下那只绣有"喜鹊衔梅"的荷包，直到把裹在身上的所有障碍彻底清除……

沅水边的巫傩之家，一对年轻的男女，面对着上天赋予人类的使命，正迸发出躯体中蕴含着的所有潜能。火儿，置身于火一样的热情里；兰花，陶醉在花一般的期待中。他们不再为世事不公、命运不济而怨天尤人。而是把握这最后的机会，义无反顾地做出决断，完成一次既陌生而又熟悉，既神秘而又寻常的经历。当初，在滔天洪水过后，世上仅存的兄妹——傩公和傩母，坦然面对现实，也有过如此这般的经历，为生命的长河开辟了源泉，替人间的烟火延续了火种。如今，傩神的子孙因循着先人的轨迹，无师自通地重复着先人的作为。小房里，只有山摇地动产生的震撼，只有阴阳对接迸发的闪电。在深入浅出、天造地设的关隘被攻破；

在水到渠成的渴望里，云遮雾罩的屏障被疏通。火儿在饱含激情的燃烧
中，迸发出炽热的岩浆；兰花在充满愉悦的阵痛里，享受着雨露的滋润。
这是生命旅途中最令人神往的瞬间。空气凝固了，时间板结了，肌肤胶着
了，心灵沟通了。兰花幸福之中的呻吟，火儿忘情过后的喘息，天衣无缝
地交织在一起。一首古老的歌，就这样注入了新的生命。这一切都在悄然
中进行，门前没有迎亲的唢呐声；堂屋没有拜堂的大红毡，床上没有洞房
的双喜字 —— 永远也不会有，只有十月小阳春的一缕阳光，透过狭窄的
窗口，毫无顾忌地伸进了小窗。热汗淋漓的火儿和兰花在床上相拥而坐，
在和煦的阳光里任凭轻风吹拂。突然，兰花看到了印花布床单上撒落的点
点殷红，那正是心心相印的喜鹊衔来的朵朵梅花。她忍不住伏在火儿的肩
头上"呜呜"地哭了，她用泪水来欢庆自己的如愿以偿……

• 百家弄的"福寿膏"

夜里的细雨，把浦阳镇街弄子的石板路浇淋得湿漉漉的，照得出人影。赶早市的人们，在石板路上攒动。魔芋豆腐的叫卖声，在街弄子里回荡。一条惊人的消息在浦阳传播：辰州城里厘金局的伍总办，也就是元隆木行刘金山的老丈人，因为贪赃枉法下了大狱。案子由省城的藩台大人亲自督办。伍家查抄出的不义之财，由兵古佬搬到上南门码头，把三条麻阳船装了个拍满。总办夫人经受不住突如其来的打击，一条白绫掸上房梁，结束了生命。浦阳人传播这个消息的同时，都不约而同地想到了镇上的刘家窨子。

垭角洄的那一场变故，把刘金山折腾得精疲力竭。凭着勤扒苦牟，加上岳家暗中扶助，"元隆"的元气渐渐儿得到了恢复。去年秋天，刘金山为长子刘士达完了婚，儿媳林琼香是镇上烟草商林昌镜的龙凤胎孙女。到了冬天，老夫人刘邬氏突发急症，离开了人世。这两堂红白喜事，刘金山不再像父亲过世时那样，一张《阻帖》，把宾客拒之于门外，而是拿出大户人家的气派来操办。宾客盈门的刘家窨子，仿佛在宣示这户人家已经走出了阴影。刘金山做梦也不会想到，这时候他的岳家又忽然出事了。

得知伍总办下狱，伍夫人自尽，刘家窨子里顿时乱做了一团。一屋人伤心地哭泣着。哭得最伤情的，当然是伍秀玲。刘金山则除了悲痛以外，还有一件事让他忧心忡忡。这些年来，搭帮老丈人坐镇厘金局，他所有经由辰州发往常德的木排，从来没有缴纳过一文钱的通关银两。细算起来是一笔不小的数目。老丈人被弹劾，扯出萝卜带出泥，最怕的是这件事被牵扯出来。情况紧急，刘金山和妻子一道，立即乘船去到辰州城，帮助处理岳家面临的一切。临行时，他本想带上士达。达儿是刘家的长子，人生中经历这样的事情，是有好处的。不巧的是，达儿在半月前得了伤寒病，头痛，发烧，不停地咳嗽，吃了德济堂的中药也不见效。刘金山担心儿子受不得船上的风寒，会加重病体，就没带他一路去。

长疤子得知伍总办倒台的消息，迫不及待地去到龙家窨子，向龙永久作了绘声绘色的禀报。幸灾乐祸的龙永久开怀大笑。这些年鸦片风行，鸿发膏栈生意兴隆，白花花的银子流水般灌满龙家窨子的钱柜。龙永久在人前谈笑风生，一副踌躇满志的样子。暗地里，他却在经受着最无法忍受的煎熬，事情的起根发蒂，还得从他最为宠爱的第三房小妾筱碧玉说起。

筱碧玉本名叫萧碧玉，出生在常德一个清贫的书香门第。当她还只有六岁时，父母因为一次意外的沉船事故，双双葬身鱼腹，留下了她和十五岁的姐姐红玉。年幼无知的碧玉，跟着姐姐，开始了漫无边际的人生闯荡。一天，姐姐带着她上了一条从汉口回程的麻阳船。她坐在弥漫着桐油味余香的船舱里，听着岸边纤夫的号子声，溯沅水而上，经过二十天的航行，来到了一个陌生而繁华的都市——洪江。姐姐为哪样要来这里？来这里做哪样？她都一无所知。直到若干年后，她才明白，当年，姐姐为生活所逼，出于无奈，背着她入了娼门。姐姐不愿意在自己的家门前做这种营生，便跟着一个姓谌的堂班老板，来到了洪江。洪江有一条堂班林立的弄子，叫作木粟冲。谌老板的怡春院就开在这里。面容姣好、聪明过人的姐姐，自幼受家庭的熏陶，得父亲的指点，成为人人称颂的才女。小小年纪，诗词歌赋、琴棋书画便无所不通。无奈委身于青楼的萧红玉，深感有玷污门庭之罪，羞于见阴冥中的列祖列宗，去掉自己的萧姓，改为一个"筱"字。筱红玉进到怡春院，香风脂气便立刻吹遍了洪江码头，一时间拈花弄草者趋之若鹜。那时候，木粟冲里像样点的堂班，都有一个暗道，专供有身份的嫖客进出。筱红玉的到来，使怡春院里的那条暗道，每天都有人通行。谌老板是个走一步看三步的人。他看重筱红玉，更看重她的妹妹筱碧玉。他料定，十年以后姐姐的位置必将由妹妹来替代。筱碧玉从小心高气傲，她埋怨姐姐不该带着她来到这样的地方。姐姐那"笑贫不笑娼"的道理，并不能说服妹妹。一次，怡春院里唱堂会，姐妹一同看了高腔戏《玉麒麟》。戏中的角色——陕人韩世忠寓居杭州，与平康院名妓梁红玉邂逅，以玉麒麟为表记，结为良缘。后韩世忠投军，登台拜帅，梁红玉也成了击鼓抗金的巾帼英雄。从此以后，筱碧玉不再埋怨姐姐。她希望有朝一日也能遇上自己的韩世忠。豆蔻年华的筱碧玉，经过姐姐的悉心调教，出落成色艺双全的雏妓。她的琵琶甚至比姐姐还要弹得好。十五岁那年，筱碧玉开始"坐堂"。消息传出，立刻成为木粟冲，乃至洪江码头的一大新闻。怡春院这朵招蜂引蝶的牡丹，招来了巨商大贾，引来了公子哥儿。人们都希望能一睹筱碧玉的芳容，听她弹琴唱曲，同她吟诗对弈。筱碧玉声名鹊起，谌老板腰包鼓胀。有钱有势的嫖客们，都在缠着谌老板打听，这筱碧玉定在何时"挂衣"？谁都想成为这朵名花"开苞"的第一人。可心高气傲的筱碧玉，却压根儿也没有·"挂衣"的打算。她发誓要做一个守身如玉的女子，除非遇到梦中的"韩世忠"。筱碧玉执意如此，谌老板也奈她不何。

　　筱碧玉十六岁那年，浦阳镇鸿发膏栈的老板龙永久，为了转运贵州采购的一批烟土，来到了洪江。龙永久是个最爱那本经的人。他一上犁头嘴码头，进得悦来客栈，打听的第一件要事，便是木粟冲里新近又有哪样好东好西。当他得知怡春院里筱碧玉的情形时，顿时眉飞色舞。他发誓要成为为这姑娘"开苞"的人。对于搞女人，龙永久有他的秘诀：耐得烦，霸得蛮。为了把筱碧玉弄到手，他在悦来客栈里，一住就是三个月。三个月里，他每天都去到怡春院，风雨无阻，一天也不落下。他进出怡春院时，绝对不走暗道，而是大摇大摆地大门进，大门出。他每日里听筱碧玉弹琴唱曲，有时也跟着哼上两句。龙永久本来就会下围棋，却故意装作一窍不通，让筱碧玉教他下棋。短短几天，他便开始与筱碧玉对弈。不到一个月，他居然能与筱碧玉打个一两回平手。三个月里，他按捺着心头的欲火，绝不去碰筱碧玉，连手指头也不摸她一下。每夜，木粟冲里二更梆响，他便准时回到悦来客栈，度过那难熬的长夜。筱碧玉从小跟随姐姐在烟花场中长大，嫖客们的虚情假意，她实在是看得太多了。她不会轻信，更不会动情。而唯独这个来自浦阳的龙老板，倒真是给了她非常不错的印象。此人相貌平平，肚子里也没多少墨水，而从他学围棋的神速，足可以说明他是个聪明人。特别令筱碧玉满意的是，三个月来，龙永久对她十分尊重，从未对她动手动脚。来这里的所有嫖客，不论地位高低，不论年龄大小，没有一个人能够做到这点。就在这时，龙永久向谌老板郑重提出，希望筱碧玉能为他"挂衣"。他不仅要为筱碧玉"开苞"，而且要为她赎身，纳她为妾。至于赎身所需的银两，任谌老板开价，他会不差厘毫，一体照付。当谌老板把龙永久的意向告诉筱碧玉时，她虽对这位老板有好感，却仍然一时拿不定主意，便去和姐姐筱红玉商量。姐姐认为："挂衣"从良做一路，是风尘女子最好的结局。能为自己的男人保持一个完好的身子，比哪样都要好。从这三个月看来，这个浦阳客商应该是个靠得住的男人。纵然是去做第三房，也是可以得到善待的。她羡慕妹妹能有这样一个好的归宿。筱碧玉想到了高腔戏《玉麒麟》，梁红玉遇到韩世忠，古来能有几人？她如果在这怡春院继续待下去，不可能保持自己的清白，迟早会身不由己，成为千人压、万人骑的男人玩物。与其这样，倒不如以一个完整的身子，跟着一个能珍惜自己的男人，去侍奉公婆，生儿育女，像正常的女人一样，度过一生。

在一个细雨蒙蒙的清晨，筱碧玉告别姐姐，告别她生活了十年的洪江，跟着一个她认为可以依托的男人，来到犁头嘴码头，登上了一条满载着桐油的麻阳船，去到她生命的又一个驿站。与此同时，一块浸染着点点血迹的白绫，高挂在怡春院的大堂。至于为筱碧玉赎身，龙永久究竟花了多少银两？他本人和谌老板，谁也不愿意透露。

筱碧玉来到浦阳镇，进入龙家窨子，她便察觉到现实并非如她想象一般。婆婆从心底里看不起她。离开洪江时,她特意买了件上好的丝绵坎肩,作为送给婆婆的见面礼。不久后,她发现坎肩穿在了一个烧火的老妈子身上。大房吴氏、二房杨氏对她的怨恨,显然是少不了的。龙永久为鸦片生意,终朝在外面奔忙,百无聊赖的筱碧玉,只能躲进她的卧房里,弹起她那心爱的琵琶,仿佛只有这琵琶声声,能够排解她心中的郁闷。突然有一天,龙永久对筱碧玉说:"老太太吩示,从此后这琵琶不要再弹了。"

"为哪样不要弹?"筱碧玉问。

龙永久说:"不要问为哪样!"

筱碧玉改不了要强的性子,继续追问:"不!你必须讲清楚。"

"好!那我就讲了。"龙永久被逼无奈,只得和盘托出,"老太太讲,这是堂班的东西,不能在正经人家里拨弄。"

筱碧玉如同挨了当头一闷棍,脸色"唰"地变得惨白。龙永久立刻感到太过冒失,追悔莫及。此后,龙永久为了取得筱碧玉的欢心,只要有闲空,便带着她到街弄子漫步散心。筱碧玉的姿色和风度,霎时间成了浦阳一道别样的风景。一趟走过,不知有多少男人为她驻足不前,就连叫卖魔芋豆腐的小贩,也因她的出现而停止了叫卖。筱碧玉对这样的招摇过市感到极度的厌烦,龙永久却因此而得到极大的心理满足。一天,筱碧玉提出要跟龙永久下围棋。龙永久立刻取来两盒棋子。筱碧玉一眼就看到了棋盒上刻着的文字:大清同治八年龙记购棋。原来这龙家窨子里早就有人在下棋。在怡春院里,龙永久说他不会下棋,完全是假装的。她由此而领教到了龙永久的诡计多端,深感自己不是此人的对手。她成了一只笼中鸟,有翅难飞。她只能看着婆婆的脸色,听从丈夫的安排,小心翼翼地过着每一天。筱碧玉觉得自己唯一的希望,就是在龙家多多生儿育女。她这样的身份,只有生下儿女,才能取得应有的地位,名正言顺地成为这个家庭的一员。

筱碧玉果然顺利地迈出了第一步。进到龙家不多久,她便娃儿上了

身。就在她的肚皮一天天鼓胀、希望一步步实现的时候，命运却无情地捉
弄了她。那时候，婆婆为了得到一副阴沉木的寿枋料，正在以绝食相要
挟。她的一句好言相劝，惹来了婆婆的咒骂，招致了丈夫的足踢。婆婆
一命呜呼，她的胎儿也因此流产。此后，筱碧玉又多次怀孕，都没能保住
胎儿。筱碧玉拜佛行傩，寻医问药，哪里有个民间偏方，她都会去找来试
试。然而，任凭她怎样地努力，到头来还是依然如故。为了这，她不知偷
偷儿流了多少眼泪。龙永久表面上的懊悔，只不过是做做样子而已。筱碧
玉能否为龙家生儿育女，对他来说是无所谓的。他已经有了世荣、世华、
世富、世贵四个儿子，还有金花、银花两个女儿。龙永久处心积虑为筱碧
玉赎身，只是迷恋她的姿色，并不是靠她为龙家传宗接代。

　　筱碧玉变了一个人。红润的脸庞，变得憔悴；丰盈的体态，变得瘦
削。尽管如此，不论是白天还是夜晚，只要膏栈老板有那方面的需求，
她便会立即做出最精到的迎合。当膏栈老板欲火中烧时，她体现出的疯
狂，足以让这个男人神魂颠倒。这一切，固然有生理上的需求，更重要
的是，她企盼因此而获得能使她安身立命的种子。龙永久也实在是太爱这本
经了。这个嗜好，几乎成了他生活的全部。他在筱碧玉的温柔乡里，要耗
费掉他精力的大部分。作为一个有三房妻妾的人，大房和二房，虽是三年
不打两回铁，还是要有所应付的。若是百家弄的堂班里从镇远、洪江、常
德来了光鲜的姑娘，他是从来不愿意轻易放过的。龙永久很是得意，他相
信自己的这种生活方式，比起倒在鸦片烟枪下的父辈，简直要高明百倍。
龙永久晓得自己的体力消耗太多，特别注意饮食上的进补。他笃信那个自
家发明的进补方式。三天两头，他的饭桌上，都会出现那种用特殊方式喂
养的乌骨鸡。他坚信这种蕴含着男人精气元阳的盘中餐，足使他的那条
"龙""永久"地保持雄势的状态。然而，他身体的细微变化，随着岁月
推移，不可避免地发生了。于是，滚水潦枯了的蕨菜，再也无法硬朗；烈
日暴晒过的蜡烛，再也无力抬头。那条号称"永久"雄势的"龙"，变成
个"龙想抬头腰无力"了。

　　龙永久的这种情形，除了他自己和筱碧玉，再也没有第三个人晓得。龙家窨子里的一切，似乎与往常并没有什么两样。每天，鸿发膏栈照样把赚得的银子，送到窨子屋里入账；伙房里的厨子，依然时不时把炖好的乌骨鸡，端上龙永久的餐桌。龙永久即便是寻医问药，也绝不在浦阳及其附近。他或是上洪江，或是下常德，悄悄儿把码头上的名医访了个遍，每次捡回来药，常常多得用箩筐装。那一副副中药里面，少不得有虎鞭、狗肾、枸杞……那大房吴菊花一看，便晓得又是补肾的药。她必然会立马去找二房杨雪梅。两个心存怨尤的妇人，背地里少不了把狐狸精同声诅咒一通。龙永久那方面越是不能，却又越是想试着去做。然而，在一阵阵热血奔涌过后，他总是被扔下万丈冰窟。他越是这样无能，占有欲就越加强烈。他绝不允许这属于自己的美食，落入别人的盘中，甚至连看一眼都不行。有一次，筱碧玉闲来无事纳鞋底，顶针穿了孔，便悄悄儿一个人上街买顶针。在河街上，她遇到一个挑着担子的年轻荒货客。荒货担上，有各式各样的顶针。荒货客被筱碧玉的美色惊呆了，半天回不过神来。筱碧玉掏出两个小钱买顶针。荒货客趁着筱碧玉试顶针，装作不经意，摸了那只细腻得如同膏脂一般的手指。一些围观的人们，立刻打起了吆喝……没想到这件事情传到了龙永久的耳朵里。他竟然不问青红皂白，扭住筱碧玉的头发，就是一顿拳打脚踢。他下令筱碧玉不许离开龙家窨子半步。从此，窨子屋成了囚禁筱碧玉的牢笼。每天，她都在极度的郁闷中打发日子，特别是害怕夜晚的到来。龙永久那永远不会有结果的纠缠，令筱碧玉感到烦心和厌倦。最难以忍受的是，当她的性情被一次次撩拨，亢奋被一次次诱发过后，又立刻一次次被冷落，被抛弃，被置之于不顾。她每次这样的经历，都是经历一场生不如死的痛苦……

　　筱碧玉就这样度日如年地挨着日子。终于有一天爆发了。她横下了一条心，顾不得纲常和伦理，顾不得凶残与暴戾，以自己能够采取的方式，在神不知、鬼不觉的情况下，去发泄，去报复，去抗争。忽然有一天，筱碧玉在窨子屋前厅廊檐下呕吐不止，过后又大声叫喊，要吃酸萝卜。一个女佣立马从腌坛里夹来酸萝卜，还没等油泼辣椒拌和均匀，筱碧玉便止不住伸手拈起一片，狼吞虎咽地大吃了起来。敏感的大房和二房，立即在背后嘁嘁喳喳：莫非这小骚货又上身了，莫得意得太早，到头来又会是空欢喜一场。见到这般情景，龙永久被惊呆了，不由得心里犯起了嘀咕：我都已经成了如此这般，这婊子居然肚子里还会有了货。更令他不可容忍的是，这骚货还如此无所避忌，简直是胆大包天。他更疑惑不解的是，纵是管束如此严格，这婊子居然还能打得到活食！他特别想晓得，这婆娘肚子里的野种，究竟是谁搞出来的？这晚，他早早进到卧房，筱碧玉又在那里吃酸萝卜。

"跟老子讲清楚，究竟是怎么回事？"龙永久压低嗓门，厉声问道。

"怎么回事？！难道你还看不出来吗？"筱碧玉反问道。她随手拈了一块酸萝卜，又津津有味地吃了起来。那萝卜很脆，她的嘴里发出了"咯咯"的声响。

龙永久怒中火烧。他语气恶狠，嗓门却压得很低："贱货，老子在问你的话！"

"发这么大的火做哪样。"筱碧玉一反常态，冒天下之大不韪，第一次以言语冲撞膏栈老板。她又夹起一块酸萝卜，撂进了嘴巴，一边吃，一边慢条斯理地说："怎么回事？！难道你看不出，和尚脑壳上的虱子——明摆着的事。闲话就不要讲了，明天赶紧着人给我去捡安胎药。"

"老实告诉我，是哪个的野种？"龙永久恼怒万分，追问道。

筱碧玉回答得坦然："不是野种，是家种。"

三姨太意想不到的回答，着实给了龙永久一记闷棍。他不相信自己的耳朵，结结巴巴地问个究竟："你讲哪样？再讲一遍。"

"我筱碧玉大门不出，二门不迈，哪来的野种？！"筱碧玉嗓门虽然也压得很低，却让龙永久一字一句听得明白。接着，她拍了拍自己微微挺起的肚子，说道："告诉你，是家种，千真万确的家种。是你龙家的骨血，一点儿也没有掺假。"

龙永久顿时脑壳发了蒙。他一屁股坐在了一张团凳上，喘着粗气，半天都回不过神来。他万万没有料到，这婊子会来这一手，把他打了个措手不及。面对着龙永久的这般窘态，筱碧玉心里有说不出的舒坦，更有说不出的酸楚。事情到了这个地步，她不想连累任何人。她扭转身子，背对龙永久，平心静气地说出了心里话："你一定要问，这家种究竟是哪个的？是世荣的？是世华的？是世富的？还是世贵的？请你不要问我，我是不会告诉你的。打死我也不会告诉你。你不要责怪你的伢儿。这事完全怪我，是我送上门的，是我生得贱。眼前只有两条路：一条是帮我去捡安胎药，让我把伢儿生下来；一条是把我杀了，好给你消气。依我看还是让我把伢儿生下来为好，这伢儿毕竟是你龙家的骨血。"

龙永久发了蒙，久久回不过神来。他不相信这是事实。然而，筱碧玉说的每句话，他都听得明明白白。那女人所说的一字一句，都像是无情的鞭子，在抽打着他的心。他的四个儿子，最大的世荣，只比她小两岁。最小的世贵，也只比她小八岁啊！他们都是血气方刚的后生，干柴烈火，都有可能成为这婊子的猎物。这贱货不肯说肚子里的那一包究竟是哪个的，即使是肯说，他也不敢再问了。他无法接受这样的奇耻大辱。龙家八代人的脸，叫这对贱货和畜生丢尽了。倘若是传了出去，整个浦阳镇上的人会笑脱了牙巴骨。龙永久向来以他的四个儿子为骄傲。万没想到正是这其中的一个，朝着他的心头捅了一刀。伤心的泪水，情不自禁地跌落到腮边。

筱碧玉回过身子时，她惊讶地发现龙永久哭了。男儿有泪不轻弹。自进到这龙家窨子，除了死娘，这是她第二次看见龙永久落泪。这足以说明，她所做的抗争，已经把龙永久逼到了无可奈何的绝境。她终于通过这样的方式，得到了最彻底的发泄，完成了最成功的报复。她在尽情地享受扬眉吐气带来愉悦的同时，也意识到自己这种行为的残忍。尽管她对这个男人恨之入骨，而当她见到一个堂堂七尺之躯，居然在一个出身卑微的女子面前痛哭流涕时，这个善良的女子一度铁了的心，又变得如同糍粑一样软了。她虽然只是他名不正、言不顺的小妾，但毕竟和他同床共枕了这么多年。隐约之中，她开始忏悔起自己的残忍来。

"老爷！"筱碧玉轻轻地叫着龙永久。她也哭了，呜咽着说："对不住，请原谅，我是想给你要个伢儿，万不得已才出这样的下策。我也是实在没有办法啊！没有个自己的伢儿，我在你龙家就站不稳脚跟，我永远都是那水上生不了根的浮萍……"

"你这贱货，不积水的抹桌布！不座水的烂泥田！伢儿就是上了身，你也保不住！"龙永久怒气生嗔地喘着粗气，两只眼睛恶狠狠地直盯着筱碧玉，诅咒着。

"保得住！保得住！只要吃了安胎药，一定能保得住。碧玉这回怀上的伢儿，和往天不是一样的。"筱碧玉并不在意龙永久的诅咒，满有把握地说。

龙永久听得出，筱碧玉的言下之意是在说，这回让她怀上伢儿，是旺盛精血造就的胎气，是绝对能够保得住的。她似乎还在奚落自己，陈年的老种，与刚筛选出的新种是无法比拟的。龙永久觉得受了极大的侮辱，气不打从一处出，却又无言以对，只是恶狠狠地说了一句："你个不要脸的臭婊子，快闭上你的臭嘴！"

走投无路的筱碧玉，想法却依然是那样天真。她说："老爷，碧玉算是求你了！你千万要想开些，不管怎么说，总还是你龙家的精血。我对天发誓，绝对是你龙家的骨血。"

龙永久蒙受到如此这般的奇耻大辱，经历着有生以来最大的尴尬。他连说话也不敢高声，因为这事若是传了出去，不但他的面子没处搁，龙家的子子孙孙在这浦阳镇上，都会永远在人前矮了一截。他更不甘心就这样听之任之，让这贱货算盘上桥，称心如意，可事到如今，他又拿不出任何招数。原以为他的生活方式比老子要高明许多，而今看来，却全然不是这样。老子由于对鸦片烟的过度吸食，过早地倒下。自以为聪明的儿子以此为戒，避开父辈的老路，去寻求另一种人生乐趣，却偏偏是误入了另一条歧途。正如民间俚语所说："十个贪花九个栽，还有一个起不来。"老子和儿子，在寻求人生乐趣的道路上，殊途同归，都倒在了要命的"过度"二字上。龙永久木木地坐在床沿上，一句话也没有说。筱碧玉挨在龙永久身边坐下，那眼眶有点儿红，有点儿湿。她对龙永久说："老爷，碧玉是做了对不起你的事。其实，我的心里也很不好受。到了这个地步，我又怎么劝你才好呢？你就想开点儿吧！不要怄气，怄气会伤身子。你尽可以放心，龙家的面子不会失，你的面子也不会丢。你和我是每夜都同床共枕的恩爱夫妻，你的那点儿事情，除了你和我，再也没得第三个人晓得。如今我有了喜，没有人会怀疑这伢儿的来路。任何人也不敢说这肚子里的伢儿不是你的！"

"婊子……贱货……这就是你做的好事……"龙永久喘着粗气，喃喃地说。遇着这样的事情，除了由他自己来认账，还能有哪样更好的办法呢？

第二天一早，龙永久果真吩咐下去，说是三姨太有喜了，这回一定要保住。大房、二房虽是一肚子的不高兴，却也只得做出一副尽力张罗的样子。吃过早饭，德济堂的郎中便被接到了龙家窨子。药罐子又开始煨起了安胎药，那散发出的阵阵药香，把筱碧玉又一次怀上伢儿的消息，传遍了窨子屋的每个角落。过了两天，大房吴菊花又着人去到龙家墩，从龙法胜那里，请来了安胎神符。神符贴在了筱碧玉的房门上、牙床前。还将神符装进三角形的小布包，让筱碧玉揣在怀里。筱碧玉为了保胎更是小心得出奇，就连上茅厕，都由两个丫头搀扶着。简直是一块掉进灰里的水豆腐，打也打不得，拍也拍不得。

筱碧玉的这一招，出了这些年来的闷气，可她的好景不长。德济堂的保胎药，龙法胜的保胎符，都没能发挥效力。她仅仅只是因为一步门槛没迈好，又流产了。筱碧玉再一次受到伤害，龙永久却去掉了一块心病。郎中诊断，筱碧玉从此再也不能怀孕，这正是龙永久所希望的。那大房和二房，更是为此松了一口气。严酷的现实，意味着筱碧玉承受的痛苦和折磨将永无休止地延续。龙永久对于筱碧玉，除了人前的百般宠爱之外，又加上了人后的千倍提防。他最担心，也是最害怕的，便是贱货、逆子的故伎重演。他如同一只惊弓之鸟，时刻都处在高度紧张之中，恨不得将筱碧玉连同她的心，一起拴在自己的裤腰带上。那些难见天日的丑事，将永远沤烂在他肚子里的。虚假的表皮，掩饰着真实的躯壳。一切都做得天衣无缝，就连他鞍前马后的长疤子，也压根儿不知道其中的子午卯酉。

就在这龙永久最为沮丧的时候，长疤子带来了意外的好消息。伍总办的悖时倒灶，重又点燃了龙永久的忌恨之火。他大话大句地说："报应！报应！我把话讲在这里，事情绝不会这样打止，好戏还在后头。"

这天，龙永久心情特别好。他又带着筱碧玉出了门，漫无目的地在浦阳镇上走街串弄。霏霏细雨飘然而落，洒在街弄子的岩板路上，洒在小摊的竹篾罩棚上，整个浦阳镇都变得冷清。龙永久觉得身上有点儿冷，便带着筱碧玉进了一家小吃店，坐下来吃魔芋豆腐煮牛肚。两个炭盆里的白炭火烧得通红。一个炭盆边坐着三个汉子，正在打着话平伙，谈论着辰州城里传来的最新消息，厘金局帮办的悖时倒灶。龙永久和筱碧玉对视一笑，撩起衣服，在另一个炭盆边落了座。不一会，他们的身上便暖和了许多。魔芋豆腐煮牛肚又辣又烫，几口下肚，俩公婆便热出了一身毛毛汗。龙永久喝完最后一口汤，一抬头，发现有人从街对面的德济堂里走出来，手里拎着一摞药包。他看得真切，此人就是刘金山的长子刘士达。他刚走出药铺，便不住地咳嗽起来，而且是越咳越厉害。没奈何，他只得勾着腰，在药铺前面的街边蹲了下来，刚蹲下，咳嗽又接踵而至。他鼻涕眼泪一齐来，还大口大口地吐着痰，连喘气也感到艰难。龙永久撇下筱碧玉，三步两脚走到对街，便在刘士达身边蹲了下来，不住地帮他轻轻地捶着背脊。

"达儿，你这是怎么了？"龙永久关切地问。

"没事，着了凉，一点小病。"刘士达一边喘气一边回答。通过龙永久的捶背，他的痛苦得到了些许缓解。

"怎么搞的，屋里也不着个人来陪你！"龙永久关切地说。

"屋里人都到……"刘士达话说半截，又立刻咽了下去。他虽在病中，咳得喘不过气，但他心里却明白，眼前这人是刘家的大仇人，是不会安好心的。于是，他冷冷地说："多谢你，我没事。你走吧！忙你的去，我过一会儿就会好的。"

这时，筱碧玉也过了街。她看着刘士达可怜兮兮的样子，便对龙永久说："遭孽哟！我们赶快送他回家去。吃了捡的这些药，他就会慢慢好起来的。"

"他的病吃这种药是没得用的。我们得帮他想个法子。"龙永久眼珠子一转，这样说。

"想法子，哪样法子？"筱碧玉问。她从没听说过龙永久晓得治伤风感冒的偏方。

"自然有法子，到时候你就晓得了。"龙永久说着，问刘士达："你伤风感冒多久了？"

"莫问了，你去忙你的吧！"刘士达显得很不耐烦。

"问你一声，告诉我也不要紧嘛！"龙永久显得非常耐烦。

刘士达没办法，只得回答："一个多月了。"

"嗨！金山这俩公婆也真是，伢儿得了病，怎么能这样医呢？"龙永久做出一副很关切、很理手的样子对刘士达说，"药要是不应对，就换个单方，这个道理都不明白。怎能够一头牛角吹到底呢？不就是个伤风感冒吗？小病！我晓得一种好药，包你三天见效。"

听了龙永久的话，刘士达将信将疑。他一个做鸦片烟生意的黑心商人，能晓得哪样治伤风感冒的好药？！然而，一个多月的病，虽不是哪样大病，一天到晚咳嗽不止，一天到晚鼻涕眼泪，已经把他折磨得五痨七伤。他做梦也想有什么灵丹妙药，能够使他的病即刻脱体。这龙永久既然晓得好药，试试又有何妨。只图个病好，别的方面不和他有任何绊扯，想必也是无妨的。然而，这刘龙两家的冤仇，结得实在是太深了。奶奶在世的时候，提起这龙永久就恨得咬牙切齿。莫看他如今满脸堆笑，做起一副菩萨心肠的样子。黄鼠狼给鸡拜年，他能安好心吗？刘士达思考着，掂量着。他栽着脑壳，喘着粗气，没有回答龙永久。

"达儿！"龙永久挨过身子亲切地叫着，充满关爱地说，"看你，病成这样子，也不晓得心疼自己。走吧！快跟我一起去取药，得了这种药，我包你药到病除。"

"多谢，我这里已经捡了药。我要回家。"刘士达仍然没有放松警惕，严守着最后的防线。

"老爷，既然是这样，我们就送达儿回家吧！"筱碧玉跟着就接了腔，她不相信丈夫有哪样灵丹妙药，能治好达儿的伤风感冒病。

"老娘子，你晓得哪样！"龙永久站起身来，狠狠瞪了筱碧玉一眼。而后将蹲在地上的刘士达轻轻扶起，信誓旦旦地说："达儿，你要相信我，绝对是好药。三天之内若治不好你的伤风感冒，我赔你二十两银子！"

刘士达似信非信，这人真有这样的好药吗？这时，龙永久从身上掏出了一张二十两的银票，抖了抖，塞在刘士达的手里，说："喏！这张银票给你，你先拿着。"

"不！不！"刘士达接银票的手像是被火烫着一样。他忙把银票退还给龙永久。

"好吧！那我就先收着。"龙永久接过银票，揣进腰包。他接着说："龙伯是看你病得这样吃亏，这样遭孽，才起心带你去找这个药的。你倒好，总是信不过龙伯。你可以放一百二十个心，龙伯讲话是算数的，治不好，二十两银子归你。治好了，龙伯我分文不收。"

龙永久天花乱坠的漂亮话，使刘士达产生了动摇。他想，不管说的是哪样药，总不至于是毒药吧！能见效也说不定。刘士达一咬牙，决定跟着龙永久去取药。

"既然是这样，那我就跟你去取药吧！若是真的把病治好了，银子还是要付的。"刘士达说。

刘士达话音一落，龙永久挽着他的手就动了身。跟在背后的筱碧玉一下子懵懂了，不晓得丈夫的葫芦里究竟卖的哪样药。龙永久说了声："走！我们去后街。"便挽着刘士达走进了镇上有名的百家弄。这时，筱碧玉全都明白了。百家弄是浦阳镇的藏污纳垢之所，烟馆和堂班都集中在这条弄子里。龙家的鸿发膏栈，就在百家弄到后街的出口处。筱碧玉曾听人说，得了伤风感冒，抽几口鸦片烟，就会药到病除。丈夫说的灵丹妙药，肯定就是鸦片烟。刘家是正经人家，从来不沾鸦片烟。丈夫无非是想通过治病，让达儿沾染上鸦片瘾，让接二连三出事的刘家来个雪上加霜，以解他心头之恨。此人的心肠也真是太狠毒了。龙永久挽着刘士达在前面走得急，在临到鸿发膏栈的时候，病中的刘士达，由于走得太急，一阵气喘，又不住地咳起嗽来。龙永久竟全然不顾，硬是把他架起拖进了鸿发膏栈。这鸿发膏栈大门开在后街上，在百家弄里，另有一个侧门。膏栈里，客人们正吆五喝六，进进出出，一股鸦片烟的味道弥漫开来，使刘士达咳得更加厉害了。他佝偻着身子，蹲在了地上。龙永久交代筱碧玉："达儿又咳嗽了，你好生招扶着他，我去找人给他安排治病。"

龙永久风风火火进了膏栈。大门边，就只剩下刘士达和筱碧玉。刘士达抬头一看，发现自己被带到龙永久开的鸦片烟馆。他以为龙永久是到这里来取药，便蹲在地上，等着他把药拿出来。筱碧玉看在眼里，急在心上。她不忍心让达儿就这样中了龙永久的奸计，也不晓得是哪来的胆子，竟然压低嗓门，悄声儿对刘士达说："达儿，他是让你吃鸦片治病，要是上了瘾，可不是闹着玩的，你还不赶快走！"

刘士达如梦初醒，知道上了当，扯起脚就往膏栈门外跑。

龙永久从里屋出来，不见刘士达，火冒三丈，大声斥问筱碧玉："人呢？"

筱碧玉说："他说不要你的药，走了。"

"你怎么不拦住他？"龙永久恶狠狠地问。

"一个大男人，我怎么拦得住！"筱碧玉回答。

"去把他追回来！"龙永久对身边的伙计大吼。紧接着，他又气急败坏地补充了一句："捉也要把他捉回来！"

不一会，刘士达在两个汉子的挟持下，重又回到了鸿发膏栈。病快快的刘士达，脸色煞白，浑身瘫软，而心里却是十分清白。他进得膏栈，一见到龙永久，便端着气质问："龙老板，你给的究竟是哪样药？"

"哈哈！哪样药？！灵丹妙药。"龙永久朝着膏栈窨子屋的照壁上一指，问道，"刘少爷，你看，这照壁上写的哪样？"

刘士达无力地抬起头，看见那照壁上的粉墙上，用墨笔写着一个偌大的、却有点儿歪斜的"福"字。

"这是一个'福'字。龙伯的字写得不好，嘻嘻，你莫见笑。"龙永久的言语中透出了几分得意。他接着又说："你再来看，这照壁下的太平缸上，又雕着一个哪样字呀？"

石砌的太平缸上雕着一个大"寿"字。父亲去世，龙永久继承了家业，对鸿发膏栈重新进行了粉饰。他除了在照壁上亲笔写了一个"福"字以外，还将这太平缸当面一块雕有"八仙过海"的石板，换成了这块只雕着一个"寿"字的石板。照壁上的"福"字，和太平缸上的"寿"字，两字相连便成了"福寿"。"福寿膏"正是业内人对鸦片的别称。龙永久的这个创意在浦阳镇上曾经引起过不小的轰动。瘾君子们争相前来看个究竟。这两个字的把戏，俨然成了浦阳镇的一道风景。一时间，龙永久的生意好了许多。刘士达是正经人家的子弟，不会到这种地方来。如今，他意外地被糊弄到这里，直面龙永久的"杰作"，外加那得意扬扬的卖弄，就像是吞吃了苍蝇一样感到恶心。这时，龙永久感到浑身轻松而舒坦，多年来憋在心里的闷气，顷刻间全都撒了出来。无辜的刘家少爷，就这样成了他的出气筒。他上前拍了拍刘士达的肩膀，大声说道："伢儿，你不是问是什么药吗？你是个读书人，这些字还会不认得？！一个'福'字，一个'寿'字，连起来就是'福寿'。'福寿膏'，就是龙伯给你治病的灵丹妙药。"

"不！"刘士达竭尽全力地吼叫着，"什么福寿膏，就是鸦片烟，我不吃鸦片烟！"

龙永久大笑不止。他再次拍着刘士达的肩膀，狡黠地说："对！你说得对，是鸦片烟，说起来不怎么好听。好听的名字叫作'福寿膏'。看在龙、刘两家多年的'交情'，我已经吩咐下去，叫他们给你上'宫保烟'，这是福寿膏中的上上品。看你刘家的面子，我龙某人分文不收。吃了这上品福寿膏，我保你药到病除，添福添寿。"

筱碧玉把这一切都看在了眼里。心想刘家大少爷真是太遭孽了，这么轻易就钻进了龙永久设下的圈套。此刻，她愤愤不平，却又爱莫能助。她不忍心目睹这惨烈的场面，不由得把脸扭转到一边。她恍恍惚惚，听到刘士达的唾骂与呼号，紧接着，便是一阵急促的脚步声响。当她回过脸来时，刘士达已经不见了身影，声声唾骂与呼号，却还依然在继续，只是传出来的声音，已经变得嘶哑和无力了……

傍晚，一个陌生人来到刘家窨子报信，说是刘士达去了老丈人屋里，要在那里小住几天，屋里人不必为他担心，也莫去寻他。

● 打瓜金

　　十年前，刘家窨子祸起阴沉木，落得个人财两空。十年后，刘金山再一次处于内外交困之中。老丈人东窗事发，丈母娘悬梁自尽。他下辰州处理好岳家的后事，回到浦阳镇，又得知达儿中了龙永久的圈套，上了鸦片烟瘾。要让达儿戒掉烟瘾，可不是那么容易的事。而最令他惶惶不可终日的，还是老丈人的案子与他的筋筋绊绊，着实让他胆战心惊。他已经着人找门路疏通、打点。若是奏效，以补交木关税银了结，大事化小，那就谢天谢地。如若不然，就只怕有牢狱之灾了。

　　刘金山为了让达儿戒鸦片，将他关在阁楼上的一间小屋里。由四个佣工，两人一班，轮流看守。晦气至极的达儿，后悔上了龙永久的当。当烟瘾上来，鼻涕眼泪一涌而出时，便又除了鸦片之外，什么都不想了。他的每一节骨头，都像是被针扎；每一块肌肉，都像是被刀割。他心烦心躁，呼天喊地，把整个窨子屋都惊动了。刘金山还特别规定，达儿烟瘾上来时，伍秀玲和林琼香绝不允许上楼去和他见面，一定要让他自己熬过难关。楼上的达儿痛哭呼号，楼下的婆媳牵肠挂肚。几天过去，戒烟不见成效，楼上的哭喊声反而变得更加惨烈，更加揪心。突然，在"砰"的一声过后，值守的佣工大喊："不好了！大少爷撞了柱子，脑壳出血了。"

　　婆媳二人顾不得禁令，一同急速地冲上了阁楼。见到的是倒在血泊中的达儿。

　　"娘！你就让我去死吧！"刘士达喃喃地说。他头上的鲜血在不住地流淌。

"快去拿毛蜡烛①来，在我的梳妆盒子里。"伍秀玲一面用手捂住儿子的伤口，一面吩咐儿媳去拿止血药。

伍秀玲将一团毛蜡烛的绒毛，往达儿头上的伤口上敷。达儿挣扎着，哭喊着："我不敷，让它流，这样活着，还不如死了好。"

"莫动！"伍秀玲流着泪，声音嘶哑。

在伍秀玲的示意下，两个佣工上前捉住达儿的手脚。没奈何，达儿任母亲和妻子为他敷药、包扎。突然，达儿昏厥了，佝偻着的身子，不断地抽搐着。伍秀玲急了，伏下身去，一手托起他的脑壳，一手掐着人中穴。林琼香被吓坏了，"呜呜"地哭了起来。过了好一阵，达儿才缓过了气来，停止了抽搐。在伍秀玲的示意下，两个佣工把他抬到床上平躺着。苏醒过来的达儿，仍然摆脱不了烟瘾的困扰。他曲蜷着身子，在床上不住滚动，痛苦的呻吟凄怆而揪心。不知什么时候，刘金山也悄然来到了阁楼上，站立在她们的身后，目睹了这里发生的一切。

"老爷！"一个佣工叫了一声。

伍秀玲和林琼香抬起头来，望着刘金山严厉的面孔。好久，刘金山都没有开口说话，最后才蹦出一句："在这里做哪样？还不赶紧下楼去！"

伍秀玲没有下楼，而是"扑通"一声，跪在了刘金山的跟前。见婆婆下跪，林琼香也跟着跪在了楼板上。

"老爷，求求你，伢儿实在太遭孽了，你就让他吃吧！"伍秀玲苦苦哀求。

林琼香也跟着婆婆说："爹！求求你，你就让他吃吧！"

"不行！绝对不行！"刘金山的回答斩钉截铁。他说："这就着人去德济堂，给他去捡几副戒烟的药来。"

伍秀玲和林琼香俩婆媳，寄希望于德济堂捡来的药，能够帮助达儿戒

---

① 毛蜡烛：湘西一种用于止血的药用植物，因形同一支毛绒绒的蜡烛而得名。

烟，至少是能够减轻他的痛苦。然而，吃药过后，并没有效果。刘士达每当烟瘾上来时，就完全失去了理智，变成了一个疯疯癫癫的人。他用脑壳撞柱头，撞板壁。他用拳头打自己的胸，用手指甲抠自己的脸。他血肉模糊的身上，已经很难见到一块好肉了。

在刘家窨子里，刘金山的话，说一不二。如今，儿子活得这般遭孽，伍秀玲也就管不得那么多了。她悄悄着人去到百家巷的烟馆买来鸦片烟泡子。达儿若是犯瘾了，便悄悄儿给他吞吃过瘾。几天过去，达儿渐渐恢复了元神。他不再吵，也不再闹了，阁楼上又恢复了昔日的宁静。

"我说了嘛！戒烟是不能半途而废的。只要熬过了那个当口，达儿的烟瘾，这不也就戒掉了。"刘金山不知内情，误以为伢儿戒烟已经取得成功，感到十分欣慰。

"是的。戒掉了，戒掉了……"伍秀玲不敢说出真相，含糊其词。

刘金山做出新的部署："守他的人，要一个月以后才能撤。他烟瘾虽然戒脱了，心里对那东西还是舍不掉的。放他出去，肯定又会往烟馆里钻。"

刘士达吞吃鸦片泡子的事，在刘家窨子里，除了伍秀玲、林琼香婆媳，看管达儿的佣工之外，再也没有其他人知道。而这件事在浦阳镇上，却已是尽人皆知。这天，刘金山到河街上细毛的剃头铺里剃头。

"大少爷，你瘦了。"细毛一边剃头一边对刘金山说，"有些事情你还要想开些。"

刘金山闭着两眼，任细毛的剃刀在修刮。他轻轻叹了一口气，说："唉！想不开又怎么样？我只能是到哪山唱哪歌了。"

"依我看哪，只有一件事，你必须抓紧，不能放罢。"

"哪件事？"

"达儿吃鸦片烟的事。"

"细毛，难为你替我操心。达儿的鸦片烟瘾，总算是戒脱了。"

"大少爷，你是真不晓得，还是假不晓得？"细毛问。

"你这话是什么意思？"刘金山反问。

细毛叹了一口气，说："嗨！通浦阳的人都晓得的事情，怎么就唯独瞒着你。达儿的烟瘾根本就没戒脱。太太看他遭孽，给他备办了鸦片泡子，他每天都在吞。"

刘金山经细毛这一指点，恍然大悟了。回到屋里，他轻手轻脚上了阁楼。小房里，伍秀玲和林琼香正在给达儿吞吃鸦片泡子。刘金山气得浑身发抖，一个箭步进到房里，揪住伍秀玲，封门就是一耳光。伍秀玲白嫩的脸上，顿时出现了五个手指印。见这般情景，刘士达禁不住浑身发起抖来。林琼香吓坏了，赶紧躲到了小屋的角落里。

"混账东西……混账东西……"刘金山气得浑身发抖，反复骂着这句话。

伍秀玲嫁到刘家二十年，这还是第一次挨丈夫的打。她做主让达儿吞吃泡子，为的只是让达儿减轻痛苦，没想到丈夫会发那么大的火。居然当着儿子、媳妇，还有佣工的面，动手打人。她难以接受，委屈的泪水情不自禁地落下了腮边。

"人家设圈套让达儿钻，达儿就去钻。人家等着看刘家的笑话，你就搂出肚子让人家看！你这婆娘简直是比猪还要蠢！"刘金山指着婆娘的鼻子，越骂越生气。

刘金山的责打和呵斥，令伍秀玲如梦初醒。达儿戒烟的事情，并不是她想象的那么简单。让达儿吃鸦片上瘾，本来就是仇家的毒计。自己和儿媳这样做，着实是让亲者痛仇者快的事呵！明白事理过后，她觉得丈夫打得在理，不敢再顶撞了。躲在一边的林琼香，也栽着脑壳表示忏悔："爹，对不住！琼香帮倒忙了。往后，达儿戒烟的事全都听您的。"

断了鸦片泡子的达儿，又开始了难熬的日子。刘家窨子里，每当达儿烟瘾上来，凄厉的喊叫，又不时从阁楼上传来，令婆媳二人揪心裂肺。即使如此，她们也不敢越雷池半步，上到楼上去看一眼。几天后，反复的折腾，使得达儿元气几近丧失，意志消磨殆尽。只要让他过一回烟瘾，哪怕是立刻去见阎王，他也心甘情愿。

拂晓时分，刘士达辗转难眠。两个值守他的佣工，在地铺上睡兴正浓，二人一高一低，轮流扯着蒲鼾。刘士达咳嗽一声，两人竟无反响。烟瘾发作的刘士达决定孤注一掷。他将印花布床单撕成布条，又将这些布条相连接，足足有两丈多长。他蹑手蹑脚来到窗户边。这是一扇很小的窗户，勉强容得下一个人的身子。他将布条在窗棂上拴牢，摞下窗外。而后，他脚踩板凳，将身子从窗口钻出。板凳绊倒，佣工惊醒。当佣工回过神来时，他已经顺着那根布条往楼脚梭去。

"不好了！大少爷跳窗子逃跑了！"一个佣工大声喊叫。

刘士达听到叫喊声，惊恐万状，那抓布条的双手全然不听使唤。他"哗"地一梭到底，便跌到了墙脚……当人们打开锁着的大门，一拥而出来到弄子里时，发现刘士达已经躺在墙脚的岩板路上。他曲蜷着身子，嘴里不住地发出呻吟。他用手捂着一只动弹不得的脚。那只脚，如同摆放在岩板路上的布包，似乎已经不属于他了。

腿脚带伤的刘士达，被抬回到阁楼上另一间外墙没有窗户的小房里。

"孽障……孽障……"客堂里，刘金山来回踱着步，嘴里反复念叨着这两个字。

天亮时分，一位水师来到。小房里，再一次传来了达儿呼天喊地的惨叫声。人们难以辨别，这究竟是水师在为达儿正骨复位，还是达儿的烟瘾又上来了。

早饭时，厨子在后堂为刘金山摆好了饭菜。刘金山坐在了桌子边，一直没有动筷子。刘家窨子男女不同席。往常，陪刘金山吃饭的，是两个儿子——达儿和宝儿。如今就只剩下宝儿了。这宝儿先天脑子少了一根筋，外头人叫他"憨宝"。爹娘为了他，神没少敬，药没少吃，到头来依然如故。刘金山对宝儿不抱希望，达儿便成了唯一的寄托。如今，达儿偏又中了小人奸计，成了这个样子，刘金山心中有说不出的失落与凄凉。这时，只见宝儿大口大口地扒着饭，吃着菜，喝着汤，屋里发生的事情，对他的食欲没得任何影响。

"爹！你吃饭呀！怎么不吃！今天的菜真的很好吃哟！"宝儿指着桌上的菜对父亲说。

"唉！"刘金山叹着气，摇着头。他不用吃饭，气都已经气饱了。

"爹！你怎么还不吃饭？！快吃饭呀！"宝儿再一次催促父亲吃饭。

刘金山想开了，不管怎样，饭总还是要吃的。他拿起了餐桌上的筷子，动手吃饭。

这时，四个衙役打扮的人，手拿签票，进到了刘家窨子。他们从前厅沿着回廊，径往后堂，来到了刘金山的餐桌前。伍秀玲紧跟其后。刘金山见此架势，立刻明白了一切。他托人在辰州府的打点，显然是没有奏效。这些年来，他经过辰州的木排"只打验关钢戳，不交通关木税"的行径，被人揪住不放，案子已经发作了。

"刘老板，通判大人请你到三府衙门走一趟。"一个衙役把签票轻轻放在饭桌上，对着刘金山拱了拱手，有礼貌地说。

另一个衙役立刻上前说："刘老板先吃饭，先吃饭！吃完饭再走不迟。"

"不吃了，我们走吧！"刘金山站立起来，对衙役们说。

四个衙役进了屋，要抓走老爷的消息，立刻传遍了刘家窨子。不一会儿，后堂就聚集了一大群人。人们不相信，这幢窨子屋千良百善的掌门人，会犯哪门子的法！有几个佣工冲着衙役叫嚷："干什么！你们想干什么！"更有人上前护着刘金山，不让他这样被带走。

刘金山连忙对众人说："你们不许胡来！这几位差哥是三府衙门通判老爷派来的。衙门的签票来传我，我一个小小老百姓能够不去吗？"

众人听到刘金山的话，不再起哄了。

宝儿抱住父亲的一条腿，哭兮兮地说："爹！你去哪里？宝儿不让你走！"

伍秀玲清楚，丈夫被抓，是受到她父亲案子的牵连。她哭丧着脸对丈夫说："你放心去吧！屋里的事情有我。他们不会把你怎么样的。"

刘金山向妻子交代："我去走一趟，在那里不会有多久的。你在屋里多操点心，最紧要的是把达儿的脚伤整治好，帮着他把烟瘾戒掉，莫再做那种糊涂事了。"

"我记住了。你就放心去吧！"伍秀玲哽噎着说。

刘金山弯下腰，对紧抱着他腿脚的宝儿说："乖崽，把手放了。爹爹去几天就回来，在屋里要听娘的话。"

宝儿哭着，慢慢地松开了手。刘金山转身对衙役们说："请各位差哥通融。金山还有点小事，要到阁楼上去一趟。如果不放心，可以跟着我一路去。"

由衙役押解着的刘金山，去到阁楼的小房里。昏昏沉沉的刘士达，见父亲的身后，竟跟着一伙衙役，莫名的惊吓，顿时使他清醒了许多。他不禁问道："爹！你这是做哪样？"

刘金山说："爹爹犯事了，要跟着差哥走一趟，要去些日子才能回来，别的你莫多问。记住，爹爹不在家，你就是刘家的男子汉。争点儿气，听娘的话，把脚伤治好，把烟瘾戒掉。你是刘家的长子，门户要靠你支撑。"

刘金山说完这些话，在衙役的押解下，转身就下了阁楼。

这天，浦阳镇接二连三的新闻，全都出自刘家窨子。最开心的，莫过是龙永久了。他来到家先坛前，将仇家得到的报应，向阴冥中的老娘诉说，告慰她那枉死的冤魂。他眼珠子一转，便找来了长疤子，向他隆重宣布："后天是四月十二，我的生日。我要办生日酒，要把所有的亲朋好友请来庆贺，你快去给我张罗。"

长疤子眨巴着眼睛，他的这位主子前年才办了四十大寿，怎么又要办生日酒？他问道："龙爷，你这是——"

"怎么？我满四十二岁，难道就办不得生日酒？！我心里快活，就是要办。你快去张罗，场伙要搞大，越大越好。"

　　长疤子明白了主子的用意，立刻随声附和："对！做生日酒，场伙搞大，打围鼓，多请几个围鼓堂。"

　　龙永久袖子一甩，说："不！不打围鼓，要来真的，请名角，唱堂会。唱三日三夜！"

　　"对！请名角，唱堂会。"长疤子又再次附和，突然他想起，"哎呀！听说康家洲的名角康喜春死了堂客，已经快两年没上台了。"

　　"哈！这戏子倒还讲情义。"龙永久扑哧一笑，大声大气地说，"多多给他银子，要他开口唱就是。"

　　四月初十，张家窨子忽然接到了龙家窨子的寿宴请帖。刘金莲见到请帖，顿时脸就气白了。她心想，这无赖真是想得出，请四十二岁的生日酒。这不明明是在为刘家窨子出事找开心吗？更令她生气的是，帖子上写的是张复礼的名字。浦阳镇上的人都晓得，张复礼自从四年前父亲去世，回来当过孝子以后，就再也没有回过家，而是带着一个富家的小寡妇，从汉口去了镇江，又在那里开了一个庄号，还在那里生了一对双胞胎儿子。乐不思蜀的冤家，就连去年龙儿成亲，搭了好几个信去，他都没有回来。天杀的在家时，就曾和龙家的这个无赖眉来眼去，称兄道弟，打得火热，请帖上故意写他的名字，显然是故意来这样一手。

　　"娘！来了帖子，我们要去人吗？"张钰龙指着帖子问。

　　"不去！"刘金莲回答得爽快。

　　老太太也说："不去！去做哪样？他把你舅舅一家害得还不够苦吗？"

　　这时，一旁身怀有孕的印蕙娇说话了："婆！娘！蕙儿有句话，不知当讲不当讲？"

　　张王氏和刘金莲不知蕙娇要讲哪样，几乎是异口同声地说："讲！只管讲！自家屋里想讲哪样都是可以的。"

　　蕙娇说："龙家做生日酒来的帖子，若是依得蕙儿讲，还是去的好。"

张王氏不同意："去的好？！去做哪样？这帖子上写的是你公爹张复礼的名字。他在镇江，未必还会赶回来吃他的生日酒？！"

印蕙娇看了张王氏一眼，低下了头。她说："婆讲得有道理，公爹是不能从镇江赶回来吃生日酒。可是公爹有儿子，就在浦阳镇上呀！龙儿已经是大人了，是张家的男子汉，支撑门户的事情，应该让他学着去做。龙家的这张帖子，来者不善，善者不来，明摆着是在故意气恼刘家窨子，连带着也是气恼我们张家窨子，还有我姨娘那里——林家窨子。倘若是高挂免战牌，龙家就会更得意，甚至会笑话我们，说我们张家也和刘家一起，都被他龙家打败了。老话说，忍得一时之气，免得百日之忧。这世上的许多事情，光凭赌气是不行的。若是依得蕙儿，就让龙儿去吃这个生日酒，也算是让他去见见世面，也没得哪样不可以的。"

印蕙娇滔滔不绝地说完这番话，一屋人都愣在了那里。蕙儿嫁到张家快一年了，这是她第一次对屋里的事发表意见。见众人都不作声，她似乎有点儿紧张了，连忙说："婆！娘！蕙儿年轻，不懂事，若是哪里讲错了，就当我没讲就是了。"

最先说话是刘金莲，她问："依你看，林家窨子你姨爹接了帖子，会去吃这个生日酒吗？"

印蕙娇说："林家窨子的事情，都是亲公在做主。亲公是个做事想得远、想得开的人。依我猜想，林家是会着人去吃这个生日酒的。"

"他会着哪个去？"刘金莲问。

印蕙娇想了想，说："他会着我老表世宇去。"

"你敢断定？"

"断定不敢，十有八九就是了。"

刘金莲在听过儿媳的一番话过后，觉得说得在理，想得周到。龙家人越是这样，生日酒就越要去吃。这时，张王氏也说话了，满口都是对孙媳妇的称赞："蕙儿的话说得在理。真看不出，蕙儿年纪轻轻，想事想得那么周到，真不愧是书香门第出来的女伢儿。虽然说龙家诡计多端，我们不去惹他，料他也不敢对我们怎么样。就依蕙儿的，给他龙永久一个面子，着龙儿去吃这个生日酒。金莲，你看呢？"

"娘说的是。常言说，好汉怕棍子，好人怕癞子。龙永久就是大棍子、大癞子，没有必要去得罪他，惹恼他。他既然来了帖子，我们来者不拒，着龙儿去就是。"刘金莲转而对儿子说："龙儿，按照婆的意思，你就去龙家吃那生日酒吧！去了那里，你一定要见子打子。记住，既要给龙家留面子，也不能让张家失面子。"

张王氏立刻接腔："对！就按照你娘说的，去吃生日酒。"

张钰龙说："婆！娘！你们就放心吧！爹爹不在家，龙家的生日酒，当然应该由龙儿去吃。老话说，仇人见面，分外眼红。龙家虽是我们的仇人，见了面也大可不必眼红，只能放在心里，表面上是不能现形的。龙永久这次发癫，不该做生日酒的时候，偏要大摆筵席，分明是做给我们看的。他是故意在气我们，怄我们。他的场伙一定搞得大，来的人一定很多。到了那里，哪样当讲，哪样不当讲；哪样当做，哪样不当做，龙儿都心里有数。到了那里，龙儿是不会给张家丢面子的。"

四月十二，转眼就到了。清早，龙永久和筱碧玉便起了床。筱碧玉梳洗过后，便去衣柜里翻找衣服。两年前，丈夫四十岁生日，全家给丈夫拜寿。她和大房、二房一道，陪着丈夫坐在神龛前领拜。今天他又过生日，这个程序显然是少不了。既然是要领拜，就得穿件像样的衣服。她挑来挑去，也不晓得穿哪件好。

"今天拜生日，你就不要去领拜了。"龙永久突然冒出这句话，说完就径自出了房门。

龙永久的决定，筱碧玉并不感到意外。前些日子，四个儿子被他知会得团团转，不是让他们去运货，就是让他们去讨账。他不希望在窖子屋里见到儿子。今天做寿，他却把四个儿子都召了回来。他怎能和筱碧玉坐在一起，接受儿子的礼拜呢？因为他们当中的某一个，就是让他戴绿帽子的孽种。她从衣柜里找出一件浅灰色的软缎小袄，一条靛青色的敞口裤子。

连绣花鞋也换成了海蓝色的千层底。这样的喜庆场合，本该浓妆艳抹，是刚才龙永久的决定，使得她决意改变装束。她本色出场，不施粉黛，通体上下，没有任何一点喜庆的颜色。筱碧玉照着菱花镜，白皙的脸庞上渗出了一丝苦笑。

先天下午，康喜春早早来到浦阳镇。他前往后街的一条弄子里，看望了卧病在床的师傅杜凤麟。杜凤麟无儿无女。三年前病倒，便再也没跟班唱戏。平日无多积蓄的杜凤麟，生活日渐艰难，都是靠康喜春等徒弟给予的接济度日。杜凤麟是有名的戏篓子，教戏得法，徒弟众多。他最得意的弟子，便是有情有义的康喜春。晚上，康喜春就歇在了师傅屋里。第二天早饭过后，他来到了龙家窨子。

康喜春进到龙家窨子时，前厅正聚集着一家男女老少，行拜寿之礼。膏栈老板不知从哪里弄来了个老学究，把个拜寿的礼仪，搞得个分外复杂，仿佛比皇帝爷登基还要隆重。可龙永久就是喜欢这一套。来吃生日酒的宾客，还有窨子屋里的许多人，都参与了围观的行列。这种场合康喜春见得多。凭他的经验，这种烦琐与乏味的礼仪，一时半会是结束不了的。他径自往后堂走去，没想到在天井里与筱碧玉不期而遇。

"怎么？三姨太，你没去前厅领拜？！"康喜春感到分外诧异，他问道。

筱碧玉低头看了看自己的打扮，而后反问康喜春："康老板，你看我像是去领拜的样子吗？"

康喜春这才仔细打量起筱碧玉来，这位绝色的女子，竟然是通身素净打扮，与东家的喜庆气氛极不协调。一脸密布的阴云，笼罩着她猜不透的愁情；两撇紧锁的蛾眉，锁住了她解不开的心结。这就是那位被称为"浦阳第一美人"的女子吗？昔日她那照人的光彩，而今竟蒙上了灰尘。这些年，康喜春不知多少次得到过她的赏号。而今，这女子又站在了他的面前，显得那样的忧郁，那样的无助。

"三姨太，你这是怎么了？出了哪样事吗？"康喜春关切地问。

"先莫问我，讲讲你自己的事吧！"筱碧玉话语虽低声，却显得格外真挚，"嫂子过世都快两年了，你一直还在悲痛之中，连戏都不唱了。你是个重情义的男人。世上这样的男人不多。"

康喜春连忙说："三姨太快莫这样讲，这都是喜春命苦。她九岁时，便到我屋里当童养媳，二人也可算是青梅竹马了。她虽说是长得丑点，良心却盖世的好，又为我生了一个儿子。对我来说这就已经足够了。没想到她先走了，可叹我的无缘。"

"唉！"筱碧玉叹着气安慰康喜春，"康老板不必过分悲伤。常言说，人死不能复生，悲伤也是枉然。刚才你说是无缘，很有道理。再说得真切些，是你们的缘分到了尽头。你纵然丢不掉，想不开，也是没有办法的了。"

这位三姨太的传闻，康喜春听说过不少。她天生丽质，出身青楼，却保全着碧玉无瑕的身子，最后却落在了这位膏栈老板的手中。往日，康喜春仰慕这女子的风采，如同仰望天上的星星。今天的偶然邂逅，康喜春竟与她有了谈话的机会。没料到这女子竟是如此通情达理，善解人意。康喜春惊讶地发现，她在这龙家窨子里，尽管是饭来张口，衣来伸手，日子却过得并不是那么遂意，这恰恰印证了"自古红颜多薄命"的那句老话。

"三姨太，你也讲讲自己吧！日子过得怎么样？"康喜春撩边子问道。

筱碧玉望了望四周无人，而后看着康喜春，晶莹的泪水，顿时模糊了眼眶。眼前的戏子，显然是一个善良之辈。虽是萍水相逢，却足以使她信任。于是，她以最简洁的语言回答："度日如年，生不如死！"

筱碧玉的回答，使康喜春感到震惊。这女子纵然是对自己的生活状态不满意，也不至于到了这样的程度。抑或是这位出身青楼的女子心性过高，而命又太薄。他只能轻描淡写地相劝她几句："三姨太，你还年纪轻轻，千万莫要这样讲。世上的事情，总是难得圆满的。纵然不圆满，不称心，不如意，你也只能将就些了。"

"将就！我已经在这屋里将就了五年。讲句不怕丑的话，我已经守了五年的活寡。"筱碧玉把声音压得很低很低，充满怨艾和凄怆。她不知哪来的勇气，居然向一个并没有多少交集的戏子，倾诉起自己的痛苦来："康老板，对不住，像这样的丑事，实在不该对你讲。可我举目无亲，没得任何人可以讲。我也是个女人，女人来到这世上，图的哪样？还不是图的生儿育女，我连这点最起码的愿望，都已经无法实现了。我只是一个摆设，什么时候别人不再需要，往角落里一丢，我就喊天天不应，叫地地不灵了。碧玉虽然出身低贱，可并不是个不明礼义、不知廉耻的女人。我从康老板对过世嫂子的一往情深，看出你是个好人。这才厚着脸皮，把这些讲不出口的丑事，全都讲了出来。除了当事的他和我之外，你是晓得这件事情的第三个人。我讲的这些，请千万莫见笑，千万莫传开去。"

康喜春没想到，这个浦阳镇上堪称绝色的女子，居然还有这样一本难念的经。康喜春更没想到，他这样一个出身卑微的戏子，居然也成了这女子倾诉衷肠的对象。他受宠若惊。筱碧玉与其说是在倾诉，倒不如说是在求救。遗憾的是，他只是一个戏子，纵有怜香惜玉之心，也无解救倒悬之力。

"多谢你看得起，把这样的隐私都告诉了我。请放一百个心，我是绝对不会讲出去的。"康喜春谦卑地说，"你这样相信我，看重我，我实在当不起。我只是一个戏子，没有势力，没有钱财，除了能唱几出戏，别的什么都没有。我敬重你的人品，同情你的处境，可我心有余而力不足，帮不了你的忙，辜负了你的信任。"

"不！"筱碧玉两眼充满泪水，凄怆地摇着头，她不知哪来的勇气，居然以颤抖的声音说出了这样的话："碧玉再一次厚着脸皮说话，世上能救碧玉出苦海的，或许就只有你康老板了。"

筱碧玉的话，使康喜春摸不着头脑。他一时不知如何回应。妇人可怜巴巴地望着他，等待着他的回音。这时，来吃生日酒的张钰龙去茅厕解手，路过天井。刚才，筱碧玉说的哪样，他没听清，却看到了尴尬的场面，看到了筱碧玉眼眶里的泪水。他犯了猜疑，三姨太不去寿堂领拜，却和康喜春待在这里，还流了泪，这究竟是在做哪样呀？

一个丫头走来对筱碧玉说："三姨娘，客人们到了，老爷要你去接客。"

"知道了，你先去吧！"筱碧玉说。

丫头没有走，在等着筱碧玉同行。筱碧玉望着康喜春，不忍离去，似乎还在等待着他的答复。康喜春是个谨小慎微的人，担心他们这样待在一起，说不定会生出哪样事情来。他朝着筱碧玉尴尬地笑了笑，扯脚便离开了天井。

筱碧玉来到前厅，那里已经坐满了客人。三府衙门的赵通判来了，千总衙门的方千总也来了。这是龙永久得到的最大面子。这些年，浦阳镇上两个衙门的朝廷命官，走马灯似的换得勤。鸦片商人对于官员的巴结，比任何行业的商贾都显得重要。每来一个新官，龙永久的打点便随即跟进。膏栈里有的是宫保烟，有了它便可以打遍天下。

姗姗来迟的筱碧玉，立刻吸引了客人们。往常，到龙家窨子办事、做客的人，都有一个附带的重要内容，那就是前来一睹筱碧玉的芳容。今天，当她在众人面前出现时，人们盯在她身上的目光，除了对她的美貌感到惊叹外，还多了一层疑惑。大喜的日子，这婆娘怎么这样一身素净打扮？最为光火的当然是龙永久。这婆娘显然是因为不让她堂前领拜，才故意这样做的。他虽是恼怒，却又不便发作。

"老三，还不快来见过赵大人、方总爷，见过各位贵客。"龙永久大话大句地说。对于她不合时宜的穿着，仿佛根本就不在意。

筱碧玉落落大方地来了个万福，而后将客人们逐一点到。这些个客人，她没有一个不认识。她款款而行，每到一个客人的面前，那客人无不觉得眼前一亮，心里则都在嘀咕：久伢儿这鬼崽崽，有这样的光鲜婆娘陪伴，真的是艳福不浅！

"三姨太，也真有你的，龙老板的千秋华诞，你却来了个别出心裁的

打扮 —— 清水出芙蓉！"说话的是赵通判，色眯眯地看着筱碧玉。

筱碧玉嫣然一笑，顺势就地滚龙，对自己的一身素净，做出另一番解释："多谢赵大人的夸奖。老爷寿诞，碧玉生性不喜欢矫揉造作，用的是本色，是诚心。"

筱碧玉的解释虽然有些牵强，却引来了客人们意外的"啧啧"声。这婆娘嘴上的功夫真不错，左右逢源，横竖有理。那龙永久原本气不从一处出，听了筱碧玉就地滚龙的解释，觉得自己有了面子，一肚子的气也就完全消了。

"诚心，诚心个屁！跟个霜打蔫了的白茄子一样，还显得诚心吗？"说完，龙永久哈哈大笑起来。他是那样的得意，那样的满足。

吃生日酒的人们，陆陆续续来到龙家窨子。不出印蕙娇所料，张钰龙在人群中见到了表弟林世宇。钰龙拍了拍世宇的肩膀，二人去到后堂的一个僻静所在。钰龙将刚才在天井里的所见，原原本本告诉了世宇。两个后生一琢磨，觉得这里头大有文章。他们甚至意识到，有一出比堂会更热闹的戏，就要在这龙家窨子开锣了。

生日堂会戏，男人寿戏的开头，是目连戏的《元旦上寿》一折，康喜春演唱的是其中的刘氏，出场的一曲〔新水令〕，便得了满堂彩。使龙永久感到意外的是，若在平时，筱碧玉是必定会给赏号的。今天，她既没有叫好，也没有给赏钱，只是静静地看着，听着，全然没得往日的那种激动。

开台戏终了，筱碧玉跟龙永久知会了一声："我身子有点不舒服，想去休息一会儿。"说着，便做起一副难受的样子，匆匆离开了前厅的戏场。她的这一反常举动，被不远处一直注视着她的张钰龙和林世宇看了个真切。

晌午，堂会戏打腰台。寿星的家人，看戏的宾客，唱戏的戏子，一同打点心，吃寿面。张钰龙和林世宇惊奇地发现，那佯装身子不舒服的三姨太，竟然在伙房里忙活了起来。在堂会戏的后台，他们还得见，筱碧玉亲手把一碗寿面，端送到了康喜春的跟前。康喜春因为下午还有戏，只是脱了戏服，脸上的妆没有卸。筱碧玉朝着寿面努了努嘴巴，康喜春便赶紧用手接过。送过寿面，筱碧玉便匆匆离开了后台。康喜春做着吃寿面的样子，悄然离开了戏场。他去到了后堂的一处杂屋里，那里是戏班的歇息之地。适才筱碧玉的示意，是表示这碗面里头有名堂。康喜春蹲下身子，用筷子在面碗里挑了挑，果然挑出了一个小红布包。他四下张望着，在确信无人之后，便急不可耐将红布包夹出，打开，那里面包着的竟然是一粒南瓜子和一枚金戒指。康喜春懵了。他那只平摊着的手板，连同上面的南瓜子和金戒指，不住地颤抖起来。他晕晕乎乎，不知所措，连杂屋里进来了两个人，悄悄儿站在了他的身后，也全然没有发现。

"怎么样？是龙家的哪位太太、小姐邀你'打瓜金'？"张钰龙弯下腰，在康喜春的耳边压低嗓门轻声说。

康喜春一怔，回过头来，见身后站着张家和林家的两位大少爷，不由得脑壳"嗡"的一声，顿时就吓出了一身冷汗。

"呵！是二位大少爷。"康喜春连忙站起身，身子有些儿颤抖。极会做戏的旦角师傅，这时也笑得不那么自然了。他心存侥幸，不相信这两个伢儿会懂得戏班里的"言子"，会明白"打瓜金"的含意。于是，他试探性地问道："嘻嘻……二位大少爷……你们也晓得'打瓜金'？！"

"我们怎么不晓得！"张钰龙说，"莫忘了，你的杜凤麟老师傅，也是我爹爹的教戏师傅。若是论辈分，我该叫你一声师叔。戏班里的'言子'，我晓得的也不算少。'打瓜金'又叫作'翘撒'，就是要邀你悄悄儿'走路'的意思。三姨太放在这寿面里一粒南瓜子、一枚金戒指，合将起来，不就是'打瓜金'的意思吗？"

"康师傅，你说对也不对？"林世宇拍着康喜春的肩膀，又加问了这么一句。

"对！对！二位大少爷讲的全都对。"康喜春得知事情败露，顿时就慌了神。他两腿一软，便"扑通"一声跌跪在了地上，昂起那依然化着妆的头脸，可怜巴巴地哀求着："二位大少爷，高抬贵手，放我喜春一马。这事若是讲了出去，我的小命就没有了。我丢了小命不打紧，还会要连累三姨太。她可是个千良百善的好人呀！她邀我这么做，也是出于万般无奈。这些年来，她一直是打着活单身哪！"

"康师傅，快起来！"两个年轻人的四只手，一同把康喜春搀扶了起来。

"师叔不必惊慌。"张钰龙改变了对康喜春的称呼。他说："你放心，我们不是来搞你的路子的。我们是来告诉你，若是有哪样事情要我们帮忙，你只管讲出来，我们一定会帮你的。"

张钰龙的话，一时叫康喜春摸不着头脑。他不相信有这样的好事，连忙说："喜春不敢，喜春不敢。喜春做出了这等不该做的事，要打要罚，任凭二位大少爷。只是请二位高抬贵手，救喜春一条小命，千万莫把事情讲出去。"

"怎么？康师叔不相信我们？！"张钰龙说着，向康喜春问道，"我来问你，龙永久不逢整十数，又不逢本命年，为哪样要搞这大的场伙做生日酒？"

康喜春说："是啊！我也搞不太明白，只听说是龙家和镇上的刘家打对头，刘家出事了，龙家人高兴，要显威风，才发癫办的这场生日酒。"

张钰龙说："那我再来问你，这龙家的仇人，在辰州城里坐班房的刘金山，是我的什么人？"

康喜春回答："是你的舅爷。"

张钰龙接着问："那被龙永久害得上了鸦片烟瘾的刘士达，是我什么人？"

"是你的老表。"

"这位也是我的老表，林家的大少爷林世宇。"张钰龙接着把林世宇介绍给康喜春。

康喜春说："我晓得，我晓得。是他的双胞胎姐姐嫁到了刘家。你们这三家人，是亲上加亲。我虽不住在浦阳镇，刘、龙两家的过节，我也是晓得一些的。过去的事情且不说，就说这次，龙永久设下奸计，让刘家大少爷倒在了鸦片烟枪之下，也真是够歹毒的。我相信，你们都是刘家的至亲，是绝对不会向着龙家的。"

林世宇注意到康喜春说的一句话，问道："康师傅，你刚才说筱碧玉一直打着活单身，究竟是怎么回事？"

"嘻嘻……嘻嘻……"康喜春笑着说，"两位大少爷都是成了亲的人，应该晓得这种事情。还不就是说，那龙永久已经不……不行了。"

"这样的情形，有多久了？"张钰龙问。

"有五年了。"康喜春回答。

张钰龙说："这筱碧玉也真是怪可怜的。我听说，师叔娘过世已经两年多了。既然你们俩有情有义，'打瓜金'也未尝不可，就一同远走高飞，去寻找你们的世界吧！"

林世宇接着说："康师傅，事关重大，你们二人一定要小心行事。若是败露，后果不堪设想。有哪样需要我和钰龙帮忙的，你只管说话。"

康喜春在一场虚惊之后，又为自己的幸运感到高兴。适才间，他对于筱碧玉提出的"打瓜金"，瞻前顾后，一时还下不了最后的决心。就在这进退维谷的时候，他有幸遇到了张、林两家的大少爷，得到了理解、鼓励和支持，他便不再犹豫，不再彷徨了。这时，他们又凑在一起，商量了好大一阵。直到下午戏又打起了闹台。康喜春才离开杂屋。

下午的戏，一直唱到点灯挂西的时分才歇台。生日酒的桌席，摆满了窖子屋的前厅、后厅，连回廊上也都摆上了八仙桌子。龙永久特意打开地窖，取出了封存多年的包谷烧。美酒的醇香，飘散在人头攒动的窖子屋的每个角落。这样的生日酒席，在浦阳镇上是并不多见的。特别让龙永久得意的是，在前厅正席的上方，坐着的是赵通判和方千总。为了把刘家的掌门人送进大牢，他曾把一份密报，再加上两饼宫保烟，送进了三府衙门，交给了此刻坐在正席上的通判大人。如今，他的一切愿望都实现了。那大

牢里的刘家掌门人，不死也要脱层皮。酒量本来就好的龙永久，兴致一上
来，便什么都不顾了，在觥筹交错之中，他一杯接着一杯，吞咽着烈性的
包谷烧。正巧，那千总衙门的方千总，是一只装不满的酒桶。他和龙永久
你一杯，我一盏，喝了个棋逢对手。

方千总朝天一仰脖子，一杯酒喝得精光；龙永久手颤脚颤身子摇晃，
一杯酒撒了一地。

"大哥，你不能再喝了。"长疤子急忙上前，一把扶住龙永久。

龙永久一手将长疤子甩开，嘴巴不关风地说："什么……不能
再喝……我一点……都没有醉……方……总爷……你说……是……
不是……"

"龙老板海量，是不会醉的。"方千总上前拍了拍龙永久的肩膀，带
着醉意说。

酒席是男人的世界，女人是不能挨边的。筱碧玉胡乱地吃了几口饭，
心里惦念着那个面碗里的红布包，正要回房去，在天井里遇着了张钰龙。
钰龙挨近她的身边，悄声说了一句："准备好，半夜'打瓜金'。"

就这样，筱碧玉得到了康喜春的回应。她不去细想，张家大少爷怎
会成为传递信息的人？便急匆匆回到自己的房间，暗地里收拾衣物细软
去了。

这时，正席边走来了两个年轻人——张钰龙和林世宇，他们每人的
手中，都端着满满的一茶杯包谷烧。

张钰龙说："赵大人！方总爷！还有在座的各位长辈，请原谅钰龙没
出息，没酒量，我就不能给各位大人敬酒了。今天是龙伯的千秋寿诞，寿
星的这杯酒，我还是要敬的。"

林世宇也说："各位长辈，我也和钰龙老表一样，是特意前来给寿星
佬敬酒的。"

龙永久虽然喝到了九分九厘，心里却还是明白的。那两只充满着血丝
的醉眼，直盯着眼前的这两个年轻人，两个仇家的至亲。龙永久给两家人

发帖子,不过是想气他们一下,没想到他们还居然来了。他真想当着满堂宾客的面,将这两个毛头伢儿当众奚落一番,可要命的包谷烧,使他的舌头打卷,说不出想要说的话来。

"你是……哪个……"龙永久用打战的手,指着张钰龙。

"我是张恒泰的孙,张复礼的儿。"张钰龙回答。而后他又添了一句:"我是刘金山的外甥张钰龙。"

"刘金山……刘……金山……"龙永久舌头打着卷。他心里明白,刘金山就是他的仇家。这个人虽是仇家的外甥,却又是他好朋友张复礼的儿子。醉汉在情急之下,已经什么话都说不出了。龙永久的手一挥,又指向了林世宇:"你是……你是……"

"龙伯,你怎么连我都认不得了?我是林昌镜的孙,林顺忠的儿。"林世宇说着,也像张钰龙一样补充了一句,"我还是刘士达的郎舅——林世宇。"

满桌席的人见这两个年轻人——刘家的至亲,突然出现在这样的场合,一个端出刘金山,一个亮出刘士达,似乎是有意在这寿诞之上找茬。而他们所面对的人,又是一个酒醉醺醺的龙永久,真说不定会闹出个哪样事情来。龙永久的两只醉眼,仍然在发直。张钰龙和林世宇各自把满满一茶杯包谷烧,高高举到了龙永久的跟前。龙永久再喝下这两茶杯的包谷烧,是一定会烂醉如泥的。这时,只见长疤子一个箭步上去,挡在了龙永久的面前,说:"大哥,你不能再喝了!"

这时,龙永久不晓得哪来那么大的力气,一掌把长疤子推到了一边,而后大声喊叫起来:"拿……茶杯……给我……筛酒……"

"大哥,你不能再喝了!"长疤子依然重复着那句现话。

龙永久对长疤子的劝阻极不满意。他酒兴一时上来,顾不得酒宴上坐着赵通判,坐着方千总,坐着镇上一个个面子上的人,拿起桌子上的一个酒杯,就朝着长疤子脸上砸去。长疤子一闪,酒杯砸在地上,打得个粉碎。满堂的宾客,都为龙永久这突如其来的举动而感到震惊。面对着仇家至亲的挑战，他是绝对不会服输的。哪怕是醉死，他也要喝到底。

"拿茶杯……给我……筛酒……"龙永久对长疤子重复着自己的命令。

长疤子无奈，只得取来两个茶杯，挨个儿满满地斟上包谷烧。

龙永久又说话了："别人的酒……我不……喝了……你两个……我奉陪……到底……"

"多谢龙伯这样看得起小侄，我先干为敬。"张钰龙一仰脖子，把一茶杯包谷烧喝得个底朝天。

"好！"龙永久端起茶杯，一饮而尽。

"龙伯的这个千秋寿诞，小侄就用这杯酒表示心意。喝了这杯酒，龙家窨子定然会更加热闹。来，我先干为敬。"林世宇话中有话，可没人能听得明白。

龙永久本来就已经烂醉，为了显他的英雄气派，不在这两个仇家的至亲面前服输，他还一直硬撑着。当他喝下第二茶杯包谷烧时，便已经完全失去了自制。他两腿一软，顺势一梭，一个猪娘坐泥，便瘫在了桌子下面。

"呵火！寿星老儿梭台子了！"不知是哪个这么嚷了一声，寿筵立刻一片哗然。

与此同时，舍命敬酒的林世宇，只觉得天旋地转，身子棉花条似的摇晃起来，双脚在原地不住地扭走起来。张钰龙的酒量比他要大些，虽有醉意，却也还能够自制。见情况不妙，他一步上前，便将眼看就要倒地的林世宇一把扶住。

"哈！快来看，林家大少爷也走麻花步了！"

接下来又是一声嚷，宾客们随即把眼睛转向林世宇。只见那张钰龙搀扶着他，步履蹒跚地离开了龙家窨子。

这时，吴菊花、杨雪梅来到酒席筵前收拾残局，并连声向宾客表示歉意。长疤子也着人叫来了筱碧玉。人们七手八脚，从桌子下抬出了龙永久，转而又把他抬到了筱碧玉的房间里。

龙家窨子生日酒出现的一幕，全都看在了浦阳人的眼里。人们把这一切视为龙、刘两家争斗的继续。这一个回合，龙永久虽然被两个年轻人枪挑马下，败下阵来，而总的来说，这二人不过是为刘家稍稍出了一口气而已，这场争斗的赢家，仍然是龙家窨子。

这晚，夜戏只唱了几个单折。其中有康喜春的旦角戏《金盆捞月》。看戏的人，比白天少了许多。议论成癖的浦阳人或许以为，摆一摆白天发生在龙家窨子的龙门阵，味道肯定比看戏还要足些。

第二天，虽然龙永久还酒醉在床上，生日酒还要继续吃，生日戏还要继续唱。吃早饭时，康喜春没有到。向枚前以为他去了杜凤麟屋里，没有多问。早饭后，开始扮戏了，康喜发仍然迟迟未到。平时，康喜春唱戏是从来不沓场的，今天他是怎么了？向枚前随即去到杜凤麟的家中问讯，回答是康喜春没有去那里。虽然缺了康喜春，双喜班的戏还是照开了锣。这天上午的戏码早已定好，是康喜春的《金精戏仪》做压台戏。待到唱这出戏时，看客们见不是康喜春，而是一个二路旦角上了场，便即刻一同起了吼："下去！我们要康喜春唱，不要你！"

紧跟着，一只烂草鞋打到了台上。长疤子立刻到后台质问班主向枚前："康喜春呢？怎么不是他唱？"

"人不见了，我们也在到处找他。"向枚前回答。

长疤子听说康喜春不见了，神经立刻紧张起来。他在前厅戏场四下环视，不见三姨太的身影。三姨太是最爱戏的，怎么不来看戏呢？莫非她还在房里招呼龙大哥？！长疤子三步并做两步，径往三姨太房间。房门是关上的。他走上前去，轻轻推了推，房门原来只是虚掩着的。房里牙床的蚊帐放了下来，床前摆着一男一女两双鞋子。牙床上，不时传来龙永久的鼾声。莫非是到了日上三竿，三姨太还陪在龙大哥的身边没起床？！

"三姨太，大哥酒醉好些了吗？"长疤子试探着轻轻喊了一声。

床上没有应声。再喊一声，那床上依然没有回应，只有龙永久的鼾声。长疤子心想，都这时候了，她是不该睡得这么死的。不祥的预兆，涌上他的心头。他走上前去，麻起胆子撩开了牙床上充满酒气的蚊帐。长疤子惊呆了。那床上就只睡起龙永久一个人，根本就没得三姨太的人影。见到这般情形，长疤子立刻联系到康喜春的失踪。十有八九，这个贱婆娘，是跟着那臭戏子"打瓜金"了。

与此同时，一个特大的新闻，已经在浦阳镇上传开了：龙永久的那东西，已经五年时间起不来了。她的三姨太不甘心守活寡，昨天夜里，和双喜班的戏子康喜春，一起"打瓜金"了。这个新闻随着看生日戏的人们，也传到了龙家窨子。有一些逗把的看客，还故意起着哄，说是要看康喜春的戏。几个长疤子手下的癫子，把街上的传言原原本本地告诉了他。

长疤子再次来到筱碧玉的房中，将龙永久推醒："大哥，不好，出事了！"

"哪样了不起的事情，这么紧火？！"龙永久起身，揉着惺忪的眼睛说。

长疤子觉得这是丢人现眼的事情，大声说话，会刺激龙永久，只是对着他的耳朵，叽叽咕咕地说了好一阵。听了这从天而降的坏消息，龙永久顿时目瞪口呆。他从昏昏沉沉的醉酒之中，被彻底惊醒。他呆呆地坐在床上，一动也不动。此刻，龙永久的心里像猫儿抓，脑壳里如同一锅稀粥在翻腾。他只顾去别人的屋里放火，却忘记了自己的后院也有起火的隐患。他简直不敢想象，怎样去面对眼前发生的这一切，怎样去面对那浦阳镇上飞溅的口水、轻蔑的眼神……他觉得眼前一片漆黑，便索性闭上了眼睛，好一阵才稳住了心神。这时，床前站着的长疤子，一直在静候着龙永久的表态。过了好一阵，龙永久才从喉咙里挤出了一句话："下午的戏不要唱了，打发戏子马上走人！"

· 太清宫，老郎庙

　　康喜春带着筱碧玉从龙家窨子逃出，连夜赶路，到达辰溪县城时，天还没大亮。他们开始连路雇轿子，经过小龙门、怀化驿、榆树湾、中方、竹田铺、排楼坳、双溪，到达黔阳县城。第四天，他们登上一艘"麻雀尾"①，沿沅水而下，六十里水路，到达此行的目的地——洪江。

　　麻雀尾下锚岩码头。天麻麻黑，待康、筱二人进入洪江街市时，已是万家灯火。历经两百多年的发展，洪江已经取代浦阳，成为湘西最繁华的都会。人们说这里是"七冲八巷九条街，四十八个半戏台"。那么多的戏台，必然要有戏班唱戏。康喜春有一身的艺术，加上他的师兄安齐家是这里的梨园好佬，想要在洪江码头站住脚跟，混口饭吃，应该是不在话下的。如今，他要赚钱养活筱碧玉，还要寄钱回辰溪乡下，那里有他的老母亲，还有一个未成年的伢儿。对于康喜春选择洪江作为栖身之所，筱碧玉是顾虑重重的。她曾是这里红极一时的风尘女子，虽说一去离开了十年，却仍然难以从人们的记忆中抹去。更何况这里的烟花柳巷中，还有她那苦命的姐姐。去到浦阳以后，碍于姐姐的身份，姐妹二人便再也没有联系过。想不到十年后，她又重回洪江。她跟随的男人，不是为她赎身的膏栈阔老板，而是和她一同"打瓜金"的穷戏子。对此，人们必定会认为，这是婊子的水性杨花、朝秦暮楚。事情若是传扬开去，会给康喜春和她的人

————————————

　　① 麻雀尾：一种沅水上游的船只，因翘起的船尾形似麻雀尾巴而得名。

身安全带来威胁。这里天天有船去浦阳，风声走漏，龙永久是不会轻易放过他们的。

康喜春和筱碧玉在一甲巷的嵩云客栈住了下来。第二天，康喜春去找安齐家。偌大的洪江码头，"四十八个半戏台"，安齐家会在哪里唱戏呢？筱碧玉告诉他，洪江唱戏最多的地方是天王庙，一年三百六十天，日里唱，夜里也唱。去那里打听，是肯定能找到安齐家的。他们前往筲箕湾的天王庙。一路上，筱碧玉都栽着脑壳走路，怕的是有人认出她。当他们进到筲箕湾时，果然听到了天王庙传来的锣鼓声。花脸的虎音伴着悠扬的唢呐声，沿着狭窄的巷子传得老远老远。康喜春立刻听出，这正是安师兄的嗓音！

"是他！是他在唱《放告》里的包老爷。"康喜春喜形于色地说。

天王庙里，挤满了看戏的船把佬和排古佬。洪江是个水码头。船只要在洪江卸货、装货，木排要在洪江重新编扎，水上人打发时间最好的方式便是来天王庙看戏。

康喜春和筱碧玉，站在看客们的最后一排看戏。戏台上，剧中的黑老包几经周折，终于与自己的亲娘相认。安齐家凄婉的唱腔催人泪下，打动了台下的看客。康喜春一边看着戏，一边打量着这里的戏台。那戏台的前额上，悬挂着一块巨大的黑色木匾，用油漆写着三个烫金的大字"不儿戏"。

"'不儿戏'……"康喜春轻声地脱口而出。

"洪江人有句话：'天王庙戏台的匾——不儿戏'。"筱碧玉轻轻儿告诉康喜春。

"不儿戏……"康喜春喃喃地重复着。不知是哪位先贤，为这座洪江最红火的戏台，写了这包罗万象的三个字。这戏台上每日里演唱的戏文，真真假假，看似儿戏，却无不蕴含着人情世故，并非儿戏。世界大戏台，人生皆是戏。而许多的事情，却又是儿戏不得的。自己和这位妇人眼下的处境，不也正是这样的吗？

安齐家在天王庙的后殿与康喜春相会。他看到陪伴着康喜春的筱碧玉，便立刻明白了一切。

"两个是几时到的洪江？"

"昨天夜里。"

"在哪里落脚？"

"一甲巷的嵩云客栈。"

"这里不是说话的地方，夜里我会来找你们。"

夜里，安齐家如约而至。康喜春把和筱碧玉"打瓜金"的前前后后，全都毫无保留地给安齐家说了个明白。听了师弟的诉说，安齐家陷入了思索。世上的事情也真是奇巧。天底下男女多的是，怎么偏生是这两个可怜的人绊扯在一起了呢？安齐家和康喜春都是杜凤麟的徒弟。如今，师弟遇到了麻烦，师兄理所当然要帮上一把。

"这样吧！"安齐家说话了，"你们就暂时留在洪江。先找个避静的地方，租处房子住下来。我可以为喜春联络班子唱戏。碧玉嘛，就安心待在屋里，不能出门，千万不能让人晓得你是跟人'打瓜金'回了洪江。在洪江，龙永久有熟人，有眼线。碧玉只要在洪江露面，消息很快就会传到浦阳镇。真要是那样，麻烦就大了。"

"碧玉离开洪江都十年了，还有人会记得她吗？"康喜春说。

"是啊！一个不起眼的小女子，洪江人早就把我忘了。"筱碧玉也跟着说。

"不见得啊！不见得。"安齐家不住地摇着头说。

"安师兄，你能说得明白些吗？"筱碧玉问道。她跟着康喜春也称安齐家为师兄。

"你可有个姐姐叫筱红玉？"安齐家问。

"是的，有个姐姐叫红玉，就是她把我从常德带到洪江来的。"筱碧玉说话间，眼眶里闪烁着泪花，"原来，我们都在谌老板开的怡春院里。十年过去了，也不晓得她是不是还在那里？日子过得怎么样？"

"她已经不在怡春院了。"安齐家叹息着说。

筱碧玉急切地问："她到哪里去了？"

"你要答应我一件事，我才告诉你。"安齐家说。

不祥的预感涌上了筱碧玉的心头，她急切地问道："你说吧！要我答应哪样事？"

"我告诉了你她的住处，你不能去看她。"

"为哪样？"

"你若是去看她，你和喜春来洪江的事情就会暴露。你想想，那会是怎样的后果？"

筱碧玉想了想，只得违心地说："好吧！我答应你，不去看她。"

"好吧！那我告诉你。"安齐家说，"不久前，她去了太清宫。"

"她去了太清宫……"筱碧玉喃喃地说着。她被这个消息惊呆了。太清宫是洪江娼妓业的会馆，只有那些年纪老迈的、生活无着的风尘中人，才会沦落到那里去。姐姐才三十多岁的人，怎么会到那里去呢？

安齐家接着说出了实情："三年前，你姐姐就已经不接客了。那是因为她得了崩山病，每日里血流不止，久而久之，便瘦成了一把干柴。起先，那谌老板还念你姐姐曾是他的摇钱树，供养着她，为她治病，时间一长，病情又总不见好转，没办法，就把她送进了太清宫。"

这时，筱碧玉已是泪流满面了。她泣不成声地对安齐家说："安师兄，你说，这样一个遭孽的姐姐，难道我不应该去看她吗？我们毕竟是同胞所生的姐妹啊！"

"碧玉，你千万莫这样激动。"安齐家说，"她是你的同胞姐妹，如今在难中，你当然应该去看望，去关心，去爱护。可是，你想过没有，洪江人并没有忘记你。前些日子，码头上在议论你姐姐的事情时，就少不了也牵扯到了你。如今，你回来了，不是跟着那龙永久回来，而是跟着一个戏子'打瓜金'出来。事情若是传开去，会产生怎样的后果，不用我说你也会明白。说说看，你能够去看她吗？"

安齐家的一番话，让筱碧玉无言以对。她簌簌地流着泪，哭得更伤心了。她不但哭出了康喜春的泪水，就连武高武大的安齐家，也不禁为之动容。

"碧玉看望姐姐，天经地义，人之常情。要看，你就去看吧！"康喜春为了婆娘，有点破罐子破摔的味道。

"惹出事来怎么办？"安齐家问。

"顾不得那么多了，到哪山唱哪歌吧！"康喜春不忍心让婆娘失望。

三人面面相觑，良久无语。最后，筱碧玉无奈地说："既是这样，那我就不去了吧……"

安齐家觉得这个女子良心好，不忍心让她失望，慎重考虑过后，说："这样吧！洪江不过是你们暂时的栖身之地。我会想法子，到别处为你们另找一个落脚的地方。说好了，在你们离开这里之前，去看她一次，看了就走，也就无有大碍了。"

康喜春和筱碧玉在土桥坑的一个避静处，租了一间民房，安下身来。康喜春通过安师兄的引见，到码头上搭班子唱戏。这位来自浦阳的旦角师傅，一口正宗的"浦腔浦调"，十分的讨俏。每天出门唱戏，他都要嘱咐筱碧玉不要外出，免得节外生枝。散了戏，他都会早早回来陪筱碧玉。班子若有夜戏，或是唱堂会。他吃过早饭出去，要到半夜才能回来。那就是筱碧玉最难熬的日子。一日到夜，她就一个人冷冷清清地待在屋里，连个说话的人都没有，简直就像是坐牢。她常问喜春，安师兄为他们找到落脚之地了吗？她多么希望早早离开这里，同喜春一道，去过自由自在的日子。她在离开洪江之前，也就可以去看望苦命的姐姐了。

清早，康喜春去犁头嘴买来了烂牛肉、干豆腐和一把小白菜。筱碧玉已把饭煮熟，炒好刚买回的新鲜菜，俩公婆吃早饭。筱碧玉给康喜春斟上一杯米酒。旦角师傅说他是酒喉咙，吃了酒，嗓音才会唱得出来。出门之前，他告诉筱碧玉，这天夜里还有一个堂会要唱，会回来得晚些。临行前，又将不要出门之类的话，再次叮嘱了一遍。筱碧玉又开始了难挨的一

天。孤寂之中的筱碧玉，越发思念起她的姐姐来。不晓得太清宫里的姐姐
过得怎样？她的崩山病好些了吗？筱碧玉除了落着伤心的泪水，便再别无
他法了。她中饭没吃，直到点灯挂酉时分，竟也不觉得饿。她独自一人，
坐在没点灯的屋子里，久久地发着愣。突然，她产生一个奇想，趁着黑
夜，到太清宫走一趟，没人认得出她，是不会惹出事来的。

　　洪江的七冲八巷，像迷宫一样横七竖八，筱碧玉虽然一别十年，却
依然是那样了如指掌。从土桥坑到太清宫所在的蒋家坡，要经过木粟冲。
木粟冲的怡春院，是她和姐姐的伤心之地。她没有勇气从那里经过，便绕
道而行。她凭借着一扇扇窗户里透出的微弱灯光，穿行在岩板铺就的冲巷
之间。她栽着脑壳，心"砰砰"地跳着，生怕有人认出她这个当年的风尘
中人。

　　筱碧玉终于来到了蒋家坡，来到了太清宫的前面。这是一幢破旧的
窨子屋，烟花姐妹们用血泪垒造起的建筑物。打小起，她一次次跟着姐姐
来到这里。筱碧玉抬头望了望门楼上隐约的"太清宫"三个大字，便朝着
大门走去。大门是半掩着的。神殿里，空无一人。只有神龛上，点着一盏
如豆的神灯。夜风轻轻吹过，神灯忽闪忽闪，照着那上面齐国丞相管仲的
神像。姐姐曾告诉她，两千多年前，管仲辅佐齐桓公治理国家，首设了官
营的妓院"女闾"，用所得的"花粉钱"作为国家的开销。齐桓公充盈国
库，成就霸业，靠的就是管仲这个并不光彩的手段。后世的青楼女子，却
将管仲作为她们信奉的神灵供奉。并不宽敞的神殿里，没有任何声响，
静谧得使人背皮发麻。这破旧的太清宫，俨然是一座丧堂，摆放着死了还
没有掩埋的尸身。筱碧玉简直不敢相信，这里就是姐姐的归宿。她不晓得
这里面还住着多少和姐姐一样的风尘中人。筱碧玉环视着神殿两边的厢
房，到处都是黑洞洞的，没有光亮，没有动静，死一般的沉寂，令她毛骨
悚然。她几番起意，试图敲开厢房中的某一扇门，打听姐姐的住处，而后
再和姐姐重逢。然而，她始终没有这样做，一来害怕因此而横生枝节，二
来不忍心打破这里的宁静。正当她徘徊、踌躇时，从一间厢房的小窗里，

传出了琵琶的弹拨声。筱碧玉闻声，顿时便感到头皮发麻。这是她再熟悉不过的琵琶弹拨声，弹奏的是一支如泣如诉的乐曲。此刻，她仿佛感觉到大地的颤抖、江河的呜咽。从小窗飘出的宫商，舒缓时，恰似冷雨跌落冰凉的岩板；激越时，宛若重锤敲打孤寂的心灵……筱碧玉不由自主地向那间厢房移步。在一番踌躇之后，她终于鼓足勇气，轻轻儿敲响了紧闭的门扉。

"哪个？"随着琵琶声的戛然而止，厢房里传出了筱红玉的问话声。

"是我，碧玉。"筱碧玉轻声儿回答，继而她又重复了一句，"是你的妹妹碧玉。"

"是碧玉……是碧玉吗……"伴随筱红玉颤抖的声音，厢房的门打开了。厢房里没有点灯。只有神殿里神灯颤抖的火苗，隐约地把些许细微的光亮射进了这厢房的门洞。在半明半暗之中，筱碧玉看到了朝思暮想的姐姐，姐姐却不相信眼前发生的一切，回坐到板凳上发呆。

"姐！姐姐！"一声撕肝裂肺的呼喊，筱碧玉扑向姐姐的怀中。

"碧玉……"筱红玉用干柴般瘦削的手，轻轻地抚摸着妹妹的头发。这满头青丝，她不知梳理过多少次，每一根她都是那样熟悉。

"姐！你受苦了……"筱碧玉夺眶而出的泪水，打湿了姐姐的衣襟。

"讲哈话，姐姐这不是蛮好的吗？"筱红玉故意把话讲得轻松。继而问道："几时来的洪江？"

"昨天。"筱碧玉抬起头，对姐姐扯谎。如果是来了多时而不来见姐姐，她岂不成了一个忘情薄义的人！

"是跟龙老板一起来的？"

"嗯哪！"筱碧玉再一次扯谎。她看着姐姐可怜的样子，不忍心将自己的真实情形告诉她，不愿让她替自己担心。

"十年了。他对你还好吗？"

"还好。"筱碧玉回答。她心里在想，这个谎要一直扯到底了。

"有几个伢儿了？"

"两个。"

"男伢，还是女伢？"

"一个男伢，一个女伢。"又是一连串地扯谎。

"好！好！生了个男伢，你在龙家就站隐了脚跟，姐姐替你高兴。"

筱红玉听了妹妹的回答，感到异常兴奋。她起身走到小桌边，要拿桌上的小油灯，到神灯上去接火。筱碧玉见状，连忙接过姐姐手里的油灯，出门去神殿里，借助神灯的灯火，把小油灯点燃。她拎着小油灯进了厢房，凭借着那如豆的光亮，细细地打量起姐姐来，那瘦削而失血的脸庞，全然没有了昔日的光彩，只有那双忧郁的眼睛，依然闪烁着聪慧和善良。眼看世上唯一的亲人即将走到生命的尽头，自己却是这样爱莫能助、束手无策。

"姐，你有病要医，缺钱我这里有。"筱碧玉说着，捋下手指上的金戒指，取下耳朵上的金耳环，塞到姐姐的手里。

筱红玉看了一眼手心里妹妹送的金器，苦笑着问道："你晓得我得的哪样病吗？"

"他们说，你得的是崩山病。"

"是啊！真丢人，没想到这么点事情，让通洪江的人都晓得了。你应该晓得，这是冷水盆子坐多了落下的病，就是花再多的钱，也是治不好的。"筱红玉说。

堂班里长大的筱碧玉晓得，老鸨为了让来月经的妓女不耽误接客，便强令她们坐冷水盆子，苦命的姐姐，就是这样落得一身的病。筱碧玉想到姐姐的苦命，更想到自己无法对姐姐倾诉的一场噩梦，眼泪禁不住簌簌地流淌了下来。这时候，筱红玉把手掌里的金戒指和金耳环，退还到妹妹的手中，说："好妹妹，莫哭了。有了你的这份心，姐也就知足了。这东西放在姐这里没得用，还是你自己留着吧！"

筱碧玉手捧着姐姐退还的金器，半天都说不出一句话来，哭得越发伤心了。筱红玉却显得出奇的平静，她用干瘦的手，掏出一条手绢，吃力地为妹妹擦拭着眼泪，对她唯一的亲人做最后的表白："好妹妹，莫哭了。还记得我带你去看高腔戏《玉麒麟》吗？那时候，我们是几多地羡慕梁红玉。姐姐虽然与她同名，却没有她那样的福气。让姐姐高兴的是，你终于遇到了自己的韩世忠。当初姐姐没有看错人，龙老板虽然不像韩世忠那样文韬武略，可他能够对你好，在意你，心痛你，也就足够了。你虽不能像梁红玉那样，成为万古留名的巾帼英雄，可你有儿有女，有自己的骨血留在世上，一个女人能这样，就不枉来世上走一遭，应该心满意足了。姐姐得不到你的消息，放心不下。如今，老天有眼，让我终于见到了你。见你的日子过得好，姐姐从心底里感到高兴，可以无牵无挂地到那边去了。到了那边，姐姐把你的情形告诉爹娘，他们会为你感到高兴的。"

筱红玉的一席话，把筱碧玉说得个不知如何是好。善良的姐姐，竟然轻信了她的谎言，并因此而得到了心灵的慰藉。她自己却是在承受着痛苦的煎熬。她几番起意，要把这十年来经受的种种磨难，一股脑儿原原本本地向自己最亲的人倾诉。可她始终也没有勇气这样做，因为这对于眼前这可怜的姐姐，实在是太残忍了。

筱红玉为了缓和悲怆的气氛，将目光投向她心爱的琵琶。她问妹妹："还经常弹琵琶吗？"

"弹，经常弹。"没奈何，筱碧玉再一次说假话。

筱红玉说："眼下，唯一能为我排解愁烦的，便是这架琵琶了。"

"刚才你弹的那首曲子，我怎么没听到过？"筱碧玉问。

"那是我自己胡诌的一首曲子。我不过是借助这琵琶来诉说我的心境而已。"筱红玉神情戚然，深情地抚摸着心爱的琵琶。

筱碧玉强忍内心的苦痛，对姐姐说："姐！这首琵琶曲盖世的好，刚才我在门外都听呆了。不知姐姐给它取的哪样名字？有曲谱吗？妹妹也想学着弹。"

"唉！"筱红玉叹了一口气，摇着头说，"这是我一个人弹的曲子，不过是抒发心境而已，要名字做哪样？留曲谱又如何？至于你，绝对不要弹，你是弹不好的。除了我自己，我不希望世上再有第二个人弹它。"

"姐！你不要说丧气的话。吉人自有天相，你一定会好起来的。"筱碧玉思来想去，找出了这样的话安慰姐姐。

"但愿如此吧！"筱红玉这样说，她不愿扫妹妹的兴。

"你一定会这样的。"筱碧玉说。

筱红玉突然起身，去到厢房的角落，那里摆着一个箱子。她用钥匙套开了上面的牛尾锁，从箱子里取出一个精致的首饰盒，满含悲情地说："按理说，姐姐应该留下一笔财产。古时候的杜十娘，还怒沉百宝箱哩。姐姐命苦啊！几个血泪钱，不是遭骗，就是被讹，后来又是得病吃药，到头来两手空空，只有这两样东西，姐姐始终给你留着。"

筱红玉说着，打开首饰盒，取出两把银子打制的长命锁，深情地交给妹妹。她说："打这长命锁的时候，我就估摸着，你会生两个伢儿，就打了两把，谁知道还果真如此。这也算是伢儿的缘法吧！你把这带回去，给两个伢儿戴上。喏！你看，这上面有'长命富贵，易养成人'八个字。记住，千万不能对伢儿说，有我这样一个给他们丢丑的大姨，就说是你这次到洪江，特意为他兄妹二人打的。"

"姐，难为你这样为妹妹着想，我替两个伢儿谢谢你了。"筱碧玉眼泪行行，手捧着长命锁，继续说着假话。

筱红玉说："原先，我总以为这两把长命锁白打了，是送不出去的，今天能这样亲手交给你，完成我这一世人生的最后心愿，我实在是太高兴了。时候不早，这里不是你的久留之地，赶快回去了。千万要记住，不要对人说你到了太清宫，对龙老板也不要说到了我这里。快走吧！快回到龙老板的身边，那里才是你安身立命的地方。"

在筱红玉的再三催促下，筱碧玉依依不舍地离开了太清宫。她没有，也不可能按照姐姐的嘱咐，再回到龙老板的身边，而是回到了桐油湾的那间出租屋里。半夜了，唱堂会的康喜春，还没有散戏回家。筱碧玉一进到屋里，泪水便止不住夺眶而出。为了不影响隔壁四邻，她倒在床上，用铺盖蒙着头，伤心地痛哭起来。

"碧玉，你怎么了？"康喜春散戏回家，见筱碧玉这般模样，很是诧异。

"没得哪样，我是闷得心里慌。"筱碧玉掀开铺盖，一边擦眼泪，一边再一次扯谎。她心想，这夜晚，真是个扯谎的夜晚。

"碧玉，对不住，让你受委屈了。"康喜春对筱碧玉的心里闷得慌，是非常的理解。他充满着自责与不安，跟筱碧玉解释着："落脚的地方，安师兄还没给我们联络好。他已经尽心了，我们要感谢他。自到洪江后，我已经唱了这多天的戏，还没到老郎庙去拜庙。梨园的规矩要遵从。明天上午没得戏，安师兄要带着我到那里走一趟。"

筱碧玉几番起意，要把到太清宫和姐姐会面的事，告诉康喜春。话到嘴边，又咽了回去。她强烈地意识到，自己已经成为康喜春的负担和累赘，不能再让他和安师兄认为，自己是一个不听打招呼的妇人。

"喜春，是我给你添麻烦了。我实在憋得受不了，只有哭出来，才觉得舒服一点。"筱碧玉心想，这个理由，应该是非常充分的。

第二天上午，安齐家带着康喜春，来到了塘冲的老郎庙。这是一座建于嘉庆年间的梨园会馆，三年前，进行过一次修缮。这是康喜春见过的规模最大的老郎庙，比浦阳、辰溪、沅陵的老郎庙都要大。走进大门是照壁。照壁背后，是一座戏台。戏台的对过是老郎神殿。正中的唐明皇木雕神像，头戴文堂，身穿黄蟒，戏台上的帝王打扮。神像的背后，有一个红底烫金的牌位，上面写着："正乙冲天风火院内老郎圣君之神位"。这位风流天子，梨园人称他为老郎菩萨。老郎菩萨的两边，是两尊木雕的侍从神像：金花大姐和银花二娘。安齐家和康喜春进得老郎庙，先到神殿前，对着老郎菩萨神像，虔诚地行跪拜之礼。这时候，从厢房里走出来一个中年汉子，也跟着安、康二人一同行礼。他便是老郎庙的管事范祥云。

"安师傅，来得巧，我正要去找你哩！"范祥云说。

"找我做哪样？我这不是自己来了吗？"安齐家笑着说，"上午没得戏，带着我的师弟，来这里拜庙。"

"你的这位师弟，可是从浦阳镇来？"范祥云打量着康喜春，问道。

"正是。"

"可是姓康，唱的是旦角？"

"正是。"安齐家回答，而后不解地问，"范师傅，你是怎么晓得的？"

范祥云警觉的眼睛环顾着四周，说："请转过厢房说话。"

见这等情形，康喜春立刻紧张起来，莫不是龙家窨子着人来了洪江，打探他和筱碧玉的下落？进得厢房，范祥云将门关上，压低嗓门说："昨天，忠烈宫派了人来，打探这位康师傅：是不是来了洪江？是不是到这里来拜了庙？要我们若是得知康师傅的下落，立刻向他们报告。"

龙永久的行动也真够快的。要不是今天来到老郎庙得到消息，栽在了他的手里，还不晓得是怎么回事。康喜春和安齐家连忙同声说道："多谢范师傅提醒。"

"都是梨园中人，没得哪样谢的。"范祥云说，"码头上说'忠烈宫的顶子'，贵州人在洪江的势力，二位必定是晓得的。康师傅在浦阳镇是怎样结的对头，祥云不便多问，只是可以断定，你的这个对头一定也是贵州人。他们已经派人到了洪江，而且同忠烈宫联系上了，要利用忠烈宫的势力，搞康师傅的路子。康师傅一个梨园中人，势单力薄，没得必要同他们去比高下。若依祥云之见，康师傅要赶紧离开洪江，走得越快越好，走得越远越好。"

"多谢范师傅提醒。"安齐家说，"老郎庙的这一趟来得好。菩萨显圣，让我师弟躲过了这一劫。这一次，师弟是在浦阳镇出了点事，才来到洪江投奔我，那里着人来追杀本是预料中的事，没想到会这么快。这一晌，我一直在为师弟找落脚的地方，要他早早离开洪江，只是还没找到。"

这时，从门外走进一个汉子，穿着一身的土布衣衫，头上打了个大包头，一看就晓得是个贵州客。那汉子打着哈哈问道："怎么？安师傅，认不得我了？！"

安齐家眨巴着眼睛，着真打量着对方。他终于想了起来："啊！你是铜鼓寨的吴宗亮，亮哥，你快请坐。"

范祥云说："吴大哥是昨天到的洪江。四处找你找不着，就歇在了老郎庙。吃过早饭，我正要带他去找你。"

"找我？！找我做哪样？"安齐家不解地问。

吴宗亮笑着说："安师傅，你真是贵人多忘事哪！"

吴宗亮这一提醒，安齐家才想了起来。两年前，洪江的春和班，应贵州黎平湖广会馆之请，去唱会馆戏。当地的首事见班子里没得安花脸，硬是不肯开锣。没奈何，便专门派人回洪江来接安齐家。安齐家日夜兼程往黎平赶，途中在一个叫铜鼓寨的地方住了一夜。铜鼓寨是个吴姓人的侗族寨子，在锦屏、黎平两县的交界处，盛产木材。寨里人多以放排为生。排古佬们放排到洪江时，没人不看过安齐家的戏。他们回到家里，把安花脸说得神乎其神。那天夜里，安齐家就住在吴宗亮的家中。人们都希望一睹安花脸的风采，把吴宗亮家的吊脚楼，挤了个水泄不通。人们希望听到安花脸唱戏，安齐家满足了乡亲们的愿望。高腔花脸那声震檐瓦的唱功，使他们感到格外新奇。近年来，高腔戏渐渐传入了侗区。一些侗族村寨，都在鼓楼里开办了子弟班，从汉区请来艺人教唱高腔戏。吴宗亮提出，铜鼓寨的吴姓人也想组建一个子弟班，希望安师傅能来教戏。安齐家在洪江的梨园界，坐的是花脸行当的头把交椅，要他到这样的寨子里去教戏，显然是不可能的。安齐家承诺，他会为铜鼓寨在洪江物色合适的教戏师傅。安齐家正愁康喜春没去处时，突然冒出一个亮哥。这不是老郎菩萨显圣，又是哪样呢？

"这一讲，我倒是想起来了。"安齐家说，"亮哥是要请高腔师傅去你那里教戏，这个容易得很。说来也真的是有缘法，你要找的师傅，远在天边，近在眼前。"

吴宗亮立刻对着康喜春说："既然如此，安师傅讲的，敢莫就是你这位师傅。请问师傅贵姓？"

"免贵姓康，康喜春。"康喜春连忙说。

安齐家立即将师弟推荐给吴宗亮。他说："这位康师傅，是我的师弟，本行是旦角。在娘肚子里就开始学唱高腔，生旦净丑，文武场面，门门到把，是个全堂挂子，肚子里的戏又特别的饱。若论教戏，就要请这样的师傅。"

"康师傅是位难得的浦阳师傅，浦腔浦调，是正宗的高腔。"范祥云也在一旁打着边鼓。

康喜春表明态度。他说："二位过誉了，喜春没那么大的本事。唱戏的人是唱到老，学到老，还有三分学不到。若是吴大哥不嫌弃，喜春愿到贵地方讨口饭吃。"

吴宗亮听了介绍，喜出望外。他说："康师傅千万莫这样讲。我们那个地方，安师傅是去过的。山野村寨，多见树木少见人，怕的是委屈了康师傅。康师傅有哪样要求尽管提出来，我们能做到的尽量做到。"

这时候，一个妇人风风火火进到老郎庙。她便是范祥云的婆娘燕氏。燕氏手里拎着个菜篮子，显然是刚从菜市场买菜回来。

"出事了！出事了！"燕氏一进屋就连连说。

"一惊一乍的，到底出了哪样事？"范祥云问婆娘。

燕氏放下菜篮，上气不接下气地说："昨天夜里，筱红玉在太清宫里吊死了。"

听说筱红玉自尽，最吃惊的，莫过于康喜春了。当着范祥云的面，他不便表露。原打算让筱碧玉在离开洪江之前，去太清宫与姐姐见上一面。她的这个愿望，看来已经是无法实现了。一旁的安齐家，也不免暗地里为筱碧玉感到遗憾。

"唉！一个遭万孽的女子哟！"安齐家想知道筱红玉葬在哪里，便找个由头问道，"就那么吊死了，也不晓得太清宫怎么对她下的葬？"

燕氏说："听有人说，太清宫给她草草钉了几块板子，便抬到山上埋了。"

"太清宫的阴地，在老鸹坡的坡背，筱红玉想必就是葬在那里。"范祥云是个老洪江，对那片阴地十分的了解。他叹息道："听说那阴地是个花形，缺了瓣的花形，正应和着风尘女子是残花败柳。这些可怜的女子，死了还要被人作践，也不晓得是哪位地理先生作的孽。"

"是的！是的！听说她就葬在老鸹坡的坡背。"燕氏说。

老郎庙里，在安齐家和范祥云的见证下，康喜春和吴宗亮谈妥了前去教戏的相关事宜。他们决定，第二天清早到岩码头会面，坐船上贵州。

康喜春和安齐家到班子里辞掉了下午的戏，去到老鸹坡，把筱红玉的新坟看了个实在。在回来的路上，二人到铺子里买神香和纸钱，回到康喜春的出租屋，已经到了生火煮晚饭的时候。

"安师兄也来了，今天的戏怎么散得这样早？！"筱碧玉好生奇怪，问道。

康喜春说："有点事，下午没去唱戏。快点煮饭，肚子都饿扁了。"

"你也真是，安师兄来吃饭，怎么不买点菜回来。"筱碧玉娇嗔地说。

"不要紧的，随便吃点就是。"安齐家说。

筱碧玉看到二人带回来的神香、纸钱，问道："哟！买回这多的香、纸做哪样？"

"你嫂子每逢初一、十五总要烧香、烧纸，我就顺便买了点带回去。"安齐家和康喜春商量过，暂时不把筱红玉自尽的事情告诉筱碧玉，便编出了这样一段话。他对康喜春说："喜春，怎么还不把去贵州的事情告诉碧玉？"

康喜春立刻告诉筱碧玉："安师兄已经给我们联络好了，去贵州教堂子，明天清早就动身，到岩码头坐船去。"

筱碧玉说："要是这样，你就更该买点菜回来了。我们到洪江，全凭安师兄关照，在这里进进出出，连餐正经点的饭都没吃过，真叫人过意不去。"

"自家兄弟，讲这些做哪样！随茶便饭，意好水也甜。吃过中饭，你把东西收拾好，把房租付了，房子退了。白天不方便，等到夜晚，再去看望你的姐姐，跟她道个别。"安齐家心里虽然不好受，表面上却装作若无其事的样子。

武高武大的安齐家，看起来粗鲁，却是粗中有细。他预料到，若是筱碧玉得知姐姐自尽，一定会伤心得死去活来。这时候，筱碧玉开始在小屋里张罗着做夜饭。安齐家朝着康喜春使了个眼色，意思是说，要趁着这时候，得事先给筱碧玉来点儿开导，免得到时候接受不了眼前严酷的现实。

"唉！人生在世，父母也好，夫妻也好，兄弟也好，姐妹也好，还有那朋友也好，总是有聚有散的。聚时容易别时难，纵然舍不得，也是要舍的啊！"安齐家叹息着。他那伤感的话语，乍一听，似乎说的是他与师弟康喜春的即将分别。

康喜春立刻接腔，延伸着安齐家的讲话："是啊！夫妻也好，姐妹也罢，若到别时终须别。一切都是命中注定，'阎王注定三更死，不得留人到五更'啊！"

"怎么？又在想姐姐了？！"筱碧玉将康喜春的前妻称为姐姐。异常敏感的妇人，误以为丈夫又在思念前妻了。她一边炒菜一边说："她过世之后，你为了她两年不唱戏，就凭这点，你也算是对得住她了。"

"我哪里是在讲她啊！"康喜春凄惶地摇着头，含着泪对筱碧玉说，"我是讲你的同胞姐姐，苦命的红玉姐姐。"

筱碧玉听丈夫说讲的是姐姐，好生感动。她鼻子一酸，眼泪顿时便夺眶而出了。她从内心深处感激丈夫对姐姐的关心。她不在意丈夫说的哪样"阎王"呀！"死"呀！她怎么也不会把姐姐同死联系在一起。就在昨天晚上，她还瞒着丈夫，悄悄去到太清宫，见到了一个活生生的姐姐。她说："是啊！姐姐的命，也真是太苦了。恨只恨我不能替代她去受苦。"

安齐家接过话头，借题发挥："是啊！一个人命中的难星和劫数，只能自己承受，任何人都无法替代。在世人看来，她还年轻，还不该去那个地方，殊不知'阎王取人无老少'啊！"

筱碧玉心想这师兄弟怎么了？！一个说"阎王"，二个又说"阎王"。姐姐是不会去到阎王那里的。她真想把昨天夜里在太清宫见到姐姐的情景，一五一十说给他们听。可话到嘴边，又咽了回去。

天已经断黑了。吃夜饭时，筱碧玉说："明天，喜春和我就要离开洪江了，你们师兄弟应该喝一杯。"

"今晚的酒，我看就免了吧！"安齐家说着，摆了摆手。

康喜春立刻跟着说："是啊！今晚就不喝了。"

筱碧玉好生纳闷。以前这师兄弟吃饭时，酒是少不了的。这杯离别酒，怎么就不喝了呢？筱碧玉只见这两个男子汉，在桌子前栽着脑壳，一牙一牙地吃着饭，如同满嘴嚼着锯木屑，咽不下去，根本就不像是肚子饿扁了的样子。联系到师兄弟说的"阎王"，说的"死"，筱碧玉立刻有了不祥的预感。

"喜春，你说老实话，出哪样事了？"筱碧玉问。

康喜春说："没事，你赶紧吃饭。"

"安师兄，告诉我，究竟出哪样事了？"筱碧玉想从安齐家那里得到答案。

"没事，你赶紧吃饭。"安齐家的回答，和康喜春一模一样。

筱碧玉把碗筷一放，说："我已经吃饱了。究竟出了哪样事，你们要同我讲实话。"

康喜春与安齐家对目而视，安齐家朝他点了点头。康喜春哽噎着喉咙对筱碧玉说："明天我们就要离开洪江了，去跟红玉姐姐道个别吧！"

"就是为这事吗？我这就去太清宫。"筱碧玉依然觉得迷惑不解。

"她不在太清宫了，已经去了老鸹坡。"讲这句话的是安齐家。尽管他不忍心，也必须把这个噩耗告诉筱碧玉。

刹那间，筱碧玉眼前一片漆黑。她从小在洪江的堂班里长大，懂得

"去了老鸹坡"意味着哪样。她绝对不相信，昨夜才见过面的姐姐，会走
得这样匆忙。

"不！她在太清宫，她没去老鸹坡！"筱碧玉坚信不疑地吼着。

无奈之下，康喜春对她说出事情真相："姐姐确实已经去了老鸹坡。
昨天夜里，她悬梁自尽了。"

康喜春的这番话，点醒了筱碧玉。她想起了昨天夜里姐姐对她说的
话。姐姐说，能够见到她，知道她的日子过得好，便可以无牵无挂地到那
边去了。姐姐的话已经说得明明白白，却没能引起她足够的注意。追悔莫
及的筱碧玉，用自己的两个拳头，轮番地捶打着自己的胸脯。

"是我害死了姐姐呀！我不是人呀！我不是人！"筱碧玉责骂着自己。

"不许胡说，是她自己寻的短见，怎么可以说是你害死她的呢？！"
康喜春说着，一把抓住筱碧玉捶打自己的手。

"喜春，对不住，昨晚我瞒着你去太清宫看了姐姐……"筱碧玉流着
伤心的泪水，对丈夫说了实话。

筱碧玉实情一说出，安齐家和康喜春立刻明白了筱红玉自尽的原因。
历经磨难的筱红玉，对于眼前的处境，已经不堪忍受。见到亲人，是她一
生中最后的愿望。当这个愿望得以实现之后，她便以这种方式结束了自己
的生命。

筱碧玉哭成了个泪人儿。痛苦中，她回忆着和姐姐的最后一面。是她
的一句句谎言，使得善良的姐姐，心灵得到了最大的满足。姐姐无牵无挂
地走了，她却留下了终生的遗恨。

安齐家发话了："碧玉，红玉已经走了，人死不能复生，你再哭也
是枉然。明天清早，你和喜春要动身去贵州。今夜，你这就去到老鸹坡，
给姐姐磕个头，跟姐姐道个别。姐姐会在阴冥之中保佑你，保佑喜春的。
喏！香、纸都已经准备好了，我和喜春跟你一起去。"

他们出门不久，天突然下起雨来。不一会，巷子两边的青瓦屋，便
"哗哗"地滴起了瓦檐水，仿佛是老天爷在为一个苦命的风尘女子落泪。

• 鼓楼下的无字碑

"麻雀尾"载着吴宗亮和康喜春夫妇，从洪江溯沅水、转而逆清水江而行，三天之后，到达贵州王寨，再走五十里山路，便到达了他们此行的目的地铜鼓寨。

铜鼓寨坐落在一个绿树掩映的山湾里。鳞次栉比的吊脚楼，众星捧月似的拱出了一座气势恢宏的鼓楼。高大气派的重檐寨门，雄踞在寨子的入口处。寨门前，一条小河蜿蜒流过。小河的下游，建有一座重檐连缀的石拱风雨桥。几个娃崽在桥上嬉戏玩耍。当他们发现吴宗亮带着一男一女，朝着风雨桥走来时，便飞快地向寨子里跑去，不住地高声叫喊："戏师傅来了！戏师傅来了！"

顷刻间，鼓楼上敲起了铜鼓，寨子里吹起了芦笙。康喜春夫妇在吴宗亮的示意下，立刻放慢了脚步。不一会，由一伙后生组成的芦笙队鱼贯走出寨门，排列在岩板路的两边，吹奏起迎宾的乐曲。

"亮哥！这是做哪样？"康喜春惊异地问。

吴宗亮回答："欢迎你们，欢迎远路来的客人呀！"

"亮哥，这怎么当得起。"康喜春受宠若惊。身份卑微的戏子，来到这深山侗寨，竟然能得到如此隆重的礼遇。

筱碧玉见这般情景，眼眶顿时湿润了。

在吴宗亮的带领下，康喜春夫妇进到了铜鼓寨。他们身后的芦笙队吹奏着欢快而热烈的迎宾曲，一直把他们送到吴宗亮的家中。吴家的屋前屋后，立刻围聚了看热闹的乡亲。吴宗亮站在门口对众人高声说："乡亲们，戏师傅和师娘走了一天路，很是劳累，需要休息。大家回去吧！往后的日子长得很，戏师傅会天天和我们在一起的。"

亮哥这一说，乡亲们随即散去。亮哥回身到屋里，对康喜春和筱碧玉夫妇说："宗亮把你们接到了铜鼓寨，接到了我的家里。从今天起，你们就在这里安身。你们是铜鼓寨的戏师傅，是尊贵的客人。你们想在这里住多久，就可以住多久，住得越久，我们就越高兴。你们若是能在这里安家，那我们就更巴不得了。"

吴家正屋的前面，是一幢横仓楼。康喜春和筱碧玉，就住在吴家仓楼的厢房里。亮哥的婆娘雁嫂，为客人抱来了崭新的铺盖。铺盖的面子，是一块精致的侗锦。

"织得真好！"筱碧玉欣赏着铺盖上的侗锦，赞叹不已。她指着侗锦上的一排人形的图案问雁嫂："这是哪样？好像是人崽崽啊！"

雁嫂笑着说："正是人崽崽。女人盖这种铺盖，是最容易生崽的。"

听了雁嫂的话，筱碧玉和康喜春相视一笑。

第二天早饭后，亮哥带康喜春来到寨子中心的鼓楼。这里便是铜鼓寨吴姓子弟班的活动场所。康喜春好奇地细看着九层鼓楼的里里外外，六边形的鼓楼里，正中竖着一根巨大的杉木柱头，柱头的两侧横安着一截截小木桩，使之成为可供人攀缘的独木梯。鼓楼的顶部，悬挂着一面铜鼓。昨天，就是敲响这面铜鼓，集合了寨子里的芦笙队。

吴宗亮指着铜鼓，向康喜春诉说铜鼓寨的来历："那还是在永乐年间，我们吴姓人的祖先在这山湾里挖地种苞谷时，挖得了这面埋在地下的铜鼓。铜鼓是神鼓，出铜鼓的地方，定然是风水宝地。我们的祖先便在这里修建房屋立寨子。这个寨子也就叫作铜鼓寨。"

鼓楼前面是一块宽敞的坪场，紧挨着坪场有一眼荷花盛开的池塘。坪场的边上，竖立着一块巨大的石碑，石碑上一个字也没有。康喜春曾经听说过无字碑，可他真正见到无字碑，这还是第一次。他奇怪地问道："亮哥，这碑上怎么没刻得有文字？"

吴宗亮回答说："万历十八年，这邻近的四十八寨，在我们的铜鼓寨起大款，起誓订立款约。当时，我们这里还没有人识字，就立了这块无字碑，作为永久的凭证。"

康喜春问："没有把款约刻在上面，又怎能说是凭证呢？"

亮哥说："款约虽然没有刻在碑上，可记在了我们的心里。人心毁不掉，比刻在石头上更牢靠。"

铜鼓寨是锦屏与黎平交界地带最大的寨子，住着不少殷实的人家。铜鼓寨附近的山上，都是人工营造的杉树林。这里人工种植杉树，已经有了近两百年的历史。吴宗亮的祖公，便是这寨子里第一个种植杉树的人。这里的侗人从山上砍下杉树，或是通过水运卖到洪江，或是卖给进山收购的外乡人。殷实的人家，当起了木客老板。家境贫苦的人，就成了河下的排古佬。后来，他们又从湖南引进了油桐树，用"麻雀尾"装载着一船船桐油籽，运到洪江的油号出售。湘西最大的水码头洪江，成了这些经商的生意人、排古佬、船把佬常来常往的地方。渐渐地，他们都学会了讲汉话。每到洪江，他们最惬意的事，便是到天王庙看高腔戏，回到铜鼓寨，还仍然在津津乐道。三年前，亮哥到天柱县的邦洞去赶四月八的歌场。他意外地发现，歌场上竟然搭起戏台在唱高腔戏。唱戏的不是洪江请来的戏班，而是邦洞本地的子弟班。吴宗亮得到启发，萌生了组建子弟班，学唱高腔戏的想法。不久后，安齐家从铜鼓寨经过。乡亲们对高腔戏的热情，更是激励和鼓舞了他。于是，便有了他前往洪江找安齐家请求帮助，偶遇康喜春，请来教戏高师的缘法。

铜鼓寨子弟班的拜师仪式，事先没有告诉康喜春夫妇。傍晚，当夫妇二人在吴宗亮的陪同下来到鼓楼时，四周的板凳上已经坐满了人。鼓楼的上方，摆着香案。见康喜春夫妇进场，人们立刻齐刷刷地站了起来。夫妇二人不知所措，吴宗亮随即宣示："今天，我们铜鼓寨的二十四人子弟班，在这里行拜师之礼。请师傅、师娘上座，受弟子一拜！"

话音刚落，人们便七手八脚，把康喜春夫妇推上了香案前的板凳上落座。紧接着，二十四人跌跪尘埃，纳头便拜，同声高喊："师傅！师娘！"

"快快请起！快快请起！"康喜春和筱碧玉为这突如其来的场面所感动。二人连忙起身，噙着热泪将吴宗亮和众人扶起。

吴宗亮说："从现在起，我们都是康师傅的徒弟了。我们跟着师傅，认真学戏。学会了，认真唱戏。常言说，一日为师，终身为父。从今以后，师傅的事情，就是我们徒弟的事情。记住了没有？"

众人同声回答："记住了！"

吴宗亮接着高声说："请师傅给弟子训话。"

"各位请坐！各位请坐！"在弟子们落座之后，康喜春继续说话，"喜春来到贵地方，是为了讨一口饭吃。承蒙各位错爱，喜春愧不敢当。在座各位，年纪大的，是喜春的兄长；年纪小的，是喜春的老弟。唱戏的事情，有句俗话说得好：唱到老，学到老，还有三分学不到。从今以后，请各位把我们俩公婆当成铜鼓寨的人，当成各位的亲从。在我们铜鼓寨的子弟班里，没有师徒，只有兄弟。"

"师傅，你也不必太客气了。"拜师之后，吴宗亮便立刻改了称呼。他说："三百六十行，行行有师傅，就连吃稀粥都有师傅。如今我们拜了师，也就成了梨园中人。一切都按照梨园的规矩办。今天，徒弟们没得哪样表示。我们就在这里和师傅、师娘一起吃个合拢饭。"

天渐渐黑了下来，鼓楼里燃起了槁把火。人们在鼓楼里摆上了长长的一排桌子，二十四位学艺人将他们各人带来的酒菜，一齐摆到了桌子上。康喜春和筱碧玉见事明白，大家把酒菜放到一起吃，叫作合拢饭。

"师傅！师娘！"吴宗亮说，"徒弟们是尽心了，不晓得合不合二位的口味？"

筱碧玉见了满面桌子的酸菜，连忙说："合口味，合口味，我最喜欢的就是吃酸菜。"

　　吴宗亮吩咐一个后生，给各人面前的酒碗里筛酒。接着，他向康喜春夫妇介绍："我们侗家人，三天不吃酸，走路打捞蹿。这些酸蕨菜、酸笋子、酸豆角、酸薤头……都是山里的出产。这些荤腥，是各人带来的酸肉、酸鸭和酸鹅。这位宗昌是我的堂兄，他特意带来他屋里腌了五十年的酸鱼。这样的酸荤，就是我们侗家人，也很难吃到，今天拿来献给师傅。他想跟师傅学打鼓，请师傅放教。"

　　吴宗昌随即起身，端起碟子，将那碟子里的两小块陈年酸鱼，分别夹在了康喜春和筱碧玉的碗里，说："不成敬意。师傅、师娘请受用。"

　　盛情难却，康喜春和筱碧玉吃着侗家人献给至尊客人的菜肴 —— 陈年酸鱼。鲤鱼经过酸坛子里五十年的腌制，全然失去了本来的鱼味。二人把酸鱼吃进嘴里，细细品味，除了有咸味以外，就再也没有别的滋味了。侗家这种奇特的饮食习俗，不知已经沿袭了多少年，客人在品尝主人献上的食物，也在咀嚼着主人营造的情意。

　　当师傅康喜春、师娘筱碧玉面带笑容，吞咽下侗家的陈年酸鱼时，徒弟们有着说不出的愉快。在吴宗亮的示意下，在场所有的徒弟，都站立了起来，一齐端起了面前斟满苦酒的土陶碗。康喜春和筱碧玉见状，也跟着起了身。只见吴宗亮面带微笑，端着酒碗，来到了他二人面前，充满着深情地说："我们侗家的这种酒，叫作苦酒。吃在嘴里，有些许儿苦味，咽下喉咙，却又能回味出甘甜。这种酒也就叫作'先苦后甜'。师傅来教铜鼓寨的子弟班，也是一件先苦后甜的事情。教戏、学戏吃苦，日后唱戏见甜。我们敬师傅、师娘吃了这杯酒，大家一同先苦后甜。"

　　在一片"先苦后甜"的叫喊声中，鼓楼里所有的人，把土陶碗里的苦酒一饮而尽，就连不嗜酒的筱碧玉，也把一碗苦酒喝了个精光。

　　康喜春开始了在铜鼓寨的教戏生涯。每天清晨，他带领徒弟们在鼓楼前的坪场上练功、喊嗓。吃过早饭，徒弟们都回家做各自的活路去了，他便在鼓楼里口述剧本，由亮哥抄录在本子上。到了晚上，康喜春召集徒弟们到鼓楼里，有时教授剧本和唱腔，有时教授文武场面。从早到晚，他没得一点闲空。

筱碧玉进入侗乡，也进入了她人生崭新的世界。她和丈夫一起，得到了以往不敢奢求的尊重。雁嫂比筱碧玉整整大十岁，是个和蔼可亲的妇人。筱碧玉不让她跟着亮哥叫师娘，雁嫂却偏生要这么叫。她正在教七岁的小女儿蓓柳织侗锦。侗家的姑娘，从小跟着妈妈学织锦。在嫁人以前，要完成她婚后一生所需的侗锦用品，诸如被褥、衣物、围裙，以及日后娃崽的背带、披风等。闲来无事的筱碧玉，也跟着蓓柳一起学织锦。她是个心灵手巧的人，一看就懂，一学就会。雁嫂若是工夫忙，她就代替雁嫂教蓓柳。雁嫂的娘家，在黎平的贯洞，阿妈熟知治妇科病的草药，在四乡八寨是非常有名的。雁嫂在娘家做女时，常缠着要跟阿妈学，阿妈就是不教。按照老规矩，这样的技艺，是只传儿媳，不教女儿的。筱碧玉把自己的病情告诉雁嫂。雁嫂是个热心肠，特意领着她回了一趟娘屋，为她捡来了草药。到了七月间，她果然有了喜。康喜春得知她有流产的习惯，嘱咐她一定要注意保胎。雁嫂又特意回了一次娘屋，为她捡来了安胎药。

康喜春为筱碧玉有喜感到高兴。这个跟着他一起"打瓜金"的可怜女子，终于能实现她一生中最大的愿望了。他的重重心事，却又同时被勾了起来。他离开浦阳镇时，不曾给康家洲的屋里留下过一句话。那里还有他的老娘和一个未成年的伢儿。他这一走，杳无音信。老娘既要照看孙儿，又还要替他担心。他身在这深山侗寨，对老娘不能尽到孝心，对伢儿不能抚养，不由得产生了一丝丝的后悔。他甚至不明白，当初怎么会做出这样贸然的决定？是为这女子的花容月貌所吸引，还是对这女子的一片怜悯之心？连他自己也说不清，他隐约地感觉到，这位亮哥早已得知他和妻子的来历，只不过是没把事情挑明。不管怎么样，和人家的婆娘"打瓜金"，总是一件不光彩的事情。这或许就是亮哥不愿把事情挑明的原因。

子弟班的开台演出，定在十一月初三铜鼓寨的歌场期间。距离开台只有三个多月了。寨子里已经募集了置办行头的资金。亮哥根据康喜春开出的戏班行头清单，特意走了一趟洪江，买回了所需的一切行头。就在亮哥回来的那天晚上，他在鼓楼里清点完行头之后，把康喜春叫出了鼓楼，去到坪场边那块无字碑的后面。

"告诉你一声，安师傅已经托人把银子带回康家洲了。你安心在这里教戏，屋里的事情不要担心。"亮哥轻声说。

听了亮哥的通报，康喜春顿时懵了。他庆幸自己遇到了好人。一切来得这样突然，真叫人一时不知所措。好半天，他才说出一句话："我和碧玉的事情，你已经都晓得了？！"

"听安师傅讲了，晓得一些，不全清楚。"亮哥说，"看得出，师傅你不是坏人，师娘也不是坏人。你们这样做，总有你们的理由，是什么理由，我不便多问，也不该多问。"

"那真就多谢了！"康喜春感激地说。

"师傅千万莫这样讲，你把子弟班教得这样好，我还要多谢你哩！"亮哥又看了看四周，继续说，"你我的话，就讲到这里打止，对外面，不要透露出半点风声，以免惹出意外的事情来。师娘现时有身孕，伤了神，会动胎气。我对你们事情的了解，还有寄银子去康家洲的事情，暂时都不要告诉她。"

这晚，康喜春睡在床上，一直难以成眠。来到这铜鼓寨落脚，就像是在做梦一样。在浦阳镇懵里懵懂做的一切，到今天想起来仍然感到后怕。所幸的是，他一路都遇到了贵人。在洪江，安师兄和老郎庙的范管事，都对他至为关切，为他出主意，作安排。再后来，又遇到了铜鼓寨的亮哥。特别是亮哥替他寄钱回康家洲屋里，是他万万没有料到的。这位铜鼓寨的能人、好人，连他心里想的那些事情，竟然也是全都明白。有银钱寄回康家洲，总算是去了后顾之忧。以后日子怎么过？他的心里没有底。虽说铜鼓寨的亮哥对他好，徒弟们对他好，也不能在这里永远住下去啊……他睡不着，索性从被窝里坐了起来，起身去到卧房的角落里，敲打火镰，点燃纸煤，再钻进被窝里，披着衣服，坐在床上，拿起水烟袋吃起烟来。

水烟袋"咕噜咕噜"的响声把筱碧玉惊醒，她揉着惺忪的眼睛说：

"怎么，还不睡？"

"睡不着。"康喜春深深地吸了一口烟，而后吐着烟雾。

"又在想康家洲屋里的老娘和伢儿了。"婆娘的话语里充满着歉疚。

康喜春没有作声，只是"咕噜咕噜"地吃着烟。

筱碧玉侧转身子，伏在康喜春的胸口，充满愧疚地说："都是我，都是我拖累了你。"

"唉！"康喜春叹了一口气，放下手里的水烟筒，转而抚摸着筱碧玉的满头青丝，爱怜地说："你我都走到这一步了，还讲这些做哪样？"

筱碧玉动情地说："为了我，你抛下了老娘和伢儿，也不晓得他们现在的日子是怎么过的。我这里还有几件首饰，你拿到王寨去换了，想个法子，给他们寄点钱回去。"

"真难为你，还为我挂牵着屋里。现在没得法子，有钱也寄不回去，以后再说吧！"康喜春记着亮哥的话，给屋里寄了钱的事，不必告诉婆娘。说着，他摸了摸婆娘的肚皮，仿佛感觉到他的骨血在那里面涌动："好好保住胎，为我生下个小戏子，也不枉我们夫妻一场。"

"你放心，我会的……"筱碧玉依偎在康喜春的怀里说。

这时候，康喜春并不知晓，这次亮哥到洪江，安齐家还告诉他一个消息，就是浦阳镇的膏栈老板，得知康喜春曾经在洪江唱过戏，后来又在洪江消失，便派人到了洪江，打探他和筱碧玉的去向。还特意找过安齐家。安齐家一推三五六，说声不晓得，打发走了那伙人。亮哥回到铜鼓寨，怕影响康喜春教戏，没把这消息告诉他。出现了这样的情况，亮哥意识到师傅和师娘的安全问题，丝毫马虎不得，必须要无事当作有事防。一天夜里排戏结束以后，他把子弟班里几个老成的族人留了下来，向他们通报了师傅和师娘面临着的危险境地，要他们多长一个心眼，保证师傅和师娘的绝对安全。往常，寨子里每夜都有一名款脚轮流巡更。亮哥体察到形势的严峻，决定再加上一名款脚，当天晚上就到场。由两名款脚一同巡更，出了事也好有个照应。防范的重点，就在康喜春所住仓楼的四周。

龙家窨子的三姨太同戏子"打瓜金",连同龙永久五年之前就"起不来"的传闻,在浦阳镇的三街四十八弄,被人们绘声绘色地传了个遍。龙永久经受了有生以来的最让他抬不起头的奇耻大辱。他大门不出,二门不迈,浦阳镇的三条大街上,再也见不到他那趾高气扬的身影。他发下毒誓,要让那对狗男女不得好死。龙永久冥思苦想,臭戏子带着那骚货,能到哪里去呢?他想到,戏子要靠唱戏谋生,洪江便是唱戏绝好的去处,康喜春的师兄安齐家正好在洪江。他派人到洪江,并通过贵州会馆查访。康喜春搭了洪江的班子,唱过几天戏。浦阳镇来的旦角,曾引起过看客们的关注。尽管安齐家守口如瓶,龙永久最后还是得知,康喜春和筱碧玉是到贵州教堂子去了。确切的地址,却一直没能查访到。偌大的贵州,乡脚宽得很,又到哪里去找呢?他想到,既然是开堂子,办子弟班,就一定会到洪江办行头。就在戏装店守株待兔,不愁找不到那对狗男女的下落。龙永久命得长疤子,带着四个会武打的精壮汉子,守候在洪江。他们果然等来了铜鼓寨的吴宗亮。

那一日,长疤子一伙人装扮成到黎平收购蓝靛的商贩,登上了一只溯沅水而上的麻雀尾。一路上,长疤子坐的船,吴宗亮坐的船,一直是一前一后。到了王寨,他们就住在同一家客栈里。吃夜饭时,他们还同在一桌吃饭。长疤子指着摆放在客栈大堂一角的戏班行箱,明知故问:"这位大哥,莫敢办的是唱戏行头?"

"是的。寨子里办了个子弟班,学唱高腔戏。乡亲们凑钱,着我到洪江置办了这些行头。"

"请问是哪个寨子?"

"铜鼓寨。"

"离这里多远?"

"五十里。"

"请的是哪里的师傅?"

"远路的。"

吴宗亮立刻心存警惕，没有说是浦阳请的。长疤子也不再追问，心里却已经有数。

"大哥好像不是本地人。"

"辰溪来的。"长疤子也不说实话，留了一手。

"来做哪样生意？"

"到黎平采办蓝靛。"

"去黎平，正好从我们寨子路过，明天我们可以一路走。"

"我们在王寨还有点其他的事情，恐怕要在这里多住几天。二天到了铜鼓寨，我们会来看你的。"长疤子编着门子推托着。他心想，铜鼓寨是要去的，只是不能和你做一路走。

吴宗亮总觉得这伙人有点不对劲。回寨之后，便立即加强了防范。这夜，他从鼓楼排完戏，和师傅一同回到屋里。师傅随即进房安睡。他洗过澡脚，刚刚上床，便听到了"嘭嘭"的敲门声。

"宗亮，快起来，有要紧事。"吴宗昌压低嗓门，在门外轻声说。

"昌哥，出了哪样事？"吴宗亮打开门问。

吴宗昌进到屋里，把门关上，嗓门依然压得很低："天黑过后，屋里来了一伙蓝靛客，好像有点不对劲。"

"蓝靛客，是不是一共五个人？"

"是的。一个生得单薄的，额门上有道疤子。其余四个，都生得牛高马大。"吴宗昌说，"他们进屋时，我已经去了鼓楼。那伙人对你阿嫂说，他们是去黎平采办蓝靛，天黑了，借宿一夜。"

"这五个蓝靛客，我见过。他们同我一路从洪江来，说是辰溪人，在王寨歇店时，我们还做一桌吃过饭。"吴宗亮回忆着一路来的情景，而后问道："怎么？这伙人不地道？！"

吴宗昌说："那个额门长着疤子的人，对寨子里办戏班的事，格外地关心，向你阿嫂问个不断纤。对教戏的师傅、师傅的婆娘，尤其问得仔细。"

"他是怎么问的？"吴宗亮预感到事态严重，急切地问。

吴宗昌说："问师傅的戏教得好不好，师傅的婆娘长得乖不乖。问这俩公婆在哪里吃饭，在哪里睡觉。"

"阿嫂都对他们说了？！"吴宗亮问。

"那婆娘口没遮拦，全都说了！"吴宗昌说，"他们吃过夜饭以后，说是天热，要出去歇凉，便到寨子里转悠了好一阵。等我从鼓楼排完戏回到屋里，他们都已经睡了。你阿嫂想来想去，觉得这事情有点儿蹊跷，便悄悄儿告诉了我。我也越想越不对劲，这伙人肯定是装作蓝靛客，来搞师傅的路子的。情况紧急，耽误不得，我这就找你来了。"

听了吴宗昌的这番话，吴宗亮倍觉紧张。他早就料到会有这么一天，只是没想到来得这么快。事情已经明摆着，他们将在今夜的晚些时候，对睡在仓楼下的师傅、师娘下手。也算是老天有眼，他们偏生落到了宗昌老哥的手里。如若不然，后果就不堪设想了。吴宗亮轻轻打开大门。朦胧的月色，照着门前的禾场。他不自主地朝院子一侧的仓楼望了望。他起意将实情向师傅通报，好让他有个准备，可又担心惊吓着了有孕在身的师娘，便只好作罢。他和宗昌朝着仓楼的背后走去，正好遇着两个巡更的款脚。吴宗亮在二人的耳边"叽咕"了好一阵。紧接着，四人各自分头行事。他们的身影融入黑夜，消失在铜鼓寨的村巷之中。

半夜过后，天上的星子不见了，几片乌云，在突然间遮住了月亮。铜鼓寨顷刻变得黑洞洞的，连一幢幢吊脚楼映在天边的轮廓，也显得模糊不清。静谧的山寨里，没得任何声响。这时，不知谁家吊脚楼下的鸡舍里，一只雄鸡开了叫。由于它的带头，寨子里所有公鸡，便开始了合唱。就在这此起彼伏的鸡叫声里，铜鼓寨的岩板路上，闪出了一矮四高的人影。他们直奔吴宗亮家的仓楼而来。在仓楼下的一间房门前，他们停止了脚步。这时候，房里的戏师傅和婆娘还在睡梦之中。当这伙人正要起架势破门而入时，随着一声铜锣的敲响，惊天动地的呐喊声响彻夜空。紧接着，数不清的稿把火，几乎同时被点燃。长疤子一伙，顿时被眼前的情形惊呆了。

在无数槁把火的照耀下，手拿各种家什的人们，高声喊叫着，打着包抄，向着这伙人步步逼进。他们被堵在了仓楼前面，处于进退两难的境地。房里的康喜春和筱碧玉，从睡梦中被惊醒。康喜春正要打开房门看个究竟时，他听到了亮哥的高声叫喊："师傅，不要开门！千万不要开门！"

长疤子手下的一个莽汉朝着房门猛地就是一脚，被屋里的康喜春死死地顶住，房门没被踢开。他接连又是几脚，房门已被杠子一样的东西撑牢，再踢也是枉然。

"上！上去把他们捉了！"吴宗亮指挥众人，一齐向着长疤子一伙人扑了过去。

连续几次踢门失败，长疤子自知走投无路，却依然想凭着手下人的武艺，突出重围。这时候，四个打手，都拔出了雪亮的小插子，面对着步步逼向他们的众人，比画着，挥舞着。他们想借此冲出人群，逃之夭夭。怎奈逼向他们的是长长的马叶子，尖尖的标杆子，还有那数不清的锄头和钉耙。更令他们胆战心惊的，是呐喊声中那一支支以松明为燃料的槁把火。耀眼的光亮、浓烈的黑烟里，透出了一股刺鼻的松脂味。数不清的熊熊燃烧着的槁把火，在向他们逼近，逼近……

"老实点，把刀放下！"吴宗亮厉声命令。

长疤子是个怕死鬼，忙对身旁的手下人说："把刀放下，放下……"

长疤子一伙束手就擒了。康喜春打开房门。吴宗亮立刻迎上前去，拱手道："师傅、师娘，二位受惊了。"

"多谢亮哥！多谢乡亲们！"康喜春激动万分，连连对众人拱手。

筱碧玉也噙着泪水不住地说："多谢！多谢！"

人们正七手八脚，用箩索把长疤子一伙捆了个严严实实。筱碧玉从一个乡亲手里接过一个火把，走近前去，照着长疤子惨白的脸，轻蔑地说："长疤子，你来做哪样？你这一世人生，作的孽难道还不够多吗？"

长疤子浑身发抖，他听明白了筱碧玉的意思。当年在垭角洞，他作了一次孽，侥幸逃脱。如今又来铜鼓寨再次作孽，他遭到报应了。

"三——"长疤子情急之中，想叫"三姨太"救他一命，立刻觉得这个过去的称谓不妥。但一时又想不出称筱碧玉做哪样为好。猛地，他脱口说出了他认为最恰当、最亲切的称谓："碧玉姐，我好后悔，你要救我一命呀！"

这时候，鼓楼里的铜鼓，急促地响了起来。随着铜鼓的"铛铛"敲击声，在寨子的四面八方，出现拖长的声音："开款啰——"

"开——款——啰——"

四周的人流已经在槁把火的照耀下，开始了涌动。长疤子一伙也被押解着进入了人流，往寨子中心的鼓楼走去。当高耸入夜空的鼓楼出现在他们的眼前时，四面八方的人们，依然潮水般地朝着这里涌来。霎时间，鼓楼前面偌大的坪场，便站满了一坪的人，燃起了一坪的槁把火。一簇簇燃烧的烈焰，把款场坪的夜空照得透亮，把坪场边的池塘映得通红。一片嘈杂声中，吴宗昌和一个汉子将一张八仙桌抬到了高大的无字碑下。吴宗亮轻轻一跃，便登上了桌子。坪场里的无数双眼睛，一齐向着他们的款首仰望。吴宗亮镇定自若地站在桌子上，威严而庄重。今夜，他将在这无字碑前，依照古老的侗款，遵从款众的意愿，进行一次神圣的裁决。在一片吆喝声中，五花大绑着的长疤子一伙，被解押者推着、搡着，歪歪斜斜地来到了桌子的前面，"扑通"一声，全都跪在了地上。长疤子见这般架势，早已是魂飞魄散，吓成了一摊烂泥。通过槁把火的光亮的照映，他的脸色白得像一张纸，惟独额门上的那道鼓出的疤痕，竟变得血一样红。其余四个汉子，也从未见过这般场伙，也都被吓得痴呆了，麻木了。

在吴宗亮的示意下，鼓楼里的铜鼓，"铛！铛！铛！"连敲三响。铜鼓声一落，喧闹的款场，立刻变得鸦雀无声。这时候，吴宗亮回过身，对着巨大的无字碑深深地一揖，返身大声宣示："天运光绪十二年，岁在丙戌，八月二十四日卯时，贵州省锦屏县铜鼓寨款场开——款——"

"开款！开款！开款……"款场上，数不清举着槁把火的款众们，此起彼伏地叫着，嚷着。

吴宗亮伸出双臂，手心朝下压了压，款场立刻又恢复了宁静。他向款众宣布此次开款的缘由：

铜鼓寨的铜鼓敲响了，铜鼓为我们的贵客敲响；铜鼓寨的款场开款了，款场为我们的贵客开款。祖先留下的款约，保护我们的款众；祖先留下的款规，保护我们的贵客。是不是呀？[①]

"是呀！"款众的回应声排山倒海，吴宗亮继续开讲：

万历年间起大款，四十八寨相聚铜鼓寨。朝廷设衙门，村寨开款场。衙门官家理事，款场头人做主。杀牛盟誓合款，共同议定规章。订出六面阴、六面阳，六面厚、六面薄。订出二六一十二条款，四六二十四规章。石碑在，条款在，石碑在，规章在。是不是呀？

"是呀！"款众的回应声惊天动地。吴宗亮的宣示，触及此次开款的正题：

今夜开款，不是款款俱到，今夜开款，不须条条理清。三百年前订下第六款，三百年后款众谨记心。第六款哪！不许谁人，扰乱乡村，白日逞强，黑夜横行，成群结伙，包藏祸心，打家劫舍，行凶杀人。若有哪个触犯，没有半点徇情。千家事，万人理，条款订得分明。痛莫怪刑杖，死不怨众人！是不是呀？

"是呀！是呀！是呀……"愤怒的款众每回应一声，便举一次槁把

[①]本章节的"侗族款词"，写作时参照湖南少数民族古籍办公室主编，杨锡光、杨锡、吴治德整理译释的《侗款》（长沙：岳麓书社，1988年版）。

火。款场里，槁把火起起落落。把跪在地上的长疤子一伙，吓了个魂飞魄散。这时，几个款脚在吴宗亮的示意下，将长疤子与他的四个打手分开。吴宗亮随即对那四个伙计做出宣判：

你们受雇于阴险毒辣的恶人，是一群跟屎的绿头苍蝇。所幸是小插子还没有沾上鲜血，豺狼落陷阱，龟鳖进网中。六面阳，免你们的死罪，六面薄免你们的极刑。每人重打四十棍棒，给你们做一个记心！该不该打呀？

"该打！"在一片吼叫声中，四个汉子被蜂拥而上的款众按倒，棍棒如同雨点一般，落在了他们被扒下裤子的屁股上。惨叫声中，一旁的长疤子已是面如土色，只有出气，没了进气，完全成了一个没有埋的死人。那四个汉子挨过棍棒之后，相互搀扶着，一跛一瘸地离开了款场坪，消失在茫茫的黑夜里。这时，款众们的目光，一齐投向了瘫软在地上的长疤子，静候着款首对他的裁决。吴宗亮稳了稳神，深情地抚摸着那块巨大的无字碑，而后一字一句地宣示：

你玷污做人良心，搅乱村寨安宁。你只想谋害别人，落得毁灭自身。本想放你，规章铁面无私；本想容你，条款不容徇情。六面阴，你难逃死罪；六面厚，你难免极刑。铜鼓响，末日来临。你在火就随火——

吴宗亮话音未落，鼓楼里的铜鼓随即擂响，款众们一次次高喊着："在火随火呀！"他们手中的槁把火，一齐向着长疤子涌来。顷刻间，那颤抖着的火苗，如同一个个伸向他的舌头。他虽然已经被吓瘫了，吓呆了，可他还是能体察到，就是这无数的火舌，即将要舔食他的生命。"哎呀！"一声垂死的叫喊，在火光中回荡，惨烈而绝望。铜鼓声，依然在不停地响着，仿佛在为他催命送亡。只要吴宗亮稍有示意，无数的槁把火便会立刻汇聚到一起，成为冲天的烈焰。长疤子就会葬身在这火海之中。吴宗亮站在桌子上，似乎心生恻隐，不忍心看到这种事情发生。他伸出一只手，僵硬地摆了摆。随着无数槁把火的悄然退去，绝处逢生的长疤子，长长地舒了一口气。灾难并没有因此而结束，铜鼓声声变得更加激越，款首稳了稳心神，做出最后的发布：

铜鼓响，末日来临。你在水就随水——

"在水随水，在水随水呀！"款场里，随着槁把火的起起落落，人们在高声叫喊着。叫喊声中，几个款脚搬来了两块巨大的岩石，七手八脚把岩石绑在了长疤子的身上。任人摆布的长疤子，意识到灾难的降临。他将伴随着这两块岩石，沉入身边的池塘。在沉重的铜鼓声里，长疤子如同一只丧家之犬，无奈地闭上了眼睛。四名壮实的款脚，将长疤子连同绑在他身上的岩石，着力抬离了地面，朝着火光映红的池塘走去。他们来到池塘岸边，随即前后摇晃着。准备通过这种摇晃，将长疤子送入池塘，让他"在水随水"，去到另一个世界。款首和在场所有的款众，都屏住呼吸，等待着这一惊心动魄场面的出现。就在这千钧一发之时，远处传来了一个女人的声音："手下留情！手下留情——"

款众们一双双眼睛，循着声音看去，那喊话的女人，原来是戏师傅的婆娘筱碧玉。她以急促的步子，走向实施沉塘的现场，康喜春则在身后紧紧追赶着。她来到吴宗亮讲款的八仙桌前，"扑通"一声，便双膝跪在了地上。

"碧玉为犯事人讲情，请款首饶他一命。"筱碧玉说着对吴宗亮磕起头来。

吴宗亮见状，一跃而跳下桌子，赶紧扶起了筱碧玉，连声说道："师娘请起，师娘请起！"

这时，康喜春立刻凑到了吴宗亮的跟前，用只他一人能听见的声音，轻轻地说："把他放了吧！免得再生出些麻烦。"

见此情景，四个抬着长疤子的款脚，立刻住了手，不再往池塘抛丢长疤子，而是将他连同绑在身上的石头一齐放在了地上。这使得一只脚已经迈进了鬼门关的长疤子，又把脚缩了回来。由于筱碧玉的讲情，款场的气氛，顷刻间变得凝固了。满场款众，都将眼光投向了他们的款首，静候着他的表态。

筱碧玉说话了。她的声音很大，既说给款首听，也说给满场款众听。她说："这犯事人带人窜到铜鼓寨，谋害我夫妻二人，若不是乡亲奋力搭救，我和丈夫早已成了刀下之鬼。想我夫妻与他无冤无仇，他竟然下如此毒手。要说恨，我对他恨之入骨。将他千刀万剐，拿他沉塘，让他'在水随水'，一点也不过分。可话又说回来，这终究是一条人命啊！此人作恶多端，我从来就看不起他。可他毕竟只是一条受命于主子的狗，可他毕竟是一条生命。小女子和丈夫一道，在此替他求情。请款首和各位乡亲高抬贵手，收回成命，放他一条生路。"

筱碧玉的一番话，讲得款场鸦雀无声。说完话，她又面对着款众，缓缓地跪下。这是她来到款场后的第二次下跪，吴宗亮立刻再一次将她扶起。

款场里的人们，开始了悄声儿的议论。鼓楼里的铜鼓声，似乎也变得舒缓起来。吴宗亮为难了。为了惩治一群进寨杀戮的汉人而开款，在铜鼓寨还是第一次。没想到的是，被杀戮的对象，居然为杀戮者讲情。听了师娘的一席话，敬佩之情油然而生。联想起师傅对他的悄声言语，更觉得应该慈悲为怀，免那犯事者一死。自古以来，侗款有着不可更改的权威性。这种因为讲情而违背款约的事情，还没有先例。要破这个例，必须得到款众认可。他重又跳上八仙桌，面对款众高声说："乡亲们，刚才戏师娘的话，大家都听到了。我们常说，观音菩萨大慈大悲。今夜，我们见到了戏师娘的菩萨心肠。犯事的人，就在各位的面前。戏师娘央求各位免他一死。这个面子，我们给不给呀？"

"给呀！给呀！"

"给她的面子呀！"

款场里，霎时间喊声一片。瘫坐在地上的长疤子，绝处逢生，这才又缓缓得以还阳。当他还没有完全回过神来时，八仙桌上传来了款首严厉的声音："死罪已免，活罪难逃，拖下去重打四十棍棒，给他做个记心！"

雨点般的四十棍棒，使得长疤子彻底地清醒。挨完棍棒，他忍痛抬起头来，发现筱碧玉就在不远处。他万没想到，竟是这个被他追杀的女子，不惜两次下跪，替他求情，将他从鬼门关拉了回来，愧疚之情，不禁油然而生。他顾不得屁股上棒伤的疼痛，用膝盖一步一挪，爬到筱碧玉的跟前，老老实实地跪在地上，磕了三个响头，泣不成声地说："多谢！多谢碧玉姐救命之恩！"

长疤子离开铜鼓寨时，天已经开了白口。新的一天到来，铜鼓寨款场非同寻常的一次开款就此结束。款众们纷纷踩灭手中的槁把火，而后各自散去。要是往常，这时候，高腔子弟班的人们，早已经聚集在这里，开始了练功的喊嗓。今天，由于一夜的开款，大家的瞌睡都被耽误了，戏师傅宣布，子弟班免了晨练。宽敞的鼓楼坪，一会儿便走得空无一人。铜鼓寨在顷刻之间，又恢复了昔日的宁静。只有那块三百年前留下的无字碑，依然默默地屹立在鼓楼之下。而那口紧挨着鼓楼坪的池塘里，几条红鲤鱼在水中游动，泛起了层层涟漪。

开款过后，人们在各自回家的路上议论得最多的，自然是那对颇有几分神秘色彩的戏师夫妇。这对夫妇究竟是何人，因为何事结下了深仇大恨？仇家竟然兴师动众追杀到这边远的铜鼓寨来了！而除了他们自己和款首吴宗亮之外，谁也不晓得事情的来龙去脉。早饭过后，寨子里婆娘们的口中传出了一个令人丧气的消息：由于昨夜款场的折腾，戏师娘流产了……

● 芳草，荒草

　　临近冬至，一个浓雾弥漫的早晨，滚滚长江被笼罩在雾霭之中，看不清哪儿是水，哪儿是岸。鹦鹉洲码头密密麻麻的桅杆，在烟雾中若隐若现。雾太大，大船推迟了起锚的时间。大雾中，一个人影，踩着大船的跳板上了码头。张复万一连三天大清早来到码头，托去镇江的大船带信给张复礼，告诉他芳草第里的潘小芸病入膏肓，要他无论如何也要回汉口一趟。

　　晨雾中的芳草第，静谧而冷清，一点轻微的响动，都变得格外清晰。十五岁的张玉凤，已经长成了大姑娘。清早，她在母亲的病房里生好了圆盆火，木炭溅着火星，发出"哔哔啵啵"的声响。她轻手轻脚，将一铜盆冷水端到了母亲的病榻前。她在铜盆里搓揉着一块布巾，拧干之后敷在了母亲的前额。母亲多日高烧不退，吃药也总不见效，她只得用这种办法减轻母亲的痛苦。病床上的潘小芸面容消瘦，两颊绯红，呼吸急促，失神的眼睛呆呆地望着身边这唯一的亲人。她费了好大的劲，才说出一句话："快……快去把你……翠伯娘请……请来……"

　　凤儿正要动身去请翠伯娘，又觉得母亲跟前不能离开人，正在她踌躇之时，翠珠推开房门，悄然而至。凤儿背对着病榻，轻轻喊了声"伯娘"，努着嘴巴示意，母亲的病昨夜又加重了。

　　翠珠走到病榻边，仍然轻声儿问："好些了吧？！"

　　潘小芸没回答，只是无力地摇头，晶莹的泪水从眼角跌落到枕头上……

早先，曾是刘金莲贴身丫头的翠珠，对潘小芸很是忌恨。随着时间的推移，翠珠渐渐意识到，小芸也是一个遭孽的人。特别是在小芸受到不能再生养的困扰之后，翠珠便把当初对她的忌恨，变成了同情。张复礼去镇江以后，翠珠更是三日两转，到芳草第里嘘寒问暖。一天，小芸带着玉凤去到庄铺玩耍，走到后堂门边，正听见复万和翠珠说话。凑巧说的正是她自己。

"若是小芸得知了这事，还不晓得会要气成个什么样子呢？"说这话的是翠珠。

门外的小芸一把搂着玉凤，停下脚步，听了个究竟。

"这复礼也真是老辣，把事情瞒得这样铁紧。"张复万说，"我讲'瑞风'怎么会无缘无故要'顺庆'的油嘛！原来是他和那听雨楼里的小寡妇有一腿。八成是那老爷子听了小寡妇的话，才着人来跟'顺庆'签合约的。"

"嘻嘻！"翠珠也笑着说，"复礼也真是有一手，不但合约到了手，还带起那小寡妇远走高飞去了镇江……"

听了这俩公婆的对话，小芸发了蒙，眼眶顿时就被打湿。她下意识地把身边的凤儿搂得更紧了。感到憋气的凤儿，忽然尖声叫了起来："妈！你这是怎么啦？"

闻听凤儿的叫声，翠珠几步便冲到门口，她看见的是泪流满面的小芸。翠珠尴尬地把母女二人迎进了后堂。复万明白，刚才俩公婆的对话，全都被小芸听见了。他觉得这样的事情还是让婆娘来劝她会更好些，便借口店面上有事，抽身离开了后堂。

翠珠扶小芸坐到椅子上。好半天，小芸才喃喃地说："我们毕竟是夫妻，他不该这样瞒着我……"

"嗨！这种事情呀，我们湘西就有句老话：'朋友面前莫说假，婆娘面前莫说真。'他能告诉你吗？"快言快语的翠珠这样说。

小芸不再说话了，默默地流着泪。翠珠眼窝浅，也跟着小芸哭了。

从此后，小芸每日里闷闷怏怏，吃不好饭，睡不落觉。任凭大姨怎样劝说，心结总也解不开。在大姨看来，只要衣食无忧，一个女人就应该满足。而对于小芸来说，仅有这一切，是远远不够的。既成的事实，她无法改变。纵然极不情愿，却也必须接受。古人医书上有"郁闷成疾"的说法，潘小芸就这样落下了病根。

张复礼去到镇江转眼便是一年多。镇江方面传来了消息，那小寡妇生了一对双胞胎，两个都是男伢儿。张复礼待在镇江不回来，就更在情理之中了。潘小芸更增加了一重自卑。只怪自己不争气，不能为他生儿子。他再找一房能为他生儿子的女人，是无可厚非的。她为丈夫感到高兴，也替自己感到悲哀。当她把这消息告诉大姨时，大姨分外高兴。她说，那娄听雨生的伢儿，也就是小芸的伢儿。大姨出了个主意，即刻为镇江的双胞胎缝制满月装，表示汉口的二娘的关切和祝福。大姨和小芸过江到汉口，扯来了上好的大红缎子做衣料。大姨赶了好几个夜工，为两个伢儿各做了一套满月装，赶上张复万去镇江，让他带着二娘的礼物去贺喜。

托复万带去满月装以后，小芸的心情似乎要好了些。她天真地认为：那婆娘虽然得宠，但毕竟是第三房。这先来后到的规矩，总归还是要有的。双胞胎虽不是她所生，按照家法，也应该是她的儿子。天真的潘小芸在静静地等待着镇江方面的反应。

半个月后，复万从镇江回转，那里遭遇令他尴尬。他去到复礼在镇江的家中，送上自己的贺礼。接着又拿出小芸让他带去的满月装，对娄听雨说："这是汉口二娘给两个伢儿带来的满月装。"话刚落音，那娄听雨便怒火中烧，说道："他伯，你怎么不明白，这两个伢儿，只有一个娘，没得什么见鬼的大娘、二娘！"张复礼尴尬万分，使着眼色，让复万赶紧把衣物拿开。张复万后悔了。他压根儿就不该把这些衣物带到镇江。江汉船王的千金虽说是张复礼的第三房妻子，可她从不把自己当成第三房看待。她拥有镇江这片天地，她就是张复礼唯一的婆娘。从与张复礼私奔的那一刻起，她就做出决定，不同浦阳和汉口的那两个女人发生任何联系。三个月前，娄听雨还在妊娠期间，浦阳的刘金莲从油船上捎来了晒栏肉、火炕腊肉、火焙鱼和玉兰片。娄听雨见到是浦阳捎来的东西，就有一种自己是第三房的感觉。碍着张复礼的面子，她没有立刻发作。意外的事情发生了。厨子见到这些来自主子家乡湘西的美食，觉得稀罕，便自作主张，精心烹制了一份火炕腊肉烩玉兰片，端上了餐桌。厨子本想讨个好，没想那娄听雨一见是浦阳捎来的菜，便陡然变了脸，拍桌打椅，大发雷霆。她不由分说地斥责厨子，说是怎么拿这样的东西给她吃！勒令厨子立即拿去倒掉。娄听雨的一反常态，叫张复礼不知如何是好。本想跟她解释几句，却又见她有孕在身，惊动了胎气可不得了，只得忍气吞声，听之任之。生下双胞胎以后，娄听雨更是身价倍增了。她对着汉口送来娃娃衣发火，只不过是再一次借题发挥而已。

听说复万从镇江回转，潘小芸便立刻着大姨前去打探那里的反应。复万有事过江去了汉口。翠珠面对着陈妈的问话，不知如何回答才好。精明的陈妈见翠珠那难以启齿的样子，便立刻感觉到事情不妙。

"翠嫂！"陈妈依着小芸称呼翠珠。她说："有什么话你就照直讲，不要紧的。"

"大姨——"翠珠迟疑了一会，说，"那里的情形，真还确实有点儿不妙。我给你讲了，你千万莫告诉小芸。"

"你就放心吧！什么话当讲，什么话不当讲，我心里还是有数的。"陈妈说。

翠珠压低了嗓门说："那镇江的娄小姐，眼里不但没有小芸，就连浦阳镇上的大少奶奶，也是三下五除二。就连厨子给她做的浦阳腊肉烩玉兰片，也不吃不尝，还叫人倒掉了……"

陈妈是个灵范人，翠珠这么一说，她立刻全然明白了。那听雨楼出身的娄家千金，是绝对不会承认自己是三房的。陈妈后悔了。明摆着的事情，自己怎么就没有想到，还傻乎乎地给她送什么满月装呢！

"真是对不住，只怪我替小芸想得不周全，让复万兄弟受了冤枉气。"陈妈愧疚地说。

"大姨快莫这样讲！"翠珠说，"小芸是我的东家少奶奶，还是我的好妯娌、好姐妹。是非曲直，翠珠心里都有一杆秤。眼下的事实明摆着，胳膊是拧不过大腿的，何况人家又生了一对双胞胎，还都是男伢，在少东家面前得宠的当然是她了。"

陈妈没有搭腔，静静地听着，默默地坐着，几滴老泪跌落了腮边。

"大姨，小芸的脾性你我都晓得，她是个最受不得气的人。自从复礼带着娄小姐去了镇江，她憋着一肚子的气，身子骨就一日日见差，这样的事情若是让她晓得了，说不定还会气成什么样子，若再有个三长两短，那就更加下不得地了。这满月装的事，你千万千万不能对她照实讲。"临别时，翠珠再一次嘱咐陈妈。

陈妈回到芳草第，强装着笑脸上了楼。小芸正在对照着她在坤班里的戏文抄本，教凤儿认字。

小芸一抬头，见大姨笑容满面，她的脸上也出现了喜色："那满月装带到了？！"

"带到了。"

"她喜欢？"

"嗯！喜欢……喜欢……"陈妈笑着点头，笑容里透出了一丝丝牵强。

"喜欢就好……喜欢就好……"潘小芸似乎松了一口气。

凤儿眨巴着眼睛，问道："娘，姨婆，你们在说些什么，凤儿怎么听不明白？"

张复礼带着娄听雨去镇江的事情，小芸和大姨一直没有告诉凤儿。她们怕因此而伤了凤儿的心。小芸心想，纸是包不住火的，凤儿迟早会晓得，不如现在告诉她。

"凤儿，娘跟你说个事，你爹爹在镇江，又给你娶了一个新妈妈。那妈妈你应该叫作三娘。"小芸心里苦楚，表面上却显得很平静。

凤儿听了娘的话，却无法平静下来。她小手把桌上的戏文抄本一推，便大声地吼了起来："我不要新妈妈！我不要什么三娘！"

陈妈见状，立刻接腔："凤儿乖，多一个妈妈，有什么不好？凤儿在浦阳有个大娘，在镇江有个三娘，多两个妈妈心疼我们的凤儿，那是几多好的事情哟！"

"好什么好！爹爹去了镇江，从来就没有回来过，他不要凤儿，也不要妈妈了。"玉凤说着，大声地哭了起来。

"蠢妹崽！"小芸把凤儿紧紧地搂在了怀里，轻轻地抚摸着她的头发，说，"那么爱你的爹爹，怎么会不要你呢？你想想看，没有他给的钱，我们三婆孙的日子怎么过？"

小芸嘴里虽是这么说，但她心中的怨艾，却远比这不懂事的凤儿要强烈得多。大姨带回的消息，留下了太多的破绽。听雨楼去的那女子，当真高高兴兴地收下了那两套满月装吗？她既然收下了礼物，为什么不见她回赠的礼物？怎么会连一个红蛋都没有带回来？善良的大姨显然是不愿意让她受到伤害，才编造出这难以自圆其说的谎言，来抚慰她受伤的心。她后悔当初不该听信大姨的话，无事找事，为那两个伢儿做哪门子的满月装！尽管如此，她对大姨，仍然是没有埋怨，没有责怪，她只是在嗟叹着自己的苦命。从那以后，陈妈和潘小芸再也没提起过那满月装的事情。

潘小芸的心里就这样怄着，憋着，得不到倾诉和发泄。即便是流泪，也是要在夜里，等到大姨回房间，等到凤儿入睡，蒙在被子里，生怕让大姨知道。她甚至想到，这是她应该遭到的报应。当初，她也曾试图在鹦鹉洲开辟一块与浦阳镇无关的天地，这与今天小寡妇在镇江的所作所为如出一辙。潘小芸尝到了一个女人被冷落的滋味。将心比心，她对浦阳女子的愧疚油然而生。更让她感到不安的是，这些年来，浦阳女子每年都从油船上给她捎来腊肉、玉兰片、晒栏、魔芋、茶叶……从不间断。潘小芸每当收到这些湘西土产时，照例要给怡和洋行送去一份，同时要给浦阳寄去些汉口的时兴货、衣料、糖果、补品、自鸣钟。思来想去，浦阳镇才有她真正的家。她的心病，就这样一天天严重。红润的脸色，变得苍白；丰腴的体态，变得瘦削。她终日愁眉不展，就连那对最招人喜欢的酒窝，随着她的愁眉不展，也已经无影无踪。她朝思暮想，张复礼能回到自己身边，却又是那样害怕见到张复礼。自己眼下的这般模样，不和他见面，或许比见面还要更好些，至少还能给他留下些许美好的回忆。张复礼去镇江后的第四年，婆婆过世了。镇江距离浦阳，较汉口更为遥远。他没像公公过世时那样，日夜兼程，赶回家中奔丧。听油船上回来的人说，他接到噩耗，号啕大哭，顿足捶胸。他没有回浦阳奔丧，只是在镇江的住所里，为老太太安了灵堂。

就在婆婆过世的那年，大姨在庭院里修剪花木时跌了一跤，引发中风。她手足麻木，口眼窝斜，神志却依然清醒。她拉着小芸的手，嘴巴不住地张呀张，却怎么也说不出声。守候在病榻前的小芸心领神会。她凑近大姨的耳朵边，轻轻地说："大姨，我会带着凤儿，在这里安安生生过日子，镇江那头，我是不会去沾边的，您老人家就放心吧！"老人听了姨侄女的话，便带着最后的微笑闭上了眼睛。

大姨的倏然离去，使潘小芸顿时失去了主心骨。她心里空落落的，终日六神无主，只有翠珠隔三岔五来陪她说话。平日，小芸对照着戏文抄本教凤儿认字。这是芳草第女主人唯一的功课。灵泛的凤儿记性极好，她已能读下整本的《彩楼配》了。

"娘！你这样等爹爹回来，也像这戏里的王宝钏一样，要等十八年吗？"有一天，凤儿忽然这样问潘小芸。

潘小芸被女儿问住了，不知道该怎样回答才好。过了好半天，才喃喃地说："凤儿呀！娘不配同王宝钏相比……"

"娘也是女人，也是丈夫出了远门的女人，为什么不能相比？"凤儿接着问。

"当初王宝钏彩楼抛绣球，抛到薛平贵的时候，薛平贵是一个穷人。"

"我爹爹是个富人，是吗？"

"是的，这就是不同。"

"富也是等，穷也是等，又有什么不同？"

"薛平贵是去了外国，回不来；你爹爹是就在并不很远的镇江……"

"他是不愿回来，是吗？"

潘小芸没有回答女儿的提问，只是对女儿说："凤儿，记住娘的话，这世上的男人，穷的远比富的要靠得住。一个女子，不要老是想着攀高门大户。嫁给个平平常常、踏踏实实的穷汉，反而会更靠得住些。"

凤儿眨巴着眼睛在想，母亲为什么会说这样的话。

"记住了吗？"

"记住了。"凤儿听得出，母亲的话语中，充满着对爹爹的怨艾。

潘小芸带着凤儿，过着百无聊赖的日子。翠珠要给她找个佣人，被小芸拒绝了。她和女儿的平静生活，不希望再有第三个人来打扰。这母女二人，除了到翠珠那里聊聊天，到菜市场买点菜以外，和外面没得任何交往。她成天坐在客堂里，守着凤儿，对着戏文抄本认字，直到凤儿把那些戏文都背得滚瓜烂熟。大姨在世时，庭院里的花木都是由她摆弄，花圃里，四时都有鲜花开放；围墙上，爬满了常青的藤蔓；那卵石铺就的小径，总是打扫得干干净净。如今，花圃里长满了荒草，围墙上跌坠着枯枝，小径间飘散着败叶，给人一种莫名的凄凉。昔日赏心悦目的芳草第，如今似乎成了一座废弃的院落。

"娘！我们来把这院子里的花木打理打理吧！"一天，凤儿跟母亲提议。

潘小芸望着女儿，眼里噙着泪水，过了许久，才说出一句话："就让它荒着吧！反正一切都抛荒了。"

什么叫"一切都抛荒了"，年幼的凤儿，听不懂母亲的话。

芳草第的女主人就这样心安理得地与荒草为伴。一次，张复万来给老板娘送钱，看到这荒芜的庭院、凄凉的情境，便吩咐佣工来帮着收拾。没料到潘小芸不领情，说什么荒着不碍事，硬是不让佣工们动手。张复万不好勉强，也就作罢了。

日子一天天过去，芳草第里的一切，在抛荒中日见凋零，只有张玉凤在一天天长大。一年前，豆蔻年华的凤儿，不满足于母亲所教的汉剧戏文抄本，进到了父亲的书房里，翻看父亲留下的高腔戏文抄本。母亲告诉她，高腔本子的词句都是文言，深奥得很。凤儿决定看个明白，究竟深奥到什么程度。既然汉戏本子能看得懂，高腔本子即使再深奥，想必也不难看出个子午卯西来。她在父亲的书房里，对着高腔戏文抄本，一看就是一整天。吃夜饭时，她必定会把当天所看抄本的内容，详详细细复述一遍给母亲听，久而久之，这成了母女二人的一大乐趣。这天，刹黑时，桌子上饭菜已经摆好，凤儿才拖着脚步，慢吞吞地下了楼。

"怎么？又看到什么好本子，都舍不得丢了，快快讲给娘听。"母亲说。

"看了一本《百花亭》。"女儿没好气地说。

"《百花亭》？！"母亲敏感的神经，在顷刻间被触动。女儿哪曾知道，对于这出戏中一曲叫作［一江风］的唱段，她是那样刻骨铭心。

"高腔的《百花亭》，和汉剧的《百花亭》，竟然完全是两回事。"女儿说。

母亲说："汉剧《百花亭》就是《贵妃醉酒》。高腔《百花亭》，演的是安西王的女儿百花公主和西府参军海俊的故事。海俊的真名叫江六云，是吗？"

"是呀！你怎么也晓得这出戏？！"女儿一副不高兴的样子。

"晓得呀！这是一出好戏，怎么惹得你不高兴了？"

"我是说，这戏里的江六云真不是人！"女儿说。

母亲诧异地问道："什么？你说江六云不是人？！他和那百花公主，不是有过海誓山盟吗？"

"什么海誓山盟？都是骗人的鬼话！"女儿的言语，带着几分恼怒，"他原本是朝廷打进安西王军中的奸细。那百花公主是被鬼蒙了心，怎么偏生看中了他，还与他私订终身。后来，就是这个该死的江六云作为内应，使得安西王全军覆灭，惨死军中。百花公主悔恨自己有眼无珠，用金针刺瞎了自己的一双眼睛……"

潘小芸不相信自己的耳朵，喃喃地问道："是吗？真有这样的事吗？"

凤儿说："这是我刚才看的戏本，不信我去拿来给你看。"

潘小芸不再说话，愣愣地坐在饭桌边，如同木头人，眼泪不住地往下流。

"娘！你怎么哭了？！"女儿问。

潘小芸没有知觉，没有应声。

女儿大声说："娘！你怎么了？你不是说，黄金无假戏无真，你怎么也替古人担起忧来了！"

潘小芸一怔，连忙说："没，没什么。娘是有点儿不舒服，想去房里躺一会儿。"

"我送你去。"细心的女儿发现，母亲的脸上，分明还挂着泪痕。

母亲说："不必了，你吃饭吧！"

潘小芸拖着沉重的脚步上了楼。她没去自己的房间，而是进了一间闲置的小房。她环视着这小房里的一切，那里摆着一张积满灰尘的床铺。她缓步去到窗前，轻轻推开临江的小窗。夜幕降临，隔岸武昌城的灯火，在隐约地闪现。夜色中，浩瀚的长江在静静地流淌着。十六年前，那个暑热难捱的夜晚，她就是在这间小房里，听一个男人信誓旦旦的表白。在一曲《一江风》的轻吟浅唱里，她将自己的一切，交付给了那个男人。那曲《一江风》，正是出自女儿所说的这出高腔戏《百花亭》里。潘小芸连自己也感到奇怪，十六年了，她怎么不去了解一番这出高腔戏的全部情节，仿佛有了这曲情意深切的〔一江风〕，她就足够了呢？听了女儿的诉说，她像是做了一场噩梦。百花公主托付终身的江六云，居然是一个可怕的奸细。那曾使她为之动情的海誓山盟，不过是奸细撒下的弥天大谎。张复礼会唱很多高腔戏，怎么就偏生选唱其中的那段［一江风］呢？是源自有心，还是出于无意？他难道就不晓得这出戏里，后面还有"刺目"的一折戏吗？或许他对于这段情缘，原本就是逢场作戏。若果真如此，张复礼撇下她母女二人，和另外一个女人，远走到这条江水下游的一个城市，另筑爱巢，也就不足为怪了……

《百花亭》的辛酸故事，成了潘小芸脑海中挥之不去的阴影。多少回在睡梦中，她梦见自己就是那百花公主。她手握着银针，刺向自己的两只眼睛，鲜红的血，流淌得满脸都是，她便惊恐万分地尖叫起来……她开始发起了低烧，久久不能消退。她呼吸急促，连说话都感到困难……翠珠看在眼里，急在心上，为她请来郎中诊病。汉口码头上的杏林高手，对她的病也诊断不出个名堂来。翠珠只能眼睁睁地看她挨着，挺着，拖着，耗着。就如同一盏即将熄灭的油灯，在熬着灯盏里剩下的几滴残油。张复万深知情况严重，一次次从油船上去信镇江，向张复礼作详细通报，希望他能抽空回汉口打个转身。一道道金牌召不回张复礼。他每次的回复都是生意太忙，脱不开身，汉口的事，概由复万全权处理。其中也包括潘小芸得病的事。张复万不再写信了。昔日天马行空、趾高气扬的少老板，如今醉卧在那位女子的温柔乡里，面对着这女子生下的一对双胞胎儿子，他已经变成了身不由己的可怜人。

张复礼一去镇江不回，已经是第九个年头。潘小芸的病情日趋严重，整日里不吃不喝，躺卧在病榻之上。情况已是危急万分，张复万犯难了。一方面，他着翠珠到芳草第勤加照看，另一方面，又无奈地再次接二连三往镇江去信，一封封十万火急的信，或许能促使少老板想出一个脱身之计。

"复万又到船码头搭信去镇江了。见到信，少老板很快就会回来的。"病榻前，翠珠轻声安慰着小芸。

小芸再次无力地摇着头，气喘吁吁地说："不……不要去信了……见……见到信，他会为……难的……"

凤儿端着一小碗参汤，舀起了一调羹，吹了吹热气，递到母亲嘴边，哭丧着脸说："娘！求求你，把这点儿参汤喝了吧！人家不管我们，我们自己得管自己。"

"凤……儿，不许……这样说……"潘小芸的脸上，显得不高兴。

"不说了！什么都不说了，来！先喝了这参汤。凤儿，让我来喂。"翠珠接过话茬，接过凤儿手中的碗，朝着小芸的嘴里喂参汤，小芸倒是勉强吞咽了一小口。

凤儿嘟着嘴巴，给母亲的额门前，换了一块冷布巾。

"屋里的红参还有吗？"翠珠问凤儿。

凤儿回答："还有一点点，不多了。"

"你去市上买点菜，再去一趟药铺，把那药再捡两副，顺便还买些红参回来，你妈吃不下东西，就只有靠它了。"翠珠吩咐凤儿。

凤儿出门了。小芸吃过参汤，觉得恶心，打了个干呕，便不再吃。翠珠用手巾为小芸揩了揩嘴巴，又给她换了一块冷敷的布巾。

"翠嫂……烦劳你了……"小芸歙动嘴唇，吃力地说。

"嗨！有哪样烦劳的，只要你一天好起来，我心里就觉得舒坦。"翠珠说。

"你就莫宽……我的心了。我心中有数……这一劫，我是躲……不过去的了……只是我……不甘心……"小芸说着，眼角里淌出了泪水。

翠珠对于小芸的"不甘心"是十分理解的。事情到了这个地步，她又能说些哪样呢？运了好半天的神，她只能这样对小芸说："这都是命。命里有时终须有，命里无时莫强求。我们就耐耐烦烦地等吧！等少老板回来，一切就会有转机的。"

"等不……到了……等不到……那一天了……如今的少老板……已经不是……当初的……少老板了……"小芸摇着头，话语里充满着悲凉与无奈。

翠珠说："不！他这个人我还是晓得的，不至于变得那样忘情寡义。"

潘小芸示意翠珠再向她靠拢点，用最后的气力，向这位可以信赖的亲人，敞开心扉："自从我进到……芳草第……我就在琢磨……复礼……早先……他热衷于我……冷淡金莲姐姐……和钰龙。生了……凤儿以后，他希望我……能为他……生个儿子……后来，我得了病……不能再生养……他便整日里……毛焦火辣……寝食难安……我感到奇怪……他想要我为他生个儿子……竟然是……如此的迫切……在浦阳镇上……他不是有一个……钰龙吗？对于那……现成的儿子……他却是一点……也不在意……再后来……他和娄听雨……去了镇江……那妇人的……肚皮争气……为他生了……一对双胞胎……他便一门心思……蹲在了那里……成天守着娇婆娘……乖儿子……什么也不想……哪里也不去了……他在意儿子……我和凤儿……被他凉拌……还尚且说得过去……金莲姐和钰龙……也被他同样凉拌，那他就……太没得良心了……浦阳镇上……偌大的家业……全靠金莲姐在支撑着……那钰龙……总还是他的……亲骨肉呀……他的所作所为……就这样叫人……琢磨不透……神仙……也难猜啊……除非他和……金莲姐姐有什么……过节……除非那钰龙……不是他的亲生……"

"小芸，你不能这样乱猜！"翠珠连忙制止。

说了那么多的话，潘小芸已经气喘吁吁，热汗淋漓，而脸上却显露出丝丝快意，却仍然是意犹未尽，她在催促着翠珠对她说真话："翠嫂……小芸都是……黄土……堆到……额门……的人了，你没有……必要……再对我……隐瞒下去了……"

翠珠心里不由得一怔，这小芸真是个聪明人，东琢磨，西琢磨，竟然琢磨到了那上面，而且还猜了个八九不离十。翠珠明白，这件事情的原委，是绝对不能对小芸透露半点的。她都必须保持对当年主人的忠诚。她只有一个办法，那就是重复张复礼所声称的"见红"，尽管她清楚，那只是一个阴错阳差的谎言。

"嗨！小芸，你就好生养病吧！去琢磨那些事情做哪样？我只告诉你一件事，所有的事，你便全都明白了。当年，我是刘家陪嫁的丫头，跟着大小姐到了张家。我说的话，你是应该相信的。洞房花烛的那天晚上，老太太给了大少爷一块白绫，那块白绫上是见了红的。"

"这样说……钰龙……是他的……亲生？！"

"是呀！这还有假吗？"

潘小芸的眼神里，渗透出歉疚与愧悔。似乎在说，真不该这样胡乱猜！真相大白，张复礼一旦有了新欢，便全然不念旧情。他在撇下刘金莲之后，又撇下了她。同病相怜的女子，受着同样的煎熬。她为远方的刘金莲感叹："金莲姐是好人……是比我……还要遭孽的人……她好端端……一个人……被这样无端……冷落……却还尽心……顶替着男人……操持着……那么大一个家……比起她来……小芸受的……这点委屈……真是……算不得什么……"

潘小芸的一番话，说得翠珠也动了情。她两眼饱含着泪水，许久才说出一句话来："是呀！是要想开些。安安心心养病，病好了，我们一起回浦阳镇，好吗？"

"是啊……原先……我从来……没有想过……去浦阳镇。近些年……不知怎的……我倒真是……想去那里……住一阵……或者是……长住下来……侍奉婆婆……每日和……金莲姐姐……住在一起……说着……体己的话……"潘小芸说着，情绪突然变得低落，话语中充满着悲戚与哀伤，"如今……婆婆已经……过世……我又病成……这个样子……有了今天……还不晓得……有没有明日……去婆家……看望……金莲姐姐……也不过只是……想想而已了……"

"小芸，事到如今，你怨少老板吗？"翠珠试探着问。

潘小芸再次摇着头。她说："怨他……做什么……这一切……都是……命中注定。我不碰上……张复礼，也会碰上……王复礼……杨复礼……我唯一……放心不下的……就是凤儿……翠嫂啊……你我妯娌一场……做弟妹的看得出……你是……一个好人……我身后……的事……就只有……托付……给你了……镇江那个地方……凤儿……是绝对……不能去的……拜托你……务必同复礼说……让凤儿……回老家……去湘西……去浦阳镇……到她的大娘身边……有大娘照看她……我放心……我在阴冥之中……才过得……安生……"

潘小芸用尽全部的心力，断断续续，气喘吁吁地向翠珠做完最后的交代，她已经哭成了个泪人儿。

"小芸，快莫这样讲，你一定会慢慢好起来的。"说来说去，翠珠也只能用这样的话，来给小芸作无用的劝慰。

突然，小芸一只冰凉凉的手，紧紧抓住了翠珠那热乎乎的手，似乎是生怕她离去。她流着泪，以哀求的口吻对翠珠说："翠嫂……求求你……答应我……"

翠珠和小芸，泪眼对泪眼。翠珠不忍心回答小芸的话，只是微微地点了点头。小芸看得真切，她笑了，脸上显出了两个久违的浅浅酒窝。那随着眼角淌出的泪水，正好流进了那酒窝里，这是她人生的最后一杯苦酒……

两天后，千里江汉平原下了一场大雪。那纷纷扬扬的雪花，飘洒在鹦鹉洲上。入夜，冰封雪压的芳草第，只有那微微的雪光，映照着庭院里丛生的荒草。枯黄的荒草，在冰雪中结束了又一个生命的周期。

突然间，芳草第里传出了撕肝裂肺的哭声。冰天雪地里，一个女人走完了她短暂的人生历程。

重逢在寒冬

客船到达江汉关码头时，已是傍晚时分。大雪纷纷扬扬地下着。伴随着呼啸北风在长江上空飘洒着的雪花，落到江水里，立刻无影无踪。客船刚靠岸，张复礼便急不可耐地抢先走下舷梯，登上堆满积雪的码头。这时，一辆马车吆喝着从他身边驶过。他招了招手，车夫便立刻将车子停了下来。

"快！去汉水码头！"张复礼说着，一跃而登上马车。他放下马车上撩起的窗帘，倚靠着背垫，闭上了疲惫的眼睛。马蹄奔跑的"哒哒"声，车轮碾过雪地的"吱吱"声，在他的耳边回响着。九年之后，他又回到了这里。凭心而论，这久没回汉口，固然有娄听雨的原因，而主要的原因还在于自己。当初他决定去镇江，与娄听雨并无任何关联。临行前的节外生枝，冒出一个娄听雨，还稀里糊涂带着她去了镇江。就这样，娄听雨成了他的第三房，而且还在那里为他生了两儿两女。这种既成的事实，使得所有人都认为，他去镇江是与娄听雨的合谋。生意越做越大，女人越玩越多，这便是他在人们心目中的形象。他纵然浑身是口也说不清。对老丈人娄汉祥说不清，对小妾潘小芸说不清，对浦阳的屋里人就更说不清了。小芸生病，他也曾几番真意想回汉口，却无法向婆娘启齿。面对着复万火急的催归书信，他认定自己是万劫不复的罪人，却无法自拔。不久前，娄听雨不经意间发现复万的来信，得知潘小芸生命垂危。她对张复礼生气了，说这样的事情为什么不告诉她！那女子毕竟是你的一房妻室，你们还有一个女儿。如若你张复礼再不回汉口一趟，旁人的矛头所指，就不仅是你张复礼，势必会把她娄听雨也牵扯进去。她敦促张复礼立刻回汉口，一则处理好芳草第里的事情，免得在人前留下话柄；二则向老爷子负荆请罪，化解她与父亲的积怨。九年间，她也曾无数次去信，请求父亲的宽恕，从未得到过只言片语的回复。如若女婿当面请罪，或许可以求得老人的原谅。张复礼就这样回到了汉口。

"先生，码头到了。"风雪中，车夫大声喊道。

张复礼被惊醒。他付了车钱，急匆匆去到码头。那里的渡船因大雪封航。张复礼呆呆地站在汉水岸边，不一会身上便落满了白雪。他遥望江流对岸，龟山雾蒙蒙一片。今晚还能过江吗？张复礼问自己。必须过江，张复礼对自己说。他凭借着雪光四处张望，看见江边不远处停泊着一条白雪覆盖的渔划子，便踏雪朝那里走去。

"老板，吃饭呀！"张复礼登上划子，与正在吃饭的渔人搭讪。

划子上，挂着一盏点洋油的马灯。一位老者和两位汉子正在灯下围炉对饮。鱼火锅里下着白菜，冒着热气。老者放下酒杯，望着雪夜光临的不速之客，带有几分惊愕："先生，你是 ——"

张复礼在老者身边坐下，把一双冻僵的手，伸到炭火上烘烤着，开门见山地说："从镇江来，船刚到，想要到汉阳去，遇上封航了，想要几位老板送我一趟。"

老者看了看张复礼，没有立刻回话，而是斟上一杯酒递给他说："来吧！先喝一口，暖暖身子。"

张复礼一仰脖子将酒喝干，急切地说："请各位帮忙，我实在是有急事。"

"急得很？！"

"十万火急。婆娘病重，去迟了，便见不到最后一面了。"

"可这天气 ——"老者望了望舱外，大雪仍在下着，江面一片漆黑。

"老板 ——"张复礼向老者投去祈求的眼光。

老者沉吟了一会，说："这样的大雪天，夜里摆渡过江，可是从来没有过的啊！"

"老板，你开个价，要多少钱，我照给。"张复礼说，"五两，怎么样？要不，就十两……"

张复礼出的高价，并没使打鱼人心动。他们没表态，依然在不动声色地喝酒、吃着火锅。过了好一会，他得到了两个汉子的回答。

"银子是好东西，可性命比银子更要紧啊！"

"若是把命丢了，得了银子有卵用。"

"混账话！"老者突然扳起脸，对两个儿子斥责道，"没看见人家是在为难之中吗？不去就不去，好言一句心中满，怎么能这样跟人家说话！"

听了老者的话，张复礼从头凉到了脚，却仍不想放弃。他突然站立起身，然后"扑通"一声跌跪在舱板上，苦苦哀求道："大叔！你行行好，就渡我过江吧！"

紧接着，张复礼连连叩头不止。船上的打鱼人惊呆了，连忙放下杯筷，将张复礼搀扶起来。张复礼的这一跪，把划子上父子三人的心肠跪软了。老者当即决定送张复礼过江，两个儿子自然不敢打拗。他们之间，没有讨价还价，甚至连价钱都没有讲。他们当即放下酒杯，连饭也不吃了。张复礼过意不去，要他们吃了饭再开船。老者是个急性子，没听张复礼的。他取来蓑衣、斗笠，交给张复礼，说："给，快戴上，披上，由你在前面举着马灯照路。"

张复礼连忙摆手，说："大叔，我在前面举马灯照路就是。大雪天，你肯送我过江，我已经感激不尽了，这遮风挡雪的斗笠和蓑衣，你们戴，你们披，我是绝对不能用的。"

老者不再推让。他立刻戴上斗笠，披上蓑衣，去到了划子的后艄上。这样的雪夜摆渡，必须由他亲自掌舵。天上依然下着大雪，一片漆黑的江面上，没得任何标记。老者将凭着多年的经验，辨识着大致的方向，小心翼翼地完成这次航行。

渔划子离开了岸边。鹅毛般的大雪，在北风的呼啸中漫天飞舞，飘洒在波涛滚滚的江面。张复礼高举着的马灯发出的微弱光亮，在雪夜中变得模糊不清。掌舵的父亲，划桨的儿子，凭借着马灯仅有的光亮，全神专注地进行各自的操作，不敢有半点懈怠。雪花飘落，他们头上的斗笠越戴越沉，也顾不上拍打。在船头高举马灯的张复礼，浑身积满了白雪，不一会就变成了雪人。小小的渔划子，抵挡不过北风的吹拂，老者的舵把子，竟也不听使唤了。划子无法驶向汉水对岸，而是随着北风的吹拂向下游驶去，根据老者的判断，前面不远处已经是汉水口了。

"风太大，拢不了对岸，船要进长江就由它进。"老者在后艄上大声地叫喊着。

渔划子在风雪中随波逐流，驶向汉水口，进入了长江。站在船头举着马灯的张复礼，听说划子被推到了长江，背心里吓出了麻麻汗。

"先生不必紧张，有我们在，你一定能平安到家。"老者说着，又大声吩咐两个划桨的儿子："攒劲划，划上水，前头有好多的木排，划子就往木排上靠。"

出了汉水口，渔划子逆水而上，艰难地前行着。小小的划子一会儿被托上浪峰，一会儿被悠落到谷底。船头伫立着举灯的张复礼，一个趔趄，险些儿绊倒，马灯却依然举在手中。一路上的寒风吹刮，他浑身上下都已经凉透，脸膛刀割般疼痛，鼻子里流出的清鼻涕，早已结成了冰碴。那只高举马灯的手臂也越来越不听使唤了。

"先生，把马灯擦擦亮，再举高点。"尾艄上的老者在喊话。

张复礼听得真着，立刻照办。他抖落马灯上的积雪，用衣袖把灯罩擦拭了一番，马灯立刻明亮了许多。透过马灯的光亮，人们看见上游不远处是连片的大木排。

"爹！前头有木排！"两个儿子不约而同地大声喊叫。

"使劲划，往那里靠拢！"老者发令。

　　码头上，铺着白雪的木排连成一片。每块木排上，都有一个被积雪覆盖的野鸡棚。这些来自湘西的木排，张复礼实在是太熟悉了。若不是木排在江面铺满，渔划子想要拢岸，还着实不容易哩！张复礼去到船舱里，将十两银子塞到老者的手中，接着又千恩万谢了一番。这时，他那僵直而难以迈步的双脚，仿佛不再属于他自己了。

　　张复礼一溜小跑，来到了芳草第的大门前。他一边"砰砰"地敲门，一边大声喊叫："小芸！小芸！我是复礼，我回来了！"

　　大雪纷纷地下着。芳草第里，没有动静。

　　"小芸！凤儿！开门！是我！我回来了！我回来了！"张复礼抹了抹脸上的积雪，继续反复敲门、喊叫。

　　张复礼抬头仰望小楼。他发现，楼上的窗口亮起了灯光。

　　"凤儿，是我，是爹爹回来了。"张复礼大声地喊叫着女儿。他料定，女儿听到他的声音，一定会来给他开门的。

　　下楼梯的脚步声，从小楼里传来。张复礼侧耳倾听，是两个人的脚步声，果真如此，是她们娘儿俩一同下的楼。"吱扭"一声大门打开。站在他面前的，不是小芸和凤儿，而是翠珠和凤儿。他一眼看出凤儿头戴着白色的孝帕，顷刻间便明白了一切。他下意识地抬起头，门楣上的紫色纸签上写着三个白色的大字："当大事"。

　　"怎么？小芸她——"

　　"下葬已经三天了。"回话的是翠珠，语气和天气一样冰冷。

　　"爹，你也晓得回来呀？！"玉凤带着呜咽，开口说话了。话语里充满着怨艾。

　　"我——"张复礼不知如何回复女儿。他看着女儿瞪大的两只眼睛。

　　"回屋去吧！有话到屋里说。"翠珠说。

　　张复礼来到门檐下。翠珠将他拉住，为他拍打着身上的积雪。

　　"刚到？！"

　　"刚到。"

"这时候还有渡船？！"

"十两银子雇了一条渔划子，刹黑时开的船，在江上折腾了半夜，刚刚才拢岸。"

"大雪天，夜航过渡，太危险了。"

"就这样，我还是回来晚了……"

翠珠和凤儿都听得清楚，张复礼的话语中，带着呜咽声。

张复礼进到客堂里，浑身已散了架子，一屁股便坐到了一把椅子上。他浑身哆嗦起来，一连打了几个喷嚏，鼻涕随之便流了出来。张玉凤对于父亲久久不回，心存着一肚子的埋怨，甚至是痛恨，但当她见到父亲这般模样时，心便立刻软了。她走过去，挨近父亲身边坐下，伏在那宽阔的肩头上"呜呜"地哭了起来。张复礼抚摸着玉凤的头，眼泪落个不断纤。九年前，他离开汉口去镇江时，女儿还是个小丫头，如今长成了大姑娘。他没料到父女的再次重逢，竟是在这样的情境中。

"小芸过世，复万已经给你去了信，信只怕还在路上。"翠珠一边在圆盆里生木炭火，一边告诉张复礼。

张复礼木然而泣，没有说话。

"复万也给浦阳镇去了信，要钰龙到汉口来一趟。"

"要钰龙来汉口做哪样？"

"小芸留得有话，要凤儿回浦阳，往后由大娘照看她。我和复万商量过后就做主了，让钰龙到汉口来接她回浦阳。"

许久，张复礼才喃喃地说："这样也好……"

翠珠给张复礼熬好姜汤，让他喝下。又给他烧了滚烫的水，在水里掺了酒，撒了盐，让他洗了个热水澡驱寒。这时，已经是四更过后了。

张复礼洗澡时，翠珠在楼上的小房里，为他摊好了床铺。喝了姜汤，洗了热水澡过后，张复礼身上才渐渐回暖。他来到小房，躺在床上久久难以成眠。突然，他觉得喉咙疼痛，作痒，便连连咳起嗽来。摸摸脑壳，烧得烫手。江上所受的风寒，绝不是一碗姜汤、一个热水澡就能调理好的。

他料定大病降临，却不愿再惊动翠珠，更不愿让女儿替他担心，他挨着，挺着。高烧来得异常迅猛，转瞬间，他变得晕晕乎乎了……

天一亮，翠珠就匆匆回到大水巷，向丈夫报告张复礼的归来。张复万立刻来到芳草第。他上到楼上，小房里没得响动。翠珠说，肯定是昨晚过江太累，睡着了爬不起来。张复万不好去惊动。早饭过后，小房里仍然没有任何动静。张复万推门进去，发现床上睡着的张复礼一动也不动，只是嘴里出着粗气，脸红得像关老爷。张复万感觉到情况不妙，连忙用手摸他的额头，天哪！烫得如同火炭。

"天哪！他病了，病得不轻。我这就去请郎中。"张复万说着便匆匆离开了芳草第。

玉凤得知父亲得病，匆匆来到小房里，坐在床边，摸了摸父亲的额头，轻声地呼唤着："爹！"

没有回声。

"爹，你醒醒，我是凤儿呀！"玉凤流着泪，声音颤抖。

仍然没有回声。

玉凤哭得更伤心了。翠珠赶紧上前，对她说："莫哭，你爹他会醒过来的。他是昨夜过江时受了风寒，吃几副药就会好。你万伯接郎中去了。"

没多久，张复万就请来了郎中。郎中给张复礼号过脉，问道："他昨天夜里去过什么地方？"

张复万回答："他昨天刚从镇江来。到汉口以后，天已经黑了。他便雇了一条渔划子，连夜渡江回到鹦鹉洲。"

郎中说："寒冬腊月，谁能顶得住这江上的风寒啊！他这是风寒入体，重症的风寒入体。喂两剂药，他就会醒过来，再调养些日子，病情就会慢慢儿减缓，慢慢好起来。一定要他千万注意，不能再受风寒。若是雪上加霜，那麻烦就大了。"

吃了郎中开的药，张复礼果真醒了过来。他缓缓儿睁开眼睛，见到的第一个人便是张复万。随着那干裂着的嘴唇张开，他发出了极细微的声音："万哥……"

"复礼，你终于醒了过来，真把我们吓坏了。"喜出望外的张复万，上前一把抓住少老板的手。

"对不起……我回来……迟了……"张复礼的话语声虽然细微，却是十分清晰。

"不说这些，你先养病，养病要紧。"张复万低下头，在张复礼耳边轻声说。

经过几天的调理，张复礼病情见好，可以下地行走了。这年的冬天，雨雪不断，天气出奇的冷。张复礼回到鹦鹉洲以后，大雪就没有停过。他几次说要备办酒醴，去小芸和大姨的坟上祭奠，张复万都没有同意，说是一定要等到放晴过后才能去。张复礼的这场大病，使得玉凤的怨气冰释。她明白，父亲九年不归是身不由己，她把恼怒和怨恨，都集中在了听雨楼那个妇人的身上。在父亲的跟前，她却从未露出过半点声色。那妇人毕竟为父亲生了她的两个弟弟和两个妹妹。

这天，玉凤和父亲一起烤着木炭火。父亲经过调理，气色已经好了许多。可他总是面色沉重，不住地长吁短叹。而只有跟女儿在一起时，才能得片刻的安慰。他忽然问女儿："你同娘在屋里，平日做些哪样？"

"娘教我认字呀！"玉凤回答。

"教你认字？！认哪样字？"张复礼又问。

"认戏本上的字呀！娘一边读戏本，一边教我认那上面的字。娘的戏本，我全都认得了。后来，我又找到你的高腔戏本。那上面的字，我也大都认得了。"玉凤说着，有些儿得意。

张复礼听了女儿的诉说，心中五味杂陈，有说不出的滋味。可怜的母女二人，竟是以这样的方式来打发时光，着实凄凉，而让他感到欣慰的是，聪明的女儿，通过读戏本，居然连高腔戏本也都能够阅读了。

"你看过什么高腔戏本，给爹爹说说。"

"我看过的一个高腔戏本是《百花亭》。"

"《百花亭》？！"张复礼心想，这妹崽看的戏本怎么会是这出戏？他接着问道："说说看，《百花亭》讲的是怎样的故事？"

"那是个叫人生气的故事。"玉凤说，"化名海俊的江六云是个奸细，却装成好人。安西王的女儿百花公主受到他的欺骗，还和他海誓山盟订下了终身。后来，这个江六云作为内应，杀死了安西王。百花公主恨自己有眼无珠，用金针刺瞎了双眼。"

张复礼愣住了。天哪！她怎么看的是这个本子？！便连忙问道："你把这故事讲给了娘听吗？"

玉凤说："讲了呀！我也不晓得为的哪样？娘听了这个故事，半天都不说一句话，只是眼泪直流。娘跟我讲过，黄金无假戏无真，不能把戏文里说的事当真。不知道怎么讲到《百花亭》的故事时，她怎么会当起真来，也真是替古人担忧！"

张复礼傻眼了。过了好久，他才对玉凤说："凤儿啊！你不晓得，高腔戏的这出《百花亭》，有两个完全不同的结尾。"

"怎么？一出戏会有两个完全不同的结尾？！"玉凤感到诧异。

张复礼起身去，找来了另一个《百花亭》的抄本，对女儿说："喏！你看，这个的《百花亭》的结尾，就和你看的那个完全不一样。江六云并没有杀死安西王，而是为朝廷所招降，还得到了朝廷封赠。它的结尾处不是'刺目'，而是'团圆'。江六云和百花公主最后结为了夫妻。"

"嗨！也真是，我看的要是这个本子，娘就不会那样替古人担忧了。"玉凤说。

玉凤所说《百花亭》引发的事情，使张复礼感到意外和不安。那个以百花公主刺目为结局的故事，无疑对潘小芸构成了极大的刺激与伤害。若是按照凤儿读的那个本子，《百花亭》中的江六云，是一个处心积虑的奸细，一个早有预谋的骗子。当年的张复礼，千不唱，万不唱，怎么会偏偏唱的是这出戏中的那曲〔一江风〕，那潘小芸显然已经体悟到，张复礼是在以江六云自喻。若是按照后来这个剧本的情节，张复礼岂不是成了一个早有预谋的骗子。张复礼当初怎么就没想到，这出《百花亭》有着两个迥然不同的结局呢？如今已是阴阳两隔，张复礼则是百口莫辩，他再也无法将这《百花亭》的另一个抄本，送到潘小芸的面前，来证明自己并不是情感的骗子。

雪天过后，又下冻雨。等到天色放晴，冰雪消融，去坟山的路仍然是泥泞难行。加之张复礼的病还没完全好洒脱，为潘小芸扫墓就一直没能成行。在张复礼回到芳草第的第十天，张钰龙也从浦阳镇匆匆赶到。他和复万伯一同来到了芳草第。

"爹！"张钰龙进得房门，轻轻叫了一声，不知怎的，竟然觉得有点儿拗口。他毕竟是自己的亲爹啊！张钰龙眼眶不自主地湿润了。

"你来了！"张复礼应了一声。他打量着眼前的年轻人，五味瓶立刻便打翻。就是这伢儿在执掌着张家的家业。他来到汉口接妹妹回家，可他并不知道这位妹妹与他并无血缘。

张复万指着圆盆火，对一直不敢坐下的钰龙说："大冷的天，快坐下来烤火吧！"

张钰龙落座炭盆边，和父亲面对面，叹息着说："二娘年纪不算大，怎么就……"

父亲没回答，倒是万伯接了腔："阎王取人无老少，你二娘没能躲过这一劫，也就早早地走了。"

"听说爹爹病了，好些了吗？"张钰龙关切地问道。

"受了点风寒，不打紧，已经没得事了。"张复礼说。

"爹爹的年纪也一天天大了，在外面要多多保重，屋里人才放心。"

张钰龙把父亲所在的汉口、镇江，说成是"外面"，而他所说的"屋里人"，显然是指浦阳镇张家窨子里的人。张钰龙说者无心，张复礼却听者在意。他没有回应钰龙的话，低下头，用火钳拨弄着圆盆里的炭火。什么"屋里人"！老太太过世以后，张家窨子里，就再也算不出谁是他的

"屋里人"了。只有镇江的那对双胞胎——玉麒和玉麟,才是他真正的"屋里人"啊!眼前的这个伢儿,如今在撑着张家半边天。张家已经离不开他了,没有他在浦阳镇上的运作,汉口和镇江的生意,就做不下去。谁又能说这伢儿不是"屋里人"呢?

"你奶奶过世,屋里的信到镇江时,已经是过后二十多天了。我——"张复礼伤心得说不下去。他的眼圈红了。

张钰龙见父亲伤心,也忍不住落泪了。他对父亲说:"爹!事情已经过去,您就莫伤心了。您没能给奶奶送终,有龙儿在替您;您没能给奶奶戴孝,有龙儿在替您;您没能给奶奶陪灵,有龙儿在替您……"

张复礼擦拭着淌出来的泪水,没有接腔说话。张复万却不由得发出了心中感慨:"复礼啊!钰龙小小年纪,也真是难为他了。"

"龙儿,难得你一片孝心,爹爹谢谢你。"张复礼终于说话了。他的这个"谢谢",应该说还是出自内心的。继而他问:"奶奶葬在哪里?"

龙儿回答:"葬在万寿宫坟山爷爷坟墓的旁边。奶奶病重的时候有交代,她百年之后,要去那里和爷爷做一路。"

木炭火燃得通红透亮。张钰龙的一双手被父亲攥着,感到分外的温暖。

"钰龙是张家的子孙,这些都是应该的。"张钰龙说。

什么张家的子孙!又是张复礼不喜欢听的话。他转过话头,问起了另一码事:"讲讲你和蕙儿吧!她是我给你去下的聘。什么时候过的门?有几个伢儿了?他们都叫哪样名字?"

钰龙向父亲禀报:"蕙儿是光绪十一年十月初四过的门。我们已经有了三个男伢。老大叫绪伯,老二叫绪仲,老三叫绪季。他们的名字,都是舅爷给取的。"

"舅爷取名,这是规矩。毓贤取名取得好。"张复礼说。

钰龙说:"他已经不在屋里了。去年春闱,他中了乡试,例为优贡。他便被发派到了天津,如今在塘沽炮台当了一名把总。"

"这我晓得。"张复礼说。对于毓贤，他一直怀着深深的歉疚。毓贤去天津赴任，路过镇江时，曾经到庄上登门拜望。正巧碰上他不在家。那娄听雨有个规矩，凡是浦阳来的人，一概不予接纳，结果，让毓贤吃了闭门羹。事后，他特意给亲家印秀才写信表示过歉意。钰龙对于这件事情，是一无所知的。

钰龙说："毓贤哥小时候，读书读得最好，爹就对我说过，印家要重振门庭，靠的就是他。如今，他果真出息了。"

张复礼为亲家感到高兴。这时，张钰龙话锋一转，说："爹！你怎么不问问我娘呀？你离家这些年，我娘真是不容易呀！"

张复礼没想到钰龙会提出这样的问题，便连忙来了个就地滚龙："是呀！你娘如今还好吧！身体如何？如今她一天到晚在做些哪样？"

钰龙说："早些年，屋里和油号里的事，全都是娘一个人经管，可把她累坏了。奶奶过世的那年，她就把生意上的事交给了我，屋里的事交给了蕙娇。从那以后，她就过自己的清闲日子了。她的一门的心事，都放在了敬菩萨上。镇上捐功果，敬菩萨，首事头人都少不了她。镇上的'观音会'还推她当了首事。她上浦光寺给观音菩萨烧香，每次都是走着去，走着回，身子骨反倒变得硬朗，饭也比过去吃得多了。"

"这就好！这就好！"张复礼连连说。

堂屋里传来脚步声，是翠珠和玉凤回来了。张复万对着楼下大声喊："你们快上楼，钰龙来了。"

翠珠和玉凤上楼来到小房。钰龙立即起身，对翠珠叫了声"伯娘"。玉凤则是呆呆地站着，愣愣地望着钰龙 —— 她从未谋面的哥哥。她的第一印象是，我的哥哥怎么会生得这样矮小，一点儿也不像爹爹那样魁梧。翠珠一把将玉凤拉到钰龙跟前，说："这就是你哥，快叫呀！"

"哥！"玉凤腼腆地轻轻叫了一声，酸甜苦辣涌上心头，忍不住哭出声来。

张钰龙看着妹妹，头上缠着白色的孝帕，稚嫩的脸庞充满悲戚，伤心的泪水伴着哭声流淌。张钰龙竭力控制着自己的感情，声音颤抖地说："凤妹，莫哭了。哥晓得你心里的苦。没办法啊！你的大娘时刻都在挂牵着你。哥就是来接你回家的。"

钰龙充满着亲情暖意的一番话，感动了玉凤。她不再放声哭泣，只是把头扭过一边，默默地流着百感交集的泪。为逝去的母亲，她流着悲伤的泪；生平第一次见到兄长，她流着幸福的泪……

翠珠看着钰龙，感慨地说："日子过得真是快。我离开浦阳镇那年，钰龙读书才发蒙，这些年不见，都已经长大成人，在当家理事了。"

钰龙说："小时候的事我记得，我是翠伯娘带大的。我娘时时刻刻都在惦着你，盼望你回去看看。"

"是吗？我倒是在想，如今屋里的事她都交给了你，好不容易得闲了，应该把她接到汉口来玩一阵，散散心。"翠珠说着，转身问张复礼："少老板，你看如何？"

"对！这些年，她确实辛苦了。如今闲空了，是应该把她接到汉口来玩一阵。"张复礼立刻回答，而且把理由说得非常充分。

翠珠立刻接过话头，对钰龙说："看！你爹都发话了。就让她来吧！跟着油船来，是很方便的。"

"回浦阳以后，我一定把这事禀告给母亲。来与不来，那就要听她的了。"张钰龙说着，忽然想起一件更重要的事情，便对翠珠说："翠伯娘，二娘百年归世，钰龙是张家的长子，是当然的孝子，却是生不能尽孝，死不能送终。想到这些，心里就感到不安。给钰龙来一块孝帕吧！戴在头上，也算是尽我的一点儿孝心。"

"是的，要戴，难得你的一片孝心，我这就去取来。"翠珠说着，立刻取来一块长长的白色孝帕，缠在了钰龙的头上。

第二天，一个晴好的天气，鹦鹉洲上的积雪，已经消融得所剩无几，去往坟山的小路，也不再泥泞。张复礼病体痊愈，钰龙也从浦阳来到了鹦鹉洲，应该去为大姨和小芸上坟了。早饭过后，由张复万领路，张复礼带着一双儿女前往坟山。

坟山在龟山的背阴处。一座旧坟，一座新冢，在那里并排堆砌着。那坟冢的顶上，堆积着洁白的残雪。一场冰雪过后，旧坟上的衰草尽然枯蔫，在冬日里迎风颤抖；新冢上的黄土湿漉漉的。张复万把带来的祭品，铺摆在两座坟冢前。张复礼来到大姨的坟前，双膝跪了下去。钰龙和玉凤也跟着下跪。张复礼说话了，声音异常的沉重："大姨，这些年来，多谢您为复礼照看着这个家。复礼答应过您，要负责您的生养死葬。您就这么匆匆地走了，复礼也没能来送您，为您披麻戴孝，还要请您恕罪。如今，小芸也跟着您走了。到了那边，拜托您多多照看她。复礼对您感激不尽。"

在潘小芸的墓前，张复礼没有下跪，只是低着头在那里站立。钰龙和玉凤跪下去便泣不成声。钰龙和玉凤都在等着父亲说话。兄妹二人都想听听，一去九年不归的父亲，会做怎样的解释与交代？父亲却迟迟没有开口。过了好久，他才用几近僵硬的手，从怀中取出一叠字纸。复万和钰龙都不晓得是何物。只有玉凤看得清楚，那是高腔《百花亭》的戏本，爹爹曾经拿给她看过。张复礼神情呆滞，脸色凝重，将戏本一页页撕开，缓缓投进地下燃烧着的楮钱堆里，让戏本与楮钱一起焚烧。一阵寒风吹过，那燃烧过戏本的白色纸灰飘起，在空中飞舞起来。

"爹爹，你这是 ——"玉凤对父亲的举动迷惑不解。

"这是《百花亭》的戏本，烧给你娘。"张复礼说。

"娘又不会唱高腔，您怎么烧这个戏本，为的哪样？"玉凤问。

张复礼神态凄怆，喃喃地说："我只是想告诉她，江六云不是骗子……"

张复礼和玉凤的对话，让张复万和钰龙云里雾里，即或是玉凤，也并不明白父亲真正的用意。这件事，除了坟里的潘小芸和坟前的张复礼，便再也没有第三个人知道其中的究竟了。

张钰龙的倾诉情深意切："二娘！龙儿早该来看望您，没想到龙儿来到这里时，已经见不到您了。临行时，娘嘱咐龙儿，要龙儿替她在坟前为二娘烧一束纸钱，多谢您对爹爹的关心和体贴，多谢您为张家生了一个聪明可爱的女伢。娘说，您是好人，她早就想到汉口来见您，和您说说体己话。如今，这个愿望已经无法实现了。您临终时说，要把凤妹托付给娘。娘说，就是您不放话，她也会尽全力照顾好凤妹的。凤妹是张家的骨肉，她会把凤妹当成亲生。二娘，您放心走好，不必为凤妹牵挂。您在生时千良百善，善有善报，到了那边也一定会过得好的。再过几天，我就要带着凤妹回浦阳了。临行之前，我们再来向您道别。"

钰龙的一番话，把玉凤说得个眼泪汪汪，就连复万也着实受了感动。这些年来，汉口、浦阳两个同病相怜的妇人交往甚多，倒也生出了一些感情。凤儿去到浦阳镇，应该是让人放心的。

九年前，张复礼和娄家小姐私奔镇江，一时间成了汉口码头的重大新闻。船王娄汉祥的恼怒，是可想而知的。如今，娄家小姐已是四个孩子的母亲，这一锅生米煮成的熟饭，娄老太爷是不吃也得吃了。为此，张复礼着张复万去了一趟瑞风船行，找到当年同他签合约的那位管事，将张复礼回到汉口的事告诉了他。请他代为禀告娄老太爷，说是女婿张复礼前来负荆请罪，要请老岳丈赏脸一见。

第二天清早，管事悄悄儿来回话，说老太爷吩示，下午就要见张复礼。要他单独去，不带任何人，也不带任何东西，更不可对外声张。见面的地点就在听雨楼。

吃过中饭，张复礼便匆匆过江到了汉口。他雇了一辆马车，前往听雨楼。马蹄声在石板路上响个不停，他的心跳似乎也随之加速。他揣测着：在听雨楼里，将得到怎样的对待？临行之时，娄听雨曾对他说，在所有的子女中老父亲最钟爱的便是她。一晃九年，时过境迁，老父亲的气早就应该消了，只要低个头，想必他是会高抬贵手的。

马车在听雨楼前停了下来。张复礼下了马车，叫开了门。一个老者探出头来，问了一声："可是镇江来的姑爷？"

"正是。"张复礼听到门子的"姑爷"二字，他似乎吃了一粒定心丸。

走进院子，张复礼将这个熟悉的地方，重新打量了一番。九年过去了，听雨楼的景象依然如故。花台间，山茶树依然碧绿；小路上，打扫得干干净净。沿墙的一排芭蕉树虽然已成枯槁，树下却拾掇得干干净净。这里全然不同于芳草第那样的凄凉景象，似乎随时在恭候主人的回归。

在门子的带领下，张复礼进到空无一人的客厅。这里，曾是他与娄听雨排演《武家坡》的地方。他环视着客厅，一件最为熟悉的摆设，映入了他的眼帘，当年他送给娄老太爷的寿礼 —— 浦阳菊花石雕，正摆在大厅的显眼处。单从这一点看，老爷子对于女儿的出走，仍然是留有余地的。张复礼心中顷刻变得踏实了。

一声咳嗽，娄汉祥从后堂来到了客厅。老岳丈的到来，顿时使张复礼手忙脚乱。他不由自主地看了老岳丈一眼，只见他精神矍铄，步履矫健，全然不像一个年届古稀的老人。他那红润的脸膛上，神情严肃、凝重，却并没有多少怒气，顿时便使他的紧张情绪解除了大半。

"小婿张复礼，见过岳父大人！"张复礼双膝跌跪尘埃，连连叩首，一副诚惶诚恐的样子。

娄汉祥没有立即回话，只是不停地捋着下腭的胡须，叫张复礼捏了一把冷汗，好不容易才听到他的声音："怎么？回来这些日子了，也不来见我。莫非是不想来见我？！"娄汉祥一开口，便似乎有点儿咄咄逼人。

"小婿不敢。只因路途受了风寒，回来后便一直卧床不起，这几日病体稍有好转，便前来拜望岳父大人。"张复礼低着头，向老丈人解释。

娄汉祥接过下人递上的水烟袋，抽了一口，说道："昨天，好像是去到龟山，看望那个坤角了吧！"

张复礼立刻感到张皇失措，自己的一切，都在老丈人的掌握之中。他的言下之意，无非是没有来看他，而先去上坟，是对他的不敬。张复礼一时不晓得该如何回应他的话。正在这时，娄汉祥又开腔了："去看望那

个坤角并没有错。人死为大嘛！先去看她，也是对的。她毕竟与你夫妻一
场，还为你生了一个女儿。"

听了这话，张复礼立刻轻松了许多，可他仍然说："这都是小婿忽略
了尊卑二字，岳父大人宽宏大量，不加见责，小婿感激万分。"

娄汉祥看了一眼跪在跟前的张复礼，说："起来吧！看来你还没有完
全康复，起来坐下说话。"

张复礼从地上起身，在娄汉祥身边的一把椅子上坐下，而后又立即起
身，毕恭毕敬地对老丈人说："初次前来拜见，备办了一点儿薄礼，您老
人家又发话，说不让带——"

"送礼做什么？有什么张扬的？还嫌我这张老脸丢得不够呀！"娄汉
祥的话语中，似乎还心存怨气。

张复礼咀嚼着老丈人的每一句话。老爷子虽是仍存恼怒，却是并无大
碍的。为了让老爷子消气，他把责任都揽在了自己身上："当年的事情，
都是小婿大胆妄为。小婿特来请罪，听凭岳父大人发落。"

"唉——"娄汉祥长长地叹了一口气，说，"你不必把责任都揽到自
己的身上。听雨从小被我娇惯。她的任性，我是最清楚的。她同你一起私
奔去镇江，谅你是想都不敢想的。这一切，全都是出自她的主意，你照实
说，是，还是不是？"

张复礼低着头，没有回话。他不敢照实说。

"照实说，是，还是不是？"娄汉祥再问。

"爹！"张复礼审时度势，认为此时可以改口称呼了。他说："事情
都已经过去这久了，谁的主意还不都是一样。这次回汉口，听雨让我给您
带来点小礼物。"

"不是说不让你带礼物吗？怎么不听打招呼？"娄汉祥的口气，似乎
是有点儿生气。

"爹！您放心，这个礼物是不碍事的。"张复礼说着，从怀里掏出一
块金灿灿的怀表，双手呈送到老爷子的手中。在表里发出的"嘀嘀哒哒"

响声中，他指着那金表说："这金表出在瑞士国，表壳是纯金，一共才出了五百只。五年前，有一个意大利商人回国，听雨想到了您，便托他买一只欧洲最名贵的表，作为给您的赎罪之礼。那意大利商人选来选去，便为她买来了这只表。早想给您送来，可又一直没得勇气，这次我带了来，请您老人家笑纳。"

娄汉祥拿着金表，放在手心里掂了掂，仔细端详着，好半天才说话："这金表想必是很贵的吧！"

"听雨说，她知道爹爹喜欢表，再贵她也要买。"张复礼说。

"这丫头，想用这金表封住我的嘴巴，等她回汉口，我照骂她不误。"娄汉祥的脸上，露出了笑意。他将金表揣入了怀中。

"爹爹骂她，骂复礼，那都是应该的。"张复礼立即顺着娄汉祥的话语跟进。说着，又从怀里掏出一个硬纸板的折子，打开来，现出了一帧照片——他一家人在镇江的全家福。他毕恭毕敬地双手把这张照片递给了老丈人，说道："爹，这也是听雨让我带给您老人家的。镇江有一家德国人开的照相馆，照相的技术比英国人还要好。这张我们一家人的照片，就是在那里照的，您看看，照得怎么样？"

娄汉祥接过女婿递上的照片，仔细地端详着。那照片上的张复礼和娄听雨，带着他们的四个孩子。夫妇二人喜笑颜开，四个孩子活泼可爱。这时，老爷子似乎有点儿激动，昏花的老眼里似乎渗出了泪水。张复礼也凑上前去，指着照片，向老爷子介绍："这两个大的，是一对双胞胎，都是男伢。大的叫玉麒，小的叫玉麟；这两个小的，都是女伢，大的叫玉鸾，小的叫玉凰。"

"好！好！"娄汉祥不住地点着头。他眯起眼睛，看着那照片上，女儿一家人和和美美，心里有说不出的快慰。他甚至想到，若是听雨留在汉口，她的日子不见得有今天这样舒心。既是如此，那就由她去吧！老天爷把每个人的命运早就安排好了，女儿命该跟着眼前这个湘西油商过日子。尽管当初娄汉祥因为听雨的私奔，在码头上也着实难堪了好一阵。然而，纵然有天大的事情，也终归已经时过境迁，这件事情在人们的记忆里，或许早已经被遗忘了。如今，听雨儿女成群，日子过得和美，对他来说，也总算是得到了些许的安慰。无论如何，听雨总归是自己的骨肉，即是看在她死去母亲的份上，也应该原谅她这一回。

一个管事模样的人，匆匆从里屋出来，在娄汉祥的耳边嘀咕了几句话。娄汉祥笑着看了女婿一眼，对那人说："上菜吧！给姑爷接风。"

张复礼回到汉口，转眼已是半个月。在动身回镇江之前，他还有最后一件重要事情，便是去拜会英国商人詹姆斯。在镇江，"顺庆"的生意虽说是做得不错，但还都是内销。那里的洪江油商，倚仗着"洪油"的品牌，与洋人的生意做得红火。他隔壁的一家洪江油号，就把桐油卖给了德国人。日本人采购桐油的数量，更是大得惊人。张复礼想了很多办法，也没能同他们做成外销生意。那些洋人采购桐油时，都是只认"洪油"。尽管"洪油"的价格比一般的桐油要高出一两成，洋人还是照买不误。其他地方出的桐油，他们从不问津。张复礼也曾拜访过一些洋行，想揽点洋人的生意。但当洋人听说张复礼桐油的产地是浦阳后，便都没有了下文。到目前为止，在和"顺庆"做生意的外商，还依然只有汉口的詹姆斯。詹姆斯一家和"顺庆"有着至为密切的联系。小芸过世时，他还曾和夫人露娜来到芳草第吊唁。张复礼这次回到汉口，怡和洋行是他一定要去的地方。

张复礼在张复万的陪伴下，带着钰龙，坐着马车，前往英租界拜望詹姆斯。下得马车，进入英租界，不远处便是詹姆斯的公馆，张复礼忽然有点儿紧张起来。老天保佑，这个英国佬，千万莫当着钰龙的面，抖搂出那些陈谷子烂芝麻的事，让他下不来台。张复礼没料到，事情比他想象的更糟。在詹姆斯烧着壁炉的客厅里，他们见面了。这个英国商人和他一见面，就哪壶不开提哪壶，朝着他的痛处死命地戳："好你个'乐不思蜀'的张老板，人死了你都不照面，露娜在小芸的灵前许了愿，见到你，她要和你没完。"

詹姆斯的当头棒，令张复礼尴尬万分。他连忙说："小芸过世，惊动了先生和夫人，前往吊唁，我是特来登门道谢的。咦！露娜夫人呢？"

"算你运气好。她不在家，出门去参加一个夫人聚会了。"詹姆斯绷着脸说。

张复礼不想再提这码事，把詹姆斯拉到一边压低嗓门说："请转告尊夫人，中国有句俗话'家家有本难念的经'。家里的这点事，还要请女权主义者多多见谅。拜托了！"

"好个'家家有本难念的经'。我的预言没错吧！芳草果然变成荒草，最后枯萎了在了寒冬里……"詹姆斯喃喃地说。

张复礼将钰龙介绍给詹姆斯，转移话题："这是犬子钰龙，刚从湘西来。快来见过詹姆斯伯伯。"

张钰龙对詹姆斯深深一揖，说："小侄钰龙，见过詹姆斯伯伯！来的时候，娘特意叮嘱钰龙，代她问候詹姆斯伯伯、露娜伯娘。"

"你的露娜伯娘也非常想念你的母亲。她每年都给我们带来很多非常好的礼物，我和夫人都非常感谢。"詹姆斯说着，招呼张钰龙坐下，"坐！坐！请坐下说话。"

张钰龙没有落座，而是将一个篓子提到了詹姆斯的面前，说道："湘西是山野之地，我们带来的，都是些不值钱的山货，让伯伯、伯娘见笑了。眼下正是出冬笋的季节，钰龙这次来汉口，就顺便带了点冬笋来，请詹伯伯笑纳。"

"冬笋，好啊！冬笋是非常好吃的。谢谢了。"詹姆斯说着，走近前去打量着张钰龙，说，"我们虽然没见过面，可我听说，浦阳镇的顺庆油号现在是由你在主事，卖给我的桐油，都是你发过来的。在我的想象中，你一定和父亲一样魁梧。见了面我才发现，你的身上见不到父亲的影子。理由只有一个，那就是你像的是母亲，见到你，我仿佛就见到了一位美丽、贤淑的湘西女子。"

张复礼没想到，这洋人和钰龙一见面，竟如此地黏糊，说什么他身上见不到父亲的影子，听到这话，他心里就晦气。

　　张钰龙说："娘听说，詹姆斯伯伯想到湘西去一次，她早就在那里盼着了。娘特别是想见露娜伯娘一面。也不晓得你们什么时候能够成行？"

　　詹姆斯说："是啊！十六年前，金乌鸦吸引着我，神秘的湘西吸引着我。我多么希望能有一次湘西之行。一晃过去了这多年，我和你父亲，各人都有各人的事情，谁都没有那样的闲情逸致，这个愿望也就一直没能实现。往后，想要实现这个愿望，怕就更没有可能了。"

　　张复礼说："嗨！实现这个愿望，简直是太容易了。你把洋行里的生意做个交代，马上就可以跟着钰龙一起去湘西。你可以一个人去。若是露娜夫人能够吃得了那份苦，和你一同前往，就更好了。"

　　詹姆斯摇着头说："去不成啊！我得立刻动身回英国。"

　　"有什么事，这么急着回英国？"张复礼问。

　　詹姆斯说："事情紧急啊！你们来得正好。若是不来，我还会去找你们。"

　　"找我们做哪样？"张复礼和张复万几乎是同声发问。

　　詹姆斯去到橱柜前，取出了一份打印着洋文的纸，递给张复礼。他说："这是昨天电报局送来的伦敦电报。"

　　"电报上说的哪样？"张复礼急切地问。他很紧张，心儿跳出了喉咙眼。

　　詹姆斯说："今年欧洲是寒冬，我仓库里的两百吨'顺庆'桐油，全都冻坏了，为了处理善后事宜，我必须立刻动身回英国。"

　　伦敦电报传来的坏消息，如同一声晴天霹雳，顿时惊呆了在场的"顺庆"两辈人。张复礼预感到，他最不愿见到的事情，即将发生在眼前。

　　"唉！在中国做桐油生意的英国商号几十家，就只有我一家的桐油被冻坏。别人的全都安然无恙，因为他们进的都是'洪油'。"詹姆斯叹息着，补充了这些情况。他说此话的用意，是不言而喻的。

　　张复礼呆呆地坐着，脑壳发胀，两眼发黑，过了好久，才喃喃地说："詹，对不起，让你受了这么大的损失。对于你的损失，我们——"

詹姆斯料到张复礼要说什么，连忙抢过话头说："张，你不要说了。我们朋友归朋友，生意归生意。货物已经到了我的手里，蒙受的损失，就应该由我自己承担，只不过有一点要请你原谅，从明年开始，为了避免同样的事情发生，我不能再进'顺庆'的油了。"

客厅里的气氛，顷刻间变得异常凝重。一时间，客人和主人都沉默不语。十六年的宾主，就这样结束了。詹姆斯意识到，必须由他来打破僵局："老朋友，请原谅，我这个决定完全是出于无奈。中国有句俗话'生意不成仁义在'。即或生意不做了，我们还依然是朋友。我还是希望能吃到湘西的晒栏、冬笋、玉兰片，特别是魔芋豆腐。如果有机会，我还想做一次湘西之行，了结我多年的心愿。"

张复礼也不失风度地接了腔："詹，你说得好，生意不成仁义在，我们毕竟做了十六年的生意，成了老朋友。不做生意了，我们还依然是朋友，我们还要常来常往。那些个不值钱的土产，我们每年会照样给你送。你的湘西之行，我们也一定会帮助你促成。"

詹姆斯连声说："谢谢！即或做不成生意了，朋友的便饭，还是要请各位赏光。"

"饭是要吃的。钰龙从没在洋人家里吃过饭，今天可以开洋荤了。"张复礼笑着说。

詹姆斯忽然想起，说："哦！我忘记问了，钰龙，你什么时候回湘西？"

张钰龙回答："就在最近几天，我要带着妹妹，一同回湘西。"

詹姆斯说："明天我们会派人过江，把带到湘西去的东西，送到芳草第来。"

"又要让詹伯破费，真是不好意思。"张钰龙说着，突然站立起身。他双手抱拳，在人前拱了拱手，一副郑重其事的样子，说："各位长辈都在这里，本来轮不到钰龙说话。只是事关重大，关系到'顺庆'，也关系到詹伯，钰龙还是想一吐为快。"

詹姆斯说："讲，讲，钰龙，你有什么你只管讲。"

张钰龙说："这件事没和爹爹，也没和复万伯商量，若是有什么不妥之处，还要请长辈担待。'顺庆'的桐油在英国被冻坏，确实是一件不幸的事情。詹伯说了，这个冬天，桐油被冻坏的，只有我们'顺庆'一家。从别的商号进的桐油，都没有被冻坏。没被冻坏的油都是洪江出的'洪油'。谁都晓得，湘西出产的桐油，就数'洪油'最为叫响。眼下，'顺庆'的油是比不上'洪油'，但并不是永远比不上'洪油'。湘西有句土话：'鬼脑壳都是人雕出来的'，'顺庆'的桐油，也是能达到'洪油'品质的。五年前，娘就把'顺庆'交给了钰龙。钰龙经办的桐油卖给了詹伯，运到英国出了事，钰龙罪责难当。希望詹伯看在钰龙年幼无知，给钰龙一个将功补过的机会。一则维护'顺庆'百年的招牌，二则可以延续'顺庆'与詹伯十六年的宾主生意。钰龙在这里斗胆向詹伯做出保证，明年，'顺庆'从春销油开始，会全部按照'洪油'的配方和工艺，生产出让詹伯满意的桐油。"

张钰龙夸下海口，张复礼似信非信，连忙说："龙儿，你能做得到吗？"

张钰龙胸有成竹地说："能！一定能！"

"只要'顺庆'的油能按'洪油'的配方和工艺生产，达到'洪油'的品质，我们当然可以继续合作。"詹姆斯拍着钰龙的肩膀说，"张少爷，事关重大，是儿戏不得的哟！"

张钰龙信誓旦旦地说："当然不能儿戏。其一，我会先送上样货，样货合格，双方才续约；其二，此次詹伯损失的两百吨桐油，全部由'顺庆'负责补偿；其三，今后'顺庆'卖给詹伯的桐油，按照市面上'洪油'的九五折计价。浦阳到汉口，比起洪江到汉口，水路要近两天的路程，运费成本低。浦阳的工价也比洪江低，才打这个折扣。若是这三项全都做到，不知詹伯能否给钰龙改过的机会？钰龙的想法是否可行？还要请爹爹裁夺。"

张钰龙一番话，如同寒冬时节的一缕春风，客厅里的气氛，顷刻间变得不再紧张和沉寂。人们紧绷着的脸上又露出了笑容。张复礼立刻表示赞同："我看可以。龙儿讲的这三点都很好。詹姆斯先生，不知你能否再给'顺庆'一次机会？"

"张公子的想法非常好，就是有一点不够妥当。"詹姆斯笑着说。

"请问，哪一点不妥当？"张复礼问。

"此次冻坏桐油的损失，既然货已经到了我的手里，就应该由我自己负责，不能要'顺庆'赔偿。"詹姆斯说。

张钰龙说："詹伯，话不能这么说。货虽卖到了你手里，源头却在'顺庆'。'顺庆'是个老字号，讲的是诚信为本。小侄恳求詹伯，让我们赔付损失吧！"

"哈哈！"詹姆斯又一次笑了。他说："张公子，你真有意思，让你赔损失，难道还需要恳求吗？"

张钰龙说："詹伯有所不知，赔偿您的损失这件事，张家是要作为教训，拿来传留子孙的。古人说'吃一堑，长一智'。有了这次教训，从今以后'顺庆'销售的桐油，一定要成为湘西最上乘的桐油。爹，您说是吗？"

张复礼连连说："是的！是的！"

张钰龙的表现，让自恃才高的张复礼自惭形秽。他的思维敏捷，胆略过人，能让一桩黄了的生意，起死回生。这个与张家并无血缘关系的伢儿，阴错阳差，成了张家的掌门人、继承者。有他在浦阳大本营的运筹帷幄，'顺庆'这条大船才不至于触礁搁浅，才能够扬帆远航，通江达海。张复礼在镇江的那片小天地，才有源头活水。张复礼虽说极不情愿，却又接受着事实上的眷顾。不公平的世事，仿佛也变得公平了。

"顺庆"和"怡和"，争着承担冻坏桐油的损失，一直僵持不下。张复万成为解交的人。他说："时下在生意场上，几多的见利忘义。像詹姆斯先生这样重义的外国商家，简直是凤毛麟角。这正是俗话说的'钱财如粪土，仁义值千金'。依我看，两家也就莫争来争去了。这次桐油冻坏造成的损失，由双方平摊。如何？"

张复万的意见，得到两家采纳。一个皆大欢喜的结局，令在场所有的人，都对年轻有为的张钰龙刮目相看。那詹姆斯对钰龙欣赏的同时，也并不是没有担心。

"张公子，搞到'洪油'的配方和工艺流程，你有把握吗？"詹姆斯单刀直入地问。

"詹伯，请放心，我是完全有把握的。我讲过，如果我送上的货样比不上'洪油'，市场上'洪油'多的是，你另找别家就是。"张钰龙说着，话锋一转："詹伯，钰龙还有一个小小的请求。"

"什么请求，你说。"

"今天的话，只讲到这里为止，请不要外传。你从英国回来以后，对外你只管说'顺庆'的桐油被冻坏了，今后再不和'顺庆'做生意了。"张钰龙这样说。

"年轻人，真看不出，你还有这么深的城府。好的，我答应你。"詹姆斯瞪大两眼，打量了张钰龙一番。然后对张复礼说："张老板，真羡慕你养了一个好儿子。说句不客气的话，在生意场上，他的谋略比你强得多。按照你们中国人的说法，这叫作'青出于蓝胜于蓝'。你说是吗？"

张复礼虽然心里很不是滋味，但他无话可说。

• 穿街过弄的长衫

张钰龙带着妹妹玉凤，坐一条装布匹的麻阳船从汉口回浦阳镇。从未离开过汉口的玉凤，对乘坐的麻阳船，对沿途两岸的一切，都感到格外的新奇。那一日，麻阳船到了青浪滩，她看见了漫天飞舞的乌鸦，它们在空中啄食着下水船上船把佬抛掷的食物。奇怪的是，这些乌鸦却不光顾他们的这只上水船。在青浪滩，她和船把佬一起，到码头上的伏波庙上香。爹爹给伏波庙送金神鸦的故事，她从小不知听过多少遍。如今，她终于见到爹爹送的金神鸦，就供在伏波庙的神龛上。他们这条在沅水上逆行的麻阳船，一路到了泸溪县城歇脚，第二天扬帆起锚，返乡的行程，就只剩下这最后一站了。激动的玉凤，顾不得江中的寒风吹拂，一直站立在船头。心驰神往的家乡，就在眼前了。

傍晚，临近浦阳镇，张钰龙也来到了船头。他告诉玉凤："凤妹，这河边的村子叫作球岔，我们的大姑就嫁在这里。"

玉凤说："是吗？这个地方好漂亮，还有一座宝塔。我要来看大姑。"

麻阳船湾在了万寿宫码头。张钰龙带着玉凤下了船。突然，他听见身后有人在喊叫："龙表哥！龙表哥！"

张钰龙转身一看，原来是表弟刘士宝。他的怀里抱着一只大公鸡。那公鸡的颈根上，系着一道显眼的红彩。喜笑颜开的宝儿，显得十分得意。

"啊！是宝儿，又抱着打鸡上阵去了？！"

"嘻嘻！去了趟辰溪城。在柳树湾的斗鸡场打了三天，刚刚坐船回来。"

"打鸡的颈根都上了红，肯定是打赢了。"

"那还消说，我的这只'虎头冠'雄势得很，打通天下无敌手。"刘士宝眉飞色舞，硬是来神得很。

玉凤虽然旅途劳顿，却对刘士宝怀里的大公鸡充满着好奇。她拉了拉钰龙的衣服，轻轻叫了一声"哥"，希望引起刘士宝对她的注意。

刘士宝这才缓过神来，注意到张钰龙的身边，还跟着个光鲜的女伢儿，便连忙问道："龙表哥，她是哪个？怎么叫你作哥哥呀？"

"啊！忘记给你介绍了，这是我的妹妹玉凤，刚从汉口回来。"张钰龙说着，把刘士宝介绍给玉凤，"这是我们舅舅的满崽，大名刘士宝，我们都叫他宝儿。你呢！该喊他做小表哥。"

"小表哥！"张玉凤轻轻叫了一声，新奇地看着大公鸡，问道，"你这只公鸡真有那么厉害？！"

刘士宝再次打量张玉凤时，两眼发了直，说话也变得结巴了："它、它不是一般的公、公鸡，叫打鸡。"

"打鸡，养来专门打架的鸡，是吗？"玉凤说。

"嘻嘻！是的。你看，我的这只打鸡叫作'虎头冠'。它红红的鸡冠，就像老虎的头。表妹要是喜欢，表哥可以把它送给你。"刘士宝虽是在夸他的打鸡，目光却没在"虎头冠"的身上，而是像钉子一样盯着玉凤看。

张玉凤被盯得不好意思，把脸扭过一边，摆着手连连说："我不要！我不要！"

钰龙说话了："宝儿，你也真是，一个姑娘家，要你的打鸡做哪样？"

"嘻嘻！宝儿忘记了，表妹是个姑娘家。"刘士宝吐了吐舌头，显得不好意思，接着又语无伦次地说，"表妹，你不要我的打鸡，也还是我的表妹嘛！什么时候，表哥的打鸡披挂上阵，大将军八面威风，我就来邀你去看。"

"好！说话算数！只要你来邀我，我一定去。"张玉凤回答得爽快。

汉口回来的表妹，着实把憨气十足的宝儿迷住了。到底是大地方的女伢，人生得光鲜不说，说起话来，也跟画眉叫一样好听。那一声"只要你来邀我，我一定去"，说得宝儿心花怒放，连浑身的骨头都酥了。

张钰龙带着妹妹玉凤来到张家窨子。得知钰龙带着玉凤回了家，窨子屋里顿时热闹起来。人们一齐涌向前厅，刘金莲带着乖妹来了，印蕙娇带着三个伢儿来了，丫头、佣工、伙夫们也全都来了。张钰龙带着玉凤进得大堂，直奔家祭坛前，郑重地对她说："凤妹，你初次回家，先给列祖列宗，爷爷、奶奶磕个头吧！"

"列祖列宗，爷爷、奶奶，玉凤回来了！玉凤给你们请安了！"张玉凤说罢，双膝跪地，虔诚地磕了三个响头。

这时，刘金莲坐到了神龛前的椅子上。她的左右，一边是带着三个伢儿的印蕙娇，一边是乖妹。钰龙将妹妹扶起，引到了刘金莲的跟前。玉凤立刻意识到，这坐在神龛前的妇人，就是她的大娘，顷刻间便泪眼迷离。她没等钰龙介绍，双膝一软便跪在了地上，一边叫着"大娘"，一边连连磕头。最后，她抱着刘金莲的一双脚，"呜呜"地大哭了起来。

"遭孽的伢儿，大娘一直挂牵着你啊！"刘金莲弯腰将玉凤扶起，她细细端详起玉凤来，眉清目秀的女伢儿，显然是出自一个俊俏的妇人。转瞬间，她想到了当年翠珠捎来的那幅画图：一个女戏子的胯下，生下了一个女伢儿。对于这女伢儿不久前过世的母亲，她早就没有了丝毫怨恨，因为她们是同病相怜的女人。

"玉凤妹妹，回到屋里就好，这里就是你的家。"说话的是印蕙娇。

玉凤立刻上前叫了一声："嫂子！"

堂屋里到处是哭声一片。印蕙娇强忍住眼泪，对在场的众人说："玉凤妹妹回家，是一桩喜事，应该高兴才是，大家就不要再哭了。"

印蕙娇这么一说，堂屋里果然没有了哭声。她身边的老大绪伯，走到玉凤跟前，连声叫着"姑姑"。玉凤一进屋，就品尝到了这个大家庭的温暖。

这一夜，玉凤和乖妹做一床睡。玉凤大乖妹一岁，姐妹二人一见如故。在汉口时玉凤曾听说过，大娘身边带着一个捡来的女伢儿，想必就是这乖妹了。玉凤心想，不管乖妹是不是晓得自己的身世，都决不能在她面前提及这件事。姐妹年龄相仿，又是初次相见，二人上床，便睡在了一头，谁也睡不着，"嘁嘁喳喳"说不完的话，一直说到半夜鸡叫。

一天晌午，镇上来了个叫黄满娃的斗鸡客。他家住麻阳吕家坪，老爹诨名"叫花子"，是当地最大的财东。黄满娃是"叫花子"八个儿子中最小的一个，故得此名。黄满娃精心饲养了一只打鸡，打鸡的鸡冠形似葫芦，取名叫作"葫芦头"。这年重阳过后，"葫芦头"在吕家坪场上摆下擂台。三个多月了，场场得胜，所有与它对垒的打鸡，没得一只不在它的面前学鸡婆叫。黄满娃确信自己的这只"葫芦头"打遍天下无敌手。这次，他怀抱打鸡，由四名家丁护卫，划着一条小船，从吕家坪出发，沿河一路斗鸡，直到辰州城，要尽显威风。第一站是潭湾场，第二站是辰溪城。他的"葫芦头"把两地的所有打鸡，一只只全都轻松拿下。在辰溪城的柳树湾，他听说浦阳镇的一只"虎头冠"很是凶火，刚刚在那里披了红。他立马驾船动身，冲着那只"虎头冠"，直奔浦阳镇而来。黄满娃的小船湾在驿码头，这一行五人沿着码头的岩蹬子上了河街。黄满娃将"葫芦头"宝贝似的抱在怀中，身后的四名家丁，一人扛着竹帘，一人提着鸡笼，一人拎着鸡食，一人背着包袱。这一伙斗鸡客耀武扬威的到来，立刻引起人们的注意。一伙爱热闹的小把戏，立刻跟在了他们的屁股后面。黄满娃来到一家米粉店门前，说了声："肚子饿了，吃碗米粉。"便和家丁们一同进到了米粉店。米粉店的老板，见来了斗鸡客，连忙热情接待。

"小哥，快请坐！快请坐！"

"五碗米粉，油重加盖。"黄满娃说着，捋了捋怀里打鸡的羽毛。

"这就来！这就来！"客人非同寻常，店老板立马到灶台前下粉。

这时候，米粉店的外面，已经聚了好多看热闹的人。他们都猜得出，今天校场坪的斗鸡场里，将会有一场恶战。

"请问小哥，贵处哪里？"店老板忙着下米粉，嘴巴也不闲空。

"吕家坪。"黄满娃应声回答，接着问道，"听说贵地方有只'虎头冠'凶火得很，是吗？"

"是的。那是刘家窨子憨宝儿的打鸡，算得上浦阳镇上的第一鸡。前晌还在辰溪柳树湾披了红呢！"灶边的店老板神气活现地介绍着。

"浦阳镇的斗鸡场可是在校场坪？"黄满娃明知故问。

"是的。"围观的人们同声说。

"搭个信把这位刘家少爷，说是麻阳吕家坪来了个黄满娃，在校场坪恭候他。"黄满娃就以这种方式给刘士宝下了战表。

黄满娃挑战的消息，很快便传到了刘士宝的耳朵里，一时间他高兴得手舞足蹈。自从那天在码头见到玉凤表妹以后，宝儿的三魂七魄，早就已经不附体了。临别时，表妹那画眉叫一般的讲话，使得他的心里，到今天还是痒梭痒梭的。他几番起意，要去张家窨子见那表妹一面，套个近乎，可又总是找不到个由头。如今，机会终于来了。麻阳斗鸡客摆下擂台，指名道姓，向他挑战。他的"虎头冠"必须应战，而且是必胜无疑。表妹亲口答应过，一定要看他的斗鸡打架。他终于可以在表妹面前显露一手了。从来不注意衣着的刘士宝，特意去到房里，把周身上下着真刷涤了一翻。然后，他抱着心爱的"虎头冠"出了门，径往张家窨子而去。

在河街，刘士宝遇到了两个小癞子：一个是长疤子的儿，名叫癞毛；一个是草把行帮主王瘌子的儿，论辈分他该叫小叔，名叫细屎。癞毛和细屎，是宝儿身边的哼哈二将。宝儿要到校场坪去打麻阳佬的鸡擂台，身边少不了这一对活宝。

"癞毛，细屎！你们来得正好。麻阳斗鸡客充狠，在校场坪摆了擂台。快去那里探个虚实，回来给我报信。"刘士宝摆起一副深有谋略的架势，吩咐着他的手下。

癞毛和细屎听从吩咐，直奔校场坪而去。刘士宝自然喜不自禁，兴高采烈地直奔张家窨子。一进大门，正碰上要出屋的刘金莲往外走。

"这不是宝儿吗？抱着个打鸡，来做哪样？"

"找玉凤表妹，从汉口回来的玉凤表妹。"

"找她做哪样？"

"我的这只'虎头冠'要披挂上阵，来邀她去看个新鲜。她答应过宝儿，要去看鸡打架的。"

"奇怪了，玉凤什么时候答应过你，要去看你的鸡打架？"刘金莲不相信宝儿的话，以为他在扯谎。

刘士宝有点儿慌神，结结巴巴地解释着："姑姑，宝、宝儿的话，你、你怎么不相信？玉、玉凤表妹回到镇上那天，在万寿宫码、码头上亲、亲口对宝儿说的。"

刘金莲看着这又憨又宝的内侄，觉得好笑。她一想，玉凤从汉口回来，正闷得慌，这鸡打架她在汉口是肯定没有看过的，让她去看个新鲜也好。就对刘士宝说："你去找她，就说是问过我了，让她去看你们的鸡打架！叫乖妹也一起去。"

就这样，玉凤和乖妹跟着怀抱打鸡的刘士宝一同前往校场坪。

"宝哥！今天是哪里来的斗鸡客？"乖妹问。

"麻阳吕家坪山旮旯里。"宝儿做出一副不屑的样子。

"你的鸡能打赢吗？"玉凤问。

"能赢！"

"真的不会输？！"

"不会输的，我的'虎头冠'绝对不会输！"宝儿把握十足地说。

"莫讲大话，你说，要是输了怎么办？"乖妹插了句言。

"要是输了，我请玉凤和你到河街吃魔芋豆腐煮牛肚！"宝儿回答得爽快。

"魔芋豆腐煮牛肚！那有什么好吃的？！"

"上面再压个荷包蛋。"

"哈！荷包蛋！若是输了，要你用手板心煎个荷包蛋给凤姐和我吃！"突然间，乖妹随口这样说。

"胡说八道，手板心怎么煎荷包蛋？！"宝儿似乎有点儿害怕了。

张玉凤听懂了，这是乖妹故意逗宝儿，便也跟着起哄："你若是输了，非得要你用手板心煎荷包蛋！"

宝儿一听，玉凤也这样说，马上就来神了，说："哼！煎就煎，反正我是不会输的。"

"讲话算数，不许反悔！"

"哪个反悔是小狗。"

临到校场坪，癞毛和细屎急匆匆跑来报告："宝少爷，没得事，来的那只'葫芦头'，比你的'虎头冠'矮了一大截，只有卵屎大，肯定是你'虎头冠'的下饭菜。"

刘士宝听了癞毛和细屎的报告，更是趾高气扬了。一行人来到校场坪，那里的斗鸡迷，已经聚拢了黑压压的一片。见刘家小少爷来到，人们自然而然地为他让开了一条路来。人们发现，憨宝儿的身后，除了有原日的哼哈二将以外，还多了两个如花似玉的女伢儿。尤其引人注目的，是新近从汉口回来的张家小姐。

"憨宝儿，七仙女下凡来，要交桃花运了！"人群中有人这样打喊。

宝儿没有回应，只是憨憨地笑着，似乎是一种默认。玉凤虽然明白那人打喊的意思，却装作没听懂的样子。

斗鸡场里，麻阳斗鸡客的竹帘子，在坪场上围成了一个圆圈。围观的人们，里三层外三层地围着竹帘。一个与他年龄相仿的后生，怀里抱着一只打鸡，站在与他迎面的竹帘之外，他的身后，是四个牛高马大的汉子。这种架势宝儿见多了，一点也不怯场。他停止脚步，对远来的斗鸡客拱了拱手，驾轻就熟地与对方打起讲来。

"哪路来的客人，敢闯我千年古镇的斗鸡场？"浦阳镇的斗鸡客，通常都是用这句话，来接待这外来的对手。

"麻阳吕家坪的斗鸡客，今天来到贵地方，想来讨一份红彩，想来听听贵地方的鸡公怎样学鸡婆叫。"黄满娃的话，明显是带着挑衅。

刘士宝捋了捋怀中的"虎头冠"的颈根毛，大声喝道："你难道不晓得，这浦阳镇上有出山的'猛虎'！"

黄满娃也捋了捋怀中的"葫芦头"颈根毛，接上了腔："出山的'猛虎'你再凶火，也摁不下这水里的'葫芦'。"

这从未听说过的斗鸡的开场白，立刻吸引了宝儿身后的张玉凤。她笑了，这简直是戏台上古人打仗时的"来将通名"。这个看来有点儿憨的小表哥，突然间也变得清场了。

斗鸡场上的规矩，客边的打鸡先入帘。黄满娃弯下腰，将他手中的"葫芦头"放入了竹帘圈中。那"葫芦头"的个头虽然小，却显得格外的精神。它抖了抖身上的羽毛，拍了拍翅膀，扯起脖子"喔喔"地叫了两声。紧跟着，宝儿也把他的"虎头冠"放入了竹帘圈中。相比之下，"虎头冠"比"葫芦头"高出了一截。胜券在握的宝儿，立刻得意扬扬，悄声和玉凤耳语了几句。乖妹晓得那憨宝儿的底细，见他死乞白赖的模样，明显是癞蛤蟆想吃天鹅肉，心里禁不住暗自好笑。

竹帘圈里两只打鸡一会面，如同冤家相见，分外眼红。围观的人们一个个屏住呼吸，静观着帘内将要发生的一切。两只打鸡都埋下了头，朝着对方一步步逼近，那颈根上的羽毛，全都竖了起来。猛地，对垒双方几乎是同时腾空蹦起，四只坚硬而锐利的爪子，在空中猛烈对击，进行了厮杀的第一个回合。对击中，"虎头冠"的爪子似乎没得"葫芦头"的爪子那么硬扎，先行跌落到地面。"葫芦头"趁势俯冲而下，用利嘴在"虎头冠"的头部猛啄了一口，渗出的鲜血，顿时流淌到了"虎头冠"的眼角边。

"好！"叫好的是黄满娃和他的家丁们。

围观的浦阳人，通常都是站在浦阳人一边。出师不利的憨宝儿分外丧气，一旁观战的玉凤也跟着傻了眼。

"虎头冠"毕竟是沙场老手，初战失利，并不善罢甘休。它仗着自己身材的高大，腾空跃起向"葫芦头"俯冲过去，试图用高压的态势刹住对手的威风。没料到"葫芦头"却利用灵巧的身子，从"虎头冠"的肚子下一钻而过，反转身子，在它的颈根下狠啄了一嘴。吃了亏的"虎头冠"，却并不因此而放弃这一战术。它再一次腾空扑向"葫芦头"。"葫芦头"这回改变了战术，不钻它的肚下，而是从它腾起的翅膀下钻过，反转身子，再次狠狠地猛啄它的颈根。几个回合下来，吃亏的总是宝儿的"虎头冠"。

麻阳佬再一次叫好，浦阳人再一次丧气。

憨宝儿红着脸，不敢再看玉凤了。

乖妹凑近玉凤的耳边，轻声说："有人的手板心里要煎荷包蛋了。"

"莫看它个头小，还真是'四两拨千斤'哩！"窃窃私语者是米粉店老板。

"憨宝卵弹琴，把浦阳人的脸都丢尽了！"人群中出现了埋怨声。

两只公鸡的打斗，依然在继续。"虎头冠"连连失利，周身上下已经被啄得伤痕累累。已是稳操胜券的"葫芦头"，故意在"虎头冠"的面前趾高气扬地摆来摆去。气急败坏的"虎头冠"追过来，"葫芦头"就在前面迅速奔跑，引起"虎头冠"的穷追不舍。"葫芦头"和"虎头冠"，一前一后，开始在竹帘里绕着圈子追赶起来。

"看，'遛圈'了！"人群中有人轻声说。

两只打鸡的绕圈追赶，没完没了地进行着。对于浦阳人来说，这是个令人扫兴的场面。往常，若胜的一方是浦阳人，人们会掌声雷动。今天，占上风的是麻阳佬，情形便不同了。当前面迅跑的"葫芦头"轻松自如，后面追赶的"虎头冠"体力不支时，"葫芦头"便会回转身子，杀一个"回马枪"，趁势将手下败将再猛啄几嘴。每到这时，麻阳佬兴高采烈，浦阳人垂头丧气，玉凤则是蒙上眼睛，不敢再看。这样的遛圈，持续了足足有一个时辰之久。直到"葫芦头"杀出最后一个"回马枪"，对着"虎头冠"又是啄嘴，又是踢脚。这时，遍体鳞伤血肉模糊的"虎头冠"，只得发出"咯咯咯"的鸡婆叫声，向对方求饶。一场厮杀就这样结束了。

"真扫兴，输给了麻阳佬！"

"狗屁'虎头冠'，鸡巴都不如！"

"菜鸡！干脆拿回去炒辣椒吃得了！"

"憨宝，有卵用！"

看斗鸡的浦阳人一边散去，一边骂着粗话痞话，发泄不满的情绪，直把憨宝儿说得脑壳都栽到了胯裆下。

麻阳来的斗鸡客们，喜笑颜开，打扫着战场。一个家丁利索地收捡好竹帘。黄满娃把"葫芦头"捉来抱在了怀里。打鸡在一场厮杀过后，满嘴都是对手的血和肉。黄满娃用打落在地上的鸡毛，小心翼翼地蘸涮着它嘴里的血污。一个家丁撮起地上的一抔泥土，搓成了两粒小泥丸，交给主人。黄满娃随即掰开"葫芦头"的嘴，一粒粒喂了进去，让它吞食。转眼间，亢奋的"葫芦头"便变得平静了。

斗鸡过后的"上红"，对胜者，是荣耀；对负者，是屈辱。往常若浦阳的打鸡得胜时，人们必定要等着观看这个场面。今天浦阳的打鸡被打得落落大败，打斗一结束，浦阳人便立刻作鸟兽状散去。两个跟屁虫似的小癞子，刘士宝也让他们抱着战败的"虎头冠"，回到刘家窨子去了。校场坪里，除了吕家坪的斗鸡客以外，就只剩下了刘士宝。张玉凤和乖妹没有跟着人群离去，二人站在离他们不远的地方，静观即将发生的一切。

"看吧！看我们的憨宝表哥，怎样在麻阳佬面前俯首称臣。"乖妹对着玉凤的耳朵说话，声音极小。

"莫讲了，看他那样子也是怪遭孽的。"玉凤的声音也极小。

这时，只见刘士宝从衣兜里掏出了一道红彩。几天前，他在柳树湾得到这道红彩时，是何等的荣耀。转眼之间，这道红彩就要由他亲手系在别人打鸡的颈根之上。镇上的人们都已经离去，他却看见了仍然在不远处站着的玉凤和乖妹。在她们的面前丢人现眼，是他最伤心的事。特别是刚才他还对汉口回来的玉凤表妹夸下过海口。他羞愧得无地自容。他虽然有点憨，有点宝，但他晓得，斗鸡场的规矩，是必须要遵守的。他规规矩矩，双手捧着红彩，一步一步，朝吕家坪的斗鸡客走去。黄满娃由四名家丁簇拥着，摆出一副不可一世的样子，等待着手下败将的俯首称臣。斗鸡双方沿袭着多少年来的规矩，说着那一成不变的套话："麻阳的弟兄，小弟甘拜下风。"刘士宝拱了拱手，在对手的面前低下了头。

"哈哈！浦阳镇的弟兄，对不住了。"胜利者说话，总是那样趾高气扬。

"后会有期。"

"随时恭候。"

刘士宝极不情愿地将那道红彩，系到了"葫芦头"的颈根之上。"葫芦头"的一双朱砂眼在张望，仿佛要把这对手的主人看个真着。

黄满娃由两个家丁抬着，耀武扬威地离开了校场坪。偌大的校场坪，就只剩下刘士宝、张玉凤和乖妹三个人了。若不是两个表妹在场，刘士宝会大哭一场。他本想在玉凤跟前露一手。没想到这手没露成，反栽了个大跟头。

"玉凤，乖妹，回去吧！我就不送了。"走到岔路口，刘士宝说。

"戏文里说，胜败乃兵家常事，你就莫多想了。"张玉凤安慰着表哥。

只有乖妹不依不饶。她挨近宝儿轻声说："什么时候手板心里的荷包蛋煎好了，知会一声，我和玉凤姐一起来吃。"

三天后，是伍秀玲的本命年四十八岁生日。刘金莲来到娘屋，给嫂子送来一段洋布衣料，作为生日贺礼。紫红色的洋布，纱很细、很匀，板子也紧，地道的英国货，是汉口的英国洋行老板的夫人所送，这次由钰龙带回来的。这些年，伍秀玲是刘家窨子里烦恼最多的人。父亲入狱，母亲自缢，丈夫受牵连也进了大牢。没多久，丈夫回来了，父亲却死在了牢里。老大士达糊里糊涂，中了歹人的圈套，吸食鸦片上了瘾，几经周折，毒瘾戒掉，却又是整日里无所事事，成了废人一般。他的婆娘林琼香，一连生了三胎，都是女伢儿，就更使得他心灰意冷了。最要命的还是宝儿，脑壳里少了一根筋，落得个"憨宝"的大名，想对他管严点，可又下不了狠心。这伢儿成天抱着个打鸡，百事不探，丢尽了刘家的丑。家事是如此的不顺，没人记得她的生日，若不是小姑子来到，连她自己也忘记有这码子事了。

伍秀玲手捧小姑子送来的礼物，叹息着说："唉！刘家要是有张家那么红火，那该多好啊！"

伍秀玲的话虽是赞扬，却触动了刘金莲的伤心处。其实，刘金莲也和伍秀玲一样，满肚子的苦水无处吐。眼前嫂子这里，或许是她唯一可以倾诉的地方。她神情凄楚地对嫂子叹息道："唉！可莫讲张家有多么红火，有谁又晓得，我的日子也不是人过的啊！"

伍秀玲心里明白，小姑子的话千真万确。那个对婆娘不理不探的男人，自己跑到外面，享受着花花世界，却把偌大的一个家丢给了婆娘。这小姑子着实是受委屈了。

"金莲啊！烦心事情你就莫去想了。龙儿年纪轻轻，在生意场上就算得上脚色了，你也总算是熬出了头。人家头烦心事总是有的，谁让我们是女人呢？女人到世上，天生就是来受罪的。"伍秀玲这样劝着小姑子。

"是啊！二世投胎，跟阎王打架也要变个男人。"刘金莲感慨万千，她说，"做个男人多好。在汉口养了个婆娘，生了个女伢儿，可以不管不问，又跑到镇江，在那里吃新鲜菜。那汉口的婆娘也是个遭孽的人。临死也等不到男人回来看她一眼，却放言要把女儿托付给我这个大娘。你说，我能不接受吗？"

"我听宝儿说，那女伢儿已经回来了。"

"是啊！她回来那天，宝儿在码头上见到了她。这不，前几天宝儿去校场坪斗鸡，还邀她一起去哩！"

"她去了吗？"

"我让她去了，让乖妹也同他们做一路去。"

"这宝儿，成天做的都是不上正本的事，你哥和我都拿他没得法。逼紧了，又怕把他逼出病来。"

"等到他年纪再大点，自然会懂事的。"

"他还小吗？都已经十九了。"

刘金莲给嫂子出了个主意："有合适的女伢儿，给他讨一房亲，让个堂客管着他。一物降一物，卤水点豆腐。男人哪，有时候就是服女人管。日子一长，他慢慢就会上正本的。"

"唉！"伍秀玲一声叹息，摇着头说，"高不成，低不就啊！这伢儿也真怪，好多的事情不清场，女伢儿乖不乖，倒是十分明白。讲了几多的，他总是嫌人家女伢儿不光鲜。真拿他没法子！"

刘金莲笑着说："宝儿是有点不清场。可那种事情，人人都无师自通。说来说去，宝儿的婚事还得依着他，挑一千，选一万，到头来，还得要他自己点头。"

伍秀玲心里有件事，早就想去同小姑说，只是一直没有机会。今天，小姑回到娘家，又把话说到了这个份上，是把话对她挑明的时候了。她说："要说宝儿中意的女伢儿，倒是有一个，怕的是宝儿配不上她哟！"

刘金莲是个不用眨眼动眉毛，听口风就一切全知的妇人。嫂子话音一落，她立刻想到宝儿去邀玉凤看斗鸡的情景。嫂子说的这个女伢儿，除了玉凤，便不会有别人。这还真是给她出了一个难题。她做出个佯装不知的样子，心里却在斟酌如何回复。

"嫂子说的，是哪家的女伢儿，我认得吗？"

"你当然认得，最认得不过了。"

"是吗？那你快说。"

伍秀玲有点说不出口。

中
卷

365

"你照直说，不要紧的。"

"说出来你莫在意，就是你们家玉凤。宝儿自从那天在码头上见到玉凤以后，成天说她是盖世的光鲜，便整天都魂不守舍了。"

伍秀玲鼓足勇气，把她的想法和盘托出。刘金莲为难了，没奈何，只得使出个缓兵之计。她说："嫂子不说，我还真没想到。把玉凤许配给宝儿，亲上加亲，实在是一件好事。只是玉凤的事情，我做不了主啊！她亲生的娘没有了，亲生的爹却还在。你妹夫的脾性，想你也是晓得的，弄不好，还伤了两家的和气。这样吧！玉凤的事情我做不了主，乖妹是我从小养大的，她的事情我做得了主，就把乖妹许配给宝儿吧！"

伍秀玲连连说："不行！不行！这件事早先跟宝儿提过。宝儿说乖妹太凶，一点儿也不乖，他不喜欢。"

刘金莲说："是啊！那都是我惯的。宝儿不喜欢，是霸不得蛮的。这样吧！玉凤回来还只有几天。她的为人，她的脾性，你和我都还全然不知。复礼对女儿的婚事有些哪样想法，我们也都还不晓得。宝儿说是喜欢她，不过是初次印象，日子长了，不晓得是不是过得起旧。好事不在忙中。他们是表兄妹，有机会让他们多见见面，若是真的有缘分，我们做大人的就巴不得了。"

伍秀玲听了刘金莲入情入理的话，也就不好再往下说了。她理解小姑子的心情，体谅小姑子的难处，便跟着小姑的话说："是啊！这事情忙不得，更霸不得蛮，是不是这一对人，就看他们的缘分吧！"

刘金莲没想到，到娘屋给嫂子送一份生日礼物，会惹出这么一档子事来。平心而论，宝儿是配不上玉凤的。作为宝儿的姑姑，她何尝不希望有点儿憨、有点儿宝的内侄，早早地成个家。作为玉凤的大娘，她身受亡人的嘱托，应该对玉凤负责。她若是真的要做这个主，把玉凤许配给宝儿，玉凤自己愿不愿意？镇江的那人会是怎样的态度？镇上闲不住的嘴巴又会怎样说？都是绕不过去的坎啊！这着实是一件她既不能推动，又不能阻拦的事情。向来以足智多谋见称的妇人，眼下竟也束手无策了。

刘士宝兵败校场坪以来，便一直处在极度的苦闷之中。平日里，他最喜欢在镇上的街头摆来摆去，走了河街走正街，走了正街再走后街。三条长街的每一块岩板上，无不留下他的脚印。突然间，他不敢上街了。因为一到街上，他就要挨骂，被耻笑。街市上那些不饶人的嘴巴，会笑他的鸡公变鸡婆，骂他丢了浦阳人的脸。他整天躲在刘家窨子里，吃了睡，睡了吃。还有更重要的，那就是他在玉凤面前丢了丑。那个恶婆娘乖妹，还死死抠住他们的赌，说是要吃他手板心里煎的荷包蛋。手板心里煎荷包蛋，手板不就烧成火炭了！他不敢见乖妹，更不敢见玉凤。出乎他的意料，那两个他不敢见的女伢儿，竟然亲自找上门来了。

这天，玉凤和乖妹，一起来到刘金莲跟前，说是要到舅舅家看望斗鸡场上吃了败仗的宝儿。刘金莲自然是同意的。

刘家窨子里，伍秀玲得知张家姐妹到来，喜出望外地来到了前厅。

乖妹给玉凤介绍："凤姐，这是舅妈。"

"舅妈！"玉凤给伍秀玲做了个万福。

伍秀玲走近玉凤，仔细地端详起来，女伢儿果然光鲜，说是人见人爱，一点也不过分，难怪宝儿一见到她，就变得魂不守舍，寝食难安。只见那玉凤说话了，她向舅妈说明来意："舅妈，我和乖妹是来看宝儿表哥的。听说他斗鸡场上打了败仗，在屋里想不开。我们来劝劝他。斗鸡本来就是闹着玩的事，何必这样认真。"

"凤儿说得真好。你那宝儿表哥呀，就是争强好胜，还认死理。"伍秀玲说着，立刻吩咐佣工："去，把宝儿叫出房来，告诉他，张家的两个表妹来看他了。"

玉凤和乖妹喝着丫头送来的香茶，等待着宝儿的到来。不一会，去叫宝儿的佣工回来了，带来的消息出人意料。

"小少爷关着门，不肯出来。"那佣工说。

"这伢儿真是不懂事，两个表妹特意来看他，他怎么可以不见？！"伍秀玲有点儿生气了。

"他说不敢。"

"两个表妹，又不是外人，有哪样不敢见的？"

"他说他怕。"

"怕哪样？"

"怕两个表妹要他用手板心给她们煎荷包蛋吃。"

听了佣工的话，玉凤和乖妹都忍不住笑了。真是个憨宝，一句玩笑话，他倒当真了。玉凤连忙给伍秀玲解释："舅妈，这是一句玩笑话。在斗鸡之前，宝儿表哥跟我和乖妹打赌，说是如果他的鸡打输了，要他用手板心给我们煎个荷包蛋吃。想不到一句玩笑话，他还拿来当了真。"

听了玉凤的解释，伍秀玲哭笑不得。这个憨宝，真是把脸都丢尽了。这号行通还想打玉凤的主意，真是癞蛤蟆想吃天鹅肉。她后悔了，不该对金莲提起那码子事。她说："怎么这样不清场！玉凤，乖妹，你们等着，我这就去把他叫出来！"

"我们和你一路去。"玉凤和乖妹同时说。

伍秀玲拍打着宝儿的房子，大声说："宝儿，开门！"

"我不开！我不上你们的当。"

"那是一句玩笑话，你怎么当真了。我们怎么会要吃你手板心煎的荷包蛋呢？"玉凤说。

乖妹也跟着说："宝表哥，你真是，捡得个棒槌你也当成针（真）了。快开门，我有话跟你说。"

听是乖妹的声音，刘士宝就更加紧张了。他在房里直嗷嗷叫："不开！我就是不开。手板心里煎荷包蛋，我的手板还要不要了？随你们怎么打哄，打死我也不会开门的。"

没得办法，玉凤和乖妹就这样打了转身。她们回到家里，遇到了嫂子印蕙娇，把在刘家窨子遇到的奇怪事，原原本本向她诉说了一番，印蕙娇直笑得伸不了腰。印蕙娇又把这一切转述给了婆婆。刘金莲没有笑，她想到的是嫂子伍秀玲对她说的话。就是把玉凤打死，她也是不会嫁给这个憨宝的。

光绪十九年的正月初一，立春已过，年初二便是雨水节。天气不再是那么寒冷。清早，在蒙蒙的薄雾中，浦阳镇上的人们，纷纷抢先打开"财门"，放响"开门炮"，迎接新一年的到来。吃过早饭，三街四十八弄的岩板路上，便出现了越来越多的人。突然，岩板路上的人们，都扯起了颈根，惊讶地观看几个招摇过市的伢儿。为首的就是刘家窨子的小少爷刘士宝。这憨宝儿的奇特打扮，着实让满街上所有的行人既目瞪口呆，又啼笑皆非。他身上的那件套着马褂的绛红色软缎长衫，至少也有两丈长。他的身前身后，各有两个小癞子，为他拎着那超长的长衫。走在前面的，便是癞毛和细屎。他们在大街上缓缓地行进着。居中的刘士宝，显得十分的神气和得意。他胸脯挺得老高，双手合抱，笑容可掬地对着路人频频拱手，嘴里则是不住地念叨着："恭喜发财！恭喜发财！"自从在斗鸡场上失了面子以后，刘士宝冥思苦想，决定以这样的方式来扳回一局。

"宝少爷，嘻嘻！你这件长衫真是盖了。"说话的是长疤子。他见自己的儿子癞毛也在这个行列之中，便走上前去叮嘱了一番："好！癞毛，好生伺候宝少爷！"

"嘿！真正的苏州软缎料子。"宝儿做起个兰花手，捋了捋长衫，分外得意。这时，前面拎长衫的癞毛和细屎脚步走得快了些，他连忙大声喝住："慢点！"

见刘家的憨宝这般模样，围观的人们你一言，我一语，铣起壳子来：

"宝少爷，你盖了！"

"嗯！是的，只有刘家窨子，才有这样的气派！"

"是呀！这浦阳镇上，再也找不出第二家了。"

"……"

一色的奉承话，使得宝儿格外兴奋，他的胸脯挺得更高了。长成这大，他还是第一次为刘家争光。他想起从老娘房里偷出那匹软缎，又偷偷到裁缝铺做成这件长衫的情景，至今脑壳皮都还是麻的。如今，得到了这

样的结果，一切担惊受怕，便都没有必要了。有了这些街弄子三老四少的
夸奖，娘老子也就不会找他的麻烦了。

"到哪里去？"长疤子轻声问宝儿。

"街上随便走走。"

"不，你应该去给姑姑拜年。"

宝儿笑了："哈！你是我肚子里的蛔虫。"

宝儿的一行人，耀武扬威地进了张家弄。一群伢儿追在他们的身后，
跳着，吼着，像一条长长的尾巴，把本来就不宽的弄子，闹得翻了个边。
小癞子们抬起的长长衣襟，在弄子里移动着，在那居中的宝儿，如同腾云
驾雾一般，格外的潇洒。平日，他得到的都是嘲笑和奚落，仿佛这个世
界，根本就不是他的。今天，他终于得到了人们的夸奖和捧场。那天斗鸡
场带给他的晦气，因为今天的出色表现，顷刻间就一扫而光。宝儿进入了
极度的亢奋状态，不住地大声叫喊着："走快点！走快点！前面就是我姑
姑的家，大家要懂礼性，跟着我一起给姑姑拜年。听到了没有？"

"听到了！"小癞子们齐声回答。

当这一行人在众多伢儿们的簇拥下，来到张家窨子的大门前时，守门
的老者，一下子全懵了。怎么来了这么一伙人？他们是来做哪样的？

"怎么？连我都不认得了？！"宝儿大话大句地说，"快去通禀一
声，刘家的宝少爷，给姑姑拜年来了！"

门子这才看清楚，来人是刘家的宝儿。老者忙前去禀报。出来迎接新
年客的，是玉凤和乖妹。见宝儿的这般模样，两个女伢儿笑得直不起腰。

"怎么？你们只顾笑，也不给表哥拜年，也不请表哥进屋？"宝儿一
副憨宝样。

玉凤说："给表哥拜年，表哥有哪样打发？"

乖妹立刻跟进："那就打发这件长衫吧！"

"只要表妹喜欢，我马上就脱下来。"宝儿说着，做了个脱衣的
样子。

玉凤说："慢着，说句笑话，你也当真。你这长衫没人稀罕。快进屋吧！给姑姑拜年，是你的正事。"

在小癞子们的前呼后拥下，宝儿来到了堂屋。这时，听到外面吵嚷声的刘金莲，正从里屋出来。当她见到宝儿的那身打扮时，顿时人就懵了。当她还没回过神来时，宝儿和小癞子们"啪"的一声，齐刷刷地跪在了地上。

"宝儿给姑姑拜年了！"

"宝儿的弟兄们给姑姑拜年了！"小癞子们跟着说。

说着，他们一同给刘金莲磕头。那软缎做的长衫，一前一后，顿时便在堂屋铺满了一地。

"快起来！快起来！"刘金莲见到这些怪模怪样，着实哭笑不得。新年新岁，她不便发作，更不能骂人。再大的事情，她也必须强忍着。

宝儿和小癞子们直挺挺地站在堂屋里。刘金莲走上前去，把那小癞子们抬着的长长衣襟，都扭成了麻花状，缠在了宝儿的腰上。

"你们坐！坐！"刘金莲说着，吩咐丫头："大过年的。给他们上茶。"

宝儿和小癞子们，围着八仙桌子入座。丫头端来了瓜子、花生和糖果。小癞子们三下五除二，把糖果吃了个精打光。接着，又将瓜子、花生死命往衣袋里装。

玉凤和乖妹见他们那副饿牢样，又忍不住笑了。

刘金莲发话："玉凤，乖妹，你们回房去吧！"

玉凤和乖妹前脚离开堂屋，伍秀玲后脚就进了张家窨子。宝儿从她房里偷出整匹的软缎，拿到裁缝铺里做了这稀奇古怪的长衫，伍秀玲一无所知。直到今天他穿着长衫在浦阳街头招摇过市，当众出丑，一个佣工回家禀报，她这才晓得报应恩又在做报应事了。刘金山得知宝儿做出这等稀奇古怪的出丑事，顿时气得说不出话来。他原本打算亲自出马，把宝儿擒拿回家。仔细想，如果这样做，丑反而出得更大了。他只得让婆娘赶紧上

街，把这报应崽找回去。伍秀玲到街上一打听，才晓得宝儿一伙人进了张
家弄。不用说，他把丑出到姑姑家里来了。

刘金莲照新春的礼节说话："嫂子，你来了，给你拜年。"

"金莲，你看这，新年头，不争气的东西把丑出到了你屋里。"伍秀
玲一副过意不去的样子。

"都是自家人，伢儿出点格，也算不了哪样。大过年的，讨个笑而
已。"刘金莲打着圆场。

"金莲，我晓得，你是新年新岁有话不好讲。"伍秀玲说着，走上前
去，把宝儿扭成麻花的长衫解下，那长衫立刻拖了一地。她气急了，直冲
着宝儿说："你看你这个报应，做的哪样混账衣！搞的哪样混账事！真是
把你娘老子的脸都丢尽了。"

"娘！你莫乱讲，我丢哪样脸了？！街上的人个个都讲我有出息，刘
家窖子有气派。是我给刘家窖子争了脸面。姑姑都不骂我，你倒骂起我来
了……"宝儿委屈万分，说着便"呜呜"地大哭了起来。

"小祖宗，你有哪样哭的嘛！大年初一到姑姑屋里哭，是不吉利
的。"伍秀玲慌神了，拉起宝儿就往门外走。小癞子们作鸟兽状散去。宝
儿搂着的软缎长袍梭到了地上，将他绊倒在地上，费了好大的劲，才爬了
起来。

刘金莲大声叫着"嫂子！"，追到大门外送客。

● 洪油作坊里的秘密

张钰龙从汉口回到浦阳镇的第二天，就动身前往洪江。从记事起，"洪江"这个地名，便总是出现在他的耳边。随着长大成人，他渐渐得知，如今的洪江是一个比浦阳镇要繁华得多的码头，那里出产的洪油，闻名遐迩。那里的桐油生意，远比浦阳镇做得红火。那年在爷爷的葬礼上，他见到了来自洪江的叔公张恒兴。叔公在洪江也是开油号的，生意一直做得相当好。自从他在油号主事以后，就曾多次起意想到洪江一行，一来看望叔公，二来增长见识，奈何一直没能如愿。他之所以敢在詹姆斯面前拍胸脯，保证生产出和洪油质量一样的桐油，并不是空口说白话，而是有把握的。他的叔公就在洪江，开的就是油号，出产的就是洪油，上门去向他讨个乖方，他不可能不给面子。在叔公家住上十天半月，洪油的奥秘，不就一清二楚了！临行，母亲要让大管事张秀山与他搭伴，也好有个照应。他对母亲说，此事不能声张，不能现形，悄悄儿去，悄悄儿回，有他一个人就足够了。就这样，张钰龙神不知鬼不觉，乘船溯沅水而上，来到了洪江。

麻阳船湾在犁头嘴。张钰龙一上码头，就被这里繁忙的景象吸引了。各种各样的船只湾靠在码头，桅杆如同麻林一般密匝。一块块跳板搭上河岸，杠夫们踩着跳板装船卸货，打着吆喝，唱着号子。他放眼望去，竟意外地发现了一个熟悉的身影，站立在一艘装有空油桶的船船头。此人名叫唐志兴，曾是浦阳镇万隆油号的老板。早些年，浦阳生意不景气，他便移途到了洪江。尽管唐老板比往日肥实了许多，张钰龙还是一眼就认出了他。看他那装船的架势，估摸着他的作坊是开在对河。叠得老高的一船油桶，说明他生意还是做得很不错的。张钰龙没想到，刚到洪江一上码头，就遇到一位熟人。他几番起意，想上前和他打个招呼，但立刻又打消了念头。这"万隆"的唐老板，当年在浦阳镇就曾经搞过张家的路子。他肩负使命而来，任何可能节外生枝的事情，都要尽量地绕开。唐志兴这样的人，还是远远躲开的好。这时，运空油桶的木船已向着对岸划去。望着唐志兴远去的背影，张钰龙意识到他的这次行程，不会是想象的那么一帆风顺。

张钰龙离开浦阳镇时，妻子印蕙娇遵照母亲的意思，备办了一些浦阳出的甜橙、辰州出的晒栏和酥糖、界亭出的茶叶作为礼物。礼物分成两份：一份送给叔公张恒兴，一份送给大公张恒隆。张恒隆虽然隔了房头，算不上嫡亲，可他的儿子张复万是"顺庆"的老人，一直在经管着汉口庄上的生意，既然来到洪江，也是必定要去看望的。

张钰龙在塘坨的一幢窨子屋里，见到了叔公张恒兴和叔婆张粟氏。当年，张恒兴去浦阳镇为兄长吊丧时，钰龙小小年纪，代替父亲为爷爷陪灵尽孝，就曾给这位叔公留下了极好的印象。五年前，钰龙的奶奶，即叔公的长嫂去世时，他未能亲往吊唁，而是着长子复光为代表，前去奔丧的。那时候，钰龙已经当家理事了。这些年，叔公虽说与浦阳方面少有联络，对于这一家人的情形，还是时有耳闻的。

"龙儿，听说这些年你的生意做得很不错嘛！"张恒兴这样说。

"龙儿年轻，学着做事，请叔公多多教导。"张钰龙的回答是得体的。

"你爹还在镇江吗？"

"还在。"

"这久了，回来过吗？"

"没有。"

"听说你汉口的二娘过世了，是吗？"

"是的。"张钰龙的心里在嘀咕,叔公的消息真是灵通。他接着向叔公禀报:"二娘过世以后,爹爹才回到了汉口,龙儿也到了那里,把妹妹接回了浦阳镇。"

"唉——"张恒兴叹息着,不无感慨地说,"'乐不思蜀'哇!听说连你奶奶过世他都没回来。他就是那个禀性啊!这些年来,真是难为你娘了,好在还养了你这么个懂事的伢儿。"

"爹爹不回来,想必是他有他的难处。"张钰龙在叔公面前,只能帮父亲说话。

张恒兴作为长辈,语重心长地嘱咐着钰龙:"事到如今,别的话也就不必多说了。你守着浦阳镇的摊子,一定要把生意打点好,若是出个什么好歹,就好比一只油桶,会立马箍不拢来。这个箍,是千万散不得的。"

"叔公的话,龙儿记下了。"张钰龙这样表示。他想,应该向叔公说明来意了。于是他说:"叔公,龙儿就是为着此事而来。眼下,'顺庆'遇到了难处。想来想去,龙儿只有来向您求救了。"

"哦!你说,有什么难处?看我能帮得上忙吗?"张恒兴虽是这样说,而他对钰龙的来意,已经揣摩到了八九分。

张钰龙如实向叔公禀明。他说:"这次,二娘过世,我到汉口接妹妹,和爹爹一同去看望和'顺庆'做生意的英国老板。他告诉我们,'顺庆'的桐油在英国出了纰漏。"

"什么纰漏?"张恒兴一副吃惊的样子。

张钰龙回答:"全都被冻坏了。"

"哦——"张恒兴微微地点着头,没有再往下问。

其实,浦阳镇"顺庆"的桐油在英国被冻坏的消息,三天之前就已经在洪江传开。张恒兴作为这一届洪江桐油业公会的首事,是最早得到这消息的人。昨天,码头上所有油号的老板,在会馆神农宫聚会,老板们就提到了这件事。为了保持洪油在市场上的绝对优势,神农宫订有规章,绝不允许对外透露洪油的配方和工艺。违反规章者将被科以重罚。老板们都晓得，出纰漏的浦阳油号，正是当届首事张恒兴的本家。于是，众人便你一言，我一语，拿着张恒兴开起涮来。第一个开涮的，便是从浦阳迁来洪江的唐志兴。他拍着张恒兴的肩膀说，规章能不能执行，看的就是你张老板了。他甚至断言："'顺庆'要么断了英国的财源，要么就一定到洪江来探水，来找你这位叔公张老板求救。"龙儿的到来，使唐志兴的预言得到了验证。最让张恒兴作难的事情，就这样出现了。

张钰龙满怀着希望对叔公说："这次，爹娘要龙儿到洪江来看望叔公、叔婆，同时也是来求救的。龙儿想到叔公的作坊里讨个乖方，学点本事。往后'顺庆'的桐油，也就会出得好些。如若不然，'顺庆'就会砸了招牌，和英国人做的生意，也就打脱了。"

"哦——"张恒兴再一次微微点着头。他没有表态，只是说："我晓得了。只是这件事情忙不得，需要从长计议，你暂时先在屋里住下来，记住，哪里也不要去。"

"我什么时候能去看看作坊？"张钰龙急切地问。

"莫忙，莫忙，先住下来再说。"张恒兴说着，再一次嘱咐，"你就安安心心在这屋里，哪里也不要去。"

叔公的态度，使张钰龙多了几分紧张与疑惑。他也曾听说过，洪江油号对于洪油的秘方，是非常保守的。他实在是给叔公出了一个大难题。叔公让他住下来，再三嘱咐他哪里也不要去，显然是因为叔公还没有想出怎样帮他、救他的办法。他坚信，这位嫡亲的叔公，在他最危难的时刻，是一定会出手拉他一把的。

张钰龙被安排在窨子屋阁楼上的一间客房里。一日三餐，好酒好菜，都由佣人给他送去。叔公隔三岔五到房里，来陪他摆龙门阵。而每当钰龙问起去作坊的事，叔公总是说"莫急"。钰龙怎能不急呢？若此次洪江之行学不到乖方，桐油的质量上不去，同詹姆斯的生意肯定就唱了黄腔。这天吃过夜饭，叔公又来看他。

"叔公，龙儿到洪江都三天了，我想去恒隆大公那里，看望他老人家。"

"你莫急，就住在这里，哪里也不要去。"叔公还是这句现话。

"叔公，我怎能不急呢？"钰龙说，"我是特意到洪江来学乖方的，可现在——"

张恒兴只得跟侄孙摊牌。他说："钰龙啊！我跟你实说了吧！这洪油的加工秘方，我可以悄悄儿告诉你。可你就是得了秘方，没有亲眼见识，也是榨不出上好的梓油、洗油，炼不出上好的洪油来的。我晓得，你是个灵范人，若是能进到榨油坊、炼油坊，很快就会学到手。可我有我的难处，眼下不可能让你去作坊。"

"为什么不能让我去？"张钰龙问。

"你可认得一个叫唐志兴的人？"张恒兴反问。

张钰龙说："认得呀！他原先在浦阳镇开油号，后来移途到了洪江。我到洪江那天，还在码头上见到过他哩！"

"怎么？你见到他了？！"张恒兴顿时紧张起来。

"是的。那天我坐的船拢岸时，正看见他运着一船空油桶去对河。他离开浦阳镇时，我还是细伢子。我认得他，他不一定认得我。我心想多一事不如少一事，就没跟他打招呼。"

"这就对了。"张恒兴说，"洪江和浦阳一样，桐油业的会馆也叫作神农宫。今年，我就是当届首事。神农宫的行规严格得很，任何人不得向外泄露洪油的乖方。我这个当首事的若是违反了行规，往后在这码头上还怎么混？跟你说了实话吧！早几天，'顺庆'桐油在英国被冻坏的消息，就已经从汉口传到了洪江。那日，油号老板在神农宫聚会，就是这个唐老板，对着我起拱子。他断言，你会到洪江来找我求救。这不，被他讲中，你果真来了洪江。遇上这种情形，你说，我还能让你到外面去抛头露面，还能让你到我的作坊里去学乖方吗？"

"叔公，真不好意思，龙儿让您为难，给您添麻烦了。"张钰龙得知事情原委，动情地说，"龙儿也是个通情达理的人。既然神农宫有那么严格的行规，决不能因为龙儿让叔公受牵连。这乖方不能学，龙儿不学就是。常言说，天无绝人之路，'顺庆'的生意，总还是要做下去的。"

这时，张恒兴笑了。他说："也不是一点办法没有。我把你留了下来，说明办法还是有的。这洪油的配方是死的，掌握配方的人才是活的。榨油和炼油，靠的都是掌铲子的师傅。眼下，铲子掌得好的师傅，屁股翘上了天，都被各个油号抢走了。没有到油号来做工的，惟独还有一个人。此人的家住在新路河，他榨油、炼油都在行，手艺盖世的好。早些年就在我的油号里做，如今已经八十多岁了，在屋里歇着。我已经悄悄儿着你的亮叔去了新路河，倘若是他还吃得消，你就悄悄儿把他接到浦阳镇。由他去给你们掌本，也就不愁出不了好桐油了。"

听了叔公的话，张钰龙欣喜若狂。他连忙问道："亮叔几时回来？"

"按说明天该回，至迟也不会超过后天。"张恒兴说。

第二天傍晚，张复亮果然回来了。他带来的消息，如同一盆冷水淋下，让张钰龙从头凉到了脚。原来，那位老师傅在一个月前过世了。

张恒兴满怀歉疚，送走钰龙。钰龙为了不给叔公添麻烦，天刚亮就离开了叔公的家。钰龙带着礼物和复万伯托他带回的银票，前往大公张恒隆的家中拜望。他照例没出门，和大公摆了一天的龙门阵。夜里，寒流来袭，雪花伴着寒风漫天飞舞。第二天早上，瓦檐口挂起了尺来长的冰棱。洪油乖方没学到，张钰龙心急如焚。他本想向大公求助，可这家人与洪油从不搭界，搞得不好反会弄巧成拙。他只有靠自己了。早饭过后，张钰龙向大公辞行，声称要乘船赶回浦阳镇。大公不依，要留着他多住几日。钰龙编出些一定要走的理由，大公也就不强留了。

离别大公家，张钰龙先是到岩码头，从船上给家人捎去一封信。然后，他顶风冒雪去到小对河。上得岸来，只见沿河一连有几家油号。作坊里，传出"砰砰"的榨槌声，飘散出惹人的油香味。他一家家地看着油号的招牌，奇怪的是，竟不见那唐志兴的万隆油号，他明明看见唐老板把空油桶运了过河的呀！他搜寻着目标，谋划着行动。他下定决心，即使是破釜沉舟，也要做最后一搏。他上下打量着自己的打扮，这个样子，去到任何一家作坊，肯定都会立马被赶出来。

张钰龙在铺着岩板的小街上，踏着积雪，漫无目的地转悠着。他在冥思苦想，要以怎样的身份、怎样的借口，才能混迹于这其中的一家洪油作坊之中。只要能在作坊里待上一段时间，就不愁偷学不到乖方。他栽着脑壳，走着走着，突然，一只冻得像红萝卜一样的手，颤颤巍巍地伸到了他的面前。他抬头一看，是一个沿街乞讨的老者，衣衫褴褛，满脸污垢。他将老者打量了一番，眼前忽然一亮，一个大胆的想法便随之诞生了。

"少老板，行行好……"老者的嘴巴里，吐着白色的气雾。

张钰龙将几枚制钱，放到老者的手心里。

"老人家，这大冷的天，你怎么还出来？"

"不出来，又有哪样办法？！"

"你是在哪里安身，能带我去看看吗？"张钰龙提出的要求，令老者意想不到。

"呃！不能去。那地方派赖得很，你不能去。"老者一边说，一边摆着手。

"老人家，我不是坏人，去你那里看看，不碍事的。"张钰龙竭力打消老者的疑虑。

老者想了想，将信将疑地带着张钰龙，东转西转，来到了一座破庙前。

"这地方叫作虾公井，这庙叫作回龙寺。"老者说，"这座庙是乾隆年间修的，已经破败得不成样子了，开了春就要拆了重修。大雪天，没地方安身，在这里将就着。"

张钰龙进到庙里，四处打量。庙堂破烂不堪，连神龛的板壁也脱落了。神龛上没了神像。大殿上的屋背，椽皮断裂，开了无数个天窗，雪花从天窗撒落到庙堂里，东一堆，西一片。只有大殿的一个墙角落，还有一小块干梢的地方，丢着一堆蓬乱的稻草，那里便是这位老者的安身之地。

见老者眼前这悲惨的处境，张钰龙怜悯之心油然而生。

"老人家，你的家住在哪里？屋里还有什么人？大雪天，怎么一个人跑到洪江来乞讨？"张钰龙问。

"禀少爷，我小姓向，家住在离这十五里的寨头，屋里还有一个老婆婆，正病在床上。俩公婆无田无地，无儿无女。快过年了，出来讨几个钱，也好给老婆婆捡点药，再称点肉过个烂贱年。没想到老天爷不长眼，我刚到这里，就落起这大的雪来了……"向老者说着，禁不住老泪纵横。

张钰龙从怀里掏出一锭五两的银子，递给向老者。老者猛地看到这多的银子，手不住地发抖，迟迟不敢收下。

"老人家，这银子是给你的。"张钰龙说着，把银子扣在向老者的手板心里，嘱咐他，"拿着这银子，你马上动身回寨头，先用来给你的老伴医病，再去称点儿肉，打点儿酒，老两口过个团圆年。你这大的年纪，这冷的天，再也不要出来讨了。"

向老者手捧着银子，眼泪不住地流着，喃喃地说："出了活菩萨，我不是在做梦吧！"

张钰龙说："老人家，你不是在做梦，我也不是什么活菩萨。这银子确实归你了，只是我有一件小事，还要请你老人家帮个忙。"

向老者激动地说："这位少爷，你和我非亲非故，又没得什么交情，待得我这样好，今生今世我无法报答，只有来生变牛变马，再来还你的债了。有什么事情，你只管吩咐。"

"我——我想和你把身上的衣裳换了。"张钰龙说。

"哪样？！少爷，你讲的哪样？"向老者不相信自己的耳朵，以为是听错了。

"老人家，我想用我的这身衣裳，换你的这身衣裳。"张钰龙走到老者身边，指了指自己的衣裳，又指了指老者的衣裳，把话说得更明白。

向老者惊呆了，他连忙摆着手，对张钰龙说："少爷，使不得！我这身衣裳烂渣渣、脏兮兮的，怎么能给你穿？你的这身衣裳棉绒绒、新崭崭的，我哪有这个命消受？"

张钰龙说："老人家，你听我说，我是有件重要的事情，必须穿着你的这身衣裳去做。"

"什么事？能告诉我吗？"老者问。

"我不能告诉你。不过请你放心，我穿着你的这身衣裳，绝对不是去做坏事。"张钰龙态度是诚恳的。

老者再次从头到脚，把眼前的阔少爷打量了一番，而后点着头说："嗯！看你的样子，也不像是个做坏事的人。"

张钰龙见老人被他说动，立刻脱下身上的衣裤，连里汗衣、内裤，甚至帽子、鞋子全都脱了。张钰龙这一脱，叫向老者慌了手脚。他也跟着脱下了自己的衣裤。大冷天，二人直冻得浑身打战，手忙脚乱，互换着穿上了对方的衣裤。衣裤换好，张钰龙上下打量自己的装束，觉得是那么回事，他笑了。向老者打从娘肚子出来，也没穿过这么好的衣服，显得浑身不自在，禁不住站在那里发起呆来。

"老人家，你赶快走，赶快回寨头。"张钰龙催促着老者。

向老者被惊醒，连忙说："好，回寨头，回寨头……"

临别时，张钰龙交代："老人家，请记住，今天的事情，你千万不要对任何人讲。旁人问起你，只说是在洪江捡得一锭银子。"

张钰龙又来到了小街上。他的头上，脸上，手上，脚上，经过雪水拌和泥巴的涂抹，活脱脱成了个蓬头垢面的叫花子形象。那头上的破毡帽，发出刺鼻的头油味。脏兮兮的棉衣上，补疤叠着补疤，袒露出的白色棉花缀在棉衣上，也变成了暗黑色。棉衣上系着一根草绳。裤子的一只裤脚长，一只裤脚短。没烂的地方，脏得放着光亮；破烂的地方，则成了网筋。他一只脚的小腿，全都袒露在外面。他脚上的那双布鞋，一只没了后跟，一只有后跟的，脚趾又探出了头来。雪花，仍然在纷纷扬扬地飘落着，落到了他的头上、身上，不多一会儿，他便成了一个雪人。他装扮成了一个雪中乞讨的叫花子。第一次做这种事情，遇着路人他开不了口，只

是一次次把黑乎乎的手板，伸向一个个雪中行走的路人，却也有人往他的
手板心里丢小钱。

"怎么？这叫花子讨钱，连话都不说一句。"

"不说话，那就是个哑巴。"

这句话提醒了张钰龙。这么年纪轻轻，出来乞讨，除非犯了残生，除
非是个哑巴。看来就只有装成哑巴了。他在一家油号的前面停下了脚步。
招牌上写着"鼎裕昌"三个大字。看招牌，这油号不是唐志兴开的，进到
这里或许会保险一点。他就是这样选中了探水学乖方的去处。浦阳镇"顺
庆"的少老板，跐着一双透水破洞的烂棉鞋，迈进了"鼎裕昌"的大门。
榨油坊里，六名五大三粗的汉子，正聚拢在一根榨槌的周围，前面的两人
扯着老索，当中有两人抓住把子，后面两人撩起尾索，面对榨床，摆开架
势，悠动榨槌，撞击着那根露出榨床的油签。这些油匠们的一只只鼓起青
筋的手臂，一张张淌着热汗的脸膛，都被作坊里的桐油烟子熏得个乌焦麻
黑。他们一同起了个小跳，打起了"长槌"，巨大的青冈木榨槌，由一条
粗粗的绳缆，悬吊在榨坊的屋梁上，榨槌由撩尾索的油匠操控，阔步后退
之后，再由扯老索的工匠领引，飞步朝前，对准榨床上那木签的签头，
"砰"的一声，狠狠地撞击。榨床里的油饼经过木签的挤榨，随即榨出
了桐油。清亮的桐油从榨床里流了个不断纤，通过木枧，流进了巨大的腰
子盆……

张钰龙趁着油匠们在全力打油，顾不上管他，便把这榨油坊的全貌看
了个真着。他的左手边，是一个大焙床，正在焙烤着桐籽；他的右手边，
是一个石碾盘，里面放着焙干了的桐籽。一头被罩着眼睛的大黄牯，亦步
亦趋，拉着碾岩，围着碾盘打圈，桐籽就这样被碾岩碾碎；他的面前，是
两个灶台，上面有两口油光水滑的大灶锅，显然是刚刚炒过桐籽粉。灶膛
里的余火，被扒到了灶门口。张钰龙发现那里有一个木蒲团，便坐下来烤
火，没多久，身上便暖和了许多。他脱下被雪水打湿的鞋子，拿在火上炙
烤着，鞋子难闻的臭气随之冒出。他烤着烤着，居然没有注意到一榨油已

经打完。一个屋高屋大的伙计来到他的身后，他居然没有发现。那破鞋子经过炙烤后发出的刺鼻臭气，熏得那伙计打了一个干呕。

"小杂种！烤什么烤！臭死人，还不给老子滚！"大块头起着吼。

张钰龙听到背后的吼声，他装作没有听见，也没有回头。他想到，要装成哑巴，哑巴的耳朵是听不见的。大块头见张钰龙竟然不理不睬，顿时便火冒三丈，他用一只大手抓住张钰龙破棉袄的衣领，像岩鹰拎鸡崽一样，轻轻儿将他拎了起来。

"啊、啊、啊——啊、啊、啊——"张钰龙大声地叫着，嚷着，挣扎着。

"大块头，放下他，是个哑巴。"有人大声喊。

挣扎中的张钰龙心里很满意，他装的哑巴得到了认可。没想到的是，那大块头对他不依不饶，一只大手烂松活地将他拎到油坊的大门外，再用另一只大手托起他的屁股，朝着那通往河下的码头上一扔。张钰龙被重重地摔下。他的那只左脚，落在了一个岩磴子上，"咔嚓"一声，小腿骨折了。

"啊、啊——啊、啊⋯⋯"张钰龙疼痛难忍，发出了凄惨的叫喊声。即便如此，他仍然没忘记要装成哑巴模样。

榨油坊里的工匠们，闻声都来到了门外。

张钰龙指着自己的脚，哭丧着一副脸比画着。人们七嘴八舌地说开了：

"大块头，你太冒失了！"

"大块头死崽，你把哑巴的脚扳断了。"

一个伙计大喊："头铲师，头铲师，快来呀！这里有个哑巴，被大块头把脚扳断了。"

一个精壮的汉子来了，他就是这座榨油坊的头铲师。躺在码头上的张钰龙，痛苦不堪的样子，又是比画，又是"啊啊"地叫喊个不停。

"怎么回事？"头铲师问。

"是我的手稍稍重了点，没想到他这样经不得扳……"大块头晓得自己惹了祸，嘟哝着，不再像先前那么神气了。

"还不赶快把他弄进去！"头铲师吩咐大块头。

大块头走近前去，双手将瘦小的张钰龙托起，抱回了榨油坊。一个伙计拿来了一扇焙桐籽的竹簟子，铺在了灶门口。大块头将张钰龙放在了竹簟子上。头铲师蹲下身子，顺着张钰龙受伤的脚往上摸，引起了张钰龙的剧烈疼痛，"嗷嗷"地大声叫嚷着。这时，头铲师意外地发现，这叫花子的脚上，竟然长着粗粗的脚毛。转而他又发现，这叫花子的一双手，虽然满是泥巴，却是难以遮盖它的嫩皮细肉。转瞬间，他眼珠子一转，似乎想到了些什么……

"怎么样？断了吗？"大块头急切地问。

"断了，脚杆子上的筒子骨断了。"头铲师不假思索地回答。说着，他出得作坊，沿着河边走去。不一会，他采来一些草药，有新鲜的，也有干枯的。他将草药塞进嘴里，不停地咀嚼着。躺在竹簟子上的张钰龙，暗自庆幸遇上了好人。头铲师将嚼好的草药放在灶台上。他左手端碗清水，右手拿根神香，默了默神，念动咒语，用燃烧着的神香，在清水上画着符讳。继而他口衔酿成的符水，对着张钰龙的伤脚一口喷去，冷水喷到伤处，张钰龙不由得一惊。接着，他推捏起张钰龙的伤脚来，手到骨折处，使劲一推一捏，顷刻间便完成了断骨的复位。张钰龙痛得两眼冒金花，痛得额头渗汗水。若在平常，他会大喊大叫，今天他是"哑巴"，即使再受不了，也只能装成哑巴模样"嗷嗷"叫两声。接下来，头铲师在他小腿的伤处敷上草药，用破布包裹，还找来两块木板，置放在小腿的两侧，用绳索紧紧地捆扎。张钰龙的伤脚，就这样意外地得到了最利索的处理。大块头闯了祸，缩头乌龟似的站在一边，不敢做半点声。头铲师对他说："大块头，都是你惹的祸。打死癞子赔好崽，让这只老鼠子掉进了你这只米箩里。他的这只脚，十天半月怕是好不了，就让他在这里住下。人在做，天在看，你我做事，都要凭良心。叫花子也是人，怪遭孽的。"

　　张钰龙就这样因祸得福，在"鼎裕昌"的榨油坊里，得到了栖身之所。他成了榨油坊的编外伙计，每天拖着伤脚坐在灶门口，唯一的工作就是在炒油粉时往灶膛里添送劈柴，把灶火烧得旺旺的。他还发现，这榨油坊的隔壁就是炼油坊，当中隔着的那扇门，平时总是关着的。榨油坊的油匠是不到那里去的，只在开饭的时候，炼油坊里的两位师傅才打开门，来到榨油坊和这里的油匠们一起吃饭。

　　几天下来，张钰龙终于明白，洪江出产的洪油之所以比浦阳产的桐油质量好，是因为它除了榨油以外，还多了一道炼油的工序。浦阳出的油，只是榨一次了事，洪油却是要榨两次，还有不同的添加物。这里头榨出的油，叫作"梓油"；复榨出的油，叫作"洗油"。桐籽在碾盘里被碾碎成桐籽粉，在灶锅里加热炒过，而后才能上榨床开榨。榨坊里炒桐籽粉的掌铲人，叫作头铲师，是榨坊的老大。张钰龙每天坐在灶门口烧火。表面上，他装成一副漫不经心的样子；实际上，他在密切注意着头铲师操作的每一个细节：桐籽粉一锅炒多少？炒粉时，什么时候洒水？洒多少？什么时候掺松脂？掺多少？什么时候兑桐油？兑多少？炒锅里那拌有添加物的桐籽粉，用怎样的火候，炒到什么程度便可以起锅，他都看了个八九不离十，一一记在了心上……他还特别注意到，榨油坊里榨出的梓油和洗油，都由油匠们分别往隔壁的炼油坊里搬送。显然，那里的炼油师傅，便是用这里榨出的梓油和洗油，炼出了洪油的成品。炼油坊里的一切，成了张钰龙猜不透的谜。每天，两位炼油师傅来吃饭，连眼角都不往他这个叫花子的身上看。他几番想前去跟炼油师傅套个近乎，奈何找不到由头，没得任何机会。

　　几天下来，张钰龙最怕天黑，最怕睡觉。白天，他整天在灶门口烤火，日子还好过。夜里睡觉可就难了。开初，头铲师让大块头同他一起睡。大块头同他睡了一夜，嫌他的脚臭，死活不肯同他睡一起。头铲师也不好勉强。一个叫花子，什么地方不可以过夜？！头铲师叫大块头背来几捆稻草，丢在榨床后面的地上。这一堆稻草，就是张钰龙夜里的安歇之所。夜里，劳累了一天的工匠们，在各人的被窝里呼呼大睡。张钰龙则是和衣睡在这堆杂乱的草窝里，夜夜难以成眠。来到这洪江偷学洪油的乖方，竟是如此的艰难。他来的日子也不短了，近在咫尺的炼油坊，竟连看一眼的机会都还没有。大冷的落雪天，阵阵寒意向他袭来，他曲蜷着身子，好不容易进入到迷迷糊糊的状态。混混沌沌之中，他在梦境中进入到想象中的炼油坊。巨大的炼油铁锅，锅里翻滚着在冒着青烟的桐油……那两位只有在吃饭时才能匆匆见上一面的炼油师傅，正在炼油的大铁锅前，对他进行指点……

"炼油……炼油……"张钰龙说着梦话。他来到这里一个月了，第一次开口说话，只能在梦里。

这时，正巧头铲师被尿憋醒，起身撒尿。他从榨床前路过，听到了榨床背后草窝里传出的梦呓声。奇怪！这哑巴怎么说起话来了？他不由得停下了脚步。

"炼油……炼油……"梦呓中的张钰龙，重复着这两个他最关切的字，每一个字，他都说得那么清晰。

头铲师没有惊动说梦话的"哑巴"，撒尿过后，又睡进了被窝里。其实，他早在给"哑巴"的伤脚正骨复位时，就看出了其中的蹊跷。一个在外面乞讨的穷人，脚上不可能长着那么粗、那么长的脚毛，两只手也不可能那么嫩皮细肉。这位装扮成哑巴叫花子的汉子，睡梦中还念念不忘"炼油"，说明他做梦也想偷学到炼油的乖方。他显然是混进洪油作坊来探水的。头铲师在想，他究竟是何方的好汉，为了偷学得洪油的乖方，居然使出了这般的计谋，心甘情愿承受这等的痛苦，不能不令人惊讶和折服。若他是为了主东，这等忠心耿耿的伙计，世间难找难寻；若他是为了自家，这等用心良苦的老板，日后必定发达。前些时候，浦阳外销桐油在英国被冻坏的消息在洪江传开。神农宫的当届会首张恒兴，亲自到各个作坊交代过，嘱咐大家务必提防浦阳的油商前来探水。如此看来，这讲梦话的"哑巴"，十有八九就是来自浦阳镇。他为难了，对此人不知怎样处理才好。

若是揭穿他，轻则驱逐了之，重则那就不好说了。他思来想去，觉得不能作这个孽，不如听之任之，倒要看这个探水的"哑巴"，怎么把这出戏唱下去。

转眼到了腊月十五。张钰龙的伤脚虽有好转，但仍然上着夹板。他戳着拐棍，用一只脚走路。清早，打杂工便到对河鸡笼街买来一只大公鸡，杀死后剔了毛。在头铲师的带领下，榨油坊里的伙计，一同来到灶门口敬灶神，供品就是去毛的大公鸡。敬神过后，打杂工把公鸡爆炒、煮熟，邀起隔壁炼油坊的师傅们，一同吃场伙，打牙祭。张钰龙像往常一样，没有近场，拖着伤脚在一边埋头吃着光饭。头铲师一筷子夹了两块鸡肉，送到了他的碗里。

临近晌午，张钰龙埋着头往灶眼里投柴。老板唐志兴带着管事宋先生，来榨油坊给伙计们开工钱。正在往炒粉锅里勾兑桐油的头铲师见唐老板到来，边和油粉，边打招呼："哈哈！唐老板，总算把你等来了。"

张钰龙听到"唐老板"三个字，神经立刻紧张起来。怎么回事？这里明明是"鼎裕昌"，不是唐志兴的"万隆"，他怎么到这里来了呢？正当他疑惑不解时，耳边出现了带着浦阳腔的声音："大家又辛苦了一个月，我是要来看望各位师傅的。"

榨油坊的伙计们，立刻围拢到了灶锅的四周。只有张钰龙头不乱抬，眼不斜视。他格外的担心害怕，却在极力地稳住心神。他在给自己壮胆，相信这位唐老板不会把他认出来。张钰龙瞟了一眼，那唐志兴腆着个肚子，有点儿发福了。唐老板却完全没有注意到，灶门口还有个烧火的张钰龙。他吩咐身边的管事说："宋先生，今天又开工钱了。这个月的米价，你给师傅们说说吧！"

宋先生的肩上，背着一个褡裢，伙计们的工钱，全都装在这个褡裢里。他耸了一下肩膀，褡裢里的制钱"锵锵"作响。他说："过河之前，我同唐老板去了米厂街，今天的米价，湖米每担三钱八分。"

宋先生话音刚落，油匠们立刻相互使起了眼色。清早，打杂工去对河

鸡笼街买敬灶神的公鸡时，顺便去了米厂街，打听了行市。这天湖米通行
的价格，是四钱银子一担。到这位唐老板开工钱时，怎么就变成三钱八分
了？！尽管如此，也没得任何一个伙计敢对此表示异议。因为即使提了出
来，唐老板也会摆出许多的理由，维持这个价格。刀把子在东家的手里，
油匠们纵然窝火，也只得忍气吞声。

宋先生接着说："散碎银子没得那多，就只好拿制钱开给各位师傅
了。唐老板的意思，我们还是按老规矩，一两银子兑一吊制钱，凑个整数
好算账，省得麻烦。"

听了宋先生的话，油匠们再一次相互使起了眼色。唐老板的这个兑
法，确实是好算账，可伙计们却因此吃了暗亏。时下的一两银子，已经可
以兑制钱一吊一百钱了，有时甚至还可以兑到一吊二。灶门口的张钰龙，
虽然是栽着脑壳，却听清了他们说的每一句话。伙计们的工钱以米价定。
米钱折成银子，唐老板赚了一水。银子折成制钱，唐老板又赚了一水。这
个人真是个棺材里伸手——死要钱的角色。而所有的油匠们却只能忍气
吞声。

宋先生把一串串制钱，分发送到一个个油匠的手中。伙计们领到了这
个月的工钱，便纷纷回到了自己的岗位上。头铲师炒的一锅桐籽粉，已经
炒到了火候，便动手起锅。起锅时，必须迅速将灶里柴火退掉。坐在灶门
口的张钰龙便立刻冒着炙热，拖着伤脚，将灶膛里一块块还在燃烧着的木
柴，全都退到了灶门口。

"咦！这里怎么多出了个人？！"唐志兴问头铲师。

"一个叫花子，是个哑巴。"头铲师回答。

张钰龙一直是背对着唐志兴的。他坐在木蒲团上，一动也不动，假装
没有听见刚才唐志兴的问话。

唐志兴走到张钰龙的背后，用脚踢了踢他的屁股。张钰龙不得已回
过身子，装作一副憨憨的样子，望着唐志兴。唐志兴打量起张钰龙来。几
天来灶膛里的柴火烟、炒锅里的桐油烟，早把张钰龙的脸熏得乌漆麻黑，

只有那一双眼睛里的白眼云，突显在他那怯生生的脸上。唐志兴睨了张钰龙一眼，不由得皱起了眉头，做起了一副厌恶的样子。他看不出，也想不到，眼前的这个叫花子居然是浦阳镇上'顺庆'的少老板，是他昔日生意场上冤家对头的后代。张钰龙依然做出一副憨憨的样子，心里却在暗自高兴，看这唐老板的架势，是压根儿也没有认出他。

"哎呀！你们也真是，把这么个宝贝搞到榨油坊里来！把他赶走！"唐志兴吩示。

张钰龙一听，心里立刻紧张起来，表面上却是不动声色。他一直记着，自己是个"哑巴"，千万不能露马脚。这时，头铲师说话了："唐老板，他是个叫花子。"

"叫花子，打发他一点让他走！"

"老板，你听我说——"

"没什么说的。"唐志兴不由分辩地说。接着，他吩咐大块头："大块头，你气力大，把他弄出去。"

有了老板的旨意，大块头一步上前，抓住张钰龙的衣领，轻轻地便将他拎了起来。张钰龙拖着还上着夹板的伤脚，痛苦地挣扎着，嘴里"嗷嗷"地喊叫，心里不住地打鼓，真是老天不长眼，遇上这凶神恶煞，弄不好前功尽弃，这洪江白来了，苦也真是白吃了。

"慢！"头铲师不知哪来的胆子，居然同老板唱起了反调。

大块头不情愿地放开了抓张钰龙的手。唐志兴显得有些儿生气。头铲师却是把事情的原委，向老板做起了陈述："老板有所不知，这叫花子的脚，就是叫这大块头给扳伤的。大冷的天，一个哑巴，脚又动不得，把他赶出去，不是要他的命吗？"

头铲师的仗义执言，让张钰龙有了一线希望。

"怎么？是你把他的脚扳断了？！"唐志兴问大块头。

大块头栽着脑壳回答："是的。"

"你是怎么搞的，捉起虱婆往身上咬！"唐志兴生气地说，继而他问头铲师："你好像是水师，会治跌打损伤。他这脚伤得重吗？"

"脚筒杆的骨头对断，我给他接上了，现在好了些，要完全好，只怕还要十天半月。打死癞子赔好崽，不给人家把伤脚医好，是不合道理的。"头铲师说。

头铲师是榨油坊的主心骨，老板无奈，只得依了他："那好！就把他留下来吧！等脚伤一好，立马走人！"

听了唐老板的话，张钰龙心里长长地舒了一口气。他牢记着自己是哑巴，只能做出个什么也没听见的样子。他抬头看了头铲师一眼，似乎是在感谢他的大恩大德。这个举动别人没在意，头铲师却看在了眼里。他心想，还"哑巴"哩！你这样看着我，就不怕露马脚吗？

头铲师有了老板的吩示，便转身对大块头说："站着做哪样？还不快去做活路。"

"大家听着！"唐志兴端起个老板的架势，又在发话了，"从今往后，就不要再去惹这样的麻烦了。这个叫花子，让他赶紧把脚伤养好走人。千万要注意，这回是个叫花子，还不打紧，要真是从浦阳来洪江探水舀油的，也在我们的榨油坊落了脚，那麻烦就大了。我就是从浦阳来的，那里的油号老板我最清楚。就讲'顺庆'吧！前晌运到英国的桐油就因为火候不到，全都被冻坏了。那一屋人的名堂最多，他们一定会派人来探水舀油，偷学乖方。说不定他们的人就已经到了洪江。为了这件事，神农宫都议过两次了。我们的榨油坊里，绝对不可以收留任何来历不明的人！"

在灶门口烧火的张钰龙，依然做起憨憨的样子。他表面不动声色，内心却在暗自好笑。好一个唐志兴，殊不知"顺庆"的少老板，就正坐在你的面前。正在炒锅前拌炒着桐籽粉的头铲师，能为这"叫花子"据理力争，让他留在油榨坊里，是自有他的盘算的。他固然是出于对一个伤者的同情，更重要的是在为自己留一条后路。

"老板，你放心，我们这里以后不会再容留其他任何人了。这个叫花子，只要他的脚伤一好，就叫他立马走人。"就这样，头铲师在唐老板面前立下了保证。

转眼到了大年三十。张钰龙的脚伤日渐见好，脚上的夹板已经取了，只是暂时受不得力。这天，榨油坊停槌歇榨。油匠们都各自回家团年去了。前不久，头铲师在附近的桂花园，租了几间房子，从老屋原神场接来了妻室儿女，算是在洪江安了家。守厂的差事，自然就落到了他的头上。三十夜，头铲师一屋人在洪江第一次吃团年饭，作为一家之主，是不能缺席的。正好这"叫花子"没地方交纳，就安排他守厂。头铲师还打算趁着这个机会，做一件他一直想要做的事情。

大年夜，张钰龙值守在油榨坊里。栎树柴燃烧起的火堆，火越烧越旺。火堆边，烹烤着头铲师留给他的两个糯米糍粑。糍粑烤熟了，鼓起了气泡，散发出阵阵清香。他感到有些儿灼热，解开了系在烂棉衣上的草绳，对着火，坦露起前胸，吃起了他有生以来最为简单的年夜饭。他舍不得大口吃下，而是细细地咀嚼、品味，似乎世间的任何珍馐美味，都没得这糍粑香甜。他很久没在人前说话了。太多想要说的话，全都堆沤在内心里。眼下，这榨油坊里就只有他一个人，他终于可以无拘无束、自由自在地说话了。他要让郁积在胸中的酸楚，得到最彻底的宣泄。他强支着伤脚站立起来，昂首挺胸，大声地喊叫："我学会榨洪油了！我学会榨洪油了！"

喊叫声在榨油坊里久久地回荡……

张钰龙一拐一拐，走到隔壁那间炼油坊紧锁着的房门前，用拳头"乒乒乓乓"地敲打着门板，再次大声地喊叫："我还要学会炼洪油！我还要学会炼洪油！"

敲门声、喊叫声，交织在宽敞的榨油坊里……

张钰龙情绪一经释放，立刻松快了许多。他笑了，带着难言的苦涩笑了。到目前为止，他还没有迈进过炼油坊的门，更不要说偷学到炼洪油的乖方了。

突然间，有人敲打起了榨油坊的大门。

"开门！开门！"

张钰龙听得真着，这是头铲师的声音。天哪！刚才他的叫喊，头铲师是肯定听见了的。他后悔不迭。后悔不该这么叫，这么喊。他断定这一喊，将喊出麻烦，喊出祸患。他顿时便乱了方寸。

"开门！开门！"头铲师声音更大了。他又是敲门，又是推门，又是踢门。

张钰龙急了，顷刻间便出了一身冷汗。作为"哑巴"，声音即使再大，他也应该是听不见的。然而，由于自己的大喊大叫已被人听见，这个假装"哑巴"的身份，已经暴露无遗。如此看来，这个门是非开不可的了。他跛着脚走向了大门边，抽开门闩，打开了大门。

头铲师出现在油榨坊门前。他手里拎着一个竹篾编织的饭盒，不动声色，也没有言语，径自走到火堆旁，与张钰龙面对面地坐下。他揭开竹篾饭盒，米饭上面，是大坨大坨的粉蒸肉、大块大块的扣肉，还有香喷喷的鸡肉。他把饭盒递到张钰龙的面前。面对头铲师如此盛情，张钰龙接也不是，不接也不是，僵在了那里。

"吃吧！老远到洪江来，过一个烂贱年。"头铲师把饭盒塞在了张钰龙的手里，说，"开口说话吧！你是什么人？从哪里来的？"

张钰龙没有说话，而是指了指嘴巴，似乎在说，他是个哑巴。

头铲师说："你就不要再做戏了。告诉你吧！你进榨油坊的第一天，我就看出了你不是一个叫花子。我问你，叫花子的脚上，能有那么长、那么粗的脚毛吗？叫花子的手，能像你这双手一样嫩皮细肉吗？你装成一个哑巴，可你偏生又讲起了梦话，每一句都讲得那样清楚。就是刚才，你还在这榨油坊里大喊大叫……"

张钰龙就这样被揭了底。他顿时便慌了神，没等头铲师把话说完，就把饭盒撂在一边，"扑通"一声，瘫跪在了地上。他终于开口说话了："师傅，你要救命。"

"快起来！快起来！"头铲师赶紧上前将他搀扶起身，说，"放心吧！我要搞你的路子，也不会等到今天。大年三十，我不陪婆娘来陪你，就是想和你交个朋友。"

"自从落脚榨油坊之后，承蒙师傅关照，为我疗伤，替我担待……"张钰龙说着，禁不住红了眼圈。

"小事一桩，大可不必放在心上。"

"滴水之恩，当涌泉相报。师傅的大恩大德，小弟没齿难忘，日后定当加倍报偿。"

"言重了！言重了！"头铲师说着问道，"请问敢莫是来自浦阳？"

"正是。"

"那么说，你是'顺庆'的人了？！"

"'顺庆'是在下打理的小本生意。"

"你太客气了。谁人不知'顺庆'是浦阳镇上的第一家大油号。"头铲师说着，又问道，"既是'顺庆'的少老板，唐老板怎么不认得你呢？"

张钰龙说："唐老板移途洪江的那年，我年纪还小，过了这多年，他已经认不出我了。我倒还是认得他的。真是山不转水转，转来转去，转到他的油号里来了。回想起那天，真叫我捏了一把汗。要是我栽在他的手里，那可就惨了。"

"这唐老板呀！可不是盏省油的灯。"头铲师说。

张钰龙也说："这位老先生的为人，我是听屋里大人讲过的。十五那天开工钱，我全都亲眼见到了。米价上，他做一次手脚。银子兑制钱，又做一次手脚。真亏他想得出，真叫他做绝了。"

"榨油坊里的伙计们，都说他是蚂蝗变的，吸了这头吸那头，可又都奈他不何。"头铲师接着说，"少老板，莫尽讲这些怄气的事，我们讲点别的吧……"

张钰龙和头铲师彻夜长谈。张钰龙这才得知，头铲师姓杨名荣必，黔阳县城上面原神场的人。他在"鼎裕昌"的作坊里掌头铲，已经有好些

洪油作坊里

年头了。他不但榨油在行，炼油也是一把好手。张钰龙庆幸自己以这种特殊的方式，结交了这样一位讲义气的朋友。他将"顺庆"的困难和此行的目的，在杨荣必面前和盘托出。他甚至告诉杨荣必，他的叔公就是神农宫的当届首事张恒兴。他不愿意给叔公添麻烦，才想出这么个偷学乖方的主意。杨荣必得知原委深为感动，当即提出，要和他一同逃跑去浦阳，帮助"顺庆"炼出最好的洪油。张钰龙不同意他这样做。他以为，即或是唐老板对伙计们做得再过分，以这种方式挖他的墙脚，拆他的台，总还是有点儿于心不忍。张钰龙许诺，等到明年冬天开榨时，再请杨荣必去浦阳掌本。杨荣必的工钱，每个月三担稻米，从现在起开始计算，因为他早就在给"顺庆"做事了。等明年他去到浦阳时，再一并给他补发。

春节过后，油榨坊行工。炼油坊的掌铲师走亲戚去了，一时回不来。根据管事的调摆，着杨荣必进炼油坊掌铲。榨油坊里，则由二铲师顶替头铲师。

开工这天，杨荣必拍了拍张钰龙的肩膀，指指画画了一阵，便带着他和另一个伙计进了炼油坊。"顺庆"油号的少老板，终于进到了他朝思暮想的地方。在除夕夜的长谈中，杨荣必告诉他，洪油之所以冬天不会被冻坏，就是因为它多了一道炼油的工序。那夜，杨荣必将炼洪油的配方和工艺，给他做了详尽的介绍。那毕竟是纸上谈兵。如今，他终于可以亲眼见习、把握洪油最关键的工艺了。进得炼油坊，张钰龙环视着这里的陈设：这间房子的一头，垒砌着火灶。灶台上，嵌着一口大铁锅。灶前，摆放着一堆茶油枯饼；灶背，摆放着三个大木桶，分别装着梓油和洗油，都是洪油的半成品。二者在经过加热熬炼之后，最终才成为洪油，就装在那另一个大木桶里。房子的另一头，层层叠叠，堆码着大量的木制油桶。有的油桶上，贴着印有"鼎裕昌"字样的封桶标签，装灌的是成品洪油。

张钰龙依然是坐在灶门口。茶油枯饼在灶膛里燃烧着，吐着淡蓝色的火焰。除夕之夜，杨师傅曾告诉他，炼油的燃料不能用木柴，而是必须用茶油枯饼。木柴燃烧的火忽大忽小，炼油时难以掌握火候；茶油枯饼燃

烧的火平稳均匀，炼油时易于掌握火候。单单这一点，张钰龙就大开了眼
界。在炼油坊里，张钰龙向杨荣必学到了炼油工艺。小时候，母亲到河街
上请小诸葛给他算命。小诸葛说，他命中注定会得到贵人相助。杨师傅就
是他的贵人。

这天中午，杨荣必正着手熬炼洪油。突然间，炼油坊与榨油坊之间的
门被推开。首先进到炼油坊的，是老板唐志兴。神农宫的当届首事张恒兴
等人，跟在他的身后。新年头，张恒兴代表神农宫，到洪江所有的油号，
给作坊里的伙计们拜年。

"杨师傅，神农宫的首事张老爷，给你拜年来了。"说话的是唐志
兴。他通报着张恒兴的来意。

"拜年啦！拜年！"张恒兴连连拱手。

"不敢当！不敢当！给首事老爷拜年，给老板拜年。"杨荣必连忙撂
下手中的铁铲，拱手还礼。突如其来的情况，叫他措手不及。唐志兴不认
得张钰龙，可他的叔公张恒兴却是认得的呀！他不敢想象，一旦张恒兴在
这炼油坊里认出了他的侄孙时，将会是怎样的情景。

这时候，最紧张的莫过是张钰龙了。他万没想到叔公会来到这里。为
了不让叔公为难，他尽可能不与叔公对面。他背对众人，把脑壳栽得低而
又低，手里拿着拨火棍，拨弄着灶膛里没烧尽的茶油枯饼。令人担惊受怕
的事情，还是发生了。

"怎么？这叫花子还没有走？！"说话的是唐志兴。

"伤筋动骨一百天。他的脚，还没有完全好。"回话的是杨荣必。

"怎么搞的，把叫花子弄到炼油坊里来了！"张恒兴的语气，有点儿
生气。

唐志兴连忙出来解释："张公，事情是这样的。这个叫花子是个哑
巴，被一个伙计无意中打断了脚。打死癞子陪好崽，没办法，就把他留在
了作坊里养伤。这件事情是经过我同意了的。"

这时候，张恒兴朝灶门口睨了一眼。他不由得一愣。这叫花子尽管

是背对着他，凭着敏锐的眼光，他还是立刻辨认出了一个熟悉的身影。原来这伢儿并没有回浦阳，而是以这种特殊的方式，混进了唐志兴的洪油作坊，还混进了作坊的心脏——炼油坊。张家的子孙当中，出了这么一个好脚色，作为叔公，惊愕之余更感到欣慰。所幸的是从浦阳来的唐志兴，并没有认出这个探水的人。他当然就不能，也不会在此时此刻将这件事情揭穿。开一只眼，闭一只眼，是他眼下最好的处理方式。过了好半天，他才说："啊……原来是个叫花子……是个哑巴……"

随即，唐志兴对杨荣必发出抱怨："杨师傅，你也真是，怎么把这哑巴弄进了炼油坊？难道你不晓得，随随便便的人，是不能进到这里来的啊！"

"嗨！一个哑巴，他就是进到这里，又还能怎么样？总不可能是来探水的人吧！我把他搞到这里，是心想为他的伤脚换药时，也好就个方便。"杨荣必说了一个不成其为理由的理由。

张恒兴没有像唐老板一样，责备杨荣必，而是走到了张钰龙的背后，轻轻拍了拍他的肩膀。无奈之下，张钰龙回过头，二人正好打了一个照面。"哑巴"张钰龙憨憨地对着叔公一笑，张恒兴也以心照不宣的笑容回报。

"让我看看！你的脚伤得怎么样？"张恒兴说着，便蹲下身子，又摸又捏，仔细察看张钰龙的伤脚。一股暖流，从张钰龙的心上流过。

神农宫的当届首事张恒兴发话："遭孽的，伤成了这个样子，就让他在这里再住一些日子吧！"

张家窨子大傩愿

　　光绪十九年，张家窨子百事顺遂。这一年，印蕙娇生了一个女儿，取名仪芳。张钰龙享受着有儿有女、龙凤呈祥的幸福。先年腊月，张钰龙到洪江偷学得了生产洪油的乖方，回到浦阳，他以闪电般的速度对桐油的生产工艺进行了改进。春销时，大部分产品都达到了洪油的质地。接着，师傅杨荣必如约而至。到了伏销时，"顺庆"所有的成品油便都和洪油一模一样了。他兑现了对詹姆斯的承诺。英国商人惊愕之余，与"顺庆"续签了合约。不久后，镇江方面传来好消息，父亲同那里的三家洋行也达成交易，且数额相当可观。经销商有德国人、美国人，还有日本人。

　　"顺庆"的生意是做得越来越大，赚的银子也越来越多，刘金莲欣喜之余，对钰龙说："我进张家二十六年了，生意就数今年做得最好。别的我管不了，就不多说了，只是有一样事，我得提醒你。"

　　"娘，您说吧，龙儿听着。"钰龙毕恭毕敬，站在母亲的跟前。

　　刘金莲说："今年我们张家百做百顺，财源广进，靠的是哪样？你这个当家人想过没有？你人勤快，能吃苦，会算计，当然是原因，可有句老话不能忘记：'钱财老天注定，儿孙老天安排'。'顺庆'的生意红火，张家的儿孙满堂，都是老天爷开的恩！伏销已经完结，新桐还没采摘，仪芳又满了月，大家都有空闲，还一堂大傩愿吧！不要小里小气，把场火搞得大一点。神灵保佑'顺庆'赚了钱，发了财，花点钱米在神灵身上，是最值得的。"

"娘说的对。龙儿心里明白，百事顺遂，不能忘了老天、神灵的大恩大德。龙儿这就去跟秀山伯商量，请老司来还一堂大傩愿。"

"你打算请哪里的班子？"刘金莲问。

张钰龙说："龙家垴的龙法胜。"

刘金莲迟疑了一会儿，说："能不能不请他们？"

"怎么？龙法胜的班子，有哪样做得不到堂？！"

"那倒不是。"

"那又是为的哪样？"

"这——"刘金莲自有她的道理，但说不出口。

张钰龙说："从龙儿记事起，这屋里大大小小的傩事，都是请他做的。如今要搞一次大场伙，又不请人家，怕不太好吧！再有，火儿同我认了老庚，我所有的好事他都有来了礼性，成亲时他来了；我添三个男伢儿，他每次都来恭贺。这次生仪芳，听说是跟师傅一同赶尸去了贵州，如若不然，他也是不会少礼性的。"

"他们去贵州，怕一时回来不了啊！"刘金莲希望这样。

钰龙说："听人说，他们已经去了一个多月，这两天就会回来。"

"哦——"刘金莲再也不好说哪样了。

在张家窨子里，除了张复礼，就只有刘金莲晓得火儿的真实身份了。那个跟着龙法胜学巫的火儿，就是丈夫和那苗婆留下的孽种。火儿眼下的父母，又在铁门槛"吊"了刘金莲的"羊"。没想到这样一个强盗的崽仔，又偏生和钰龙认了老庚。如此奇巧的事情，简直可以唱成一出戏文了。刘金莲强烈地意识到：必须要让钰龙渐渐疏远火儿，直至断绝来往。可这事情的原委，她又不能对儿子明说。眼看着火儿又要来到张家窨子，她甚至有点儿后悔了，真不该要钰龙还哪门子的傩愿。

三天以后，张钰龙打听到，龙法胜和火儿师徒已经从贵州打转了。张钰龙立刻着秀山去到龙家垴请师。开坛的日子定在八月二十四。秀山说，这日子是火儿测算的。

八月十九日，距离傩愿开坛还有五天，龙法胜就带着火儿先行来到了张家窨子。这天有点儿闷热，堂屋里空无一人，师徒二人去后堂找钰龙报到。玉凤和乖妹正坐在过道的石凳上乘凉纳鞋垫。

"龙师傅！同年哥！"乖妹站立起来，有礼貌地叫一声。

玉凤也跟着站立了起来。龙法胜不认识她，问了一声："这位妹妹是——"

没等乖妹介绍，也没等玉凤回答，火儿抢先说了话："要是我没有猜错的话，这位妹妹就是汉口回来的玉凤小姐。"

火儿说话的时候，玉凤看了火儿一眼。没等她完全反应过来，火儿便自我介绍："我叫火儿，是钰龙的老庚，你叫我同年哥吧！"

"同年哥！"玉凤轻轻叫了一声。

火儿招了招手，便和师傅一同去了后堂。玉凤呆呆地站着，半天回不过神来。

"凤姐，你怎么啦？"乖妹抓着玉凤的臂膀，摇了又摇。

"真奇怪！"玉凤还没回过神。

乖妹大声地问："什么事，这样奇怪？"

"你说，这同年哥和哪个有点儿相像？"张玉凤问。

"和哪个？！和他爹，和他娘！"乖妹不以为然地说。

张玉凤觉得不可思议，喃喃地说："真奇怪，这个叫火儿的同年哥，怎么和我有点儿相像？！"

"是吗？"乖妹说着，把玉凤重新打量了一番，又将火儿的长相默了神，惊奇地说："喂呀！同年哥和你硬是像得很哩！"

姐妹二人没有再说话，也不再纳鞋垫。她们百思不得其解，世界上怎么会有这么奇巧的事情？！

"嗨！人有相像，货有相同。两个人挂像，也是常有的事。你我姐妹只是讲讲好玩，千万莫到外面乱讲。"玉凤交代乖妹。

"我晓得，你放心就是了！"乖妹说。

张玉凤自从见到火儿以后，不知怎的，总有一种想去亲近他的愿望。是他们相貌相像，是火儿的举止吸引着她，抑或是还有其他什么原因？连她自己也说不清。

下午，龙法胜和火儿，开始在堂屋书写傩愿的文书榜意。玉凤和乖妹也来到堂屋。师徒二人神情专注地伏案书写，连玉凤和乖妹的到来，竟然也没体察到。玉凤站在火儿的身后，隽逸工整的蝇头小楷，映入了她的眼帘。她情不自禁地发出了赞叹："同年哥，你写得真好！"

火儿一回头，见是玉凤，立刻谦卑地说："火儿是山野之人，粗识文字，信手涂鸦，让玉凤妹妹见笑了。"

旁边的乖妹说："凤姐，听说你也识字？"

"认得几个，一个也写不出。"玉凤说。

火儿笑了，说："玉凤妹妹真会说笑话。"

"真的是写不出，在同年哥面前，玉凤不敢说假话。"玉凤作古正经地说。

一旁的龙法胜接腔了："这样的事情是兴许会有的。玉凤姑娘能识字就很不错了。做我们这一行，识字、写字是必不可少的。火儿没读过一天书，从小跟着我学巫，对着文书榜意，认字、写字，慢慢儿也就操练出来了，如今他的字比我都写得好。"

玉凤感叹着火儿的绝顶聪明。在她看来，这位同年哥既是那样令人崇敬，又还有几分神秘感。

刘金莲在钰龙的陪同下，也来到了堂屋。龙法胜和火儿连忙站了起来。在这一瞬间，刘金莲以特有的敏感，将玉凤和火儿的相貌、神态暗暗进行了比对。令她惊讶的是，那人的影子，竟神奇般地黏附在了这"兄妹"二人的身上！前所未有的惊恐与惶惑向她袭来。她顿时感到头晕目眩，两只脚轻飘得像是踩在棉花上，致使她站立不稳，打了个趔趄。眼明手快的张钰龙，连忙上前搀扶住母亲。

"娘，你怎么了？"钰龙关切地问。

玉凤和乖妹，也立刻拥到母亲的跟前。

"钰龙，你招扶着同年娘，我去请郎中。"火儿说着便要抽身。

刘金莲连忙摆手，说道："不必了。我只是有点儿头晕，不碍事的。"

"娘！我送你去歇息。"钰龙说。

"不必了，让玉凤和乖妹送我就行了。"刘金莲说。

母亲回房歇息去了。张钰龙在堂屋坐了下来，察看起这师徒二人书写的文疏表章。火儿将一份刚刚书写好的《五岳表》递给了钰龙。他说："钰龙，你看看这份《五岳表》吧！这是上奉给傩公、傩母的表章，最为重要。"

龙法胜和火儿继续着他们的作业，钰龙在一旁仔细捧读火儿书写的《五岳表》，只见那上面写着：

秉职弟子臣龙法胜诚惶诚恐，稽首顿首，俯伏百拜，上言谨奏表
　　文，伏以
华山殿里开天辟地之神明；
五岳宫中起死回生之圣哲。
　　凡叩皆通，无求弗应，臣奏为信士张钰龙，今据
大清国湖南省辰州府浦阳镇，小地名张家弄，本境礼祭城隍，当坊土
　　地祠下居住，奉
神酬还傩愿。信士张钰龙，右暨合家人等，即日上干，焚香百拜皈
　　命。浩浩天京，有叩有感之真宰；烈烈元阳，无限无阱之神洞。
　　舒木之祥光，共明丹恫。意者伏为今月吉日，为酬还良愿之期。
　　合家人等，历蒙神恩，百事顺遂，生意兴隆，财源茂盛，理当庆
　　贺酬还。由是仗师於家，庄严坛所，铺设法筵，张挂金容玉像，
　　玉纂神王，先发功曹，奏通愿事。罡行三步，界结五方。布架仙
　　桥，躬身迎銮接驾。抛傩上纂，迎神下马，三场和会。逐名点

降，献奉牲醴，奉请诸真。福颂千贤而起会；敕降万圣而临轩。以此祈恩乞福，方来当今美景。升坛行道，冒干圣听，臣诚惶诚恐，稽首顿首端拜，恭惟

五岳五天圣帝，五盟皇后夫人，东南二圣陛下呈进。恭惟圣慈洞鉴，兑今表奏。仁与天高，巍巍乎可旧里也；德同地厚，荡荡乎无能名焉。常施雨露於人间，屡蒙庇佑於下土。随芳流泽，迅迅沾恩。伏乞金笔削穴，玉薄填还。酬情上达，佑四季以清吉；恩流下民，俾八节而平安。家门迪吉，人物繁昌。但臣下情无任，同酬庆信士张钰龙，不胜仰圣激切屏营之至，表奏以闻。

皇上天运大清光绪十九年八月吉旦。

看过《五岳表》，钰龙说："火儿，这张《五岳表》要重新写过。"

"重新写过？！没写错呀！"火儿不解。

钰龙说："错了。还傩愿上表的人，本应是一家之长，爹爹虽然不在家，可他仍然是一家之长，这《五岳表》上，你应该写他的名字，不是钰龙。"

龙法胜立马便接了腔："钰龙少爷说得对，老爷是一家之主，他虽然不在浦阳，可这表章上还是应该写他的名字，而不是少爷的名字。少爷年纪轻轻，这样懂得'尊卑'二字，真是难得。"

"那好，我重新写就是。"火儿说。

"记住，这堂傩愿所有的文疏表章，都要以爹爹的名义。"钰龙又这样补充了一句。

刘金莲在床上躺着，玉凤和乖妹守候在她的身边。稍事歇息，便得到恢复。她拿过玉凤手里的鞋垫，看了看，说："纳得还不错嘛！记住，要依着布上纱线的纹路纳。喏！你看，这里就少了一根纱。"

玉凤吐了吐舌头，说："大娘，你的眼睛真厉害。"

"去吧！我已经没事了。房里怪热的，不用老在这里守着我。姐妹俩

出去玩吧！外面要凉快些。"刘金莲说。

玉凤从大娘的房里出来，心里老是想着堂屋里那写表章的火儿。他
没读过一天书，能写出这样一手好字，真是难得。她看过的戏文抄本中，
没得几个人的字，能比得上他。她和乖妹又来到天井旁的过道里，这里最
凉快。姐妹一同坐下，伴着过道里习习的凉风，又纳起了鞋垫。玉凤忍不
住，向乖妹打听起火儿来。

"那火儿的字写得真好！"

"听人说，当老司的人，字都要写得好。"

"他真的没读过一天书？！"

"他屋里穷得打裁裁，饭都没得吃的，哪还有钱供他读书？"

"他的屋在哪里？"

"在铁门槛。"

"铁门槛，这个地名有意思。那地方很穷，是吗？"

"是个强盗窝。"

"啊唷！"玉凤感到惊讶。她问："他当过强盗吗？"

"听说整个铁门槛，就他一家死活不肯当强盗。"

"不肯当强盗，才学了老司？！"

"是的。"

"呃！他有几个儿女了？"

"人家还没有成亲呢！"

"他和哥哥是老庚，年纪比哥哥大，哥哥都有四个儿女了，他怎么还
没成亲呢？"

"这就要问他自己了。"乖妹说着，问道，"呃！你问这些做
哪样？"

"随便问问，不行吗？"玉凤这样说。她表面上显得若无其事，心里
却不知怎的，竟"咚咚"地打起鼓来。

大傩愿开坛的前一天，巫师班的所有老司，全都来到了张家窨子。他

们忙活了一夜，在窨子屋的中堂屋里，布置好了一座非常讲究的傩坛。

玉凤和乖妹清早起来，发现堂屋前的天井里，已经搭好了一座戏台。走进堂屋更是另外一番景象。乖妹告诉玉凤，这是老司们先天夜里布置的"桃源洞"。三道由弯曲竹篾制成的拱门上，缠着山里采来的狮子草，缀着五颜六色的纸花。每道拱门上，都贴有红纸书写的横批和对联。玉凤一眼就能看得出，对联上的字都出自火儿的手笔。他的小楷写得好，大字写得更好。居中的大拱门上，横批是"桃源仙境"四个字，两边的对联是：

岱岳权尊万国，咸沾赫濯；

泰山位重九州，共仰威灵。

玉凤往拱门里看，神案上放着两个装着稻谷的木斗。木斗的稻谷里，各插着一根竹竿。竹竿上，各支着一尊神像。红脸的男神，头戴皇冠，身着龙袍；白脸的女神，头戴凤冠，身穿霞帔。

玉凤悄声问乖妹："这是什么神仙？"

乖妹说："是俩兄妹，又是俩公婆，傩公和傩母。"

"俩兄妹？！怎么成了俩公婆？又怎么成了傩公和傩母？"玉凤不解地接着问。

乖妹说："古时候，天下涨了漫天大水。世上所有的人全都被淹死了。惟独只有俩兄妹，坐在一个大南瓜里，逃脱了那一劫。妹妹想，人类不能就因为这样绝了烟火，便提出要和哥哥成亲。哥哥却说，兄妹是不能成亲的，拒绝了妹妹的请求。妹妹没奈何，提出请由天意来裁断。哥哥和妹妹，一个在东山，一个在南山。妹妹说，两人各在山上烧一堆火，如果火烟在天上合在了一起，兄妹便成亲。两人烧火，火烟果然合在了一起。哥哥还是不同意。妹妹又说，两人各在山上往下滚一页石磨，如果两页石磨在山下合在了一起，兄妹便成亲。两人各在一座山头滚下石磨，两页石磨竟然在山下合在了一起。就这样，兄妹二人秉承天意成为夫妻，人间的烟火终于得以延续。后来，世上的人便将这兄妹二人奉为傩坛的傩公和傩母。傩公哥哥因为是与妹妹成亲，被羞得满脸通红，傩公的神像因此是红脸；傩母妹妹却很是平静，一点儿也不觉得害羞，傩母的神像因此是白脸。当初，他们二人一个在东山，一个在南山，因而也就有了一个另外的称呼：东山圣公和南山圣母。"

"啊！原来是这样……"一个美丽的传说，使玉凤着了迷。她问乖妹："这故事是哪个讲给你听的？"

"是火儿哥。"

"啊……"

"他呀！会讲好多好多的故事。他每次来到我们家，只要是有闲空，我都会缠着他，要他给我讲故事。"乖妹说起火儿讲故事，眉飞色舞。

玉凤没有再问下去，而是走近傩坛，虔诚地瞻仰着傩公和傩母的神像。二位神灵熠熠生辉的眼神，在向人间传递着远古的信息。这对兄妹的天作之合，是人类历史的千古佳话。最令玉凤崇敬的，还是作为傩娘的妹妹。是她的大胆与果断，使人间的烟火得以延续。玉凤的思绪，凝聚在眼前无比神秘的情境之中。突然，她的身后出现了一个熟悉的声音："玉凤，乖妹，你们也来到这傩坛打望呀！"

玉凤一回头，是火儿笑吟吟地站在那里。

"同年哥，我们刚才还在说你呢！"乖妹抢先说话。

火儿笑着说："是吗？没有说我的坏话吧！"

"乖妹刚才给我讲了傩公和傩母的故事。她说，故事是你讲给她听的。"玉凤说。

"不错嘛！乖妹也学会现买现卖了。"火儿依然是那样笑容可掬。

火儿的话，把乖妹说得很不好意思。玉凤看着拱门上的对联，把话岔开："同年哥，这些对联都是你写的吗？"

乖妹笑着说："是他写的呀！凤姐，你不要老是夸他的字写得好，他会把尾巴翘到天上去的。"

　　"写得不好，让你们见笑了。火儿出道才没多久，都是跟着师傅学的，依着葫芦画瓢而已，没得哪样出巧的。我那边还有点儿事情，先走了，你们就慢慢儿看吧！"火儿说着，便匆匆离开了傩坛。

　　张家窨子的大傩愿，定在这天的午时开坛。从清早起，各路的客人，挑着箩筐，抬着礼盒，陆续前来恭贺。这天，张钰龙是最忙碌的人。客人来了一拨又一拨，全都要由他迎接。他的两个舅公，漫水的王家来人了；他的两个姑婆，康家洲的康家，蜡树湾的杜家来人了；他的三个姑姑，球岔的熊家，孝坪的粟家，柳树湾的聂家来人了；他的舅家，舅娘伍秀玲带着孙女来了；他的岳家，老丈人印秀才教得有学生，抽不开身，丈母娘吉秀华带着孙子来了……除了这些至亲以外，镇上的烟草商林家，鞭炮商吉家，和张家扯亲绊戚的客人，也都带着礼物来恭贺。怡和绸庄的老板娘瞿唐氏，和故去的老太太认了姊妹，张家还大傩愿，她当然要来。再有，当年"西帮"的"十八罗汉"，由于这些年浦阳的生意越来越不好做，如今已经只剩下十二家了，其中包括张家和刘家。张钰龙给其余的十家全都下了帖子。同是"西帮"人，他们当然是不能推辞的。浦阳镇上有头有脸的人家，十有八九都集中到了张家窨子。惟独那膏栈老板龙永久，张钰龙虽然给他下了帖子，他没有来。自从他的小妾筱碧玉跟着戏子康喜春"打了瓜金"以后，他在镇上便失去了昔日的威风。龙永久隐约地意识到，当年那丢人事情的发生，与张钰龙和林世宇是有关联的，虽然他找不到真凭实据，可仍然对这两个年轻人恨之入骨。钰龙每次在街弄子和他相遇，都会装作若无其事，叫他一声"龙伯"，他虽说被怄得肠子发青，却不好发作。这次钰龙给他下帖子，表面上是抬举他，实际上却又是在怄他。他不来，完全在钰龙的预料之中。

　　所有的客人中，有一位最为刘金莲所看重。她便是来自蜡树湾的邬月娥。十一年前，邬月娥为了给重病的未婚夫婿杜英孝冲喜，从船溪驿嫁到了蜡树湾。就在新婚的第二天，杜英孝不治身亡，邬月娥在瞬息之间，由新娘变成了新寡。这桩婚事的媒人便是刘金莲。她对邬月娥一直心怀

歉疚。她懊悔自己做了一件不能宽恕的过恶事，欠了一笔无法偿还的冤
孽债。开初时，她每年都要去蜡树湾一两次。说是看望姑姑、姑爷，实际
上多是为了邬月娥。她时刻都在牵挂着这个苦命的女子，若是隔久了没有
见到她，心里便觉得空落落的。可见面之后，又只不过是劝说她几句没得
作用的空话。刘金莲有很多的钱财，只要月娥需要，她愿意倾其所有，可
月娥并不需要，月娥需要的，她却是永远也无法给予。一次次愁容对愁
容，一次次泪眼对泪眼，刘金莲的灵魂便一次次承受着鞭挞。最让她揪心
的是，逆来顺受的月娥，从未对她有过丝毫的埋怨，只是由喜花陪伴，过
着表面平静、内心凄凉的每一天。五年前，喜花嫁人，月娥身边便没个伴
了。也是这一年，大表弟英忠把他的小儿子显章，过继给了月娥。月娥的
精神，才又有了寄托，刘金莲的心也稍许儿放落了。从此后，她才渐渐走
动得不那么勤了。这些年，刘金莲无数次向月娥发出邀请，请她到浦阳镇
来住些日子，她都婉言谢绝了。她已经看淡了世间的一切，再好的世界，
也是与她无缘的。这次还大傩愿，刘金莲一连搭了三个信去，昨天又专门
派了轿子去接。公公、婆婆，哥哥、嫂子都希望她到外面散散心，鼓励她
到浦阳镇走亲戚，看热闹。她不好再推辞了。公婆让她作为杜家的全权代
表，到这里来做客。就这样，邬月娥带着显章，带着礼物，坐着刘金莲派
去接她的轿子，来到了张家窨子。邬月娥的来到，使得刘金莲分外地高
兴。她撇下其他的客人不去招呼，把邬月娥母子接到了自己的卧房里。邬
月娥早就听说过，表嫂有一房精美绝伦的雕花嫁妆，今天亲眼见到，果然
不同凡响。

"表嫂，你这一房嫁妆雕得真漂亮！"邬月娥情不自禁地赞叹道。

"唉——"刘金莲叹着气说，"嫁妆漂亮，又有哪样用？"

邬月娥听得出，表嫂的叹息声里，饱含着她的酸楚。表面上她百般的
风光，内心却是万般的无奈。邬月娥曾听说过，打这套嫁妆的那个雕匠，
与表嫂有过一段说不清道不明的传闻，她后悔不该在表嫂面前，提起这套
嫁妆。她突然发现，梳妆台上一个抽屉没有关严实，那里面装的都是铜

钱。她略眼一看，竟然全都是"乾隆通宝"。天哪！她心里"咯噔"了一下，难道表嫂也在做那样的事？！邬月娥心里在想。这时，表嫂向她投来了心照不宣的眼神，邬月娥也心领神会地笑了笑，便将眼光从抽屉移开。更让她奇怪的情景出现了，那梳妆台上雕着的一对鲤鱼的四只眼睛，全都有一种不该出现的异样。她料定其中必有蹊跷，几番想问个明白，可又不敢造次，只是下意识地用手在一条"鲤鱼"的眼睛上摸了摸。

邬月娥的这一摸，立刻触动了刘金莲最敏感的神经，险些儿乱了方寸。刹那间，她又稳住了心神，信口编造出了一个"鲤鱼"眼睛出现异样的原因："这鲤鱼的眼睛，是当初雕匠没雕好，没法子，只得用生漆补了补，就成了这个样子。"

邬月娥是个善于察言观色的妇人，将表嫂瞬息之间的两次不同的神情，全都看在了眼里。那满抽屉的铜钱，深藏着一个妇人的隐秘，邬月娥设身处地，最能体味。"鲤鱼"异样的眼睛里究竟有怎样的故事，邬月娥就不得而知了。那位闻名于四乡八里的雕匠，绝不可能把两条"鲤鱼"的四只眼睛全都雕坏。这其中肯定深藏着表嫂的难言之隐。邬月娥在责怪着自己，一不该看抽屉，二不该摸"鲤鱼"，险些儿让表嫂下不来台。她灵机一动，转过了话头："显章，见了表伯娘，还不快磕头！"

显章叫了一声"表伯娘"，便跪在木地板上磕起头来。

"好崽，快起来。"刘金莲立刻弯腰将显章扶起。她打开柜子，拿出早就准备好的银项圈，作为见面礼，戴在显章的脖子上。懂事的显章，又连连鞠躬道谢。

"今天来的客人多，我打理不过来，就只给显章一个人准备了这份礼，千万莫到外面去讲。"刘金莲轻声说。

中午时分，该来的客人都来了。一桌桌酒席，将后堂和天井，摆了个拍满。张钰龙匆匆来到。酒席已经摆好，他来请客人们入席。

"钰龙伢儿，生意是越做越红火了。真是长江后浪推前浪，一代新人趯旧人哪！"瓮声瓮气说话的，是长兴瓷器行的老板孙荣宽。

　　张钰龙连忙拱手："这都是托孙爷的福。钰龙年轻，不知天高地厚，生意场上嫩得很。常言说，子姜没得老姜辣，说起做生意，只有孙爷才是行家，往后还要请孙爷多多指教。"

　　"好你个龙伢儿，还说嫩得很，你比那打了霜的老姜，还要辣百倍！"惠仁蜡庄的老板申秀平说。

　　"钰龙哪有那么辣，让申爷见笑了。"张钰龙对申秀平拱着手说。

　　申秀平说："还说你不辣，你都辣到洪江，辣到汉口，辣到镇江去了，还不知不觉就把人家的洪油乖方搞了来。这还能说不辣吗？你越辣得好，申叔就越高兴。眼看着这浦阳镇一天天衰败，市面上的生意一年不如一年，心里就窝火。嗨！要是能多出几个你龙儿这样的脚色，那就好了。"

　　申老板是个喜乐神，平日里爱说爱笑，今日冒出的这番话，却是有些儿伤感。

　　"哼！若要浦阳镇兴旺，除非把球岔的那座宝塔给砸了。"不知怎的，坐在申秀平对面的孙荣宽突然冒出了这样一句话。

　　"是啊！浦阳镇是一块木排，那座塔就是吊木排的桩柱。那傅萧老儿生怕木排被大水卷走，修了那座塔。浦阳镇就这样阴错阳差，被吊了一百年。不被吊死，那才怪呢！"说话的是林家窨子的林顺东。

　　"娘的，那傅萧老儿也真是，生起门径，修个哪样卵子的宝塔啰！要是依得老子们的脾气，邀得一伙浦阳人去到镇竿城，先把他的那个傅公祠砸了再说！"吉家窨子的吉少雄，祖上靠做鞭炮发了家。他的脾气，也像鞭炮里的火药一样烈性。

　　"砸傅公祠，哪个敢？！道台大人的惊堂木一拍，关得你眉毛生虮子！"不知是谁这样堵了他一句。

　　正巧，球岔人熊庆坤是钰龙的大姑父，也到岳家来恭贺大傩愿。孙荣宽去到了他的身边，拍了拍他的肩膀，说："老坤，求你了，能不能同你们球岔人打个商量，把那座吊着浦阳镇的宝塔拆了。"

"哈哈！宽老，你多担待，这件事情我做不了主。"熊庆坤连连摆手。

"要多少钱，你们球岔人开个价。"孙荣宽说。

"对！你们开个价。"众人同声附和。

"各位，我们都是亲亲戚戚，这件事情只怕不好办啊！"熊庆坤说，"自从傅鼐老爷在球岔修起宝塔，配起了风水，球岔的龙脉就贯了气。这百把年来，我们球岔人，有发了财买田的，有做生意跑红的，还有读书中了功名的。我们球岔人就是靠这座宝塔吃饭。浦阳人就是给再多的银子，只怕也拆不落那座宝塔哟！"

熊庆坤这样一说，所有的浦阳人都泄气了。

"如此说来，浦阳镇的气数是真的要尽了。"申秀平为浦阳的前景哀叹着。

张钰龙说话了："各位前辈，世上的兴衰荣辱都在于天意。傅鼐大人当初本是一片好心。他是担心浦阳镇这块大木排被洪水冲走，才修了这个拴排桩。谁料想事与愿违，这一吊，反倒把浦阳镇给吊死了。或许这就是老天注定，浦阳镇的气数将尽。傅鼐不出这个馊主意，还有李鼐、王鼐，也会出另外的馊主意。一山容不得二虎，一水容不得二蛟。一条沅水河上，有了洪江，就容不得有浦阳的戏唱了。浦阳镇的大势已去，要想重振昔日雄风，只怕是难上加难了。钰龙只不过是到洪江做了一回贼，舀得了一点儿油，赚得了一点儿蝇头小利。钰龙听从娘的吩咐，兴师动众还这场大傩愿，让各位前辈先贤、各位亲朋好友见笑了。虽说浦阳镇今非昔比，雄风不再，可生意还是要做的，酒还是要喝的，饭还是要吃的。钰龙今日备得一杯薄酒，不成敬意，请各位长辈、各位兄弟赏脸入席。"

吃过中饭，张家窨子的大傩愿开坛。对于这样的场面，人们早已是司空见惯了，除了一些伢儿以外，并没有太多的人去挤热闹。只有一人感到新鲜，此人便是从汉口回乡的张玉凤。她有乖妹陪着。乖妹虽说年纪不大，傩坛的事情倒是晓得不少。

"看！今天的掌坛师是火儿。"乖妹见火儿出现在傩坛上，悄声对玉凤说。

玉凤问："他不是还有师傅吗？怎么师傅不掌坛？"

乖妹说："原先，掌坛师都是他师傅。去年，师傅有病，常常发黑眼晕，有次在小溪湾冲傩，在坛场上晕倒了，从那以后，师傅就让火儿掌坛了。"

"你怎么这么清楚？"玉凤又问。

"是火儿告诉我的。"乖妹回答。

玉凤心里嘀咕着，这火儿怎么什么事情都告诉给乖妹。

傩仪按照古老的规制进行着。火儿舞动着牌印、师刀，时而高声宣示；时而轻吟低唱；时而宣诵一张张文疏表章，而后用火焚化。白色的纸钱灰，在傩坛上空纷纷扬扬地飘散着。

"火儿写得万难，怎么拿来烧了？！"玉凤轻声问。

乖妹告诉玉凤："这些文疏都是写给神仙看的，这样过了火，就传到神仙那里去了。"

第二天，傩坛前的天井里，一把把雪亮钢刀捆绑成的刀梯高高耸立；一丛丛带着尖刺的藤萝，铺放在窨子屋天井的岩板上；一张张犁铧在炭火中烧得通红；还有一口硕大的铁锅，架在一堆熊熊燃烧的炭火上，锅里的茶油在沸腾翻滚。看热闹的人们把天井围了个里三层，外三层。乖妹陪着玉凤，也挤在了人群当中。

四个血气方刚的年轻巫师，由火儿带领，进入到傩坛，一同虔诚地拜谒着傩神……

"看！是火儿打头。注意看，今天的法术，就看火儿的。"乖妹继续给玉凤介绍着。

玉凤笑着点了点头，她的两眼一动不动地盯在了火儿的身上。上刀梯、踩红犁、滚刺丛，一样一样都看得她目瞪口呆。轮到火儿捞油锅了，天井里立刻热闹了起来。

　　大油锅摆放在天井中央，烈焰熊熊，滚油翻腾。油锅的旁边搁起一块大案板，几个女佣，在案板上搓揉着糯米粑粑，一个又一个，投入到油锅之中。雪白的糯米粑粑，经过沸油的烹炸，渐渐儿变成了焦黄色。火儿将衣袖高高地挽起，运了运神，双手伸进滚烫的油锅里，捞出了两个炸得焦黄的油炸粑粑，直奔傩坛，躬身作揖，将油炸粑粑供奉在傩公、傩母的神案之前，傩坛随即鸣响起鞭炮。火儿回到油锅边，又捞起了一个油炸粑粑，呈送到刘金莲的面前，她是主东人家的长辈。糯米粑粑不停地往油锅里投放。一俟炸到了火候，火儿便伸手捞起，呈送给应该送的人。接下来又捞出两个，送给钰龙和蕙娇夫妇；又捞出两个，送给玉凤和乖妹姐妹二人；再捞出四个，送给钰龙的四个儿女。按照尊卑大小，给主东家每个人送过之后，火儿又再给在场的所有宾客，每人送上一个油炸糯米粑粑……

　　"天哪！这要送到什么时候呀？"玉凤一边吃油炸粑粑，一边轻声对乖妹说。

　　乖妹告诉玉凤："那是必须送到的。人家来恭贺大傩愿，为的就是来吃这个油炸粑粑。"

　　"是吗？！这是为什么？"

　　乖妹说："老辈传下来说，吃了这个油炸粑粑，就会祛病消灾，百事顺遂。有的人不但自己在这里吃，还要给家里没来的人带一个回去。"

　　"火儿这样在滚烫的油锅里捞粑粑，他的手怎么受得了？"

　　"使了法，他的手就不怕烫了。"

　　玉凤眨巴着眼睛，喃喃地说："怎么会有这样的事情……"

　　天井里，油锅内滚烫的油在不停歇地翻滚，油烟味伴着烹炸的糯米粑粑，弥散到窨子屋的每一个角落。火儿不停地从油锅里捞着一个个油炸粑粑，一边说着吉利话，一边将油炸粑粑分送给每一个宾客。谁也不晓得是什么原因，他的双手并没有因此而烫伤，只是被锅里的滚油浸泡得通红通红……火儿经过整整一天的劳累，加上油烟的熏呛，早已经精疲力竭了。等到送完最后一个油炸粑粑时，他一阵头晕、恶心，便步履踉跄地离开了天井。他想到，第二天他还要唱《孟姜女》，必须得早早休息，使体力尽快得到恢复。他匆匆扒了几口夜饭，倒头便睡下了。

按照傩仪的程序，每天晚上都是做法事。有火儿在场，乖妹和玉凤场场必看。傩坛里不见了火儿，姐妹俩都觉得没意思。

"我有点困了，想去睡。"玉凤说。

乖妹跟着说："我也是。"

姐妹俩回到卧房，早早地睡下了。事实上，姐妹二人并不困。她们睡在床上，心里却都在想着火儿。辗转反侧，怎么也睡不着。

乖妹表面上大大咧咧，事实上，却是个很细心、极敏感的人。她看得出，玉凤从见到火儿的第一眼起，便对这位同年哥产生了非同一般的好感。连日来，玉凤说到火儿的每一句话，都渗透出一种异样的神情，不用说，她对火儿动心了。事情来得如此突然，叫乖妹措手不及。从记事起，乖妹便和这个当老司的同年哥亲近，随着年龄的增长，爱慕之心萌动。在张家窨子里，乖妹虽有一个小姐的名分，但她心里明白，自己并不是真正的小姐，而只是一个弃婴，为好心的主人所收养。小姐和丫头的双重身份，在她的身上兼而有之。她明白自己不可能和真正的张家小姐一样，轰轰烈烈地找婆家，做新娘。嫁个可靠的男人，安安稳稳地过日子，便是她最好的归宿。比自己年长十岁的火儿，应该是她最佳的人选。每年，火儿都要跟随着师傅，到张家窨子来好几次，或是冲傩，或是还愿。乖妹总是找着由头和火儿说话。火儿也非常喜欢这个小妹妹，但仅是妹妹而已，绝无其他的想法。乖妹喜欢火儿英俊的容貌，更喜欢他善良的心地。加上他年纪轻轻，就已经成为远近闻名的老司，有了这份道艺，吃穿二字便不用发愁。乖妹将这份情意深深地埋在心底，没有对火儿表白，更没有对任何人说起。她还只有十六岁，没有这个胆量去向一个男人敞开心扉，只是痴痴地等待老天爷的恩赐。玉凤种种表现传递出的信息，使乖妹乱了方寸。尤其令她紧张的是，玉凤和火儿相貌惊人相似。她听人说过，男女相貌相似，便是夫妻相，便是有缘人。果真如此吗？她不敢再往下想了。

玉凤还在想着天井里发生的一切。她的嘴里仿佛还留有油炸粑粑的余香。那被滚油炸得泛黄的粑粑，分明是火儿从滚烫的油锅中捞出来的。锋利的刀梯，尖锐的刺丛，灼热的犁铧，滚烫的油锅，无不显现出火儿非凡的功力，给玉凤留下难解的谜团。就是这个火儿，用工整的蝇头小楷，书写着傩仪的文疏表章；以遒劲有力的大字，书写着傩坛的对联吊拌……一个原本目不识丁的年轻老司，经过操习，竟是如此能文能武。他聪明，真诚，机敏，幽默，还有不可解的神秘感。当这样一个汉子出现在情窦初开的玉凤面前时，她有些儿动心了。通过乖妹在各种场合的介绍，玉凤对于他的情况有了初步的了解。玉凤得知，他的家住在一个强盗窝子里。常言说，饥寒起盗心。他的家一定是赤贫。玉凤在心里琢磨，张家窨子的千金小姐，能够把终身托付给这样一个赤贫吗？她作难了，觉得这件事是不可能有结果的。但她又想起了母亲病重时，对她坦露的经验之谈：在这世界上，穷汉比富翁更可靠。她同时想到母亲拿着《彩楼配》的戏本，教她认字的情景。母亲告诉她，不要看不起穷人，那薛平贵也是个穷人，后来终于有了出头的日子。做个女人，若能像王宝钏那样，纵然为一个男人等候十八年，也是不枉一生。几天来，虽说火儿的种种表现给了她极好的印象，但在她的心中仍然有解不开的谜团，这样一个人才出众的后生，靠做老司维持生计绰绰有余，应该有许多女伢儿钟情于他，怎么会到了这般年纪仍然是单身一人呢？玉凤凭着她特有的敏感，还隐约地发现，乖妹这小鬼头对火儿有着特殊的好感，这种好感超出了妹妹对同年哥的敬重，已是女伢对男伢的爱慕和倾心了。她说起话来，虽然是天上一句、地下一句，仔细咀嚼，每一句话都是话里有话的。她决定对乖妹进行一番试探。

"乖妹！"玉凤轻轻叫了一声。

"怎么？你不是困得很吗？怎么还没有睡着？"乖妹装作被叫醒的样子。

"呃！乖妹，我问你。"

"有哪样话，明天问，我困得很，要睡觉。"

"好妹妹，姐就问你一件事。"

"那你就问吧！"

"那火儿这大年纪了，怎么还没讨亲？"玉凤鼓足勇气，向乖妹发问。

"我怎么晓得？天亮了，你去问他自己呀！"乖妹装作没睡够的样子，堵了玉凤一句。其实，这件事她是略知一二的，包括师傅是要把女儿嫁给他，师娘最后却把女儿嫁给了自己的侄儿。火儿的心里一直挂着那个女伢儿，后来，好多的媒人上门提亲，他都没得一个中意的。

"问他做哪样？我是在问你呀！"玉凤说。

"凤姐，你问这件事，又是为的哪样？"

"不为哪样，只是随便问问。"

乖妹像是渐渐清醒了，打趣起玉凤来："怕不是随便问问吧！你们两个这样挂相，只怕是'夫妻相'哟！"

"呸呸呸！你胡说八道，当心撕破你的乌鸦嘴！"玉凤连忙矢口否认。她在乖妹的大腿上拧了一把。

"哎哟！"乖妹叫了一声，从床上坐起。她说："好姐姐，你当我是哈宝看不出呀！你叫他迷住了。"

玉凤也在床上坐了起来。她对乖妹倒打一耙："我才不像你哩！他的事情，你没有一样不晓得的。"

"就只有一样不晓得。"

"哪样？"

"只有他怎么到现在还没讨亲？"乖妹说，"这件姐姐最关心的事情，我偏生不晓得，让姐姐失望了，实在是对不住。"

"又在胡说八道！懒得跟你讲，我要睡觉了。"说着，玉凤重又躺下睡觉。很显然，她默认了乖妹刚才所说的一切。

乖妹也跟着躺下了。她也和玉凤一样，难以入睡，却故意装作很快就入睡了的样子。乖妹似乎有些儿后悔。这些天来，她竟在有意无意之中，成了玉凤和火儿的撮合者。她暗自责骂着自己是哈宝，把自己喜欢的人轻而易举地推向了别人。明天，是巫师班演唱《孟姜女》的日子，火儿将扮演孟姜女。难得的机会将会出现。乖妹决意在不经意间给玉凤一个小小的难堪。

傩堂戏《孟姜女》开锣，巫师班的演出从傩坛搬上了天井里搭建起的戏台。大傩愿开坛以来，今天是最热闹的，来看戏的人格外的多。戏台的前面，空着几条板凳。看客们都晓得，这座位是留给主东家人坐的。打过闹台，全家人在刘金莲的带领下，进入了戏场。刘金莲手牵着长孙绪伯，玉凤和乖妹分别牵着绪仲和绪季入座。蕙娇的怀里，抱着小仪芳。钰龙是从戏台上走下来的。他刚才到戏房里，按照还大傩愿的规定，给演唱《孟姜女》的老司们每人送去一个红包。

在芳草第，张玉凤不止一次听母亲讲述过孟姜女千里寻夫、哭倒长城的故事。看傩堂戏《孟姜女》，她却还是头一回。火儿扮演的孟姜女，戴着容貌姣好的面具，旦角的身段，旦角的唱腔，完全脱了男体。

"火儿演得真好！"玉凤轻声对乖妹说。

乖妹似乎不以为然："嗯！演是演得好，就是人长得太高了，比范杞良还要高。"

"是呀！他怎么不唱小生呢？"玉凤颇有同感。

"他是这堂大傩愿的掌教师，孟姜女这个角色，必须由掌教师来扮演。"

"啊！原来是这样……"

"那你希望他高，还是希望他矮？"

玉凤支支吾吾，回答不上来。

"你希望他唱旦角，还是唱小生？"

玉凤再一次支支吾吾，回答不上来。

"好生看戏，不要讲话了。"刘金莲回过头，对玉凤和乖妹轻声说。

戏台上，范杞良被押解到边塞修筑长城，一去三年，孟姜女思夫心切，告别双亲，在丫环梅香、小子百旺的护送下，万里寻夫，送去寒衣。
不料在路过将军山时，盘缠尽被强人抢掠，万般无奈，只得到长街乞讨。
苍凉而凄楚的傩腔，伴随着大锣大鼓声，在窨子屋的天井里，久久地回
荡着：

> ……秦王无道修长城，又派钱粮又抓丁。夫君一去三年整，音信全无
> 愁煞人。秋去冬来天将冷，缝得寒衣送夫君。寻夫不怕千般苦，岂料中途
> 遇强人。盘缠尽被抢掠尽，如今身无半分文。路途还有千里远，无钱寸步
> 也难行。望请乡亲多帮衬，多多帮衬断肠人。有日得见夫君面，姜女不忘
> 你的恩……

玉凤为孟姜女的真情所动，她落泪了。天井里，到处都是一片唏嘘
声。刘金莲第一个站立起来，向戏台上抛掷铜钱。天井里所有的人，目光
都集中到了为孟姜女送盘缠的主东一家身上。紧接着，人们看见少老板张
钰龙和他的娘子印蕙娇，也将铜钱向戏台上抛去。他们的三个儿子绪伯、
绪仲和绪季，也从衣袋里掏出事先准备好的铜钱，抛到了孟姜女的跟前。
乖妹更是不慌不忙，向戏台上抛了一枚铜钱，又再抛一枚铜钱……顷刻
间，玉凤慌神了，她没听任何人说过，看戏时，还要给孟姜女送盘缠。平
日她没有带钱的习惯，在身上左掏右掏，半天也掏不出一个小钱来。她的
脸顿时憋得绯红。看客们立刻为她的尴尬爆发出了笑声。

情急之下，刘金莲和张钰龙、印蕙娇夫妇，都在身上掏摸着，想找出
几个铜钱来，让玉凤抛到戏台上。他们身上带的铜钱，早已全都抛给了孟
姜女。乖妹也无奈地做着身上没钱的样子。看客们则一边抛掷着铜钱，一
边拿张玉凤打趣：

"哈哈！大小姐，出钱呀！"

"大小姐，放血呀！"

"大小姐，莫小气呀！"

张玉凤一扭头，便冲出了天井。她飞跑着，去到房里，取来了大把的铜钱。而当她返回天井时，人们已经停止向戏台抛掷铜钱。戏台上，孟姜女在得到众人相送的盘缠之后，重又开始了她寻夫的行程。张玉凤纵然取来了铜钱，也是无法相送到孟姜女手中的了。

"乖妹，还大傩愿要准备铜钱为孟姜女送盘缠，你是晓得的。这样的大事，你怎么没告诉玉凤？"散戏后，刘金莲问乖妹，显然有责怪的意思。

"我忘记告诉凤姐了。"乖妹低着头，嘟着嘴，支支吾吾地说。

"忘记了！那你自己怎么没有忘记？"张玉凤生气地说。

乖妹不知该如何回答。她摆出一副要哭要哭的样子，等待着母亲的发落。

"这件事就到这里打止。记住，从今往后，姐妹之间互相要多放在心上，不能再像今天这样了。"一场不大不小的风波，刘金莲就这样打了圆场。

傩戏《孟姜女》

• 土地送子

"同年哥，等着我，我同你们一起去。"

走在张家弄里的火儿回头一看，是玉凤在喊他。他应声放慢了脚步，玉凤随即跟了上来。

"龙师傅！"玉凤有礼貌地叫了一声。

"大小姐，去舅娘家看'求子'？！"龙法胜说。

玉凤说："是的。大娘跟着就会来。我同你们先走。"

"乖妹呢？怎么没同你一起走？"火儿问。

"我没看见她，就一个人先走了。"玉凤回答，心里犯着嘀咕，这个同年哥怎么老是惦着她！

张家窨子的大傩愿功德圆满。坛门里的老司们，都各自散去，就只剩下龙法胜、火儿和旺儿还没走。他们应刘家窨子之请，前去冲傩求子。

这两天，张玉凤心里特别不自在。还傩愿唱《孟姜女》的那天，她没能给孟姜女送盘缠，在众人面前出了丑，更觉得对不住此刻与她同行的同年哥。她把原因归究到了乖妹身上。乖妹是故意让她丢丑，故意让她怠慢火儿。她必须向火儿解释清楚。

"同年哥，那天唱《孟姜女》，玉凤没给你送盘缠，真是对你不住。"玉凤说。

火儿笑着说："哈！那不是给我送盘缠，是给孟姜女送盘缠。我在台上看得清楚，你在身上找来找去都没找到钱，我怎么能怪你呢？"

"怎么？你在戏台上看见我了？"玉凤显得越发不好意思。

"整个戏场的人，个个都看见了。我在戏台上，是看得最清楚的。家里人也都在搜荷包，想给你找钱，可他们身上又都没有钱了。等你跑回房里取得钱来，早都已经过了趟。"火儿笑着把那天他的所见，全都讲了一遍。

"同年哥，对不住。我不晓得看这出戏还要给孟姜女送盘缠，身上就没带钱。"

"怎么？乖妹没告诉你？"

"没有。她说是忘记了。"

"这个鬼崽，真粗心，爱忘事。"

玉凤想说乖妹是故意的，又觉得有些儿不妥，把话咽了回去。只是说："她说是忘记了，可她自己偏生又没忘。她抛了那么多的小钱，你都捡到了吧！"

"捡到了。"火儿应声说。按照玉凤所说，乖妹倒有点儿像是故意，可又显然不可能。他对张玉凤说："凤小姐，只要你有同情心，把不把钱都是无所谓的。俗话说，黄金无假戏无真。孟姜女都死了几千年了，她早就到了边关，长城也早被她哭倒了，还为她这样送盘缠做哪样？戏这样唱，不过是唱戏的人编着法子讨钱而已。你没给戏台上的孟姜女送盘缠，不是什么大不了的事，就莫往心里去了。"

一行人出了张家弄，来到了正街上。这天逢浦阳镇赶场。人们通过水路、旱路，往古镇聚集，向街头涌动。店铺林立的正街上，人来人往。龙法胜和火儿是浦阳一带家喻户晓的人物。一路上，他们的熟人极多。今天，人们突然发现，火儿身边多了一个光鲜女伢儿，知情的，晓得那是张家窨子的大小姐，不知情的，还以为是火儿新讨的婆娘哩！

"咦！火儿讨婆娘了，什么时候讨的？怎么没听说？！"

"这婆娘真光鲜，火儿算是走桃花运了。"

"咦！你看，火儿和婆娘怎么有点儿相像？！"

"你真哈，这叫作'夫妻相'嘛！"

张玉凤的脸庞，顿时飞上了朵朵红云。她栽着脑壳，加快了脚步。

火儿连忙对身边的玉凤说："凤小姐，你千万莫在意，这些人是在胡说八道！"

张玉凤的心"砰砰"地跳着。这些人怎么一眼就看出了她和火儿有"夫妻相"呢？直到来到刘家窨子的大门前，舅家为迎接老司的到来放起了鞭炮，她才猛地被惊醒。

"舅娘！表哥！表嫂！"玉凤上前，甜甜地叫了一声。

"凤儿，你来了，大娘呢？"伍秀玲问。

玉凤说："跟着就来。"

伍秀玲迎上前去，跟老司打着招呼："龙师傅，烦劳你们师徒了。"

"好说，好说。"龙法胜说着，问道，"刘老板呢？"

"到托口办木材去了，还没回来。"伍秀玲回答。她特意走到火儿的跟前，说道："火儿啊！你是在楠木峒白蟒蛇精那里得道的老司。常言说，蛇生贵子。你同蛇有缘，这回的'求子愿'就要仗托你了。"

"舅娘！"火儿跟着老庚钰龙称呼伍秀玲，他说，"你放心，火儿一定会尽心尽力的。刘氏门中广积功果，千良百善，表哥和表嫂，是一定会有这个好缘法的。"

刘士达是冲傩求子最主要的当事人，按理说，应该由他出面来张罗，他却如同木头人一般，两眼发呆，手脚笨拙，推他一下他才动一下。他上了龙家的当，沾上的鸦片烟瘾，虽说是已经戒掉，元神却仍然没有完全恢复过来。他如同一捆干柴，直挺挺地站在母亲的身后，木木的脸上没得任何表情，也没跟老司打招呼。

"凤小姐，冲傩求子，要到夜饭过后。"火儿告诉玉凤。

"我等到夜饭过后就是，反正我要看。"玉凤嘟着嘴说。

堂屋里，龙法胜和旺儿动手布置坛场。火儿在八仙桌上摆开了文房四宝，准备书写夜间傩仪需要的《求子疏》。

"同年哥，我来。"玉凤从火儿手里抢过柱子墨，要为他研磨。

"不行，不行，怎么能要你磨墨！"火儿说着，便要将那管墨从玉凤手里夺回来，玉凤却抓住柱子墨不放，火儿无奈，只得用大手抓住玉凤的小手，再轻轻儿将她的小手掰开，从她的手中拿过了柱子墨。

"同年哥，求求你了，就让我给你磨墨吧！"玉凤可怜巴巴地说。

"不成。怎么能要你磨墨呢？"火儿一口回绝。说着，便自个儿磨起墨来。

"同年哥——"

龙法胜放话了："火儿，就让凤小姐磨墨吧！"

师傅放话，火儿不敢违抗。他并不情愿地将手里的柱子墨交给了玉凤。玉凤手把着墨，在砚池里慢慢细细地研磨着。砚池里飘拂出的阵阵墨香，伴随着女儿身散发出的特有气息，在八仙桌的四周弥漫着。他联想到刚才从街上路过时好事之徒的信口雌黄。他一抬头，正好与玉凤对目，那含情脉脉的眼神，分明是向他做出了某种暗示。他提醒自己，此时此刻千万不能失态。他试图集中精力，用最拿手的蝇头小楷，将黄裱纸上的《求子疏》写好。可不知怎的，那只握羊毫的手，居然发起抖来。按照傩仪的要求，这样的表文，在书写时是不能出现任何差错的。他居然一连写错了两次。

"同年哥，你怎么又写错了？"玉凤问。

"这——"火儿无言以对。

师傅说："火儿，你是怎么搞的？注意点，事不过三，可不能再写错了。"

玉凤立刻在火儿的面前，为他铺好了另外一张黄裱纸。火儿屏住呼吸，好不容易才稳住了心神。他将手中的羊毫，在砚池里蘸了蘸玉凤磨好的浓墨。然后，他强迫自己全神贯注，无视身边女伢的存在。再一次动笔书写起《求子疏》来……

傍晚，刘金莲带着乖妹来到了娘屋。当刘金莲走进堂屋，正要和伍秀玲说话时，怀抱着打鸡的宝儿，几乎是后脚跟前脚，也回到了屋里。他高兴得手舞足蹈，竟忘了叫一声"姑姑"。他把抱着的那只打鸡，往堂屋的地下一放，喜滋滋地自言自语："'芙蓉花'呀，'芙蓉花'！宝儿往后报仇雪恨，就全靠你了。"

所有人的目光，都不约而同地集中到打鸡的身上。那打鸡高昂着头，头上长着芙蓉花一样的鸡冠。只见这只"芙蓉花"用长长的脚杆，在三合泥地上扒了扒，抖了抖身上的羽毛，拍拍翅膀，伸长脖颈，张开尖嘴，"喔喔"地啼叫了起来。

宝儿见到了桌子边写疏文的火儿。他听人说过，火儿相鸡很在行，便凑上前去，得意地炫耀起来："火儿哥，你是里手码子，照实说，见过这么好的打鸡吗？"

火儿没有立刻回宝儿的话。他放下手中的笔，蹲下身子，将行走在地上的打鸡看了个仔细，似乎想起了什么。他问宝儿："你这只'芙蓉花'是哪里访得的？"

"张家溜。"宝儿回答。

"是楚佬屋里喂的。"

"你怎么晓得？"宝儿问。

"我怎么不晓得？"火儿反问。他说："宝少爷，你上当了。"

"我才不会上当哩！你、你莫乱讲！"

火儿说："宝少爷，你真的上当了。张家溜的楚佬我认得，讲起打鸡他就口水只是喷，一套一套的，真没想到他喂的是一只菜鸡！喏！我们就一样样来看吧！看鸡冠：'芙蓉花'以花形完整为上，它却偏生缺少了两瓣；看鸡毛：打鸡的毛，要枯、要深、要粗，它的毛偏生太光、太浅、太细；看鸡身：打鸡身子以长为佳，它明摆着太短；看鸡胸：打鸡的胸脯要宽，要前大后小呈马鞍形。这只鸡的胸虽宽，可前后大小都差不多，像个竹筒筒；看鸡脚：打鸡的脚要硬，它却明显有点儿肉了。只有这双朱砂眼红得还算可以，要是能再闪点儿光，那就好了。"

谙熟"鸡经"的火儿，就这样把宝儿的'芙蓉花'有理有据地贬了一通。在场所有的人，都被他镇住了。玉凤更是听得津津有味。她心里想，这个同年哥，怎么连一只打架的鸡，也说得出那么多的名堂！只有宝儿不高兴，对着火儿大声吼叫着："你这是胡说八道。我的这只'芙蓉花'就是好，盖世的好！我就是要用它来为我的'虎头冠'报仇雪恨，一定要打败吕家坪黄满娃的那只'葫芦头'！"

火儿上前拍了拍宝儿的肩膀，笑着说："宝少爷，你是不晓得，你的这只'芙蓉花'，正是黄满娃那只'葫芦头'的嘴下败将。"

宝儿的脸被憋得通红，吼声更高了："你胡说！它们从来就没有对过面！"

"宝少爷！"火儿心平气和地叫了一声。他说："火儿和你的表哥是老庚，我们虽不沾亲，却也带故，我是怕你吃亏，才提醒你的。今年春上，黄满娃抱着他的那只'葫芦头'，坐船从吕家坪、潭湾、辰溪、浦阳、白沙、泸溪，一直打到辰州城。划子打转时，他在张家溜湾了船，就用他的'葫芦头'和楚佬的这只'芙蓉花'打斗了一盘。结果呀！'芙蓉花'被打得落落大败，学了鸡婆叫。"

"你是怎么晓得的？"宝儿冲着火儿问。

"四月间，我们到吕家坪打'翻解'①。这事是黄满娃亲口对我讲的。"

"我们确实到吕家坪打过'翻解'，也真的见到了黄满娃。"龙法胜出面证实了火儿的话。

"这楚佬也真是太狡诈了，拿一只菜鸡把我们的宝儿哄得个团团转！"伍秀玲说着问宝儿，"说，你给了他多少银子？"

宝儿翻着白眼，不敢回答。

刘金莲连忙说："嫂子你就莫问了，舍财免灾，下次注意，宝儿拿来

---

① "翻解"：全称为翻解道场。一种巫师为殇亡进行的追荐仪式。

做个记心就是了。"

冲傩求子还没开坛，家里却出现了这么一档子晦气事。伍秀玲好生憋屈。两个儿子，一个呆，一个憨，好端端的一个家，就这样一天天走向破败。

突然，宝儿"呜呜"地哭了起来。他抱起"芙蓉花"往后堂跑去。伍秀玲立即追了上去，刘金莲跟在了后面。玉凤和乖妹也随着去看个究竟。

"你们跟着我做哪样？走！走！都走！"宝儿一屁股坐在天井的石礅上，大声吼叫着。

四娘女谁也没有走，谁也没有说话，木木地站在天井里。石礅上坐着的宝儿，眼泪流个不断线，手却在不停地捋着那只"芙蓉花"的羽毛。他还是那样爱不释手，不承认自己被骗了。

"走！都走！"宝儿在石礅上顿着屁股，再一次起吼。

四娘女面面相觑，谁也拿不出更好的主意。出于无奈，刘金莲向伍秀玲做了个示意，邀她一同离开。正当她们要动身的时候，意想不到的事情发生了。

"你吼哪样！哪个该你这样吼！"玉凤直冲着宝儿，也大声地吼了起来。

听到吼叫声，刘金莲和伍秀玲不由得停下了脚步。出乎意料的是，玉凤的这一吼，倒把宝儿给镇住了。他白了玉凤一眼，耷拉着脑壳，乖乖地再也不哭不闹了。

"宝表哥！"玉凤这样叫了一声，很亲切，也很得体。她说："有些话，本不该妹妹说，可我见舅娘实在太遭孽了，不得已，才想要劝你几句。你都是老大不小的人了，怎么这样不上正本。这些年，屋里出了那么多不顺心的事，你不但不替爹娘分忧，反而给屋里添乱。你晓得吗？舅舅为你操了多少心，舅娘为你流了多少泪。舅舅也是快五十岁的人了，还一个人老远地跑到托口去办木材。你倒好，游手好闲，不务正业，尽做失格的事。过年时的那件长衫，让通浦阳镇的人都来看你们刘家的笑话，让舅爷、舅娘的脸没处放。现如今，你又拿起银子到处去访打鸡，结果上了骗子的当，访来的是一只打不得架的蹩脚货。你赔了钱，怄了气，还要大吵大闹，拿老娘出气，让姑姑难堪。你真是丢尽了刘家的丑！宝表哥，听妹妹的一句劝，莫再稀里糊涂过日子，该替爹娘亲人着想，该替自己以后的日子着想了。"

玉凤连自己也不明白，怎么会懵里懵懂说了这么一大通。话一出口，她又感到后悔了。有舅妈和大娘站在跟前，轮不到她这个表妹来教训表哥。她不好意思地低下头，一副做错了事、说错了话的样子，可怜分分地等候着大娘和舅妈的发落。

"凤儿，你真懂事，说得真好！"说话的是舅妈伍秀玲。

刘金莲也跟着说："宝儿，你就听凤表妹的劝，再莫这样不上正本了。"

舅妈和大娘的夸赞，令玉凤受宠若惊，她顿时兴奋得满脸通红。一旁的乖妹则张大着嘴巴，陌生人似的望着玉凤。到底是汉口大地方来的女伢，真是会说又敢说。她立刻产生了由衷的仰慕，也产生了本能的妒忌。

宝儿一声不吭地坐着，像是石碇上拈着的一截木桩。他两眼不住地往玉凤的身上睃，那件粉红洋布镶边衫，使本来就天仙般的女伢更加光彩夺目。继而，他无地自容，脑壳差不多栽到了胯裆下。宝儿出现这种状态，令伍秀玲和刘金莲感到欣喜。二人相视一笑。目光又同时转到了玉凤的身上，似乎在说，这一切都是她的功劳。突然间，宝儿又大哭了起来，双脚不住地在岩板上跺着。刘金莲向玉凤努了努嘴巴，希望她再次出马，让宝儿停止哭泣。

"嗨！有哪样哭的嘛！"说话的是玉凤。

宝儿的哭声戛然而止，如同一只听话的小猫："我不哭，我听你的。"

伍秀玲对玉凤眨了眨眼睛，用手掌做了个"杀"的动作。玉凤立刻领悟了舅妈的意思。

"听我的，这只打鸡原本就是菜鸡，快去把它杀了。"玉凤说着，又加了一句，"从今以后，再也不要玩打鸡了。"

宝儿立刻从石磙上起身。他对任何人都不屑一顾，只温驯地看了玉凤一眼，便挪着脚步，往伙房的方向走去了。

宝儿的转变，令伍秀玲欣喜万分。她不曾料到，宝儿在玉凤面前，会这样百依百顺。那曾经在她脑海里出现过、后来泯灭了的念头，经过眼前发生的这一切，又重新被点燃。这时的刘金莲，也为眼前出现的情景所震惊。平日里谁都惹不起的宝儿，居然如此轻而易举地为玉凤所制服，娘家若是得了这个女伢儿，或许还可以重振昔日雄风。当初，嫂子对她提出这个想法时，她曾经推搪，敷衍，不想做这个主，沾这个边。如今看来真得重新考虑了。

吃夜饭的时候，伍秀玲直往玉凤的碗里不断地夹菜，对乖妹却只是说"你也吃"，象征性地为她夹那么一点点菜。乖妹虽然受到冷落，心里却异常高兴。因为她看得出，由于玉凤出色的表现，舅娘已经看上玉凤，想让玉凤当她的儿媳。若果真这样，就不会有人同她争火儿了。

冲傩求子的傩仪，一般都要在二更以后进行。吃过夜饭，距离冲傩还有一段时间，伍秀玲邀刘金莲去到了卧房。

"真没想到，玉凤三下五除二，几句话就把宝儿收服了。"伍秀玲掩上房门对刘金莲说。

"哈！"刘金莲笑着说，"一点也不奇怪，这叫作'一物降一物，卤水点豆腐'。"

"金莲，你都见到了，就做主把玉凤给了我吧！"伍秀玲很兴奋。她希望得到这点豆腐的卤水。

刘金莲不再推搪，也不再敷衍。她说："是啊！这两个伢儿倒真的有点儿像是一对人，我也巴不得能做这个主，来个亲上加亲。可嫂子你也应该晓得，这个女伢不是一般的女伢，这个主不是那么好做的。搞得不好，会翻天的。还是那句话，好事不在忙中，我先得探探玉凤的口风，等过些日子，再商量这件事情也不迟。"

这时，丫头来敲门："太太，老司请你和姑姑快去，说是时辰已到，冲傩就要架场了。"

伍秀玲和刘金莲来到堂屋。坛场已经铺好，香烛已经点燃。桶状的木斗里，装着一斗稻谷。稻谷里，插着仪态万方的傩娘神像。这位世人的老祖母，冥冥中的生育之神，正用她慈祥的目光，关注着人间烟火的延续。

在龙法胜的领引下，刘士达和林琼香夫妇来到坛前。刘士达一副并不情愿的样子，生硬地挪移着脚步；林琼香则是内心充满着希望，步履显得从容而轻盈。他们走上一块大红毡子，随即一同双膝跪下。火儿作为这场傩仪的掌教师，驾轻就熟地登场作法。他诵念着神词，焚化着纸钱，恭敬地作揖，虔诚地问卦。他拿出事先书写好的《求子疏》，坛前宣诵：

　　今据
大清国湖南省辰州府浦阳镇，小地名刘家弄，土地祠下居住，奉
神修供求赐子嗣法事一宗，即日上干
圣造意者，伏为言念，信人刘士达，同缘林氏琼香，夫妇仗天地之盖
　　载，鼓琴鼓瑟；荷日月之照临，宜室宜家。自桥横河汉之时，路
　　入桃园之日，空乏无嗣，罪莫大於不孝。是以夫妇启发诚心，虔
　　修凡供，卜取今月吉日，恭就
圣母殿下，仅求嗣裔。伏愿圣德仁恩，速赐弄璋之兆。善继善述，有
　　统先人之绪；承亲承祀，以象夫妇之心。未尽祈言，聊纳献芹。
　　右疏上奉
昊天金阙玉皇大帝
南海大慈大悲观音菩萨
里域正神送子土地呈进
　　圣慈洞回，昭格谨疏。
皇上大清光绪十九年九月吉日　　元皇弟子石法炎具疏

火儿诵毕疏文，即行焚化。求子的队伍，在火儿的带领下，拎着马灯，带着供品，一同出了窨子屋，在刘家弄里悄然行进。时近三更，弄子两边屋舍里的住户，早已经熄灯就寝。长长的弄子，显得格外的宁静。只有偶尔的几声犬吠，再就是这伙夜行人鞋底磕碰岩板路发出的声音。连接着河街与正街的刘家弄，有两个临街的弄子口，各有一座土地庙。北边是一座当坊土地庙，南边是一座送子土地庙。一行人来到刘家弄与河街的交汇处，送子土地庙便屹立在这里。一座砖砌的小庙，盖着青色的瓦片，粉着白色的石灰。庙堂的正中，供着一尊土地公公泥塑神像，他的左右，两尊土地婆婆的神像笑容可掬。庙门前额的横批，是"有求必应"四个大字。庙门的两边，嵌有一副对联：

你敬我虔诚酒醴，
我送你满堂儿孙。

人们七手八脚，将备办好的供品摆在土地庙的门沿。有三牲荤供，有五味斋果，有香茶水酒。斋供中，有一竹筛捏成老鼠模样的糯米粑粑，神态各异，形象生动，玉凤感到格外新奇。

"同年哥，这些糯米粑粑，怎么都做成了老鼠的模样？"玉凤好奇地问火儿。

"我问你，十二生肖中的老鼠，是哪样属相？"火儿反问玉凤。

玉凤说："这还不晓得，子属鼠呀！"

火儿说："这就对了。子属鼠，鼠就是子。有了老鼠，表哥和表嫂不就有儿子了吗？"

供品摆好之后，刘士达、林琼香这一对求子的善男信女，依照火儿的吩咐，跪拜在土地庙前。火儿焚香化纸，虔诚祷祝。跪在地上的刘士达，疲惫已极，竟然打起了瞌睡。一旁的林琼香发现了，用手肘拐了拐他。刘士达被惊醒。一群衣衫褴褛的叫花子，不知从哪里窜了出来，把神台上的供品一扫而空。他们一边高喊："早生贵子呀！早生贵子！"一边啃吃供品，而后扬长而去。得了这个好彩头，土地庙前响起了鞭炮。火儿从行箱取出三个面具摆在神台上。土地公公的面具居中，两个土地婆婆的面具分居两侧。三个老司对着面具三作揖。火儿戴上土地公公的面具，手攥一根用古藤制作的拐杖。龙法胜和旺儿，分别戴上了土地婆婆的面具，二人的怀里，各抱着一个象征男婴的襁褓。他们一路回到了刘家窨子的大门前。土地公公在两位土地婆婆的帮和之下，唱起了《送子傩歌》：

　　天灵灵来地灵灵，老君催我下凡尘。催我下凡无别事，单为送子到此行。不觉行程来得快，来此就是主东门……

　　土地公公拄着拐杖，他身后的土地婆婆，各怀抱着一个"男婴"，在众人的簇拥下，在《送子傩歌》声中，进到了刘家窨子。老态龙钟的土地公婆，在主东高举着的红烛领引下，走过天井，穿过廊檐，向着刘士达和林琼香的卧房走去。开初，土地公公领唱的傩歌，只是由土地婆婆帮和，后来，在场所有的人，都跟着一同帮和起来。窨子屋高墙深院引起的共鸣，使得这种歌唱几近振聋发聩。《送子傩歌》就这样表达着众人的诉求：

　　今有信人刘士达，林氏本是同缘人。夫妻二人无子嗣，启发诚心求儿孙。土地公婆同到此，送来儿孙进家庭。一来送个长命子，二来得子易成人。傩坛飘来五色云，送子土地到家门……

　　在《送子傩歌》声中，土地公公、婆婆已经把两个"男婴"送到了房门前。

　　把你房门打开起——

土地公公拎起拐杖，推开房门。床沿上，坐着刘士达和林琼香夫妻二人。土地公公轻轻唱了一句，众人却以最大的声音帮和：

请你出来领麒麟。

傩歌声中，刘士达一直毫无表情地坐着，直到林琼香扯了扯他的衣角，他才站立起身，和林琼香一道，从两位土地婆婆的手中，分别接过了"伢儿"。紧接着，众人一同兴高采烈地拥进了房中。傩歌唱得更热烈了，土地公公用手里的拐杖，撩起了挂在床上的帐子。刘士达和林琼香便将这一对"双胞胎"，放在床上睡好，并盖上了被褥。

拨开东君红罗帐，双双贵子跳龙门。

鞭炮声响彻了窨子屋。人们笑逐颜开，纷纷向土地公公、婆婆道谢。向伍秀玲，更向刘士达、林琼香夫妇道贺。而傩歌却还在继续高唱着：

……若是儿孙见了面，谢天谢地谢神灵。

一场被称为"土地送子"的求子傩愿，就这样在众人的祝福声中结束。它给这一对年轻的夫妇带来了新的憧憬，更给一个正在走向衰败的人家，平添了重振家声的契机。正当巫师们取下头上的面具，和众人一道即将离开房间时，这场傩愿的当事人刘士达，不知怎的竟突然嚎啕大哭起来。他那撕肝裂肺、伤心无比的哭号，使得众人停止了脚步。刘士达在长期压抑之后的突然爆发，人们完全可以理解，并不感到意外。

"达儿，怎么这样不懂事，土地公公、婆婆给你送来了伢儿，这是喜事，你哭做哪样嘛！"刘金莲说。

"是呀！听姑姑的话，莫哭了。"伍秀玲也在劝说。

　　姑姑和母亲的劝说，没有取得预想的效果，刘士达一如既往地哭号着。在场的人们，一个都没有离去，七嘴八舌地说着起不到作用的劝慰的话。只有刚刚取下面具，脸上还是汗扒水流的火儿，从桌子上拎过一盏马灯，悄悄离开了人群。玉凤自从进了刘家窨子以后，一直关注着这堂求子傩愿的每个细节，更自始至终关注着火儿的一举一动。她希望能再有一个与火儿单独接触的机会。这样的机会来了，她立刻快步跟了上去。火儿揩着脸上的汗水，朝着茅厕的方向走去。

　　"火儿哥！"玉凤改口，不再叫他同年哥，而是称呼他的名字。

　　火儿停下了脚，回过头来，叫了一声："凤小姐！"

　　玉凤立刻迎上前，从怀里掏出一条绣花手绢，递了上去，甜甜地说："看你，一脸的汗水，也不兴揩揩。"

　　火儿连忙摆手，说："不行！不行！我这脸上脏，不能用你的手绢。"

　　"火儿哥，这手绢就送给你了。"玉凤说着，把手绢塞到了火儿的手中，随后一转身，扭头便走了。

　　火儿拿着手绢，呆呆地站着，半天也回不过神来。手绢散发出的淡淡香味，发出了令他心醉的信息，平时里以机灵著称的火儿，这时候竟然笨拙得手足无措了。

　　玉凤和火儿都没有察觉到，此刻发生的一切，被一个人在暗中密切地注视着。此人便是乖妹。

　　这一夜，他们都留宿在刘家窨子里。玉凤和乖妹被安排做一床睡。二人都难以入睡。玉凤陶醉在幸福里。她终于向火儿做出了表白。绣球就这样抛了出去，不晓得被绣球打中的人态度如何。玉凤焦急地等待着天亮，当他们再次见面时，或许就可以得知分晓了。无法入睡的乖妹沉浸在懊丧中。她为自己感到悲哀。自己为什么总是畏畏葸葸，不像玉凤那样对火儿做出大胆的表示呢？事到如今，她即或去向火儿表白，只怕也为时已晚了。

在窑子屋阁楼上的客房里，火儿和旺儿睡做一张床上。旺儿早已经睡熟，火儿却仍然坐在被窝里吸烟。他吸了一锅又一锅，不断地从绣花荷包里掏出烟丝，装进烟锅里。房里没有点灯，黑咕隆咚的，只在吹燃纸媒子点烟的时候，他才能凭借着光亮，看见荷包上绣着的喜鹊衔梅。当年的绣花荷包，今夜的绣花手绢，两个女子发出了类似信号。应该说，绣花荷包的出现，是顺理成章的，绣花手绢的出现，实在是太出乎他的意料了。火儿心里明白，自己与这位高贵的小姐天生就不是一路人。他在思考着该以怎样的方式，来了结这段本不该出现的短暂情缘……

第二天早上，玉凤到处找火儿，希望能再次单独和他在一起，听听他的反应。找来找去，不见踪影。吃早饭时，女客们在后堂用餐。玉凤惦记着火儿，没得一点胃口。正在这时，火儿来到了后堂，手里正是拿着玉凤送给他的那条绣花手绢。

"同年娘！舅娘！还有各位女客，你们都在这里。昨天，我在天井里捡得一条手绢，也不晓得是你们哪位的。"火儿说着，将手绢交给刘金莲，便转身匆匆离去。

刘金莲拿着手绢看了看，问道："这手绢是哪个的？怎么这样不小心？"

没等玉凤开口，乖妹便接了腔："凤姐，这手绢好像是你的吧！"

玉凤没料到乖妹会来一手，便假装在衣兜里找了找，随即从大娘手里拿过手绢，做出一副惊讶的样子，说："哎呀！正是我的，也不晓得是什么时候掉了。"

"以后千万要注意，女伢儿的手绢是不能乱丢的。"刘金莲说。

"是的，凤儿记住了。"玉凤低下头，回答着大娘的话。

伍秀玲也说："幸亏是火儿捡得了。要是遇着别人，说不定会惹出哪样麻烦来。"

"凤儿以后再也不会掉了。"玉凤对舅娘这样说。她的心里丧气到了极点。这就是火儿对她的回应。她一下子跌进了万丈深渊。

一旁的乖妹，表面不动声色，内心却是格外的高兴。火儿对于玉凤的
巧妙拒绝，使她重新获得了希望。

正在这时，宝儿端了一个热气腾腾的大钵头来到后堂，放上了餐桌。
"大、大家尝尝，这、这是打鸡炖的汤。"宝儿说。

刘金莲笑着说："宝儿，你真的把打鸡杀了？！"

"嘻嘻！杀、杀了。"宝儿说着，把一个鸡腿夹到了玉凤的碗里：
"凤表妹，嘻嘻，吃大把腿。我最听你的话。"

玉凤没有回应宝儿的话，只是看着碗里的鸡大腿，哭笑不得。

伍秀玲心里暗暗在高兴，嘴里却在说："这里是女客开的席，把菜端
来就行了，还赖在这里做哪样！"

• 舅舅迷药

　　一堂"求子傩愿"，让伍秀玲重新看到了希望。那日玉凤对于宝儿的态度，着实令她兴奋不已，就连小姑子金莲也觉得他们硬像是一对人。她决意要在丈夫回来之前，把这门亲事定下来，到时候给丈夫一个惊喜。

　　这些年，刘金莲的娘屋变故不断，她想为哥嫂分忧，却又无计可施。见到玉凤相劝宝儿的情景，她不禁两眼为之一亮。古往今来，哈宝男人娶聪明堂客的事情并不少见。世上有些女子，天生喜好盖过男人，玉凤兴许就属于这一类。刘金莲明白，要促成这桩婚姻绝非易事，这女伢儿毕竟是丈夫与别的女人所生，丈夫对于这桩婚事十有八九不会同意。好在丈夫远在镇江，他就是再打拗，也鞭长莫及。只要玉凤本人有意，她就可以做这个主，来个先斩后奏，将生米煮成熟饭。丈夫即或不认可，又能怎么样？为了更稳妥，她把钰龙和蕙娇找到了后堂。

　　"昨天到你们舅家恭贺求子傩愿，你们的舅娘跟我讲了一件事情，我还真拿不定主意，想听听你们的意见。"刘金莲说。

　　"娘，您说吧！是哪样事情让您为难了？"儿子和儿媳几乎同时说。

　　"你们的舅娘，想拿我们的玉凤去配她的宝儿。"刘金莲开门见山，说出了她"拿不定主意"的事情。

　　钰龙和蕙娇怔住了，俩公婆面面相觑，不晓得该如何开口。

　　"你们说，给，还是不给？"刘金莲问得直截了当。

　　蕙娇见丈夫为难的样子，她脑子一转，开口敷衍："养女还舅，千百年的规矩，既然是舅爷人家要凤妹，轮不得我们做小辈的说话。"

刘金莲敏锐地体味到，儿媳是在搪塞她。这时，钰龙说话了："把凤妹许配给宝儿，亲上加亲，当然是好事。宝儿成了家，舅爷和舅娘也就放心了。这事有两点只怕要先想周到：一是不晓得爹爹对凤妹和婚事是否有别的安排？二是不晓得凤妹自己是否乐意？二娘把凤妹托付给了我们，我们理应给她更多的关爱。这样的终身大事，还得先问她自己。"

刘金莲说："是啊！钰龙想得周到。这事两头都要顾及：镇江那边，到时候是必定要通气的；玉凤那里，不妨先探探她的口风。"

刘家窨子里，宝儿成天吵着嚷着，要母亲着媒人去向张家提亲。其实，伍秀玲的心里也是一样着急。这天，她特意去听小姑子的回话，一进张家窨子，首先遇到的是乖妹。乖妹知道舅娘是来找母亲，便朝着阁楼努了努嘴巴。伍秀玲听到楼上有人声，立刻意识到，那是小姑正在和玉凤谈话。忽地，她听到阁楼上起了高腔，接着又传来玉凤的哭闹声。她便悄然和乖妹一同上了楼。来到房门口，只听得玉凤哭闹得更厉害了，二人不由得停下了脚步。

玉凤一边哭，一边嚷着："娘把凤儿托付给您，是相信您会善待凤儿，会把凤儿当成亲生。没想到，您为了关顾娘屋的哈宝侄儿，就不顾玉凤的死活……"

伍秀玲被玉凤在哭闹中说的话惊呆了。她不由得向后退了一步，险些儿绊倒，幸得有乖妹将她扶住。

"玉凤，对大娘不能这样说话！"这是蕙娇的声音。

"爹爹！你在哪里呀？你快来呀！你还管不管凤儿了……"张玉凤全然并不理会嫂子的话，大声地哭着，闹着。

张玉凤的大胆与放肆，着实让伍秀玲大吃了一惊。如此看来，这门亲事是一点希望都没得了。如意算盘上不了桥，她匆匆下了阁楼，头也不回地离开了张家窨子。

刘金莲从没受到过这样的顶撞。若依脾性，她非将这女伢儿狠狠教训一顿不可。她没有这样做。她担心这件事传出去，镇上的烂嘴巴又会借题发挥，说她关顾娘屋，把小婆养的女儿不当人，硬把一朵鲜花插在牛屎上。她不但没有生气，还笑吟吟地为玉凤揩眼泪。她说，女儿家总是要嫁人的，这不过是随便说说，丝毫没有逼迫的意思，怎么就这样当了真呢？大娘这样说，凤儿便不再哭闹，还给了大娘一个台阶下，说自己不该顶撞大娘，请大娘大人莫记小人过。一场风波就这样平息了。

三天后，镇上的一个传闻，让人哭笑不得。说是刘家窨子的憨宝，想要张家窨子的表妹玉凤做婆娘，玉凤不愿意，宝儿想得迷了心窍，得了没药医的"相思病"。

这一日，癞毛和细屎来到刘家窨子，伍秀玲像是见到了救星，连忙对两个小癞子说："癞毛，细屎，你们来得正好。五天了，宝儿茶不思，饭不想，痴痴呆呆，没日没夜睡在床上。他最听你们这帮小伙计的话，快帮我好生劝劝他吧！"

"伙计娘，宝儿不就是得了相思病吗？小事一桩，你放心，治好宝儿的这个病，就包在我身上了。"癞毛拍着胸脯夸下海口。

癞毛说完，拍了拍细屎的肩膀，二人便往宝儿的卧房走去。伍秀玲望着癞毛的背影，心里充满疑惑，这个小癞子，未必真有这大的能耐？！

"宝少爷，吃点东西吧！龙体要紧啊！"癞毛一进卧房，没得正经话。

睡在床上的宝儿懒得理会，床上打个滚，把身子扭转一边。

癞毛神气活现地说："宝少爷，癞毛给你献计来了！"

宝儿听说癞毛来献计，连忙转过身来，两眼似乎也有了光亮。可立马又泄气了。癞毛的几斤几两他晓得，狗嘴吐不出象牙，能有哪样妙计？他白了一眼，懒得搭腔。

"怎么？信不过我？！"癞毛俯下身子，神秘兮兮地对宝儿说，"宝少爷，那玉凤小姐不肯，难道就拿她没办法了吗？有办法的。放她的蒙蒙迷药嘛！保管她乖乖地跟在你的屁股后背转。"

宝儿闻言，立刻来了神。他一跃而起，眨巴着眼睛说："是呀！放她的朐朐迷药！我怎么就没想到呢？"

癞毛得意地说："怎么样？这是妙计一条吧！"

宝儿兴奋过后，立刻又泄气了。他说："放她的朐朐迷药，主意是不错，可到哪里去寻朐朐迷药呀？"

"这个你放心，包在我身上。我们走！"癞毛拉起宝儿就往门外走。

伍秀玲从天井走过，见到一同往外走的三个伢儿。那宝儿走起路来雄势得很，一点病态也没有了。吒嘿！癞毛这个鬼崽崽，莫非还真的能帮宝儿治好相思病！

癞毛带着宝儿和细屎，出了刘家弄，便来到正街上。宝儿几天水米未进，肚子饿得贴了背脊，想买个发糕填肚子。癞毛说，发糕不如灯盏粑好吃。宝儿立马出钱，每人买了三个灯盏粑。小癞子们走在大街上，啃食着用竹棍穿成一串的油炸灯盏粑。他们在街弄子里七弯八拐，转悠到了教场坪，继而来到浦阳山上一片挂果的桐树林中。癞毛神气地发号施令："跟着我，我往哪里走，你们跟着往哪里走！"说着，便在桐树林中疯跑起来。癞毛不走林中小路，专往林子里的草丛上踩踏，宝儿和细屎也跟着他踩踏草丛。林子里一顿乱窜，直跑得热汗淋漓、气喘吁吁。当他们从桐树林跑出，来到路边的大樟树下时，三人都累得趴在了草地上。

"癞毛，你搞的什么名堂？！"宝儿缓过劲来，没好气地问。

癞毛有气无力地卖着关子："刘家小少爷，你要的朐朐迷药到手了。"

宝儿一个鲤滚起了身，坐在草地上，连忙问："在哪里？"

细屎也跟着坐了起来："癞毛，你扯卵谈。哪里有什么朐朐迷药？！"

躺在草地上的癞毛，狡黠地说了声："朝你们的裤脚上看。"

宝儿和细屎看各人的裤脚上，都黏满了黐黐草[①]。眼下，正是油桐树

[①]黐黐草：一种野生的豆科植物。"黐"为湘西俗字，意为"黏"，读作"nia"，与"朐"字同音。

林里的蓼蓼草结荚的季节，形同毛豆苗的蓼蓼草上，结满了长有细细茸毛刺的扁扁豆荚。这种豆荚，极容易黏附在其他物体上。

"癞毛你扯卵谈，这是蓼蓼草，不是躹躹迷药。"宝儿丧气地说。

癞毛身子一翘就坐了起来，大话大句地说："难怪别个叫你作哈宝。我来告诉你吧！蓼蓼草，蓼蓼草，躹躹迷药就是这蓼蓼草做的。"

"噫！是呀！还真有点像，怎么我就没想到呢？"宝儿眨巴着眼睛，觉得癞毛讲得有道理。

"宝少爷，恭贺你，这裤脚上的蓼蓼草，就是蓼住玉凤小姐的迷药。把这些蓼蓼草摘下来，烧成灰。这样的灰，就是你做梦都想要的躹躹迷药。你只要找个机会，把这躹躹迷药在玉凤小姐衣服左边衣角的里子布上，涂上那么一点点，我包她会像吃了迷魂药一样，立马就跟在你的屁股后面打转转，死活要做你的婆娘，到时候，你宝儿想不要她都不行。"癞毛神乎其神，说得天花乱坠。

"这样做的躹躹迷药，也真是太简单了，怎么我从来都没听说过呀！"细屎似信非信，摸着后脑勺说。

"你没听说过的事情多着哩！"癞毛说，"宝儿，躹躹迷药的秘方，这就算是传给你了，我可是没收你的师傅钱呀！信不信由你。"

说话间，三个小癞子将裤脚上黏着的蓼蓼草，一片一片，全都撕扯了下来，堆放在地上。这时，癞毛又说话了："喏！宝儿，材料就全在这里了，点一把火，把它烧成灰，躹躹迷药就做成了。细屎，这是他自己的事情，让他自己去做，我们走！"

宝儿为玉凤得了"相思病"的消息，也传到了张家窨子。上上下下都觉得这个宝儿真是没落途。没想到，宝儿怀揣着"躹躹迷药"，来到了姑姑家。一副神不隆咚的样子，人们见了他都唯恐避之不及。宝儿从前厅找到后厅，从楼下寻到楼上。他不但见不到凤表妹，连同他打招呼的人都没有。他垂头丧气地走在阁楼的回廊上。突然，他眼前一亮，发现栏杆外的竹篙上，晾晒着一件桃红色洋布镶边女装。他认得，那天凤表妹到他家看"土地送子"时，就是穿的这件衣裳。真是天赐良机！他立刻从怀里撮出了些许儿"窈窈迷药"，趁着四下无人，涂抹在了衣服左边衣角的里子布上……

第二天，三个小癞子信心满满地进到张家弄，等待着迷药的发作，等待着奇迹的发生。在弄子里，他们遇到了一个叫石榴的女伢儿。她本是癞毛的远房妹妹，因为家道中落，父母又相继过世，便到张家窨子做了丫头。

癞毛叫住石榴问道："石榴妹妹，我问你，你家大小姐今天穿的哪样衣？"

"你问这个做哪样？"石榴不解地问。

癞毛眼珠子一转，编起门子说："你家大小姐有件粉红色洋布镶边衣，听说是从汉口带回来的。我姐说那件衣服的样子乖，想借来打个样。"

"啊！原来是这样。这件衣服前两天才洗了，大小姐今天正穿在身上哩！二天换下来时，你姐再来借吧！"石榴说着，便向河街走去了。

宝儿欣喜若狂，连声尖叫："太好了！太好了！这回应该是十拿九稳了！"

癞毛趁机对宝儿说："宝少爷，我没讲错吧！若是你的桃花运来了，是门板都挡不住的。今天，那件衣服已经穿在了玉凤的身上。你哪里也不要去，就在这张家窨子的门外来回走，只要那左衣角上的窈窈迷药一发作，她立马就会被教住，来到你这个放药人的身边，死活也要赖着跟着你走，要和你拜堂成亲，做你的婆娘！"

"真有这样的好事？！"宝儿充满着向往，却还是有点儿将信将疑。

"嗨！我难道还哄你不成！"癞毛说，"这是你个人的事情，旁人不能掺和。快去大门外等着，玉凤小姐一定会出来。我和细屎只送你到这里，其余的事情，就看你自己的功夫了。"

就这样，宝儿在张家窨子门前的岩板路上走过来，又走过去，来来去去走个不停。他每次从大门经过时,都扯起脑壳朝窨子屋里望,希望躬躬迷药快快发作,玉凤表妹早早从里面出来,同他一起回家去拜堂成亲。望呀望!他望成了鹅扯颈,却不见河边草青青。与此同时,一个惊人的消息在浦阳的街弄子迅速传开,说是刘家的憨宝少爷放了张家大小姐玉凤的躬躬迷药,迷药即刻就要发作。憨宝少爷正在张家窨子门前,等着中了迷药的玉凤小姐走出来和他相会。躬躬迷药的说法,在浦阳人尽皆知。神秘的巫术,被说得活灵活现,人们却总是将信将疑。如今,就在张家窨子门前,千古之谜即将破解,良机千载难逢,岂肯轻易放过!好奇的人们纷纷向张家弄子涌来。这里首先映入人们眼帘的,是刘家憨宝在弄子里来回走动。那憨憨而又呆呆的模样,是那样的急不可耐。这刘家哈宝崽果真学得了躬躬迷药吗?人们难以置信。可又想到,刘家有的是钱,有钱能使鬼推磨,只要有钱,躬躬迷药的方子是搞得到手的。

"宝少爷,真有你的,几时学会了躬躬迷药呀?"

"嘻嘻,几时也教我们一招?"

"宝少爷,你放的躬躬迷药,快发作了吧!"

宝儿一句话也不说,只是憨憨地看着众人。他信心满满,坚信那躬躬迷药很快就会发作。到那时,他可以众目睽睽之下,把一个如花似玉的女伢儿带回家中,那将是何等的荣耀!他得意扬扬,禁不住飘飘然起来了……

张家窨子门前,围观的人来得越来越多。人们都在等待着窨子屋里玉凤小姐的出现,等待着亲眼目睹千古之谜的揭开。他们左等右等,竟然没得一点儿动静。他们真想冲进窨子屋,去看看那位汉口来的玉凤小姐,是不是真的中了憨宝儿的迷药,可又谁都没得这个胆量……

石榴从街上打回转,见门前弄子里聚集了这么多人,问清事情原委,便立刻向刘金莲作了禀报。刘金莲顿时就懵了。天哪!躬躬迷药,那久违了的幽灵,三十年后又重回到她的眼前徘徊。在躬躬迷药的迷雾之下,她欠下了还不清的风流孽债。时至今日,她仍然在将信将疑,世上是不是真的有这种迷药？若说没有，为什么那人的影子，在她心中怎么就从未消失过？这不正是迷药的魔力所在吗？！至于眼前之事，宝儿的几斤几两她最清楚，即或真有这种魔法，又有人向他传授，他也是学不会的。很显然，这不过是憨哈的瞎胡闹而已。虽然如此，她却仍然忧心忡忡。随着躬躬迷药的重提，那些陈谷子烂芝麻的事情，势必又成为街弄子闲言的话题，矛头不可避免地又将指向她。她正在一筹莫展时，儿子和儿媳来到了跟前。

"娘！您都晓得了？"

"晓得了。"

"您说该怎么办？"

"你说呢？"

张钰龙本是来求教于母亲的，没想母亲会反过来问他。他一时语塞，只是喃喃地说："什么鬼的躬躬迷药，宝儿真是搞得没名堂！"

"是啊！吃饱了没事干，尽搞些鬼扯腿的门径。"刘金莲言语颇显尴尬。

蕙娇凭着特有的敏感，察觉到婆婆此刻的窘态。早在娘家做女儿的时候，她就听说过躬躬迷药与婆婆的传闻，并由此而引申出她对丈夫出身的质疑。她遵从父母之命进了这张家窨子，成了丈夫的婆娘、婆婆的儿媳。她的命运和这一家人连在了一起，这样的事情，她怎能不闻不问？

"娘，还是先把凤妹叫来吧！"蕙娇轻声说。

玉凤被叫来了。她眨巴着眼睛，不解地看着大娘、哥哥和嫂嫂。窨子屋门前此刻发生的一切，她全然不知。

"凤妹，你过来。"蕙娇说。

玉凤来到了蕙娇的跟前。蕙娇看了婆婆和丈夫一眼，轻轻儿撩起玉凤桃红色镶边上衣的左边衣角。那衣角白色的衬里布上，被涂抹着显眼的污物。刘金莲和张钰龙惊呆了。他们都曾听说过，躬躬迷药是涂抹在女伢儿左边衣角上的。宝儿还真的把乱七八糟的东西，涂抹到了玉凤的左边衣角上。

"嫂子，你看我的衣角做哪样？"玉凤不解地问。

蕙娇说："我是在看你的这只衣角怎么弄脏了？"

刘金莲也睨了一眼那粘着污物的衣角，对玉凤说："脏兮兮的，还不回房去，把这件衣裳换了。"

玉凤一边离开，一边嘀咕着："奇怪了，这只衣角怎么会脏成这样？！"

"这宝儿也太不像话了，我去把他轰走！"钰龙说着，抽身就要往外走。

"慢着！不能轰他，要他自己走。"蕙娇说。

印蕙娇来到窨子屋的大门口，所有的目光，立刻就集中到了她的身上。

"宝儿！"

"嘻嘻！蕙表嫂！"

"怎么？做哪样？耍猴子把戏呀！"蕙娇的话语中带着奚落。

"嘻嘻……"宝儿不好意思，欲言又止。

围观的人们，七嘴八舌，铳起了壳子：

"说话呀！表嫂是来给你送亲的。"

"怎么不说话，有话你就对表嫂说呀！怕你真是个憨宝哟！"

"真有你们的，闲着没事干，唆起这个瞎子打大锣！"蕙娇对起哄的人们一点也不客气。而后厉声对宝儿说："憨宝样地站着做哪样，还不赶快跟我进屋去！"

宝儿跟着蕙娇进了屋，来到后堂。他看见姑姑在那里坐着，一副怒气生嗔的样子。姑姑身后站着的表哥，眼睛像钉子一样盯着他。

"站好了！"蕙娇扳起脸，严肃地说。

宝儿栽着脑壳，一动不动地站着。

"抬起头来，看着我的眼睛，老实回答我的话！"

宝儿听话地抬起头，却耷拉着眼皮，并没有看着蕙娇的眼睛。

"说！你在玉凤的左衣角上，涂的哪样鬼东西？"

"……鹙鹙迷药。"

"老实说，用什么做的？"

"是用鹙鹙草烧成的灰。"

"是哪个教你做的？"

"癞毛。"

"癞毛？！就是那个长疤子的崽吗？"

"是的。"

印蕙娇三下五除二，不费吹灰之力，就把事情弄了个水落石出。她得意地与婆婆、丈夫交换了一个眼色，便教训起宝儿来："你真憨！那个癞毛唆死你的王麻子！他说鹙鹙草鹙得来女伢儿，这你也相信？听着，你涂在凤儿左衣角上的鬼东西一点作用都没得。凤儿没被迷住，清醒得很，她是不会嫁给你的。你趁早死了这条心。快走，再这样胡闹下去，当心舅爷打断你的腿！"

宝儿没有立刻走，似乎要进行分辩。

"什么都不要说了，快走！快回家去！"印蕙娇不容分辩地说。

在钰龙的护送下，宝儿哭丧着脸，走到窖子屋的大门口，那里的一群围观者并没有散去。宝儿的一副悖时相，告诉了他们事情的结果，弄子里立刻就燥了棚，有人歪喊，有人尖叫，有人还吹起了口哨，乱糟糟的一片。张钰龙对众人拱了拱手说："各位街坊邻居，三老四少，宝儿是钰龙的老表，他今天发宝气，做出了这没落途的事情，让各位见笑了。猴子把戏虽然好看，也该收场了。各位请便吧！"

宝儿"哇"的一声哭了，人群中却爆发出开心的哄笑声。宝儿拨开人群，扯起脚落荒而逃，围观的人们，也打着吆喝作鸟兽状散去。

一连几日，伍秀玲对于三个鬼崽所搞的名堂一点也不清楚。直到有人来报，说宝儿声称放了凤儿的鹙鹙迷药，正在张家弄子发宝气时，她才恍然大悟。最让伍秀玲感到内疚和不安的，是鹙鹙迷药的旧事重提，必然会给小姑子带来莫名的烦恼，她必须要对小姑子有所安抚。来到张家窨子，在刘金莲的卧房里，姑嫂二人单独见了面。

"金莲，嫂子对不住你，养了个不争气的伢儿，给你添烦恼了。"伍秀玲向小姑表示着歉意。

刘金莲连忙说："嫂子，你快莫这样讲。宝儿是个遭孽的伢儿，我不会见责他，更不会埋怨你，要说怨，都怨我自己是个苦命人。"

姑嫂面对面地坐着，二人心照不宣，谁也不提"觔觔迷药"那四个字。眼前的这套雕花嫁妆，便是伴随着这样的传言制成。此刻，镇上的街弄子，陈旧的话题重又变得新鲜。除了避忌，这妇人别无他法。

"这些日子，宝儿是不是常跟癞毛在一起？"刘金莲问。

"常在一起。"伍秀玲说："你这一问，我倒想起来了，这回的馊主意，就是癞毛跟宝儿出的。"

"癞毛出不起这个主意，他是别人手里的棋子。"

"是他的老子长疤子？！"

"不，长疤子也是别人手里的棋子。"

经刘金莲一点拨，伍秀玲恍然大悟了："对，就是他！事情的根子在他，都是他使的坏。"

刘金莲说："刘家，还有张家，都老实得过了头，别人做我们的手脚，我们却全然不知。嫂子回去后，要跟宝儿讲，千万莫再同癞毛往来了。"

"回去以后，我一定要他断了同癞毛的往来。"伍秀玲说。

宝儿晦气极了。毿毿草做的觔觔迷药，一点儿也不灵验，玉凤没到手，反而出了大丑。宝儿气冲冲找癞毛算账。癞毛说，玉凤从汉口大地方来，道行高，身份重，普通的觔觔迷药，对她没得作用。要想毿住她，必须下更猛的觔觔迷药。还有两个秘方：一个在天上，一个在地下。也就是，一是飞在天上的交尾蜻蜓，一是绞在地上的两蛇相附。只要得到了其中的一样，就一定能够毿住那汉口来的女伢儿。

癞毛一顿胡吹乱侃，直把宝儿说得个云里雾里。宝儿的气消了，也不再发火了。

伍秀玲交代宝儿，莫同癞毛往来。宝儿根本听不进去，仍然像着了魔一样，还是成天和癞毛黏糊在一起。小癞子们为了得到躬躬迷药，打起了蜻蜓的主意。这天，天气闷热，是蜻蜓打团的日子。每逢这样的天气，清水坪的上空，便常常有蜻蜓打团。为了获得更有效的躬躬迷药，三个小癞子便直奔清水坪。他们果然在那里见到了蜻蜓打团。癞毛特别提醒，要捉在空中交尾的蜻蜓，而且两只都要是红色。青草碧绿的清水坪上空，成千上万的蜻蜓，或高或低，悠然自得地飞舞着。三个小癞子抬着头，赤着脚，在松软的草坪上奔跑着。他们瞪大两眼，在飞舞的蜻蜓中细细地搜寻，两脚跑痛了，颈根抬酸了，眼睛看花了，却怎么也见不到两只蜻蜓在空中交尾，更不要说两只都是红色的蜻蜓了。他们全都累倒了，四脚朝天，瘫睡在草坪上。

"交尾的红蜻蜓……哪里去找啊……"宝儿哀鸣。

细屎也说："癞毛，又是你出的馊主意，真是唉死人的王麻子！"

癞毛说："得到这种躬躬迷药，肯定不容易。若是随随便便可以得到，天下不就大乱了。"

"依你这样讲，那就没得一点法子了？！"宝儿失去了信心。

癞毛说："法子倒是有一个。"

"有哪样法子？你快讲！"宝儿似乎又重新看到了希望。

"这个嘛……"癞毛故意卖着关子。

细屎说："宝儿，你莫信他的，他出的尽是馊主意。"

"哼！馊主意？！这个主意要是不管用，你们剁我癞毛的脑壳当蒲团坐！"癞毛信誓旦旦地拍着胸脯。

"那你就快讲呀！"宝儿急不可耐地说。

癞毛拉起架势说："是啊！这躬躬迷药的三个方子，容易做的，不灵验。灵验的，又难得寻，做不出。你们看，这蜻蜓满世界的飞，可就是捉不到交尾的红蜻蜓。再有，想找到那相附的两条蛇，也只怕比登天还要难。想来想去，就只有一个办法了。"

"哪样办法？"二人异口同声地问。

"去找一个人要现成的药。"癞毛说。

宝儿急切地问："去找哪个？"

"麻大喜。"

"麻大喜？！他是个什么人？"

"他是个雕花木匠，他有祖传的躬躬迷药。"

"我又不认得他，他肯把迷药送给我吗？"

"肯，当然肯。他和你们家的关系好得很，只要听说你是刘昌杰的孙、刘金山的儿、刘金莲的侄，他就一定肯把躬躬迷药送给你。"

"有这样一个人，我怎么没听说过？"

"他住在你们刘家窨子整整三年，那时候，我还没出世，你更没出世。你姑姑房里的那套雕花嫁妆，就是他亲手做的。"

宝儿没想到还有这样的好事，忙问癞毛："他如今在哪里？"

"在梵净山。"

"梵净山？！他在那里做哪样？"

"梵净山上有好多好多的庙，他在庙里雕菩萨。"

"到梵净山怎么走？"

"沿着官马大路架直走，就到了凤凰。再从凤凰往前走，进到贵州地界，梵净山就在那里了。"

细屎感到有点奇怪，问道："你怎么晓得这么清楚？"

"这你就莫问了。"癞毛回答。他转而对宝儿说："你要想把凤儿搞到手，就只有这一条路了。我只能为你出主意，不能陪着你去。你一个人去见麻大喜，才能显示出你的诚心。再有，你要答应我，这件事你不能对任何人讲，就是娘老子，你也不要告诉。"

"这样怕不好吧！"插言的是细屎，他说，"一个人去梵净山，去那么远的地方，屋里人会不放心你的。"

"若是告诉了屋里，你就去不成了。"癞毛说。

"不！我要去，一定要去。"宝儿信誓旦旦，他对细屎说，"我走以后，你们谁也不许往外说。细屎，你听见了吗？"

"听见了。"细屎嘟着嘴巴，不情愿地说。

夜里，宝儿从钱柜里偷出银子。天刚亮，他怀揣银子作盘缠，就悄悄儿上了路。这天晚上，刘家不见宝儿回家。他到哪里去了，伍秀玲也没有过问。憨宝儿子如同游神一般，夜把夜不回家，也不是哪样稀奇事情。第二天，宝儿去梵净山寻找麻大喜讨要躺躺迷药的消息，通过"山麻雀"一类人的嘴巴，在镇上迅速传开了。躺躺迷药的这出戏，刚刚在张家窖子门前唱过一回，如今，又要唱到梵净山去了。浦阳镇的闲言碎语，除了议论憨宝以外，还必然要涉及他的姑姑——曾经与躺躺迷药有着说不清筋绊的刘金莲。甚至有人添油加醋地说，哈宝少爷此去梵净山，就是刘金莲精心安排的。刘金莲想把丈夫在外面生的女儿玉凤，嫁给自己娘屋的憨宝侄儿，玉凤却死活不依。刘金莲不敢强逼，便想到了昔日情人的这一妙招……

这些年，草把行头牌王瘸子依然住在火神庙里，日子过得不错。婆娘是丘坐水的田，一连为他怀了三胎，头胎没有捡起，二胎的伢儿死于三朝风，到了第三胎，他终于有了接香火的儿子，今年十五岁，就是成天跟在宝儿屁股后面的细屎。

清早，"山麻雀"到火神庙送魔芋豆腐。

"嘻嘻！老大，晓得啵，你接崽屋里出新闻了。"

"就你的麻雀嘴巴不放空，他屋里能出哪样事？！"

"刘老板的满崽、你的接孙憨宝儿，到梵净山跟矮子雕匠讨躺躺迷药去了。"

两天前，王瘸子听说宝儿为躺躺迷药的事，在张家窖子门前出了丑，如今宝儿又为躺躺迷药去了梵净山。这位草把行的头牌，与刘家有着特殊的关系，对刘家的事情格外关心。他心想，儿子细屎与宝儿是一路的小癞子，这档子事儿子应该是晓得的。

"宝儿去了梵净山，是怎么回事？"

"我不晓得。"

"你不是见天同他在一路吗？"

"我当真不晓得。"细屎信守着对宝儿的承诺，脑壳摇得像拨浪鼓。

正在这时，刘金山拎着两包洪江丝烟进了火神庙。他拜过那根雕有四个龙头的拐杖，便径往大殿后面的厢房。他的干爹和小老弟正好在那屋里。

"干爹！金山看望您老来了。"刘金山见礼过后，呈上他带来的礼品。

刘金山的到来，令王癞子喜出望外，却又措手不及。他立刻意识到，干儿子的上门，肯定是为了宝儿去梵净山的事情。几句寒暄过后，刘金山果然立即切入正题："宝儿去梵净山的事情，干爹想必已经听说了。"

"听说了，听说了。"丐帮老大点着头。

一旁的细屎见这架势，感到此事非同小可，吓得小脸只剩下二指宽。

"细屎兄弟！"刘金山两眼直盯着细屎，说，"听说这些天，你，还有癞毛，成天同宝儿做一路，宝儿这次是怎么去的梵净山，想必你是清楚的。"

刘金山严肃的问话，顿时吓得细屎背脊冷汗直冒。他深感事态严重，再也顾不得对宝儿的承诺，便如同口吐枇杷子一般，把事情的来龙去脉全都告诉了刘金山。

王癞子把细屎打发出去，而后对刘金山说："金山啊！明枪易躲，暗箭难防，你千万要看清楚，癞毛的馊主意，并不是自己的主意。他的背后还另有高人哪！"

"干爹，金山心里明白。"

"你准备怎么办？"

"这个——"刘金山一筹莫展。

"现在还来得及,赶紧着人去把宝儿追回来。"王瘸子说着,又补充了一句,"要快!去迟了,就只怕赶不上了。"

刘金山经干爹点醒,立刻回到家中,找来四个精壮佣工,要他们即刻动身,沿着官马大路,日夜兼程,追赶宝儿。他吩咐佣工:"哪怕就是吊,也要把他吊回来!"

这天早饭后,张钰龙去榨油坊看望洪江来的头铲师杨荣必。他到洪江偷学乖方时,就是得到杨荣必的鼎力相助。如今,杨荣必如约而至,作坊里所有的事情由杨荣必张罗,就不用他再去亲自操心了。从油榨坊回转,已是时近晌午。在后街,他与龙永久不期而遇。龙永久见到他,显得很是得意,全然见不到昔日的畏葸。

"哟!这不是张大少爷吗?"龙永久故作姿态,面对面拦住了张钰龙的去路。

"龙伯!"张钰龙碍着面子,无奈地叫了一声。

"大财东,大忙人,又在忙哪样呀?"

"没得哪样忙的,随便转了转。"

"龙儿呀!老伯我有句话,也不知当讲不当讲。"

"当讲不当讲,龙伯你自己最清楚。"

"好吧!不管当讲不当讲,看在你爹和我多年的交情上,我还是要讲。宝儿想你的玉凤妹妹,得了相思病,你们就把玉凤嫁给他嘛!他们本来就是表兄妹,来个亲上加亲,又有哪样不好?何苦硬要逼着宝儿,让他到处去寻哪门子的躬躬迷药。听说如今又去了梵净山。一个伢儿去那么远的地方,真叫人不放心啊!"

"……"怎么会有这样事情?!张钰龙愣住了。

龙永久见张钰龙没应声,更加不依不饶,说:"嗨!既然去了,那就让他去吧!他去找的那个人,反正是你妈妈的老熟人。那人是个雕花木匠,叫作麻大喜,你妈妈房里的雕花家具,就是他花了三年工夫做成的。

好多的人都讲，这个麻大喜有祖传的躺躺迷药，到底有没有、灵验不灵验，这些你妈妈想必是最清楚的。"

张钰龙一头的雾水。这阴阳怪气的龙永久，为哪样缠着他不放，喋喋不休地跟他讲这些呢？既然母亲那套精美无比的嫁妆，就是出自那人之手，怎么这么多年，母亲从来没有提起这个雕花木匠，提起他有祖传的躺躺迷药呢？那天，宝儿在窨子屋门外吵冤枉，说是放了凤儿的躺躺迷药，母亲却像是对躺躺迷药浑然不知。这又是怎么一回事呢？这龙永久一肚子的坏水，生起门径，重提这些旧事，一定有他的目的。唆起宝儿去梵净山找那人讨要躺躺迷药，说不定就是他的馊主意。

张家窨子里，石榴从街弄子回来，向刘金莲、印蕙娇婆媳二人禀报她听到的传闻："太太！少奶奶！街上的人到处在说，宝少爷一个人悄悄儿去了梵净山。"

刘金莲愣住了，半天说不出话来。一旁的印蕙娇，把婆婆的神态看在了眼里。她正想制止石榴说话，那丫头却快言快语说开了："大家都在讲，宝儿是去找梵净山上一个雕菩萨的雕匠，那雕匠是麻家寨的人，有祖传的躺躺迷药，那种鬼药灵验得很哩！"

印蕙娇觉得不妙，赶紧说："晓得了。这里没你的事，去吧！"

刘金莲极不自在地僵在那里，有一种说不出的尴尬。刚才儿媳对石榴说话的神态，表明她对婆婆的过去，对矮子雕匠，对躺躺迷药，都是有所了解的。所幸的是，识大体的儿媳在有意地替她掖着，不把这层窗户纸捅破，让婆婆的面子得以保全。

"我有点儿累，想去憩息了。"刘金莲说。

"您还没吃晌午饭哩！"

"没口味，不想吃。"

这时候，张钰龙也回到了家里，报告他刚才在街上听到的最新消息：

"娘，宝儿又在发宝气，去了梵净山。"

"娘晓得了。她有点累，让她去歇着吧！"印蕙娇不想丈夫继续往下说。

刘金莲也害怕听儿子往下说。说起宝儿去梵净山，必然要说到麻大喜，说到觉觉迷药。那都是她最不愿意听到的话。可就在她正要抽脚回房时，张钰龙又说话了，像是在对她说，又像是在自言自语："今天真悖时，碰上龙永久那块滚刀肉，硬是缠着我不放，絮絮叨叨讲了大半天。"

印蕙娇立刻接腔："狗嘴里吐不出象牙，他的嘴巴讲不出好话。娘，您莫管这些事，去歇着吧！"

刘金莲拖着脚步走了，却在廊檐的拐角处，又停了下来，她想听听那龙永久跟钰龙究竟讲了些哪样。

儿子压低嗓门对儿媳说："龙永久说，宝儿这次去梵净山，是要找一个叫麻大喜的雕匠讨要觉觉迷药。他还说，娘房里的那套家具，就是这个雕匠花了三年工夫打的，雕匠和娘熟识得很。还说觉觉迷药到底有没有、灵不灵，娘是最清楚的……"

"你这个人也真是，怎么听他胡说八道。记住，往后在娘的面前，不管遇到怎样的情形，都千万不要再提'觉觉迷药'这四个字……"刘金莲听见，这是儿媳在说话，声音压得很低。

"……"

刘金莲背靠着板壁，侧耳细听着。无奈俩公婆的声音很小，她听不清。这时，一种莫名的悲哀，涌上了她的心头。她顿时感到天旋地转，两眼直冒金花，险些儿晕倒在地上。她好不容易才把心神隐住，而后步履蹒跚地回到自己的房间。

极度惶惑与痛苦的刘金莲，在卧房里面对孤灯痴坐。满房的雕花家具，依然如故地摆放在那里。这些家具自从搬进来以后，落地生根，就再也没有挪动过。眼下的所有烦恼与无奈，都是来自雕作这些家具的雕匠。尽管如此，她对那个男子却并没有丝毫的怨恨，而只是嗟叹自己的苦命。原以为时过境迁，那一场人生的梦魇，将永远封存在不堪回首的记忆里。没想到无端的风雨，却一次次触动她敏感的神经，一次次把她推向了尴尬的境地。宝儿的生憨发哈，令她哭笑不得；鸦片商的阴险毒辣，令她毛骨悚然；儿子懵懂的问话，令她不知所措；儿媳异样的眼神，令她胆战心惊……她不敢想象，当初在娘屋里发生的一切，一旦为儿孙们所知晓，将会是怎样的尴尬局面；她更不敢揣测，宝儿此去梵净山，若是真的找到了那个雕匠，提出那不着边际的要求来，将会是怎样的情形……不知不觉中，她流泪了。

刘金山一觉醒来，已近晌午。他匆匆扒了两口饭，抽身便往张家弄走。昨天夜里，他就已经想好，必须去到妹妹那里，进行一番无济于事却又不可或缺的安抚。当他到达张家窨子以后才得知，这天寅卯不通光的时分，刘金莲就坐着轿子前往船溪驿，去为世顺舅舅拜寿去了。刘金山掐指一算，离世顺舅舅的生日还有三天。这时候，她提早离开浦阳镇，外出暂住些日子，无疑是明智之举。自从月娥冲喜嫁到蜡树湾，成了寡妇以后，刘金莲就总觉得对不住世顺舅舅。虽说她和这位舅舅算不得嫡亲，可她还是每年去给老人拜寿。她想通过这一举动，从精神上给老人一点儿补偿。

宝儿被追了回来，是两个佣工用滑竿抬回来的。原来，宝儿朝着梵净山走去，路上受了风寒，出了凤凰城不远，便病倒在了路边。两个佣工追上他时，他已经被当地一个好心的苗民送到了附近的奇梁洞里。苗民有习俗，家里是不能留宿病人的，便将宝儿安顿在奇梁洞里。佣工沿途打听宝儿的行踪，正好问到往奇梁洞给宝儿送药、送饭的苗民。病哀哀的宝儿，躺在奇梁洞的一个角落里。他一心要去梵净山，说什么也不肯回转。两个佣工依不得他那多，不由分说，将他抬上了滑竿。

宝儿被追回的消息，很快在镇上传开了。宝儿还在病中，刘金山对他的所作所为，也就没有进行过多的追究。没了几天，宝儿经过调理，病体得以痊愈。那有关躺躺迷药的街弄子闲言，也渐渐趋于平息了。

这时，元隆木行的木排也从洪江到达了浦阳，接着便是发往常德。刘金山决意让士达得到历练，要他一道跟排前往。临行前，刘金山嘱咐伍秀玲，要她对宝儿严加管束，并立下"约法三章"：一不许再提躺躺迷药；

二不许再到姑姑家胡闹；三不许再跟癞毛往来。

刘金山跟木排去常德以后，宝儿有"约法三章"的约束，再不敢到姑姑家胡闹，也下决心同癞毛断了往来，而对于躲躲迷药，却仍然是坚信不疑，心生向往。他相信只要得到真正的躲躲迷药，那光鲜无比的凤表妹就非他莫属了。怎奈是山上的髼髼草不起作用，交尾的红蜻蜓又无处寻觅。一天夜里，他梦见两条蛇紧紧地缠绕着，做着两情相悦的勾当。癞毛说过，只有用这样的两条蛇，才能制成灵验无比的躲躲迷药。然而，宝儿从小就怕蛇，梦中的景象虽然蕴含着他的美好希望，但毕竟那是他最怕见到的野物，他被吓醒了，嘴里不停地念叨着"呸啾！"。

早饭过后，细屎来到刘家窨子，一把拉起宝儿就走。

"你这是做哪样嘛？！"宝儿一头的雾水。

"莫问，跟着我走就是，小叔不会害你。"细屎紧紧拉着宝儿的手，不由分说地穿街过弄，直到走出街市，踏上了山中小路。

"你要拉我去哪里？"

"少废话，跟我走！"

细屎拉着宝儿一路走来，到了楠木峒。

"这里不是楠木峒吗？拉我来这里做哪样？"宝儿问。

"你不是想做躲躲迷药吗？机会来了！"细屎说。

楠木峒的蛇最多。细屎说起做躲躲迷药，宝儿立刻想到两蛇相附，忙问道："怎么？有人在这里见到两蛇相附了？！"

躲躲迷药被湘西人说得神乎其神。有个躲躲迷药的单方许多人都晓得，就是在两蛇相附的时候，将蛇打死，将死蛇烧成灰。那烧成灰的两条蛇，仍然缠绕在一起。这种蛇灰便是最好的躲躲迷药。可要遇到这种事，并且做成药，又谈何容易。细屎的爹爹是梅山蛇师，细屎是蛇法道艺的当然继承者。爹爹有嘱咐，蛇师是不能轻易将蛇打死的。爹爹从来没有打蛇的经历，即使是看见这种两蛇相附，也仅仅只有一次。那时，爹爹还年小，正在跟着爷爷学"呼蛇"。爷爷道艺高超，山里的蛇可以随呼随到。

一次，在呼来的蛇当中，有两条乌梢蛇在相附。爷爷生气了，骂了声：
"畜牲，竟敢当着蛇师的面做这样的事！"一顿的棍棒，就把那两条乌梢
蛇打死了。时下，浦阳镇岩蛙上市。楠木峒里岩蛙多，蛇也多。细屎告诉
宝儿，龙家垴一个后生到楠木峒捉岩蛙，被毒蛇咬了，落得个蛇毒攻心，
生命危在旦夕。爹爹为他化了蛇水，暂时稳住了伤情。要彻底治愈，必须
用古老的梅山"呼蛇"之法，到楠木峒把所有的蛇呼唤到跟前，从中认出
那条咬人的蛇，取出它的涎水，作为治疗蛇伤的药引，伤者方可治愈。得
知此事，仗义的细屎立刻想到了宝儿朝思暮想的躺躺迷药。倘若这次爹爹
在楠木峒，也像当年爷爷一样，在呼来的蛇中，能见到两条相附的蛇，并
将蛇打死，制成躺躺迷药，不正是"得来全不费功夫"吗？就这样，细屎
硬把宝儿拉到了楠木峒。

　　一泓山溪从楠木峒的深处流出。溪边，有一棵硕大的圆槠树。树下，
是一片长着灌木和野草的开阔地。宝儿根据细屎的安排，爬上了那棵枝繁
叶茂的圆槠树，骑坐在一个树桠上。树下的一切他尽收眼底，而在树下活
动的人却是发现不了他。

　　"听着，等会我老爹一作法，便会有好多好多的蛇，朝着这里爬来，
到时候你一定要稳住，绝对不能慌神。"细屎对爬到圆槠树上的宝儿千叮
咛，万嘱咐。

　　"一定要稳——住！不能慌——神！"宝儿结结巴巴地重复着细屎的
话，心里在不住地打着鼓。

　　"看，我爹来了！你在树上藏好，千万莫作声。"细屎再一次交代。

　　宝儿透过圆槠树叶的缝隙，朝着远处望去。只见他的干爷爷——梅
山蛇师身背一个红布袋，朝着楠木峒走来。他的身后跟着的两个汉子，显
然是蛇伤者的家人。

　　"到处寻你，你怎么一个人先来了？"蛇师对儿子的先期到达有点儿
不解。

　　"嘻嘻！反正是要来的，我就先来了。"细屎笑着跟老子含糊其词。

蛇师不再责备细屎，树上的宝儿这才放了心。梅山蛇师"呼蛇"，常常被说得神乎其神，宝儿既想看又怕看。只见那蛇师带着儿子细屎，走上一个土堆。蛇师从红布袋里取出神香和纸钱，交由细屎点火焚化之后，便朝地上连掷三卦，口中念念有词，求得"三福周全"。而后在楠木峒前的草丛中来回走动。蛇师的右手带了残，不灵便。只见他弯下腰，将左手伸进草丛，顷刻便捉到了一条比筷子略粗些的竹叶青。他的手紧紧抓着竹叶青的七寸，那剧毒的竹叶青便张着嘴，吐着信，细细的尾巴，缠绕在了他的手臂上。站在一旁的那两个蛇伤者的家人，直把两眼都看瞪了。这时，坐在树杈上的宝儿，尽管在默念着那句"要稳住，莫慌神"的话，却依然不自主地浑身上下起了鸡皮疙瘩。细屎不愧是蛇师的崽，一点儿也不害怕。他不紧不慢地从老爹的那个红布袋里，取出了一条红丝带，系在了那条竹叶青的七寸上。蛇师的嘴里，依然在轻声地念叨着咒语，而后将手一松，便将那条系着红丝带的竹叶青放归草丛，转眼间，草丛中的竹叶青连同红丝带便消失得无影无踪。

触目惊心的一幕过去，宝儿总算松了一口气。令他不解的是：蛇师为哪样给蛇系上红丝带？又为哪样把蛇给放了？更让他挂心的是，什么时候才能有两蛇相附的场景出现。不见了蛇的踪影，宝儿浑身的鸡皮疙瘩也随即消退。这时，蛇师向伤者的家人嘀咕了几句，然后将他二人带到溪边一块空地上，嘴里念念有词，用树枝在地上画了个圆圈，要他俩站到那圆圈的中间。显然，他俩站在圆圈里面，才不会受到毒蛇的侵害。接下来，蛇师又开始了新一轮的作法。他嘴皮在不住地翻动，显然是在念着梅山咒语，宝儿一句也听不清。突然，宝儿得见蛇师两脚踏起了罡步，紧接着又起了高腔：

……大清国新化县铁炉寨，梅山得道师傅王法万，弟子今有急事喊，有急事传……一峰在天，二峰在地，三峰成河，四峰归整开蛇路……弟子开了东方蛇路，开了南方蛇路，开了西方蛇路，开了北方蛇路，开了五方中央蛇路……

　　蛇师的声音又慢慢变小了。咒语声中，宝儿透过圆槠树枝叶的缝隙，惊奇地发现开阔地上的野草，霎时间出现了一道道向两边分开的迹象。一点耀眼的红色从灌木丛中闪出，在被分开的野草中掠过。宝儿立刻意识到，那红色就是细屎系在竹叶青七寸上的红丝带啊！他的心立刻悬了起来，"砰砰"地跳着。顷刻间，楠木峒里数不清的蛇，在蛇师的呼唤下，在这条他放回的竹叶青的引领下，来到蛇师的跟前集合。蛇师趁着这个机会教儿子认蛇："喏！这条叫作笛子蛇，像一根笛子，有银白色的环，又叫银环蛇；这条叫作眼镜王蛇，生起一副公鸡的冠子，又叫作鸡冠蛇；这条叫作烙铁头，三角形的脑壳就像是个烙铁；这条叫作塞鼻蛇，最懒散，像是鼻子不通气，它又叫五步蛇，被它咬了出不得五步就会倒下……"

　　蛇师的话语，清晰地传到了树上宝儿耳朵里。草地上，数不清的蛇在蠕动，有的还高高地昂起了头，像是在对蛇师致意。宝儿再一次鸡皮疙瘩骤起，浑身上下的一根根汗毛再次全都竖了起来，垂在树上的一双脚筛糠般地发着抖。蛇师教过儿子认蛇以后，便蹲下身子将跟前的蛇群拨弄来，拨弄去，从中寻找着那条闯祸的家伙。

　　"笛子蛇！就是这条笛子蛇咬的！"圆圈里的那两个伙计对着蛇师大声叫喊。

　　"莫作声！"蛇师压低嗓门制止道。

　　这时候，最着急的莫过于细屎了。眼前这些被老爹唤来的蛇，丝毫没得两蛇相附的迹象，圆槠树上却藏着个等待这种事出现的宝儿。细屎朝着圆槠树上睨了一眼，宝儿打着哆嗦，小脸吓得只剩下二指宽了。细屎后悔不迭，不该没事找事，把宝儿弄到这楠木峒来。

　　蛇师的跟前，呼来的笛子蛇有十多条。他嘴里念着咒语，将手伸到了它们的中间，其中的一条蛇缠到了他的手上。显然，就是这条蛇闯的祸，应该由它来收拾。当蛇师起身的时候，几条眼镜王蛇，似乎是发现了树上的宝儿，齐刷刷地昂起头，两眼四下张望，嘴里吐着信，发出"呼呼"的声响，接着又如同射箭一般朝着圆槠树梭去，把偌大的圆槠树围了个严实，似乎是要往树上爬。树杈上坐着的宝儿，顿时被吓得魂飞魄散，浑身不住地颤抖，屁股不由得向小溪的方向挪动。"哗啦"一声树枝断了，伴随着大声喊叫，宝儿连同树枝一同掉到了小溪里。

"是哪个混账东西，敢来这里做鬼！"蛇师发怒了。他连同手上缠着的笛子蛇，一个箭步跳下小溪。当他发现掉下来的人是宝儿时，火气顿时被浇灭。

"干爷爷！"宝儿哭丧着脸，叫唤着。

细屎吓出了一身的冷汗，呆呆地站在溪边，不知所措。

蛇师冲着儿子起吼："鬼崽崽，发哪样呆，还不赶快送宝儿回家！"

浦阳镇

【下卷】

李怀荪 著

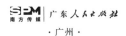 广东人民出版社
·广州·

图书在版编目（CIP）数据

浦阳镇. 全三卷 / 李怀荪著. —广州：广东人民出版社，2023.1
ISBN 978-7-218-15899-0

Ⅰ．①浦… Ⅱ．①李… Ⅲ．①长篇小说—中国—当代 Ⅳ．①I247.5

中国版本图书馆CIP数据核字（2022）第137122号

PUYANG ZHEN（QUAN SAN JUAN）
浦 阳 镇（全 三 卷）
李怀荪 著

版权所有 翻印必究

出 版 人：肖风华

策划编辑：向继东
责任编辑：钱飞遥
插　画：田　涌
责任技编：吴彦斌 周星奎

出版发行　广东人民出版社
地　　址：广州市越秀区大沙头四马路10号（邮政编码：510199）
电　　话：（020）85716809（总编室）
传　　真：（020）83289585
网　　址：http://www.gdpph.com
印　　刷：广州市豪威彩色印务有限公司
开　　本：787毫米×1092毫米　1/16
总 印 张：86.5　　总 字 数：1250千
版　　次：2023年1月第1版
印　　次：2023年1月第1次印刷
总 定 价：138.00元（全三卷）

如发现印装质量问题影响阅读，请与出版社（020-87712513）联系调换。
售书热线：（020）87717307

目录

CONTENTS

下　卷

I

下卷

● 巫师的葬礼

　　小寒过后，是一年中最冷的季节。凛冽的寒风，连绵的冻雨，纷飞的雪花，檐前垂挂着的冰凌，使天地变得阴晦而幽暗。清晨，被大雪覆盖的龙家垴，静谧而冷清，偶尔的一两声公鸡啼鸣，格外清晰。龙法胜睡在床上，迟迟没有起身。近来，他头晕的老毛病越来越严重，有时候，太阳穴还在隐隐作痛，只有夜里静卧床上，头晕得到缓解时，他才又会回到舒心的世界。这个七口之家，他起床总是最晚的。

　　前些天，龙法胜到浦阳镇上还傩愿，为了头晕的病，去了一趟德济堂。那里的老郎中杨锡焘与他的关系非同一般。在浦阳一带，这两人都是家喻户晓的人物，一个是悬壶济世的杏林高手，一个是香火通行的巫傩传人。古时候，巫医本是一家。到了后来，二者分道扬镳了。在湘西，他们却仍然有着千丝万缕的联系。郎中悬壶济世的人家，同时也是巫师行傩作法的去处。任何时候，二者都是相互抬举，相互提携，从不说对方的坏话。郎中遇到奈不何的疾病，会建议病患去找巫师试试；巫师遇到退不掉的煞气，会提醒信人去找郎中瞧瞧。医药和巫傩的配合，构成了湘西人应对疾病的特殊方式。药铺的大堂里不见老郎中的身影。原来老人家由于沉疴痼疾，卧床不起已有多时了。世上的事情，就是这样残酷，老郎中曾妙手回春，为多少人解除过病痛，对于自己却是无力回天。龙法胜联想到了自己。他终日为别人驱瘟逐疫，祈福解厄，对于自己的关煞灾星，却同样也是束手无策。自从得了这头晕病以后，他请来同坛道友，冲傩冲了好多次，退煞退了好多回，都没得一点儿效应。按照湘西人的思维方式，此路不通，就只有另辟蹊径——求助于郎中了。老先生动弹不得，他就请老先生的公子杨世森为他开了单方。回家后，他依照单方一连吃了十几服药。吃药过后，病体不减，头晕依旧，甚至比以往还要严重。龙法胜有点儿紧张起来。他明白，大凡求神不灵，而医药又无效的，十有八九都是凶多吉少。头晕症是致命的病。他甚至有不祥的预感，说不定什么时候一晕倒，便再也起不来了。巫师是阴阳世界的沟通者，龙法胜对于死亡没有太多的畏惧，他最担心的，是身后的那一堂"送亡师"的仪式，是不是做得到堂？做到堂了，他可以顺利地进入理想的天国；若是做不到堂，他将和常人一样去地狱等待轮回。能为他做好这堂法事的，在他的弟子中只有火儿一人。他把婆娘、女儿和女婿郑重其事地叫到跟前交代："你们都听好了。我的这个头晕病，总是不见好。我只怕就在这一阶了。有朝一日我晕倒起不来了，你们不要为我花冤枉钱请郎中。郎中救不了我的命。我是个老司。老司的三魂七魄，应该有个好的去处。在我落气之前，你们一定要把火儿叫到我的身边，我身后的法事怎么做，你们全都要听火儿的。"

"你莫尽讲这些，听了叫人心酸。"阿珍哽咽着说。

"我也心酸啊！心酸也有那一天。"龙法胜说着，再一次强调："记住，要听火儿的。"

阿珍泣不成声地说："你放心就是，真的到了那一天，我们会全都听火儿的。"

龙法胜对于火儿，总有着一种特殊的感情。如果是依他的，火儿应该是龙家的女婿，由于婆娘的胡搅蛮缠，让旺儿进了屋，成了现在的局面。龙法胜明白，自己一走，把这一家人交给旺儿，龙家以后的日子，只怕就没得现在这样如法了。

一夜睡眠之后，龙法胜的头晕症有了些缓解。他很晚才起床，起床后的第一件事，便是到大门外去上茅厕。浦阳镇市面上的人，笑话这一带的苗家："古怪古怪真古怪，茅厕修在大门外。"龙法胜的大门外便有一间茅厕。茅厕与龙家的吊脚楼之间，隔着一块铺着积雪的禾场坪。大雪一连落了几天，冻雨又飘飘洒洒而下，接下来必然是雪地上的结凌。一阵寒风从远处的山坳扑面吹来，龙法胜不由得打了一个寒噤。他踏着禾场坪的积雪，向着对面的茅厕缓缓儿走去。

龙家茅厕的屋顶上盖的是杉树皮。劈成两半的杉树，用篾片捆扎，遮挡住茅厕的三面。龙法胜撩开门上挂着的竹帘，那里面置放着一个由篾片箍拢的巨大粪庞桶，上面悬空架着两块大木板。粪庞桶的前面，是一架由三蹬木板做成的梯子。三天前，大风掀掉了屋顶上的一块杉树皮。龙法胜催了旺儿两次，要他把掀掉的杉树皮盖好，懒散的旺儿拖着没去盖。连日的雨雪，透过缝隙落到了梯子的木板上，结成了一层冰凌。冰凌很滑，龙法胜小心翼翼地爬上木梯，去粪庞桶上如厕。当他如厕过后起身时，猛地觉得头晕，有点儿站不稳，但他仍然想要挣扎着走下粪庞桶。他一挪脚，刚好踩踏在那结凌的木板梯上，"咣当"一声，他顺着木板梯仰天梭倒了。正巧，阿珍到门口泼水，听到茅厕里的声响，又看到雪地上的脚印，立刻意识到是丈夫在茅厕里出了事。她一路小跑，进到茅厕里，发现丈夫倒在了粪庞桶前面的地上。

"旺儿，兰花，快来呀！老者扳倒了！"阿珍惊呼。

当旺儿和兰花来到茅厕时，阿珍正在哭喊着丈夫，躺在地上的龙法胜，闭着眼睛，没得回应。这一跤摔得他不省人事。

茅厕木板梯的冰凌上，有一道印痕，龙法胜滑倒的原因一目了然。

兰花呜呜地哭着，嘴里不住地骂："剁脑壳的，催了几次，也不来把这屋背盖好……"

旺儿晓得，是因为自己的过错，老丈人才会摔的这一跤。他闯了大祸，连气都不敢大抽，脸巴子吓得只有二指宽。

"剁脑壳的……"兰花仍然在不住地骂着。

"骂！有哪样骂的？！还不赶快把人抬回屋里。"阿珍发话。

大雪依然在下着。卧房里太冷，伺候起来也不方便，龙法胜被安置在火塘的长凳边躺着。他的两只眼睛微闭，一边脸是斜的，嘴巴也歪了。火塘里的火，烧得特别旺。兰花久久地掐着父亲的人中穴不放。阿珍让旺儿往地下打碗摔碟，自己则带着乾儿、坤儿和小妹，朝空中抛撒茶叶和稻米。

"法胜！快回来……法胜……"阿珍带着伢儿们一边抛撒着茶叶和稻米，一边喊叫。

"外公！你快回来……你快回来……"三个伢儿也同声喊叫起来。

或许是这声声叫喊，触动了龙法胜的神经。昏迷中的龙法胜，那张歪斜着的脸，轻轻搐动着，那只没歪斜的眼睛，竟然微微地睁开了一点点。

"娘！爹爹醒过来了。"兰花松开掐着父亲人中穴的手指，喜出望外地叫道。

旺儿不再摔打碗碟，阿珍和伢儿们也停止了喊叫和抛撒。

"法胜，你醒了。醒了就好。你可真把一屋人给吓坏了。"阿珍含着眼泪说。

龙法胜微微睁开的眼睛，又缓缓地闭上了。他那歪着的嘴巴不住地歙动着，却怎么也说不出声来。

"法胜，想做哪样，你说话呀！"阿珍说。

龙法胜昏昏沉沉，思维却仍然是清晰的。他怎么也说不出话来，几滴泪珠从眼角滚落。突然，他吃力地将一只手缓缓地抬起，朝着火塘指了又指。

"旺儿，他是嫌火小了，快把火加大点。"阿珍说。

旺儿连忙往火塘里加了一把柴，火烧得更旺了。熊熊的火光，映着龙法胜惨白的脸，一家老小的眼睛，都集中到他的身上，只见他再一次艰难地抬起手，颤颤巍巍地指着火塘。

一家老小面面相觑，都不晓得龙法胜这样指着火塘，究竟是要做哪样。

兰花眼珠子一转，她想起了父亲的交代："我晓得了。爹爹指的是火塘里烧着的火，是要我们赶紧去把火儿接来。原先他是有过交代的。"兰花说着，便凑到父亲的耳边，轻轻地问道："爹爹，去把火儿接来，你说是吗？"

龙法胜似乎听懂了女儿的话，放下了那指着火塘的手。

"你们看，他认可了，连手也放下来不指了。"兰花说。

"真是的，心里一急，把他的交代全都给忘了。"阿珍说着，当即吩咐女婿："旺儿，你快去铁门槛把火儿接来。"

旺儿点了点头。他走过去打开了伙房的门。门外，漫天的大雪下得个乌天黑地。

"这么大的雪，只怕封了上铁门槛的路啊……"阿珍自言自语地说。

旺儿一直栽着脑壳，一声也不吭。他后悔没去把那被风掀掉的杉树皮盖好，惹出了这么大的祸息，为了这事，兰花肯定会怨他一生一世。眼下，兰花正在气头上，他不敢再去惹她。听说这大雪天，还要让他上铁门槛去接火儿，一下子就懵了，可又不好拒绝，便结结巴巴地说："铁门槛……落这么大的雪，只怕……"

兰花脸上如同罩了一片黑云。她一肚子气正好没处消，便对着旺儿起了高腔："怕！这有哪样怕的？！还是个男人吗？莫讲是落雪，就是落刀你也得要去！"

兰花吼罢，又"呜呜"地哭了起来。这时候，阿珍赶紧取来斗笠和蓑衣，塞在了旺儿的手中。

"去吧！早点动身，路上小心，快去快回。"阿珍催促着旺儿。

旺儿尽管有些儿不情愿，可还是戴上斗笠，披好蓑衣，匆匆动身了。兰花望着丈夫出门的背影，哭得更加伤心，她为爹爹的突然病倒而悲泪，同时也暗自嗟叹自己的苦命。当初，若是按照父亲的意愿行事，她的丈夫就不是旺儿，而是火儿了。今天的事情就不会发生。父亲也就会活得好好的。可偏生遇上了一个糊涂的老娘，她为了眷顾自己的姐妹，置女儿的心愿而不顾。好端端的一个家弄成了这般田地……

一整天，龙法胜就静静地躺在火塘边。他水米不沾，喂了一点儿片糖水，也全都吐了出来。龙法胜原日曾有过交代，当他晕倒起不来时，不要花冤枉钱请郎中。他的这个病，请来郎中也是枉然。旺儿离家去铁门槛接火儿，阿珍和兰花母女俩，守护着生命垂危的龙法胜，承受着与亲人生离死别的煎熬。她们不甘心亲人就这样匆匆离去。她们坚信，作为巫师的龙法胜，道艺高超，心地善良，做过无数的好事，是普天下最好的人。好人终会有好报，奇迹一定会出现。于是，阿珍吩咐兰花，去把寨子里唯一的一位草药郎中接了来，为龙法胜看病。龙法胜若是有缘，服他的药医，或许能起死回生，保住一条老命。岂料那位草药郎中一听说龙法胜的病情，自知回天无力，当即便婉言推辞了。随着兰花请医，龙法胜得重病的消息，霎时间便传遍了龙家垴。龙家垴住的都是龙姓人家。族人们纷纷冒着大雪前来看望。老司龙法胜曾是族人的骄傲，多少年来，为村寨驱瘟逐疫，替世人解厄消灾，而当他面对自己的病疾时，却也是无能为力了。

夜饭过后，雪渐渐下得小些了。到了这时候，还没见旺儿把火儿接来，阿珍和兰花心急如焚。躺在火塘边的龙法胜，仍然处在昏迷的状态中。他脸色惨白，身体僵直，一动不动，只有他的喉咙里，时不时传出卡着黏痰的"喔喔"声。阿珍觉得有点儿不对劲，用手背试探他的鼻息，发现他已是出气多，进气少了。

"法胜，你千万要挺住。旺儿已经去接火儿了，马上就会到。"阿珍含着泪，在丈夫的耳边轻声说。

兰花也哭着说："爹爹，你不能走，兰花不让你走。你要挺住，火儿就要到了，他会有办法救你的。"

屋外出现了"沙沙"的脚步声。门开了，浑身粘着雪花的火儿，一冲便进了伙房，他的身后，跟随着精疲力竭的旺儿。

"师父！师父！"火儿无法抑制自己的情感，双膝跪在火塘板上，对着龙法胜大声地叫喊着，哭号着……继而，他稳住心神，口中念念有词，用左手的手指挽结起一道灵官诀，在龙法胜的天灵盖上转绕了三圈，而后说："师父，你要稳住，灵官菩萨保佑你，你一定会好起来的。"

众人的眼睛，都集中到了龙法胜的身上，希望火儿的这道灵官诀，能够阻止龙法胜走向死亡的脚步。那躺在火塘边的龙法胜，或许听到了火儿说话的声音，身子突然搐动了起来。人们喜出望外，希望奇迹出现。接下来，龙法胜却又再也没有动静了。

这时，兰花倒来一盆热水，放在火儿面前的火塘板上，说："大冷天的，洗把热水脸吧！"

火儿对身边的旺儿说："旺儿哥，你先洗！"

兰花生气地说："哪来那么多废话，叫你洗你就洗！"

就这样，旺儿被晾在了一边。

吃饭了。火儿心情不好，霸蛮吃了一碗饭。兰花要给他添饭，被他阻止了，说是吃不下。兰花明白，父亲在他心里的分量，实在是太重了。旺儿却不是这样。他大雪天走了一天的山路，感到又冷又累又饿。进屋身子暖和之后，肚子就更饿了，一口气便吃了三大碗。兰花看在眼里，一肚子的不高兴，老者都病成了这个样子了，还不关他的一点事，只顾自己哈吃哈胀，真是个没良心的东西！

火儿放下碗筷，便坐到了师父的身边，再次用左手的手指挽结起灵官诀，在师父的天灵盖上转绕。师父曾经告诉他，灵官诀是一道祛邪扶正的诀，可以为重症的病人祛除附体的邪神，扶助他恢复元阳正气。一个行傩施法的巫师，每当他无计可施时，这便是他最后，也是最简单的一招。突然，他看见师父的脸上，泛起了红潮。一种不祥的预感，掠过火儿的心头，这分明是师父的回光返照啊！即便如此，火儿依然还心存着幻想，他希望这种迹象是灵官诀为师父带来的生命转机。他在静静地注视着，盼望着，等待着神奇的力量使师父的生命获得延续。不一会，师父脸膛上再次出现的潮红，转瞬间便又消失殆尽。试试他的鼻息，已经是只有出气而没有进气了。突然，师父的身子抽搐着，挣扎着，继而喉头又发出了"嚯嚯"的声响，火儿掰开师父的嘴巴，伏下身子，试图用自己的嘴巴，把那卡在喉头的黏痰吮吸出来。这时，师父停止了挣扎，随之挺直了身子……

阿珍和兰花，立刻动了哭声。

"旺儿哥，师父要走了，快放鞭炮！"火儿大声说。

鞭炮声中，火儿将师父背到了堂屋里，扶着他坐在八仙桌子前面的一把椅子上。

听到鞭炮声响，寨子里的族人，都晓得这是为龙法胜送行的鞭炮，人们纷纷涌向丧家的吊脚楼。

人们高举的火把，将堂屋照得通明。还没完全咽气的龙法胜，由火儿扶着，端坐在椅子上，显得从容而安详。寨子里的两位长者，立刻取代火儿，上前扶着龙法胜。兰花和旺儿，则带着他们的三个伢儿，一齐跪在了龙法胜的面前。火儿双膝跪地，用双手的手指挽结起一道莲花诀，托起师父垂下的一双脚板，口里念动神词：

顶门金鸡叫，西方路不差。老君亲接引，步步踩莲花。

当鞭炮声又一次响起时，龙法胜的三魂七魄，就这样脚踩着莲花，朝着另一个世界走去。这时，火塘的铛架上，洗澡水已经烧好。洗澡的木盆，放置在堂屋里，四周围着一领竹席。火儿和旺儿抬来一桶洗澡水倒入木盆，火儿一只脚踏在木盆的边沿，口里念动神词：

脚踏金盆边，莲花就地生。金盆装金水，金水洗金身。

火儿和旺儿，一同为澡盆里龙法胜的遗体沐浴净身。在沐浴的过程中，火儿将木盆里的洗澡水，往自己的舌头上稍许点了一点。沐浴完毕，火儿和旺儿为龙法胜的尸身着寿装。这时，堂屋的右侧，已经用卸下的门板搭架好了一张灵床。龙法胜的尸身着装完毕之后，便被抬上了灵床，覆盖上特制的灵被。

　　湘西巫傩沿袭着一个规制：每个巫师亡故后，都是由他最得意的弟子来主持这种称为"送亡师"的仪式。长此以往，代代相传。做这样的法事，火儿是第一次，也是最后一次。龙法胜在生时，就决定了火儿是做这项仪式的人选。他曾将这种仪式的要旨，对火儿作了最细致入微的交代。火儿对师父讲授的每一个细节，都记得十分清楚。如今，这个他不愿意见到，却又必须经历的时刻，就这样来到了。他沉着，镇定，仪式的每个环节都进行得有条不紊。当他将亡师的尸身安排熨帖，上了灵床时，已经到了凌晨寅卯不通光的时分。龙家垴的龙姓族人，同样是彻夜未眠。他们把丧家的吊脚楼挤了个拍满，一则是龙法胜在生时人缘极好，人们都来向他告别；二来"送亡师"这种巫傩仪式，多少年也难遇到一回，人们也就顾不得天寒地冻，都争着来看个热闹。火儿年纪虽然不大，但作为傩巫的后起之秀，名声却不小，这项仪式是由火儿来主持，来看热闹的人，自然也就更多了。

　　金鸡啼鸣，东山泛起了鱼肚白。风不再刮，雪不再下。风雪过后，天色放晴，人们都说这是龙法胜结得天缘。明媚的阳光，照耀着白茫茫山林、田野。丧家吊脚楼屋背的积雪，渐渐开始融化，从瓦檐口往下流淌。接下来，火儿将要进行"送亡师"的一项重要程序——"灵床盖印"。

　　老司所有的法器中，最重要的莫过于法印了。人世间，从皇帝的玉玺，到官员的关防，无不显示着印鉴的权威。老司也是这样，他凭着一颗巫傩法印，协理阴阳，沟通人神。巫傩的传承，就是通过法印的授予来完成的。九年前，龙法胜通过隆重的"抛牌过印"仪式，将这枚法印授予了弟子石法炎。火儿虽然有了这个法名，人们却依然习惯地称他为火儿。如今，师父寿终正寝。弟子按照巫傩的规矩，要用这枚法印，盖在亡师尸身的三十六个部位。这些印记，将伴随着亡师的灵魂，去到阴冥世界游历，登上极乐的天国。亡师凭着这些印记，证明他生前的辉煌，享受到身后的荣耀。此刻，亡师的尸身在灵床上静静地躺着，是那样从容与安详。只见火儿左手捧印盒，右手执法印，拨开了围观的龙姓族人，悲切切、泪淋淋地来到了灵床之前。他轻吟低唱着古老的《盖印傩歌》，在亡师的尸身上盖起了法印。首先，他在尸身的前额，盖上了"天庭印"。接着，他把"太阳印"盖在了左眼；"太阴印"盖在了右眼。而后又在头顶盖了"天府印"；脚板盖了"地府印"；肚脐盖了"水府印"；胸口盖了"阳府印"。"上洞印"盖在眼睛；"中洞印"盖在鼻子；"下洞印"盖在嘴巴。两道"栏杆印"，分别盖在胸肋两边，用以拦住地狱之门；两道"塞海印"，则分别盖在喉头和尾关，堵塞住亡师坠入苦海的路……

火儿在亡师尸身上，就这样盖上了一道道红色的印记。"太上老君玉皇正印"八个红字，被盖印在亡师的周身上下。最关键的时刻来到了，火儿走到了尸身的脚头。这时，围观的女客们纷纷识相地离去。火儿一步上前，解开亡师的裤子，分开亡师的两胯，亡师的男根显现在众人面前。火儿将蘸好印泥的法印衔在嘴里，双手着地，一个筋斗翻上了灵床，跌跪在亡师的两胯之间。他低下头去，用嘴里衔着的法印，盖在亡师的阴囊之上。这是盖在亡师尸身上的最后一道印，叫作"酆都印"。多少年来，巫傩弟子就是以这种方式，来报答亡师昔日的恩情。他们不计盖印时的污秽，而是以这种独特的举动，表示巫傩代代相传的虔诚。亡师的尸身上有了弟子盖上的这道法印，灵魂就可以免受酆都地狱之苦，而得到身后的安宁。盖印过后，火儿以双手撑着灵床，打了个翻天筋斗下地复回原处，在打筋斗的同时，顺势将口里衔着的法印，抛向了脑后。人们立即围上前去，观看法印落地的方向。人们发现那落地的法印，刻有文字的一面在下，说明这枚法印以后不能再用了。法事完毕，火儿跪在师娘阿珍的面前，领受了一个四吊八百铜钱的利市。九年前"抛牌过印"时，火儿为了表示对师父授印的谢意，呈送的利市，不多不少，也正是这个数目。当年，师父是坐着收受弟子的利市，如今，弟子则是跪着从师娘手里接过利市。师徒之间，一来一往，一死一生，钱财两清，巫傩的道艺，师徒的情义，却因此而得到永世的传承与延续。

早饭过后，吊丧的人们从四面八方涌向了丧家。亡师的三亲六眷，闻得噩耗，都赶来奔丧。铁门槛的石老黑，带着小儿子石白狗来了。米家滩的阿玉急匆匆赶来吊唁，陪同的有刚从河洑放排归来的两个儿子绍刚和绍强。浦阳一带的巫师们，怀着痛失道友的悲情，都纷纷赶来相送一程。火儿与几位前来吊丧的道友，组成了一个送亡师的班子。

火儿领着这一班老司，为亡师在傩坛作法。一路的程序做下来，旨在恭请名目繁多的神祇，从天、地、水、阳四界，来到傩坛为亡师送行。他们在丧家吊脚楼的屋顶上，揭开了三槽瓦，从丧堂抬头便可见天日。火儿将一架有三十三级的竹梯，从丧堂的地面，搭上那揭了瓦的屋檩。亡师的三魂七魄，将经由这架天梯攀缘，步入三十三天之上。

丧堂里，纸钱焚化，烈焰熊熊。火儿取来灵床盖印时用过的法印，投入火中。这枚最权威的法印，在完成最神圣的使命之后，被付之一炬。

这时，灵枢已经在丧堂摆放。鞭炮声中，亡师的尸身由旺儿等人抬进了灵枢。丧堂内，哭声一片。入殓时，火儿高声宣诵：

金盆装金水，金水养金鱼。千年不朽，万年长存。

入夜，"送亡师"的仪式，进入了情感的高潮。龙家垴的龙姓族人，都倾家出动，齐聚丧家。附近村寨的乡亲们，乃至一些浦阳镇的街上人，也都赶来看热闹。龙家的吊脚楼，被围了个水泄不通。丧堂里，廊檐下，到处挤满了人。禾场坪的积雪虽然已经融化，而地下依然是湿漉漉的，人们顾不得这许多，把禾场坪站了个拍满。火照里燃起的枞膏光亮，把吊脚楼的里里外外，照得如同白昼一般。在封棺之前，主持弟子要以亡师的口吻，唱《辞世傩歌》，告别他的亲人，告别他的乡亲，告别他的同坛道友，告别这个他依依不舍的世界。火儿第一次唱《辞世傩歌》，今后也不会再唱。这种傩歌没有固定的词句，完全出自主持弟子的心上。对于火儿来说，是一次对师父情感的表达，也是一次展示才华的机会。这种演唱，将由他一个人从头唱到尾，除了要有肚才以外，还要有足够的体力。师父过世对他的打击太大，他吃不下饭。兰花为了火儿夜里唱歌有足够的精力，特意炒了几个辣椒菜，还煎了两个荷包蛋，要让火儿吃了这餐夜饭。

"火儿，快来吃饭。"

"我吃不下。"

"吃不下也要吃，你夜里要唱歌，清早要送葬。"

"不吃饭，我也一样唱歌，一样送葬。"

"不吃饭，你哪来的精神？你又不是铁打的。"

"……"

"求求你，把这碗饭吃了。"兰花的眼里噙着泪水，以哀求的口吻说。

石老黑也走了过来。他接过兰花的话说："火儿，兰花都这样了，你就把这碗饭霸蛮吃了吧！"

火儿没办法，端起饭碗吃饭，米饭吃到嘴里，就像是嚼木屑一样，每咽下一口，都是那样艰难。他好不容易吃完一碗饭，兰花又为他盛了一碗。

"求求你，莫逼我，我实在吃不下了。"火儿反而哀求起兰花来。

"不行！"兰花说着，把吃剩下的一个荷包蛋，夹到他的碗里，像是哄小弟弟似的说："吃了吧！就只有这么一点点饭。"

正在这时候，旺儿也端着一碗饭进了伙房。他大口大口地吃着饭，还不住地往碗里夹着做给火儿吃的辣椒菜。兰花见丈夫的饿牢相，气不打一处出，一甩手便离开了伙房，火儿吃着兰花夹给他的荷包蛋，仿佛又看到儿时为了荷包蛋发生的一切。他在想，兰花啊！你什么菜不好做，为什么偏生煎的是荷包蛋哟！

火儿吃过夜饭，又一连吃了几锅丝烟，天便完全黑了。他走出伙房，款步来到丧堂。翘首以待的人们，立刻扯起脑壳，把目光集中到了他的身上。火儿吃过夜饭以后，显得精神了许多。人们对火儿实在太熟悉了。他细细时候来到龙家垴学巫，就是个招人喜爱的伢儿。特别是他楠木峒里得见白蟒蛇精以后，便更成了家喻户晓的人物。他作为这堂"送亡师"的主持弟子，是再适合不过的了。只见他对着亡师的灵柩焚香化纸，三跪九叩，而后，他双手抱拳，环顾四周，对着在场所有的人拱手致意。继而，他双目微闭，口中念念有词，默祷着亡师的原神，便完全进入亡师的精神境界。这时，在火儿的躯体上，已经附着了亡师的魂魄。于是，他以亡师的口吻，开腔唱起《辞世傩歌》。这是亡师的最后表白：

离别了，离别阳世去阴间。谷子熟了脱禾线，松子老了要飞天。白鹤离了水草地，燕子别了瓦屋檐。野鹿舍了灵芝草，羚羊弃了昆仑山。大船起了抛锚链，长排解了拴排缆。莫道黄泉路途远，此去只当游花园……

在场的所有人，都屏住呼吸细心地倾听着。火儿的傩歌声声，唱出的既是亡师的心声，也是他自己的人生感悟。一个人的生命，从起始到终结，依照自然的法则，原本就应该这样豁达、从容、无所挂碍。今夜的歌唱，火儿不想一开始就悲悲切切，整整哭一夜，唱歌的受不了，听歌的也受不了。他要让大家的眼泪，从心底里慢慢儿流出。果然，这《辞世傩歌》别出心裁的开头，一开始就惊压四座，人们在瞬间忘却了生离死别的痛楚，仿佛仅仅是在对一个远行的亲人送别。接下来，他用大量的篇幅，歌唱天堂的无比美妙。傩歌告诉大家，亡师将要去到的地方是一个极乐世界，他去到那里，比起苦难的人世，要快乐许多。在场所有的人，都陶醉在傩歌的描述之中。阴阳只隔一张纸，阴阳原来一般同。他们不约而同地为亡师祝福、庆幸。生死轮回，原来如此。令人畏惧的死亡，并不是那么可怕。

火儿的傩歌唱过天堂的赞词，已经是二更时分。唱完这个段落，他要坐下来喝口水，吃锅烟。他揭开棉衣的衣襟，从腰带上抽出烟筒脑壳，把手指伸进烟荷包里，往外抠着丝烟。兰花给他筛来了一杯糖开水，眼睛在那烟荷包上停住了。绣花荷包已经残破，口子的边沿已是毛乎乎的了。她

亲手绣的"喜鹊衔梅"，丝线脱了色，红梅变成了白梅。九年多了，难为
他还一直带在身边。火儿意识到兰花在看烟荷包，连忙把衣襟放下。兰花
哭得红肿的眼睛，又被泪水打湿了。这样的场合，兰花无论怎样哭，都是
正常的，谁也不会朝别的方面去想。火儿免不了百感交集，却又不便有丝
毫的表露。与此同时，旺儿正站在不远处，注视着这两个人的一举一动。
那个烟荷包的来龙去脉，他实在是太熟悉了。他注意到，婆娘盯着烟荷包
发了呆，而后便眼泪汪汪的。显然，这婆娘又在重温旧梦了。突然间，
旺儿不知怎么变得聪明了，趁着火儿喝糖开水的时候，移步插到火儿和
兰花之间，硬把他们两个人岔开。火儿把糖开水喝完，干涩的喉咙，顿时
便清爽了许多。他又得到小表姐的体贴，心里有说不出的舒坦。他顺手把
杯子送还给兰花，却发现面前站着的不是兰花，而是旺儿。兰花只得绕过
旺儿，去接过火儿的杯子。兰花觉得窝火，火儿感到扫兴，却又都说不出
口。这时，旺儿从圆盆里夹了个炭火，为火儿点起烟来……

　　夜渐渐深了。凛冽的北风又刮了起来，寒气咄咄逼人。虽然吊脚楼
的内外烧着一堆堆木炭火，听歌的人们，烤了面前，背心是冷的；烤了背
脊，胸前又冰凉。人们知道，傩歌的动情点即将到来，没得一个人舍得退
场。这时，只见火儿唱着傩歌，去到阿珍的跟前。他的这种歌唱，已不
是弟子对师娘的诉说，而是丈夫与妻子的道别。一声"妻呀！"把阿珍
的眼泪水唱了出来。阿珍将眼前的唱歌人，完全当成了逝去的丈夫。"丈
夫"用声声傩歌，回味着昔日的夫妻恩爱。"千年修得同船渡，万年修得
共枕眠。"他把婆娘比喻成冬天的棉袄、夏日的蒲扇。三十多年如一日，
早晨一杯煮油茶，夜晚一桶洗澡水，天天如此，从未间断。歌声表述着深
深的歉疚，不该撇下堂客，自个儿去到天堂享福，而将她留在人间受苦受
难。"丈夫"的每一句、每一腔，都情深意切，催人泪下。阿珍哭得最为
伤心，人群中出现了一片唏嘘声，就连"亡师"自己，也禁不住落泪了。
接下来，他的一声"妻呀！对不住"，悲凉而凄怆，震撼了在场所有人的
心。丧堂内外，顿时哭声一片。阿珍更是哭成了泪人儿。兰花担心这样会

出事，连忙走了过来，动手搀扶母亲，却被阿珍拒绝了。只见她面对"丈夫"，"扑通"一声，便双膝跪在了地上。她喃喃地说："是我对不住你啊！同你做一世的婆娘，也没能为你生下个传宗接代的儿子。""丈夫"连忙将妻子扶起，他不但对妻子没有埋怨，反而用言语宽慰于她："命里有时终须有，命里无时莫强求。""亡师"嘱咐妻子，一定要善待女婿，把女婿当成自己的儿子……最后，"亡师"与妻子离别的情景，最是撕肝裂肺。一句"阎王注定三更死，不得留人到五更。""丈夫"抽身要走，妻子一把将他死死抱住，高声喊叫："你不能走！我不让你走！"这时候，几个龙姓族中男女一拥而上，硬把他们活生生地拆散开了……"亡师"别过妻子，接着又告别儿孙。旺儿、兰花和他们的三个伢儿一直在丧堂守候着。已是三更时分，最小的坤儿，已经在兰花的怀里睡着了。乾儿和小妹，依偎在她的身边。兰花和伢儿们，一个个都泪流满面，就连熟睡在怀里的坤儿，脸上也带着泪痕。旺儿没有流泪，只是做起哭哭的样子，木木地站在一边。这段演唱，真是难为了火儿。当初，若是依师父的主见，在今夜的丧堂里，就完全是另外一种人物关系，和这女子成双成对的，就不是眼前的这个男子，而应该是他自己。既成的事实不容否定。人家是名正言顺的夫妻，他此时的角色，只不过是为亡师代言的歌者。他强迫自己沿着亡师的思路，用古老的傩歌腔调，唱出亡师对亲人的离情别意。"亡师"的歌声，首先感谢上门女婿为龙家的神龛延续香火，替龙家的历代先祖上坟挂白，如今他撒手西去，这个家便交给女婿了。他还特别强调，女儿从小娇生惯养，脾气不好，若有冒犯之处，还要请女婿多多担待。这些年来，旺儿对火儿充满着忌恨，唯独今夜的傩歌，唱得他心里格外地舒坦。一旁的兰花，却是一肚子的窝火，面对这样的场合，她不但不能发作，反而要做出谦卑温驯的样子，简直是难受极了。这时，"亡师"的傩歌，转而对女儿开了腔。兰花见火儿作古正经的样子，一时竟不知所措。刹那间，她立刻对自己的心境进行了调整，去适应这一古老习俗带给她的心灵震撼。她完全将眼前的歌者，当成了疼爱她的父亲。"亡师"唱起傩歌，历数着女儿的出生与成长。女儿是他留在世上的唯一根苗、唯一骨血。而今匆匆离去，他是那样放心不下，即使是到了美好的天堂，也不得心安理得地享受安乐。唱着唱着，"亡师"动了真情，禁不住声泪俱下。猛地，兰花跪倒在地上，她一手抱着伢儿，一手紧紧地抱着"父亲"的腿脚，大声地哭喊着"爹爹！"她怀里的坤儿醒了，也大哭了起来，乾儿和小妹，也哭着一拥而上，跪在了"亡师"身子的周围，扯着"亡师"的裤脚，同声哭喊着"外公啊！外公！"哭声，叫声，在肃穆的丧堂里回荡着。为情所动的人们，沉浸在无法抑制的悲痛之中。丧堂内外，抽泣声一片，有的人还号啕大哭起来。事先准备的手帕，这时都派上了用场。人们看见，"亡师"深情地抚摸着女儿的头发，对她进行最后的叮嘱，希望她要改好脾性，好生孝敬老娘，好生服侍丈夫，好生盘养儿女，一家人要和和美美过日子。这时，"亡师"的嗓音，开始有点儿嘶哑，但唱出的每一个字，依然是那样清晰、那样深情。他挣脱被外孙们抱住的腿脚，蹲下身子，从兰花的手里抱过坤儿，又把乾儿和小妹拥到身边，用古老的傩歌，祝福他们无病无灾，长命富贵，易养成人。三个伢儿眨巴着眼睛，令他们不解的是，唱歌的表舅，怎么忽然变成了外公？！

接下来，"亡师"又用傩歌别过亲朋，别过道友，最后，他唱起了辞别族人的傩歌。这时，已经是四更过后。火儿已经两天两晚没有合过眼了。这一夜的傩歌由他打包台，连喘气的时间都没有，费神，费力，那喉嗓纵然是铁打的，也经不起这样的折腾。唱着唱着，他再也强支不起精神，圆润的嗓音，变成了嘶哑的鸭公。按理说，人们应该就此作罢，殊不知有的人却不愿意这样收场。族人当中，有那么几个喜欢冲壳子的人，先就约好了，坚持要与"亡师"继续对歌。这种对歌的情形，在以往"送亡师"的葬礼中，确实也是出现过的。没完没了的对歌，常常整得唱了一夜的主持弟子支持不住，下不来台，他们便以此为快事。

兰花心疼火儿，不忍心让他再继续唱下去。对歌的人们还没起腔，兰花便抢先替火儿求情："各位长辈，三老四少，兰花替表弟求情。他已经唱了一整夜，再唱下去，实在是不行了。各位龙家叔侄都晓得，天亮以后还有法事等着他做。要是真的累倒了，做不成器了，他没法跟师父交代。请各位高抬贵手放过他吧！"

兰花出面求情，那些想为难火儿的族人，也就只好作罢了。兰花没有料到，丈夫却在这时起了吼："叔侄们要唱傩歌同爹爹道别，怎么能不让他们唱呢？你也真是爱探闲，管得宽！"

兰花气极了，冲着丈夫吼道："那你来唱呀！你也是爹爹的徒弟，你怎么不唱？"

旺儿被婆娘堵到了坎上，回不出话来。要他来唱，他是一句也唱不出的。

五更早朝，是选好的出柩时刻。这时，雪不下了，风不刮了，天气却显得格外清冷。丧堂内外，鞭炮喧天，鼓乐齐鸣。八名抬丧佬齐刷刷地伫立在灵柩的两侧，等候着出柩。

丧堂内，众人高叫一声"呵嗬"，抬丧佬们合力将灵柩用手端起。这时，一个巫师眼疾手快，取下搭在丧堂揭瓦处的竹梯，扛在了肩上，与灵柩同行出门。抬丧佬们七手八脚，将灵柩置放在门外禾场坪事先摆好的两条长板凳上。人们一拥而上，用草绳为灵柩扎上杠子。当抬丧佬将灵柩抬起时，火儿一个翻身，便上到了灵柩，骑在了灵柩的上面。他双手的手指，挽结起一道白鹤诀，并高高地亮起，昭示着灵柩里的亡师是跨鹤乘鸾，去到另一个世界。送葬队伍的最前面，是那架长长的竹梯，其后是由桶鼓、马号组成的鼓乐。灵柩在寨子里缓缓而行，长长的送葬队伍，紧跟在灵柩的后面。沿途的每座吊脚楼门前，都放起了为亡师送行的鞭炮。送葬队伍中，也立刻响起答谢的鞭炮声。当灵柩被抬出村寨时，有人将蓑衣铺在了灵柩前方泥泞的路上。这时，"骑丧"的火儿，一个筋斗翻下灵柩，正好落在蓑衣上。而后他双膝跪地，对着灵柩磕一个头。几件沾满泥泞雪水的蓑衣，在路上轮番铺垫，火儿在蓑衣上不停翻着筋斗前行。他每翻一个筋斗，都要朝着灵柩作一次跪拜，直到亡师的阴地——龙家垴龙氏家族的坟山。

大雪过后，天气没有转暖的迹象。大山笼罩在雾霭之中，像人们的心情一样晦涩而沉重。白茫茫的积雪压在树木的枝叶上、山间的衰草上，更压在人们的心坎上。亡师的墓穴已经开挖好。火儿下到墓穴，便不住地来回翻起了筋斗。火儿已经两天两夜没合眼，疲惫到了极点，按照宁武夫，他要在墓穴里一连翻七十二个筋斗，只有这样，才能祛除墓穴中七十二地煞带来的煞气。火儿咬着牙一个一个地翻着，围观的人们为他数着数。翻到后来，气喘吁吁。他翻完最后一个筋斗，连站立起来都有点儿为难了。人们立刻伸出手，将他从墓穴里拉了上来。

亡师的灵柩在一片鞭炮声中，被安放到了墓穴里。劳累至极的火儿强支身子，站在墓穴前方，拆开亡师留下的牌印，从中取出亡师的《阴阳合同》。《阴阳合同》本有阴阳一式两份，是龙法胜当年"抛牌过印"之时，他的师父亲手所授。"阴照"当时就已经焚化。"阳照"则夹在龙法胜的牌印之中，伴随他度过了漫长的巫傩生涯。如今，他已经进入阴冥世界。在阳世，他是声名显赫的巫师，到了阴间，他将仍然以此为业。这《阴阳合同》便是他身份的证明。墓穴前，焚化纸钱正燃着熊熊大火，火儿将亡师的《阴阳合同》投入到烈焰之中。《阴阳合同》通过这种方式，伴随亡师去到了阴间。龙家垴的这个巫傩坛门，就这样完成了又一次轮回。

龙氏家族的坟山里，又添了一座新坟。黄土堆垒的坟头上，扦插着一架高高的竹梯，三十三级梯阶上，缠绕着黄钱白纸。送葬的人们与亡师依依惜别，精疲力竭的火儿则更是别有一番感情。他踏着残雪走在泥泞路上，一步一回头。冷飕飕的寒风吹过，黄钱白纸在竹梯上飘拂，是一道道招魂的旌幡。亡师的灵魂已经沿着这架竹梯去到了美妙的天国。

送葬过后，孝家以酒宴答谢宾客。火儿由于过度的困顿，没有参加宴饮，而是到楼上的那间小房，关上门，便倒在了床上。这里曾经是兰花的闺房，如今成了她俩儿们的卧室。楼下宾客们嘈杂的声音，似乎把吊脚楼都抬了起来。火儿似睡非睡，似醒非醒，往事闪现眼前。这间小房，曾给他留下过非同寻常的记忆。小表姐做新娘的前夕，曾在这里向他献出了宝贵的童贞。那句"我是你的人"，仿佛还在耳边回响。九年过去了，小表姐已经是三个伢儿的母亲，他却依然孑然一身。在湘西，巫师是不愁讨不到婆娘的，何况是要人才有人才、要道艺有道艺的火儿。这些年来，做媒的人踩破了他家的门槛。火儿都是一推三五六。老娘最是着急，天天挂在嘴上催。一个老大不小的男人，又不是骟了的牯牛、阉了的公鸡，怎么会对这样的事情无动于衷呢？别人说不清，他自己也说不清。当初，若是依照师父的安排，小表姐便是他的婆娘。师父过世以后，他就是这户人家名正言顺的继承人。可如今，流到了下丘田里的水，再也返回不到上丘了……楼下的酒宴结束，宾客散去，疲惫的火儿也迷迷糊糊地睡着了。

"吱扭"一声，门开了。兰花端着一碗饭进到了房里。见火儿睡着了，不忍心把他叫醒。兰花掩上房门，在床沿上坐了下来，细细端详着睡熟的火儿。那张英俊的脸庞上，透显着不应该有的憔悴。为了父亲的丧事，小表弟必躬亲，心力交瘁。兰花的眼泪，禁不住夺眶而出。她曾在这间小房里，给过他最美好的瞬间，没想到带给他的却是长久的痛苦。她后悔了，若是没得那回事，他或许早就成了家，身边早有了心疼他的女人。她情不自禁地伏下身子，将她的脸久久地贴在那长着稀疏胡子的脸上。睡梦中的火儿感觉到兰花脸上传来的体温，缓缓地睁开了眼睛。

"火儿！"兰花在火儿的耳边轻轻地叫唤。

"兰花！"火儿从床上坐起。

兰花扑向火儿的怀中，喃喃地说："你辛苦了！"

"你怎么讲见外的话？！"火儿说着，将怀里的兰花推开。

小窗外，寒风呼啸；小房里，暖意融融。

"我给你端了饭来，吃点吧！"

"多谢你。"火儿一觉醒来，确实饿了。接过饭，便大口大口地吃了起来。

兰花看着火儿吃饭，就像小时候看着他吃荷包蛋一样。突然，她冒出一句话："告诉我，为哪样还不成亲？"

"还没成亲……嘻嘻……"火儿无言以对，只得含糊其词，一边吃着饭，一边憨憨地笑着。

"求求你了！赶紧娶一个婆娘，成一个家吧！"兰花眼里噙着泪水，是哀求，又是催促。继而她又充满自责地说："都怪我，都是我不好，都是我耽误了你。"

听到这话火儿心里很不是滋味，吃到嘴里的饭变得难以下咽。他说："兰花，你千万莫这样想。这都是火儿的命，怎么能怪你呢？"

"老天爷，这都是我造的孽啊……"这时，兰花已是泪流满面了。

见这般情景，火儿连忙放下手里的碗筷，一把将兰花揽入了怀中。泪人儿般的兰花伏在火儿的宽阔的胸前抽泣着。火儿轻轻地抚摸着兰花的头发，也在默默地流着泪……

突然，房门被一脚踹开。门口站着旺儿和他的两个兄长绍刚和绍强。兰花闻声，立刻从火儿的怀里抽身站起。火儿见这般架势，觉得情况不妙，也立刻翻身坐在了床沿上。这时，旺儿一个箭步上前，扭住兰花的头发，骂了声"臭婊子"，封门就是两耳光。

"背时的！剁你的脑壳！"兰花一边哭，一边高声叫骂。

与此同时，绍刚和绍强两兄弟，也一同涌进了房间，动手要打火儿。火儿一跃，跳到床上，占了高处。

"狗日的，你欺人太甚！"米绍刚话音未落，便操起身边的一根板凳朝火儿砸去。

火儿一闪而过，板凳砸在板壁上，发出巨大的声响。火儿拾起板凳，反朝米绍刚砸去。米绍刚一闪，板凳砸在了旺儿的腰上。

"哎哟！"旺儿大叫一声。兰花趁势挣脱旺儿。她又是手抓，又是嘴咬。腰被砸伤的旺儿，变得只有招架之功，而没有回手之力了。

这当口，绍刚、绍强兄弟一跃而上。绍刚死死地箍住了火儿的下腰，使火儿一时动弹不得。绍强趁势用拳头在火儿身上一顿猛打。火儿情急之下，猛地一跺脚，把床枋跺了个对断。他趁着床坍塌的当儿，挣脱了绍刚的搂箍。于是，三个汉子你一拳，我一脚，从床上打到床下。火儿纵有一身功夫，在这狭窄的小房里，也施展不开手脚。一人对两个，双手抵四拳。何况对手是长年在河下闯荡的排古佬。火儿被对手撂倒在楼板上。绍强死死地摁住火儿，绍刚抓住机会对他拳脚相加。火儿只得咬着牙，一声不吭地承受着。兰花见这般情景，哭着，叫着，骂着，不顾一切地扑了上去，用自己的身体，为火儿抵挡米绍刚飞起的一脚。

楼下，吊丧的宾客们已经散去。唯独铁门槛石家、米家滩米家的人还没走。听到楼上闹翻了天，人们立刻一齐往楼上跑。走在最前面的是阿珍，后面跟着阿玉，石老黑和白狗也三步两脚上了楼梯。小房里的情景，让所有的人都惊呆了。

"你们——你们这是做哪样啊！"阿珍惊呼，接着便上前扯开了兰花。

阿玉一步上前，对着绍刚、绍强，各打了一耳巴。厉声叫道："混账东西，还不快松手！"

米氏兄弟一松手，火儿便一跃起身。那石白狗立刻拥上前去，声不抽，气不出，朝着米绍刚胸前就是一拳。

"住手！"石老黑大声吼着。

米绍刚正要还手，被阿玉阻止。

阿珍哭着说："你们这是做哪样嘛……"

"做哪样？！"旺儿气呼呼地指着火儿和兰花说："你问他们两个！"

"剁你个脑壳！我跟火儿来送饭，他们三弟兄不问来三去四，就乱打一气。呜呜呜……"兰花说着，又哭又闹，便在楼板上打起了滚滚。

"哼！撒倒泼！"米绍刚不屑地看了兰花一眼，而后大声地说："听清楚了！米家人不是好欺侮的！"

米绍刚的话，显然是讲给火儿听的。这时，无论是阿珍、阿玉，还是石老黑，心里都已经明白了八九分。他们木桩子似的杵着，面面相觑，一时不晓得该讲些哪样好。

米绍强走到旺儿的跟前，拍着他肩膀说："旺儿！记住，做个硬汉子，不能吃软饭！"

"米家人几多的大风大浪都见过，还怕只把小麻雀？我们走！"米绍刚手一扬，便和米绍强一同下了楼，出了屋，扬长而去。

"刚儿！强儿！"阿珍大声叫喊着。

阿玉说："莫喊了，让他们去。"

"我们走！"石老黑对两个儿子说。

火儿在白狗的搀扶下，离开小房，下了楼。阿珍追出来，发现兰花的乾儿、坤儿和小妹，都哭兮兮地站在门口，观看刚才唱的这一出戏。这时，石老黑已经带着火儿和白狗，上了屋对门的盘山路，一拐弯，便不见了人影。

兰花坐在被打得七零八落的小房里。她不再大声哭喊，只是低声地啜泣着。旺儿则捂着被砸伤的腰，下了楼。他一脸的晦气，想大喊几声，撒撒心中的闷气，却因为腰上的伤痛，开不了口。

"天哪！这是遭的哪样孽哟！"阿珍一把抱住姐姐阿玉，喃喃地说。

• 满地铜钱

　　小暑过后，蜡树湾的白蜡树开始挂花。连绵起伏的白蜡林里，如同降下了一场白茫茫的瑞雪，预兆着白蜡人家的又一个丰收年。六月二十，杜昌平满五十九岁，进入花甲之年。男进女满，做六十大寿。子孙们为他冲傩做寿，傩愿为期三日，六月十八开坛，六月二十圆满。寿诞傩愿做一路，实属个热闹而喜庆的做法。

　　杜家姑爷的六十大寿，张家是必定要去道贺的。张钰龙外出采办桐籽，溯麻阳河而上，经过吕家坪、高村、锦和、漾头市，一路去了铜仁，姑公寿诞时赶不回来，请母亲代表他去为二姑公拜寿。玉凤和乖妹听说庆寿时还有一堂傩愿要还，便缠着母亲不放，一定要去给二姑公拜寿。两个女伢儿醉翁之意不在酒，在拜寿时见巫师班的火儿，才是她们的真正意图。这张家的两个女伢儿，同时喜欢上了火儿。不同的是，玉凤大胆，敢于向火儿有所表示，尽管送去的手绢被退了回来，可她依然痴心不改；乖妹胆小，她从小就喜欢火儿，却从来不敢有任何表示，连小小的暗示都不敢。她只是默默地为火儿祝福，永远陶醉在幸福的单相思里。蒙在鼓里的刘金莲，对两个女儿的这一切全然不知。她拗不过两个女伢儿，答应带她们一同前往。

　　浦阳镇上有个观音会，刘金莲多年担任首事一职。每年，观音菩萨的诞辰日二月十九，出家日六月十九，得道日九月十九，统称为观音菩萨的三个生日。信女们每次在浦光寺的观音殿举行的例行法会，都是由刘金莲牵头操办的。若是她不到场，便群龙无首。这年的六月十九，正逢观音法会的日子，时间上与杜家的寿诞催愿相冲突。在刘金莲的心中，杜家姑父的生辰催愿再重要，也不能成为怠慢观音菩萨的理由。她想出了个两全其美的办法，她主导的观音法会，六月十九功德圆满，六月二十的绝早，她就带着玉凤、乖妹和长孙伯儿前往蜡树湾，赶上那里杜家二姐夫的寿诞，催愿却只是个尾巴了。这样做，想必也是可以的。

张家窨子的三顶轿子，是打着槁把火走上花阶路的。最前面的一顶，坐着刘金莲和伯儿，玉凤和乖妹乘坐的两顶轿子，紧随其后。轿子经过龙家坶时，东方才开白口。连日来，炎炎的烈日把人都晒得出了油。大清早，三顶轿子依次儿进得杜家窨子时，家人正在为杜昌平拜寿。催公催母的神像前，摆着两张太师椅，杜昌平和张荷香正坐着领拜。张家三代人的到来，给原本热闹的寿诞更增添了一重喜庆。

从轿子进屋的那一刻起，玉凤和乖妹就在盼望能与火儿见面。二人左看右看，却不见火儿的影子，催堂里没有，天井里的戏台上也没有，真叫人好不晦气。

"金莲姐，看你有点累了，先到后堂歇息一会吧！"说话的是邬月娥。

"也好！"刘金莲说："玉凤，乖妹，一起走，跟表满娘去后堂。"

正在这时，火儿带着巫师班的一班老司，吹着唢呐，放着鞭炮，给寿星佬拜寿来了。玉凤和乖妹见到火儿，立刻停止了脚步。

"火儿哥！"玉凤招着手，大声叫着。

乖妹不敢叫喊，只是冲着火儿一笑。

"凤小姐！乖妹！"火儿点着头，回应着两个同年妹妹，又礼貌地对着刘金莲叫了一声："同年娘！"

刘金莲点了点头，转身对两个女儿说："玉凤，乖妹，我们走！去后堂。"

玉凤和乖妹虽说不情愿，还是跟着去了后堂。刘金莲对于火儿的成见，她们是不可能清楚的。出于忌妒，出于防范，刘金莲不希望张家任何人与这伢儿有过多的往来。只要一见到火儿那模样，她就会想起那远在镇江的强盗，酸甜苦辣，便一股脑儿涌上了心头。她认定这伢儿就是天生的祸根，有朝一日横生枝节，说不定会把张家窨子搅得天昏地暗。刚才，玉凤和乖妹对火儿那个亲热的样子，她见了心里就非常不舒服。一个上午，刘金莲把玉凤和乖妹紧紧箍在身边。她料定，只要是一放敞，两个丫头就肯定会往那火儿的身边跑。她不由得心生感叹，真是根替根，种替种，火儿真不愧是那强盗落下的种，生就的讨女伢儿喜欢。

下午，巫师班唱《孟姜女》了愿，所有的傩愿客都必须到场。刘金莲却一拖再拖，直到天井里的傩堂戏快开锣了，才带着玉凤和乖妹来到戏场。暑热难挨，看客们一个个都在使劲地摇着蒲扇。戏场前排的正中，给张家的客人留有一排座位。刘金莲朝座位走去，向二姑、二姑爷，向熟识的人们打过招呼，便和女儿、孙子一道，落座在戏场最显眼的位置。张家客人的到来，特别是玉凤的出现，立刻引起了人们的关注。看客们的眼光都集中到从汉口回来的玉凤身上。玉凤却是旁若无人，两眼睃来睃去，只顾往戏台上张望，可就是见不到火儿。闹台响起。傩坛一出《孟姜女》，今日又将通过老司们的演绎，再一次展示在人们面前。

玉凤终于又看到了火儿，却见不到面目。他戴着孟姜女的面具，把人们领引到两千多年前的大秦帝国。他在锣鼓声的伴和下，高声地喊唱着，每一腔，每一句，都引起了看客的共鸣。去年，玉凤在自己家里，就曾看过火儿唱的《孟姜女》。论剧情，这出戏的高潮，本应是孟姜女哭倒长城。而在演唱时，人们却总是把为孟姜女送盘缠当成了最重要的关目。通过艺人与看客的互动，善良的本性、美好的心灵，得到最充分的展示。

"大娘，孟姜女讨得的盘缠钱归哪个？"玉凤扯着刘金莲的衣角悄声问。

"这还要问，哪个唱孟姜女，讨得的盘缠钱就归哪个。"

刘金莲的话音未落，戏台上的孟姜女，带着丫鬟、小子，趺跪在长街之上，如泣如诉地唱起了傩腔。演唱的内容，和一年前一模一样。孟姜女凄怆的哭诉在窨子屋里回荡。这样的哭诉，不知在人们的面前演绎过多少回，当人们再一次听到时，又依然洒落着同情的泪水。当孟姜女唱到"望请乡亲多帮衬，多多帮衬断肠人"时，看客们便将手里事先准备好的铜钱，雨点般地抛掷到了戏台上。刘金莲出手大方，她所抛掷上台的铜钱，不是一枚一枚，而是一把一把。她身边的两个女儿，谁也不看谁，便开始了较劲。玉凤抛一枚，乖妹也抛一枚；玉凤再抛一枚，乖妹也再抛一枚。你一枚，我一枚，简直是没完没了，直到戏场所有看客的铜钱全都抛完，两个女伢儿还继续在抛掷，在较劲。就这样，天井的戏场上，增添了一道别样的风景。这时，看客们撇下了台上的孟姜女不看，而把眼光集中到了浦阳镇上头牌大户的两位小姐的身上。坐在二人当中的刘金莲，没料到竟然会出现这样的场面，便连忙压低着嗓门制止："好了，够了，莫丢了。"

姐妹二人好像没听见，依然在你一枚、我一枚地往戏台上抛掷着铜钱。

"好啊！"看客中有人叫好。

戏台上，丫鬟梅香和小子百旺，遇上了这样大方的两位施主，一个劲地朝台下作着揖。扮演孟姜女的火儿，见如此这般，顿时变得懵懂了。他立刻收腔，停止了唱喊。虽是如此，两位小姐的抛掷却依然在继续。还傩愿遇到这样的场合，是绝对不能冷场的。场面上，锣鼓敲打得越来越起劲，为较劲的两位小姐造势助威。

"好了，莫丢了，听到了没有！"刘金莲压低嗓门，十分严厉地制止两个女儿荒唐的较劲。

乖妹一时性起，也不知哪来的胆子，对母亲的制止置若罔闻，又朝台上抛掷了一枚小钱。

"呕——"有几个看客打起了吆喝，似乎在嘲笑玉凤的败北。

张玉凤哪里肯认输！她把一切顾忌都抛到脑后，"噌"地站立了起来，迅速将下食指上的金戒指，毫不犹豫地抛掷到了戏台上。

玉凤惊人的举动，让所有的看客都目瞪口呆，吆喝声在天井里闹翻了天。玉凤很是得意，乖妹则感到失了面子。她也站立了起来。正当她准备也像玉凤一样，捋下手指上的戒指时，她发现了母亲严厉的目光，才不得已而罢了手。这时，人们不再吆喝，而是发出一阵充满嘲讽的哄笑。乖妹失了面子无地自容，玉凤却是格外得意。人们在施舍上的较劲，本是常有的事，而这种情形出现在姐妹之间，却是不多见的。从汉口回来的张家大小姐，就这样以她的乐施好善、慷慨大方，博得了所有看客的交口称誉。坐在两个女儿当中的刘金莲，虽然不赞成这种较劲，却也不便有任何表露。这毕竟是一种人们喜闻乐见的习俗。浦阳镇上头牌大户，是不愿意因这点小事，被人们说成小气、吝啬的。

戏台上，扮演孟姜女的火儿，虽然戴着面具，两只眼睛向下，却依然看得见台下发生的一切。玉凤和乖妹的这场较劲，他更是看得清清楚楚。他隐约地感觉到，两个女伢儿刚才的举动，似乎是醉翁之意不在酒，不仅仅是在给孟姜女送盘缠，而是另有弦外之音。特别是那个从汉口回来的小妹妹，就曾经冒冒失失给他送过一条手绢。他不敢收受，编着门子还给了她。戏台上，满地的铜钱，其中的一枚戒指，黄澄澄，金灿灿，格外地耀眼。这时，有自知之明的火儿，脑海里闪过的第一个念头是：这枚戒指是万万收不得的，必须找个机会送还给她。

戏台上，火儿扮演的孟姜女，在讨得了盘缠之后，又继续着她的千里寻夫行程……台上唱得起劲，看戏的刘金莲却心不在焉，痴呆的眼神，像钉子一样，盯着戏台上戴面具的汉子，是千里寻夫的孟姜女，还是她的心腹之患？适才玉凤把一枚戒指丢上戏台，更引起了她的警觉。谁都晓得"黄金无假戏无真"这句老话，难道这丫头不明白，戏台上唱戏的，是火儿，而不是孟姜女。她猛地想到，两个丫头是不是都对火儿有那方面的意思，二人是在借着这个由头争风吃醋？火儿是那强盗留下的种，长得一表人才，加之他的道艺又是那样出类拔萃，确实有他逗女伢儿喜欢的地方。

玉凤金戒指也抛给了他，莫非是借助这种方式，向火儿来一个彩楼抛绣球？倘若真是这样，她就闯下了天打雷劈的大祸。因为她全然不知，那个扮演孟姜女的老司，就是她同父异母的哥哥。这是一个多么可怕的信号！刘金莲被震惊了。世上怎么会出这样的事情？除非是老天爷给那强盗的报应！即或那身在镇江的强盗对自己有一万个不是，她也不愿见到这种情形的发生。

刘金莲来到了邬月娥的卧房。卧房收拾得利索而洁净，满屋的箱笼柜子通红锃亮，桐油油过的杉木地板更是一尘不染。她每次到蜡树湾来走亲戚，都是在这里和邬月娥做一床睡。那时候，这张床上还睡着小把戏显章。先年邬月娥到张家窨子做傩愿客回来以后，就为显章另外安排了房间，他已是半成人了，让他单独睡。天气太热，客人又多，洗澡屋不得闲空。桐油灯下，姐妹二人一前一后，毫无避忌地在卧房里洗了澡。她们穿着薄薄的汗衣内裤，不停地摇着蒲扇。

"金莲姐，有件事情只怕不妙，不晓得你注意到没有？"突然，邬月娥冒出这样一句话。

刘金莲已经猜到她会说哪样："什么事？你说说看。"

"下午唱《孟姜女》，给孟姜女送盘缠，先是玉凤、乖妹姐妹二人较劲往戏台上抛钱，到后来，玉凤连金戒指都捋了下来，往戏台上抛。这样的大事，难道你都没注意到？！"

"你往下说，把你见到、想到的，全都说出来。"

"你和我，看还傩愿，看唱《孟姜女》，没有一百回，也有八十遭。看客较劲给孟姜女送盘缠，也看得多担多，可从来没有见过姐妹俩这样较劲的，这样把金戒指也抛到戏台上，那就更没有见过了。"

"依你讲，这姐妹俩这样做，为的是哪样？"

"为的是戏台上一个唱戏的老司。"

"哪个老司？"

"金莲姐，你是在明知故问。"

"是的。你看到的我都看到了，你想到的我也都想到了。"刘金莲说。

姐妹二人对视着，许久都没有说话，气氛显得凝重。

"金莲姐，对不住，我不该多嘴……"邬月娥喃喃地说。

"一个穷老司，值得姐妹俩为他那样发癫吗？"

"这就难说了。"

"对于乖妹，或许可以讲得通。对于凤儿，只怕就讲不通了。"

"这也要看怎么看了。"

"她难道不晓得，那伢儿是强盗窝子铁门槛的人？！"

"女伢儿若要是痴情于一个男人，是最容易被鬼蒙住脑壳的。"

"你说是凤儿被鬼蒙住了脑壳？！"

"是有点像。"邬月娥说着，又表示出自己的看法："金莲姐，你放心。这事情虽然不妙，可也还不至于出现哪样意外。"

"是这样吗？你说说看。"刘金莲说。

邬月娥接着说："那伢儿虽说出身贫贱，又住在强盗窝子铁门槛，可终究还是个明白人，如若不然，他的巫傩道艺也不会有这高。他有几斤几两，自己最清楚。糠箩和米箩不搭担，山鸡和凤凰不做堆，是自古以来的常理。即便是凤儿有那个意思，他也是断然不敢高攀的。"

"可也有一句话，'神仙也怕鬼来缠'啊！"刘金莲说。刹那之间，她想到了自己，想到了那段刻骨铭心的孽缘。

邬月娥笑着说："这有哪样值得担心的！这傩愿一散，就各奔东西。难道凤儿还会翻山过岭找到铁门槛去不成！"

"那倒也是。"刘金莲嘴里虽然这么说，可她依然是担心的。她再一次想到了自己。当初，她不正是也冒着漫天风雪，翻山越岭，一个人去到了麻家寨吗？

二十上下，月出半夜。溶溶月色，照着蜡树湾的窨子屋、吊脚楼，照着寨子四周白茫茫的蜡树林。一缕山风偶尔吹过，给山村带来难得的清凉。杜家窖子里，玉凤从洗澡屋里洗过澡出来，正遇上男客散席，和刚吃过饭的火儿碰了个正着。

"玉凤小姐，我有事同你讲，你跟我来。"火儿说着，把张玉凤带到了村头的白蜡树林里。

"我就晓得你会要找我。"张玉凤这样说。

"是吗？"火儿把手伸进怀里，掏出了那枚金戒指，递到玉凤的面前："拿回去吧！我不能收这么贵重的东西。"

"我这是给孟姜女送的盘缠，又不是送给你的。"玉凤自以为理由最充分。

"你是真哈呀！还是假哈？哭倒长城的孟姜女，都已经死了几千年，她难道还能跟你讨盘缠？！这分明是戏子在借这个由头讨钱，'黄金无假戏无真'，你是捡了个棒槌就当了真（针）啊！"火儿说着，便把那黄澄澄的东西送还到玉凤的手中。

张玉凤不肯收下。她说："依你说，我这东西是不能送给孟姜女啰！"

"对呀！好妹妹，你总算明白了。"火儿再一次把戒指递了过去。

玉凤依然不肯收下。她笑着说："好吧！这东西既然不能送给孟姜女，那就权当是孟姜女送给范杞良的，你总可以收下了吧！"

张玉凤话说得轻巧，火儿却被惊呆了。他没想到这位小姐会大胆到如此地步。他无论如何，是断然不敢做这个范杞良的。这时，年轻的老司后悔不迭，不该把这位同年妹妹单独叫到这里来，这样的事情若是说了出去，纵然浑身是口，也是说不清的。他正颜厉色地对玉凤说："不可以说这样的糊涂话！我和你哥哥打同年，认老庚，我是你的同年哥，也就是你的哥哥。兄妹之间说这样的话，雷公是要打的。"

玉凤再一次笑了。她说："是吗？雷公不会这样厉害吧！我和你是兄妹，这不错。兄妹之间，未必就不能说这样的话。我来问你，傩公傩母也是兄妹，他们怎么又并排坐在神龛上？难道雷公也敢打他们吗？"

火儿从没遇到过这样的女伢儿，连忙说："玉凤，不可以胡说八道！傩公、傩母是菩萨，他们成亲是天意。"

"是吗？那我和你也是天意。"

"玉凤小姐，不可以乱说！"

"不！我一点也不是乱说。你怎么不想想，我怎么会老远从汉口回到浦阳镇？又怎么会偏生遇上了你？你说，这不是天意又是哪样？"玉凤说来，道理十足。

"玉凤小姐，快莫胡思乱想，什么是天意？你不懂！"火儿说着，又是摇头，又是摆手。

火儿越是紧张，玉凤就显得越轻松。朦胧的月色下，她姣好的面容展现在火儿的面前，雪白的糯米牙齿伴着笑容显露，在溶溶月色下闪着光亮。她说起话来，就如同洒落在白蜡树林的一串铃声："火儿哥，是不是天意，一试就晓得了嘛！你上东山，我上南山。一人烧一堆柴火，看两股火烟会不会在天上汇合；我们一人滚一页石磨，看两页石磨会不会在地上合拢。我想是一定会的。你说是吗？"

玉凤的一番话，说得火儿背脊直冒冷汗。天哪！这是傩公傩母的故事啊！她怎么敢拿自己打这样的比方？！这简直是对神灵的亵渎！他还没回过神，玉凤又开口说话了："火儿哥，不想也试试吗？"

"不许胡说！"火儿起着吼。刹那间，他又压住了火气，对付这位小姐，发火是无济于事的，好言好语，或许能让她终止这种荒唐的想法。火儿对玉凤展开了心平气和的劝告："玉凤小姐，你见过大世面，是个明白人，这件事情，是无论如何不可能的。你难道不晓得，男女婚嫁，要遵从父母之命，要讲究门当户对，不是你想怎么样，就能怎么样的。"

"这些道理我晓得！你看过《彩楼配》这出戏吧！薛平贵和王宝钏，他们没有听从父母之命，也并不门当户对，不一样也成了千古佳话吗？"玉凤试图通过这个故事，反过来说服同年哥哥。

火儿立马接了腔："你怎么专捡戏文里的事情说呢？我刚才说过了，

'黄金无假戏无真'，这句话难道你没听说过？戏文里的故事，合着都是编造出来的。"

玉凤说："那你就莫小看戏文嘞！'戏台小天地，天地大戏台'，这句话你该听说过吧！戏台虽是小，天地之间的事情，都在戏文里演唱；天地虽是大，也不过是供天下人唱戏的戏台。戏文里的前朝故事，都是可以当得真的。就是冲着这出《彩楼配》，我娘告诉说，世上的男人，贫穷的远比富贵的要更靠得住。她希望我不要嫁到高门大户，而是嫁给一个平平常常、踏踏实实的穷汉。哈！你这个痴痴薛平贵，遇着哈哈王宝钏，算你走了桃花运，没想到你反倒扳起翘来了！"

"就是为了这个，你才这样缠着我？"

"也不全是。"

"还有哪样？"

"你跟我，一个生在鹦鹉洲，一个生在铁门槛，怎么就那么挂像？说白了，这叫作'夫妻相'，我们是前世有缘，我们应该是夫妻。"

玉凤说出的理由，看来稀奇古怪，却也有几分道理。"夫妻相"的说法人尽皆知。许多的夫妻，还真的是有那么点儿挂相。经玉凤这么一说，火儿觉得自己和这位玉凤小姐，不说不像，经这样一说，倒真是越说越像了。火儿回过头来再细想，自己同那远在镇江的同年爹，也确实是非常的相像。玉凤小姐同父亲相像，合情合理，自己同这一屋人巴不挨，怎么也这么相像呢？火儿百思不得其解。

"同年哥，怎么样？你说，我和你是有'夫妻相'吗？"张玉凤又说话了，简直是在步步紧逼。

火儿虽然也对玉凤说的"夫妻相"心生疑窦，却仍然坚守着感情的提防。他说："男女之间的相像，并不一定就是'夫妻相'。常言说得好：'人有相像，货有相同'，小姐大可不必因为我和你的这点儿相像，就胡思乱想，耽误了你的人生大事。"

"不，我和你相貌相像，就是有缘！"玉凤毫无顾忌地表述着自己的理由："你怎么不想想？我和你，一个生在鹦鹉洲，一个生在铁门槛，相隔千里，非亲非故，竟然如此惊人地相像，又还鬼使神差地走到了一起。你说，这不是老天的安排，不是'千里姻缘一线牵'，又是哪样？！"

张玉凤无可辩驳的道理，令火儿难以抵挡。他似乎有点儿动心，却又在瞻前顾后。这女伢做出这样的决定，显然是缺乏深思熟虑的。她难道没有想过，要真正实现这一切，将会有多大的难度？

"这件事情，你爹爹会同意吗？"

"我不管。"

"你大娘会同意吗？"

"我不管。"

"你哥哥会同意吗？"

"我不管。"

"好歹你也是张家门上的人吧！怎么能都不管呢？"

"我只要一个人同意就行了。"

"谁？"

"我娘。"

"你娘？！可她已经不在人世了。"

"我完全是照着她的嘱咐行事的。她若是活着，一定会同意。"

"生人的意愿你都可以不管，却在听从一个亡者的嘱咐，这是为哪样？"

"我是为了我的娘，才活在这世上的。心里有我的娘就够了。我对生人的意愿，从来就不在乎。"

"有一个生人的意愿，你必须在乎。"

"说的是你？！"

"不是吗？"

"我有十分的把握，你终究是会答应的。"

"那你就错了，我是永远不会答应的。"

"你不是不答应，你是不敢答应。"

"你说得对极了，我是不敢。第一，张家窨子所有的人都待我非常的好。老太爷、太夫人，老爷、太太都看重我。他们不嫌我穷，不嫌我是个百家门上讨吃的老司，让我同你哥哥认了老庚。我就是吃豹子胆，也不敢做出让他们不高兴的事情。第二，我的家铁门槛是个穷地方、苦地方，还是个强盗窝子。方圆百十里，任何人都惧怕它，生怕和它沾上边，任何人也不愿意往这铁门槛里迈。只有你，不懂事的女伢儿，凭着一时的冲动，不计后果，硬要往这铁门槛上撞。说句心里话，火儿是个穷老司，老大不小，还是单打鼓，独划船，当然也想有个家室，生儿育女，过神仙一样的日子。可人是要讲良心的，不能只顾自己而断送你的前程。凤小姐，死了这条心吧！你我之间，有一道永远也迈不过的铁门槛！"

火儿越是推脱，张玉凤就越觉得这个男人靠得住。她正要再次表明心迹时，火儿摊开捏着的手掌，将那只金戒指再次递到了张玉凤的面前："好了，时间已经很晚了。快把这东西收回去，千万莫再犯哈了。"

"怎么？你真的就这样无情……"玉凤无奈地起了哭腔。

"听话，收回去。"

"你好狠心……"张玉凤说着，把脸扭过了一边。

火儿见玉凤执意不肯回收，便绕到她的面前，把戒指放在了一棵白蜡树的树杈上，说："喏！你收好，我把戒指放在这里了。"

火儿说着，扭转头扯起就走。玉凤不依不饶，追上前去，大声地说："你在屋里等着我，我会上门来的。你的那道铁门槛，我就不信迈不过！"

火儿身子一闪，便消逝在朦胧的白蜡树林之中。泪流满面的张玉凤愣在了那里，久久回不过神来……那白蜡树杈上蜡花托起的金戒指，恰巧在月影之下，恍恍惚惚，一点儿也不显眼。世上最昂贵的黄金饰品，悄然摆放在那里，它无缘借助于天边月亮的光辉，竟也变得黯淡无光……

邬月娥的卧房里，黑洞洞的，那扇朝天井洞开的小窗，也只能见到隐约的光亮。两个独守空房的妇人今晚在这里结伴而眠，带给她们的是双倍的惆怅与空虚。庆寿还傩愿的最后一天，主人和客人都忙活到半夜。照说，她们累了，困了，上了床就应该入睡，而事实却并非如此。夜已深沉，闷热依旧。她们睡在床上，直挺挺地翻过来，又直挺挺地翻过去，难挨的焦躁，渗透到了她们肌体的每个部位，使得她们六神无主，睡意全无。她们谁也不再说话，只是闭上双眼，强迫自己进入睡眠状态，让心中的惆怅与空虚，在睡梦中悄然得到解脱。然而这种对自己的强迫，却是那样无济于事。她们的心里，如同一锅翻滚着的稀粥，如同一蓬厘不清的刺藤。她们的身上，如同针扎锥钻一般地难受，如同蚁咬蚊叮一般地难挨。美好的渴求，变成了奢望，无法实现，无处寻觅。两个妇人接连不断的凄凉叹息声，打破了黑夜的宁静，撞击着心灵的门扉。刘金莲伸过丰腴的手臂，一把将邬月娥揽在了怀里。她们前胸紧贴着前胸，隔着薄薄的里汗衫，感受着对方的呼吸和心跳。两个可怜的妇人，一个在她人生最美好的年华，就被撂荒在这冷清的窨子屋里，缺失了女人最应该拥有的人生经历，来不及品尝饮食男女的滋味，甚至连回忆都没有，只是有凭空的臆想；一个名义上是有夫之妇，婚姻却是名存实亡，她只能无奈地独守空房。渐行渐远的青春，已然在不知不觉中凋谢。两个妇人的人生轨迹不同，却是如此的殊途同归。一个死了丈夫，尽节守寡；一个丈夫活着，却守着活寡。一样的孤寂冷清，一样的顾影自怜。如今，她们正当盛年，旺盛的体力无处伸张，躁动的心灵难以按捺。躯体和心灵的双重折磨，使得她们焦躁而疲惫。她们的承受力已经到达了极限，必须采取适当的方式来求得解脱、释放、平衡和调节，否则，生命的航船就面临着倾覆的危险。

先年，邬月娥去张家窨子做傩愿客，在刘金莲的卧房里，不经意间发现了她的隐秘——梳妆台上满满一抽屉里的"乾隆通宝"。"姐姐做鞋，妹妹捡样。"从浦阳镇回家以后，她征得婆婆的同意，为儿子显章另行安排了房间。接着，她也把一枚枚"乾隆通宝"放进了梳妆台的抽屉……

"我梳妆台的抽屉里，也放得有铜钱。"邬月娥附在刘金莲的耳边，说着悄悄话。

"是吗？你也在做那事？！"刘金莲不自主地松开怀里的邬月娥，一跃而起，坐在了床上。

邬月娥也跟着坐了起来。她转过身抱着身边表姐，头埋在她的怀里，伤心地啜泣起来。

"我们都是命苦的人啊……"刘金莲抚摸着表妹的头发，喃喃地说。

"细声点。"邬月娥胆子小，生怕有人听见。说着，她松开抱着刘金莲的手，蹑手蹑脚下了床，摸着黑，抽出了梳妆台上的抽屉匣子，将里面的铜钱，一枚又一枚地向着卧房的四面八方抛撒。杉木地板上，顿时响起铜钱的跌落声、滚动声。漆黑的夜里，谁也看不清这满地的铜钱究竟跌落到了什么地方。

湘西是个出产寡妇的地方。古往今来，撇下战乱、瘟疫、饥荒不说，一条沅水河的惊涛骇浪，就不知吞噬过多少男人的生命，造就了多少可怜的寡妇。寡妇们最难熬的，莫过于漫漫长夜了。不知从何年何月起，一位孀居多年的前辈老姑婆，创造了一种奇特的方式，称得上是打发难捱长夜的绝招。每当她孤寂、冷清、空虚、惆怅，夜不成寐怨更长之时，便在卧房里将一枚枚铜钱抛撒开去，而后又趴在地板上，将满地的铜钱，一枚不少地摸找回来。通过黑暗中的摸找，时光得到消磨，幽怨得到排解，郁闷得到释放。后来，这种自我慰藉的方式，为寡妇们纷纷效仿，在民间悄然而广泛地流传开来。"乾隆通宝"出现以后，寡妇们又有了新的创造，她们黑夜里所摸找的铜钱，必须是一色的"乾隆通宝"，而且要合着天罡地煞，或是三十六枚，或是七十二枚，或是一百零八枚。绝望的寡妇们，就这样借助铜钱上的一个"乾"字，表达着坤对乾的企盼，地对天的悬望，阴对阳的渴求，女对男的相思。她们在伸手不见五指的黑夜里，怀着迷茫与无奈，凭着执着与痴情，摸找着那一枚枚铸有"乾"字的冰冷铜钱，仿佛就是在寻觅着那个撇下她们而远去的男人。

刘金莲不是寡妇，却是十足的怨妇，守着活寡。她每天夜里面对的，是和寡妇别无二致的孤灯冷衾，惆怅之余，她也做起了这本应是寡妇做的门径。此刻，一枚枚铜钱的落地声，她听来是那样亲切、熟悉。她立刻心照不宣地跟着下了床，压低嗓门问道："是多少？"

"一百零八枚。"

黑洞洞的卧房里，两个既是表姐妹，又是表妯娌的妇人，匍匐着身子，在地板上开始了摸找，仿佛在追溯逝去的岁月，寻回失落的人生。

"这地板擦得真干净。"

"是在表姐那里学的见识。"

"泥鳅，黄鳝，我们是一串的。"刘金莲说着，轻轻地叹了一口气。

虽然是半夜过后，天气依然闷热。窨子屋的卧房里，没有一丝丝儿风，只有从两个女人身上散发出的汗水气味，弥漫在这狭小的空间里，两双淌着汗水的手掌，平摊在平整的地板上，轻轻地拍打着，挪移着，寻觅着，每当摸找到一枚铜钱时，便将它紧紧地攥在手中，生怕它不翼而飞，直到汗水沾满手心中的铜钱。一来二去，姐妹二人的汗衣内裤，全都被汗水湿透了，头上、身上的汗水，不住地向下流淌，直到臀部、胯下。她们所到之处的地板，全被淌下的汗水打湿了……

"这鬼天气，怎么这样热！"邬月娥抹了一把汗，轻声地埋怨着。

刘金莲也被热得不行了。她一边脱去被汗水浸透的汗衣，一边提议："太热了，干脆把衣裤全都脱掉吧！这里只有我和你，又没得旁人。"

两个妇人，都脱了个精光，享受着无挂无碍带来的片刻清凉与舒坦，又继续躬着柔软的身子，在地板上摸找着散落的铜钱。卧房黑乎乎的，只有那扇向着天井一侧洞开的小窗，透进了夜间些微的光亮。在微光的折射下，两个朦胧的身影浮现出两道隐约可见的白光，如同两条精灵般的白鳝，遨游在人生苦酒酿成的深潭之中。她们以坦荡无遗的身心，追逐着遥不可及的梦想。在人前，两个妇人如同唱傩堂戏的老司，都是在戴着面具表演。她们的本来面目从未在人前显现；她们的内心世界从未在人前坦露。只有在这漫漫的长夜里，漆黑的卧房中，她们才摘去了面具，摆脱了桎梏，用这种湘西妇人代代相传的古老方式，将一切原本只属于自己的隐秘，包括躯体、灵魂，乃至人的本性、本能，进行一次最为无奈，也最为彻底的坦露……

"喏！这又摸到一枚。"邬月娥细声地自言自语。

刘金莲在地板移动着的手掌，也再一次触及了铜钱，而且是叠在一起的两枚。她将铜钱拾起，用手掂量着，抚摸着。铜钱正中是方孔，周边铸造有"乾隆通宝"四个凸出的字，当中有个最重要的"乾"字。凭着手感，可以摸到那"乾"字的部位。一个难以企及的"乾"字，让多少湘西女人用整个生命去苦苦地寻觅。

突然，邬月娥没有了动静。转瞬间，刘金莲听到轻声的啜泣。刘金莲循着哭声，爬到了邬月娥的跟前。两个赤身裸体的妇人紧紧地搂抱在了一起，肌肤厮磨，心灵碰撞，血液交融。她们相互倾听喘息，感受颤动，酸涩的汗水伴着凄楚的泪水，从心窝里淌出。

"月娥，姐对不住你……"

"哪里的话。你不是说，泥鳅，黄鳝，我们是一串的吗？"

"都是姐不好，让你受苦了。见到你，姐心里就不好受。"

"姐，你怎么又说这样的话。这都是月娥的命上排就。月娥从来也没有想过要埋怨谁，责怪谁。"

"月娥，你越是这样，姐就越觉得自己罪孽深重。"

"姐，言重了。你不也和月娥一样黑夜里摸铜钱吗？你又怨谁，怪谁呢？"

刘金莲不再作声了，邬月娥却重又轻声哭泣起来，瘫软的身子顺势倒向地板，赤条条地仰卧着，如同煎炸在热锅里的闪着白鳞的鱼。刘金莲一双凤眼也为泪水所模糊。她凭借着小窗射进的些微光亮，凝望着邬月娥依稀可辨的身影。高耸的山峦，低洼的谷地，辽阔的田园，清悠的溪涧，构成了她浑然天成的梦境……老天爷让她为男人而生，而她却从未沾过男人的边，留下的只是被阴云笼罩的山峦，为忧伤填埋的谷地，抛荒闲置的田园，干涸断流的溪涧。美妙的梦境，也就破灭得荡然无存……继而，刘金莲打量起自己来。她顾影自怜，一个被冷落的血肉之躯，一个被遗弃的饥渴之体，曾几何时，这周身的每一寸肌肤都充满着自信，到头来，阴沉木被人当成了烂柴，自信也就随之变成了自怜。张家窖子里呼风唤雨的女主人，只有在此时此刻才暴露出她的庐山真面目。就这样，两个人生轨迹迥异，却殊途同归的妇人，明知这满地的铜钱，无法为她们破碎的人生缀上一块补丁，却仍然在永无休止地寻觅，仿佛这一百零八枚"乾隆通宝"，合着三十六天罡，合着七十二地煞，合着对心中那个"乾"字的执着企盼，一切烦恼、忧伤、惆怅、凄婉，都可以在这漆黑夜晚的寻觅摸找中得到释放与排解……

姐妹二人共同度过了一个难忘的不眠之夜。直到天亮，一百零八枚"乾隆通宝"，还只摸找到一百零六枚。当晨曦透过小窗，射进狭小的卧房时，两个赤身裸体的妇人，才匆忙穿上了衣裳。这时，她们发现，原来有两枚铜钱滚到了邬月娥的床下。

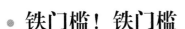

铁门槛！铁门槛

　　火儿回到铁门槛，已经是晌午过后了。先天夜里在蜡树林里与张家大小姐会面的情景，在他的心中挥之不去。年近三十没开亲的巫师，当爱情从天而降时，既惊喜万分，又手足无措。贫富悬殊，门户差异，全然挡不住那女伢儿的疯狂。他的躲闪、推辞、拒绝，反而促使那女伢儿更加下定决心。女伢儿说是要迈进这"铁门槛"，就更令他惴惴不安了。那是个说到做到的女伢儿。说不定他前脚回到屋里，她后脚就跟着进了门。他下意识地望了望身后，那女伢儿并没有跟着来，才又放了心。他感到了自己的可笑。一个大男人，怎么怕一个女伢儿？！

　　阿春在红薯地里翻薯藤。"抛牌过印"之后，火儿成了当红的老司，香火旺盛，家里有了不错的钱米进项。眼下，两公婆最着急的便是火儿的婚姻。媒人踩破了门槛，讲的姑娘多担多。他总是这个不称心，那个不如意，没得一个讲得拢、做得成的。先年，火儿师父过世，丧事终了，米家兄弟的那一顿拳头，没把火儿打倒，倒是把阿春打醒了。原来，这鬼崽心里还一直痴迷着那个龙家小表姐。真是一头牛角吹到底啊！你和她纵然是青梅竹马，有情有义，可她毕竟已经成了别人的婆娘啊！父母相劝他，甚至责骂他，他横直闭着嘴巴不作声，眼泪簌簌地流，一副造孽巴巴的样子。老娘的心软了。几多聪明的人，怎么唯独这件事转不过弯来呢？阿春见火儿朝着红薯地走来。这伢儿从来不管红薯地里的事，他来这里做哪样呢？

"娘！我回来了。"火儿对着母亲，张起嘴巴哈笑。

"怎么？路上捡得一坨银子？！"

"嘻嘻！"火儿依然哈笑着。他说："娘，你成天，成天……"

阿春凭着做母亲特有的敏感，立刻明白儿子跑到红薯地里来的原因了。

"快告诉娘，是哪里的女伢儿，长得乖不乖？"阿春开口问话，显得急不可耐。

"……"

"说话呀！你怎么了？告诉娘，哪里的女伢儿？"

"镇上的。"

"啊——"阿春有点不相信，镇上的女伢儿会肯嫁到铁门槛来？

"张家窨子的。"火儿说得很小声。

"你讲哪样？再讲一遍。"阿春不相信自己的耳朵。

"镇上张家窨子的。"火儿完完整整地重复了一遍。

"那里的丫头？！"

"不，是小姐。"

阿春愣住了。她用从来不曾有过的眼神，直盯着眼前的火儿。

"娘！您怎么这样看着我？！我的话还没有讲完呀！"

"那你讲吧！详详细细、原原本本讲给我听。"阿春喃喃地说。

"女伢儿叫玉凤，是同年爷在汉口和一个女戏子生的。早几年，同年爷又讨了一房，去到了镇江，把玉凤小姐俩娘女撂在了汉口。去年，玉凤的娘过世了，她没得交纳处，就这样回到了浦阳镇……"火儿说着，只见母亲的脸色唰地变得惨白，顿时慌了神，便停止了诉说。

"往下讲，我听着。"阿春一屁股坐在红薯地边的土坎上，神情木然，话语从牙缝里挤出。

火儿觉得对母亲应该毫无保留，又接着往下说："她是我张家老庚的妹妹。起初，我把她当成小妹妹，根本没往那方面去想。不晓得她为哪样竟然会对我有意。"

"你看出她对你有意？！"

"去年，张家窨子还大傕愿，第一次见到她。接着，我到刘家窨子她的舅家冲傕求子，她也跟着去看热闹，送了一条手绢给我。"

"你收下了？！"

"没有，我退还给她了。"

"后来呢？"

"这次，我到蜡树湾她姑公屋里还长寿傕愿，她到那里做傕愿客，我们又见面了。那天，我唱《孟姜女》。唱到孟姜女讨盘缠时，她忘命地向台上抛铜钱，把手上的金戒指也捋了下来，抛到台上。"

"你收下了她的金戒指？！"

"没有。夜里寿筵过后，我把她叫到村头的白蜡树林里，硬是把金戒指还给了她。"

"混账！"阿春生气地骂道："深更半夜，你把一个女伢儿叫到白蜡树林里，你就不怕旁人说闲话？！"

"我是出于无奈。如果不把金戒指退还给她，那就会更加说不清楚。"

"在白蜡树林里，你跟她撇清楚了吗？"

"没有。"火儿摇着头说："她硬要和我好，还说了个理由，我不晓得该如何回答。"

"哪样理由？"

"她说，我和她，一个出生在鹦鹉洲，一个出生在铁门槛，怎么会那么相像？她说这是'夫妻相'。"

"天哪！'夫妻相'……"阿春的声音颤抖得厉害。

"她认定我们有缘，千里姻缘一线牵。说是一定要嫁给我。我也为这事琢磨不透，世上的事情怎么就这样蹊跷？"

"货有相同，人有相像，这有哪样蹊跷的……"

"我也跟她这样说，可她就是不放手，说要我在屋里等着她，她会亲自上门来的。她说，不相信就迈不过我的这道'铁门槛'！"

阿春不再追问下去了。她呆呆地坐着，像一尊菩萨。

"娘！遇到这样的事，你说我该怎么办？"火儿问道。过了许久，见娘没回应，他便麻起胆子向母亲表示自己的态度："或许我们真的是有缘。要是她真的来了……"

阿春"曜"地站立了起来，怒目圆瞪，大骂一声"混账东西！"一个耳巴对着火儿狠狠地刷去。儿子长到二十八岁，她是第一回打儿子。

"娘！我这不是在跟您商量吗？"火儿用手捂着被打得通红的面颊，充满委屈。

阿春一屁股坐上土坎，一声不吭，喘着粗气。她摊开那只打儿子的手，微微地颤抖，两眼的泪水如同断线的串珠簌簌地跌落，嘴里喃喃地念叨："报应啊！报应……"

与此同时，两个不速之客进到石家吊脚楼的堂屋。

"黑叔，你不认得我了？！我是岩娃，我爹爹是你的师弟吴二狗呀！"

石老黑这才认出了岩娃。这些年，他虎匠道艺荒疏，与师弟吴二狗已经二十来年没见面了。岩娃突然出现，石老黑喜出望外。只见那岩娃的身后，站着一个汉子，一脸的堆笑，不住地朝石老黑点着头。

"这位是保靖县西洛寨的彭大哥——彭宏早。"岩娃向石老黑介绍说："西洛寨前些时候老虫作孽，咬了猪，咬了牛，还咬了人。师公年轻的时候，到那里打过老虫。如今老虫又现身，乡亲们就派他来接师公去那里开坛。他们不晓得师公过世，昨天到的岩溪冲，师婆着姑姑将他往我屋里送。爹爹说，事隔多年，打老虫的那套法事他早就忘记过了脑壳背。这些年他又得了气喘的病，稍微动一下就出气不赢。打老虫的事已是奈何不得了。这不，我就把彭大哥带到了你这里。"

石老黑没想到，虎匠生涯都结束二十多年了，竟然还有人会找上门来："唉！师父都过世了二十多年了，真难为乡亲们还记得他。"

彭宏早连忙说："记得呀！老人们说，四十年前，梁虎匠就在我们西洛寨安的梅山坛，一连打死了两只老虫，使百姓有了安稳日子过。没想到事过这么多年，老虫打转身又回到了西洛寨。老人们记得，梁虎匠的屋在泸溪县的岩溪冲，派我一路找来，没想到他老人家……"

"彭大哥，师公过世，还有我师伯在，你们请他跟你一起去就是。"岩娃说。

"我也不行了啊！"石老黑连忙推脱："彭家兄弟，对不住啊！自从师父过世，我们就再也没有开过弩堂。当年，师父是把法传给了我们。过了这多年，早就忘记得一干二净了。"

"忘记了，捡起来就是。听说师父的科书都传给了你，有了科书，不就全都有了。"彭宏早说。这些情形显然是他在岩溪冲听说的。

"师父的科书是传给了我，可我是大字墨墨黑，细字认不得，有科书也是空的。"石老黑继续推脱着。

"你屋里有人认得字，让他告诉你不就得了。"

"你怎么晓得？"

"我怎么不晓得？！你的崽是香火通行的老司。谁都晓得，老司的文墨是最好的。"

"他的香火旺，忙得很，没得闲空陪我。"

"让他同你一路去，冲傩还愿，我们那里也一样作兴。他去了，香火会和这里一样旺。"

说起打老虫，石老黑立刻就想起当年在盘瓠崖发生的一切。特别是在河滩上发生的那件事。当年的一时冲动，忘情的左手摸了那不该摸的地方。他是犯了大忌的虎匠，即或是开了弩堂，竹叶子也是永远开不了花的。当然，这心中的隐秘，除了他和婆娘，再没第三个人晓得。如今，请虎匠的人找上门来，他除了推脱，再没得第二条路可走。

"对不住，如今我已经不再做这个营生。彭家兄弟，你再怎么说，我也是不会去的。梅山虎匠不单只有我这个坛门，好多的地方都有，你还是另请高明吧！"就这样，石老黑一口回绝了彭宏早。

彭宏早听了石老黑的话，急得哭出了声。他双膝一软，便跪在了石老黑的跟前。

"使不得！使不得！"石老黑连声说着，弯下腰搀扶彭宏早起身。

"石师傅，你要是不答应，我就永远跪在这里不起来。"彭宏早说着，又给石老黑捣蒜似的磕起头来。

岩娃也对彭宏早说："彭大哥，有话好好说，你这是做哪样嘛！"

跪在地上的彭宏早，突然伤心地大哭起来。他一把抱住石老黑的一只脚，泣不成声地说："石师傅，你就行行好吧！西洛寨如今是日夜不得安宁呀！我的一个堂兄，上有七十多岁老父老母，下有三个未成年的伢儿，就在我动身来这里的先天夜里，被老虫叼了去。这一家人老小，往后的日子怎么过呀！石师傅，求求你不要回绝我。你去到我们西洛寨为民除害，乡亲们永世不忘你的大恩大德！"

彭宏早的哭诉与哀求，把石老黑的眼泪都说了出来。他本当答应彭宏早的要求，可一看自己的那只左手，便又立刻产生了犹豫。他心里暗暗在想，若是没有那年发生在河滩上的事，他会立刻接受西洛寨的邀请。因为这个原因，去了打不到老虫，还不如不去。可这样的事，又怎么向这位彭宏早解释呢？他犯难了。他的一条腿，被彭宏早紧紧地箍着，想挪动一下身子都困难。他弯下腰，用了好一把力气，才把彭宏早箍腿的两只手掰开。

"莫这样，快起来！"石老黑说："梅山虎匠多担多，你何必硬要找我这个背时虎匠哟！"

这时，阿春拒绝火儿的搀扶，跌跌撞撞地回到了家中。她倚在大门边，目睹了堂屋发生的一切。

"伢儿，我答应你，让他跟你去打老虫！"阿春向彭宏早发话。

彭宏早欣喜万分，来到阿春的面前，一连磕了三个响头。

石老黑把婆娘拉到一边，压低了嗓门说："你又不是不晓得，我这个背时虎匠，从那天夜里以后，就再也打不到老虫了。"

阿春一听，就明白丈夫讲的是什么，似乎也有点犹豫了，可一咬牙，还是坚持做出决定。她骂了一声只得丈夫听得懂的话："你是老狗记得千年屎，又把那陈谷子烂芝麻的事抖搂出来。事情都过去了那多年了，那事碍得你一时，难道还会碍得你一世不成！去！去西洛寨，明天清早就动身，火儿也跟着做一路去。"

"娘！我只怕不能跟着去。白田坳的一堂傩愿还等着我去做，讲好了明天开坛的。"火儿畏畏葸葸地对母亲说。

"哼！讲哪样一堂傩愿等着你去！就是有皇帝等着你去做，你也必须明天跟着你的老子一路去打老虫！"阿春的言语斩钉截铁，显示出她的决定是不容更改的。

"阿春，你这是怎么了？"婆娘的一反常态，让石老黑难以理解。

这时，只见阿春两手叉腰，眼泪横流，对丈夫和儿子杀起了横蛮腔："你们都听着，西洛寨老虫伤人，救命的事比天大。你这个做虎匠的不出马，哪个出马？这事情没得哪样讲的，你们明天就走，赶紧走，走得远远的。打不到老虫就莫回来！"

阿春从来不管男人的事，突然间插杠子管了这一回，没有人敢同她打拗。

第二天绝早，石老黑、火儿、岩娃、彭宏早，挑着梅山虎匠坛门的行头上了路。

就在石老黑一行出门后的第二天，一个穿着长袍马褂，头戴细篾斗篷的后生，风尘仆仆地进到了石家的吊脚楼。见到这不速之客，阿春有一种似曾相识的感觉。

"请问，这里是火儿的屋吗？"后生有礼貌地问道。

"是的。"阿春回答。她心想，火儿没有这样的朋友呀！

"同年娘！"那后生这样喊了一声，便摘下了头上的斗篷，一头乌黑的秀发飘然而下，眼前出现的女伢儿，模样儿就是那冤家脱的壳。刹那间，阿春立刻明白了一切。

女伢儿接着便自我介绍："我叫玉凤，浦阳镇上张家窨子的女儿，哥哥钰龙是火儿的同年。爹爹叫作张复礼，同年娘你只怕没有见过。"

阿春心里在嘀咕，怎么没见过？烧成了灰都记得他。出于礼貌，她的手对着板凳一指："你稀行，走累了，坐吧！"

一路的骑坡过界，张玉凤骨头都累得散了架子，她身子一瘫便坐在了板凳上："这坡实在是太难爬了，一路的风景倒是不错。"

"多见树木少见人的地方，有哪样不错的。"

"火儿哥呢？怎么不来见我？"

"真不巧，火儿跟着他爹爹出门了。"

"出门了？！去了哪里？几时回来？"

"他去的地方很远很远。至于说几时回来嘛，我也说不准，或是一年，或是半载。"

"同年娘，你哄我。我给他留得有话，我说过要来找他的，他绝对不会远走，很快就会回来的。"

"小姐，实话对你说了吧！火儿的爹爹是个虎匠，有个很远的地方老虫作孽，咬了牲畜，还咬了人。人家特意来请他去打老虫，他不能不去。老者上了年纪，身边必须要有个人照顾，火儿就跟着去了。什么时候回来，那我就说不准了。"

听了阿春的话，玉凤愣住了，两眼透出了失望和哀伤。

阿春心想，对于这位张家小姐，只有冷淡她，怠慢她，才能让她死心。于是说："张家小姐，真的对不住。火儿的老弟上山砍柴还没回来，他的弟媳妇大起个肚子，还去了菜园，真叫人不放心。你在这里歇着，我得去菜园打个招呼。"

张玉凤听话听音，她立刻意识到，这是火儿的娘在有意冷落她。她想起身跟着一起去菜园，可疲惫的双脚，说什么也迈不开。一路奔波而来，连水都没喝到一口的张家大小姐，就这样孤单单一人被撂在了空荡荡的堂屋里……

张家窨子里。天刚开白口，乖妹便去敲嫂子印蕙娇的房门。

"哪个？"

"嫂子，是我，乖妹。"

"大清早的，做哪样？"印蕙娇开门伸出脑壳问。

"玉凤姐跟着娘去了船溪驿吗？"乖妹问。

"没有哇！去恭贺世顺舅舅进新屋，娘是一个人去的。"印蕙娇说。

"玉凤姐去了哪里？昨夜她没有回房。"乖妹哭丧着脸说。

印蕙娇的神经立刻紧张起来。她连忙问乖妹："那她会去了哪里呢？"

乖妹迟疑了一会，而后轻声说："只怕是去了铁门槛。"

"铁门槛？！她去那里做哪样？"印蕙娇问。

乖妹意识到事态严重，不能再藏着掖着了。她从玉凤送手绢给火儿，到往戏台上抛金戒指，所有她的所见，竹筒倒豆子般全都说了出来。这一切，着实出乎印蕙娇的所料。她真没想到，玉凤居然会如此大胆妄为。事关重大，婆婆又不在家，必须小心处置。她首先想到的，是这事千万不能走漏风声，便郑重其事地向乖妹交代："乖妹，玉凤去铁门槛的事情，讲到这里打止，绝对不能到外面去讲。"

"嫂子放心，乖妹记下了。"这样的大事，乖妹不敢掉以轻心。

这天，浦阳镇赶场。刘金莲跟着船溪驿的赶场客回来得早，早饭后就拢了岸。印蕙娇见婆婆如见救星，连忙说："娘！出大事了。玉凤妹上铁门槛找火儿去了。"

刘金莲最担心的事情终于发生了。原以为玉凤不会、也不敢这样做，没想她居然如此胆大妄为，真是淡看了这丫头。

"几时去的？"

"昨天。"

"你是怎么晓得的？"

印蕙娇把乖妹所说的情形，对婆婆说了一遍。刘金莲听了，生气地说："这乖妹真不乖，这样大的事情，瞒得铁紧，也不早对我讲。"

印蕙娇眨巴着眼睛说："噫！这样的事情，说来也真是奇怪，凤妹和那火儿，怎么会那样的相像？！凤妹就是为了这点才着的魔，说是他们两个有什么鬼的'夫妻相'！"

"'夫妻相'，鬼话！"刘金莲在想，什么"夫妻相"？这分明是同父异母的两兄妹啊！

"抓紧把凤妹找回来。这事越往下拖，麻烦就越大。"印蕙娇说。

刘金莲痴痴地坐着，脸上毫无表情，嘴里不言不语。她在苦苦地思索，这样的突发事件，她应该如何处置？

情况紧急，印蕙娇自告奋勇："娘！让我去一趟铁门槛吧！"

"你去能行吗？玉凤能听你的吗？"刘金莲向儿媳妇发问。

蕙娇被婆婆问住了。她无奈地说："蕙娇是心里着急。"

刘金莲心想，玉凤和火儿之间的关系，火儿的娘心里是最清楚的。她就是再糊涂，也不至于糊涂到那样的地步。玉凤纵然去了铁门槛，出格的事也绝对不会发生。刘金莲还是放心的。

"事情虽然非同小可，可也不必过分担心。"刘金莲心里所想，不便对儿媳妇明说。她变着法子，找出了另外一个理由："乖妹不是说了吗？玉凤又是送手绢，又是送戒指，火儿都退给了她。看来，火儿还是有自知之明的，他不会做出出格的事情来。"

"话虽是这样说，可包票难打啊！神仙也怕鬼来缠，遇到这样的好事，只要是男人，都是难得不动情的。"印蕙娇仍然十分担心。

"不至于，不至于。"刘金莲不住地摇着头说。刹那间，她想到了当年的自己，想到了那远走他乡的小雕匠。

"太太！太太！"突然，门外响起小丫头石榴的叫喊声。

印蕙娇打开门，冲着石榴说："叫哪样？没看见太太在这里有事？！"

石榴说："客堂里来了一个后生，说是立马要见太太。"

"他是哪里的？来找太太做哪样？"印蕙娇问。

"他不肯告诉我，说是非要见到太太才说。"石榴说。

刘金莲闻声而出。来者何人，她已经心中有数了。来到门边，她吩咐道："你去带客人到后堂，我们跟着就出来。"

在后堂，石白狗见到刘金莲，叫了一声"同年娘"，说明来意："我是火儿的老弟，娘让我特意来给同年娘报信，昨天大小姐女扮男装，上了铁门槛，到了我屋里。娘说，请同年娘立马着人前去把她接回来。"

刘金莲心想，自己的估计是对的。铁门槛的那妇人还算是通情达理。她最关心的是火儿，火儿的态度如何，将决定事态的发展。

"火儿呢？"

"我哥他出了门，不在屋里。"

"他去了哪里？"

"我爹爹是个虎匠。前天，保靖来人请爹爹去那里打老虫，娘要他跟着爹爹去了保靖。没得几个月，只怕回不来。"

石白狗的回话，刘金莲心里一块石头落了地。如今人心险恶，玉凤却在授人以柄，弄不好，风言风语就会在浦阳镇铺天盖地。刘金莲特意扎咐石白狗："玉凤不懂事，冒冒失失去了你屋里。这件事情说出去，对大家都不好，请你千万不要张扬。"

石白狗说："来的时候，娘让我告诉同年娘，我的屋是单家独户，大小姐去到我屋里这件事，没有别人晓得，请同年娘放心。"

石白狗吃过中饭后，便动身回转。为了掩人耳目，过了好一阵子，刘金莲的轿子才上路。十七年前铁门槛的"肥羊婆"，没想到今生今世还会因为这样的事情旧地重游。轿子一路走去，翻过一座山坳，便到了麻家寨。轿夫停下轿子，说是要歇气打腰站。

"太太，过了麻家寨就要上大界了。你下来走动走动吧！"前面的轿夫回转身子，对轿子里的刘金莲说。

"坐在轿子里蛮好的，不下来了。"刘金莲说着，撩开了轿子小窗的布帘，她一眼就看到了雕匠家的吊脚楼。她曾经为了一个男人，顶风冒雪，不顾一切地来到这里。那男人却为了躲避她而远走他乡，浪迹天涯……忽听得轿夫一声吆喝，被抬起的轿子，又开始了晃晃悠悠的行程。她闭上眼睛，估摸着此去铁门槛的艰难。芳草第里的那位女戏子，临终将这女伢儿托付给了她。她万没想到，就是这个女伢儿，正在重蹈着她的覆辙。

在石白狗的接引下，刘金莲的轿子停放在石家门前的禾场坪。石白狗将两个轿夫安排到旁屋歇息。刘金莲一进堂屋，便看到了愣在那里的张玉凤。刘金莲没有呵斥和责备，仿佛什么事情也不曾发生。她上前一把拉住张玉凤的手，亲昵地笑着说："哈！凤儿，你来看望同年娘，也不邀大娘做一路来，怎么一个人匆匆忙忙就来了？"

阿春应声而出，也来到了堂屋。刘金莲和她相视一笑。一个似曾相识的面孔，一对酒窝。刘金莲想象中的一切，瞬间全都得到了证实。

"同年娘，你来了！"是阿春先开的口。

"来了！给你添麻烦来了！"刘金莲说："本来，我和凤儿讲好了，要做一路来看你的。我有点事去了一趟球岔，没想到凤儿她一个人先来了。"

刘金莲的话，把阿春说了个云里雾里。还算是阿春的肠子多了道弯弯，立刻意识到张家老板娘的话，是为了不让这位大小姐难堪，故意这么说的。她连忙接腔："太太把话说颠倒了，只有我们该去看太太，哪有太太来看我们的道理。这些年，我家火儿常常到府上打扰，得到了许多的照顾，我们全家都感激不尽。"

刘金莲笑容可掬地说："照顾说不上，火儿每次跟着师父来行傩，都给张家带来了好运程。火儿人聪明，品性好，又学得一身好道艺。凤儿的爷爷奶奶在世的时候，都非常喜欢他，就让我们家钰龙和他认了同年。"

张玉凤见大娘突然到来，惊慌失措，不知如何是好。出乎意料的是，大娘居然没有责难她，而是编造出了这样一段话。玉凤心里明白，这是大娘给台阶让她下。紧张的心理，顿时便轻松了许多。这时，只听得大娘又说话了："凤儿的爹也格外喜欢火儿。那年，火儿跟着龙家垴的灯班，到我们屋里唱花灯。消夜时，他一高兴，亲手给火儿舀了一大碗甜酒煮糍粑，问了火儿的名字，又问火儿的生庚。时间过得真快，这一晃就过去了二十年。"

阿春听着刘金莲的话，立刻听出了其中的弦外之音。这些话无非是告诉她，早在二十年前，那冤家就得知了火儿的存在。事情过去了这么久，再把这些陈年旧账翻出来，无异于在她的伤口上撒盐。阿春真有些撑不住了，刘金莲却喋喋不休地讲个没完："凤儿的爷爷去世，是请火儿的师父龙法胜为老者封的臭。凤儿的爹从汉口赶回浦阳镇奔丧，他又见到了火儿。那时候，火儿还是个习巫的徒弟伢儿，主东是用不着给他送利市的。丧事终了，他除了给龙法胜封了利市以外，还把另外一个利市，扣在火儿的手板心里。临别时，依依不舍的样子，就好像他们是亲亲的俩爷儿……"

阿春听着刘金莲的每一句话，如同钢针扎在心上。她木木地坐着，不言不语，失血的脸上毫无表情。刘金莲敏锐地察觉到，这番言语已经引起了阿春的不快。她本有许多话还要说，也只好作罢了。一旁的玉凤却是朝另外一处想，不由得暗自高兴，大娘历数着张家，特别是爹爹与火儿的亲密关系，无非是在表明张家对火儿的认可。若是果真如此，这道"铁门槛"，她应该是可以迈得过去的。

"同年娘，大热的天，吃杯凉茶吧！"阿蓓腆着大肚子，送来了一杯凉茶。

"我没猜错的话，你是火儿的弟妹。"刘金莲笑吟吟端起凉茶，喝了一口，低头看着妇人腆起的肚子，问道："几个月了？"

"六个月。"阿蓓低着头回话。

刘金莲转身对阿春说："是啊！老弟都快要做老子了，火儿还打着单身，真叫你这个做娘的心里着急啊！"

阿春被刘金莲的话讲懵了，不知道这位张家太太的葫芦里，究竟卖的是哪样药？玉凤听到大娘的这番话，也同样猜不透她的言下之意。是同年娘对同年儿的关切？还是对这门亲事转弯抹角的应承？这模棱两可的话语，神仙也无法捉摸。

"大小姐，你去陪着嫂子吧！我有话要同你大娘讲。"阿春用这种方式，向刘金莲表达对话的意愿。

刘金莲对阿春说："我们到外面去讲吧！难得上一次铁门槛，想出去打打望，看看这里的景致。"

铁门槛的地势比浦阳镇高了许多，即使是六月天也并不觉得十分炎热。阿春带着刘金莲出得门来，走过禾场坪，去到了对门坡。坡上是石家的一片菜地。菜地的边上，是一棵结满了长长皂荚的皂荚树。站在树脚，放眼望去，连绵不断的山岭，隐现在缭绕的云雾之中。在那朦胧的极目处，看得见沅水在蜿蜒地流动。

"要看景致，这里是个好地方。"阿春说。

"看得见浦阳镇吗？"

"山挡住了，看不见。"

看不见浦阳镇，刘金莲似乎有点儿失望。

皂荚树本来有两棵。三年前，其中一棵遭到了雷击，被锯来做了柴火，只留下一个树桩。阿春指着树桩对刘金莲说："喏！这里有个树桩，太太将就着坐吧！"

刘金莲刚刚落座，阿春迫不及待地开了口："火儿的身世，你都晓得了？"

"晓得了。"

"他也晓得了？！"

"他比我还要先晓得。"

"有件事情，我早就想跟你讲，可一直找不到机会。"

"现在有机会了，你讲吧！"

"我是想告诉你，当年不是我勾引他，是他下我的蛮。"

"这我相信。"刘金莲说："你恨他？！"

"恨他做哪样？恨我自己。那种事情若是我硬是不肯，他再下蛮也是得不到手的。我后来顺从了。"

"就这样，伢儿上了身？！"

"是的。"

"给了你打胎药，怎么不把他打掉。"

"他是我身上的肉，我舍不得。"

"我想问句不该问的话。"阿春试探着说。

"问吧！没有哪样是不该问的。"刘金莲回答得爽快。

"这多年了，他讨了一房又一房，把你撂在一边，不理不探，你不恨他吗？"阿春的问话，似乎是在点刘金莲的穴。

刘金莲的回话很平静："恨他做哪样。他还是我的丈夫，我还是他的婆娘，我的伢儿还执掌着他的家业。他的事就是我的事，正是这样，我这才老远巴天跑到这铁门槛来。"

两个坐着的皂角树下的妇人，就这样你来我往地交谈着。阿春将话锋一转，显现出几分凄凉，她说："我们两个妇人，遇上了同一个男人。不一样的是，一个命好，一个命苦。"

"什么命好命苦。对于他，我同你是一样的妇人。不同的是，我比你多了一个名分。"刘金莲还有一句"你比我多了一个伢儿"，没有说得出口。

"再问句不该问的话，你恨我吗？"

"起先恨过你。越往后，就越恨不起来了。"

"你讲的不是真心话。刚才你在堂屋里讲的那一通，我就是再哈，也听得出来，你是在讥笑我，挖苦我。"

刘金莲连忙说："这你就误会了。怪我没管好凤儿，让她跑到你屋里来胡闹，给你添了烦恼。当着凤儿的面，我不便明说，便借着那些话来告诉你，火儿的身世我们已经晓得了。既然她和火儿是同父异母的兄妹，我们就要当机立断，做出处置，断了他们的往来。这不，我们就是在这里商量吗？若有言语冒犯，对不住你的地方，还要请你原谅。"

刘金莲诚恳的态度，让阿春感动。她没想到这位张家窨子的女主人，竟是如此地通情达理。

"张家太太！"

"不要这样叫，你就叫我作金莲吧！"

"使不得！使不得！'尊卑'二字还是要的。"阿春说："莫看我是个穷婆娘，从娘肚子出来，还从来没有求过人。今天遇着你，有三件事相求。"

"你有什么事，只管放心说，能办到的，我一定尽力而为。"刘金莲说。

"请问，张家除了你和他，还有人晓得火儿的出身根本吗？"阿春问。

"没有。再也没有第三个人。"刘金莲回答。

阿春说："这就对了。先说我相求的第一件事。是我当初闯下的祸，造下的孽，才会有火儿来到世上。这个秘密，如今只有你、我、他三个人晓得，我求你们永远不要传开去，再也不要让第四个人晓得，特别是不要让火儿晓得。你能答应我吗？"

刘金莲回答得爽快："我答应你。这件事情，看来也只能这样了。"

"还有第二件事相求。"阿春说："求太太快把玉凤小姐接回张家窨子。回去以后，不要为难她，责怪她。她已经没了娘，虽说有你这位大娘的照料，可也还是个可怜的伢儿。她这样自己找上门来，按照你们汉人的规矩，是件丢人现眼的事。可按照我们苗家的习惯，她并没有什么不对的地方。错就错在她不知实情，爱上了她不能爱的男人。这是大人造的孽，不是她的错。请太太早早为她做主，找一个让人放心的地方，远远地把她送走，走得越远越好，让火儿和她没有再见面的机会。"

"说得好，你和我想到一起了。"刘金莲说："我把凤儿接回去以后，会立马给他去信。告诉他，我是奈何不得了，要他赶紧来把凤儿接走。"

"接到哪里去？"

"由在他。"

"去镇江，那妇人是不会接纳她的。"

显然，凤儿把家里所有的事情都对阿春说了。

"你不必担心。他非常看重凤儿，会有主意的。"刘金莲说。

阿春仍然在为凤儿担心。她说："对火儿，小姐是吃了秤砣铁了心。她是个烈性子，要断了她的这门心思，不是那么容易的。昨夜，我陪她坐到鸡叫，又同她睡做一床，道理讲了万万千，只差没跟她讲火儿同她的兄妹关系了。横讲竖讲，就是讲不进油盐。她说，一双脚既然迈进了铁门槛，就不会再抽脚走回去了。没奈何，我才赶紧着白狗到府上报信。"

"这件事情就交给我了，你尽可以放心。"刘金莲胸有成竹地说。她又接着问："你说的第三件事呢？"

"太太请跟我来。"

阿春带着刘金莲，沿着对门坡的盘山小路，绕到了石家吊脚楼屋背的山中，转了一个弯，一个破烂不堪的窝棚，便出现在她们的面前。刘金莲如梦初醒地望着窝棚，许久都说不出话来。

"太太，还记得这个地方吗？"阿春轻声问道。

"忘不了啊！"刘金莲感慨万千。

"站在你面前的，就是当年的强盗婆。我想，凭太太的眼力，应该早就认出来了。"阿春说得不紧不慢，仿佛在平静地等待着裁决。

"是的，我认出来了。"

"感到意外吗？"

"有点意外。"

"什么意外？"

"她的胆子天大，竟然敢把'羊婆'带到这个地方来。"

"她本来是不敢的，可那个曾经在她手里当过'羊婆'的人，已经爽快地答应了她相求的前面两件事。还有这第三件事，想必也同样会答应的。"

"愿听她的第三件事。"

"当年那个强盗婆，在她'关羊'的地方，向'羊婆'悔罪，希望'羊婆'能原谅她的罪过。"阿春说着，"扑通"一声，双膝跪在了刘金莲的跟前。

"使不得！使不得！"刘金莲连忙将阿春扶起。说："都猴年马月的事情了，还翻出来做哪样？"

"如此说来，太太已经原谅阿春了？"

"嗨！难道我还要捉你送官不成！"

刘金莲说着，和阿春一同便进到了窝棚里。她打量着里面乱七八糟的东西，并没有多大的变化。只是显得更陈旧，更破烂了。她走到落满灰尘的神案前，发现那柄钢叉依然还摆放在那里。当年，她就是用这柄钢叉，对付那两个寻衅的小骚牯。幸亏阿春及时出现，才避免了一场意外的发生。

"这里供着柄钢叉，是什么意思？"刘金莲问。

阿春介绍说："这柄钢叉，是那年浦阳镇上唱目连大戏，唱到叉打刘氏四娘那场戏时，老黑从戏台上抢来的。我们苗家有这样的风俗，凡是日子过得不顺遂的人家，常常是去把唱目连戏的'神叉'抢回来，供奉在屋里，希望转个好运。"

"老黑抢得这柄'神叉'，拿回来供奉，你们家从此就时来运转了？！"刘金莲将信将疑地问。

阿春说："没得用啊！说句心里话，想当年，只要还有一点办法，我们就不会去'坐坳'，就不会去'吊'你的'羊'了。"

阿春的大实话，勾起了刘金莲的回忆。她说："当年，你直言不讳，说是'吊'我的'羊'，就是为了一百两银子。可我有件事一直想不明白，到后来，张家窨子一两赎银都没交，怎么又把我放了？"

"没得银子，我们是不会放人的。张家窨子虽然没来交赎银，可另外有人替你交了赎银。"阿春说。

"哪样？有人替我交了银子？！"刘金莲瞪大两眼。她不相信自己的耳朵。

"是的。有人替你交了赎银，我们才放人的。"阿春把话又重复一遍。她问道："怎么？你不晓得？！"

刘金莲连连摇头："不晓得，一点也不晓得。"

阿春说："太太想必还记得，那天夜里，狂风暴雨下个不停，我就陪你睡在这窝棚里。有个人淋着大雨，来到了我屋里。他听说了你被'吊'了'羊'，就把身上所有的银子，一共是六十两，作为赎银全交给了我家老黑，有了这银子，老黑就将你放了。"

"这个人是谁？"

"老黑不肯告诉我。"

"他为哪样要花银子救我？"

"老黑也不肯告诉我。"

"原来是这样……"刘金莲喃喃地说着。突然间，她大叫了起来："赎银都替我交了，为什么不和我见上一面？！"

"老黑告诉我说他不肯见你。"

"他是在躲着我……"

"为了躲着你，他天还没亮就走了。"阿春接着说："他走了以后，老黑就把你这个'羊婆'放了。这些事情，老黑瞒我都瞒得铁紧。可屋里忽然多了六十两银子，是瞒不过我的。我问老黑，他只是说，这是有人为'羊婆'交的赎银。我问原因。老黑告诉我，他和那人有过约定，内中的实情，除了他们两个以外，任何情况下都不能告诉第三人。我不好为难他，也就没有再打听了。"

刘金莲听了阿春的诉说，顿时觉得天旋地转，提不起的两条腿，禁不住打了一个趔趄。阿春赶紧上前扶住了她。刘金莲一屁股便坐在了木桩上，喃喃地说："怎么会是这样……"

"太太，你要想开些。"

"真好像是做梦一样。"刘金莲叹息着说。

阿春说："太太，依我看，那个替你交赎银的人是受过你的恩，欠了你的情。那天夜里，他正好碰上你在危难之中，就抓住机会报恩、还情。这个人是谁，太太想必是晓得的。"

"我怎么会晓得？"刘金莲摇着头说。

"你再仔细想想，会想得出来的。"阿春显得很认真。

刘金莲起了个架势，做着冥思苦想的样子，再次摇着头说："我就是再想，也想不出来。"

夜晚，送歇的阿春离去。卧房里，就只剩下刘金莲和张玉凤。今夜，这母女二人将第一次睡在同一张床上。她在竭力平抑着心态，剔了剔桐油灯的灯草，卧房立刻光亮了许多。

"你呀！"刘金莲这样说了一句，而后便打住了。

张玉凤心里打着鼓。她低着头，做好准备，接受大娘的训斥和责骂。

"哈凤儿，你有哪样心事，怎么不跟大娘说一声？"刘金莲的话语中充满着慈爱。

张玉凤仍然低着头。她听大娘说话的语气，不像是训斥，也不像是责骂，紧张的心理，顿时便放松了许多。

"凤儿啊！你怎么把大娘当成了外人？"刘金莲继续说："你娘临终时，把你托付给了大娘，大娘就是你的亲娘。你回到大娘身边，已经一年多了。大娘从来都是把你当成亲生，百事都依着你。那一回，为了宝儿的事情，你不依，发了火。你不惬意，大娘就再也不提了。"

张玉凤仍然低着头。她一声不吭。

"一个姑娘家，也不跟屋里人说一声，就冒冒失失，一个人上了这铁门槛，大家都在为你着急，你晓得吗？"刘金莲的话语说得轻，落得重。

张玉凤突然抬起头来，两眼看着大娘，站立起身，接着便双膝跪在了地上，向大娘哀求："大娘，求您成全凤儿，凤儿已经迈进了这铁门槛，就不想再回去了！"

"嗨！你这是做哪样嘛！快起来，快起来。"刘金莲连忙将玉凤扶起，坐在身边的凳子上。她心想，这妹崽不愧是汉口大码头女戏子生的女儿，什么事都做得出来，什么话都说得出口。她心里在盘算着，要怎样才能使这个妹崽乖乖儿跟她一同回到浦阳镇。这时候，她突然发现，玉凤左手的食指上，戴着一枚金戒指，便故作惊讶地拉起那只手，指着那枚戒指问道："噫，这枚戒指，那天在蜡树湾二姑家，你不是送给孟姜女作了盘缠的吗？"

张玉凤先是大吃一惊，接着便后悔不迭。真不该还把这枚戒指戴在手上。她没有立刻回答，过了好一阵才嘟哝着嘴说："他后来又退还给我了。"

"他不领你的情？！"

张玉凤咬着嘴唇，没有回大娘的话。

"你好像还给他送过一条手绢，他也是不领你的情，还变着法子退还给了你，有这回事吗？"刘金莲借着这个机会，步步进逼。

张玉凤一下子便懵了，心想这大娘也真够厉害的，连这件事情都晓得了。她招架不住，惊慌失措，不晓得该如何回答大娘的问话。

"凤儿，大娘在问你的话，有这回事吗？"

张玉凤没有说话，只是点了点头。

刘金莲说："火儿确实是个好伢儿，我们大家都喜欢他。要不，我们也不会让你哥哥和他认同年。你就是有这门心思，也该同大娘讲一声，让大娘给你拿主意呀！"

张玉凤听着大娘的话，似乎有那么一点点儿同意这门婚事的弦外之音。天真无邪的女伢儿，立刻感到后悔。若是早同大娘讲明此事，也就不必这样冒冒失失，跑到这铁门槛来了。

刘金莲继续说："你倒好，一个姑娘家，给人家送这样，人家不要；给人家送那样，人家退回。"

"他不是不想要，是不敢要。"张玉凤鼓足了勇气说。

"你也不想想，这样背着屋里人，一个人跑到他屋里来，他就敢要了吗？明明是个哈坨坨，还以为自己蛮聪明。"刘金莲慈爱地望着张玉凤，似乎要让她听清这话语中的期许。

张玉凤一阵欣喜涌上心头，再也不敢作声了。

第二天清早，刘金莲和张玉凤两顶轿子，从铁门槛动身回浦阳镇。前面轿子里的刘金莲笑了。她想到"泥鳅信捧，伢儿服哄"这句老话的千真万确。几句模棱两可的话，三下五除二，居然哄得那铁了心的凤儿，乖乖地答应同她一起回家。后面轿子里的张玉凤也笑了。她闭上眼睛，再一次品味着昨晚大娘所说的每一句话。曾被她误解的大娘，原来是天底下最通情达理的人。她对美好的未来充满着向往。她敢肯定，这门亲事若是有两家的大人做主，火儿即或再有顾虑，也是不会拒绝的。

● 金山寺心语

铁门槛回来以后，张玉凤便一直是魂不守舍。就像山歌里唱的"梳头忘记拿梳子，绩麻忘记带麻筐"。刘金莲全都看在眼里。女伢儿性情倔强，把她搞拗了，真要是出了事情可就不得了。眼下就是要稳住她的心。许个空头愿，让她耐心等待，只要她不再做出格的事情，等到镇江的人回来把她带走，就万事大吉了。

这天，蕙娇回了趟娘家，带来一个消息。先年，毓贤从天津回浦阳探家，把伢儿增平留在了爷爷奶奶身边。日前毓贤写信回来，希望爷爷奶奶将增平送到天津去，也好顺便到外面看看世界。印秀才满心欢喜，秀才娘子却放心不下屋里，坚持要留下来守屋。印秀才无奈，只得决定带上听差瞿三，送孙子去天津。

刘金莲知会钰龙："龙儿，你岳老子去天津，正好要从镇江经过，写封信请他带给你的爹爹吧！"

玉凤上过茅厕，来到天井，见大娘和哥哥都在那里，便也进到后堂。钰龙在往砚台里注水，准备磨墨写信。

"大娘！哥！写哪样？凤儿来磨墨。"玉凤说着，动手磨起墨来。

"不必了，让你哥自己磨吧！"刘金莲说。

"不让我磨？你们这是……"玉凤不解地问。

刘金莲说："给你爹爹写信，你回房去吧！"

玉凤立刻意识到，给爹爹写信，十有八九是为着她和火儿的事。玉凤出得门来，没有立刻离开，在门外听起了壁脚。刘金莲料定玉凤不会走开，要在门外偷听，却故意不去识破她。让她听到想听的话，这样也就将她稳住了。听壁脚的玉凤，屏住呼吸，细听着从后堂发出的一切声音。

"这信上要写哪样，请母亲吩咐。"哥哥在说话。

"写哪样！写凤丫头的事情。"大娘的声音。

壁脚的张玉凤，神经立刻紧张起来。她早就听说父亲特别喜欢火儿，相信爹爹是会同意这门亲事。当大娘要哥哥向父亲写信，禀明这段情由时，她却又感到了几分害怕。

钰龙说："是啊！凤妹的事是得要向爹爹禀报，由他做主。"

"虽说是你二娘把凤丫头托付给了我，这样的大事，还是要由你爹爹做主。"

大娘的话，正是玉凤喜欢听的。接着，她又听到了哥哥的声音。

"唉！要是火儿生在市面上，生在一个富贵人家，那该几多好啊！"

"是啊！火儿是个好伢儿。你爷爷奶奶在世时，就特别喜欢他，还让你同他换了庚帖，认了同年……"

"爹爹对于他，更是非常的不一般。"

"是吗？！"刘金莲问钰龙："你说，你爹爹会同意把凤儿嫁给他吗？"

"这就说不准了……"

玉凤的心在"砰砰"地跳着。她张开耳朵听着屋里的对话，生怕漏掉了一句。

"告诉娘，你爹爹对于火儿，是怎么个非常不一般？"刘金莲问。

钰龙说："有件事情，想起来真是很不一般。只是爹爹有过交代，不能对娘说。如今，这么多年都过去了，是'黄花菜都凉了'的事情，说说也是无妨的。"

"你说吧！娘听着。"

"那年爷爷过世，爹爹从汉口回家奔丧，我和爹爹一起为爷爷陪灵。

我一躺下就睡着了，醒过来时，发现了一件怪事，火儿怎么会睡在我的身边？"

"哪样？你爹让火儿同你一起陪灵？！"

"是呀！"钰龙说："爹爹说，火儿和我认了同年，我的爷爷就是他的爷爷，让他为爷爷陪灵，也是应该的。"

"天哪！怎么会有这样的事……"

"我觉得这事情不对，就跟爹爹说，陪灵的人必须是亡人的嫡亲骨血，火儿只是和我认了同年，他与张家没得血缘，是不能陪灵的，不能坏了规矩。火儿的师父也觉得不合适，便要他起身，带着他走了……"钰龙向母亲诉说着当年丧堂发生的那件事。

玉凤身子贴着板壁站立。好半天，她都没听见屋里的声音。

"娘，你怎么了？"钰龙的问话打破了寂静。

"娘没事，你往下说。"刘金莲声音有些儿颤抖。

钰龙说："火儿去了，爹爹交代我，他让火儿陪灵的事，不能到外面说，更不能告诉你。"

屋里，又是一阵沉默。钰龙所说的事情，玉凤闻所未闻。爹爹对于火儿的喜爱，简直是到了不可思议的程度。火儿即使是他的亲生儿子，也不过如此。看起来，爹爹对于这门亲事，是不会阻挠的。这时候，她又听到大娘开言说话了。

"跟你爹爹写，就说是我讲的，火儿是个好伢儿，他既然喜欢，我们大家都喜欢，虽说是屋里穷点，可伢儿有一身的好道艺。铁门槛穷山恶水，强盗窝，名声不好，这也不要紧，让火儿搬到浦阳镇上来安家就是。住在浦阳镇，他的香火会更旺。往后，凤丫头跟着火儿，日子过得不会差。他是一家之主，儿女姻亲由他做主。只要他点头，亲事就这样定了。"

"好的。我这就写。"钰龙说。

"你再写上，火儿和玉凤，一个生在铁门槛，一个生在鹦鹉洲，隔得天远，怎么会那样挂相？凤丫头认定这是俗话所说的'夫妻相'。她这才对火儿铁了心。说是要学戏文里的王宝钏，非火儿不嫁。我看就依了她吧！免得落下嫌贫爱富的骂名。"

玉凤听到大娘的这番话，心里的一块石头总算落了地，觉得没有必要再听下去，便悄悄儿离开了。

张钰龙把信写完，刘金莲满心高兴。这是她第一次要儿子按照她的意思给丈夫写信。写这封信的目的，无非是通报凤儿的情形，要丈夫急速回浦阳来处理。而她却也是趁着这个机会，给那天杀的一回难堪，让他哑巴吃黄连——有苦难言。她这些年来所有的怨气，似乎都因为丈夫得到这样的报应而释放。足智多谋的女子，通过这种特殊方式来宣泄心中的愤懑，从而阻止一件报应事的发生。她所做的这一切，都恰如其分地掌握了应有的分寸。

第二天，印秀才带着孙儿增平，在听差瞿三的护送下，乘船启程，前往天津。走沅水，入洞庭，下长江，经过十二天的旅途劳顿，到达了长江边的镇江。傍晚时分，大船在姚湾码头下了锚。瞿三听说印秀才的亲家在这里设庄开有油号，以为他要歇在亲家的庄上。他便对主人说："老爷，您和小少爷在码头上稍候，我这就去打听亲家爹的住处。"

"不必了。我们不去他那里，就找个歇店先住下。"印秀才说。

第二天早饭过后，瞿三找到了张复礼的庄号。张复礼听说亲家来到镇江，急匆匆赶到歇店。

"茂佳兄！不，亲家！听瞿三说，你昨天就到了。这是毓贤的伢儿吧！那年的事情，真是对不住毓贤。"张复礼的每句话，都显得尴尬和无奈。

"过去了的事情，还讲它做哪样？"印秀才说着，摸了摸增平的头，说："平儿，叫亲家公公！"

平儿叫了一声，对张复礼深深鞠躬。

"真乖，叫哪样名字？"

"平儿，大名印增平。"

"多大了？"

"六岁。"

张复礼对印秀才说："亲家，你真有福气。儿子有了功名，孙子又生得这么乖巧。"

"哈！比不上你这发了大财的张大老板啊！"印秀才笑着说。

"亲家，既然是到了镇江，你怎么就不 —— "张复礼说这话，显得吞吞吐吐。

印秀才笑着，不无调侃地点了点张复礼的穴堂："怎么？要亲家到金屋里拜望？就不怕坏了如夫人的规矩？！"

张复礼不自在地笑着，摇着头，充满自嘲地说："嘻嘻！没法子啊！真是拿她没法子。"

"不错，有长进。往日没得的功夫，如今全都学会了。"印秀才禀性难移，说起话来，句句都带刺。

"我认罚！我认罚！"张复礼连连说："走！我们进饭馆吃早饭去。"

"难得等到你的早饭，我们已经吃过了。"

张复礼想了想，说："亲家，这样吧！你到镇江来一趟不容易。我们去金山寺。不到金山寺，就算不得到过镇江。我们中午在金山寺吃斋菜，那里的斋菜是很有名的。"

印茂佳没想到，往日里桀骜不驯的同年老弟，经过那妇人的调教，变成了如此模样。印茂佳的怀中正揣着家中给他的信札。他若见信，便再也不会有游兴了。好不容易金山寺一游，不能因为一封信倒了胃口，要选择最好的时机，再把信交给他。

从姚湾去金山寺，也不过十来里路。张复礼带路在前，平儿由瞿三背着，紧随其后。印茂佳为了同张复礼讲话方便，插到了前面。

"镇江的生意还好做吧！"

"不错！不错！"说起生意，张复礼就好像换了个人。他兴致勃勃地说："中国的桐油生意，就数这镇江做得大。镇江占了个好地利，和扬州隔着一条长江，运河就从那里北上。长江的船、运河的船、东海的船、黄海的船，每年都必须用桐油涂抹。除了国内需求以外，采办桐油的洋人，也越来越多了。听说，中国输出给洋人货物的码洋，桐油已经超过了丝绸。"

"'顺庆'和几家洋行有生意？"印茂佳问。

"五家，不包括汉口的那一家。"张复礼说起同洋人做生意，禁不住眉飞色舞。他说："真是不到镇江，就不晓得什么叫作桐油生意！"

张复礼忘乎所以的样子，引起印秀才的不快。从见面到现在，这角色对婆娘，对儿子、儿媳，对孙儿、孙女，连一句问候的话都没有。他那汉口婆娘生的女儿，回浦阳镇一年多了，也不问问她过得怎么样？眼下这来到镇江的人，和你知根知底，又是你的亲家。是你死乞白赖要走了人家的女儿。接亲时你不回家，生儿育女你不过问，就好像根本没得这回事了。印茂佳气不过，舌子打个转，便转弯抹角地敲打起张复礼来："是啊！都是你张老板的本事大啊！把生意做到了镇江，又做到了外国九州。浦阳镇的土气，同外国九州的洋气，是没得法子比的。"

吃鱼听刺，听话听音。张复礼是个灵泛人，他立刻晓得拐场了。自从见到印秀才，他嘴里喊的是"亲家"，心里却还把他看作先前的那个老庚，那个尖酸刻薄却心地善良的老庚。他早已是张家窨子的至亲。他的宝贝女儿做了张家的儿媳，而且生下了三男一女。眼下的情形，不仅是老庚的见面，更是亲家的相聚。精明的张复礼，意识到疏忽应该立刻弥补。

"哈哈！土气，洋气，我在镇江，是享着儿子、儿媳的福气。我不过是个享现福、做现事的人。多亏龙儿有谋略，去了趟洪江，吃了苦，受了罪，弄到了洪油的乖方。有了上好的油品，同洋人的生意才做得如此的顺畅。龙儿是我们张家的大功臣。"张复礼是费了好大的力气，才说出这番话的。特别是那其中的"我们张家"四个字，说起来是那样拗口，甚至有些儿揪心，可他又不得不这样说。他接着还把儿媳，连同亲家也赞许一通："蕙娇真不愧出自书香门第，持家理事，相夫教子，算得上一个贤内助。听说，好多的主意，都是她给龙儿出的。亲家，这都是你的教育得法呀！"

张复礼虽说是言不由衷，却总还是讲的人话。印秀才的心理，就这样得到了些许的平衡。金山寺的山门出现在面前。抬头望去，匾上"江天禅寺"四个大字映入眼帘。印秀才在山门前驻足不前了。

"这是康熙爷的御笔亲书。"张复礼说着，向印秀才介绍："金山寺又叫江天寺，已经有一千四百多年了。"

他们来到了天王殿。两侧站立着四大天王的塑像，中间供奉着弥勒佛，腆着个大肚子，咧着个大嘴巴，满脸堆着笑。佛像两旁是一副对联：

大肚能容，了却人间多少事；
满腔欢喜，笑开天下古今愁。

"嘻嘻！他笑得真好看。"小增平咧着缺了牙齿的嘴巴，跟着弥勒佛一起笑了起来。

印秀才弯下腰对孙儿说："这是弥勒佛。乖崽，来，给菩萨作个揖吧！"

小增平跟着爷爷，给弥勒佛作揖。

"是啊！对着弥勒佛作个揖，一切烦心的事，便都无影无踪了。"张复礼说着，也深深一揖。

印秀才感叹道："这副对联实在是太妙了，处世之道，皆在其中，真不知道出处原来是在这里。"

张复礼和印茂佳一样，了解金山寺是从戏文《白蛇传》开始的。法海大战白娘子、水漫金山的故事，脍炙人口，妇孺皆知。当他来到法海洞，见到了洞中的法海座像时，就完全是另外一回事了。

"法海和尚是金山寺的开山祖师。"张复礼说:"他俗姓裴,所以这个洞又叫'裴公洞'。他是一位有德行的高僧,与《白蛇传》里的法海,完全是两回事。他先是在庐山学道参禅,后来又才来到镇江的金山,开创了金山寺的基业。"

"来到金山寺,此法海并非彼法海,真叫人莫衷一是啊!"印秀才不由得发出感慨。

"有句老话:'黄金无假戏无真',还真是有道理。这法海洞里的法海,和戏文《白蛇传》里的法海,一个是真有其人,一个是子虚乌有,是编造出来的。世上的事情,也常常是这样。真的,阴错阳差,反而变成了假的;假的,李代桃僵,却堂而皇之成了真的。"张复礼说。

这时,印茂佳看见那金山的高处,有一座石柱凉亭,觉得那里是把那封信交给张复礼的好地方,于是,他对瞿三说:"三儿,我要和亲家爷到山上的亭子里说点事,你带着小少爷就在这下面玩,不要上山了。"

印秀才偕同张复礼来到金山上的留云亭里。这里是俯瞰镇江城全景的最佳所在。亭子里,竖着康熙皇帝御笔亲书的"江天一览"石碑。

"真是'江天一览'啊!"印茂佳观景回身,抚摸着石碑。

张复礼兴致极好,向亲家诉说着其中的典故:"这块康熙爷题写的御碑,是同治十年复修留云亭时,两江总督曾国藩命人镌刻的。曾文正公也是我们湖南人。湖南人在镇江,是说得起话的。"

"张老板也是湖南人,在镇江也肯定是一言九鼎。"印茂佳笑着说,带着几分揶揄。

张复礼也笑着说:"哈哈!你印秀才禀性难移,又在涮我的坛子。"

一对老庚,两个亲家,说着,笑着,似乎又回到了少年的时光。这印茂佳觉得应该把信交给他了。心想不管怎样,他都是必须要过这一关的。

"你看,我的忘性真大。来的时候,亲家母让我给你带来一封信,差点给忘了。"印茂佳说着,从怀里取出信来。他把信交给张复礼时,又添了一句:"家书抵万金呀!"

张复礼把信接过，说了声"看看，写的哪样？"便不以为然地当即把信拆开，抖了抖信纸，接着就捧读起来。只见那上面写着：

男钰龙跪禀父亲大人膝下：

三娘康泰，弟妹乖好，男常以为念。

汇来伏销所得，银票计一千八百两，男已于上月收兑。前有安禀，想已呈览。是时正值青黄不接，乡间贫苦桐农，多有生活难以维系者。男已斥银三百余两，购得粮米，四乡赊销，以救桐农燃眉之急，俟秋后，桐农以桐籽按市价折算偿还。此法推行，深得桐农拥戴，于桐籽收购亦有大利。盖日后采办诸事，皆可循此法耳。

二娘仙逝，凤妹自汉返乡，已有年余。母亲命男呈禀凤妹婚姻事。有巫师石火儿者，昔与男相认"同年"，大人亦多有器重。年来秋成岁稔，市井酬还傩愿，凤妹屡屡得见火儿，竟对其一见钟情。谓其与火儿天各一方，非亲非故，二人相貌，竟如此神似，实匪夷所思。细思之，此乃民间所称"夫妻相"，"千里姻缘一线牵"也。日前，凤妹竟瞒过家人，女扮男装，贸然前往火儿家中。幸得火儿老成持重，有意避而不见。后经母亲将其接回家中。无奈凤妹性情执拗，声言决意效尤戏文中之王宝钏，非火儿不嫁。对此，母亲束手无策。称言凤妹婚姻大事，非同小可，于情于理，当听命于大人裁夺，因之命男上书，禀明情由矣。

盖凤妹婚姻事，依母亲之见，既然大人素对火儿多有爱怜之意，与其缔结姻亲，亦未尝不可。况"夫妻相"之说，虽是民间戏语，亦抑或有可信之处。石火儿虽出身贫贱，家住穷乡僻壤，然其巫傩道艺，享誉乡里，此事若玉成，可助其迁来浦阳安家。凤妹有此依靠，日后当衣食无忧矣。不知大人尊意如何？祈请示下。即跪请万福金安。

七月十六日，男谨呈。

张复礼手捧书信，读着读着，陡然间，他的双手发起抖来，鼻孔出着粗气，脸色也在瞬间变得惨白。一旁的印茂佳，密切地注视着亲家的神情。很显然，这封信给他带来的突如其来的打击，把他推向了痛苦的深渊而难以自拔。印茂佳没有识破他。

留云亭里，两亲家倏然无语。一封书信所激起的波澜，把刚才的兴致冲刷得荡然无存。

"我屋里出的那些事，你都晓得了？"

"晓得了，听蕙儿说的。"

"……"

"嗨！没得哪样大不了。正如弥勒殿那副对联所说，你把肚量放大点嘛！"

"这是放大肚量的事吗？"

"怎么不是？！"

"不！你不晓得内情。"

"张家窨子的内情，能逃得过我印秀才的眼睛吗？"印茂佳把握十足地说。

"你以为秀才不出门，就真的能知晓天底下所有的事情吗？"张复礼问道。

印茂佳被问住了。他是张复礼的同年挚友，张家窨子所有的内情，似乎都逃不过他的眼睛。然而，他并不明白，他所知道的仅仅是表象，并不是张家窨子内情的全部。具体地说，小巫师火儿和张家窨子的渊源，印茂佳就压根儿不清楚了。

"看你，紧张成这个样子。不就是女儿瞒着屋里，女扮男装，跑到铁门槛去了一趟吗？"印茂佳很不以为然。

"哪样？她是去的铁门槛，没去龙家垴？！"

"去龙家垴做哪样？火儿的屋在铁门槛呀！"

"火儿不是龙家垴的人吗？"张复礼记得清清楚楚，那年灯会上，火儿是在龙家垴的灯班里跳灯。怎么又成了铁门槛的人了呢？

　　"这你就不明白了，火儿在龙家垴的老司龙法胜那里学巫傩，他的屋
在铁门槛。"印茂佳说。

　　"哦！原来是这样。天哪！铁门槛可是个强盗窝子啊……"张复礼喃
喃地说。

　　印茂佳问："你还记得吗？那年唱目连大戏，又打刘氏四娘那天，有
个铁门槛来的苗人，飞身上台抢走了一把钢叉。"

　　"记得，汉子黑不溜秋，手脚可是麻利得很。"张复礼回忆着当年的
情景。

　　印茂佳告诉张复礼："那就是火儿的爹，叫作石老黑，是个梅山
虎匠。"

　　"啊！原来是那虎匠把他养大的……"张复礼的话在喉咙里打转。

　　"你说什么把他养大？那虎匠就是火儿的爹呀！"印茂佳对张复礼的
话有些不解。

　　张复礼没有立刻和印茂佳搭话。他走到留云亭的石柱边，目光呆滞地
望着远处的江流，好半天才说："浦阳镇上的嘴巴我是领教过的。凤儿去
铁门槛的事情，想必早已在三街四十八巷传得个呵嗬喧天了。"

　　印茂佳说："暂时还没有。凤儿是一个人悄悄去的，火儿的家又是单
门独户，亲家母到那里去的时候也没声张。至少在我离开浦阳镇之前，外
面还没有人晓得。"

　　"瞒得过初一，瞒不过十五，张家窨子又有把戏给人家看了。"张复
礼仍然在担心。

　　印茂佳说："你担心这多做哪样。凤儿是去了铁门槛，可火儿不在
家，跟着他的虎匠爹爹去保靖山里打老虫去了。听说这一去，会有好几个
月。你只要当一回《白蛇传》的法海，来个水淹金山寺，快刀斩乱麻，一
了百了。到那时，谁要嚼舌头，就让他去嚼就是了。"

　　"当一回法海！哪里有那么简单，凤儿的脾性你是不晓得啊！"张复
礼两手一摊，做了个无可奈何的样子。

"凤儿的脾性,我也听蕙儿说过一些。她从小就跟着唱戏的娘在一起,薛平贵、王宝钏之类的故事,把她弄得个癫癫狂狂。听说她这样自作主张,一心要嫁给火儿,还有个理由,不晓得龙儿的信上写了没有?"

"你讲的是哪样?"

"说凤儿和火儿有'夫妻相'呀!"

"写了……"

"是啊!不说不像,这一说,凤儿和火儿,还真的像得脱了壳。这一男一女,一个生在铁门槛,一个生在鹦鹉洲,怎么就那么的挂相?这也实在是太奇怪了。"

"一点也不奇怪。"张复礼说。

"……"印秀才瞠目结舌。

"一点也不奇怪。"张复礼再一次重复。

"哪样?!你说这一点也不奇怪?!"印秀才眨眼动眉毛,似乎意识到了其中定有蹊跷。

张复礼一屁股坐在了凉亭的石凳上。他下意识地背转身子,不敢面对印秀才的目光。好半天,他才斟转身子,鼓起勇气对亲家说出了真相:"茂佳,你我同年所生,从小一起长大,如今又结为了亲家,已经没得哪样事值得隐瞒了。我把实情对你说了吧!火儿和凤儿,一个是我的儿子,一个是我的女儿。"

印茂佳一怔,刹那间他恍然大悟了,脱口问道:"那火儿的娘,难道就是盘瓠崖做丫头的那个苗妹?!"

"是的。"张复礼说。

"是那个脸上长着两个酒窝的苗妹?!"印茂佳又做进一步证实。

"是的。"张复礼话语轻声。

"那年,她是怀了你的伢儿。怎么?难道你屋里也没做出个安排?!"印茂佳问。

张复礼说:"怎么没安排,把她爹爹叫了来,给了银子,还给了打胎药。没想到那药她没吃，就把伢儿生下了。"

"火儿是你的儿子，你是怎么晓得的？"印茂佳又问。

张复礼说："是龙儿在你学馆发蒙的第二年。那年的元宵节，浦阳镇上闹花灯。我在三府衙门前的坪场看龙家垴的灯班跳灯，看见一个跳灯的伢儿，在同一个妇人说话。虽然隔得老远，我还是认出了那妇人。我从那伢儿的神态，一眼就认出，他是我的儿子。"

"你就这么敢肯定？！"

"当然。"

"见到这母子二人，你是怎么想的？"

"心里在喊天，怎么会有这种事情？"

"糊里糊涂，就得了一个儿子，高兴吗？"

"高兴哪样，只是担心、害怕。"

"没去认这个儿子？！"

"想都不敢想。"张复礼摇着头。他接着说："后面的事情，就更蹊跷了。等我到灯市转了一圈，回到张家窨子时，发现这伢儿正在我堂屋里跳灯，获得了满堂的喝彩。"

"这时候，伢儿的娘呢？"

"那妇人晓得避忌，没有跟着来。"张复礼说："看着跳灯的伢儿，我感到自己的罪孽深重。伢儿的根分明是在张家窨子，却不能住在窨子的屋檐下。伢儿分明有着张家的血脉，却永远成不了家族的成员。他永远也不会晓得，自己的生身父亲是谁，就连当时近在咫尺的爷爷和奶奶，也不能相认。这都是他命中注定，却又无法变更的。面对着自己的亲骨肉，我这做父亲的，想不出能为伢儿给点哪样，做点哪样。我唯一能够做的，给的，就是为他舀了一碗甜酒煮糍粑……"

张复礼诉说着，眼眶里噙满了泪水。十八年了，他第一次在人前讲述自己与儿子初次见面的情景。他袒露着隐秘，宣泄着痛楚。印秀才的尖酸刻薄他是领教过的。他估摸着，等待他的将是无情的讥讽、嘲弄与奚落。

此时此刻，他全然不顾这些，只希望通过彻底的宣泄，来求得心灵的片刻宁静。因为除了眼前的挚友兼亲家以外，他再也找不到第二个可以倾诉的人了。出乎意料的是，印秀才一反常态，连半句挖苦的话也没说。

"以后呢？以后还见到过火儿吗？"

"第二次见到火儿，是父亲过世的那年，我从汉口回家奔丧。每天夜里，龙法胜都带着他来到灵堂，为父亲的尸身'封臭'……"说起第二次见到火儿的情形，话到嘴边，张复礼又打住了。

"凤儿和火儿的事，非同小可，你要认真对待啊！"印茂佳不再追问细节，而是这样提醒着亲家。

"我会的。"张复礼说着，痛苦地自省："这都是我造的孽！如今遭此报应，我罪有应得。"

"事到如今，还讲这些做哪样？"

"不，我要讲！"张复礼大声地起着吼。

印茂佳不明白，张复礼的那根筋被触动后，怎会有这样的爆发。他不晓得该怎样相劝这位陷入窘境的亲家，只是呆呆地望着张复礼那双充满着血丝的眼睛。这时，张复礼又说话了，语气平和了许多，眼睛里却充满着泪水："茂佳啊！在这世界上，我心里的苦处，除了你，就再也没得第二个人可以讲了。"

"那你就讲吧！我听着。"

"我这一世人生，乍看起来，活得体面，过得风光，跑了汉口跑镇江，婆娘讨了一房又一房，手头白花花的银子，过了不计其数，说起来，也算得个饱享艳福的大阔佬了。可谁又晓得，其实我是这世上最苦最苦的人。许多的事情，我张复礼是哑巴吃黄连，有苦说不出啊！"张复礼两眼望着印茂佳，显得那样孤苦而无助。

"那就把你的苦说出来，这样，或许心里会好受些。"印茂佳出于对亲家的同情，这样说。

"你我相交几十年，你禀性难移，总喜欢拿我来开涮。可我晓得，你对我绝对没有坏心。说的那些风凉话，只不过图嘴巴的一时快活。我从来不同你计较。今天，我把心里的话讲出来，要挖苦，要讥笑，都由在你了。"张复礼这样有言在先。

"嗨！你讲这些做哪样。那时候，你和我都年轻，铳点壳子逗点把，是年轻人寻好耍，找开心。如今，你我都是做爷爷的人了，又成了儿女亲家，你遇着这样的事情，我还会拿你开涮吗？"印茂佳的话，语气十分诚恳。

张复礼说："我这一世人生的错，起根发蒂，就在那个苗妹，也就是火儿的娘身上。如今我才明白，年轻时的那一次逢场作戏，戏弄的是自己的一生。若是没得那回事情，我和金莲的关系，也就不至于弄得那样僵。那些谁都不愿意见到的枝节，也就不会发生……"

印茂佳是聪明人，立刻悟出了张复礼所说的枝节，究竟指的是哪样。他在以这种方式承认，是自己的初一，导致了刘金莲的十五。从那以后，事情就变得更加复杂，变得难以收拾了。

"说来说去，你不该离开浦阳镇，不该离开张家窨子。"印茂佳说。

"浦阳镇我还待得下去吗？张家窨子我还待得下去吗？"张复礼睁大两只充满泪水的眼睛，问印茂佳。接着他说："是的，要是没得同苗妹的那回事，以后就没有那些变故，我当然会留在浦阳镇上，经营着顺庆油号，操持着张家窨子的家业。以后汉口的事情、镇江的事情，就根本不会发生。真是一失足成千古恨哪！当年我离开浦阳镇，并没有人晓得其中的内情，就是你也不晓得，总以为我去到汉口，是为了张罗同洋人的生意。其实，我是迫不得已才出走的。后来我在生意场上混迹得不错，只不过是歪打正着。我这一走就是十八年，人生有几个十八年啊！在浦阳人的眼中，我张复礼是个不忠不孝、不仁不义之辈。我一个人躲在镇江，抛家弃舍，乐不思蜀。就讲眼前吧！你和我同年所生，结下金兰之谊。是我死乞白赖，登门造次，又和你攀上了儿女亲家。你这次来到镇江，是我们结亲十二年之后的第一次相聚。我在这里有一个庄号，还安了一个家，却不能在那里为你接风洗尘，而是把你弄到这金山寺来，还说是吃哪门子的斋菜。你说，我的心里能好受吗？"

张复礼说着，已是泪流满面。印茂佳从小到大，第一次见到张复礼如此伤情，也禁不住为之动容了。他说："我晓得你的苦处，不怪罪你。"

"你虽然不怪罪我，可我不能原谅自己。"张复礼哽噎着说："我对不起所有的人。父亲得病那么久，直到临终，我也没能侍奉一时半日。对于母亲，我更是忤逆不孝。老人家过世，我连送葬都没有回去。到如今，我都没能到老人家的坟前烧一皮纸，磕一个头。对于跟了我的四个妇人，我也都亏欠她们。金莲同我的过节，一句话说不清楚，可她为我侍奉爹娘，掌管家事，不晓得受了多少的委屈。这么多年，我一直把她晾在一边。我从心底里觉得对不起她。汉口的那个小芸，我来到镇江，把她丢在芳草第里，冷冷清清过日子，临到终了也没能把我盼回她的身边。眼下同我在一起的听雨，虽说是庶出，可她总是高门大户的骨血，却心甘情愿跟着我，做了我的三房，为我生儿育女，也确实是委屈了她。她定下了个不同浦阳屋里任何人来往的规矩，按她这种身份的人，这个要求也不算过分，我也就只好依了她。还有个我最对不住的人，就是火儿的娘，她的名字叫作阿春。她没听安排，把肚子里我的伢儿打掉，而是生了下来。伢儿是她身上的肉，她舍不得打掉，不能责怪她。她在那样的穷乡僻壤，把火儿养大成人，不晓得吃了多少苦。当年的伤心事，本该就那样悄无声息地过去。没想到又出了眼下的这档子事，就好比把她旧时的伤疤用尖刀捅破，再撒上一把盐……"

张复礼泣不成声，历数着他一个个心怀愧疚的人。他在用这种释放来求得心灵的片刻安宁。

"没办法，你也是身不由己啊！"平日里能言善辩的印秀才，只能用这样一句话来安慰他的亲家。

张复礼唏嘘着。他一吐为快，倾泻着心中所有的积郁："还有两个我对不起的人，那就是火儿和凤儿。孽债是我当年所欠下，如今却要由这两个蒙在鼓里的兄妹来偿还，这实在是太不公平了。天打五雷轰的事情啊！
雷公菩萨要轰，要劈，就来轰我，劈我，与伢儿们不相干啊……"

痛苦中的张复礼，已经难以自持。印茂佳上前搀扶着他，而他却对着
留云亭的柱子，拍着，哭着。几个来到留云亭的游人，见此情景，也只得
悄然离去。瞿三带着平儿，见主人久久没下山，也爬到金山上来了。

"亲家爹，你哭哪样？你怎么了？"平儿来到张复礼的跟前，天真
地问。

"平儿，这里没你的事。"印茂佳制止着平儿，而后挨近张复礼的身
边，悄声问道："你打算怎么办？"

"回浦阳，把凤儿接出来。"张复礼停止了哭泣。

"看来也只能这样了。"印茂佳担心地问："如夫人会让你回
浦阳？！"

"那就由不得她了。"

"什么时候动身？"

"明天清早，我把你送上去运河的船，跟着就动身。"

· 人有两只眼睛

刘家的求子傩愿果然应验。林琼香十月怀胎，生了个男伢儿。伍秀玲忙上忙下，整天笑得合不拢嘴。丈夫和达儿从常德回来，定然会得到一个惊喜。岂料天有不测风云，乐极生悲的厄运，落到了刘家窖子。新生伢儿得了"三朝风"，还没来得及取名字，便夭折了。

刘金莲听到不幸的消息，赶紧回到娘屋看望。姑姑到来，月婆子林琼香哭得泪人儿一般。刘金莲含泪劝慰侄媳："琼香，莫哭，你还年轻，伢儿总会有的。"

"姑姑，都怪琼香的命不好。"

"莫这样讲。生男育女的事情，是菩萨早就排就了的。是你的儿，就是你的儿。不是你的儿，是不能强求的。这伢儿本来就不是你的，来打了个照面，就跟着又走了。莫哭了，月子里这样哭，最是伤身子的。想我们刘家人千良百善，不信菩萨就不长眼睛，不给刘家送来个传宗接代的种。"刘金莲说。

刘金莲这一说，林琼香哭得更伤心了。伍秀玲连忙上前，为儿媳妇擦拭起眼泪来。

看罢了月婆子，伍秀玲带着刘金莲进到了自己的卧房里。一进房门，伍秀玲将门关上，便俯在了刘金莲的肩上，泪水一涌而出。她终于找到一个可以发泄的地方。

"嫂子，金莲晓得你心里的苦处。"刘金莲抚摸着嫂子的头发。她发现，原日满头的青丝里，已经夹杂了不少的白发了。

伍秀玲抬起头，喃喃地说："金莲，嫂子命苦，你要帮我啊！"

"帮！只要能帮得到的，妹妹一定帮。"

"想来想去，只有你能帮我。"

"嫂子你讲吧！要我帮你哪样？只要我做得到的，我会帮到底。"

"金莲，你哥哥和我最大的心病，就是对宝儿的安排。宝儿的情形你是晓得的。楠木峒的那场惊吓，使得他变乖了许多，再也不去做没落途的事了。我去河街上给他算了个命。小诸葛说，他命中带贵，会讨得一个精明能干的婆娘。他的一生一世，都会有婆娘给他安排得熨熨帖帖……"

刘金莲吃鱼听刺，听话听音，嫂子的言下之意，是想重提凤儿和宝儿的那码子事。可嫂子哪曾知道，张家人眼下正为着凤儿的事情，焦头烂额，无计可施。她若是再插上一杠子，就更加脱不得壶了。

"嫂子，你要讲哪样，金莲已经晓得了。"

"不！你不晓得。"

"金莲晓得，不就是凤儿的事吗？"刘金莲说："凤儿不是我所生，不是我所养。她的事情，金莲是做不了主的。"

伍秀玲说："嫂子晓得你做不了凤儿的主，我说的是你可以做主的那个女伢儿。"

"你是说乖妹？！宝儿不是不惬意吗？"

"那是早先，如今他惬意了。"

"啊！是这样——"刘金莲过了好一阵，才这样答复："嫂子，这事虽说我做得了主，可婚姻大事非同儿戏，不只是关系到宝儿，还关系到乖妹的一生一世。好事不在忙中，请嫂子容金莲再仔细想想。"

若是以往，刘金莲碍着娘屋人的面子，会立即表示同意。当年她冒险收养乖妹，既是念昔日的旧情，也是对自己人生缺失的补救。乖妹有个好的归宿，是她最大的凤愿。她也曾将娘家作为乖妹婚事的首选。两家人同在镇上，随时都可以相互关照。乖妹的精明，正好弥补宝儿木讷的缺陷。

好事若得成就，乖妹便可以终生衣食无忧。她对娘屋做了贡献，对麻家也问心无愧。自从宝儿一连串的生憨发宝之后，她对原日的构想产生了动摇。铁门槛之行，她获知了意想不到的信息，她意识到必须对这件事情重新掂量。麻家人为她所做的一切，足以感天动地。她对麻家的那位汉子，不由自主地产生了超越男女私情的肃然起敬。她报答麻家唯一的途径，就是对乖妹的善待。偏偏在这个时候，嫂子给她出了这样一道难题。

刘金莲出得刘家窨子，一路来到河街。街上的一道奇景，立刻吸引了她。一个疯疯癫癫的和尚，在一群伢儿的簇拥下，漫步在街头的石板路上。癫和尚长着一双罗白花的眼睛，不住地翻着白眼。他身上穿的是破烂袈裟，脚上趿的是没跟芒鞋，光秃秃的头上亮着戒疤，脏兮兮的脸上汗流成沟，烧火棍般的双手，不是在身上抓搔弄痒，就是伸进袈裟的斜领，从干瘪的胸脯上搓出些许儿腻垢来，而后用指甲弹落到地上。

"人有两只眼睛！"癫和尚咽着口水，望天龙似的翻着白眼说。

"人有两只眼睛！人有两只眼睛！"一群蹦蹦跳跳的伢儿，跟在癫和尚的屁股后面起着吼。

跟跄而行的癫和尚，与刘金莲正撞了个对面。他嘻嘻地笑着，朝着刘金莲双手合十，重复着先前的那句现话："嘻嘻！女菩萨，人有两只眼睛。"

刘金莲停止了脚步。她心里不由得犯起了嘀咕，这癫和尚也真奇怪，不住地念叨着"人有两只眼睛"，不晓得是什么意思？

"女菩萨，阿弥陀佛，人有两只眼睛。"癫和尚揩动合十的双手，再次重复着叫刘金莲云里雾里的偈语。

"癫和尚，你晓得这位女菩萨是哪个吗？"一个顽皮的伢儿问癫和尚。

癫和尚翻着白眼说："嘻嘻！女菩萨的根底嘛，贫僧倒是略知一二。"

刘金莲好生奇怪。这癫和尚居然说是晓得自己的根底，简直不可思议。刘金莲没回过神来，伢儿们七嘴八舌地开了吼："癫和尚冲壳子！"

"癫和尚扯卵淡！"

"癫和尚，颠倒颠，牛皮吹破天！"

"伢儿们，莫吼了！"刘金莲制止着起吼的伢儿们，对癫和尚合十为礼，说道："小女子洗耳恭听法师开示。"

"请问女菩萨，这浦阳地方是否有个观音会？"

"是，有呀！"

"女菩萨可是会首？"

"她就是会首。"伢儿们异口同声地代替刘金莲回答。

这时候，看热闹的人越来越多，除伢儿以外，有好些大人也拢了边。人们都感到分外惊讶。癫和尚虽是初来乍到，却对浦阳镇的事情了如指掌，就连刘金莲是观音会的会首，也一清二白。癫和尚在众人心目中，简直就成了活神仙。刘金莲小时候，笃信佛教的父亲曾给她讲过许多关于佛教的故事。有一个济公和尚，就和这癫和尚一样，邋里邋遢，却是个了不起的大德高僧。她立刻想到，眼前这位突然出现的癫和尚，是千万不可轻视怠慢的。

"浦阳镇观音会会首刘氏金莲，恭请法师光临寒舍，开示法谕。"就这样，刘金莲向癫和尚发出了邀请。

"女菩萨请带路前行。"癫和尚慨然允诺，没得客套。

癫和尚应邀前往张家窨子，立刻引起了人们极大的兴趣。跟着他一同到张家看热闹的，有大人，也有伢儿。刘金莲欢迎癫和尚的光临，也欢迎街坊邻里都来看热闹。

癫和尚在客堂落了座。印蕙娇立刻吩咐摆上香茶斋果。

"哈！肚子还真的有些饿了。"癫和尚一点也不客气，伸出脏兮兮的五爪金龙，抓了一大把斋果塞进嘴巴，吃得两边嘴角冒出了白沫。

刘金莲问："请问高僧法号。"

"贫僧一空是也。"癫和尚翻着白眼回答。他咬了一大口酥糖，包在嘴里，津津有味地咀嚼着。

刘金莲接着问："请问一空法师，来自何方名山，何处宝刹？"

"贫僧来自南海普陀山潮音洞紫竹林禅院。"癫和尚吃得太急，噎着了，不住地打着嗝。

"小女子听说过，南海普陀山是观音菩萨的道场。"刘金莲说着，拎起茶壶，往癫和尚的茶杯里续着水："法师请慢用。"

癫和尚端起茶杯一饮而尽，连声称赞："好茶！好茶！西湖龙井，也不过如此。"

"此茶出在沅陵界亭，唐朝时候就是贡品。"张钰龙介绍。

"啊！原来如此！"癫和尚不住地点着头，呷了一口茶，笑着说："喝了茶，沾了牙；喝了酒，脱不得手。女菩萨身为浦阳镇观音会首，贫僧且来自普陀山观音道场。望会首多多为观音菩萨操心劳神，千万不可掉以轻心。"

"小女子聆请法师开示。"刘金莲想听这位癫和尚究竟要讲些哪样。

癫和尚伸了一个懒腰，打了一个呵欠，一只手从破袈裟的斜领伸进前胸，搓起了身上的腻垢，而后将腻垢从指甲中弹落到地上，说道："贫僧有四句偈语，女菩萨谨记：佛有莲台金身，僧有黄卷青灯，鼠有偷油本性，人有两只眼睛。"

癫和尚将刘金莲说得个云里雾里，看热闹的人们也窃窃私语起来。这癫和尚神秘兮兮的偈语，说的只是四句大实话。而正是这样的大实话，暗藏着人们猜不透的玄机。

"小女子愿闻其详，请法师明示。"刘金莲双手合十，向癫和尚祈求。

"哈哈，女菩萨，贫僧先前在大街上，只讲了一句。来到贵府，我讲了四句，也算对得住施主的香茶了。"癫和尚说着，又用那脏兮兮的五爪金龙端起茶杯，津津有味地喝了一口香茶。

张钰龙感到此事非同寻常，必须要请癫和尚透露个端的。他来到癫和尚的跟前，"啪"的一声，双膝跪地。在他的带领下，包括刘金莲、印蕙娇在内的张家窖子合家老少，也都齐刷刷地跪在了癫和尚的跟前。

"请法师明示！"张钰龙说。

"请法师明示！"众人同声跟进。

"使不得！使不得！快快请起。"癫和尚连忙上前，搀扶张钰龙起身。

"法师若不明示，我们就跪在这里不起来了。"

"有句箴言，施主必定知晓。"

"哪句箴言？"

"天机不可泄露。"癫和尚说罢，翻着白眼从座椅上起了身，当众人还没回神来时，他已经趿着那双没跟的芒鞋，扬长而去了。

"娘！我去把法师追回来，留他住宿一晚，好生款待，再探探他的口风。"张钰龙说着就要动身。

"慢着！"刘金莲说着，转身征求儿媳的意见："蕙娇，你说呢？"

印蕙娇说："法师既然说是'天机不可泄露'，再问也是枉然，不追也罢。"

"蕙娇说得在理，不要追了，由他去吧！"刘金莲说。

这时，看热闹的人们散去，张家老小却仍然坐在客堂里。

"脏兮兮的癫和尚，说话就翻白眼，就他那个样子，难道还是活神仙不成？！"乖妹在玉凤的耳边悄声说。

玉凤轻轻儿接了腔："那可不一定，戏文里的济公和尚，样子也同这癫和尚差不多，法力可大着哩！"

悄悄话被刘金莲听到了。她说："是啊！这样的高僧大德，常常就是来为善男信女指点迷津的。"

"大实话，口水话，指点的是哪样迷津啊！'鼠有偷油本性'，哪个不晓得老鼠子偷油？'人有两只眼睛'，人不是两只眼睛，难道还是三只眼睛不成？"张钰龙似乎是在问自己，又似乎是在问母亲和婆娘。

印蕙娇是个灵泛人，她若有所思地说："那癫和尚进得屋来，口口声声说的都是观音会、观音菩萨，娘偏生又是镇上的观音会首。偈语中的第一句，又是'佛有莲台金身'。浦光寺的观音殿里，观音菩萨的金身就是坐在莲台之上。那癫和尚的话，只怕是在提醒担当观音会首的婆婆，浦光寺的观音殿要出事哟！"

"不可能！不可能！"张钰龙摇着头说："观音殿好端端地在那里，会出哪门子事？就是观音殿真的要出事，他也该到浦光寺去点化。娘虽说是观音会首，可她挨不了观音殿的边，找起她来打哑谜，又有什么用呢？"

"我只是试着猜，不一定猜得对。我讲的讲，你听的听。你也不想想，若是其中的玄机轻而易举就被人识破，癫和尚的佛法不就白修了。娘，您讲是吗？"印蕙娇说了这多，最后还是要请婆婆决断。

一个癫和尚，几句不着边际的话，把一屋人搅得个六神无主。其实，刘金莲远比儿子、儿媳和两个女儿想得要更多。她说："依我看，这癫和尚不会无事生非。他讲的那四句话，应该是有所指的。"

"指的是哪样？"张钰龙立刻问。

"我也没想清楚……"刘金莲喃喃地说。

这天夜晚，直到三更过后，刘金莲仍然是翻来覆去睡不着。她闭上眼睛，便不由自主地又想到癫和尚难以破解的四句偈语。那不可泄露的天机，究竟是什么呢……

突然，张家弄里响起急促的锣声。刘金莲被锣声惊醒。她侧耳细听，有人在高声起吼："浦光寺起火了！"

"快起来，去浦光寺救火呀！"

刘金莲一个恋滚就起了身。这时，街弄子里已经闹腾得呵嗬喧天。

"快！快起来！浦光寺起火了！"张钰龙高声地叫喊着。

"快！去浦光寺救火！"刘金莲在天井里大声吩示。

窨子屋的大门打开了。佣工们拿着木桶、木盆，各种救火的家什，蜂拥而出，直奔浦阳山而去。

刘金莲和钰龙夫妇也跟着出了窨子屋，奔跑在前去救火的人流之中。抬头望去，浦阳山的方向，冲天的烈火烧红了半边夜空。

张钰龙对母亲说："昨日蕙娇还在猜想，那癫和尚开示的偈语，讲的是浦光寺里的观音殿要出事。他分明是在点化信众。你看那着火的方位，正是观音殿啊！"

刘金莲停下脚步，着真看了看，说："咦！还真是那个方位。癫和尚不着天不着地的话，怎么就那么讲得准？！"

"癫和尚就是为此而来啊！只可叹他的点化无人感悟。"印蕙娇说："这不！癫和尚现身一时，又无影无踪了。"

张钰龙说："浦光寺里的正俨法师，难道也感悟不出癫和尚的点化？！"

"正俨法师去梵净山讲经去了。他每年都要去那里挂单，常常一去就是一两个月，现时只怕还没有回来。"刘金莲说。

娘儿仨人来到浦溪渡口，溪边站满了隔岸观火的人们。老远望去，寺院的燃烧的大火，通过僧俗人等的奋力扑救，已经渐渐熄灭。一场大火没有蔓延开来，真是不幸中的万幸。渡船上的渡子普佬，七十开外了，依然坚守在这里。今夜，是他最忙乎的日子。大火熄灭，救火的人便纷纷下山，坐了满满的一渡船。渡船拢岸时，普佬发现了张家的娘儿，大声问道："夫人，大火已经熄灭了，你还要上浦光寺吗？"

"娘，火都熄了，还要去吗？"钰龙征求母亲的意见。

"改天去吧！"刘金莲回答。她转而对普佬说："不麻烦你了。"

几个张家佣工救火回程。张钰龙忙说："快说，是怎么起的火？"

"观音殿老鼠子偷油，打翻了神灯。点燃了神案上的经书……"一个佣工回答。

另一个佣工说："庙里的和尚说，早几日，那癫和尚也到了浦光寺，老是念叨着四句话，和那日在张家窨子说的一模一样。"

钰龙又问："庙里的和尚还怎么说？"

"都在后悔没能悟出癫和尚的点化。"

"现在他们明白了吗？"

"明白了，已经晚了。"

印蕙娇恍然大悟了。她说："其实，癫和尚的偈语，说得再明白不过了，怪只怪我们没得因缘，悟不出其中的玄机。佛有莲台金身，说的是观音殿；僧有黄卷青灯，说的是神案上放着经书，点着神灯；鼠有偷油本性，说的是老鼠要到神灯里偷油；人有两只眼睛，'人'字上面有'两只眼睛'，合着是个'火'字。连在一起，不就是观音殿里，老鼠偷油，打翻神灯，点燃经书，引起了火灾吗？"

张钰龙说："是呀！我们就怎么没有悟出来呀？！"

"蕙儿不愧是出自书香门第，硬是比我们强，悟出了其中的一句，说是观音殿要出事，我们还不相信哩！"刘金莲夸奖着儿媳。

"我那不过是瞎猫遇上了死老鼠。"印蕙娇说。

刘金莲问儿媳："娇儿，你说，我一个俗家弟子，这观音殿的大火，本是浦光寺的事情，那癫和尚来找我做哪样？"

蕙娇说："婆婆虽只是俗家弟子，可您是浦阳镇上观音会的会首。浦光寺的僧众解不透玄机，癫和尚便寄希望于您。他就这样找上门来了。"

"可我一样也是解不透啊！"刘金莲感慨地说。她似乎带有几分自责。

"母亲大可不必在意。世上的一切事情都是因缘。"钰龙说："'人有两只眼睛'，一个'火'字的哑谜，再浅显不过。按理说，蒙童都猜得出，却偏生无人能破解。这只能说观音殿的大火是天意，火殃注定要落在观音殿。是祸躲不脱，躲脱不是祸。纵然有癫和尚的点化，也是无济于事的。"

"嗯！龙儿讲得在理。"刘金莲听了儿子的话，更是彻底地放松了，连脚步也轻快了许多。

"婆婆总说闲着没得事做。如今好了，立马就要有事情做了。这场大火过后，观音殿一定要重修庙宇，再塑金身，广结善缘，募化功果。这些事情都是离不开您这个观音会首的。"蕙娇说的这些话，都是婆婆最喜欢听的。

湘西的近邻黔东梵净山。夜来一场大雨，给峰峦带来了睡梦中的清凉。拂晓时分，大雨停歇，群山睁开了惺忪的眼睛，这方圆几十里，没有鸡鸣，没有狗吠，只有山中的四大皇庵、四十八大脚庵敲响的晨钟，在紫雾中悄然飘荡；只有直插苍穹的金顶双峰，在青气中巍然屹立。两座一般高的突兀山峰，恰似苍龙张开的两腭傲对长空。就在两座山峰的顶端，分别建有青石垒砌的释迦殿和弥勒殿，金顶双峰因此而显得更加雄奇挺拔。相传，金顶峰原是一座独立山峰，不知何年何月，一位神仙手持神力无比的金刀从长天劈下，将这座险峻的山峰一劈为二。这两峰之间，形成了深不可测的峡谷。"金刀峡"因此而得名。金刀峡终年云雾缭绕，真容难得一见，梵净山所有的神秘，仿佛尽藏其中。传说那位神仙在刀劈金顶之后，又心生恻隐，将女娲补天时剩下的一块石头，飞架在两峰之间。后世人不知来龙去脉，以为是天生，便称其为"天生桥"。说是出家之人若有佛缘，站在这"天生桥"上，便可见到峡谷中显现的"佛光"奇观。天下出现"佛光"的名山，除了峨眉山的金顶，便是这梵净山的金顶了。此刻，朝阳正冉冉升起，飘浮在峰峦峡谷间的紫雾青气，渐渐衍变为耀眼的橘霭红云。巍峨的金顶峰，仿佛披上了镶着金线的大红袈裟，鹤立鸡群地屹立在千山万壑之间，显现出超凡脱俗的博大与壮美。

霞光中，释迦殿的大门缓缓儿开启，走出两位和尚，为首的是浦阳山浦光寺的方丈正俨法师，梵净山坝梅寺的方丈隆参法师紧随其后。二人的身边，各有一名身材高大的僧人护驾。正俨每年都要应隆参之邀，从浦阳来到梵净山，挂单坝梅寺，讲经说禅。数十年不曾间断。如今，正俨已是耄耋之年，行动多有不便。法师已将此次弘法作为辞山之行。此后，法师就不会再来梵净山了。正俨每到梵净山，都要登临金顶峰，希望能一见

"佛光"奇观。奈何他一次也没有见到过，这不能不说是他一生中最大的遗憾。如今，正俨在告别梵净山之前重登金顶峰，希望能把握最后的机缘，实现多年来的夙愿。先天，正俨就在隆参的陪同下，以病老之躯，艰难跋涉山中的八千级石阶，登上了金顶峰，下榻在释迦殿。此刻，只见那正俨和隆参两位高僧，一前一后，手扶石柱上嵌着的铁链，亦步亦趋，小心翼翼地走下那长着苔藓的石阶。下得石阶，正俨眯着眼睛望去，发现对山的弥勒殿里，也正走出来一个人。那人身材矮小、灵便利索，正在步履轻盈地走向两峰之间的天生桥。

"首座请看，有人捷足先登，已经走上了天生桥。"正俨回过头对身后的隆参说。

隆参定睛一看，果真如此，说道："见'佛光'是要凭缘法的。有人捷足先登，那就看他是不是有缘法了。"

一位随从僧人一眼认出了来者："看！那人不就是这些年一直在各个寺院里雕菩萨的麻行者么？"

"是的，就是麻行者。"隆参也认出了走在天生桥上的人。一阵山风呼啸吹过，他稳了稳身子，对着正俨的耳边大声说："此人是个绝好的雕匠，名叫麻大喜。"

"他的老家麻家寨，距离浦阳镇十五里。麻家人的雕匠手艺在浦阳一带非常有名。可叹的是，他的父亲和弟弟，都在早些年的一场瘟疫中丧了命。他独自来到梵净山的寺庙里做手艺，算是躲过了那一劫。"正俨对此人知根知底，不无感慨地说。

"如此说来，师兄你也认识他？！"

"略知一二吧！他来梵净山很多年了。"

"二十多年前，贫僧还刚从铜仁东山寺来到坝梅寺，便见到他在庙里雕菩萨。他雕作的菩萨遍布梵净山的各个寺庙。他雕作菩萨时，只收很少的工钱，有时候甚至分文不取。"隆参向正俨介绍他所知道的麻大喜。

"难能可贵呀！"正俨情不自禁地称赞道。

隆参说："他的可贵，还远不止这些。在进山后不久，他就皈依了佛门。他白天埋头雕作，夜晚诵读经书。一部《坛经》在手，诚心参诵，从不间断。见到这位麻行者，令人想到砍柴、舂米、种菜的六祖。贫僧曾经问他，既然皈依佛门，何不早早剃度。他淡淡一笑，说是待到尘缘了断之日，便是遁入空门之时。"

在正俨、隆参的注视下，麻大喜走上了两峰之间凌空飞架的天生桥。他走到桥的中间，那里横陈着一块称为"舍身岩"的石块。舍身岩的底部为锥形，两头薄而中间厚。石块的一端还伸出了桥面，悬空在万丈深渊的金刀峡之上。只见麻大喜在舍身岩的末端凝神而立，山风吹来，浮云朵朵从桥下飘浮而过。此处就是恭迎"佛光"的绝佳之地。古往今来，有多少善男信女，曾冒着跌落深渊的危险，走上这舍身岩，叩求"佛光"显现。此刻，麻大喜深深地吸了一口气，踩上了翘起的舍身岩，岩石承重，下坠桥面，身子便不自主地后仰。正俨和隆参目不转睛地看着他的一举一动，为他捏了一把汗。只见他隐了隐心神，缓缓儿向前挪动脚步，站立到舍身岩的中间。岩石由于承重点的还原，又恢复了原来的模样。麻大喜久久地站在舍身岩上，纹丝不动。凡是求见"佛光"的人，都一定要去到舍身岩悬空的尽头，用深深的拜揖求来"佛光"的显现。这时，麻大喜却在舍身岩上停止了脚步。正当正俨和隆参百思不得其解时，他们发现麻大喜从怀里取出一个物件，拿在手中，摸了又摸，掂了又掂，看了又看。

"他拿的是什么物件？"正俨眼力不济，问隆参。

"看不太清楚。"隆参摇着头说。

"好像是一只玉镯。"一个眼尖的年轻和尚说。

"对！就是一只玉镯。"另一个年轻和尚加以肯定。

话音未落，只见麻大喜手一抬，便将手里的玉镯抛下了深不可测的金刀峡。

"好好的一只玉镯，丢了做哪样？"年轻和尚问。

隆参想了想说："男人的玉镯，通常都是女人送的。每只玉镯都必然附有一段尘缘。麻行者选择在金顶圣山抛弃玉镯，是在表示他了断尘缘的决心。"

"如此看来，这回他是真的要剃度了。"另一个年轻和尚说。

这时，正俨长叹一声，两眼凝视天生桥上的小个子雕匠，静观着那里将要发生的一切。浦阳镇上那些年来的种种传说，正俨是有所耳闻的。早年，雕匠在刘家窨子里的那段情缘，是尘缘，更可说是孽缘。二十多年了，这个多情种，对往事耿耿于怀。这只玉镯，成了他灵魂的枷锁。一颗向佛的心，在这种桎梏下，只能止步不前。所幸的是，他终于做出了艰难的抉择，迈出了天生桥上的这一步。

"身外的舍弃，舍弃的只是在身外……"正俨法师喃喃地说，似乎仍然对麻大喜心存疑虑。

金刀峡中，朵朵流云在奔涌和翻腾中变幻无穷，五光十色的云霞，壮美、绚丽、博大、深邃……如果说两峰之间的天生桥，是浮在这云霞中的小舟，那天生桥上的舍身岩，便是小舟上的一片桨叶。

释迦殿前的僧众，密切地注视着舍身岩上的雕匠。只见他深深地吸了一口气，而后气定神闲地移步岩石的悬空处。他的脚步向前移动，舍身岩的重心向前下坠，承重岩石的底部，也跟着紧贴桥面，他的身子便不由自主地向着金刀峡的悬空方向前倾。僧众看在眼里，不由得为他捏了一把冷汗，而他却依然镇定自若地前行，直至移步到舍身岩悬空的尽头。一阵凛冽的山风掠过，险些儿将他刮倒。他凝神闭目，心无旁骛，两只脚如同钉子一般，稳稳地扎在了舍身岩的顶端。继而他双手合十，昂首长天，面对峡谷，深深地一连作了三个揖。这时，金刀峡里的滚滚流云，仿佛在回应他的诉求，掀起了更为壮阔、更为绚丽的波澜……

"麻行者精诚所至，金石为开。看来，这梵净山上的'佛光'，今天是必定要显现的了。"隆参欣喜地作出预言。

朝阳从梵净山的峰峦间喷薄而出。嫣红的帷幔，朱赤的絮绦，披挂在万千气象的金顶二峰。天生桥上，临风伫立在舍身岩末端的麻大喜，沐浴在梵净山的晨曦里，面对金刀峡的万丈深渊，镇定而从容；天生桥下，金刀峡的祥云瑞霭，在晨风中飘浮；五光十色的彩霞，在峡谷间流淌，形成了无数玲珑剔透的光环。叠翠的峰峦，耸立的楼榭，浮动的人影，显现在光环之中。若隐若现，若即若离，虽然虚无缥缈，却又是那样栩栩如生。这就是"佛光"，这就是神秘佛国的"海市蜃楼"。麻大喜面对眼前的"佛光"，仿佛漫步在叠翠的峰峦间，置身于耸立的楼榭里。那浮动着的人影，仿佛在向他招手，同他对话。他在这神奇而美妙的境界里，濯洗着灵魂，梳理着心绪，忏悔着罪孽，感悟着人生……

释迦殿前的石阶上，众僧陶醉在"佛光"的奇幻景象中。正俨最是欣喜无比，在即将告别梵净山时，他如愿以偿，终于得见"佛光"，了却了他多年的夙愿。

金刀峡里，风起云涌，被称为"佛光"的无数光环，在飞旋的气浪冲击下，渐渐消逝、隐去。麻大喜睁大了两眼，从舍身岩俯视峡谷，却再也见不到奇妙的幻象了。怅然若失的麻大喜，依依不舍地回步舍身岩。当他从舍身岩下到天生桥桥面时，发现了不远处的正俨和隆参。

"子弟麻大喜，见过二位法师！"麻大喜走到释迦殿的石阶前，双手合十，深深拜揖。

"麻行者果然是有缘之人，至诚至善，'佛光'显现，可喜可贺！"隆参说着，双手合十，频频颔首。

麻大喜说："弟子何德何能，'佛光'显现，是幸得二位大师在场，仰仗二位大师洪福。"

"一个抛却尘缘的向佛之人，理应得到这样的回报。梵净山的'佛光'不过是过眼烟云，转瞬即逝，只有心中的'佛光'，才能永不泯灭。老衲愿以此与麻行者共勉。"正俨说着双手合十，念了一声："阿弥陀佛！"

二十多年来，麻大喜的身边一直带着两样物件：一部《坛经》和一只玉镯。他把这两样物件放在工具箱的小抽屉里。夜里，一天劳作之后，他便要从抽屉里取出《坛经》和玉镯，放在油灯下。他总是先将玉镯端详一番，一丝丝殷红，嵌在晶莹洁白的玉石里，犹如流淌着的血液，那只名为"鸡血"的缅玉制成的玉镯也仿佛被赋予了生命……然后，他便小心翼翼地翻开《坛经》。经书经年复一年的翻阅和磨损，已经破旧不堪，每处破损的边边角角，他都做了悉心的修补。一部《坛经》，他不知读过多少遍，可以说是滚瓜烂熟了。每次诵读时，那慧能大师的教诲，便仿佛回响在他的耳边，他便感到一种莫名的羞愧……麻大喜心里明白，玉镯和《坛经》，水火不容。既然诵读《坛经》，何必保留玉镯；既然保留玉镯，何必诵读《坛经》。这二者之间，他只能取其一。而他对于那段情缘，又总是那样放不下，割不断。因为尘缘未尽，他不敢接受隆参大师的剃度，而徘徊于佛门之外。最终的"顿悟"，让他当机立断，做出了一心向佛、舍弃尘缘的决定。对玉镯的处置，成了他为难的事情。任何对玉镯的随意损毁和丢弃，都是对真诚和神圣的亵渎。在经过冥思苦想之后，他为玉镯找到了一个绝好的归宿。金顶峰的金刀峡里，是"佛光"生成的地方。让玉镯与"佛光"永存，既可了却尘缘，又算是对她最后的祝福。于是，他便有了金顶峰之行，对玉镯做出了最恰如其分的处置，同时也见到了他心仪已久的"佛光"。

麻大喜回到坝梅寺。夜晚，他照例要打开工具箱里的小抽屉。那里面，仅剩下一本《坛经》，不见了玉镯。突然的缺失，使得他心里空荡荡的，没了落途。玉镯舍弃，再也无所挂碍，却感到隐约的后悔。他一头扎进《坛经》，试图通过专心致志的诵读，将往事彻底忘却。然而，刻骨铭心的往事，并不是说丢就可以丢，说忘就可以忘的。他两眼盯着《坛经》，倒背如流的经文，突然间变得生疏了。上面的每一个字，恍恍惚惚，竟变成了一只只玉镯，在眼前纷飞。突然，敲门声响起，开门一看，来者竟是他仰慕已久的正俨法师。正俨对身边的小沙弥说："去吧！一个时辰以后，到这里来接我。"

麻大喜立刻意识到，正俨是专门到这里来找他，而且要待一个时辰。

他立刻躬身迎接："不知法师驾到，有失迎迓。快快请进！"

正俨进到小屋。他环视屋里的摆设：一张床，一张桌子，一张板凳，一盏闪烁的油灯，一部翻开的《坛经》，还有一口工具箱。除此便再无他物了。麻大喜显得局促，将板凳端到正俨的面前，说："法师请坐。"

正俨落座。麻大喜不好意思地说："法师稍坐，弟子去打碗水来。"

"不必了，老衲来时刚喝过。"正俨说着，指了指工具箱："你也坐下。"

麻大喜顺从地将工具箱端到正俨的对面，正襟危坐。正俨并没有立刻说明来意，而是把眼光投向了桌上放着的《坛经》。麻大喜仰望着老法师。二十多年了，他每年一次，来到这坝梅寺讲经说法。年岁不饶人，如今他已是八十开外了。衰老的迹象，出现在他身体的各个部位，唯有那长寿眉下的两只眼睛，依然是那样慈祥、睿智、矍铄有神。他拿起桌上的《坛经》，封面上"昌杰藏书"的印章仍然清晰可见，接着又看了看已经磨损的封底。他回转身子，正好与麻大喜四目对视。

麻大喜立刻有一种热血沸腾的感觉。他连忙起身，而后虔诚地跪倒在正俨的跟前频频顿首："弟子麻大喜，聆听大师开示。"

"不必拘礼，快快起来。"正俨躬身将麻大喜扶起。他说："老衲到此，并非讲经说法，而是来与你谈心。"

"聆听大师教诲，是弟子的凤愿。"落座后，麻大喜这样说。

"你一直在诵念《坛经》？"

"弟子生性愚钝，虽是每日诵念，终究不明真谛。"

正俨指着手里的经书，无限感慨地说："三十年前，老衲从韶州曹溪宝林寺请来了两部《坛经》，一部留在身边，另一部赠给了刘昌杰居士。刘居士仙逝多年，没想到在麻行者这里，又见到了这部《坛经》。"

"禀大师，这部《坛经》正是刘老爷相赠给在下。"麻大喜说。

当年刘家窨子里发生的一切，正俨虽是出家僧人，却也是有所耳闻的。他曾有意无意地以《坛经》的"忏悔品"，对刘家小姐进行过开导。

出乎意料的是，大度的刘施主居然不计嫌隙，把这样一部《坛经》，送给了这个招惹事端的雕匠。他不由得发出感叹："刘施主用心良苦啊！"

"在下深知刘老爷良苦用心。"

正俨说道："这部《坛经》为韶州曹溪宝林寺所刊印。在宝林寺里，供奉有六祖慧能大师的肉身。麻行者多年吟诵这部《坛经》，理应明心见性，得悟佛法。"

"弟子浅慧根，薄福田，虽诵真经二十余载，依然尘缘未尽，枉念犹存。"麻大喜无地自容，向正俨禀报着实情。

麻大喜的毫不掩饰，令正俨窃喜。原说不来讲经说法的和尚，情不自禁地又说道起禅理来："一心想要成佛的人，必先根断无明。无明是对世事的羁绊与烦恼。若欲无羁绊，无烦恼，必先根断无明。无明一断，诱惑皆无。无明乃生死根本。若欲断无明，了生死，即《金刚经》所云'应无所住，而生其心'。无所住于情爱。去掉欲望，断却情爱，方可正确对待生死，成就佛性。"

正俨的开示，特别是其中的"去掉欲望，断却情爱"，正切中了麻大喜的要害。这时，他不再后悔对那只玉镯的舍弃，而感到自己选择的正确。

正俨接着说："也就是要去掉欲望，断却情爱，在于舍弃。舍弃枉念，舍弃执着。"

"舍身岩上，弟子已经舍弃。"在正俨面前，麻大喜没有隐瞒。

正俨继续说："一个根断无明的人，终生都要在舍弃中度过。身外的舍弃，舍弃只能在身外……"

"心内的舍弃，才是真正的舍弃，才能根断无明。"麻大喜表述自己的心得。

麻大喜的开悟，令正俨喜出望外。昨天，浦寺光来人，向正俨禀报观音殿失火。重修观音殿是迟早的事，需要雕作菩萨的工匠。正俨立刻想到了麻大喜。曾在浦阳镇引起过轩然大波的汉子，能让他回去承担这一重任吗？正俨放心不下。刚才的这一番对话，让正俨彻底放心了。

"还有心回到浦阳吗？"正俨问麻大喜。

麻大喜摇摇头，说："这里很好，回去做哪样！"

"若是老衲有请行者呢？"

"大师请我？！"

正俨说："昨天浦光寺来了人，告知老衲，浦光寺里遭了火灾，烧了观音殿。"

"烧了观音殿！别的佛殿呢？"

"都没有烧。"

麻大喜感叹道："其余佛殿没烧，真是不幸中的万幸。"

"老衲回转浦阳，就要着手为观音殿重修庙宇，再塑金身。老衲的有生之年，就为浦光寺做这最后一件事。重建观音殿，最紧要的，就是请一位技艺高超的工匠，为观音菩萨雕作真容。思来想去，只有惊动行者的大驾了。老衲深夜登门造访，为的就是此事。"正俨终于说明了来意。

麻大喜没有立刻允诺。浪迹天涯之人，何尝不想回到自己的胞衣地。二十多年了，他只在弟弟成亲时回过一次家。一场瘟疫，使得一家人死的死，散的散。倘若回到那里，他害怕自己耐不住那种悲怆。同时，他还有一个担心——他的再次出现，势必打扰那个妇人平静的生活，这是他最不愿意见到的。

"老衲等着行者的回话。"正俨在催促。

麻大喜面呈难色，说："好事不在忙中，容弟子三思。"

正俨说："行者莫非是为往昔之事有所顾忌？！向佛之人既然已从心内舍弃，那些烦恼，那些羁绊，即使是摆在面前，也不会再重新拾起。看来行者是多虑了。"

麻大喜确实是有顾虑。他欲言又止。

"这等造福桑梓的事情，行者难道无动于衷？！"正俨对麻大喜寄予厚望。

麻大喜喃喃地说："造福桑梓，大喜义不容辞……"

最后，正俨说："行者若是依然心仪梵净山，雕作圆满，即行返回。若有心留在浦阳，观音菩萨金身开光之日，就是老衲为行者剃度之时。"

"弟子麻大喜叩见师父！"麻大喜长跪尘埃，叩头不止。

• 亲生女，干女儿

梆敲二更。刘金莲洗过澡脚，关好房门，准备安睡。丫头石榴敲开门，向主人报告："太太，外面来了一个妇人，说是要见您。"

"你认得她吗？"刘金莲问。

"不！"石榴摇着头说。

刘金莲有点儿困，打了一个呵欠，说："都已经二更了，黑灯瞎火的，有哪样事情，要她明天来见。"

"她说是有重要事情，白天见您不方便，一定要在今天晚上见到您。"石榴传达着来者的意思。

刘金莲怕耽误了重要事情，说："那就叫她进来吧！我在后堂见她。"

刘金莲来到后堂，刚点亮桌子上的桐油灯，石榴便带着那妇人到来了。妇人眉清目秀，看样子不到四十岁，头上梳着个粑粑髻，穿一件过膝的蓝布镶边琵琶襟。刘金莲有一种似曾相识的感觉，又想不起在哪里见过她。

"小女子见过太太！"妇人躬下身子行了个万福，看样子是见过世面的人。

"这位大姐，你多礼了，快请坐。"刘金莲连忙说。

石榴沏来凉茶。妇人看了看石榴，说："小女子有话，想和太太单独讲。"

刘金莲立刻吩咐："石榴，这里没你的事了，下去吧！"

石榴走后，妇人喝了口凉茶，机警地看了看四周，而后歉疚地说："都已经是二更过后了，耽误太太的瞌睡，不好意思。"

"不必客气。你是哪家的大姐，这样深更半夜来找我，想必是有哪样重要事情，这里没得外人，你有事就照直讲吧！"刘金莲对来访的不速之客说。

妇人说话了，浦阳话里夹杂着浓重的常德腔："太太，你可记得，十六年前的六月十九夜里，麻家寨发生倒家瘟，浦阳镇上'跑船掳瘟'——"

刘金莲听说这个日子，先是一怔，接着，她再次打量起妇人来：脸盘子，眉毛眼睛，无不渗透着乖妹的神态。她顿时恍然大悟了，便接起了妇人的腔："怎么不记得。那天夜里，有人把一个出生才一个月零三天的女伢儿，放在了我家的大门外。"

"禀太太，那女伢儿就是小女子放在那里的。"妇人迫不及待地说。

"这里不是说话的地方，你跟着我来。"刘金莲说着，警觉地环视四顾，掌灯前行。她把妇人带到了自己的卧房。

在桐油灯光的映照下，卧房里一件件擦拭得油光锃亮的雕花家具，出现在妇人面前。她立刻想到，这套精美绝伦的家具，原本出自她的亲人之手。她曾听婆婆说过，大喜哥哥在雕作这套家具时，曾和当时的刘家小姐，也就是眼前的这位张家太太，有过一段非同寻常的情缘。

"禀太太，我就是麻家寨雕匠屋里麻二喜的婆娘。"妇人这样自我介绍。

"一见到你，我就猜了出来，你是麻家的人。"刘金莲说着，做了个示意："你请坐吧！"

妇人落座，继续自我介绍："我姓田，叫阿彩，从辛女溪嫁到麻家寨的第二年，就生了一个女伢儿。那年，麻家寨遭了倒家瘟，好心的婆婆，要我带着一个月零三天的女儿逃命。夜里，我逃到了浦阳镇。出于无奈，我把女儿放在了太太的门口。婆婆对我说过，太太是个好心人。女儿只有放在您这里，才会有生路。"

"这些年，你去了哪些地方？"

"去了许多地方，最后在常德落了脚。"

"又嫁了人？！"

阿彩摇着头，显出几分无奈。

"在外面都做了些哪样？"

"几句话说不清，太太就不要多问了。"

"这次是特意来寻女儿？！"

"是的。"

"你确定女儿就在我屋里？！"

"我来浦阳镇已经三天，在外打听过了，十六年前，太太从大门口捡回一个女伢，如今已经盘养成人。这女伢儿，原日麻家取的名字叫狗妹，太太给她取了个乖妹的名字。女儿是我身上掉下来的肉。十六年来，我无时无刻不在想着她。如今，我见到女儿有太太爱她，疼她，过着神仙一样的日子，我就是死，也可以闭眼了。我今夜找上门来，只是想对太太说一声谢谢，给太太磕一个头。"阿彩说着，就跪在了地板上，对着刘金莲连连磕起头来。

"快起来！快起来！"刘金莲连忙将阿彩扶起。她生怕其中有冒诈，又郑重其事地问阿彩："你来认女儿，有哪些凭证？"

"当初，伢儿随身带着四个尿布包的小包，一是一道护身桃符，那是我家公爹留下的传家宝；二是五节长稻草；三是十六节短稻草；四是一片稻草叶子掐成的老鼠模样。"阿彩一口气说出了伢儿随身带有的所有凭证。

刘金莲对于阿彩的身份已经确信无疑。她去到卧房的一个角落里，打开了一口笼箱。她将手伸进箱底，取出一个布包，打开来，是当年阿彩为乖妹留下的凭证。阿彩见到这些物件，泣不成声："太太……"

"阿彩，你不要叫我太太，叫我金莲姐，我们是好姐妹。"刘金莲倒是显得平静。

阿彩连忙摇着头说："不不不！太太，'尊卑'二字还是要的。"

"阿彩，你再仔细看看这布包里的物件。"刘金莲说。

阿彩翻看起布包来。她惊讶地发现，那里包着的护身桃符，不是一道，而是一模一样的两道。

"桃符有两道，这是怎么回事呀？"阿彩感到分外诧异。

"唉！"刘金莲叹着气说："你没想到吧！麻家两道桃符，全都到了我这里。"

这时，阿彩想到婆婆在生时对她说过的那些事情。大喜哥哥和眼前的这位张家太太，原本是有情有义的一对。桃符出现在这里，也是不足为怪的。

"大喜哥哥的桃符，他难道送给了太太？！"阿彩这样大胆臆想。

"一点也不错，是他送给我的。桃符在我这里，已经快三十年了。"刘金莲对阿彩一点也不避忌。她感慨万千地说："只怪老天不长眼，我们有缘无分，走不到一起。既然如此，你叫我一声姐姐，想必也是可以的。"

"金莲姐！"阿彩明白真相，便脱口叫了一声。她为女儿感到庆幸，当初这位金莲姐捡回女儿，见到这道桃符时，就已经晓得女儿是麻家的骨血了。

刘金莲既兴奋，又顾虑重重。阿彩和乖妹，十六年未见的母女。若让她们母女相认，她为旧时情人盘养侄女的消息，会立刻在浦阳镇上传开。那将会是怎样的局面，她不敢想象；倘若不让她们母女相认，不让女儿叫一声"妈妈"，又是多么不近人情！她更担心的是，镇江的那个人就要回来，若让他得知这个内情，后果就更不堪设想了。

"金莲姐！"阿彩又轻轻叫了一声，显得分外亲切。她说："我这次回来找到女儿。按照常理，我们母女应该相认。可我思来想去，还是不相认为好。"

"为哪样？"

"为了你，我的好姐妹。"

"阿彩，你——"

"麻家人亏欠你，已经够多了，不能因为这件事情，再给你增添烦恼。"

"阿彩，你这样为姐着想，姐要谢谢你。"

"金莲姐，你把话说颠倒了。阿彩只是生下了狗妹，不，是乖妹。是姐姐把她当成亲生女儿，一把屎，一把尿，将她养大成人。我只要能见上她一面，了却做母亲的心愿，也就足够了。明天见过她之后，我会马上离开浦阳镇。"阿彩说着便站了起来，又连连向刘金莲鞠躬。

"快莫这样。"刘金莲连忙上前，扶着阿彩坐下。她在沉吟片刻之后说："阿彩妹妹，姐姐有件事求你。"

"金莲姐，你有事只管说，妹妹一定尽力而为。"阿彩说。

"你留下吧！住回麻家寨，不要再出去了。"刘金莲说出了她的请求。

"金莲姐，你讲哪样呀？"阿彩一头的雾水，不明白刘金莲的意思。

"我告诉你一个消息，大喜就要回来了。"刘金莲说。

"大喜哥哥要回来了，是吗？！"听说大喜哥要回来，阿彩很是高兴。

刘金莲说："这些年来，他一直还是一个人，没有成家。他在梵净山的各个庙里雕菩萨，生活过得非常清苦。不久前，浦光寺的观音殿遭了火灾。浦阳的信众重修观音殿，需要高明的匠人为观音菩萨再塑金身。浦光寺的正俨法师，已经在梵净山同大喜讲好，请他回来为观音菩萨雕像。"

说起麻大喜要回来，阿彩的话多了。她说："大喜哥哥要回来，这真是太好了。前次他回来，是我成亲的那年。是他带着人，把我从辛女溪接到麻家寨。奇怪的是，他一个人出去了那么多年，回来时，身上竟然没带一两银子。一个身怀绝技的手艺人，在外面混得这样惨，落到这般田地，简直叫人难以相信。虽说亲人没有数落他，责怪他，我看得出来，他心里很难受。"

"你们不晓得，他是带了银子回来的。"刘金莲说。

阿彩感到非常诧异，问道："金莲姐，你怎么晓得他带了银子回来？！"

刘金莲说："他确实带了银子回来，一共是六十两。"

"你怎么这样清楚？"

"他那六十两银子，全都花在了我的身上。"

"金莲姐，你越说我越糊涂了。那时候，你已经嫁到了张家，大喜哥哥的银子，怎么会花在你的身上？"

"那年，我被铁门槛的强盗'吊'了'羊'。强盗开了一百两银子的票。那几日，正碰上我的公爹中了风，屋里乱作了一团，把赎人的事撂到了一边。正巧，大喜为了吃你和二喜的喜酒，带着六十两银子，从梵净山回家，路过铁门槛时，天已经黑了，又遇到一场乌风暴雨，便到一个朋友的屋里歇脚。在那里，他听说我被'吊'了'羊'，屋里迟迟没来赎人，便交出身上带着的六十两银子，全部为我交了赎银。那夜，他没有见我，只是悄悄付过赎银了事。第二天一早，强盗便放了我。以后的十多年里，我一直猜不出，那'吊羊'的强盗一两赎银也没得，怎么会无缘无故地放了我？直到不久以前，我才又了解到实情，是你的大喜哥哥，悄悄儿为我出了六十两赎银，我才得到了解救……"刘金莲诉说着，两眼充满着泪水。

阿彩也恍然大悟了："啊！原来是这样。当时，屋里人都认为，大喜哥哥既然为了我和二喜的亲事赶回来，身上是不可能没带钱的。没想到他带回来的六十两银子，全都为你交了赎银。为了这事，他心甘情愿受到屋里人的误会。真是个有情有义的男人啊！"

刘金莲动情地说："我这一世人生，亏欠他的，实在是太多太多。全都是因为我，他才这样有家不能回。当我危难之时，他又出手暗中相助，还交代千万不要让我知道。更让我不安的是，他直到如今还是孤身一人。

我总想为他做点哪样，可又总是力不从心。想来想去，我只有拜托你，阿彩妹妹了。"

"我？！我能做哪样？"阿彩一时摸不着头脑。

刘金莲运了运神，郑重其事地说："阿彩妹妹，留下来吧！等大喜从梵净山回来，你就和他一起过日子。"

刘金莲的这个想法，对于阿彩来说，实在是太突然了。她一时不知道该怎样回答才好，二人对视无语，过了好一阵，阿彩才说："这 —— 金莲姐，你让我想想。"

刘金莲接着说："阿彩，对不住，姐姐让你为难了。可姐姐要告诉你，你大喜哥哥是个靠得住的好男人，打着灯笼火把也难得找到的好男人。跟着他，你不枉做一世女人。和他在一起，趁你现在还年轻，为他生一个伢儿，接上麻家的香火。"

阿彩听了刘金莲的话，不禁想起了十六年前的往事。她说："那天夜里，在我逃离麻家寨之前，婆婆特意嘱咐于我，要我有朝一日见到大喜哥哥时，劝他讨一房婆娘，生下个伢儿，接上麻家的香火……"

"你能有这样的婆婆，是前世修来的。在那样危急的关头，她想到的是你和乖妹，宁愿自己去死，也要放了你和女儿的生路。阿彩，听姐的话，为了却婆婆的心愿，你也该留下来，等他回到麻家寨，和他转亲，结为夫妻，白头到老。他为人那样的好，又有一身的手艺。你们的日子会过得和美舒心的。"刘金莲动情地劝说着阿彩。

阿彩久久无语，只是默默地流着泪。

"听姐的话，不会有错的。明天，你就要见到女儿了。为了姐，你不能和她相认。姐心里过不去啊！你若是留下来了，虽不能相认，却可以经常见到她。她毕竟是你的骨肉啊！"刘金莲说着，自己也流泪了。

在沉默了许久之后，阿彩终于开口了："好吧！我答应你，留下来。"

"谢谢你，好妹妹。"刘金莲一把拉住阿彩的手，激动地说。

"金莲姐，你把话讲颠倒了。你谢我做哪样，是我谢你才对。我既然嫁到麻家，就生是麻家的人，死是麻家的鬼，应该尽一个麻家媳妇的本分。只是金莲姐不提醒我，我不晓得该怎样做，一提醒，我才明白。请金莲姐放心，我一定会照着你讲的去做。"阿彩说。

刘金莲说："前晌，我经过麻家寨，见到麻家的老屋，虽说闲置了这么久，还没有破败，完全可以住人。回去以后，该修的修，该补的补。缺少的东西，该买的买，该添的添。只等大喜回来，你们在那里好生成个人家，我也就放心了。"

"金莲姐，请放心，我会照你讲的去做的。"阿彩说。

刘金莲起身来，走到卧房的角落，打开钱柜，取出了六个银锭，说："你回到麻家寨重开烟火需要钱用。这六十两银子，权当是偿还当年大喜为我付的赎银，利息就不计了。你心里明白就是了，千万不要告诉他。"

"金莲姐，这你就见外了。大喜哥哥在你危难之时，瞒着你，为你付赎银，难道还想着有朝一日要你还他不成？！若是依着你，你养了乖妹这多年，我又该付多少银子给你呢？我出去了这多年，好歹还有一些积蓄。回麻家寨重开烟火需要的开销，我攒得有。你这钱，我是无论如何也不会收的。"阿彩说着，把刘金莲捧银锭的双手，轻轻儿推了回去。

"阿彩，我可是诚心诚意的哟！"

"这我晓得。我们谁都不是虚情假意的人。有了你的这份心，麻家人就应该知足了。"

刘金莲再一次落泪了。麻家的人一个个都这样有情有义。她料定，这银子阿彩是肯定不会要的了。她禁不住喃喃地说："真是还不清的债，还不了的情啊……"

"金莲姐，你又把话讲颠倒了。是麻家人欠你的债，欠你的情。麻家人虽然还不了，心里却是记着的。"阿彩说着，也同刘金莲一起落着泪。

刘金莲把银锭放回了钱柜。回转身来，重新坐到阿彩的身边。她说："阿彩，姐还有事情要嘱咐你。"

"金莲姐，你说，阿彩听着。"

"第一件，千万不能对他说，你来这里见过我。"

"你放心，我不会说的。"

"第二件，千万不能对他说，让你留下来和他一起生活，是我出的主意。"

"我依你，不告诉他。"

"还有第三件，千万不能告诉他，是我为麻家把乖妹养大成人。"

"我记住了。"

"他若是问起乖妹，你只说是盘养不活，在常德送了人。"刘金莲为阿彩想好了应对的话。

候地，阿彩突显紧张，问道："金莲姐，你说，大喜哥哥他会嫌弃我吗？"

"他怎么会嫌弃你，不会的。"

"可他的心里只有你啊……"

"已经过去了几十年，黄花菜早都凉了，你怎么还说这样的话！"

"明天什么时候我能够见到乖妹？"阿彩问。

刘金莲想了想说："就上午吧！"

"我听姐的。我只想见她一面，同她说几句话，摸摸她的手……"阿彩说着，忽然觉得要求有点儿过分，不敢再往下说。

见了面，摸摸手，并不是为难的事。到时候，怎么对乖妹介绍这位千里回乡寻女儿的妇人，叫刘金莲作了难。她琢磨着，没有立刻回阿彩的话。

"金莲姐，要是让你为难，我就只躲在一边，悄悄儿看上乖妹一眼，可以吗？"阿彩怯生生地说。

刘金莲想，不让她们母女相认，就非常残忍了。看一眼也要偷偷摸摸，实在是太不近人情。她最能理解阿彩的心情。不必思前想后，也无须犹豫不决，她做出决定："就这样吧！明天早上，我们做一路吃早饭。大大方方地见她，同她说话，摸她的手。生个女儿十六岁了，你才第一次同她说话，摸她的手啊……"

阿彩生怕让刘金莲为难，连忙说："不！不要这样！让我悄悄儿看一眼，就足够了。让我在张家抛头露面，实在是太危险。我要留在麻家寨，会经常到镇上来，要是有人认出了我，事情传开，会说你与麻家还有绊扯。浦阳镇上的口水，是淹得死人的。"

刘金莲说："你放心，我有把握，让你们这样见上一面，是出不了事的。"

"要是万一出了事呢？"

"管得他那多！这些年，我一直就是泡在浦阳镇的口水里过日子的。反正我早就已经习惯了。"刘金莲横下一条心，为的是满足一个麻家人的感情需求。

夜深了，她们共枕而眠，说不完的体己话。

"金莲姐，乖妹都已经十六岁了，有人来做媒吗？"

"一家养女百家求，怎么会没有。"刘金莲这样回答。

"都是些什么样的人家？"

"什么样的人家都有。"

"有中意的吗？"

"眼下还没有。"刘金莲说："你回来了，正好，若是有这样的人家，我们一起拿主意。"

"不不不！"阿彩连忙说："一切由你拿主意。你中意的，我就中意。"

刘金莲不再作声了。阿彩问起的事，正是她最为难的事。她几次起意，想告诉阿彩，她娘屋嫂嫂就想要乖妹做儿媳。话到嘴边，又咽了回去。

第二天吃早饭之前，阿彩在刘金莲的陪同下，早早地在女眷开饭的后堂等候。听得一阵楼板响，两个女伢儿的身影，先是出现在廊檐上，后来又一步一步走下楼梯。阿彩的眼睛随着女伢儿的身影移动。两个女伢儿，一高一矮，一前一后，朝着后堂走来。阿彩一眼就看出了，那个矮个子的女伢儿就是她的狗妹 —— 如今叫作乖妹。女伢儿的眼睛鼻孔，个头身段，乃至走路的神态，无不渗透着麻家人的影子。阿彩真想一步跑上前去，抱她，亲她，和她一起痛哭一场。可她不但不能这样做，还要装成个不认识的样子。与此同时，一个妇人来了，她的身后有个丫头抱着一个伢儿。阿彩一看就晓得，这妇人就是金莲姐的儿媳。儿媳和两个女儿来到刘金莲的跟前请安。刘金莲向她们介绍阿彩，说阿彩是她年轻时相认的姊妹。晚辈不约而同地叫了一声"姨娘"。礼节性的见面过后，众人在刘金莲的调摆下入席。一张八仙桌子，刘金莲和阿彩坐在上首，印蕙娇带着伢儿坐在下方。刘金莲一边的桌子左侧，坐着玉凤；阿彩一边的桌子右侧，坐着乖妹。这显然是刘金莲的刻意安排，让阿彩和乖妹有方便亲近的机会。

"叫哪样名字呀？"阿彩看着乖妹明知故问。

"回姨娘的话，叫作乖妹。"乖妹回答。

阿彩不由得拉起了乖妹一只手，细细地抚摸着，多年的愿望，就在这一瞬间实现了。这就是和她一起逃命的小狗妹，多亏金莲姐十六年的抚养，如今已经长成大姑娘了。迟疑一会儿后，她这样说了一句："乖妹，好！真是一只乖生乖巧的小花狗。"

"姨娘，我是半夜子时生的，大家都叫我小老鼠，不是小花狗。"乖妹这样说。她并不晓得，自己原本的名字就叫作狗妹。

开席之前，刘金莲借阿彩的常德口音作由头，进行着合情合理的发挥。她说："打从你去了常德以后，姊妹多年不见。姐姐给你接风洗尘。这些菜也不晓得合不合你的口味？"

"多谢了，多谢金莲姐。"阿彩说。她不由得佩服女主人的机灵。

"姨娘，怠慢了，请吧！"印蕙娇说起客套话。她的心里在嘀咕，这样一位姨娘，怎么从来没有听说过？

"吃吧！随便些。"刘金莲说。

或许是刚才阿彩亲近的举动感染了乖妹。她灵机一动，把一个鸡脑壳夹到了阿彩的碗里："姨娘，您是贵客，这个归您。"

"多谢！多谢乖乖女。"

"谢哪样，姨娘也是娘，孝敬娘是应该的。"

乖妹的话，说得阿彩心里甜滋滋的。这样的幸福感，她从来不曾有过。她的周身上下全都酥了。她夹了一大块鱼，放在了乖妹的饭碗里，说："'鲢鱼脑壳鲤鱼腰。'这块就是鲤鱼腰上的肉，是最好吃的，尝尝看，怎么样？"

乖妹吃了一口，细细品味着，眼珠子一转，说："嗯！真好吃，谢谢姨娘。"

阿彩对乖妹过分的亲昵，惹得一旁的玉凤有了醋意："姨娘，您真偏心。手板手背都是肉，你怎么就只眷顾乖妹一个人呀？"

阿彩意识到自己的失态，便往蕙娇和玉凤的碗里，每人夹了一块鲤鱼腰上的肉，说："哈哈！人人有喜，个个有财，姨娘给你们每人夹一块，都是鲤鱼腰上的肉，补起就是。"

"姨娘，莫讲补起，补起是个疤。谁都看得出，您对乖妹格外地疼、格外地爱，就好像她是你的亲生女儿。"玉凤这样说。

"凤丫头，莫吃醋。姨娘爱乖妹，是乖妹惹人爱嘛！"刘金莲在替阿彩解围。

蕙娇接过婆婆的腔，说着打趣的话："姨娘，你这么疼爱乖妹，是想认个干女儿吧？！"

"对！若是妹妹不嫌弃，就让乖妹认下你这个干娘。"刘金莲觉得蕙娇的这个主意好，立刻来了个顺水推舟。

"不晓得我这个做姨娘的，有没有这个福气啊！"认乖妹做干女儿，自然是阿彩巴不得的事。

乖妹说："姨娘做干娘，亲上又加亲，那是几多好的事。若是姨娘不嫌弃，就认了我这个干女儿。往后，乖妹又多有一个人疼爱了。"

"乖丫头，讲得好！"刘金莲称赞道。

"既然如此，那我就认了这个女儿吧！"阿彩表态了。她说的"女儿"二字前面，没有加上个"干"字，她是故意这样的。她在通过这种称呼，求得心理上的满足。

"乖妹，还不快给干娘磕头。"说话的是印蕙娇。

乖妹离开座位，纳头便拜："女儿见过干娘。"

"快起来，快起来。"阿彩说着，将乖妹扶起，接着便将下手指上的银戒指，给乖妹戴上，而后说："乖女儿，就算是娘给你的见面礼吧！"

"女儿多谢干娘。"乖妹看着手指上闪亮的银戒指，欣喜不已。眼前的这位干娘，就好像是天上掉下来的。

"女儿啊！见到你第一眼，娘就觉得格外亲。"阿彩动情地说。说话时，她再次省略了"干"字。这看来模棱两可的话，事实上却是准确无误的。她在这里相认的，确实是她亲生的女儿。

在印蕙娇看来，眼前发生的一连串事情，就好像是戏台上唱高腔戏一样。这个喜欢想事的女子，总觉得其中存在着哪样蹊跷。这个从来没有听说过的姨娘，到现在为止，还不晓得她家住哪里，姓甚名谁。她几次想问个明白，却又找不到由头，不便开口。

玉凤突然抬起头来，着真地看了姨娘一眼。她惊呼道："快来看哟！姨娘和乖妹，还真有点挂相哩！"

刘金莲和印蕙娇，立刻把目光转向阿彩和乖妹，如玉凤所说，两个人确实非常的挂相。刘金莲心中有数，印蕙娇则是心存诧异。阿彩和乖妹，不自主地四目相对，新相认的娘女，都从对方的神情中寻找到了自己的影子。阿彩心中有数，乖妹却是一头的雾水。

刘金莲眨巴着眼睛，做了个百思不得其解的样子，说："是啊！世上的事情，怎么就这么的奇巧。巴不挨的两个人，怎么会这样的挂相？"

"是呀！女儿，说说看，你的相貌怎么就这样的像娘？"阿彩煞有介事地问乖妹。

"女儿若是不像娘，那又该像哪个？！"乖妹说话时，也将其中的"干"字省略。仿佛这样一说，她们的相像便是天经地义的了。

玉凤脱口而出："这就叫作'娘女相'。她们有了'娘女相'，虽然不是娘女，也要相认为娘女。这是老天爷早就安排好了的。"

很明显，玉凤是在给她所说的"夫妻相"作注脚。刘金莲听出来了，印蕙娇听出来了，甚至乖妹也听出来了。可谁也没有搭她的腔。

这顿饭快吃完时，钰龙来了。听说来了位从未见过的姨娘，他特来看望。钰龙到来，一个闪念从刘金莲脑际掠过，这一对堂兄妹，虽说是都像各自的娘，却怎么也撇不开那户人家的影子。

"娘！来了贵客，怎不知会龙儿一声？"

"现在来见也不迟嘛！"刘金莲回过神来说："这是娘认的姊妹。你该叫姨娘。"

"姨娘，龙儿有礼了。"钰龙说着，向阿彩落落大方地拱着手："招待不周，请姨娘多多见谅。"

"大少爷多礼了。"阿彩欠了欠身子，掠眼打量起张钰龙来。她心中不由得一怔，表面上却不露声色。这汉子的音容笑貌，举手投足，都隐约可见麻家人的影子。刘金莲如此挂牵大喜哥哥的缘由，她顿时全都明白了。

"听说刚才乖妹还认了干娘，就更是亲上加亲了。"张钰龙显得异常兴奋。

"哈！这屋里的事，传得真快。"刘金莲笑着说。

"我是手长衣袖短——高攀了啊！"阿彩跑过常德大码头，会说客套话。

"不知姨娘府上哪里？"张钰龙问。

阿彩还没回过神来，信口回答着："我是麻——"

刘金莲听到一个"麻"字，吓出了一身的冷汗。她急中生智，接过阿彩的话茬，来了个就地滚龙："姨娘是麻阳人。"

"麻阳人？！"张钰龙想了想说："啊！你们姐妹想必是那年收桐籽时结交的。"

刘金莲说："是啊！那年，娘和岩佬到麻阳的西晃山收桐籽，这姨娘的屋，就在西晃山下的文昌阁。娘和岩佬就是住在她的屋里，给她添了不少的麻烦。"

阿彩一句险些说漏了嘴的话，被刘金莲编成了一个天衣无缝的故事，令阿彩佩服万分。阿彩又给故事的后半部分，作了恰如其分的结尾："就是那时候，我们结拜了姐妹。后来，我跟着丈夫去了常德，在那里做点儿小买卖。这次回麻阳老家有点事，路过浦阳镇，便顺道来看望金莲姐姐。"

"姨娘在常德，想必就住在麻阳街啰。"张钰龙说。

"在常德的麻阳人，大多住在麻阳街。我们在那条街上，也有间小小店面。"阿彩灵机一动，也跟着刘金莲的门子捏起白来。

"我几次到常德，都是在麻阳街落的脚，可惜那时候还不晓得有个姨娘在那里。"张钰龙说。

阿彩只是"哦"了一声，没有接钰龙的腔。按理说，她应该当即向这个侄儿发出邀请。害怕露马脚，她不敢说邀请的话。

对于母亲和"姨娘"捏的这个白，张钰龙没有看出其中的任何破绽，临走时，他有礼貌地说："姨娘，您慢用。来一趟不容易，在这里多住些时日。我还有点儿事要办，先走一步，失陪了。"

女眷们吃过早饭，依然坐在后堂闲谈。阿彩和乖妹，有着"娘女相"的干娘和干女，似乎有说不完的话。阿彩抓着乖妹小巧的手，细细地抚摸着，像是捧得个宝贝，久久不肯放手。即使是亲生女变成了干女儿，她也感到了极大的满足。刘金莲却要想得更远些。这女儿的生身母亲，眼下就要在麻家寨落脚。而那些保守了多年的隐秘，却是绝不能公之于世的。为了避免节外生枝，如果不是遇到特殊情况，她是绝不能到浦阳镇来的。母女在这里的第一次相遇，说不定也就是最后一次见面了。刘金莲悲悯之心油然而生：就让这母女俩尽量多待一会儿吧！

正在这时，刘金山、伍秀玲夫妇在钰龙的陪同下，来到了张家窨子。钰龙外出，在河街上遇到舅爷和舅娘，便打转身和他们一起回了家。舅爷为了重振家业，终日操劳，很少和舅娘一道来张家走动。寒暄过后，钰龙把阿彩介绍给舅爷和舅娘。刘金山为了木材生意，每年都要去常德，那里多了个亲戚，心里自然高兴。伍秀玲坐在刘金莲的身边，显得急不可耐。她拿出一个纸包，放在小姑的手中，亲热无比地说："金莲，这是你哥在常德给你买的一块衣料，打开看看，也不晓得你是不是中意？"

刘金莲嫁到张家二十多年了，哥哥这样送礼物还是第一次。她说："哥哥送的，金莲都中意。"

大家都凑过来看衣料，那是一段绛红色的团花软缎。

"不错，这是正宗的苏货。"见多识广的阿彩说。

乖妹用戴着银戒指的手抚摸着衣料，并发出赞叹："真漂亮！"

刘金莲怜爱地看着乖妹，心里想，女儿啊！就是为了你，舅爷才给我送衣料。

"凤儿，乖妹，大人有话说，你们就回房去吧！"为了方便哥嫂说话，刘金莲让两个女儿离开后堂。

阿彩说："金莲姐，来客人了，你们有话说，我也先回房里去吧！"

"你留下，不要紧的。"刘金莲说。

"对对对！你留下，一定请你留下。"伍秀玲说。她听钰龙说，就在今天早上，乖妹认了她做干娘。干女儿的亲事，干娘也是可以参考的。

刘金山说话了："长话短说，下午我还要坐船上洪江。金莲在这里，钰龙和蕙娇也在这里，真是碰巧，这里还有乖妹新认的干娘在，我是无事不登三宝殿——"

刘金山话没落音，伍秀玲跟着就接了腔："金莲妹妹，你哥哥是说，养女还舅，千百年的规矩。如今，舅爷开口，要你屋里乖妹做儿媳，这个面子你会给吧！"

刘金莲没立刻回嫂子的话。她抬起头来，和坐在对面的阿彩四目相对，似乎在说，阿彩啊！这是你女儿的婚事，你就拿主意吧！

刘金山见妹妹没有回话，便对钰龙说："龙儿，你爹爹不在家，长兄如父，归你拿主意，给个话吧！"

"这件事情，还是要母亲做主。"钰龙说。

"你说呢？蕙娇，你是嫂子。"伍秀玲说。

"乖妹的事，要母亲做主。"印蕙娇和钰龙说一样的话。

刘金山说："莲妹，都说要你做主。行，还是不行，你就给句话吧！"

刘金莲想，哥哥和嫂嫂这简直是在逼婚啊！倘若一口回绝，无异于断了和娘家的情义。若是答应，她还真有点儿于心不忍。眼下，乖妹的亲娘就在跟前。刘金莲不知怎的，竟对阿彩这样说："她姨娘，舅爷要你的女儿，你就说句话吧！"

"不不不！"阿彩是清醒的，连忙纠正说："不是女儿，是干女儿。这是大事，不归干娘做主。做干娘的，只是到时候来喝一杯喜酒。"

众人都觉得阿彩的话讲得在理，只有蕙娇在咀嚼着婆婆和"姨娘"刚才的话中有话。强烈的好奇，驱使她半真半假地问："嘻嘻，姨娘，要是乖妹就是您的亲生女儿，您会答应这门亲事吗？"

阿彩被问懵了。天哪！她问这样的问题？莫非是看出了破绽！阿彩毕竟见过世面，能够应付这样的局面。她滴水不漏地说："少奶奶，女儿就是女儿；干女儿就是干女儿，没得'要是'。我一个旁边的人，就是答应了，也是不作数的。"

刘金山希望妹妹快刀斩乱麻，立马表明态度："莲妹，这门亲，到底结还是不结，你总要把个话呀！若是有难处，不打算结那也不要紧，哥是不会怪你的。"

"哥！嫂！为了这门亲事，你们亲自上门，是给了妹妹天大的面子，妹妹不会这样不懂得好歹。奈何妹妹是个女流之辈，好些事情是做不了主的。过几日，复礼就要回浦阳，亲事由他来决断，是最合适不过的了。好事不在忙中，久的日子都过来了，再等几天，想必也是无碍的。"

就是样，刘金莲用缓兵之计，回复了哥嫂的提亲。等张复礼回来决断，那不过是个幌子。张复礼对于乖妹的事，是从来都不过问的。刘金莲这种推托，是想有时间和阿彩进行商议。她毕竟是乖妹的亲生母亲。

刘金莲带着阿彩回到卧房。关上房门。阿彩急不可耐地问刘金莲："金莲姐，舅爷和舅娘刚才他们来提亲，你怎么没答应？"

"是伢儿配不上我们的乖妹。"

"是伢儿犯了残生，是跛了手脚，还是瞎了眼睛？！"

"不是。"

"是伢儿不学好，嫖赌逍遥，吃鸦片烟？！"

"也不是。"

"这不是，那不是，伢儿究竟是哪点配不上我们的乖妹？"

"这个嘛！一句话也讲不清楚。按照我们浦阳街上人说的话，那伢儿是有点儿老实，有点儿宝，有点儿憨，有点儿哈，有点儿没得落途……"

阿彩想了想，说："姐，我来做个主，可以吗？"

"乖妹是你身上掉下来肉，你做主，当然可以。"

"我做主了，和舅家结亲！"

"这样会委屈了乖妹。"

"乖妹从小是姐把她带大。没得姐她就没得今天。若不答应这门亲事，姐对不起舅家，就委屈了姐。舅家那伢儿虽说不尽如人意，却也不是致命的破败。乖妹嫁到舅家，日子是会过得好的。舅家不远，你也可以经常照看着，这我就更放心了。退一万步说，即使乖妹有点儿委屈，这也是她的命。最关紧要的，是姐不能因为这事受委屈。"阿彩用推心置腹的话，表示她的诚心。

"好妹妹，多谢你处处为姐着想。"刘金莲终于松了一口气。她说：

"就依妹妹的，把乖妹许配到舅家。"

"太太！太太！快开门。"门外，石榴急促的声音。

"哪样事，叫得这样紧火？"刘金莲打开门问。

石榴说："老爷回来了，已经到了厅堂。"

● 对话阴冥

张复礼回家，刘金莲没有与他同房，而是为他在书房里开了一个床铺。二十八年前，刘金莲生龙儿坐月子时，夫妻分铺，张复礼就曾在这里睡了四十个夜晚。当初在家时，遇到不顺心的事情，书房是他最好的逃避处。在这里，他可以手捧戏文抄本，一头扎进高腔戏的世界，把所有的烦心事都抛到九霄云外。如今，他又回到这间书房，冷衾孤枕，度过难熬的漫漫长夜。刘金莲的安排对于张复礼来说，与其说是惩罚，倒不如说是解脱。每次回到张家窨子，他最不情愿的，就是回到那间卧房。面对着那满房的雕花家具，他不能视而不见，更不能不产生联想。如今，他终于可以免受那种无谓的折磨了。此后，他与刘金莲之间除了有名无实的夫妻名分以外，便没有更多的实质内容了。

张复礼躺卧在床上，怎么也睡不落觉。从回家的那一刻起，他就感到自己罪孽的深重。特别是母亲过世，他没能回家尽孝。"父母在，不远游"，他却是外出久久不归。他成了"生不能侍奉，死不能陪灵"的不孝之子。他觉得应该向母亲赔罪，有许多心里话需要向母亲倾诉。当张家弄里的四更梆声，清晰地传到书房时，张复礼连灯也不点，便摸着黑起了床，穿好衣服，而后便轻手轻脚下了阁楼……

张复礼踏着朦胧的月色，来到了浦阳山后的坟场。这里是镇上"西帮"的阴地。一座座坟丘，一块块墓碑，散落在山中的一片洼地里。进入坟山的张复礼，趁月色辨别着方位，终于在众多的坟丘中，找到了父亲

的坟冢。十一年前，故去的父亲就安歇在这里。母亲过世他没能前来相
送，只听说母亲是陪伴着父亲长眠。眼前两座长满青草的坟冢并排而立，
如同一双阴冥之中的眼睛，洞悉着眼前这阳世的张家子孙。张复礼站在青
石板铺砌的拜台前，羞愧地低下了头。他背皮发麻了，眼眶湿润了，双脚
也不住地发起抖来。他先是在父亲坟前行过跪拜礼，继而又扑向了母亲的
坟前。他禁不住高声地哭喊了起来："娘！不孝的孩儿请罪来了。您听见
了吗？"

山风掠过坟场。风声里，猫头鹰凄厉的噪叫声，酷似伢儿的啼哭。

张复礼这次回到浦阳镇，在原本属于自己的家中，感到了从未有过的
孤独。在偌大的窨子屋里，他没得一个可以倾诉心事的人。此刻，他不由
自主地来到了这里。这里长眠着他的母亲 —— 他从小就最依恋、最信赖
的亲人。在这里，他可以面对阴冥中的母亲，宣泄苦衷，忏悔过失，求得
心灵的片刻安宁。

"娘！孩儿的日子过得好苦好惨哪！孩儿不怨天，不怨地，只怨自己
不争气。是孩儿自作孽，做出了不该做的事，种下了不该种的苗，结出了
不该结的果。孩儿最不该对您扯了个弥天大谎，明明不曾见到的东西，却
说是见到了。自欺欺人，到头来自作自受。到头来孩儿孽债一世还不完，
麻纱一世也扯不清呀！"说着，张复礼忘情地在坟前磕起头来，青石岩板
上，发出了"咚咚"的响声。

"娘！孩儿给您磕头，孩儿替玉麒、玉麟给您磕头了。他们才是您嫡亲
的孙儿。孩儿就是为了他们，才久久不回，没来您老人家跟前尽孝的呀！"

山风渐渐停歇，猫头鹰的噪叫却仍然在持续。张复礼不住地磕着头，
冰冷的青石岩板上，留下了隐约可见的殷红血迹。突然，他感到身后有人
在同他一起磕头，并发出低声的啜泣，回头一看，竟是他的女儿玉凤。

"凤儿，你怎么也来了？"

"凤儿也是一夜没睡着，见您起身出门，便悄悄儿跟着您到这里
来了。"

张复礼回转身子，一把抱着玉凤。大叫一声"凤儿！"泪如泉涌。玉凤依偎在他的怀里，他轻轻地抚摸着玉凤的头发，好久都说不出话来。眼下，偌大的张家窨子里，与自己存在着血缘关系的，除这女伢儿以外，就再也没得其他任何人了。更为可悲的是，此番回到浦阳镇，是要把这唯一与张家有着血缘关系的女伢儿，从本属于她的家中带走。

"爹！凤儿没想到您会回来。"张玉凤对父亲说。她的眼里落着泪。

"哈妹崽，怎么没想到，爹爹惦着凤儿，就不能回来看看吗？"张复礼说着，拍了拍女儿的背脊。

"您刚才跟奶奶说的话，刮着风，凤儿听不明白。"张玉凤眨巴着眼睛说。

"大人在说话，伢儿还是不听的好。"张复礼说。

张玉凤说："我只听见了您怎么跟奶奶说，这些年您过得苦。您怎么会过得苦呢？您在镇江不是和三娘过得很舒心吗？"

"天天想着凤儿，可又见不着，能过得舒心吗？"

"那您怎么那么多年不回汉口看凤儿呢？"

"……"

"是三娘不让您回汉口，是吗？"

张复礼没有回答女儿，只是把女儿抱得更紧了。他再一次伤心地哭了，满怀歉疚地对女儿说："凤儿，是爹爹对不住你……"

夜空中，涌动的云层遮住了冷清的月亮。夜幕笼罩下的坟山晦暗而阴森。猫头鹰凄厉的噪叫，再一次从远处传来，如同这片坟山中的亡魂在另一个世界的凄惶呐喊。张家的父女相拥着，面对坟冢，落座在铺砌着青石岩板的地上，没有惶恐，没有惊悚，只有对先人的无限哀思……

"奶奶！"玉凤没等父亲说话，先开了声。她说："我是您的孙女凤儿。我的娘在生时，常常念叨着您。她几次起意，要回到浦阳镇来侍奉您老人家。无奈她身不由己，总是扯不脱脚，抽不开身。那年听说您过世，她大哭了一场，恨自己无缘，没能尽到做儿媳的孝心……后来，我苦命的娘也跟着您走了。奶奶，请您不要怪罪我的娘，她是一个好人，一个有孝心的好人。只是八字生得苦，没得尽孝的机会。今夜，凤儿跟随着爹爹来到这坟前，替娘给您老人家赔罪，给您老人家磕头了。"

张复礼簌簌地落着泪。女儿的额头磕在岩板上，如同叩击在他的心头。是自己的过错，酿成了亲人那么多的不幸，罪孽何其深重！他一步上前，将女儿从岩板地上搀扶起来。

"伢儿，难得你的这份孝心。在阴冥之中的爷爷奶奶是会保佑你的。"张复礼动情地说。

这时，玉凤想到了自己婚事，决定通过一种特殊的方式，对父亲进行试探。

"爹！"

"做哪样？"

"女儿还有一件事情，想告诉奶奶。"

"你说吧！奶奶跟前是什么话都可以讲的。"

"爹，那我就讲了呀！"玉凤说："奶奶，凤儿还有件事情，要向您老人家禀报。凤儿喜欢上了一个男伢儿——"

张复礼没想到，此时此刻，玉凤会对阴冥中的奶奶，作如此这般的禀报，便连忙开声制止："凤儿，不能在奶奶跟前胡说八道！"

父亲的一句"胡说八道"，让玉凤的心凉了半截。倔强的女伢儿没有就此罢休，而是据理力争："凤儿说的是实话，不是胡说八道。"

"你跟奶奶说这件事情，她老人家会不高兴的。"

"不！奶奶若是晓得了这件事情，一定会很高兴。"女儿抓住父亲的话把，诉说着似乎是无可辩驳的理由："我喜欢的那个伢儿，奶奶在世的时候就非常喜欢他，看重他。"

"凤儿，你怎么越讲越离谱了？！"父亲做出一副生气的样子。

"不！我说的都是实话，一点也不离谱。奶奶若是不喜欢他，看重他，怎么会让钰龙哥哥同他打同年？！"女儿一不做二不休，干脆把事情挑明了。

女儿的话，让张复礼无言以对。他连忙起身说："走吧！我们回家。你讲的这些话奶奶是听不见的。"

玉凤立刻接了腔："我不信。爹爹不也对奶奶讲了许多的话吗？若是奶奶真的听不见，爹爹又何必深更半夜跑到这里，对奶奶讲了那么多的话呢？"

"走，我们回家。"张复礼说着，抽脚就离开了坟场。

玉凤没有跟着父亲走，而是"扑通"一声，再一次跪在了奶奶的坟前。张复礼见这般情景，只得回转身子，站到了玉凤的身后。

"凤儿晓得，爹爹这次回浦阳就是为的凤儿。"女儿的话，像是对奶奶说，又像是对爹爹说。

"既然晓得爹是为凤儿回家，就要听爹的话。只有这样，阴冥中的奶奶才高兴。"父亲说。

"还是让凤儿跟奶奶说她老人家高兴的事情吧！"聪明的女儿，做出一副顺从父亲的样子，对那边世界的奶奶说："奶奶！凤儿是爹爹的乖乖女，爹爹喜欢的人，凤儿就喜欢。"

张复礼忍不住接了腔："爹爹喜欢谁，你怎么晓得。"

"女儿怎么不晓得？！你喜欢火儿，这屋里的人个个都晓得。"玉凤说。

"爹爹喜欢火儿，难道女儿就要嫁给他？！"父亲问。

"那怎么又不能？"女儿反问。

"不能就是不能！这是没得哪样道理讲的。"父亲回答得斩钉截铁。

"真奇怪，爹爹怎么成了一个不讲道理的人了！爹爹不讲道理，奶奶是讲道理的，那就容凤儿跟奶奶讲吧！奶奶！"玉凤叫了一声，跪在岩板上的双膝，向着奶奶的坟冢往前挪了挪，再一次伏下身子，磕起了头来。

张复礼呆若木鸡地站在女儿身后。他束手无策了。执拗的女儿，怎么就偏生爱上了一个不该爱，也不能爱的人。阻止女儿最有效的办法，莫过是说出事情的真相。女儿一旦得知实情，就一定会打消这个不该有的念头。而他却不能这样做。如果那样，他将成为一个永远抬不起头的父亲。

"奶奶！"女儿说话了，调门很高。显然，她的话同时也是说给父亲听的："凤儿想不明白，这么好的一个伢儿，不让凤儿嫁给他究竟是为的哪样？想来想去，就只有一个原因：那个伢儿家贫，与张家窖子门不当，户不对。这屋里的老老少少几代人都是喜欢看戏。凤儿听说，奶奶也喜欢高腔戏。莫非大家都愿意做《彩楼配》里的那个嫌贫爱富的王丞相？！倘若真的是这样，奶奶啊！就请您老人家发善心，让凤儿做那个寒窑里的王宝钏吧……"

玉凤的话句句说得真挚动情，到了张复礼的耳朵里，却全然是另外一番滋味。他的头脑，像箍上了重重铁箍，又钉进了个个楔子，似乎在顷刻间就要爆裂。当他将眼睛缓缓儿睁开时，发现眼前是漆黑一片，令他不寒而栗。紧接着，他的眼前又出现了数也数不清的金星。耀眼的金星，闪烁在夜空里，飞溅在坟场上……他一个踉跄，便瘫坐在脚下的岩板上。

闻听得父亲摔倒的声音，女儿立刻回转身子。

"爹！您怎么了？"

"没得哪样。爹爹有点儿累。"

"爹！是女儿不好，惹您生气了。"

"……"

"爹！"

"说吧！我听着哩。"

"我和火儿的亲事，您不同意？！"

父亲没说话，只是点了点头。

"嫌他家里穷？！"

父亲下意识地摇了摇头。但又立刻觉得不妥，跟着又点了点头。

"到底是也不是？"

父亲再一次点着头。

"可我娘告诉我说，比起富人来，穷人更靠得住。"

父亲一惊，像是被点中了穴堂。立刻问女儿："你娘真的这样告诉过你？！"

女儿知道失口，不敢回答。

"那是你娘对我发的怨气。她说话不公平。我从来没有少过你娘儿俩的吃和穿。就连你的姨婆，我也是说话算数，负责到底的。"父亲向女儿这样解释。

女儿想说，不少吃穿算得哪样？你一去镇江就不打转，娘直到临死也没能见你一面，能算是靠得住吗？话到嘴边，女儿没敢说出口。

"乖女儿，听爹爹的话。张家窨子的大小姐，应该嫁个门当户对的人家。要是爷爷奶奶在世，他们也不会依着你的。"父亲接着说："什么嫌贫爱富！不要相信戏文里编排的故事。黄金无假戏无真。戏文里演唱的那些名名堂堂，都是那些闲着没事干的人胡编乱造出来的。"

玉凤不再和父亲争辩戏文的真和假，而是向父亲提出了一最关键的问题。

"爹！有件事情女儿想问您。"

"问吧！"

"女儿想听您的实话，抛开女儿的这码事不讲，您对火儿印象如何？"

父亲说："你说的是那个小巫师吗？他是龙法胜的徒弟，常来我们屋里行香火，我认得他。"

"爹爹没对女儿说实话。爹爹不但认得他，而且喜欢他，看重他，甚至把他当成了儿子一样看待。"玉凤说。

女儿突兀的话语，让张复礼大吃一惊。然而，他毕竟老练，虽然被点中了要害却仍然不露声色，只是轻描淡写地回应："凤丫头，你怎么讲这样的混账话，若不是看在你娘的份上，爹爹要给你来几巴掌！"

"不！凤儿晓得，爹爹是舍不得打你的乖女儿的。"玉凤一面撒着娇，叫父亲对她奈何不得，一面又抓住把柄，对父亲发起了不依不饶的攻

势："你若不是把他当成儿子一样看待，爷爷过世的时候，你又怎么让他
为爷爷陪灵呢？"

张复礼愣住了。他慌了神。不用说，这事是龙儿说出去的，又传到了
凤儿耳朵里，刘金莲也一定知道了，甚至包括火儿的出身……他呆坐在岩
板上，许久都没有回答女儿的提问。

"爹！你说话呀！"女儿见父亲无言以对，便接着说："凤儿讲爹爹
嫌贫爱富，还真是冤枉了好人。一个贫家老司，旁人外姓，你都可以把他
当成张家的子孙，为老太爷陪灵尽孝。让他做张家的女婿，又有哪样不可
以的呢？"

张复礼被女儿逼问到了尴尬的境地。他若是把真相告诉女儿，既有了
火儿陪灵尽孝的正当性，又可以避免女儿对于这件事的纠缠。他最终也没
有勇气迈出这一步。他说："凤儿，不要胡搅蛮缠认死理。那火儿和龙儿
认了同年，换了庚帖，他就成了龙儿的兄弟，让他为爷爷陪灵尽孝，也是
完全可以的。"

"爹！女儿也没说不可以呀！"玉凤说："既然是爷爷，奶奶，还有
您，都那么喜欢火儿，女儿要嫁给他怎么又不可以呢？"

张复礼说："哈妹崽，怎么说这样的话？爷爷，奶奶，爹爹，还有
你大娘，喜欢的人多着哩。喜欢是一回事情，同他结亲又是另一回事情。
若是喜欢哪个男伢儿了，就要把女儿嫁给他，爹爹只怕有一百个女儿也
不够……"

"爹！您不要讲了，女儿不哈，不憨，这点道理还是懂得的。"玉
凤说。

"既然懂道理，为哪样还要一头牛角吹到底？"

"为哪样？哪样也不为。女儿为的是遵从天意。"

"遵从天意？！"

"是的。火儿长得什么模样，爹爹一定是清楚的。请爹爹想想看，凤
儿和火儿，一个生在汉口鹦鹉洲，一个生在湘西铁门槛，非亲非故，八竿

子打不挨，为哪样就生得那样相像，又偏生碰到了一起。爹爹您说，这不天意又是哪样？"

张复礼被问得哑口无言。兄妹之间，相貌相像，本是天经地义的事情，并不奇巧。道理浅显，一说她就明白。可难就难在绝不能对她说。这时候，玉凤又说话了："爹爹，您说不清楚吧！可女儿说得清楚。这叫作'夫妻相'！"

"'夫妻相'？！"

"是的。爹爹想必也听说过。人说男女有'夫妻相'，都是前世修成的。这样的人今生结为夫妻，定然天长地久。爹爹您相信不？反正我相信。"

"鬼话！"张复礼信口呵斥。

"不是鬼话，是有验证的。"

"讲！怎么个验证法？"

"女儿不敢讲，爹爹会骂人。"

"有哪样不敢讲的，爹爹不骂你就是。"

"好，那女儿就讲了。"得到父亲的承诺，玉凤就噼里啪啦说开了："别人不讲，就讲爹爹您吧！您和大娘就是没得'夫妻相'，分别十多年，您好不容易回来一趟，却是一个人睡在书房里；您和我娘也没得'夫妻相'，虽然也有过恩爱的日子，到头来还是各分东西。镇江的三娘长得什么模样，女儿没有见过。女儿料想，三娘和爹爹是有'夫妻相'的。不是这样，你们的日子就不会过得这样和美。"

玉凤的一番话，简直把张复礼说得晕死了过去。他想把女儿狠狠骂一顿。话到嘴边，又咽了回去。有言在先，不能讲话不算数。

"女儿的话冒犯了爹爹，请爹爹原谅。"玉凤栽着脑壳这样说。显然，她感觉到了父亲的尴尬，这个道歉，或许可以缓和眼前的气氛。

天色渐明，太阳从山背露出半边彤红，绚丽的朝霞，把金辉洒向一座座坟头的青草。一阵微风吹过，摇曳着的青草，仿佛在歌唱周而复始的生死轮回。猫头鹰的令人心悸的噪叫，也伴着黎明的到来停止了。只有坟地里父女二人的心境，却依然是那样凄惶而凝重。

"爹！您说话呀！"

"……"

"爹！您怎么不说话？"

张复礼经过权衡，终于做出了决定。他将以最果断的方式，来处置眼前发生的事态，阻止女儿的恣意和妄为。他相信，在高压的态势下女儿是会就范的。

"凤儿你听好了！"张复礼板着脸说："自古以来，婚姻大事要听从父母之命、媒妁之言。一个女伢儿，若是凭自己的意愿，想嫁给谁就嫁给谁，那天下岂不是乱套了！都怪你娘从小惯肆了你，你才变得这样任性，竟敢自作主张爱上了一个穷老司，还一个人跑上了铁门槛，找到人家的屋里去。这件事情幸好没有外人晓得。若是传了开去，张家祖宗八辈子的脸面，都让你给丢尽了！"

"爹！您听我说——"女儿试图争辩。

"没你说的！"父亲不容分说。

"不！我偏要说！"

女儿的话音未落，便挨了父亲一耳光。这是女儿自出世以来，第一次挨父亲的打。她用手捂着被打的脸膛，大哭一声，便在拜台的岩板上打起滚滚来。

父亲没有停止对女儿的呵斥，而是恶狠狠地说："还有脸在这里放泼！快给我起来！听好了，回去以后，再也不许提那档子丢人现眼的事！"

女儿没有理会，哭闹得更凶了。

"起来！"张复礼想猛地一脚踢去，可他又忍了下来，只是用脚尖在女儿的身上推了推。

"妈妈呀！你在哪里？你怎么丢下女儿就不管了！"玉凤突然大声喊叫。

女儿的喊叫，触动了张复礼的痛处。他再也凶狠不起来，口气舒缓了许多："快起来！爹爹怎么舍得打你骂你。以前的事，你不过是一时犯的糊涂——"

"糊涂的是你，我一点也不糊涂！"女儿这样接腔，没给父亲留一点余地。

父亲意识到，一时半会，女儿是转不过弯的。这坟场不是说话的地方，先回去，慢慢儿再开导她。

"走！回去。你不走，我一个人走了。"父亲说着，就要拔腿动身。

"爷爷！奶奶！"玉凤没有理会父亲，而是寻死寻活地磕头、哭喊："凤儿活着做哪样，还不如死了好。就让凤儿到阴间侍候二老吧！"

张复礼停止了脚步，摇着头，无奈地说："小祖宗，你这是做哪样嘛！"

玉凤抽泣着说："爹爹若是不答应，女儿就跪在这里，永世也不起来了。"

天色已经大亮。远处，几个人正朝着坟山走来。只见那走在前面的后生，头上戴着白色的孝帕，后面的汉子，身上背着一个褡裢。不用说，昨天夜里镇上又有"西帮"的乡亲过世了。丧家正带着地理先生，到坟山来架罗盘择阴地。

"快起来！来人了。"

"我不管。你不答应，我就跪在这里不起来。"

张复礼慌神了。把这伢儿逼急了，她是什么事情都做得出来的。若坟山里父女的争执张扬开去，肯定立刻传遍整个浦阳镇。立刻成为浦阳人的笑料。他除了答应女儿的要求，便再也没有别的选择了。

"好吧！我答应你。"

"你答应我嫁给火儿了？！"

张复礼点了点头。他只得用这样的权宜之计。

● 冤家！冤家

清早，石榴拎着一桶洗脸水去到楼上书房，不见张复礼。下楼时，正遇到了从天井路过的刘金莲。她告诉女主人说，老爷不在书房里。

大清早的，这人到哪里去了？刘金莲正感到纳闷时，张复礼带着女儿回来了。细心的刘金莲发现玉凤的眼睛红红的，脸颊上还带着隐约的泪痕。

"大清早的，父女俩到哪里去了？"

"去了一趟浦阳山的坟上。"

刘金莲说："去坟山的供品，我正要着人备办。你们就这样空着手去，也太匆忙了吧！"

"早晨和凤儿出去转悠，也就顺路去了。反正睡不着。"张复礼这样说。

刘金莲立刻听出弦外之音。这强盗加的一句"反正睡不着"，是在借题发挥，与其说是抱怨，倒不如说是调侃。对这样的男人，她已经彻底冷了心。她宁愿夜里趴在地板上摸铜钱，也决不再让他挨边。

张复礼自从得知火儿和凤儿的事情以后，心里就一直在琢磨，火儿的真实身份刘金莲是否知情？若是不知情，她着钰龙写那样的信，合情合理，无可指责。倘若是知情，还故意出那样的馊主意，那她的心肠也就太歹毒了。最让他接受不了的，是婆娘那幸灾乐祸的样子。

早饭过后，窨子屋的后堂，一屋人正进行着一次郑重其事的谈话。

"说吧！凤儿的事情怎么办？"张复礼是用这样一句问话开的头。

刘金莲立刻应对："就是不晓得该怎么办，才写信要你回来。你是凤儿的爹，一切由你做主。"

"那我就做主了，带凤儿马上离开浦阳镇！"

"你马上带她走？"

"嗯！"

"在坟山上，你跟她说好了？"

张复礼无言以对，含糊其词地说："反正要带她一路走，到时候再说吧！"

刘金莲听了丈夫的回话，联系凤儿脸上挂着的泪痕，她猜想得出，父女俩在坟山上，肯定讲到了这码事，女儿不买他的账，最后肯定还唱起了憋憋腔。

一直没有开声的张钰龙说话了："这件事情，只怕是有点难啊！凤妹铁了心，死活要同火儿好，她是不会跟你一起走的。"

"那就由不得她了。"张复礼说。

"由不得她，总不能绑着她上船吧！"张钰龙说。

"到时候，我自会有安排。"张复礼说着，再一次做出了明确表态："你们听好了，凤儿就是再打拗，再铁心，这件事情也决不能由着她。"

印蕙娇一直没插言。她观察和揣摩着眼前发生的一切。对于火儿，公爹曾有过超乎寻常的关爱，甚至还让他为老太爷陪灵。而当他的女儿爱上了这男伢时，却又不由分说地加以阻止。差异是何等的鲜明。这其中显然有他的难言之隐。

"蕙儿，你说呢？"张复礼突然问蕙儿。

印蕙娇先是一怔，接着便回答："蕙儿听爹的。"

"你是书香人家来的子女，识大体，明事理，要多为大人分忧。凤儿的事情，你应该多劝劝她。"

"蕙儿的话凤妹听不进去。"印蕙娇接着又说："蕙儿讲不过她。"

　　"怎么会呢？"

　　机敏的蕙娇觉得机会到了。她要撩边儿做一次试探，看公爹怎样作答。她一副懵懵懂懂的样子，说："蕙儿觉得，凤妹也不是没得一点道理。凤妹和那火儿，一个生在汉口芳草第，一个生在湘西铁门槛，八竿子打不挨，怎么就像得脱了壳？即或是亲兄妹，也不过如此。凤妹一口咬定这是'夫妻相'。更何况张家人都喜欢火儿，公爹对他也蛮看重。凤妹有这样的想法，也就在情理之中了。如今，公爹认定这门亲不能结，当然是有道理的。首先就是门不当户不对。可凤妹又放出话来，说是要做戏文里的王宝钏，蕙儿就不晓得该怎样去劝她了。"

　　印蕙娇说的这一大通，把公爹堵到了坎上。张复礼一时竟不知如何回答。

　　"是呀！说起来也真奇怪，凤妹和火儿怎么就那么的相像？"钰龙眨巴着眼睛问母亲："娘！你说呢？"

　　"你爹爹见多识广，你去问他。"刘金莲脱口而出。

　　婆娘的一句话，让张复礼措手不及。他认定这是婆娘在有意对他捉弄，没好气地说："世界上，相貌相像的人多得是。凤儿和火儿的相像，也不过是碰巧而已。两个人只是有点儿相像，就说是'夫妻相'，就硬要嫁给他，真是荒唐至极！"

　　"你爹爹讲得对。世上相貌相像的人有两种，一种是血脉相连，根替根，种替种，比如说是俩父子、俩兄妹。"刘金莲睨了丈夫一眼，接着往下说："另一种什么都不是，也有相像的。比方说火儿，不但和凤儿挂像，同你爹爹也挂像。可他们什么关系也没有。就像你爹爹说的，不过是碰巧而已。"

　　"好了！好了！像也好，不像也罢，哪有那么多的筋绊！"张复礼一副极不耐烦的样子，向家人吩示："你们都听好了，从今天起，任何人都不可以再提这件事。过几天我就带着她离开浦阳。"

　　谈话结束，钰龙和蕙娇离开后堂。后堂里只剩下张复礼和刘金莲。刘金莲明白，刚才那些她解气的话，刺痛了丈夫敏感的神经。事到如今，得饶人处且饶人，她也不必再说那些隔山打羊的话了。问丈夫："你带走凤儿，打算把她放在哪里？"

"放在汉口。"

"同复万、翠珠说好了？"

"说好了。"

"这我就放心了。"刘金莲说："小芸把凤儿托付给我，成了今天这个样子，我总觉得对不住她。"

"都只怪她自己从小把凤儿惯肆坏了，凤儿才变得这样任性。如今遇着这样的事，把凤儿放在汉口，也是不得已而为之。"

刘金莲咀嚼着丈夫的话，听得出，他在那小寡妇的面前根本抬不起头，说不起话。就连个亲生的女儿，也不敢放到那里去。她的内心深处，竟对这个可怜虫般的男人隐约地产生了同情。眼下最重要的事情，是和这男人商量着，怎样让凤儿乖乖地离开浦阳镇。

张复礼越想越觉得不对劲。结发的妻子，怎么会变得如此虚情假意、如此阴阳怪气，简直叫人不敢相认了。她让儿子写信到镇江，竟表示赞成这门亲事。天打雷劈的报应事，她居然置若罔闻。张复礼丧气地皱着眉头，睨了婆娘一眼。只见那双丹凤眼里，正掠过一丝笑意。张复礼看来，这是幸灾乐祸的嘲笑。他心中的愤懑终于爆发了："哎！我问你，你让龙儿给我写那样的信，到底是哪样意思嘛？"

"没得哪样意思，只是把你女儿出的事照实告诉你。"刘金莲本想就此收手，怎奈是丈夫不肯罢休，她只好应战。

"说！你跟凤儿讲了些哪样？"

"你去问她。"

"不用问。你一定是在她面前答应了这门亲事！"

"我要是不答应，有个三长两短，如何向你交代？"

"……"张复礼不作声了。在坟场上，出于无奈他同样也答应了女儿。

"你我都是老大不小的人了。说话做事，都要凭良心。一人做事一人当，自己惹出来的祸患，不要往别人的身上撒气。"刘金莲说起话来，显得理直气壮。

张复礼虽然理亏，却仍然不愿意低下高昂的头。他用一声冷笑，表示他的心里是踏实的："哼！笑话……"

刘金莲心想，这强盗是鱼死眼不闭，必须点他的穴堂，让他彻底清醒："这不是笑话，是你，是我，是张家窨子所有人哭都没得眼泪流的大事。前人造的孽，报应到了后人的身上。你和火儿，凤儿和火儿之间出奇相像的原因，你难道不心知肚明？再有，你看重火儿，疼爱火儿，这窨子屋的人谁个不知，哪个不晓？伢儿既然可以为老太爷陪灵尽孝，又怎么做不得老太爷的孙女婿呢？你总要给你的女儿，给这屋里的老少三班一个合理的解释呀！"

"你——你明知故问！"张复礼被点中了穴堂，无言以对。

刘金莲摇着头说："不！你的那些事情，我一点也不晓得。"

"够了！你不要得寸进尺了！"张复礼似乎在求饶。

刘金莲笑着说："老爷，金莲不敢。太岁头上，金莲不敢动土。"

"欺人太甚……"张复礼喃喃地自言自语。

"是哪个欺人太甚呀？"

后堂的门外，传来了一个人的声音。屋里的俩公婆都听得出，说话的是刘金莲的哥哥刘金山。俩公婆立刻恢复了常态，仿佛刚才的一切都不曾发生。二人不约而同地起身，迎接客人的到来。

"哈哈！是哪个欺人太甚呀？"刘金山和伍秀玲进到屋里，不解地问道。

张复礼不知如何作答，只是"嘿嘿"地笑着。倒是刘金莲见子打子，立刻找到了绝妙的应对："刚才正讲起龙家窨子的事哩！那膏栈老板也真是欺人太甚了。"

一提起膏栈老板，刘金山心里就感到窝火。他不愿继续谈论这个丧气的话题。

"都过去了的事，还有哪样讲的！"刘金山说问道："什么时候回的？昨天我和你嫂子到这里，都没听说呀！"

"刹黑时到的。"张复礼说："正说要去看你和嫂子，没想到你们先来了。"

"多时没有回来了啊！"刘金山感慨地说。

"是亲家爷归天那年回来过的吧！"伍秀玲想了想说。

"是啊！都已经十二年了。镇江那边总是抽不开身。"张复礼的回话，带着几分尴尬。

客人一进屋，丫头石榴跟着就来上茶。这时，刘金山看出了妹夫的窘态，意识到不能再继续这个妹夫不回家的话题。而正当他准备把话题岔开时，伍秀玲却偏生哪壶不开提哪壶，翻起了陈年旧账。她神情戚然地说："那年，亲家娘病重了，盼着你回来，想最后能看上你一眼，没能如愿。老人家躺在寿枋里，两眼一直没有闭。是金莲哭着跟她老人家说，你已经在路上来了，只是路途太远，还没有赶到。又在老人家的眼睛上抹呀抹，那双眼睛才闭上了。"

伍秀玲所说的情形，张复礼是第一次听到。七尺的汉子羞愧地低下了头，眼圈顿时便红了。刘金莲见此情形，立刻为丈夫解围。她叹了一口气，说道："天底下，哪有儿女不惦记娘的。清早天还没亮，复礼就带着凤儿到娘的坟上去了。"

张复礼有了婆娘给的台阶，不再那么尴尬。心想这出"马屎外面光"的戏文由婆娘来唱，真是有点儿滑稽。

张复礼出于表示对郎舅的关切，问道："这些年，生意还顺畅吧？"

刘金山说："还算凑合吧！当然，比起'顺庆'来，是一个天上，一个地下哟！这次，在挂治买的青山，'苗排'洗水到洪江，编成'洪头'一共是五百两码子。大排现时就湾在驿码头，明天一早解缆下河洑。"

刘金莲是个眉毛空心的灵泛人，一见哥嫂登门，就晓得为的是哪样。

她却佯装不知，数落起自己的丈夫来："复礼，哥哥大排下河洑，忙得团团转，还特意来看你。本应该你去看哥哥的哟！"

"嘻嘻！"伍秀玲急不可耐地笑着说："听说姑爷回来了，我们是来有事相求的。"

"对，有事相求，有事相求。"刘金山也跟着说。

刘金莲立刻接腔："哥哥，嫂嫂，你们有哪样事只管说。这屋里的大事，都是由复礼做主的。婆娘的娘屋人有事相求，他是不会不答应的。"

刘金莲的话，算是给足了张复礼的面子。而张复礼听来，却是酸溜溜的。心想，这婆娘的娘屋人一定是遇着哪样麻烦事，才到这屋里来打秋风。她倒好，把从老远回来的丈夫推到前面，自己却缩到背后躲奸。

"不不！"张复礼连忙摆着手说："复礼出去了这些年，回到屋里还没得一个对时，好多的事情我都摸不着头脑。这屋里的事情，都按照金莲的老规矩办。"

刘金莲见丈夫的神态，心里暗暗地笑了，便半开玩笑半正经地对丈夫说："怎么？怕婆娘的娘屋人来打秋风？！"

"你是越讲越不像话了。"张复礼说着，把胸脯一拍，说道："哥！嫂！要是这样说，你们有哪样事情，就说来听听吧！看复礼做不做得主？"

"姑爷放话了，秀玲，你就说吧！"刘金山对婆娘说。

伍秀玲说："既然姑爷放话，做嫂嫂的就长话短说。你前次回来时，宝儿还是个细伢子，如今已经长得牛高马大了。今天厚着脸皮上门来，也没得别的事，就是想跟妹夫要个人，做个亲上加亲。"

张复礼一听便晓得拐场了。看架势，这郎舅俩公婆的来意，是想拿凤儿去配他们的宝儿。这件事，工于心计的婆娘肯定是知情的。明摆着，这是她设下的又一个陷阱。张复礼早就听说过，刘家的那个宝儿，是个不上正本的哈筒筒。凤儿决不会中意，就是打死她，也是不肯就范的。一码事未了，又再加上一码事，简直是搅成了一锅粥。眼前的郎舅两公婆，并不知道这屋里正为着凤儿的事情伤脑筋。真是哪壶不开提哪壶！可又用怎样的理由，来回绝这登门求亲的人呢？

"哎呀！这件事情只怕不太好办……"张复礼为难地说。

伍秀玲的心立刻凉了半截，刘金山也显得格外地尴尬。只有刘金莲悟出了其中的原因，肯定是丈夫误会了，他误以为哥嫂要的人是正在让他伤脑筋的凤儿。

"怎么？为难了？有哪样为难的你就说出来，哥哥嫂嫂又不是外人。"刘金莲故意这样说。

张复礼情急之中捏出了一个白，作为推搪的理由。他说："有件事情，还没来得及跟你们说。妹崽的婚事，我已经答应了汉口的一位老朋友……"

"他是在说凤儿。"刘金莲连忙向哥嫂解释。

"姑爷，你弄错了。"伍秀玲迫不及待地说："我们来跟你要的人是乖妹。"

"啊！你们说的是乖妹。"张复礼如释重负。那是婆娘捡来的妹崽，连长的什么模样他还搞不清。这妹崽的婚事，婆娘居然也煞有介事说要问他，真是多此一举。他说："嗨！乖妹的婚事，由金莲做主就是了，没得必要问我。"

"可妹崽是你张家屋里人，你不做主，哪个做主？"刘金莲说。

"既是如此，那我就做主了。养女还舅，把乖妹许给舅舅人家。"张复礼当即就这样拍了板，俨然乖妹是他的女儿。

"多谢姑爷赏脸。"伍秀玲喜滋滋地道谢后，看了丈夫一眼。

刘金山出于礼貌，也立刻拱着手对妹夫说了声："多谢！多谢了！"

"亲上加亲，不必客气。"刘金莲说。

"对！亲上加亲，不必客气。"张复礼慷慨地做着顺水人情。心想，这婆娘关顾娘屋算是到了家。捡个妹崽养大了，也不忘记把她许配娘屋的哈宝侄儿。

张复礼回家的消息在浦阳镇不胫而走。张复礼送走郎舅俩公婆，正想和钰龙一同去油榨坊看望洪油师傅杨荣必，一个佝偻着身子的老者突然出现在他的面前。

"少老板，还认得我吗？"

"哎呀……"张复礼打量着老者。他一眼就认出老人是瓷器店老板孙荣宽："怎么认不得，您是孙叔。小时候，爹爹常说端起碗吃饭就会想到您。我们屋里的碗盏都是在您铺子里买的呀！快请坐！快请坐！"

孙荣宽一落座便诉起苦来："老侄呀！亏你还记得我。你一去多年，这浦阳镇是一年不如一年了。'西帮'乡亲败的败，走的走。今年万寿宫轮到我当值年，说来惭愧，筹不到上会的款子，把许真人他老人家都给怠慢了。我没得脸面见人呀！"

"怎么？今年万寿宫没上会？！"张复礼不相信会有这样的事情。

"是啊！这可是从来没有过的啊！"孙荣宽感叹地说："这镇上的'西帮'乡亲除你的'顺庆'以外，生意做得都比以往差了许多，哪个还有闲心上会哟！"

"是啊！这些年湘西的生意，都让洪江抢足了风头，浦阳镇只剩下喝残汤剩水的份了。"张复礼感慨地说。万寿宫的值年变得如此窝囊，这可是从来没有过的呵！猛地，他想出一个主意，说："孙叔，既然上会已经过了趟，您也就不必再自责了。安排个时间，邀请'西帮'乡亲在万寿宫聚一聚，总还是可以的吧！"

孙荣宽一拍大腿，说："对！我正为这此事而来。'顺庆'的生意做得好，给我们'西帮'长了脸。我已经邀了几家字号的乡亲，在万寿宫给你接风洗尘。"

"孙叔！您这样说复礼就不敢当了。"张复礼说："请'西帮'乡亲到万寿宫吃杯酒，由复礼来做东。"

孙荣宽连忙说："不成！不成！这是我值年的事情呀！"

"孙叔，您就不要客气了。"张复礼说："复礼长期在外，屋里只留下妻儿打点生意，乡亲们多有关照。一杯薄酒，就算是复礼的一点的心意吧！"

"不不不！这样做，不是弄颠倒了吗？"孙荣宽说。

"一点也不颠倒。"张复礼说着，立刻做出铺排："镇上的'西帮'乡亲，尽量都请到，每户来一人，不论贫富，只要是乡亲，有多少请多少。我会着龙儿和秀山操办此事。"

一连几天，张复礼进行着各种应酬。他表面上做起大老板的潇洒样范，内心里却是一刻也不得安宁。这次回家的目的，是要让凤儿同他一路离开浦阳镇。面对着凤儿的倔性子，他感到从未有过的束手无策。眼下，凤儿喜欢火儿的事，还未在镇上传开。有朝一日若是传了开去，浦阳人的嘴巴，他是领教过的。到时候，人们还不晓得会编排出怎样的故事来。想到这些事他便寝食难安。当然，他也有舒心的时候，那就是他在油坊里看洪油师傅杨荣必榨油、炼油时的情景。有了优质的桐油，"顺庆"才得以在汉口和镇江的油市站稳了脚跟。

夜里，书房里的小床上，张复礼辗转难眠。他只要一闭上眼睛，脑子里便浮现出一个妇人。二十多年来，那妇人含辛茹苦盘养大了他留下的根苗。事到如今，她还要再一次受到精神的折磨。为了避免罪孽的滋生，深明大义的妇人把丈夫和儿子，远远地打发去了他乡。他不由得产生了强烈的愿望，希望能见这妇人一面，对这妇人表示歉意，进行补偿……

四更时分，张复礼任何人也没有惊动，便离开了张家窨子。他沿着官马大道一路走来，经过麻家寨时，天才麻麻亮，到达铁门槛，也才是早饭过后。他麻着胆子，饿着肚子，来到这闻名四乡的强盗窝子。他沿着铺砌在山中的官道，细细地察看着这里的地形，果然是"一夫当关，万夫莫开"。天然的屏障加上世代的赤贫，衍生了这里代代相传的绿林好汉。散落在这里的生灵，都背着与生俱来的骂名。他的亲生骨肉也阴错阳差地成了他们之中的一员。他作为伢儿的父亲，本应该出手拉扯伢儿一把，让他远离这块恶浊之地。然而，他纵有怜子之心，却无救子之方。张复礼拖着沉重的脚步，行进在逶迤的山路上。突然间，他看到不远处的山冲里，有一个妇人正在挖红薯。妇人的锄头起落，一个个硕大的红薯，便从地里被挖出。那妇人神情专注地劳作着，没有发觉山路上的来人。放眼望去，这里的吊脚楼，东一幢，西一幢，山湾里，山坳上，到处都是。他要去的火儿的屋在哪里呢？看来只有去到山冲里，找那位挖红薯的妇人打听了。

"大嫂，操心挖薯呀！向你打听个人。"张复礼走到妇人的身后，轻言细语地说。

妇人回过身子，把头抬起。她见到眼前站着的男人，顿时便愣住了。

"怎么会是你？！"两个人几乎是同时出声。

妇人扳着的脸顿时变得通红，她极不愿意见到这个男人，把脸扭转到一边："你来做哪样？"

"我来看看你。"

"我有哪样好看的？你快走！"

"我只讲几句话，讲完就走。"

"没得哪样好讲的，你快走！"

男人没有走，而是转到了妇人的跟前。他的脚被一根没割断的红薯藤绊着，一个趔趄，眼看就要摔倒，妇人正要上前搀扶，男人却稳住了身子。

"你来做哪样？"妇人重复着先前的话，说："这里不是你来的地方。"

"可我还是到这里来了。我是天不亮动的身，饿着肚子，骑坡过界，来到这铁门槛。"男人以这样的话语试探着妇人，等待着她的反应。

听说男人是饿着肚子上的山，妇人稍稍迟疑了一会，便从地里拿起一个地里的红薯，先用手将了将，又用围裙揩了揩，最后在围圈红薯地的竹篱笆块上，三下两下，便刮去了红薯的嫩皮。妇人的每个动作，都显得那么干净利落。他似乎又见到了当年那个充满青春活力的苗女。当一只带着泥巴的手，将一个去了皮的红薯递到男人的面前时，男人受宠若惊地说了声"多谢"，便迫不及待地将红薯接过手中，而后便大口大口地啃食起来。他甚至顾不得那红薯上还带有的泥巴，便香甜地啃食着，咀嚼着，品味着，直到红薯白色的浆汁，漫出了嘴角的两边。

"放着珍馐美味不吃，跑到这里来啃薯棒。生得贱！"妇人说话间再次把脸扭过一边，一副不屑一顾的神情。

妇人的一句"生得贱"，男人听得真切。许久以来，已经没有以这种口气对他说话的人了。他感到格外地舒坦，就如同在饥肠辘辘之时，能够啃到一口上面还带有泥巴的红薯。灵泛的男人突然变得木讷了，他居然找不到恰当的语言，同眼前这个既熟悉又陌生的妇人搭讪。

"喂饱了你。你可以走了。"妇人冷冷地说。

男人听得出，妇人话语中的一个"喂"字，全然是对待牲畜的口吻。比起那句"生得贱"来，此言表现出更大的轻蔑。有生以来，从来没有人敢对他如此无礼。如今，却出自一个穷乡僻壤的苗妇之口，连他自己也不明白，为什么要送上门来受这番气。是人性的苏醒？是良心的发现？最重要的，恐怕还是这里还留有他的骨肉，他与眼前这妇人血肉交融的果实。对于这个生命，他只有那片刻的欢娱，而不曾尽到半点父亲的责任。这对于男人来说，实在是奇耻大辱。他终于鼓起勇气，抓住这最后的机会，表明心迹，给眼前这位受伤害的人应有的补偿。

"阿春，你听我说——"

"我不听。你快走！你要晓得，这里是铁门槛，是强盗窝子。你再不走，会有人来'吊'你的'羊'！"

"就是有人要'吊'我的'羊'，我也要对你把话说完，再跟着他走。"男人这样说，表示着他要说话的决心。

妇人或许是受到感动，不再作声了。显然，这是对于男人说话的默许。

男人说："阿春，是我对不住你，对不住火儿。盘大火儿你费尽了千辛万苦，没想到凤儿的事又给你添了烦恼。老天爷给我报应是应该的，没想到又还连累到你。千错万错，这都是我的错。我们千不看，万不看，也要看在火儿的份上。"

"不许你提火儿，火儿与你无关！"

"不要说气话。火儿怎会与我无关呢？"

"我和你的那点事，你屋里交给我的打胎药已经了结。生下火儿，把火儿盘养大，都是我一个人的事情，与你没得任何关系！"妇人的话充满着火气："你快走！还不走，我喊人来'吊'你的'羊'！"

男人说："我说过，你就是喊人来'吊'我的'羊'，我也一定要把话说完再走。"

妇人催不走男人，没得办法。她蹲下红薯地里，埋着头，默默地流着泪。

这时，男人从怀里掏出一张银票，弯下腰对妇人说："这是一张四百两的银票，你拿到浦阳镇上的日升昌票号去，可以兑四百两银子。这就算是我对你和火儿的一点补偿。"

"拿回去，我不要！"妇人不愿意看什么银票，把脸扭过了一边。

男人说："这些钱，你可以用来到浦阳镇上买一幢房子，再为火儿讨一房亲。剩下的钱你用来过老，富富有余。你和火儿不能再住在这铁门槛了。这里的名声不好且不说，火儿行香火，别人也难得到这山上来请。听我的话，搬到镇上去住吧！在那里为火儿安一个家。这样，我也就放心了。"

当男人耐住性子，将自己的精心安排告诉给妇人时，妇人突然间"嚯"地站起，男人不由得一怔，随即倒退了一步。这一男一女，四目相对，站在红薯地里，就这样默默地僵持着。只有那男人手中的银票，依然痴痴地递在妇人的面前。

"把你的银票收起！"

"你不收下，我是不会走的。"

妇人想了想，说："好吧！那我就收下。"

男人心中不由得窃喜，她终于肯收下这笔钱了。妇人接过银票，看了好一阵。上面的字，墨黑墨黑；上面的印，彤红彤红。凭这张纸就可以兑钱，想必是真的。妇人苦笑着，那一对男人久违了的酒窝，又隐约地显现了。而在转瞬之间，苦笑消逝，悲伤陡起，那一对酒窝也随之无影无踪。紧接着，妇人噙着泪，咬咬牙，把手中的银票撕得个粉碎，而后抛向空中。飘飘絮絮的纸屑，散落在红薯地里。这妇人出人意料的动作，使得男人茫然不知所措，好半天都回不过神来。万能的钱财，在她的眼中莫过如此。刚才还信心十足的男人，顿时如同潦枯了的蕨菜，丧气地低下了头。

"现在你总可以走了吧！"妇人没得好脸色。

男人彻底冷心了。原只想通过这样的补偿来赎回往昔的罪愆，求得灵魂的安宁，事与愿违，他偏生碰上一个不领情的妇人。然而，他并不感到后悔。他冒着风险来到这铁门槛，就是为了表明他并不是忘情寡义的人。

"既然是这样，那我也没得办法了。好在火儿已经长大成人，你两娘崽就好自为之吧！"

男人做过这最后的嘱咐之后扭头便走，才走得三五步，他听到妇人颤抖的声音："回来！"

男人缓缓地回过头，他看见妇人那一双眼睛充满着泪水。

"几时带着凤小姐走？"

"就在眼下。"

"不要为难她，责怪她。她是个好妹崽。"

男人点点头，表示认可，而后再一次转身离去。又才走了三五步，他再一次听到妇人颤抖的声音："回来！"

男人同样缓缓地回过头。他看见妇人一动不动地站在红薯地里，下意识地抿了抿嘴唇，泪水顿时顺着两腮流淌起来，正好流进了那对酒窝里。似乎是最后一次将盛满苦酒的酒窝，呈现在这个男人的面前。妇人说话了："你不能像对待我那样对待你屋里的太太。她和我不同。她是你明媒正娶的婆娘。"

银票

男人没想到，这婆娘竟然帮着那婆娘说起了好话。正在他犯着嘀咕之时，妇人又说话了："你老远巴天走了，去同别的婆娘玩快活，太太在家，为你孝敬父母，盘养儿女，替你当家理事，打点生意，吃了几多的苦，受了几多的罪……"妇人本想提及当年被"吊羊"的事，因为涉及她自己，又隐藏着玄机，便把话咽了回去。她接着说："这次凤小姐的事情，也真是难为了她。为了不让天打五雷轰的事情发生，她不记旧仇，亲自到这荒山野岭来找我。商量着怎样将烈性子的凤小姐稳住，不要让她出事；怎样顾全你张家的面子，不让这件事走漏风声；怎样把你从镇江催回来，在火儿回屋之前，由你带凤小姐离开浦阳镇……"

妇人的诉说出乎男人的意料。他如梦初醒，意识到自己对婆娘的误解。事实上，婆娘并不是幸灾乐祸的人，而是在竭尽全力替他周旋。他不由得多了几分愧疚。

"多谢你告诉我这些事情。你放心，我只在日下就会带着凤儿离开浦阳镇。"男人不无遗憾地说："给你补偿你不肯要，我也没得法子了。这一去恐怕就再没机会来打你和火儿的招呼了。还是那句现话，你们俩娘崽就好自为之吧！"

红薯地里的男女并不知晓，他们说话的整个过程都没能逃过树林里两个棒棒客的密切注视。当张复礼沿着小路拐过一道山弯时，两个棒棒客便迫不及待地从密林中闪出。棒棒客都五短三粗一个，脸上涂着锅墨黑，手里舞着马叶子，同声大喝"站住"！而后一跃到了小路当中，拦住了他的去路。

张复礼应声停止了脚步。他打量起两个强盗来。敦实的身板，粗壮的脚手。一个对两个，即或是手里没得家什，他也抵打不过，何况他们头中还握着寒光闪闪的马叶子。看来，他只得束手就擒了。

"把手背过去！"

张复礼顺从地反剪过双手，双手立刻被绑上了棕绳。紧接着，一个青布口袋，把他的脑壳罩了个严严实实。他被推搡着走在山路上。当他脑壳上的遮罩物被取下时，便已经被押解到一个山洞里。山洞阴暗而潮湿，边沿处搭着一张床，床上铺着散乱的稻草。显然，他将被安顿在这里。他后悔了。悔不该贸然行事，到这铁门槛来自投罗网。强盗"吊羊"，为的是钱财。花费再多的银钱，他都在所不惜。他最为在意的是事情在浦阳镇上的张扬。对于他来说，面子比银子更为重要。后天中午，他要在万寿宫宴请"西帮"的乡亲。偏生遇到了这档子事。到时候将会是怎样的局面，他简直不敢想象……

打劫张复礼的棒棒客不是别人，正是铁门槛大盗石老雄的两个儿子——大虎和二虎。这些年来，兄弟二人子承父业，隔三岔五，在铁门槛干些"坐坳""吊羊"的勾当。刚才，当他们在吊脚楼的廊檐处，老远得见路途上行进的张复礼时，一眼就看出这是一只"肥羊"。等他们赶到时，"肥羊"已经在红薯地里与阿春婶搭上了腔。"肥羊"是阿春婶的熟人，做起这种事情来不方便。只因为抵挡不住白花花银子的诱惑，他们还是出了手。二人将张复礼押解到山洞里，便立刻在他的周身上下搜了个遍，希望得到点见面财喜，结果是一无所获，真是要多丧气，就有多丧气。张复礼却感到万幸，到铁门槛来，他身上除了那张银票，便别无他物，而那张银票已经被阿春撕成了碎片。

"哪路的财神，敢闯爷的铁门槛？"问话的是二虎。

"嘻嘻……"张复礼笑着，扭了扭被反绑着的身子。

"聋了？！问你话哪！"

"嘻嘻……好兄弟，把我放了，我给你送银子来就是。怎么样？开个价。"

"少废话！说！是哪路的财神？我们好去给你屋里报信，让他们拿银子到这里来赎人。"石二虎边说边想，这人一副老板的派头，应该是来自浦阳镇。浦阳镇上的老板他都面熟，可又怎么从来没见过这样一个人呢？

张复礼心想，要是把自己的身份告诉这两个螽贼，张家窨子会因此而乱成一锅粥，浦阳镇上也立刻会爆出特大新闻。事态严重，必须稳住阵脚。他打定主意，闭紧嘴巴，挨得一时是一时。实在挨不过了，再说也不迟。

"好兄弟，把我放了。开个价，我会给你们送银子来的。"张复礼说着，在山洞里的一个岩墩子上落了座。

"怎么？不肯讲？！"二虎恼怒之下，对着大虎一声喊："来！把他裁了！"

兄弟俩的两把马叶子，交叉地架在了张复礼的颈根上。张复礼心里明白，这不过是蟊贼吓人的把戏，表面上他必须做出害怕的样子。他把颈根一缩，连声喊着："好兄弟，裁不得，把这东西裁脱了，你们到哪里去要银子呀！"

兄弟二人哭笑不得，只好收起了马叶子。

"说！是哪里的财神菩萨？"

"好兄弟，莫问了。我是不会告诉你的！"

"狗日的，还嘴硬！"

大虎朝着张复礼的胸口就是一砣子，二虎立刻上前制止。棒棒客有规矩，越是"肥羊"越要好生对待，连指甲壳都不能碰一下。眼前的这只"肥羊牯"，是绝对不可怠慢的。二虎寻思着，究竟要怎样才能摸清他的底细呢？这时，二虎把嘴巴一歪，大虎便跟着他出了山洞。山洞外，兄弟二人商量起对策来……

张复礼的突然到访，令阿春感慨万千。不是冤家不聚头啊！原以为这世人生再也见不到他了，谁料到这冤家居然从天而降，来到了这深山野岭。他回到浦阳镇为的是把女儿带走。他本可以不上铁门槛来，可他还是冒着被"吊羊"的危险来了，来送那张银票。如此看来还算是有点儿良心。那张银票，虽然可以兑很多的钱，可妇人一点也不稀罕。让妇人感到满足的是：那冤家竟然在她的面前低头认了错，这是她做梦都不曾想到的。一块地里的红薯挖得差不多了。妇人蹲下身子，清理着挖出的红薯。

"嘻嘻！春满娘！"

阿春一抬头，面前站着的是脸上涂着锅墨黑的大虎。

"大虎……"阿春一怔，心里顿时出现了不祥的预兆。

"嘻嘻！向你打听个人。"大虎说。

"怎么？你们把那人给'吊'了'羊'？！"阿春最担心的事情终于发生了。

"嘻嘻！弄点儿小财喜。"大虎说："告诉我，那人是哪路的财神菩萨？我们也好'下羊票'。得了银子少不了满娘的好处。"

"你们真是胡闹，赶紧把他放了！"

"怎么？那人是你们家的亲戚？"

"不是。"

"是你们家的朋友？"

"不是。"

"那他是什么人？"

"一个过路的人。"

"过路的人？！那他找你做哪样？"

"找我问路。"

"问路？！怎么问了那么久？"

"他走路走得肚子饿了，跟我讨了一个红薯吃。"

"啊！原来是这样，那就不烦劳你了。"大虎说着，便扬长而去。

"你回来！"阿春大声地叫着。

大虎哪里肯听，脚步更快了。叫不回大虎，阿春急了。那冤家果真被"吊"了"羊"，而且是落到了这两个鬼崽的手里。他本是为着火儿而来，却惹来如此的祸息。这件事情倘若传了开去，那些陈谷子烂芝麻的事情，又会成为浦阳镇上满天的鬼话，还会把火儿也搭了进去。这是他不肯说出自己身份的原因。大虎急匆匆往屋里走，一定是去搬他的老头儿。那冤家外出多年，两个鬼崽不认得他，雄大哥可是认得他的。只要雄大哥把他认了出来，就可以给张家窨子"下羊票"。以后的事情，阿春便再也不敢往下想了。她呆呆地站在红薯地里，只觉得眼前一片昏暗。突然间，她听到对面山路上传来的脚步声。打开眼睛一看，果然是大虎背着他屋里的老头儿，正走在山路上。早几天，雄大哥摔了一跤，膝盖脱了臼，正上着夹板，行走不便。由大虎背着的雄大哥比往天消瘦了许多，脸上也涂上了锅墨黑。阿春真想赶上前去，将这俩爷儿拦住。她不知怎的竟然挪不动脚步。在几经犹豫之后，她终于鼓足勇气，追了上去。行走才几步，她又折了回来。这样去到那山洞里，势必要与那冤家对面，那是万万使不得的。事态如此地严重，不能不闻不问。那冤家出了事，出了丑，可以一走了之，老远巴天去享受他的荣华富贵。火儿却还要在这片土地上生根，在浦阳一带四乡八里的百家门上行香火。妇人当机立断地做出了抉择。她要尽其所能化解眼前的这场危机。

阿春来到山坳上。那里的香樟树下是一座坳头土地庙。土地庙的坎下，是一块摆放着石岩的空坪。过往的路人常在这里歇憩。阿春密切地注视着前方小路上的动静。过了好一阵，大虎背着雄大哥，出现在她的面前。

"雄大哥！"阿春"扑通"一声，跪在了地上。

"阿春，你这是做哪样？"大虎背上的石老雄说。

大虎停止了脚步，把父亲放在了一块岩头上落座。

阿春栽着脑壳，言语恳切地说："雄大哥，阿春来到这铁门槛快三十年了，从来没求过你。今天，阿春有事相求，请你一定要给阿春一个面子。"

"快起来！有哪样事情，起来说话。"石老雄虽是重病一场，说起话来，除了慢些以外，还算利索。

阿春站立了起来。她看了大虎一眼，欲言又止。

石老雄看出了阿春的疑虑，对大虎说："大虎，你到一边去吧！"

"雄大哥——"阿春未曾开言，便泪流满面。

石老雄说："哭哪样？！有事你就说。"

"刚才大虎、二虎吊得一只'肥羊',是吗?"阿春问。

"是的。"石老雄说:"浦阳镇上的头块牌,顺庆油号的大老板。到汉口、镇江的庄上去了二十多年。大虎、二虎认不得他。可我是认得他的,烧成了灰都认得。那年唱目连大戏,当大头工的就是他。"

"打算下他的多少票?"

"五百两。"

"求雄大哥把他放了。"阿春说着,再一次在石老雄的跟前双膝下跪。

"奇了怪,'吊'他的'羊',你怎么替他讲情?"

"雄大哥不要问,求你把他放了。"

"说得轻巧。干我们这一行的,遇到这样的'肥羊',是十年难逢金满斗,百年难逢岁朝春,到手的财神菩萨,哪有把他放了的道理?"

阿春恳切地说:"求雄大哥把他放了。五百两银子,由阿春替他来出。"

"说!他是你什么人?"石老雄咄咄逼人的问话,显示出他的不满。

阿春迟疑了一阵,终于鼓起勇气说明了真相:"他是你接崽的亲爹……"

石老雄愣住了。他立刻联想到山洞里那"羊牯"的容貌,确实与他的接崽火儿非常相像。这妇人刚才的话,显然是真实的。真没想到,这婆娘年轻时竟同这油号的阔老板有一腿,而且还留下了他的孽种。按照苗家的规矩,婚前相好夫家是不过问的,若婚后继续往来,就绝对不允许了。这婆娘胆子有天大,居然敢继续与旧时的相好往来,而且在那汉子被"吊羊"过后,明目张胆地替他求情,甚至还答应为他出五百两赎银。她难道不晓得这是犯了大忌吗?

"他来找你做哪样?"石老雄板着脸问。显然是在生气。

"他来感谢我为他盘养大了火儿。"阿春回答。

"怎么个感谢法?"

"带来了四百两银票。"

"你打算用这些银子为他付赎银？！"

阿春摇着头说："不！阿春如今已经是石家的人，火儿也姓石，与他已经毫不相干，他的银子我是不能要的。那银票我已经当着他的面，撕得粉粉碎。雄大哥不信，可以到我的红薯地里去看。"

石老雄立刻明白了事情的全部。眼前的妇人，倒也真令他刮目相看。他一肚子的气，顿时便烟消云散了。

"雄大哥，阿春求你了……"阿春声泪俱下，不住地给石老雄磕头。

"起来吧！有事好商量。"石老雄说。

"雄大哥不答应阿春，阿春就不起来。"阿春说着，依然磕头不止。

"起来吧！大哥答应你。"石老雄虽然出于无奈，却是一诺千金。

"多谢雄大哥。"阿春再又郑重地磕了一个头。起身后，她说："阿春讲话算数，那五百两银子，我会慢慢儿想法付给大哥。若是今生今世还不了，来生变牛变马，我也会接着还。今日阿春替他出赎银，不是念旧时的交情，而全是为了火儿，这件事情若是张扬开去，火儿背着'野种'的名声，在人前就会低一筒，矮一截。他还要安身立命，还要成家立业，还要在百家门上作法作催。如今，多谢大哥给阿春面子，高抬贵手，把那男人悄悄儿放了。就像是什么事情也没有发生过，让火儿安生做石家的子孙，过着同往常一样的日子。只要能够这样，莫讲是替那人交五百两赎银，就是让阿春去死，也心甘情愿。"

阿春的一番话，很是动情。石老雄纵是铁石心肠，也难免不受感动。铁门槛上的大盗，为钱财而"坐坳""吊羊"，却又视钱财如粪土。在这位可敬的弟妹面前，显示着他固有的豪爽。他做出一副兄长的模样，郑重地说："要记住，我是你的大哥。火儿不只是你的儿子，也是我的接崽。我就是再贪财，也不能要你出那五百两银子。'羊牯'，我这马上就放；银子，不要你的分文。"

石老雄说着，勾起食指放进嘴里打了一个嗯哨。只见那大虎一溜小跑而来。

"背我回家。转来去跟二虎讲，马上把'羊牯'放了，浦阳镇你也不
要去了。"

"为哪样？"

"不为哪样。"

"爹！这是到手的银子呀！"

"银子！银子能当饭吃吗？"

"爹——"

"爹要你们放人，你们就放人。其余的事情，什么也不要说，什么也
不要问。"石老雄是那样不由分说。

张复礼的一场危机，就这样有惊无险地得到了化解。棒棒客在放人
的时候撂下这样一句话："算你命好，落到了老子们的手里，还有人替你
讲情。"张复礼心中有数，在这铁门槛替他讲情的人，除了阿春，再也不
会有别人。就是这个曾与他有过孽缘的妇人，立命山野，茹苦含辛，把他
留下的骨血盘养成人。也是这位妇人，为了阻止一件忤孽的事情发生，当
机立断把儿子打发出远门。他为了弥补过失，决意要做出补偿。而令他始
料不及的是，那妇人面对着四百两银票，却是那样不屑一顾。又正是这个
妇人，在他处于危难之时，挺身而出，使他躲过一场劫难。这妇人在他心
目中的形象，显得无比高大。而自己却是那样渺小，那样畏葸。他感到汗
颜、惶恐。这一世人生中，他最问心有愧的人，就是这个妇人了。

● 球岔的塔

万寿宫的宴会如期举行。张复礼在钰龙的陪同下来到万寿宫，"西帮"乡亲一拥而上，把张复礼团团围住，说不尽的溢美之词。张钰龙也跟着风光了一回。两天前，张复礼在铁门槛的山洞里，面对着棒棒客的马叶子，是何等的胆战心惊。若不是那妇人的临危搭救，便不会有今天的宴会，更不会有此刻的风光。他不敢想象，棒棒客开出的"羊票"倘若是到了张家窖子，浦阳镇上将会出现怎样的传言。也真是老天有眼，让他有惊无险地躲过了一劫。而今，该隐瞒的，都隐瞒得悄无声息；该彰显的，都彰显得呵嗬喧天。在"西帮"乡亲们的面前，张复礼是何等的春风得意。

酒席一共二十桌。浦阳镇上的"西帮"客户，如今只剩下一百六十来家了。开席之前，张复礼对孙荣宽说："孙叔，乡亲们都到齐了，您就发话吧！"

孙荣宽连连摆手，说："复礼，今天是你做东，该由你来发话。"

"孙叔这样说，那复礼就恭敬不如从命了。"张复礼起了个架势，开言说话："复礼自光绪二年外出打点油号的生意，一转眼就十八年了。承蒙乡亲们的关照，也还算一路顺喜。今日备得薄酒便饭，对乡亲们略表谢意。复礼敬各位一杯！干了！"

"干了呀！"江西老表们起着吼。

万寿宫里，觥筹交错，浓烈的苞谷烧酒，激活了老表们几近蔫枯的心扉。当届值年孙荣宽未曾开言，便老泪纵横："各位，今日是复礼贤侄做东宴请乡亲，本不该荣宽说话。可荣宽还要借花献佛，把复礼的这杯酒，当作我的谢罪酒敬给各位。怪我这个值年没有当好。怠慢了神龛上的许真人，让浦阳镇上的'西帮'丢人现眼了……"

"老宽不必如此。万寿宫上不起会，是因为产生了亏空，乡亲们是不会怪你的。"说话的是白蜡商人申秀平。

张复礼也说："宽叔言重了。上会不过是乡亲们的聚会，如今不也一样聚会了吗？"

孙荣宽感慨万千地说："这些年，浦阳镇的生意难做。'西帮'商户垮的垮，走的走，唯独'顺庆'越来越红火，给我们'西帮'长了脸啊！"

"宽叔您千万莫这样说。"张复礼立刻显得十分的谦卑，他说："这些年，'顺庆'只是做得稍稍顺喜一点，赚了几个小钱，也不过是瞎猫碰着了死老鼠而已。"

"哈！"申秀平笑着接了腔："复礼贤侄呀，你这是得了便宜还卖乖啊！生意场上，哪有那么多的死老鼠好捉？！今天，乡亲们来这里吃这餐酒，就是想来给你讨个乖方。龙儿去了趟洪江，就弄来了个乖方，把'顺庆'救活了。老侄你在汉口、镇江大码头闯荡十八年，何不也出个乖方，让浦阳镇也来个起死回生。"

"是呀！复礼，你给乡亲们拿个主意吧！"孙荣宽说。

酒席上的老表们，七嘴八舌地起着吼："张老板，出个主意吧！"

张复礼为难了。他只能这样谦卑地说："乡亲们如此抬爱，复礼实在是不敢当。一个地方的兴衰，要看它的气数。什么是气数，气数就是天时、地利、人和。看起来，浦阳的气数已尽，衰败在所难免。洪江的气数正旺，必定蒸蒸日上。如今的浦阳镇再要想占洪江的上风，就是天上的神仙，只怕也拿不出招数啊！"

这时，申秀平说话了："老侄呀！你讲的一点也不错。可你想过没有，浦阳镇的天时、地利、人和，究竟丢失在了哪里？"

张复礼一时叫申秀平问懵了，回答不上来。

"怎么？你回答不出来？！"申秀平一副长辈的样子，对张复礼说："让我来告诉你吧！自从那傅鼐老儿发鬼癫，在球岔修了那座背时的宝塔，就断了浦阳镇的气数。你不想想，浦阳镇这块大木排，被那根拴排桩死死地拴住，动弹不得，哪里还有什么天时、地利、人和啰！说来说去，浦阳人就只有一个法子——"

桌席上，突然有人接了腔："邀起镇上的人，去球岔把那背时的宝塔给砸了！"

人们立刻响应，七嘴八舌地起着吼："对！把那背时的塔砸了！"

"走呀！去把塔砸了！"

张复礼见势不妙，连忙站起来说："乡亲们，使不得，使不得，那是要出人命的呀！"

孙荣宽立即附和："是呀！那座塔修在人家球岔的地面上，就是要把那座塔拆了，也要好生同人家打商量嘛！"

众人不再作声，不再起哄，酒席筵前的气氛变得分外凝重。

张钰龙端起酒杯，对乡亲们说："各位长辈，请喝酒！请吃菜！"

"其实呀！我也对那座塔恨之入骨。巴不得早早地拆了它！砸了它！可总得要有个由头呀！"孙荣宽说："想来想去，就只有一个办法了。"

众人的眼光，立刻集中到了孙荣宽的身上。

"你说，哪样办法？"申秀平问。

"这件事就只有拜托复礼贤侄了。"孙荣宽说："大家都晓得，复礼的大姐夫熊庆坤在球岔是说一不二的脚色。烦劳复礼走一趟，把他说动，事情就好办了。"

"这件事只怕是有点难啊……"张复礼被来了个措手不及。他作难了，不敢应承。

申秀平说："你去跟球岔的人说，要多少银子只管开价，我们分文不少。"

众人起着哄："对！只要把那座塔拆了，我们答应出银子。"

孙荣宽说："复礼贤侄，为了浦阳镇，为了镇上的'西帮'乡亲，你就去球岔走一趟吧！"

"复礼只怕难以担此重任啊！"张复礼不肯松口。

张钰龙说话了："爹，就走一趟吧！您都好久没去看望大姑和大姑爷了。"

"好吧！"张复礼总算勉强答应了下来。他说："各位老少乡亲，此事非同小可，都是乡里乡亲的，关系到浦阳，也关系到球岔。古话说得好，谋事在人，成事在天。复礼此番前去，只能说是尽力而为，成与不成，凭在天意。只是有一件事情，复礼可以当着各位的面承诺。若是球岔的乡亲愿意用银子解交，'顺庆'愿出其中三分之一，请在座的各位出三分之一，再请镇上其余的商号出三分之一。"

"好！复礼贤侄，乡亲们就等着你的这番话。"申秀平说着，高高地举起酒杯："来！我们大家敬复礼一杯。把这杯酒干了！"

"干了！"雷鸣般的声音，在万寿宫里久久回荡。

张复礼和钰龙出得万寿宫，径直往家里走。才进得张家弄子，便听见有人怯生生地在他背后叫了一声"大哥"，回头一看，只见弄子口的拐弯处，伸出了长疤子的脑壳。他立马停下脚步，对身边的钰龙说："你先回去吧！我要和你疤叔说几句话。"

张复礼打量着没精打采的长疤子：耷拉着的脑壳，像是吊在一根丝线上；轻飘飘的身子，像是被几根干柴棍支撑着；睁不开的眼睛，像是永远也没个睡醒的时候。他便不由得发出了感叹："你呀！怎么还是那样不上正本！"

"嘻嘻！"长疤子强打精神，冲张复礼笑着："小弟怎么能同大哥比，人比人是要气死人的。"

"戒掉了没有？"张复礼单刀直入地问。

"嘻嘻……嘻嘻……"长疤子支支吾吾，无言以对。

张复礼说："若是为正经事，做大哥的可以给你点，可你——"

"大哥，多谢操心，泥鳅有泥鳅路，黄鳝有黄鳝路，这日子嘛，小弟还是过得去的。"长疤子长长地打了个呵欠，眨巴着眼睛说："小弟来找大哥，是受人所托。"

"谁？"张复礼明知故问。

"碗米打粑粑，你讲有几个？"

"他！他有哪样事要你来找我？"张复礼心领神会地问。

长疤子说："明晚他在望江楼摆酒接风，请大哥赏脸。"

张复礼这次回浦阳镇，还没和那人打过照面。要是在往常，他会爽快地答应去赴宴会。今天却不一样了。自从铁门槛得知实情，他便感到有愧于婆娘，一直陷于自责之中。婆娘的娘屋人与那人仇深似海。那人对婆娘娘屋人的伤害，最知内情的莫过于他。他知情不报，掩饰真相，竟还与那人达成心照不宣的默契。如今，他终于心生愧悔。在婆娘伤口上撒盐的事情，是再也不能做的了。他当机立断地回绝了宴请："你去给他回话，要办的事太多，安排不过来，对不住了。"

"怎么了？不就是吃杯酒吗？这点面子都不给！"

"什么面子里子！我不是讲了吗？不去就是不去！"

张复礼不留余地的回复，让长疤子彻底失望。以前可不是这个样子啊！张大哥这是怎么了？他白了张复礼一眼，悻悻地走了。

"回来！"张复礼叫住长疤子。

长疤子转过身，失神地望着张复礼——他往天最崇拜的张大哥。

"到贵州去过？"张复礼的问话是严厉的。

"去……去过。那……那都有好多年了。"长疤子吞吞吐吐地说。

"记住，伤天害理的事情，往后再也不要做了，做多了是要遭报应的。"说完了这句话，张复礼觉得轻松了许多。

张家窖子的所有人，包括刘金莲，没得任何人晓得张复礼的铁门槛之行。他们只晓得有整整一天不见张复礼的影子。直到天黑了，屋里人都吃过了夜饭，才见他匆匆回到家里。问他去了哪里，他只是"嘿嘿"地笑。谁都晓得，他在浦阳镇上的朋友多担多，玩得尽兴忘记回家不是怪事，谁都便也不再追问了。从铁门槛回来以后，不顺眼的婆娘变得顺眼了。他甚至认定：张家窨子的主心骨并不是自己，而是这个被他误会、被他冷落的妇人。他寻找机会和婆娘亲近；寻找由头与婆娘搭讪。这天，俩公婆碰巧又在后堂相遇了。张复礼抓住机会，挨上前去，尴尬地笑着，轻声地说话："嘻嘻！凤儿总算没出事，真是多亏了你。"

刘金莲连忙摆手，说："莫莫莫！快莫抬举我。样样事情都是我做的鬼，这总可以了吧！"

"嘻嘻！我晓得，你是不会做鬼的。"

"那不一定。好把戏谁不喜欢看？！你张家老爷的把戏，我是最喜欢看的。"

"张家老爷的把戏，就是张家窨子的把戏。张家窨子的所有事情，都由你张家太太做主。你是决不会搂出自家的肚子，去让别人看笑话的。"

"莫抬举我。"

"确实如此。"

"谁还不晓得你，一世人生都在编排人，都在讲假话。"

"对天发誓，这是真话。"张复礼指着天说这句话，显得他是认真的。

刘金莲诧异地望着张复礼。这个她最熟悉的人，怎么突然变得陌生了。同这冤家做了半世人生的婆娘，等了整整三十年，总算等到他讲了一次人话。她鼻子一酸，不由自主地落泪了，没好气地说："有哪样誓发的，真心都当成牛肝肺了……"

张复礼慌神了，手足无措。三十年了，婆娘从未在他的面前这样哭过。刹那间，他不由自主地产生了隐隐的自责。他掏出手绢，平生第一次为婆娘揩起了眼泪。岂料刘金莲不领情，身子一扭将他的手一把甩开，手绢便打落在地上。张复礼弯下腰去捡手绢。刘金莲起了个架势，要往他的手上踩脚。张复礼见状，便故意将手停住，让刘金莲踩脚消气。婆娘那只不大不小的脚，却始终没有往下踩……俩公婆通过无言的僵持，沉淀出他们各自应该有的理性。

"说吧！这件事怎么办，全听你的。"张复礼说。

过了许久，刘金莲才说话："不怕我做你的鬼？！"

"什么话！你怎么会做我的鬼。"

又过了许久，刘金莲忽然问道："万寿宫请客时，你答应去球岔做说客？！"

"答应了。那是没得谱的事，十有九是搞不成的。"张复礼说。

"搞不成你怎么还答应？"

"那是碍着面子没得法。"

"那你打算去吗？"

"自己的戏都没法唱，哪里还有心思做那事。"

"是吗？有哪样为难事，可以讲出来听听吗？"

"金莲，我对你讲实话。"张复礼以这种语气对婆娘，是从来都没有过的。他说："我这次回来为的是把凤儿带走。这是你的安排，也是我的所想。可凤儿一门心思在等着火儿，在做着那个'夫妻相'的梦。怎么能让她跟我一起走？脚在她的身上，总不能绳捆索绑，把她弄到去汉口的船上吧！"

"为难了？！"

"能不为难吗？"

"亏你在江湖上混了这多年，捆起裤脚，难道就屙不出尿了？"刘金莲以揶揄的口吻这样说。

"那你说怎么办？我听你的。"就这样，张复礼在婆娘面前彻底下了矮桩。

刘金莲感到从未有过的快意。她做了个眉头一皱、计上心来的样子，随即在丈夫的面前，说出了她早就想好的主意："既然如此，那就做个一事两搭界吧！你不是要去球岔吗？去的时候，带着凤儿做一路去。这不过是打个短递，把要走的路，分做两段走。到时候，她会高高兴兴上船，根本不需要你绳捆索绑。"

刘金莲这么一点拨，张复礼恍然大悟了。他摸着后脑勺，不无佩服地说："真是个好主意！我怎么就没想到呢？"

当张复礼和刘金莲两公婆如此这般，商量着如何想方设法带走玉凤时，玉凤正沉醉在美好的遐想中。她以为和火儿的亲事，是已经有了眉目。早先，母亲虽然并不反对，但总是推说要由父亲做主。父亲回来了，看来是特为此事回来。通过她在坟山上的据理力争，加上一场哭闹，父亲终于首肯了这门亲事。虽说是出于无奈，却也应该是算数的。父亲不会言而无信。等到外出打虎的火儿回转家门，石家就立马会着人来提亲。这几日，她显得格外乖。她希望火儿在父亲回镇江之前回来。

"爹！你多住些日子，莫忙去镇江啊！"张玉凤摇着父亲的肩膀，撒着娇。

"那你要爹爹在家住多久？"张复礼问。

"半年。不！一年。越久越好。"张玉凤说着，又显示她的通情达理："太久了，那也是不行的。镇江还有三娘，还有弟弟、妹妹，还有好多的生意等着爹爹做。"

"好吧！就依乖女儿的。"张复礼说着，把话切入进了那编排好的正题："过两天，爹爹要去球岔看你熊家的姑爷，你同爹爹做一路去吗？"

"去！当然去。球岔姑爷的屋里，我还从来没有去过。"张玉凤说着，她突然想起一件事，便问父亲："爹，你是去球岔当说客，是吗？"

"胡说八道，莫听风就是雨，当哪门子说客啰！"

"凤儿都听说了。那天万寿宫请客，'西帮'乡亲们说球岔的宝塔，碍了浦阳镇的风水，要爹爹去当说客，让球岔的人把那座宝塔拆了。有这事吗？"

"妹崽家家，爱探闲事！"

"莫讲女儿探闲事，到时候，只怕你还要个打边边锣的哩！"张玉凤说着又问："还有哪个去？乖妹也去吗？"

张复礼说："还有你哥哥去。乖妹就不去了吧！"

两天后，小溪湾赶场，赶场船正好要从球岔经过。吃过早饭，张复礼带着钰龙和玉凤一双儿女，坐上了赶场船。沅水自南向北流来，到浦阳镇处便拐弯向东流去，就在拐弯处的对岸，一个与镇上遥遥相望的村落，便是球岔。一座七层宝塔，就耸立在岸边的一座小山丘上，格外显眼。赶场船一拢岸，三爷崽上得码头。眼前的球岔，一派兴旺景象。一幢幢青瓦覆盖的木楼，围着白色院墙，掩映在绿树丛中。球岔的许多人都认得张家父子。一路上不断有人跟他们打招呼："张老板，几时回来的？三爷儿稀行呀！"

张复礼和张钰龙连连拱手，说一声："球岔乡亲们发财呀！"

"哪有张家窖子发财哟！生意都做到九州外国去了。"这句话是张复礼最乐意听到的。

球岔团坊的中心，并排竖立着两座窖子屋，分别属于熊姓同胞兄弟二人。东头一座，住着哥哥熊庆乾；西头一座，住着弟弟，也就是张复礼的大姐夫熊庆坤。他们的父亲先旺公，中过举人，到湖北的荆州府当过通判。这球岔的头牌大户，虽不及浦阳镇上张家窖子那样富有，却也是远近闻名的殷实人家。因此，熊家的二公子庆坤才有可能成为张家窖子的乘龙快婿。大小姐张松英是个旺夫的女子，嫁到熊家，一口气生下了四男一女。如今，四个儿子：盛经、盛缙、盛缨和盛纲，都已经成家立业，女儿青兰也出了阁。眼下，俩公婆的日子过得清闲自在。他们万万没想到，外出多年的郎舅张复礼，会这样携一双儿女前来看望。

"这些年，东奔西走，一直忙生意上的事，人情都生疏了。这次回来，想补上这个礼，到各处姑娘姐妹那里看看，只是时间紧、事情多，安排不过来。想来想去，就只有先尽大的来。大姐这里，是一定要来的。"张复礼把突然造访的理由，说得格外充分。

张复礼的这番话，说得熊庆坤和张松英心花怒放。郎舅破例给的面子，让俩公婆受宠若惊。一旁的玉凤却暗中好笑。若不是为了那座宝塔，爹爹是绝对不会到这里来的。爹爹也真是，讲起假话来，草稿都不要打。

"复礼呀！莫讲球岔和浦阳，看得见，望得着，大姐天天盼望娘屋的人来，眼睛都快要望穿了。你还是细时候跟着娘到这里歇了一夜的，凤儿更是从来都没到过大姑这里……"张松英越说越动情，似乎有点儿说不下去了。

玉凤连忙说："大姑，凤儿这不是来了吗？"

"来了就好，来了就多住些日子。"大姑说。

玉凤顽皮地说："大姑既然这样说，凤儿就赖在这里不走了。"

"唉！"大姑笑着叹了一口气，说："可惜大姑没得这个命，要是你还有个小表哥，我就非得……哎，不说了！不说了！"

大姑的话，把玉凤说得脸巴子绯红。

张松英好兴致，说起话来没个完："还有钰龙呀！细时候还跟着娘常来。如今当家理事了，就把大姑一屋人忘了，前些天，你二表哥还说要去镇上找你哩！"

张钰龙说："龙儿正是为着此事而来。今年'顺庆'得的合约比往年多，客户全都要按照洪油的工艺加工，正需要大量的桐油拿来加工时做掺兑。二表哥油榨里出的油，有多少'顺庆'就要多少。"

熊庆坤连连说："这就好！这就好！"

听说张复礼突然造访，四个外甥连同他们的家小一窝蜂似的先后赶到，来看望多年不见的舅舅和汉口回来的小表妹。熊家的窨子屋里，顿时便热闹了起来。

吃过中饭，张复礼说，想到村子里走走看看。熊庆坤主动提出，要带郎舅上河边山上的宝塔。这对于张复礼来说是巴不得的好事。他可以趁着看宝塔的机会，先打探姐夫的口风。钰龙和玉凤兄妹，也一道陪同前往。

他们来到了宝塔山下，沿着青石板铺砌的石阶而上，进入立着石柱的护栏，来到宝塔的大门前。门额的青石上，镌刻着"永定塔"三个大字。满怀兴致的张复礼，眼光在这三个字上凝滞了。

熊庆坤兴致勃勃地介绍："这'永定塔'三个大字，是当年建塔时傅鼐大人亲笔所书。大人的意思，是要宝塔永远定在这里。"

张复礼心里立刻凉了半截。他随即看了钰龙一眼，像是在说，这要命的宝塔若是永远定在这里，浦阳镇就永无翻身之日了。

熊庆坤带着客人从永定塔的北门进南门出。他们站在石护栏前，朝南望去，隔江的浦阳镇，码头、街道、房舍一目了然。熊庆坤又说开了："当年的地理先生说，浦阳镇像是一块大木排。你们看，那三条街道、四排店铺，不就是并排的木材吗？说街道间的一条条弄子，就是撬排棍，那弄子两头的土地庙，是钉牢撬排棍的楔子，真是一点也不差啊！"

张复礼接腔了："是啊！当年，傅鼐大人是怕浦阳镇这块木排被大水冲走了，才操心修了这座永定塔，立下了这根拴排桩。"

"是啊！从此以后，浦阳镇也就这样被吊死了。"熊庆坤不无感叹地说。接着，他话锋一转："话又说回来，镇上也并不是所有的商号、所有的人都被吊死。比如说你们顺庆油号，就吊不住，反倒是越来越红火了。"

听了姐夫的夸奖，张复礼很是得意。他连句谦逊的话都没说，只是含笑走近永定塔，得意地拍了拍塔身。似乎在踌躇满志地说，你这根拴排桩，是吊不住我的。

熊庆坤接着又得意地说："没想到傅鼐大人是'有意栽花花不发，无心插柳柳成荫'。他有意盘活浦阳镇，反倒害了浦阳镇。他无心关顾球岔，却帮了球岔的大忙。立永定塔的这座山叫作'仙鹅抱蛋'。说它是仙鹅，却是一只断了脖颈的"断颈鹅"。想想看，一只没了脖颈的仙鹅，怎能够抱得出鹅崽崽呢？立了这座永定塔，就像是给抱蛋的断颈仙鹅，安上了长长的脖颈。我们球岔从此也就发达起来了。嘉庆二年傅鼐大人修建这座永定塔时，球岔只有米姓六户、熊姓四户，一共是十户人家。到如今，

才过了九十七年，米姓增加到六十二户，熊姓增加到五十八户，一共是
一百二十户了。球岔的米、熊二姓人，都是仙鹅抱出来的鹅崽崽呵！"

熊庆坤讲的这些典故，是张复礼从未听说过的，更不要说钰龙、玉凤
俩兄妹了。

张玉凤不解地眨巴着眼睛问："姑爷，这仙鹅真的能抱得出鹅崽
崽吗？"

熊庆坤笑了："哈妹崽，这是风水。明白吗？风水！"

张玉凤摇着头说："不明白。"

张复礼发话了："凤儿，大人在说话，伢儿莫插嘴。听姑爷往
下说。"

张钰龙不由得发感叹："这些年，浦阳镇上的客商是越来越少，球岔
村里的人丁倒是越来越兴旺了。这风水不可不信啊！"

"球岔能有今天，都是沾了这座永定塔的光啊！"熊庆坤说："这些
年，球岔人是百做百顺。单只是在山上栽桐油树，就有好些人家发了财。
买田都买到田湾的大田坝子去了。早几年，市面上的烟叶大跌价。偏生有
一个洪江的烟叶商，带着高鼻孔蓝眼睛洋人来到我们球岔，说是看中了这
里出的烟叶，愿意出大价钱，有多少，他就要多少，说是要运到美利坚的
弗吉尼亚，去做哪门子的雪茄烟。"

"洋人就是喜欢一种叫作雪茄的烟，我抽过，冲得很。"张复礼显示
他见过大世面。说着，又顺着姐夫的话，把球岔夸赞一通："如此看来，
球岔果然是百做百顺呵！"

"那还远不止这些哩！"熊庆坤听到郎舅的夸赞，更越说越来神了：
"有道是'运去金成铁，时来铁成金'。这些年，好运就一直伴着我们球
岔人。比如说，有发了财的几家球岔人，打了船，当起了船老板，跑常
德，跑汉口。你说怪不，同样的一条沅水，'三垴九洞十八滩'，别处的
船，谁也少不了有个三灾八难，唯独球岔的船条条都是平安顺喜，雇请来
的麻阳船把佬，连脚趾壳都没有碰伤过。"

这时，张复礼背靠石栏杆，抬头仰望这座吊死了浦阳镇，却激活了球岔的永定塔，一经姐夫的渲染，竟然是如此的神乎其神！

"还有哩！"沉湎在亢奋中的熊庆坤意犹未尽。他更举出了一个惊人的例子："早先，我们球岔没得一个读书人，大字墨墨黑，细字认不得。自从宝塔建成，球岔的读书人出了一拨又一拨。姓熊的，有我家的老爹中过举人，到湖北当了通判，这个你们都是晓得的。米家也有兄弟二人读书读得好。哥哥东海在辰州府考中了秀才；弟弟南海还要狠些，是咸丰年间中的拔贡，精通天文地理，后来被选调进京城做了监正。如今，米家的阁楼上，还放着南海穿过的朝靴哩！"

张复礼听着姐夫滔滔不绝的诉说。姐夫把百年来球岔的所有变化，全都归结到了这座宝塔的身上。仿佛球岔今天的一切，都是这座塔所赐予。宝塔是球岔人的命根子，要想拆掉这宝塔，是根本不可能的。"西帮"乡亲的重托，看来是无法实现的了。

接着，熊庆坤带着张家人进到了塔内，拾级而上，爬上了宝塔的内层，来到第四层。那里有一个神龛，一尊泥塑的神像，面对着村子的方向端坐。神像的正面，开着一扇窗子。从神像的位置透过窗口俯视，球岔所有的屋宇、弄子、道路尽收眼底。精妙的布局显示，球岔人就是在这位神灵的庇佑之下，兴旺发达，安居乐业。

张复礼细细打量起神像来：一位面容安详、目光深邃、蓄着山羊胡子的老者，身穿大清朝的四品官服，青金石的顶子，补子上绣着一只大雁，一串朝珠挂在胸前。张复礼立刻认定，这位被球岔人当成神灵，供奉在神龛上的朝廷命官，无疑就是修建这座永定塔的始作俑者——辰沅靖兵备道傅肃大人："供的是傅大人，对吗？"

"正是傅肃公！"熊庆坤说起话来眉飞色舞："你们看，这傅大人官服的补子上是一只大雁。大雁又叫雁鹅，也就是天鹅。这座永定塔正是为抱蛋的天鹅配上了脖颈。官服上的天鹅，应对了球岔的天鹅。绝非巧合，而是机缘，一切都是天意啊！"

"大姐夫说得有理。这确实是傅大人的功德，球岔人的机缘。"张复礼附和着，说着姐夫喜欢听的话："这座傅鼐大人的神像塑得真好。记得小时候我到这里玩耍时，好像还没得这座神龛，也没有这尊神像。"

"是的，这尊神像是去年才请师傅来塑的。"熊庆坤说。

"塑得这么好，请的是哪里的师傅？"

"从麻阳岩门请的张秋潭。"

"张秋潭，了不得。他的泥塑功夫很有名哩！"

说起张秋潭的泥塑功夫，熊庆坤来神了。他再一次打开话匣子："张秋潭的泥塑，不愧是湘西的一绝。他在塑这尊神像之前，特意去凤凰城里拜谒了傅公祠。回来以后他说，永定塔里的傅鼐公神像，不但要形似，更要神似，要塑出傅鼐公与球岔的机缘。奇妙之处，就出在这傅鼐公四品官服补子的大雁上，而这在傅公祠的神像上是没有的。要不是张师傅的提醒，球岔人是根本想不到这上头去的。"

"傅鼐大人修这座永定塔时，为的是要在这沅水岸边竖一根拴排桩，拴住浦阳镇这块大木排，并没有想到要为你们球岔的'仙鹅抱蛋'配风水呀！"张复礼说。

"这就更是机缘了！刻意是产生不了机缘的。世上的机缘，就常常出现在不经意之中。"熊庆坤说着，朝张复礼诡秘地一笑，显示出他对自己阐述的自鸣得意。

张复礼问："事情都过去了那么多年，球岔人怎么又想起要为傅鼐大人塑这样一座像呢？"

"吃水不忘挖井人嘛！"熊庆坤一语道破球岔人的想法。他说："去年，永定塔里的傅公神像开光上座，球岔人本来是要邀请各家的三亲六眷，前来热闹一番的。可又想到，浦阳镇的乡亲们心里恨这座宝塔，怨傅鼐大人。这件事情若是弄得不好，会伤了两处地方的和气，就只好作罢了。眼下，浦阳镇上的人，除了你们三爷儿之外，都还不晓得永定塔里供奉着傅鼐公的神像哩！"

"哈！既是如此，大姐夫你就不该带我们到这里来？"张复礼说。

熊庆坤笑了。他说："这座永定塔，拴牢了浦阳镇，可拴不住你们张家窨子。容不得这座宝塔的并不是你们，而是镇上那些其他的商家。带你们到这里来看看，也是无妨的。"

"大姑爷！"一旁的玉凤，终于按捺不住，向大姑爷发起问来："要是浦阳镇上的人同你们打商量，要你们把这座永定塔拆了，你们会答应吗？"

"你说呢？"

"凤儿是问大姑爷。"

熊庆坤说："前回我到张家窨子做傩愿客，就有人向我提出，要我回来同乡亲们商量，把这座宝塔拆了。我说我做不了主。当时，宝塔里就已经开始供奉傅大人，只不过是浦阳人还不知情罢了。"

"要是浦阳人给银子，你们愿意拆掉这座宝塔吗？"声称要为父亲打边鼓的玉凤，提出了父亲不便问的问题。

"给银子？！给多少银子？"姑爷反问。

玉凤眨巴着眼睛，想了想说："那我就讲不清了。比如说，给宝塔这么大一堆银子，你们愿意拆吗？"

姑爷回答得利索："就是给宝塔这么大一堆金子，球岔人也是不愿意拆掉这座宝塔的。"

玉凤听了姑爷的话，吐了吐舌头，又朝着父亲做了个鬼脸。张复礼则是皱了皱眉头，似乎有点儿生气地说："凤儿，怎么尽说些没名堂的话，真是没大没细！"

"童言无忍，童言无忌。"熊庆坤连忙笑着说："再过三年，就是永定塔的百年祭。我们把傅公的神像请到了塔里，就是在为来年祭塔做的准备。到时候，不管浦阳人是不是在意，我们该祭的还是要祭。复礼你远在镇江，一时只怕回来不了。金莲和龙儿，我是一定要下帖子请的。"

贵客临门，熊家的隆重家宴，一直延续到夜深。夜里的住宿，熊家给张复礼、钰龙、玉凤各自安排了一个房间。张复礼却提出要和钰龙做一床睡。父子二人被安排住在阁楼上的一间客房。这些年，父亲外出的日子多，回来的日子少。钰龙长大成人以后，就再也没有机会同父亲在一起睡过。父亲此一去，不知何日才能再回来。临别之前，父亲这样做，让钰龙感受到了少有的父爱。

进到房里，关上房门。当张钰龙确信送歇的姑爷已经离去时，便悄声对父亲说："我有个感觉，万寿宫里的事情，姑爷一定晓得了。"

"我也有这样的感觉。"张复礼说："你这姑爷真是有心计。他趁我们还没开口提出这件事情，就带着我们去看永定塔，跟我们大讲风水，大讲傅鼐，大讲球岔修了宝塔以后这些年的发迹。他无非是在堵我们的嘴巴，让我们根本就开不了口。"

"这位傅鼐老前辈，还有那半坛子醋的地理先生，真是害死人啊！"张钰龙发着感慨。

张复礼想了想，对钰龙说："这样吧！我走以后，你回去告诉孙爷和申爷，就说我特意到球岔找了你大姑爷。你大姑爷还是前回那句老话，这是球岔熊、米两姓五六百口人的事情，他一个人做不了主。你照直告诉二老，球岔人说，这些年来球岔的兴旺发达，倚仗的就是这座宝塔。若是硬要把它拆掉，球岔人是会拼命的。你就说是我的意思，请二老转告乡亲们，以后再也不要提这件事了。"

"记住了。"张钰龙感慨地说："看来，这座永定塔真的要永远'定'在这里了！"

夜已经很深，客房里，桐油灯闪烁着忽明忽暗的光亮。张钰龙透过灯光望着父亲渐渐老去的面容。打从出生起，他就很少这样和父亲单独在一起。眼下的机会他格外珍惜。他显得有些儿激动，甚至可以说是亢奋。他一点睡意也没有，便移步桌子跟前，将桐油灯里的灯草加了一根，又剔了剔，房里的灯光便明亮了许多。面对父亲，他感到一种从未有过的亲切感。球岔的短暂行程，令他不断地发出感慨。地方的兴衰，家族的沉浮，其中所蕴含着的玄机，都需要着力进行探究。他长大成人且当家理事了，与父亲的谈话完全是大人的口吻："我在想，其实呀！浦阳镇的衰败和这座永定塔并没得多大关联。古话说'一山容不得二虎'。我要添上一句'一水容不得二蛟'。往天，洪江还没有起势，沅水上游的百样货物都集中到了浦阳镇，附近几个县出的铁矿石，都送到五斤坡的炉子上来煅炼。浦阳镇这便因此繁荣了几百年。如今，洪江起势了，堵住了沅水上游的百样货物。浦阳的铁矿洞老山空，炼铁炉再也冒不起烟，洪江却又生产出了市面上叫响的洪油。一来二去，自然就没得浦阳镇的戏唱了。"

"是啊！我也是这样想，不论有没有这座宝塔，三十年河东，三十年河西，浦阳镇的衰败都是命中注定了的。"张复礼也发着同样的感慨。

张钰龙说："再有，大姑爷说，永定塔这根拴排桩，拴住了浦阳镇这块大木排，却拴不住'顺庆'，是在泡我们的糊米汤。'顺庆'虽然是浦阳镇的头牌，不过是'山中无老虎，猴子称大王'。比起洪江的大油号，'顺庆'不知差到哪里去了。浦阳镇气数将尽，'顺庆'的雄势也只是强弩之末。世事沉浮，变化无常，一荣俱荣，一损俱损，一个地方又何尝不是这样。浦阳镇的衰败，说不定什么时候就累及'顺庆'。'顺庆'是我们一家老小的命根子，千万出不得事。往后，生意上该如何调摆，只怕爹爹还要多操点心啊！"

钰龙情真意切的话打动了父亲。曾几何时，他视眼前的这伢儿为眼中钉，肉中刺，吞咽不下的苦果，洗雪不掉的耻辱。如今，这伢儿不知怎的竟变成了他生活中不可或缺的部分。更准确地说，这个家顶梁柱并不是他，而是这个伢儿。他是个爱撇脱的人，决意就这样顺水推舟，把这个家交付这个伢儿，自己也落得个清闲。

"爹爹年纪大了，又远在他乡，难得回来一趟，家里的事情，就全都交付给你了。"张复礼说。

钰龙连忙推脱说："使不得！使不得！孩儿年轻，涉世太浅，生性迟钝，做事无方，些小事情还可以自作主张，若是遇着大事，就得要望靠爹爹做主了。"

"不！不！不！"张复礼说："爹爹不在场，许多的事情你都处理得上好。你去洪江搞乖方不就是自己做的主吗？幸亏得了这个乖方，还把洪江的师傅也挖了过来，如若不然，'顺庆'只怕也同样被这球岔的宝塔给拴死了。"

"爹爹莫这样讲。"钰龙说："孩儿是一时兴起，在詹伯面前夸下海口，骑虎难下，只得背水一战。"

"为弄到那个乖方，你吃了不少的苦，爹爹都听说了。"张复礼说得动情，话语中所渗透出的疼爱，是从来没有过的。

"年轻人吃那点苦算不得哪样。'吃得苦中苦，方为人上人。'想到爷爷常说的这句话，再苦也觉得不苦了。"钰龙说得异常轻松。吃苦耐劳似乎是他与生俱来的秉性。这些年来，他总觉得张家窨子里最苦的人不是他，而是母亲。被父亲冷落的母亲，形单影只，欲哭无泪。孤寂的心灵，得不到任何人的抚慰，柔弱的肩膀，却要承载常人难以忍受的负荷。他想为母亲鸣不平，却又找不到对象，找不到时机，甚至找不到地方。今天的机会千载难逢。他终于可以当着父亲的面，诉说母亲的苦处了。他不管父亲喜欢不喜欢，忌讳不忌讳，接受不接受，将话锋一转便诉说起母亲的苦情来："要说苦，还是我娘最苦。孩儿的苦处在身体上，娘的苦处在内心里。早些年，孩儿年幼当不得家，理不得事，爷爷又有病在身，偌大的一个家，里里外外，就靠娘一个女流之辈来支持。她忙了屋里忙生意，门户支应，人情来往，样样都要由她来安排、来决断。'顺庆'生意做大了，有的人眼红，有的人打主意、搞路子，事事都要由她来应付、来摆平。为了在家的人过得好，在外的人安得心，她每天早起晚睡，随时随地都在想主意、做盘算。可又有谁来关心她呢？爹爹你离家一去这多年，对她不理不探，就好像屋里没得这个人。那年，她为了去腊尔山盘油榨在铁门槛被强盗'吊'了'羊'。因为爷爷突然生病，屋里乱作了一团，把拿银子去赎人的事情，全都忘记过了脑壳背……"

钰龙说到这里，已经泣不成声了。一直没有搭腔，只是在静静听着的张复礼，眼睛也渐渐为泪水所模糊。如果说日前的铁门槛之行，使他的良心得到发现，刚才钰龙的诉说，则是对他良心的拷问。当随着岁月流逝，纷繁的事态渐渐变得清晰时，许多既成的事实已经无法挽回，留给他的就只能是永远的愧疚和遗憾了。刚才，这位眼前的汉子，与他并无亲缘的"儿子"，是那样直言不讳，对他进行了只有亲人才会有的坦言和指责。这更使得他陷入了痛苦的泥潭，萌生了由衷的愧悔。这汉子把自己当成父亲，其实不是。只是这汉子的生身母亲，是他明媒正娶的结发妻子而已。他和那妇人几十年的恩恩怨怨，在历经循环往复的纠缠，无休无止的延续之后，来进行一番梳理和审视，实在是太有必要了。

"是啊！我有许多的地方，也确实是对不住你娘。"张复礼唏嘘着，终于开口说话了。

钰龙听得真着。他蒙了。父亲终于说出了这句他盼望已久的话。心中一阵欣喜掠过之后，他连忙说："爹爹莫这样说。孩儿心里晓得，爹爹也有爹爹的难处。"

钰龙将这绝妙的台阶，摆在了父亲的面前。张复礼感到欣慰，这伢儿为了母亲数落他的不是，可并不是有意为难他，而是给予了充分的体谅。即便如此，他并不打算借助这道台阶，寻求伢儿的谅解。伢儿说他有难处，确实如此。他的那些难处，是永远不能对伢儿明言的。他们之间，隔着一层永远也无法拨开的云翳。

"刚才，孩儿不该说那些埋怨的话，只是为了我娘……"

"为了你娘，你应该说。你说的句句都在理，爹爹是不会责怪你的。"

"见到您和娘现在的样子，孩儿心里难受……"钰龙说着，禁不住低声啜泣起来。

张复礼也含着眼泪说："是啊！爹心里也一样难受。千错万错，看来大都是爹的错。事情到了这个地步，要再想挽回，只怕也不可能了。"

"能把三娘接回浦阳镇住来吗？镇江的生意，由孩儿去打点。"钰龙小心翼翼提出的设想，却是出乎意料的大胆。

对于钰龙天真的设想，张复礼并不感到意外。这伢儿为了母亲，煞费苦心，居然想出了这样的主意。

"那是不可能的。"张复礼摇着头说："跟你说实话吧！你三娘宣示过，她除了我以外，不会和其他张家窨子的任何人有任何来往。"

钰龙意识到，这便是父亲最大的难处。他除了理解以外又还能怎么样呢？

"请爹爹原谅，孩儿不该提出这样让爹爹为难的事。"钰龙不安地说。

"我明白你的意思，你这都是为了你的娘。儿子孝顺老娘天经地义。可你要晓得，世上许多说不明道不清的事情，常常会使人误入歧途。等你明白过来时，已经是水落下丘，无法挽回了。我是如此，你娘又何尝不是这样？"张复礼的话语中，包含着不尽的忧伤与懊悔，同时还有更多的无奈。

"如此说来，我娘今生今世就只能过这样的日子了。"钰龙泪水"哗哗"地流，充满着凄怆。

"这是天意。天意在惩罚她，也在惩罚我。"张复礼感慨万千地说："你娘是个好人。天意有时候也会惩罚好人的。"

"爹！孩儿想问句不该问的话。"

"既然晓得不该问，那就不要问了。"

"……"

"你是想问，我和你娘这样筋筋绊绊几十年，究竟是为的哪样？是吗？"

钰龙点了点头。

"我和你娘的恩怨，是我们大人之间的事情，一两句话说不清楚，到今天也没有必要说清楚了。总的来说，我有我的难处，你娘有你娘的难处；我有我的道理，你娘有你娘的道理。哪个对，哪个错，是永远也说不清，道不明，也没有必要去追究的。做伢儿的也就无须多问了。"张复礼就这样回复钰龙的疑窦。接着他又说："回去以后，跟你娘说，就说是我说的，她是好人，我们有缘结为夫妻，却无缘同享恩爱。许多的不是都在于我，都是我对不住她。要请她多多原谅，多多担待。从今往后，希望她多多保重身体。她毕竟不像往日那样年轻了。"

"爹爹今夜要同孩儿住做一间屋，为的就是要同孩儿说这些话吗？"钰龙泪流满面、泣不成声。

"是的。"张复礼说："大人的事情，本来是不该这样同伢儿们说的，只是一直没得机会亲口同你娘说，看来就只有由你来传达了。"

熊家窨子埘里的鸡公，叫了头遍，又叫了二遍。夜已经很深了。桌上摆着的油灯，桐油渐渐熬干，灯草渐渐变短，灯光也渐渐微弱了。张复礼伸出手去，用细小的拨灯棍将灯盏里的灯草剔起。客房里，顿时便光亮了许多。趁着灯光，张复礼打量起钰龙痛苦悲泪的样子，难言的酸楚涌上心头。曾几何时，他对这伢儿在张家窨子的出现，是那样耿耿于怀。时过境迁，依然是同一个人，他不知怎的，竟对这伢儿产生了一种奇妙的亲近感。

"莫哭了。时候不早，我们睡吧！"张复礼掏出手绢，一边为钰龙揩着眼泪，一边这样说。

张复礼一口吹灭桐油灯。客房里立刻变得漆黑一片。父子二人都将度过一个不眠之夜。

● 魂断青浪滩

熊家的早饭刚刚开过，便有船把佬前来禀报，浦阳镇下来的船已经湾在码头上了，请张老板上船。熊家的一屋老小立刻结队去码头送客。

"复礼，你只歇了一夜就要走，也实在是太匆忙了。"大姐松英不无抱怨地说。

"大姐，有机会我还会再来看你的。"张复礼这样说，显得依依不舍。

熊庆坤在暗自得意，昨天永定塔上走的那一遭，还真堵住了这位郎舅的嘴。这个"西帮"的说客，匆匆而来，拆塔的话一句也没说，便又匆匆离去。为了让浦阳人从此死了这条心，他还使出妙招，通过迂回的方式，再次做出更明确的宣示："再过三年，是永定塔的百年祭，到时候我会给你下帖子的。"

"好！如果能抽身，我一定会来。"张复礼明显是在说着客套话。

路途上，张松英走到玉凤身边，塞给她一个红包："凤儿呀！大姑的一点小意思，拿去买朵花戴。"

玉凤不肯要。

张复礼说："大姑给的，就收下吧！"

"多谢大姑。"玉凤收了红包。

码头上，湾着一条重载的麻阳船。水边的人都晓得，这是一条下行的顺水船。若逆水回浦阳镇，则应该是空载。张松英不由得产生了狐疑。

"复礼，你们这是——"

一旁的钰龙朝大姑眨了眨眼。张松英立刻领悟到这其中抑或有哪样玄机，便不说话了。

哈哈的玉凤，没在意这是一条顺水船。她上了船便对钰龙招手："哥！快上船。"

钰龙说："我还要留下来有点事，等下一趟船才走。"

张复礼也迈步上了跳板，对玉凤说："他有事，我们先走。"

麻阳船装着沉甸甸的一船货，吃水很深。张复礼和玉凤站在船舷上和相送的人挥手道别。揽头工用撑篙对着码头的石阶一抵，麻阳船离了岸，船把佬唱起摇橹号子，大船便顺流而下。玉凤只顾和岸上的大姑挥手，不在意大船驶出的方向。当她回过神来，觉得方向不对，大船早已经下行了十多丈。

"爹！不对呀！船怎么往下走？"玉凤问。

"是吗？船在往下走吗？那我们就跟着它走，倒要看它能把我们带到哪个九州外国！"张复礼笑呵呵地说。

玉凤眼珠子一转，觉得不对劲，上当了。她那红扑扑的脸巴子，陡然间变得惨白，好久都回不过神来。突然间，她看见小丫头石榴从船舱里走了出来。她立刻明白，这是父亲的一场精心安排。

"小姐，进舱来歇着吧！你的东西我全都带到船上了。"石榴走到玉凤跟前小声说。

这时候，张复礼不由分说，便摁下玉凤的头将她往船舱里推。玉凤趔趄着脚步下到了船舱里，石榴扶着她，让她在船舷边落座。她屁股刚挨船舷边横着的木板，便"哇"地一声大哭了起来。船把佬们听到刚上船的小姐放声恸哭，一个个都勾起脑壳朝船舱里看把戏。张复礼用眼神示意石榴，让她招呼好小姐，便弓着腰出了船舱。

"张老板，我是这条船的元子号。"迎面走来的一个船把佬，朝张复礼双手抱拳拱手，而后自我介绍。

"老板贵姓？"

"免贵，小的和老板是家门，贱号青发，有幸与老板五百年前是一家。"张青发说："那年你去汉口，坐滕老板的船，滩师在青浪滩失手，得罪了王爷，我就在船上当差了。"

"啊！我记起来了。你是那位新上船的帮舵！"

"张老板的记性真好。"

"时间真快，一晃就是十八年了。"张复礼感慨地说："都当上元子号了。"

"混口饭吃。"

"船上装的哪样？"

"天气要冷了，装的是木炭去常德。"元子号说："一色的栗木白炭。"

"难怪吃水那么深。"

船舱里，哭声仍然没有停歇，越哭声音越大了。

"小姐这是——"元子号问。

"女伢儿耍小把戏脾气，莫管她，让她哭个饱，到时候自然就不会再哭了。"张复礼嘴里这样说，心里却在犯着难。

船舱里，玉凤的哭声没完没了了，简直没个哭饱的时候。麻阳船在玉凤的哭声中顺水下行，过了麻溪口，过了鹿耳洞，过了小溪河，过了屈望滩，前面就是五里洲，武水在这里汇入沅水，岸上便是泸溪县城。玉凤的哭声，渐渐变得嘶哑，却丝毫没有终止的迹象。张复礼虽然烦心，却是束手无策。对于这个倔强的女儿，他既不能打也不能骂，只能靠哄，女儿却偏偏又不吃那一套。他就只有听之任之了。岂料这种在船上无休无止的号哭，是船家最大的忌讳。起初，船把佬们碍着大老板的面子，认为哭了一会儿就会停止，也就没有作声。后来发现并不是那么回事，小姐的哭声似乎没有个尽头，也就顾不得那么多了，便纷纷找到元子号，表示出他们的担心和不满。没奈何，张青发出面向张复礼提出交涉。

"嘿嘿，张老板！"元子号不好意思地说："小姐从球岔上船，哭声就没断过纤。水上的人的忌讳您是清楚的。若是小姐硬是有解不开的心结，非得哭不可，那就对不住了，请您带她在泸溪下船。"

张复礼明白，元子号的话，无异于逐客令。沅水行船，三垴九洞十八滩，每一处都危及船把佬的身家性命。船家的忌讳他是最能理解的。张复礼左右为难了，若女儿在泸溪下船，她必定会得寸进尺，吵着闹着要回浦阳镇，接下来的场面便更是不可收拾。若想女儿继续留在船上，就必须顺应船把佬们的忌讳，唯一的办法，便是设法让女儿停止啼哭。可这又谈何容易！猛地，他想到了一个不得已而为之的办法，或许可以让女儿停止啼哭。何去何从，他面临着艰难而痛苦的抉择。正在他百般犹豫之时，元子号又在下催兵了："张老板，那就实在对不住了。泸溪就在前头，我叫舵把子打舵湾船，请您带小姐下船吧！"

元子号的话，无异于最后通牒。船舱里玉凤的啼哭声，仍然是不依不饶。张复礼还没有回应元子号的请求，舵把子却已经把舵打转，揽头工手里的抵篙也开始伸向大船外侧的江中，麻阳船开始向泸溪码头缓缓靠拢。张复礼慌神了，连忙说："各位师傅请慢！"

张复礼说着便下到船舱，来到女儿身边，先把小丫头石榴支开，而后对着女儿的耳朵压低嗓门叽咕了好一阵。刚才还在失声痛哭的玉凤，居然在转瞬之间停止了哭泣。这时，她满脸的哀怨与忧伤，变成了惊诧与错愕。继而她便闭上了一双疲惫的泪眼，无力地瘫睡在大船的舱板上。随着不吉利声音的停止，船把佬们松了一口气。他们不晓得这位大老板用了怎样的招数，使得哭得死去活来的小姐居然说不哭就不哭了。

这天，麻阳船在辰州城的中南门码头下锚。时下是十月小阳春。入夜，街市间，店面打烊，铺子关张。只有沿河那一溜摆着竹躺椅的茶馆，又开始了夜间的忙碌；小吃担子的吆喝声，依然回响在街头弄尾……码头上，大大小小的麻阳船、荔溪船、辰驳子，密密匝匝地铺排开。一根根桅杆下，都飘起了袅袅炊烟。开餐了，船把佬们借助"苞谷烧"的劲火驱散疲乏，点燃激情。整个码头都浸泡在阵阵酒香之中。尽管元子号几次举杯相劝，张复礼硬是一口酒也不没喝。他的心事实在太重了。女儿虽然在听了他的那一番话后，停止了啼哭，元子号也不再要求他们在泸溪下船，他的心里却依然忐忑不安。他有许多的话要对女儿讲，可这狭小的船舱又不是讲话的地方。他三扒两咽匆匆吃过夜饭，便带着女儿上了岸。眼睛哭肿了、声音哭嘶了的玉凤，仿佛也正需要找一个地方，对父亲发泄她满肚子的委屈。他们沿着河岸往下走，到处是船，到处有人，一直走到临近下南门时，船与人渐渐稀少，才在遍地卵石的河滩上找到了一个僻静的所在。

在河边两块光滑的岩石上，父女面对着江流而坐。沅水自西向东，静静地流淌着，当空的皓月倒映在江水里，水面上泛起了粼粼的波光。对岸的凤凰山上，寺院和佛塔乌黑的剪影，悄然屹立在夜空之中。父亲和女儿默默地对坐着，谁都没有开口说话，仿佛是在通过这种短暂的沉默，来沉淀岁月的蹉跎，过滤人世的沧桑。

"这样天大的事情，你们为哪样一直瞒着我？"女儿终于开口说话了。她的质问口气，一点也不像是女儿对父亲说话。

父亲为女儿咄咄逼人的问话所震惊。他一时竟不知如何回答。

"如若不是这样，你们会永远瞒着我，是吗？"女儿不依不饶地追问。

父亲仍然没有回答。

"这都是真的吗？世上的事情怎么会这样蹊跷？！"

"一切都是真的。"父亲终于说话了："那时候，他娘在我们家里做丫头……"

女儿立刻明白了事情的全部。世上的事真是无奇不有，没想到这种只在戏文里才有的奇事，竟然会出现在自己家中，对应在自己的身上。

接下来，父女二人谁也没有说话。沉重的气氛使得地面的空气凝固，天际的流云板结，眼前的滔滔江水，也仿佛停止了流淌。

许久许久，父亲才又小心翼翼地说："凤儿，你要体谅爹爹的难处。"

"爹爹有难处，就能这样对待女儿，对待自己的两个亲生骨肉吗？"这时，女儿已是泪流满面。

"凤儿，你听爹爹讲——"

"讲哪样？"

"凤儿……"父亲亲切地叫了一声。过了好一阵，他才又喃喃地说："是爹爹对不住你……"

"爹爹，您只是对不住凤儿吗？"女儿迷离的泪眼，望着栽起脑壳的父亲。

"爹爹还对不住你的娘。"

"您只是对不住凤儿的娘吗？"

"爹爹还对不住你的爷爷和奶奶。"

"爹爹，您对不住的人实在是太多了！"

"……"

"您最对不住的，是火儿哥。他因为您来到这世上，却不能和您相认。您根本就没有和他相认的打算，是吗？"

父亲没有作声。他默认了。

"再有，火儿的娘阿春姨，那个千良百善的妇人，我是见过的。她为了把火儿哥盘养成人，吃了多少苦，受了多少罪，您都晓得吗？事到如今，莫讲是得到您的感谢，就连见您一面的机会都没有啊！"

父亲想告诉女儿已经去见过她了。他难以启齿。

"您撂下阿春姨，不闻不问，尚且有您的苦衷。可您对于大娘，也是那样不近人情。她为了我们这一家，把心都操碎了啊！"

"凤儿，你不要再说了……"父亲的语气几近哀求。他愧悔交加地说："这都是爹爹的过错，是爹爹对不住所有的人。"

"您对得住的，唯独只有您自己！"女儿气冲冲地说。她连自己也不明白，怎么会变得如此的尖刻，这样的得理不饶人！

父亲低下了高傲的头，伤心地哭了。有生以来，他是第一次在人前这样低头痛哭，而且是在亲生女儿的面前。在经过片刻冷静之后，玉凤却忽然感到后悔了。她后悔不该对父亲肆无忌惮地横加指责，一点余地也不留。她面对的，毕竟是亲生的父亲。"男儿有泪不轻弹"，父亲却因为她的胆大妄为而落泪。戏文里，有"子不监父"的说道，父亲即或有过错，儿子也是不能指责的，何况自己还只是一个女儿家……

"爹，女儿还有句话，不知当讲不当讲？"

"你若是想讲，你就讲吧……"

"打从您把实情告诉了凤儿，这一路坐船下来，凤儿就在想，是您苦了大娘，苦了我娘，苦了阿春姨。也是您苦了火儿哥哥，苦了女儿我。可到头来，也同样苦了您自己啊！"玉凤说着，便"扑通"一声，跪在了父亲跟前的河滩上，喃喃地说："对不住，女儿不该这样对待爹爹……"

女儿的举动令父亲始料未及。他不知是悲哀还是欣喜。他用颤颤巍巍的手一把将女儿揽到怀里，和女儿抱头痛哭起来。

"凤儿啊！是爹爹不好，是爹爹把你骗到船上……"

"凤儿明白爹爹的良苦用心。"

"爹爹本不想让你离开浦阳镇，又必须让你离开；爹爹本不想把真情告诉你，最后还是告诉了你。"

"凤儿明白了一切，可火儿哥哥他……"

"看来，他只能永远被蒙在鼓里了。我在想，这就是他的命。每个人如何安身立命是上天早就排就了的，火儿又何尝不是如此。他生活在母亲和如今那位父亲的身边，要比跟着我这个不为他所知的父亲还会好得多……"

玉凤从父亲的怀里缓缓起身，她说："火儿哥哥凭着一身的道艺，吃穿不用发愁，生活会过得好。只是他到这世上走一遭，连自己的生身父亲是哪个都不晓得，这对他简直是太不公平了。"

父亲叹了一口气，说："这件事情，不让火儿晓得，比让他晓得要好。爹爹当年做的事情毕竟不光彩，若是捅破了，他在人前反而抬不起头。"

父亲的坦诚，令女儿感到十分惊讶。女儿对于同父异母哥哥的关切，却仍然是那样难以释怀。她说："火儿哥哥和钰龙哥哥是同年，而且还要大几个月。钰龙哥哥早就成了亲，儿女都有了四个，火儿哥哥却还是在单打鼓，独划船……"

"火儿的事情，不是我们能管得到的。他的娘只怕比任何人都要急，就让做娘的去替他操心吧！"父亲说着，把话锋一转："你如今离开了浦阳镇，以后在哪里安身为好，爹爹想听听你的想法。"

"自从爹爹把实情告诉了凤儿，在船上，凤儿就一直在想这件事。"女儿说："浦阳镇我是必须要离开的。在那里，我永远都会在尴尬中过日子，永远都会有一种负罪的感觉。至于镇江，凤儿是不能去的。凤儿若是去到那里，会让爹爹为难。如此说来，汉口便是凤儿唯一的去处了。"

"凤儿啊！难得你处处为爹爹着想，都是爹爹对不住你。"父亲再一次表示歉疚之意。他说："爹爹对你是有一个安排的。你浦阳镇上的大娘，也认可了这个安排。前回爹爹路过鹦鹉洲时，就同你万伯爷和翠伯娘商量过了。在你娘过世以后，他们就搬进了芳草第。你就和他们住到一起去，还住你原来的房间。他们是你的亲人，是靠得住的好人，是一定会善待你的。"

"爹爹放心，女儿到了那里，会跟着他们一屋人好好过的。"女儿说话时，已经泪流满面了。

父亲接着说："你年纪不小了，是谈婚论嫁的时候了。我和你万伯爷和翠伯娘商量过，委托他们为你做主，在汉口找一个本分可靠的人家。你就在汉口成家吧！到你出嫁时，爹爹会为你准备一份体面的嫁奁。汉口还有我们家的生意，我会经常到汉口来看你的。你有个好的归宿，过上称心的日子，爹爹也就放心了。"

"凤儿认命，听从爹爹的安排。"女儿这样说。她的声音是颤抖的。

夜渐渐深了，风也渐渐住了。河滩上，出现了夜间少有的闷热。高天的流云，一时间压得很低很低。月亮躲进了云层，星光隐没在夜空。沅水悄无声息的江流，缓缓驶向远方，消逝在黑压压的天宇之间。凤凰山上，宝塔寺庙在夜空中的轮廓，也变得模糊起来。河滩上，宁静得叫人背皮发麻。只有女儿的哭泣声、父亲的唏嘘声，悲怆地洒落在冷清的卵石上、朦胧的江流里，而后又悄然消逝在茫茫的夜色之中……

第二天，麻阳船歇在北溶。清早，大船起锚，过了碣滩，便是长达二十里的深潭。摇橹的船把佬们喊起了高亢的号子，大船在碧波荡漾的潭水中缓缓前行。这天，张复礼不像往常一样参与到摇橹的行列，而是一个人闷坐在尾艄上，望着潭水发呆。忽然，他听到了元子号张青发的声音。

"张老板，前面就是垭角洄了。"

"啊！是到了垭角洄吗？"张复礼站起身来，下意识地捋了捋长衫，从船篷上朝前方望去。

"要不要着个人上岸，去把当年的那个滩师叫来？"张青发这样问。他是当年那场误伤神鸦事件的亲历者，晓得是张老板不惜花费银两，赔了王爷一只金乌鸦，才救了那个惹祸滩师的性命。

"算了吧！"张复礼没让人去叫那个叫尹长久的滩师。他说："把他叫了来，他少不了又要千恩万谢一番。事情过去这久了，老让人家谢来谢去，又何必呢！"

张复礼的这番话，显示了大度与豪气，令元子号肃然起敬。而他并不明白，张复礼不见尹长久是另有缘由的。十八年前，他岳家的大木排就在这垭角洄的码头被歹人砍了缆子，十一个排古佬，连同木行的大管事易桂和，都在洪水中葬身鱼腹。那肇事的真凶长疤子就是在尹长久屋里落的脚。尹长久曾向他提供了凶手的证据。他却出于对婆娘的成见，掖下了破案线索。就这样，案子没破，凶手没除，幕后黑手一直逍遥法外，他的岳家也就蒙受冤屈直到今天……当他再次来到这里时，回首往事，不由得感到分外的内疚和自责。他站在船头，仿佛听见洄水中屈死冤魂的呼喊。他们本可以雪洗冤情，却因为他的一念之差而丧失良机。对于那个尹长久，他与其说不想见，还不如说是不敢见。对这件事情的处置，不能不说是他人生中的一大败笔。当他回过头来感到懊悔时，却已经无可挽回了。

麻阳船到了垭角洞，上了一位飙船的滩师，而后向着下游的烧纸铺驶去。上船的滩师是尹长久的远房侄儿。当年尹长久闯下大祸时，他还没有出道。得见张老板，他恭敬有加，自不待说。张复礼从滩师处得知，尹长久依然开着那间豆腐坊。独生儿子也由于他闯下的大祸，不能从事河下的所有营生，只得跟着老子靠打豆腐度日。尹长久当年的那件事，居然还累及子孙，是张复礼所没有想到的。

麻阳船在烧纸铺下了锚。船把佬们照例要到岸上，备办明天去伏波庙上香的祭品，同时还要吃一餐丰盛的"神护"。

这天的"神护"，吃的是乌鳊。开席之前，父亲告诉女儿说："凤儿，今天吃的鱼，是沅水里最好吃的鱼，长在这青浪滩的急水滩头，叫作乌鳊。不是任何人都吃得到的，你可要细细品尝呀！"

玉凤点了点头，心里却是不以为然，莫讲是乌鳊，就是龙肉，也只有那个味道。

"神护"开席了。元子号先说话："伙计们，今天的'神护'，吃的是张老板的发财乌鳊。"

张复礼端起酒碗说："这一路上，复礼给弟兄们添了不少的麻烦。特意买了点子乌鳊，给各位做下酒菜。来！我先干为敬。干了！"

人们跟着张复礼，把一碗碗苞谷烧喝了个底朝天。

张复礼和船把佬喝酒的同时，还特别注意关照身边的乖乖女。他不住地往凤儿的碗里夹乌鳊鱼肉；不住地要女儿多吃点。心事重重的玉凤，把这盖世的美味吃到嘴里，却也是如同嚼蜡，索然无味。

那位从垭角洞上船的滩师，几杯烧酒下肚来了兴致，端起酒碗，大声地对张复礼说起话来："张老板，我有句想对你说，不晓得你愿不愿意听？"

"滩师有话只管说。"

"我们垭角洄的人都在说，我长久叔搭帮你活了命；你搭帮我长久叔发了财。"

张复礼听到这话，心里别有一番滋味。当年那享誉沅水的壮举，居然成了这样一种对等的关系。可仔细一想，却又不无道理。一时间，他竟不知如何答言。

元子号看出了张老板的尴尬，制止滩师的放肆："你吃醉了，说话没边！"

"我没醉，我讲……的是真话。"滩师舞手撒脚地说。

张复礼却说："元子号，你让滩师把话讲完。"

滩师趁着酒兴，大话大句地说："你替我长久叔赔……了伏波王爷一只金……乌鸦，王……爷保佑你发……了财。可你的心……不诚，讲话不……算数，打了折……扣。你赔……给王爷的金……乌鸦，只是鎏……金的乌鸦，不是纯……金的乌鸦。你……小气……也就……只是发了点小……财，发不了大……财……"

元子号是当年事件的亲历者，见酒醉的滩师满口胡言，便吩咐身边的脚划子："滩师马尿喝多了，快扶他去睡，明天早起还要驾船飙滩。"

第二天清早，麻阳船在烧纸铺的码头起锚。"神护"上醉酒的滩师，经过一夜的酣睡已经完全清醒。他威风凛凛地站立船头，憋足了气，运足了神，准备引领大船，冲下偏口，飙过铜钉。

父亲见女儿闷闷恹恹，想让女儿开心，便神乎其神地对女儿说起了偏口飙滩的事："前面的河段叫作偏口，是青浪滩最凶险的河段，特别是其中的铜钉。麻石公公的故事，爹爹是早就给你讲过的。那江中就有麻石公公背上的五颗铜钉。大船若是撞到铜钉上，那可就不得了。凡是下滩的大船，都要从垭角洄请来滩师领航，绕过铜钉保得安全。每次大船到了那里，伏波王爷会派他的神鸦来护航。船上的人要对飞在天上的乌鸦抛食，这样的奇景是很难见到的。"

要是在往天，女儿会感到特别新鲜、兴奋。如今，哪怕再惊险、再稀奇的事情，也提不起她的兴致。她甚至想到，青浪滩的铜钉再凶，尚且有神鸦护航，有滩师引领，她以后的日子，却将是那样孤立无援。她更为关心的是，生命之船将要湾靠的那个码头，能不能为她遮风避浪，抛锚下碇。她的心里一片茫然……

麻阳船在青浪滩上急驶，前面的不远处便是偏口。远处的丛林里，一只只乌鸦腾空而起，朝着麻阳船飞来。鳌头和尾艄上，几个抛食的帮篙和脚划子，都已经各就各位，做好了抛食的一切准备。张复礼来到鳌头，抬头看了看天上飞来的鸦群，而后对着船舱里喊道："石榴，快招呼小姐出来看，就要飙滩抛食了。"

在小丫头的催促下，玉凤来到了鳌头。石榴用手遮在额头上，观看着天上的乌鸦，起着吼："呀！乌鸦真的飞来了。"

玉凤没得兴趣。她没有看，更没有吼。

"注意站好，靠边点，莫挡了抛食的手脚。"张复礼这样对女儿进行交代。这时候，麻阳船离偏口越来越近，乌鸦也眼看就要飞临大船的上空。

麻阳船一进偏口就如同离弦的箭矢，追波逐浪，飞驰在激流之中。成群的乌鸦在大船的上空盘旋着。一个个饭团、一块块肉食，从鳌头、从尾艄抛掷到空中，被飞来的乌鸦准确无误地接食。张复礼也加入抛食的行列。这些食物将堵住乌鸦的嘴巴。飙滩时，乌鸦的鸣叫被认为是不祥之兆。面对这般景象，石榴又是拍手，又是叫好，玉凤却显得出奇地冷峻。她没有为这人间的奇景感到惊异，而是为乌鸦们觅食的艰辛发出了由衷的嗟叹。她害怕将来自己也变成这样一只乌鸦。为了获得小小的饭团和肉食，也需要经受如此残酷的摆布。

"呀！乌鸦好灵便！"石榴惊呼。

玉凤却喃喃地说："乌鸦真可怜！"

一个大浪拍击船舷，溅起的水花打湿了玉凤的衣衫。麻阳船一会儿浪峰，一会儿谷底，在浪涛中穿行，玉凤一个趔趄险些儿绊倒，转过身抓住船棚的边沿。她呆呆地站在那里。一个更大的浪涛拍击大船，激起的水柱从她的头顶轰然落下，她顿时浑身湿透。石榴对着她大喊，要她回到船舱，她却是无动于衷……

这时候，滩师手握抵篙，全神贯注地站立在鳌头的两个将军柱之间，履行着职责。一只只神鸦从他的头顶掠过，啄食着抛向空中的饭团、肉食，也稳住了他的心神。只见他瞪大两眼，密切地注视着江中和每一道水流，引领着大船绕过暗藏在水下的"铜钉"疾速前行。这时候，大船颠簸得更厉害了。尾舱被巨浪托起，船头顷刻直插水中。须臾，船头又高高地扬起，尖舱里顿时出现了积水。脚划子立刻用木瓢将积水飞快地舀出。这时，抛食的人们不敢有丝毫懈怠。任何疏忽都可能引起乌鸦的鸣叫，那是绝对不允许的。张复礼作为其中的一员，注意力高度集中地抛着食，女儿就远离了他的视线。麻阳船在滩师镇定而果敢的引领下，变戏法似的在激流中夺路前行。险滩中的五枚"铜钉"，前面只剩下两枚。就在麻阳船即将冲出险境时，令人瞠目结舌的一幕出现了。

"不好了！小姐投水了！"有人大声叫喊。

"胡说！她是绊倒下去的。"另一个人立刻否定了前者的说法。

紧接着是小丫头石榴的哭喊声："小姐！小姐！"

张复礼顿时就懵了。他往激流中一看，果真是女儿在汹涌的浪涛中挣扎着，呼喊着。他撂下手中的食盆，一个纵身，便跃入了激流之中……

滩师和元子号随即同声发出指令："舵把子把好舵，抛食的一刻也不能停！"

麻阳船依然在避绕着"铜钉"前行，一个个饭团、一块块肉食依然抛向天空，神鸦依然准确无误地啄食……

张复礼下到水中，立即回过神来。他相信女儿是落水而绝不是投水。他一定要把女儿救上岸。他几次游到了女儿的近边，却总是差那么一点点儿，够不到，拉不着。最后一次，他已经抓到了女儿的衣服，一个大浪打来，又将父女抛向了两边。他曾练就极好的水性，到了这关键的时刻，该派上用场了。翻滚的浪涛中，女儿的头和手，忽沉忽浮，忽隐忽现。他竭尽全力朝着女儿的方向游去，却总是施展不开手脚。这时候，他感觉得背后有人对他推了一掌。他被推上了一块裸露的礁石。回头一看，原来是元子号也下了水。元子号吐着嘴里的水，大声对张复礼说："那里有漩涡！你莫动，救人有我。"元子号说着奋力朝玉凤的方向游去。这时，大船已经下了"铜钉"，护航的神鸦也各自散去。元子号又是泅水，又是潜游，当他认为已经到了玉凤的所在时，玉凤的身影突然不见了。张复礼大叫一声："凤儿！爹爹来了！"便纵身跃入激流。不一会儿，张复礼的身影在几沉几浮过后也消失在元子号的视线中。元子号急了，用尽浑身的解数，想通过潜游寻找这父女二人的下落。他没有取得任何效果。当精疲力竭的元子号随波逐流，一路被推到庙角码头时，才气喘吁吁地上了岸。船把佬们告诉他，张家父女已经被冲到了庙角下面的鳜鱼洞。鳜鱼洞是沉水最深的地方，二两丝线落不得脚。元子号顿时就懵了。浦阳镇上的头牌大户，他募化的金神鸦供奉在伏波庙的神坛，为万人所敬仰。而他和他的女儿，怎么就偏生得不到伏波王爷的庇佑呢？

麻阳船上的船把佬，垭角洞的滩师，一齐来到鳜鱼洞边，默哀凭吊。小丫头石榴更是哭得死去活来。这时候，成群的神鸦，也飞到了鳜鱼洞的上空盘旋着，那凄凉而悲怆的鸣叫，融入青浪滩的涛声，交织成一曲催人泪下的挽歌……

梅山虎匠

　　"凤小姐！凤小姐！"与父亲同睡一床的火儿在睡梦中惊呼。他梦见了张家小姐玉凤。披头散发的张玉凤，正伸出双手，哭着，喊着，向他求救。

　　睡梦中的石老黑被火儿的叫喊声惊醒。他听不清火儿梦里喊的哪样，顺手对着他的屁股打了两巴掌。火儿被打得迷迷糊糊。他从床上坐了起来，揉着惺忪的眼睛，梦中向他求救的张家小姐，仿佛仍然在面前哭号、喊叫……

　　"火儿，你发哪样梦冲？"石老黑问道。

　　"没，没……"火儿支支吾吾，不愿实情相告。他和玉凤小姐的事，只有母亲晓得，父亲并不知情。

　　火儿重又躺下，闭上眼睛，玉凤惊恐万状的求救形象，再次在朦朦胧胧中闪现。那玉凤站在悬崖边，面前是黑洞洞的万丈深渊。火儿几番想试着上前拽住玉凤，将她拉扯回来。可他伸出去的手，却总是差那么一点点儿，怎么也够不着……

　　火儿跟着父亲来到这个"毕兹卡"①聚居的西洛寨打老虫，已经两个多月了。母亲强逼火儿跟父亲出屋打虎，为的是要他避开那位张家小姐。避开归避开，要将那女伢儿忘掉，火儿怎么也做不到。当火儿无缘无故做

---

　　① 毕兹卡：湘西的少数民族，中华人民共和国成立后定名为土家族。

了这样一个梦时，凭着巫师特有的职业敏感，料定玉凤一定是出了大事。这不祥的梦魇，是心灵的感应，是玉凤在危难之时，向他发出的求救信号。他断然做出决定，马上离开西洛寨，回到浦阳镇，去到玉凤身边。

火儿猛地从床上坐起，伸脚舞手，三下五除二就把衣服穿好，而后对父亲说："爹，我要回家！"

"半夜三更的，你这是做哪样？！"父亲不解地问道。

"我心里慌，慌得抵不倒。我要回家。"火儿下得床来，点燃桐油灯，清理起行头来。

石老黑以为儿子在梦游。他也翻身下床，对着儿子的背心连拍几巴掌，不住地叫道："吓啾！吓啾！吓啾……"

"爹！你这是做哪样？"

"做哪样？！问你自己。"

"问我？！我不是告诉了你吗？我心里慌得抵不倒。我要回家！"

"伢儿，你这是在讲胡话，是在梦游，爹爹要喊醒你。"

"爹！我清醒得很，你怎么讲我在梦游？！我真的是心里慌，慌得抵不倒。我要回家，一刻也不能延挨，马上就要动身。"火儿急得直跺脚。

石老黑眨巴着眼睛，重新打量起火儿来。眼前的伢儿，确实是清醒的，并非梦游。平时，这伢儿做事稳重，从来不曾这样冒失过。他这样一反常态，必定事出有因。做父亲的必须问个明白："你到底慌的哪样？有哪样慌的？快跟爹讲。"

火儿自有心慌的理由，但绝不能告诉父亲。他只能说："就是慌，也讲不出是为的哪样。"

"伢儿，我们是梅山虎匠，来到这西洛寨打老虫，是受人之托，解人之难，怎么能这样说走就走！"石老黑说。

其实，石老黑也是做梦都没想到，这世人生还要回锅做虎匠。婆娘不知是哪根筋出了毛病，硬把他这只鸭子赶着上了架。当年做虎匠，天塌下来有师父顶着。如今，他这个半桶水的虎匠，竟也要独当一面。他脑壳是空的，心里是虚的。幸好有识文断字的儿子当他的拐棍。他才从师父传下的科书里，渐渐找回了做虎匠的感觉。这时候，儿子却突然冒出个"心里慌"，吵着嚷着要回去，那是绝对不可以的。

"不！我管不得那么多，我心里慌，我要走！我要回去！"火儿一副毛焦火辣的样子，在屋子里来回踱着步，搓着手。

"你不能走！"石老黑摆出老子的权威，下儿子的恶符。

"要走！"火儿生平第一次同老子打拗。

"不能走！！"石老黑起了高腔。

儿子拎起行头就往门外冲，被老子当门拦住。儿子不理茬，企图拨开老子前行，被老子封门就是一耳巴。俩爷崽的吵闹声，惊醒了吊脚楼里熟睡的人们。

"半夜三更，俩爷崽在做哪样？"敲门问话的，是西洛寨的长老，这户人家的主人彭世清，人称"清老"。

石老黑打开房门，清老和他的儿子宏早进了卧房，岩娃紧随其后。没等来者问话，石老黑便说开了："哦，你们都来了。这人说是心里慌，嚷着吵着要回去。"

"清老伯，实在对不住。我不知怎的，心慌得像是猫儿抓，蚂蚁咬。我实在受不了。"火儿痛苦万状，哭着向清老哀求："您老人家行行好，就放我回去吧！"

清老说："心里慌，是最难受的事，我也有过。你为哪样心慌？说来听听，看可以为你排解不？"

"就是慌，无缘无故地慌。为的哪样，我也说不清。"火儿只是这样回答。那蹊跷的夜梦，是绝对不能示人的。

清老为难了，问石老黑："石师傅，你看呢？"

石老黑想了想，说："火儿不能走！他若硬是要走，我们就一起走！"

"这——"清老懵了，不知如何是好。

石老黑堵着气说："岩娃！我们也清理行头，走！"

"莫啰！莫啰！"清老万般无奈，猛地双膝跪地，苦苦哀求起来："石师傅，火儿，求求你们了。你们是世上良心最好的人，你们是不会忍心看着西洛寨的乡亲让老虫作践的。给我这张老脸一个面子吧！留下来，不要走……"

见此情景，石家父子懵了。二人连忙搀扶起清老。石老黑转身，一双火辣辣的眼睛，直瞪着火儿。火儿低下了头，那慌乱的心神，就在这顷刻之间为理智所平服。他一屁股坐回到床上，"呜呜"地大哭了起来。他只得放弃离开这里的想法。

说也奇怪，梅山虎匠没来之前，西洛寨附近，虎情不断。自从虎匠到来以后，猖狂一时的老虫，竟然销声匿迹了。两个多月，连老虫的影子都没见着。有人说，是虎匠的威风，令老虫望而生畏。也有人说，是虎匠背时隔财，老虫去了别处。打不到老虫，每天好吃好喝，石老黑过意不去，几次向清老提出要退场，清老说什么也不答应。为了寨子里人畜的安全，虎匠即或是打不到老虫，也不能放他们离开寨子。此外，清老还有个自己的小九九。他的儿子宏早这时正拜石老黑为师学习梅山虎匠，才刚刚厘清了头绪。起码也要等到儿子学得差不多了，再放这伙虎匠走。

这天，虎匠们上山"扫当"，在一个叫枳木界的山头，发现了老虫屙的粪便。石老黑大喜。他把粪便看了个仔细，告诉弟子们，粪便如此光洁，说明这只老虫长得肥。石老黑立即吩咐弟子们，在四周的地面和树上寻找，看有没有老虫留下的爪痕。他们在附近找了个遍，没得任何发现。石老黑作难了。仅凭小路上的一堆粪便，很难判断出老虫的来去路径，不能轻易出手。他这个虎匠来到西洛寨已经两个多月，若是再没得一点动静，那就太没面子了。无奈之下，他还是做起了"开山"法事。他心中默念着阴冥中的师父，试图用梅山虎匠的神功，打开这里冥冥之中紧闭的山门。

"爹，就只凭这堆老虫屎就'开山'，是不是太匆忙了？"火儿把父亲拉到一边，悄声儿说。

父亲回复："来西洛寨都这么久了，得有个交代啊！先把这'开山'法事做了，碰碰运气吧！"

石老黑带领着头戴红色云头布的梅山弟子们，在枳木界上开始了安装弓弩的作业。通常的情形是，老虫在一处山林坐草，喜欢走重复的路。他在老虫行走过的"当路"上，确定了"弩堂"的位置，并安装好了射杀老虫的弓弩。石老黑对弟子们说，山中的百兽，都是山神土地所豢养。梅山虎匠以和为贵，希望土地神以和平的方式，把作孽的老虫送交纳到弩堂。于是，他做起了"和土地"法事。只见他以十个手指挽结起一道"和山诀"，继而又诵念起"和土地"的神词：

祖师赐我"和山诀"一道。和起东路土地公公、土地婆婆；南路土地公公、土地婆婆；西路土地公公、土地婆婆；北路土地公公、土地婆婆；五方五路土地公公、土地婆婆。上山和来中山和，中山和来下山和，山山和来一山和，一山和来山山和。江水和得团团转，海水和得转团团。桃花李花，和做一家。和得弓同一把，弩同一张。和出五方五路大山虎豹。和步登步，和跄登跄。和到弟子弓弩药箭。猛虎困在弩前，死在弩后……

这是石老黑生平第一次离开师父单独作法。火儿、岩娃和宏早饶有兴致地注视着他作法的每一个细节，大开眼界。作法石老黑，这时却忐忑不安起来。他想起那浦溪边忘情的夜晚，当年要命的左手犯下的忌讳，事隔了这多年，还会留下隐患吗？

这天，西洛寨的毕兹卡发现在通往枳木界的路口上，扦插着一块梅山虎匠用木板做成的告示牌，上面写着：

上下过往人等，见字得知。今有猛虎窜伏白云山中，残害百姓，伤及六畜。地方请得梅山虎匠，已在大小山头，装放神弓药箭，射杀猛虎。

申时安弓，卯时收箭。请求上下各团村坊，男女老少，过路人等，一人传十，十人传百，定要迟迟出屋，早早归家，如有乱行乱走，药箭上身，不关虎匠主家之事。出事告白，莫谓言之不预也。

天运大清光绪二十年吉月吉日梅山弟子谨启。

虎匠石老黑祭起梅山之法，在枳木山开了"弩堂"，又还做了"和土地"的法事，焦急地等待着老虫前来"踩堂"受死，可那畜生就是不肯前来就范。虎匠施法的周期以七天计。一个七天过去了，转眼之间，又过了第二个七天。枳木山上除了那堆老虫屎以外，便再也没得老虫的任何踪迹了。乡亲们不由得对这个坛门虎匠的道艺产生了怀疑，主事的清老，也理所当然地成了人们的矛头所指。

"清老，你家早儿请来的虎匠，只怕是个半桶水哟！"

"莫乱讲！他就是当年那位梁虎匠的嫡传弟子。"

"嫡传弟子，就这点功夫？！都两个月多了，是只见老虫的屎，不见老虫的毛。"这挖苦人的话，也是够刻薄的。

"这是打老虫，又不是拍苍蝇，哪有那么容易？"清老说："这老虫倒财，竹叶子开花，一要看地方的缘法，二要看虎匠的财运，不是你们想象的那么简单哟！"

其实，清老嘴里虽然这样说，心里却同样在犯着嘀咕：这位石虎匠的桶里，究竟装得有多少水哟？

"石师傅，你要用真功夫啊！枳木山上，怎么还没得一点动静呀？"清老当着虎匠弟子的面，问石老黑。

"我们也正在说这事哩！"石老黑说："大山的野物，无一例外，都是土地老儿所豢养。先前我们已经'和'过了土地，同他打"和牌"，让他自觉自愿把作孽的老虫交纳到虎匠的弩堂来受死。可这土地老儿不听打招呼，背地里搞起了鬼名堂，通风报信。狡诈的老虫得了信，屙尿都不朝弩堂这一方了。实在没法子，虎匠就只有下恶符了。"

"下恶符？！下怎样的恶符？"清老问。

"'枷土地'呀！"石老黑胸有成竹地说："给土地老儿披枷戴锁，枷住他，不准他乱说乱动，让他没法给老虫通风报信。"

这些日子，火儿每日里除了帮助父亲复习神词以外，还为岩娃和早儿，每人抄录了一套虎匠的全堂科书。他从科书里得知，枳木山作法"和土地"之后，二七一十四天，若老虫还是不踩弩堂，就该做"枷土地"的法事了。这天傍晚，石老黑和弟子们来到弩堂，摆上香案，挽结起"铜枷铁枷诀""铜锁铁锁诀"，念动起"枷土地"的神词：

> 弟子顶职观请，观请盘古仙人到。天是盘古天，地是盘古地。盘古一到，百无禁忌。祖师与我枷起东路土地，本师与我枷起南路土地，三元宗师与我枷起西路土地，众坛祖师与我枷起北路土地，肉口传度师父与我枷起五方五路土地。铜枷铁枷枷住，铜锁铁锁锁牢……

此后，虎匠师徒每天都要到枳木山上的弩堂打个转身，探个究竟。又过了两个七日，对土地老儿"枷"也"枷"了，"锁"也"锁"了，老虫却是依然不肯踩弩堂，就连原先摆在路上的那坨老虫屎，历经日晒雨淋，也变得无影无踪了。石老黑颜面尽失。这种梅山之法，从来都是很灵验的呀！思来想去，莫非又是当年那左手惹的祸，殃及了今日。他泄气了，悄悄儿撤了弩堂，摘了告示牌。

就在石老黑进退维谷之时，火儿的弟弟白狗，突然来到了西洛寨。

"你们出门这么久，只差个把月就过年了，也没搭个信回去，娘不放心，就让我来了。"白狗说。

"进了白云山，就像是进了闷葫芦里，哪里搭得信出哟！"石老黑说着，问起了他最关切的事情："婆娘生了吧！是崽还是女？"

"十月初二生的。是个男伢。"白狗回答。

石家后继有人，石老黑喜不自禁。他看了火儿一眼，似乎在说，伢儿，弟弟都做老子了，你要崭劲啊！火儿却一点也不在意。他的心事父亲根本就不晓得。

夜里，白狗和父亲，还有火儿，三爷儿睡做一床。白狗翻来覆去睡不着，这些日子屋里发生了好多事情，必须单独向父亲禀报。当他确信火儿已经睡熟时，便悄悄儿推醒了父亲。父子二人起床，白狗扒开了圆盆埋着的炭火，再加了些木炭。他还没等到炭火烧旺，便迫不及待地向父亲诉说起张家小姐找上门的事。

"怎么？那张家小姐看上了你哥，还女扮男装，亲自找上了门？！"石老黑感到非常惊讶。

"千真万确。"白狗说："是娘派我去浦阳镇上报的信，要他们悄悄儿到铁门槛来接的人。"

"啊！原来是这样……"石老黑这才明白婆娘霸蛮要他带着火儿来打老虫的原因。她是怕高攀不上张家，为了躲避这门亲事，才故意这样把火儿支开的。

白狗接着说："让小姐嫁给哥哥，张家当然不情愿。为这事，张家老板特意回到了浦阳镇。他们把小姐诳上了船，带着她去汉口，没想到船过青浪滩时小姐落了水。有人说是投水自尽，也有人说是失足掉下去的。张老板跳到河里救女儿没救起，自己把性命也搭上了。三天后，张老板的尸身才在下游的明月洞浮了起来。小姐的尸身却一直没有找着。有人说，她是顺水而下到汉口找娘去了。"

石老黑被残酷的事实惊呆了，好一晌都说不出话来。他这才想起前晌火儿吵着嚷着说心慌要回家的情形，兴许就是惦记着那个张家的小姐。

白狗将话锋一转，诉说起母亲的情形："娘听说了这件事哭得好伤心，一连三天水米不沾牙。如今，虽说过去了那么久，都还一直没缓过气来。她成天在责怪自己，说她对不住张家小姐，甚至说那张家小姐是她害死的。"

"唉！"石老黑叹息着说："你娘也真是，瞒得铁紧。她一不该硬要我带你哥哥来打老虫，二不该着你去浦阳镇报信。既然那张家小姐亲自找上门，又不是诳她、骗她、'吊'她的'羊'，就让你哥哥同她拜堂成亲，让生米煮成熟饭，看他张家又能怎么样？真要是那样，张家小姐和她爹的命也就不会丢在那青浪滩上了。"

石老黑说着，显得有些激动，声音随之也大了起来。白狗赶快对他做手势，意思是让他小声点，注意莫把火儿惊醒了。其实，白狗并不晓得，火儿一直就没有睡着，在听着父亲和弟弟的说话。突然，他"嚯"地从床上坐起，正在勾着脑壳悄声讲话的父子二人，都为之一怔。只见那火儿用两只拳头轮番地捶打着自己的胸脯，泣不成声地说："天哪！这全都是我的错，我有罪啊！我有罪……"

"哥，你快莫这样想，这不能怪你。"白狗说着，连忙捉住哥哥的双手。

石老黑也连忙上前相劝："火儿你不必这样。事情到了这个地步，责怪哪个都是枉然。你同那位张家小姐合着就没得这个缘分。至于那张家父女命丧青浪滩，只能说是老天爷早就安排好了的。"

火儿不再说话，默默地流着泪。他的脑海中，竟出现了从未有过的对母亲的埋怨。糊涂的老娘啊！你为哪样硬要把爹爹和我赶到这里来哟……

第二天，石老黑找到清老，说是屋里来人了，婆娘催着回去，来这里已经四个多月，老虫也远离了西洛寨，老是这样守空山也不是回事，希望清老放行。清老掐着指头算了算，离过年还有一个月。希望虎匠们在西洛寨再留半个月，若是没事再走不迟，不会耽误虎匠们回家过年。石老黑无奈，只得答应。

吃过早饭，石老黑按惯例带着徒弟们上山"扫当"。闲着没事的白狗，也加入了虎匠的行列。他们来到一座叫作栎木界的山头。这里是一座炭山，长着许多栎类树木，烧炭佬在山坡上踏出了一条条小路。石老黑说，老虫很有可能出现在这样的地方。他吩示弟子们分头察看。果然，火儿在路边的一棵黄栎树干上，发现被什么刮脱了两绺树皮，印痕新鲜，是不久前刚刮脱的。

"爹，快来看！这是哪样？"

石老黑立即来到黄栎树前，镇细地审视着那被刮脱了树皮的树干。他眼前一亮，那黑乎乎的脸膛上，终于露出了久违的笑容。

"畜生，你的爪子真厉害！"石老黑粗大的手，如获至宝地抚摸着黄栎树干上的爪痕。他立刻吹响紫竹做成的梅筒，把弟子们召集拢来。他说："你们看，这就是老虫的爪子印。老虫在经过的地方，常常会留下爪子印。公老虫的爪子印留在地上，母老虫的爪子印留在树上。这山上的是一条母老虫。大家快分头去仔细寻，仔细找，若是还能在其他地方的树上发现这种爪子印，就可以厘清这只母老虫行走的路径了。"

弟子们立刻分头寻找。岩娃在路边的草丛里，又发现了老虫的粪便。通过吹响梅筒联络，石老黑赶来察看。老虫的粪便还新鲜，是昨天晚上才厕的。

紧接着，早儿在另一条小路边的白栎树上，也发现了老虫的爪子印。有了这三处老虫留下的踪迹作依据，石老黑很快厘清了老虫的来去线路。师徒们新开弩堂的位置，便可以以此为依据得到确定。在历经四个多月的尴尬之后，重操旧业的石老黑，终于找回了梅山虎匠的自信。他在老虫往来的路径上开起了弩堂，安设了装着药箭的弓弩，同时在路口竖起了一块禁止行人通行的告示牌。

第二天，石老黑寅卯不通光时便起了身。他喊醒熟睡中的弟子们，前去栎木界"扫当"。又是一个白霜朝，严霜和浓雾把天地变得狭小。三五步之外，便是一片混沌世界。冷气阵阵，深入到虎匠身上所有的缝隙。早儿手中那引路的火把，成了一团朦胧的冷光。梅山虎匠的夜行是噤声的，没人说话，连喘气也小心翼翼，只有草鞋踏踩霜冻发出的"沙沙"声，在山林间此起彼伏。当虎匠们来到栎木界上时，天色已经微明，晨雾却还没消散。当虎匠们小心翼翼地朝弩堂走去时，映入眼帘的是一根被绊倒的马线。虎匠们不约而同地惊呼："马线绊倒了！"

石老黑一个箭步便进入了弩堂，弟子们紧随其后，他们看到，除了被绊倒的马线以外，那弓弩上的"翻签"也已经搭下，昭示着剧毒的药箭，已经离开了弓弦，朝着前方射去……虎匠们再次同声惊呼："呀！弓弩发了！"

石老黑做了个手势，制止住弟子们的叫嚷。他去到弩堂的前方，弯下腰，透过迷雾仔细察看。几绺爪痕，出现在结着霜冻的地面。他审慎地对弟子们说："你们看，这地上的爪子印并不深，说明那畜生虽然中了药箭，可射中的并不是要害部位，不会立马丧命。它已经带着身上的药箭，离开了这里。那箭矢上的毒药攻它的心，致它的命，只怕还需要等一两个时辰。眼下的雾太大。中了箭的畜生常变得像发了癫一样，说不定会从哪里窜出来伤人。留在山上太危险。我们快撤！"

老虫中药箭的消息，随着虎匠的回转，在西洛寨迅速传开。当毕兹卡们从四面八方涌向清老家的吊脚楼时，石老黑正在梅山坛前占卜问卦："请问祖师、本师、三元宗师，请问众坛师尊，弟子的神弓已发，不知是否倒了财？"

石老黑一连掷下三卦，分别是阴卦、阳卦和胜卦。清老本是祖传梯玛①，他明白这是一个吉祥的卦象，叫作"三福周全"，对此欣喜万分。石老黑则更是笑逐颜开，那古铜色的脸庞上，舒展的皱纹，像一朵盛开的菊花。

"老虫归西了，是吗？"清老问。

石老黑说："凭卦象认定，那畜生是倒了财。可那毕竟是一只老虫啊！小心谨慎才能做到万无一失。久的日子都过来了，不在乎这一时半会儿。大家再耐心等一等，等到日头出，云雾散，再上栎木界踩山不迟。"

清老当即宣布："乡亲们听好了。虎匠师傅早饭都还没吃，大家就不要再守在这里了。各自回家准备家什。马叶子、齐眉棍、梭镖、砍刀，样

① 梯玛：土家族对巫师的称谓。

样都可以。听到马金响，大家都带上家什，到舍巴堂前的坪场集合，一路上山。"

虎匠们吃过早饭，太阳仍然不肯露面。阴霜了。阴霜冻死狗，天气出奇的冷。寨子里的毕兹卡，三五成群，又来到了清老家的吊脚楼。

"虎匠师傅，阴霜了，太阳出不来了。上界踩山吧！"有个后生这样说。

"莫急，再等一会儿吧！"石老黑说。

"能不急吗？我恨不得立马抓住老虫，千刀万剐。"

"如此说来，你是——"

"我可怜的爹爹，就是被那畜生……"后生说着，"哇哇"地大哭了起来。

石老黑是个硬汉，心肠却是格外软。他为情所动，再次去到梅山坛前，对着倒立的张五郎神像，念动神词，问起卦来。三通神卦落地，又是一个"三福周全"。吉祥的卦象再一次表明：老虫已经倒财，竹叶子已经开花。

石老黑当即发话："踩山去！让乡亲们去看那畜生的下场。拿它开肠破肚，千刀万剐，给枉死的乡亲报仇！"

西洛寨的毕兹卡以马金声响为号，同梅山虎匠们一道，上栎木界踩山，追寻那开花的竹叶子。清冷的阴霜天，大雾依然没有消散。栎木界乃至整个白云山，都笼罩在重重迷雾之中。踩山的人们，沿着通往栎木界的逶迤山路，挥舞着各式各样的家什，急速前进着。大雾弥漫，几步之遥相互便看不清身影。只有虎匠们"嘟嘟"的梅筒声，毕兹卡们踩踏在晨霜上的"沙沙"声，在漫天的迷雾中回荡。不论是西洛寨的毕兹卡，还是来自苗乡的梅山虎匠，都对这次狩猎充满着信心。

踩山的人们，陆续到达了栎木界的弩堂。栎木界上，烧炭客踩成的一条条小路，纵横交错，不知那被药箭射中的畜生，究竟是从哪条路亡命而走？弩堂前的小路有四条，石老黑将所有踩山的人，也分成了四伙。火儿、岩娃、早儿和白狗，每人带领一伙。梅筒便是他们相互之间的联络信号。

"爹，到我这里来掌本吧！"火儿向父亲请求。

石老黑答应了儿子的请求，同时要清老也跟着他一路走。临行时，石老黑要所有参与踩山的人，在各自跟前的地上，画一个"井"字，每个人都要在"井"字当中站立片刻。众人都明白，这是梅山虎匠最为简便易行的护身之法。石老黑眉头一皱，运了运神，从四条小路中选了一条。他一挥手，各路踩山人马便从弩堂出发了。

大雾仍然没有消散的迹象。火儿手拿虎叉，走在最前面。石老黑的身后是清老。清老的两个儿子为了保证父亲的安全，紧跟其后。

"血！"火儿惊呼。

人们立刻围拢了过来，察看着地上的血迹。那老虫的血，只有很小的两滴，已渗透到了泥土里，不是火儿眼睛尖，是发现不了的。这里距离弩堂不过是百步之遥。

火儿问父亲："那畜生中箭之后，怎么会走到这里才流血呢？"

石老黑解释说："梅山虎匠的药箭上，带着世上最毒的毒药。老虫中箭之后，是不会马上出血的。就是出血，也不会出得多。"

人们继续前行，从栎木界登上一座叫作桅子岭的高山。这一路上，见不到血迹。清老提出质疑，老虫是不是不走小路，而钻到灌木丛里去了。石老黑告诉他，带着箭伤的老虫一定要在路上走，绝对不会钻刺丛。果然，在小路上又发现了些许老虫的血迹。看来，老虫的丧命之处就在这座桅子岭上了。山势越来越高，气温越来越低。在大山上行走的人们，只要稍有停歇，浑身便如同泼了冰水一般寒冷。随着山势的增高，山上已见不到高大的乔木，只有稀稀拉拉的灌木丛，在迷雾中若隐若现。那老虫拖着箭伤，居然还上得了桅子岭，这是石老黑始料不及的。他停下脚步，回头对清老说："彭老哥，乡亲们就到这里打住吧！"

"怎么？不让我们往前走了？"清老极不情愿。

石老黑说："看样子，在前面不远，我们就要和老虫对面了。两次的卦象，都说是竹叶子已经开花。究竟如何，还得要眼见为实。带伤的老虫，哪怕是只差一口气没咽，就有十万分的危险。它临死时发飙比平时还要凶险得多。遇着那样的情形，就只有立马上树，才不会受到伤害。可从这里往上走，就再也没得大树了，连个躲避的地方都没有。为了安全，就只有请大家在这里打住。我和火儿到前面去，有了结果，我会以梅筒为号，你们再去不迟。"

"石师傅，张五郎不是告诉我们，竹叶子已经开了花吗？"有人说。

"世上的事情，千变万化，都是不一定那么说得死的。我还是那句现话：不怕一万，就怕万一。"石老黑说。

"你要我们打住。可你和火儿呢？难道你们就不怕吗？"清老问。

石老黑说："我们学的是梅山道艺。这次到你们西洛寨来'开山'，是受人之托，解人所难。哪怕是风险再大，我们也只能进，不能退。就是把性命搭上——"

清老连忙阻止："石师傅，不要说不吉利的话。"

石老黑坦然地笑了。他说："彭老哥啊！你让早儿跟着我学梅山虎匠。我必须提醒你，虎匠可是个凶险的门径啊！说句不好听的话，莫看你上山时竖着走，说不定下山时就横着抬。"

"爹！你越说越离谱了。"火儿说着，便把梅筒放到嘴边，吹起了报平安的长音。他立刻得到了回应。不同方位传来的梅筒声，此起彼伏，都在互报平安。

清老接受了石老黑的提议。他回过头去，跟乡亲们打招呼，让他们停止脚步。然而，当石氏父子消失在大雾中时，他又一挥手，让人们继续悄然跟进。雾气朦胧，他们和虎匠，谁也看不见谁。虎匠在前面的动静，他们却还是能听得到的。作为主东，清老对于石氏父子的勇敢和无畏，既佩服，又感激，更是提心吊胆。

前行的火儿手执虎叉，警觉地注视着前方的一切。梅筒的长音，出自后面的父亲之口。桤子岭上，小路只有巴掌宽，路边的衰草，有明显被绊动过的迹象。很显然，那中箭的畜生是沿着这条小路逃遁的。火儿小心翼翼，不放过任何蛛丝马迹。突然，他发现前方的小路上有一团黄色的物体被雾气环绕。他的神经顿时高度紧张。他身子前倾，终于看清那团黄色就是他们要寻找的带箭老虫。老虫瘫倒在那里，嘴巴顿在地上，像是在啃食着泥土。儿子虽说是跟着父亲学梅山虎匠，但真正看见老虫，这还是第一次。他紧张得浑身的汗毛立刻竖了起来。他竭力控制着自己，却不管用。两脚不自主地在筛糠，握虎叉的手也发起抖来，使那上面的铁环"叮当"作响。他本能地后退一步，大叫一声："老虫！"

这时，父亲也看见了躺着的老虫。虎死不倒威，临死的老虫都是坐着的。老虫这样躺着，说明它还没有进入临死的状态。这带着箭伤的畜生一旦发起飙来，势不可挡。他立刻感到事态的严重，伸出一只手要把儿子拽到身后。这时，儿子已经稳住了心神，停止了颤抖。他明白，逃跑已经来不及了。身后没有大树，逃跑是没有去处的。他甩开父亲的手，不肯退到父亲身后，用自己的身子护着父亲。他紧握着手中的虎叉，一个箭步便冲上了前去。他没有料到的是，那带箭的畜生，居然从躺卧中一跃而起，向他猛扑了过来。当他还来不及将虎叉投出时，却被老虫打来的重重巴掌，拍掉了手中的虎叉。就在那老虫腾空扑向儿子的一刹那，父亲顺势腾空蹿起，蹿到了老虫的腹下，用他的一双手，死命地箍住了老虫的腰肢，用他的脑壳，死命地顶着老虫的下腭。畜生的颈部，还带着一支致命的毒箭。那毛茸茸的腹部，又突然黏附了这样一个挣不脱、甩不掉的物体。它虽说是死到临头，却还在用它的余力再一次发飙。老虫和那紧箍着它的梅山虎匠，一起倒在了小路边的乱草丛中，一连几个恋滚。老虫的四只爪子，凭空舞动，抓不住，挠不着，纵有余威，也无法施展。对于瞬间发生的事情，儿子发了蒙。他拾起地上的虎叉，想向老虫刺去。那老虫正和父亲滚成一团，他担心这一刺，会误伤了父亲，便迟迟不敢下手。这时候，清老和乡亲们闻声赶到。他们被眼前的场面惊呆了。老虫和虎匠的生死搏斗，仍然在持续着。桅子岭上的灌木和蓑草，在重压之下应声而倒。垂死的畜生，以最后的疯狂，发出凄厉的嗷叫。虎匠的衣衫，早已被撕成了破碎的布条。在场所有的人，挥动手里的各种家什，试图以最有效的手段，置那发飙的畜生于死地，可又都无从下手。火儿更是急不可耐，他一跃而上前，终于趁一个空档，将虎叉刺向了老虫的脑门。老虫因伤而流血，因痛而咆哮，在地上连扳几扳，试图挣脱腹下虎匠的纠缠。一连的这几扳，千钧之力，足可以使得虎匠的五脏六腑在顷刻间移位。他一双血肉模糊的大手，不但没有松开，反而箍得更紧了。紧接着，虎匠和老虫在血染的草丛中，又是一连几个剧烈的翻滚。人们惊讶地发现，在人兽决斗不远的地方，是一道陡峭的悬崖。升腾着的雾气，显示着悬崖的深不可测。虎匠和老虫，朝着那个方向不停地翻滚，很快就要滚到悬崖的边沿。再这样继续下去，后果不堪设想。人们都捏着一把汗，火儿则险些儿哭出了声来。当虎匠和老虫滚向悬崖的边沿，火儿一步上前，试图拽住即将跌落悬崖的父亲时，眼疾手快的清老，一把将他拦腰抱住，制止了他的莽撞。令人担心的事情，终于发生了。虎匠和老虫，一同坠落了悬崖……

当人们攀藤附葛，以最快的速度到达悬崖下时，在一片杂草丛中，怒目圆睁的虎匠，依然用鲜血淋漓的双手紧紧地箍着老虫的腰肢。那死顶着老虫下腭的头颅，已经耷拉了下来。虎匠和老虫，悄无声息地躺卧做了一堆。人和兽的殊死搏斗，就这样平息。那被寒霜打蔫的草丛间留下了斑斑血迹，分不出哪是人血，哪是虎血。火儿顿时号啕大哭。清老在证实老虫确已断气之后，将虎匠紧箍着老虫的双手缓缓地掰开。就在那人兽分离的瞬间，他惊异地发现，虎匠的双手居然还有一丝丝儿力气，顽强的生命并未终结。他立刻通报："火儿，你爹还活着！"

火儿似乎看到了希望，受到了鼓舞。他立刻跪在了父亲的跟前，声嘶力竭地叫喊了起来："爹！爹！我是火儿，你听见吗？"

虎匠没有任何回应，只是静静地躺卧在他的对手——兽中之王的尸身旁边。他浑身上下，血肉模糊，只有那一双眼睛，依然恶狠狠地瞪着，

沾满血迹的十个手指头，僵硬地岔开着，还是紧箍老虫时的姿势。清老用
手背测试着他的鼻息，还有一丝丝温热的气息轻轻呼出。

"他还有气，他还没有……"清老再次做出肯定。

"爹！我是火儿，我是火儿呀！"火儿在父亲的耳边，泣不成声地呼
唤着。

梅山虎匠的身子做了一个细微的抽搐。在场所有的人都看得真切。
火儿还特别注意到，父亲那一双瞪着的眼睛，突然闪烁出异样的光亮。火
儿意识到，这是不祥的信号、灾难的警示。他再也无法抑制自己悲怆的
情绪，不住地用两个拳头，轮番捶打着胸脯，继而便大声地号哭起来：
"爹！你这全都是为的火儿呀！"

梅山虎匠血迹斑斑的脸上，露出了一丝凄婉的笑意。那圆瞪着的
一双眼睛里，渗透出溺爱与慈祥。他挣扎着，用尽最后的力气，从肺腑
里迸发出足以令他心安理得的话语："哈崽……我……是……你的……
爹呀……"

这时，人们已经用砍来的树枝和藤萝扎好了一副担架。当他们七手八
脚将遍体鳞伤的虎匠抬上担架时，发现虎匠已经停止了呼吸。他那双怎么
也无法闭上的眼睛，似乎还在注视着这个令他牵挂的世界。

西洛寨里，乡亲们在舍巴堂前的坪场上，以原木为柱，晒簟做盖，
搭建起了梅山虎匠的丧堂。香烟缭绕的丧堂里，虎匠的肉身端坐在太师椅
上。他的脚下踏踩着那只与他同归于尽的老虫。他的那双眼睛依然是睁开
着的，俨然和在生时一模一样，和蔼而安详。在丧堂的对面，是西洛寨的
舍巴堂，那里供奉着毕兹卡的祖神彭公爵主，也就是西洛寨彭姓人的祖
先。虎匠的目光，又似乎在朝着舍巴堂投去，和那里的神灵进行着隔空的
沟通：一个张五郎的弟子，将从这里动身去到另一个世界。他们将在那里
聚会。毕兹卡扶老携幼，来到丧堂向梅山虎匠告别。他们看到那曾经令他
们惶惶不可终日的老虫，如今已踩在了梅山虎匠的脚下，禁不住由衷的欣
喜。当他们回过神来，发现那端坐在太师椅上的，竟然是逝去的虎匠的肉

身时，才又悲痛欲绝……

　　按照毕兹卡的习俗，旁人外族的殇亡之身，是绝不能在寨子里停放的。石老黑的遗体能够进入西洛寨，而且还是停放在神圣的舍巴堂前，是寨子里的长老们一致通过的。来自苗家的梅山虎匠，以他的血肉之躯，保得了一方毕兹卡土地的平安。他是毕兹卡的亲人，应该得到这样的礼遇。长老们还做出决定，这天夜里，要以毕兹卡最隆重的丧葬仪式 —— "跳丧鼓"，为石老黑送行。

　　入夜。西洛寨的男人和女人，老人和娃崽，都手拿火把，不约而同从四面八方聚集到了舍巴坪。人们将火把集中到一起，便堆成了一处处篝火。熊熊的火焰，照亮了夜空。丧堂按照"跳丧鼓"的排场，做了一番布置。丧堂的横梁上，贴着白纸书写的"黄金归窖"四字吊挂。毕兹卡认为：一位英雄生命的终结，就如同一块黄金放归了窖藏。吊挂的上方，悬挂着亡者生前使用过的梅山弓弩。这种毕兹卡丧仪的祖制，与亡者的梅山虎匠身份，实属天然巧合。梅山虎匠肉身的左前方，置放着一面牛皮大桶鼓。仪式由这面大鼓击打出的鼓声来统领。擂响"跳丧鼓"的鼓主清老，头包"人"字形青丝帕，衣裤和鞋袜，都用靛青土布做成。他接受孝子火儿和白狗的跪迎，来到丧堂，对梅山虎匠的肉身顶礼膜拜，然后操起鼓槌，擂响了丧鼓，并伴着鼓点唱起了"开堂歌"：

　　　进得丧堂用目望，梅山弓弩挂高堂，哟嗬也。舍巴坪上跳丧鼓，相送黄金归窖藏，哟嗬也，撒尔嗬哇！

　　"跳丧鼓"的都是男人。女人们仅是旁观者。在场的所有男人跟随"开堂歌"腔调的"撒尔嗬"高声地帮和。舍巴坪上，人们相互寻找对子，伴着鼓点，应着歌声舞蹈。一曲"开堂歌"结束，擂鼓的清老又喊起了"长声号子"。号子声声，赞颂着梅山虎匠舍生忘死的豪侠、大义凛然的悲壮。响彻云霄的"撒尔嗬"帮和声，在舍巴坪此起彼伏，看热闹的女人们，也轻声地跟唱。结伴舞蹈的人在舍巴坪上越来越多。在鼓主歌声的领引下，对舞的人们，随着帮和声的节拍，摆着毕兹卡传统的同边手，做着各种摹拟的动作，时而"滚龙翻身"，时而"凤凰展翅"，时而"观音坐莲台"……歌舞的内容，还包含古老图腾的崇拜、开疆拓土的艰辛，甚至把农耕渔猎，也融入了歌舞之中。后来，又还唱起了缠绵的情歌。逝者从此去到了天国，活着的人们，总是还要在人间继续生活下去的。

西洛寨的"跳丧鼓"，一直持续到夜深。年迈的鼓主清老，渐渐体力不支，彭宏早接替父亲担当起鼓主。毕兹卡的情意，深深地感动了火儿和白狗。按照毕兹卡的习俗，梅山虎匠的遗体，务必在第二天寅卯不通光的时分，离开西洛寨，启程回乡。石氏兄弟都没再学梅山的打算，决定将虎匠的所有行头、科书，全部留给热衷此道的彭宏早。遗憾的是，由于师父的过世，再也无人为他肉口传度了。石氏兄弟还考虑到，那只猎获的老虫若是带回家中，母亲定会睹物伤情，不如也一并留下，交由西洛寨的乡亲们处置。清老代表西洛寨接受了这份厚重的礼物。鉴于一只老虫的价值，不是一个小数目。寨里人不忍心苗家虎匠这样人财两空，决定按照通常的市价，付给纹银四十两。火儿执意不肯收受。他说，父亲的性命不是用银子可以换得来的。把父亲的英名永远留在西洛寨，才是他们兄弟的心愿。在清老的再三劝说下，火儿收受了其中的十两，作为付给岩娃的酬劳。清老告诉石氏兄弟："滑竿已经扎好了，派了四个后生，早儿也在场。师父是他去接来的，应该由他送回家乡。"

火儿说："路途遥远，火儿不想烦劳各位乡亲。"

"怎么？！你们——"清老一头雾水，不解地问。

火儿没有回答问话，却说起另外一个话题："清老伯，你是有名的梯玛，想必放得有辰砂。"

"有！有！是上等的辰砂，在猴子坪①买的。"清老说。

---

① 凤凰县猴子坪出产的朱砂是湘西朱砂中的上品。

"这就好！这就好！"火儿连连说。

清老立刻明白，火儿是要赶着父亲的尸身回家。他是资深的梯玛，虽未学得赶尸之法，却也听说过其中的奥秘。赶尸有三法：下法最易，即由人背着尸身走路；中法颇难，要将亡者的尸身肢解，取头颅与四肢，用药物作防腐处理，带到目的地，路途则由替身代替行走；上法最难，即由老司作法，让亡者自身行走到目的地，作此法时，辰砂不可或缺。不露声色的苗家后生，难道拥有赶尸的上法？！为了证实这一点，他以试探的口吻问道："怎么？你是——"

"实不相瞒，火儿也曾跟师父学过一点浅浅的道艺。跟清老伯比起来，只能是小巫见大巫。"火儿意在告诉清老，他是掌握了赶尸上法的。

清老听了火儿的回话，相信他不是夸大话。他立刻对眼前的后生刮目相看，不无遗憾地说："贤侄呀！要是早晓得你有这一招，老伯我也好——"

"快莫这样讲！"火儿立刻接过话头说："火儿只是跟着师父做过几次，学得了一点皮毛。若有机缘，火儿是愿与清老伯讨教的。"

丑时过后，舍巴坪上的鼓声停止。亡故虎匠的儿子是个苗老司，要赶着父亲的尸身回家的消息，霎时间便传遍了舍巴坪。人们对奇妙的赶尸术，无不充满着好奇心。"跳丧鼓"清场，牛皮大桶鼓撤除，虎匠肉身脚下的老虫被抬走。两个后生高举着火把，站立在虎匠肉身的两旁。虎匠的脸膛红潮退去之后，说不清是蜡黄还是惨白，只有一双依然睁开着的眼睛，依然显得安详而淡定。丧堂的前方，空出了一块坪。其后是里三层，外三层围观的人们。火儿将要使用的所有法器，连同身上的法衣，都是从清老那里借来的。他对清老拱了拱手，说了声"得罪"。接着，他来到父亲的肉身面前，双膝跪地，虔诚叩首，泣不成声地说："爹爹！请原谅孩儿不孝。回家路途遥远，要烦劳您老人家亲自动步了。"

在场所有的人都鸦雀无声。火儿开始作法。只见他从怀中取出一包辰砂，一叠黄裱纸画的神符。他念动咒语，将辰砂分别塞进虎匠肉身的耳朵、鼻子和嘴巴里，然后用揉成团的神符堵紧。清老是巫傩中人，虽无此法术，却也明白其中真谛。他悄声告诉身边的早儿："耳朵、鼻子和嘴巴，是人的三魂出窍之处。苗老司是在用辰砂和神符，镇住亡者的三魂。"

接着，火儿又念起了咒语，并将辰砂分别放置在虎匠肉身的脑门心、背膛心、胸膛心、左右手板心和左右脚板心。这七处地方，每处都用神符一道压住，然后用五色布条扎紧。苗老司此法的用意，清老自然也心知肚明。他再一次向早儿悄声说："这辰砂和灵符所放的七个地方，是七魄出窍之处，也被苗老司镇住。他的肉身前行一步，去到了阴间。他的三魂七魄，只因为有苗老司的作法，还留在了身上。"

"这就是尸身可以走路的原因吗？"早儿问。

清老说："也可以这么说吧！"

这时，火儿的十个手指，挽结成一道指诀。

"玉皇正印诀！"清老随即说出了这道指诀的名称。

就在清老说话时，火儿将"玉皇正印诀"在父亲的头顶绕了三个圈。然后将一个没有边沿的棕斗笠，扣在父亲的头上。棕斗笠的四周，粘贴着一道道神符。虎匠的肉身戴上这样的斗笠，人们就再也见不到他的面目了。紧接着，火儿一手端着一杯清水，一手拿着一支神香，在清水的上方画着神符，口中念念有词。清老听得出，神词的起始是文天祥的《正气歌》：

天地有正气，杂然赋流形。下则为河岳，上则为日星……

《正气歌》的昂扬正气，随着苗老司的吟诵，在舍巴坪回荡着。人们凝视着的端坐在丧堂的虎匠肉身，便是由正气而聚化。火儿接着又念动咒语，并用神香继续在那杯清水的上方，凭空画着只有他自己才明了的符讳。将近一个时辰，火儿对着手里端着的那杯水，不停歇地操持着。清老从火儿的口形，便晓得他念的是哪道咒语。他们所用的咒语，原本就是相通的。赶尸的成功与否，都在于这口水。当他缓步儿去到火儿的身边，睨眼觑视他手里的水杯时，发现那杯清水经过高师的"敕"化，已经变得米汤般浓稠。年纪轻轻的火儿，竟有这般高超的道艺，令清老佩服得五体投地。

舍巴坪里毕兹卡依然没有散去。他们的目光，投向辰州巫师，也投向他们的长老。通常，此类法事都是悄悄儿进行的。如今，所有法事的程序，却都在众目睽睽之下完成。"敕水"完毕，辰州巫师将拇指和中指浸到神水中，而后将沾在手指上的神水，轻轻儿向天上掸，向地下掸，向东、南、西、北四方掸。接着，他将一大口神水衔在嘴里，朝着梅山虎匠的肉身喷去，纷纷扬扬的神水，洒落在肉身的各个部位，浸润到虎匠的衣衫和肌体。舍巴坪上围观的人们，都屏住呼吸，等待着奇迹的发生。苗家巫师放下水杯，手握起长鞭，朝空中一甩，伴着鞭子的声响，他大喝一声："起！"

奇迹果然在刹那间发生。坐在太师椅上的梅山虎匠肉身，应声缓缓儿站立了起来。所有的围观者，都不由得为之一震。这时，手拿着阴锣的白狗，站到了父亲肉身的前面。火儿则去到了父亲肉身的背后，再次将鞭子朝空中一甩，大喝一声："走！"

白狗手中的阴锣，应声敲响。当白狗动身前行时，父亲的肉身也迈开了僵硬的脚步。手拿鞭子的火儿，紧随在父亲的身后。最后的岩娃举着火把。火光照亮了赶尸的路。

西洛寨的毕兹卡将赶尸的队伍送到村口，依依惜别。在茫茫的夜色中，苗家巫师赶着梅山虎匠的尸身，开始了回家的行程……

● 雪地脚印

石老黑下葬后的三朝。天刚麻麻亮，火儿和白狗就到坟山上复堆去了。

早春的铁门槛，没有丝毫暖意。天低云暗，压得人透不过气来。细雨伴着寒风，在天空飞扬着，把山林田舍浇淋得湿漉漉、冷冰冰。丧事期间，阿春水米不沾牙。接二连三的变故从天而降，特别是丈夫的突然离去，令她无法接受。起床后，她又没吃早饭，来到堂屋，面对丈夫的灵屋，久久地呆坐。摆在堂屋侧边小方桌上的灵屋，是一幢篾扎纸糊的窨子屋：高高的院墙，直封檐瓦；气派的门楼，结彩张灯。这便是石老黑在阴间的住所，在生人为死者的灵魂安排的归宿。纸扎的灵屋有两进，摆放着各种家什。居家过日子的所需，大到箱笼柜子，小到锅碗瓢盆，凡属死者在阳间的所有物件，灵屋里都应有尽有。不同的是，纸扎的金童和玉女，站立在灵屋的门前，似乎是在随时听候主人的差遣。梅山虎匠石老黑的灵魂，将在这幢灵屋里，享受着生前不敢想象的荣华富贵。阿春打量着灵屋里的每一处细节，显得十分满意。这里就是丈夫的新家啊！有朝一日，她也会去到这里与丈夫相会。不论是阳世或阴间，他们都要生活在一起。

"娘，这里好冷。您还没吃早饭，快进火塘屋去烤火吃饭吧！"阿蓓抱着伢儿，悄然来到堂屋，轻言细语地对婆婆说。

阿春无力地摇着头，摆着手，向儿媳示意，她不去火塘屋，也不想吃饭，就想在这里坐一会儿。儿媳无奈，只得回到火塘屋，拿来个竹篾编织的火烘，放在婆婆的脚下。

几天时间，阿春便苍老了许多。她的鬓角出现了白发，额头和眼角增添了皱纹。那瘦削的脸颊上，浅浅的酒窝边，不知何时也添加上了几道皱褶。她脚踩着火烘，坐在堂屋里，目不转睛地望着眼前的灵屋。累了，困了，她便缓缓地闭上眼睛。不堪回首的往事，一幕幕在脑海中浮现。她回想起为丈夫最后一次洗浴时的情景。丈夫尸身的背脊上，体无完肤，惨不忍睹。伤痕累累的十个指头，伸张着，弯曲着，仍然是箍抱老虫的模样。生死搏斗的惨烈情状，活脱脱地出现在眼前。她曾含着眼泪，用棉花蘸上清水，小心翼翼地清洗着尸身上的每一处伤口。她更惊异地发现，丈夫的十个脚趾头，溃烂不堪，趾甲全都没有了。她明白，这是"赶尸"时落下的伤。火儿赶着父亲的尸身，从保靖西洛寨一路行走回家，那僵硬着的两只脚，行走了两百多里山路，脚趾头不住地踢着路上的岩石，便落得这般的结果。人死了，还要让父亲受这样的罪！她不由得埋怨起儿子来。为哪样要赶着老爹的尸身回家呢？倘若是抬着回来，这种情形就不会发生了。可这"赶尸"的法术对湘西的巫师来说，是衡量道艺高低的标志。像儿子这样道艺高超的巫师，亲人客死在异乡，倘若是抬着尸身回家，是要被人耻笑的。于是，她体谅了儿子。

虽说是立春已过，高坡高界上的铁门槛，天气仍然冷得出奇。临近晌午，漫天的迷风细雨里，便开始夹杂有雪花，继而是雪越下越大，为山岭、田冲、房舍裹上了银装。朔风在山坡上吹拂，在山谷里回旋，搅和着周天的雪花，无孔不入地往堂屋里灌，把透骨的寒意吹送到每个角落。身子单薄的阿春，脚暖身难暖，只靠脚踩的火烘，无法抵御这异常的寒冷，她背皮一紧，便一连打了几个喷嚏。

为坟山复堆的火儿和白狗，身披着雪花回到了家中。兄弟二人见母亲连打喷嚏，便连忙放下锄头、畚箕，顾不上拍打身上的雪花，一齐拥到了母亲的身边。

"娘！下这大的雪，您还坐在这里做哪样？"火儿说。

白狗冲着火塘屋发火："阿蓓，你是死人呀！怎么让娘一个人坐在堂屋里受冻？！"

儿媳应声从火塘屋出来，一脸的难色。

"莫怪她。是我自己想在这里多坐一会儿。"母亲连忙为儿媳妇解交。

"娘！您不能老是坐在这里。"火儿说。

"火儿，让我再在这里陪你爹一会儿吧！"

"爹不在这里。这里只有爹的灵屋。"

"灵屋！灵屋里有你爹的灵魂啊！"

"爹爹的在天之灵，随时都和我们在一起，是不需要您这样陪伴的。进火塘屋去烤着火，吃点饭吧！您都已经三天水米不沾牙了。把您冻着，饿着，火儿担待不起啊！"火儿的话，说得异常恳切。

"我不冷，也不饿，想在这里多坐一会儿，难道不可以吗？"母亲执意不肯离开，还似乎有点儿生气了。

火儿耐着性子，劝说着母亲。其实，他同样也沉浸在痛苦与懊悔之中。他作为石家的长子，父亲过世以后，理所当然地成为一家之主，他有责任分担母亲的忧愁。大冷的天，母亲空着肚子，守望着父亲的灵屋。虽是脸色惨白，嘴唇乌紫，还依然不愿离去。火儿无计可施，只见他"扑通"一声，便跪在了母亲的跟前。

"娘！您要是再不进火塘屋烤火，再不吃饭，火儿就跪在这里不起来了。"

儿子突如其来的举动，着实让母亲为难。她长叹一声，本已流干的泪水，这几日又在酝酿和蓄积。儿子的这一跪，仿佛抽开了闸门。她含着泪搀扶儿子起身，泣不成声地说："起来吧！娘依你……"

母亲终于去到火塘屋。阿蓓连忙往火塘里加柴。母亲烤了一阵大火，脸色便立刻好了许多，嘴唇也开始红润，还霸蛮吃了一小碗饭，火儿和白狗这才稍稍放心。吃过饭，母亲说要回卧房歇息。阿蓓赶紧送伢儿到白狗的手里，把火塘里烧得通红的火炭，撮到婆婆卧房的火箱钵头里。阿蓓打理熨帖，火儿便搀扶着母亲，回到了她的卧房。

"火儿，陪娘坐坐，说说话吧！"

儿子留了下来，和母亲同坐在火箱里。俩娘儿的膝盖上，铺着印花布的火箱被，火气起来，火箱里暖烘烘的。火儿自从长大以后，就很少再进到母亲的卧房，更不要说和母亲同坐在一个火箱里了。从西洛寨回来以后，就一直忙着办父亲的丧事，他顾不上，也找不到适当的机会开导悲痛欲绝的母亲，让母亲从悲痛中解脱出来。当这样的时机出现时，他又不晓得该从何说起了。一个月前，他在西洛寨得知了张家父女命丧青浪滩的噩耗，对母亲是心存怨尤的。他甚至认为，这一悲剧根源，就在于母亲非要让他跟着父亲离开铁门槛，到西洛寨打虎。他若是留在家里，不顾那么许多，和玉凤小姐把生米煮成熟饭，那无端的祸息，便断然不会发生了。父亲命丧白云山之后，他却再也不敢对母亲有丝毫的抱怨了。父亲的殇亡，给母亲的打击是致命的。沉湎在痛苦中的母亲，懊悔，自责，难以自拔。尽管父亲和张家父女的不测，都出自同一缘由。作为石家的长子，决不能再给老人的伤口上撒盐。这些日子，母亲心头的悲怆与积郁，早已超出她所能承受的负荷。坐上火箱，她再也憋不住了，一把抱着儿子号啕大哭起来。

"火儿，娘有罪啊……"

"娘，不是这样的，您莫这样说。"

"是的呀！你爹是娘害死的……张家父女也是娘害死的……"母亲眼泪长流地哭号着。

听到母亲的哭声，白狗赶紧来到卧房。抱着伢儿的阿蓓也前脚跟后脚赶到。

"娘……"白狗无奈地叫着母亲。

母亲仍然放声啼哭不止。阿蓓手里抱着的伢儿，受到奶奶啼哭声的惊吓，也大哭起来。火儿连忙摆着手，让弟弟和弟媳赶紧离开。

母亲立刻意识到，是自己的哭声惊吓了孙儿。出于对孙儿的疼爱，她终止了放声的啼哭，缓缓地抬起头来，痛楚地望着火儿，流着泪。

母亲喃喃地说："原以为把你们爷儿俩远远地支开，就可以躲过一场祸，没料到反而酿成了更大的祸。三条人命呐！还把你爹爹也搭上了……"

"娘！您要想开些，是祸躲不脱，躲脱不是祸。"火儿说。

"是啊！娘躲了一世人生，终究还是没有躲脱。"

"娘！您的话我听不明白。"

"娘的一些事，你不该明白，也不能明白。你就莫多问了。"

儿子不再追问。他轻言细语地对娘说："娘，您莫再这样责怪自己了，身体要紧。其实，你要躲脱的那个祸，都是火儿撩起的。从手绢到戒指，火儿起了不该起的意，做了不该做的梦。甚至还对那个'夫妻相'也或信或疑起来。火儿还以为是被彩楼上的绣球打中。偏生就不晓得，黄金无假戏无真，世上哪有什么薛平贵、王宝钏！可火儿的美梦不醒。怜惜那女伢儿，更不想伤害她。也就没有及时把事情向同年娘禀报。倘若是同年娘早早得知此事，对她严加管束，以后所有的事情也就不会发生了……"

窗外，寒风呼啸，一粒粒沙雪直打得吊脚楼的瓦屋背"叮当"作响。卧房里，火箱上，母亲听了儿子的这番话，百感交集。透过迷离的泪眼，她望着儿子充满自责的神情，心中禁不住百般的酸楚。伢儿啊！你们哪里晓得，酿成这一桩桩祸患的根源，不在于你，也不在于张家小姐，而是你们的上一辈人，是他们欠下了永远也还不清的孽债！

"火儿，你莫这样把罪过都揽到自己的身上。千怪万怪，只怪娘被鬼蒙了心，把一个不再适合打虎的虎匠，逼上打虎的路。结果，让他在这条路上丢掉了性命。"母亲本想告诉儿子，他的父亲是一个曾经犯了大忌的虎匠。而那件事情的原委，作为母亲，又怎能对儿子说得出口呢？

"是啊！爹爹毕竟二十多年没开弩堂了。当年师公传给他的道艺，早就忘过了脑壳背。他确实是一个不再适合打虎的虎匠。若不是火儿惹下了祸息，娘是不会让他再去做这个行当的。"儿子接过了母亲的话把，按照自己的理解做出了对事态的阐释。他愧悔交加地对母亲说："娘啊！爹爹的死，罪过确实在火儿。那天，在白云山上，带药箭的老虫向着火儿扑来。若不是爹爹的舍命抵挡，死死地箍住那老虫的腰，直到最后与老虫同归于尽，火儿今天就不能这样陪娘坐在这火箱里了。"

母亲倾听着儿子的诉说，泪水哗哗地流着，她却在为儿子抹着泪。火儿赶着父亲的尸身回来以后，忙着办丧事，父亲最后时光的惨烈与悲壮，还一直顾不上对母亲详谈。

"爹爹和老虫箍做一堆，滚下了壁陡的山崖。乡亲们赶下山崖时，老虫已经死去，爹爹却还没有咽气。"火儿说到这里，显得格外动情："火儿望着血肉模糊的爹爹，哭着，喊着。爹爹落到这个地步，全都是为的火儿呀！爹爹为了从老虫的口中救出火儿，甘愿与老虫同归于尽。那一刻，火儿最恨的人就是自己，不晓得该如何面对爹爹！爹爹倒是像什么事情也没有发生过。直到咽气之前，才用尽所有的力气，对火儿说了最后一句话……"

"他说了句怎样的话？"母亲急切地问。

"他说，哈崽，我……是……你的……爹呀……"火儿模仿着父亲当时的口吻对母亲复述。

丈夫临终的这句话，让妇人的心灵为之一震。他不愧是一个男子汉，一世人生都信守着当初他许下的诺言：伢儿生了下来，就是他的伢儿。三十年了，他从来没有打听过这伢儿的来历。为了搭救伢儿于危难，他不惜舍掉自己的性命。直到咽气之前，还把伢儿认作自己的亲生。妇人回首平生：做错了一件事，结了一段不该有的孽缘；做对了一件事，嫁了一个实在的丈夫。一错一对，都归结到面前的这个伢儿身上。三十年来，他带来了烦恼，也带来了宽慰；带来了苦涩，也带来了甘甜；带来了灾祸，也带来了祥瑞。妇人最大的愿望，是他能平安、平静地在这深山野坳里度过一生。

"火儿，抽个空去趟浦阳镇，看看你同年娘吧！"阿春连自己也不明白，怎会对儿子说出这样的话。

儿子沉吟许久，反过来问母亲："火儿这时候去看同年娘，合适吗？"

母亲被问住了。由于火儿和凤儿不该发生的恋情，那妇人才出于无奈，要丈夫来把女儿接走。这就是造成张家父女命丧青浪滩的根源。此刻，那妇人正沉浸在丧夫失女的痛苦中。不管责任在谁，火儿总是当事的一方。这时候若让火儿在她的面前出现，无异于在她的伤口上撒盐，显然是不合适的。

"是啊！不去也罢，你去看她，她会更伤心。"母亲喃喃地说。

窗外，大雪仍然下个不停。凛冽的寒风，在山谷中呼啸而过，直灌石家的堂屋，吹开了母亲掩上的房门。火儿连忙下得火箱，去关房门。这时候，一个身材矮小的汉子从头到脚全粘着白雪，跌跌撞撞地进到了堂屋。

"这里是石老黑大哥的家吗？"来人眨动着粘满白雪的眉毛，用一双绿豆眼望了望火儿，而后问道。

"是的。"火儿连忙迎了上去，接过那人手中的包袱。说："大雪天，客人哪里来？快进火塘屋烤火。"

这时，白狗撩开了火塘屋的印花布门帘，迎接不速之客的到来。那客人却停止了脚步，他的一双眼睛，盯住了堂屋里摆放着的灵屋，眨了又眨，眉毛上的雪花，随之掉了下来。火儿立刻意识到，这位来客是父亲的朋友，见到灵屋他已经意识到父亲的过世。

"老叔，您是 —— "火儿问道。

来客没有回火儿的话，而是对着灵屋大喊了一声"老黑大哥！"便双膝跌跪在灵屋之前，泣不成声地哭号起来："老黑大哥！老弟来迟了一步啊……"

来客的这一声哭号，把石家人的眼泪都哭了出来。

这时候，母亲也来到了堂屋。这个矮个子的客人，他总觉得面熟，却又想不起在哪里见过。有一点她可以肯定，他是丈夫生前非常要好的朋友。她连忙示意两个儿子，快将客人搀扶起来。

"老叔请起！老叔请起！"火儿和白狗一人一边，把来客搀扶了起来。

"是什么时候的事？"来客问。

"今天是三朝。"火儿回答。

"无缘哪！小弟若是三天前赶到，还可以送老哥一程。"来客说着，回转身子发现阿春，说了句"这位想必是嫂子！"便是深深一揖。

"兄弟，不必如此。"阿春说："阿春面生，不晓得该称呼兄弟做哪样？"

来客立刻自我介绍："小弟家住麻家寨，名叫麻大喜，学了点雕匠手艺。是老黑大哥的好朋友。他梅山坛上的倒立张五郎神像，就是我帮他雕的。"

听了雕匠麻大喜的自我介绍，阿春恍然大悟了。那年，她在张家窨子做丫头，随太太去刘家走亲戚，麻大喜正在为小姐雕嫁妆，她是见过这人的。当时，他不过二十来岁，如今可是见老了许多。在浦阳镇一带，这矮子雕匠可是个赫赫有名的人物。一是他的手艺好，做出来的雕花家具，四乡八里无人可比；二是他交了桃花运，莫看他生得矮，长得丑，年轻时却与那如花似玉的刘家小姐，也就是最近成为新寡的张家太太，有过那么一段私情；三是他的命大，那年麻家寨遭了倒家瘟，寨子的人死得差不多了。他不在家，去了贵州做手艺，躲过一劫。阿春即便和他见过面，也装作不认识。她在张家窨子的那段经历，是决不能对外张扬的。

"老黑在生时，说是他有个做雕匠的伙计，去了贵州梵净山。他时常盼望同你见面。把你盼了回来，却又见不到他了……"阿春神情戚然地对麻大喜说。

"都怪大喜来迟一步，兄弟没能最后见上一面。"麻大喜说着，劝慰起阿春来："嫂子请节哀保重。常言说，人死不能复生，悲痛也是枉然。老黑大哥尘缘已尽，再留也是留不住的。"

这时候，火儿上前拍着麻大喜身上的雪花，说："叔，大冷的天，快进火塘屋烤火吧！"

阿蓓听说来客人，便在火塘里为客人煨好了一罐姜汤。麻大喜坐上火塘时，一碗热气腾腾的姜汤就端到了他的面前："喝口姜汤吧！驱风寒的。"

"多谢！多谢！"麻大喜连连说。

阿蓓给婆婆也筛了一碗，说："娘！您也喝一碗，暖暖身子吧！"

宾主落座，少不了的话题又是亡者。当麻大喜得知老黑大哥的死因时，他感叹道，丢落的道艺，再去捡起来；远离的祸息，又去惹上身。到如今，后悔也来不及了。当然，是由于女主人的坚持，亡者才重操旧业的事实，内外有别，石家人并没有向麻大喜透露。

"嫂子，你当初要是……"麻大喜话一出口，立刻感到不妥，又咽了回去。

阿春听话听音，晓得来客要说的是哪样。那正是她的软肋。她只是长长地叹了一口气，说了句："莫提了，那都是他的命。"

"命中注定，在劫难逃啊！"麻大喜附和着女主人。

这时，阿蓓已经将做好的饭，一碗腊肉，一碗青菜，一碗油泼辣椒，还有一碗办丧事剩下的水豆腐，摆上了火塘的鼎锅盖。阿蓓把三双筷子递到三个男人的手中。白狗则筛了三碗米酒，先将一碗递给客人，兄弟二人再各端一碗。

火儿端着酒碗对麻大喜说："麻叔，大冷的天，回来一趟不容易，一杯水酒，权当是侄儿给您接风。"

麻大喜端着酒杯，没有喝，先把稍许米酒倒在了火塘边，喃喃地说了声："老黑大哥，小弟得罪了。"又才把酒放到嘴边，抿了一口。

"麻叔，这次回来，就不走了吧！"火儿说。

"有这个想法，只是还没有最后定下来。"麻大喜说。

"打算在哪里落脚？是麻家寨吗？"火儿问。

"那还不一定。"麻大喜一时还难以决断。

麻家寨经过那场倒家瘟，许多的人家都断了烟火。人户所剩无几，一幢幢吊脚楼，多年都空置在那里。最引人注目的，当属大喜家在村口的那一幢。早几天，火儿赶着父亲的尸身回家，途经麻家寨时，竟发现那幢吊脚楼在冒着炊烟。赶尸的队伍经过，寨子里的乡亲都跑出来看热闹。那幢屋里出来的人，是一个妇人。过后火儿听说，那妇人是二喜的遗孀，外出了许多年，前些日子又到了麻家寨。麻大叔这次回家来，正好有个落脚的地方。火儿觉得，应该把这个信息提供给这位麻家的大叔。

火儿说："前回我路过麻家寨，看见你屋的吊脚楼里住了人。"

"是吗？"麻大喜倍感诧异，问道；"你晓得吗？是谁住到了我的屋里？"

"我打听了，是你的弟妹。源于那场瘟疫，她外出逃命十多年，前些日子又回来了。"火儿说。

听说弟妹回来，麻大喜喜出望外。他连忙问："她还带着一个女伢儿吗？"

火儿摇着头说："没见到，也没听说。"

麻大喜说："她是带着二喜的女崽外出逃命的，应该带着一个女伢儿回来。那女伢儿今年有十七岁了。"

"那女伢儿肯定也回来了。"火儿说着，举起了酒碗："亲人就要重逢，恭贺麻叔。来，干了这一碗！"

"干！"麻大喜一个长流水，就喝干了碗里的米酒。他已经多年没这样喝酒了。酒兴上来，显得异常亢奋，难以自持。他甚至有点飘飘然，神秘兮兮地问众人："你们猜，大喜这次回来做哪样？"

人们摇着头，说猜不出。

麻大喜笑了："猜不出吧！是浦光寺的正俨法师请我回来的。浦光寺重修观音殿，请我回来给观音菩萨雕做金身。观音菩萨真是大慈大悲，救苦救难哪！大喜还没动手，观音菩萨就显了灵，让麻家失散的亲人得到重逢。"

浦光寺重修观音殿阿春是晓得的。有一个小头人曾经到铁门槛结善缘，捐功果。那个人告诉阿春，这场大功果的总头人，就是张家窨子的那位妇人。她心里不禁发出疑问，这雕匠的回转，和那位妇人有关联吗？

归心似箭的麻大喜，三扒两咽吃完饭，说了声"多谢"，抽身就下了火塘。

"怎么？就要走？！"阿春说："这大的雪，山路可是不好走啊！"

"不好走也得走，我得马上赶回去，半点也耽误不得。"麻大喜急切地说。

麻大喜的这种心情，是不难理解的。石家人不再挽留。火儿取下柱头上挂着的包袱，递给了他，说："麻叔，既然如此，我们就不强留了。雪天路滑，您要多加小心。"

麻大喜身背包袱，出得火塘屋，来到堂屋里。他再一次来到老黑大哥的灵屋前站立。他一只手伸到包袱中，取出一个小小的印花布口袋，郑重其事地放在灵屋的前面。这时，石家的一屋人都站在他的身后，谁也不晓得口袋里装的哪样。只听得麻大喜说了声："老黑大哥，实在对不住，拖欠你的太久了。"而后，他掉转身子便出屋上了路。

麻大喜突如其来的举动，让石家人措手不及。阿春则似乎有所察觉，连忙吩咐火儿："快看看，口袋里装的哪样？"

火儿打开口袋，里面竟是白花花的银子。倒在桌子上一看，五两一锭的"方槽"，一共八锭。五八共四十两。

阿春顿时明白了一切。天哪！那人怎么会是他？！

火儿满心狐疑地说："怎么？麻大叔还欠了爹爹这么多的银子？！怎么从来也没听爹爹说起过呢？"

母亲也支支吾吾地说："是呀！我也没听说过。"

"不行，得向他问个明白。"火儿说着，飞快地将银子装回口袋，拎在手里，一个箭步，便追到了门前。

母亲跟着追了上去，说："不要问了，或许是有这样一回事的。"

火儿停止了脚步。一屋人都站在了门前，目送这位不速之客。山野间，大雪依然在飘飘絮絮地落着。蜿蜒的山路，已经被积雪覆盖。雕匠麻大喜形迹匆匆的身影，很快便消失在风雪中，只有那白茫茫的雪地上，留下了两行深深的脚印。

张家窨子，麻家窨子

刘金莲的身上，有永远也退不掉的"指背煞"。雕匠麻大喜的回乡，本与她并无瓜葛，却成了好事者编排故事的绝妙素材。那桩陈年旧事，随着时光的流逝，本应从人们的记忆中淡出，而今，通过添油加醋的演绎，又死灰复燃。一个编排得合情合理的故事，在街弄子迅速传开。说是矮子雕匠的回转，纯属刘金莲的精心安排。这位观音会的会首，年轻的时候就不正经。如今张家窨子的掌门人，便是她与那矮子雕匠留下的孽种。早些年，她纵然是个独守空房的活寡妇，终究还背着有夫之妇之名，不敢轻举妄动，而今，她一旦成为名副其实的寡妇，就无所顾忌了。她利用重修观音殿担任大头工的机会，从梵净山找回了老相好。野鸳鸯就可得以鸳梦重温了。如同戏文一样的故事，编排得入情入理，由不得你不相信。刘金莲担任观音会首多年，向来为信众所推崇。如今，她在人们心目中的形象，由正经变得轻佻，由美好变得丑陋。这位有头有脸、有崽有孙的佛门信女，一时间重又成为众矢之的。

刘金莲是浦光寺重修观音殿的大头工。这天，是功果簿归总的日子。按照原日的约定，重修观音殿的头工们，都要把发出去的簿子和募化到的银钱，汇总到张家窨子，交到刘金莲的手中。簿子共发出去三十二本。领去簿子的头工们，都是观音菩萨虔诚的信女、浦阳街市上利索能干的妇人。她们通过四乡八里的亲朋戚友，广结善缘，募化功果。通常，这些簿子汇总的过程，在晌午之前就可以完成。可直到天快剎黑，来交簿子的头工，还只有五个人。刘金莲心中好不纳闷，这些人是怎么了？原先约好的事情，怎么说变就变了？重修观音殿，可不是一般的功果啊！难道她们不明白这是不可怠慢的大事吗？刘金莲正准备亲自动身，去挨家挨户问个究竟时，亲家母吉秀华着丫头匆匆来报信，说是有紧急事情，要她马上过去一趟。

吉秀华在丈夫印秀才送孙子去天津之后，便一个人留守在屋里，过着清闲自在的日子。亲家母是观音会首，她也是其中最活跃的成员。刘金莲进得屋来，第一眼就看到那堂屋的八仙桌上，堆放着小山般的一个个布包。她顿时就愣住了。这些布包显然是头工们募化到的银钱，怎么不交给她，而是送到了亲家母这里？

"亲家母，这是——"

"坐吧！"

吉秀华没有立刻回答问话。这时，丫头送来了茶水。她在示意丫头退下后，便对亲家母说："有些头工们，把募化来的功果，都送到我这里来了。这里是二十七本簿子的银钱。簿子都放在布包里。"

刘金莲一默神，这里的簿子是二十七本，她那里收到五本，加起来不多不少，正好是她发出去的三十二本。簿子不交给她，而是交到这里来，想必是有原因的。她回忆近来的待人处事，并没有做过对不住头工娘女的事情，怎么会出现这样的情形呢？

"我要她们送到你那里去，她们不肯，非要放在这里。"吉秀华为了避免亲家母的误会，做着这样的解释。

"一定是我得罪她们了。想必我有哪点做得不到，她们对你讲些哪样了？"刘金莲问。

"她们没讲哪样。"吉秀华回答。

"亲家母，你在瞒我。"刘金莲是个爽快人，单刀直入地说。

吉秀华为难了，不晓得该如何回亲家母的话。那些送簿子的娘女们，碍着面子，并没有在她的面前将具体的原因挑明，只是说这些功果集中到她这里更合适。早些天，姐姐吉秀英特意到这里，告诉她那些街弄子的种种传言。她虽然感到惊讶，却并不在意。她从来认为，镇上那些闲得无聊的人，喷出来的口水是没得方向的，总是过几天便没人记得了。真没想到事态会发展得如此严重。送簿子的头工娘女们，显然是不能接受一个有越轨行状的妇人来统领她们的善举。她们很有可能是在通过商议之后，才把功果簿送到她这里来的。吉秀华就这样遇到了难题：这些募化到的功果，既不便给亲家母送去，又不能留在自己家里。万般无奈，她只得着丫头去把亲家母请了过来。

刘金莲见亲家母为难的样子，立刻有一种不祥的预感。当年，婆婆说她犯的"指背煞"，真是千真万确。命中注定，她一世人生都要在人们的指指点点下过日子。看来，镇上又有人在嚼她的舌头了。那些头工娘女们，显然是怕和她沾边，才把募化到的功果送到了亲家母这里。

"亲家母，让你为难了。出了哪样事，你只管照直告诉我。就是有天大的事，我也会受得了的。"刘金莲说。

"其实，也没得哪样……"吉秀华在含糊其词。

"亲家母，我们是亲戚，是姊妹。我和你，没有哪样话讲不得，就莫再瞒着我了。"刘金莲诚恳地说。

吉秀华终于鼓起了勇气，用很轻声的话语，向亲家母进行通报："麻家寨的那个雕匠，好像是从梵净山回来了……"

"回来了。他是正俨法师请来雕观音菩萨的。告诉我，那些嚼牙巴骨的，胡说八道了哪样？"刘金莲问道。她显得非常气愤。

"有人说，那人是你请回来的。"吉秀华说着，又补了一句："我不相信会有这样的事。"

"真是黑天的冤枉啊！"刘金莲叹息着说："去年，正俨法师去梵净山讲经说法，在那里听说观音殿遭了火灾。他立马想到，重修庙宇再塑金身时要请一个技艺好的雕匠。那人在梵净山上雕菩萨，已经很多年了，技艺还不错。正俨法师便决定请他回来雕观音殿的菩萨。这些事情，我也都是事后才听正俨法师说的。请他回来雕菩萨，和我一点关系都没有。真是奇了怪，这事怎么会赖到了我的头上？"

"他们要说，就让他们说去吧！"吉秀华说："只怪那些头工们，听风就是雨，也不怕唆死的王麻子，把簿子全都送到我这里来了。"

"看起来，这个'指背煞'我是一世人生都退不掉了。"刘金莲摇着头，万般无奈地说。

"亲家母，你就想开点吧！谁人背后无人说，哪个人前不说人。哪个要说，就由她说去，把它当作耳边风就是了。"吉秀华劝慰着亲家母，心里却感到了事态的严重。

刘金莲明白，这件事当作耳边风是不行的。就是因为这件事，眼前的八仙桌上才堆放着这一个个布包。鬼话可以不听，布包却不能不处理。面前只有两条路：一是把功果取走拿回去归总，任凭你们去折腾，我大头工仍然还是大头工。可她又想了回来，人家都不惬意你，你赖在这个位子上，又有多大的意思？二是放在这里的功果由亲家母来归总，让亲家母来当大头工。当然，这要以亲家母愿意接手为前提。她真担心，这一撒手，那些子虚乌有的传言，就都变成真的了。她已经被逼到无路可走的境地，只得横下一条心，做个柴开斧头脱。

"她们既然认为我不合适。想来想去，亲家母，就只有你来当这个大头工了。"刘金莲说。

"不行不行！"吉秀华不住地摆着手，脑壳摇得像拨浪鼓。

"亲家母，那你说，我该怎么办？"

"你是大头工，把这些功果取走，拿去归总。"

"这么多的人都不惬意我，我还能当这个大头工吗？"

"那是她们不了解实情。我这就去给她们讲清楚。"

"做不得，尤其是你做不得。那样做会越抹越黑。搞不好，会给你也增加烦恼的。"

吉秀华不作声了。她觉得亲家母说得有道理。她同时还想到，亲家母和那姓麻的雕匠，年轻的时候确实是有那么一回事。甚至还有传言说，她的女婿就是那人留下的骨血。那人突然出现，被镇上的烂嘴巴当作风言风语的由头，也就不足为怪了。若由她去做这个解释，那些好事者又正好多得一个由头：因为那人留下的"野种"，如今就是她的女婿。她倘若做这个说客，肯定也会被牵扯进是非之中。当初，女儿通过外面的传言，对钰龙的出身产生怀疑，不愿意嫁到张家，是遵从父母之命，她才成为张家儿媳的。如今，女儿在张家，夫妻和顺，儿女成群，若因为她的掺和生出事端，弄得一屋人难堪，那就不好向女儿交代了。

"亲家母，真过意不去，这些让人怄气的事情让你作难了。"刘金莲满怀愧疚地说："常言说，不结亲就不结亲，结了亲就是一家人。如今我是一家人不讲二家话。想来想去，这件事情只有求你帮忙了。后天，是蜡树湾杜家二姑的生日，我要去拜生，会留下来住些日子。等一会我去把收到的功果，都给你送过来，麻烦你连同这些功果，帮我一起送给浦光寺的德明法师。观音殿的重修由他经管。你只说是我走亲戚去了，是我托你把募化到的功果送给他。那里的工程在等着钱用，误不得事。至于说街市上的那些胡说八道，有人喜欢讲就由他们去讲好了。讲久了，讲腻了，几句炒现饭的话，也就没人听，也没人传了。"

"看来，也只能是这样了。"吉秀华同意了亲家母的安排。

印秀才回程乘坐的麻阳船，是刹黑时分拢的万寿宫码头。一别数月，回到家中。亲家父女的猝然离世，使得印家夫妻的重逢少了喜悦，多了沉重。是他带去的那封书信，促成了亲家的回转，从而导致了此后悲剧的发生，这不免令他惴惴不安。他从行囊中取出儿子带给母亲的礼物，一件丝棉袄，一枚金别簪。若是往日，婆娘会立刻穿上棉袄，别上金簪，今天她却完全没得兴致。吃过晚饭后，两公婆一同坐上火箱，膝上盖着印花布的被褥，烤着微微的木炭火，说着体己的话。如今，儿子毓贤在天津镇总兵罗荣光的麾下，当了一名参将，颇得上司赏识。罗总兵是乾州人。这次印秀才去天津，罗总兵还特意设家宴款待他这位湘西老乡。由于儿子的出人头地，这个破落的秀才之家，也成了镇上令人刮目相看的高门。浦阳、镇江两地张家发生的变故，必然是他们沟通的话题。丈夫向婆娘诉说了在镇江和亲家会面的情形，他只说亲家不同意火儿和凤儿的亲事，却有意避开了他们是同父异母兄妹的情节。亲家已经用自己和女儿的生命偿还了孽债，此类不光彩的事情，晓得的人越少越好，即使在婆娘面前也是不宜提起的。他返程途经镇江时，那位亲家母破例提出与他会面，并托他带回来口信，说是亲家在生时同日本人签得有合约，日本人催着要货，要钰龙赶紧发四船货到镇江。她还说，原先两船桐油的货款，等洋人的货款一到账，她会立马把银钱汇过来。

"她终于放下架子了。"婆娘发出感叹。她说："既然是这样，你明天去告诉钰龙，让他赶紧再给三娘发四船桐油过去。"

"发船过去，只怕钰龙不会照办。"印秀才说。

"为什么？"

"不见那两船桐油的货款，钰龙是不会发船的。"

"她不是说洋人的货款一到账，她立马就把银子汇过来吗？"

"这事不那么简单。我总觉得这里头有点哪样名堂。"印秀才沉吟着。

"你呀！莫把别人想得太坏了。"婆娘说："她一个妇道人家，单身寡妇拖着四个伢儿在镇江，又还要做生意，也真是不容易啊！"

"我只不过是个带口信的人。明天，我过张家去一趟，把她的口信带到。事情如何处置，由张家人自己做主。"印秀才说着，又补了一句："四船桐油发还是不发，最后只怕还得要由亲家母做主。"

"亲家母！她的事情还没来得及告诉你哩！亲家母遇到为难事，到蜡树湾她二姑那里避风头去了。"婆娘说。

丈夫不解地问："为难事？她有哪样为难事，还要跑到亲戚家去避风头？"

婆娘把这些日子发生在刘金莲身上所有的事，跟丈夫说了个详细。她还告诉丈夫，下午到浦光寺向德明法师交功果时，看见那个姓麻的雕匠，他正在那里雕菩萨。

"唉——"丈夫长叹一声说："我们的这位亲家母呀！一世人生都泡在口水里过日子。那姓麻的雕匠也不避嫌，既然这么多年都在梵净山，又还回来做哪样哟！"

"亲家母说，那麻姓的雕匠，是正俨法师去梵净山讲经时，见他的手艺好，特意请他回来的。"

"镇上的人也真是，又把那些陈谷子烂芝麻抖搂出来，也真是没意思！"印秀才没好气地说。

吉秀华却说："没意思是没意思，可这里面攀扯到你屋里的蕙儿呀！"

印秀才问："那你说怎么办？"

"怎么办？嫁鸡随鸡，嫁狗随狗。除了让她栽着脑壳，忍气吞声，做一世人生的'野种'婆娘，又能怎么办！"吉秀华说着，禁不住落泪了，话里包含着对丈夫的埋怨。

女儿的亲事上了铜板册，再说也无济于事。印秀才无法抚慰莫衷一是的婆娘，只是说："镇上的那些烂嘴巴，你又不是不晓得。他们喜欢讲就由他们讲，当作耳边风就是了，不过是几句炒现饭的话，谅他们也生不出哪样新的名堂来！"

这些年来，张家窨子每天清早神龛上装香，都是由刘金莲亲手完成。她带着仲儿去蜡树湾走亲戚，临行时，她郑重其事地把装香的事交给了儿媳印蕙娇。婆婆交代的事，印蕙娇不敢怠慢。大冷的天，钰龙还赖在热被窝里，她便早早起身，履行着女主人的职责，来到神龛前虔诚地作揖装香。

"少奶奶！"

印蕙娇回头一看，是石榴。大清早，她从街上买回来过早的"马打滚"。

石榴说："少奶奶，快去看，大门口有人贴了一张纸条，不晓得上头写的哪样，好多的过路人，都围在那里看哩！"

印蕙娇一溜小跑去到了大门口。果然有一大堆人围在那里。她怔在了门边。

人群中，嬉皮笑脸的声音：

"嘻嘻！明明是张家窨子，怎么变成麻家窨子了？！"

"这还不清楚，张家的婆娘，麻家的种嘛！"

"哈哈！反正是野鸡占了家鸡的窝，改做麻家窨子，倒是蛮合适的。"

"……"

一阵浪荡的笑声，让印蕙娇从错愕中清醒。她一咬牙，便冲了上去，双手拨开围观的人群，从窨子屋的青石门枋上，一把揭下了那张写着"麻家窨子"四个大字的纸条。围观者发现印蕙娇的到来，便立刻打着"哈哈"作鸟兽散去。

印蕙娇手里拿着字条，睨了一眼，恨不得将它撕个粉碎。转念间，她住了手，而是将它叠起，揣放到怀中。"麻家窨子"四个字，道出了这幢窨子屋最深层的隐秘。自嫁到张家第一天起，她就预料到会有这么一天。如今，她最担心也最害怕的事情，终于以这种方式发生了。揣在怀中的字条，如同一把尖刀，扎在她的心头。这件事，她既不能向当事的婆婆诉说，也不可对无辜的丈夫明言，只能她自个儿默默地承受。她回身进到窨子屋时，小丫头石榴还呆呆地站立在那里。

"少奶奶，字条上写的哪样？"石榴怯生生地问。

印蕙娇说："女儿家，不该问的事情不要问。"

石榴身子一躬，便转身要走。

"慢着！"印蕙娇郑重其事地交代："大门口的事，对任何人都不要讲。"

"是！"

"对少老板不要讲。太太回来，也不要对她讲。"

"是！"

印蕙娇的心情，郁闷到了极点。她急需寻找到一个地方，寻找到一个人，痛痛快快地大哭一场，甚至是叫喊几声。这个地方只能是她的娘家，这个人只能是她的母亲。只有在娘家，对着自己的母亲，她才可以哭闹，可以喊叫，可以埋怨，可以撒娇，甚至可以放泼。这张揣在怀里的字条，就是向母亲发泄的由头。

印蕙娇回到了娘屋。一进门，她发现父亲已经从哥哥那里回转，正在和母亲一道吃早饭。她气呼呼地往板凳上一坐，把脸扭过了一边。

"蕙儿，你这是怎么啦？爹爹老远地回来了，也不兴叫一声，还做起这个样子。"母亲嗔怪地说。

印蕙娇没有回应母亲，而是"哇"地一声，伤心地大哭了起来。

父亲说话了："怎么啦？出了哪样事情？受了哪样委屈？跟爹娘说呀！"

印蕙娇同样没有回应父亲。她回过头来，从怀里掏出那张字条，往饭桌上一放，说了声："看吧！这是你们给女儿嫁的好人家！"

印秀才打开折着的字条，看着上面的字，顿时就皱起了眉头，愣在了那里。

吉秀华不识字，连忙问道："快告诉我，上面写的哪样？"

"麻家窖子。"印秀才迟疑了一会，从牙缝里挤出来这四个字。

"清早，字条就贴在了大门上，还围了一大堆人在那里，边看边起哄。"女儿含着眼泪说。

父亲和母亲立刻意识到，这张字条和功果簿的归不拢，都是同一码事。都是借姓麻的雕匠回浦阳做由头，在散布流言，挑起事端，故意给亲家母难看。这个人是谁，俩公婆心里是有数的。

吉秀华气极了，破口大骂："是哪个绝子灭孙的，做出这种缺德事！"

"这浦阳镇上能干得出这种缺德事的，还能有哪个？"印秀才的话，显然是有所指的。接着，他担心地问道："钰龙呢？他看见了这张条子吗？"

"他还没起床，不晓得发生了这样的事。我已经吩咐了下去，瞒着他，不要让他晓得。"印蕙娇说着，哭得更伤心了。

"这就对了。"父亲赞赏女儿的做法。这件事确实是让女儿作难了。他试图安抚女儿，却又找不到恰当的话语，只是说："全都是无中生有，莫理他就是了。"

"爹爹，人家写的这张条子，不全是无中生有吧！"印蕙娇本来就一肚子的气，父亲却还这样糊弄她。她横下心，顾不得这许多了，说出了冲撞父亲的话。

听女儿说这样的话，父亲问女儿："依你这样说，这张字条还写得对啰！"

"对不对，爹爹心里难道不清楚吗？"女儿泪流不止，冲着父亲反问。

"蕙儿，你太不懂事了，怎么这样跟爹爹说话！"吉秀华连忙制止。

"好了！说了就说了，你也不要为难女儿了。都是爹爹的错，都是爹爹委屈了女儿。"印秀才显出一脸的尴尬。他这样在女儿面前低头认错，是破天荒第一次。

蕙娇从小受到礼教的熏陶，是个有孝心的女子，父亲这一认错，她心就软了。本来想回到娘屋，痛痛快快地发泄一通。当她见到父亲作难的样子，还向女儿低头认错时，便又对自己的冲动感到后悔了。嫁到张家窨子，已是既成的事实，上了铜板册的事，无法改变了。她即便就是"野种"的婆娘，也不可能再有别的选择了，跑到娘屋来埋怨父母也是于事无补的。她停止了哭泣。

过了好久，女儿才又对母亲说："娘！女儿认命，不怪爹爹……"

母亲却不依不饶，咄咄逼人地说："不怪他，怪哪个？那伢儿的根底，我们又不是不清楚。他倒好，几本破书，就被鬼迷了心窍，一口气就应承了下来，把你嫁一个'野种'。"

没想蕙娇不认同母亲的活，没好气地说："娘，你不能这样说钰龙！蕙儿认定钰龙是个好男人，嫁鸡随鸡，嫁狗随狗，古往今来的道理。倘若钰龙真的是'野种'，那也不是他作的孽，不能责怪他，蕙儿要一生一世跟他过，决不后悔！"

女儿说出这样的话，虽属情理之中，却在意料之外。就在俩公婆面面相觑之时，女儿一把拿过桌上放着的字条撕了个粉碎。

"妹崽呀！你早这样想，又何必到娘屋来，冲着爹娘发这么大的火啰！"母亲喃喃地说。

"见爹爹造孽的样子，蕙儿的火气就没有了。一切都是命中注定，还有哪样讲的呢？"女儿留下这句话，一扭头便冲出了门。

百感交集的印秀才，含泪望着女儿的背影。突然，他想起还有事情向女儿交代："蕙儿回来！"

女儿停止了脚步，转身回到屋里。

"爹还有事告诉你。"父亲说："这次回来的途中，爹去了'顺庆'镇江的庄上，见到了你的三娘，她托我——"

父亲还没把话说完，女儿便接上了腔："前回运去的两船桐油，三娘还一直没把货款打过来。她托你带回银票，实在是太好了。生意上的开销太大，银钱周转不过来，钰龙正在犯愁哩！"

女儿盼望银票心切，刚才的烦心事，顷刻间被抛到了九霄云外。

"你爹没带回镇江的银票。"母亲说。

"哪样？没带回银票？！"女儿感到诧异。

"是的。"父亲说："你三娘让我带口信给屋里，说是洋人的货款一时还打不过来，只要货款到账，她会立马汇回来。她还说，有一笔同日本人做的生意，是你公公在世时签的合约，数目不小，麻阳船要做四船装。如今合约期限快到了，要屋里赶紧把货发过去。她特意叮嘱，那是个大老板，日后还要同人家做生意，千万误不得事。"

女儿不作声了。她觉得有点儿不对劲。打从她进到张家以后，就听说洋人做生意最讲信用，从不拖欠货款。先前的货款还没有打过来，这又要再把新货运过去，"顺庆"可从来没这样做生意啊！

"三娘要货的事，我回去就跟钰龙说，生意上的事都是由他做主的。"女儿说。

母亲说："赶紧把三娘要的货打过去吧！莫把同洋人的生意耽误了。你三娘单身寡妇，带着四个儿女，既要支撑门户，又要打点生意，也确实是难为她了。"

父亲说："这是你们油号的事，回去同钰龙商量着办吧！"

蕙娇本是为着那张背时的字条，想到娘屋来撒撒闷气的，气没撒成，却遇着这一档子叫人作难的事。蕙娇是个灵泛得眉毛都空了心的妇人，一眼就看出这里面抑或暗藏着玄机。三娘和浦阳镇上的张家，是不可能进行长期合作的。这四船桐油运出去，很有可能是"肉包子打狗 —— 有去无回"。出得娘屋，蕙娇一路走来脑子不放空。她掂量着，权衡着，试图寻找一个万全之策，来处置眼前的难题。这时候，不知怎的，那字条上的"麻家窨子"四个字，竟不停地在她的脑海里闪现。严酷的现实告诉她：公公和玉凤过世之后，张家嫡亲的血脉，已经不是在浦阳而是在镇江了。她的丈夫和张家并无血缘，倘若是有朝一日，镇江的三娘得知了这一底细，不晓得会闹腾成怎样的场伙。三娘的秉性蕙娇是了解的，她始终不把自己当成第三房，不甘心委身于老屋的原配之下。这一次，她是出于万不得已，才放下架子，破例和老屋里的人打起了交道。若是拒绝把这四船桐油的货发过去，可视为不把她这个三娘放在眼里。公公的尸骨未寒，就置他生前签下的合约于不顾，干出这样的生分事来，于情于理，都是站不住脚的。三娘凭她倔傲的性情，很可能会找回老屋来兴师问罪。一旦三娘回到浦阳，张家的对头们使出的手段，比起那张字条来，就肯定还要狠毒千倍。到那时，事情就无法收拾了。若依着三娘的要求把货发过去，有两种可能性：有货款打回来，"顺庆"的生意，一头浦阳，一头镇江，继续往下做；运去的桐油打了水漂，没得货款进账，三娘从此销声匿迹，浦阳、镇江从此两不相干。按照她的估计，前者的可能性小，后者的可能性大。前后六船桐油的货款虽然不是一个小数目，但若是两个弟弟回浦阳来分家产，张家窨子总资产的三分之二，肯定比这点货款还要多许多。舍去六船桐油，求得柴开斧头脱，应该说还是划算的买卖，若是这样，丈夫便可以稳坐钓鱼台，成为这个家族唯一的继承人了。

印蕙娇走在回家的岩板路上。她心想，要把四船桐油的货发出去，并不是那么容易的事情。蒙在鼓里的丈夫，不知此事的利害关系，是肯定会拒绝发货的。她既不能把事情挑明，又要让丈夫接受她的意见，少不了要费一番口舌。她回到屋里时，丈夫和伯儿正在吃饭。

"爹爹从天津回来了，我到娘屋打了个转身。"婆娘向丈夫通报。

"怎么不跟我说一声。他老人家回来了，我也该去看望。一路辛苦，老人家的身体怎么样？"丈夫关切地问。

"还好。"蕙娇回答。接着，她告诉丈夫："爹爹带回了三娘的口信。"

"怎么？是口信，不是银票？！"钰龙说："两船货发去了这么久，三娘怎么还不把货款打回来。"

蕙娇说："三娘的口信说，只要洋人的货款一到账，她跟着就把银票汇过来。"

"洋人做生意讲信用，是从不拖欠货款的。这回怎么不一样了？"钰龙心存疑惑。

"我也是这样想。可三娘她应该是不会打冒诈的。"蕙娇说着，把话引上了正题："三娘搭口信来，说是爹爹在世时同日本客商签了这个数目不小的合约，算下来要装四条麻阳船。期限到了，日本人急着要货，要我们赶紧把货发过去。"

钰龙听了婆娘的话，不由得皱起了眉头，好半天都没有作声。先前的货款没付，又跟着搭信来要货，而且还打着爹爹的招牌，其中抑或有甚蹊跷是很难说的。货到底发不发，还得细细斟酌啊！这时候，身边的伯儿突然说话了："三奶奶急着要货，那货又是爷爷在生时答应了洋人的，爹爹你就赶紧把船发过去呀！"

"大人讲话，伢儿家莫插嘴！"蕙娇嘴里虽是制止，心里却为儿子的插言叫好。她借着这个由头，向丈夫发问："日本人在催货，那你几时把船发过去呀？"

钰龙想了想，说："货暂时莫忙发。等三娘把那两船桐油的货款打回来，我们这里再发四船货不迟。"

"这样做，只怕不太好吧！"蕙娇说着，心里凉了半截。

"有哪样不好的？！俗话说，生意场上无父子。三娘虽然也是娘，同样应该如此。既要讲情义，也要通道理。等到原先的货款打了过来，再把这里的新货发过去，于情于理，都是讲得过去的。"

蕙娇说："你的话是有道理，可你想过没有，合约是爹爹在生时签订的，三娘为了履行当初的合约，才搭信来要这批货的。不看僧面看佛面，给三娘这个面子，就是尽了对爹爹的孝道。不管货款到没到，还是把三娘要的货发过去为好。"

"不！"钰龙摇了摇头。平时，他对婆娘言听计从，今天却一反常态地坚持己见："只要那两船桐油的货款打了过来，这里的货立马发过去。"

愣头愣脑的伯儿，再一次插嘴，发表自己的意见："爹，你就把货发过去吧！要相信三奶奶是会把货款打过来的。镇江还有我的两个叔叔，两个姑姑哩！你不把货发过去，三奶奶会为难的。"

"大人说话，伢儿怎么老是插嘴！"张钰龙生气地训斥着儿子。紧接着，态度又缓和了下来："饭吃完了，这里没你的事，书房读书去吧！"

伯儿走后，印蕙娇说："伢儿虽然不该插嘴，可他的话并没有讲错啊！"

"蕙娇，今天你是怎么了？"张钰龙对婆娘的态度感到诧异。他说：
"这件事情其中有诈，难道你真的看不出来吗？四船桐油，不是一个小数
目，用六百个油的麻阳船装，是二十四万斤；用五百个油的麻阳船装，也
有二十万斤。揽到这么大一单的外销生意，爹爹前番回到浦阳时，不会不
对我提起。很显然，这是三娘在借着爹爹的名目，在无中生有做手脚。如
果把货发过去，结果如何你是应该想得到的。"

张钰龙对于这件事情的剖析，无疑是对的。可他有一点不明白，那就
是外面对他不利的传言。他更不知道窖子屋大门口贴的那张字条。他在这
幢窖子屋里的地位，正在受到前所未有的挑战，已经变得岌岌可危。婆娘
是希望通过眼下的舍财，求得来日一家人的安宁。丈夫却只是凭着他生意
人的精明，不吃眼前的这个哑巴亏。一来二去，中间隔着的这一张纸，就
是怎么也捅不破。

"钰龙，三娘毕竟是长辈，你怎么能把她想得那么坏？若是因为我们
不把货发过去，耽误了同日本人的生意。三娘跑到浦阳镇来兴师问罪，你
我可担待不起啊！"婆娘对丈夫说出了她的担心。

"哈哈！"丈夫笑了。他蛮有把握地说："三娘对于浦阳镇，躲都躲
不及。八人大轿都抬不来她。退一万步说，她即便是真的回来了，我就告
诉她，我是在负债经营，桐籽都是借钱采购的，四路的债主正在逼着我们
还账哩！巧媳妇难为无米之炊，没得本钱我就做不成生意。三娘是长辈，
她是会谅解的。好了，事情就这么定了，不见货款，我们这里一两桐油也
不能发！"

张钰龙把话说得斩钉截铁，没留半点余地。印蕙娇心知肚明，再跟他
耗下去，也是枉然。思来想去，她只得使出最后一招。前回是私塾先生告
假，婆婆才带着仲儿去的蜡树湾。如今告假的先生已经回转，她要去把仲
儿接回来读书。第二天，她坐着轿子去到了蜡树湾。

印蕙娇进得杜家窖子，先向二姑公、二姑婆请安，再到大表满夫妇的
厢房问候，最后，她才来到小表满娘家，进到房中。蕙娇是稀行的客，月

娥起身要下火箱。

"娥姨,你是长辈,蕙儿担待不起。"蕙娇连忙上前,将邬月娥重新按下火箱里。

"怎么?是出了哪样事?!"刘金莲挂牵着屋里。几天来,她的神经一直处于紧张状态。街弄子的流言是否还在传播?功果薄事件是否还在发酵?还有浦光寺里那个雕菩萨的冤家……而这些事情,她又都不好明着问蕙娇。

"没有,什么事也没出。"印蕙娇轻描淡写地回着话。她说:"我是来接仲儿,先生回来,他又该要读书了。"

"啊!是的,你看我,差点把这事给忘了。"得知屋里没出事,刘金莲如释重负。

"仲儿呢?怎么没见他?"蕙娇问。

邬月娥说:"同他小表满到祠堂里玩耍去了,说是要去看搁在那里的大刀。"

"我这就去把他找回来,轿子还在等着哩!"蕙娇说。

"莫忙嘛!做点中饭,吃了再走。"月娥说着,就从火箱上起了身。

"那就吃了再走吧!叫你娥姨随便弄点就是。"刘金莲说。

邬月娥去了厨房,卧房里就只剩下婆媳二人了。

"莫忙,等你娥姨把饭弄好,仲儿就会回来的。上来烤火吧!"婆婆要儿媳也坐到火箱上。

张家的婆媳二人,已经很久没有这样面对面地坐在火箱里了。印蕙娇把握机会,立刻把话引到了正题。

"我爹爹昨天回来了。"儿媳向婆婆通报。

"唉 ——"婆婆长叹一声,悲戚地说:"真是同年人命各不同,他这一回来,就再也见不到老庚了。"

"可不是吗?他们从小打老庚,后来又成了亲家。爹爹去天津的时候,两亲家还在镇江会了面。没想到那是两亲家最后一面。打转身时,就再也见不到亲家了。倒是三娘听说爹爹到了镇江，特意把他请到庄号做客。"蕙娇说。

"是吗？！"刘金莲感到诧异。张家窨子的人都晓得，那娄听雨除了张复礼以外，从来不与老家的任何人打交道。事到如今，她也只得把规矩破了。刘金莲设身处地，对那远方的姐妹寄予了同情："一个妇人家，单身寡妇，带着四个伢儿，也真是难为她了。"

"她托我爹爹搭了个口信来。"

"讲的哪样？"

"说是原先公公在世时同日本人签得有合约，期限到了，洋行在催货，要屋里赶紧发四船桐油过去。"

"钰龙把货发过去了吗？"

"钰龙不肯发货。他说，前回发了两船货，说是洋人的货款没到账，一直没有银票汇过来。如今，三娘又提出要四船货。前后一共是六船，加起来不是个小数目。'顺庆'的整个家当，也没得多少个六船啊！钰龙他是只怕……"

"你不要讲，我都明白了。你让我好好想想……"

两婆媳坐在火箱里，四目相对，许久都没有说话。镇江方面要的四船桐油，是不是发货，并不那么简单。这只是个由头，如同一条藤蔓，牵扯着婆婆的神经，也悬挂着儿媳的心事。婆媳二人心里都明白，她们的命运，就维系在那发往镇江的货物上。只有舍财，才能免灾。舍了六船桐油，便能换来长此以往的安宁。婆媳二人同时看到了事态的实质，却又都心存着顾忌，不愿意捅破那一张遮盖着尊严的薄纸。婆婆严守着的昔日隐秘，儿媳却早已知根知底；儿媳掩饰着的新近事态，婆婆却是全然不知。功果簿事件发生以后，婆婆最为担心的是自己在儿孙心目中的形象。那些风言风语，随时都可以传到他们的耳朵里。眼见得儿媳此来，并无异样，她才稍稍放心了下来。亲家带回来的口信，分明是那妇人生起门径，捞上一把，而后自立门户，与浦阳老屋的人分道扬镳。这正是她巴不得的好事。只要儿子儿媳莫打拗，把货发出去，那妇人吞了货款，而后销声匿迹，就再也不会同浦阳有任何往来了。到那时，儿子没了后顾之忧，就能在张家窖子稳坐钓鱼台了。

"蕙儿，你说这事该怎么办？"婆婆突然冒出这样一句话。

"蕙儿听婆婆的。"

"婆婆是在问你。"

儿媳说："蕙儿一个妇道人家，这样的事情，都要听钰龙的。钰龙说，生意场上无父子。三娘虽然也是娘，同样应该如此。既要讲情义，也要通道理。等原先的货款打过来，再把这里的货发过去，于情于理，都是讲得过去的。"

"龙儿是怕三娘唱黄龙？！"

"那我就不晓得了。"

婆婆说："就是唱黄龙，也要把货发过去。这合约是你公公在生时同人家签的。你三娘是为了履行合约，才要你们发这批货的。不看僧面看佛面，给了你三娘这个面子，也就是尽了你们儿女的孝道。其余的事情以后再说吧！"

婆婆的说法，竟然同自己一模一样，儿媳不由得心中暗喜。在这当口上，她终于得到了婆婆明确的态度：

"那就赶紧要钰龙把货发过去啰！"

婆婆说："是的。你回去对钰龙说，就说是我意思，要他立马把货发过去，那是同洋人做生意，一刻也不要耽误！"

自从儿子接掌"顺庆"以来，刘金莲以这种态度干预生意上的事情，这还是第一次。印蕙娇回到家中，对丈夫传达了婆婆的旨意。张钰龙对于母亲向来唯命是从，尽管他心里并不情愿，还是按照三娘的要求，把四船桐油发往了镇江。

● 孤男寡女

　　光绪二十一年的清明节是三月十一日。清明节是挂亲的日子。"二月清明莫向前；三月清明莫在后。"这年是三月清明。清明节的前一天，初十的大清早麻大喜便离开了他雕作观音菩萨金身的浦光寺，赶回麻家寨挂亲。

　　三个多月前，麻大喜踏着皑皑白雪，回到了麻家寨，距离前次回家，已经整整十八年了。雪天山路打滑，在铁门槛又耽搁了好一阵，直到天煞黑时，他才回到那幢久违的吊脚楼。暮色中，积雪压顶的老屋显得格外矮小，如同一位蹲在雪地里的老者，被沉重的冰雪压得抬不起头来。陈年杉树皮叠就的檐口，悬挂着一排不规则的冰锥，就像是老者腭下裹着冰碴的胡须。火塘屋里，正飘散出袅袅的炊烟。眼前的景象，说明在外漂泊多年的弟妹阿彩，确实是回到了麻家寨。

　　麻大喜悄然进到吊脚楼的堂屋。一抬头，神龛上已经粘贴上了红纸书写的新主榜，那座木雕的龙犬光身，依然还供奉在那里。他两手合十，双膝跪地，说了声："爹！娘！麻家的列祖列宗！不孝的大喜回来了。"他双膝跪地，连磕了三个响头之后，便对着久违的家先坛轻声地呜咽起来。

　　兄长和弟妹的见面，一开始便出现了尴尬。

　　"侄女呢？怎么没跟你做一路回来？"麻大喜曾听人说过，在那个大疫之年，弟妹是带着侄女逃生的。

　　大喜的问话，使得阿彩一时感到局促。兄长对于女儿的关切理所当然，她却暂时还不能对兄长透露女儿的去向。只是支支吾吾地回答：

"她……她没回来……"

"她如今在哪里？"

"她……"

"阿彩，请你如实告诉我。我是伢儿的大伯呀！"

"我……"阿彩乱了方寸，说："……我把她送人了。"

"在哪里？"

"浦阳镇上……"

"送给了镇上的哪家人？"

"……记不得了。"阿彩只能这样回答。

"哦……"麻大喜很失望，可又并不甘心："这次回来，到找过了吗？"

"我这次就是特意回来找伢儿的。在镇上找了几天，没有找着。"阿彩只能这样说。

麻大喜沉吟着，长叹一声，说道："那就随缘吧！"

大喜失落的情绪让阿彩很为难。她本想把事情原委向兄长说个明白，又觉得还不到时候。话到嘴边，又咽了回去。

"大喜哥，阿彩对不住麻家。"阿彩只能这样说。

大喜说："弟妹，你把话说到哪里去了。你出去了这么多年，还记得回来找伢儿。单凭这一点，麻家就应该感谢你。"

"大喜哥，你这样讲就见外了。阿彩既然嫁到了麻家，就生是麻家的人，死是麻家的鬼……"阿彩说着，眼睛里渗出了泪水。

这一夜，麻大喜辗转难眠。这次回到麻家寨，能见到弟妹阿彩，实属意外。堂屋神龛上的大红主榜，是弟妹为麻家新安的家先坛。说明她回到老屋，不是一时半会，而是长久定居。一个妇人，在离家逃命十七年后，还毅然回到老屋为死去的丈夫守寡，实属难得。

第二天一大早，麻大喜就起了床。大雪虽停，冰雪却仍未消融。他出门到院子里打望。屋档头，荒芜了多年的菜地，重又垦复，种上了青菜、白菜和萝卜，还围圈上了竹篱笆，更证实了阿彩长住的打算。他踏着岩板路上的积雪，到寨子里转悠。雪地里，一幢幢无人居住的吊脚楼，有的已经开始歪斜，仿佛随时都有可能被冰雪压垮；有的被风掀开了屋顶，皑皑白雪飘落到了屋里。一级级台阶青苔附着；一幢幢屋里蒿草枯黄。一场惨绝人寰的瘟疫，就这样把好端端的麻家寨，推向了无边的苦海。阿彩告诉他，一场瘟疫过后，麻家寨死得只剩下五个人。命大的腊公，一大屋人都死光了，唯独他还活在世上，而且活到了八十多岁。劫后余生的麻家寨人，把腊公当成了主心骨。阿彩希望兄长去看望这位老人。大喜朝腊公的吊脚楼走去。那年在二喜和阿彩的婚礼上，就是这位腊公，大话大句，横竖不相信他没带银子回来，把他弄得个狼狈不堪。酒席筵前，又是这位腊公，曾把他灌得酩酊大醉。前面就是腊公的吊脚楼了。一路上，大喜心想，既然阿彩打算在麻家寨长住，就应该招赘一个忠厚老实的男人到麻家，同她一起生活。寨子里能为她做主拿把握的人，应该就是这位腊公了。趁着同腊公见面，他要把弟妹的事情托付给这位长辈。进到屋里，他看见腊公正颤巍巍地拿着吹火筒，对着火塘"扑哧扑哧"地吹火。腊公牙齿脱落，口不关风，吹不燃火，弄得满屋子都是烟。

"腊公！"大喜轻轻儿叫了一声。

腊公抬起头来，眨了眨眼睛，见来人是大喜，霎时间便怔住了，他一个踉跄，险些儿跌倒。大喜急忙上前一把将老人扶住，二人对视了好一阵，便抱头痛哭起来。

"大喜伢儿，鬼崽崽，你！你还记得有个家呀！"腊公责备的话语充满着怜爱。

麻大喜"扑通"一声，双膝跪在了地上。他的头埋在了腊公的怀中，嘴里在喃喃地说："大喜不孝，大喜有罪……"

火塘里的火，"呼"地一声燃了起来，昏暗的火塘屋被照得通亮。老泪纵横的腊公，用树皮一样粗糙的手，摸着大喜的脑壳。大喜缓缓地抬起了头，充满愧疚地望着腊公满是皱褶的老脸。腊公长叹了一声，说："天冷，上火塘烤火吧！"

上得火塘，大喜的脑壳一直是栽着的。

"事情已经过去，你也不必再责怪自己了。"腊公反过来好言安慰着大喜："为了那么点事情，你离乡背井，一去这么多年。是坏事，也是好事。要是你不出去，那年说不定你们娘娘崽崽就做一路走了。老天有眼，麻家人老矮屋的这一枝，命不该枯绝，还有爆芽的一天。"

大喜不知如何回应，只淡淡地说："随缘吧！世上的事情，莫过如此。"

大喜不着边际的话令腊公失望。他随即摆出一副长辈的架势，对大喜郑重地说："我们虽说隔了房，总还是你的叔公。听叔公的话。你既然回来，就不要再走了。"

留在麻家寨，大喜还从来没想过。他不晓得如何回应这位长者："腊公，我——"

腊公摆了摆手，向大喜郑重地宣布他的决定："听我把话说完。阿彩是个重情义的好妹崽，出去了这多年，还是舍不得麻家寨，又寻了回来。如今，二喜不在了，按照苗家的习俗，你们就'转亲'吧！趁着你们都还年轻，热锅热灶的，生下个伢儿，也好接上麻家的香火。"

听了腊公的话，大喜半天回不过神来。他原想把阿彩托付给腊公，请老人替阿彩做主，招赘一个可靠的男人上门，共度此生。没料到事情竟然落到了自己的头上。腊公的决定，是麻姓人在历经劫难之后，长辈对晚辈的关切，合情合理，又切实可行。权威不容许挑战；关切不能够推辞。面对腊公的决定，他无言以对。他的许多事情，在腊公面前是永远也说不清楚的。

"多谢腊公为大喜操心，爹娘在阴冥之中，也会感谢您老人家的。"大喜这样的回答，应该是最得体的了。面对这位无依无靠，却还在为他着想的孤老，大喜充满感激，更心生怜悯。他将手伸进衣袋，掏出了点散碎银两，扣在了腊公的手上，说："大喜没出息，出去这么多年，回来还是一样的穷。一点小意思，不成敬意，您老人家拿去镇上买点哪样吧！"

腊公是个穷得硬梆的人，说哪样也不肯收受。他把银子反扣在大喜的手里，说："我晓得，你是个不积财的人。以前没成家，一人吃饱，全家不饿。往后，你成了家，用钱的地方就多了，这银子你还是留着自己派用场吧！"

麻大喜发着呆，不晓得该如何回答。腊公见大喜没得反应，便将那银子塞回他的衣袋里。大喜再次往外掏银子时，被腊公将手摁住。

麻大喜一别十八年，重回故土。他本来打算在家里多住些时日，然后再到浦光寺去雕观音菩萨，刚才腊公屋里走的这一趟，使他改变了主意。他决定立刻就离开麻家寨，前去浦光寺。老者提出的"转亲"出乎他的意料，根据苗家的习俗却又是合情合理的。他断定，这件事情，此前老者是和阿彩进行过沟通的，甚至可以设想，这原本就是阿彩的意思。阿彩之所以要他前去看望腊公，是想通过这位德高望重老者，说出她不便启齿的话。妇人和老者的想法令他感动，却无法接受。他们并不知道，一心向佛的手艺人，尘世间的这一切，对他都已是无关紧要的了。

回到屋里，阿彩把做好的早饭，摆在了火塘边的桌子上。阿彩一边盛饭，一边问大喜："去看腊公了？"

"去了。"

"腊公同你讲了些哪样？"问话的阿彩，脸泛起红晕。

"没……没讲哪样。"大喜有点吞吞吐吐。

"哦……"阿彩心领神会，充满着向往。

大喜端起饭碗，大口大口地扒着饭，以此来掩饰他内心的局促。兄长弟妹，孤男寡女，这样单独处在一起，又有平添出那么个由头，他觉得很是不自在。

"吃过早饭，我就要去浦光寺。"

"回来一趟不容易，怎么不多住几日？"

"观音菩萨开光，定在六月十九。我得赶紧去开工，抓紧时间把菩萨的金身雕好。"

"事情这样重要，耽误不得，你就去吧！"

"在去浦光寺之前，我想到爹娘和二喜的坟上去看看。"大喜说。

吃过早饭，弟媳带着兄长，踏雪来到了对面山冲桐树林里的坟地。油桐树下，白雪裹着枯黄的落叶。雪地里，三个坟堆一溜儿排开。

阿彩轻声说："当中是爹爹，左边是娘，右边是二喜。"

大喜移步来在坟前，止不住泪水长流。他先是双手合十，继而对着父母的坟堆双膝跪地，不住地磕着头。起身后，他发现三个坟堆上覆盖的都是新鲜的黄土。

"这黄土是你回来以后才垒的？！"

"是的。"阿彩含着眼泪说："当初，寨子里遭瘟，死的人太多，顾不过来，埋葬得都太潦草，连个坟堆也没垒，这次我回来以后，才又垒起了这三个坟堆。"

"阿彩，多谢你。"大喜对阿彩充满着感激。

阿彩说："大喜哥，这你就见外了。为公婆、丈夫垒坟堆土，是阿彩分内的事，是不需要谢的。"

从坟山打转，大喜便动身去浦光寺。临行时他告诉弟妹，清明节他再来挂亲。

浦光寺里，观音殿重修庙宇再塑金身的功果，由正俨法师亲自主持。正俨法师曾在梵净山许诺，观音菩萨"开光"那天，他将亲自为麻大喜剃度。这尊观音菩萨的金身，将是雕匠麻大喜的收山之作，整个雕琢的过程，麻大喜格外尽心。

麻大喜去浦光寺时，山路上还铺着白雪。当他从浦光寺再次回家时，大地已是春意盎然。麻家寨的冻花天，冻开了梯田里金黄的油菜花，冻开了山坡上火红的杜鹃花。天色放晴，气温回暖，是挂亲的好天气。大喜和阿彩，备办好祭品，来到桐树林中的坟地。油桐林中，白色的油桐花在枝头绽放，如同纷飞的纸钱，在凭吊着逝者的亡灵。麻家的三堆坟冢下葬以后，头一次有亲人祭扫。春雨过后，新垒的坟堆上长出了淡绿的嫩草，仿佛是麻家在历经寒冬之后，又唤回了久违的春天。坟前响起的爆竹声，将另一个世界沉睡的亡灵唤醒，领略阴阳两隔的亲情。

皈依了佛门的麻大喜，虽然不曾剃度，凡心却早已泯灭。回到麻家寨，得与弟媳重逢，有着颇多的感慨。对于这位弟媳，除了敬重，他绝无任何非分之想。一场瘟疫，迫使她浪迹天涯，一去十多年。仿佛是老天爷的有意安排，让他们后脚跟前脚，一同回到了麻家寨。按照苗家的习俗，腊公的安排，弟媳的意愿——为了延续麻家的香火，兄长和弟媳"转亲"成为夫妻。这在一般人的眼里，是天意，是缘分，是麻家破败之后的转机，也是这一对孤男寡女最完美的结局。麻大喜却不愿意这么做。一部《坛经》，已经陪伴了他三十年。有形的玉镯，无形的桎梏，也锁了他三十年。"本来无一物，何处惹尘埃。"他潜心修炼，终得明心见性，大彻大悟：禅佛的真谛，归根结底就在"舍弃"二字。人生在世，原本就是一个不断舍弃的过程。唯有舍弃，才是生命的最高境界。他已经将尘世的累赘——那只缅玉手镯舍弃在了梵净山金刀峡的佛光里。他舍弃了欲望，舍弃了烦恼，就不会再去捡拾回来。然而，他作为兄长，作为麻家仅存的男人，又不忍心对伤痕累累的亲人再造成伤害。他害怕面对弟妹，却又必须面对。他必须回复弟妹的诉求，却又无法回复。这种舍弃，远比他想象的要艰难得多……

阿彩回到麻家寨安身，既是为了兑现对金莲姐的承诺，更是为了追求自己的第二个春天。十七年了，她沿着沅水一路闯荡，从未产生过重回麻家寨的念头，更没想到过要和大喜哥哥"转亲"。是金莲姐的恳求和点拨，使得她心里为之一亮。她认定大喜哥哥是可以托付终身的好男人，回到麻家寨，与大喜哥哥共同生活，是她人生的最好归宿，也是麻家重获生机的希望。眼前这饱尝单身孤寂的大喜哥哥，本应该和她有同样的想法。使她纳闷的是：既然腊公已经当面锣、对面鼓，把事情挑明，大喜哥哥怎么会没得任何回应呢？眼下，正是向他把事情挑明的极好机会。

阿彩说话在先。她噙着泪水对地下的亡人诉说："爹！娘！阿彩的命是你们给的，要不是你们放我一条生路，阿彩也就和你们一样，永远睡在这里了。这些年来，阿彩无时无刻不在挂念你们。每年的七月半，阿彩都给你们烧了纸钱，你们想必都收到了吧！阴阳两隔，阿彩不能到你们身边尽孝。二喜，爹娘就交给你了，你一定要替我和大喜哥照顾好二老。阿彩还要向爹娘禀报：原日，大喜哥和阿彩各散东西，如今，大喜哥回来了，阿彩也回来，这是二老阴间显灵，麻家散了箍的庞桶，又要箍拢来了。麻家眼看就要熄灭的烟火，又要重新点燃了……"

阿彩的这一番话，既是说给亡人听，也是说给身边大喜哥哥听的。阿彩所说的"箍拢庞桶"和"点燃烟火"，已经说得太明白不过了，大喜不会不明白其中的含义。一心向佛的行者，就这样遇到了天大的难题，未尽的尘缘，在以合情合理的方式，向他做出最难以招架的袭扰。阿彩执着的追求，显现出震撼人心的威力。当麻大喜由尘世向空门迈步时，再一次体味到舍弃的艰难。他必须将自己的决定对弟妹和盘托出。这对于弟妹来说，实在是过于残忍，他却又必须这样做。

"爹！娘！不孝的孩儿给二老请安，给二老请罪来了。难逃的劫难，逼得二老带着二喜弟弟，一同成了枉死城中的冤魂。大喜本是出于无奈，才远走他乡。没想到因祸得福，死里逃生。若不是菩萨阴中保佑，暗里扶持，孩儿也和二老睡在这里做一路了。孩儿早已皈依佛门，只是未曾剃度而已。正俨大师传有法谕，六月十九观音菩萨神诞，金容开光之日，便是孩儿剃度之时。孩儿决意青灯黄卷了此一生，尘世之事就难以顾及了。今天，是孩儿头一次为爹娘挂亲，也是最后一次为爹娘祭扫。遁入空门，孩儿难尽人世之孝，要请二老多多担待。从此后，二老的亡灵，阴间由二喜弟弟侍奉；阳世有阿彩弟妹祭扫。二喜和阿彩，大喜的好兄弟、好弟妹，为兄在此谢过了。"麻大喜说着，先是在二喜的坟前合十打躬，又转身面对阿彩深深一揖。

　　大喜哥突如其来的举动，顿时使得阿彩手足无措，大喜哥要出家当和尚，她着实意想不到。没想到她日思夜想的美好憧憬，竟然成为实现不了的一厢情愿。她对金莲姐的承诺，只怕是难以兑现的了。眼前的尴尬局面，使双方都被挺到了坎上。她不愿就此罢休。大喜哥哥打算出家，还并未出家，只要还有一线的希望，她是不会轻易放弃的。

　　夜里，阿彩在床上翻来覆去，怎么也睡不着。这些年来，她闯荡过许多码头。贪腥猫儿似的男人，她见得实在太多了。像大喜哥哥这样的正人君子，她还真没遇到过。常言道，男人是泥，女人是水。任何泥巴遇到水，都会变成稀泥巴的。大喜哥哥这坨泥巴，怎么就泼不进一滴水呢？还说是要去当和尚，做一坨永远不沾水的干泥巴。盘古开天地，万物有本性。公鸡要打鸣，母鸡要下蛋，这就是本性。人也是有本性的，只要你是一个有血有肉的男子汉，而不是阄了的公鸡、骟了的牯牛，阿彩就不相信你是一坨泼不进水的泥巴。

　　阿彩决心冒天下之大不韪，厚着脸皮做一件她从前连想都不敢想的事情。趁着朦胧的月色，她翻窗子进到了隔壁的卧房里。她轻手轻脚，来到了大喜哥的床前。大喜哥正在酣睡中。从小窗射进的月光里，飘荡着细微而均匀的鼾声。她仔细端详起睡梦中的麻大喜来，一个久违了的模样，又呈现在她的眼前。当年和她同床共枕的男人熟睡时，就和这眼前的汉子一模一样。在旁人的眼里，两兄弟丑做了一堆；在她的眼里，却有着同样的聪颖与灵气。而今，兄弟二人，阴阳两隔，麻家的香火濒临灰飞烟灭的险境。多亏金莲姐的点拨，她重新回到了麻家寨。人生之路，将从头迈步；生命之火，将重又点燃。为了击碎大喜哥出家当和尚的固执，拯救麻家于危难，她只得出此下策。她轻手轻脚，却是从容自若地宽衣解带。面对着眼前的男人，她并非本能冲动，而全然是理性作为。要让麻家往塞来连的厄运，在这大胆的一搏中结束。她脱得只剩下红布做成的贴身抱肚了。绊带被解开，抱肚也轻轻儿滑落到地上。她一丝不挂的丰腴胴体，给黑乎乎的卧房增加了一抹生命的亮色。她低下头来，凭借着浓浓月色，以充满自信的眼光，打量着自己的身段，上面的每一处凸陷，还依然是那样得体，看不出缺失与破败。她悄然站立在床前，面对着决意以身相许的床上男人，只要向前迈出一步，便可大功告成。而在这千钧一发之际，她却又踌躇不前了。一个妇人为了达成自己的心愿，采取如此这般寡廉鲜耻的手段，着实是一种可悲。要想迈出这一步，又是何等艰难！她那鲜活的胴体，仿佛是一枚钉子，钉在了男人的床前。她试图挪动脚步，去追求幸福，跨越人生，却是那样寸步难移。她羞愧地掩面而泣，泪水如同断线的串珠，潸然洒落。她禁不住"呜呜"地哭出了声……

睡梦中的麻大喜，被阿彩的哭声惊醒。当他睁开惺忪的两眼时，呈现在面前的，是见所未见的景象。他如临大敌，从床上一跃而坐起，把脑壳扭过一边。大声问道："哪个？"

"是我……"阿彩啜泣着。

"半夜三更，你来做哪样？"麻大喜接着问。

"我……"阿彩停止啼哭，吞吞吐吐地回话。

麻大喜全然明白了弟媳的来意。荒唐的举动，出乎他的意料。他本该怒气生嗔，却显得出奇的平和。慈悲为怀的向佛之人，不忍心对误入歧途的生灵加以任何伤害。他没有发出严厉的斥责，而只是苦苦地哀求："求求你！快带上你的衣服，回房去吧！"

"大喜哥……"阿彩含情脉脉地叫了一声。

"不要胡闹了，赶快走吧！"

"你看，我都已经这样了，还会走吗？"阿彩说着，一屁股坐在了床沿上，将赤裸的身子朝着麻大喜迎了上去。

麻大喜眼前顿时一片混沌。他惊恐地将脸扭过一边，挪动身子躲闪着，直至退却到床铺的另一边，身子挨贴到了板壁。这时的阿彩，完全豁了出去。她一不做，二不休，干脆上到了床上，朝着麻大喜步步进逼……

"打住！"麻大喜本能地大叫一声。在弟媳的进逼下，他没有了退路。这种充满着善意的邪恶，已经亵渎了她的善良本意，必须予以制止。

万不得已，他正颜厉色地对弟妹说："听着！麻大喜一个清白之身，现时正在浦光寺雕作观音菩萨的金身。雕匠雕菩萨的禁忌，想必你也听说过。你只要敢碰我，就是恹污了观音菩萨！"

麻大喜的这一招果然奏效。观音菩萨的威仪，促使了阿彩的收敛。她停止了进逼，接着便下了床。她背对着麻大喜，如同一根木桩，一动也不动地伫立在床前。

"莫着凉了，快穿上衣服，回房去睡吧！"麻大喜严肃中带着关切。

阿彩并不情愿地穿上了衣服。她却不甘心就此离去，功亏一篑。她呆坐在床铺前的一张板凳上。麻大喜也下了床，点燃了桌子上的桐油灯。他凭借着油灯的光亮，四下张望，发现房门是闩上的，窗户却敞开着，弟媳翻窗而入的路径一目了然，这种有伤风化的贸然行动，纵然有善良的本意，也着实是天大的罪过。然而，慈悲为怀的佛门行者，不忍心对可怜的弟媳加以指责，只是无奈地问了一句："你……你这是为的哪样嘛？"

"我为的哪样，难道你不明白吗？"

"这——"麻大喜当然明白，可他找不出恰当的话来回复弟媳。

这时，阿彩又说话了："在坟山上，我把所有的心里话都对爹娘说了，你想必也已经听到。今夜，我厚着脸皮翻窗子来到这里，做了这些糊涂事，混账事，见不得人的事，就是要把麻家这只散了箍的庞桶，再重新箍过拢来；把麻家快要熄灭的香火，再重新点燃起来。大喜哥，你就骂我一顿吧！打我一餐也可以。阿彩是个生得下贱的女人，不守妇道的女人……"

"不不不！"麻大喜又是摇头，又是摆手。

阿彩说："今夜阿彩做的荒唐事，大喜哥不计较，不因为这件事看轻阿彩，阿彩心里感激不尽。阿彩还是那句话：我'生是麻家的人，死是麻家的鬼'。你现时正在雕观音菩萨，洁净的身子不能有半点恹污，阿彩不敢相逼，等到你浦光寺的雕匠工夫做完回家，我们就'转亲'！"

麻大喜听了阿彩这番话，心中充满着矛盾。弟媳的要求难以拒绝，又必须拒绝。他不忍心伤害弟媳，伤害又不可避免。他挖空心思，尽可能将伤害程度降到最低。他平心静气地说："阿彩，是麻家祖上积德，才有你这样的好媳妇。你今夜所做的一切，都是为的麻家，大喜对你没有责怪，只有感激。大喜日后的去向，白天在坟山上已向爹娘作了禀报，你应该都听见了。"

"大喜哥，难道你非去当和尚不可吗？"阿彩说。

"是的。"麻大喜说："八年前，我就已经在梵净山上皈依佛门，只不过是还没有剃度而已。眼下，我正在浦光寺内观音殿为菩萨再塑金身。六月十九观音圣诞，菩萨归位，金容开光之日，就是大喜剃度之时。"

"不！大喜哥，你不能这样！"阿彩苦苦地哀求着。

麻大喜说："阿彩，对你的一片诚心诚意，大喜感激不尽。常言说得好，人各有志，不能勉强。大喜既然一心向佛，就绝无反悔之理。希望能得到你的体谅。"

阿彩哭得更伤心了。她说："你这一去当和尚，麻家在这世上就灰飞烟灭了。死在阴冥中的爹娘，是决不会答应你的。你不能只为自己解脱，连爹娘的意愿都不顾了！"

"弟妹，你这话就说差了。"大喜说："哥决意出家当和尚，既是为了自己解脱，也是为了爹娘和二喜早日超升西方极乐世界。"

这时，阿彩想到了金莲姐。她重回麻家寨，是自己的意愿，更是受金莲姐的托付。大喜哥看破红尘的根源，在于他和金莲姐刻骨铭心的情缘。事隔三十年，金莲姐依然挂牵着大喜哥，大喜哥也绝不可能忘记金莲姐。如实说出她回到麻家寨的原委，或许是使大喜哥回心转意的良方。

阿彩说："大喜哥！阿彩的话，你可以不听；阿彩的情，你可以不领。可有一个人的话，你必须听；有一个人的情，你是必须领的。"

"这个人是谁？"

"她是谁，难道你的心里还不明白吗？"

麻大喜立刻心领神悟："莫非是她……"

"是她，她是哪个？"阿彩佯装不知地反问。

"……"麻大喜被触及痛处，喃喃地说："阿彩，哥求你，不要说了……"

"不！阿彩要说。"阿彩似乎又看到了希望。她不失时机地将实情告诉麻大喜："大喜哥，跟你把实情明说了吧！我这次回到麻家寨，起心要和你做一路，把麻家散了箍的庞桶箍拢来，就是受到她的托付。"

阿彩诉说的真相，令麻大喜感到震惊。原以为时过境迁，那妇人在高门大户里当着阔太太，享受着荣华富贵，早就将他这个穷雕匠忘得一干二净，没想到居然还在惦记着他，为他操心起这样的事情来。

"你是怎么认得她的？"麻大喜不解地问。

阿彩说："那年，麻家寨遭大瘟，娘要我带着刚满月的狗妹逃命。我带着狗妹，来到了浦阳镇上。夜里，镇上正在游船送瘟。我一个弱女子，带着个刚满月的伢儿，走投无路。我起心将狗妹送人，放伢儿一条生路。这时候我想起了她。娘对我说起过她和你的许多事情。娘说她人品好，有情有义。我决意把伢儿托付给她。送瘟跑船时，镇上的人都往河边跑，我趁着弄子里空无一人，便把伢儿放在了她家的大门前……这次，我为寻找狗妹回到了浦阳镇。一打听，狗妹果然被她收养，取名作乖妹，如今已经十七岁，出落成人见人爱的大姑娘了。"

麻大喜终于得知了侄女的下落，问道："她在收养伢儿时，晓得是麻家的人吗？"

阿彩说："怎么不晓得？！我在伢儿的怀里放有麻家的护身桃符，她见到这道桃符，便百样事情都明白了。原来，麻家的另一道桃符，也就是哥哥的那一道，早就已经存放在她那里。这些年来，她一直把这两道桃符保存做了一路……"

麻大喜怔住了。在那个难忘的夜晚，他们相互交换了信物——玉镯和桃符。他的那只玉镯，已经舍弃在了梵净山的金刀峡，她的那道桃符，却一直保存到如今。更奇巧的是，麻家的两道桃符，阴错阳差地全都到了她那里。这个妇人承担着不该由她承担的责任，保存着不该由她保存的物件。麻大喜除了心生感激之外，更多的是难言的愧疚。

阿彩接着说："一个本来就与麻家有扯不清麻纱的妇人，竟然还敢收养一个麻家的伢儿，实在是不易啊！事情若是传开去，且不说张家窨子会闹个地覆天翻，浦阳镇上的口水也会把她淹死。再有，当时的麻家寨正瘟病流行。若是伢儿带了瘟病，不但张家窨子要遭殃，整个浦阳镇都脱不得符。她搭进去名声且不说，甚至连性命也会搭了进去。所幸苍天有眼，菩萨保佑，伢儿虽然来自麻家寨，却并未沾染上瘟病。浦阳镇躲过了一难，她也逃过了一劫……"

听了阿彩的诉说，心如止水的麻大喜，也不由得泛起了情感的涟漪。他充满自责地说："麻家人亏欠她的，实在是太多了。"

"谁说不是。"阿彩叹了一口气，继续说："这次我千里回乡寻女，见到了乖妹。我为了不给她带来麻烦，没有和乖妹相认。她对我格外地体谅，让乖妹认了我做干娘，就连乖妹的亲事，也征求了我的意见。她把乖妹许配给了她娘屋的侄儿，说这是亲上加亲。"

麻大喜静下心来，听着弟媳的诉说。他虽身许佛门，却毕竟还是有血有肉的男人。一部《坛经》伴随了他三十年，他不知诵念过多少遍。那字字珠玑的经文，再一次在他的脑海中清晰地显现。他明白，尘世间美好的感情，常常会变成人生的沼泽，一旦陷入其中，就将难以自拔。他求得解脱的唯一途径，就只有忏悔了。

阿彩料定她的言语已经打动了麻大喜。她信心十足，一鼓作气，再次点击麻大喜的穴堂，促使他打消出家当和尚的念头。她说："大喜哥，世上的任何人，你都可以忘记，都可以辜负，唯独她，你忘记不得，辜负不得啊！阿彩既然依了她，你也就依了她吧！"

阿彩的话，险些儿乱了麻大喜的方寸。面对着那妇人如此用心良苦的安排，他着实难以招架了。苦苦修炼的道行，眼看就要化为乌有。诱惑难以抵御，尘缘难以了断。他却隐住了阵脚，守住了堤防。他闭目凝

神，咀嚼着《坛经》中的每一个字句，喃喃地诵念着："忏其前愆，悔其
后过……"

"大喜哥，你讲的哪样？阿彩听不明白。"阿彩眨巴着眼睛问。

"我念的是《坛经》。"

"《坛经》？！"

"一个以卖柴、舂碓为生的苦力叫作慧能。他苦心修炼，大彻大悟，
终成正果，《坛经》就是他留下的经书。"麻大喜说着，又以最浅显的话
语，向弟媳阐释最深奥的禅理："《坛经》说，人生在世，总会做错许多
事情。做错了事情，必须要悔过。要怎样才是悔过呢？今后不再错，就是
最好的悔过。"

阿彩是个灵泛的妇人，她立刻听出了麻大喜的弦外之音。麻大喜的这
番话，是在借着讲经为由头，再一次对阿彩的要求作婉言的谢绝。连梆硬
的石头都能吸水，这坨泥巴，怎么就滴水不进呢？她体察到希望的渺茫，
却又不愿意就这样放弃。她双膝一软，喊了一声"大喜哥"，便跌跪在了
地上。

麻大喜慌神了。他伸出双手，意欲上前扶起阿彩，又马上缩了回来。
他想到，这双正在为观音菩萨雕琢金容的手，怎么能去触摸妇人呢？何况
这是一个对自己心存着欲念的妇人。没奈何，他只得连声说："快起来！
快起来！"

阿彩含着泪说："辛女溪的女人，是从来不给任何人下跪的。我的
身上虽然流着辛女娘娘的血，可毕竟还是麻家的媳妇。为了麻家的起死回
生，我给一个麻家男人跪下了，你若不打消当和尚的念头，阿彩就跪在这
里不起来了。"

"使不得，那是万万使不得的……"麻大喜喃喃地说。

"怎么就使不得？！"阿彩反问道。接着，她摆出了自己的理由：
"我和你，一个妇人，一个男人；一个姓田，一个姓麻。姓田的妇人在为
麻家着想；姓麻的男人倒要舍弃麻家，你怎么做得出来啊！"

弟媳也说到"舍弃"，麻大喜立刻想就"舍弃"二字，向弟媳做一番论道。奈何那是一时半会说不清的道理。他足足花了三十年时间，才悟出了其中的真谛。对于眼前跪在地上的弟媳，纵说也是徒劳。他想不出让弟媳从地上起身的办法，只得再一次对着她连连作揖，若若哀求："阿彩，你就起来吧！哥哥已经对菩萨立下过誓愿。立下的誓愿，是不能反悔的。"

阿彩依然不肯放弃，她泣不成声地说："大喜哥，求求你，听金莲姐的话，我们'转亲'吧！我们成为夫妻，为麻家上坟挂白，生儿育女，延续香烟，支撑门户。你当你的雕匠，我做我的活路。我们的日子会过得红火的。"

面对着阿彩的诉求，麻大喜始终稳住心神，不为所动。他充满愧疚地说："阿彩，你莫哭了，快起来。哥出家当和尚，已经是铁定的了。不能和你'转亲'，请你原谅。"

阿彩彻底失望了。麻大喜的这种拒绝，对她是一种难堪，一种羞辱。她意识到，即使这样跪到天亮也是无济于事的。她果断地停止了哭泣，用手撑着膝盖起了身，走到洞开着的窗户前面，仰望着夜空中闪烁的星光，凄楚地自言自语："金莲姐，大恩人，对不住了，不是阿彩忘情寡义，是阿彩命带孤星。阿彩并不是不知廉耻的妇人，为了终身托付的麻家，为了实现你的心愿，天下最下贱的事情，阿彩都厚着脸皮做了，怎奈是小草攀不上篱笆，稀泥糊不上墙壁，枉费了你的苦心。麻家这只庞桶，就只有让它散箍；麻家这堆烟火，就只有让它绝灭了……"

阿彩的话语，是对远方刘金莲的倾诉，更是对身边麻大喜的怨艾。她满腹的委屈终得一吐为快，当她回转身子，动身离去时，发现麻大喜已跪在了地上。

阿彩惊呼："大喜哥，使不得，男儿膝下有黄金，你不能对自己的弟媳下跪！这样做，阿彩是要被折罚的。"

阿彩说罢，便伸出双手，上前搀扶麻大喜。只见那麻大喜又是摇头，又是摆手。阿彩立刻意识到，这位雕匠现时正在雕观音菩萨，妇人的手是不能去触摸他的。

麻大喜说："大喜一世人生只给两个妇人下过跪。一个是老娘，另一个就是弟媳你了。给老娘下跪，尽人子孝道，理所当然。大喜今夜的这一跪，一是拜谢你——辛女娘娘的嫡亲，我要还你一跪；二是拜谢她——大喜终生愧对的妇人，请你代她受大喜一拜，二天你见到她时，请替大喜转告，大喜欠她的情今生无法偿还，只有等来生变牛变马，再去偿还了。"

麻大喜说罢，在地上一连磕了三个响头。他以这种不寻常方式，求得了亲人的谅解。麻家孤男寡女的别样相逢，就这样成为诀别。从此后，他们将按照各自的人生轨迹，或是舍弃，或是追求，心安理得地过着短暂而又漫长的每一天。

第二天绝早，麻大喜没有惊动弟媳，悄然离开了麻家寨。临行时，他把身上所有的银钱，一文不留，全都放在了卧房的桌子上。

第三天傍晚，阿彩趁着天麻麻黑，闪身进到了张家窖子。

卧房里，刘金莲点亮了桐油灯。阿彩第一眼看到的，是刘金莲额头的抬头纹和眼角的鱼尾纹。短短的时间，在这张美丽的脸上，留下如此深刻的印记，仿佛在宣示着一个女人的衰老，与她还只有四十多岁的年纪显得极不相称。

"出了那么大的事情，也没能来看望你……"阿彩的话语中充满着歉疚。

"讲这些做哪样。万般都是命，半点不由人啊！"刘金莲无奈地哀叹着。

"你要想开些……"阿彩只能这样相劝。

"想不开又能怎样？我嘛！反正是守寡，如今倒是名正言顺了。只是他们父女不该走，尤其是不该这样走。"刘金莲神情戚然地说。三天前，她在蜡树湾住了一个多月后，料想风言风语已经平息，便又回到了浦阳镇。那个现时正在浦光寺里雕观音菩萨的男人，给她带来了不尽的烦恼，而她却为着那男人的事情在操心。也不知那"转亲"的事情，进行得怎么样了。当初捏的那个白，若是穿了帮，那就不得了。她曾经嘱咐过阿彩，不是万不得已，不要在浦阳镇上露面，更不要来这里找她。今夜阿彩的突然造访，定是有重要状况出现。她急着问阿彩："你来做哪样？"

"我是来和你告别的。"

"怎么？你要走？！"

"要走，明天清早的船。金莲姐，我已经尽了力。麻家散了箍的庞桶，再也箍不拢来了。"

"怎么回事？你讲明白！"

"他要去当和尚。"

"怎么？他要去当和尚？！"刘金莲愣住了。

阿彩说："是的。八年前，他就在梵净山上皈依了佛门，六月十九浦光寺观音殿菩萨开光那天，正俨法师要亲自为他剃度，他就正式出家了。"

"都是我害了他……"刘金莲喃喃地说。她的眼眶里，顿时充满着泪水。

"金莲姐，实在对不起，你托付的事我没能办到。"阿彩的话语中充满着歉疚。

"阿彩，你怎么说这样的话，有你这份心，姐就感激不尽了。其实，世上所有的事情，是老天爷早就排就了的，我只不过是一个操空心的人。"刘金莲神情戚然地说。

阿彩几番起意，要把清明节那天夜里发生的事情，全都告诉刘金莲，以此来说明她的诚心，可又终究没有说出口。她毕竟是个要面子的人，那种贸然的举动，对于任何一个妇人，不管你的动机如何，都是不光彩的。其中的一些细节，她又觉得有向刘金莲说明的必要。

"为了打消他做和尚的念头，我不得已把你搬了出来。"

"搬出我来做哪样？我不是交代过你吗？千万不要对他提起我。"

"我是想，他那么不听劝，把你搬出来，或许有点用。我告诉他，是你担着风险，为麻家盘养了乖妹。"

"讲这个做哪样？一点小事。"

"我还告诉他，我是听了你的话，才回到麻家寨的。我和他'转亲'，是你的主意、你的心愿。"

"连这话你也说了？！"

"说了。"

"他的脾性我晓得，既然是铁了心要做和尚，是九头水牛也拉他不回的。"刘金莲话语中饱含着凄怆。接着她又问："你说出了那些话，他是怎么回复的？"

阿彩说："他说他在菩萨面前起过誓，是不能反悔的。最后，他还给我下了跪。"

"怎么？他还下了跪？！一个大男人，怎么能给妇人下跪呢？"刘金莲对于麻大喜的举动，感到惊讶和不安。

阿彩说："是呀！可他说，麻家人亏欠你的太多，让我代替你受他一跪。他还让我转告你，麻家欠你的情，他欠你的债，今生今世，无法偿还，只有等到来生，他变牛变马，再来偿还了。"

"哪里是他亏欠我，分明是我亏欠他啊！"刘金莲说着，一把抱住阿彩，泪水喷涌而出。在她的一生中，为了这个男人，不知流过多少泪，而最为伤情的，莫过于今夜了。阿彩也在陪着她流泪。她的哭，既是对刘金莲的同情，也是对麻家、对自己的伤感。她们悲痛的心情，已经达到了极致，本该放声大哭，却谁也没有哭出声来。她们深藏不露的隐秘，必须要有对隔墙的耳朵的避忌。可怜的妇人，连啼哭也不能随心所欲。在这片属于她们的小天地里，她们也只能用泪水进行着无声的倾诉……卧房里，听不到任何声响，可怕的寂静阴森而恐怖，令人毛骨悚然。也不知过了多久，刘金莲缓缓儿松开了抱着阿彩的那双手。她忽然想起一件事，问道：

"你刚才说，是明天几时的船来着？！"

"清早。"阿彩回答。她一直惦记着，还有一件事情放不下，便对刘金莲说："我们去看看乖妹吧！也不晓得这时候她睡了没有。"

刘金莲说："我也正想跟你说这事。你这一走，也不晓得何年何月再回来。临走前，你们娘俩应该见一面。她的生辰八字已经给了舅家那边，接亲的日子，就定在九月间，轿子门上的客，给她办的嫁奁绣不赢，这时候，她只怕正在忙着哩！"

阿彩见女心切，催促着刘金莲："那我们赶紧去！"

盘瓠崖的龙船客

　　傍晚，夕阳把余晖洒向涨着龙船水的浦溪。溪边的花阶路上，米旺儿形迹匆匆。他扛着一个由两个木杈连接而成的支架，支架上搁放着一条"干龙船"——木雕的龙头和龙尾安置在船的两端；龙头的下腭，悬挂着一面小铴锣；船舱的一侧开着口子，看得到里面设有的傩坛，供奉着傩公和傩母。米旺儿是在走乡串寨"游船捞瘟"。他刚在接龙寨行过香火。天色将晚，他打算歇脚在前面的盘瓠崖。

　　龙法胜过世之后，上门女婿米旺儿成为一家之主。龙法胜在生时，香火不断，钱米松活，吃穿不愁。老者过世，这屋人的经济状况，就每况愈下了。虽说龙法胜用行傩所得置得几亩薄田，打下的粮食能使一屋人填饱肚子，作为一户人家，没了活钱的来路，日子就必定过得艰难。乡里人家最当紧的开销，莫过于买盐。平时，靠的是两只鸡婆下蛋，到镇上去卖了，换来一日三餐不可或缺的咸盐。前晌发鸡瘟，两只鸡婆死了，盐罐也就空了。日子紧巴成这样，兰花伤心地哭过好几回。其实，龙法胜在生时就有所预料。旺儿虽然接过龙家的香火，却没有能力接过龙家的傩坛。坛门只能交由火儿来执掌。按照旺儿的倔脾性，要他在火儿手下吃怄气饭，打死也不会干。龙法胜担心旺儿赚钱无门，婆娘和女儿跟着他受苦，便给旺儿安排了这条"游船捞瘟"的后路。这种湘西通行的傩仪非常简单，即或是再笨的人，稍加调教，便也可以学个八九分，作为贴补家用，也是可以的。奈何的是，这门径形同叫花子沿门乞讨，只有落魄的老司才会以此为生财之道。稍有道艺的老司，即使是这门径收入不菲，也是不屑一顾的。龙法胜出于无奈，把这一招灌教给了旺儿。旺儿到万不得已的时候，还是可以拿来救急的。

米旺儿人穷志短，马瘦毛长，他在兰花的催促下，顾不得面子和里子，便扛着干龙船上了路。对于巫傩法事，旺儿是一脑子的浆糊。在前面的接龙寨，他进到一户人家，放下干龙船驾场作法，老丈人当年传授的神词，竟然全都忘记过了脑壳背，他顿时急出了冷汗，不晓得如何收场。他想起老丈人告诉过他，神词记不全、记不得也不要紧，只要把那记得的三五句大声地念出来，其余记不得的，只要喉咙里打个转就可以了。你念的哪样，是谁也不会追究的。他就是按照老丈人当年的指点，这样驾着干龙船，念着喉咙里打转的神词，游走完了接龙寨的所有人家。神词没念全，谁也搞不清，利市照样得，旺儿咧着嘴巴笑了。

旺儿到达盘瓠崖时，寨子里家家户户的袅袅炊烟，正融入黄昏的落霞。村口，浦溪边的一幢吊脚楼，屋顶盖着青瓦，房后带着拖栅，板壁抹着桐油，门前砌着石板，栏杆上晒晾着的衣服，也不是那么破旧。旺儿想，这应该是户殷实的人家，他当即选定在这户人家歇一夜，明天再到寨子里挨家挨户游走。他来到门前，敲响了龙腭下垂吊着的铛锣。锣声中，一位四十来岁的汉子出得堂屋，看了旺儿一眼，显得有些儿诧异，好半天才笑着说："啊！是龙船师傅到了，快请进！"

旺儿进到堂屋，卸下肩上的干龙船，倚放在主东的家先坛前。一个妇人随即从火塘屋出来，将燃着的六炷神香，三炷插在家先坛上，三炷插在干龙船里。那汉子则随即取来一杯黄豆、一绺苎麻和一叠纸钱，放在了八仙桌上。主东对于这种司空见惯的场合，显得应付自如。

龙船师来"游船搰瘟"的消息，瞬间便在盘瓠崖不胫而走，还没等到傩仪开场，看热闹的娃崽们，便蜂拥而至。旺儿不慌不忙驾起了场。他装腔作势地唱起了《龙船歌》来。记不清的句子，细声得听不见；记得清的句子，扯起喉咙吼高腔：

……八月十五开天门，鲁班造船下凡尘。……阳船飘过大海去，阴船湾在洞府门。只有神船湾不住，坐的傩公傩母神……驾起神船天下走，千家走来万家行，瘟瘴时气送出去，荣华富贵带进门……

《龙船歌》唱毕，龙船师将桌子上放着的苎麻和黄豆，收拢到干龙船里。接着，主东便与龙船师对起腔来。

（主东）神船装起油麻呀——
（龙船师）送归东洋大海！
（主东）神船装起豆草呀① ——
（龙船师）送往外国九州！

旺儿高声吼过，便扛起干龙船出了堂屋门，放下来倚靠在壁檐脚，而后拱着手对主东说："恭贺你，百做百顺，家发人兴。"

"承你的贵言。"主东说着，便给旺儿递过去一个红包。这时，他总觉得这位龙船师傅有点儿面熟。猛地，他似乎是想了起来。为了证实自己的想法，他问道："师傅可是从龙家垴来？"

"不不不！"旺儿没想到主东会冒出这样一句话。他不便，也不想暴露自己的身份。老丈人英名一世，调教出的弟子竟然落魄到"游船掳瘟"，实在丢人现眼。迟钝的脑子，少有这样转得弯快。他连忙对主东捏了个白："我是从米家湾来。"

主东立刻断定是自己记错，笑呵呵地说："哈！不管从哪里来，来的都是客，快进屋，今夜就在这里歇了。"

---

① 旧时湘西，危害最严重的传染病是麻疹（俗称"油麻"）和天花（俗称"出痘"）。人们用干龙船送走苎麻和豆子，便象征送走了这两种疾病。

"给你添麻烦了啊!"说着,旺儿重又进到堂屋。看热闹的伢儿们早已散去。天色已经断黑,堂屋虽没有点灯,有从火塘屋映过来的光亮,并不显得那么黑。

"火塘屋太热,就在这儿坐坐吧!"主东说着,把竹烟杆递到了旺儿的面前,说了声:"来一锅吧!"

旺儿接过竹烟杆,从吊着的烟荷包掏出些烟末,装进烟锅,用主东递过来的纸煤子点火吃烟。旺儿他并不知道,这人家是火儿的舅家,接待他的是火儿的舅舅廖树保。那年火儿"抛牌过印"时,廖树保和旺儿是在铁门槛见过面的。当旺儿扛着干龙船进屋时,树保就觉得这人好面熟,最后认定,这位龙船师就是火儿的表姐夫,龙法胜的上门女婿。怎么到头来还是看走了眼,真叫人好生纳闷。

"后天是大端午,我们盘瓠崖要划龙船,明天你寨子里游船过后,留下来歇一夜,看了划龙船再走。"廖树保纵是一头的雾水,还是向旺儿发出了热情的邀请。

"嘻嘻!也好,我这是干坡上的龙船,你们是水里的龙船,早就听说过你们的盘瓠龙船好热闹,我还没见过哩!"旺儿出乐游乐,能在盘瓠崖看划龙船,当然是巴不得的好事。

这时,一个佝偻着腰身的老奶,端着一碗凉水,颤颤巍巍地来到旺儿的面前:"龙船师傅,喝碗凉水打口干吧!"

"这是我娘。"廖树保向旺儿做着介绍。

"唱了半天,口干了。大山里的浸凉水,打口干的,把它喝了吧!"老奶笑吟吟地说。

旺儿凭借火塘屋映出的光亮,睨了一眼老奶的模样,那双眯起的眼睛不知怎的竟然透着怪怪的红光;那只端碗的手,指甲里积满了黑黑的腻垢,谁见了都会恶心。旺儿为难了。不接嘛!盛情难却。接过来嘛!又有些儿犯疑。天气炕阳,他整天喉咙不放空,又是唱,又是吼,还真是有点儿口干了。他顾不得许多,接过凉水,"咕嘟咕嘟"一口气喝了个碗底朝天。

　　吃夜饭时，主东家办了酸蕨菜、细笋子，还有一碟细鱼崽崽。廖树保酒碗一端，便来了兴致："来！龙船师傅，莫见外。我外甥也是老司，想必你是认得的。"

　　旺儿忙问："你的外甥是哪个？"

　　"他叫火儿呀！是龙家垴老司龙法胜的关门弟子。楠木峒里的白蟒蛇精，还给他传过法哩！"廖树保说起外甥，显得很得意。

　　"啊！啊！"旺儿心里暗自叫苦。天哪！真是背时透了顶，东转西转，怎么就转到火儿的舅爷家里来了！

　　廖树保接着说："他和你是同行，你一定认得他。"

　　"认得，怎么会不认得！只是没做过一路。"旺儿后悔不迭，盘瓠崖是火儿的舅家，他本来是晓得的。到这里来之前，怎么就没想到呢？

　　廖树保告诉旺儿："我们盘瓠崖的廖姓人家有两条龙船。两个房族，各划一条。我们长房的人丁少，每年都要请亲戚来帮着划，船上还特意给客边留着位子。这几年，火儿是每年都来划龙船的。"

　　"是吗？他要来吗？"旺儿虽是慌神，却装作若无其事。他还麻起胆子说："嘻嘻！倘若是他来了，烦劳你引见引见，我也好跟他学几手。"

　　"今年，他只怕来不了啦！"

　　"怎么？他来不了？！"

　　"去年腊月，我的姐夫才过了身，他心情不好，没得心思划龙船。"

　　旺儿听说火儿来不了，悬着的心便放了下来。

　　第二天清早，旺儿扛着干龙船，开始了在盘瓠崖的"游船捞瘟"。这时候，火儿正朝着盘瓠崖一路走来。

　　火儿是在母亲的催促下，前往盘瓠崖划龙船的。浦阳一带有两个端午节：一是五月初五的小端午，在浦阳镇的沅水河里赛龙舟，为的是纪念"朝发枉渚，夕宿辰阳"，曾从这里溯江而上的屈原；二是五月十五的大端午，盘瓠崖浦溪里的划龙船，为的是纪念苗家的先祖盘瓠大王。火儿的外公廖老六在世的时候，每年的大端午之前，都必定要亲自到铁门槛接龙船客。盘瓠龙船上的客边位子，每年都少不了有石老黑的一叶桨。火儿和白狗成人以后，才从爹爹手里把龙船桨接了过来。五年前，廖老六病故。树保的屋里事情多，顾不上登门来接客。每到大端午，阿春就会催火儿和白狗去她娘屋划龙船。今年，白狗因为婆娘有嫩崽，抽不开身。火儿的情绪低落，推掉了好多的香火，整天闷闷恹恹，无所事事。阿春看在眼里，急在心上。她便催促火儿趁着端午去一趟舅家，划划龙船散散心，早日从痛苦中解脱出来。火儿是遵从母亲吩咐，动身前往舅家划龙船的。

从铁门槛到盘瓠崖，另有一条小路，要比经由浦阳镇到那里近了许多。火儿择小路而行，一路上，树木遮天蔽日，山道逶迤盘旋，山坳上有一座凉亭，是供路人憩息的地方。小时候，外公接火儿去看龙船；长大了，火儿也从龙家垴回到了铁门槛，外公便接火儿去划龙船，每次途经这里时，都要在凉亭里歇脚。每次坐在凉亭里，外公都要翻荞粑，覆荞粑，重复讲述一个流传了千百年的故事：说的是盘瓠大王和辛女娘娘成了亲，生了六男六女之后，大王留在了盘瓠崖，娘娘却带着儿女回了辛女溪。盘瓠大王本为龙犬所化。白天，他蹲守在盘瓠崖；夜晚，他变化成英俊的汉子，去到辛女溪和娘娘相会。次日清早，他又离开辛女溪，回到盘瓠崖。儿女们从来没有见到过父亲，非常纳闷。他们问母亲，母亲笑而不答；他们问喜鹊，喜鹊"喳喳"一叫，飞走了；最后，他们问老牛，老牛"扑哧"一笑，把上边的牙齿都笑掉了，道出了实情："每天清早从你们母亲房里出来的那条狗，就是你们的父亲。"儿女们听说他们的父亲竟然是一条狗，受到奇耻大辱。一怒之下，他们埋伏在半路，将狗杀死，抛尸沉水。辛女娘娘得知丈夫死在儿女之手，悲痛万分。她把实情告诉了儿女们，儿女们追悔莫及，便划着船到沉水里寻找父亲的遗体。当他们找到一个叫白龙崖的地方时，只见父亲已经化作了一条白龙升天而去了。这一天，恰好是五月十五，便把这天叫作"大端午"。此后，苗人便在每年的大端午这天，从浦溪划起龙船，唱起《接龙歌》，进入沉水里，直到白龙崖下，接回盘瓠大王——龙犬的祖灵。儿女们认为：当年是因为老牛嘴没遮拦，才错杀了父亲的，老牛必须受到惩罚。老牛也晓得是自己道破天机，酿成大祸，罪责难当，表示愿意殉死，以祭奠盘瓠大王的亡灵。因此，苗人在大端午划龙船之前，必定要举行盛大的椎牛仪式。

往常，火儿前往舅家划龙船，听到这个故事时，都是既感到沉重，又觉得神圣。今天，当他再一次想起这个故事时，不由自主地想到了父亲的惨死。他虽然不像盘瓠大王的儿女们那样，亲手将父亲杀死。父亲的虎口罹难，却也完全是因他而起。若没有他同张家小姐的那件事，母亲就不会坚持让父亲和他外出打虎，也就不会因此而丢掉性命。他的罪过与盘瓠大王的儿女们并没有什么不同。当年，盘瓠大王的儿女们，可以把责任推卸到了老牛的身上。如今，他对于父亲的枉死，责任却是无法推卸的。每当想到这些，他更加感到自己的罪孽深重。

火儿到达盘瓠崖，已是晌午过后。他进得舅家的吊脚楼，堂屋里没人，便径自往背后的拖栅走，外婆坐在那里打草鞋。火儿向外婆请安时，树保舅舅闻声而至。

"来了就好，明天龙船上正缺人。我还当你不会来了哩！"火儿的到来，使得舅舅很高兴。

"在屋里，闷得慌，百事都不想做，闲着也是闲着，娘就让我来了。"火儿神情戚然。

外婆看着火儿的样子，很是心痛。她停止了打草鞋，并解下腰间的绊索，起身往堂屋走。她关切地说："火儿，外婆晓得你是个孝子，可人死不能复生，你爹爹是在劫难逃，你要想开些，莫让你的娘为你伤心。"

"外婆，火儿听您的。"火儿说着，把一大包丝烟送给外婆："外婆，这是您喜欢吃的洪江丝烟。好醇和的。"

外婆接过丝烟，喜不自禁，连声说："还是我的外孙懂得孝敬外婆。"

外婆虽是火儿母亲的后妈，却一点也不比亲妈差。火儿爹爹过世时，外婆作为长辈，年纪又大了，本不必前去参加葬礼，老人觉得，老者过世了，后娘也应该像亲娘一样，去关切悲痛中的女儿，她还是翻山越岭，亲自前去参加了女婿的葬礼，给了火儿的母亲极大的安慰。通过这件事，火儿便对外婆更加敬重了。

这时，树保告诉火儿说："寨子里来了一个龙船师傅，说是认得你。昨天夜里就住在我们家。今夜还要歇一晚，明天看了龙船再走。"

"啊！是哪里的老司？"火儿问。

"米家滩的。"舅舅回答。

"米家滩的？！米家滩没有老司呀！"火儿感到奇怪，怎么会有米家滩的老司来"游船掳瘟"呢？他告诉舅舅："米家滩就只有一个学巫的，招在龙家垴我师父屋里做上门女婿，名作旺儿。不会就是他吧！"

"就是他。"外婆说："这伢儿我认得。那年你'抛牌过印'时，我在你屋里见过他。"

树保立刻接腔："是呀！我也是见过他的，这伢儿十话九不真，我都被他给弄糊涂了，明明和你是师兄弟、是亲戚，却硬说只是认得你，没和你做过一路。"

外婆说："他一进屋，我就认出了他。阿春对我说过，这伢儿不地道，同火儿做一路学巫，仗着他的姨娘，做了几多的过恶事。"

火儿连忙说："外婆，您千万莫计较这些，更不要为他的难。师父过世后，他屋里少了顶梁柱，就死脉断筋，少了活钱，日子就过得艰难。他也是走投无路，才来做这讨吃的门径，成了百家门上的龙船客。他是怕失面子，才捏了这个白的。"

"火儿，你这是怎么了？你如今三十岁了，连婆娘都还没进屋，不就是因为他，你才没当上师父家的上门女婿吗？你怎么反过来还帮着他讲话呢？"疾恶如仇的外婆，不满意火儿的宽容。

火儿说："外婆，您把话说到哪里去了。我三十岁婆娘没进屋，与他不相干。不管怎么说，他都是我的表姐夫。我们做一路学巫那多年，他有对不住我的地方，我也有对不住他的地方。如今，他是为了我师父一屋人的生计，才扛起龙船走百家，也真是难为他了，要是早晓得他在这里，我就不会来了。他是个最爱面子的人，我不能和他对面，让他下不来台。趁着他还没回来，我这就回铁门槛。"

"唉！"外婆叹着气说："伢儿啊！你总是为别个着想。"

这时，伴随着一声"我回来了！"旺儿便出现在了大门口，火儿想要躲闪，已经来不及了，正和旺儿打了个照面。

"旺儿哥！"

"是你——"

"这里是我外婆屋。"

旺儿尴尬万分，脸巴子刷地立刻红得像猪肝。一扭头，扛起倚靠在壁檐脚的干龙船，飞也似的离开了吊脚楼。

"旺儿哥！"火儿一边喊叫，一边追了上去。

旺儿扯起脚，飞快地走上了浦溪边的花阶路。火儿追了几步，觉得没必要，便停下了脚步。望着旺儿远去的身影，火儿有说不出的酸楚。对于师父这户人家，火儿一直心存歉疚与愧悔。他在等待着补偿的机会，没想到等来的是这样的场合。本来就降到冰点的关系，如今又雪上加霜。他后悔至极，真不该到这里来做龙船客。

夜里，火儿睡在旺儿先天睡过的床上。大端午的凌晨，盘瓠庙前的坪场上，将进行隆重的剽牛祭祖。往常，他每次都是以一个勇猛杀手的姿态出现。面对着可怜兮兮的老牛，他没有怜悯，只有仇恨。是老牛的过错，酿成了儿女弑父的悲剧，使得苗家的先祖惨遭不幸。今天，当自己成为父亲罹难的罪魁祸首时，火儿不敢想象，他将如何面对那样的场面。他直挺挺地躺在床上，仿佛也变成了一头任凭宰割的老牛……

突然，三响震天的铁铳声把火儿惊醒，紧接着是"嘭嘭"的敲门声。两个表弟在催他上路。火儿实在不愿意加入这样的场合，却又无法躲避。他极不情愿地起了床，汇入打着火把、操着梭镖的岩板路上人流之中，涌向那村头的盘瓠庙。

盘瓠庙前的祭场，被火把映照得通明。祭主廖老根将一头老迈的水牯牵进了祭场。吆喝声中，几个精壮后生，用山中采来的葛藤，把老牛牢牢地拴在了祭场中央竖立着的那根岩桩上。往年此时，火儿是必定参与拴牛的。今天，他成了一个旁观者。他向老牛投去悲悯的一瞥：那老牛毛色干枯，牙齿放水，身板瘦削，四蹄轻飘，只有一双弯弯的牛角，还依稀可见它昔日的雄风。面对火把的光亮、嘈杂的人声，老牛凭着与生俱来的灵性，仿佛得知将要走到生命的尽头。死到临头的老牛，惊恐万状地喘着粗气，四蹄不住地颤抖。猛地，火儿感觉到有人在身后拍他的肩膀，回头一看，原来是树保舅舅。

"去吧！去给老牛喂点上路食。"树保舅舅说着，把一个偏口竹筒递给了火儿。竹筒里溢出的是"苞谷烧"的酒味。

火儿走到老牛的跟前，勒住鼻串，掰开嘴巴，将竹筒插到嘴巴里，烈性的"苞谷烧"灌入了老牛的咽喉。下肚的烈酒迅速融入老牛的血脉，亢奋的老牛两眼变得绯红，"乜"地长叫了一声。火儿丢掉竹筒，抚摸着老牛的面颊，仿佛在表示着他深深的歉疚。

这时候，祭场响起铿锵的锣鼓声、震天的吆喝声。手持梭标的后生们，听从祭主廖老根的召唤，向着祭场中央的椎牛处聚拢。火儿强打精神，也来到了廖老根的面前。只见那廖老根撩起长衫，对着老牛的四方跪拜。他在起身后，屏住心气，手握朱笔，向着空中一扬，锣鼓声、吆喝声戛然而止，祭场顿时鸦雀无声。廖老根大声诵念起《椎牛古根》来：

选得吉日，择得良辰。乡亲聚首，宾客光临。又是一年端阳节，盘瓠龙舟接祖灵。"果雄"[①]本是龙犬种，"果抓"[②]同是龙犬生。六男六女遍天下，都是盘瓠好子孙。多嘴老牛生罪孽，害得儿女杀父亲。盘瓠庙前

---

① 果雄：湘西苗族人的自称。
② 果抓：湘西苗族人对汉族的称谓。

祭先祖，要拿老牛来偿命！

廖老根神词诵念完毕，祭场上锣鼓齐鸣，人声鼎沸。众人高举火把，一齐拥向老牛。廖老根手握朱笔，在老牛的前左腿上，画了个碗口大的圆圈，接着又带领着后生们，打着吆喝，舞着梭镖，围着拴老牛的岩桩绕圈。拴在岩桩上的老牛，也在围绕着岩桩打转。老牛怯生生的眼睛，望着寒光闪烁的梭镖，先是渗透出莫名的恐惧，继而便掉下了悲怆的泪滴。火儿亦步亦趋，跟随着绕圈的队伍奔跑。他的位置，恰恰和内圈的老牛同步。老牛泪水长流的眼睛，就一直在他的面前闪现。劳碌终生的老牛对祖辈闯下的弥天大祸，显然是一无所知，却要这样充当着出气筒的角色。火儿见老牛可怜的模样，禁不住落泪了。老牛忽然停止了脚步，屁股一翘，屙了大大的一泡牛屎。在场的所有人立刻舞动火把，欢腾雀跃起来。死到临头的老牛，还不忘屙金屙银，给山寨带来祥瑞的吉兆。此刻，火儿对于老牛，除了怜悯之外，更多了一份崇敬。后生们在祭主带领下奔跑了三圈之后，停止了脚步，内圈的老牛却依然在绕着岩桩奔跑，当老牛奔跑到廖老根的面前时，只见他手执明晃晃的梭镖，朝着牛身上画着的那个红圈里狠狠地刺了第一枪。老牛的项下，顿时鲜血喷涌，染红了拴牛的岩桩，也染红了岩桩下的泥土。负伤的老牛，撒开四蹄，起势奔跑。它被葛藤牢牢地拴在岩桩上，奔跑只能围绕着岩桩进行，接着，所有手执梭镖的后生，都在老牛奔跑经过自己的面前时，对准那红圈用梭镖猛刺。老牛的鲜血不住地喷涌，直到那朱笔画的圆圈变得模糊不清。而后生们刺杀的目标，却是更加准确了。火儿面对惨不忍睹的情状，神情变得恍惚。所有人中，唯独他的梭镖迟迟没有出手。老牛在经过垂死挣扎之后，渐渐放慢了蹒跚的脚步，一个踉跄，便瘫倒在了鲜血浸染的祭场。在人们的欢呼声中，奄奄一息的老牛，流淌着最后的伴着鲜血的老泪，延捱着生命的最后的时光。火儿见这般情景，他的心仿佛也在流血，呼吸也变得急促起来，他眼睁睁地看着老牛走向死亡，而无力拯救这无辜的生灵。这时，他感到有人在背后拍他的肩膀，回头一看，原来是祭主廖老根。今晚火儿魂不守舍的模样，引起了他的注意。这后生的父亲过世都快半年了，难道他至今仍然沉迷在悲痛之中？既然是来到外家祭盘瓠，划龙船，就应该振作起来，像个男子汉的样子。怎么能这样蔫里叭叽，连个梭镖也不敢出手呢？

"怎么啦？后生家。你的梭镖未必是吃斋的？！"廖老根的话语里充满着期许。

火儿在众目睽睽之下没有了退路。他虽然并不情愿，却也只得拿起梭镖，对准老牛的伤口刺去。这时候，老牛忽然抬起了头，迷离的泪眼，像是在哀求他手下留情。火儿的手不由得颤抖起来，梭镖也随之不住地晃动。他的迟疑与软弱，全然不像椎牛者所为，立刻招致了一片嘘声。正当他下不来台的时候，树保舅舅来到他身后，捉住他握梭镖的双手，对准老牛的伤口拚力刺去。梭镖长驱直入，直刺老牛的心脏。火儿顿时感到眼前一片漆黑。而那老牛的伤口里，流淌出了最后的殷红。祭场上，嘘声变成了欢呼声。老牛用不住的抽搐，进行着最后的挣扎，直至结束生命。手执梭镖的人们像得胜的士兵，朝着老牛尸身的四周一拥而上，欢腾雀跃。火儿却是拄着手里的梭镖，悄悄儿隐退到祭场不显眼的角落。他步履沉重地走下岩坎，下到浦溪边，就着滔滔的流水，清洗梭镖上的血腥……

火儿清洗过梭镖，没有回到祭场。他坐在溪边的一块岩石上，面对着流水的粼粼波光久久地发呆，似乎是在忏悔适才间犯下的罪孽。祭场那边，传来嘈杂人声，他经历过许多次这样的盘瓠椎牛祭，熟知那里的情形。此刻，料定老牛的牛头、牛尾和四蹄，已经供奉在盘瓠大王的牌位之前。盘瓠庙的拖棚里，已经支起了锅灶，大块大块的牛肉，正在铁锅里烹煮。当初，老牛对于盘瓠大王的死，不过是犯有间接的过错。它却付出了生命的代价，还要累及它的万代子孙。火儿不由得再次联想到自己：他的过错不但导致了父亲的死亡，还涉及张家的另外两条人命，比起老牛来，他的罪孽显然要深重得多。梭镖刺杀的，铁锅烹煮的，应该是他，而不应该是老牛。而他却成了终结老牛生命的杀手……

"火儿，找了你半天，原来在这里。大王已经敬过，牛肉就要起锅。走，我们吃牛肉去。"树保舅舅走到身后，俯下身子对火儿说。

火儿没有回答舅爷的话，只是摇了摇头。一阵晚风，把空气中弥漫着的牛肉味道吹到了浦溪边。这头老牛的肉，火儿是不忍心吃的。香喷喷的牛肉，在他的心目中变得又膻又腥。火儿下意识地打了个干呕。

"火儿，你这是怎么啦？"

"我有点儿不舒服。你去吧！我想在这里再坐一会儿。"

"那好，等会我给你端一碗牛肉来。"

"不必了，我肚子饱，一点也吃不下。"

"那就给你盛一碗，让你带回去给娘吃。你娘是最喜欢吃牛肉的。"

"不必。爹爹过世以后，我娘一直在吃斋。"

廖树保惴惴不安地走了。他一边走一边叹息，姐夫的过世给姐姐一屋人带来的打击，实在是太沉重了。

树保舅舅走后，火儿仍然坐在浦溪边。夜色朦胧，溪水幽暗。他如同黑夜里拢不得码头的小船，茫然不知所向。他把一双穿着麻耳草鞋的脚，浸泡在溪水里，似乎要让这滔滔的溪水，冲开他心中的郁结，洗去他心中的忧伤……

"火儿哥！"

火儿被表弟的叫声惊醒。这时候，已经是大端午的清晨。龙船即刻就要开江，表弟是来催兵的。火儿连忙从溪水里抽出了双脚，站到了岸边。

"龙船都下水了，等着你上船哩！"表弟说着，递过一片笋壳叶："喏！给你。"

火儿接过表弟递来的笋壳，夹进头上裹着的青丝头巾里①。龙船寮里的两条龙船，被拖到了溪边。火儿脱下麻耳草鞋，系在腰间，赤着脚向龙

---

① 盘瓠是苗族人的犬图腾崇拜,苗人称盘瓠为神犬,划盘瓠龙舟时,都要在青丝头巾下夹一片笋壳,象征神犬的舌子。

船走去。河滩上，廖姓族人两个房族的两面蜈蚣旗，在晨风中猎猎飘拂。精壮的后生们，每人的青丝头巾里，都夹有一片笋壳，他们肩扛着长长的挠子，朝着各自房族的龙船走去。主祭廖老根扯起喉咙，在众人的同声帮和下，唱起了古老的《接龙歌》：

五月十五开神门，椎牛说古接祖神。盘瓠大王是我祖，从古祭祀到如今。又是一年大端午，盘瓠龙舟接祖灵。花船下水浦溪上，双龙并进江中行。接龙先到接龙寨，浦阳敬神最虔诚。一路行程下沉水，两岸都是好子孙。白龙崖前升天处，端阳佳节龙显身。四十八把花挠手，接回祖灵报深恩。

《接龙歌》落音，便是登船的时刻，表弟试探着问火儿："火儿哥，你来'扬脑'，行吗？"

人们立刻附和："对呀！火儿给我们'扬脑'呀！"

"不啦！实在对不住，给我一把挠子就行了。"火儿无力地摇着头说。

往常火儿来划龙船，总是在"扬脑"的位置上，指挥着龙船的行进。他的容光，他的潇洒，曾令两岸几多的看客倾倒。今天，带有孝服的火儿面容憔悴，疲惫不堪，全然失去了昔日的风貌，人们也就不好勉强了。

两条龙舟上，每条设有一个"扬脑"，一个掌艄，一个打鼓，一个敲锣，再就是二十四把挠子。在三声铁铳响过之后，浦溪上的两条龙舟，随着岸上人的欢呼声，伴着铿锵的锣鼓声，开始了并驾齐驱的游弋。龙船顺流而下，去完成迎接祖灵归来的使命。两位"扬脑"，站立在各自的船头，从容地挥动着臂膀。打鼓的、敲锣的、划挠子的，都按照他发出的信号，保持着整齐划一的节奏前行。船舱里，火儿单腿下跪，手把挠子，和其他"挠手"一道有力地划动着。两条并排而行的船只，如同离弦的箭矢，紧贴着碧波荡漾的水面前进。两岸的青山，在不住地向后移动。那座巍峨的盘瓠崖，也渐渐退隐到遥远的天边。两条并进的龙船上，"扬脑"挥动的手臂，不约而同地渐渐儿变得舒缓，锣鼓随之也轻敲慢打。荡荡悠悠的挠子，在溪水里激起的层层波浪，如同一匹碧绿的彩缎，抛撒在天地之间。两条龙船上的"扬脑"在"挠手"们的帮和下，唱起了追思先祖的《根源歌》：

水有源来树有根，祖神出世有根因。盘瓠大王是龙种，王母娘娘骨肉亲。凡人怀胎在腹内，王母怀胎在耳中。耳内孕育三千载，生下精灵裹茧层。千年老茧难破壳，无奈放在瓠中存。王母取来金盘子，金盘盖在瓠瓜身。娘娘声声叫盘瓠，龙犬破茧降凡尘……

在古老的《根源歌》里，犬图腾与龙图腾的完美结合，成为苗家的祖神龙犬。接下来，歌声又诉说了龙犬与辛女结为夫妻，生下六男六女，繁衍子孙的故事。火儿不由自主地参与着《根源歌》的帮和。对先祖的追根溯源，引发了他对父亲的追思怀念。火儿情不自禁地落泪了。龙船此行是去沅水里迎回龙犬的灵魂，他父亲的灵魂却失落在遥远的桤子岭上……

晌午时分，盘瓠崖的龙船到达浦阳镇，浦溪岸边观者如云。镇上的客商们都来讨这个一年一次的好彩头。临近浦阳时，龙船上唱起了《祝福歌》，句句都是盘瓠大王对镇上商户生意兴隆、财源茂盛的祝福。商户们认为，这种祝福会为他们带来好运，他们在通过这种途径，冲破汉苗不搭界的束缚，增加与苗人的往来与亲和。溪边，"噼里啪啦"的千子鞭，震耳欲聋的大炮，烘托出大端午的喜庆气氛。龙船上的苗家汉子们，感到从未有过的风光。他们高高地昂着头，手里的挠子，也划得更起劲了。这时，唯独火儿栽着脑壳，跟腔哼唱着《祝福歌》，不但不往岸边看，甚至背对着岸边。他生怕见到熟人，尤其是张家窨子的人。两条龙船不前不后并排拢到了岸边。龙船上汉子们，争先恐后地上了岸。火儿也无奈地起了身，跟随着众人下了船。他栽着脑壳，任额前的笋壳叶遮住了面容，他不敢想象接下来会有怎样的事情发生。上岸的龙船客，被一个个热情的浦阳商户接走。他们之间，大多是相识的熟人。火儿在镇上的熟人非常多，他虽然裁着脑壳，仍然被许多人认了出来。立刻有好几个人叫喊着"火儿"，并向他发出邀请。就在他抬头回应的一刹那，正好和四处张望的张钰龙四目相对。

"火儿哥！"龙儿叫喊着跑了过来："我猜想你会来，果不其然，你来了。"

"来了……"火儿躲避不及，木讷地应着声。

"走！到我屋吃晌午。"龙儿说着，一把拉住了火儿的手。

火儿最担心的事情，就这样发生了。龙儿不由分说抓着他的手上了路。火儿懊丧极了。他感觉到自己简直是一个在逃的罪犯，被衙门的皂隶逮了个正着。他几番想挣脱龙儿的手，却又使不出劲来。他想向龙儿表示，拒绝接受他的邀请，却始终也没能说出口。这些日子，张家和石家，都发生了重大变故，这其中的种种内情，外人并不知晓。在众目睽睽之下，他不敢轻易造次。浦阳镇上入木三分的眼睛、海阔天空的嘴巴，制造过几多惊世骇俗的新闻。他只要有丝毫的显露，就很有可能授人以柄，无中生有的爆料，就立刻会在街弄子传播开来。他纵然浑身是嘴，也是说不清的。此刻，火儿虽是极不情愿，却也就只能听之任之了。

张钰龙父丧妹亡之初，对火儿是心存怨恨的。他认为，如果没有火儿，这一切不幸就不会发生。随着时间的推移，他的心情渐渐平静。虎匠的异乡遇难，更使得他的态度大转弯。他理性地意识到，在这场变故中，火儿是无辜的。要火儿来承担责任，是不公平的。多情妹妹的任性，才是这场惨剧的根源。妹妹不但害了自己，害了父亲，还给火儿一家造成了极大的伤害。若不是为了躲避妹妹的纠缠，早已金盆洗手的虎匠，是不会带着儿子远走他乡，重操旧业，最后惨死于虎口的。是张家对不住石家，而不是石家对不住张家，没有必要再记恨这位从小相知的伙伴。刚才，他从见到火儿的第一眼起，就体察到火儿的惶惑与惊恐。两家人发生的变故，使亲密无间的兄弟变得疏离。他必须把火儿请进张家窨子，摒弃前嫌，重修旧好。

此刻，张家窨子里，刘金莲正在后堂会见从镇江打转的张秀山。两个月前，张钰龙从汉口返程的麻阳船上，得到一个惊人的消息，"顺庆"在镇江的庄号，已经人去楼空。他的三娘娄听雨，在把那四船桐油卖给洋人以后，便卷起货款带着儿女离开镇江，不知了去向。这正是张钰龙担心的事情，且全在刘金莲的预料之中。张钰龙感到丧气懊恼，刘金莲却是暗自欣喜。张钰龙提出，让大管事张秀山去一趟镇江，刘金莲欣然同意。

"镇江的庄号，确实是关张了。"张秀山向刘金莲禀报。

"打探到了吗？她带着儿女去了哪里？"刘金莲问。

"听说是去了上海。"张秀山回答。他说："也不晓得三太太是怎样想的，这么大的家业，未必就只值那么几船桐油？！"

刘金莲不无感叹地说："她虽说是窑姐所生养，但毕竟是船王的千金小姐。她明明是张复礼的三姨太，可又从不把自己当成第三房。她不愿和浦阳镇上的张家窨子有任何瓜葛，心目中只有镇江码头的顺庆庄号。这样一来，她和张家窨子算是彻底撇清了。苦命的女人，到头来还那样要强。既然如此，那就只好由她去了！"

刘金莲最牵挂的是龙儿。蒙在鼓里的儿子，不晓得自己与张家并无血缘，更不晓得镇江庄号里的双胞胎，还有铁门槛的小巫师，都是他潜在的威胁。他们或出自庶母，或生于孽缘，但毕竟都是张家的血脉。儿子虽与张家并无瓜葛，却阴错阳差地成了这窨子屋的主人。三房的心性她早已摸透，那妇人和子女携款消失，早就在她的预料之中。当儿子心存疑虑时，是她坚持要儿子把桐油发过去，冠冕堂皇地加快了那女子与张家的切割。那个小巫师也在一连串变故发生以后，与张家断了往来。她长久以来的愿望，没想到会以这种方式实现。只要儿子不再去打惹，料想也不会再生出名堂来的。她感到前所未有的轻松。这时，她忽然听到前厅有伙计在大声叫唤："龙船客来了！"

"娘！我把龙船客给您接来了。"接着，钰龙的声音又从前厅传来。

刘金莲猛地一怔，她立刻意识到，儿子接来的龙船客会是谁。不懂事的伢儿，那是个张家窨子巴不得柴开斧头脱的人，你怎么还偏偏捉起虱子往身上咬哟！

"火儿哥，你来了，快请坐。"蕙娇和火儿打着招呼，而后大声吩咐："快！准备晌午饭！"

蕙娇的话语传来，证实了刘金莲的预料，这位不速之客，果真就是她最不愿意见到的那个人。没奈何，她只得拖着不情愿的脚步，也来到前厅，一眼得见那火儿栽着脑壳，战战兢兢地站立在堂前。当刘金莲还没回过神来时，火儿突然抬起了头，泪流满面地望着刘金莲，"扑通"一声，双膝跪地，不住地磕着头，泣不成声地说："同年娘，火儿有罪，火儿有罪呀！"

刘金莲发蒙了，呆若木鸡地站在那里。蕙娇连忙上前搀扶跪在地上的火儿。火儿不依，没有得到刘金莲的宽恕，他是不会起身的。火儿不住地磕着响头，仿佛只有用这种方式，才能求得来刘金莲的慈悲与恻隐。这时候，谁也没有说话。只有那"咚咚"的磕头声，如同一记记重锤，敲击在刘金莲的心上。她不由得打了个寒战。城府深沉、心计过人的妇人心软了。这可怜巴巴的伢儿，构得成对张家窨子的威胁吗？戒备之心顿时抛到了九霄云外。她连忙弯下身子，搀扶起火儿。

"火儿，快起来，不要这样……"

火儿起了身，脑壳仍然是栽着的。他愧悔交加地说："同年娘，都是火儿闯的祸，使得同年爷和凤小姐……"

"快莫这样讲，你爹爹不也是一样吗？"刘金莲哽噎着叹了一口气，说道："说来说去，这都是命中注定，你爹爹和他们同是那一阶的人。"

"我娘她常常念着您。"

"我也一样念着她啊！你娘她还好吧！她是个难得的好人，你要劝她想开些。"

这时候，火儿才缓缓地抬起了头。刘金莲望着火儿酷似那冤家的面容，禁不住伤情与悲戚。她再次长叹一声，老天爷作出的安排，竟然是如此的残忍！

"火儿哥，后堂已经准备好了饭菜，去吃点儿吧！等会儿划龙船是要费力气的。"一旁的蕙娇轻轻儿说。

火儿没有应声，只是摇了摇头。张家人的宽容与大度，令他羞惭与不安。龙船客到商户吃饭，是限了时间的。龙儿见火儿站着不动，便将他推搡到了后堂。面对着满桌子的饭菜，火儿始终没动筷子。没多久，浦溪边传来了头班铁铳声响。铁铳声响过三班，龙船便要启动。火儿起身，向张家人告别。

刘金莲说："火儿，真对不住。接你来吃饭，可你连筷子都没摸。"

"同年娘，火儿今天来到府上，得到了您的原谅，胜过吃了龙肝凤胆。"火儿说着，对刘金莲深深一鞠躬。

金色莲台上的观世音

观音殿落成，菩萨开光的日子六月十九一天天临近，刘金莲还一直拿不定主意去不去参加那天的盛典。去参加，怕的是众目睽睽之下和那人相遇，又会给那些嚼牙巴骨的人增加胡说八道的由头；不去参加，大头工这样的场合若是不挨边，于情于理都说不过去，那些胡说八道的人又同样有话说。前回功果簿的事情，多亏得亲家母为她解的交，眼下她又遇着难事了，想让亲家母为她出个主意。

早饭过后，刘金莲来到亲家母的屋里。亲家自从送孙子去天津之后，蒙童馆便停办了，这里没了伢儿们的读书声，只有诵经的清脆木鱼声在小院里回荡。早先，印家在堂屋安了佛龛，供着观音菩萨。蕙娇嫁到张家，毓贤在天津为官，房屋空置，吉秀华便把原来女儿住的房间，腾出来做了观音堂。观音堂平日香火不断，每逢初一、十五，诵念《心经》是吉秀华必做的功课。这天是六月初一，是亲家母诵经的日子。刘金莲轻手轻脚进到观音堂，亲家母还是发现了她。

"亲家母，你来了！快到堂屋坐。"

"不好意思，打搅你诵经了。"

"没有的事。这不，今天的功课做完了。"

"有个观音堂真好。我也要照你的样，腾出间房子来做观音堂。"

"这还不容易，让钰龙、蕙娇去给你张罗就是。"

说话间，俩亲家母来到了堂屋。吉秀华快手快脚，用竹杓从茶缸里给刘金莲舀了一碗凉茶。

"亲家呢？"刘金莲喝着凉茶问。

"他呀！吃酒去了。"

"去的哪家？"

吉秀华没明说，而是翘起拇指和小指，做了个抽烟的样子，在空中晃了晃。

"怎么会去了他那里？"刘金莲诧异地问。

"茂佳说是'借钟馗打鬼'。"

"亲家母，你越说我越糊涂了。"

吉秀华说："这年头，浦阳镇上的通判、千总，走马灯似的换。新上任的丁通判，是和贤儿同科的贡生。"

刘金莲说："我听说了。前些日子龙儿已经办了礼性，到三府衙门去拜望过他。"

吉秀华说："那丁通判上任之初，念他与毓贤同科之谊，特意登门拜望，还称呼茂佳作年伯。人家给了面子，少不得要礼尚往来，屋里办了一桌菜，请他来吃杯酒，同时还请了关千总，本想让钰龙来陪客，正巧钰龙进桐山发放定金去了，一时打不了转，也不知怎的，茂佳竟然把他请了来。"

"那种狼心狗肺的人，请他来做哪样？"刘金莲不解亲家的用意。

"茂佳听说，前些时候外面编排你的那些冤枉话，都是那人在背后做的鬼。这样的一桌酒席，请他来做陪客，既是给他个面子，跟他打和牌，也是敲山镇虎，借助钟馗打鬼。要他得收手时且收手，再莫做伤天害理的事了。"吉秀华向亲家母解说着缘由。其实，那人做的鬼还远不止这些，前些日子那张"麻家窖子"的纸条子，十有八九也是他指使人干的。那件事情，蕙骄还一直瞒着婆婆和丈夫。

"难怪哟！"刘金莲说："亲家的敲山镇虎还真管用，和前些日子比，这一晌硬是清静了许多。是要点醒他：这屋里的亲亲戚戚，既有经商的，还有做官的，要钱有钱，要权有权，绝不是任他拿捏的豆腐渣。镇上的官老爷都不敢轻慢，何况他一个卖鸦片烟的。"

"莫把他看淡了啊！这些年，浦阳镇上的通判、千总老爷，来了一茬又一茬，没得一个不倒在他的鸦片烟枪下。今天他请酒，回请茂佳只是个名，拍官老爷的马屁才是真。"吉秀华说着，话茬一转："嗨！不说那些背时事了。哎！那雕匠要当和尚了，你晓得吗？"

"不晓得。"刘金莲摇着头说。其实她是晓得的。

"听说正俨法师对他蛮看重，要亲自为他剃度。"吉秀华说："呃！我正要去告诉你哩，观音会里的娘女们，后来听说那雕匠是正俨和尚请来的，和你没得关系，如今那雕匠又要出家当和尚了。她们都觉得对不住你，不该听信外面那些胡言乱语，前回的事情实在做得不该。她们要我转告你，请你多担待。"

"过去了的事，讲它做哪样。"刘金莲嘴上这样说，心里却顿时轻松了许多。

"现在没事了，理直气壮做你的大头工。"吉秀华说："常言道'心中有事心中怯'，你是'心中无事硬如铁'，菩萨开光你一定要去。"

刘金莲如释重负地点着头："是要去，我没得哪样避讳的。"

六月十九这天，吃过早饭，浦阳镇三街四十八弄的妇孺，都结伴相邀，前往浦光寺。刘金莲也带着蕙娇、乖妹、丫头石榴，还有特意从蜡树湾赶过来的邬月娥，一同上了路。在湘西，观音娘娘的庆典，是女人们的节日，也是女人们借口聚会的由头。平时，家家都只有男人的戏唱，仿佛只有到了这时候，女人只要说一声观音娘娘，男人便不敢轻易造次。这天，从浦阳镇一直到浦溪渡口，涌动着见头不见尾的人流，岩板路上走着的人，十有八九都是女眷，有大姑娘，有堂客们，也有老太婆。浦阳山上，浦光寺巍然屹立，新落成的观音殿格外显眼；浦阳山下，清清的浦溪水静静地流淌，拦住了上山人们的去路。繁忙的浦溪渡口，站满了等渡船的女眷。刘金莲一行人到达渡口时，伍秀玲带着儿媳林琼香也随后赶到，亲家母吉秀华则是和姐姐吉秀英一屋的女眷做一路来的。这时，渡船已经驶离了码头。普佬过世后，接手的渡子名叫喜发。喜发拉动木绊把，渡船便沿着长长的过河缆子，晃晃悠悠地驶向对岸。码头上，等渡的女眷越来越多，她们大都是观音会的忠实信女。刘金莲笑容可掬地和她们打着招呼，她们都争着和会首攀谈，仿佛有说不完的知心话。不久以前，镇上谣言四起，她们当中的好些人竟也信以为真，还做出了对不住会首的事。如今真相大白，谣言不攻自破。那样的事情是不可明言的，她们的歉意只能在心照不宣中表达。

这时，两个苗家妇人行色匆匆地朝着渡船码头走来。中年苗妇拎着一个小小的印花布包袱，青年苗妇用挑花背带背着一个伢儿。背上伢儿的大声啼哭，吸引了码头上众人的目光。当刘金莲朝她们望去时，正好与中年苗妇四目相对。天哪，这不是火儿的娘吗？怎么她也来了？与此同时，阿春也看到了刘金莲。阿春在一愣之后，又立刻回过神来，便朝着儿媳使了个眼色，儿媳当即心领神会。这三个原本知根知底的妇人，在这种场合只能是形同陌路，装作谁也不认得谁。

"这位大嫂，伢儿这是做哪样？"刘金莲以陌生人的口吻问道。

"不晓得是做哪样，老是哭个不歇气。"阿春回答。

"这样哭下去，伢儿要是抽了风，那可就麻烦了，去镇上找个郎中看看吧！"刘金莲关切地说。

阿春却说："不打紧的，到观音菩萨面前作个揖，伢儿自然就不哭了的。"

扯扯渡船打了回转，女眷们纷纷上船。

"太太，我们也上船吧！"石榴催促刘金莲。

刘金莲没有立刻上船，而是回身对阿春说："你们婆媳快上呀！伢儿哭得造孽，赶紧去到观音殿，带着伢儿给菩萨作个揖，菩萨是有求必应的。"

阿春也不客气，会心地说了声："多谢！"便和儿媳一道上了渡船。

那儿媳背上的伢儿，仍然在"哼哼唧唧"地啼哭着。

刘金莲和廖阿春，两只昔日的歧路亡羊，终于殊途同归，在这里同船过渡。这条浦溪，这个渡口，曾发生过那么多抹不去的往事。几十年来，几代人的阴错阳差，无一不是从这里起根发蒂。若不是苗女在这条溪河里的那次裸泳，就不会有公子哥儿的横生罪孽，就不会有富家小姐的报复和移情，就不会有苗家手艺人留下的骨血，也就不会成为张家窨子今天的主人；若不是苗女把那个打胎药的纸包丢弃在这溪河之中，无辜的生命也就不会来到世上，富家公子的苗裔就不会在穷乡僻壤生根立命，世上就少了一个香火通行的巫师；若不是浦溪里发生的这一切，梵净山上就少了一个为菩萨造像的雕匠；芳草第里的坤旦就少了一个依傍，世界上也就少了那个要命的"夫妻相"；听雨阁里的小寡妇就少了一个知音，若不是这里的裸泳带来的逢场作戏，便没有一个水底的冤魂……滔滔浦溪的流水就如同一面镜子，几十年间照出了人心，照出了大千世界的形形色色，那原本应该戛然而止的故事，经过几个家族、几代人有意无意的演绎，就如同这浦溪的流水，看不到尽头……此刻，溪流又在托载着两个当事的妇人，继续着她们生命的行程。她们装作谁也不认得谁的样子，却在大热天里挨身而坐，直至相互能体察到对方的体温。如今，男人们入土的已经入土，出家的就要出家，女人们的惺惺相惜，就显得尤为珍贵了。渡船拢了岸。刘金莲在渡船的摇晃中起身，打了个趔趄，阿春急忙顺势挽扶了一把，刘金莲站稳了，对阿春报以会心的一笑。这个细节，所有的人都没有注意到，唯独机敏的印蕙娇看在了眼里。

"今天是观音菩萨开光，你们晓得吗？"路途中，刘金莲轻轻儿问。

阿春不想和刘金莲显得太亲密，故意装聋作哑。她的心里却在说，怎么不晓得？雕观音菩萨的雕匠就到过我的屋里，还给我留下过银子呢！

"晓得的。"儿媳见婆婆没搭腔，觉得不礼貌，便轻声儿回话："这不，天还没亮，我们就动身往这里赶。那雕——"

儿媳的"雕"字才出口，婆婆急了，立刻抢过话头，编了个门子说：

"雕（叼）哪样！不就是那叼走了鸡婆的黄鼠狼，闹腾得大半夜不得安生吗？要不然我们早就到边了。"

儿媳妇一头的雾水，不明白婆婆为哪样要抢过话头，无中生有地生出个黄鼠狼叼鸡婆的话来。她不知缘由，不敢再多嘴了。

阿春满以为她的这个马虎眼，足以把儿媳的失言遮掩。殊不知刘金莲凭着对"雕"字的特有敏感，听出了其中的玄机。哪里是黄鼠狼"叼"鸡婆？分明是雕匠回乡时，路过铁门槛，曾经进到过他们屋里。那个当年为她付赎银的汉子，除了悼念亡友以外，还在那里做了些哪样呢？

妇人们来到了浦光寺的山门前。刘金莲紧随在阿春的身后，栽着脑壳，拾级而上。她的心在"砰砰"地跳。她既盼望见到那个一直在牵挂着她、为她默默付出的人；又害怕见到那个一直在困扰着她，为她制造了无数烦恼的人。突然间，前面的妇人停下脚步，在岩阶上挪出个位置。她一步迈上岩阶上，与苗妇并排而行。苗妇忽然把身子挨近，轻声儿说了句只有她能听得清的话："你要稳住！"

说也奇怪，阿春的这样一句话，果然稳住了刘金莲的心神。她紧张而焦虑的情绪，顷刻变得平静而坦然。她以轻松的心态，和信女们一同进得山门、金刚殿，直奔前殿。在这里，大雄宝殿居其中，左边是地藏殿，内有巨大的转轮藏。右边是重修竣工的观音殿。坪场上，瞻仰新修佛殿的僧俗摩肩接踵。刘金莲代表浦阳镇一方土地的信众，一直在尽心竭力地从事这项善举，奈何那谣言，使得她险些儿打了退堂鼓，多亏亲家母的鼎力相助，好不容易才稳住了阵脚。面对着巍然屹立的观音殿，她不由得百感交集，尘世间的许多事情，都是这样身不由己！

刘金莲和信女们一同进到重修的观音殿。佛龛上，观音菩萨的金身为黄色的布幔所盖罩。香烟缭绕的佛龛之前，摆放着一个崭新的功德箱，善男信女们正挨个儿去到那里，投进银钱，结下善缘。

刘金莲全然没注意到，此时她进入了一个人的视线——正俨法师的关门弟子，即将剃度的麻大喜，来检视开光大典的现场。他正要抽身离去时，无意中发现了人群里那久违的身影，那双难以忘怀的眼睛。不久以前，这位不忘旧情的女子，还在为他的后半生做精心安排。为了避免尴尬和困扰，身材矮小的雕匠，迅速退到大殿一个不起眼的角落。他透过攒动的人头，看到了刘金莲身后的伍秀玲。刘家少奶奶他是很熟悉的，伍秀玲的身边跟着个女伢儿，麻大喜一眼就看出，这女伢儿相貌酷似他的弟妹阿彩，却又渗透出麻家人磨灭不掉的影子。二喜和阿彩留下的女儿，果真由刘金莲做主，成了她娘家的内侄媳妇。麻大喜惊讶地发现，刘金莲身边，竟然是铁门槛石老黑的遗孀。他神情专注地倾听着她们的对话。

"这位大嫂，准备了功果吗？"

"准备了一点。"

刘金莲说："那就请吧！先给观音菩萨表个孝心，再到菩萨跟前作个揖，菩萨保佑，伢儿就会乖得像小狗一样。"

"不了，太太，你们先请。"阿春懂得礼数，不愿意占先。

刘金莲也不勉为其难，便径自去到功德箱前，同行的女眷们立刻紧随其后。张家、刘家、林家和印家，都是浦阳镇上有面子的人家，众人的目光，立刻聚焦到这些女眷的身上。麻大喜也睁大了两眼，注视着那里发生的一切。只见那打头的刘金莲往功德箱里投下了两锭五两一锭的"方槽"。紧接着，吉秀华也投下同样数目的银锭。两位亲家母，各以十两银子，拔得头筹。其后的伍秀玲、乖妹、吉秀英、林琼香、邬月娥、印蕙娇，都投下了数目不等的银两、铜钱。就连小丫头石榴，也投下了一串制钱，到底是大户人家，才如此阔绰大方。轮到廖阿春了。刘金莲出于关切，没有马上离开，而是站在了她的身边。廖阿春站在功德箱前，深深地吸了一口气，从一个小印花布袋里取出一锭五两的"方槽"，"咣当"一声，投进功德箱里，令人们意想不到的举动，立刻在大殿里引起了轰动，继而她又取出一锭，再投进功德箱里，大殿里所有的人都愣住了，就连刘金莲也匪夷所思。这时，阿蓓背上的伢儿哭声大作，她不住地摇着晃着，哭声依然不止。功德箱前的妇人对儿媳说了声："解下来吧！莫再背着了。"在儿媳从背上解下伢儿时，阿春又一连投下了两锭"方槽"，从背上解下来的伢儿，哭声果然小了些。

"哪里来的大施主，出手那么大方？"

"是啊！这妇人怎么从来没见过？"

"哈！黑角弯里杀出来个程咬金，连张家、刘家、林家、印家都被她给盖了。"

刘金莲脸上被讲得辣扎扎的，心想这婆娘怎么了？莫非是在哪里挖得一窖银子？！

阿春还在继续往功德箱里投放着"方槽"。每投下一锭，都引起人们的一次震动。她前后一共投下了八锭。五八共四十两啊！殿堂里，所有的人都目瞪口呆了。妇人一身苗家妇人的装束，拎着个印花布口袋，不像是个有钱阔太太的样范，出手却是如此的大方。观音殿里，所有的人都百思不得其解，唯独委身在大殿角落里的麻大喜明白底细，为了妇人投下的这四十两银子，他在梵净山上积攒了十八年。他按照当年对老朋友的许诺，把银子送到铁门槛，为昔日的"羊婆"补清了赎银，也为自己还清了孽债，遗憾的是老朋友已不在人世。他试图以这种方式了断前缘，心安理得地皈依佛门，没料到老友的遗孀竟在这样的场合意外出现。"强盗婆"竟然以"吊羊"所得，成为这开光大典上最大的施主。更不可思议的是，"羊婆"和"强盗婆"，居然亲密无间地站在了一起。那四十两银子，由"羊婆"的赎银，变成了观音殿里的功德。人世间的善和恶，原来不过一步之遥，而舍弃一个"情"字，却又是那样的艰难。六祖《坛经》的教诲，正俨法师的开示，都可以用"舍弃"二字来归结，他似乎也心领神悟，而要付诸实践，又谈何容易！麻大喜意识到此地不可久留，一转身，便闪出了观音殿的后门。

"请问大施主，来自何方高门大户？"有人对阿春这样提问。

阿春没有回答，只是对那人笑了笑。她走到儿媳身边抱过伢儿。那伢儿依然在"咿咿"地轻声啼哭。

"伢儿，莫哭了。我们来一同拜过观音菩萨。菩萨保佑你长命富贵，易养成人。"阿春抱着伢儿，和儿媳妇一道，跌跪在草蒲团上，对罩盖着黄色布幔的观音菩萨金身连拜了三拜，说也奇怪，就在这一刹那间，伢儿的啼哭声戛然而止了。

"蕙娇，观音菩萨真是灵验啊！"邬月娥捅了一下蕙娇，轻声儿说。

蕙娇没回话，只是点了点头。她心想，大热的天，把伢儿捂在背上沤着，怎会不哭呢？放下来，凉快了，就自然不哭了。当然，在这种场合，话是绝对不能这样说的。

伢儿停止啼哭，阿春脸上浮出了笑容，显出了久违的酒窝。自从收了雕匠的四十两银子后，伢儿就病病恹恹，没有安生过一日。如今，当不义之财成为佛前的功果时，伢儿就得到安生了。

这时，一个小沙弥来到阿春的跟前，双手合十，躬身说道："大施主，女菩萨，方丈有请，客堂待茶。"

阿春听说是方丈有请，慌了神，连声说；"不不不！不口干，不喝茶。"

妇人的回话，引发了大殿里的哄笑声和七嘴八舌。

"方丈有请，多大的面子，快去呀！"

"快去，去喝杯茶，留个名。"

"是呀！出了那么多的银子，怎么连个名也不留呀！"

阿春万万没想到，来路不光彩的银钱，居然为她增添了意外的光彩。强盗婆和大施主本不搭界，却阴错阳差地成了一个人。她没得胆子去见方丈，更不敢告诉别人她家住哪里，姓甚名谁。铁门槛的人，除了去做"棒棒客"，是不会有那么多银钱的。她必须赶紧离开这里。她一把拉起儿媳，说了声"我们走！"当人们还没有回过神来时，婆媳二人就已经扯脚出了观音殿。人们惊诧不已，这婆媳二人是怎么了？刘金莲一步追了上去，想把这婆媳二人叫住，闪念间，又觉得没有必要，便停止了脚步。婆媳二人走了，三脚并两步，连头也不回。全然不像是拔得头筹的大施主，而像是仓皇出逃的案犯,一眨眼,她们就出了浦光寺的山门。

婆媳二人的离去,给大殿里所有的人留下了解不透的谜,也令刘金莲百思不得其解。印蕙娇将婆婆拉到大殿的角落,压低嗓门轻声儿问:"婆婆,这位施主你认得?!"

刘金莲没有回答儿媳的问话,只是喃喃地说:"奇怪!他们家哪来这么多的银钱……"

印蕙娇体察出了婆婆的窘态,料定其中必有隐情。她不便再追问婆婆,而是发出和婆婆同样的疑问:"是啊!这位苗家阿婆哪里来?怎么会有那么多的银钱?又怎会如此出手大方呢……"

麻大喜从后门出得观音殿,回到他的卧房——后殿侧边的一间杂屋。屋里陈设极其简单,一架床铺,一张桌子,一条板凳,一盏青灯,再就是一个工具箱。菩萨开光,功德圆满,正俨法师将为他剃度。削发为僧之后,他将从这里搬到僧人合住的广单。在观音殿里,久违的故人闯进他的视野,他静如止水的心境,也止不住泛起了涟漪。他拒绝了故人为他所做的精心安排,故人的身影却在他的眼前挥之不去。玉镯虽然已舍弃在金刀峡,心中的情结却依然难以舍弃。这种情结,酝酿在他枯竭的心田里,得到了最真切的流露。他手握凿刀,尽心尽力为菩萨造像。香楠木的纹理中,渗透着他苦涩的记忆;菩萨真容的眉宇间,凝聚着他圣洁的心灵。他也曾三番五次告诫自己,菩萨就是菩萨,凡人就是凡人,二者之间的任何混淆和等同,都是对菩萨的亵渎和玷污,然而,当他面对着香楠木走凿行刀时,却又不由自主地将凡人的音容,融入了菩萨的神韵之中。他意识到自己闯了大祸,非议必定铺天盖地,没想到的是,他竟然得到正俨法师的首肯。正俨对他的技艺大加赞赏,说在他的一生所见中,这尊观音菩萨金身可视为翘楚,雕匠心中一块石头这才落了地。凡人的精气神,菩萨的佛法僧,融汇于凿刀之端,原来也是可以创造出奇迹的,可叹他雕了半生的佛像,临到收山之时,才明白了这个道理。

这时,观音殿的钟声骤然响起,打断了麻大喜的思绪。开光大典已经揭开了帷幕。他作为菩萨金身的雕造者、即将遁入空门的向佛人，本应该参加这样的盛典，去领略手艺人的成功喜悦，去表达出家人的崇敬虔诚……此刻，那位故人作为复修观音殿的大头工，势必在显眼的位置出现，成为僧俗关注的焦点。他本可以坦然面对，却选择了刻意回避。他明白，世事纷纭，人情险恶，仅有他的坦荡是不够的。他不愿意给故人带来尴尬与伤害，也不愿意给自己带来困顿与纷扰。他心安理得地躲进这狭小的空间，享受着孤寂带来的宁静。他端坐桌前，从抽屉里取出《坛经》，摆在桌上。"昌杰藏书"的印迹赫然出现在眼前。三十年了，他每次诵读《坛经》之前，都要端详这个印迹，品味老人的良苦用心……

观音殿里，梵音佛乐不绝于耳，开光仪式正在进行。今天的仪式，由来自梵净山坝梅寺的隆参法师主法。在"南无观世音菩萨"的声声呼号中，杨枝净水，洒过殿宇，香、花、灯、茶、果、乐俱已敬献。只见那身披镶金大红袈裟的隆参法师，慈眉善目，神采奕奕，伫立在罩盖着黄绫的观音菩萨金身之前。他的身旁：左边是来自辰州府龙兴寺的方丈宝森法师和本寺的首座正俨法师；右边是来自辰溪丹山寺的方丈永清法师和本寺的副座德明法师。法师们的身后，是以刘金莲为首的信女们，齐刷刷拈香跪拜在蒲团之上。大殿两旁，奏乐的僧人各执其事，唱赞的比丘整齐排列。维若司仪，隆参主法。维若一声"乐止"，大殿立刻变得鸦雀无声。在庄严肃穆、亲和祥瑞的氛围里，隆参法师躬身"申奏"：

时维

大清光绪二十一年岁次乙未六月十九日。伏以

佛生西域，自汉朝而献瑞；法传东土，由唐代以流芳。浦光古寺建于唐，兴于宋元，鼎盛于明清。寺内观音殿，佛光主照，解厄弭灾，民等皆沾泽沛。是以天有不测风云，道场於先年不幸遭遇火灾，延烧殆尽。菩萨未得供养，信众无以为依。今据

大清国湖南省辰州府浦阳镇观音会会首、信女张门刘氏金莲，右暨合

众人等，启发诚心，共襄盛举，重修道场，再塑金身。今乃良辰
吉日，佛殿落成，金身安奉，开光点像，供众瞻仰。拙僧隆参百
拜申奏。意者伏为言念，切思

大慈大悲救苦救难观世音菩萨，瓶中杨柳，四时常新不异；座上莲
花，万古长开流香。度众生以慈航；济群黎於苦海。秉两间之淑
气；标万代之芳名。百福庄严相，光明照十方，众生蒙护佑，世
界共太平……

司仪的维若一声"动乐"，大殿里钟磬齐鸣，笙箫同奏，木鱼击节，
唢呐帮腔。在佛曲声中，观音菩萨金身的两侧，两名手执长长竹竿的侍者
款步而上。随着维若的一声"开"！只见那竹竿轻轻儿挑起，罩盖着金身
的黄绫飘然落下，千呼万唤始现身的观音菩萨，终于显露出真容。殿堂顿
时焕发异彩，僧俗注目凝望。仪态万方的观世音菩萨，以慈祥而亲切的目
光，俯视着大千世界的芸芸众生……

梵音佛曲依然在殿堂里飘荡。一名侍者用一个红漆木盘，装着一摞白
布面巾，端到了主法的隆参法师的跟前。隆参法师捋了捋袈裟的长袖，郑
重其事地从木盘里拿过一条面巾，对着观音菩萨做着"洗面"的比画。接
着，又拿过一条面巾，再对着观音菩萨做着"洗面"的比画……

就在隆参法师用一条条面巾为观音菩萨"洗面"时，一件本在情理
之中，却又撩发人们遐想的事情发生了。殿堂里对着观音菩萨拈香跪拜的
信女们，竟然不约而同地把目光集中到了刘金莲的身上。就连奏乐的、唱
赞的僧人，也都好奇地看看菩萨像，又看看刘金莲。他们惊讶地发现，一
个菩萨，一个凡人，二者之间竟是如此的惊人相似，特别是那双眼睛，简
直一模一样，直把刘金莲看得脸上火辣辣的。其实，这种相似并不是今天
才发现。当初，镇上的娘女们公推刘金莲为观音会的会首时，除了推崇刘
金莲雍容大度、乐善好施、热心公益之外，还有一个理由，也可以说是因
缘，那就是她和浦光寺里观音菩萨竟是出奇的挂相。观音菩萨是一双丹

凤眼，她也是长着一双丹凤眼，就像是菩萨的那双眼睛，挪移到了她的脸庞。这只能说是凡人像菩萨，而绝不能说是菩萨像凡人。当年的小雕匠却偏生颠倒过来说，以后若有机会为观音菩萨雕像，那双眼睛一定要照着她的眼睛去雕。三十年后，践行承诺的雕匠，用凿刀把本来就存在的相像，又注入了他痛苦的记忆。他将那女子的精气神，全都灌注到菩萨的真容里了。

梵音佛乐依然在殿堂里回荡。主法的隆参法师用完所有的面巾，为开光的观音菩萨"洗面"过后，又一名侍者将一红漆木盘的毛笔，端到他的跟前。他又捋了捋袈裟的衣袖，从木盘里拿过一支毛笔，持重地剔了剔笔尖，对着菩萨的金身做了个"点像"的比画。接着，他又拿过一支毛笔，再对菩萨的金身做了个"点像"的比画……

当满殿的僧俗的目光，集中到了刘金莲的身上时，印蕙娇也全都看在了眼里。一场好端端的开光法事，竟然遇到如此这般的插科打诨，她不禁为婆婆捏了一把冷汗。她想到婆婆每次听到舅舅迷药时的尴尬表情；想到婆婆和丈夫至今还浑然不知的"麻家窨子"字条……秀才的女儿眼光犀利，当人们的目光都在比对菩萨和凡人相像的丹凤眼时，她的目光却凝聚在观音菩萨的莲台之上。她打小就跟着母亲来到这观音殿上香。她清楚地记得，失火之前，观音菩萨的莲台镶嵌的是一层银箔，新近雕造的观音菩萨金身，一切都按照原日的规制，而唯一不同的是，雕匠将镶嵌在莲台上的银箔换成了金箔，银色莲台也就变成了金色莲台。这绝不是无心，而肯定是有意。金色的莲台，不正是合着婆婆的名讳"金莲"吗？那位雕匠在用最巧妙，也是最直白的手法，将他对一个凡间女子的情感，倾注在了凿刀之下菩萨的金身之上。他简直是直截了当地将婆婆当成了观音菩萨。他用明目张胆的大逆不道，来宣泄自己美好的记忆，还居然能在众目睽睽之下瞒天过海。这天大的隐秘，她也只能深深地埋藏在心底，而不能和婆婆通气，不能向丈夫透风，更不能在那位可怜却又可亲的雕匠面前叫一声"公公"……

　　金色莲台上的观世音菩萨，在金碧辉煌的殿堂里，在梵音佛乐的旋律中，一经隆参法师的朱笔"点像"，便不仅仅是木雕的艺术品，而被赋予了菩萨的品格，成为护佑万民的神灵。这时，又一名侍者端着一木盘的小圆镜，缓步来到隆参的跟前。闪闪发亮的玻璃，镶在一个个圆形的铜框里。隆参再一次捋了捋袈裟的衣袖，从木盘里拿起一面小圆镜，对着菩萨的金身"映照"。明镜映照着菩萨的金容，映照着金色的莲台，闪放出的耀眼白色光圈，在菩萨的金身上闪烁、游移、凝结。接着，隆参又拿起一面小圆镜，再次对着菩萨的金身"映照"。满殿僧俗的目光，随着那金身上的白色光圈在移动……直到木盘里所有的小圆镜，都完成了这一神圣的过程。此后，满殿僧俗在维若的引领下，同声三呼"南无观世音菩萨"！庄严持重的呼号声，在观音殿里久久回荡，开光仪典因此而推向高潮。紧接着，僧侣们吟唱起《观音赞》，刘金莲和信女们也不由自主地随声附和：

　　菩萨号圆通，降生七宝林中。千手千眼真妙容，端坐普陀宫。杨柳枝头甘露洒，普滋法界薰蒙。千层浪头显神通，光降道场中……

　　与此同时，五观堂里，几个僧人正在往长条桌上铺摆斋筵。筵席上，老南瓜红，小白菜鲜。红烧的冬瓜，油淋的茄子，醋腌的黄瓜，清炒的木耳，炖汤的香菇，散发出阵阵清香……在德明法师的引领下，刘金莲和头工们进到五观堂。法师双手合十，连连额首，说："观音殿重修道场，再塑金身，今日终得因果圆满，各位女菩萨功德无量。敝寺为表谢忱，备得斋筵，不成敬意，请各位入席赏光。"

　　信女们纷纷入席就座。唯独刘金莲还站立着，她说："我们娘女都是妇道人家，也讲不出哪样道理来。菩萨保佑百姓平安清吉，百姓孝敬菩萨理所应当。宝刹如此盛情，我们娘女受之有愧。请法师转达我们对正俨方丈的谢意。"

　　"贫僧定当转达。"德明法师说着，向信女们解释："正俨首座本当

金色莲台上的观世音

亲自前来向各位道谢，只是他此刻正在大雄宝殿主持觉空和尚的剃度，难
以抽身，请各位见谅。"

刘金莲立刻明白，德明法师所说的觉空和尚，便是因她而远走梵净
山，最后选择了在浦光寺出家的那个男人。是她把那个男人送上这条不归
路。她的内心如同翻江倒海，而在表面上却必须装作若无其事。

"觉空和尚？！觉空和尚是哪个？"不知是谁这样问了一句。

德明说："这觉空和尚，就是为观音菩萨再塑金身的麻师，他俗家
为麻家寨人，想各位女菩萨都是认得的。一个手艺人，潜心学佛，有幸成
为正俨首座的关门弟子，是他前世所修来。首座为他取的法名'觉空'，
出自大雄宝殿里那副上联嵌有九个'觉'字、下联嵌有九个'空'字的对
联：'无非觉觉；总是空空'。首座说，他在浦光寺等候了整整四十年，
终于等来了可以受用这个法名的弟子。"

德明法师不知怎的，把话茬转移到了雕匠的身上，还说了这么一大
通。斋筵上的信女们你看我，我看你，唯独不往刘金莲的身上看。她们仿
佛是在感叹，那个曾给她们会首带来数不清麻烦的汉子，到头来选择了这
样的结局。这时，刘金莲也跟娘女们一样，神态自如，做着左顾右盼的样
子。当她发现众人的眼睛都在有意回避她时，禁不住背皮一紧，感到有点
儿心神不宁起来。她毕竟是见世面的人，转瞬之间便又立刻稳住了阵脚。

两个小沙弥进到五观堂来，一人端来了盆装的米饭，另一人则拿来
了一叠荷叶，在每人的面前放了一张。参加这种宴请的客人，不是为了
"吃"，而是为了"带"。她们热衷于把食物带回，和家人一同分享。用
来打包食物的荷叶，是不可或缺的。

这时，大雄宝殿的大门，被一块黄色的布幔拦住了半截。大殿里时不
时传出正俨法师的声音，老和尚正在为他的关门弟子剃度。布幔的遮掩，
使剃度仪式变得神秘。

"舅娘，里面在做哪样？"乖妹用嘴巴朝大雄宝殿呶了呶，悄声儿问
伍秀玲。

"在剃度。"伍秀玲回答。

"是剃掉头发当和尚，是吗？"乖妹又问。

"这还要问吗？"反问的是林琼香。

"那里面要当和尚的那个人是谁？"乖妹的问题真多。

"不晓得。"伍秀玲是晓得的，而且还非常熟悉，只是不便对未来的儿媳说。

"乖妹，问那么多做哪样，姑娘家，莫探闲！"说话的是印蕙娇。

"随便问问嘛！表满娘，你说是吗？"乖妹问身边的邬月娥。

邬月娥为难了。她不晓得该如何回乖妹的话。里面接受剃度的那个雕匠，在刘家窨子做了三年的嫁妆，那套嫁妆如今就摆在金莲姐的房里，表嫂明明是认得的，怎么偏生装作不认得呢？这其中肯定存在着隐秘，她却一直还蒙在鼓里。看来，她也只能是就地滚龙，打马虎眼了。她对乖妹说："当和尚，那是男人的事情，女伢儿就不要问了。"

在刘金莲的带领下，用完斋饭的头工们正在走出五观堂。她们每个人的手里，都抱着一个荷叶包。五观堂的门口，摆着一张小方桌，桌上放着三个木条盘。条盘里，分别堆放着隆参法师为观音菩萨开光时用过的面巾、毛笔和镜子。头工们从五观堂鱼贯而出。刘金莲第一个来到桌子前，从条盘里拿取一块面巾、一支毛笔和一面镜子。此后的每个头工都依此办理，从条盘中拿取这三样物件。当所有的头工都走完这一程序时，条盘里的物件，便一件都不剩了。

"把这带给续章吧！"刘金莲说着，将一支毛笔塞在邬月娥的手里。在所有的人当中，她最牵挂的，便是这个表妹。

"不！你还是拿回去给仲儿吧！"邬月娥说。张家的三个男伢，仲儿的书读得最好。

"仲儿的笔，他外婆拿得有。"刘金莲说。

"对！我这里还拿得有。"吉秀华说："除了这支笔，还有我们俩亲家母得的面巾和镜子，眼下伢儿还不多，人人有喜，个个有财。"

这时，只见人们纷纷向大雄宝殿的方向跑去。原来是觉空的剃度仪式已经圆满，人们正急着赶过去，想看一看剃度了的雕匠，是个什么模样。乖妹和林琼香也架场动身，被印蕙娇叫住："乖妹，琼香！"

乖妹和林琼香回过头，听印蕙娇的吩咐。

"莫去了，那里没得哪样好看的。"印蕙娇说。

"是啊！没得哪样好看的。我们回去吧！"伍秀玲说着，征求吉秀华和刘金莲的意见："你们说呢？"

"回去吧！莫看了。"吉秀华说。

"好！那就回去吧！"刘金莲像是依了亲家母所说。其实，她的内心是极其矛盾的。那个在她记忆中挥之不去的故人，她渴望见到，又害怕见到。嗨！不见也罢，真要是见到他当和尚的模样，那将是无法接受的，只要能见到他雕的那尊观音菩萨的金身，就已经足够了。

• 解药

"清明下早种，谷雨播迟秧。"一年的阳春耽误不得，可临到谷雨节的前三天，龙家的秧田都还没犁转来。兰花着急上火，对着在躺椅上乏困的旺儿起了吼："哎！一日到夜懒起个尸，今年的阳春，你到底种还是不种？"

黄皮刮瘦的旺儿没有应声，只是耷拉着眼皮，白了兰花一眼。这些天来，他一直是昏昏沉沉过日子，没得一点精气神。还时不时肚子痛得呼天喊地，哪里还有精神去犁秧田哟！

"怎么？你是死人呀！"兰花恶狠狠地骂了一句。

"由在你讲，就是死人好了。"旺儿无奈地回应着婆娘。突然，他的肚子又痛起来了。痛得好厉害，像是有锥子在里面扎。他忙用拳头摁住鼓起的腹部，身子在躺椅上佝偻成了一张弓。他苦痛难挨，大叫一声"哎哟"！便滚落到躺椅下，在地上打起恋滚来。

见这等情状，兰花乱了手脚，不知如何是好，大声喊叫："娘，不好了！旺儿又在肚子痛。"

阿珍应声而至。三个崽女也随后赶到，一屋人围着旺儿，不晓得如何是好。旺儿"嗷嗷"地叫得人揪心。他蜡黄的脸色，转瞬间变得惨白，就像是要去货的样子，一屋人都吓得起了哭腔。阿珍连忙蹲下身，为他不住地抹着胸口，过了好半天，旺儿又才回过气来。

"旺儿有病，你不该这样逼他。"阿珍责怪着女儿。

"我有哪样法子？不逼他逼哪个！"兰花"呜呜"地哭了。

"旺儿，跟娘说，你到底哪里不舒服？"阿珍问旺儿。

"浑身上下，到处都不舒服，没得一点劲，连这手脚都像是别人的，每次肚子痛起来，都扯起出不得气，只差不见阎王了……"旺儿有气无力地回答。

"前晌你不是去看了郎中，捡了药吗？"

"吃了药，一点也不见效。"

"郎中是怎么讲的？"

"郎中！郎中也没得落途，说不出个子午卯酉。"

"这就奇怪了……"阿珍眨巴着眼睛，似乎在想些哪样。突然，她眼睛一亮，问兰花："兰花，屋里还放得有黄豆吗？"

"还有留来做种的黄豆。"兰花回答。

"快去拿来。"

兰花拿来一个小簸箩，里面装的是黄豆。阿珍从中撮了几粒，放在旺儿的手板心里，说："把它吃了。"

"娘，这是生黄豆呀！怎么能吃？"

"怎么不能吃？！旺儿，快吃！"

旺儿把黄豆放进嘴里咀嚼着。

"感觉到腥味吗？"阿珍问。

"不腥，一点儿也不腥，好吃极了。"旺儿说着，又从簸箩里撮了一撮黄豆往嘴巴里塞，津津有味地咀嚼着。

阿珍愣住了，说："天哪！你这分明是中了蛊啊！"

"娘！你在讲哪样？！"兰花不相信自己的耳朵。

"听老班人说，中了蛊的人吃生黄豆不觉得臭腥，旺儿不就是这样吗？"阿珍尽管不情愿，还是为女婿下了这样的结论。

这时，兰花已是泪流满面。三个伢儿并不晓得中蛊为何物，见母亲流泪，也都"哇哇"地哭了起来。

"哭！哭哪样？我这不是还没有死吗？"旺儿不耐烦，大声地起着吼。

"都怪我，硬逼着你出去划干龙船。也不晓得你在哪里被黑良心的放了蛊。"兰花含泪向丈夫陪着不是，这种情形从来都不曾有过。

"我中了蛊，你巴不得，只等我两脚一伸，马上就有人来顶替。"旺儿不领情，反而说起了风凉话。

"娘！你看这个剁——"兰花刚要开骂，觉得不妥，又咽了回去。

"怎么？还要剁我的脑壳？！你做好事，就莫剁脑壳了，就让我去中蛊死吧！也落得个全尸。"旺儿病恹恹的样子，说起刻薄话来，还一套一套的。

"都什么时候了，俩公婆还有哪样斗气嚼舌头的。"老娘生气了，对旺儿说："还不快想想，你是在哪里被放的蛊，也好去讨解药。"

旺儿说："我划干龙船，进的是百家门，吃的是百家饭，天晓得是在哪里被放了蛊。"

"你仔细想想，放蛊的蛊婆，眼睛珠子都是红的，是不是有红眼睛的婆娘、老奶给了你水喝，给了你东西吃？"阿珍提醒旺儿。

旺儿眨巴着眼睛，搜索着记忆。突然，他大叫一声："我想起来了！"

"快说，是在哪里？"俩娘女同声问。

旺儿说："在盘瓠崖！"

"盘瓠崖，那里不是有火儿的舅家吗？"阿珍问。

"对！是在那里。去年大端午，我在盘瓠崖火儿的舅家落的脚。火儿外婆的眼睛珠子绯红，她给我端来一杯浸凉水，天热，口干，我一口气就喝了下去。肯定是那个老不死的放了我的蛊！"旺儿说得十分肯定。

阿珍听了旺儿的诉说，心里凉了大半截。那个老奶是阿春的后娘，乾州来的红苗。红苗是最会放蛊的。当初火儿来学巫，原本就是让做上门女婿的，她却做主把兰花嫁给了旺儿，火儿到如今都还打着单身。老奶一

肚子的气，正愁着没处撒，旺儿偏生又成了送上门的菜，不放他的蛊才
怪哩！

"娘！既然肯定是那老奶放的蛊，你就去趟盘瓠崖，讨点解药来
吧……"兰花试探着对母亲说。

"你说得轻巧。放蛊的人，从来都是不认账的，平白无故说她放蛊，
不骂得你狗血淋头才怪哩！"阿珍说。

兰花自告奋勇："我去。我们毕竟还是亲戚，我多叫几声外婆，多讲
几句好话，不相信这么点面子她都不肯给。"

"她要是一口不认账，说蛊不是她放的，你怎么办？"母亲经历得
多，想得还是要多些。

兰花无言以对。

"没得哪样讲的，老子去跟她拼了！"旺儿气不打从一处出，脸巴子
憋得个绯红，他操起门角弯里一把柴刀，就要往门外走。兰花一把将他拖
住，三个伢儿见状，也都来扯他的衣服箍他的脚。旺儿脱不开身，一个趔
趄，险些儿绊倒，兰花趁机抢夺他手里的柴刀，旺儿硬是不肯松手。

"旺儿！"阿珍厉声呵斥："你搞哪样名堂！"

旺儿这才不得已松了手。兰花夺过柴刀，往门角弯里一撂，"呜呜"
地哭了。

"你也莫哭了。"阿珍说："千万不能搞蛮的。还是来想想别的法
子吧！"

兰花说："办法倒是有一个。"

"什么办法？"母亲问。

"火儿是外婆的最爱，要他去找外婆要解药，兴许能要到。"兰
花说。

"咦！这倒是个好办法。"母亲说。

"我这就去铁门槛。"兰花说着，立刻就要抽身。

"你给我站住！"旺儿用尽浑身气力吼叫。

兰花不情愿地停止了脚步。

旺儿胸口如同压着一块大石头，一口气老是憋着。他横下一条心，硬还是把话说了出来："你这骚货听清楚了，老子不是吃软饭的人！"

"那好，你是吃硬饭的脚色，我不管了，一屋人就箍做一路去死吧！"兰花没好气地说。

三个伢儿眨巴着眼睛，听不懂父母吵的哪样，只是嚷着："爹，你就让娘去找火儿叔吧！"

旺儿强支着身子，憋足了劲，给了三个伢儿每人一巴掌。伢儿们立刻大哭了起来，屋里顿时乱成了一锅粥。

"天哪！这是造的哪门子孽哟！"阿珍无奈地呼天唤地。

"还不快走！"兰花一步上前，对三个伢儿起着吼，娘儿四人，悲悲戚戚，朝着里屋走去。

旺儿用尽全身的气力，大声地发话："听好了，我米绍旺死要死得像条汉子，我就是中蛊死了，也绝不低三下四去求那个坏东西！"

阿珍左右为难了。旺儿中了蛊，弄不好是要死人的。既然晓得蛊是盘瓠崖的那个老奶放的，就只有去找她讨解药。能向那个老奶讨得解药的人，非火儿莫属。兰花说要去请火儿，旺儿火冒三丈，还发出了那样的话。如此说来，就只有自己亲自走一趟了。自从丈夫过世，打了那一架以后，这一屋人就和铁门槛断了往来。那年石家老表因虎伤而过世时，阿春曾特意着白狗到龙家垴报丧。她备办好了礼性，打算上铁门槛去送葬，由于旺儿的执意阻拦，最终没能成行，拨了石家的面子。如今有了难处，又去死乞白赖找人家，实在是没得脸面。可又有什么办法呢？如今是旺儿中了蛊，生命危在旦夕。没了旺儿，这一屋人就没法过。为了救旺儿一命，她也就顾不得这张老脸了。

吃过晌午饭，阿珍打了一个哄，说是去一趟米家滩，请旺儿的弟兄来帮忙犁秋田，她走出寨子，就上了前往铁门槛的那条花阶路。

刹黑时分，阿珍到达铁门槛。石家人的热情，出乎阿珍的意料，似乎所有不愉快的事情都不曾发生过。正巧，火儿从踏虎桥还傩愿回来，带回来傩坛祭品雄鸡、鲤鱼和猪头。这种情形，以往在阿珍的屋里经常出现。如今，她只能作为回忆了。阿珍几番想要说明来意，话到嘴边又咽了回去。谁都晓得，说人家放蛊，是犯大忌的，何况放蛊的人是阿春娘屋的继母。

吃夜饭时，火儿特意为父亲和师父各安了一个位子，筛了酒，还盛了饭。

阿春告诉阿珍："表嫂，这些年来，火儿每次行香火回转，吃场伙时，桌席上都要给师父安一个位子。"

阿珍深受感动，说："火儿，难得你的一片孝心啊！"

"师娘，火儿不孝啊……"火儿说话时，眼圈红了。

阿春不住地给阿珍劝菜："表嫂，吃！吃呀！是师父给了火儿的饭碗，没得师父传的道艺，就没得火儿的今天，也就没得这一桌子的菜。"

自从阿珍进屋以后，火儿就在想，师娘是不会无缘无故上门来的，她肯定是遇到哪样难处了，特别是他几次看到师娘欲言又止的样子，断定师娘一定是有事相求，却又不便开口。

"师娘，您的性子火儿晓得，没得哪样要紧事，您是不轻易走动的，都是自家人，有哪样事情，您就照直说吧！"

"嗨！真是开不得口呀！"阿珍为难极了。

阿春说："表嫂，我们两家是姑表血亲，表哥又是火儿的师父，一日为师，终身为父，火儿就像是你的亲生儿子一样，没得哪样说不得的。"

阿珍终于开口："旺儿被放了蛊……"

饭桌上的气氛立刻凝重起来。阿春以同情的眼光望着阿珍，这位表嫂的命也真是太苦了。上门女婿是一屋人的顶梁柱，要是有个三长两短，那可就不得了啊！火儿听说旺儿被放蛊，立刻想到前年大端午和旺儿在盘瓠崖的偶然相遇，想到外婆言谈中对于旺儿的极度不满，他也曾隐约地听说过外婆会放蛊，莫不外婆就是那个放蛊的人？

火儿说："师娘，您说，旺儿是在哪里被放的蛊？要我为您做点哪样？"

"火儿，旺儿是——"阿珍欲言又止。

"您说，不要紧的。"火儿宽着师娘的心。

"旺儿说，他是在盘瓠崖被放的蛊。"阿珍终于鼓足勇气说了出来。

"怎么？是在盘瓠崖？！"阿春有点儿不相信。

白狗也插言说："不可能吧！"

火儿心中有数，旺儿在盘瓠崖中蛊，不是没有可能。他问道："您慢慢说，旺儿他是怎么说的？"

阿珍说："旺儿说，前年大端午，他到盘瓠崖'游船捞瘟'，就住在你的外婆家。大热天，他吃了你外婆筛的浸凉水，看见你外婆的眼睛珠子是绯红的。"

阿春听了表嫂的诉说，相信也不是，不相信也不是。他曾经听说过，乾州来的后娘会放蛊，她还一直不相信，表嫂刚才这么一说，倒还真的有点儿靠谱。天哪！亲亲戚戚的，她不至于吧！

火儿问道："师娘，您的意思是……"

"师娘晓得，外婆最疼爱的就是你。师娘是想请你走一趟盘瓠崖，跟外婆多说几句好话，求她老人家高抬贵手，救旺儿一命。"

火儿说："火儿明白，师娘的意思是要我去盘瓠崖，跟外婆讨来解药，为旺儿哥解蛊。"

"是的！是的！"阿珍说着，转身问阿春："弟妹，你看行吗？"

阿春毫不迟疑地说："去！应该去。旺儿是火儿的姐夫，又是师兄，还是师父一屋人的顶梁柱，他们就是有天大的过节，火儿也应该出手相救。只是说旺儿中的蛊是火儿外婆放的，不过是旺儿的猜想，还拿不出真凭实据。放蛊不是好事，谁也不会承认自己是放蛊的人。火儿的外婆会放蛊，也只是外边的传言。她就是真的放了旺儿的蛊，也是绝对不会承认的。火儿去找外婆讨解药，一定要顺她的风，不能倒她的毛。一定要给她留足面子。"

"火儿，师娘一屋人就全靠你了。"阿珍说着，还想起一件事，不好意思地对火儿说："说来真不好意思。旺儿是个牛脾气，一头牛角吹到底。你们的那点事情，他是死活解不开那个心结。来请你去讨解药，是兰花提出来的，他听了就火冒三丈，还借着由头把崽女打了一顿，我打哄说是去米家滩，才到铁门槛来的。他若得知解药是你讨来的，绝不会要。你去讨得解药以后，送到龙家垴，不要露面，放在坪场对过的猪栏边，就悄悄儿离开，我去那里取。"

"都什么时候了，这人怎么还这样？！"火儿难以理解。

"火儿，难为你了，师娘对不住你。"火塘里的火光，映着阿珍眼里的泪水。

阿春说："火儿，救人要紧，你就听师娘的，你们两兄弟之间的事情，等他的蛊毒解了以后再慢慢说。千百年的亲戚，总归是要和好的。"

第二天吃过早饭，阿珍上路回龙家垴，火儿翻山过盘瓠崖。

浦溪边的秧田里，树保舅舅正在撒秧谷。火儿想到，有些话不便当着外婆的面对舅舅说，决定先在这里和舅舅打个招呼。舅甥俩蹲在田坎边，火儿简单明了地说明来意。当树保听说火儿是为龙家垴的旺儿来向外婆讨解药时，便立刻回忆起当时的情景。他说："是啊！不说不像，你这一说，倒是真有点儿像。我们屋里给客人筛茶倒水，从来都是你舅娘的事。那天，你外婆不知怎的，亲自动手给那位龙船师筛了一杯浸凉水。"

"是吗？"火儿早就听说过，蛊药大都是撒在浸凉水里的。

树保说："你外婆早就听说，师父原本是想要你当他家的上门女婿，他是拗不过婆娘，才招赘了旺儿的。后来，你外婆又听说，旺儿还邀起弟兄把你给打了，为了这些事，外婆一直为你打抱不平。天赐良机，旺儿成了送上门的菜，不放他的蛊才怪呢！"

"嗨！外婆也真是。当不当那个上门女婿，我都是无所谓的。"火儿说。

"你先进屋吧！我把这点秧谷撒完跟着就回来。"树保还特别交代火儿说："你在外婆面前，只说是跟一个亲戚讨解药，千万不能说外婆放了旺儿的蛊。外婆最忌讳旁人说她是蛊婆。"

火儿的外婆爱吃丝烟。他带给外婆的礼物，除了一包猪头肉以外，还有一包洪江出的丝烟。外婆接过礼物，喜不自禁，咧着没牙的嘴笑着说："哈哈！还是外孙晓得孝敬外婆。"

"这都是应该的。"火儿立马吹燃纸媒子，给外婆点烟。

"香火还旺吧！"

"旺得火儿做不赢。"

"不去行香火赚钱，到这里来做哪样？"

"想外婆了，来看外婆，给外婆送丝烟。"

"不对！一定还有哪样事。"

"一点小事。"

"哪样小事？"

"外婆先答应火儿，火儿才说。"

"说吧！外婆答应你。"

"嘻嘻！那我说了。"火儿说着，凑近外婆的耳边，轻轻说了声："火儿想来跟外婆讨点儿解药。"

听说是讨解药，外婆立刻板起了脸，厉声问："火儿鬼崽崽，你听哪个说外婆会放蛊，会解药？！"

火儿立刻打圆场："不不不！外婆不会放蛊，也从来不放蛊，外婆只是晓得解药，外婆是活菩萨，专门搭救那些被放了蛊的人。"

"嘿嘿！你莫灌外婆的米汤！外婆不是活菩萨，也不晓得解药，你要讨解药到别处去。"外婆一口回绝。

"外婆，您不想问问，火儿是为哪个讨解药吗？"直来直去不行，火儿这样打了个包抄。

外婆不进外孙的笼子："问这做哪样？我不想问。"

"外婆，那个要解药的人，您见过，您认得。"火儿在给外婆提个醒。

"认得又怎么样？我认得的人多着哩！"外婆自然听得懂火儿的话，可就是一口地不认账。

"外婆，火儿都这么大的汉子了，第一次开口求您，您不会不给面子吧！"火儿没办法，讲起了煞总的话。

外婆依然是针插不进，水泼不进："火儿，跟你讲了，外婆不会放蛊，也就不晓得解药，我想给你的面子，也没办法给呀！"

火儿没招了。他真想说出外婆就是蛊婆，旺儿的蛊就是外婆放的，可他不敢说，因为这样一来，就犯了蛊婆的大忌，就得罪了外婆，就莫想得到解药，就救不了旺儿的命，师父的一屋人也就散箍了。除了软磨硬泡以外，他再没有其他的办法了。他叫一声外婆，便"扑通"一声，跪在了地上。

"火儿，你这是做哪样？"

"外婆，您不答应火儿，火儿就跪在这里不起来。"

外婆内心进行着挣扎，过了好久，她问道："火儿，我们苗家有句古话：'人给我一尺，我还人一丈；人砍我一刀，我还人一枪'，这你应该晓得吧！"

"火儿晓得。"

"不！你不晓得。"外婆怒气生嗔地说："有人砍了你一刀，你还要接起自己的血去给他喝。伢儿，你要记住，别人有刀你有枪，你的枪也不是吃斋的！别人是有卵子的男子汉，你也是有卵子的男子汉！"

外婆的意思不言自喻。火儿先前的揣测得到了印证。

外婆意犹未尽，连珠炮似的继续说："是那一屋人打了你的哄，耽搁了你的人生世务、家坛香火。别人的伢儿都可以放牛了，你还是单打鼓，独划船，人一个，卵一条。伢儿，你难道就不晓得呛心吗？"

火儿抬起头，看见外婆的眼睛里闪着泪花。

"伢儿啊！外婆是气不过才那样做的，谁要他撞到外婆的枪口上……"

外婆的言语，明确无误地承认她就是放蛊的人。她的所作所为，完全是出于对外孙的挚爱。世界上再也没有第二个蛊婆，能对自己的行径如此坦然。多少年来，妇人们用这种不得已而为之的手段，捍卫权益，维护尊严，却落下了千古骂名，外婆也正是以这种方式演绎着她的爱恨情仇。

火儿动情地说；"外婆啊！一片树叶遮住你的眼睛，你没看清整个树林。您只知其一，不知其二——"

外婆抢过话头说："不！我晓得，我全都晓得，那屋人打了你的哄，把你当宝盘，先前说把女儿许配给你，后来调了包，换成了那个姓米的伢儿。"

"那是我没得缘分。表姐嫁给旺儿，是他们有缘。"火儿说。

"真没出息！"外婆生气地骂了一句，接着说："姓米的伢儿还邀起他的两个弟兄，把你打了一顿。我讲得没有错吧？"

"是的。他们是打了我，可我也打了他们，兑脱了。"打那一架的缘由，火儿是说不出口的。

"真没出息！"外婆再次骂出同样的话，说着，就去搀扶火儿："起来吧！少管闲事，对门火烧山，与你屁相干。"

火儿身子一扭，说："外婆，你不答应给解药，火儿是不会起来的。"

"那你就跪着吧！我要打草鞋去了。"外婆说着，手一扬，就要抽身离去。

火儿跪步上前，箍住了外婆的腿，苦苦哀求说："外婆，您莫走，听火儿把话说完。"

"你说！"外婆停下了脚步。

"外婆，你确实是错怪了那一屋人。那一屋人不只给了火儿一尺，而是给了火儿一丈，火儿却连一寸也没还给人家。"火儿泪流满面地对外婆说。

外婆叹了一口气说："火儿，你太善了，人家把你当空子耍，当活宝盘，你还专讲人家的好话。"

"不！火儿说的都是实话。"跪在地上的火儿，情真意切地向外婆诉说："火儿能有一身的道艺，是搭帮我的师父；火儿一屋人能吃穿不愁，是搭帮我的师父；火儿今天能给外婆送来托人从洪江买来的丝烟，送来这行香火得来的猪头肉，也是搭帮我的师父。师父过世以后，那一架把两家人打成了冤家，断绝了来往。如今师父屋里有了难处，火儿想帮忙也帮不上。那位龙船师叫作旺儿，是我的表姐夫，也是我的师兄，如今他是我师父屋里的顶梁柱。我们做老司的人，谁也不愿去划干龙船，因为那和讨饭的叫花子差不多。旺儿不是万不得已，是不会做起那乞讨门径的。他是那样才来到盘瓠崖，成了送上门的菜。我和旺儿虽然打过架，翻过脸，可我们总还是亲戚，是同坛的师兄弟。我师父的一屋人，还要靠他一双手养活。外婆做那事，是一心想为火儿报仇。火儿和他并没有深仇大恨，犯不着对他那样。外婆啊！是师父把道艺教给火儿，把饭碗交给火儿，火儿没得报答还不说，反而倒是因为火儿，送了师父一个亲人的性命，断了师父一家老小的生路。外婆是最通道理的明白人；外婆有最善最软的糍粑心。您老人家就高抬贵手，放过旺儿，放过火儿师父的一家老小吧！"

火儿声泪俱下的动情诉说，终于打动了外婆的铁石心肠，当火儿确信外婆不会离他而去时，便缓缓儿松开箍着两条腿的手。外婆一动不动地站着，像山坳上迎风而立的枯树。那眼珠子绯红的两眼不住地眨巴，忽而掉下来几滴老泪；那牙齿残缺的嘴巴不停地歙动，不知道是在喃喃地说着些哪样。继而她紧闭双眼，紧咬双唇，神情凝重，抬头向天，像是在祷告，在忏悔，在进行着灵魂的拷问、生命的挣扎，过了一会儿，她不住地喘着粗气，如同铁匠铺里的风箱……见这般情景，火儿的汗毛一根根竖起，背皮一阵阵发麻，淋漓的冷汗顿时湿透了衣衫。

外婆将满是青筋的手向上抬了抬，火儿立刻领会到她的意思，便撑着膝盖，从跪着的地上站起。外婆顺手拿过壁上挂的竹篓，移动起蹒跚的脚步，朝着门外走去，火儿立刻尾随其后。外婆回过头，对火儿摆了摆手。火儿心领神会地停止了脚步，站在门前，目送外婆下了吊脚楼前的石阶，而后又看着她沿浦溪而行，最后闪进了溪边的一个山冲里。

显然，外婆是去山里为旺儿采摘解药去了。火儿坐在廊檐下的板凳上，静静地等候。不一会，树保舅舅回来了，舅娘回来了，两个表弟也回来了。想必是舅舅在路上和他们打过招呼，见了火儿以后，谁也没有提起解药的事情。

"老奶呢？"舅舅问。

火儿会心地笑了笑说："进冲里去了。"

所有的人立刻心领神会，老奶是寻解药去了。屋里有个老奶是蛊婆，不是什么光彩的事情，甚至会遭到外人的唾骂。蛊婆家里的人，却谁也不必劝说，谁也不能识破，谁也不可指责，只能若无其事地同老奶打和牌，还必须给予老奶特有的尊重，这一屋人才能相安无事。

舅娘把中饭煮好，只等外婆回家就开餐。外婆背着竹篓回来了。她顺手把竹篓放在壁檐下。舅娘立刻给外婆倒来一杯漱口水和一盆洗脸水。人们静静地等待着外婆漱口、洗脸，谁也没有说话。外婆刚刚嚼过草药，残缺的牙齿缝隙里，还粘着许多绿色的浆汁。一杯水似乎还没有将残留物清洗干净。她又伏下身子喝了些许儿脸盆里的洗脸水，包在嘴巴里"咕噜"了好一阵，然后吐掉。这一屋人也曾听说过老奶会放蛊，可看见她为中蛊的人寻找解药，还是头一回。

吃过中饭，火儿告辞。外婆背着竹篓，一直把火儿送下门前的石阶，上到浦溪边的花阶路。

"外婆，火儿多谢您。您老人家请回，不要送了。"火儿说。

外婆把竹篓郑重其事地交给火儿，说："把篓子里的药，敷在他左脚的脚肚子上。记住，男左女右，是左脚。"

"火儿记下了，这药敷在他左脚的脚肚子上。"火儿回转身子，双膝跪地，对外婆磕头称谢，说："火儿永世不忘外婆的大恩大德。"

火儿加快脚步，赶往师父家中。到达龙家垴时，正是家家户户烧夜火的时候。袅袅的炊烟，从一幢幢吊脚楼里冉冉飘起。从师父过世那年到如今，他有五年没有来过这里了。前面就是师父家的吊脚楼，依然是往常的模样，他却变得生疏起来。对于师父的一家老小，特别是与他有缘无分的表姐，他一直怀有深深的愧疚。他想尽自己的力量，对这一家人给予帮助，奈何总是找不到机会。他甚至在想，旺儿和兰花的两个男伢，都已经到可以学巫的年纪。如果他们夫妇同意，他可以带一个在身边学巫。听师娘的口气，旺儿是绝对不会同意的。他想进屋去看望这一屋人，奈何师娘有过交代，他是绝对不可以露面的。

师父家的门前，是一个坪场，对面是师父家的猪栏和茅厕。师父就是在那间茅厕里滑倒，突发中风而去世的。坪场上空无一人。他已来到了猪栏前。猪栏里，关着一头肥猪。他取下身上背着的竹篓，轻轻儿搁放在猪栏边。他忽然想起，解药是按照师娘的嘱咐，放在这里了，可解药一定要敷在左脚的脚肚子上，又怎么告诉师娘呢？他想去到寨子里，找一个熟人，请他转告师娘。可按照乡里的习俗，屋里有人中了蛊，是不愿意张扬的。正当他为难之时，栏里的肥猪或许是因为发现了生人，突然大声叫唤起来，在猪栏里不住地奔跑起来，猪栏旁边的茅厕里，旺儿蹲了茅厕刚刚起身，以为来了偷猪贼，大叫一声："哪个？"

"是我嘞！"火儿应声回答。

"你是哪个？"旺儿掀开茅厕的帘子，和火儿四目相对。

"是我，火儿，给你送解药来了。"火儿一不做，二不休，干脆说明真相，也好将解药的用法向旺儿说明。

"我没有要你来！我不要见到你！"旺儿把脸扭过一边，不屑一顾地说。

"旺儿哥！是我自己要来的。"火儿拎起放在猪栏边的竹篓，径直往屋里走去。

旺儿想上前阻拦，可他力不从心："你 ——"

火儿突然出现在师娘眼前。阿珍顿时为了难，连忙说："火儿啊！我不是说——"

火儿平静地说："我到猪栏边放药，他正在茅厕里，遇上了。不要紧的，反正这解药怎么用，还要对他交代。"

兰花说："哎呀！来了就来了，是给他送药救命，难道还怕见他不成！"

说话间，旺儿就气喘吁吁地进了屋。他无力地抬起苍白的手，指着火儿的鼻子说："滚！你给我滚！"

"旺儿！你怎么能这样？火儿是来给你送解药的。"阿珍说。

"他不会给我送解药！只会给我送毒药！吃了他送的药，我死得更快！"旺儿脸色惨白，出气不赢，说话起了猫儿声。

"看你胡说些哪样？是我去到铁门槛，要他去给你在盘瓠崖讨来的解药。"阿珍赶紧出来说明原委。

"他送的就是解药，我也不要，宁肯死也不要。"旺儿说着关总的话，再次发出逐客令："滚！快滚！"

兰花说话了："火儿，你走，把你带来的解药也拿走，他要死就让他去死好了！"

火儿神情自若。他没有走，而是心平气和地对旺儿说："旺儿哥，你和我就是有天大的冤仇，也要暂时放下来，先把你的病医好，等你的病好了，我们再慢慢说，想和好，我们就和好，不想和好，你捅我一刀也可以。"

"出去！我同你没得说的！"旺儿说着，左盼右顾，如果哪里有把刀，他真的会捡起来摆过去。

火儿丝毫不动气。他从竹篓里拿出一个桐叶包，说："这里面是我到盘瓠崖向外婆讨来的解药，你把它敷在左脚的脚肚子上，听好了！男左女右，是敷在左脚的脚肚子上。"

火儿交代完毕，顺手把桐叶包放在桌子上，抽身便要离去。这时，旺儿猛地拿桐叶包，使尽全身的力气，狠狠地朝着地上砸去，黏糊糊的草药，撒得堂屋里满地都是。火儿立刻回转身子。他本是怒火中烧，可他压住心头火气，只说了一句："旺儿，你不要这样。"

阿珍呼天喊地："天哪！这是遭的哪样孽啊！"

在丈夫面前一向火辣的兰花，这时也"呜呜"地哭了起来。原先缩在一边的三个伢儿不知所措，也跟着母亲哭作了一堆。

火儿明白，他如果一走了之，必将前功尽弃，便索性留了下来。他在一片哭声中蹲下身子，开始捡拾起散落在地上的草药。他用手指将地上的草药一点点撮起，放到桐叶上。草药经过外婆的咀嚼，和着外婆的涎水，格外黏糊。火儿撮不起来，就用手指轻轻儿抠，轻轻儿刮。渐渐地，桐叶上的草药慢慢儿变多，地上散落的草药慢慢儿变少，直到地上见不到草药的踪迹。

火儿这不声不响的举动，倒是把旺儿给镇住了，他一屁股坐在竹躺椅上，两只死鱼般的眼睛直盯着火儿。他处在极度的矛盾与困惑之中。突然，在火儿的一躬腰之间，半截绣花荷包露出，在他的眼前一闪而过，他的心里顿时五味杂陈，认定眼前这捡药的汉子不怀好意。他手扶着躺椅，嘴里喘着粗气，站立起身子，向着火儿逼近，当他正要朝着火儿手上放药的桐叶一脚踢去时，被一旁阿珍看到，气急了的阿珍，顾不得他那病哀哀的身子，一声"混账东西"，便封门给了他一耳光，旺儿被打倒在地上。三个伢儿一拥而上，哭着叫喊"爹爹！爹爹！"。

"师娘，你这是做哪样？他是个病人呀！"火儿觉得师娘不该打旺儿。

阿珍"呜呜"地哭着说："病人又怎么啦？大不了我和他做一路死就是。"

"怎么？还嫌打得不够，要在这里放死呀！"眼泪汪汪的兰花，上前搀扶起丈夫。

旺儿重新坐在了躺椅上。他忽然觉得肚子又开始隐约作痛，接着便是越痛越厉害。如锥扎，似针刺，难忍难挨，生不如死。他不愿意在火儿面前丢丑，咬紧牙巴骨硬撑着，顷刻间，额头上便冒出豆粒大的汗珠。

兰花看在眼里，关切地问："看你的样子，是不是肚子又痛了？"

"没你的事！"旺儿仍然牙关紧咬。

"要是痛，你就喊出来，会显得松快些。"说话的是火儿。

旺儿白了火儿一眼，没有搭腔，但也没有再开骂，他依旧坚持着不喊不叫，任凭汗水一个劲地往下滴落。虚弱的身子，无法抵御剧烈疼痛的折磨，在一阵抽搐过后，旺儿终于昏倒了。兰花赶紧上前托住旺儿的身子，三个伢儿不停地哭喊着"爹爹！"。

"生得贱！"阿珍生气地骂了一声，过来用拇指掐住旺儿的人中穴。

火儿将从地上捡起的解药，连同桐叶放在桌子上，也来到旺儿的跟前。他口中念念有词，双手挽结起两道灵官诀，在旺儿的头顶上不住地环绕……

直到起更时分，昏睡在火塘边长板凳上的旺儿，才苏醒了过来，他睁开眼睛，第一眼看见的是坐在他身边的火儿。

"他醒过来了。"火儿松了一口气。

阿珍和兰花母女也都松了一口气。

火儿问："想吃点哪样吗？"

旺儿摇摇头，对火儿似乎没有了敌意。

屋里的所有人谁都没有说话，只有火塘里柴火燃烧发出的"哔哔啵啵"的声响。旺儿醒过来后，肚子的疼痛消除。他从长板凳上起身，面对着火塘而坐。在火光的映照下，他蜡黄的脸上变得有了点儿血色。这时，火儿过来和他挨身而坐，他没有表示反对。

"真是太痛苦了，都是蛊毒作的怪，解了蛊就好了。"火儿说着，朝兰花示意，兰花随即取来桐叶包着的解药。火儿对旺儿说："敷上吧！敷在左脚的脚肚子上，蛊毒就会消除的。"

旺儿说："莫忙，明天我还要去犁秧田，脚上敷了药下不了田。"

"解毒要紧，你先敷药，秧田明天我去犁。"

第二天，火儿留了下来，他把秧田犁好、耙好，还把秧谷撒在了秧田
里，忙活了整整一天。

第三天，火儿回铁门槛时，带走了旺儿的老二坤儿。

旺儿说："师父的那套行头，我放着没用，你就拿走吧！"

"我已经制了一套新的，师父的那一套，将来就留给坤儿用吧！"火
儿说。

● 丈寮夜晤

觉空剃度的第二年，正俨法师圆寂。觉空继承师父衣钵，成了浦光寺的方丈。由于他服众的威望、过人的悟性，这座千年古寺被打理得井井有条。

刘金莲一直还担任着浦阳镇观音会的会首。每年的二月十九日、六月十九日和九月十九日，观音菩萨的诞辰日、出家日和得道日，她必定要募化善缘，操办浦光寺里的观音法会。每逢初一、十五，她必定要邀约镇上的信众娘女，到浦光寺的观音殿里去烧香。寒冬酷暑，从不间断。她和觉空和尚年轻时的那段往事，在浦阳镇传了几十年。如今，小雕匠成了大和尚，当年的那些筋筋绊绊，并不能成为她信奉观音菩萨的障碍。她格外小心，决不授人以柄。她上浦阳山，从不单来独往，经常陪伴在她左右的，除了蕙娇、乖妹以外，便是蜡树湾的邬月娥。

当初，觉空和尚在为观音菩萨造像时，曾将自己对于凡人的情感，有意无意地融进了观音菩萨的真容。即或是获得过正俨法师的高度赞许，也无法消解他心中的惶恐和不安。他了却凡尘，遁入空门，后来又成为住持僧，必然要以佛家的清规戒律，对自己的行为举止严加约束。为了避免瓜田李下的困扰，他立下了规矩，每逢初一、十五，观音会的信众娘女来敬菩萨时，他务必在丈寮面壁坐禅，从未变更。只有在二月十九日、六月十九日、九月十九日的观音法会期间，他才会亲临观音殿，为信女们讲授《心经》。在庄严肃穆的氛围中，讲经的方丈进得殿堂，目不斜视，娓娓道来，听经的信女们正襟危坐，静听宣示。刘金莲便是这其中的普通一员，没有任何与众不同之处。讲经者与听经者，和尚和信女，形同陌路，就连眼神也从未有过交集。讲经过后，他即刻离去，决不停留。

在张家窨子里，却仍然有人对于这样的情状并不乐观。此人便是印蕙娇。忧心忡忡的少老板娘，是一个聪慧而爱想事的人。她断定眼下这种相安无事的局面，总有一天会被打破，带给张家窨子的将是一场灾难。浦光寺里的方丈，是丈夫的生身父亲，也就是自己真正意义上的公公。那"金色的莲台"，昭示着那和尚的凡心并未泯灭。他目前的表现，只不过是慑于佛门的威仪、人言的可畏，这种深藏而不露的情感，在不经意间显现必定在所难免。婆婆作为镇上的观音会首，虔诚地信奉着观音菩萨，同时也放不下那个雕作观音菩萨金身的男人。他们的那段孽缘，毕竟留下了共同的骨肉，那就是维系他们感情的纽带。那雕匠用凿刀传递出的信息，婆婆不会一点儿也悟不出其中的玄机。婆婆并不想出现在浦光寺，只是苦于观音会首的身份，她必须出现在那里。那观音菩萨的真容，又恰恰满足了她的心理需求。印蕙娇担心总有那么一天，和尚与婆婆，冷不丁会演绎出意想不到的故事，到那时就再也无法收拾了。她的满腹心事，既不能对婆婆说，也不可对丈夫言。

三年前的一天，刘金莲收到船把佬从常德捎来的两段机织的洋布料。一段是绛紫色，一段是桃红色。船把佬告诉她说，捎布料的妇人是常德麻阳街上谭记茶馆的老板娘。刘金莲即刻领悟到，捎布料的妇人是阿彩，她已经在常德嫁给了那家茶馆的老板。那两段布料，一段是给她的，另一段是给乖妹的。刘金莲立刻托船把佬捎去了浦阳的冬笋和甜橙，并要船把佬转告那位老板娘，她的"干女儿"定在第二年的正月十九日出嫁。船把佬再次打转身时，带来一个银手镯，说是给"干女儿"的陪嫁礼。真是可怜天下父母心。刘金莲明白，乖妹心里是并不喜欢宝儿的，宝儿也确实配不上乖妹，乖妹是为了报答养育之恩，才顺从地嫁到她的娘家。宝儿成了家，她的哥嫂也就去了一块心病。刘金莲因此对乖妹心存歉疚和感激。由于那六船桐油运到镇江，娄听雨分文未付，最后还玩起了失踪，"顺庆"因此受到重创，张家窨子的经济状况，出现了从未有过的窘境。娘家人接亲的时间紧迫，把刘金莲弄得措手不及。在她的眼里，乖妹等同于亲生的女儿，如今又是嫁到舅家，亲上加亲，那就更不一般了。为了让乖妹嫁得体面，刘金莲悄悄儿典当了几件首饰，应该有的嫁奁，都为她备办得齐全，唯独还缺一套雕花木器。请来雕花木匠打嫁妆，刘金莲有着本能的忌讳，时间上也是来不及，最后只是由乖妹自己在市面上挑了一套。乖妹出嫁的前一夜，刘金莲把她叫到卧房里，郑重其事地把那块护身桃符交给了她。

"娘！这是哪样？怎么我从来都没见过？"女儿问。

母亲说："这叫护身桃符，能保佑你一生平安。"

女儿点着头，似乎听懂了母亲的话。然而，这道桃符的真正含义，女儿是不明白的，永远也不会明白。

当襁褓中的乖妹带着护身桃符进到张家窨子时，刘金莲便有了新的精神寄托。乖妹一天天成长，曾带给她莫大的欣慰，直到乖妹的亲娘千里迢迢回转，找来与她失散的女儿相见，母女虽说是不能相认，刘金莲却也总算是有了个交代。如今，乖妹带着她嫡亲祖传的护身桃符，带着娘家置办的满堂嫁奁，离开了刘金莲，去到她人生的落脚点。乖妹出嫁以后，她感到从未有过的失落，一天到晚，如同失魂落魄一般。印蕙娇最能理解婆婆的心情。她总是抽出时间，陪婆婆说话。初一、十五，婆婆去浦光寺给观音菩萨烧香，她也必定奉陪。她想到，婆婆既然对观音菩萨如此虔诚信奉，何不想个办法，让她每天都可以侍奉观音菩萨。

"钰龙，乖妹出嫁了，正好空了间房子，拿来做个观音堂吧！省得婆婆总是往浦阳山上跑。"蕙娇和丈夫商量。

丈夫立刻首肯："太好了！母亲的年纪一天天大，身体也不如从前，要敬观音菩萨就在屋里敬，没有必要老是再上浦阳山了。"

夫妻二人为此事禀明母亲。

"好哇！我正有这个意思，这是谁的主意？"刘金莲说。

"是蕙娇。"钰龙说。

"还是蕙娇懂得妈的心，龙儿怎么你就想不到？"刘金莲说。

"嘿嘿！"钰龙不好意思地笑着说："建观音堂的事情，就由我来操办吧！前回我到汉口，看到街上的瓷器铺里，有江西景德镇出品的观音菩萨瓷像，供在观音堂里，大小也合适。我这就去写信给万叔，请他去买一尊，从油船上带回来。"

"不能说'买'，要说'请'。"蕙娇说。

钰龙连忙纠正："对！我们去'请'一尊观音菩萨像来。"

"龙儿你要学着点。"母亲的话语里，充满着对儿媳的赞许。

一个月后的一天傍晚，钰龙吃过晚饭，来到万寿宫码头，巡查一艘第二天启航的油船。正巧，一条从汉口打转的麻阳船拢了岸，复万叔托这条船捎带回来一尊观音菩萨瓷像。长久以来，他忙着生意上的事情，对母亲的关心太少，他常为此而感到内疚，总想找个弥补的机会。为母亲建观音堂，是向母亲表示孝心的机会，他应该有所表现，不要老是让婆娘抢了头功。他虽然对于拜佛的规矩不甚了了，有一点他是明白的，这样的瓷器菩萨像，通常只能算是一件艺术品，要经过"开光"之后，才能成为有求必应的菩萨金身，供奉在佛龛之上。他要抓住这个机会，做一件让母亲高兴的事，给母亲一个惊喜。于是，就在这天的夜晚，他趁月色悄悄儿上了浦阳山。

张钰龙在小沙弥的引领下，敲开了觉空和尚丈寮的门扉。

"弟子不揣冒昧，前来拜望，打扰法师了。"钰龙站在门外，对他要拜访的浦光寺方丈深深一揖。

"原来是一位施主，快快请进。"觉空双手合十，躬身为礼，表示欢迎。

钰龙迈过门槛，进到了丈寮。原日他曾听说过，丈寮是一间一丈见方的僧舍，是寺庙住持僧居住的场所，"方丈"因此而得名，今天，他终于亲临其境，得见了端的。豆大的清油灯亮，把狭小的丈寮映照得一览无余，一架床铺，一张书桌，一把椅子，一口木箱，再就是地上的一个草蒲团，这便是丈寮的全部摆设。

借着灯光，觉空看了看不速之客的面目，有一种似曾相识的感觉，却又想不起到底在哪里见过。他指着木箱说："施主请坐。"

"多谢法师。"张钰龙在木箱上落座。

这时候，小沙弥用木盘托着两杯香茶到来，放在了桌子上。

"去吧！这里没有你的事了。"小沙弥出门后，觉空掩上房门，转身坐在了椅子上。他手拿剔灯棍，轻轻儿将清油灯剔亮。

就在这一刹那间，张钰龙将这位觉空法师着真地打量了一番：矮小的身材，坐上椅子脚踩不着地；围绕着塌陷的鼻梁，脸上所有的器物，似乎长得都不是地方；那光秃着的脑壳圆得极不规整，连那两行戒疤似乎也难以安插。这样一副尊容，和母亲卧房里那套精美绝伦的雕花家具，是无论如何也联系不起来的。可他偏生就是那位身怀绝技的雕花木匠。他不仅为观音殿里的菩萨再塑了金身，如今又成为浦光寺的方丈，而且还是他特意前来拜访和延请的高僧。

"请问施主，是浦阳镇上的哪家宝号？"觉空问道。

钰龙说："小号的长辈，法师是熟悉得很的。"

"是吗？"

"三十多年前，法师就已经熟悉了。"

"施主是 ——"

"弟子母亲的雕花嫁妆，便是出自法师之手。"

觉空闻言，顿时便愣住了。他眯着眼睛，细细打量起眼前的汉子来。这年轻人的眉宇之间，除了那位故人的影子以外，似乎还有更令他惊讶的发现。

"如此说来，法师应该晓得我的母亲是谁了吧？"

"晓 —— 得。"觉空点了点头，说话显得僵硬。

钰龙向觉空作自我介绍："弟子姓张名钰龙，在镇上有一家祖上开的顺庆油号。母亲刘金莲，法师是早就认识的。她的那套雕花嫁妆，就是法师在俗时精工雕作。"

"是令堂女菩萨要你到这里来的？！"觉空问。

钰龙笑着说："不！我到这里来，母亲并不知情。"

觉空更是满心的狐疑，接着问："施主造访，所为何事？"

钰龙说："弟子是特意来敦请法师大驾光临舍下——"

钰龙话音未落，觉空脑壳"轰"地一下便懵了。怎么会有这样的邀请？那个地方是万万去不得的。

钰龙紧接着把话讲完："——为观音菩萨的金身开光。"

"为观音菩萨金身开光？！"觉空急于得知端的："施主请道其详。"

钰龙说："弟子想为母亲在家中建一座观音堂。日前，弟子从汉口'请'来一尊江西景德镇烧造的观音菩萨瓷像。今晚特来登门拜望，恳请法师择日光临舍下，为菩萨行开光之礼仪，万勿推辞。"

觉空终于得知事情原委，却不知该如何回应，只能含糊其词："啊！施主是要贫僧去到府上，为观音菩萨金身开光……"

钰龙接着又说："是的。说来也真是有缘。三十多年前，法师在俗时，就费时三年，为家母打造了那套盖世无双的雕花嫁妆。浦光寺内观音殿失火之后，重修庙宇，再塑金身，家母广结善缘，担任纠首头人，又把法师从梵净山请了回来，为菩萨造像。法师和家母早就相识，多年后又得以重逢，真是有缘千里来相会。这些年来，弟子终日里忙于生意，只为追逐蝇头小利，而少有时间陪伴母亲，更是怠慢了菩萨。观音殿竣工之后，弟子居然一次也没有来过。为了弥补过失，恪尽孝道，弟子特来登门拜谒，敦请法师择期光临舍下，为菩萨开光点像，以遂家母向佛之心。上山之前，弟子事先未向家母禀报，是为了给她老人家一个惊喜。万望法师成全，给予弟子明示。"

觉空和尚首先是感到为难，那个地方他怎么能够去呢？继而又感到欣慰，那妇人能有这样一个孝顺的儿子在跟前侍奉甘旨，他也就放心了。面对着难以推却的盛情邀请，他只是说："好说，这个好说，看这茶水都凉了，施主请先用茶。"

"多谢！"张钰龙品了一口茶水，接着说："舍下的情形，法师想必也是知晓的。家父为了生意上的事情，常年在外，先是在汉口娶了二妈，后来又在镇江娶了三娘，这些年来，他就只回来过三次。浦阳老家的事情，屋里屋外、生意打点、人情往来，全靠母亲一个妇人支撑，直到弟子长大以后，才把生意上的事情接手过来，可又总是顾得了这头，又顾不得那头，顾得了生意，尽不了孝心，思想起来，母亲这一世人生，过得真是不容易。如今，父亲过世，母亲一天天见老，她的最大夙愿，就是终朝侍奉观音菩萨，就这么一个心愿，做儿女的难道还不该满足吗？法师虽是出家人，这尘世间的人情世故，想必也是能够体谅的。"

"能够体谅，能够体谅。"觉空连连说。他有些儿按捺不住，问了个他最想问的问题："施主好像还有个妹妹，是吗？"

"是的。"钰龙回答。他说："妹妹已经出嫁了，养女还舅，嫁到了镇上我的舅家。妹妹出嫁以后，母亲更加孤单，更加寂寞，唯一能够陪伴母亲的，就只有观音菩萨了。"

"贫僧有句话，不知当问不当问？"

"但说无妨。"

"贫僧听得人言，令妹不是令堂亲生，是吗？"

"就连这样的事情，法师也尽然皆知。舍下的情形，法师真可谓了如指掌。"钰龙不无惊讶地说。接着，他介绍起母亲收养妹妹的经过："那年，贵家乡麻家寨遭逢瘟疫，浦阳镇'游船掳瘟'。'跑船'的晚上，浦阳镇万人空弄，也不知道是谁，将一个刚满月的女伢，丢弃在了我们家的大门前。母亲见女伢儿造孽，便收养了她，给女伢儿取名叫作乖妹，从此后，我便又有了一个妹妹。"

觉空长长地舒了一口气。当年阿彩讲的话，得到了印证。然而，他这个妹妹的真实来历、母亲收养这女伢儿的原因，这汉子是并不知情的，永远也不会知情。从见到眼前这位施主的第一眼开始，觉空就有一种说不出道不明的亲切感。他的清净无邪、超凡脱俗，顿时湮没在了滚滚红尘的迷雾之中。他甚至突然记起来那句"人亲骨头香"的老话，他仿佛闻到了这汉子骨子里渗透出的香味。一团笼罩在心头的迷雾，转瞬间被吹散；一个他从不敢想象的梦，即将被破解……

觉空的话，像是在聊家常："贫僧听说，施主还未到而立之年，能把生意打理得如此井井有条，实属难能可贵。"

"法师过奖了。"钰龙说："那是早先的事情，算不得哪样，如今弟子已经过了而立之年。"

觉空趁势发问："施主贵庚？"

"三十有一。"钰龙回答。

觉空心里"咯噔"了一下，继续追问："哦！是戊辰年所生，已经满了三十一？！"

"还没有。"钰龙信口回答。

"真是年轻有为呀！几时的生日？"觉空询问起最关键的问题。

"六月二十二。"

"可曾婚配？"

"早已婚配。"

"儿女几何？"

"三男一女。"钰龙心想，这法师真有意思，初次见面，就这样刨根问底。

雕花木匠出身的住持僧，对数字有着特殊的敏感。他打造的那些雕花家具，几尺几寸几分，都不能有厘毫的差错。听说是戊辰年的六月二十二，使他不由自主地联想起那个刻骨铭心的夜晚，随即又推算出让人不敢想象的时间距离。他顿时被震惊，如同吃了一记闷棍。他又听说是

"三男一女"，就如同见到枯树上长出了新枝，新枝上又吐出了嫩叶。在此以前，他对于这样的状况，竟然是毫不知情！望着眼前这少年老成的汉子，惊喜之余，他羞愧难当。

油灯的亮光越来越暗，几乎看不见法师的面容。张钰龙起身去到桌子边，拨了拨灯草，油灯骤然光亮了许多。那法师只是眨巴着眼睛，居然没有体察到他的动作。钰龙来拜望这位其貌不扬的方丈以前，曾伴随着他制作的雕花家具，度过了难忘的童年，得到过心性的陶冶。如今，这位和尚虽然出家，却并未出世，他对于当年雇主家中的一切，依然有着密切的关注，甚至晓得乖妹并非亲生，而是抱养。他的一颦一笑，举手投足，就像是邻家的大叔，甚至是家中的亲人，与他相识，真可谓得一忘年知己。相见恨晚的感觉，在钰龙的心中油然而生。令钰龙疑惑不解的是，像这样一个身怀绝技，却又懂得人情世故的手艺人，完全可以成家立业，过着衣食无忧的日子，他为哪样又偏生要出家当和尚呢？

"弟子有一事不解，不知可否请教法师？"

"何言请教。施主不必拘泥，但说无妨。"

"法师的雕花木匠手艺，名扬四方，凭着高超的手艺，完全可以过着衣食无忧的日子。法师却遁入空门，断绝尘缘，究竟是为的哪样呢？"

觉空想了想，反问钰龙："施主可曾知晓，何谓阴错阳差？"

"这阴错阳差嘛！"钰龙思量片刻，而后说："是不该发生的发生了，不该出现的出现了。"

"说得好！"觉空说："说得简单些，就是阴的错了，阳的也差了。全都错了，差了。"

"如此说来，法师出家当和尚，皆因阴错阳差。是何种的阴错阳差，非得让法师遁入空门，能给弟子说清楚吗？"钰龙问。

"贫僧说不清，道不明。"

"怎会说不清，道不明呢？"

觉空说："当然，也并不是所有的事情都是如此。就说这阴和阳吧！

世间的万物，都是阴阳变化而生成。若是阴不错，阳不差，结出的果实必定甜香；若是阴错了，阳差了，结出的果实必定苦涩。"

"弟子明白了。言下之意，法师出家当和尚，是在吞咽苦果？！"

"哈哈！"觉空笑了："岂止是贫僧这出家的和尚在吞咽苦果，有许多在俗的人，同样也在吞咽苦果。"

"法师所言，弟子听来，是越来越糊涂了。"

"糊涂就对了。施主只有进入糊涂境界，才是真正的清醒。"

"弟子听得糊涂，却并未清醒。其中真谛，请法师明示。"

觉空说："出家和在俗的人，皆为芸芸众生，并无任何差别。若是阴错阳差，同样要吞咽苦果。令堂女菩萨是在俗吧！施主想必有所体察，令堂女菩萨不是也在吞咽苦果吗？"

钰龙眨巴着眼睛，难道母亲这些年受的苦，也因为是阴错阳差吗？他或信或疑地问："请问法师，不知家母有何阴错阳差？"

"这就要问令堂女菩萨自己了。"觉空不假思索地接着说："人生在世，最怕遇到的就是阴错阳差。轻者，造成人生的遗憾；重者，酿成人生的悲剧。贫僧也是如此，令堂女菩萨想必也是如此，而这些错和差，常常是一时之错，一念之差。"

"一时之错，一念之差！母亲有哪样一时之错，一念之差呢？"钰龙自言自语地说。

觉空接过钰龙的话说："人非圣贤，孰能无一时之错，一念之差呢？令堂女菩萨如此，令尊大施主也是如此。"

"家父已经过世。死得悲惨啊！他是和我的妹妹一同葬身在青浪滩。"说起父亲，钰龙不胜唏嘘。

"贫僧听说过。"觉空叹息着说："不是阴错阳差，令尊大施主是绝对不会走上那条黄泉不归路的。"

钰龙想了想说："家父的阴错阳差，显然是不该在汉口有了二妈，又在镇江有了三娘。"

"这是施主的家事，贫僧不便多言。令尊已然枉生，施主也没有必要再去追究了。"觉空说。

夜已经很深，灯盏里的一盏清油，渐渐见底，蘸不饱清油的灯草，无法给狭窄的丈寮提供足够的光源。僧俗之间这非同寻常的谈话，却似乎还言犹未尽。

"施主稍等，待贫僧着人来添点儿灯油。"觉空说。

"不必了。三更已过，法师还需歇憩，弟子应该回去了。"钰龙说着，问道："法师大驾何时光临舍下？定下日子，弟子也好前来接驾。"

"唉！"觉空叹息着说："又是阴错阳差啊！真不巧，贫僧已经定下日期，明日清早启程，外出挂单，施主所言之事，恐怕就难以从命了。"

钰龙忙问："不知法师可否推延数日启程？"

觉空摇着头说："那边的日子已经定好，不可言而无信。"

"法师此去，几时返回？"

"归期难料。"

"这样吧！弟子明日清早奉送菩萨金身来到宝刹，请法师为菩萨开光过后，再行启程。"钰龙想出了个两全其美的办法。

"不必了。"觉空说着，打开抽屉，拿出一本经书，说："施主将这本经书拿在菩萨面前掸过，金身也就是开光了。"

"谢过法师。"钰龙双手接过经书，表示谢意。灯盏里，灯干油尽，一截蘸着些许儿清油的灯草即将点完，光亮就要熄灭。钰龙睁大眼睛，也看不清是怎样的一本经书。他转而向觉空说："弟子能在法师云游之前得见尊颜，实乃三生有幸，足见弟子与法师有缘。"

"有缘，有缘……"觉空声音有些儿颤抖。

"弟子告辞。"钰龙对觉空深深一揖。

"贫僧奉送。"觉空艰难地从座椅上站起。他忽然觉得有些儿头晕，一个趔趄，险些儿跌倒。

张钰龙连忙上前搀扶。觉空稳了稳神，说了声"我送你"就往门外走去。钰龙不依，觉空却坚持要送。钰龙便搀扶着觉空往外走，一直走到山门之外。

临别时，觉空紧紧握着钰龙的双手，深情地说："施主，贫僧有句话要嘱咐于你。"

"法师请明示，弟子洗耳恭听。"钰龙说。

觉空迟疑片刻，而后说："施主，钰龙，你要好生孝敬令堂女菩萨。"

"孝敬母亲，是弟子的本分，法师不必挂心。"钰龙说。

"你要好生抚养令郎、令爱。阿弥陀佛，菩萨保佑。"觉空说话间，双手合十，闭目凝神。

钰龙连忙也双手合十，嘴里念叨着："阿弥陀佛，菩萨保佑。弟子多谢法师关爱。"

张钰龙告别觉空，已是半夜过后，趁着月色，走下山门的一级级石阶。他好生奇怪，这位浦光寺的方丈，一个出家人，怎么突然会冒出这些话来呢？觉空久久地站在山门前，目送钰龙远去，泪水顿时模糊了他的眼睛。钰龙下完石阶，渐行渐远，直到消失在茫茫的夜色中。觉空不忍离去，倚着山门，还在那里站了许久……

第二天，钰龙喜滋滋地将观音菩萨瓷像拿到大堂，给母亲观看："娘，这菩萨的金身出自江西景德镇，是龙儿特意从汉口给您请来的。"

"好！好！"刘金莲说着，大声叫儿媳："蕙儿，快来看，钰龙从汉口请回了观音菩萨。"

印蕙娇应声来到。婆媳二人虔敬地端详着观音菩萨瓷像。洁白的瓷胎，精致的彩绘，底座上，白色的莲台晶莹剔透，每个绽开的花瓣，都镶着一道耀眼的金边，而最引起婆媳关注的，还是观音菩萨的眼睛。

印蕙娇问钰龙："你看，菩萨的这双眼睛和哪个的眼睛相像？"

"嘻嘻！和娘的眼睛相像嘛！"钰龙说。

蕙娇和钰龙的对话，把刘金莲心里说得美滋滋的，嘴上却说："莫乱讲，娘是凡人，是不能和菩萨打比的。"

"打比不能，说娘和观音菩萨有缘，总是可以的吧！"印蕙娇笑着说："蕙儿会抓紧时间，把观音堂布置好。到时候，再请菩萨上座。"

刘金莲说："请菩萨上座，先得要开光点像啊！"

"是啊！要开光点像。若依蕙儿，请浦光寺的德明法师就好。那年重修观音殿，婆婆是纠首头人，所有的事体都是和他联络的。"机灵的印蕙娇，想出这最佳方案。

"我看可以，就去请德明法师吧！"刘金莲立刻表态。

"不必了。"张钰龙说着，从怀里取出一本经书，说："用这本经书在菩萨面前掸上一掸，就可以了。"

"是吗？谁告诉你的？什么经书？"蕙娇问。

钰龙说："是一位大法师告诉我的，是什么经书我还没来得及看哩！"

蕙娇从钰龙手里拿过经书，看了看封面，说："是《坛经》，是六祖慧能大师的经书。咦！这里还盖着一方图章，'昌杰藏书'。昌杰，外公的名字不是叫作刘昌杰吗？"

"是的呀！外公的经书，怎么去了他那里呢？"钰龙奇怪地说。

蕙娇问："去了谁那里？"

"觉空，浦光寺的觉空法师呀！昨天晚上，我去了他那里，想把他接到家里来，为观音菩萨开光。他说是今天要外出云游，不能前来，他把这本经书给了我，说是用经书在菩萨面前掸上一掸，就是开光了。"

"你去他那里，怎么不跟我说一声？"蕙娇早就预料到，那雕匠来到浦光寺，总会有出麻烦的一天，没想到竟然是以这种方式出现。

刘金莲呆呆地坐在一边，一句话也没有说，脸色霎时间变得惨白。她尴尬、惶恐，不知所措，不知道接下来钰龙还会说些哪样，还会出现什么令她难堪的事情。

"娘，这本《坛经》，是外公送给觉空和尚的，如今他是物归原主。是吗？"钰龙问。

"是吧！"刘金莲说。

"怎么？当时他没跟你说，你也没看？！"蕙娇问。

钰龙说："我去造访觉空法师，我和他谈得投机，一直谈到深夜，一盏灯油都熬干了，临走时，他说不能到家里来为菩萨开光，就把这本经书交给了我。当时看不清，我也没仔细看，就带回来了。"

蕙娇为了及早结束婆婆的尴尬，便对钰龙说："行了，你有事就先去忙吧！等我们把观音堂布置好，用这本经书给菩萨开光就是。"

钰龙没有立刻走。他觉得有必要将他和觉空见面的情形告诉母亲。他说："娘，听说你房里的那套嫁妆，就是觉空法师在俗时打的，他在外公屋里做了三年，你们应该是很熟的。"

"嗯！熟，熟。"刘金莲只能这样说。

钰龙说："他问了我好多好多的事情。"

刘金莲立刻紧张起来："问了你哪样？"

"他问是哪年生的？生日是哪天？"

"你都告诉他了？"

"告诉了。"

"他还问我儿女几何？"

"你也告诉他了？"

"告诉他了。"

刘金莲不再作声。

印蕙娇没有插言。天哪！那位和尚分明是在认亲啊！

钰龙接着还告诉母亲："我们屋里的事情，他全都晓得。就连乖妹不是你的亲生，他也晓得。"

"是吗？连这个他也晓得？！"刘金莲心里明白，这是阿彩告诉他的。

钰龙接着又说："他说，他是阴错阳差，才出家当了和尚的。他还说，世间的万物，都是阴阳变化而生成。若是阴不错，阳不差，结出的果实必定甜香；若是阴错了，阳差了，结出的果实必定苦涩。"

"世间的事情，原本就是这样的。"发出感慨的是蕙娇。她在暗自叹息，自己不也是阴错阳差，才进到这张家窖子，受的这些冤枉气吗？

钰龙接着说："他又说，他出家当和尚，就是在吞咽苦果。"

刘金莲没有再说话。细心的蕙娇发现，婆婆的眼神里，渗透出莫名的凄苦。她没好气地说："他跟你讲这个做哪样？他当和尚，吞咽苦果，和你有哪样关系？"

"怎么没有关系？他说来说去，还说到了母亲身上哩！"钰龙说。

刘金莲大吃一惊，连忙问："那和尚是怎么说的？"

钰龙回答："那法师说，出家和在俗的人，皆为芸芸众生，并无任何差别。若是阴错阳差，同样要吞咽苦果。他还说，母亲就是因为一时之错，一念之差，也在吞咽苦果。"

"他是这样说的？！"刘金莲的问话，声音有些儿颤抖。

"是的。"钰龙回答。

灵泛的蕙娇立刻接过话把。她说："这和尚也真是胡说八道。婆婆能有什么一时之错，一念之差？"

刘金莲神情黯然地说："他要说，就由他说吧！"

"娘！你怎么了？"钰龙见母亲神色有点儿异样，忙问。

"没什么。"刘金莲接着问："那和尚还说了些哪样？"

"他还说，爹爹也是阴错阳差……"钰龙看了母亲一眼，不敢再往下说。

刘金莲并不在意，她说："那和尚说得没错，你爹爹若不是阴错阳差，不会落到那般田地，还连带了凤儿的一条命。"

张钰龙并不明白母亲的所指，永远也不会明白。他一直是在按照自己的逻辑思维，揣测着父亲的"阴错阳差"。应该感谢那位和尚，说出了他，也说出了母亲想说而没有说的话。

刘金莲一不做，二不休，索性问个彻底："他除了说你爹也是阴错阳差，还对你说了些哪样？"

钰龙想了想，他告诉母亲："法师顾不得黑灯瞎火，要送我到山门外。临别时，他口念'阿弥陀佛，菩萨保佑'，要钰龙好生孝敬'令堂女菩萨'，好生抚养'令郎和令爱'。"

"难为那……和尚了……"刘金莲喃喃地说。

张钰龙说："是呀！想那和尚和我们非亲非故，只不过是在俗时为你雕了一套嫁妆，那都是三十多年前的事了，直到如今，还对我们一家如此关切，真是难能可贵啊！"

刘金莲没有再和儿子搭腔，面无表情，表面上不置可否，心里却在倒海翻江。

这时，印蕙娇不只是就事论事，而是在往深里想。那可怜的和尚，见到了自己的骨肉，却不能相认。那是一个聪明的工匠、智慧的和尚，他肯定会认识到，浦光寺再也不是他的容身之地了，能见到自己的骨肉，他已经得到最大的满足，为了不给亲人增添困扰，他必须消失得无影无踪。在诀别之际，他以那种最直截了当的方式，倾诉了他的心愿。

"觉空法师此次外出云游，他告诉你几时回来吗？"蕙娇问丈夫。

"他没告诉我。"钰龙说："看那架势，只怕是不会回来了。"

印蕙娇同意丈夫的看法，那位和尚是不会回来的了。这无疑是印蕙娇所希望的。丈夫的夜访丈寮成了她的心病。这件事如果传开去，浦阳镇上的口水，是会把张家窨子淹没了的。情况不容乐观，印蕙娇却总是朝着好的方面去想。浦光寺里，白天有香客往来，到了夜里，住的都是和尚。和尚是出家人，不会搬弄是非，更何况觉空是方丈，又有谁冒天下之大不韪，生起门径去搬弄方丈的是非呢？只要那位和尚一去不复返，丈寮夜晤又无人知晓，从此就天下太平了。

然而，事与愿违，残酷的现实，并没有按照印蕙娇的想象去发展。这天，她抽空回了一趟娘家。

"你来了。我还正准备着人去叫你哩！"刚进屋，母亲就对蕙娇说。

蕙娇意识到，一定是出哪样事了。连忙问："出哪样事了？！"

母亲问："早两天，钰龙是不是到浦光寺去了？"

"是呀！"蕙娇说着问道："你是怎么晓得的？"

"你大姨告诉我的。"母亲说："昨天开始，这件事就在镇上传了个呵嘀喧天，只差没筛锣了，就只有你们张家窨子的人不晓得。"

蕙娇愣住了。果然不出所料，甚至比她想象的更要严重。忙问道："街上那些嚼牙巴骨的怎么说？"

印秀才很生气："钰龙糊涂至极！怎么能到那里去会他，认他，还收受他的钱财！"

蕙娇立刻领会了父亲说话的意思。街弄子传言的离谱程度，令她惊讶和愤怒。她必做进一步的证实："爹！钰龙怎么了？您把话说明白些。"

"怎么？他没跟你们说？还要我来说明白？！"父亲生气地说。

"你也真是，对蕙娇发火做哪样？"吉秀华劝阻着生气的丈夫，接着又向女儿说："好事不出门，丑事传千里。街上都传得翻了天，说是你婆婆告诉了钰龙，他的亲爹是浦光寺的方丈，钰龙就半夜三更，跑到浦光寺去找那和尚认爹。那和尚把这些年的积蓄，好多好多的银子，全都给了他。之后，那和尚为了避嫌，便云游四海去了。"

"天哪！真是黑天的冤枉！"印蕙娇惊呼。她的脸霎时间变得惨白。

"怎么？不是这样？"秀才夫妇几乎同时问。

印蕙娇连忙向父母说明事情的原委："乖妹出嫁了，屋里腾空了房间，我和钰龙合计着，也像娘这里一样，为婆婆设一个观音堂。钰龙托人从汉口请回一座观音菩萨瓷像。钰龙声不作，气不抽，没和任何人打招呼，便在当天晚上，一个人去了浦光寺，说是要接那位和尚到屋里来，给观音菩萨开光点像。"

"接来没有？"母亲问。

"废话！接得来吗？他能来吗？"印秀才说。

"他说是第二天就要外出云游，推掉了开光的事。"蕙娇说。

"他们没认亲？"母亲又问。

"废话！若是这样的情形，怎么会有认亲那回事？"印秀才叹息着说："人言可畏，谣言杀人啊！"

"那他给了钰龙银子吗？"母亲接着问。

没等蕙娇回答，印秀才就接过婆娘的腔，说："又是废话！你也不想想，他凭什么给钰龙银子？他将大把的银子给钰龙，钰龙会要他的吗？镇上那些无聊的好事之徒，是什么样的鬼话都编造得出来的！"

蕙娇说："他只在临别时，给了钰龙一本经书。说是他不能到家里来给观音菩萨开光，只要用他给的那本经书在菩萨面前掸上一掸，也就是开光了。"

"什么样的经书？"印秀才问。

蕙娇说："是一本《坛经》，封面上盖着'昌杰藏书'的印章。钰龙外公的名字就叫作刘昌杰。外公的经书，不知怎么会到了他那里？"

印秀才想了想说："当年他在刘家，为你婆婆打了三年的嫁妆。《坛经》想必是那时候钰龙的外公送给他的。那和尚要外出云游，而且是一去不复返，把经书送给钰龙，不过是物归原主罢了。"

印蕙娇本想将钰龙所说的全部情况，向父母作更详细的禀报。她忽然又觉得大可不必，便打住了。那位雕匠的重新出现，给张家窨子增添了太多的麻烦，也给她带来了太多的困扰。而对于那当了和尚的雕匠，印蕙娇却怎么也恨不起来，反而还产生了可亲可敬的感觉。很显然，技艺高超的雕匠，是在万般无奈之下，才出家当了和尚的。即便如此，他对张家窨子里的人，仍然充满着关切和关心。他将今天这样的人生归宿，都归咎于阴错阳差。印蕙娇却想到，倘若不是阴错阳差，她深爱着的丈夫，就不会来到世上，也就没有她美满的婚姻，更没有她活泼可爱的儿女。为此而付出最为沉重代价的，便是那位云游四海、不知所终的和尚。这些事只属于张家窨子，晓得的人越少越好，没有向父母禀明的必要。

把蕙娇嫁到张家，是印秀才做的主。他不曾料到，后来会出现那么多的风波，发生那么多的变故。他是一个不喜欢后悔的人，遇事总是往好的方面想。他始终认定，钰龙是个好伢儿，将蕙娇许配给钰龙并没有错。张家窨子里的麻纱再多，也总有被快刀斩断的时候。在镇江金山寺，他曾了解到张家窨子另一个同样见不得人的隐秘。后来，亲家张复礼和女儿葬身鱼腹，使得隐秘永远封存，危机也烟消云散。眼下，尽管不堪入耳的传言，闹得个满城风雨，但随着时间的推移，和尚的一去不复返，那些无中生有的事情，必然也渐渐为人们所淡忘。女儿一家人的困扰，便自然也就不复存在了。

先前，吉秀华在女儿遇到困扰时，便对丈夫心存埋怨。明明是一个火坑，丈夫却硬要女儿往里面跳，才招惹来那么多扯不清的麻纱。日子长了，她晓得埋怨是无济于事的。女儿和女婿的婚姻，是木已成舟，无法更改。蕙娇儿女都有了四个，总不能让她离了婚再嫁吧！何况女儿苦恼归苦恼，到头来，总还是维护着丈夫，维护着那个家。对于那既成的事实，也就并不怎么在意了。

一家三口，对于钰龙和那和尚的渊源，都有心照不宣的统一认知，可又谁都不愿意去捅破这层纸。秀才人家的女儿，嫁给这样出身的人，实在是有辱门庭，斯文扫地。尽管外面的传言，多是添油加醋，而事实确实是存在的。印秀才再能言善辩，也无力招架。当年他振振有词，摆出的那位千古一帝，也做不得挡箭牌了。这时候，除了装聋作哑，他没有更好的办法。

国之殇

光绪二十六年，岁次庚子，大清王朝再一次蒙受屈辱。这一年，八国联军已兵临北京城下，致使珍妃娘娘投井身亡，老佛爷奈何不得，带着被圈禁在瀛台的皇上仓皇西逃。侵略军长驱直入北京城，杀人放火，掳掠奸淫。大清王朝岌岌可危。

地处偏僻一隅的湘西浦阳镇，人们的生活依然按部就班，看不出有太多的异常。谁家生了伢儿，照样打三朝；谁家死了老者，照样做道场。人头攒动的街市上，照样有形迹匆匆的赶场客；幽深狭长的弄子里，照样有魔芋豆腐的叫卖声……唯独有一个人，对于这场战争格外挂心，此人便是秀才印茂佳。只因为他的儿子印毓贤，在天津的大沽炮台当差多年，深得总兵罗荣光赏识。短短几年，便由把总提擢为守备。天津是北京的大门，大沽又是天津的要塞。八国联军自海上进犯，毓贤当差的大沽炮台首当其冲。"烽火连三月，家书抵万金。"印秀才盼望着毓贤寄回的家书，却是雁杳鱼沉，不见只言片语。印秀才心急如焚，吃不好，睡不着。吉秀华惦念着儿子、儿媳和孙儿的安危，终朝以泪洗面。印蕙娇回到娘家，也和母亲哭做了一路。刘金莲过门来相劝，也只能说些"吉人自有天相"之类的宽心话。骨肉之间的挂牵，不是几句宽心话就能够解脱的。到头来，相劝的人也跟着母女一起流泪，

战事在六月初就打响了，直到七月二十八日，印茂佳才接到毓贤的来信。果然是吉人自有天相，儿子一家平安无虞。印家夫妇喜出望外之

余，仍然有几分沉重。在信中，儿子除了报平安之外，还诉说了炮战的惊心动魄。那一日，罗大将军督战北炮台，毓贤奉命坚守南炮台。洋人出动炮舰，分三路包抄南北炮台，双方炮火异常猛烈，从半夜直打到天明。罗大将军沉着应战，先后击沉敌舰六艘。怎奈是敌方兵多势大，船坚炮利，我方弹药库不幸被炮火击中，又未见援军来到，先是北炮台失守，南炮台又陷入重围。情况万分危急，罗大将军为了不让家人受洋人蹂躏，飞马回到寓所，挥泪忍痛杀死妻室儿女，而后返回南炮台奋勇血战。这时，南炮台已是尸横遍地，被炸断的手脚到处都是，毓贤的左腿也被炸伤。洋人攻势强大，守军寡不敌众。罗大将军在炮台即将失守之时，践行"人在炮台在，地失血祭天"的诺言，服下毒药，壮烈殉国。毓贤在信中还说，他的腿伤经过治疗，已无大碍。为了实现罗大将军生前的遗愿，他已向上峰告假，待等腿伤痊愈后，将护送将军灵柩回原籍。届时，他将从水路启程，一路溯江而上，抵达浦阳镇之后，再起坡由陆路，将灵柩运抵将军故里乾州。

九月十一日，浦阳镇赶场，成千上万的赶场客，或乘船，或走路，一齐涌向了这里。此前，罗大将军灵柩过境浦阳镇的消息，已在四乡八里传开。这天，赶场客路过千总衙门前，发现有人在布置灵堂。千总衙门做灵堂，在浦阳镇是从来没有过的事情，只有盖世的英雄，才能享受到这般荣耀。到时候，场面一定异常的隆重和悲壮。赶场客大都打算留下来，亲身经历这样的盛况，相送罗大将军一程。许多人搭信回去，要家里人也赶到镇上来。镇上的人越聚越多。大街上，弄子里，到处都是攒动的人头。灵柩是走水路而来，万寿宫码头成了人们最主要的去处。

傍晚，运送罗大将军灵柩的麻阳船，在印毓贤的护送下抵达浦阳镇。丁通判、甄千总在印秀才的陪同下，来到万寿宫码头恭迎。这时，码头边早已是人山人海。一个个大炮空中炸响；一串串千子鞭遍地开花；一排排三眼铳惊天动地。灵船拢岸，以丁通判、甄千总和印秀才、印毓贤父子为前导，由大锣、大鼓、唢呐、马号组成的乐音队伍为接引，十八名杠夫

抬着罗大将军的灵柩，一级一级，登上码头的石阶，转而在河街上缓缓而
行。灵柩的后面，尾随着黑压压的人群，形成了长长的送葬队伍。这时，
河街两旁也早已站满了熙熙攘攘的民众。沿街店铺的门前，都摆上了香
案，供着香茶果什，点着蜡烛神香，燃放起鞭炮。送葬的队伍在街头越来
越长。岩板路上，涌动着见头不见尾的人流。印秀才神情凝重地走在这支
队伍的最前头，有生以来，他第一次这样抛头露面。震耳欲聋的鞭炮声、
铁铳声，使得他和死里逃生回来的儿子，无法进行任何语言的交流。

　　河街上护送灵柩的队伍，从大码头转向犁头嘴，到达了正街。那里迎
候着的民众比河街上更多。夜幕降临，满天星月，发出惨淡的光亮，照着
灵柩缓缓前行。一路之上，直到千总衙门，只留有一条可供灵柩前行的甬
道。灵柩沿着甬道，被杠夫们抬到千总衙门布置好的灵堂里。

　　布置得庄严肃穆的灵堂，被槁把火照得通亮。罗大将军的灵柩，摆
放在灵堂的正中。灵柩前摆着香案，设着灵位。灵柩的两侧，站立着四名
守灵的军士。整幅白布拉成的横批上，是"浩气长存"四个大字。两旁的
对联也是整幅的白布，上写着罗大将军生前的誓言："人在大沽在，地失
血祭天。"浦阳各界的挽幛和挽联，悬挂在灵堂的两侧。哀乐声中，丁通
判、甄千总和印秀才、印毓贤父子在灵前行过三跪九叩大礼。印毓贤起身
转体，发现了母亲，他上前叫了一声："娘！"

　　"贤儿呀！你回来了。"吉秀华一步上前，摸着受伤的左腿，问道：
"腿上的伤都好了吗？"

　　"好了，全都好了。"毓贤说着，搂起裤腿给母亲看，那大腿上，现
出一绺疤痕。

　　"造孽哟！我的儿。"吉秀华顿时出了眼泪，接着问道："婆娘和伢
儿呢？"

　　"他们没得事，都好。"

　　"这我就放心了。"吉秀华说："你去忙吧！乡里来了这么多的人，
我回去给他们准备点夜宵。"

"毓贤兄，真是儿行千里母担忧啊！"说话的是丁通判。

甄千总引领丁通判和印家父子来到千总衙门的后堂。毓贤一路辛苦，那里给他准备好了晚饭。

甄千总忽然想起问道："咦！毓贤兄，不是说罗大将军家小的……"

"唉！"印毓贤叹息着说："一时间凑不够那么多的盘缠，只好把他们留在异乡了。"

丁通判说："怎么？一个堂堂的二品大员，难道他们就——"

"如今京城失陷，朝廷上下，一片乱糟糟的，谁还管得了谁啊！"印毓贤说："可毓贤不能不管。知遇之恩，没齿难忘；桑梓之情，山高水远。罗大将军大义凛然、视死如归的气节，更为毓贤景仰，即便是困难重重，毓贤也要将罗大将军的灵枢护送回家乡。"

印秀才称赞道："贤儿你做得对。罗大将军魂归故里，是湘西这一方土地的荣耀，更为万代子孙树立了楷模。"

印毓贤说："不怕笑话。这一路走来，行船都是上水，开销极大，灵枢护送到浦阳，毓贤已是身无分文了。"

"不要紧，不要紧。"印秀才连忙说："这里到乾州，不过是一天的路程。镇上的各个会馆凑了一点钱，用作今晚的开销，有结余，全部交给你。没有结余，运送灵枢到乾州的花费，都由我们家里出。你把灵枢护送到乾州，等到罗大将军入土为安再回来。丧事如有什么困难，能帮得到的，你一定要想尽法子帮。这是我们印家人做的一件大事，一定要善始善终。"

"孩儿记下了。"毓贤说。

甄千总大话大句地说："嗨！到了我的地盘，就没有为难的事。明天运送灵枢去乾州，我派一队绿营兵去就是，盘缠让他们随身带。"

"多谢！多谢甄总爷！"印家父子连连拱手称谢。

"甄总爷一开口，什么事情都解决了。"丁通判说："其余的事情，等毓贤兄从乾州回来以后，我们再从长计议吧！"

千总衙门的灵堂里，前来灵前祭拜罗大将军的乡亲络绎不绝。一位老者来到灵堂，他的脑门秃顶，雪白的络腮胡子飘拂在胸前。他没有立刻祭拜，而是将衙门内外铺摆好的围鼓桌巡视了一番。他数了数桌子，一共是二十四张。意味着今晚有二十四堂围鼓在这里聚会。在浦阳镇，这是从未有过的盛事。只有为罗大将军守灵，才会来那么多的围鼓堂。这位老者不是别人，是早先在千总衙门主过事的段总爷，卸任那年，他五十岁才出头，只因为爱上了浦阳的高腔戏，离不开围鼓堂，便在镇上的总爷弄子买了一栋窨子屋，落籍了下来。不久后，他又在河街上购置了一排铺面，这些铺面，有的交给儿孙经营，有的用来出租。段总爷从此过着吃穿不愁、悠闲自在的日子。他在总爷弄子牵头组建了一个围鼓堂，镇上谁家有红白喜事，他必定到场打围鼓，或是操签击鼓，或是一展他的虎音，唱上一曲花脸戏。他只要得过了戏瘾，便可以百事不探。这样一晃就过了近三十年，他已是耄耋老人了。段总爷原本行伍出身，到老来身子骨依然硬朗。罗大将军灵柩过境，守灵之夜的围鼓堂大聚会，段总爷是当然的领袖。

"请总爷发话起鼓！"有人大声相请。

全体立刻响应。人们同声起吼："请总爷发话起鼓！"

段总爷捋了捋胡须，清了清喉咙，发话了："打鼓佬都过来。"

二十四个打鼓佬在段总爷的带领下，齐聚罗大将军灵前，一同双膝跪地，三跪九叩，礼毕，段总爷灵前含泪禀告："罗大将军，你好久没听过家乡的高腔戏了吧！今夜，让乡亲们唱给你听。"

"请总爷发签子！"打鼓佬们一同起身，对着段总爷拱手。

段总爷说："各位师傅，往天男丧唱围鼓，戏码都是《傅相升天》，今夜不同，要换一出戏。"

"什么戏？"

"《风波亭》！"

"对，《风波亭》！"众人一致同意，言语之中渗透出凝重与悲壮。

《风波亭》是高腔连台本大戏《金牌》中的一出，敷演岳飞朱仙镇大破金兵，反被奸臣秦桧以十二道金牌召回，诬其谋反。秦桧奸党对岳飞施毒刑，并逼其召长子岳云、义子张宪进京。父子三人同囚一室。秦桧与妻王氏命得狱中禁子，黉夜引岳飞父子至风波亭杀害，禁子不忍，途中告以实情。岳云、张宪兄弟欲逃脱，而后聚集旧部造反。岳飞不允，训以尽忠全孝，含悲忍痛，在风波亭亲手杀死岳云、张宪，而后自刎身亡。

段总爷闭目默神之后，手抡鼓槌，轻敲鼓边，二十四面桶鼓齐声擂响，二十四把唢呐同声鸣奏，二十四个围鼓堂，同唱一个戏码。自高腔戏诞生过了几百年，这还是头一次。围鼓桌周围，顿时被围了个水泄不通，有的还去到店铺的门楼，爬上房屋的瓦顶。当戏文唱到岳飞在风波亭亲手杀死儿子岳云和义子张宪，而后拔剑自刎时，便立刻联想起罗大将军临阵赐死妻儿，而后服毒自尽的情景。惊人的相似，同样的悲壮。随着鼓乐的鸣奏，二十四位岳飞的演唱者，同声唱起了一曲悲壮的《山坡羊》：

收拾了凌云豪气，丢撇了十年功绩。同聚首伶仃父子，恨权奸暗生毒计。尔母与妻，知她在哪里？良田万顷占不得眠牛地。视死如归，有谁人扶社稷？思之，赤心报国天鉴知，误国权奸天地诛！

《山坡羊》唱得千人悲泣，万人落泪，从岳飞到罗荣光，同为大将军，一脉相承的忠心可鉴，令人们抱憾的是，罗大将军妻眷的遗骸，未能随他一同回归故里。

一出《风波亭》终了，鉴古观今，给了人们双重的悲痛。操签击鼓的段总爷悲愤交加，老泪纵横。他两腮全是湿漉漉的，分不清哪是泪水，哪是汗水。年岁不饶人，这一出戏打下来，他显得有些儿力不从心了。他张着嘴巴出着粗气，背上流淌出的热汗，也渐渐儿变凉了。这大一把年纪，若是闭了汗，着了凉，那可不是闹着玩的。在众人的再三相劝下，老者才把鼓签子交给了他的一个徒弟，着实交代了几句，便起身离开了他的"白虎"位。他家的窨子屋就在千总衙门旁边的总爷弄子。他要赶紧回到家里，换件干梢的里衣，再回到围鼓堂来。

这时，人们都在千总衙门内外看热闹，空荡荡的总爷弄子里不见一个人，只有段总爷在匆匆行走。突然，他发现背后有人拍他的肩膀，回过头，只见那人戴着一顶烂了边的竹篾棕胎斗笠。那人摘下斗笠，他凭借着隐约的月光，一眼就辨认出了那人。他顿时就愣住了。

"怎么？是你！"

"没想到？！"

"这样的场合，你来做哪样？"

"做哪样？来找你呀！"

"这里不是讲话的地方，快跟我到屋里去！"

两个老者来到段家窨子。段总爷的家人都看热闹去了，窨子屋里空空如也。段总爷把来人带到了后堂，点亮了桌上放着的桐油灯。

"等我一会，我去换件衣服。"段总爷说着，身子一闪便进了内房。

这来人不是别个，是铁门槛的棒棒客石老雄。段总爷和石老雄，明里，他们是你死我活的对头；暗中，他们是利益共享的伙伴。这种特殊的关系，三十多年前就已经存在，段总爷卸任之后还依然维系。段总爷是石老雄的遮阴伞；石老雄是段总爷的摇钱树。在浦阳镇，段总爷为石老雄疏通关节；在铁门槛，石老雄为段总爷开辟财源。每逢镇上的千总爷走马换将，段总爷和石老雄便必定要见面。千总衙门新近来了甄千总，石老雄依照惯例，要来见段总爷。正逢罗大将军灵柩过境，一事两搭界，石老雄便下了山。当年，这位总爷在浦阳镇上并没有房产，随着他们的一次次见面，段总爷的房产便一年年多了起来。他先是有了这幢窨子屋，后来又在河街上置买了一排铺面。没有石老雄，段总爷单凭几个饷银是置办不起这些业产的。

"怎么样？日子还过得顺心吧！"段总爷从里屋出来，一边扣着衣服一边说。

"托总爷的福，算是可以吧！"石老雄说。

"我跟你说过，少来镇上。人多的场合你来不得，怎么就不听呢？"段总爷似乎有点抱怨。

石老雄没回应段总爷的话，而是各说各话："娘的，这年头当官主事的，跟走马灯似的换得快，真叫我们这些人搞不赢手脚。听说又来了一个甄千总，是吗？"

"是来了一位甄千总，可你也不能这个时候来呀！"段总爷没好气地说。

"我想来！"

"想来也不行。有人递你一水，来几个绿营兵把你捉起，我没法替你解交。"段总爷把事情说得很严重。

石老雄笑了。他并不在意，说："捉起就捉起，剁了脑壳，也才碗大个疤。罗大将军是脚色，是英雄好汉，我石老雄打从心底里佩服，特意下山来送他一程。"

"你是棒棒客，他是大将军。他不稀罕你送。"

"管他稀罕不稀罕，反正我要来送。"

"一个棒棒客，你没得送大将军的资格。"

"我没得资格，你就有资格吗？"

"我是卸任的朝廷命官，当然有资格。"

"那是明里。暗里呢？你和我，泥鳅黄鳝是一串的。你有资格，我也一样有。"

段总爷"嘿嘿"一声笑，没得话说了。

"说白了，罗大将军和你，和我，都一样是吊着卵子的男人，没得什么不同的。他那个大将军落到我的地步，也会和我一样当棒棒客；我这个棒棒客到了他的位置，也会和他一样打洋鬼子。"

段总爷扑哧一笑，有点儿不屑："是吗？我不信。"

"要是我有他那样的机会，狗日的就不和他一样。"石老雄发着狠誓，显得他是认真的："反正你和我都已经老了，黄土都快堆到额门了，和你打了三十多年的交道，说几句心里话，想必也是无妨的。你以为我是想当棒棒客？不是的。当棒棒客有哪样好的？名声不好且不说，一天到晚还担惊受怕。为了求得平安，钻山打洞找门路、找靠山。找来找去找到了你。先是巴结你，后来又通过你的门路，去巴结一茬又一茬的官老爷。拼死拼命得来的几个钱，多半用来做了打点。肉都用来喂了当官的，自己只能啃点儿骨头，喝点儿汤。"

"嘿嘿！不是这样吧！"段总爷笑着说。

"是不是这样，你心里最清楚。"石老雄说着，问道："怎么样，这位甄千总试过水了？"

"试过了。"

"怎么样？吃得咸吗？"

"你说呢？"

"不消说，又是一个牙齿长的主。"

"嘿嘿！这年头，他不吃你吃哪个？"

"他给了个数吗？"

段总爷没开口说话，只是对石老雄做了个五指撮拢的手势。

"哼！那么多，没得给。"石老雄说着，从怀里掏出六枚五两一锭的"方槽"，往桌子上一摆："就只那么多。若是嫌少，我也没得法子，他派绿营兵来捉我就是。"

"有话好说嘛！"段总爷说："我不在位了，手里没得权了。你心里要明白，我是在帮你的忙，你不要让我为难哟！"

石老雄迟疑片刻，又从怀里掏出两锭"方槽"放在桌子上，轻轻一推说："唔！就只有这些，我再也拿不出多的了，行还是不行，你就替他做个主吧！"

"没办法！我就只有替你去讲好话了！"段总爷就这样答应了下来。

一桩交易就这样达成。石老雄对段总爷拱了拱手说："甄千总任上的事情，老雄就拜托总爷了。"

"好说！谁让我们是朋友、是兄弟呢？"段总爷拍着胸脯，显示着他的豪爽。

吃过晚饭之后，印家父子便陪同两位官员看围鼓。二十四个围鼓堂，在同唱过一曲《风波亭》之后，便各自唱起了不同剧目。锣鼓声、唢呐声，伴以演唱者雄浑而悠深的演唱，把丧堂烘托得沉重与悲壮。

甄千总初来浦阳，乍听高腔，更没有看见过唱围鼓，问道："他们怎么都坐着唱，又不装扮？唱的是些什么戏？"

印秀才说："这叫作唱围鼓。我们这里逢红白喜事时，街坊邻里都要到主家唱这种不装扮的高腔戏。我们这里把丧事叫作白喜事。生死轮回，世之常理，丧事也是喜事，不必过分悲泣，可以唱苦情戏，也可以唱笑谈戏。今夜的丧事却大不一样，是在凭吊一位为国捐躯的大将军。"

丁通判跟进了一句："是国殇。"

"对！是国殇。唱的戏文就有特别的讲究了。"印秀才说："这二十四个围鼓堂，来自浦阳镇的街弄子，也来自附近的四乡八里，今夜唱的全都是一色的英雄戏。"

"啊！原来是这样。"甄千总前行几步，来到段总爷的围鼓堂。老前辈一边操签打鼓，一边和新来的继任者点头打着招呼。锣鼓响个不停，甄千总大声问印秀才："请问年伯，段老前辈这里，唱的是什么戏？"

"《大江东》，刚开始唱。"印秀才大声回话。

印毓贤跟进解释道："《大江东》就是《关云长单刀赴会》。"

戏一开始，关云长的演唱者，便乘着一叶小舟过江。他推开船上的窗子，看着滔滔的江水，感慨万千，唱起一曲《倒脱靴》：

大江东，波浪千叠。驾着这小舟一叶，才离了九重丹凤金阙，早来万丈深潭虎狼穴。大丈夫性儿烈，独赴这单刀会，好一似赛村社……

打鼓的段总爷进入状态。他站起身子，拉起架势，在唢呐的帮伴声中，擂响了有节奏的重槌，皓发和银须，随着鼓点飘拂，仿佛他就是单刀赴会的关云长。所有的看客都把眼光集中到了他的身上，叫好声也随之此起彼伏。

"宝刀不老啊！段老前辈的鼓，真是打出了关老爷的英雄气势。"甄千总连声称赞。

印秀才说："段老前辈就因为爱唱围鼓高腔戏，卸任之后，便落籍在了浦阳镇。"

"我从小就听说，爱唱围鼓戏的段总爷，打土匪是很卖力的。"印毓贤说。

"可想而知，可想而知。"丁通判连连说。

甄千总也说："嗯！他打土匪，肯定是很卖力的。"

印秀才说："是啊！卖力是卖力，可就是匪患依旧。如今甄总爷到任，定能根除匪患，为民造福。"

"这个自然，这个自然。"甄千总一副信心十足的样子，尽管他晓得这是做不到的。

段总爷的围鼓堂，仍然在演唱着《大江东》。其余的围鼓堂，也在唱着不同的英雄戏。有《三国》，也有《水浒》和《封神》。印秀才一一做着介绍。

丁通判颇有感慨地说："在罗大将军的丧堂唱这些英雄戏，还真有点像屈老夫子的《国殇》哩！"

"不，这还算不得《国殇》。"印秀才说："屈老夫子的《国殇》，在我们这里是存有遗响的。走，我带你们去看。"

印家父子带着两位官员往街道的对面走去。那里搭有一座用竹篾和狮子草扎成的傩坛，供着傩公和傩母。一个竹篾编织的花台里，插着的一根竹筷子。竹筷子上，缠着白线、黑线各一道。

印秀才介绍："喏！那上面供着的是伏羲和女娲，是我们湘西的傩神。"

"湘西人叫他们作东山圣公、南山圣母。"印毓贤作补充。

丁通判问:"那花台里,怎么插着一根筷子呢?"

"是啊!上面怎么还缠着白线和黑线。"甄千总接着问。

"这里面正藏着玄机,等会儿你们就知道了。"印秀才说着,问身边的一个巫师:"今夜是哪个掌总坛?"

"石法炎。"巫师回答。

"石法炎,怎么没听说过?"印秀才不明白。

"石法炎,就是铁门槛的火儿呀!石法炎是他的法名。"巫师说。

听到火儿的名字,印秀才愣住了。他立刻想到由他带到镇江去的那封信,想到葬身青浪滩的亲家张复礼和他的女儿玉凤。他有好几年没见到那个伢儿了,没想到今夜是他掌总坛。

"火儿,印老师找你。"那巫师大声叫喊。

火儿应声来到。他落落大方地对众人深深一揖:"火儿给各位大人请安。毓贤兄征衣未解,又护送罗大将军灵柩回乡,一路辛苦。"

印秀才见火儿的模样和举止,不禁为之一怔,这简直就是他那枉死的亲家张复礼的模子里铸出来的。他的眉宇之间,渗透出与他年龄不相称的深沉和忧郁。是亲家的逢场作戏,留下了这个孽种,结出了这个苦瓜,本以为随着时间的推移,一切都会烟消云散。他万没想到,正是当年埋下的祸根,吞噬了他和女儿的性命。眼前的这位年轻巫师,曾为多少善男信女沟通阴阳,了断生死,却不晓得因为那个"夫妻相"而葬身鱼腹的父女,竟然是自己的生身父亲和同父异母的妹妹。

"今夜一共来了多少个傩坛?"印秀才问。

火儿回答:"听说是来为罗大将军送行,好多的傩坛都争着要来。最后我们挑了十二个坛门。这么多的傩坛聚会,可是从来没有过的啊!"

"好!二十四堂围鼓,一十二个傩坛,都来为罗大将军送行。这样大的场面,只怕是空前绝后了。"印秀才说着,问火儿:"呃!你们好像有一出《装独脚云霄》,跳过了吗?"

"跳过了。今夜是这出戏开台，十二个坛门一同演唱，是从来没有过的，非常有气势。"火儿说。

"二位大人，还有毓贤，都想看到这出《装独脚云霄》，各位师傅能再演一次吗？"印秀才问道。

"当然可以。"火儿说着，举起一只右手，做了个五指撮拢的手势，十二个正在唱傩堂戏的坛门，立刻停锣歇鼓。各个坛门的掌教师，大多是从事巫傩多年的老者，有的老人胡子都白了。他们见到手势，便立刻向着火儿靠拢，听从比自己年纪小一截的火儿的调摆。火儿年纪轻轻，就能在四乡八里的巫傩界一呼百诺，印秀才不能不感到惊异。这时，他突然想起当年清水坪唱目连大戏，张复礼当大头工时的情景。那年，张复礼才十九岁。这父子二人的架势，颇有相似之处。

这时，演唱《装独脚云霄》的十二个坛门，在傩坛前摆好了阵势。十二面桶鼓，呈"八"字形摆放在傩坛的两边。十二个打鼓佬各就各位，擂响了桶鼓。在锣鼓声中，由火儿等十二位巫师扮演的独脚云霄，都戴着面目狰狞的面具，穿着血红的衣衫，各执一根祖师棍，踩着锣鼓的节拍，用一条腿跳跃着上场。在场所有的巫师，扯起喉咙，同声唱起了傩歌：

乾坤大，日月长，将军战死在沙场。独脚云霄拜五岳，忠魂飘荡走五方。东岳齐天仁圣帝，泰山顶上是家乡；南岳司天昭圣帝，衡山顶上是家乡；西岳金天顺圣帝，华山顶上是家乡；北岳安天玄圣帝，恒山顶上是家乡；中岳中天崇圣帝，嵩山顶上是家乡……

傩歌在夜空中回荡，立刻吸引了许多的看客。人们纷纷涌向街道对过的傩坛。傩歌声里，十二个扮演独脚云霄的巫师，凭着一条腿的跳跃，配以手中祖师棍的挥舞和支撑，做着各种整齐划一的动作。他们在五方五位，分别摆出"岩鹰晒翅""鹞子翻身""犀牛望月""猛虎跳涧""金鸡独立"等不同的姿态。这一连串的单腿跳跃组合，是舞蹈，也是武术。

每一个形象逼真的身段，无不体现出死难者的惨烈与悲壮。

"请问年伯，他们怎么只用一只脚跳？"。提问的是丁通判。

印秀才回答说："这出戏原本只有一个角色——一个在战场上被砍断一条腿而阵亡的将军，死后被封为'独脚云霄'的傩神。今夜是来了十二个坛门，图个热闹，便有了这十二个独脚云霄同台献艺的情景，如果不是为罗大将军的灵柩过境浦阳镇，十二个坛门同来陪灵，这样的场面是绝对看不到的。"

"真是壮观无比啊！"甄千总赞不绝口，而后问道："独脚云霄这样唱着'五岳'舞蹈，又是什么意思呢？"

印秀才回答说："这是独脚云霄在'拜五岳'，又叫作'五岳归位'。"

甄千总又问："归位在哪里？"

"归位在傩坛。"印秀才回答。

只有毓贤一直没有作声。他独自一人，把脸扭过一边，泪水簌簌地往下流。最后，他竟然失声痛哭起来。

"贤儿，你是怎么了？"印秀才问。

毓贤泪流满面地说："见这些独脚云霄，我就不由得想起了大沽口的南炮台，想起了壮烈牺牲在那里的弟兄；想起了阵地上到处都是被炸断的手、炸断的脚……"

在场所有的人，都为毓贤的真情所动，落下了伤心的泪水。

十二个独脚云霄的舞蹈，由五个方位的跳跃，变换成众星捧月的队形。戴着面具的火儿，正突显在中心的位置。他趁势来了个单腿原地飞身旋转。这时，巫师们演唱的傩歌，也进入了尾声：

五方五岳都拜到，江山永固万年长。五岳殿前立宝座，独脚云霄坐傩堂。

这时，扮演独脚云霄的巫师们，簇拥着火儿，在傩歌声中走向傩坛。在傩坛前，火儿摘下面具，所有的巫师跟着也摘下面具。锣停鼓歇，一曲终了。所有的巫师都齐聚到傩坛前，对着神龛上的花台作揖。花台里，正供着那根缠有白线和黑线的筷子。

"这根筷子，就是独脚云霄。"印秀才介绍说。

"花台里供奉筷子，我在浦阳的一些人的家里好像也见到过。"丁通判说："可我还是不明白，为什么要用筷子代表独脚云霄，而不是用别的？这筷子上怎么又缠着白线和黑线呢？"

印秀才说："火儿，这其中的缘由你最清楚，你来禀报丁大人、甄总爷。"

"火儿听从印老师吩咐，向各位大人禀报。"火儿说："这筷子一根，形同独脚，筷子是用来吃饭的；这黑白二根纱线，寓意阴阳，纱线是用来缝衣的。筷子缠上黑白纱线，就成了独脚云霄的金身。阴阳协调，衣食无忧。独脚云霄是我们湘西独有的衣食之神。"

"啊！原来是这样。这位师傅，你让我们长了见识。"甄千总赞不绝口地说。

丁通判感慨万千，他对印秀才说："年伯，这就是屈老夫子的《国殇》啊！"

印秀才说："是啊！真可惜，历朝历代为《楚辞》作注的老夫子们，王逸也好，朱熹也好，怎么不到我们浦阳镇来看看这出《装独脚云霄》呢？"

印毓贤沉重地说："毓贤护送罗大将军灵柩返乡，途经浦阳镇，为什么会出现这么大的场面？看了这出《装独脚云霄》，我才明白了其中的原因。冥冥之中的罗大将军，也是湘西傩坛上的衣食之神，才能这样受到万民敬仰！"

"多谢你，让我们开了眼界。"丁通判走近身，问火儿："这位师傅是——"

印毓贤接过话茬说："他叫火儿，是我妹夫的老庚。"

"啊！你同张家窨子钰龙老板认了老庚？！"说话的仍然是丁通判。

"是的。我们认了老庚。"火儿不卑不亢。

丁通判觉得这个巫师很不一般，问道："请问师傅，家住哪里？"

火儿回答："距离浦阳四十里，铁门槛。"

一听说铁门槛，甄千总立刻瞪大了眼睛："铁门槛！铁门槛可是个强盗窝子呀！"

丁通判立刻跟进，说："师傅，你怎么能住在那样的地方？"

印秀才赶紧出来打圆场："二位大人有所不知，铁门槛虽是强盗窝子，这位师傅一家人，却是清清白白的。"

"这也叫作'出淤泥而不染'吧！"印毓贤这样补充了一句。

"这就好！"甄千总起着官腔，跟火儿交代："这位师傅听好了。你回去转告村子里的那些强盗，要他们从此以后不要轻举妄动。我甄千总从来就是搞真的，不玩假的，若是不听打招呼，就莫怪我甄千总不讲客气。记下了吗？"

"是！小民记下了。"火儿毕恭毕敬地说。

两位官员和印家父子随即离去。火儿发现不远处攒动的人头中，有一顶烂边的斗笠在移动。斗笠戴得栽，遮住了那人的面容。火儿一眼就认出了他是谁。

三更过后，千总衙门两边的街道上，三排八仙桌子，足足摆了里把路。四乡八里来参与守灵的乡亲，都能吃到镇上人备办的夜宵。张家窨子的佣工们，在刘金莲和钰龙、蕙娇夫妇的引领下，用大水桶挑来了米粉，用大箩筐挑来了碗盏。担子一放下，立刻聚拢了来吃夜宵的人。那挤在最前面的，竟然是长疤子。

"疤叔，你怎么也来吃呀！"蕙娇说。

长疤子黄皮刮瘦的脸上，挤出了尴尬的傻笑："嘻嘻，肚子还真有点儿饿了，就吃一小碗，一小碗。"

蕙娇问："怎么不去吃龙家窨子的？"

"嘻嘻！张家窨子的油水重些。"长疤子说着，就往碗里夹起米粉来。

蕙娇笑着说："疤叔不讲老实话，龙家的油水呀！要比张家重得多！"

"浦阳镇上的头块牌，还是张家窨子嘛！我和你公公是老朋友，你们张家的事情，疤叔我是最清楚的。"长疤子说着，便津津有味地吃起米粉来。

钰龙非常反感长疤子的说话，没好气地说："疤叔，你要搞清楚。这米粉是给乡里人吃的哟！"

长疤子埋着头吃米粉，假装没听见。

刘金莲制止道："龙儿，不要这样讲，让他吃。"

这时，一个四十多岁的苗家汉子，带着一个后生也来吃米粉。

"这位大哥，你是哪个寨子的？"刘金莲热情接待，信口问道。

"盘瓠崖。"

"盘瓠崖？！"

"太太，我一说，你就晓得了。"苗家汉子说："我是火儿的亲舅舅廖树保，这是我的伢儿，叫阿牛。"

阿牛有礼貌地叫了一声"太太！"

钰龙和蕙娇听说是火儿的舅舅，便立刻叫了一声"舅舅！"

阿牛则是跟着叫了一声"同年哥！同年嫂！"

一旁吃米粉的长疤子插嘴道："嘻嘻！你这盘瓠崖的伙计，还攀起亲来了。"

廖树保一时兴起，诉说起陈年旧事："太太，张家窨子可是我们屋里的老主东啊！我姐姐，也就是火儿的娘，年轻时还到府上服侍过老太太哩！"

"怎么？有这事？同年娘到我们家服侍过奶奶？！我怎么从来没听说过？"钰龙第一次听到这件事，感到很新奇。

刘金莲赶紧打圆场："那都是老早老早的事情了，谁还记得？"

"怎么不记得？那年我十二岁，姐姐还在娘家做女，没嫁到铁门槛去。姐姐做了没多久，就回家了。"树保接着还说了这么一大通。

刘金莲为了堵住廖树保的嘴，亲自把一碗米粉端到他的手边，说："好了，莫讲了。陈谷子烂芝麻的事，是永远也讲不完的，快吃吧！肚子一定饿了。"

"多谢！多谢太太！"廖树保连声道谢。他不再说话，大口地吃起米粉来。

蕙娇没搭言，只是打了一碗米粉递给阿牛。爱想事的妇人，细细琢磨起火儿舅舅的话来。火儿娘年轻的时候，肯定到张家窨子服侍过奶奶。婆婆尴尬的神情，也说明确实有这么回事，而她却不愿意让人提起。怪就怪在这样一个事实，怎么从来没听人说起过呢？思维敏捷的妇人，立刻想到火儿与公公出奇地相像；想到公公对于火儿的关爱，甚至让他为爷爷陪灵；想到那令人难以理解的"夫妻相"，以及由于"夫妻相"而引起的一连串祸息；想到……

"张家太太，少老板，少奶奶，多谢了！"长疤子异常兴奋。他用手抹着沾有辣椒油的嘴巴，大话大句地说。

蕙娇的思绪被长疤子打断。她有点儿心烦这个癞子，便带着挖苦的口吻说："怎么？还要去龙家窨子赶二泼水。"

"嘻嘻，少奶奶讲得不错，我这就去龙家窨子。"长疤子确实是要去龙家窨子。他的肚子吃饱，鸦片烟瘾却又上来了。刚才火儿舅舅的一番话，透露出了一个惊天的秘密。当年，盘瓠崖来的苗女被张复礼搞胀肚子的事，在浦阳镇人尽皆知。谁能想到那个苗女，竟然会是火儿的娘呢？火儿和张复礼又是那么的挂相，这其中的原因便不言自明了。张复礼，骚鸡公，生个鸡崽摆在了铁门槛，自己的窝，却叫外姓旁人的鸭崽给霸占了！这真是个天大的发现，赶紧去告诉永久大哥。永久大哥肯定有奖赏。长疤子打着呵欠，伸着懒腰，跌跌撞撞地加快了前往龙家窨子的脚步。

驿码头！驿码头

这些年来，刘金山的"元隆"每年都有木排下常德，水上一路顺遂，从未有过磕绊，而且每趟出手的价位都不错，赚了不少的钱。特别让他和婆娘高兴的是：大媳妇林琼香虽说头胎没捡上，接着便一连生了两个男伢。刘士达自从有了儿子以后，就像是完全变了一个人。他跟着父亲跑托口，走常德，百样事都做得熨帖，让父亲省心不少。刘金山也就对重振刘家的昔日雄风更加有了信心。眼下，俩公婆唯一放心不落的，是宝儿和乖妹成亲六年，还没有儿女。乖妹嫁到刘家的第二年，曾生了一个女伢。女伢三个月时染上麻疹，不幸夭折。以后，乖妹又有两次怀孕，可又都流产了，伍秀玲急得个团团转。想当初，士达和琼香也是没得儿子，就是请老司龙法胜一班人来做的"土地送子"。伍秀玲决定依葫芦画瓢，也为士宝和乖妹做一回冲傩求子，相信这对小夫妻也会和哥嫂一样有缘有喜。

刘家冲傩求子，请的又是火儿的巫师班。三伏天，浦阳镇像个大蒸笼，半夜过后，仍然闷热。火儿戴着面具扮演送子土地公公，他一手执拐杖戳地，一手拿蒲扇扇风。大热的天，蒲扇不管用，他被热得满头大汗，衣衫湿透。两个戴着面具扮演送子土地婆婆的老司，怀中各抱一个象征伢儿的襁褓，送子土地仨公婆唱起了傩歌，众人同声帮和。土地公公带着他的两个婆娘一路走来，进到了乖妹房中，把一对象征伢儿的襁褓，放在了宝儿和乖妹的床上，昭示着求子的乖妹将产下一对双胞胎。这时，鞭炮声响起，刘家窨子皆大欢喜。火儿摘下面具，一脸的汗水，也顾不得擦拭，便信心满满地对乖妹说："乖妹，同年哥做的'土地送子'是非常灵验的，到时候，你生了双胞胎，一定要请同年哥来吃甜酒哟！"

乖妹没说话，只是凄苦地笑了笑。一旁的伍秀玲倒是接了腔："甜酒有你吃的，到时候，你这个同年舅舅的红包要双份哟！"

"那是肯定的。"火儿说着，问伍秀玲："舅娘，怎么没见舅爷呢？"

"他有点困，先睡了，你赶紧收拾吧！我去看夜宵准备好了没有。"伍秀玲说着，便随同看热闹的人们一同离去了。

火儿正要抽身出房，见乖妹仍在他身边，便说："乖妹，你放心，求子的法事我做得多，是靠得住的。"

"你呀！尽做好事，替别人操心，也该想想自己的事情了。"乖妹不知怎的，竟对火儿冒出这样一句话来。

"哈！我船上的人不着急，你岸上的人反倒担起忧来了。"火儿这样笑着说，笑声里带着酸楚。

火儿笑声背后的酸楚，乖妹最是听得出，悟得到。这位同年哥哪曾知道，有个女伢曾经长久地暗恋着他。当年他和玉凤的一举一动，都有一双嫉妒的眼睛，在如影随形地注视着。那年，也是在这屋里做"土地送子"，凤姐给他送过一条手绢，他胆子小，变着法子把手绢退了回去；后来，他们又在蜡树湾的白蜡林里相会……可这女伢儿饱尝着单相思的痛苦，却不敢有任何表示，从而坐失了良机。她后悔自己的胆子比粟米籽还小。如今水落下丘，后悔又有什么用呢？世上的一切都是缘分，凤姐和火儿无缘，她和火儿同样也是无缘。她听从母亲的安排，嫁到刘家窖子与宝儿厮守一生，就是老天爷定下的缘分。火儿哥是几多在行的人，怎么连这个道理都不懂，还一头牛角吹到底，没从当年的阴影中走出来呢？

宝儿突然发宝气，一手抱起那两个布包的襁褓，对火儿说："嘻嘻！火儿哥，这两个都是男伢吧！"

"宝儿放心，肯定两个都是男伢。"火儿笑着拍了拍宝儿的肩膀说。

乖妹鼓了宝儿一眼："又在发哪样宝气？还不快放下。"

"嘻嘻，放下就放下。"宝儿一副很乖的样子。

"火儿哥，麻烦你了。"乖妹说。

"举手之劳，没得哪样麻烦的。"火儿说："你和宝儿都是有缘的人，送子土地肯定会眷顾你们的。"

"承你的贵言，多谢了。"乖妹再次表示谢意。

火儿点了点头，抽身欲出房门。

"火儿哥！"

火儿止步。

"有句话，小妹不晓得该不该说。"

"你说，哥听着。"

"火儿哥，你是几多在行的人，世上的人和人哪，有的是有缘有分，有的是有缘无分，也有的是无缘无分，不论是何种的缘分，全都是老天爷安排好了的，该忘记的，你就莫老是记着。小妹劝你一句话，男子汉，要拿得起，也要放得下，不管怎么样，人生世务，你总还是要的。"乖妹有生以来，还从来没对人说过这样的大道理。

乖妹的一席话，让火儿无言以对。他只是喃喃地说："乖妹，谢谢你……"

第二天。早饭过后，宝儿拎着竹篾编织的饭盒去到了驿码头。驿码头是旧时浦阳水驿的码头。前些年水驿裁撤，驿码头就成了木排的专用码头。这年夏天，两个多月滴雨未下，沉水滩干水浅，木商们编扎好的大木排无法发运，就只好湾在驿码头，等待涨水时再行排。"元隆"也有两联木排停泊在这里。这些年，码头上的情形野得很，木材被偷的情形常有发生。刘金山担心木材丢失，请来干爹王瘸子的儿子细屎在此看守木排。宝儿和细屎打小就是好朋友。按照辈分，宝儿应该叫细屎作小叔。常言说"少年爷崽当弟兄"，年龄相仿的细屎和宝儿，如同兄弟一般，也就没了叔侄的概念。白天，宝儿给细屎送三餐饭，到木排上和细屎一同玩耍，常常一玩就是整天。夜里，细屎便一个人睡在野鸡棚里守木排。

"细屎，吃早饭嘞！"宝儿上得木排，进得野鸡棚，将饭盒往细屎的手上一塞。

细屎边打开饭盒边说："看看着，什么好菜？咦！有肉，还有干鱼崽。屋里来客人了？！"

"嘻嘻！没客人来，昨夜请老司做了一堂'土地送子'。"

"给你送子？！"

"嗯哪！"

"土地送子"都是半夜三更做，细屎从来没见到过，感到好稀奇。他一边吃饭一边问："怎么个送法？给你送来了儿子吗？"

"送来了。送来了两个，一对双胞胎。"宝儿回答。

"不可能吧！儿子是要婆娘生的，老司怎么送得来？"细屎不相信。

宝儿说："真的。送了一对双胞胎，就放在我的床上。"

"扯卵谈，你越说越不沾边了。"细屎觉得太好笑，吃进嘴里的饭，差点儿喷了出来。

"嘻嘻！"宝儿笑了，告诉细屎说："老司放在我床上的，是两个布包包。"

"这还差不多。"细屎恍然大悟："那是老司为了搞你屋里的钱，做个假家伙宽你的心，怎么你也相信？"

"不！送子土地已经把一对双胞胎送进乖妹的肚子里了，只要我下点药，双胞胎就会从肚子里出来。"宝儿说得神乎其神。

细屎被弄得云里雾里，问道："下哪样药？你下了吗？"

宝儿似乎有点儿不好意思，做忸怩状，把嘴巴凑到细屎的耳朵边，悄声儿说："昨晚……下了两次……肯定是双胞胎。"

"你呀！真是个大活宝！"细屎忍俊不禁，嘴里的饭一喷而出，喷得满野鸡棚里都是。

野鸡棚里，宝儿伸了一个懒腰。昨夜耽误了瞌睡，他倚靠着支撑野鸡棚的杉木条，打起顿顿眼闭来，一会儿就睡着了。六月的太阳，火样的辣扎，晒在江面上，晒在木排上，狭小的野鸡棚里，腾腾热气散不去，变成了个大蒸笼。极度困顿的宝儿，被熏蒸得汗扒水流，却仍然鼾声不断。

"醒醒！醒醒！"细屎被热得挨不住了，推揉着宝儿。

"吵哪样！让我再睡一会儿。"宝儿迷迷糊糊，甩开细屎的手。

"快起来，再这样当心被蒸熟了，快到河边歇凉去。"细屎对着宝儿的耳朵大声说。

宝儿揉着惺忪的眼睛，跟在细屎的屁股后面，走下木排，来到了河边一棵高大的杨柳树下。树下有一片荫凉，摆着的石桌和石凳，是当年水驿驿卒留下的遗物。石桌上，刻着一个打山棋的棋盘。细屎和宝儿，一个上午都坐在杨柳树下，悠闲自在地乘凉，下打山棋。

这些日子，龙永久一直都忙碌在他家新修窨子屋的工地上。他的四个儿子都成了亲，都有了儿女。老屋住不下了，龙永久决定再修一幢窨子屋，等到新屋落成，就把家分了，让伢儿们去各奔前程。湘西人修建窨子屋，砖块只是砌一个火封统子，要得最多的还是木材。掌墨师傅告诉龙永久，还差十二根楼檩，催他要赶快办齐。承重的楼檩，需要上等的杉木料，龙永久决定到驿码头找个木老板，从他的排上挑选木材做楼檩。

龙永久是带着癞毛出行的。为罗大将军守灵的晚上，长疤子意外得知了那个惊天的秘密，便立刻向龙永久做了通报。龙永久兴奋至极，连声说："好！好！好！"当即奖赏给他一饼宫保烟。长疤子趁着龙永久高兴，提出让儿子癞毛来服侍龙爷，得到首肯。从此后，癞毛便成了龙永久的跟班。这天，主仆二人迎着烈日，来到了驿码头。骄阳如火，木排上的野鸡棚里都空无一人。守排的人们，都聚集在岸边的那排杨柳树下歇凉。眼睛尖的癞毛，一眼就看到了下打山棋的宝儿和细屎。

"宝儿！细屎！"紧跟在龙永久身后的癞毛叫了一声。他的胸脯挺得老高。

宝儿、细屎听见叫声，都抬起了头。细屎看不惯癞毛狐假虎威的样子，不无挖苦地说："哟！蛮神气的嘛！"

"那男伢儿是哪个？"龙永久问癞毛。

"老爷，您怎么他都不认得？他叫细屎，老头儿是草把行……"癞毛本来想点出"王瘌子"的名字，又怕细屎听见不好意思，就省略了。灵泛的主子，是提头就会知尾的。

"他和那憨宝做一路，在为'元隆'守排？！"

"嗯哪。"

龙永久为选购木料而来，便径自向河下的木排上走去，癞毛立刻跟上。他走到一块木排上，发现那里的木料通直、匀称，不太粗，且都是老油杉，正好用来做楼檩，他立刻就做出了决定："癞毛，我们就买这家的。"

癞毛却说："老爷，莫忙，您先看看这木排是谁家的？"

龙永久走到排头，蹲下身子，细看杉条上的斧记时，发现那上面戳打的都是"元隆"二字。刘家的木排，冤家对头是没得生意做的。他以赞赏的目光看了癞毛一眼，似乎在说，真看不出，长疤子的伢儿倒还有点儿城府，比老子还要强许多。

"老爷，我们到那边另看一块排吧！"癞毛轻声儿对主子说。

这时，岸上有人问话："龙爷，你是选的哪样料？"

"楼檩。"癞毛替主子回话。

"往前走，走过两联排，前面就有楼檩料。"

龙永久问："什么斧记？"

"'宽发'。"

"'宽发'，不就是后街陈德森陈老板的斧记吗？"

"是的。龙爷要是看中了，我回去请陈老板来就是。"

龙永久带着癞毛前去察看，那里果真有适合做楼檩的杉木料。癞毛对着码头喊话，要"宽发"的守排人立即回去喊老板来谈生意。

时近晌午，火红的太阳在天上发威，江水也被晒得微微发烫。驿码头边的一排杨柳树下，坐着许多乘凉的人。等候木老板的龙永久，也想找个歇凉的地方。主仆沿着河岸游荡，在宝儿和细屎的身后停了下来，然后勾着脑壳看他俩下打山棋。宝儿和细屎对龙永久有一种本能的厌恶，这家伙一堵墙似的站在身后，小伙计立刻感到不自在。

"不下了，我想下河洗个澡。"细屎把棋子一和，用手肘抹着头上的汗水说。

"你去洗吧！我帮你守衣服。"宝儿说。

"去吧！一起去。"细屎说。

"我水性不好，只会狗爬泅。"

"下河去，我教你就是。"

"不，我不……"宝儿的头摇得像拨浪鼓。

"哈！是婆娘不让你下河洗澡，是吧？"细屎笑着说。

"嘻嘻……"宝儿默认。

"哈！男子汉怕婆娘，没出息。"说话的是龙永久。

宝儿白了龙永久一眼，没有和他搭腔。龙永久讨个没趣，转身问癞毛："癞毛，你会游水吗？"

"游水嘛！小菜一碟。"癞毛说得轻松。

"做一路洗吧！"细屎一边脱衣，一边对癞毛说。

"我是有事的人，不像你有闲空，你就一个人洗吧！"癞毛说。

龙永久对癞毛的回话很满意。这伢儿真懂事，晓得轻重。等会儿木老板来了，他们就要谈生意。生意谈成，跟着就要着人来扛木料。

这时候，细屎赤条条的身子，一跃而下到了河水里。他一会儿游水，一会儿踩水，一会儿潜水，一会儿在水里翻了一个身，将白生的屁股露出水面。他还大叫一声"宝儿"，笑着吐了吐舌头，故意做了个"狗爬泅"，惹得河边歇凉的人们捧腹大笑。细屎嫌在木排旁边游水不过瘾，便伸长了手臂，朝着河对岸游去。细屎的水性非常好，即或是在丰水季节，他都可以在这沅水里游两个来回，眼下是枯水季节，这样游个把来回，自是不在话下的。灼热的阳光，照在波光粼粼的江面上，照着细屎在沉水江面或隐或现的半边身子，人们目送着他的身影在江水中渐渐远去。细屎轻松自如地游到了江心。他回过头来招了招手，透出他的得意和潇洒。突然间，意外发生了。江心的细屎"啊"地一声大叫，便在原地不动了，那平展展的江面上，只剩下细屎舞动着的双臂，还有他那忽而浮起、忽而沉下的脑壳……

"拐场了，细屎的脚抽筋了！"有人惊呼。

"是的。看他的样范，是脚在抽筋。"癞毛立刻加以肯定。

"那地方深得很，细屎危险！"

"脚抽筋是最恼火的，得赶紧去救。"

"……"

码头上，说什么话的都有。宝儿顿时急得"呜呜"地哭了起来。他一抬头，看见了身边的癞毛，哀求道："癞毛，求求你，你水性好，快去救细屎！快点，要不他就没命了。"

癞毛二话没说，边走边脱衣服，便朝着河下跑去。

"站住！"起吼的人是龙永久。

癞毛应声停止了脚步。他回过头说："龙爷，不去救他，他肯定就没命了。"

龙永久厉声道："对门火烧山，与你屁相干！"

龙永久的话，令癞毛愕然，令在场的所有人震惊。

"一个叫花崽，值得你去救吗？"龙永久又这样补充了一句。

宝儿冲着龙永久吼道："叫花崽怎么啦？叫花崽也是人！"

端人家的碗，服人家的管，癞毛听命于主子，把脱下的衣服重新穿上，丧气地一屁股坐在杨柳树下。驿码头上，立刻出现一片窃窃私语。几个在树下歇凉的后生，实在看不下去了，向龙永久和癞毛投去鄙弃的眼光，他们一跃而下到江中，奋力向着江心的细屎游去。这时，驿码头上乱成了一锅粥。人们拼力地叫着，喊着，给几个救人的后生鼓劲，要江心的细屎稳住。老远看去，江水中的细屎，忽而浮起，忽而沉下，他呛了一口水，又呛一口水。有时，水面上显露出他的手指尖尖，忽而，连手指尖尖也看不到了。人们为细屎捏着一把汗，救援的人离溺水的细屎越来越近，驿码头上的叫喊声也越来越大。人们惊讶地发现，水面上已经见不到细屎的任何踪迹。细屎的凶多吉少，牵动着人们的心，有的人禁不住悄然落泪，有的人甚至哭出了声……突然，人们发现细屎曲蜷的身体，从水下被高高地托起。潜入水下的救援者，在千钧一发之际，对细屎实施了最有效的救援。当细屎在救援者的相拥之下，平安回到驿码头时，人们欢呼雀跃。这时，早有人扛来了灶锅，覆放在杨柳树下。人们七手八脚，让细屎俯卧在一口搬来的灶锅上。灶锅挤顶着细屎，使细屎吐出了呛进肚子里的江水，过了一会儿，细屎喊一声"哎哟"，便苏醒了过来。他睁开眼睛，四下张望，叫着："宝儿！宝儿！"

有人跟着帮他喊："宝儿！宝儿！"

没有人应声。

宝儿到哪里去了呢？众人的眼睛都在搜索，人群中不见宝儿的身影。

突然，有人这样说："你们是找宝儿吗？他好像是说了声：'这些人救细屎，能行吗？'也跟着跳下了河里，以后就再也没有见到他了。"

"天哪！怎么会是这样？宝儿还在河里，大家快救宝儿！"细屎哭喊着一跃而起。他强支身子，要下河救宝儿。

"不行！你不能下河。"几个人上前，拦住了细屎。

有人大声喊："快下河救宝儿，快去刘家窨子报信。"

营救细屎的那些人，纷纷再次下河救宝儿。先前营救细屎时，是有目标的，就只那么宽的河面。宝儿是在哪里溺的水，却没有人知道。救援者只得分散在河面的各个地方，漫无目的地潜入水中搜寻。大海捞针式的营救，结果可想而知，都是一无所获。

这时，木老板陈德森匆匆赶到，龙永久立刻迎了上去。陈老板见码头上的场面，愣住了。忙问："这是怎么啦？"

"刘家窨子的憨宝掉到河里了。"龙永久说。

"哎呀！这怎么得了！去刘家喊人了吗？"陈老板关切地问。

"好像是去了。"

"那怎么还不见来？我去喊金山。"陈老板很是着急，抽脚就要离去。

龙永久上前拦住陈德森，说："嗨！已经有人去喊了，你还操哪样空心！你是来谈和我生意的。走，我们下河看木料。"

"遇到这样的紧火事，还有哪样生意做的？！"陈德森将龙永久扒开，径自登上驿码头而去。

沉水里，越来越多的人，在各个方位潜水搜寻着宝儿。癞毛一直跟随在龙永久的左右。他和宝儿一块儿长大，从宝儿那里没少得到过吃、得到过喝。如今宝儿生命危急，他却站在一边看热闹，真是太不仗义了！他甚至可以肯定，龙爷若是不阻止他下水救细屎，宝儿就不会下水，眼前的惨剧就不会发生。这龙爷怎么能这样？癞毛眼睛眨也不眨地盯着河里，注视着那些营救宝儿的人们。他真想撇开主子，一跃而下到河里。如果能亲手把宝儿救上岸，也不枉朋友一场。癞毛的情状，引起龙永久的注意。他先前阻止癞毛救细屎，已经招致了众人的蔑视和不屑。看样子，癞毛是想下河参加搜救，这是他绝对不能容许的。留下来，势必遭遇同样的尴尬，溜之大吉是最好的选择。他说了声"我们走！"拉起癞毛，便头也不回地离开了驿码头。

在路途，陈德森遇到了刘金山一屋人。他们连忙火急赶到驿码头时，江面上，搜救者竟达到三四十人之多，真是个既令人伤情，又令人感动的场面。宝儿溺水已经不是一时半会。那么多的邻里乡亲，仍然在为一个无望的生命，进行着无私的付出。按照习俗，妇人是不能上木排的，都留在了岸边。伍秀玲、林琼香和乖妹婆媳三人哭作了一团，真伤心的是乖妹。她大叫一声"宝儿！"当场就昏厥了过去。伍秀玲慌了神，手足无措，人们七手八脚，把她抬到杨柳树下的石凳上，林琼香赶紧上前，用拇指掐着她的人中穴……

刘金山父子和陈德森来到了木排上。刘金山对着河下的救援者大声喊话："各位乡亲，金山拜托了。请大家千万要注意安全。"

刘士达含着眼泪，脱光衣裤，也从木排上跳下河里，救援自己的同胞弟弟。

张家窨子的刘金莲、张钰龙和印蕙娇也匆匆赶来。他们的身后是几个油榨坊的伙计。钰龙说了声"下河救人！"伙计们立刻从木排上跃入江中。刘金莲和印蕙娇见乖妹昏厥，赶紧过去招抚。

草把行的头牌王瘸子和他的跛脚婆娘也赶来了。跛脚婆娘老远看见了木排上的细屎，她大声喊话："伢儿呀！你没事吧？"

细屎在木排上扯起颈根回话："娘！我没事……"

王瘸子上到木排上，板起面孔，厉声问细屎："到底是怎么回事？混账东西，你老实说！"

"这……这……"细屎脸巴子吓得只有二指宽，结结巴巴说不出话来。

刘金山说话了："干爹，你莫吓着细屎兄弟，让他慢慢说。"

"我……我下河洗澡，游到江心脚抽筋，我喊救命，好多的人都下河救我，不知怎的，宝儿不会水，他也下了河。我被救了起来，宝儿他……"细屎栽着脑壳，禀报他所晓得的情形。

旁边立刻有人插话："宝儿见细屎呛了水，急得哭，请癞毛下水救细屎。"

"哪个癞毛？"

"长疤子的儿，这些日子当了龙爷的跟班。"

"癞毛下河去救细屎了吗？"

"癞毛想去救，可龙爷不让。"

"怎么？那膏栈老板不让？！"

"他说，他说……"回话的人看了王瘸子一眼，不便往下说。

王瘸子说："他说的哪样，你直说无妨。"

"他说，一个叫花崽，值得你去救吗？"

"这龙永久，说的真不是人话！"陈德森摇着头说。

刘金山气得咬牙切齿："几十年了，他跟刘家人打对头，做尽了手脚。真没想到，他连干爹一屋人也这样记恨在心。"

王瘸子过了好半天，才信誓旦旦地说："金山你放心，干爹把话放在这里，他吃了桐油屙生血，是会得到报应的。"

"要是癞毛下河去救细屎，宝儿就不会下河了。"有人这样说。

"怎么见得？"刘金山说。

"他下河以前，我听见他念叨：'这些人救细屎，能行吗？'他是只相信癞毛的水性，不相信其他任何人。癞毛没下水，他就不放心，才决定自己下河救细屎。"那位旁观者分析得合情合理，脑壳里少了一根筋的宝儿，是这样才做出了下河的选择。

刘金山仰天长叹："真是个憨宝啊！别人救不了细屎，你就救得了吗？"

木排上，到处散落着救援者脱下的衣裤；河水中，到处是搜寻宝儿的乡亲们。他们有的潜入水中，有的浮出水面。一些精疲力竭的搜救者，爬上木排，赤身裸体地躺在木排上喘息。看热闹的人越来越多了。男人大都上到木排上，女人则都集中在河岸边。若是平时，女人见到赤身裸体的男人，总会大惊小怪。眼下，她们对一切都显得坦然。有什么比一个人的性命更重要呢？

陈德森对刘金山说："金山，讲句不该讲的话，时间过去了这久，就是找到了宝儿，也只怕是凶多吉少啊！"

"怎么不是？金山家门不幸，养了这样的崽，出了这样的事，眼下的情形，只不过是生要见人，死要见尸了。"刘金山泣不成声地说。

一旁的王瘸子，也禁不住泪水双流。他看见身边的细屎，就火从心上起，朝着细屎的脸上就是一耳光，吼道："该死的家伙，都是你惹的祸，还不给你哥跪下！"

细屎"扑通"一声，跪在了刘金山的跟前。刘金山连忙将他扶起，说："不要这样，你没有错，哥不怪你。宝儿走上这条路，是他命中注定。"

这时，张钰龙带着两个汉子，急匆匆赶到了驿码头，来人是浦阳人都认得的两位洣师①，钰龙见搜救没有着落，便去将他们请了来。

刘金山哭丧着脸迎了上去，说："犬子落水，有劳二位师傅……"

"小少爷落水多久了？"一个洣师问。

"多久了？！"刘金山也说不上。

"约莫一个时辰了。"有人这么说。

"你们也真是，早不来请，拿伢儿性命不当数。"另一个洣师颇有责难之意。

刘金山栽着脑壳，接受责难。怎么当时没想到呢？若是一开始就请来洣师，宝儿或许还能救得一条性命，如今再说这些，都为时已晚了。

两位洣师站在木排边上大声放话："大家都起来吧！莫乱了坛场。"

下河搜救的人们，纷纷爬上木排。木排上，到处站满了赤身裸体的男人。

众目睽睽之下，两个洣师脱光衣服。二人身穿一条红短裤，来到排头，焚化纸钱，将三炷点燃的神香，插在排头杉条的缝隙中。二人对着河水深深一揖，反眼抬头看青天，口中念念有词，然后高举起双手，扪下右手的拇指，用其余的九个手指挽结成一道"九龙闹海诀"，而后深深地吸了一口气，便纵身一跃而下河，并立刻隐没在水中。驿码头的河岸边、木排上鸦雀无声，连刘家堂客们的啼哭也停止了。人们屏住呼吸，连眼睛也不眨地观看着水面上的动静，等待着、祈求着奇迹的发生……

---

①洣，湘西俗字，读作"mǐ"，潜水之意。洣师，旧时沅水流域以潜水打捞为职业的人。

起初，泺师潜入水中，河面上碧波翻滚。须臾，波浪渐渐消逝，河面上平展如镜。

排头的神香，在缓慢地燃烧着，白色的香灰，足有两寸长，河风吹来，香灰跌落在木排上。

神香在继续燃烧着，燃去了三分之一，又燃去了三分之二，袅袅香烟，随风在平静的河面飘散……

平和的河面上，依然没得一点动静。码头上的人们并不紧张，他们晓得，即使神香全部都燃完，水下的泺师也不会出事的。人们开始窃窃私语，惊叹起泺师的真功夫来。

这时，江面上突然掀起了层层波澜。人们立刻睁大眼睛，观看着即将发生的一切。突然，一个佝偻着的躯体，被两双手臂高高地托出了水面。人们盼望的奇迹没有发生，一个年轻的生命，就这样走到了尽头。

木排上，细屎大叫一声"宝儿！"便号啕大哭起来。河岸边，妇人们的哭声骤起，刚刚苏醒过来的乖妹，再一次昏厥。

驿码头上，所有人的心都被无尽的忧伤笼罩着。

● 蛇呀蛇！眼镜蛇

　　驿码头的风波，一时间成了街弄子议论的中心。人们都把矛头指向了龙永久。说是他见死不救，才酿成了人命。龙永久却对此不以为然。在浦阳镇上，只要是刘、张两家出了事，他就兴高采烈。当年，那对狗男女的"打瓜金"，让他在人前抬不起头，一想起这事心里就有气。那天的出事，是因为他的醉酒，而灌醉他的人，正是张家窨子的那个野种和他的林家老表。长疤子还说，他亲眼得见那野种和那骚货在天井里悄声儿过话。事情明摆着，那对狗男女的勾当，就是在那野种的撮合之下完成的。龙永久越想越是怄气，认定那野种就是他不共戴天的仇人。他暗自下定决心，一定要把那野种搞得臭烘烘，要把张家窨子戳个稀巴烂，可就是找不到由头，想不出办法。真是老天有眼，由头终于出现。长疤子无意之中发现的惊天秘密，便是绝好的由头。他终于可以让张家窨子臭不可闻，让那野种在张家窨子无立足之地，让那婆娘在浦阳镇上无脸见人。他要神不知、鬼不觉地去完成这一切。只有这样，他才能报一箭之仇，解心头之恨。

　　这天是八月十六日，刚刚过了中秋节。四更早朝，他便早早起了床。他摸着黑出了浦阳镇，走上了通往凤凰的那条官道。他此行的目的地是铁门槛。浦阳镇到铁门槛，来回八十里，沿途的麻石路驿道全是骑坡过界。他毕竟是奔六十岁的人了，走路已不如从前麻利。这样天不亮动身，既不为人所知，又可以趁凉快赶路，早去早回。夜空星月辉映，把麻石铺砌的官道照耀得清晰如同白昼。他加快脚步行走。路过麻家寨，天亮才不久。

到达铁门槛时，也才是早饭过后。

吃过早饭，白狗和婆娘带着他们的两个伢崽，回岳家给老丈人拜寿去了。这天，火儿没得香火，徒弟坤儿闲着没事，上山砍柴去了。屋里就只留下阿春和火儿娘儿俩。第二天，黑羊溪有约好的一堂傩愿。火儿上了楼，去准备冲傩时需要用的文疏表章。阿春来到堂屋里，坐在矮板凳上剁起猪草来。

"请问，这里是火儿老司的屋啵？"龙永久来到大门边，轻声儿发问。

"是的。"阿春说着，连忙放下猪草刀，起身打招呼："是哪路的客人？来找火儿做哪样？"

"我是火儿师傅的老熟人了，从浦阳镇上来。有一堂傩愿要还，来请师傅舍驾。"龙永久说着，把长手巾兜着的两个斧头包，放在了桌子上："嘿嘿！一点小意思。"

"快请坐。你来就来嘛！还这样客气做哪样？"阿春说着，给龙永久筛了一杯浸凉水，然后向楼上喊叫："火儿，来香火客了。"

火儿跟着下楼，见是龙永久，说："龙爷，有哪样贵事，搭个信来就是，你大老远的舍驾亲自登门，火儿可是担当不起啊！"

火儿曾经和师父一起，到龙家还过傩愿。他对于龙永久，是有了解的。那一年，"元隆"的木排在垭角洞被人砍了吊排缆子，爹爹幸免于难，回到浦阳镇，却在三府衙门冤里冤枉挨了一顿板子。镇上几乎所有的人，都认为是龙永久做的手脚，可就是抓不到他的把柄。此人开的鸦片馆，害得几多的人家妻离子散。他这样老远跑到铁门槛来，而且还带了礼性，绝对不只是来请他去还傩愿，一定还有其他哪样事情。

"还傩愿嘛！我就只相信龙法胜的坛门。如今你师父过世，接得起下脚的，就只有火儿师傅你一人了。"龙永久说着讨好卖乖的话。

"龙爷快莫这样讲，火儿年纪轻，师父过世得太早，老人家的许多道艺，火儿都还没有学得。"火儿也和他说起客套。

"我是好多年没到铁门槛来了。这地势果然险要。"龙永久话锋一转，说起了另外一个话题。

"是啊！仗着地势险要，铁门槛也就有了另外的出产。"火儿的话语中，充满着无奈。

龙永久关切地说："有的人喜欢一篙子打死一船人，我就不是这样。铁门槛是有另外的出产，可你一屋人就从来不沾边，只不过是有的时候，有理也是讲不清的，裤裆里的黄泥巴，不是屎也是屎。若是依了我，你这屋人应该找个机会，离开这里，搬到浦阳镇上去。你有一身的道艺，一年到头，香火通行。你到镇上去安个家，有人来请你去行香火，也就方便得多了。比方说我吧！也就不必老远地爬上这铁门槛了。"

"搬到浦阳镇上，那当然好。只是讲起来容易，做起来难啊！"火儿说。

"不难！我包你不难。我包你会风风光光搬下去，快快活活在浦阳镇上过日子。"龙永久拍着胸脯说。

火儿说："龙爷，我们莫扯远了，那都是没得落途的事，还是先说说几时去你屋还傩愿吧！"

"莫忙，莫忙。那不过是三言两语就谈得妥的事。我们俩爷儿难得有机会在一起，先聊聊天，讲讲心里话。"龙永久显得十分贴心、亲切。

二人说话间，阿春把办好的饭菜，摆在了堂屋的桌子上。

"哎呀！真不好意思。我空着手来，给你们添麻烦了。"龙永久说着客套话。

"你就莫客气了，样样都拿得有。"阿春说："山里不比市面上，没得好的招待，你要多担待。"

龙永久笑着说："哈哈！好得很嘛！有肉，有鱼，还有鸡。都把我成贵客了。"

"我们做老司的，别的没得，菩萨吃剩下的东西，还是有得吃的。"火儿说着，拿出一壶米酒，主客二人便对饮起来。

龙永久酒醉饭饱，喜笑颜开。他做起个晕晕乎乎的样子，对火儿说："多谢啊！多谢款待！我是有点儿醉了。常言说，酒后吐真言，我有几句话，当着你说不方便，要跟你娘单独说。你依还上楼去吧！"

火儿不好打拗，只得上楼。他想，究竟是什么话，不能当着他讲呢？楼上的房间，正好在堂屋的上面，下面讲话，听得清清楚楚。其实，龙永久把火儿支开，也并不是真的不想让他听到谈话，而只是想通过隔山打羊，让他听到不便当着他的面说的谈话内容。

"嫂子，我今天到贵府来，除了来请火儿去我屋里行香火之外，还特意来告诉你一件事，一件你做梦也想象不到的事。"龙永久神秘兮兮地说。

"什么事？让你这样劳神。"阿春诧异地问。

龙永久脱口而出："张家窨子的事。"

"张家窨子的事，同我没得关系。"阿春立刻紧张起来。

"不！同你有关系。"龙永久步步紧逼。

阿春稳了稳心神，说："龙爷，这样的事情，你当讲的就讲，不当讲的，请你莫在我这里讲。"

"嫂子，这样的事情，非和你讲不可。"龙永久说着，故意抬高了嗓门："我要告诉你，如今的张家窨子，已经变成麻家窨子了。"

楼上的火儿，细听着楼下的对话。这真是个令人震惊的消息。这些年，他也曾在不经意间，听说过同年娘年轻时和麻家寨那矮子雕匠的风流事。难道说他的老庚真的是来路不正？！他不敢往下想。这样的事情，龙永久特意跑来告诉娘，又居心何在呢？

龙永久接着说："如今在张家窨子主事的伢儿，是麻家寨矮子雕匠放躬躬迷药下的种，和张家人没得任何血缘。早两年，矮子雕匠到浦光寺做了和尚，那野种还到庙里同他的和尚老子认亲了哩！"

"你老远巴天特意跑到铁门槛，为的就是来告诉我这些事情？！"阿春不耐烦地问。

龙永久反问："听到这件事，难道你不感到意外吗？"

"那是别个屋里的事，对门火烧山，与我不相干，没得哪样意外不意外的。"其实，这样的事情，阿春早在见到张钰龙第一眼时，就已经心知肚明了。那姓麻的雕匠前后两次，为那妇人付的一百两银子，都从她的手里经过。还有那雕匠当和尚的前因后果，她也是清楚的。

"嫂子，你莫讲是别个屋里的事，与你不相干。这件事与你的关系，可是大得很哪！"龙永久说起话来作古正经。

阿春正颜厉色地说："龙爷，我还是先前的那句话，这样的事情，你当讲的就讲，不当讲的，请你莫在我这里讲！"

龙永久关切地说："嫂子，我完全是为着你一屋人讨还公道，才特意跑到这山上来找你的。"

"我不明白你讲话的意思，我也不需要你为我讨还哪样公道。"阿春一口回绝。

"我问你一句话，希望你能如实告诉我。"龙永久的眼光咄咄逼人。

"你该问的问，不该问的你不要问。"阿春有点儿心虚。她栽下脑壳，不敢看龙永久的眼睛。

"你老实告诉我，你屋有没有张家的血脉在？"龙永久故意大声问。他要让楼上的火儿听得清楚。

"我——"阿春被问得不知所措。

楼上的火儿愣住了。这屋里有张家的血脉？！谁是张家的血脉？！他立刻想此事与自己的关联。天哪！怎么会是这样……

"你不好开口，还是让我来说吧！"龙永久继续大声说话："当年，你在张家窨子服侍老太太，和张家少爷有了私情，怀上了张家的骨血。私情败露，当时在浦阳镇人尽皆知。张家打发你回了盘瓠崖，让你把伢儿打掉。你却嫁到了铁门槛，把伢儿生了下来。"

楼上的火儿难以置信，这就是自己的身世吗？他简直像是在做梦一样。母亲在张家窨子伺候老太太的事，他怎么从来没听母亲说起过呢？龙永久的讲法显然靠不住。而当他想到自己与张家那位同年爹的相貌惊人相似时，这一切似乎又都得到了印证。他从小只认石虎匠——石老黑是父亲，怎么突然又冒出一个张家窖子的大财东，也是自己的父亲呢？虎匠父亲在临死之前体现出的父子亲情，那应该不是假的吧！又做何解释呢？

"你说，是，还是不是？"龙永久在问。

"是又怎么样？不是又怎么样……"阿春喃喃地问。

火儿听母亲讲话的口气，似乎是已经承认。如果真是这样，做儿子的又能怎样呢？

龙永久说："如果不是，算我这糟老头子多管闲事。如果是，你和火儿一屋人就应该把握住这千载难逢的机会。"

"我不懂你的意思。"

"说句不好听的话，张家留在铁门槛的伢儿确实是野种，这野种是姓张的留下的骨血，本应该姓张。如今掌管张家窖子的伢儿同样也是野种，那野种是姓麻的留下的骨血，本应该姓麻——"

"你的意思是——"

"姓张的应该回到张家的老屋，把姓麻的从张家老屋里赶走！"

楼上的火儿懵了。这个龙爷怎么像根搅屎棍一样，把所有不该挑开的东西一股脑儿全都挑开，让所有的地方、所有的人都搞得臭烘烘的。他这样挑起别人去争，去斗，去做鬼打架，他自己又能从中获得些什么呢？

这时候，火儿听见母亲说话了："不！我的伢儿不姓张，他姓石！"

"嫂子呀！伢儿身上流着谁的血，就应该跟着谁姓，你怎么连这个道理都不懂？"龙永久巧舌如簧，不依不饶地劝说着阿春："让伢儿去认祖归宗吧！你千万不要怕这样，怕那样，该要的，你一定要大胆去要。公道自在人心，真的假不了，假的难成真。谁是真龙天子，谁是草头王，众人心中自有一杆秤。只要你带着火儿到张家窖子去争，去吵，去把姓麻的一屋人赶走，让火儿去坐张家窖子的江山。到时候，我会出来帮你讲话，浦阳街上所有的街坊四邻，也都会帮着你讲话。让众人的口水把姓麻的淹死，不愁姓麻的那伙人不夹卵滚蛋。嫂子啊！你为张家把火儿盘养大，吃了多少苦，受了多少罪，能有这样的好结果，难道你不高兴吗？"

阿春懵懵地坐着，蹙着眉，流着泪，默默地承受着痛苦和煎熬，好久都没有再说话。龙永久也不再作声，而是在焦急地等待着她的抉择，她的回话。这时，楼上的火儿着急了，他生怕母亲经受不住蛊惑，同意去做那丢人现眼的糊涂事。他站起身来，决定去到楼下，阻止那荒唐事的发生。正当他要动身时，忽然听到母亲说话了。母亲显然是深思熟虑之后做出的决定。她平静的语气里，渗透着坚定："你听好了。火儿姓石，是虎匠石老黑和廖阿春的伢儿，他和张家窨子没得任何瓜葛，永远也不会姓张。我们一家人，在铁门槛的日子过得蛮好，什么地方都不会去，就是坐金銮殿也不去。你大老远地跑来，为的就是这件事，让你白费心了。对不住，你快回吧！回去迟了，路上天黑，你难得走夜路。"

"嫂子，莫啰！我对天发誓，这绝对都是为了你一屋人好。"龙永久信誓旦旦的声音。

"多谢了。你还是快走吧！"母亲毋庸置疑的声音。

"嫂子，你要好好想想，这样的机会千载难逢，不会再有，你千万要好生把握啊！"龙永久死乞白赖的声音。

"快走！你要是还不走，等会火儿下了楼，你会下不来台的。"母亲没办法，把儿子搬了出来。

龙永久仍然不死心。他说："那好，我这就去找火儿。你恨当年那个张家大少爷，你恨姓张的一屋人，火儿他不会记恨。你不愿意火儿去给张家传宗接代，火儿他自己愿意。如果是这样，你总没得话说了吧！"

火儿听说龙永久要来找他，便朝着楼梯走去。当他走到楼梯头时，龙永久正来到楼梯脚。火儿稳稳地站立在楼梯头，当他俯视楼梯脚时，见龙永久正爬着楼梯向他走来。

火儿喝令："站住！"

龙永久停下脚步。他仰视着火儿，说："火儿，我有重要事情和你讲。"

火儿说："不要讲了，你回去吧！"

"不！我必须要和你讲。"龙永久缠着不放。

"还是不要讲了吧。"火儿仍然是好言相劝："回去吧！龙爷，你都那么大的年纪了，弄得不好，让你下不来台，那又何必呢？"

"既然是这样，那我们就谈谈请你去还傩愿的事吧！"龙永久生起门径，要和火儿攀谈。

"不啦！"火儿说着，走下了一级楼梯，龙永久不由自主地后退了一步，险些儿绊倒，火儿连忙说："龙爷，小心莫绊着。你屋里还傩愿的事，这晌我有点儿忙，抽不开身，你还是另请高师吧！"

龙永久心知肚明，火儿在楼上已经听到了他在堂屋里的全部谈话。这小巫师是个精明透顶的人，没有上他的钩，而是在下逐客令。白跑了一趟铁门槛。龙永久好怄气。即便如此，他仍然不死心。那样巨大的诱惑，不可能对于这娘儿俩没得一点吸引力，现成的好日子不想过，除非是哈宝，是憨卵。耐心等待，他们总有一天会想通的。

火儿把龙永久送到小院的门口，说："龙爷，费心了，多谢你。火儿生在铁门槛，长在铁门槛，过惯了穷日子，讨惯了苦生活，享不了浦阳镇上的福，也帮不了你的哪样忙。从今往后，若有别的哪样事，欢迎你到屋里来做客。若是为着今天的这件事，你就没得必要劳神费力了。"

"火儿，你莫把话讲死。你们娘儿，还是把我的话好生想想吧！你的身上流着张家的血，只要你肯站出来，浦阳镇上所有的人都会为你作证。在浦阳地界，除了你以外，再也找不到第二个张家窨子的后人了。龙某人没想到，本来应该归你的东西，你却偏生不肯要。你讲你是穷得硬梆，我讲你是穷得哈塌。我辛辛苦苦来到铁门槛，不希望是白跑一趟。以后，铁门槛我是不会再来了。若是有需要老伯帮忙，需要老伯说话的地方，你随时都可以到浦阳镇上来找我。"龙永久抱着最后的希望，一说，就说了那么一大通。

火儿听得不耐烦了，问道："讲完了吗？"

"嘻嘻，讲完了。"

"那你好走，我就不远送了。"火儿说着，便转身进到堂屋里。

阿春呆坐在小板凳上。她神情木然，双唇紧闭，两眼闪着泪光。她的面前，摆着一把猪草刀，还有一大堆没剁完的猪草。

火儿端了一根小板凳，坐在了母亲的身边。过了好半天，他才轻声儿问了一句："娘！他说的都是真的吗？"

阿春没有应声，只是微微地点了点头。

"不！"火儿突然变得大声了起来："不可能！爹爹临死前，明明说我是他的儿，他是我的爹，那还能有假吗？"

"我们有过约定，只要你生下来，他就是你的爹，你就是他的儿。"母亲含着泪喃喃地说。

火儿哑了。突然，他向母亲问了个明摆着的问题："那玉凤她——"

"还要问吗？她是你同父异母的妹妹。"母亲含着眼泪回答说："天打五雷轰的事情做不得，我才把你们爹儿俩打发去了保靖。到头来，你的老黑爹爹在那里丢了性命，玉凤和她的爹爹，也在青浪滩做了水下的冤鬼……"

火儿号啕大哭起来，伤心的泪水，如同断线的串珠往下簌簌地跌落。母亲用她的聪明才智，巧妙地阻止了一件天打五雷轰的事情发生，却让她的儿子同时失去了两个父亲和妹妹。

"火儿，是娘对不住你……"母亲止不住唏嘘。

"娘，你这样做是对的，火儿不会怪你。"火儿依然泪如雨注。

"唉！这就是命啊！"母亲长叹一声，便操起猪草刀，埋着头，流着泪，剁起猪草来。一刀，又一刀，剁在垫放猪草的木蒲团上，发出"哚哚"的声响，像是在嗟叹着命运的不济、世事的不公。

突然，火儿从母亲手中一把拿过猪草刀，含着泪剁起猪草来。心情沉重的娘儿俩，谁也没有再说话，直到火儿把所有的猪草全都剁完。

母亲发问："火儿，你说，那龙爷生起门径，跑到铁门槛来，把这件事挑开，还唆起我们去张家窨子吵窝子，他究竟为的是哪样？"

火儿说："别的我不晓得，只晓得那个人不地道。那年爹爹为'元隆'木行放大排，吊排缆子被人砍了，十有八九就是他干的。爹爹在三府衙门挨的那顿板子，起根发蒂就是他作的孽。"

母亲说："依我看，他是因为恨张家，想搞张家的路子，自己又不想出面，才找到我们这里来。他是想借刀杀人，唆起瞎子打大锣，让我们到张家去吵、去闹，把张家窨子搞得个臭烘烘，他呢！躲在一边看把戏。"

"幸好我们没上他的当。"火儿说着忽然产生一个疑问，问母亲："娘！他刚才对你说，如今的张家窨子，已经变成麻家窨子了。我不明白是什么意思，娘能告诉我吗？"

母亲正颜厉色地说："那是别人屋里的长短是非，与你没得任何关系，你不可以问，更不必去管。记住了吗？"

"记住了。"火儿回答。

母亲郑重其事地交代："不管张家窨子变成了什么窨子，你都不能沾那里的边，更不能有任何非分之想。去了阴间的人，你可以在心里默念。你的生身父亲曾经是那样看重你，他没有和你相认，是他有他的难处。你的妹妹是个苦命的女伢儿，她错把兄妹的相像当成了"夫妻相"，才出现了不该有的想法，那并不是她的错。活在阳世的人，你依然还要像从前一样，对老庚，要像对自家兄弟一样仁义；对同年娘，要像对自家长辈一样敬重。他们家的事，就是你的事，该帮忙的地方，你一定要尽力帮忙。他们都是难得的好人。他们能把生意做到那个样子，支撑起张家的门户不容易。你不能做任何对不起他们的事，记住了吗？"

"记住了。"火儿回答。

龙永久丧气地离开了铁门槛。眼前是一段下山的路，他走起来仿佛比上山还要艰难。这娘儿俩的态度，令他百思不得其解。这样的结果，着实出乎他的意料。原想只要今天这招凑了效，张家窨子就会闹个底朝天。他就可以借助这个机会报仇雪恨，扬眉吐气了。真没想到，这么好的事情摆在那娘儿俩的面前，他们竟然会无动于衷。事情没办成，还受到那娘儿俩的白眼，他感到格外地晦气。

一路上，龙永久走走停停，遇到可以歇脚的地方，他都要坐一会儿，喘一口气。当他继续赶路时，竟然是抬脚都感到困难。好不容易才走了十五里路。到达麻家寨，已经是晌午过后。他的肚子早就饿了。经过倒家瘟洗劫的麻家寨，一片凄凉。龙永久虽是饥肠辘辘，也不愿进到寨子里去觅食。他像躲避瘟神一样，头也不回地走过麻家寨。出了寨子，前行一段麻石路，他才又停下脚步，回望起山寨来。寨子破损的吊脚楼，无不打上了那场灾难的印记。揭了瓦的没人盖，破了壁的没人装，他不知道那矮子雕匠家的吊脚楼在哪里。令他咬牙切齿的是，这个荒村野寨苗子遗留下的精血，竟然稀里糊涂做了浦阳镇头牌大户的掌门人，而且还一次次向他发难，叫他失尽了面子。他本想利用今天的铁门槛之行，给那个野种一个致命回击。没想到他偏生碰上那不开窍的娘儿俩，使得他的如意算盘上不了桥。自认为足智多谋的龙永久，从来没有像今天这样失落……

龙永久一路走来。到离浦阳镇还有十来里路时，天便渐渐黑了下来。十五的月亮十六圆。皎洁的明月挂在中天，稀落的星光撒向大地，夜空中偶尔飞来几片云朵，遮住了星月的光辉，把阴影投到地上。放眼望去，山野，草木，若隐若现，或暗或明，只有脚下的官马大道麻石路，依然是清晰可辨。他在铁门槛吃过早饭后，直到现在都没有补充过任何食物。他必须忍饥挨饿，强支着老迈的身子，抓紧时间往屋里赶。他在估摸着，用不了半个时辰，便可以悄悄儿回到家中了。

突然间，龙永久听见身旁灌木下的草丛里发出了"沙沙"的响声。他定睛一看，那草丛正向着两边分开，中间一条长长的条状物，正弯曲着身子朝他移动。龙永久断定那是一条蛇，他顿时紧张起来。"七蜂八蛇"，八月间的蛇，毒性是非常强的，被它咬一口，那可不得了。他一个箭步，便沿着大路朝前方跑去。跑得远远的，甩开这条蛇。他一口气跑了一二十来丈。他估摸着，跑了这么远，那条蛇应该被他甩掉了，于是，他放慢了脚步，小心翼翼地回过头去，凭借着月色定睛一看，天哪！那是一条剧毒的眼镜蛇，乌黑色的身子足有茶杯粗，一丈多长，并没有被他甩掉，而是正在弯曲着贴着麻石路的身子，一张一弛地向他追来。霎时间，龙永久的心跳加快，浑身的汗毛，顿时全都竖了起来。除了逃跑，别无选择。他跑得比先前更快了，感觉到脚下和耳边，都有"飕飕"的风声在相伴。他隐约地听到身后的麻石路上，也在同时发出"沙沙"的声响，意识到那条眼镜蛇仍然在追赶着他，而且是离他越来越近了。他随时都有可能受到攻击。平时，龙永久过惯了优哉游哉的快活日子，这种情形还是头一回遇到。他的头皮背皮在发麻，心里咚咚在打鼓，浑身上下在冒汗，两条腿变得僵硬，竟然连步子也迈不开了。这时，龙永久发现地上摆着一根木棍。他如获至宝地捡拾了起来。手持木棍的龙永久，迅速转过身子，站在大路当中，那追赶他的眼镜蛇这时也停止了前行，和龙永久相隔仅三五步，形成人与蛇的对峙。月光将官马大道映照得如同白昼。人和蛇，相互间清晰可辨。只见那眼镜蛇猛地抬起了头，身子也随之高高地竖立起来，露出有黑条斑纹的黄白色腹部。龙永久意识到，这就是通常所说的蛇和人比高，这种比试是毒蛇对人发起攻击的前兆。他那握着木棍的手，不由得打起了哆嗦。高高竖立起的眼镜蛇，鼓起宽而扁的颈部，现出眼镜般的斑纹，一双狰狞而凶狠的眼睛，闪烁着令人生畏的绿光，张开的大嘴里，显现出尖尖的毒牙，吞吐着又细又长前端分叉的信舌，而且还不断发出"呼呼"的声响。那高高昂起的宽而扁的蛇头，则应声对他不停地伸缩着，似乎随时都可以用尖锐的毒牙咬向他身体的任何部位，立即置他于死地。他的头发、脸面，乃至周身的衣裤，全都被汗水浸泡，连眼睛也变得模糊了。他试图用手中的木棍进行防范与反击，奈何他的双手僵硬得拉不开弓。突然，竖立起的眼镜蛇，口腔张开得更加宽阔了，在"呼呼"的声响里，血红的口腔里伸出的长长信舌，急速地向他逼近，离咽喉部位仅有三五寸时，才又打住。龙永久被吓得青筋直冒，魂不附体。他"啊"地大叫一声，扭头撒腿就跑，月光照耀下的麻石路上，他的脚板在不住地翻动。他的头脑虽是在发蒙，但仍然能听得清身后麻石路上发出的"沙沙"声，说明那死缠着他不放的眼镜蛇，依然在和他过不去，没有放弃对他的追赶。他跑得快，"沙沙"声便急促；他跑得慢，"沙沙"声便舒缓。不论是跑得快，还是跑得慢，他随时都有一种感觉，那在麻石路上弯曲着前行的眼镜蛇，就在对准他的脚后跟，要一口咬来，要把毒汁输入他的血液。若是在平时，他早就瘫倒在地上了。此刻，他凭着求生的本能，在进行着竭尽全力的最后一搏……他多么想迎面遇上一个夜行人，来和他一同分担惊吓与风险，然而，在这山间麻石路上，走夜路的人是非常少的。龙永久在眼镜蛇的追赶下，忽快忽慢地奔跑着，一跑竟然跑了几里路。眼镜蛇虽然没有咬他，却时刻都在威胁着他。他时刻都处在命悬一线的危急之中。当他的精神承受力到达极限、濒临崩溃时，求生的欲望也随之被消磨殆尽。他宁肯立刻被毒蛇咬死，也不愿再经受这样的折磨了。于是，他停下脚步，不再奔跑，还索性闭上了眼睛，一屁股坐在了麻石路上，等候着眼镜蛇对他一口咬来。他期待着周身上下的某一处，出现蛇咬的剧烈疼痛。他将带着蛇伤去见地狱里的阎王。出乎意料的是，这种情形并没有出现，只是听到眼镜蛇在发出"呼呼"的声响。他微微睁开眼睛一看，天哪！那长长的眼镜蛇，已经将他围了一个包抄。他浑身的骨头，立刻散了架子，身子随之瘫了下去，那眼镜蛇却并不对他放手，而是在发出"呼呼"声的同时，用长长的分岔的信舌，舔了他的脸，又舔他的手，再舔他的脚。他重又闭上眼睛不敢看，只觉得那凡被舔到的地方，都有一股透心的冰凉。他自己也就仿佛变成了一具僵尸。他彻底崩溃了，脑壳里"轰"地一声，三魂七魄，就在这顷刻间离他飘散而去。他只得听之任之，头一栽，便陷入了昏迷之中。也不知过了多久，他醒了过来，发现不知什么时候，那条眼镜蛇已经离他而远去。他一跃而起身，心里"怦怦"地突跳着，嘴里"嗷嗷"地高喊着："蛇呀蛇！眼镜蛇！"继而便不要命地顺着麻石路飞跑而去。

龙永久一路飞跑，回到浦阳镇，已经是起更时分，店铺大都上了门板打了烊。只有河街上的茶馆里，依然围坐着听渔鼓的吃茶客。

"蛇呀蛇！眼镜蛇！"龙永久老远地朝着茶馆大声喊叫。他不住地回头看着身后，两只脚不住跳跃着，仿佛那要命的眼镜蛇此刻就在他的脚下。

一个茶客伸出脑壳问："这龙爷怎么了？"

"嗯！像是有点不对劲哩！"另一个茶客说。

"蛇呀蛇！眼镜蛇！"龙永久来到茶馆前面，冲着茶客们高喊，似乎在寻求援助，又似乎在提醒茶客们，眼镜蛇已经进到了茶馆。人们都围了上来看龙永久。打渔鼓的老者也停止了演唱。

几个茶客异口同声地问："龙爷，你怎么了？"

"蛇呀蛇！眼镜蛇！"龙永久目光呆滞，答非所问，只是无休止地重复着这句话。

"肯定是走夜路，遇上了眼镜蛇，吓得失了魂。"一个茶客有见识，一语道破天机。

"快！赶紧把他送回龙家窨子去。"茶馆老板说。

龙永久被吃茶客送回龙家窨子。他又狂又跳，闹腾个不停。他口吐白沫，反复念叨着那句"蛇呀蛇！眼镜蛇！"仿佛满屋子都是要咬他的眼镜蛇。四个儿子，谁也制止不了他；两个婆娘，急得不知如何是好。闹了一个通宵。直到天亮，还仍然没有平息。

第二天一早，龙永久走夜路被眼镜蛇惊吓得发了疯癫的消息，霎时间传遍了浦阳镇。人们惊讶之余，不约而同地想起了一个人，那就是镇上的草把行头牌，梅山蛇师王瘸子。有人说得神乎其神——龙爷魂丧眼镜蛇，就是王瘸子施的法。前些日子，在驿码头，龙永久见死不救，而且还出言不逊，得罪了梅山蛇师。王瘸子断言龙永久要"得报应"，要"吃了桐油屙生血"。果然，王瘸子只是略施小计，来了个"隔山放蛇"，走夜路的龙永久就碰见了鬼，落得个疯疯癫癫的下场。有些人却并不认可。他们不相信王瘌子有那么高超的法力，能够"隔山放蛇"，坐在浦阳镇，对远在山里的眼镜蛇发号施令，让它去追赶走夜路的龙永久。而那些人却说，梅山蛇师就是有这样的法力，而且还言之凿凿。平时，眼镜蛇只有白天出来活动，夜里是不会出来的。不是蛇师的特别差遣，它怎么会在夜里跑到官道上去追人呢？平时，眼镜蛇追人，人很难跑掉，必定要被咬，不死也要脱层皮。昨夜龙永久被蛇追，却没有受到任何伤害，那是因为蛇师并不想要龙爷的命，只是用"隔山放蛇"之法，吓唬吓唬他，给他一点小小的警示。不说不像，经这样一说，倒还真的有点儿相像哩！

龙永久的突然疯癫，使龙家窨子乱作了一团。小婆杨雪梅认为老公是被眼镜蛇吓得失了魂，主张请老司来为老公赎魂；大婆吴菊花要老成些。她听了外面的传言，确信是此事的起因是老公得罪了王瘌子。王瘌子是梅山蛇师，对老公使了法。她主张去给王瘌子赔礼道歉，请王瘌子来为老公打理。两个堂客相持不下，找来四个儿子商议。最后，决定让吴菊花和杨雪梅去一趟火神庙，向梅山蛇师赔不是。

常言说，穿鞋的怕打赤脚的。草把行头牌王瘌子，他那根雕有四个龙头的拐杖，注定他可以口吃四方，浦阳镇向来没人敢惹，那龙永久却偏生对他出言不逊。吴菊花和杨雪梅带着礼性，小心翼翼地进到火神庙，先是给吃四方的龙头拐杖下跪，再就是给火神菩萨作揖。她们进得厢房，王瘌子正睡在地上铺着的竹席子上，如同扯炉似的打着蒲鼾。他的跛脚婆娘正坐在一边打草鞋。

"师傅娘！"吴菊花对着跛脚婆娘轻轻儿叫了一声，而后随手将装着礼物的竹篮放在了一旁的桌子上。

"瘌子，来客人了。"跛脚婆娘朝王瘌子的大腿上来了一巴掌。

王瘌子一跃而坐在了地上，揉着惺忪的眼睛，问："是哪个来了？"

"王师傅，是我们给你赔罪来了。"吴菊花和杨雪梅异口同声地说。

王瘌子认出来人是龙永久的两个婆娘，立刻想起街弄子的那些传言，也就得知了她们的来意。他一副全然不知的样子，问道："赔罪？！你们有哪样罪？我怎么不晓得？"

吴菊花说："我们是替老家伙来向师傅赔罪的。那天在驿码头——"

吴菊花话音未落，王瘌子便接上了腔："二位龙太，你们千万莫信外头讲的那些鬼话。龙爷被蛇追，不是我使的法。我是个捋蛇佬，也晓得一点点法术，可并不像外面讲的那样，能够做哪样"隔山放蛇"，能够知会眼镜蛇去追龙爷、吓唬龙爷。我要是真有那么大的法力，不就成神仙了，还当这个叫花头儿做哪样？"

杨雪梅连忙说："不！不！你是高师，法力大得很！"

吴菊花也跟着说："大人莫见小人怪。求王师傅高抬贵手，放我们家永久一马。"

王瘌子说："哎呀！你们怎么讲不进油盐，我讲了，龙爷被蛇追，不是我使的法，你们怎么就是不信呢？"

"王师傅，你要救命呀！"两个妇人一声喊，便跪在了地上，鸡啄米似的连连磕起头来。

"哎呀！你们这是做哪样嘛！"王瘌子连忙上前去搀扶，两个妇人就是不肯起来。

这时，细屎不知从哪儿冒了出来，冲着两个妇人一顿炮火发起："这两个婆娘，来我屋放死呀！你们的男人被蛇追，是我老子使的法怎么样？不是我老子使的法又怎么样？你们也不想想，你们的男人在这浦阳地界做了多少过恶事，他得到这点儿报应，难道还不应该吗？"

"细屎，你怎么没大没小！"王瘌子制止着儿子的过头话。

两个妇人似乎被骂清醒了，翻着白眼，缓缓儿站了起来，一时不知如何是好。

"快回去吧！你们想怎么打理，就怎么打理，莫来这里寻我老子吵冤枉！"细屎说着，顺手提起那只装着礼物的竹篮，塞进了吴菊花的怀里……

　　龙家窖子竭尽全力，为龙永久做了各种打理。请来老司，画了符，酿了水，又是"赎魂"，又是"驱邪"，要尽了的把戏，全都无济于事。龙永久的余生，是铁定要由疯癫来陪伴了。把他关在屋里，他仿佛依然沉迷在惊吓之中，成天重复念叨着："蛇呀蛇！眼镜蛇！"他双脚一跳一跳，满屋子奔跑过不停，仿佛仍然在眼镜蛇的追赶之中，屋里被他闹得个鸡犬不宁。若是把他放出窖子屋，大街上行行，弄子里走走，他的身后会立刻出现一群随行的小把戏。伢儿们效仿着他的语气，一同高喊着："蛇呀蛇！眼镜蛇！"有时倒把他给逗乐了，给他带来难得的好心情。龙永久虽是疯癫，可他从不打人摔东西，龙家人对于他上街，也就听之任之了。

　　这天，龙永久屁股后面跟着一串伢儿，一路的"蛇呀蛇！眼镜蛇！"从河街走到了正街。正巧，张钰龙从后街的油篓作坊回家，与龙永久撞了个正着。张钰龙见疯疯癫癫的龙永久，立马绕道躲开，龙永久却不依不饶，横竖对着张钰龙走去。街道两旁的人，见到这冤家路窄的场面，立即围了拢来看热闹。

　　龙永久上前，一把抱住张钰龙，牛头不对马嘴地说："火儿，你到哪里去了？叫我找得好苦呀！"

　　龙永久癫里癫狂，把龙儿当成了火儿。围观的人们一片哗然。

　　"火儿，我问你，你姓哪样？"龙永久对龙儿发问。

　　张钰龙哭笑不得，不知如何回答。

　　龙永久说："火儿，你姓张，你的老子是张复礼……"

　　张钰龙没想到，龙永久会把火儿这件事情捅出来。他暗自叫苦不迭，想挣脱龙永久。龙永久死死地箍着他，他动弹不得。

　　龙永久拍着龙儿的肩膀说："火儿，快去，快去张家窖子，那里才是你的屋……"

　　张钰龙急了，大声说："你乱顿姜！你胡说八道！"

　　有人提醒龙永久："龙爷，他是龙儿，不是火儿。"

龙永久却坚持己见，说："不！他不是龙儿，是火儿。"

"龙爷，你看走了眼。"有人打起了吆喝。

龙永久摇着头说："没走眼，没……走眼。他不是龙儿。龙儿去浦光寺和他的老子会面去了……矮子和尚……就是他的老子……"

围观的人们再次一片哗然。有人私下里嘁嘁喳喳，不晓得在讲些哪样。

张钰龙懵了。这癫子怎么这样胡说八道，说他去浦光寺和"老子"会面。这样的话他还是第一次听到。若果真如此，他的"老子"不就是那曾为母亲打嫁妆的雕花木匠、曾在浦光寺出家的觉空和尚了吗？这怎么可能？但那些围观者们的诡秘神情，却又似乎是在表示认同。一时间，他头晕目眩，手足无措了。他不知怎样回应，嘴里不住地嘟哝着："你胡说！你胡说……"

龙永久也学着张钰龙的口气说："嘻嘻，你胡说，你胡说……"

这时，伢儿们突然又蹦又跳，对龙永久起着吼："蛇呀蛇！眼镜蛇！"

"嘻嘻！蛇呀蛇！眼镜蛇！"龙永久立刻也对着伢儿们起吼。他的那双紧箍着张钰龙的手松动了。张钰龙趁机挣脱，身子一扭，便进到后街的一条弄子里。

在浦阳镇，张钰龙不光彩的出身，已是人尽皆知的公开秘密，蒙在鼓里的，就只有当事的张钰龙一人。没有谁忍心将这个秘密告诉他。他的生身母亲，对此难以启齿；他的结发妻子，不忍心让他受到伤害。今天，他的冤家对头，疯疯癫癫的龙永久，竟然以这种特殊的方式，捅破了这层窗户纸，将他出身根本的隐秘祖露无遗。

张钰龙来到后街，并没有去到油篓作坊，而是独自去到了清水坪。这里是镇上唱目连大戏的地方。平时一个人也没有。大晴天，太阳晒，他在坪场边一棵苦楝树下落了座。适才龙永久那句"和老子会面"的话，着实让他震惊。他难以置信，更难以接受。怎么会平白无故冒出一个"老子"

来？竟然还是庙里的和尚。当他思前想后，仔细斟酌过后，认定那并不是
凭空捏造。那是一个原本就存在的秘密，只不过是他不知道而已。一幕幕
繁复纷纭的往事，从他的脑海中掠过。他恍然大悟，父母的同床异梦，父
子的形同陌路，根子原来就在这里。与他丈寮相会的那个僧人，居然是他
的生父。丈寮一晤，初会竟成诀别。生父的那句"阴错阳差"，给几十年
的尘世沉浮作了最精准的注脚。不久前，他得知了火儿的身世，当年父亲
让火儿为爷爷陪灵的谜团，终于得到破解。原以为火儿是自己同父异母
的兄长，只是由于名不正，言不顺，未能与他生活在一起。他甚至为此
而感到愤愤不平。世事难料，情况在不知不觉中发生了变化。突然间，他
发现自己不是张家的血脉，而他却又偏生成为张家窨子的一家之主。冒名
顶替，一语中的；鹊巢鸠占，恰如其分。最为严重的是，如今的张家窨子
里，已经找不到张家的血脉了。他不知道火儿是否晓得自己的来路？是否
晓得如今张家窨子的主人与张家并无瓜葛？他一旦明白真相，将会采取怎
样的行动？苦楝树下的阴影里，他眯着眼睛抬起头，宽阔的清水坪空无一
人，只有如茵的磨芽草，被灼热的太阳晒得蔫了头。他的心里空落落的，
不敢再往下想……

　　傍晚时分，张钰龙回到张家窨子。一进屋，就听见后堂传来老三季
儿的啼哭声。他加快脚步赶到后堂，只见季儿正依偎在奶奶的怀里，失声
痛哭。奶奶神情尴尬，摸着伢儿的头，嘴里嚅嚅地念叨："他们是胡说，
胡说……"

　　"季儿，这是怎么啦？"张钰龙问。

　　季儿抬起头向父亲哭诉："爹！同学喊我作'和尚儿'，天天都那
么喊……"

　　张钰龙脑壳里"轰"地一声。他今天在大街上遇到的尴尬，季儿在
书院里也遇到了。若以这样的问题问母亲，母亲情何以堪。他当机立断，
从母亲的怀里一把抱起季儿，直奔前厅，正巧与从街弄子回来的印蕙娇
相遇。

印蕙娇见季儿眼泪汪汪的样子，忙问："季儿怎么啦？"

季儿抽泣着说："同学喊我作'和尚儿'……"

"他刚才在跟奶奶告这个状，我把他抱了出来……"张钰龙说。

"这是胡说八道，莫理他们就是。"印蕙娇说。

季儿哭着说："我是不理他们，他们天天这么喊，难听死了。他们还说，爹爹还到庙里同和尚认了亲……"

张钰龙忙说："莫听他们的，没有的事，他们是在胡说八道！"

印蕙娇迟疑了一会，说："莫哭了。让他们去说，季儿不在观澜书院读了就是。明天季儿就坐船去辰州府，去那里读虎溪书院。好吗？"

"好！"季儿听说要去辰州府读书，破涕为笑了。

张家的三个男伢，伯儿去汉口坐庄，仲儿去天津读书。本来要让季儿去辰州读虎溪书院，但奶奶不能身边没有一个孙儿，便把季儿留在了身边。书院里发生的事情，使刘金莲警醒。晚饭时，儿子、媳妇再次提出季儿去辰州读书的事情，刘金莲便没有异议了。

钰龙和蕙娇洗过澡脚，回到卧房。白日里连续发生的两件事，使得钰龙的情绪低落到了极点。

"那件事情你晓得很久了，是吗？"丈夫问。

"是的。"婆娘回答。

"为什么不早告诉我？"丈夫问道。继而说："那是我的出身根本呀！"

"光彩吗？"婆娘反问。

丈夫回答不上来。过了好久，才又喃喃地说："光彩也好，不光彩也罢，反正是我的出身根本……"

婆娘含着眼泪说："是的，我是晓得很久了，还是在娘家做女的时候，我就听到过外面的风传……"

"你当时就不该答应这门亲事。"

"我身不由己，父命难违。"

"对不起，是我连累了你。"丈夫栽下了高昂着的脑壳。

"讲这个做哪样？我不怪你，这不是你的错，是我命中注定。"婆娘这样为自己开脱，也安慰着丈夫。

"浦阳镇已经传了三十多年，唯独我一个蒙在鼓里。"丈夫伤心地流泪了，问婆娘："你怪我娘吗？"

"怪她做哪样？她是好人。"

"你怪那位和尚吗？"

"他更是值得同情的好人，没得必要怪他。"

丈夫说："真是相见恨晚啊！最可叹的是，相见过后，便是永别。他是个聪明绝顶的人。他说'阴错阳差'是一切罪孽和不幸的根源。真是一点也不错。"

"谁说不是这样？我们走到一起，原本也是'阴错阳差'。如今是木已成舟，儿女都有了四个，又还能怎么样呢？也就只能将错就错了。"婆娘发出感慨。

"把伢儿们一个个打发走，是你的主意？！"丈夫问。

"是他们外公的主意。"婆娘告诉丈夫。

"多亏了他老人家。"丈夫充满感激地说。接着，他问婆娘："你说，我们该怎么办？"

婆娘不假思索地说："三十六计，走为上计。离开这里，走得远远的，越远越好。可眼下有婆婆在，我们哪里也不能去。"

"就在这里硬挺着？！"

"不这样硬挺着，你还能怎么样？！"

"能挺得下去吗？要是火儿有天晓得了自己的身世，他找上门来，我们怎么办？"丈夫问。

婆娘回答："按照火儿的禀性，他即或晓得了自己的身世，也是绝对不会找上门的。"

"你有把握？"

"有！"

丈夫不放心："万一他找上门来呢？"

"没有万一。那是绝对不可能的。"婆娘把握十足地说。

• 常德有条麻阳街

宝儿溺水以后，刘金莲到娘家走得格外勤。丧偶的乖妹，终日闷闷恹恹，失魂落魄，成了伍秀玲和刘金莲共同的心病。伍秀玲总觉得对不住苦命的儿媳，娶她进刘家和宝儿配对，本来就委屈了她，没想到又让她年纪轻轻就成了寡妇。对乖妹日后的安排，就更让她犯愁。女伢儿黄瓜才起蒂，就要在刘家守一世的寡，命也实在是太苦了。刘金莲则更是感到内疚，原日对麻家的亏欠还没能赎回，却又增加了新的亏欠。她没法向麻家人交代，不敢把乖妹丧夫的消息，告诉她远在常德的生母。直到不久以前，她才让钰龙写信，把这一噩耗告诉了田阿彩。

傍晚，刘金莲接到三条船上带来的三封信，写信人都是阿彩。阿彩言辞恳切，希望刘金莲和娘家人商量，把乖妹送到她那里去，可以在那里住一段时间，也可以长期住在那里。刘金莲寻思，把乖妹送到常德去，让她在那里长住，应该是她最好的归宿。既可以让阿彩和乖妹母女团圆，又可以解决娘家哥嫂面临的难题。同时，她对麻家也有了个最好的交代。当年，哥嫂曾在张家窨子见过阿彩一面，对乖妹那位"干娘"的真实身份，却是并不知情的，他们会同意乖妹去常德吗？

刘金莲匆匆吃过早饭，又回到了娘家。刘金山带着士达，先天刚从托口打了转身。采办到的木材，几天之后便能到达。刘金莲进到窨子屋，在前面的天井里遇到了哥哥。

"哥，什么时候回来的？"刘金莲问。

"昨天断黑才到家。"刘金山告诉妹妹。

"这是要到哪里去?"刘金莲接着问。

刘金山说:"托口采办来的木排过两天就要到,我去给米家滩的排古佬搭个信去,让他们做好来拼排的准备。"

"要不是急得很,我想和哥嫂说个事。"刘金莲说。

"那件事情迟点不要紧。"刘金山说:"走吧!你嫂子在后堂。"

在后堂,刘金莲跟哥嫂说:"宝儿的事情,我们一直没敢跟乖妹的干娘说。直到前不久,钰龙才给他去了一封信。昨天的天黑时分,你们猜怎么着?"

两公婆反问:"怎么着?!"

刘金莲告诉哥嫂:"她托三条船,带来了三封完全一样的信。"

"乖妹的这位干娘,对乖妹还真的是上心。"刘金山说着问妹妹:"信上都讲了些哪样?"

"你看吧!"刘金莲从怀里取出一封信,交给哥哥。

伍秀玲悄声问小姑:"告诉我,信里讲的哪样?"

刘金莲说:"要我们把乖妹送到常德她那里去。"

刘金山看完信,说话了:"把乖妹送到她那里去,这事只怕不太好办啊!"

"是吗?这还有哪样不好办吗?!"刘金莲没想到,哥哥会是这样的态度。

刘金山摆出理由:"乖妹一个寡妇人家,这样老远巴天地到处走,外面是会有闲话的。"

"可那是她的干娘呀!"刘金莲这样说。

刘金山听得出,妹妹是同意让乖妹去常德的。乖妹虽然是她的女儿,可她嫁到了刘家就是刘家的人,这样的大事,还是要由刘家做主的。他说:"我都听说了,乖妹的那位干娘,只不过是和你在麻阳萍水相逢,她匆匆来了一趟浦阳镇,就认了这个干女儿。你们相识在麻阳,她如今却去了常德，我们和她还算不上知根知底。把一个守寡的儿媳送到她那里，能让人放心吗？"

刘金莲哑嘴了。哥哥的想法合情合理。可哥哥并不知道这位"干娘"的真实身份啊！刘金莲想把真相告诉哥嫂，可她没得勇气和胆量。

刘金山又说话了："让钰龙给乖妹这位干娘回封信吧！以你的口气写，委婉一点，多谢她的美意，只说是乖妹眼下心情不好，哪里也不想去，我们也不能勉强。这样，她也就没话说了。"

刘金莲心中叫苦不迭。若是告诉阿彩，乖妹的情绪不好，她还不晓得会急成什么样子。刘金莲再次向哥哥请求："哥，乖妹心情不好，还是让她到干娘那里散散心吧！"

伍秀玲也跟着打起了边鼓："人家是一番好意，不能扫了人家的兴。依我看，就让乖妹去常德住一段吧！"

刘金山想了想，最后做出决断："我仔细想了想，还是不行。我们是个有头有脸的大户人家，不能让别人说闲话。这件事就讲到这里，你们不要再费口舌了，金莲你多坐一会，吃了中饭再走。我还有急事，要出去一趟。"

刘家窑子所有的重要事情，刘金山都不会轻易做出决定，决定了之后就不容更改。刘金莲见哥哥抽身外出，她急了，一句话下意识地出了口："哥哥慢走，我还有事情要说。"

"金莲，你这是怎么了？"刘金山回转身子说："我都已经讲得明明白白了，不能去就是不能去，乖妹是你张家的女儿，可她是刘家的儿媳，就要听刘家的安排。哥晓得你心疼乖妹，我和你嫂子又何尝不是这样。可我们遇事总要尽量想周全些为好，你说呢？"

哥哥讲得句句在理，可他就是不晓得内中的隐情。刘金莲心想，此事不能再隐瞒下去了。她说："哥，你讲的都有道理，可你只知其一，不知其二，这其中……"

"是吗？还有我不晓得的内情吗？"刘金山说："要把乖妹接走，那人除非是她的亲娘。"

刘金莲立刻跟进，说："哥，你说对了。那人就是乖妹的亲娘。"

"哪样？你说哪样？！"刘金山不相信自己的耳朵。

伍秀玲也说："不会吧！她怎么会是乖妹的亲娘？"

刘金莲环顾左右，而后压低嗓门说："她确实是乖妹的亲娘。"

"那妇人是乖妹的亲娘？！"刘金山问："你不是说，她是你收桐籽时，在麻阳认得的吗？"

"那是就地滚龙捏的一个白。她不是麻阳人。"刘金莲横下一条心，索性把事情讲个明白。

"不是麻阳人，那他是哪里人？"问话的是伍秀玲。

刘金莲鼓起勇气说："她是麻家寨的人。"

刘金山和伍秀玲顿时目瞪口呆。妹妹和麻家雕匠的绊扯，风风雨雨几十年，把她弄得个五痨七伤，俩公婆万万没想到，她的身边居然还一直带着一个麻家的女伢儿。这件事情传了开去，浦阳镇的口水不把她淹死才怪。

"金莲，你怎么能这样？你想到过这事的后果吗？"刘金山的话语中，带着责备的口吻。

"我当初也并不晓得是麻家人，只是看着女伢儿遭孽，才收留了她的。"刘金莲没奈何，只得说起了假话。如果说，当时晓得女伢儿是麻家人，还有意收留，那肯定是说不过去的。她接着说："直到那年她找上门来认亲，我才正晓得乖妹是麻家人。事情到了那样的地步，总不能把她赶出门去吧！我不想那样的事情张扬出去，就一直没让她们母女认亲，又想到不能让她太伤心，便让乖妹认她做了干娘。"

刘金山听了妹妹的解释，许久都没有再说话。多事的妹妹就是这个命，从做女的时候开始，便一直受到乌七八糟事情的困扰，如今她已是儿孙满堂，还依然时不时有这样的事情冒出来，真是拿她没得办法。追根溯源，是那桩孽缘给她带来了一世人生的痛苦。可话又说回来，如果说事情真像她说的那样，她又是无可指责的。这样的巧合，足可以把她推向万劫不复。刘金山思量再三，说话了："事情既然是这样，乖妹去就去吧！去了以后，就让她留在那个妇人身边，由那妇人做主，就在常德嫁人也可以，平时也不要再回来，免得再给金莲添麻烦。"

听了哥哥的话，刘金莲落泪了。她从小把乖妹养大，视为亲生。她舍不得乖妹这样一走，就再也不回来。

刘金山又说："乖妹是麻家人的事情，就讲到这里打止，不能再向任何人说。对乖妹本人也不要说，到了常德以后，再由她的亲娘告诉她。"

"还是哥哥想得周到。"刘金莲说："就跟乖妹说，干娘心里惦着她，让她去常德散散心。正好，伯儿去汉口已经两年了，钰龙正要去看看伢儿。就让他带上乖妹一路去吧！"

宝儿溺水以后，乖妹的情绪低落到了极点。她每日里以泪洗面，嗟叹着自己的命苦。她不晓得往后的日子怎么过。她甚至想过一死了之，又觉得对不住含辛茹苦把她盘养大的母亲。有好几回，她曾经起意要往铁门槛跑，那里有她平生唯一倾慕过的人——火儿，可她没有跨出这一步的勇气。她顾虑重重。一是婆家和娘屋绝对不允许这样做；二是火儿是黄花崽，自己是残花败柳，配不上人家。公公婆婆很是怜惜她，什么事都不要她做。整天无所事事，日子就更难得过了。当她听说常德的干娘写信来，要她去住些日子时，她感到分外温暖。这位干娘她虽然只见过两次面，却不知怎的，总有一见如故的感觉。婆家的婆婆和娘屋的母亲，对她的这次常德之行都非常重视。母亲甚至还亲自为她清理行装。

"衣服多带点，不碍事的。冬天的衣服也带去。"母亲说。

"带冬天的衣服？！要去住那么久吗？"乖妹问。

婆婆说："多带点，不打紧的。你干娘信上说，你到了那里，想住多久就住多久。"

乖妹端出首饰盒，里面放着她的首饰和那块护身桃符。她说："首饰带几样就够了，不要带那么多吧！"

婆婆说："不！全带上。常德是大地方，莫让别人看轻了。"

母亲指着护身桃符说："这道桃符是干娘送给你的，你随时都要带在身边。一定要带上。"

乖妹发出感慨："也真是，干娘和我就只见过两次面，她怎么对我这么好？就好像我是她的亲生女儿一样。"

"只怕你真是她的亲生女儿哩！"母亲笑着说。

乖妹神情戚然地说："要真的是那样就好了。娘，讲句您莫多心的话。虽说是娘费尽千辛万苦，把乖妹养大成人，乖妹永世不忘娘的大恩大德。可总还是想晓得自己的亲娘是个什么样子？"

婆婆说："什么样子？！还不就是你干娘那个样子。"

母亲说："不是说干娘和你有'娘女相'吗？想必你的亲娘就是干娘的那个样子。"

"唉！"乖妹叹息着说："这都是想象中的事情。要是干娘就是我的亲娘，那该多好啊！"

母亲说："嗨！你把她当成亲娘，她就是你的亲娘！"

乖妹笑了："娘，您怎么也讲起笑话来了？！"

钰龙和乖妹乘船到达常德时，南门外的麻阳码头已经是桅杆林立。船家见缝插针，找到个泊位下锚。钰龙便带着乖妹上了码头，来到了麻阳街。这是一条背靠城墙、面临沅水的狭长街道。街道上的店铺，有卖船上用的绳缆、活车的小店，有锻打铁钉、铁锚的铁匠铺，还有船把佬、排古佬光顾的剃头铺、杂货铺、饭店、茶馆、烟馆和堂班。这里的老板和顾客，大多都是麻阳人。在沅水里闯荡的麻阳船把佬，常常将这里作为人生的归宿，年长月久，这里便成了麻阳人的世界。阿彩第二次离家以后，来到这麻阳街上，嫁给了一个鳏居的茶馆老板。那家茶馆叫作"谭记"，老板是麻阳谭家寨的人。两年前，钰龙送伯儿去汉口时，就曾到那里看望过姨娘。钰龙带着乖妹来到谭记茶馆的门前，阿彩正在铺子里招待茶客。乖妹站在店门口，轻声细气地叫了一声"干娘"，那阿彩立刻拥了上来，一把抱住了乖妹，顿时泪如泉涌。

"快叫干爹。"阿彩指着旁边的一个汉子说。

"干爹！"阿彩腼腆地叫了一声。

钰龙也随之叫了一声"姨爹。"

"路上辛苦了。"店老板说着，吩咐婆娘："你们到里屋去坐吧！这里有我哩。"

阿彩带着兄妹二人来到了茶馆的后间。这时已经天黑。阿彩点燃了桌上的桐油灯。乖妹打量起干娘的房间来，虽是简陋，却布摆得井井有条。一落座，乖妹就从怀里掏出了一封信，说："干娘，这是妈妈和公公、婆婆让我带给您的信。"

阿彩接过信，对钰龙说："钰龙，姨娘认不得字，你给念念吧！"

钰龙拆开信，借凭着桐油灯光细看。从字迹看得出，信是由舅爷写的。他放眼审视信的内容，正准备开口念信时，他愣住了。只是说了声："乖妹，快，快给你的亲娘磕头。"

乖妹先是一怔，继而恍然大悟。她大叫了一声"娘"！便跌跪在地上，叩头不止。阿彩立刻一拥而上前，和女儿抱头痛哭。

"姨娘，我娘和舅爷、舅娘在信上说，你的亲生女儿，他们就这样还给你了。这些年来照顾不周，要请你多多原谅。"

"他们怎么说这样的颠倒话。我感激都还来不及呢！"阿彩含着泪说。她问乖妹："怎么？在家时他们什么也没跟你说？！"

"说好像是说了，可我当时没在意，还以为他们是在开玩笑哩！"乖妹这才想起临别时母亲说的那些话，才明白为什么要她带上那么多的东西。

阿彩去厨房给俩兄妹弄吃的去了，屋里就只剩下钰龙和乖妹。

"哥！真像是做梦一样，干娘一下子就变成亲娘了。"乖妹说。

"可不是吗？"钰龙说："当时呀！你亲娘就是跑到浦阳镇去认亲的。结果又没认亲，认了你这个干女儿。"

乖妹好生奇怪。是啊！当年亲娘既然是去认亲，怎么又不认了呢？她迫不及待，跑到厨房去问亲娘："娘，那年你回浦阳，本来就是去认亲的，后来怎么又不认了，只认了个干女儿呢？"

钰龙也说："是啊！姨娘，你怎么当时不认亲呢？"

阿彩被问住了，一时不晓得如何回答。这其中许多事情，除了金莲姐和她，是不能对任何人说的，也包括这眼前的兄妹。

"许多的事情，一句话两句话是讲不清楚的，以后再慢慢儿告诉你们吧！"阿彩这样搪塞着。

钰龙和乖妹很失望。

吃饭的时候，乖妹又问阿彩："娘，你快告诉我，我真的是麻阳人吗？我到底姓哪样？我爹爹就是刚才的那个店老板吗？"

阿彩想了想，回答说："你是麻……麻阳人。刚才的那个店老板，不是你的亲爹，你的亲爹已经不在人世了，其余的事情，等以后慢慢儿告诉你。"

乖妹由失望到伤心，她止不住潜然泪下，哭兮兮地问道："娘，您这是怎么啦？女儿问您的话，您总是说等以后慢慢儿告诉我。女儿都等了二十多年了，您到底还要女儿等多久？"

阿彩为难了。对于乖妹的来历，浦阳方面守口如瓶，却把难题丢给了她。金莲姐和麻家的瓜葛，是不能向下一辈人透露的。她绝不能当着钰龙的面，说出乖妹是来自麻家寨。没办法，她只得捏起了白："好！那我就告诉你吧！你的老家在麻阳。你爹爹是个船把佬，他姓马，你出生不久，他在常德得了急病。我得信以后，便带着你下常德去探望。我坐船到了浦阳镇，遇到常德来的熟人告诉我，他已经不在了。那天夜里，镇上正在草船送瘟，到处都是人，乱哄哄的。我一个妇人家，带着一个嫩伢伢出门在外，叫天天不应，叫地地不灵，没办法，只得把你丢在了张家窨子的大门口……"

阿彩将事实作了些改动，编造了这样一个故事，把乖妹说得泣不成声。钰龙也为妹妹不幸的遭遇唏嘘不已。

"乖妹，娘对不住你……"阿彩充满着愧疚。

"娘，乖妹不怪你。"乖妹说："您惦记着女儿，后来又去找女儿了，女儿怎么能怪你呢？"

钰龙说："乖妹，也算你们母女有缘，失散了那么多年，最后还是回到了亲娘的身边。"

"是啊！"乖妹想了想，从带的包袱里取出首饰盒，又打开首饰盒，取出放在里面的护身桃符，对阿彩说："娘，您就是凭这护身桃符才能认我的，我猜得对吗？"

"是的。这护身桃符是你们家的传家宝，你伯伯和你爹爹每人一道……"阿彩说着，发现自己漏了嘴。

钰龙拿过护身桃符，仔细端详着。桃符的一面是一个阳刻的吞口，另一面是一道阴刻的"紫微讳"，精细的雕工令钰龙赞叹："雕得真好！"

"雕匠世家的传家宝，能雕得不好吗？"阿彩心里这样想，没有说出口。

到达鹦鹉洲的第二天，张钰龙就带着伯儿，坐渡船过汉江，前去拜望詹姆斯。张钰龙以提升产品质量而化解危机，使双方交易得以持续，詹姆斯和夫人露娜对他有着极好的印象。进得客厅，张钰龙便对伯儿说："快叫人，叫詹爷、露奶。"

"詹爷、露奶，伯儿给二位请安了。"伯儿说着，落落大方地对两位洋人深深一揖。

"哈！这就是钰龙的公子啰！"詹姆斯笑着说。

"这是我的老大。"张钰龙说。

"多大了？"露娜问。

"十五岁。"伯儿回答。

张钰龙说："想学做生意，前年我把他送到了鹦鹉洲。"

"哎呀！还是个孩子呀！"詹姆斯说："怎么不过江到家里来玩呢？"

"这不是来了吗？"张钰龙说着，把几包礼物放到桌上："这是我娘让我带来的礼物。娘说，她常常想着露娜阿姨。"

"你母亲好吗？我也很想念她。她每年都给我们送来礼物，我们非常感谢她。"露娜说。

张钰龙说："都是些山里不值钱的东西，值不得感谢。"

"千万不要说不值钱，玉兰片、魔芋、茶叶，还有晒栏，在伦敦是有钱也买不到的。"詹姆斯说。

这时，露娜突然问："钰龙，你和镇江的三娘有联络吗？"

"没有。"钰龙说："三娘让我发了几船桐油过去，没汇回货款，以后就再也没有音讯了。听说是去了上海。"

露娜称赞道："她是一个了不起的女性，是中国的娜拉！"

"我听不懂露姨的话。"张钰龙摇着头说。

"哈！"詹姆斯笑着说："你露姨是个坚定的女权主义者。她在说她喜欢的一出戏，这出戏这些年在欧洲风行一时，叫作《玩偶之家》。她说你的三娘，像戏里的一个角色，叫作娜拉。只是她的比喻并不贴切。"

张钰龙说："洋人的戏，钰龙不懂。钰龙只希望三娘带着弟弟妹妹回到浦阳镇，那里的所有家产他们都有份。"

露娜摇着头说："你的三娘既然选择了这条路，她是不可能回头的。"

詹姆斯问钰龙："桐油的伏销都结束了，你怎么还跑到汉口来？"

张钰龙说："这次钰龙来汉口，一是来看看伯儿在这里的情形，二是还有一件非常重要的事情——"

"这件事情与我有关吗？"詹姆斯问。

张钰龙回答："有。"

"你莫忙说，让我猜猜看。"詹姆斯说。

"这件事情一拖再拖，已经拖了二十多年了。"张钰龙提示说。

詹姆斯瞪大两眼问道："你是来接我们去湘西？！"

张钰龙说："是的。不晓得詹伯和露姨有没有时间？能不能赏光？"

"有时间，一定去。"詹姆斯感慨万千地说："我和你父亲的相识，是在光绪二年。那时候，他就对我发出了邀请。一转眼，今年是光绪二十八年了。时间过去了二十六年，你的父亲已经不在人世。如果我再不走这一趟的话，以后恐怕就走不动了。他当年的承诺，由你来替他实现，这真是一件令人高兴的事情。"

露娜说："二十多年了，你詹伯在家里，不知念叨过多少遍，说是要去湘西，去看神鸦送船……"

詹姆斯神情戚然地说："不幸的是，如今去青浪滩看神鸦送船，又增加了一个内容——对着滔滔江水凭吊你父亲的亡灵……"

"还有小芸的女儿，你的妹妹，一个聪明美丽的姑娘。"露娜同样心情沉重。她话锋一转，说："其实，我最想见的，还是你的母亲，一个典型的东方女性。她为了你们的那个家，承受了那么多的痛苦，历经了那么多的磨难，却能够百折不挠，从容应对。她那种忍辱负重、坚强不屈的品格，是任何西方女性所望尘莫及的。"

"多谢露姨对我娘的夸奖。"钰龙说。

露娜接着问道："如今，生意上的事情都由你处理了，她每天在做些什么？"

钰龙回答："她每天敬观音菩萨。"

"好哇！观音菩萨，一位美丽的女神。我这次去到浦阳镇，要和她一起去敬观音菩萨。"露娜显得很兴奋。

钰龙介绍说："我们家里安了一个观音堂。平时，她在观音堂里烧香、念经。每月逢初一、十五，她就要到附近的浦光寺里去敬观音菩萨。从我们家到浦光寺不很远，要过一个扯扯渡，沿途的风景都很美丽。"

"什么叫扯扯渡？"露娜不解地问。

"扯扯渡在湘西到处都是，那是一种以过河缆子拉扯着过河的渡船。"钰龙边说边比画着。

露娜似乎听懂了："哦！那样的渡船，真浪漫。到时候，我要和你母亲一起过扯扯渡，去敬观音菩萨。"

钰龙说："露姨放心，钰龙会做好安排的。"

由于张钰龙的促成和精心安排，詹姆斯夫妇的湘西之行顺利起程。他们坐的是一艘返程的洪江油船。这种船，詹姆斯虽然见到过无数次，乘坐却还是第一次。麻阳船一路前行，连日里横渡长江，进入城陵矶，经行岳州府，船过烟波浩渺的洞庭湖，再溯沅水而上，由纤夫拉着长纤，上了牛鼻滩，前面不远处便是常德了。张钰龙和詹姆斯夫妇，来到了船头，一面观看两岸上景致，一面扯起了闲谈。

"詹伯，露姨，前面就是常德了，我们今晚要在那里过夜。"张钰龙告诉詹姆斯。

"常德，常德什么地方最热闹？"詹姆斯问。

张钰龙不假思索地回答："常德有条麻阳街。"

"麻阳街？！为什么叫作麻阳街？"詹姆斯好奇地问。

张钰龙想了想，给詹姆斯解释："这样说吧！这沅水上的船把佬——"

露娜抢过话头："钰龙，你慢点儿说。告诉我什么叫'船把佬'？"

"想都想得出，船把佬就是水手的意思。钰龙，你说是吧！"詹姆斯说。

"对！你们叫作水手。"张钰龙说："这沅水上的水手，十有八九都是麻阳人。麻阳人驾的船叫作麻阳船。麻阳船集中湾靠的地方，久而久之就形成了麻阳码头。后来，在麻阳水手当中，有许多人因为各种原因下了船，在常德定居下来，以各种方式在这里谋生，年复一年，就在这湾船的码头上形成了这条麻阳街。"

詹姆斯惊呼："这简直是太有意思了，欧美各国的唐人街，也都是这样形成的。"

"哈！"张钰龙笑了："詹伯，那是不能比的。"

"怎么不能比？！道理都是一样的。"詹姆斯说着，问道："我来问你，这麻阳街上，有些什么交易。"

张钰龙想了想，说："船把佬的任何需要，在麻阳街上都可以得到满足。"

"这就对了。"詹姆斯说："你说得再具体点。"

"船上的任何东西坏了，都可以在麻阳街得到修理和置换。"

"还有？"

"船把佬所需的生活用品，麻阳街都可以买到。"

"还有？"

"船把佬下了锚，湾了船，可以到麻阳街上坐茶馆、听说书。"

"还有？还有一件最重要的。"

"最重要的？！"

张钰龙没悟出来，倒是一旁的露娜听出了门道。她斜了丈夫一眼，而后说："按照中国人的话说，这个老家伙不正经。"

詹姆斯禁不住大笑起来。

张钰龙这才全明白了，立刻说："对！詹伯，您说的那件最重要的事情，在麻阳街上当然也不会少。"

"世界上所有的港口，你们叫作水码头，情况都是一样的。英国的利物浦、意大利的威尼斯、荷兰的阿姆斯特丹，那件最重要的事情，也和常德麻阳街一样，都是最多最多的。"詹姆斯不无遗憾地说："可惜当年我写毕业论文时，不晓得有这样一条麻阳街。"

张钰龙说："詹伯对麻阳街这样感兴趣，等会儿这条船就湾在麻阳码头，我会带您上岸到麻阳街，让您看个够。"

詹姆斯想了想说："对！你一定要带着我在麻阳街上走一趟，然后找一间茶馆坐下来。"

"好！由我来给您安排就是。正好我有亲戚在那条街上开了一家茶馆。我们就到那里去坐坐。"张钰龙说。

张钰龙和詹姆斯夫妇在麻阳船上吃了夜饭，天还没有完全断黑。他们从麻阳码头上到了麻阳街。他们走过一间间各式各样的小店铺门前。锻打铁锚的铁匠铺才刚刚熄火，几个在街上绞棕绳的男女在收拾绞盘，而那车活车的木匠铺却还没有停车。饭店、米粉店、小吃摊，这时的生意正红火。沿途遇到最多的，便是丰乳翘臀的麻阳娘女，她们一个个油头粉面，额门上塌印着火罐疤，鼻孔梁扯得绯红，嘴里哼唱着麻阳小调，把风流媚眼抛向逛街的船把佬。有的则是连拉带拽，把船把佬拉进了她们狭窄低矮的小屋。当金发碧眼的詹姆斯夫妇从街上走过时，身后立刻跟上一群看热闹的小把戏。那些招徕生意的娘女们，胆小的，以为见到了怪物，唯恐避之不及；胆大的，居然敢冲着洋人打起了招呼。詹姆斯自然也笑着和她们招手。

"怎么样？"张钰龙轻声问。

"内容都是一样，形式各不相同。"詹姆斯说着，问身边的露娜："夫人，你看呢？"

露娜说："我无法容忍，可我无能为力。"

"这就是女权主义者的悲哀。"詹姆斯在夫人耳边轻声说。

张钰龙带着詹姆斯夫妇一路走来，到了谭记茶馆。大堂里，已经坐了一些茶客，老板和老板娘正在忙活着筛茶倒水。张钰龙进到大堂，礼貌地叫了一声："姨爹！姨娘！"

"钰龙打转了，还带来了客人。各位快快请坐。"谭姨爹立刻给客人安排座位。

阿彩麻利地迎上前去，给每个客人筛上茶，问道："钰龙啊！这二位洋客人是——"

"是我请到湘西去玩耍的英国客人。"钰龙说着，向詹姆斯夫妇介绍："这是我的姨爹和姨娘。"

露娜对着阿彩看了又看，称赞道："啊！姨娘，是你母亲的妹妹吗？她很美丽。"

"她是我母亲的结拜姐妹。"钰龙说着，问姨娘："乖妹呢？怎么没见她。"

"哥！我在这里。"乖妹正在给客人续水，看得出，她生活得愉快。

露娜回过头一看，称赞道："噢！也是一个小美人。"

张钰龙介绍："她是我姨娘的女儿，从小在我们家长大。"

谭姨爹也插话："钰龙和我们家关系非同一般，二位是钰龙的朋友，也就是我们家的朋友。清茶一杯，慢慢请用，不要见外。"

詹姆斯连忙说："多谢！多谢！"

张钰龙端起茶杯，邀约着詹姆斯夫妇品茶时，忽听得背后有人叫了一声"少老板！"回过头一看，原来是他运油船上的满延长。满延长从帮篙做起，一步步做到了元子号，他的身后，跟着他船上的一伙船把佬。

张钰龙问："满老板，你的船也下常德了，装的哪样？"

"五倍子，还有牛皮。"满延长告诉张钰龙。他的船多年为张家运桐油，晓得张家在同洋人做生意，曾经见过詹姆斯。他在向詹姆斯点头致意后，问钰龙："少老板，你把詹老板、詹太太带到常德来，这是——"

张钰龙说："父亲在世时，曾经答应带詹伯和露姨到湘西玩耍走动一次，一直也未能成行，这次，我是专程到汉口接二位去我们湘西做客的。"

"打转吧！莫去了。"满延长说。

张钰龙诧异地问"怎么？出哪样事了？"

满延长说："辰州发生教案了。"

詹姆斯一听说是教案，立刻紧张起来："这几年教案到处发生，怎么连湘西的辰州也发生了教案？"

"发生了教案，杀死了两个英国洋和尚。"满延长说得更为确切。

"天哪！杀死的是英国人吗？"露娜惊呼。她也是英国人啊！

詹姆斯忙问满延长："先生贵姓？"

满延长说："免贵姓满，满意的'满'。"

詹姆斯问道："满先生，你能把详细情况告诉我吗？"

"当然可以。只不过我能告诉你的，都是从道听途说得来。"满延长说："五年前，辰州城里来了两个英国洋和尚，一个姓胡，一个姓罗①。两个人一面行医，一面传教。今年早些时候，辰州城里突然瘟疫流行，死了不少的人，有人怀疑是那两个洋和尚故意在饮用的井水里放毒，造成病害，好让百姓到他们的医院里看病，然后信奉他们的洋教。溪子口有个张寡妇，和那两个洋和尚有一腿——"

露娜不解其意，急着发问："慢着，慢着，什么叫'有一腿'？"

"哎呀！夫人，怎么这个你都不懂，'有一腿'就是他们的关系……关系那个嘛！"詹姆斯伸出两个拇指，相对翘动着说。

詹姆斯的解释和动作，引来一阵笑声。

满延长继续说："一天，张寡妇到烟馆吸食鸦片，从身上掉落一包药粉。问她那是什么药？她支支吾吾，回答不上来。大家伙立刻联想起时下的瘟疫，便认定张寡妇是在洋和尚的指使下，用这种药粉往水井里投毒，使得全城的瘟疫蔓延开来。洋和尚的所作所为，惹犯了众怒。众人一声吆喝，便打死了那两个洋和尚。"

詹姆斯听完满延长的陈述，痴痴地坐着，一声也不吭，像个木头人。

张钰龙凑近詹姆斯的耳朵，轻声儿说："詹伯，如果真是这样，湘西您是不能去的了。"

"这件事情是真的吗？！"好半天，詹姆斯才这样问了一句。

满延长说："所有的人都是这么说的。那两个洋和尚，确实是被打死了。眼下，事情还没有了结，辰州城里来了好多的官，也来了好多的兵，听说都是为的这件事。"

詹姆斯喃喃地说："那两个传教士用这种拙劣的手法，让群众去信他传的教，智力未免太低下，用心未免太歹毒了吧！这显然是不可能的，这

---

① 当时两位英国传教士的中文名为胡绍祖和罗国荃。

其中是不是有什么误会？"

"反正我是不相信的，一定是发生了误会。"露娜说。

张钰龙说："詹伯！露姨！辰州城里确实发生了这样的事，外面的传言也确实是这样说的。中国有句俗话，叫作'无风不起浪'，不管你们相信不相信，为了保证安全，你们是肯定不能去湘西了。"

詹姆斯仍然在表示他前往湘西的决心："不！我不怕。我有湖广总督府颁的通关文牒，他们不会把我怎么样。"

"可你也是英国人啊！"人群中不知是谁冒出了这样一句话。

詹姆斯一点也不服气，他说："英国人怎么了？我这个英国人和湘西人做了二十多年的生意，也做了二十多年的朋友。我把湘西的桐油运到英国，把英国白花花的银子送到湘西人手里，难道湘西人也会打死我？！"

露娜也跟着说："是呀！我每年都吃湘西人寄给我的晒栏、魔芋、玉兰片，那里面没有毒；我每年也都给湘西人寄去咖啡、巧克力、奶粉，同样也是没有毒的。我们到湘西去，跟他们说，我们是来会朋友，不是来放毒的。他们总不至于把我们怎么样吧！"

"詹伯，露姨，你们讲的这些都有道理。只不过中国有句俗话，叫作'不怕一万，只怕万一'。你们这样贸然前去，万一出了哪样事情，钰龙是担待不起啊！"张钰龙态度诚恳地说："这样吧！明天清早，二老就坐满老板的船回汉口，等过了这阵子，事态平息了，我再到汉口来接你们二老。"

"钰龙啊！难为你有这份心，只怕那都是空话了。"詹姆斯神情戚然地说："真不愿意相信，这就是我翘首盼望二十六年的结果。我越来越相信中国人说的'缘分'，我这个与神秘湘西没有缘分的人，只能把湘西永远存放在我的梦中了。"

露娜也说："原只想有缘和你母亲相见，和她一起过扯扯渡，一起去拜观音菩萨，看来这个愿望是没有希望实现的了。"

张钰龙说："我娘一定会向观音菩萨祈祷，保佑露姨您全家平安吉祥。"

詹姆斯感慨万千地说："想开点吧！这就是中国人所说的'世事无常'。世间的事情，都难免会有个——"

"阴错阳差。"张钰龙接过话头说："人生在世，最怕遇到阴错阳差。而阴错阳差却又是那样难以避免。阴错阳差，轻者，造成人生的遗憾；重者，酿成人生的苦难……"

"是啊！阴错阳差，你这话说得很精辟。"詹姆斯问。

"我说不出这样的话，只不过是拾人牙慧。"

"谁说的？"

张钰龙回答："一位大彻大悟的禅师。"

第二天清早，忽然下起了瓢泼大雨。张钰龙冒雨把詹姆斯、露娜夫妇送上了满延长的麻阳船。船起锚了，詹姆斯突然走出船舱，站在船头，淋着雨，向张钰龙挥手告别。

"詹伯，莫淋了雨，快进船舱！"

詹姆斯任凭大雨的浇淋，仍然站在船头，不住地向着张钰龙挥手……

● 过河缆子

春无三日晴。从清明到谷雨，绵绵细雨一直下个不断纤。谷雨过后，又是一连三天大雨，邬月娥却依然坐着轿子来到了张家窨子。长房过继给她的儿子杜显章，今年二十岁。按照杜氏家族的规矩，男丁必须跟虫帮去一次云南。她的丈夫，当年就是因为跟帮西行丢掉了性命，使得她从新婚的媳妇，顷刻间变成了寡妇。儿子今又跟帮，成了她惶恐的梦魇，而杜氏门中铁定的族规，却又是不容更改的。蜡树湾杜姓人跟帮西行的规矩，关系男人的尊严、家族的兴盛，显章是生性要强的伢儿，怎肯矮人一头，便总是跟娘吵着要跟帮。邬月娥却因为有解不开的心结，怎么也下不了决心，一拖再拖，一直拖到了伢儿二十岁，觉得实在不能再拖了，才让儿子去跟帮做了虫客。这天，她冒雨来到表姐家，就是要和她一道，去到浦光寺拜观音菩萨，求菩萨保佑她的显章跟帮一路平安。

夜里，邬月娥和刘金莲睡在一张床上。这一夜，乌风暴雨没有停过。窨子屋的瓦背上，密集的雨点就如同向簸箕里倒下无数的豆粒，哗哗作响。天井的天沟里，雨水顺着管道，坠落到天井的地漏里。猛地，一道闪电的亮光，映在卧房的窗户纸上，紧接着，便是一声惊天动地的炸雷，连房舍屋宇也似乎在响声中微微颤动。既是表姐妹，又是表妯娌的两个寡妇，被吓得紧紧地抱在了一起。她们一夜都没有睡好。第二天，四月初一，是刘金莲铁定要去观音殿进香的日子。从光绪二十一年观音殿复修竣工直到如今，整整过去了十一年，刘金莲每月初一、十五的进香，从未间断，其中的大部分时间，都是由郲月娥陪同的。

四更过后，大雨倏然停歇，窗户纸上，竟显现出隐约的星光。睡在床上的两个妇人喜出望外。真是菩萨有眼，让她们得到一个好天气去观音殿进香。

当她们吃过早饭，拎着香纸篮子，前往浦光寺，来到浦溪渡口时，心里顿时凉了大半截。昨夜的暴雨，引发了山洪，浦溪水位陡涨，扯扯渡停航。波涛汹涌的浦溪，如同一条黄色的巨蟒，在狭窄的河床里狂奔。空无一人的渡船，拴在对岸溪边的杨柳树下，任凭浑浊的溪流冲击。只有那长长的过河缆子，依然凌空横跨在溪流之上。风儿吹过，长缆便不住地摇晃起来，当中坠落的部分，忽而触及涨着洪水的溪流，溅起了朵朵浪花。

"耿佬 ——"刘金莲叫喊着渡子的名字。

无人应声。

郲月娥也跟着喊："耿佬 ——"

依然无人应声。

"浦溪停渡，这可是从来没有过的呀！"刘金莲喃喃自语。

"渡子怎么也不想想，今天是初一，有好多的人都要去进香。"郲月娥说。

刘金莲说："我们等一会吧！人多了，水退了，那渡子就会来摆渡的。"

"这溪水一时半会退得了吗？"

"易涨易退山溪水，山溪水涨得快，也退得快。等一会儿吧！"

太阳出来了，暖洋洋的。姐妹俩坐在渡口一块溜光的岩石上，等候着过渡的同伴。往天这时候，渡口早已聚集了许多香客。今天，老半天了，还只有姐妹二人等在这里。

"这左等右等不见人，是怎么回事呀？"刘金莲感到诧异。

"一定是他们都晓得了渡口停航，才没有来。"郲月娥说："看来一时半会渡船是开不了的，我们也回去吧！"

"不能回去，莫急。"刘金莲说："我们再等一会吧！"

这时，浦溪里浑黄的山溪水，咆哮着，翻滚着，奔泻着，肆无忌惮，无止无休，没有丝毫消退的迹象，反而还越涨越凶了。只有那长长的过河缆子，依然孤零零地在浦溪的上空迎风摇曳着。刘金莲先是凝视着咆哮的溪水，继而她又把目光转移到了过河缆子上。

邬月娥轻声儿："金莲姐，你看，这溪水越涨越大了，我们还是回去吧！"

刘金莲没有回应。

邬月娥抓着刘金莲的臂膀摇了摇，说："金莲姐，溪水还在涨，没法过渡，我们回去吧！"

刘金莲瞪大两眼问邬月娥："怎么？你说回去？！"

"回去。不回去，待在这里做哪样？"邬月娥说。

"不！过溪，马上过溪。"刘金莲这样说。看来她决心已下。

邬月娥瞪大两眼，望着刘金莲说："金莲姐，你不是说梦话吧！"

刘金莲笑了。她说："不是说梦话。我真的要马上就过溪。"

"你过溪？怎么过？飞过去？！"邬月娥问。

刘金莲指着过河缆子，暴露出了她惊天的大胆想法："从这上面溜过去！"

邬月娥被吓蒙了，惊呼："溜过去！你不要命了？！"

"嘻嘻！我是去拜观音菩萨，观音菩萨会保佑我的。"刘金莲口气显得很轻松。她说着，便走到岸边过河缆子立桩的地方。她看了看两岸的距离，不过十来丈。她摸了摸竹篾编成的过河缆子，由于硬木挂钩长年累月的磨刮，已经变得光滑无比。她用手把着竹缆，轻轻儿摇了摇，长缆凌空的部分立刻波浪似的起伏、摇晃起来。

跟在刘金莲身边的邬月娥，把刘金莲的一举一动全看在了眼里，认定她说是要溜着缆子过河，并非只是嘴上讲着好玩，而是立刻就要付诸实施。她连做梦也没有想到，表姐会有如此的惊世骇俗之举。她必须尽全力制止这荒唐的行为。

"表姐，这样做太危险了。虽说敬观音菩萨事大，可你也犯不着这样！"邬月娥恳切地说。

刘金莲毫不在意："你莫担心，没事的。"

"拜观音有的是日子，迟一天两天也不要紧，你何必硬要今天去拜？"邬月娥继续好言相劝。

"是的。我就是要今天去拜！"刘金莲看来是铁了心。

"迟一天未必会死人？！"邬月娥没得话了，这样堵了她一句。

"不管怎样，我非要今天去拜不可。今天若是不去拜，我就会疯！我就会癫的！！"刘金莲突然忘情地大喊大叫起来。

邬月娥不知所措，哭着说："金莲姐，你何苦呢！"

刘金莲也潜然泪下。她对邬月娥说："好妹妹，对不住。姐跟你讲实话吧！姐今天要是不去观音殿拜观音，就会比剜我的心肝还难受。这里面的痛楚，你是想象不到的……"

邬月娥没想到，去浦光寺拜观音菩萨对于刘金莲竟是这样的重要。可她要从这过河缆子上溜过去，毕竟太危险了。她是绝对不放心的。

"你要溜缆子过河也可以，等我去把钰龙和蕙娇叫来，让他们看着你溜。你等着，我去叫。"邬月娥说着就要往回走。

就在邬月娥转身往回走的那一瞬间，刘金莲用嘴巴咬着香纸竹篮的挂系，一攀而上到了凌空的过河缆子上。她用左腋夹往竹缆，双脚悬空，右手奋力拉拽着竹缆，朝着对岸缓慢地滑行起来。

邬月娥听得身后有动静，回过头一看，见刘金莲已经上了过河缆子，被吓得魂都没有了，立刻瘫坐在了地上："天哪！这怎么得了！"

悬空在过河缆子上的刘金莲，通过对竹缆的拚力拉拽，一挪一趋地艰难前行着。那竹缆虽说是打磨得光滑，可由于连日来雨水的浸泡，阻力也就随之变大。她的手掌在不断地拉拽中，开始感到钻心的疼痛，继而她发现那拉拽过的竹缆上，竟然黏附着点点殷红。她拚力的拉拽却依然没有停止。

邬月娥突然猛醒，从地上爬了起来，对着竹缆上的刘金莲大声叫喊："姐！你要当心！"

"放心！"刘金莲咬着竹篮挂系的嘴巴含糊地回应着。她朝着溪流的中央，一手一手地挪行。随着竹缆的下坠，她的整个腰身，都被溪流所淹没。溪流对她下身的猛烈冲击，使她的前行变得更加艰难。她把竹篮的挂系咬得更紧了。随着她的身子向前挪移，那竹缆上黏附着的殷红血迹，便被她腋下的衣衫擦拭干净了。幸好她穿的是毛蓝布上衣。有铜钱厚的毛蓝布，保证了她的腋下免受损伤。

邬月娥见溪水淹没到了刘金莲的胸口，她的心紧张得几乎跳出了喉咙眼。她除了大喊"当心"以外，便别无他法了。

刘金莲不再理会邬月娥的叫喊。当她到达溪流的中心时，竹缆全都浸泡到了溪水里。她只有头还露在水面上，那竹篮里的香纸早已被溪水打湿，她不再用嘴咬竹篮，任其被溪水冲走。湍急的溪流，冲击着她的身子，她的手掌上长流的鲜血，洒落到浑黄的溪水里。她在用尽平生最后的力气，做着拚死的挣扎。随着缓慢的挪移，她的胸口渐渐露出了水面。而手掌的疼痛，则更加剧烈了。没奈何，她只得在竹缆上停了下来，作片刻的喘息。

刘金莲的窘态，岸上的邬月娥看得真着。忽然，她不知哪来的机灵劲，大声对着刘金莲喊叫起来："姐！换一边手！换一边手！"

邬月娥的叫喊声，点醒了刘金莲，她立刻换了一边手，用右腋夹住了竹缆，而用左手在竹缆上着力地拉拽，使得她免除了疼痛的困扰。竹缆上，再也见不到斑斑血迹。她迅速地向着对岸靠拢，胸部出了水面，腰部出了水面，整个身子出了水面，最后连两只脚也离开了水面。她终于在左手被竹缆磨破之前，艰难地到达了对岸。浑身湿透的刘金莲已经精疲力竭，她瘫坐在河滩上，面对着浑黄的溪流，喘着粗气。那手掌上被竹缆刮破了皮的地方，发出了钻心的疼痛。风儿吹过，紧贴在身上的湿衣衫带来了骤然寒意，她浑身顿时便起了鸡皮疙瘩，她的脸上却露出了安详的微笑。

邬月娥见刘金莲平安抵达对岸，一颗悬着的心终于放了下来。刘金莲的举动令她百思不解；刘金莲的勇猛令她望尘莫及。她不明白，这位平日里斯斯文文的妇人，哪来那么大的力量，支撑着她完成如此这般的壮举？她看见对岸的刘金莲艰难地从河滩上爬起，在朝着她挥了挥手之后，便穿着那一身湿透了的衣衫，踏上了去浦光寺的路。邬月娥这时才想起，必须赶紧回到张家窨子，报告这里发生的事情。

邬月娥一溜小跑回到张家窨子。刚进大门，正好遇到准备外出的张钰龙和印蕙娇俩公婆。

"表满娘，怎么了？您不是和娘一同上了浦光寺吗？"印蕙娇诧异地问。

"不好了！出事了！"邬月娥气喘吁吁地说。

张钰龙立刻追问："什么？出事了？！"

"……"邬月娥越紧张，越是说不出话。

印蕙娇用言语稳住邬月娥。她说："表满娘，您莫急，有话慢慢讲。"

邬月娥这才回过神，诉说起端底："浦溪涨水，渡船停航。你们的老娘硬是溜着过河缆子过了浦溪。"

"她溜着过河缆子过了浦溪？！"张钰龙难以置信。

邬月娥说："是的，我亲眼所见。"

印蕙娇惊讶之余，感到不可思议："她是那样过的浦溪，浑身不全都打湿了吗？"

"是的。她浑身全都打湿了，还是上了浦光寺。"邬月娥说。

张钰龙和印蕙娇，俩公婆面面相觑。一根筋的老娘，为了要去浦光寺敬观音菩萨，居然做出这样的事情来，真令他们始料未及。

印蕙娇说："你还愣着做哪样，快去找船，从沅水里划到浦溪对岸。我这就去给娘找几件干爽的衣服带去。"

一条渔划子在沅水里逆水而上，小船上坐着张钰龙、印蕙娇夫妇和表满娘邬月娥。船到浦溪出口处，浦溪浑黄的溪流依然不住地往沅水里灌。

小船老远绕过浦溪出口处洪水的冲击，好不容易才划到了浦溪对岸的沉水边，然后找到一处水流舒缓的地方湾了船。

刘金莲身无一根干纱，走进浦光寺的山门。暮春时节，乍暖还寒，溪水的浸泡、冷风的挟持，身上还裹贴着湿透的衣衫，使得她的脸色变得惨白，嘴唇变得乌紫，不住地打着喷嚏。这天，浦溪停渡，浦光寺里没得一个香客。她的突然出现，立刻引起僧众的惊讶与诧异。当僧众得知她是溜着过河缆子过的浦溪，都无不为之感动。这位浦阳镇上最富有的大施主，果真是观音菩萨最虔诚的信女。住持僧德明法师闻讯，赶紧前来接待。他傻眼了，为难了。眼见得浑身湿透的女菩萨，最当紧的，是要她赶紧换上干爽的衣服。她毕竟年纪也不小了，若是着了凉，那可不得了。浦光寺是个没有女尼的佛寺，到哪里去找干爽衣服给她换呢？德明想起，自己还有一套从未穿过的海青，便立即着小沙弥去拿了出来。

德明说："女菩萨，大施主，贫僧的这套海青，是从来没有穿过的，快找个地方去换吧！若是女菩萨着了凉，贫僧可是担待不起哟！"

"多谢法师，不打紧的，这蛮好，用不着换。"刘金莲婉言谢绝。她随之连打两个喷嚏。

刘金莲不肯换衣服，德明法师直急得团团转。

"小女子的香纸，已被溪水打湿冲走了，烦劳方丈为小女子备办。今天是初一吉日，照例是要孝敬观音娘娘的。"刘金莲虽是冷冻，心里记着的，却依然是上香。她心驰神往的地方，依然是观音殿，依然是那金色莲台上的观世音菩萨。

"女菩萨放心，香纸贫僧即刻就去备办。眼下女菩萨最当紧的事情，还是赶快把湿衣服换了，穿着这样的一身湿衣服上香，也是对菩萨的不敬呀！"德明法师想用这种种方法，使得她换上干爽的僧衣。

"只要小女子心诚，菩萨是不会计较的。"刘金莲这样说。她依然不肯换穿德明的僧衣。

正在相持不下时，刘金莲的家人赶到。

"娘！渡船不开，就想另个的法子嘛！您怎么溜着缆子过了河呀？真把我们吓坏了。"张钰龙说。

"姐！你可真把我吓坏了。"邬月娥也说。

"没事的，不要担心。你不是看着我过了河吗？"刘金莲说得轻巧。

印蕙娇说："娘！请德明法师找间屋子，先把这身湿衣服换了。"

在德明法师的安排下，印蕙娇领着婆婆，去到一间空置的柴屋里，刘金莲在那里换上了干爽衣服。当刘金莲在儿子、媳妇、表妹的陪同下来到观音殿时，这里已是香烟缭绕，钟磬齐鸣。

张钰龙是第一次来到观音殿。当他抬头仰视观音菩萨的金身时，他惊呆了。那观音菩萨的那双眼睛，不就是母亲眼睛的再现吗？旁人或许不一定看得出，而他作为儿子，对母亲的眼睛，实在是太熟悉了。小时候，他只要见到母亲的眼睛，就有心旷神怡的感觉。奶奶告诉他，母亲的这种眼睛叫作丹凤眼，美丽高贵，神采飞扬。如今，这双眼睛长在了观音菩萨的身上。他万没想到，那位雕作菩萨的工匠，居然用如此高超的技艺和奇特的方式，表达他对故人的留恋。难怪这些年来，母亲每逢初一、十五，必定要到这里来作揖装香。她甚至不惜冒着生命危险，即使是溜着过河缆子过河，也决不能误了这里的香火。那位云游四海的和尚，把他美好的梦永远留在了这座观音殿里；这位留在浦阳镇的女子，以她的这种方式来延续美好的梦，慰藉本已枯萎的心。他作为这二者之间唯一的纽带、仅存的支脉，竟然对此一无所知。如果不是出现今天的事情，还不晓得要被蒙在鼓里多久。对于远在天边、音讯渺茫的亲人，无法顾及；对于近在身边的亲人，他又能做点什么呢？这时，张钰龙觉得身旁有人轻轻捅了他一下，原来是所有人都下了跪，唯独他还在呆呆地站着。他立刻稳住心神，上前一步，跪在了面前摆着的蒲团上。

观音殿里，刘金莲带着钰龙、蕙娇，和邬月娥一道，拈香跪拜。善男信女的眼光，聚集在殿堂里的观音菩萨真容上。大慈大悲的观音菩萨，俯视着天下苍生，播撒着人间至爱。印蕙娇的目光，由上及下，最后凝定在那金色的莲台之上。莲台的金色花瓣，嫣然绽放，仿佛带着朝露，溢出清香。十一年前，她第一眼见到这金色莲台时，就悟出了内中的玄机，聪明绝顶的工匠，在以这种绝妙的方式，让他心中的那朵金莲，伴随着观音菩萨长存世间，永不枯谢凋零。与其说是名讳的巧合，倒不如说是生命的机缘；与其说是隐晦的哑谜，倒不如说是真情的告白。此刻在她身旁的婆婆，显然是心有灵犀，早就心领神悟。如若不然，她怎么会溜着过河缆子也要越过浦溪，来到这金色的莲台之下？印蕙娇出身书香门第，从小受的是礼义、妇道的教育，对妇人的越轨行为，有着本能的厌恶与不屑。然而，命运却开了她一个玩笑，她的婆婆就偏生有过这样的经历，她深爱着的丈夫，又偏生是婆婆这种经历的产物。那位雕花木匠就血统而言，竟然是她真正意义上的公公。她必须重新思考，回到现实。为了家族的利益，她必须与婆婆、丈夫结成一荣俱荣、一损俱损的命运共同体。眼望着金色的莲台，她情不自禁地落泪了。

刘金莲虔诚地长跪在观音殿的蒲团上。她在经受过浦溪上的惊吓之后，来到观音殿，心情渐渐趋于平静。多少年来，她一直笼罩在"阴错阳差"的阴影里。她总是竭尽全力，寻求自我解脱，可始终也没能走出阴影。她行将老去的生命，只能依靠这里的观音菩萨来支撑。此刻，她头一回带领着儿子和儿媳，一同在这里拈香跪拜，她感到了最大的幸福和满足。从观音菩萨的金身，到底座的每一瓣金莲，她都是那样烂熟于心。雕作菩萨的故人已经远走天涯，他却将这呕心沥血之作，长留在了这里。故人留下的谜，只有她能破解；故人留下的情，只有她能领略。每当她以自己的这双丹凤眼，凝视菩萨的那双丹凤眼时，就强烈地感到，菩萨和凡人，已经被融合为一体。她每次来到这观音殿，与其说是拜观音，不如说是拜自己。如今，儿子和儿媳，都早已得知了那"阴错阳差"的来龙去脉，他们心照不宣的体谅，更使她感到罪孽的深重。她唯一的赎罪方式，就是在菩萨面前为他们祈祷，在自己心中为他们祝福。在悠扬的钟磬声中，她缓缓地闭上了眼睛，亲人们一个个在她的眼前闪现，还有那身在四海云游，茫然不知所终的故人……对于这所有的人，她除了感到深深的内疚以外，便再也没有其他任何补偿的方式了。

"娘！起来吧！"蕙娇在婆婆的耳边轻声说。

刘金莲在儿子和儿媳的搀扶下，从蒲团上起了身。

邬月娥仍然跪着没有起身。印蕙娇要前去搀扶，刘金莲制止道："让她多跪一会儿吧！"

"怎么了？"蕙娇问。

刘金莲说："她的显章跟着虫帮去了云南。她在求观音菩萨赐给显章一路平安。"

跪在蒲团上的邬月娥，这时已是泪流满面。她向观音菩萨轻声喃喃地诉说，谁也听不清她说了些哪样，可又都能猜度出她所说的内容。那条路对于她来说，曾留下过刻骨铭心的惨痛记忆。而今，她过继来的儿子为了遵循祖制，又必须重走那条伤心路。这对于她来说，实在是太残忍了。纷繁的世事，往往就在这种可怕的循环往复中发生。一个弱女子，除了在菩萨面前为远行的儿子虔诚祈祷之外，她又还能做些哪样呢？

这天，偌大的浦光寺，就只有这四个香客。中午，德明法师在五观堂设斋宴盛情款待。在开宴之前，一位知客为刘金莲送来了桐叶包着的草药和一块白布。

德明说："这是贫僧特意着人去后山采来的。这种草药治疗皮肉伤非常好，女菩萨如不嫌弃，敷用一二回，伤就好了。"

"给法师添麻烦了，真不好意思。"刘金莲说。

"些许小事，何足挂齿。"德明也说着客套话。

张钰龙羞愧难当，连德明法师都发现了母亲手受伤，自己却全然不知。他连忙和婆娘一道，为母亲敷药包伤。

"大施主，要是浦溪上有座桥，令堂女菩萨的手，也就不会受伤了。"德明法师对张钰龙说。

"是啊！是啊！"张钰龙点头称是。他把德明的话放在了心上。

下山的时候，张钰龙对母亲说："娘，您今天可把孩儿吓坏了。"

刘金莲却摇着头说："不！娘今天的这趟过河缆子溜得好。"

"孩儿不懂娘这话的意思。"张钰龙说。

印蕙娇说话了："这都不懂。娘要是不溜这趟过河缆子，你能来陪娘一起拜观音菩萨吗？"

午后，红日当空，春风拂煦。浦阳山上，生意盎然。这一年最后的冻花天，冻得满山的铁壳桐油花如银似雪地绽放在枝头。刘金莲一行人登上小山坳，老远望去，浦溪的洪水已经悄然退去。真是"易涨易退山溪水"。扯扯渡的渡船，重又挂上了过河缆子。走下山坳，沿着岩板路向前走，不远处便是浦溪渡口了。几个放牛娃，正赶着一群膘肥体壮的水牛，在坡地上悠闲地吃着青草。有个放牛娃扯起喉咙，唱起了山歌：

生要连，死要连，连到天塌海水干。我郎放妹躬躬药，要躬我妹一万年。

岩板路上行走着的人们，谁也没有说话，那山歌的字字句句，显得格外清晰和明白。所有的人，都在张着耳朵细听，又都做起充耳不闻的样子。最为敏感的莫过于刘金莲。几十年来，躬躬迷药魔幻般地如影随形，给了她数不清的困扰。不管你相信不相信，躬躬迷药的力量，仿佛总是无处不在。她或信或疑，今天溜着过河缆子过浦溪，难道也是凭借这种"药"的力量？！张钰龙为此莫衷一是。他并不情愿自己是躬躬迷药的产物，却又无法予以全盘否定，特别是母亲今天溜缆子过浦溪的举动，按照常理是无法解释的。只有那躬躬迷药，或许还可以作为解释母亲今天举动的依据。这时，只有印蕙娇在暗自骂道，这是哪家的鬼崽崽，千不唱，万不唱，怎么生起门径唱起这样的山歌来？

第二天，张钰龙和蕙娇商量后，去了一趟鲁班宫，找到了那里的岩匠。为了母亲进香的方便，他决定出资在浦溪上修建一座石拱桥。

屈原相公，我知道你的根本

两年后，浦溪上的新桥落成。这是一座单孔的石拱桥，全部用料石垒砌，凌空飞架于浦溪之上。石桥的两边，是石砌的栏杆。张钰龙为母亲修这座桥，石栏杆上，便也依从刘金莲的名讳，雕饰着各式各样的莲花。

新桥落成，一定要请老司"踩桥"。为这事张钰龙犯难了，不论是讲交情，还是说道艺，他都应该请火儿。而火儿与张家窨子，已经有好些年没来往了。人尽皆知，那是大度的火儿不愿再沾张家窨子的边。如今，遇上这样重大的事情，张家如果不去请他，就未免显得太没有气度了。张钰龙正在为难之时，突然接到火儿的一连三个口信，说他要来为新桥"踩桥"，而且还把踩桥的良辰吉日定在九月初三的午时。他同时托人带来一张清单，上面开列着"踩桥"时所需要的物品，要张钰龙备办齐全。火儿行香火，从来都是别人上门来请，自己开口揽香火，这还是头一回。如今，火儿一破惯例，要为张家新修的石拱桥"踩桥"，他目的何在？是否另有隐情？张钰龙左思右想，捉摸不透，于是便求教于足智多谋的婆娘。印蕙娇想了想，告诉他说："这件事情嘛！你就放心吧！出不了乱子的。火儿的脾性我晓得。他只是来'踩桥'，并没得别的目的，更说不上有什么隐情。'踩桥'就是'踩桥'，他是绝不会通过'踩桥'来张家窨子认祖归宗的。"

九月初三，"踩桥"的日子。在石拱桥靠浦阳镇的一端，摆着香案和三牲祭礼。桥头那往日等渡的空坪，摆放着一排排板凳，是张家为宾客安排的临时座席。刘金莲、张钰龙、印蕙娇站立桥头，张罗着迎接宾客。印秀才和秀才娘子也早早来到，帮着打点。接着是刘家窨子来人了，林家窨子也来人了。还有镇上"西帮"的客商们，他们以乡亲的善举为荣耀，也都赶来捧场。就连镇上的军政首长，新上任不久的魏千总和邹通判，也都光临现场，对张家的善举大加褒奖。以康岩匠为首的造桥工匠，精湛的工艺，更是为众人所瞩目。来到这里看热闹的，更多的是镇上那些闲着没事干，嘴巴却又从不闲空的人。他们来看新桥落成，更是来看火儿的"踩桥"。火儿和建桥的这户人家有着不同寻常的关系，这在浦阳镇早已不是什么秘密了，透过今天的"踩桥"，或许可以编排出精彩的故事来。

"怎么回事？都这个时候了，主法的老司怎么还没到场？"印秀才问。

张钰龙说："主法老司定的是午时'踩桥'，他不会误事的。"

正在这时，人们发现火儿在不远处的路上现身了。他一身的短打扮，背着一个褡裢，从容不迫地向着新落成的石拱桥走来。张家的大管事张秀山，立刻亲自点燃了缠挂在石桥栏杆上的长长的千子鞭，一个个震天响的大炮也同时擩向了空中。在响个不断纤的鞭炮声中，火儿阔步来到了桥头。先是来到主东一家人的身边，对刘金莲叫了一声："同年娘！"接着，他双手合抱，对着在场的众人拱了拱手，说了声"得罪"。继而，他从褡裢里取出五幅头扎，戴在了头上；取出红色法衣，穿在了身上。红色法衣的背后，是黑白相间的太极图，很是显眼。只见他从褡裢里取出了一副神卦，而后站立在神案前，焚香化纸，开始了作法。

早在这座新桥即将完工时，浦阳镇上的好事之徒们，就开始议论起今天的"踩桥"来。张家会请谁来"踩桥"？十有八九的人都说，张家是不会，也不敢请火儿的。刘金莲、张钰龙，特别是印蕙娇，都是精明得眉毛空了心的人，绝对不会捉起虱婆往身上咬。出乎意料的是，火儿竟然主动找上门来要为张家人"踩桥"。街弄子那些巴不得天下大乱的人，立刻断定好戏就要开场。若是火儿趁此机会提出认祖归宗，张家窨子只怕就下不得台了。真的、假的，家的、野的，必定有一场混战出现。因此，来看火儿"踩桥"的人，便出乎寻常地踊跃。桥头的空坪被挤了个拍满。人们都晓得，"踩桥"时有规矩，在仪式完成之前，桥上和对岸是绝对不能行走的，于是，人们只得沿着浦溪的堤岸，往新桥的两边沿溪站立。桥头神案前作法的火儿，成了众人目光的焦点。他的巫傩道艺高超，浦阳镇及附近的四乡八里无人不晓。他与张家窨子的筋筋绊绊，更是镇上街弄子闲人津津乐道的话题。人们见到眼前的火儿，立刻就会联想到命丧青浪滩的张复礼。火儿随着年龄的增长，更突显了他与张家的亲缘关系，他不仅五官是从张复礼的模子里铸出来，就连声音容貌、举手投足、言谈举止，也完全承袭了张家人的脉络。而今，他却是以一个外姓人的身份，来为张家人捐修的新桥来作法"踩桥"。而在张家主事的汉子，却又是与张家毫无血缘的外姓旁人。这本身就是一出离奇的戏文。人们静观火儿作法"踩桥"，也静观着事态的发展。

桥头的神案前，火儿连掷三卦，有求必应，法事顺遂。主东张钰龙端着一个小竹筛，朝着火儿走来。竹筛里，放着一双崭新的千层底布鞋。布鞋上，缠着一绺红纸。张钰龙走到火儿跟前，躬身将竹筛举起，说了声"请！"火儿便脱掉脚上的鞋子，换上竹筛里的新鞋，随即边唱边跳，踏起了"九州罡"。古老的傩舞，似龙行，如虎步，气势非凡，立刻吸引了众人的眼球。他按照九宫八卦，踩出了天下九州的方位，把大禹时代的天下九州，归结到了这座新修拱桥的桥头。可谓这浦溪上的石桥虽小，它也是可以连接着天下九州的。火儿踩踏到精彩处，博得了满场的叫好声。

踩过"九州罡"，火儿便端着一个装着两双新鞋的竹筛，走到浦阳镇的军政首长魏千总和邹通判跟前，齐眉举起竹筛，躬身单腿跪地，说了声"请！"两位朝廷命官都是来自外乡，从来没有见过这等阵势，却也入乡随俗，听从老司的摆布，接过新鞋，换在了脚上，并跟随着老司走到了桥头的石阶之下。阳间的浦阳地界，是由这两位朝廷命官管辖的；阴间的浦阳地界，是由巫傩神祇管辖的。而协理阴阳的老司，则是这二者之间的沟通者。如今，浦阳地界又一座新桥落成，两位朝廷命官将在老司的引领之下，成为最先通过浦溪上新桥的人。这时，火儿手里舞着牌印、师刀，扯起喉咙，在众人的帮和下，高唱起《踩桥傩歌》：

天定八角地四方，黄河架桥在洛阳。师郎①桥头打一望，步步登高上天堂……

领唱傩歌的火儿，穿着崭新的布鞋，最先迈上了新桥的第一级石阶。他的身后，是同样穿着新鞋的魏千总和邹通判，三人走了个"品"字形。在傩歌声中，踏着一级一级石阶，登上宽阔的桥面。其余的人们，则按照先男后女的次序，紧随在他们的身后，走上了石桥。火儿领头唱起的《踩桥傩歌》，在浦溪的上空回荡：

万里河山万里遥，鲁班弟子架仙桥。阴桥阳桥一齐架，架座长生不老桥；金桥银桥一齐架，架座招财进宝桥；男桥女桥一齐架，架座发子添孙桥；文桥武桥一齐架，架座青云有路桥……

张钰龙和到场的所有男人，组成了雄势的傩歌帮和队伍。在所有的男人都登上新桥以后，女眷们才依次随行。女眷队伍的最前面，是印蕙娇和张仪芳母女二人左右搀扶着的刘金莲。这位饱经沧桑的妇人，被眼前隆重而热烈的场面所深深打动。儿子和儿媳，为了方便她去到观音殿进香，不惜花费巨资，在这浦溪上修了这样一座桥。特别是当她发现那石砌栏杆上精雕着的一朵朵莲花时，便连忙走了过去，深情地抚摸着，禁不住落下了眼泪……这时，桥上已经站满了人。由火儿领唱的《踩桥傩歌》，仍然在继续着：

---

① 师郎：湘西巫师的自称。

师门弟子①把桥踩，协理阴阳保安宁；文武官员把桥踩，长治久安享太平；农工之人把桥踩，五谷丰登好年成；经商之人把桥踩，生意兴隆客盈门；读书之人把桥踩，三元及第扬美名……

此刻，张钰龙受到意外的感动。他在浦溪上修这样一座桥，为的是顺从母亲的意愿，方便母亲观音殿进香，仅此而已。经过火儿《踩桥傩歌》的引申开去，再普通不过的事情，也就变得意义非凡了。数不清的乡亲，在向他拱手致意，称赞他行善积德，为地方上做了一件大好事。殊不知，为了修建这座桥，背后的每一个故事，都饱含着他人生的酸甜苦辣。

"踩桥"过后，前来贺喜的宾朋亲友，包括修建石桥的工匠，都要被请到张家窨子宴饮。火儿作为主法"踩桥"的老司，自是在宴请之列。浦阳镇上的人都晓得，自从火儿得知自己的真实身份以后，他已有好些年没有再进到张家窨子了。这一次，他毛遂自荐，担当"踩桥"的老司，是必定要现身张家窨子的。好奇的人们都想见到，那占了鸡窝的鸭崽，将会怎样接待这位鸡窝的真正主人。人们更想得知，张家窨子真正的主人，对占领他地盘的童年伙伴，将会采取怎样的态度。他会不会在这样的场合，当着地方官员、亲朋戚友、街坊邻里，提出认祖归宗的议题？如果出现了这种状况，将是怎样的结局……为此，前往张家窨子的人流中，除了张家宴请的宾客以外，还有许多专门去那里看热闹的人。

火儿随着涌动的人流，进到张家弄子，来到张家窨子高大的门楼前。以往，他从这里进出过不知多少次，从来也没有着真地观看过这座门楼。今天，连他自己也不明白，怎么会来到这门楼下，竟然驻足不前了。他抬起头来，仰望着高高的门楼。那门楼的正中，是一尊玉皇大帝的泥塑。火儿明白，张姓人的门楼上镶嵌玉皇大帝的塑像，是因为玉皇大帝原本姓

---

① 湘西巫师称其教门为"师教"，巫师亦自称为"师门弟子"。

张。火儿暗自好笑，自己竟然也和天上的玉皇沾亲带故！只是他无缘，也无意高攀。火儿前往张家窨子本来就引人注目。他在门楼前的驻足观看，更增加了好事者们的想象空间。他们认为火儿是在为他的认祖归宗作铺垫。原本应该是他的门楼，如今却落到了外姓旁人的名下。镇上那些唯恐天下不乱的人们，等待着观看即将开锣的大戏、好戏。

火儿迈进大门的青石门槛，径直走过天井，进到了前厅。厅堂里，已经聚集了先到的宾客。那魏千总、邹通判在厅堂的正席就座。刘金莲、张钰龙、印蕙娇招呼着三亲六眷，散坐在厅堂的各处。侍女们正在为客人上茶。看热闹的人们，更是到处都是。这时，只见火儿来到张氏家先坛前，双膝跪地，虔诚地行起了三跪九叩大礼。这时，众人的注意力立刻集中到了火儿的身上。人们认为，张家的子孙火儿，即刻就要认祖归宗了。他将要当着军政大员、三亲六眷、街坊邻里的面正式摊牌，索要自己的权益。这时，最为紧张的，莫过是刘金莲和张钰龙母子了。一旦火儿当众宣布他的诉求，那肯定是无法招架的。母子二人表情僵硬，却依然故作镇定地穿梭在宾客中。印蕙娇去到爹娘的身边，使了一个眼色，只见那印秀才不经意地摇了摇头。火儿此举意欲何为，就连深谙世事的印秀才也捉摸不透。平日里最为镇定的印蕙娇，也不由得紧张得捏了一把汗。火儿来到张家窨子，为哪样要这么三跪九叩？只有他自己清楚。来此以前，母亲有交代：他的血脉是来自张家，不能忘了根本，即或是他永世不会姓张，不会认祖归宗，也要对血脉的根源拜上一拜。火儿是遵从母亲的意愿行这个大礼的。

火儿行礼过后起了身，人们发现，他的眼眶里闪着泪光。厅堂里，突然间变得鸦雀无声。只见火儿一步一步，来到刘金莲和张钰龙的跟前。这母子二人神经，立刻紧张了起来。火儿在拜过祖先以后，还会做哪样呢？

"同年娘！"火儿先是礼貌地叫了一声。而后从怀里掏出一张白纸，递到张钰龙的手中，说："龙儿，这是我拟的一份清单——"

火儿话音未落，立刻有人没头没得脑地"呵"了一声。清单！什么清单？是分财产的清单吗？火儿在向张钰龙摊牌了，看你张钰龙怎样收场！

刘金莲的眼睛，一眨不眨盯着那张纸。她也对"清单"二字，有着本能的敏感、警觉和恐惧，一时间便不知如何是好。这时的张钰龙也和母亲一样，被这"清单"打了个措手不及。印蕙娇也同时感到事态严重，赶紧来到婆婆和丈夫的身边。当张钰龙看过清单后，情绪倏然放松。他长长地舒了一口气，便将清单交给了婆娘。印蕙娇接过清单，睨了一眼，立刻得知是虚惊一场，便恢复了常态。

这时，火儿指着那张清单说："这些年，我一直在琢磨着，同年爹遇难这么多年了。应该为他老人家做一堂'翻解道场'了。这上面开列了做道场需要用的物品，你们去备办齐全吧！"

真相大白。火儿的清单，不是分财产的清单，而是打"翻解道场"的备办物品的清单。

"同年爹遇难这多年了，不能让他老人家的冤魂，永远在水牢里受苦受难。让我这个同年崽来为他老人家翻冤解洗吧！"火儿一如既往，仍将张复礼称为"同年爹"。只是没有谁会晓得，火儿来张家窨子做"翻解道场"，是他秉承母亲的意愿。母亲说，认祖归宗并不重要，为生身父亲尽一份孝心，是他必须要做到的。

拥挤在窨子屋里，巴不得天下大乱的好事之徒们，最终也没能看到想看的把戏。他们失望了，泄气了，便纷纷作鸟兽状散去。

"多谢你，火儿哥！"钰龙说。

刘金莲也说："火儿，多谢你处处为同年爹着想。"

"这是应该的。"火儿这话，显然有双重的意思。他接着说："我看过日子了，时间就定在十月二十一。你按照我开的这张清单，把所有的准备都做好。到时候，我会带着班子提前赶过来的。"

钰龙说："火儿哥，多谢你。你放心，我会按照清单上的要求做好一切准备的。"

火儿接着说："再有，你们要宣示出去，张家要打'翻解道场'了。

到时候，欢迎四乡八里所有的溺水殇亡，都来道场做搭荐①。"

"到时候，我们会来搭荐的。"伍秀玲立刻凑了过来说。

"舅娘！"火儿跟着钰龙这样称呼伍秀玲。他说："宝儿和他的姑父一样，也是水里去的。打过'翻解'之后，他们俩爷儿就会相互有个照应。"

火儿不但放弃了认祖归宗，还要为张复礼打"翻解道场"的消息，很快就传遍了浦阳镇。有好多的人说他是哈宝，怎么放着万贯家财不要，放着高楼大厦不住，偏生要守在强盗窝子里，心甘情愿当一个百家门上行傩作法的老司。也有好多的人称赞他是脚色，提得起，放得落。得到万贯家财又怎样？住进高楼大厦又如何？不如当个香火通行的老司，只要不愁吃，不愁穿，落得个自由自在，管那么大的家业，操那么多的空心做哪样？

"翻解道场"十月二十一日开坛。火儿带领巫师班，提前两天来到了张家窨子。这天，吃过夜饭，掌灯时分，刘金莲着人将火儿单独叫到了阁楼上的书房里。这里是张家窨子最僻静的地方。

火儿匆匆来到："同年娘，您叫我？"

"你坐吧！我们说说家常。"刘金莲说着，把放在书桌上的桐油灯拨亮。

"好！说家常。我也正想听同年娘的教诲哩！"火儿笑着说。

"是吗？同年娘可是说不出个子午卯酉来。"刘金莲说："火儿，同年娘有件事情先要问你。"

"同年娘，有哪样事？你就问吧！"火儿毕恭毕敬地说。

刘金莲开门见山地问火儿："你跟同年娘照实说，怎么到现在还不成家？"

---

①搭荐：湘西巫傩打"翻解道场"为某人追荐时，凡与主荐者相同原因故去的殇亡者，可参与主荐者的道场，一同得到追荐，谓之"搭荐"。

火儿被问住了，一时不晓得如何回答。过了好半天，他才支支吾吾地说："那是……是火儿的姻缘还没有动吧！"

刘金莲摇着说："不！伢儿，这不是你的真心话，你不是姻缘没有动，你是有解不开的心结。"

火儿没有作声，栽下了脑壳。

"告诉同年娘，是这样吗？"

火儿突然抬起头，眼眶里充满着泪水，说："同年娘，火儿何止是有心结解不开，火儿是有弥天大罪，罪孽深重！罪该万死！"

刘金莲没想到，火儿会把事情看得如此严重。她连忙说："不！你没有罪。常言说得好，不知者，不为罪。那件事是在你完全不知情的情形下发生的，何况你的母亲还做出决断，让你远远地走开了。你们之间，什么事情也没有发生过，你完全没有必要把罪过全都揽到自己的头上。"

火儿已是泪水长流。他呜咽着说："不管怎么说，那是三条人命啊！死去的三个人，又全都是我的亲人。他们都成了枉死的冤鬼，只有我还活在世上，无论怎样惩罚我，都不过分，就是把我碎尸万段，也赎不回我的罪孽！"

刘金莲忍不住为火儿的悲怆而动容。她流着泪，劝慰着火儿："伢儿，你千万要想开点，不能再这样作践自己。常言说，树有根，水有源，世上的事情，都是有根源的。如今，来龙去脉你都清楚了，前因后果你也都明白了，那都是你的前辈作下的孽，不该由你这个后人来顶罪。伢儿啊！张家对不住你的娘，更对不住你。是张家把你的人生世务全都给耽误了。世事同理，将心比心，你的娘不晓得会急成了什么样子。你老大不小，不能再这样单打鼓，独划船，一个人过日子了，赶快讨一房妻室，成一个家吧！你如果再这样下去，不但是你的娘为你牵肠挂肚，你那些在九泉之下的亲人，也都会为你不得安生啊！"

刘金莲推心置腹的一番话，把火儿直说得泪流满面。他充满感激地说："同年娘，火儿这一世人生，除了我自己的娘，就只有您最关心我

了。火儿从心底里感谢您老人家，请受火儿一拜。"说着，火儿便跪倒在
地上。

"火儿，你千万不要这样。"刘金莲连忙搀扶起火儿。她说："要说
感谢，只有我们张家应该感谢你，特别是要感谢你的母亲。"

火儿摇着头，对刘金莲说："同年娘，您千万莫这样说。这次，火儿
来为同年爹做'翻解道场'，临行时，娘对我说，她这一世人生，千良百
善，却也做过两回对人不住的事情。而那仅有的两回，又都是对您不住，
想不到您宽宏大量，不但没有怪罪于她，反而设身处地为我娘着想。娘嘱
咐我一定把这次的道场做圆满，也算是对您老人家的感谢。"

刘金莲没有立即回火儿的话，只是轻轻地叹息了一声。那妇人所做的
"两回对人不住的事情"，都是刘金莲人生旅途的重大转折：头一回，是
那个弱女子遇到了"强盗"的不轨，并因此诞生了眼前这个汉子的生命，
从而牵扯出了她的反叛与报复，并衍生出她一世人生几乎所有的酸甜苦
辣；二一回，是那个穷妇人自己当上了一回强盗，给意外获释的"羊婆"
留下了难以破解的谜，从而牵扯出了她旧时情人感人肺腑的壮举，并衍生
成她一世人生几乎全部的生命支撑……随着时间的推移，她和那位妇人之
间，已经完全没有了仇恨，就连怨恨都不存在，有的只是同病相怜，惺惺
相惜。

刘金莲沉吟着，火儿却又说话了："我娘对我说，她和您，是一条藤
上结出的两个苦瓜。她那个苦瓜，结在背阴的一面；您这个苦瓜，结在当
阳的一面。背阴的，当阳的，苦瓜都是一样的苦。她让我告诉您，她晓得
您已经很苦了，她不会在苦瓜里面再添加黄连。"

火儿的说话，令刘金莲心灵震撼。她终于明白了，这就是那位妇人让
火儿放弃认祖归宗的原因。她止不住喃喃地说着："多谢！多谢！"

"我娘还说，不要去怪罪任何人。阳世间的人，不要怪罪；阴冥中的
人，更不要去怪罪。世上的人，从阴冥转世人间，又从人间坠入阴冥，就
这样打着转，就像是溪河边的筒车，每转一个圈都不容易。不论是在阳

世，在阴冥，大家都要相互扶持，相互体谅。要让阳世间的人过得自在，也要让阴冥中的人过得安生。就是因为这个，娘才催我来到了这里，做这堂'翻解道场'。"火儿将母亲临行前对他说的话，对着同年娘重复了一遍。

刘金莲再一次受到心灵震撼，这便是火儿毛遂自荐来做这场"翻解道场"的原因。这些年，她延挨着这场早就应该做的"翻解道场"迟迟没有做，无非是自己狭隘的心胸在作祟。那位妇人善良的秉性、宽阔的心胸，着实令她感到无比的汗颜。

"火儿，同年娘真心真意感谢和敬重你的娘。她的话说得那样开阔，她把事做得那样得体。我们见面虽然不多，却早已是心心相印。她时时、处处都在为着别人在着想，自己却在忍受着别人想象不到的苦楚与辛酸。她才是真正的宽宏大量。只要想起她，我就会感到惭愧和不安。我从心底里把她当成张家的恩人看待。回去以后，你一定要把我的这个意思转告给她。"刘金莲说着，话锋一转，又重提起她最关切的事情来："伢儿，还是先前说的那件事。你纵然有天大的心结，人生世务总还是要有的。为了你遭孽的娘不再为你着急、伤心，赶紧放下心结，讨一房亲，成一个家吧！如果是缺钱，你就说话。同年娘如今除了有点钱，其余什么都没有了。"

"不！不！同年娘，我不缺钱，真的，不缺钱。"火儿连忙说。同年娘苦口婆心的规劝，使得他的心情特别沉重。

"翻解道场"是张家窨子的大事。张钰龙四路发了请帖，三亲六眷如期而至。漫水王家舅公屋里来人了；康家洲的大姑公康家来人了；蜡树湾的小姑公杜家来人了；球岔的大姑父熊家来人了；孝坪的二姑父粟家来人了；柳树湾的三姑父聂家来人了；刘金莲的娘屋，印蕙娇的娘屋，也都来人了。只有洪江的叔公张恒兴那里，来不及发请帖，没有来人。

"翻解道场"在沅水岸边一个叫作下湾的河滩上进行。在这里，沅水自西向东流去，隔河可以看到球岔高高的白塔。河坎边搭建了一个坐北朝

南的席棚。席棚里安设了供有傩公、傩母的傩坛。傩坛前方的两侧，分别
用白布围成了两个叫作"狱堂"的圆圈。在傩坛对面临水的一片河滩上，
则用无数的黄荆条扦插和围圈成了一座"枉死城"。这样大规模的"翻解
道场"，浦阳人已经很久没有见到过了。加上今天的道场，是由真孝子石
火儿担当局外的主法者，而假孝子张钰龙却成了张家的行孝人。真真假
假，以假乱真，必定是一场特别好看的把戏。吃过早饭，镇上街弄子的人
流，便一个劲儿地朝着下湾的河滩上涌动。张家请来的宾客本来就不少，
再加上这些看热闹的人们，河滩上便只看见攒动的人头。

铁铳三响，鞭炮齐鸣，巫师班的锣鼓声、唢呐声，从席棚里传出。在
主法老司火儿的主持下，巫师班开始了冗长的"请神""启师"仪式。这
样的仪式，人们早已司空见惯，缺少新鲜感，很少人去那里凑热闹。在此
期间，河滩上却变得热闹了起来。人们利用这个时间，会亲的会亲，访友
的访友，摆谈着家长里短。那些嘴巴闲不住的人，便私下里议论起了钰龙
和火儿真假两个"孝子"的话题。然而，张家窨子毕竟是浦阳镇的头牌，
平日里为人处世也谨慎而厚道。在这样的场合，张扬这件事，无异于丢张
家的丑，拆张家的台，犯不着，也没有必要。这些人在说长道短时，总是
左盼右顾，轻声细语，格外小心，生怕被张家人听到了，也生怕被张家的
宾客听到了。

席棚里，锣停鼓歇。火儿主持的"请神""启师"仪式结束。休息片
刻之后，随即进入下一个程序。火儿闭目默神，对着傩坛深深一揖，而后
宣示此次"翻解道场"的《榜文》：

灵宝翻解大法坛酬愿解洗榜文一道
　　伏以
康王有求必应，无愿不从。弟子石法炎，诚惶诚恐，俯拜上言。为
大清国湖南省辰州府浦阳镇小地名张家弄土地祠下居住。奉
神修因酬解报恩孝信张钰龙，右暨合孝人眷，即日沐手焚香，诚心

皈命

酬傩院内岳王圣主，

解洗会上康王尊神，同展慧目，共发善心。是以孝信恻念，法坛正度
　　故显考张复礼魂下，原命于道光二十八年岁次戊申九月十七日未
　　时建生。阳寿四十六岁。盖谓前修有定，大限难逃，不幸殁于光
　　绪二十年岁次甲午九月二十三日巳时。切念亡人生无吉岁，死无
　　良辰，不幸命丧黄泉。魂魄游在枉死，不凭解脱，难以超升。夫
　　梓祀乎九庙合享，而礼隆于三代同追。阴晴既述于

龙颜；阳意宜伸于

凤陛。求谋有意，终难遂心。即叩许于香火位前，复允诺以岳府良
　　愿。蒙庇佑特伸酬还，虔备凡仪，卜取今月吉日，敦延

五岳降临，停白马于云中；

三清临门，挚青牛于霄汉。运包簧于旷野；列缯纸于长坪。恭就屈原
　　相公，水下冤魂，旗插五方，堂安五音。英灵缥缈，浩气长存。
　　是以行兵弟子石法炎，召来主荐殇亡张复礼、搭荐殇亡张氏玉凤
　　等同狱冤魂，集结于屈原相公麾下，踏平枉死城，势如破竹；冲
　　出迷魂阵，气若长虹。于是魂登极乐，魄上九霄。翻冤解洗，轮
　　回超升。法事周隆，化财美散。故榜。右仰通知

天运大清光绪三十四年十月二十日榜示

　　火儿宣示完毕，将《榜文》交付给徒弟坤儿。坤儿用浆糊将《榜文》
张贴在傩坛外席棚的竹席上。《榜文》立刻招来了众人的围观。人们细细
地品味着，咀嚼着。这一张《榜文》，将张家窨子几十年间的是非恩怨，
全都隐晦而又明白地坦露于世间。从字里行间，人们可以捕捉到张钰龙的
尴尬、石火儿的酸楚，也可以领略到张复礼的无奈、张玉凤的无辜……人
们对于这场"翻解道场"，谁也没有妄加评论，只是讳莫如深地淡淡一
笑。许多事情，心里明白就足够了，是不必说出口的。常言说：人死为大

过天。何况人家还是不得好死。为了殇亡者的灵魂能得到安息，真和假，是和非，似乎也就变得不那么重要了。

火儿带着巫师班的老司们，来到傩坛左前方用白布围圈成的"狱堂"。一条篾扎纸糊的船安放在上首。纸船的前面，是一个草窝。草窝里立着杵有木棍的茅草人。茅草人穿着纸做的官服，戴着纸做的官帽。茅草人的五个方位，扦插着五色纸旗，旗上画着"五音黄泉符"。即东边插着青色纸旗，旗上画着"角音黄泉符"；南边插着红色纸旗，旗上画着"徵音黄泉符"；西边插着黑色纸旗，旗上画着"商音黄泉符"；北边插着白色纸旗，旗上画着"羽音黄泉符"；茅草人的身后，插着黄色纸旗，旗上画着"宫音黄泉符"。茅草人的面前，供着五杯酒、五盏茶、五块豆腐、五个斋粑。这个茅草窝里的茅草人，是一个伟大灵魂——屈原的化身，也是这场"翻解道场"的关键。

这时，以张钰龙为首的主荐和搭荐人家的孝子们，身穿孝服，一同进到了"狱堂"，虔诚跪拜在茅草人的面前。"狱堂"外，更是挤满了看热闹的人。在一片锣鼓声中，火儿开始了"断茅人"的法事。他一手拿一杯清水，嘴里念动咒语，另一只手的手指呈戟形，在水面上画符。接着，他用手指将杯子里的符水，向着茅草人的东、南、西、北、中五个方位撣过，然后便对着茅草人吟诵起神词来：

茅人大哥，我知道你的根脚，你是屈原相公，你在汩罗江投河……因你出身根大，方与上神对座。殇亡归你统领，冤魂由你集合。你专为人家赐福，不与人家赐祸……今日恭请相公来，何愁枉死城不破。殇亡定然得超升，冤魂定然得解脱……

火儿神词诵毕，对着茅草人的五方跪拜、磕头。跪拜在地上的孝子们，也跟着火儿对着茅草人连连磕头。火儿突然起身，大喝一声："请屈原相公登舟！"

早已做好准备的坤儿，双脚跨进纸船当中，用手将纸船提起，挂在身上，而后将茅草窝里扦插着的茅草人抽出，用手高高举起，并做了个游走的动作。与此同时，"狱堂"前，骤然鸣响起铁铳，燃放起鞭炮。霎时间，"狱堂"和屈原相公的化身——茅草人，都笼罩在铳炮的烟雾之中。

在傩坛的右前方，还另有一个白布围圈成的"狱堂"，和茅草人所在那个的"狱堂"相对应。由火儿主持的"破水牢"科仪便在这里进行。这个"狱堂"的中央，摆有一口巨大的陶制水缸，水缸里盛着满满的一缸水，水面上漂浮着十六盏点燃的水灯。这口水缸周围的地面上，燃着香烛，摆着祭品。以张钰龙为首的主荐和搭荐人家的孝子们，来到这"狱堂"之中，再次一同虔诚跪拜。张家窨子请来的宾客，也都来到了"狱堂"。他们要亲眼见证溺水亲人的冤魂被搭救的过程。锣鼓声、唢呐声中，主法老司火儿手执祖师棍，围绕着大水缸踩踏起罡步，在巫师们的帮和下，唱起了傩歌：

万里河山万里遥，江河湖海水滔滔。世间几多善良辈，沉冤水底受煎熬……今有主荐殇者张复礼，狱堂冤魂坐水牢。再有搭荐殇者十五位，久别家山路途遥……行兵弟子立坛场，立起东王对西王。河伯水官先拜到，再拜东海老龙王……

傩歌声声，在"狱堂"的上空回荡。渐渐地，在场的孝子们和宾客们，都参与到了帮和的队伍之中。傩歌深沉而悲壮，道场气氛凝重。继而火儿以轻吟低唱，诉说起主荐殇亡者坎坷的人生，帮和者的声音也随之变得委婉。火儿更以如泣如诉的深情，渲染起殇亡者在世时长期的骨肉分离之苦，在场的所有人，包括主荐孝子张钰龙在内，都不禁为之唏嘘。同时，大家都心里明，肚里白，在场的所有人当中，就只有火儿是殇亡者的骨肉。火儿的声声傩歌，实际上唱的是自己。他唱着唱着，两眼落泪了，声音嘶哑了。他难以自持，一个趔趄，险些儿跌倒。猛地，他又清醒过来了，便连忙用手中的祖师棍支撑住自己的身子。他眨了眨眼睛，回过神来，再次起步，围绕着大水缸重又踩踏起了罡步，唱起了傩歌……当火儿唱到殇亡者和爱女一同青浪滩罹难时，他纵然饱含着失去亲人的痛苦与悲怆，却依然只能作为一个局外人歌唱。而他那微微颤抖的声音里，又分明是倾诉着儿子失去父亲，兄长失去妹妹的悲情。"狱堂"里，除了火儿的动人歌唱和众人的倾情帮和以外，还夹杂着轻轻的呜咽声，有人还竟然哭出了声……突然间，巫师班的牛角骤然吹响，如同滚滚雷声在长天轰鸣，火儿的傩歌声，也随之变得激越和高昂：

牛角吹响五雷令，邪魔百鬼难藏身。老君赐我祖师棍，拿来坛场镇乾坤。水底牢笼今朝破，救出冤魂得超升！

火儿踏着牛角声声，一边歌唱，一边舞动着手里的祖师棍。他猛地将祖师棍在地上一顿，而后奋力朝着大水缸打去。大水缸被打破一个大口子，缸里的水向外流淌，水面燃着的水灯顿时熄灭。火儿向大水缸打去第二棍，打破的口子更大，水缸里流淌出来的水，立刻渗透到了河滩上的沙石里。火儿向大水缸打去第三棍，大水缸被彻底打破，现出的是缸底一块块黑底白字的灵牌。一块大灵牌上，写着主荐殇亡张复礼的名讳，十五块小灵牌上，则写着其余十五位搭荐殇亡的名讳。水牢终于被击破，冤魂终于被搭救。这时，孝子们一拥而上，寻找并抱起各自亲人的灵牌，号啕大哭起来。这就是"翻解道场"最动人心魄的"哭灵"。哭灵的孝子们，抱着灵牌，蹲坐在河滩的沙石地上，像是见到了久别重逢的亲人，呼天唤地，失声痛哭。"狱堂"内外，殇亡者的亲友，甚至一些与殇亡者并无瓜葛的人，也都跟着一同悲泪，一同哭泣……

这时，火儿悄悄儿离开了"狱堂"。他感到欣慰的是，自己终于能用学来的道艺，让在水牢中受难的父亲，脱离了苦海，重见了天日。他多想也像所有的孝子一样，抱着父亲的灵牌，痛痛快快地大哭一场。他却连这样的愿望也无法实现。他拖着沉重的脚步，朝着傩堂的席棚走去。巫师班的老司们，刚刚吃过了中饭。见火儿来到，一个老司立刻给他盛来一碗饭，端出了给他留的菜肴。火儿接过饭，没得一点胃口。他霸蛮扒了一口饭进嘴里，却怎么也咽不下去。巫师的老司们，大都听说过火儿与张家窨子的瓜葛。火儿虽然没有认祖归宗，却仍然对自己的父亲有一片赤子之心，他们跟着火儿来到这里，正是为了帮助火儿，完成他救赎父亲冤魂的心愿。他一声不吭，放下手里的饭碗，打开行头箱，拿出灵官的面具，戴在了脸上。便去到傩坛席棚的前面，那里摆着一张八仙桌，桌子前面摆着香案，桌子上摆着一把椅子。这就是"翻解道场"必有的"仪台"。

在锣鼓声中，戴着灵官面具的火儿，上得仪台，他高高举起的左手挽结起一道灵官诀，而后端坐在椅子上。看热闹的人们，立刻潮水般从狱堂涌向仪台的两边。不一会，便聚集了黑压压的一大片。人们的目光，都集中到了主法老司火儿的身上。他们晓得，接下来的仪式，是由主法老司装扮的灵官，逐一为水下的冤魂进行翻冤解洗。由于今天的孝子，并非真正的孝子。而真正的孝子，恰恰又是主法的老司。这极为罕见的错位，成了罕见的看点，吸引了所有知情人的眼球。仪台上的火儿，在极力告诫自己。此刻，他戴上灵官的面具，就是鉴察世间善恶的灵官，而不再是主荐亡灵张复礼的儿子火儿。他必须抑制自己的情感，不能有半点流露，任何差错与偏离，都是对神灵的亵渎，对道艺的怠慢。他抬起头，朝着前方望去，张钰龙正抱着灵牌，向着他慢慢走来。他顿时觉得头脑有点儿眩晕。转瞬之间，他似乎忘却了对自己的告诫，又回复到了火儿的位置。天哪！这汉子怀中所抱，就是自己亲生父亲的灵牌啊！他原本应该是抱灵牌的人，却心甘情愿地放弃了自己的权利，成为一个局外人，坐到了这仪台之上。张钰龙迈着沉重的脚步，距离仪台越来越近。河滩上发出的"嚓嚓"声响，也离他越来越近。他强制自己定下神来，重又回复到灵官的位置。他眨了眨眼睛，透过缕空的面具，发现怀抱灵牌的张钰龙已经虔诚地跪在了仪台之前。这时，围观的人们，开始了交头接耳、窃窃私语。甚至有人轻声儿说："见鬼，灵牌应该由火儿来抱嘛！"这话进了张钰龙的耳朵，张钰龙栽下了脑壳，假装没听见。这话也进了火儿的耳朵，火儿更是置若罔闻。他作为巫傩弟子，已经不是应该抱灵牌的火儿，而是巫师班主法的老司，协理阴阳的灵官正附体于他，翻冤解洗的重任已落在他的肩上。

灵官威严地发问："下跪何人？"

"孝信张钰龙。"

"怀抱何物？"

"先父张复礼冤魂……"张钰龙栽着脑壳回答，显得不理直气壮。

"到此何事？"

"恳请纠察大帝开恩。"

灵官裁决："殇亡张复礼魂下，本乃善良之辈，惨遭飞来横祸，理应翻冤解洗。孝子听令：速速奉送张复礼冤魂，前去屈原相公麾下集结，待等破得枉死城，解得迷魂阵，一同轮回超生。"

"遵令！"张钰龙说着，便抱着灵牌，打起飞脚，朝着屈原相公所在"狱堂"奔去。

仪台上的火儿，望着张钰龙远去的背影，有欣喜，更有酸楚。他不自主地再一次落泪了。他还没回过神，又发现张钰龙的女儿仪芳，也抱着一块灵牌向着他走来。火儿顿时泪如雨注，若不是戴着面具，他或许会哭出声来。在场的许多人，只知道灵牌上屈死的冤魂，是主法老司同父异母的妹妹，却并不晓得他与妹妹那段险些儿犯下滔天大罪的孽缘。妹妹因他而葬身鱼腹，他因妹妹而愧悔终生。妹妹在生时，他并不晓得自己有这样一个妹妹，从来也不曾为妹妹做点哪样。今天，他凭着自己的道艺，为可怜的妹妹翻冤解洗，这是他作为兄长，仅有的一次为妹妹效力的机会。只有让妹妹的冤魂脱离苦海，他的心灵才得获得片刻的安宁。当张仪芳来到仪台的跟前时，他才猛醒过来，又回复到灵官的位置。

"下跪何人……"灵官本应威严地发问，可他怎么也提不起精气神。

"孝信张氏仪芳。"张仪芳轻声儿对同年伯说。

"怀抱何物？"

"故姑母张氏玉凤冤魂。"

"到此何事？"

"恳请纠察大帝开恩。"

灵官道出如出一辙的裁决："殇亡张氏玉凤，本乃善良之辈，惨遭飞来横祸，理应翻冤解洗。孝女听令，速速奉送张氏玉凤冤魂，前去屈原相公麾下集结，破得枉死城，解得迷魂阵，一同轮回超生。"

张仪芳一声"遵令"，便和她父亲一样，抱着灵牌，飞快地向屈原相公的"狱堂"奔去。

火儿自从事巫傩以来，这样的"翻解道场"，不知做过多少次。以往追荐的亡魂，都与他没有任何瓜葛。今天的"翻解道场"却不同，所有被追荐的亡魂，都与他有着这样或那样的关联。除了他的生父和妹妹以外，刘家窨子的小少爷刘士宝，是他老庚的妹夫。就在刘士宝驿码头遇难的前一天，他刚到刘家做过一堂"土地求子"，子嗣没有求得，当事者却成了水下的冤魂，至今他仍然为此事感到不安。再有，"元隆"的大木排在垭角洞被人砍断缆子，他的父亲是唯一幸免于难的人。父亲的其余十二个同伴，全都被无情的洪水吞噬，其中有"元隆"的大管事易桂和，还有他表姐夫米绍旺的父亲，著名的排头工米仁和。他们都成了这次道场搭荐的冤魂。今天，为米仁和抱灵牌的，是旺儿的哥哥米绍刚。那年，在师父的葬礼过后，为了他与表姐的那档子事，米家兄弟和他曾有过一场激烈的对打，如今，他与表姐夫旺儿，已经冰释前嫌，和好如初，米绍刚却依然对他心存芥蒂。来参与道场的米绍刚，身背背搭子，脚穿水草鞋，排古佬的打扮，显然是刚从常德河汊放排打转。父亲因放排而丢了性命，儿子却依然以放排为业。米绍刚怀抱父亲的灵牌，在与灵官的对答中，自始至终都没看灵官一眼。他将灵官等同于火儿了。端坐于仪台的火儿，不知怎的，心里反倒佩服起这条汉子来。

从水牢里搭出的所有冤魂，都集结到了屈原相公的麾下。接下来便是"破枉死城"。"枉死城"立在傩坛正对面的沅水边。用黄荆条编插的"城墙"，方圆数十丈，上面缠绕着藤蔓。东、南、西、北四方的拱形的"城门"上，高悬着五彩的旌幡。"城"内的"街道"，则是用无数人高的黄荆条扦插、编列而成。这些迂回曲折，到处是死角、断路的"街道"，便是传说中屈鬼冤魂走不出的"迷魂阵"。河滩上，出现了腰身搭挂纸船的老司坤儿，高举着茅草人——屈原相公的化身，朝着"枉死城"行进。屈原相公的身后，是由张钰龙打头的十六个孝子。他们怀抱着各自亲人——冤魂的灵牌，哭哀哀，悲切切，鱼贯而行。这时，围观的群众把"枉死城"围了个里三层，外三层。屈原相公带领着十六个水中屈死殇亡的冤魂，来到了"枉死城"的西门。突然间，震天动地的铁铳声响起，有如炸开城门的炮火。屈原相公的纸船，趁势一涌而冲进城门，怀抱着亲人冤魂的孝子们随即紧跟进城。屈原相公乘坐的纸船，开始了在黄荆条扦插的"迷魂阵"中的游弋。这时，与屈原相公同行的坤儿清了清喉嗓，吟唱起傩歌：

屈原相公，我知道你的根本，你对楚国忠心一片，反成了流落沅水的孤臣；屈原相公，我知道你的根本，你本是天上的星宿，反成了沉溺水底的冤魂；屈原相公，我知道你的根本，你是五音黄泉的首领，你是水底殇亡的头人；屈原相公，我知道你的根本，你集合冤魂一同翻冤解洗，你引领殇亡一道轮回超生……

傩歌在"枉死城"的上空回响，唱的是对屈原相公的崇敬和信赖。傩歌声中，屈原相公驾着一叶轻舟，穿行在"迷魂阵"的迷雾里。孝子们在他的身后亦步亦趋。一身正气的屈原相公，始终保持着清醒的头脑。由张复礼打头的沉水殇亡在他的引领下，拨开重重迷雾，绕过断路死角，几经迂回，向着光明世界做最后的冲刺。围观的群众透过密密匝匝的黄荆条，注视着屈原相公的行踪，等待着决胜时刻的到来。这时，主法老司火儿，在"枉死城"的东门迎候。当屈原相公的身影冲出东门时，河滩上所有的人欢呼雀跃。与此同时，数不清的糯米斋粑，从四面八方抛向"枉死城"的上空。围观的群众一拥而上，打着"呵嗬"，进到"枉死城"中，抢拾起落在河滩上的糯米斋粑来。众人的踩踏，使得数不清黄荆条，顷刻间倒得满河滩都是。霎时间，一座"枉死城"就这样被夷为平地。人们挥动着手里的糯米斋粑，在沅水边的河滩上欢呼。这时，象征屈原相公的茅草人、乘载屈原相公的纸船、主荐殇亡张复礼和十五位搭荐殇亡的灵牌，连同神香和纸钱堆放在河滩上，由主法老司火儿点火焚化。沅水里这一拨屈死冤魂，就这样在屈原相公的引领之下，脱离苦海，升入天堂。

第二天早饭过后，张家的宾客们纷纷离去，老司们也将各自回家。火儿收拾好行头，去向刘金莲和张钰龙夫妇辞行。他被主人请到后堂。桌子上，摆着一个木制的条盘，里面放着大小不等的银锭。明眼的火儿一看，晓得摆的是一百六十八两八钱。湘西人最吉利的数字，合着数字和谐音，为"一路发发"。

"火儿，辛苦你了，也难为你了。"刘金莲的话意味深长。她指着木盘里的银子说："这是我们张家的一点小意思，拿去讨房亲吧！你千万莫推辞。"

"同年娘，火儿无功不受禄，这钱我不能收。"火儿说。

张钰龙说："火儿哥，你千万莫这样说。这一场'翻解'打下来，我们全家人都感激不尽。"

"火儿不能任听老人家沉冤水底，打这场'翻解'是火儿的本分。"火儿不再称"同年爹"，而叫"老人家"，说打"翻解"是他的"本分"，着实耐人寻味。

印蕙娇听出了火儿的弦外之音，觉得这层窗户纸还是不捅破为好。她连忙对火儿说："火儿哥，你和钰龙细细时候就认了同年，不是兄弟，胜似兄弟。你说来为老人家打'翻解'是你的本分，也不是没得道理。可犁是犁路，耙是耙路，你毕竟是来为我们张家做事。这点钱你都如果不收，

冤魂超升

那就太见外了。"

"那好！我收下。"火儿说着，从木条盘里拿了八钱银子。他接着说："这'一路发发'，我取一个尾巴上的'发'，拿来开老司们的工钱，已经足够了。其余的'一路发'，你们就留着吧！"

"火儿！听话，把银子拿走！"刘金莲似乎有点儿生气了。

"多谢同年娘，火儿该拿的，都已经拿了。"火儿对着刘金莲深深鞠了一躬，便转身往前厅走去。在前厅，他对着张家的祖先坛虔诚地跪倒在地，连磕了三个响头，便起身头也不回地离开了张家窨子。

● 沅水，谜一样的河流

宣统三年，万寿宫一年一度上会的值年，又轮到了张钰龙。

七月二十九日，张钰龙忙活了一天。从他记事起，上会先天参加议事的人，早先是十八人，后来减少到十二人，再后来就只剩下八人了。去年，又有两户原日参加议事的商家搬迁去了常德。只有六个人的议事，实在是太冷清。尽管如此，张钰龙仍然尽心尽力。浦阳镇的"西帮"虽然一天天衰败，老祖宗许真人还是要祭拜，高腔戏《许真人降孽龙》还是要唱的。只是由于经济拮据，从这年起，不能再给邀请来的各路宾客派发利市了。

五年前，龙永久在经过数年疯癫之后，终于不治身亡。对头已经不在人世了，在贵州教堂子的康喜春便带着婆娘筱碧玉和一双儿女回到了康家洲。康喜春得知麻阳高村的一个戏班办垮了，要卖旧行头，他便用这些年来的一点积蓄，又东拼西凑了点钱，把旧行头买下，办了一个戏班，取名"天喜"。康喜春的天喜班初建，价码喊得低，张钰龙便和他的这个班子签了合约。原日唱旦角的康喜春，年纪大了以后，已经改唱生角，开台戏里的许真人，将由他担纲扮演。今年的万寿宫上会，虽说是少了宾客的利市，就单凭康喜春的复出亮相，也是不会冷清的。

康喜春的戏班早早进了万寿宫。张钰龙到那里和他商量戏码，被留在戏班吃了夜饭。天黑了好大一阵，张钰龙才回到张家窨子。前厅八仙桌上的饭菜，已经盖上了篾罩罩。

"怎么这时候才回来？饭都凉了，我叫他们热热去。"印蕙娇说。

"不啦，我在戏班吃过了。"

"康喜春的班子，见着筱碧玉了吗？那可真是个美人儿！"

张钰龙说："没见着。她回到康家洲以后，一直蹲在屋里不出门。"

这时，刘金山风风火火来到了张家窨子。

"舅舅，您来了，快请坐。"张钰龙连忙起身。

印蕙娇向后堂吩咐："舅爷来了，快上茶来。"

刘金山环顾左右，而后压低嗓门说："不必了，有件紧急事情告诉你们。"

"不必了，舅爷不喝茶。"印蕙娇又吩咐下去。

"重要事情，得找个僻静地方去说。"刘金山的神情显得紧张。

张钰龙、印蕙娇的情绪也立刻紧张起来。什么事情，值得舅舅这么紧张呢？在印蕙娇的带领下，他们一同去阁楼上的书房里。印蕙娇看了看门外，关上门。张钰龙随即摸索着从书桌抽屉里取出火镰、火石和纸煤子，三敲两打，点燃了桌上的桐油灯。

刘金山进得书房，呆呆地坐在了书桌前的板凳上，好半天都没有说话。

张钰龙急切地问："舅，出了哪样事情，弄得你那么紧张？"

刘金山说："昨天，唐志兴回到了镇上。"

"唐志兴？！他回浦阳做哪样？"俩公婆几乎同时说。

"不晓得。"刘金山说："只是刚才有人告诉我，他在背后搞你的路子，唆起人明天你主持祭祖时，当众起你的拱子，说你不是湘西人，要把你们张家从万寿宫开革。"

舅舅带来的消息，如同晴天霹雳，打得夫妻二人半天都回不过神来。过了好一阵，印蕙娇才喃喃地问："舅，是哪个把的信？消息可靠吗？"

刘金山说："把信的人就莫问了，消息是绝对可靠的。"

张钰龙茫然不知所措："怎么会有这样的事？我该怎么办？"

"这件事情非同小可。事不宜迟，你们要赶紧拿主意。"刘金山说。

"舅，你说，我该怎么办？"张钰龙没了主意，向舅舅求助。

刘金山为难了。他一时想不出更好的主意，便把目光投向了印蕙娇。印蕙娇眉头一皱，立机立断地说："惹不起，躲得起。三十六计，走为上计。管他什么湘西人不湘西人。你赶紧走，离开浦阳镇。"

"不行！我走了，娘怎么办？你怎么办？"张钰龙说。

印蕙娇凝神须臾，含着眼泪说："从嫁到张家的那天起，我就料到会有今天。只是没想到会以这种方式出现。嫁到张家的女人，都是一样的命。婆婆的昨天，就是我的今天。不管丈夫出走的原因是哪样，反正都是男人和女人天各一方。这都是老天爷早就安排好了的，你不认，也得认。钰龙，你就放心去吧！老娘由我来照顾，生意由我来打点，若是遇着为难的事情，娘屋和舅家都会帮我。舅舅刚才说，事不宜迟，明天一早，你就搭船离开浦阳镇。"

"怎么？你要我明天就走……"张钰龙一时还接受不了。

刘金山也说："是的，明天一早你必须走。我会到万寿宫去放话，说是汉口庄上出了紧急事情，你来不及打招呼，一早就坐船走了，要那里换一个人主持祭祖。那些想要发难的人，见不到你这个对头，也就不了了之了。你若是明早不走，作为轮当值年，就必须去万寿宫担任主祭，就正给了别人可乘之机，那麻烦可就大了。"

"舅舅讲得在理，明早就动身，你这就赶快去做准备吧！"印蕙娇说着就要动身。

张钰龙连忙说；"慢着，明早走，娘那里怎么交代？"

"是呀！你这一走，不晓得哪天回来？还能不能回来？你娘那里怎么交代？"刘金山说。

印蕙娇犯愁了。丈夫躲祸息，祸根在婆婆。多少年来，这屋里的许多事情，婆婆和儿子、儿媳，都只能是心照不宣，而绝对不可明言。若是将这件事情和盘托出，对于婆婆来说，也未免太残忍了。印蕙娇实在不忍心这样做。她想了想说："这件事情太伤人，娘若是晓得了，一定会很伤心，说不定还会出大事。这样吧！你明天先走。其余的事情，以后我找机会慢慢跟婆婆说。"

"蕙娇，这只怕不大好吧！"张钰龙是孝子，不忍心这样做。

"那你说怎么办？总不能去对娘说，有人明天万寿宫上会时要发难，说你不是湘西人，要把你从万寿宫开革。你是在浦阳镇待不下去了，才决定离开浦阳镇的吧！"印蕙娇说。

张钰龙为难了，不知道该怎么办。

刘金山说话了："这样吧！这层窗户纸，迟早是要捅破的。长痛不如短痛，我带你们跟她去说。她经历的事情太多了，这种情形，也应该在她的预料之中。就去跟她明星见星，把事情讲过清楚。我想她是不会出事的。"

正在这时，书房门被"吱溜"一声推开了，门外站着的，正是刘金莲。

"娘，您怎么在这里？"张钰龙和印蕙娇几乎同时说。

"你们说的话，我全都听到了。"刘金莲说着，便拖着脚步进了书房。

印蕙娇连忙端过一张凳子，让婆婆坐下。张钰龙叫了一声"娘！"便双膝跪在了母亲的跟前，泣不成声地："娘！孩儿不孝……"

刘金莲叹息一声，用手轻轻儿摸着儿子的脑壳，禁不住潸然泪下。她用颤抖的声音说："伢儿，是娘对不住你，更对不住蕙娇。是娘让你们受委屈了，要怪，你们就怪娘吧……"

印蕙娇说："娘！我们从来都没有怪过你。"

"娘！您把孩儿盘养大，吃了那么多的苦，受了那么多的罪，孩儿怎么还会怪你呢？孩儿这一去，不知要到何年何月才能再回来，就只有托付蕙娇为孩儿尽孝了……"钰龙哭成了泪人儿。

"伢儿，你放心去吧！不必为娘挂心。娘和蕙娇，还有仪芳，会好好过日子的。莫哭了，莫跪了，快起来！"刘金莲掏出手绢为儿子揩着眼泪，并将儿子从地上扶起。她转而对刘金山说："哥！不争气的老妹让你操了几十年的心，如今兄妹都老了，还要让你为老妹的一屋人费心劳神。老妹真是过意不去啊！"

刘金山说："金莲你快莫这样讲。这几十年，你为娘屋人操心难道还操得少吗？人生一世，草生一春，三灾八难少不了，磕磕绊绊的事情，是想躲也躲不脱的。可这日子总还是要过。钰龙离开浦阳镇，比留在浦阳镇要好，那就让他去吧！世界大得很，何必硬要把他留在这块吊死的木排上，那三个伢儿，不是在外面都过得蛮好吗？"

刘金莲擦干泪水，感慨万千地说："龙儿是娘身上掉下来的肉，让他为娘吃点苦，谅他也不会埋怨娘，只是苦了我的蕙娇，实在是对不住啊！"

印蕙娇连忙说："娘！您快莫这样讲。蕙娇刚才讲的话，想必您都听到了。嫁到张家窨子的女人，都是这样的命。爹娘把蕙娇许配给钰龙，给您做儿媳，是命中排就了的，蕙娇从来也没有后悔过。婆婆请放心，钰龙不在家，蕙娇会替钰龙尽孝，会像您当年一样，把这个家支撑起来的。"

"多谢你，好蕙娇，书香门第出来的女子就是不一样。"刘金莲夸赞着儿媳，又转而对钰龙说："龙儿，你明早这一走，不知什么时候再回来，去向你老丈人和丈母娘辞个行吧！"

张钰龙和印蕙娇带着悲戚的神情，进到了印秀才的小院。院子里静悄悄的，印秀才躺在竹躺椅上乘凉，似睡非睡。观音堂的窗户，透出光亮，木鱼声从那里面传出，这是吉秀华每天必做的功课。

"爹！"钰龙和蕙娇轻轻儿叫了一声，声音微微颤抖。

印秀才被不对劲的声音惊醒，见是女儿、女婿，料定张家又出了哪样事，连忙从竹躺椅上坐起，问道："怎么，又出哪样事了？！"

印秀才话音未落，蕙娇便起了哭腔："张家出事了，出大事了……"

"快进屋说。"印秀才说着起身，进了堂屋，吉秀华也掌着桐油灯，从观音堂来到堂屋里。

"怎么？又出什么事了？"问话的是吉秀华。

张钰龙栽着脑壳说："今年万寿宫上会，又轮到钰龙值年……"

印秀才说："是呀！你不是把明天祭祖、唱戏的事情都安排好了吗？还会出哪样事？！"

印蕙娇哭诉："明天祭祖的时候，有人要起拱子，说钰龙不是湘西人，要把张家从万寿宫开革……"

印秀才俩公婆懵了，如同挨了一记闷棍。印秀才回过神来，问道："怎么会有这样的事？消息可靠吗？"

"消息可靠，是刘家舅舅来透的信。听说到洪江去了的唐志兴回到浦阳镇，他在唆起人这样做。"张钰龙说。

"唐志兴？！那年，你就是到他的油坊里弄到的乖方？！"印秀才问。

张钰龙回答："是的。"

印秀才感叹道："真是冤家路窄啊！"

印蕙娇泣不成声地告诉父母："浦阳镇钰龙是待不下去了，明天一早，他就要离开浦阳镇。钰龙是来向爹娘辞行的。"

印蕙娇的话，说出了母亲的眼泪。二十多年来，吉秀华对这门当初她并不赞成的亲事，没少对丈夫埋怨。钰龙不光彩的出身，虽然风波迭起，而嫁到张家的女儿却并不在意。火儿放弃认祖归宗，吉秀华认为事情就此了结，以后再也不会有什么麻纱了。万没想到，又冒出这样一档子事，把钰龙逼上了绝路。她一肚子的气没处撒。她不对女儿说，也不对女婿说，而是向丈夫逼问："你说，钰龙这一走，蕙娇怎么办？"

印秀才无言以对，翻着白眼。

倒是蕙娇说话了："娘！您莫替女儿挂心，车到山前必有路，到时候，蕙娇会有办法的。"

"有办法！你有哪样办法？！"吉秀华说："你在张家屋里守活寡。

你叫天天不应，叫地地不灵！"

印蕙娇说："娘，看你说的，事情没得那么严重。"

"蕙儿啊！信不信由你，到时候，会比娘说的还要更严重得多。"吉秀华这样给女儿警示。

"娘！都是钰龙不好，都是钰龙对不住蕙娇。如果娘的意思是钰龙不能这样一走了之，那钰龙就留下来，明天不走就是。"张钰龙没办法，只能顺着丈母娘的意思说话。

"不行！钰龙明天必须走！"说话的是印秀才。他转面对婆娘说："你也不想想，让钰龙留下来，他往后的日子怎么过？"

蕙娇也说："娘！女儿嫁到了张家，生是张家的人，死是张家的鬼。丈夫大过天，婆娘草一根。为了丈夫，女儿什么样的苦都愿意吃，什么样的罪都愿意受。您就成全了钰龙吧！"

吉秀华没办法，只得嘟着嘴巴说："我又没说不让钰龙走。"

"多谢爹！多谢娘！"张钰龙跪倒在岳父母跟前，连磕了三个响头。

吉秀华连忙将女婿扶起，说了声："事情到了这个地步，也只能这样了。你就好自为之吧！"

印秀才眨巴着眼睛，自言自语地："这是怎么了？秦始皇都可以一统天下，浦阳镇怎么就容不下一个张钰龙？！"

吉秀华不以为然地白了丈夫一眼，轻轻儿骂了一声："书呆子！"

这天夜里，张钰龙和印蕙娇一夜都没合眼。婆娘为丈夫收拾行囊；丈夫把所有应该向婆娘交代的事情，都做了详细的交代。婆娘两眼哭得又红又肿。她听着丈夫的交代，不住地点着头。

"蕙娇啊！娘这一世人生活得不容易。拜托你了，好生替我伺候她老人家，让她能多活些时日。你要常陪她去浦光寺拜观音菩萨，那是她唯一的精神寄托。她老人家百年归世那天，恐怕我也难得回来，拜托你替我把她老人家送上山。到那时，我会着人来接你离开浦阳镇。"张钰龙这样对婆娘交代。

蕙娇说："我都记下了，还有哪样要说的吗？"

"没得了。"张钰龙又想了想，说："我想再看仪芳一眼。"

"她已经闩门睡觉了。"

"唉！"张钰龙叹息一声，不无遗憾地说："那三个男伢，以后还有机会见着；这个女伢，要再见到只怕就难了。她的年纪也不小了，有合适的，给她放一个婆家，最好是离浦阳镇远点。"

"我听你的。"在此之前，蕙娇是很少这样说的。

第二天，五更早朝，人们都还在睡梦里，刘金莲就起了床。她来到了前厅，点燃了家先坛上的蜡烛和神香。窨子屋里还没得一点动静。她自个儿坐在神龛下的雕花椅子上，闭目凝神，思绪万千。儿子的远行，无奈的逃遁，偌大的浦阳镇，就这样容不下她的儿孙。三个孙儿都天各一方，早早地离开了她。如今，唯一的儿子也将离她而去。刘金莲的心比刀剁还要难受，苦苦挣扎几十年，到头来，竟然落得如此下场，思来想去，这并不是那汉子的一句"阴错阳差"，就可以说得清楚的。她总觉得天地之间有那么一张大网，也就人们常说的"天罗地网"，自始至终都将她罩在网里。她越是挣扎，筋绊就越多。她一生都在寻找一把快刀，能把大网斩断。她始终也没能找到。她永远也无法逃脱这一袭大网的束缚，甚至还累及了儿孙。她感到深深的歉疚。她能给予儿孙的竟是那么少，亏欠儿孙的却是那么多，而她又没有任何办法给予弥补。让儿孙们一个个都远远地走开，应该是最好的选择。她作为这一切罪孽的根源，将永远留在这幢窨子屋里，心甘情愿地接受命运最严酷的惩罚。

"娘，你怎么就起来了。"轻声说话的是蕙娇。

"钰龙要走，起来送送他。"刘金莲的声音，充满着凄惶。

张钰龙上前，深深一揖："娘，孩儿让您受累了。"

"伢儿，莫这样讲，是娘让你受罪了。"刘金莲对钰龙说："你就先去芳草第安身吧！那里毕竟有你的儿孙。"

"孩儿也是这么想的。"张钰龙说："不知娘还有哪样吩咐？"

　　刘金莲叹息着说："别的，也没得哪样说的了。你放心去吧！走得远远的。浦阳镇容不下你，你也就不要再回来了。三个伢儿也不要回来。就是到了我的那一天，你们也都不要回来。"

　　"不——"张钰龙已是泣不成声："儿孙……不孝……"

　　"不！是娘连累了你们……娘要说声'对不住'。其实，我也应该和你一起走。可我是这张家窨子明媒正娶的媳妇啊！我嫁到张家，和你爹爹做了一世的夫妻，聚少离多，只盼望有朝一日，在九泉之下能和他永远相聚。就为了这，我丢不落这浦阳镇，放不下这张家窨子，那就只有苦了我的蕙娇了。"

　　"娘！快莫这样说。蕙娇在您身边伺候，是天经地义的。"蕙娇说着，又叮嘱丈夫："去了以后，要记得多给屋里写信。"

　　"我会的。"张钰龙说着，问母亲："娘！还有哪样要交代的吗？"

　　刘金莲说："别的没得哪样。到了汉口，见到那位露娜洋阿姨，问她的好，说我在浦阳镇想她……"

　　临行前，张钰龙先是去到祖先坛前，跪着磕了三个响头。接着又跪在母亲的跟前，同样磕了三个响头。

　　刘金莲拿出一个精致的小木盒，郑重地交给儿子。她含着眼泪说："龙儿，娘这一世人生，什么东西都不稀罕，唯一贵重的物件，就装在这盒子里了。我今天把它交给你，也总算是有了个交代。你不要急着看，到了船上再看不迟。"

　　天刚蒙蒙亮，东方现出鱼肚白。张钰龙背着包袱雨伞，来到万寿宫码头。没有人为他送行，更没有人陪伴。他悄然登上了一条麻阳船。这是一条从洪江下来的过路船。伏销过后，一年的桐油都已运完，下水船主要运的是山货。这条船上，装的是做染料的五倍子和洪江加工的丝烟。

　　"老板，行个方便，搭你的便船下常德。"张钰龙上得船来，打着招呼。

　　"哟！我当是谁，原来是张老板。"船上的元子号一眼就认出了张钰龙。

"怎么？老板认得我？！"

"怎么认不得？张老板，你在洪江可是鼎鼎有名的人物呀！"

"老板见笑了。张某人何德何能，怎么会在洪江鼎鼎有名？"

"请问张老板，光绪十九年，到'鼎裕昌'搞去唐老板洪油乖方的，是不是你？"

"啊！那都是猴年马月的事情了。还讲它做哪样！"

"张老板，你装成个又聋又哑的叫花子，混进唐老板的油坊，不但搞到了洪油的乖方，还把他的头铲师傅也挖到了浦阳镇。这件事情一传开，洪江码头上，个个夸你张老板是脚色，个个笑那唐老板是空子①。"

"就那么点事情，都过了那多年，难为老板还记得。"张钰龙嘴里这样说，心里却在叫苦不迭。就是因为当年结下的怨，唐老板才跑到浦阳镇来，唆起人向他发难，他才不得已而离开浦阳镇，远走他乡。

起锚了。麻阳船缓缓儿离开万寿宫码头，船把佬们便扯起喉咙，喊起了摇橹号子。这时，天色突然阴沉了下来。太阳躲进厚厚的云层，不肯露脸。挠子划动的江面，也变得毫无亮色。张钰龙来到船头，迎风屹立，映入他眼帘的景象，是晨霭笼罩着的球岔白塔巍然高耸。他心头一震，不由得回转身子，皱起眉头，眯起眼睛，遥望浦阳镇朦胧的身影。一百年前，凤凰兵备道的傅鼐大人说它是一块大木排，生怕它被大水冲走，便在它对岸的球岔修了这座白塔，让这根拴排桩将大木排牢牢地拴住。浦阳镇就这样被拴了一百年。曾几何时，他的父亲张复礼（确切地说，应该是养父）踌躇满志，傲视江湖，说什么浦阳镇是被吊死了，而唯独吊不住的就只有他——"顺庆"油号的老板。那时候，张钰龙默默地坚守在木排上，和远在汉口、镇江那个吊不住的人遥相呼应，造就了"顺庆"的辉煌。从"顺庆"看浦阳镇，浦阳镇似乎还有一线希望。然而，这只不过是昙花一

---

① 空子：湘西方言，意为不中用的蠢人。

现。接二连三的变故，使得张家窨子分崩离析。张家人死的死，走的走，一枝独秀的"顺庆"，从此黯然失色。这块吊死的大木排，无法乘风破浪。浦阳镇的衰败，已经无法逆转。时到今日，偌大的浦阳镇，竟然连他这样一个大木排上的坚守者，也容纳不下了。他这一去，将成为守排人对浦阳镇的诀别，今生今世，他只怕再也不会回到这块伤心地了。张钰龙神情黯然地站立船头，任凭河风吹拂着。他不忍心再目睹这一切，便缓缓地闭上眼睛。麻阳船在号子声中顺流而下。当他睁开眼睛时，一滴滚烫的泪水，不由自主地跌落到了腮边。

"张老板，你怎么哭了？"元子号问。

"这河风真厉害，把眼泪都吹出来了。"张钰龙这样回答。

"进官舱歇着吧！我的床铺空着哩！吃早饭时，我会来叫你的。"元子号这样说。他对张钰龙态度十分友好。

张钰龙弯腰进得船棚，来到官舱。他坐在元子号的铺盖上，闭上眼睛，背靠着船舷，强迫自己什么也不想，试图以这种方式来平抑悲切的心情。事与愿违，他越是不去想，摆不脱的人和事越是在他的脑海中不断闪现：老母、娇妻、幼女；浦溪上的石拱桥；浦光寺的观世音菩萨；芳草第里的老大绪伯，还有他的妻儿；去日本早稻田大学留学的老二绪仲；在长沙明德学堂读书的老三绪季。最令他放心不下的，还是那位云游四海、行踪不定的苦行僧。有人在南岳山上的磨镜台见到过他；有人说他去了韶州宝林寺；甚至还有人说他去了蕲州东禅寺……今生今世，只怕是难得见到他了。张钰龙的思绪，随着亲人的踪迹，在天地之间漫游。他倚着船舷，处于似睡非睡、似醒非醒的状态。直到船上的小伙计来喊他去吃早饭。

傍晚时分，张钰龙乘坐的麻阳船，湾靠在辰州城的中南门码头。他在船上吃过晚饭后，辰州城已是万家灯火。码头上的船把佬、排古佬，纷纷从码头的岩石阶基拾级而上，去寻找各自的欢乐。张钰龙也随着人流上了码头。他想在辰州城里作一次告别之行，此一去，他只怕是很难再回到这里了。他从中南门那条沿河的街一直往上走，不一会就到了上南门。上南门的"一品香"茶馆，原日是他常常光顾的地方。这家茶馆的茶厅，凭栏可见沅水江流，在那里喝上一杯界亭茶，别有一番情趣。他进得茶厅，放眼望去，已是宾客满座。每张茶桌上，都点着一盏带着玻璃罩的时兴美孚灯。他用眼睛四处搜寻，希望能找到一个空档。他发现凭栏的一张茶桌上，只坐着两个茶客，便信步走了过去。

"二位兄弟，可以搭个伴吗？"

"当然可以，大哥请坐。"回应的是下江口音。

张钰龙一落座，堂倌随即为他泡茶。他端起茶杯，抿了一口茶，凭借美孚灯的光亮，把分坐在两边的茶客睨了一眼。他认定这是一对双胞胎。令他感到奇怪的是，这二人的相貌，怎么会有一种似曾相识的感觉？他环顾左右，再次看了看二位同桌，笑着说："二位是——"

"双胞胎。"两个同桌的汉子笑着说。

就在这一刹那，张钰龙惊奇地发现，这一对双胞胎，和他的老庚火儿，竟然像是从一个模子里铸出来的。他立刻想到，三娘在镇江生的是一对双胞胎，这二人说的又是下江口音，莫非这同座的茶客就是他远在上海的双胞胎弟兄？天下怎么会有那么巧的事情？他居然在这样的时间，这样的地点，以这样的方式，遇到这两位张家的弟兄。

"请问大哥，敢莫就是湘西本地人？"左手边的弟兄发问。

"是的。"

"去过浦阳镇吧？"

"我就是浦阳人。"

"哦！你是浦阳人，应该晓得镇上有一家'顺庆'油号吧！"说话的是右手边的弟兄。

那位弟兄提起"顺庆"油号，显然是他们与"顺庆"有关联。张钰龙的猜想就这样得到了证实。他回答说："怎么不晓得！'顺庆'是浦阳镇的头牌油号，赫赫有名。"

"是吗？'顺庆'就是我们家开的。"左手边的弟兄得意地说。

"啊！那你们是——"张钰龙不打算暴露自己的身份，这样明知
故问。

左手边的弟兄说："我们就是'顺庆'油号老板张复礼的双胞胎儿
子，我叫张玉麒，这是我弟弟，叫张玉麟。"

"啊！我是听人说过，张老板在外面有一对双胞胎儿子，没想到在这
里遇到了二位。他老人家已经过世多年了。"张钰龙说。

张玉麟说："是啊！父亲是在青浪滩上为了救我们的姐姐遇的难。前
天，船从青浪滩经过时，我们兄弟二人都哭了。"

张玉麒说："我在浦阳老家还有一个哥哥，我们都是'玉'字辈。他
命里五行缺金，取名字时，在玉字边加了'金'旁，叫作张钰龙，想必你
也是认得的。"

"认得！认得！"张钰龙连连说。真没想到，老爹连这样的细节，也
告诉了这两个弟弟。

"哎呀！说了半天，还没问大哥你贵姓？"问话的是张玉麟。

"免贵，姓麻。"张钰龙脱口而出。他第一次人前承认自己姓麻，而
且是对张家的嫡亲这样说。他一想，不如就汤下面，把三娘去上海的事情
打听个明白。他说："听说张老板原日安家在镇江。他过世以后，又听说
你们一屋人去了上海，是这样的吗？"

"哈哈！"张玉麒笑着说："麻大哥，你对我们张家的事，真是清楚
得很哩！"

张钰龙说："你们张家是浦阳的大户。张家有什么事情发生，镇上的
人很快就会知道的。"

"这也难怪，浦阳是个小地方嘛！"张玉麒接着说："麻大哥你是浦
阳人，张家的许多事情，想必你是清楚的。不瞒你说，母亲是父亲在外面
讨的第三房。母亲是个性情孤傲的人，她不愿意接受这样的名分，不甘心
在人之下，便拒绝和浦阳老家发生任何往来。可到了父亲过世以后，如
果不和老家往来，她带着我们和两个妹妹就没法过日子。这时候，老家

发了几船桐油的货到镇江，母亲心想，浦阳的家产，我们兄弟二人应该有一份，就扣下了货款，没汇回浦阳，权当是我们应该分得的那份家产。就这样，母亲带着我们和两个妹妹去了上海，她用这些桐油货款，加上外公给的一笔数目不小的资助，从英国买来机器，在上海开办了一家织布厂。母亲很精明能干，工厂被她打点得非常好，我们四兄妹也就在上海长大成人了……"

听了张玉麒的诉说，张钰龙不由得对三娘肃然起敬。昔日对于三娘的抱怨，由此一扫而尽。他环顾左右，无限感慨地说："你们的母亲真不容易，她真算得上是个女中豪杰。"

听旁人夸赞母亲，双胞胎黯然神伤，几乎是不约而同地说："母亲她已经不在人世了……"

"什么？她老人家过世了？！什么时候？"张钰龙惊讶地问。

"去年八月初三，已经快一年了。"张玉麒回答。

"真不幸！"张钰龙惋惜地说："浦阳镇上的人都还不知道。"

"到了上海以后，我们就和浦阳老家的人断了往来。母亲过世，我们也就没有告诉老家。"张玉麒说："母亲若是在世，她是绝对不会允许我们回来的。母亲过世后，我们兄弟商量，作为张家的子孙，还是应该回来看一看。到张家列祖列宗，特别是到父亲的坟前磕一个头，烧一炷香。我们还很想看望大娘和钰龙大哥。父亲长年不在家，屋里都是由大娘打点。大娘很能干，很贤惠。早些年，母亲从不愿提起她，去年母亲病重时，不知怎的，她跟我们讲起了大娘。她说，大娘是个了不起的妇人，值得敬重。说起钰龙大哥，我们兄弟都非常钦佩，他十几岁就开始执掌'顺庆'。他不惜受苦受罪，为'顺庆'搞到'洪油'秘方，使油号得以起死回生。这次回到老家，我们兄弟还要向他讨教哩！"

"哈！他不过是一个湘西山里的生意人，和你们上海码头开厂子的大老板，是没法比的。"张钰龙摇头笑着说。

张玉麟说话了："麻大哥，你不能这么说。做生意的道理，在哪里都是一样的，钰龙大哥若是到了上海，他肯定会比我们做得还要好。"

张钰龙被这一对双胞胎兄弟的情意打动。他甚至有点后悔，不该隐瞒自己的身份。但难言的苦衷，使他又不得不这样做。他只是说："真难为你们这样有情有义，还记得有个浦阳老家，还记得老家过世的先辈，还记得浦阳镇上有你们的亲人。"

"这都是血缘！"张玉麟一语道破真谛。他说："世界上的万物，都可以击碎，都可以砸烂，唯独血缘，是永远也割不断的。就比方说，我们兄弟二人和钰龙大哥，身上都是流着父亲张复礼的血，只要一想起他，我们就会觉得格外亲切，就恨不得立刻能见到他。"

张钰龙最敏感的神经在瞬间被触动，酸甜苦辣一股脑儿涌上了心头。血缘的力量如此巨大，主宰着灵魂，掌控着躯体。因为血缘，双胞胎千里迢迢从上海回到湘西浦阳镇。因为血缘，他却要从生活了四十三年的浦阳镇出走。同样是因为血缘，双胞胎兄弟急着要见张钰龙。他们却并不知道，张钰龙就在他们的眼前。没奈何，张钰龙只得捏了一个白："不要急，你们到了浦阳镇，自然就会见到他的。"

双胞胎并不知道张钰龙的话是在捏白，信以为真。张钰龙捏过白以后，却感到后悔了，真不该对双胞胎捏这样的白！他甚至想告诉双胞胎，和他们坐在一张茶桌上的，就是他们想要见的张钰龙，他们之间并没有血缘。他始终也没有这样的勇气。

"哈！麻大哥，我们不能只顾说话，喝茶，喝茶！"张玉麒笑着说。

"喝茶！喝茶！"张钰龙说着，问道："这次二位回到浦阳镇，会在那里久住些日子吧！"

张玉麒说："住上三五日，了却我们兄弟的心愿，也就可以了。上海那边厂子里的事情忙，得早些赶回去。"

"麻某人今夜和二位贤弟能坐到一张茶桌上，也算有缘。虽然不是血缘，却也是因缘、机缘。莫道是陌路人萍水相逢，殊不知早就是心有灵犀。麻某人本当尽地主之谊，奉陪二位回到家乡。只是因为遇到些事情，今天才离开的浦阳镇，一时半会，恐怕还回去不了。难以奉陪，实在抱歉。明天一早，我们就要各坐各的船，南辕北辙，背道而驰了。躲避了二位贤弟，还要请多多原谅。"张钰龙说了一大通，这回说的全都是大实话。

张钰龙回到麻阳船上，已是半夜三更。他进得官舱，睡在了元子号给他腾出来的床铺上，久久难以成眠。大千世界，真是什么样的事情都可以发生。这天晚上，他竟然在"一品香"与回乡的双胞胎兄弟在无意中邂逅，而且还进行了内容广泛的谈话。他不敢想象，双胞胎这次回到浦阳镇，会有怎么样的事情发生。不幸的是，这兄弟二人见到的，将是一个破碎的张家窨子，男人们死的死，走的走，留下的是一屋的女人。虽说母亲和蕙娇不会把这屋里发生的一切，都对他二人和盘托出。而作为见多识广的聪明人，还是可以从中看出个子午卯酉来的。有一个重要的议题不可回避，那就是这对双胞胎兄弟对于张家窨子的家产，将会提出怎样的诉求，到那时，他的舅家和岳家，是必定会出面调停的。最终将会达成怎样的协议，那就不得而知了。他作为一家之主，竟然撇下这些作难的事，就这样一走了之！想到这里，他倒是有点儿后悔了。在茶馆里真不该对双胞胎隐瞒自己的身份，而是应该照实告诉他们，自己就是他们想要见到的兄长张钰龙。他应该和那两个弟弟一同回到浦阳镇，去共同领略乡情，去畅叙兄弟之谊，去面对将在那里发生的一切。而他由于一念之差，竟然隐瞒了这一切，说了些胡编乱造的话，来搪塞这兄弟二人。在人前，他从来没有说过自己姓麻，真不明白，在这兄弟二人面前怎么会鬼使神差地脱口而出……他还特别想到，分家产那还只是小事一桩，还有更难以预料的事情在等着他，从洪江回来起拱子的唐志兴，还有镇上的那些搅屎棍，都注定要抓住这个千载难逢的机会大做文章。他们定然会利用当年那位雕花木匠与母亲的瓜葛，牵扯到他的出身根本，在双胞胎面前搬弄是非，把那些陈谷子烂芝麻的事统统抖搂开来。如果真是那样，对血缘极为看重的双胞胎，将会产生怎样的反应，采取怎样的行动？他不敢再往下细想了……他的出走，倒是避免了一场尴尬，却把难堪留给了母亲和婆娘……还有一点他必须想到，虽说他避开了在浦阳镇与双胞胎会面，这兄弟二人返程经过汉口时，定然会前去芳草第，到那时，他将怎样进行不露痕迹的合理回避……复杂的事态，简直是如同一蓬乱麻，他无法厘清头绪，却又不能用快刀将乱麻斩断。此时此刻，他只能祈愿老天有眼，菩萨保佑，那些不该发生的事情不要发生，不该出现的状况不要出现。整整一个夜晚，他都没有合过眼……

第二天一大早，麻阳船起锚。张钰龙起身，倚着船舷，坐在床上，脑子里仍然在想着昨晚的事。这时候，双胞胎坐的上水船，也应该已经起锚了。双胞胎将在浦阳见到他二人仰慕已久的大娘——也就是他的母亲。这时，他忽然想起，临行之时，母亲曾郑重地交给他一个小木匣，说里面装着她一生中最贵重的物件。张钰龙从包袱里摸出了那个小木匣，打开一看，里面装的是一道护身桃符。桃符的一面是阳刻的吞口，另一面是阴刻的"紫微讳"。张钰龙立刻有一种似曾相识的感觉。他盯着桃符看了许久。突然，他想了起来，在常德麻阳街的姨娘家，得见过乖妹也有一道和这一模一样的桃符。他恍然大悟。桃符原本是雕匠人家留下的传家宝，父亲和叔叔，每人一道。他由此而断定，乖妹的生父不是姓马，而是姓麻，就是他的叔叔。姨娘原本就是婶娘；乖妹原本就是堂妹。母亲不但盘养大原本属于麻姓的儿子，还为麻家盘养大了一个侄女……难怪母亲说，这道桃符是她一生中最贵重的物件。

"张老板，在看哪样？"问话的是元子号。

张钰龙回答："喏！一块护身桃符。"

元子号拿过桃符细看，赞叹道："雕得真好。"

张钰龙说："是父亲留下的。"

"真不幸，他在青浪滩遇了难，和他一起走的还有你的妹妹。"元子号对张家的情形了如指掌。可他并不知道，张钰龙所说的父亲，并不是他在青浪滩遇难的那位父亲。

元子号躬身出了船舱。张钰龙依然倚在船舱里，心里依然在念叨着那远道而来的双胞胎兄弟，若没有那个唐志兴横插一杠子，他定然会在万寿宫会首的位置上和这兄弟二人见面。不幸的是世事难料，他在顷刻间变成了一个落荒而逃的人。回顾自己的大半生，他老老实实为人，兢兢业业做事，一切都无愧于心，到头来得到的却是如此下场。他想到自己的母亲，母亲是这世上最可怜的人。只因为当初的阴错阳差，她一生所遇到的任何事情，都头来成了对她精神的摧残、情感的折磨。这次双胞胎的出现，还不晓得又会有什么样的事情发生，她不晓得又会经受怎样的情感折磨。他最感到问心有愧的，还是他的妻子——难得的集贤惠与智慧于一身的妇人。她为他避免了一次次尴尬，却自个儿在一旁吞咽着苦果。她为他生儿育女，却又不得已为他们设计出远走他乡的路，最后只留下身边一个女俦。这一次突然杀出个双胞胎，本不该由她处置的事，又还得由她来处置……他不由得想到了丈寮里相见的那位长辈，在那仅有的一次长谈中，他们几乎谈到了张家这些年来发生的一切，而他把这一切，都归结于"阴错阳差"四个字，真个是大彻大悟、一语中的、入木三分。追根溯源，一切变故的起根发蒂，都在于那位由火儿搭救出水牢的长辈逢场作戏的"阴错阳差"，若不是他的"阴错阳差"，便不会有善良无辜的火儿，不会有眼下狼狈不堪的自己，也不会有枉死青浪滩的玉凤，更不会有为寻根问祖而来、却又不明就里的双胞胎兄弟。这一切，就如同一根长长的藤蔓，"阴错阳差"地结出一串串苦果，给所有的人吞咽。令人不解的是，对于那位这一切的始作俑者，人们竟然对他没有丝毫的责难，而是给予了足够的宽容，似乎一切都是那样顺理成章。最可叹他那位可怜的饱尝辛酸的母亲，最后也不愿离开浦阳镇，决意要终老在那幢窨子屋，竟然只是为了守着一个空头的名分……这一个又一个"阴错阳差"，使得他和他的亲人们，并不情愿地演出了这一场人生的大戏，而这场大戏远远还没有落幕。

这时，麻阳船已经过了黄草尾，过了河涨洲，前面不远处便是百曳滩。沅水有谚："船进百曳滩，如进鬼门关。"元子号探头进船舱，对张钰龙说了声："船到百曳滩了。"便拿着抵篙去了船头。

张钰龙每次乘船，总喜欢在大船飙滩时，到舱口看船把佬与激流险滩搏斗的情景。每到这时候，他就会感到精神振奋。船进百曳滩，只见那元子号接过揽头工手里的抵篙，一声"着力！"便眼明手快地一篙撑去，笔直的抵篙，顷刻间弯成了弓形，大船的船头便稳稳当当绕过了河下的一道岩梁。惊心动魄过后，便是如释重负的心旷神怡！张钰龙立刻联想到了自己，一道道人生的岩梁想要绕过是那么的艰难，甚至连个落荒而逃，都还有那么多的磕磕绊绊。

麻阳船过了百曳滩，继续破浪前行。天色放晴了，阳光洒在波光粼粼的平缓江面。航道上，船排如织：有摇着橹、撑着篙的一条条下水船；有挂着帆、拉着纤的一条条上水船；有搭着野鸡棚、扳着招的一联联大木排……张钰龙伫立船头，任河风吹拂着他的面颊。他放眼望去，江流清澈如许，却又无法看透望穿。回首人生，又何尝不是如此。沅水，谜一样的河流，在湘西的大山里千回百转，向着远方流去。麻阳船上的张钰龙，正沿着这条谜一样的沅水，去坦然面对谜一样的明天……

2000年6月12日击键第一字
2014年7月12日定稿成书《湘西秘史》
2021年7月5日调整部分章节再版成书
更名《浦阳镇》